BOOK ❶

模仿犯

〔日〕宫部美雪 著
张秋明 译

南海出版公司

新经典文化股份有限公司
www.readinglife.com
出　品

BOOK1

“这不公平！”

“干吧！还是干吧！各位。”

——雪莉·杰克逊：《彩票》

1

一九九六年九月十二日。

尽管过了许久，塚田真一还是可以从头到尾清楚地记起自己那天早上的行动，包括当时心里在想什么、刚起床时的情绪、在一向走惯的路上散步看见了什么、和谁擦身而过、公园花坛里开着怎样的花朵……巨细靡遗。

这种记住琐事的习惯，是最近一年才养成的。一如拍照，将每天每一瞬间的景象翔实地记下来。就算是与人交谈，依然不放过任何一小片掠过的风景，切实保存在脑海里，记在心中。为什么要这么做？那是因为这些景物脆弱得不知在何时何地会遭人破坏，必须好好捕捉下来才行。

这天早上，他从二楼的房间走下楼梯时，忽然听见报纸扔进信箱的声音。他心想，怎么比平时晚呢？从楼梯转角的采光窗望出去，一个卷着灰色运动衫袖子、骑着轻便型摩托车、体形微胖的送报员正好从视线下方经过。那人运动衫的背面印着浦和球队的队徽和吉祥物。

拉开门链时，前院的洛基已感觉到真一的存在，吠了起来。洛基高兴地拉扯链子，链子哗啦作响。真一一开门，洛基便在锁链长度可及的范围内用力伸展身躯，想飞奔过来，以表达喜悦之情。这时，真一发现洛基腹部的毛有些脱落，几乎可以看到皮肤。该不会是受伤了吧？他努力想抓住洛基仔细观察，然而此刻洛基正为主人要带它出去散步而兴奋不已，真一根本抓不住它。没办法，只好等散步回来，再叫叔叔看看，必要时送到兽医那里诊治。真一一边想，一边将洛基身上的链子从庭院角落里的木桩上解下来。他还清晰地记得，当时链子因为前一夜的雨而湿滑，握在手中感觉冰冷而沉重。

洛基住进石井家比真一早半年，正值贪玩、淘气、精力旺盛的时期。它一身柔顺的长毛，酷似苏格兰牧羊犬毛绒玩具，但真一听石井夫妇说洛基并非纯种犬。仔细观察，洛基的鼻子的确比苏格兰牧羊犬的短些，身形也小了一圈，但反而显得娇小可爱。

真一住进石井家将近十个月了，早晚带洛基出门散步近来已完全成为他的任务。石井夫妇不怎么喜欢养狗，带洛基散步对他们来说是种负担。实际上真一也常常觉得，阿姨大概真的很怕大型犬。所以当洛基熟悉了真一、真一也愿意负起照顾洛基的责任时，他们夫妻不禁异口同声地说道："太好了！"

既然如此，当初为什么要养洛基呢？如果说照顾狗是那么累人的事，又何必自找麻烦？真一几次想问，但最终还是把涌上喉咙的话吞了回去。如果问出口，石井夫妇也会作答，但毫无疑问气氛会很尴尬。

"那是因为这只狗很可怜，所以……"夫妻俩回答。没错！石井夫妇就是无法对可怜的事物无动于衷。于是真一也点点头回道："对呀，大概也没有其他人家想养洛基。"心中则想，就像我一样。石井夫妇看着真一，脸上的神色透露着："我们知道你一定认为洛基和你一样。"真一也很清楚他们夫妻知道他内心的想法。只是大家都装作不知道罢了。

解下项圈上的链条，换上散步用的皮绳，真一牵着洛基踏上街道。洛基开始用力拉着真一走。散步的路线早已固定，但这只狗每次总想朝不同的方向前进，最喜欢跑到未铺设柏油路面的地方，肯定是因为脚底接触泥土的感觉最棒。真一有时也会顺洛基的心意被它拖着跑，但今天早晨不行，毕竟昨夜的雨弄得到处是积水。真一心想，还是走柏油路比较安全。于是他硬拉着洛基走一贯的路线。

穿过小巷来到明治路上。大清早的，马路上车流量固然不大，但经过的汽车都风驰电掣。一如抗议般，洛基对着擦身而过的出租车狂吠。

真一带着洛基从明治路向西行，越过白髭桥东的十字路口，朝大川公园走去。深秋时节黎明来得晚，他们走到公园附近时，朝阳才从背后升起，阳光照得右手边小区的高楼玻璃窗闪闪发光。

真一拉住洛基，回头看着缓缓升起的太阳。

要是过去的朋友听说真一每天早晨都会眺望朝阳升起，一定会大吃一惊。因为以前，真一就跟大多数高中生一样是夜猫子，早晨要在规定的时间起床实在是件痛苦的事。他还常常抱怨，为什么学校上课不从十点开始?

然而现在他完全变了。他自己发现这个事实是在住进石井家之后，当时心想：什么时候开始我居然也能起得这么早，还能站在这里欣赏朝阳升起……

他也曾问自己为什么，但一直没有找到确切的答案。换言之，他还无法说出道理，只是觉得好像很能理解自己行动的意义。

那是一种确认，确认一天的开始，确认每一天、每一个早晨自己还活着……不对，应该说是又活过了昨天，能够迎接另一个今天。他要确认自己的人生还没有走到终点。尽管未来是无法控制的新的一天，但昨天已经过去了，他平安地存活下来。如果不这么做，就没有生存的真实感受，就像探险家走在风景一成不变的大漠中，必须时时回头确认自己的足迹，否则会分不清楚自己是否停止前进了一样。

可是就算经常这样仰望朝阳，仍不免陷入空虚的情绪，怀疑自己其实已经死了，只是在阳光下拖着死尸前进罢了。

真一伫立在马路上，眯着眼睛迎向朝阳，身边的洛基大叫一声。他回过头，看见大川公园的方向跑来一个穿着运动服的女子。

“早呀。”那人对真一打了声招呼。真一稍稍点了点头作为回应，动作不大，甚至感觉不出来是回礼。

“早安，洛基。”

洛基高兴地摇着尾巴。穿着运动服的女子转为笑脸。

“雨停了，真好。”她继续跑，并未停下来，脑后扎成一束的头发有规律地摆动着。经过真一身旁时，她说道。

每天早上真一都会在这附近遇见她，却不知道她的名字和住址。她三十多岁，想来是附近的居民，但见她跑步的样子倒像是个田径选手，说不定是从邻镇或更远的地方跑来的。真一也没告诉过她洛基的名字，或许是她在什么时候听见真一呼唤洛基便记住了。

不管她如何打招呼，真一除了点头之外不作任何回应，但她还是会打招呼，真一依然保持沉默，如此不断重复。

“洛基，我们走了！”真一一出声，洛基便兴高采烈地跑起来。它四肢蹬着地面，压低耳朵、伸长鼻子向前迈步。真一抓着绷紧的皮绳，也跟了上去。

真一在大川公园门口停了下来，让洛基缓一缓脚步才进入园内。这个公园只有狭长的草坪、花坛和人行便道，但用来散步正好。一走进公园就看见好多人也在遛狗。有些人虽然每天都会遇见，但真一压根儿不想出声问候，对方似乎也能觉察到他的想法，从来没有人像那个慢跑的女子一样主动打招呼，这让真一松了一口气。

人行便道呈大S形，公园西边正对着隅田川。爬上石阶来到河堤上，一眼便可望见墨绿色的河面和对岸的浅草街市。由于上头是六号高速公路，令人觉得有一种压迫感，而真一就是喜欢这种感觉才爬上河堤眺望。来石井家之前，他从来没在河川旁边住过。所以从护岸公园眺望远处的风景，令他感到很新鲜。

真一带着洛基在河堤上奔跑，右手边就是隅田川。秋意正浓，冷冷的晨风拂过脸颊，吹涨了洗得发白的衬衫袖口，也吹起了洛基身上的长毛。河面上正在行驶的挖泥船引擎轰隆作响，洛基闻声立刻停下脚步对着船只吠叫摆尾。如果是渡船，甲板上的乘客便会招手回应，洛基就喜欢这样。然而挖泥船并不会有这种热情的响应，只飘散着一股淡淡的臭泥味径自驶去。

“那上面没有乘客，洛基。”真一笑着抚摸洛基的头，洛基回过头来舔他的手。舌头舔得忙乱，传递着一些温暖。

在河堤上奔跑了一阵之后，他们冲下石阶回到人行便道上。穿过波斯菊迎风摇曳的花坛，朝出口迈进时，前面传来了激烈的犬吠声。树丛遮着看不见，那叫声听起来像是狗在打架。洛基也竖起耳朵，摆出一副必要时也上场的架势。真一紧抓着洛基的项圈，一边制止它不要轻举妄动，一边继续前进。

绕过树丛往前走，终于看见吠叫的狗了。那是一只西伯利亚雪橇犬，正站在人行便道的入口吠叫。主人在一旁努力安抚，狗儿却叫得正欢，完全不打算收势。

狗的主人是个年轻女孩，真一曾经见过。年龄大概和他差不多，或许大上他几岁，身材修长、小腿纤细，看起来很有力气，不像弱不禁风的女孩。这时，她正竭尽全力拉住狂吠的狗。

“国王，怎么了？不要叫了，国王！”女孩大声斥责，并将重心放在脚跟，抓紧粗皮绳。然而狗仍继续狂吠，几乎要拉着女孩向前移动。

国王狂吠的对象是公园里的垃圾箱，那种覆着盖子的大箱子上面写着“可燃垃圾专用”，盖子底下则露出一个半透明的垃圾袋。

“国王，你到底是怎么了？”女孩不知所措，用求救的眼神迅速环视四周。和真一四目相对时，她说：“我家的狗有点奇怪。”

真一有点畏缩，他不想跟女孩子，尤其是不认识的人说话。这是他目前最不愿意碰到的事情。他一点儿也不想扩展人际关系。

“国王，为什么要这样乱叫呢？”女孩怯怯地询问道，但狗儿反而更加兴奋，前爪搭上垃圾箱，摇动盖子。

一如被国王影响一般，洛基也叫了起来。真一出声斥责，并敲它的头想让它就地坐下。洛基转而低声吼叫。真一再次敲它的头，它才垂着耳朵坐下。真一抱起洛基走到便道旁边，利落地将皮绳拴在树丛下的围栏上。

国王已经完全趴到垃圾箱上，鼻子不断靠近盖子的缝隙，像是在找寻什么。

“国王！不可以这么做！”女孩尖叫着制止。尽管一切就发生在眼前，真一还是不想出手帮忙，也不知该如何是好。他不想和别人有任何纠葛，最好什么都没有。

受到国王狂吠的刺激，一时安静的洛基又叫了起来。真一回头斥责，这时国王终于将垃圾箱推倒了。

国王和垃圾箱同时倒地，女孩手上的皮绳也顺势被抽离。恢复自由的国王飞奔至垃圾箱中，将半透明的垃圾袋拖了出来，用爪子和牙齿撕开。压烂的纸杯、快餐店的包装袋……垃圾的臭气扑鼻而来。

“讨厌！臭死了！”女孩跌坐在地，皱着鼻子。

“这是什么气味？”她问真一，“该不会是因为这臭味，国王才叫个不停吧？”

真一没有理会女孩，只是看着国王。他的目光无法离开，无法从国王自破烂的垃圾袋中拖出的东西上离开。

那是个褐色纸袋。国王咬着纸袋一角，下颚不断晃动，牙齿始终紧咬。纸袋破了，真一想窥探里面的东西。异臭更加强烈了，真一不禁皱起眉头。这时，国王结实的下颚咬着纸袋，将里面的东西甩了出来，呈现在真一眼前。

那是人的手，一只齐肘而断的手，指尖指着真一的方向。手势看起来像是呼唤，又像是在倾诉。

国王的主人发出尖锐的叫声，划破了清晨宁静的空气。真一僵立着，双手不禁反射似的掩住耳朵。同样的情景在一年前也发生过。同样的事再度发生，尖叫、流血，还有只知道茫然伫立的自己。

不知不觉中，真一开始一步步后退，目光却离不开向他招手的那只手。那手上的指甲染着淡淡的紫色，就像花坛里盛开的波斯菊花瓣。

2

电话铃声响起的时候，有马义男正好抬头看了看墙上的时钟，刚过上午九点。今天的工作还没有全部结束。他站在水槽前，双臂自肘部以下泡在碱水里，清洗做木棉豆腐用的木框。

“该不会是桔梗亭打来的吧？”站在炸锅旁的木田孝夫回过头，笑着问义男。

“差不多也该打来了。”义男脱下橡胶手套，挂在旁边的水管上，直接走向办公室。电话铃声仍在持续，第六响、第七响、第八响……义男走到办公室前的拉门时，电话铃声响了十一次。

“不对，应该不是桔梗亭。”义男回过头说道，“那里的老板没有这么好的耐性。”

木田或许答了什么话，但被抽油烟机的声音遮住了，义男什么也没听见。

两个装大豆的桶占据了办公室一半的空间，必须绕过大桶才能够到办公桌尽头的电话。费了这么大工夫，电话却依然响个不停，应该是真智子打来的。义男这么想着，拿起话筒一听，果然是女儿的声音。

“喂……是爸爸吗？看了电视没有？”连声问候都没有，劈头就是问话。义男反射似的瞄了一下旁边的客厅。那里有一台十二英寸的小电视，此刻并未打开。

“没有啊。”义男回答，“出什么事了吗？”

“你先打开电视，不过可能在播别的新闻。”真智子声音沙哑，情绪有些激动。大概是哭过了，义男心想。

“新闻播了什么？”

应该是忍不住了，话筒里传来真智子的呜咽声。

“不要哭，哭了爸爸什么也不知道。新闻播了什么？”

“他……他们说发现了尸体……”

义男握着话筒呆立着，沉默不语。店里传来木田将油网从炸锅里捞起的声音，接着抽油烟机被关掉了。照理说应该让抽油烟机继续转动，木田大概是怕影响他听电话。

“你说尸体，究竟是怎么回事？”

真智子仍不停抽泣。义男重新握好话筒。碱水令手变得很滑，就算戴了橡胶手套也一样。

“警方说了什么吗？”

“没有，什么都没有。”真智子边吸鼻子边回答，声音有些颤抖，“我只是看了电视新闻，说是女性的尸体。”

“是早间新闻吗？”

“嗯。”

“在哪里？”

“说是在墨田区的大川公园。”

义男眨了一下眼睛。他知道大川公园在哪里。不过是邻区，开车过去只要二十分钟。那里是赏樱花的胜地，前年他还去那里参加过工会的赏花大会。

“一大早起来就很热闹。”真智子小声地说，“来了一大堆记者。”

声音听起来已经平静许多。最近这一阵子她都是这样，忽然之间会情绪激动地悲伤哭泣，马上又会释然地安静下来，然后又开始激动。义男心想，这样下去可不好。

“那个……那个怎么样了？”“尸体”两字实在不好发音，义男说得结结巴巴，“说是女人，是年轻女孩吗？”他不敢问是不是和鞠子年龄相仿。

“好像是。只是尸体……是散的。”

“散的？”义男大惊。店里寂静无声，他的声音在水泥地上回荡。

“是的，而且他们说早上发现的是只手。”

木田来到办公室门口，一脸困惑地看着义男，眉头紧皱。他大概听见刚才的谈话内容了，所以动着嘴唇无声地问道：“是鞠子吗？”

义男摇摇头，出声回答：“不知道，倒是真智子有些慌乱。”

“我才没有慌乱呢！”真智子在电话那头抗议，声音又开始不稳定了，“谁叫他们说发现的是一只女人的手。”

“那也不一定就是鞠子啊，你不用穷紧张，知道吗？”

“可是……爸爸……”

“有什么事，警方会跟我们联系的，我们不是一直都在等消息吗？你不要想太多了。”

忽然间真智子放声哭喊道：“什么叫不要想太多……”

义男闭上眼睛。作为父女，义男今年已经七十二岁，真智子也将四十四岁。两人都是大人了，但说自己是大人，听起来都很难为情：他这做父亲的不知如何安慰女儿，而女儿也心乱如麻，痛苦得不知该如何是好。

“我女儿不见了……已经快三个月了。叫我不要想太多，那怎么可能！”

“我知道，我当然知道。”

“你根本就不知道。爸爸又没有丢过女儿！”真智子开始胡言乱语，声音也逐渐沙哑，不用看就知道她已泪流满面。义男十分清楚现在真智子只能对父亲发泄情感，也知道是自己让女儿如此不幸。正因如此，他更不知道该说些什么来安抚女儿。

“要不从我这里去警察局问问？”他好不容易提出意见，“既然是在大川公园发现的，负责的警察局也是这里的。我陪你一起去，还是你先跟坂木先生联系一下？”

“嗯……”真智子小声回答，“我马上就跟坂木先生联系，他应该已经知道早上的新闻了。”

“他应该知道吧。对了，顺便问他要确认……怎么说……确认那个的话该怎么做。”

“我会问他的，然后再去爸爸店里。店里没问题吧？”

“有孝夫在，没问题。”

“哦！说得也是。”真智子喉咙哽住了，“我在说些什么。”

“你镇定一点。对了，有没有通知阿茂？”

真智子不答，义男也沉默地等待。

过了一会儿，真智子说道：“不需要跟那个人说。”

“那怎么行！他是孩子的爸爸。”

“我哪知道他现在人在哪里！”

“打电话到公司不就得了。”

真智子顽固地辩解道：“通知他，他也不会来，只是白费工夫。算了，只要爸爸陪我，我一个人就可以了。”

义男看着立在电话旁的旋转电话簿。造型还不错，就是不太好用，里面应该记着女婿古川茂的电话号码。还是我跟他联系吧……

这时，真智子尖声说道：“爸爸，你也不要打电话给古川！”

义男叹了一口气，道：“我知道了。”

两人陷入沉默，当真智子表示待会儿见时，她的声音颤抖不已。

“对了，爸爸……”

“什么事？”

“他们发现的一定是鞠子。”

义男强压着内心的激动，冷静地回答：“不是叫你不要随便乱说嘛。何必自己瞎担心。”

“一定是鞠子。万一真是鞠子，那该怎么办？”

“真智子……”

“我就是知道，凭着当妈妈的直觉。那一定是鞠子，我……”

“总之你先问一下坂木先生，我们再一起去警局。你去准备吧，听见没有？”

就像回到小时候一样，真智子温顺地回答一声“是”，便挂上电话。随着一声叹息，义男也放好话筒。

“老爹！”木田随即问道，“是不是发现了鞠子的消息？”

义男摇摇头，一时之间说不出话来，只是双手低垂着发愣。木田双手抓着脖子上的毛巾，等待义男的回答。

“你知道墨田区的大川公园吗？”

木田立刻点头。“知道，以前去那里赏过花。”

“早上在那里发现了一部分女尸，这是电视新闻里报道的。真智子担心会不会是鞠子。”

“噢。”木田下意识地嘟囔了一声，用毛巾擦了擦脸之后又不自觉地“噢”了一声。

“根本都还没有确定，真智子何必那么焦躁……”

“也难怪，毕竟是自己的女儿……”说了之后，木田才意识到这种事情义男也明白，于是停顿了一下改口道，“老爹也不好受吧。”

义男将视线移向电视，原想打开看新闻报道，立刻又改变了主意，反正待会儿就会去警察局。去之前看那些无谓的报道，变得跟真智子一样激动反而不好。

“已经三个月了吧，鞠子失踪的事？”木田抬头看着办公室墙上挂着的豆腐工会印制的月历，喃喃问道。

“今天已经是第九十七天了。”义男回答。

木田一脸像是被毛巾打到的表情，问道：“老爹在计算日子吗？”

“嗯。”

豆腐店楼上的房间里也挂着一份一样的月历，自从唯一的外孙女失踪以来，义男每天都在那份月历上画斜线做记号。

“要是鞠子能回来就好了。”木田说，旋即又改口道，“她一定会回来的。”

义男看着木田，不知道该说些什么来回应他的鼓励。该做的都做了，于是他说：“这里收拾一下吧，炉火关了吗？”

回到九十七天前，六月七日晚上。名叫古川鞠子的二十岁女孩在 JR[①] 山手线的有乐町车站前打公用电话回家，时间是深夜十一点半。比

① Japan Railways 的简称，日本铁路公司集团。

新宿、六本木等闹市区要早安静的银座地区，这时行人还很多，车站也显得明亮，更何况今天是星期五。接电话的是母亲真智子，由于鞠子身边十分嘈杂，她问话必须重复好多次。

鞠子说："本来不会这么晚的，对不起。我现在在有乐町，马上就回家了。"

"你一个人吗？不是跟同事一起吗？"

"今天……我……"鞠子的声音明朗无邪，好像有点醉了。

"路上小心点。"

"是，我知道了。先帮我准备洗澡水，还有，我想吃茶泡饭。拜托妈妈了。"

说完后，鞠子挂上电话。她大概不是用电话卡而是投币。在电话挂上之前，真智子听见了钱币即将用尽的警告声。

听完电话，真智子开始准备洗澡水、重新热晚餐。怎么可以只吃茶泡饭，一点营养也没有。然后，她来到客厅看电视。夜间新闻正在播低利率时代的理财特别报道。

古川家距离JR中央总武线东中野车站步行约五分钟。那条路沿着铁轨，夜里不太有人经过。真智子就像普通的母亲一样，一个人坐在客厅里微微担心夜归的女儿。一开始她并不是那么在意墙上的时钟，四月份刚上班的鞠子已经开始适应工作，也有了可以一起玩的同事。到了周末或假日，一下班就回家反而成了稀罕事。真智子多少也习惯了女儿生活状态的转变，毕竟今天是黄金星期五。

从有乐町到东中野，加上转车的时间，一般要花四十分钟。就算是深夜，算上走路的时间，一个小时后鞠子也该到家了。真智子暗暗算着，从十一点半等到了凌晨十二点半。

过了十二点半，门铃还是没响。真智子心想，该不会是鞠子没赶上车吧。

她看了一下时钟，时间是十二点四十分，接着又将视线移回电视画面。

之后又看了一下时钟，十二点五十二分。真智子站起身来，走到大门口，确认门口的灯亮着后又回到客厅，坐到椅子上点了一支烟。她抽烟并不凶，一天顶多十根淡烟。

抬头看时钟，她的视线没有移开，十二点五十五分。她眼睁睁地看着秒针悄无声息地转了两圈。

这时，她才觉得，太慢了吧。

她再度将视线移回电视，可是根本无法将注意力集中在画面上。新闻报道已经结束，这时段播放的净是些吵吵闹闹的无聊节目。

鞠子边看报纸边吃早餐时，说过今天深夜播的影片不错，一定要看。真智子怕自己撑不到半夜两三点，拜托鞠子帮忙录下来。鞠子便说必须要用新的录像带。家里的带子不知道重复录过多少次，画质根本不行，她会买新的回来。

对呀，那孩子不是打算买新的录像带回家吗？路上有便利店，她大概是绕到那儿去了，才会这么慢，一定是这样。

就在真智子这么想之际，时间已经过了凌晨一点。过了一点十分。分针即将指向一点二十分。便利店有那么多人吗？需要这么久？

真智子穿上拖鞋走到门外。街上一片寂静，街灯孤零零地亮着，不见半个人影。一回头，透过蕾丝窗帘可以看见客厅里电视画面正在闪烁，旁边时钟的指针已接近一点半。

明亮的室内，昏暗的街道。

我的女儿却还不回家。

“鞠子！”真智子低声呼唤着。而这不过是长夜的开始而已。

真智子打来电话两个小时后，义男站在豆腐店旁边的冷库里，忽然听见外面停车场响起汽车的声音。他从门口探出头去，看见一辆白色卡罗拉正在倒车。

是真智子和坂木达夫。坂木坐在驾驶座上，屈身回头倒车。当他看见义男时，脸上的皱纹更深了。他向义男点头致意。

“早安。”

义男跟着回了礼，感觉胸口落下一个重物。那重物不是太大，就像是钓鲫鱼时随手捏成的铅块。

从鞠子失踪那晚起，义男心头的重物便开始下沉，如今还在沉落。既不动也不浮出水面，连一丝水纹也不惊动，重物就一直落在那里，透过幽暗的水面可以确知它的存在。要是将它举起来，应该会很重吧，而且下面好像沉睡着一个被打得很惨的东西，举起重物的同时，那东西也会浮现，届时就必须面对了。义男一边想，目光始终注视着没有变化的水面。这就是一心一意等待离奇失踪的家人归来的人每天所过的日子。

然而，一看见坂木，义男心中落下的重物竟在水面上激起了小小的涟漪。两个小时前真智子没头没脑地打来电话，都没有在水面上激出浪花。

坂木先生会不会也认为在大川公园发现的尸体就是鞠子呢？

如果不是，他就不需要特意跟过来了。

坂木达夫是警视厅东中野警察局生活安全科的警察。由于头发较稀疏，看上去比较显老。实际问过他年纪，才四十五岁。对义男来说，他就像是儿子，而且两人体形相似，都是矮矮胖胖的，有一次还被误认为是父子。

九十七天前，过了六月七日深夜，直到八日清晨，鞠子还是没有回家。真智子给义男打了电话，当时她已经联系过鞠子所有的好朋友，确认没有人和鞠子在一起。

义男立刻让她跟警方联系。鞠子是独生女，没有兄弟姐妹和她竞争，从小就备受宠爱。周围都是大人，对她简直就像是对待小宠物。因此成年之后，她有时表现得很任性。

但相对地，鞠子也明白自己对父母、外祖父以及所有亲戚而言是多么重要。她一举手一投足，都会让大家瞠目结舌、忙乱不堪。

所以不管什么时候，鞠子都必须按时间表行动。要是晚一点到达目的地，或是不能照原计划行事、必须取消行程时，她毫无例外地会很神经质地告知相关的人。例如与人见面迟到时，即便只是慢了十分钟，她一样会通知对方。鞠子心中一直认为，一旦自己不能守时或不遵守约定，就会使很多人担心。否则，一个二十岁的女孩利用浪漫的周末约会或和女性朋友吃饭、出去玩，到了要回家的时候，谁会那么费心专程打电话通知家里的母亲呢？这是义男的想法。

鞠子不说一声就离家出走，实在有些奇怪，不，应该说是十分怪异才对。假如说她在车站打电话给真智子之后，已经跟她挥手道别的男朋友又回来说今晚还是想和她在一起，她也改变了心意，那她也应该会向真智子报告。也许她不会明说晚上要和男朋友去宾馆，但至少会说计划改变了，回家会更晚。这才是鞠子的做法，她就是这样一个女孩。在青春期最叛逆的时候，她都没有不说一声就离家出走。即便和母亲大吵一架跑到朋友家借住一晚，她还是会打电话回家知会一声。虽然她以一副吵架的语气说“我只是不想让你们以为我在街上鬼混”，但还是会通知家里。她就是这样的女孩。

何况从去年年底，真智子的丈夫茂离家之后，古川家实际上就只有母女俩一起住。真智子生活上没有其他牵挂，每天几乎都围着女儿转。鞠子不怎么喜欢这样，却也没有必要故意打破习惯，造成母亲不必要的担心。

所以义男才让真智子立刻与警方联系，可真智子竟然不怎么理会。于是他再三说明鞠子在这些方面很规矩，根本不可能擅自外宿。最后他让木田看店，自己冲到东中野警局报案。

当时遇见的就是坂木达夫。在一间狭小的会客室里，面对双眼红肿、垂头丧气的真智子，坂木歉然低头站着。

从接到坂木的名片起，义男就对他的一切感到不满。不论他那浑身的穷酸相，还是他隶属的生活安全科，听起来就像是区政府的投诉科一样，不像是什么干正事的单位。一个二十岁的女孩半夜忽然在东京市中心消失，没有回到她应该回的家里。家属来报案，出面接待的竟是生活安全科！又不是丢了小猫要他们帮忙寻找！

在坂木慢慢说明该科就是负责处理离家出走案件的时候，义男愤怒至极。

“鞠子不是离家出走！有哪个笨蛋要离家出走了，还专程打电话说马上就要回家？那孩子本来就要回家了，结果没有回去！”

是不是被卷入什么案子了——义男连忙把这句话咽了下去，因为真智子整张脸已经埋在手帕之中。

“你们的心情我很明白。”坂木安慰道。义男心想，说话真够迟钝的，就连他那双小眼睛不断眨动的样子也很惹人厌，难道没有其他更厉害的警察了吗？

“可年轻人有年轻人的想法，太早下判断搞得人仰马翻，最后说不定反而会让鞠子小姐丢脸。”

“我们鞠子不是那种人。”

“每个做父母的都这么说。”

“你怎么……”

义男一时说不出话来。本来他就不怎么会说话。一般开店当老板的人，大致可分为两类：一类是能言善辩型的，另一类则是立刻语塞型的。前者多半开超市、电器商店之类专门做修理或销售的商店，后者就像义男一样，大多经营制造与售卖并行的店铺。

坂木看着哭泣的真智子和一脸不高兴的义男，重新抓了一把椅子坐好后，慢慢地说明：“年轻女孩忽然失踪是件大事，有可能变成案件。这一点我们也很清楚。只要稍有可能，就会发动大规模搜索。但目前搜索为时尚早。请妈妈和外公——称呼您外公没错吧？”

“没错。”义男说完，抹了一下额上的汗水。坂木的话他能理解——都是些借口，可是……

“我明白你的心情，但请不要净往坏处想。刚才请教过你们。”坂木问义男，“鞠子小姐的父亲是古川茂先生，目前正与真智子女士分居？”

“对，他住在杉并。”

“有没有可能鞠子小姐是去他那里了呢？”

“不可能！”一如被敲了一下，真智子立刻抬头说道，“那是绝对不可能的。”

坂木不为所动，微微一笑安慰道：“是不是绝对还不知道，也有可能是打电话给妈妈后，碰巧在有乐町遇见爸爸。彼此说话之际，夜色更晚了，于是就有了住在爸爸家的可能。而打电话通知妈妈则太晚了。”

真智子闭着眼睛，摇头否定："这是不可能的。"

"你先生在哪里上班？"

"丸之内。"

"那在有乐町遇见……"

"这种事当然不是没有。"真智子有些焦急，提高了音量说，"她有时会跟爸爸吃过饭才回家，毕竟那孩子也担心我们夫妻的事。可是那孩子从来没有跟爸爸一起喝酒晚归，甚至住在爸爸那里。她爸爸也不会让她住的，一定会送她回家。"

"可是……"

"茂和别的女人住在一起。"义男说，"所以不可能将女儿带回去。我找过他，他也没有让我进去过。"

眼看坂木的目光有些涣散，义男心想，他一定认为这个家庭的情况有些复杂，所以离家出走的可能性很强，那可不行。于是义男接着说："这对他们夫妻来说是个问题，但是和鞠子没有回家毫无关系。她可不是那种因为父母即将离婚而闹离家出走的女孩。而且都到了这步田地才离家出走，未免太奇怪了。"

一口气说完这些，义男有点忐忑。万一惹火了坂木可不太好，毕竟这里是警局。

坂木心里也不知道是怎么想的，看起来倒是不怎么在意，目光依然有些涣散，好像正在思考跟此刻话题无关的事情。

"总之。"坂木轻咳一声，睁大眼睛说，"今天先观察，请继续联系鞠子小姐有可能去的地方。我也会密切与你们联系。这样可以吗？很有可能鞠子小姐会一脸愧疚地回到家。"

之后坂木一直都是以这种态度应付他们。过了一个星期、十天、半个月、一个月……鞠子没有回家的日子不断增加，东中野警局认定是失踪案件才开始调查，并在全市的警察局贴出鞠子的照片和记录失踪时所穿衣服等的传单，但坂木的态度依然没变。"还不知道是不是出事了"、"不要想太多"、"警方已经在尽力了"、"不能往坏的方面想"……好像一旦认为可能出事了，想象就会立刻变成事实。

这么说来，坂木在这九十七天里一直都很专心地将落在义男和真智子心湖里的重物捞出来往外扔。然而就在今天早上，他却不一样了。

“你也来了。”义男边说边招呼两人进入客厅，他也知道自己的声音很紧张。

“刚好今天不当班。”坂木的声音还是跟平常一样沉稳，和随后进来垂头丧气、一脸疲惫的真智子恰成对比。坂木回过头看了真智子一眼，说：“古川女士情绪有些不稳，我想还是陪她一起来比较好。而且如果待会儿要去墨东警局，我在也比较好说话。”他似乎努力让自己显得沉稳。

真智子走进客厅时，义男轻拍了一下她的肩膀。一大早，她红肿的眼眶里又饱含着泪水。

“坂木先生也说了，还不能确定是鞠子啊。”

真智子点点头。“我去泡茶。”说完便走向厨房。看到她关上隔开客厅和厨房的玻璃门后，义男问坂木：“说真的，你们是怎么判断的？”

坂木正视着义男，视线却并不咄咄逼人。这就是这人的特点，面对周遭，他只投出方便接球的速度。义男忽然认为他的家人应该很幸福，而且他其实不适合当警察。

“不能立即断言吧。”坂木回答。

见坂木正看着烟灰缸，义男递上烟盒，自己也拿起一根来抽。这盒烟是今天早上才开封的，没想到只剩最后一根了。在等待真智子的时候，他竟像烟囱似的不断吞云吐雾。

“古川女士好像已经认定那是鞠子小姐了。”

“她情绪太激动了。”义男小声说，“只是她的第六感一向很准，鞠子失踪的时候也是。”

“今天已经是第九十七天了。”

义男吃了一惊，问道：“你也数着日子吗？”

坂木点点头，呼出一口烟。他轻轻地吸烟，就像在吸纸片一样，然后说道：“出门前我试着跟墨东警局联系过，到目前为止除了那只右手之外还没有发现什么。他们正在大力搜索，彻底调查整座公园。”

“我们不了解这种事……”义男说到一半停住了，他实在无法像电视上推理剧的演员一样，流利地说出分尸案的杀人情况，“尸体被……被分解了，应该不可能扔在同一个地方吧？就是为了分开处理，才会分尸，对吧？”

“没错，但为谨慎起见，墨东警局才这么做。何况大川公园很大，又有很多垃圾箱。”

“垃圾箱？”

“您还不知道吗？那只右手就是被扔在公园入口附近的垃圾箱里，外面包着纸袋，褐色的纸袋，很像超市常用的那种。”

真智子端着装有咖啡杯的托盘走出厨房。她眼睛充血，但已不再流泪了。

“我找不到日本茶……”她一边请坂木喝咖啡，一边问，“究竟放在哪里了？”

“噢……我最近只喝健康茶。”

那是一种能有效抑制高血压的茶。义男猛然想起，最初在杂志上看见那种茶，买来给他喝的就是鞠子……

“外公，听说你血压高得超过两百了？那哪里是人的血压，根本就是长颈鹿嘛！”鞠子笑着说，目光却满溢着担心。

她还说：“不能吃太咸的东西。吃豆腐的时候，记得不要加酱油，蘸柚子醋好了。听见了吗？”

一时间胸口像被针刺到一样，义男疼得双手掩面。幸亏真智子只顾着手头的事情，没注意到。义男紧闭着眼睛喝下咖啡。

可是坂木注意到了。他故意将视线移开，伸手端起咖啡杯。

万一那只右手真是鞠子的，那该怎么办？义男的心绪如同真智子般动摇，脑海中不断翻腾这个问题。如果是生身父母，光凭一只右手应该也能认出来。是不是鞠子，只要去看看就能知道。但问题是现在能否挤出前去确认的勇气。

“好像有客人来了。”坂木说。

抬头一看，店门口站着一个穿着黄色马球衫的女人。那女人一见义男，便堆起了笑容说：“老板，我要豆腐。”

“马上来。”义男起身走到店里。

“给我一块绢豆腐、一块木棉豆腐。”

那女人是住在附近的主妇，每天下午到傍晚会骑自行车到十分钟路程之外的牙医那里打工。半个月前，义男去拿治牙龈发炎的药时，她出声喊道：“这不是豆腐店老板吗？”义男才认识她。

“今天有没有炸豆腐？”

“对不起，还没做呢。”

义男的店里夏天不卖炸豆腐。就算到了秋天，不到深秋炸豆腐也不会上市。

“差不多也该上市了吧，晚上已经开始变凉了。一旦吃过老板卖的炸豆腐，那些超市卖的根本就不能入口。”

“谢谢你。”

义男隔着玻璃柜将装着豆腐的塑料袋交给客人，并接过零钱。他说了声“下次再来”正要送客时，那女人却停下脚步说：“老板最近好像没什么精神，出了什么事吗？”声音洪亮得连坐在客厅里的两个人都听得见。

义男故意笑着回答：“我只是年纪大了。”

“讨厌，老板才没那么老呢。”女客人笑着走了出去。义男又说了声“下次再来”，便转身在旁边的小水池洗手，顺便抹了一把脸。

一回到客厅，看见真智子又在哭泣。

“爸爸，你也有所预感吧。”

义男默不做声地坐下，喝完杯里的咖啡。

“木田先生去哪里了？”坂木问。

“他去送货了，十二点以前会回来。”

“那我们就那时候再出发吧。”坂木语气轻松地说完后，转过头对真智子说：“刚才在路上我就说过了，毕竟只是一只右手，能不能确认还是个问题，你不要想得太多。”

真智子一边点头一边拿起身边的手提包打开，说：“坂木先生说让我带样有鞠子指纹的东西去。”

她拿出东西递给义男，那是一把装在塑料袋里的小梳子。

东中野家鞠子的房间自从鞠子失踪以来始终保持原样。即便没有人要求，真智子也会这么做，但坂木早已交代过了。

“这只是为了谨慎起见。”坂木立刻补充道，“毕竟整体情况还不很明朗，也不知道发现的右手能否检查出指纹。”

义男见真智子小心翼翼地收好梳子，便说：“真智子，不好意思，可不可以帮我买包烟？刚好抽完了。我必须看着店才行。”

“好啊。”真智子站起身来问，“卖烟的在哪边？”

“出店门向右，就在邮筒旁边。”

义男等真智子出门，直到看不见她的身影，才转过来面对坂木。坂木正看着茶柜上整条的香烟。

“真智子不在比较好说话。”义男说，“见你一起陪她过来，我想大概没错了。”

坂木的杯里还有咖啡。他看着咖啡杯，轻声问道：“香烟铺很远吗？”

“就在附近，可是今天没开。找其他店买香烟回来，大概要花十分钟。”

义男正是这么打算，才让真智子出门的。

“坂木先生，你那里的消息应该比电视台快。请跟我说实话，现在情况怎样？大川公园……那只被发现的手……有没有什么特征？”

坂木低着头，用手摩挲着脸，像是不想让义男发现他脸上浮现出多余的情感。“还不清楚，只能确定是年轻女子的右手。但这样一来，是鞠子小姐的可能性便增大了。”

“只有这些？你也在怀疑吧？”

“我是担心万一。”

两人的对话难以继续。坂木耷拉着肩膀，义男觉得他隐藏了什么新的而且是关键性的线索，却不知如何才能套出话。

这时正好有客人上门，是结伴同行的两人。就在义男招呼客人之际，木田回来了。他将有马豆腐店的货车停在坂木的汽车旁边时，真智子也回来了。除了香烟，她手上还提着超市的纸袋。

“你买了不少嘛。”

“刚好看见巨峰葡萄。”她打开袋子让大家看，“这是鞠子最爱的水果，我买了好多。”

父亲看着女儿，女儿也看着父亲。真智子的眼里饱含泪水。

义男心想，说不定真智子已经快要崩溃了。

去墨东警局的路很远，三人在车上几乎没怎么说话。真智子看着窗外，连呼吸都很压抑，沉浸在自己的世界里。静静摆在膝盖上的双手，只有指尖不时因心事而抖动。

墨东警局所在的五层建筑看起来像是刚盖好不到一年。地下大概是巡逻车和警车的停车场。坂木将车停在警局前的访客专用停车场时，两辆巡逻车连续从地下开出。如果义男的记忆和方向感没有错误，两辆警车都开往大川公园方向。

一下车，义男便挽着真智子的手臂。她看起来似乎无法一个人走路。在穿着制服、右手执木刀的警卫注视下，三人走向大门口。

这时义男发现，在警卫旁边，楼梯的背面，一个少年蜷身而坐，两手抱头，像在防备什么似的。

塚田真一和国王的女主人是被警车从大川公园带到墨东警局的。两人肩并肩坐在汽车后座上，一路上女孩都在哭，真一则显得垂头丧气。他们被带上警车时，人群中有人喊道：“什么啊！又是学生干了什么坏事吧。”

看见垃圾箱里的纸袋中掉出人的手，真一当场吓呆了，女孩则蹲下身又哭又叫，什么忙也帮不上。最后打电话通知一一〇的是闻声飞奔过来的一对中年夫妇。他们很冷静，做事也很有效率。随着警笛声接近，围着看热闹的人越来越多。这对夫妇不仅保护他们俩，还在警察到达之前努力守着垃圾箱，不让好奇又粗心的人接近。因为光是现场询问还不够，真一他们还必须到警局接受警方侦讯，这对夫妇便主动说帮他们照顾国王和洛基，并送它们回家。

“问了两人的住址，刚好都住在我们家附近。”中年夫妇说道。

最后决定在一个警察的陪同下，由这对夫妇先向真一和女孩的家人说明情况。这时真一全身还很僵硬，说不出话来，只能用点头表示感谢。那位先生见状便低声安慰道：“你一定吓了一跳，我能理解你的心情。但你是男孩，应该镇定点、振作些，必须让女朋友看到你勇敢的一面。”他还用力拍了拍真一的肩膀才离去。

真一很想辩解，那女孩才不是我的女朋友，你们根本不知道我为什么这么吃惊……如果说清楚，对方应该就能理解，可他说不出话来，面红耳赤，背部越来越冷，膝盖颤抖不已。

一同搭乘警车的警察穿着有淡淡樟脑丸气味的西装，脸上还有刚刮过胡子的青色痕迹，并不多话。警察报过自己的名字，但真一没有听清楚。他耳中充斥着看见纸袋中的东西时女孩的尖叫声和自己的叫声。不管怎么眨眼，眼前仍显现垃圾袋里掉出手指的景象。指尖直指真一，就像是指名说：就是你！真一。我又回到你身边了。虽然让你逃过一次，但我还是回来了。这次我一定要抓住你！

他想，那一定是死神的手！

到了墨东警局，他和女孩一起被带进二楼尽头的一间会议室。不久许多穿着便服的警察进进出出，有些人会瞄他们一眼，有些人则上前安慰道：“辛苦了，再等一下就好。”那些警察交谈的样子也很匆忙。其间，一位穿着制服的女警端来了装有咖啡的纸杯。

或许是年轻女警散发的温和气息所致，两眼哭得通红的女孩抬起头，问道：“对不起，可以给我纸巾吗？”

女孩想擦鼻子，可是连条手帕也没有。女警立刻点头，不知从哪里拿来一包新纸巾。

“还需要什么吗？要不要上洗手间？”

“不用了，谢谢。”女孩笑着回答。女警也报以微笑，接着猛然将视线移向真一，问道：“你还好吧？看起来好像很不舒服。”

真一沉默不语，只是动了动下巴。女警似乎还想说什么，但立刻又改变主意，走出了房间。

会议室的门开着，可以听见外面的人说话的声音。当房里只剩下真一和女孩独处时，女孩迫不及待地跟他说话："怎么好像我们俩都遇上了麻烦似的。"

真一点点头，并没有看对方的脸。女孩改变坐姿，身体靠前，小声说："早上出门散步的时候，谁会想到遇见这种情况？世事真的是很难预料。"

"嗯。"真一点头称是。女孩说话的声调很可爱，令真一困惑不已，心中纳闷，为什么她可以发出这么明快的声音？

真一伸手抹去额上的汗水，长出一口气。

或许因为是别人家的事。对女孩而言，这件事跟自己没什么直接关系。所以从震惊中恢复后，又是原来的自己。她和我是不一样的！

"我还没自我介绍呢，我叫水野久美。"女孩表情认真地看着真一，"你也是高中生吗？"

真一默默点头。久美的表情变得很担忧。"糟糕……你还好吧？脸色很不好呢。"

"我没事。"

"真是吓死了。"久美的声音听起来像是在演戏，"我觉得好像是在做梦。"接着她又吐了一下舌头说道，"不过也有点刺激。"

真一终于受不了了。他推开椅子，猛然站起身，冲向门口。

久美吃惊地跳起来问道："你怎么了？你要去哪里？不可以乱跑！"

真一无视她的制止，跑到走廊上，撞上了一个正要走进房间的大块头中年警察。对方吓了一跳，猛地后退。

"怎么了？你要去哪里？"

"对不起，我有点想吐。"真一简短地回答，"我想到外面吹吹风，可以吗？"

嘴里还在问"可以吗"，脚下却径直冲下楼梯。大块头警察立即抓住真一的手臂，说："等一下！"

"我马上就回来，请让我去吧。"

这时走廊另一头走来一个警察。那人没有打领带，还穿着凉鞋，腆着大肚子，显得很邋遢。

“喂……喂……”那警察走过来关心出了什么事。真一简短地说了声“我不会跑太远的”，便快步走下楼梯。在转角处，他用眼角的余光瞄见没打领带的警察制止了想追上来的大块头警察。

出了自动门来到室外，阳光明亮且十分炫目。走下大楼前的三级水泥阶梯，他靠往一旁，在最下面的石阶上坐下，双手捂住眼睛。警卫走过来看了看。真一坐着一动不动，警卫也没有做声。在这难得的沉默中，真一痛苦地置身于脑海里重现的所有影像与声响中。一旦开始回忆，就必须从头到尾过一遍，无法中断。他虽不喜欢，却早已认命。

不知过了五分钟还是十分钟，真一抱着身体一动不动。记忆如狂风暴雨般掠过之后，他才站起身来，发现自己没有哭泣。他全身颤抖，却没有流泪，因为泪早已干涸了。

等他回过神来，才注意到今天天气宜人，秋意正浓。警局前四车道的马路上，各式各样的汽车来来往往。最右侧的人行道上有公交车站牌，一个穿着西装的男人正站着读报纸。风吹动报纸的一角，也吹起了男人脚下的落叶。

人世间什么变化也没有，阳光仍是金黄的，空气依然清新，一切都显得和平。真一摇摇头，双手轻抚脸颊。

这时，警局前的车道上驶进一辆白色卡罗拉。汽车在大楼前右转，开进访客专用停车场。车门打开后，有人走了下来。

一共是三个人。一个穿着西装的中年男人，一个穿着灰色衬衫和灰色格子外套的老先生，两人都是矮胖体形，走路的样子也很像，该不会是父子吧？

另外还有一个女人，也是中年人，年纪和石井阿姨差不多，不对，应该是跟真一的母亲相仿。

那女人看上去很奇怪，像喝醉了，左右摇晃。穿着灰色衬衫的老人看不过去，赶紧过去搀着她一起走。老人努力配合女人的脚步以帮她掩饰，还对着她微笑，笑容显得有些心不在焉。

真一心想，这些人是干什么的呢？既然是来找警察，目的应该都很明确，只是不知道他们是受害人一方还是加害人一方的。

就在他的注视下，向这边走来的三人之中的老人和他四目交会。他看着老人。一如身上灰色的衬衫，老人的表情也显得阴郁。秋日的阳光照射在老人光秃秃的前额上，仿佛给不幸的房间投注一丝温暖的光线。

老人也看着真一，好奇的目光中夹杂着些许同情与关心，但或许是真一多想了。老人的视线移向墨东警局的门口。走在前面、穿着西装的男人正在和警卫说话。说话声被大风吹得断断续续，真一只听见："……担心会不会是自己的女儿。"

真一立刻站起身，转过头看着自动门前的三人和警卫的脸颊。

原来这些人是担心那只右手会不会是自家的女儿而到警局询问。真一被突如其来的想法猛然一击，清醒了。这些人是为那只手的真相而来。

还会有更多的家庭前来墨东警局，每个人都将面呈阴郁之色，祈祷等待的答案不是最坏的结果。真一再次想起那只指着他的手。被切断的手的主人，原本也是想回家的某人。对于这些来到这里接触此手、想要握紧此手的人而言，真一才是真正的死神。因为是他发现了他们女儿的死讯，而这是他们若不知道就不会相信的事实。

穿着西装的男人跟警卫打了声招呼后便进入局里。老人和他搀着的女人也跟了进去。三人的身影正要消失，那老人像是忽然想起了什么，匆匆回头看了真一一眼，随即走进门内，但他那关切的眼神深深留在真一心底。

其实那老人回头看真一时心里在想：这孩子好像是骑自行车跌倒了，一脸寻求母亲安慰的表情。真一后来才从老人的口中听到这些。

警局门口又只剩下警卫和真一两人。有些凉了，真一打算起身进去，忽听背后有人问道："你是塚田真一吗？"

"是……的。"

那个没打领带的警察走下阶梯，坐在真一身旁。受他影响，真一又坐下了。

警察身上散发出发油的气味。听完真一的回答，他便急着从上衣口袋里掏出烟。可是大风立刻吹熄打火机的火苗，他只好用厚实的手掌圈住打火机，好不容易才点着火。随着吐出的白烟，他低声问道：“塚田，你是不是佐和市教师一家被杀案件中的塚田？”

听到与香烟奋战的警察忽然如此发问，原本茫然的真一更是说不出话来。警察一边吸烟，一边斜眼看着真一。

“我是警视厅的武上。调查佐和市的案子时，一个嫌疑人逃到东京的朋友家，我参与了侦查，所以记得你的名字。”

“原来……如此。”真一好不容易说出话来。他也想起是有一个嫌疑人在东京被捕。

武上继续抽着烟，点点头说道：“你的父母和妹妹，真是遗憾啊。”

真一不知该怎么回答，是该说“没错”呢，还是“谢谢”？这件事不是一句遗憾就能概括的，至少对他而言。所以他不知该如何回答，毕竟对方既表示了同情，又是警察，还尽力逮捕了嫌疑人。

真一考虑回话的同时，武上已性急地扔掉香烟，用鞋底踩灭烟头，有些自责地说道：“对不起，这根本不能安慰你，我说了不该说的话。”

“不……”

“我平常没有什么机会和受害者或家属说话，所以不会表达。”谨慎的语气和习惯用语之间的落差，充分显现了武上的困惑。“你现在住在这里吗？”

“是的。”真一点头回答，心中却想，简直就是我将死神带到了这里。

“住在亲戚家吗？”

“是我爸爸的朋友家。他们是小时候的朋友，都在中学当老师。”

“是吗？”警察的眼睛被凉风吹得眯了起来，“那么你成了他们的养子。”

“不，还没有正式收养。所以我的姓还是塚田。”

武上恍然大悟般点点头。

看来真是个不善于说话的人，谈话之间不时有不自然的中断，但对方还是没有起身的打算。

真一问：“武上先生是为了调查今天早上大川公园的事件来的吗？”

“嗯。”

“这是个大案子吧？”

“还不知道。”武上摇头道，“只是发现一只被切断的手，还不能断言是杀人案。说不定只是毁尸、弃尸而已。”说完，他不禁失笑道：“那也不可能，都已经发出恶臭了，明显就是杀人案，不是吗？”

“我不喜欢。我真的不喜欢这种事。”

武上看着真一。“听说是个姓塚田的高中生发现的，我真是吓了一跳。一年之间，你又遇上了麻烦啊！”

“说不定我被什么怪东西附身了。”

武上用力拍拍真一的背，说道：“你可别乱说话！”

真一也希望如此，但死神手指的印象不会那么轻易从心头抹去。

“现在的家，住得还好吗？”

“他们都是好人，叔叔和阿姨都是好人。”

“有没有其他小孩？”

真一摇头道：“只有我一个，还有一只狗。”

“狗呀，有狗还真不错。”武上将双手放到膝盖上，准备起身，“怎么样，心情好些了吗？”

“是的，对不起。”

“那就辛苦你接受一下讯问。做完就能立刻回家，应该可以赶上下午的课。”

真一本想回答：平时就常请假，石井夫妇也已经默认他经常逃课的行为。所以今天不上学也没关系，而且他也不想去。但他还是没有说出口。武上走向警局大楼，真一跟在后面。来到自动门前，又听见一辆车开来的声音，真一回头去看。

这次是出租车，从后座走出一对看似母女的人。两人表情紧张，仿佛被针一刺就会胀破。

真一看着她们，说：“又是来确认手的身份的吧。”

“大概吧……”

“刚才也有一个家庭像是来确认手的身份。”真一脑海中浮现出刚才那个穿灰色衬衫的老人。

“毕竟跟女孩有关的不幸案件特别多。”武上回答，声音低沉，“以前发现身份不明的尸体时，那些有人失踪的家庭反应并没有这么敏感。可是近几年变了，因为大家都更有知识了。而且最近大阪刚发生过女子被分尸的案子。”

那对母女还没有赶上来，真一已经走进大楼了。上楼前往会议室的途中，武上忽然想到什么，停下脚步问道：“你需不需要出庭参加案子的公审？应该已经开始了吧？”

第一次公审是在案发半年后，即今年三月举行的。真一既没有出庭也没有旁听。他也很担心以后的公审自己是否需要出庭，但还不知道答案，便如实回答：“负责的检察官说尽可能不让我出庭。”

“你也不想出庭吧？”

“你是指坐在证人席上面对各种提问，会勾起当时不愉快的回忆？”

“嗯。”

“那……倒不会。”

“真的吗？”

“就算不被任何人提问，自己也常会想起那些事情，所以还不是一样。”

武上避开真一的视线，看着自己突出的肚子，一副怪罪自己说错了话、指责自己肚子的表情。

“对不起。”真一说，“我说了不该说的话。”

武上挥动厚实的手掌回答：“我才是很不会说话。”

看着武上痛苦而扭曲的表情，真一忽然有想哭的冲动，于是抬高下巴忍住了。“不管怎么说，我家的案子从上一次结束后就没再举行公审，下一次大概还要很久吧。”

“为什么这么说？”

“因为还不确定三个嫌疑人是否要分开公审，而且对方希望做精神鉴定，现在正在处理。”

武上睁大眼睛问道：“三个人都要？”

“嗯，是的。”

“真是令人吃惊！主犯是姓樋口吧，连他也要吗？”

真一的脑海中立刻浮现出那人的脸。代替流泪的冲动，胸口盘旋起一股刺痛。“没错，就是樋口。”

“怎么看那家伙都没问题！”

“好像鉴定结果是有问题。”

武上吃惊地拍了一下额头，鼻子喷出怒气。“他们打算怎么说？精神失常吗？”

“听说是低能弱智。”

“明明是有计划的犯罪，哪有什么弱智的。”

真一没做声，只是微微一笑。准确地说，他只是做出了类似微笑的表情。

“我说真一……”武上一脸正经地说，“你家发生的事真的很悲惨，你也是受害人。所以千万不要有刚才那种想法，知道吗？”

真一敷衍地点点头。

“你没有错。”武上说，“你没有任何责任。这一点你千万要记住。”

包括当时负责案子的葛西先生，大家都这么说。

看到真一点头，武上走向会议室。真一尾随其后，一如被带着走的人犯一样，低头看着脚尖。

由于坂木利落的安排，义男和真智子没有受到阻碍，很快就被带到警局三楼的小房间里。这是个谈话室，除了桌子和沙发外，墙边有一台旧式转钮电视机，旁边的小桌上有一部内线电话。

义男他们坐好后，坂木说了声“你们在这里等一下”，便走出房门，还带走了真智子从皮包里取出的鞠子的梳子和照片。

房间里只剩下义男和真智子两人。真智子身体前倾，坐在扶手椅前端，眼神落寞地看着地板，坐姿和刚才在车上时几乎完全一样。义男不禁担心她是否知道这里已经是墨东警局了。

“真智子，你还好吧？”

没有回音。真智子干燥的嘴唇半张着，眼睛直直地盯着地板。

义男开始后悔带她一起来。自从开始担心大川公园发现的手会是鞠子的，真智子心神就已脱离现实，深深陷入妄想。就算待会儿确定手不是鞠子的，也不知真智子能否恢复正常。

三楼和一二楼不一样，少了进进出出的人，比较安静。来这里之前，经过了好几扇紧闭的房门。说不定这一层楼平常外人是不能进来的。大概是为了让义男他们的情绪能够稳定下来，坂木特地请人做了安排。

静静地坐在一旁，可以听见真智子不规则的呼吸声，气息很轻，但很快。她就像是发高烧的小孩，一个脸色通红、闭着眼睛躺在一旁的小孩。

很久以前——没错，就是很久以前，义男心想。那时真智子才四岁，大约是一九五五年左右，义男开的有马豆腐店经营还不到半年。真智子半夜发高烧，义男抱着她去看医生，结果是肺炎。他大声斥责妻子俊子："都是你的错！"把妻子都骂哭了。

俊子过世已经八年了，要是她还活着，应该比我更能安慰真智子吧。义男心想。或许应该说，因为俊子先走，所以不必担心唯一的外孙女可能发生不幸。这难道也该庆幸吗？

忽然间，真智子发出类似哭泣的长叹，看着义男说："爸爸，时间还真是久呀。"

义男没说话，握住了女儿放在膝盖上的手。几十年来他从没这么做过，就连女儿出嫁那天也没有。真智子也紧紧握住他的手。

两人就这样坐着等待。一个小时后，坂木快步走回房间。他一进屋，真智子便抽出手，站起身来问："结果怎样？"

"把你们扔在这里，真是不好意思。"坂木擦拭额上的汗水，说，"目前还不是很明朗。"

"到确定结果还需要相当久的时间吗？"义男问。如果有必要，可能需要说服真智子，带她回家。

"公园方面还在搜索。"坂木说话间，真智子颓然斜躺在椅子上。"目前除了一开始发现的右手外，没有其他发现。我在这里也是个外人，所以比较麻烦。关于那只手的身份，还是应该越早知道越好。"

“是否知道了什么线索？”

坂木分别看了看义男和真智子后，决定问真智子比较好，于是转过头说道：“今天早上发现的尸体还很新。”

“新……”

“没错，大概是死后过了约一个晚上。所以模样还很清楚。”

“所以呢……”

面对探身询问的真智子，坂木缓缓地问道：“古川女士，鞠子小姐是否擦指甲油？”

真智子的表情一下子变得复杂。“指甲油吗？在公司里是没有，因为公司禁止，毕竟是银行，这方面比较苛刻。可是约会的时候，她会涂些颜色较淡的指甲油。”

“失踪那天呢？你还记得吗？”

真智子两手抱着头。“到底有没有呢？我记得她那天穿的是粉红色套装。晚上要出去玩，所以打扮得漂亮些。那是新买的。平时没什么事的话，反正有制服，她习惯穿牛仔裤上班。可是那天她穿得很讲究，只是有没有擦指甲油呢……”

“那只手上擦着指甲油吗？”

“是的，应该怎么说呢，我也不是很清楚，好像是深粉红色，还是淡紫色？总之是那种色系。”

“是女子的手，没错吧？”

“这一点没有问题，不是男人的手。从皮肤状态来看，很年轻，听说是二十到三十岁之间。”

“指甲油……”真智子抱着头低喃。

“请不必过于费心思考。”坂木语气沉稳地制止真智子，“我只是小心起见，问问有没有这种习惯。鞠子失踪已经九十七天了，而手腕的主人死亡才一个晚上。所以就算是鞠子，这中间有太多的机会可以涂指甲油。”

真智子失望地放下双手，说：“是吗……是这样啊。”

“还有一件事。”坂木竖起指头说，“鞠子小姐右手内侧是否有痣或胎记之类的东西？”

“痣或胎记？”

“是的，邮票大小、颜色不深的胎记。只是还不知道那是本来就有，还是因为其他原因造成的……”为了尽可能不用到“死”、“杀人”之类的字眼，坂木着实费尽苦心，“目前还不清楚。鞠子小姐应该没有什么痣或胎记吧？我没有听说过。”

真智子用力点头道：“是的，她身上才没有任何胎记或痣！”

“那只手上有胎记吗？”

“是的，刚才我也说过了，因为时间不是很久，一眼就能辨认出是胎记。”

“那就不是鞠子了！”真智子双手握在胸前，脸上明显露出解脱的神情，大声喊道，“爸爸，不是鞠子啊！”

义男也放下一半的心，但又觉得不能高兴得太早，因为坂木说过不知那个胎记是什么时候造成的。他很担心真智子的情绪起伏太剧烈，于是安慰她道：“太好了！镇定一点，我们坐下吧。”

这时门口有人影出现，义男抬起头，坂木也回过头看。一个穿着制服的女警窥探似的寻找坂木，找到后说道：“坂木先生，麻烦过来一下。”

为什么对真一和水野久美的讯问要花那么长的时间？其理由在和负责的警察聊过后便自然知晓。其实并不是怀疑最早发现尸体的真一他们——先回家的水野久美似乎有些不满，而是想了解他们在发现那只手之前看见或听见了什么。他们每天到大川公园散步，在最近几天里有没有感觉到异常，例如有什么车停在奇怪的地方、看见不常见的人或行动怪异的人等。警方为慎重起见，巨细靡遗地询问他们。

真一很清楚警方会不厌其烦地重复询问同一件事，所以他不觉得难过，也不会因此生气。而且询问真一的警察大概从武上那里听说了什么，态度很温和。但真一毕竟是在一年之中两次发现残忍的杀人案或可能的证物，对方多少还是抱着好奇的眼光看他，令他觉得很累。

中间休息一次，是为了吃午餐。“只能提供这个，真是不好意思。”负责的警察说完便递出一份便当。大概是认为一起吃不方便，那人走出了房间。真一反而松了一口气。

仔细一想，从早上到现在什么都没吃，但是没什么食欲，而肚子却咕咕直叫。凉了的便当没什么味道，真一默默地吃完一半。用餐之际，外面传来电话声、嘈杂的人声和走来走去的脚步声。

午餐过后又持续了一个小时，讯问才结束。留下必要时可以立即联系的住址和校名后，真一被允许回家。

“辛苦了，把你留下来，真是不好意思。”负责的警察表示，“对了，你母亲在楼下的会客室等你。”

“我母亲？”

对方似乎是想询问一年前的案子，真一几乎条件反射地想要说出：“我母亲已经死了。”

“你母亲是石井良江女士吧？她从家里打来电话，我们说过了中午就会结束，她就说要来接你。已经来了将近三十分钟。”

“是吗？”

真一下到一楼，依据警察指示的方向前往会客室。石井良江已在杂乱的大厅对面看到了真一的身影。

“小真！”石井良江在便服外面搭了件薄外套，没有化妆。她轻轻挥着手小步跑向真一。“还好，我还担心人太多，看不见你呢。”

说是会客室，只是摆着几排塑料椅。前面就是交通科，来办事的人较多，所以不像局里气氛那么严肃。

“真是遇见麻烦了，累了吧？”

“有点累。”

“午饭吃过了吗？”

“吃了便当。”

“还要不要吃点热的？我们去吃碗荞麦面再回家吧。”

“阿姨，学校没关系吗？”

“你不必担心，我已经不是班主任了，今天请假。”

石井善之、良江夫妇在当地中学任教。两人的学校不同，善之今年春天刚当上教务主任，良江是语文老师。真一已遇害的父亲和善之是朋友，从小感情就很好，加上石井夫妇没有小孩，出事之后，他们便争取收养真一。

真一的父母都有兄弟姐妹，彼此间也都有相当程度的往来，不料出了事，大家对于收养真一都面露难色。这件事深深地伤了真一的心，他甚至认为固然事情发生有其原因，但终究是自己不被原谅。

被石井夫妇收养后，真一还是很在意这件事。平静的表面下，他总是担心，虽然石井夫妇和父母感情良好，但毕竟没有血缘关系，会不会将责备他的心情藏了起来？真一害怕说出口，或者应该说他害怕那样的结果，所以佯装不知道，但经常因猜测石井夫妇的心意而处处小心。

“洛基呢？”

“警察先生带它回家了，我听到消息后吓呆了。”

“对不起。”

良江面呈同情的神色，说道：“小真，你不需要道歉。”

真一还不习惯被称为“小真”。从前母亲曾经叫过他“真一”、“哥哥”，却从来没有叫过“小真”。初二时，真一有了女朋友，对方打来电话时总是问：“小真在家吗？”妹妹模仿这种说法嘲笑他，令他恼羞成怒，一整天都不理妹妹。结果妹妹哭着跑去向母亲告状，害真一被狠狠训斥了一顿。家人叫他“小真”，那是唯一一次。

良江叫他“小真”，善之则叫他“阿真”，再也不是“真一”或“哥哥”了。从今以后，这一生再也不会有人直呼他的名字或叫他“哥哥”了。过了一年，他还是不能适应这一点。他闭上了眼睛。

实在不应该来警察局，不愿想起的种种大事小情不断浮现在脑海中，扰乱了平静的心情。真想赶紧离开这里。

良江将车停在访客专用停车场里，是那辆她上下班用的红色小车。

“这车对小真而言实在是太寒酸了。”良江边开车门边说，“该换辆新车了，干脆换成四轮驱动的。而且再过一年，小真也可以考驾照了。”

一如良江立刻将车驶离警局大楼，她也希望能将真一的心情带离今天早上发生的事件。一般的父母肯定会问，被问了些什么、情况究竟怎样……良江却一句话也没问，反而显得不自然。

良江自己大概也明白这一点。坐进车里时，她的表情有些阴郁。

真一回头看着警局大门，心想也许会再见到武上。武上或许很忙，应该不可能跑到外面来，但真一希望能再见他一面，就算时间很短，说些话也不错。真一觉得刚才和武上之间的距离感，正是现在自己最需要的。

武上没再出现。但就在真一死心准备上车时，自动门开了。两小时前看见的那对母女走了出来，母亲靠在女儿身上，哭得死去活来，女儿也在哭泣。两人步履蹒跚地走向街道。

真一抓住车门呆住了，心想，那只手的主人就是这家人的亲属吗？她们因此才哭吗？就这样失去了亲人，真是令人难过。

“小真？”

不顾良江的呼唤，真一跑了过去。他穿过停车场，朝着公交车站牌奋力奔跑，追上那对母女。

“请问……”他一出声，那女孩就回过头来，脸形瘦长美丽。尽管两眼通红，泪水滑过脸颊，但还是一眼可以看出是个美人胚子。

“请问……请问一下……”

女孩搀扶着不断哭泣的母亲，问语塞的真一：“有什么事吗？”声音带着些许哭腔。

“那个……我……我想请问……是不是确定身份了？”

“啊？”女孩侧头和母亲对视，然后两人一起看着真一，“什么身份？”

“今天早上在大川公园……”

女孩吃惊地后退一步，从头到脚仔细打量真一。真一也慌了，连忙解释道：“对不起，我不是看热闹的。其实是我发现了那只手，我无意中发现的，所以才……”

“噢。”女孩湿润的眼睛旋即亮了起来，说，“没有，手的身份还没查出来。”

“可是……”

女孩和母亲伸手擦干眼泪，相视而笑。“我们只知道不是我家哥哥。”

"你哥哥？"

"是呀，我们看的新闻报道并没有说明是男人还是女人的手，而且又是在我家附近，所以很担心。我哥哥一直行踪不明。"

"我们是因为安心才哭的。"那母亲说道，"可是想一想，又不是我儿子回家了。"

"不管怎样，还算好的。"女孩说，"真是太好了！"一副自我安慰的语气。

两人相互扶持着离开了，只留下真一。

搞错了，原来是搞错了吗？难道是比那对母女还早来的家庭？

不，那也不一定。毕竟整个东京或整个日本，失踪人口不知有多少。一千，两千，还是更多？其中被推断与犯罪有关的失踪就不计其数。真一只是发现了这只不明身份的手，不小心发现的。

"小真！"良江来到真一背后，伸出双手搂住他的肩膀。良江在女人中算是高的，站在正在发育的真一身旁，两人身高几乎一样。

"我们回家吧。"

真一默默点头。是的，他现在真的很想回到那个刚才被称为"家"的屋檐下。

有六千三百人。有马义男心想。

自从坂木被叫出去之后，真智子就显得格外开朗，不断取笑自己过度紧张，还积极和义男说话。为维持她的好心情，义男也努力配合，只是内心明白现在高兴还太早。

然而多少有了希望，他才会想到"六千三百人"。那是鞠子失踪后半个月，他问全国一年之内有多少人行踪不明时，坂木回答的数字。

"去年一年，总数将近八万两千人。"

"已经上万了吗？不是千或百吗？"

"是的，只是其中包含了各种情况。像鞠子小姐……"当时真智子不在场，坂木说得比较直接，"属于可疑的失踪。这种可能和犯罪有关的案例，我们称之为特殊失踪人口，大概有一万五千人，其中女性约六千三百人。”

“这么多吗？”

六千三百分之一。义男心中反复出现这个数字，六千三百分之一。那只手是鞠子的可能性，只有这么多。可能性不是很小吗？所以没问题，鞠子没有死。她不会被人杀害，还被切断了右手！

义男继续痛苦地等待。坂木在三十分钟之后回来了，但没有走进房间，而是站在门后，避开真智子的视线，以目光示意义男出来。

义男顿觉一阵心痛。五年前，他曾因心律不齐而痛苦过一阵子，此时就好像当年的病又犯了。

“有马先生！”坂木避开坐在椅子上抽烟的真智子的视线，不断呼唤义男。真智子不太会抽烟，而抽的又是烈烟，常会呛到，但神态还算平稳。

义男若无其事地说道：“真智子，我去上个厕所。”

“你知道在哪里吗？”

“大概知道，我找找。”

义男一来到走廊上，坂木就抓着他的手臂，立刻关上门。

“到底怎么了？”义男压低声音问。

坂木皱着眉头，用耳语般的声音说：“古川女士情况如何？”

“刚好了一点。”

“如果可以，还是先回家吧。回你家，不，还是回古川女士家好了。”坂木的神情也有些犹豫。义男只觉心跳得厉害。

“能否麻烦你一起去呢？待会儿这里的侦查员会过去。我想不会很久，人马上就会过去。”

义男喉咙发干。好几次湿润了喉咙，才挤出一点声音：“怎么回事？发现什么了吗？”

坂木的眼睛像漆黑的深渊，看不见一丝光亮。

“在大川公园发现了一些东西。也是从垃圾箱里找到的，一只路易威登的小皮包。”

义男想象不出是怎样的皮包，但已大概猜出坂木接下来想说什么，就算他再怎么不愿听，捂住耳朵、闭上眼睛也不行。

尽可能拖延这致命一瞬的到来，义男的问话缓慢而时断时续：“那是……是鞠子的东西吗？”

坂木用手按住额头代替点头。“从皮包里找到了女式手帕、化妆用具和古川鞠子的月票夹。”

3

揉着惺忪的睡眼起床，卧室的窗户已射进午后的阳光。今天天气大好，左邻右舍的窗口和阳台上摊满了形形色色的棉被，正在享受日光浴。

“哎呀！糟糕，又起晚了。”前畑滋子用力拍着额头，感觉好像又听见婆婆在唠叨：“早晨睡懒觉，那是指睡到九点十点，至少上午就起床。睡过了中午，怎么可以说是睡懒觉呢！”

那是婆婆以前对昭二唠叨的话。对于结婚四十年、每天一早五点半就起床准备早餐的婆婆而言，这或许是她忍无可忍说出口的话。滋子当然理解婆婆的心情，何况不管有多少工作，身为主妇的滋子每天睡到下午，也实在不像话。滋子也想照婆婆说的在上午起床，可是常常因为前一天晚上工作直到黎明才钻进被子，很难如愿。

先到厨房烧水，然后看了看时间，居然快两点了。点一根起床烟，利用水开的时间吞云吐雾一番。滋子心想，要是这时有谁拿传阅板[①]过来，自己一定会成为街头巷尾讨论的话题。

“滋子，都已经下午了，你还穿着睡衣！”肯定会被这么说上几句，而且昭二也会挨骂。于是滋子赶紧先换衣服。

喝完一杯速溶咖啡，身体开始恢复知觉，肚子咕咕直叫。忍着想往胃里塞东西的冲动，滋子先去晒棉被。抱着昭二的褥子走出阳台时，重田太太正在隔壁阳台上拍打棉被，像一直在等着似的。

“哎呀！滋子，你早！”

①小区之间传阅注意事项的活页夹。

什么早不早的！滋子还是装出一副笑脸回答：“你好。”

重田太太一脸笑容，用力拍打棉被，简直就像在对仇人拳打脚踢。

“晒得好蓬松呀！今天真是好天气。”

“就是，昨天的雨简直像是骗人一样。”

重田太太眼睛里闪过一丝光亮。至少滋子看到的是这样。

“滋子，你应该早点出来晒被子！”

滋子笑着敷衍道：“我刚出去才回来，再说因为昨晚的雨，我家阳台上午还是湿的。”

“是吗？”重田太太用力点头道，“你出门就顶着那个头吗？睡得都翘起来了。再见！”

她立刻转身回了屋，留下被将了一军的滋子站在那里。头发睡翘了吗？滋子摸摸头发，果然乱糟糟的。

“哼！可恶的老太婆。”

邻居重田太太是滋子婆婆的童年玩伴，两人无话不谈。最近重田太太好像从向滋子的婆婆巨细靡遗地报告滋子的失态中找到了人生意义，例如滋子半夜出来倒垃圾，送快递的人来，滋子睡着了没开门，由她帮忙签收等。滋子因此丝毫马虎不得，十分头疼。

去年夏天，前畑昭二求婚时，滋子就提出：她要继续工作！

“所以我不能帮你做家里的事业，也不想和你父母住在一起。如果一起住，我就不能工作了，这样好吗？”

昭二回答：“我无所谓，随你自由吧。我会继承家里的事业，但我是我，你是你。反正哥哥嫂子也没有回家住，所以没关系，你爱怎么做就怎么做吧。”

只是昭二附加了一个条件：一旦有了小孩就必须辞去工作。当时滋子回答：“到时候再说。”

照理说这种婚姻生活对滋子来说应该不错，只是如意算盘也不能打得太精。首先是婆婆强烈要求：可以不帮家里的事业，也可以不住在一起，但是必须住在婆家附近。

“昭二可是咱们家的顶梁柱，忙的时候还必须上夜班，所以最好能住在走路就能上下班的地方。我们这附近到银座或新桥就难说了，但是到滋子上班的出版社只要四十分钟，不也很方便吗？”

滋子无奈让步了，不料婆婆得寸进尺。

“既然是住在附近，何必付房租给别人？就住在我们的公寓吧，房租会算你们便宜的。刚好三楼空出一个角间来。”

前畑家除了自家住宅和工厂外，还盖了一座三层公寓用来出租。对滋子而言，夫家颇有资产并不是坏事，但要她住在那栋公寓里就另当别论了。她觉得不自由。

于是她大力反抗，准备找理由推辞。谁知道住在埼玉的父母竟被婆婆的意见说服了。

“你是嫁到有工厂的人家当儿媳妇，人家居然还答应让你不用帮忙做家里的事业。所以至少这一点也该听婆婆的。”

“什么！我先说清楚，我可不是要到前畑铁工厂上班，我是和前畑昭二结婚！”

“结婚可不是那么回事！”

“妈，你到底站在哪一边？”

“当然是你这边，所以才好言相劝，听妈妈的准没错。太坚持己见，到时吃亏的就是你，妈妈担心的是这个。”

妈妈和婆婆都是传统女性，跟她们说什么“女人的自主”、“婚姻是基于双方情投意合而成立”，简直就是对牛弹琴。偏偏连唯一的靠山——昭二也说道：“能住在工厂附近当然再好不过了，房租又能便宜，这不是很好吗，滋子？”

都怪昭二说出这么没骨气的话，在滋子还没确切答应之际，整件事便尘埃落定。本想至少没有和婆家住在一起，谁知搬来后却发现隔壁还有个间谍——重田太太。

“那是 BCIA！”滋子有一次这么批评道。

“什么是 BCIA？”

“老太婆中央情报局。”

“滋子，你还真会乱说！”

看着昭二无所谓只知道笑，滋子实在很想一拳将他击昏！

婆婆一直很在意滋子总是没有怀孕的迹象，这也是她们俩不太合的主因之一。事实上在讨论要不要结婚时，滋子就听说婆婆公然表示：“三十一岁了？那不是快要不能当女人了吗？”

还好这句话激怒了昭二，他难得生气地大喊：“我老婆不是生小孩的工具！”滋子甚感欣慰。然而，婚姻生活趋于稳定后，昭二竟然十分想要小孩。不！如果是他说要生，滋子也不会有太多意见，可仔细询问的结果却是“妈妈吵得凶”，实在是太不像话了！

目前的方针是只要怀孕就生，也没有做避孕措施，但小孩就是不来。要不是婆婆太多管闲事，滋子也想在自己精力充沛的时候生个孩子。只是现在心情既紧张，又有些寂寞，感觉好像在接受缓刑似的，五味杂陈。

滋子坐在厨房餐桌前嚼着抹了果酱的面包片，读着早报。昭二习惯晚上小酌时阅读一天的报纸，所以这会儿早报还没人看过，连广告传单都还夹在里面，整份放在桌上。

妻子比丈夫先读报——一家之中女人先读报，这种事情虽小，却常常惹婆婆不高兴。都怪昭二把这件事说了出来。他和员工聊天时，不经意间扯出了这个话题。他说：“我家是滋子先读报纸，毕竟她从事媒体工作嘛。”

“什么媒体工作！”婆婆肯定会嗤之以鼻。但自从有了专属的CIA，滋子也不认输。情报员就是在工厂上班的年轻会计小姐。那位小姐实在是太会模仿婆婆的声调语气了，每次都逗得滋子大笑。

“滋子写过什么伟大的文章吗？说是采访，怎么从来没见她采访过我知道的名人？还写了什么报道‘好吃的莴苣做法’，我看只有那种连怎么淘米都不会的笨女人才会去读！”

话说得很刻薄，但婆婆的说法却也正中滋子的痛处。滋子倒不是说“好吃的莴苣做法”没有意义，而是对那种杂志读得津津有味的女人，果真如婆婆所说，都是些于日常生活没什么用处的“笨女人”。滋子身为自由撰稿人，已经在女性杂志、家庭月刊等领域工作了十年。如果她拿自己文章的读者当笨蛋看，这工作也做不好了。

然而现在她和昭二共组了家庭，她开始思考这样是否妥当。有采访对象的工作，往往得配合对方的时间，导致滋子工作时间不规律，连带影响生活毫无规律。最后滋子变成了夜猫子，文章必须在半夜才写得出来，难怪一早起不来。

昭二对此早就见怪不怪了，所以不曾面有难色。反倒是滋子经常觉得过意不去。不能帮丈夫做早饭，家里的清扫也是有一搭没一搭，甚至连衣服换季都拖延了。去年冬天就让昭二到十二月还穿着秋天的薄外套冻着了。昭二当时笑道："我又没有上班的制服，无所谓啦。这本来是自己的事，我做就好了。"滋子听了既后悔又生气，说道："你不要那么善解人意，你可以冲我生气呀！"昭二竟说："我可不是为了这种生活才结婚的。"

于是滋子想，既然自己连家庭都处理不好，还有什么资格为家庭杂志写文章呢？

单身时代从来没想过，还没成家居然会写给有家庭的人看的文章。虽然可以很简单地区分道："这是工作，我是以专业能力写出正确无误的文章。"但现实中……

有一句格言说："结婚是用方便替换幸福的工具。"对滋子而言，结婚是免除单身时代产生的罪恶感的工具。

"你只是在从事一个拿丈夫当借口的工作，不是吗？"不知不觉，滋子开始反省。她哼了一声，将报纸折好，站起来打开电视。应该在烦恼前先洗衣服，那还比较实际。

此刻是社会新闻播报时间，电视画面上出现了神情紧张的记者。背景是绿意盎然的公园，记者身后有几辆警车，穿着蓝色工作服的人来来往往。滋子正准备去洗衣机旁，见状停下了脚步。

"被发现的右手，应该是目前提出失踪搜索的女性之一……"记者报道。

滋子立即睁大眼睛，在电视机前坐下，调高音量。

是实况转播。记者和电视台的主持人正在对话。

"斋藤，请问大川公园的现场是否有新的发现？"

“目前为止还没有。”

“那只右手和被发现的手提包是否为同一人所有？已经确定了吗？”

“不，还没有完全确定。”

“嗯，如果有什么消息，请再跟我们联系。”

镜头转向演播室，电视画面右下角出现了白色字幕：“神秘杀人案？公园里被分割的尸体。”

“这真是一件可怕的案子，希望能早日破案。接下来播放一段广告。”

滋子赶紧转台，想找出报道得更详细的电视台。这个时段的电视节目不是社会新闻就是重播电视剧，滋子焦急地转台却一无所获。刚才的新闻节目开始报道其他消息，分尸案已不见踪影。

滋子咂了咂嘴，思考之后走进浴室。浴室墙上挂着一部收音机，昭二习惯在洗澡时听棒球转播，特意买了防水的。滋子调整频率找到NHK[①]，听见了播音员的声音。

“因此现场可谓错综复杂，一片忙乱。”

是刚才那个案子的报道！滋子将耳朵靠近收音机。

“我们再重复报道一次，目前已经知道被发现的手提包为今年六月失踪、已经提出搜索请求的古川鞠子所有，她现年二十岁。而这只右手是否也属于古川小姐尚不能确定，还在调查。”

滋子过于震惊，连着三次用手心拍打额头。浴室墙上的镜子里映出了她大张着嘴的样子。

古、川、鞠、子。

是我名单上的女孩！

“这是怎么回事？”滋子喃喃自语，脑海中浮现出一份写到一半、一直放在抽屉中的稿子。

“消失的女子。她们为什么消失？为了追求什么？又消失在何处？还是说，是什么让她们‘消失’了呢？”

这些问题似乎变成了案件呈现在滋子面前。

---

①日本放送协会，又称日本广播协会。

“这是怎么回事？”滋子再次出声质问。睡意霎时全无，寒意从背后蹿起。

那应该是两年半之前，一九九四年春天的事。当时《莎柏琳娜》杂志刚好停刊，所以记得很清楚。

《莎柏琳娜》是一九八五年创刊的月刊杂志，是以二十到二十五岁的单身女性为读者群，提供电影、戏剧、书籍、文艺活动和学习等信息的综合杂志，也介绍流行服饰、美食等信息，同时还开设了深入浅出的国际问题与环保问题的解说专栏、女性评论家的访谈专栏等。就内容而言，滋子认为并不单薄。

然而就是因为这种定位不明的风格，《莎柏琳娜》自创刊以来经常负债经营。尤其是八十年代后期，日本进入泡沫经济时代，社会崇尚奢侈，金钱主义大行其道，一向拒绝成为商业服务杂志的《莎柏琳娜》显得分外朴素，境况堪忧。但讽刺的是，正因为泡沫经济的景气，《莎柏琳娜》的股东才愿意继续支持杂志。

滋子负责撰写“传统手工艺”专栏，她对手工艺很感兴趣，工作得很愉快。当时，《莎柏琳娜》的工作是她的主要收入来源，另一个重要来源则是撰写就业杂志的采访专栏，即采访各式各样企业的人事主管和希望就职的学生，听听彼此的想法，标题叫“真心话”。拜泡沫景气所赐，这个专栏很受欢迎，但内容并非如标题所示，而是听学生们大言不惭地发表意见，以及企业天花乱坠的宣传。

《莎柏琳娜》的工作多少给了滋子安定人心的温馨感觉。滋子采访过许多手艺人，有努力培育接班人的和服裁缝，有经常说“不让下一代师傅难做事”的裱糊匠。听他们说话，看着他们的眼睛，不禁让人觉得认真做事就是这样。他们不问对或不对、有利与否——那些不是重点，而是要认真做事。滋子觉得就是要认真地做事。她也是在从事这份工作时，认识了前畑昭二。刚开始交往，滋子就深深地被昭二吸引，或许也是《莎柏琳娜》的工作经验所致。滋子通过“传统手工艺”才认识了用自己的手擦拭额上的汗水完成工作的生存方式，进而对此产生尊敬与憧憬。

滋子和《莎柏琳娜》编辑部交情渐深，当时的总编板垣也是她一起喝酒的好朋友。“传统手工艺”的连载到第十四回便结束，之后滋子像打游击般，随时被总编抓来帮忙撰写其他采访文章。这就是她的工作，做来十分愉快。然而，泡沫经济像梦一般破灭，社会陷入不景气的低潮，到处都因缺钱而动弹不得。处于这样的时代，一听到《莎柏琳娜》也危险了，滋子深受冲击。她才明白世事的讽刺：过去支持不媚世不流俗的《莎柏琳娜》的竟是这泡沫经济的虚假景气！

刚决定停刊时，总编约滋子痛饮。两人彻夜寻找未打烊的酒馆，一家接着一家地喝。随着杂志停刊，总编的职位也有所变动。酒酣耳热的总编冷不防对滋子说：“希望你能有份不被世间左右的工作！”

“不被左右的工作是什么？”一样喝得醉醺醺的滋子自嘲道，“像我这样不成器的撰稿人，哪里找得到那种工作？没有你们的策划，哪有我们这些撰稿人？”

“说得也是，撰稿人……”总编醉眼朦胧地趴在酒馆柜台上，颇生气地说道，“所以说，你自己写不就好了吗？你可以写的。”

“写什么？”

“写本书，写你感兴趣的题材，你可以写报告文学。”

“报告文学？”滋子趁着醉意大笑道，“怎么可能？我不行。我怎么可能会写？总编真是爱说笑！”

“不，你可以的，试试看嘛。”

两个喝醉了的人你来我往地争论可不可以，之后说的话全都消失在酒精的浓雾中。太阳升起后，滋子回家倒头便睡，直到午后才起床。尽管饱受宿醉之苦，滋子内心还是受到某些牵动。

自己试着写些东西！可是我能写什么呢？

滋子回到了没有《莎柏琳娜》的日常生活。那时牵动内心的东西，不论早晚总会记得。为了弥补失去《莎柏琳娜》的经济损失，现在不能想太多。

过了半个月，正值五月连续长假，滋子第一次跟昭二外出旅行。昭二开车，两人到伊豆的下田游玩。两人交往是从“传统手工艺”第三回连载那月开始的，至今彼此已经十分熟识，但出游还是头一遭。

难怪朋友都嘲笑她："未免太慢了吧。"

那次旅行很愉快，实际上比滋子想象的还要有趣。昭二开车很谨慎，在高速公路上总是被超车。后来换滋子开车时，她恶作剧般提速飞车，吓得昭二铁青着脸说："很危险啊，滋子！这样太危险了！"滋子对此乐不可支。

结了婚之后，昭二坦白道："那时你没什么精神吧？我想是《莎柏琳娜》停刊的影响。所以才想利用旅行让你散散心。"

"你是认为我心情低落，更容易答应跟你去旅行吧？"

"没错！"

虽是这样，但昭二的确很开朗，总是随时随地逗滋子高兴。当时两人交往已很成熟，也有了亲密关系，但昭二对这种事很慎重，不太主动要求。住在下田的三个晚上，这方面进行得不是很顺利。原因是昭二总说笑话给滋子听，破坏了气氛。

"只要一笑，我就没办法了。"事后昭二坦白道。滋子心想，的确也是如此。这样也好，那次旅行还是很棒的回忆。

四天三夜从头笑到尾的旅行到了最后一天。滋子吵着要再次乘坐游览船，于是两人前往码头。因为是连续假日，等候的乘客很多，尤其是全家出游的家庭，小孩在一旁又哭又叫，嘈杂无比。滋子觉得有点累，心想下一班船还要二十分钟才来，和昭二说了声"我先到外面抽根烟"，便出了候船室。滋子吸烟，但昭二完全不碰烟，虽然他在学生时代曾因好奇碰过。

天公作美，这一天也是艳阳高照，海面波光粼粼。天气温热，穿着外套容易出汗。滋子一边吞云吐雾，一边在海滨大道上散步。低矮的防护堤对面就是海水，水上系着几只小船。小船随波缓缓浮动，有时几乎要跳上岸来。一路上不时有渔网堆积，散发出浓郁的海水味。举目可见绘成彩色海豚或鲸鱼的游览船满载着客人越过海湾。一切恰似事先安排好的海边假日风情。

捻熄香烟，滋子举步回候船室。忽然间一阵风吹来，滋子举起手遮在眼睛上方。夹着大海气息的大风袭过脸颊，翻起了裙摆。这时，脚尖不知碰到了什么。

一看，是一张被风吹来的传单落到了鞋面上。她随意地弯腰拾起一看，上面有张女人的脸，照片是复印的，上方写着“寻找此人”。

原来是寻人启事。

大概一直是贴在公告栏上，传单已经泛黄、粗糙，边缘有些破损和缺口。

照片下面有一段手写的字：“此人于一九九二年一月八日离家出走，未归。家人都很担心，努力寻其下落。盼好心的知情人士与我们联系。”

女人名叫田中赖子，三十六岁。在下田市内的温泉旅馆“汤船庄”当服务员。身高约一米六〇，体形微胖，做过盲肠手术，近视并戴眼镜。联系地址是在下田市内，联系人叫田中昭义，大概是她丈夫。

这是家庭主妇离家出走吗？

照片上的女人穿着和服，说不定就是旅馆服务员的制服。照片分辨率很低，无法辨识细节，但女人的笑脸和突出的龅牙很醒目。长得不算美丽，却不失性感。

滋子心想，大概她离家是跟男人有关。失踪超过两年了。传单看起来很旧，但还不至于满两年。应该是被抛弃的家人——她的丈夫不断地做传单，然后张贴。

难得旅行，却看见这么令人扫兴的东西。滋子想将传单揉成一团，但又下不了手。上面的笔迹不能说漂亮，却是努力书写的结果，滋子不由得心生同情。无奈只好折整齐，带到候船室，扔进垃圾桶。

“滋子，船要开了，快点！”

循着昭二的呼唤，滋子跑向栈桥。两人搭乘的是一艘外形像海豚的粉红色游览船。

假日结束后不久，滋子因为旅游杂志的工作到川越采访。这座人称“小江户”的城市，在水路水运发达的江户时代和江户中心区域直接连结，因而繁华热闹。即便如今已成为首都圈的卫星城，依然保存了浓郁的江户风情。近代风格的街道里，古典瓦墙、钟楼错落有致，吸引许多游客前来探访江户昔日风貌。滋子的工作是以一天往返游为主题，选择川越进行报道。

JR 车站周围和东京市中心一样，布满高楼大厦和整齐的道路，人潮汹涌，令人怀疑这里是否真是小江户。不过滋子毕竟饶有经验，旅游杂志的编辑和摄影师也都有心理准备，采访工作继续进行。在太阳下山之前，所有行程都已结束，众人回到车站。正想找地方喝杯饮料休息一下，滋子在车站大厅的公告栏上看见了一张传单。

那是张寻人传单，属于官方的布告，而且不是复印而是印刷的。滋子读到“盼好心的知情人士与我们联系”时，同行的编辑已走上前来。

“你在读什么？是寻人传单。”

传单寻找的是一位年轻女子，二十岁，学生，名叫岸田明美。

忽然间，滋子想起下田那张早已忘记的寻人传单。

“我上次到下田旅行时，也看见过这样的传单。那张是手写的，大概是家人自己做的。”

“这种东西很多啊。”

“到底是怎么回事？”

“什么怎么回事？”

“应该说是失踪吧？这些人竟忽然就不见了。”

编辑双臂环抱。“说得也是，可最近这种情况不也很多吗？毕竟是年轻女孩，根本猜不透她们在干什么。自从发生泡沫经济以来，很多事早就见怪不怪了。”

滋子凝视着传单上的照片。岸田明美一头长发梳得很整齐，长得十分漂亮。妆浓了些，但也许是照片的效果所致。总而言之，是个随处可见、亮丽可人的女孩。

“这么说来，最近倒是不再用‘蒸发’的说法了。”编辑说道，“以前……不对，应该说是很久以前，这还是流行说法。如今有人忽然消失不见了，可是没有人会说谁‘蒸发了’，也不再被视为一种社会现象。好像失踪已经是件稀松平常的事了。”

“为什么会不见呢？”滋子喃喃问道。

“家家有本难念的经，不是吗？万一你蒸发了，谁会来找你呢？”

滋子想了想回答：“昭二大概会吧。”

编辑笑道：“我会找你，因为还没有交稿。”

“原来如此！”

两人笑着离开了公告栏，但滋子心中仍记挂着传单上女子的照片。下田的田中赖子，川越的岸田明美。

消失的人们，行踪不明的人，滋子找到了兴趣的焦点。

照一般方式通过电视和广播尽可能取得信息后，滋子决定打电话试试。翻遍桌上用旧了的名片簿，就是找不到那张想要的名片。焦躁地翻第二遍时，滋子总算想起来，坂木并未给她名片。他的联系方式记录在采访手册上。

滋子立刻拿出采访手册。许多同行已经开始利用电脑管理信息，但滋子还是沿用传统，依工作内容分别记录在采访手册上。所要找的采访手册归于“本业——撰稿”一类，成堆排列在书柜底层用来装日用品的抽屉最里面。长久以来，滋子几乎都已忘记它们的存在。

翻阅片刻，终于找到了，在封底电话号码一览中，从上往下数第三行写着“坂木达夫　东中野警局”。一时间，滋子心跳加速，拿起了电话。

坂木不在。接电话的警察表示：坂木有急事，从家里直接去现场了。滋子又是一惊。所谓急事，不用说一定是大川公园的案件。于是她留言道：前烟滋子来过电话，敬请回电。随后挂上了电话。

没有找到坂木，更加激发了滋子的斗志。她继续翻阅采访手册，找到几个人，迅速浏览其简历后，又开始拨电话。这次是长途电话，在电话号码一览表最上方写着“伊豆的下田”。她要找下田警局风纪科的冰室佐喜子。

滋子回想起和佐喜子最后的谈话是在一年半之前。拨电话时，她心中不免担忧，佐喜子会不会调动了。还好是杞人忧天，佐喜子还在下田警局，只不过所属科室改名了。现在不叫风纪科，而是生活安全科。

一听到电话那头的声音，滋子就听出那是佐喜子，不禁既安心又高兴。“冰室小姐吗？我是前畑滋子。”

“前畑滋子？”对方重复道，“对不起……”

语气显得冷漠。对了，佐喜子就是这样，滋子想起来了，但一喝酒整个人就变了。

“忽然打电话给你，真是不好意思。已经是很久以前了，我曾经为了做失踪女性的报道采访过你……”

这时，滋子猛然想起当时她用的还是父姓木村，正要解释，对方的语气豁然开朗：“原来是滋子小姐！木村小姐嘛。”

“没错，好久没见了。”

“听说你结婚了，现在是姓前畑喽。我收到了你寄来的明信片，刚才忘记了，真是对不起。你最近还好吧？”

“托你的福，我很好。倒是我一直没跟你联系，真是不好意思。”

“后来怎样了？有时候想起来，还很关心你。后来进行得如何？”她这么说，听起来采访好像就是上个月或几个月前的事。

就滋子了解，冰室佐喜子个性认真踏实，绝不会约会迟到或弄错地点。这样的人会将一年的空白说成“有时候想起来，还很关心”，应该是乡下地方太过安闲的缘故。

光是一句话便带出了这样的感觉，可是滋子总不能随性回答：“是啊，多多少少还在进行。”但也不能老实回答：“后来的报道便停了，问题很多，做不下去。加上我又结婚了，说实在的，也没兴趣写下去。”

正不知该如何回答，对方出声道：“喂……喂……”于是滋子决定直接切入正题：“你在忙，不好意思打扰了。不知道你有没有看电视的新闻报道？”

“电视？”

“是的，就是在东京墨田区的大川公园，发现女子的部分尸体，一只右手。”

佐喜子一时说不出话来。

“你还没听说吗？”

“是啊……今天早上很忙。然后呢……”

感觉佐喜子的语气有些紧张，滋子不禁挺直腰杆。“事实上那只右手的真正身份还没有确定，但是一起找到的手提包的主人身份确定了，叫古川鞠子。”

佐喜子记忆力很好，听到这件事应该会很惊讶，因此滋子安静地等待。

果不其然，不一会儿，佐喜子反应过来：“古川鞠子不就是你的采访对象之一吗？”

“是的，你说得没错。”

“是坂木负责的吧？我听他说过。”

“是的。我打了电话，但他去了现场。”

佐喜子沉默不语，滋子也不做声，但她希望佐喜子能先说话。

“千万不能乱下判断……”

“你说得没错。”

“变成可怕的案件了！滋子小姐，你还在继续采访吗？”

“是的，当然。”

“好……我知道了，我会跟坂木联系的。滋子小姐的联系方式没变吧？”

滋子报出电话号码，这时电话那头传来有人呼唤佐喜子的声音。

“谢谢你告诉我这个消息，我们再联系。”佐喜子迅速说完便挂了电话。

滋子抓着话筒，视线落在采访手册上，思索片刻，才将电话挂好。

现在找任何人都不如找坂木重要。联系不上坂木，就无法继续行动。滋子离开书桌，回到客厅打开电视，但没有新消息。

她根本无法安静不动，于是将采访手册摊在客厅桌子上，翻开失踪女子名单那一页。数了一下，有七个人，有的是少女，有的是家庭主妇。其中用粗体字写的名字有两个。

川越市　岸田明美　二十岁　学生

一九九四年四月二十日失踪

下田市　饭野静惠　二十五岁　保姆

一九九四年八月五日失踪

另外在名单下面则是：

东京市　古川鞠子　二十岁　职业女性

一九九六年六月七日失踪

滋子看着约三个月前写的“古川鞠子”，感觉有些后悔。当时坂木跟她联系时，自己的态度有些模糊。

一九九四年五月，自从在川越发现寻找岸田明美的传单后，滋子心中涌起一股夹杂着好奇、兴奋与冲动的情绪。于是不断想起《莎柏琳娜》总编说的话：“自己写写看，你一定能做到！”

说不定我也能写报告文学。

她想，要写自己想出来、自己策划的东西，这是再适合不过的题材了，失踪女性。她们为什么会失踪？为什么愿意舍弃安逸的生活、家庭、朋友和情人呢？到底是什么让她们破釜沉舟、毅然决然出走呢？

吸引滋子的，并非只是岸田明美。那个在下田看见的传单上的女子，那个在滋子正在享受愉快假日时不经意擦过脚趾的传单上的田中赖子，那张龅牙微笑的脸更是经常出现在滋子脑海中。或许传单中女子的境遇与滋子的幸福恰成鲜明的对比。

写写看吧，滋子！不妨相信总编的话吧！

那年六月，滋子独自搭乘“舞姬”号列车前往下田时，还没有正式下定决心。面对一个说来就来、完全没有支持的撰稿人，下田的警察会好好对待吗？她是抱着不成就算了的轻松心态开始的。

她十分幸运，负责接待她的警察是冰室佐喜子。连她自己都觉得采访漫无目的，佐喜子却认真对待。佐喜子善于引导对方说话，滋子在说明为什么以田中赖子这样的女子为采访对象时，居然连自己和昭二的交往、工作、《莎柏琳娜》停刊的经过等都和盘托出。她自己也不明白，为什么连对田中赖子和在川越看到的岸田明美有兴趣也一一说明。

“原来如此，所以你是要写关于失踪女性的报告文学。”佐喜子点点头，说道。

“是的，就是这样。”

佐喜子笑了，滋子不禁脸红起来。迄今为止一直从事文字撰写工作，但几乎都是以出版社或委托人的名义、资源进行采访整理。冷静回想起来，滋子从未凭一己之力、靠自己的双脚做过采访。她根本不知道真正的“采访”方法。

“能不能够成功，完全看你自己。”佐喜子说，“事实上，关于田中赖子，其他周刊的记者也来采访过。”

“为什么呢？”

“因为田中女士的失踪算是私奔。”

据说她是和工作单位“汤船庄”的经理一起离家出走的。

“由于事情经过是这样，我们警方判断没有必要当作失踪人口处理。因此你看到的传单不是官方布告，而是手写的。”

“那么……田中女士现在何处？”

“听说已经找到她的住所了，是她丈夫努力找到的。”

听到这里，滋子像泄了气的皮球一样失望。见她这副神情，佐喜子又笑了。

“不过，还是有些问题。当初她和经理私奔时，偷了旅馆的钱。汤船庄是下田的老店，所以闹了很大的新闻，周刊记者才来采访。只是后来并未报道。”

滋子听得猛眨眼，脑海中浮现出传单上田中赖子的笑脸。

“因为有这些事情，你想采访田中赖子的事，恐怕有些困难，毕竟汤船庄也有了戒心。而且失踪的理由是私奔，田中女士大概不适合成为你报道的主题。其实她的事不值得分析，只是很常见的离家出走罢了。”

滋子失望至极，好不容易有心提笔振作，居然是这么回事。但她又想，正好也让我认清了自己的分量。毕竟她连采访的方法都不知道。

然而佐喜子并不知道滋子内心的想法，依然认真地说道：“你要写的报告文学，我很有兴趣。最近大家对于人们失踪已经无所谓了，不再有人对蒸发感到吃惊。”

“我朋友也说过同样的话。”

“唉！一个人不见了，应该是件严重的事，这样的报告文学应该写。失踪者的家人想到这样的东西有助于搜索，应该会乐于接受采访。”

佐喜子认真的神情让滋子有些说不出话来。还不知道在哪里发表呢。

“不管是田中赖子还是川越那个女子，你还是调查看看吧。如果通过公文申请采访，任何人都会见你的。”

佐喜子还说有消息会跟滋子联系，向她要了联系住址和电话，记在记事本上。滋子离开下田警局时，失望的心情一扫而空。

下一个星期她到川越采访，有一半原因是担心万一佐喜子打电话来问“采访进行得怎样了”，她不知如何回答。总不能对那位认真的女警说：“这件事太麻烦了，我决定放弃！”

滋子硬着头皮前往川越警局，受到了冷遇，但她反而松了一口气。被人踢来踢去的感觉固然不好受，但就当是领了一张免罪符，可以卸下肩头的重担。不料，她在意外之处收到了反应。

是昭二。从川越回来后，第一次跟昭二约会，滋子提到了这件事。昭二睁大了眼睛说道：“滋子，太棒了！你一定要写，你绝对得写。”

“啊？”

“既然你有兴趣，就应该写。我一直认为你工作这么久，绝对有能力写出一本书。你要相信《莎柏琳娜》总编说的话，加油！”

说到这里，滋子又开始过于认真地考虑这件事。“我写不出来。”

“写得出来。还没试呢，你怎么可以这么说！”

“那要怎么写嘛！下田那一件，对方躲着；川越的也没办法。我又不是周刊或报纸的记者。”

“从头开始写不就好了吗？从你在下田看见传单时写起，结果调查时发现是私奔。你写的应该不是一个又一个单独事件，而是人为什么会失踪，对吧？所以只要如实写下发生了什么，以及当时的想法不就好了？

不是常常会有这种情况吗，一开始说什么都不知道，调查之后说不定就清楚了？而且各种案例会相继出现。人们就是会做出奇怪的事来，但也一定有原因可循。”

滋子盯着昭二。继承家业，努力工作，一心只想买辆属于自己的汽车，既不喝酒也不赌博，甚至也从没见他读过书，这样的昭二内心居然拥有如此想法！

“昭二，你入错行了！你应该去当编辑。”

“少来了！”昭二不好意思地说道。

昭二的激励给滋子带来一些活力，她决定重新调整步伐去做采访，好写出自己的文章。

那么还是得从川越的岸田明美入手。看来已经不能找警方了，滋子耐心地翻电话簿，找出岸田明美家人的电话，直接跟他们见面。她热情地说：“我不知道警方目前调查的情况，但我想着手调查令爱的事情，也许能发现有助于搜索的线索……”岸田明美的父母，尤其是父亲显得有些困惑。滋子心想，大概是觉得我乃一介陌生人。既然如此，我就更应该表现出真心，也只能这么做了。

滋子开始默默地调查岸田明美的生活、人际关系及失踪时的情况等。明美是独生女，家境相当富裕。父亲是当地知名的富豪，年轻时因风流韵事不绝而益发有名，和妻子也是争吵不断。明美虽然生活在物质丰裕的环境里，但所处家庭的气氛却很不稳定。或许是这个原因，她生活奢侈浪费，异性关系复杂。问起她任何一个同学，对她的评价都不是很好，而且问不出固定交往对象的名字。与明美交往的男人多到没有特定的一位。

“岸田早在初中时就曾说过想离家出走。”她的一个女同学说，“该不会是找到好男人一起跑了？不必管她，等到她对那人没兴趣了，自然就会回来。”

另一个男同学说：“不太相信明美的父母会担心她出走。他们一点也不在乎女儿，根本就是冷血动物。大概也没有真心寻找。提出搜索申请，应该只是为了顾及体面才做的表面功夫。”

滋子和岸田夫妇，尤其是和岸田先生说话时，就感觉有些不对劲，对方好像有事情不肯说清楚。这种“疏离感”难道就是所谓的体面吗？然而就在采访进行了半个多月后，明美的父亲才一脸愧疚地拿出一封信，说：“其实……在明美失踪后第十天，收到了这个东西。”

手写的圆形字体，像是女性的笔迹，收件人是岸田夫妇，寄件人一栏上也用相同的字体写着“明美”两字。

“是令爱写的吗？”

“好像是，字迹是我女儿的。”

信很短，写着：“原谅我的行为，我想暂时离家一阵子。生活在爸爸的财富之下，我不知道接近我的人是真心的，还是为了钱，觉得寂寞，很痛苦。我要一个人到没有人知道我家有钱的地方生活，直到自己成长、有了信心才回来。”

秀气可爱的字体、花朵图案的信纸、感伤而自私的理由，语意却很通顺。滋子想象中的岸田明美似乎不会这么写，但明美的父亲一脸愁苦地表示：明美从小就很会写作文。

他还坦承：曾为北上东京的明美开了一个银行账号，至今还汇钱进去。换言之，失踪后还定期取出钱用，家里则随时汇钱以免她生活不够用。

滋子听了，不由得呆住。写这种信来的女儿居然指望生活费，不断汇钱的父母也真是可笑。

“有没有想过如果账户里没钱了，明美不就会回家了吗？”滋子问。

岸田先生却不悦地回答：“我可不想听见她回来不高兴地抱怨：为什么没有汇钱！”

滋子无言以对，暗暗觉得这个家庭的父女关系实在太奇怪，但这正是可以写的题材！

“既然有这些线索，不是可以撤回搜索申请吗？”

“你是说让警方看这封信？那岂不是让全天下都知道我女儿任性了？事到如今已经没有办法了！”他嗤之以鼻，“反正警察也没有认真地找。提出申请不过是个形式，不管它也无所谓。”

或许真的是这样。

“岸田先生，你已经向我表明了，我该如何继续写令爱失踪的事呢？”滋子小心翼翼地询问。毕竟当初岸田认为滋子也许能帮忙寻找明美，才答应接受采访。

岸田明美的父亲一如取消餐厅预约一样语气轻松地说：“如果你不停止写作，我们很苦恼。其实当初你来的时候，我们没有想到你会这么热心地调查明美的事。因为牵扯附近的邻居和我们的朋友，不好一开始就拒绝你，但现在……应该怎么说，我们也有了些交情，所以想请你就此停笔，不要再管了。”

滋子惊讶得合不拢嘴，搭电车回家。一路上她神情木然，回到家面对电脑时，她猛然觉得义愤填膺。不久她有了新的想法，决定写下一切经过，这也是现代失踪者的背景之一。也许滑稽而诡异，却是值得写的题材。想到这里，下笔就很快，岸田明美这一章内容特别丰富。

其间下田的冰室佐喜子有了消息。此前她们不时也会打电话，但这一次，佐喜子提供了下田警局辖内新发生的年轻女子失踪消息。

“目前还不能断定是否为离家出走，你想不想采访？只要别太明目张胆，我们局是不介意的。我已经跟家属谈过，对方说有助于搜索的话愿意接受采访。”

佐喜子还向对方介绍道，滋子是可靠的记者。滋子很感激佐喜子的好意，同时也觉得这是佐喜子对她的期望——你不能工作马虎，辜负了我对你的信赖！

于是，滋子开始采访下田的饭野静惠失踪事件。这一事件和岸田明美事件情况截然不同，家庭成员之间没有明显的问题。在采访的过程中，不难发现失踪者本人对于平淡的生活感到无趣与厌倦。滋子诚实地写下这些。另外她也开始懂得采访的技巧，常常到东京市内的警察局走动、通过同行认识负责相关案件的记者，以增加采访对象。眼见采访手册越来越厚，名单里的人也逐渐增加。有些失踪者在滋子开始采访后不久便回了家，接获消息后，滋子有时也会采访本人。

整理这些文字，滋子“自己的文章”逐渐成形。

或许是欣赏滋子的工作态度，有一次佐喜子提及一事：“老实说，我也是东京人。高中时，因为父亲工作调动才搬到下田。东京还有一些小时候的朋友，其中一位目前正在东中野警局当警察。”

那人就是坂木达夫。

“我长期待在交通科，对失踪人口的搜索并不熟悉。坂木是这方面的专家，说不定能告诉你什么，想不想跟他见见面？”

于是滋子和东中野局的坂木见了面。冰室佐喜子以小时候的称呼“坂木”把他介绍给滋子，坂木自然也很亲切地回应。一开始他还抱着旁观者的态度，直到了解滋子的工作内容后，好像也有了兴趣，跟着帮忙调查与提供意见。

滋子逐渐热衷于这项一个人做、没有截稿期限、自行探索的报道工作，始料未及地努力。如果能减少些本业的工作量还好，但考虑到生活，那一阵子每天都很勉强。

就是因为这样才出了问题。去年，一九九五年的梅雨时节，滋子在房间里写作时，忽然吐了血，还因剧烈的胃痛而打滚。在救护车到达前的十几分钟，她以为自己快要死了。

结果是十二指肠溃疡，严重得必须开刀。滋子因此住了一个月医院。

因病住院，着实耗费了滋子不少体力和精神。忽然之间她感到心慌，意识到自己已经三十一岁了，不管对工作多么热心，毕竟还是到了担心将来的年龄。母亲来医院看她，哭倒在她枕边一事更加深了她的不安。

来探病的昭二说道：“我一直很担心像我这样的人说这种话，也许会带给你苦恼，所以迟迟不敢提起。”

“什么话？”

“我们结婚好吗？”

滋子哭着笑道：“我还在想你究竟什么时候才肯说呢。”

于是婚事积极进行。昭二会说“像我这样的人”，或许是因为他要继承家业，而且跟知名大学毕业、从事传媒工作的滋子相比，他只是高中毕业，又是靠体力工作，家里又很啰唆等，让他自惭形秽。他的确有个很啰唆的母亲，这对滋子而言是个大问题。其他的滋子倒不以为意，只要别让她到工厂帮忙就行。

滋子不愿辞去工作，她很喜欢撰稿。尤其在住院期间，许多来探病的杂志社编辑、工作伙伴异口同声地说："没有滋子就不行。"这更让她坚定了想法。

她向昭二提出这个条件，昭二欣然允诺。

"我大嫂很喜欢读你写的'家庭主妇'做菜专栏。"

滋子新的人生就此展开，幸福且温暖。

然而唯一留下来的问题，就是这份关于失踪女子的报告文学。

出院后回到住处静养，滋子重读了完成的部分。这时她已经没有继续完成的勇气，而且忙着准备结婚也没有时间。当时她有意将大约两百张稿纸的文章拿给认识的编辑看，评估是否上得了台面。

若说要拿给谁看，除了《莎柏琳娜》的总编板垣还能有谁？电话联系之后，滋子将稿子送到出版社。如今板垣已经转调主持以老年人为读者群的杂志编辑部。一个星期后，滋子打电话询问结果。

"怎么样？"她握着话筒的手心净是汗水。

"嗯……东西还算不错。"板垣说。

滋子的脸颊像火烧般炽热。东西既然不错，为什么一开始还要"嗯"那么久？听起来不像是十分赞赏。

"就是单调了些。题材本身太旧，两位主角……是叫岸田明美和饭野静惠吧，又都不太具有特色。"

"……"

"我当然还是肯定你作为非虚构文学作家的能力，读了这些也让我更具信心。我看人的眼光还是不会错的。"

可是，他的语调却充满商业色彩。

"这作为新人的第一炮会怎样呢？不太具有卖点。你应该试着处理更有话题性的题材。失踪这个主题早被写滥了，而且如果这些都跟犯罪扯上关系，比方说是连环杀人案的报告文学，最好名单上的女子都是同一个嫌疑人的受害者。要是真能如此，我一定捧场。只是罗列失踪女性的个案、现状，说实话根本卖不出去。"

最后他还建议：干脆结束这篇文章，另写新的题材。

“你的能力一定可以的！”

“谢谢。”

挂上电话，滋子看着稿纸上的文字，忽然觉得都退了色。

从此，关于失踪女子的文章初稿，就如同《莎柏琳娜》总编的建议一样，被滋子收好放在书桌的抽屉里。很可惜，在滋子病后体力不佳和准备结婚的情况下，“我偏要写出来给你看！”这种对总编话语的反驳从来也没有发生过。

昭二也没有再提报告文学一事，滋子多少也能猜到他的想法。当初在写的时候，滋子过于勉强自己，不仅缩减了睡眠时间，吃饭也很没规律，明显形成了病因。将和她共组家庭的昭二固然不反对她工作，却不希望她再犯勉强自己的错误。

昭二只问她一次：“你还在写那个报告文学吗？”

“没有，不太想写。”滋子没提她和总编之间的对话。

“是吗？那也无所谓，反正又没有截稿的压力。想写的时候再写吧。”

就这样到了今天，稿子还在抽屉中，采访手册收在书柜里。今年六月，坂木特地打电话来告诉她有关古川鞠子失踪一事时，她根本提不起兴致。

“这位鞠子小姐为父母离异一事感到烦恼，她父亲有了年轻的情人。说不定这是她离家出走的原因。我们局里判断没有搜索的必要，但我个人认为失踪的方式不太自然，很有可能出事了。她母亲因担心而日益憔悴，她外公是个很有骨气的老人，有助于搜索的话，应该会答应接受采访。你要不要试试？”

坂木热心地说道，但失去动力的滋子听来却感觉都是借口。本来是他要调查的事情，因为没有上级的许可，才想推给她去做。滋子明知这样的想法是因对坂木过意不去而产生的一种逆反心理，也因此更加头疼。

在坂木面前，她假装还在写书，只是将古川鞠子的名字列在名单最下方，却完全无心着手去做。

然而，今天，就在此时，情况彻底改变了。

古川鞠子，偏偏就是她，名单上最后一名女子。

说不定这将是连环杀人案的报道。

板垣总编说过的话在滋子耳边响起。她将手放到那份旧稿子上，听见了自己的心跳声。

4

大川公园分尸弃尸案特别调查总部在九月十二日下午两点正式于墨东警局内成立。之后在大川公园没有新发现，当务之急是在附近进行地毯式搜索，以及确定右手与另外发现的女式皮包所有人的身份。

特别调查总部设在警局二楼的大会议室。办公桌等必需品已经搬进去了，电话线也已拉好，门口还贴了张写有案件名称的指示牌。写字的就是负责调查该案件的巡查部长①武上悦郎，隶属本厅调查一科第四股。

第四股的大小案件通常都是由武上负责书写指示牌。因为想讨个好兆头，第四股股长神崎警部说："只要由武上来写，案子破得特别快。"

武上进入第四股是在五年前，最初是因为他字写得漂亮，所以让他书写案件的指示牌。结果那次一个星期就破案了，之后每有新的案件，为求好兆头，就习惯让他书写指示牌。只有一次，设置调查总部的单位也有一个写字漂亮、有类似传闻的人，大家不知该怎么处理，有人建议干脆一个负责写上半部，一个写下半部，结果那个案子竟陷入僵局。

"讨个好兆头这种事，本来就不应该心猿意马，分两头进行。"神崎警部若有所悟。

对其他事情讲究彻底的合理主义、一向不迷信、希求好兆头的神崎警部，为什么对写指示牌一事这么慎重？武上常感纳闷，但从来没有直接问过神崎本人，因为不想多事。每次遇到新的案件需要书写指示牌时，武上就脱不了干系。这也是第四股同事的想法，希望好运能够紧随他们。

---

①日本警察职衔由上向下分为警视总监、警视监、警视长、警视正、警视、警部、警部补、巡查部长、巡查。

进入调查总部，武上立刻处理分配到的任务。他负责内勤业务，这当然不是正式职务，而是总部工作分配的通称。内勤业务是特别调查总部不可或缺的工作，任何一个股都必须有一个警察专司该项任务。在四股，就是武上负责。

内勤业务的主要工作是配合调查，整理日益增多的资料、传单、报告等，并制作司法相关的申请文件。每一项业务都很重要，尤其需要前人的经验与技巧。培育武上成为独当一面内勤高手的警察前辈曾说过：“从事这项工作必须具备细心认真的特质。”但武上不以为然。他自认离开了工作，自己是个连身边事务都打理不好的人，而且和他相处了二十年的妻子可以证明。

倒不是说要跟前辈唱反调，但武上认为细心认真的人不适合从事内勤业务。制作司法相关的申请文件固然是细心认真的人适合，但整理调查资料则另当别论。特别调查总部至少有八十到一百人，这么多人书写、缴交文件，调阅、归还档案，甚至想看八百年前的供述、调查报告等，这就是整理调查资料的工作。他们查看文件与处理文件的态度很随性，细心认真的人则会随时在意文件档案是否整理完备。看到自己花了一天才排列整齐的档案不到三十分钟便乱成一堆，哪有不生气、不紧张、不整天愁眉苦脸的？

幸好武上不是那种个性，与其重视外观的整齐，他更注重效率。这一点是担任特别调查总部内勤业务的重要法门，只要有空，他也会随时这样告诫后辈。一个最称职的内勤人员必须像忍者一样低调，默默完成工作。

这次墨东警局派了四个人在武上手下从事内勤业务。分尸案的侦破容易拖延，地毯式搜索的范围较大，老实说本来还希望多增加一名人手，但目前人员无法调度。内勤人员的办公桌决定放在会议室东北角后，武上召集手下，分别先作自我介绍，接着武上开始训话。

“你们以前做过内勤业务的请举手。”

有两个人举了手，分别是在墨东局内发生的抢劫杀人案和原属单位的绑架诱拐未遂案中负责过。武上又问了他们在本厅的上级调查员的姓名，一个是武上进来时刚退休的警官，另一个则是本厅仍在职的巡查部长，也是武上平时的酒友，姓木村。他也是内勤业务专家，隶属第二股。

“基本上，我的做法和木村巡查部长一样，所以各位可以运用过去所学的技术和方法。”武上对举手的警察说，“只是我比木村兄要多用到复印机，备份的复印资料较多，这大概是最大的不同。”

武上简要说明基本工作程序，包括调查资料的整理、照片簿的张贴、档案的建立、电话通讯簿的登记、新闻剪报等。其次是将上述资料依人物、日期、事件关系分成三份，放在桌上。

“详细内容请看这个。”他从一向随身携带的手提包里拿出装订好的复印资料，一共是三本。“这是我的工作手册，是手写的，看不清楚的地方就问我。有关公共文件方面，跟各位平时在各单位做的方式一样，里面就不提了。只是杀人案的资料比较复杂，有问题的话千万别客气，尽管来问我。只要特调总部还在这里，我大概就不会离开座位。”

这倒是事实。除了刚开始的会议有特别召集外，武上不太去现场。他的工作完全是在后方。

“这一点，各位也一样。”武上急忙补充道。他本就是急性子，而且从特调总部成立起，内勤业务便开始了。为了赶上可能在明天凌晨召开的调查会议，必须要准备的资料很多。他讲话自然加快。

此外，不管他到哪个单位出差，做过多少次开场白，只有刚开始会语气和缓，之后便恢复本色。虽然属下不至于会害怕他粗犷的外貌和语调，但遇到什么问题还是不太敢问他。关于这一点，他也随时自我检讨，并不时告诫属下：“不管有什么小事，只要弄不清楚就来问我。我们的工作比调查小组还需要团队精神，这一点很重要！”

“除非抓到嫌疑人，送到法院审判，否则你们的屁股肯定也是得钉在这里的椅子上，直到磨平为止！”

四人中最年轻的警察微笑了一下。当然不是什么愉快的笑容，而是自我嘲讽的那种。

“遇到大案，或许有人会抱怨被派来做这种后勤支持的打杂工作。如果真的受不了，也一定要说。毕竟这种工作有人做得来，也有人做不来。

硬要没兴趣的人来做，我们也很麻烦，这是最大的问题。那么，我们开始吧。搬六张桌子过来，先决定座位。”

武上看着四位警察，一一叫出他们的名字，安排座位。被叫到的人多少都有点吃惊：明明没有佩戴名牌，他却已经能够准确地将人和名字一一对应了。

武上能在这项业务中展现出卓越能力，主要是靠惊人的记忆力。他的记忆力是活字式的而非影像式的，能将许多事集中储存在脑海里，需要时瞬间便能找到。坐在位子上，周围的同事经常会来问他：谁的供述上曾经出现过这一段话？现场调查报告中记载的厨房现场是不是装有天窗？

武上总是能立刻回答，还能够从堆积如山的档案、文件柜或抽屉里抽出要找的调查报告，翻开嫌疑人供述该段话的页数与画有厨房窗户位置的空间图。当同事惊讶不已地翻着武上递来的档案时，他已经开始忙下一项工作了。

然而，这么优秀的记忆力有时也会成为负担，特别是在今天这样的日子里。与属下一起工作的同时，武上脑海里不断浮现塚田真一的脸。真一的表情是那样无助、彷徨，像个迷路的孩子。

真是个运气不佳的小孩。家人被杀的伤口还在淌血，竟又卷入了杀人案！

他说目前寄居在父亲的朋友家，不知道新家住得惯吗？学校生活还能适应吧？之后武上又到会议室打探了一下，但真一已经回家了。听说有人来接他，武上稍稍感到安心。

一如武上曾经对真一说的，他和塚田真一一家遇害案多少有点关系。虽然不是很直接，而且真一的名字也是和千叶县警局的调查人员聊天之际听见的。当时武上便将这名字收录进脑海中贴有受害者标签的档案。

调查真一的联系地址很方便。武上心想，如果不影响工作，找个空当去慰问一下。他手中还在继续为新的档案编号。

这时传进来一条新消息。

天色将晚，有马义男带着真智子回到真智子东中野的家。一路上女儿情绪高昂地取笑这一天的穷紧张，义男为了配合她，着实吃尽苦头。

在大川公园发现鞠子手提包的消息，就像一双看不见的手扼紧了义男的脖子。有时若不大声喘气，呼吸就变得很困难。对他而言，该如何接受这个事实，该如何告诉女儿这一噩耗，真可谓双重苦难！

真智子情绪起伏太大，也是义男担心的问题之一。就算公园那只右手不是鞠子的，也不能无视手提包的发现，毕竟鞠子行踪不明是不争的事实。真智子一改早上歇斯底里的状态，固然是好事，但是情况也没有好转得可以让她永远不停地笑。可她却是一脸笑容！

回到家，发现厕所水龙头没关，客厅的窗户没锁，一只烟灰缸翻落在地，烟灰弄脏了地毯。这一切说明了真智子出门时的心情，但她好像没有看见似的，只顾对上午的忙乱向义男道歉，并问肚子饿不饿、店里有没有关系等无关痛痒的事。

“你先坐下来再说，我来泡茶。”

“不用，还是我来吧。”

真智子刚钻进厨房，门铃就响了。义男浑身僵硬，心想，难道警方已经来了？

“帮我应个门吧。”女儿还没开口要求，义男已冲向门口。打开大门，一个跟真智子年龄相仿的女子窥探似的看着义男。

“请问……您是……”女子问道。

“我是真智子的父亲。”

“是鞠子的外公啊。”女子用力点头后，探头看了看屋里，放低声音问道，“古川太太还好吧？”

义男不知如何回答，因为弄不清楚对方的意图。

“电视新闻报道了……”女子继续说道，“说找到了鞠子的皮包。”

义男赤着脚冲出大门，女子惊讶地后退。

“电视新闻报了吗？”

“是啊，我刚才听见的。”

义男望了一下身后，真智子好像还没有动静。于是他压低声音说：

模仿犯

宫部美雪

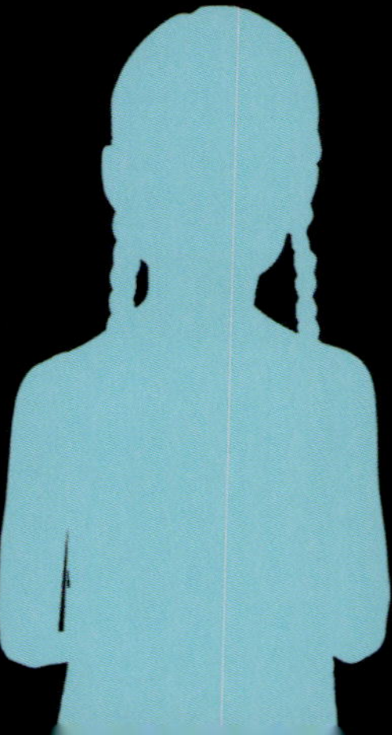

“我们刚从警局回来，待会儿警方会来通知找到了皮包。”

“哦……”女子目光闪烁，“有需要帮忙的，随时叫我一声，我是住在斜对面的小林。”

道过谢后，义男像是赶人一样关上了大门。他想，大概是附近的主妇，不管她和真智子交情怎样，现在最好别让任何人接近真智子。

厨房里传来真智子哼歌的声音。

义男背后感到一阵寒意。电视新闻！千万不能让真智子开电视和收音机。他想立刻冲回客厅，膝盖却不听使唤，连地板都跨不上去。一如真智子装作愉快想要逃避现实，义男也希望逃离现在的状况。

就在这时，真智子出了厨房，打开电视。从电视中猛然传出一阵笑声，大概是搞笑节目。义男闭上眼睛，心想，得在她转到新闻节目前关了电视才行。他刚一迈步想回客厅，坂木等人便到了。

义男打起精神接待他们，真智子依旧神情愉快。

“是坂木先生啊。”她走向大门招呼道，“今天真是不好意思，麻烦你了。”

声音开朗得令人不安。是否因为一时情绪激动，她的感情自动调节装置发生了故障，为什么对坂木等人专程前来毫不起疑？这不是理所当然该有的疑问吗？义男的胃开始绞痛。

不行！这下真的糟糕了。

与坂木同来的还有两人，一个是穿着西装的警视厅警察，另一个则是墨东警局的女警。一眼看过去，便知其中坂木最年长。自称姓鸟居的警察大概三十多岁，穿着制服的女警和鞠子年龄相仿，神情十分紧张。

尽管对方推辞，真智子还是拿出点心、烟灰缸等，兴高采烈地铺在茶几上。她心中只想“那只手不是鞠子的，真是太好了”，嘴里则害羞地直嚷嚷：“都怪我一个人穷紧张，我真是脑筋有些问题了！”见义男要关电视，她又大声斥责道：“不行！怎么可以关电视，说不定什么时候新闻会报道！”

“那将声音关小一点，可以吗？”

“那倒是可以。”真智子脸上的表情又变和悦了。

义男坐在一旁观察坂木他们有何反应，同时又很在意鸟居单手提的大纸袋。提袋上没有任何图案标志，正立在鸟居膝盖旁。纸袋大小正好可以放一个女用手提包。

“古川太太，你真的不必客气。”坂木对厨房里的真智子说，接着又看着义男，问道：“她一直是这样吗？”

义男点了点头。“有点奇怪吧。”

坂木的表情暗了下来。鸟居眉毛一动，先是看了真智子一眼，然后直视义男。他五官端正，嘴角下陷，显得神情严肃。

“有马先生，你是否知道古川鞠子小姐的手提包已经找到了？”

“坂木先生已经通知我了。”他本来还想抗议连电视新闻都报道了，却没有说出口。

“你能否分辨你外孙女的物品？”

真智子正在厨房泡咖啡，传出醇厚的香味。

义男摇头道：“对不起，我分不出。”

“哦？这也是没办法的。”说完，鸟居立即站起身来，对着厨房的真智子严肃地说道：“古川太太，不必冲咖啡了。我们有些事想请教你，可否来这里？”

真智子吓得不停眨眼。义男看不过去，立刻到厨房搀她回客厅。

“我坐在这里吗？”真智子忽然变得胆怯，问道，“爸爸，怎么回事？那个不是鞠子吧？又有什么事呢，坂木先生？”

义男搂着真智子的肩膀让她坐下，坂木痛苦地寻找字眼开口。

“古川太太，事实上……”

鸟居打断了坂木，说道：“在古川太太回家后，大川公园又发现了新的线索。”

听完鸟居利落的说明，真智子蜷身倒在义男身旁。

“这就是发现的手提包。”鸟居弯腰从纸袋中取出手提包，然后将烟灰缸推到一旁，把手提包里的东西一件一件排列开来。那是一个褐色手提包，上面有驼色纹样。肩带很长，准确说来应是侧背包。另有同样花色的皮夹，粉红色蕾丝边手帕，粉红色带拉链小布包，应该是叫化妆包吧，以及大概原本放在里面的圆形粉盒、梳子、镜子、方形粉盒和已经开封的头痛药。每一样都用塑料袋密封保存。

真智子瞪大眼睛看着这些东西。坐在身边的义男很清楚她身体僵硬了。

“这些是不是令爱的物品？有没有印象？”鸟居问道。不知他是刻意装出来的，还是本性如此，语气是那样平静，充满公事公办的意味。

真智子仍瞪着眼睛，双手在膝盖旁握成拳头，沉默地呼吸。

“是不是呢？”义男轻声问，“是鞠子的吗？”

年轻女警偷偷地看着鸟居的脸颊。鸟居面不改色地注视着真智子，温柔地探身道：“如果没办法立刻分辨，对不起，是不是可以查一下令爱的衣橱？我可以帮忙。”

义男手中渗出了汗水，同时感觉心脏不规则地跳动。他用余光观察鸟居和坂木。月票夹呢？不是有月票夹吗？坂木不是说过吗？他说找到了鞠子的月票夹。

这时真智子低声道：“是我女儿的。”

“啊？”鸟居弯身靠近真智子，问道，“你说什么？”

真智子身体僵硬地凝视手提包，一双眼珠像要夺眶而出。她嘴唇颤抖地说：“是那孩子的。”

“确定吗？”

真智子就像做坏了的机器人一样，慢慢点头道：“这是我为了庆祝她参加工作买的，不会看错。”

她将手移到嘴边，那双手不停颤抖。她双眼闪动地看着坂木，说：“我应该对你说过吧？那孩子带着路易威登皮包。”

坂木点点头并鼓励道：“是的，我听说过，就在我问你她失踪时的服装和身上带的东西时。这就是那路易威登皮包吗？”

真智子点头，不断地点头。恍惚的眼神说明了她心中的混乱。尽管颤抖、胆怯地承认这些是鞠子的东西，却无法思考这事实背后的含义。

“为什么这些东西会在大川公园……”真智子还没说完，鸟居又从纸袋里掏出最后一件物品，放到桌上。

就是那个月票夹，打开着收在塑料袋里。

义男看到上面写着“古川鞠子”的字样。

“有乐町——东中野”。月票不是很新，但保存得很好。那是鞠子成为社会人士后买的酒红色月票夹。

“这是那孩子的。”真智子低声说道，声音小得不靠近就几乎听不见，“为什么会在大川公园找到这些呢？鞠子她怎么了？”

真智子并非在质问谁，而是自言自语。三个警察无法回答。坂木用求助的眼神看着义男。

“听说现在还不知道结果。”义男握着真智子的手，慢慢地说，“还不确定是否和公园的案件有关。这是在垃圾箱里发现的，大家只是来确认是不是鞠子的东西。”

“垃圾箱？”真智子眼神恍惚地注视着义男，说，“爸爸，鞠子才不会将自己的皮包丢进垃圾箱呀！”

“对，你说得对。”

真智子的脸上失去了血色。脸色一发白，益发凸显眼睛四周皱纹密布、皮肤干燥粗糙，以及手背干枯斑驳。义男记忆中的真智子仍是年轻时美丽的模样。不是他为人父的私心，当年真智子的确是镇上有名的美女。然而随着年龄的增长，真智子将自己的美丽灌注在鞠子身上，而今鞠子却不见了！

“有马先生说得没错，这两件事情是否有关联，目前还不能确定。”鸟居说，“我们只是前来报告一声，令爱的失踪有可能发展成为案件。麻烦一下，能否将令爱失踪时的情况再说一遍呢？”

“鞠子的……失踪？”

“是的。”

“爸爸。”真智子呼唤义男，目光则注视着桌上的东西，“我不知道该怎么办。我该说些什么呢？”

鸟居没有隐藏自己的焦躁，义男为此感到不满。但现阶段以安慰真智子为急务，如果不管她，恐怕她真会发疯。

"没关系，你去洗把脸吧。"

"可是……"

"不要紧的，你去吧。"

真智子一起身，女警也跟着站起来。

"你还好吧？洗手间在哪里？"她问道，上前扶住真智子。看着两人走向厨房后面的洗手间，义男整个人陷入椅中。

"你看我女儿心都乱了，"他对鸟居说，"一早就不太对劲，我担心得不得了。所以很对不起，可不可以明天再问？真的是很对不起，拜托你们。"

义男深深一鞠躬，将脸埋起来。他是为了隐藏对鸟居的愤怒，隐藏即将呜咽的自己。

"可是……"鸟居面有难色道，"站在我们的角度，希望尽早……"

"这件事交给我吧。"坂木开口道，"正如有马先生所说，古川太太目前精神状态很不稳定。你也很清楚吧？我也很担心。今天还是先到此为止吧。"

鸟居还想说些什么，忽然从始终开着的电视里传来两声讯号。三人同时看向电视画面，上面打出了新闻快报的字幕。

"什么？"鸟居问。三人之中能够定下心阅读字幕的只有他。

坂木立刻站起来靠近电视机，并发出"咦"的一声。他问："有马先生，遥控器呢？哦，在这里。"他慌忙转台。

义男完全无法判读字幕，所以不知道发生了什么事。

"出了什么事？"

电视上出现新闻播报的画面，好像是在其他节目中直接插播进来的。一名男主播神情紧张地报道："最新消息，刚才三点十分左右，本台新闻部接到匿名来电。内容与午间新闻播报的墨田区大川公园分尸弃尸案有关，电话内容如下……"

男主播的语气改为缓慢的读稿方式："从那个公园应该不可能再发现任何东西了，在那里只扔了一只右手。虽然古川鞠子的皮包也扔在那里，但那只右手不是她的。她们已分别埋在不同的地方。你们去通报警方吧！”

义男听得目瞪口呆，坂木也一样。鸟居则兴奋地转身走向门外。

“本台已将该电话录音，现正在调查这通电话是否为恶作剧，或与该案有无关联。从说话的方式看，打电话的应是男性，但声音已通过变声器改变了，听起来像是机械般的合成音效。详情我们会继续追踪报道，再一次重复本消息……”

“爸爸！”

义男听见叫声，猛然回头，只见真智子站在通往厨房的走廊边，下巴还在滴水。

“刚才的新闻说什么？”

“真智子……”

“刚才说的是什么？”

女警站在后面抱住真智子。“古川太太，请冷静下来，先坐下再说，你的脸也必须擦干啊。”

真智子不听，脸紧绷得像是一敲即碎，眼睛则睁得大大的。

“刚才提到鞠子的尸体埋在不同的地方吧？刚才电视上说过吧？”

“真智子，说不定是恶作剧的电话！”

“恶作剧？”真智子的表情崩溃了，“恶作剧？那么鞠子会回家？”

鸟居冲了回来，一脸怒容。

“坂木先生，我先回局里。”

这时真智子忽然一动，挣脱了女警的怀抱，穿着袜子跑出了大门。“鞠子！我要去接鞠子。”

“真智子！”义男也冲了出去，坂木紧随其后。两人都没有穿鞋，夺门而出。门口停着一辆私家车，大概是鸟居他们开来的。飞奔而出的义男撞上了车门，而真智子已经跑到家门口的小巷中。

“鞠子！鞠子！”她大声呼喊，附近的人纷纷打开门窗。

一如在噩梦中奔跑一般，真智子的背影朝着马路渐行渐远。义男急追，却始终赶不上。

“爸爸！你看，鞠子回来了！”真智子停在巷口回头笑道，手指着马路上来来往往的汽车和人行道上的行人，目光却已涣散。

“鞠子回来了！”

“古川太太，危险！”坂木跳到真智子背后，只差一点，他的手扑了个空。真智子已跑上马路。义男闭上了眼睛，喇叭声、紧急刹车声和冲撞声扑面而来。有人发出尖叫。坂木大声喊道：“古川太太！”

义男慢慢抬起头，睁开眼睛，眼前所见的是大卡车的轮胎和真智子轻柔的白色身体，像一块糯米团般倒地。趴着，一动也不动。

“我想跟电视新闻部的人说话，可以吗？”

“当然可以，跟我说也可以。您有特定的对象？”

“不，跟谁说都可以，那就跟你说好了。”

“对不起，请问您尊姓大名？”

“我不想说名字。”

“那么您是要提供意见还是有所要求？”

轻声一笑。“我没那么伟大，只是想提供消息。”

“消息……”

“嗯，今天新闻闹得很大吧，就是大川公园的分尸案。说是尸体，其实发现的不过是只右手而已。”

“是的，您说得没错。”

“对了，还有个手提包，是女式的。那确定是古川鞠子的吗？”

“这话是什么意思？”

“什么意思？何必说得那么难听。”又是一声轻笑，“我是想告诉你们，从大川公园里不会再发现什么了。当然也不会有古川鞠子的尸体。手提包的确是扔在那里，但她埋在别的地方。所以说那只右手也不是她的。”

“喂？喂？您很清楚这个案子吗？”

“还好，所以才想帮警察省些力气。”

“那只右手是谁的？”

“这就不能说了，反正警察不也在调查吗？”

“请等一下，这件事能否从头再说一次？为什么您会想要跟我们说大川公园的分尸案？”

“这个嘛，我要说的就是这些了，目前为止。我要挂电话了。”

“喂？喂？请等一下！等……”

通话到此结束。

武上悦郎按下录音机的按钮，开始倒带。他想重听一遍。录音机的小型耳机跟他的耳朵不太合，稍微动一下就会脱落，必须用手按着才行。但录音情况很好，所有对话没有听不清楚的地方。

电视台接到这通电话是在下午三点过后，通话时间不到五分钟。之后一个小时，内部人员对于对方提供消息的真实性议论纷纷。最后发出许可，报道接到电话的消息和通话内容则是在下午四点十五分左右。

正在调查的警察在讯问时偶然看见新闻报道，立刻通知了调查总部。吃惊的总部赶紧联系电视台，要求取得通话录音并讯问接电话的人，却吃了闭门羹。电视台二话不说地回答“NO”。

过去像这样媒体与警方对立的情况发生过好几次。调查总部对于某种程度的冲突与延宕早有了心理准备，只是情况不同，总部也开始紧张了。结果对方净是说些有关今天发生的事情无法取得信息、这一事件已经引起社会关注、两个小时后必须举办第一次公开记者会之类的话，令担任特调总部长的调查一科科长竹本大发雷霆，甚至咆哮不让该电视台记者进出警局。万一真这么做，不免又要闹出妨害媒体自由的纠纷，实际上是不会也不能做的。在历任调查一科科长中，竹本的能言善道算是名列前茅，今天碰钉子不能不说是一大讽刺。

武上能理解电视台不肯轻易将消息来源交给警方的心理。就电视台而言，这是一种理所当然的做法。而且万一打这通电话的人只是想出风头，事后发现说的全是谎话，那么丢脸的将是媒体，警方又何必太在意呢。武上认为对特调总部而言，最重要的是这通电话的真伪。

因此武上已听了好几遍录音带。录音带是从该新闻节目录下来的，翻录了多份。他和属下分段听写，整理誊写后复印出来，准备在今晚的调查会议上分发。

这通电话打的并非电视台高级主管的专线，而是新闻部的对外专线。接电话的是新闻部记者，据该记者说，对方一开始问道：“这是新闻部的电话号码吗？”

回答“是”之后，对方又问：“我有一件重要的事想跟新闻部的人说。”

问他是什么事，对方再一次确认道：“这里真的是新闻部吧？真的会报道新闻事件吧？”

由于对方啰唆和使用变声器，接电话的记者感觉不对劲，按下了录音按钮，因此通话才得以保存下来。

武上将耳机塞进耳朵时，一个部下正抱着一捆资料回来。那是墨东警局派来加入特调总部的，四名内勤业务人员中最年轻的筱崎。他身材瘦小，戴着眼镜，给人神经质的印象，但反应灵敏，做事手脚很利落。

目前他和武上正配合搜索进度绘制工作地图。这项工作是将大川公园周围的航拍照片与住户地图结合在一起，记录搜索过的区域。这张地图将是今后各项调查的基本数据，所以必须做得很准确。所有巷道、空地、房屋之间的空间都必须巨细靡遗地接近真实，否则日后出现的许多线索——发现可疑车辆、目击证词、地毯搜索获得的证词——填写上去时，将与真相产生落差。

武上一向会做一张基本的详细地图，然后填上第一次调查会议时确知的事实。下一次则重新描图，将新获知的结果加上去。这样，随时都会有一张满载该时间点搜索信息的最新地图，以及记录过去不同阶段调查轨迹的地图。这么说或许不太吉利，但万一调查活动触了礁，这些地图有助于找出在哪里犯了错误、在什么时间判断不正确。所谓的帮助其实也不大，但不这么做就毫无希望。

一开始制作地图，就必须全神贯注做得精细。根据调查的需要，除了整体地图外，有些区域还必须做个别放大图。放大图中，连煤气管道、消防栓的位置都要标示清楚。因此这项工作武上一人做不了，每次都必须有人帮忙，这次被指派来的是筱崎。尽管刚工作一段时间，看他做事的态度，武上觉得可以放心。

筱崎将文件放到桌上，瞄了一下正在听录音带的武上，武上刚好也抬起视线。

筱崎有些顾虑地开口问道："那会是真的吗？"

复制的时候，筱崎便听过通话记录。武上停止播放，取下耳机，伸手拿起桌上的烟。

"现在还很难说。毕竟发生了这么大的案件，难免会有爱凑热闹的家伙放出假情报。"

"所以很有可能是那一类的东西？"

武上吐了一口烟。"你认为呢？"

筱崎重新坐好，扶了扶眼镜，说："我认为有可能是真的。"

"嗯。"

"那人听起来似乎很理性，虽然他年龄应该不大。"

"我也这么认为，大概跟你年龄相当。你多少岁？"

"二十八。"

武上点了点头，心想打电话的人应该还不到三十，说不定比筱崎还年轻。经过变声处理的声音听起来很奇怪，但肯定是男的，而且从说话方式可以判断大致年龄。

"我在想象这种理性的人，会做出你说的那种爱凑热闹的行为吗？"

武上也有同感。

"他选择通知电视台，显得又很爱炫耀。"筱崎认真地说道，"他为什么不跟我们联系呢？"

"那样就不会成为话题了。"

"正是。"筱崎点头称是，"刚才在走廊听说，记者会的时间提前了，马上要开始了吧？"

"是的。似乎咱们局长十分紧张。"武上捺熄烟头，冷笑两声道，"局长只要安静陪着列席，所有问题都是由管理官[①]和我们科长来回答就好了。"

"这可是我们第一次遇到类似案件。我借了这些资料。"

---

①警视厅下属各科内的三号人物，位列科长和理事官之后。

筱崎将整捆资料摊在桌上，那是大张蓝图。大川公园目前有部分地区正在整修，市面上的地图没有显示。筱崎到墨田区政府借来了这些资料。

筱崎依然若有所思地说："不管这通电话是真是假，会打电话，以及媒体的敏感反应，都是受到那件连环诱拐杀害女童案的影响吧。"

那是四年前发生在首都圈的四名女童被诱拐遇害案件，目前正在公审。嫌疑人在作案后，曾写信通知媒体，并将焚烧后的尸骨寄给受害者家属。

为什么嫌疑人会有这样的举动？理由至今成谜。尽管有许多解释，其中也不乏接近真相的说法，但还没有正式公布的结论。就像筱崎所说，自从发生这种奇怪的案件以来，社会对犯罪的看法和反应也有了重大转变。

发生连环诱拐杀害女童案件时，社会才醒悟到日本也开始出现这样的犯罪了。既然如此，不管理由为何，第二个、第三个公开自己所作所为的凶手逐渐登场自然也不是什么新鲜事。尽管大家没有意识到，但心中已经在想：下一个什么时候出现？所以才有了这次举国哗然的表现。

反言之，说不定是为了配合社会中充满这种蓄势待发的气氛，才会出现这样的罪犯。武上心想。说得直白一点，犯罪的出现正是应了社会的某种需求。

"大概是吧，但是不管怎么说……"武上低喃道，"就算不理这个打电话的人，他还是会再继续联系吧。"

筱崎沉默地点头，接着又悄悄抬起头，武上受到影响也抬起头，正好看见一个身材魁梧的警察打开总部大门走过来。

那警察大步上前，一边对武上点头致意，一边说："武上，有件事要麻烦你。"

此人是和武上同属第四股的秋津信吾，三十多岁。在武上眼里，他是个年轻气盛的警察。

"调查过程中发现了重要线索。"秋津拉过一把转椅坐下，立刻说道，"出事前一天，有个业余摄影师在大川公园拍照，那人住在公园北侧的小区，是个上班族。”

“拍照？拍了什么？”

“实在是够幸运！他在拍‘大川公园的四季’系列，反正也不是这两天才开始的，大约从一月初起就在公园四处取景。案发前一天，他正忙着拍摄大川公园的秋夜，而且不只是公园里面，连外面的马路、后面的停车场也不放过。说是要以大川公园的风情和周围的大楼、道路等风景做对比。”

难怪秋津会这么兴奋，要找出可疑的人、车等，没有比照片更好的武器了。而且又是事前一天拍摄的，更显珍贵。

“这位老兄也真是怪。”秋津表情扭曲道，“他曾经好几次入选参加新闻摄影展，居然担心作品交给了警察，从此就回不来了，会被任意使用。不管我怎么跟他借底片，他就是不相信我。所以我才想请你出马，跟他说我们只是借来作为调查资料，绝对不会外流。我无论说什么，他总是不相信，还说要负责人出面才行。”

筱崎在一旁微笑，但一和秋津四目相对，立刻收起笑容，装作想到什么事要做，离开了座位。

秋津笑嘻嘻地看着筱崎的背影，说：“武上，这回你倒是立刻举了白旗。”

“啊？”

“就是他呀，看来可以用嘛。”

“你怎么知道？”

秋津用下巴指指筱崎的位置说：“你不是让他帮你画地图吗？”

武上苦笑道：“你给我那个业余摄影师的电话，我来打吧。到时我会直接去找他。”

“谢谢你了，我会感恩的。”秋津举起一只手，做出再见的手势，并将相关事项记在纸上递了过来。武上收下确认后，秋津立刻起身问道：“你不去看看记者会吗？”

“没必要。”

“哦，真是可惜。待会儿得问问别人科长说了些什么。我现在得赶往中野的医院。”

“医院？”

秋津偷偷瞄了瞄四周。大部分调查员都出去了，总部目前显得空空荡荡。但高大的秋津还是弯下腰凑近武上，压低声音说：“鸟居出事了。”

“怎么了？”

“就是古川鞠子，那个失踪的手提包主人。”

“嗯。”

“他去找那女孩的母亲确认手提包，对方精神状况很不稳定，情况很危险。你知道鸟居就是那副公事公办的德行，女孩的母亲情绪失控，竟然冲出家门被车撞了！”

武上皱起眉头。鸟居的确是蛮不通情理，常常在讯问时恫吓、激怒对方而招致不良后果。但是对被害人家属——虽然还不能如此断定，引发这种形式的纠纷还是第一次。

“真是的！我就是担心那家伙会闯出这种祸。”秋津的语气透着幸灾乐祸。

秋津和鸟居年龄相当，算起来是工作上的对手，平常两人就不怎么谈得来。然而见武上一脸严肃，秋津还是有所收敛。

“那古川鞠子的母亲情况如何？”

“好像不太好，所以我才要去医院和鸟居交接。听说古川太太的父亲，就是古川鞠子的外公，当场就抓着鸟居的胸口大发雷霆！”

秋津急忙离去。他走后，武上仍是眉头深锁。

在中野中央医院的急诊室外，义男多次致电古川茂的公司。不管怎么联系，就是找不到古川茂。

被救护车送来的真智子目前还在手术室。曾有一个穿着手术衣、颈部满是汗水的护士拿着空点滴袋来到走廊，义男冲过去问情况。护士回答：“伤势很严重，但性命没什么大碍。”

护士试图安慰义男，看着他说：“放心吧，没问题。”她比真智子要年轻些，大概是资深护士，显得沉着而干练。

一如多米诺骨牌忽然倒塌，长期累积的紧张一下子崩溃，义男差点哭了出来，不禁想问温柔的护士：你幸福吗？你的人生顺利吗？有没有家人？大家都安好吗？我女儿这么可怜，为什么会遭遇如此不幸？她做错了什么事？我该怎么办才好？我一点头绪也没有……

护士十分担心义男，轻轻摇他的肩膀，鼓励道："真的没问题，你要振作精神，好好等待。大概不到一个小时手术就会结束。"

护士快步离开后，义男双手低垂地伫立在走廊上，希望绝望的潮水多少能够减退一些。他猛然想到应该通知古川一声。

每隔十分钟打一次电话，不是正在接电话就是暂时不在座位，秘书回答了各种理由。

"我会转达您曾来电，要不要请他回电给您？"

可这里是医院，义男不知对方如何回电。急诊室门口的公用电话并没有贴写有电话号码的牌子，大概是被拿掉了。于是义男只能说待会儿再打，并真的打了好几次。

古川大概连电视新闻报道都不知道。毕竟身为上市电机公司的广告部经理，这一点也不令人意外。他上班时间根本没空看电视。

但周围的同事也是一样吗？难道没有半个属下趁午休时间在餐厅看电视新闻，发现那就是古川经理的女儿并通知他吗？

其实义男也不清楚古川在公司如何说明鞠子失踪及他和真智子分居的事。说不定属下完全不清楚他的私事。供职于风气保守的大公司，分居或离婚等情况对职员的前途而言可谓一大致命伤，或许古川选择了不说为妙。

义男只能在电话中说："希望能尽快跟他联系。"如果隐匿前因后果，只提"古川太太出车祸了"，说不定秘书小姐惊觉事态严重而联系上古川，但他本人反而不想接电话，可能会让秘书出面了解情况，自己则躲着观望，过两三天才跟义男联系。这是他最常见的态度。

同样是真智子住院，如果鞠子在，情况就会不一样。古川会跟鞠子联系，问题便解决了。可是如今鞠子不在，传闻她可能被杀、不知埋在何处的消息通过电波流传至全国，真智子因此才会有此遭遇，整个人垮了。而古川竟然不肯接电话。

尽管身心俱疲，义男还是气愤难消。怒气不断涌上心头，但实在是太累了，竟无法发泄。他挂上电话，摇摇晃晃地穿过走廊。抱着发烧孩子的年轻母亲和站在诊疗室门口等待结果的中年男子都纷纷投来关心的目光：你是不是哪里不舒服？家人出事了吗？受伤了吗？伤势严重吗？医生怎么说？

完了，很糟糕，情况比这里任何人都要严重。义男心想，蹒跚着走过充满药味的狭窄走廊，回到手术室前的长椅上。

同一把长椅上坐着坂木和同行的女警。事态演变成这样，女警似乎坐立难安，几乎没说话。坂木靠近义男，轻声问道："找不到古川先生吗？"

义男无力地点头道："大概嫌我啰唆，不想接电话吧。"

眼睛有些充血的坂木不悦地说道："这个时候他还能说这种话！"

"他大概还不知道发生了什么。"

"他和其他女人住在一起吧？不能跟那个人联系吗？"

"我不知道电话号码。他不告诉我，真智子应该也不知道。"

坂木生气地吐了一口气道："就算是分居，一样是有责任的！"

"真智子和古川是怎么谈的、达成了怎样的结论而分居，我完全不清楚。我只听到真智子说哪一天古川冷静下来就会回心转意回家的，其他我也不忍多问。可是这一路看下来，真智子的话根本就不可靠。甚至连鞠子失踪，古川也没回过家。"

"有马先生……"坂木说到一半便停住了，过了一会儿才说，"你流血了。"

"啊？"

"右手，关节有些擦伤。"

义男举起放在膝盖上的手，果真如坂木所说。血迹凝固了，伤口有些刺痛。

"这是刚才揍了警察的惩罚啊。"

义男说完，坂木简短地回应："应该多揍他几下才对。"

坐在一旁的女警不由得缩了缩脖子。

“总厅经常有那种人，完全不顾当事人的心情，那种人跟机器没什么两样！”

目睹真智子撞上卡车、倒在地上那一瞬间，义男整个人都傻了。是坂木制止他奔向真智子。

“不能随便乱动真智子！”坂木虽然这么说，还是轻轻地碰了碰真智子。鲜血从她耳中流出，鼻子已经完全撞烂了，压在身下的右手看起来已经骨折。

这时那个姓鸟居的警察追了上来，大喊道：“到底出了什么事情？”语气充满不耐烦的焦躁。不知不觉间义男已经举手抓住鸟居的胸口痛殴了好几拳。

就在救护车赶来、附近的人围上前之际，鸟居不见了，或者应该说他没有一起来医院。倒是紧跟而来的女警不知有何目的，像是随时对义男有所戒备，又像是感觉很过意不去。

义男用双手擦了擦脸，手臂还是有些刺痛。没有迹象显示手术室里将有人走出，安静的走廊明亮而冷清。

这时坂木抬起了头，因为从急诊等待室通往这里的通道上响起了脚步声。义男也抬起目光。一个身材高大、精力充沛的年轻男子一脸严肃地走了过来。他穿着西装，里面的衬衫领子有些松垮，领带也跟着扭曲。

他和义男四目交接，立刻点头致意，问道：“请问是古川鞠子小姐的家人吗？是有马义男先生吗？”

义男点头回答。

“我是警视厅的秋津。”他拿出证件，低头赔罪道，“刚才我们的鸟居很是对不起，我来道歉。”

原来是警察的同事。义男有些泄气。

坂木起身打招呼。秋津似乎早已知道坂木，立刻点头并问道：“古川太太情况怎样？”

坂木斜眼看了看义男才回答：“性命没有大碍，手术大概即将结束。”接着他又问道：“案情之后有没有什么进展？”

秋津摇摇头道：“大川公园没再发现任何线索。关于那个打电话的人，没有下文也很难作判断。”

两个警察避开义男，开始小声对话。义男木然地抱着双臂，旁边的女警也是一样。

“警察小姐！”义男出声叫道。女警有些吃惊地伸直了背。

“你不用回警局吗？”

“是的。”女警回答，声音比想象的要可爱许多，“等古川太太的情况确定后，我还要送您回家。”

“如果是这样，你不必等了。不管怎样，我今晚应该会住在医院。”

“可是医院都有全天候看护，我想是不能住的。”

“应该会有办法吧。”义男说道，同时用下巴指指正在跟秋津说话的坂木，“而且坂木先生也在这里，我没有事。我不会再乱发脾气，请你回去吧，辛苦你了。”

“可是……”女警有些困惑，“有关古川太太的车祸，还有些事情必须请教。不知道该如何跟您联系呢？”

原来是这样啊，警方也有警方的规矩。这一天发生了许多警方必须了解经过的事情。

义男告诉对方真智子家和有马豆腐店的电话号码，女警确认之后才站起身来，但还是有点犹豫，她靠近正和秋津说话的坂木，说了些什么，坂木点了点头，她才放心地离开。

义男也松了一口气，凝视着紧闭的手术室大门。就这样神情呆滞地过了好一阵子，几乎都忘了坂木和秋津的存在。

“有马先生！”直到坂木叫他，他才回过神来。坂木走过来，弯腰对他说：“调查总部调查鞠子小姐的事件，听说也必须跟古川茂先生联系，毕竟他是父亲。能否由秋津先生与公司联系呢？”

义男抬起头看着站在墙边的秋津。感觉他比那个姓鸟居的警察通情理，嘴唇紧闭的线条显得很坚毅。秋津直视义男道：“我已经了解过情况，会尽可能低调地联系。鞠子的母亲发生这种事，我们也不得不跟她父亲联系。同时还请有马先生多多帮忙。”

“我大概什么忙也帮不上吧。”义男缓缓说道，他已疲惫至极，“古川的事就麻烦你们了。”

秋津答应后，跟坂木点了点头便走出通道，并从西装口袋里掏出手机。

“警方终于还是打电话了。”义男忽然无力地笑道，“古川大概很受不了吧。”

“这点事他应该受！”坂木断然说道。

“刚才的警察小姐……”

“是……”

“是在看着我吧。我殴打警察会不会构成伤害罪？”

坂木苦笑道：“那不会。她是在担心您。”

担心？

“警方……真的能帮上忙吗？”

隔了一会儿，坂木才回答：“我们会尽力。”

两人陷入沉默，除了坐在一起等待别无他法。

手术花了相当长的时间，而那个亲切的护士所言成了谎话。套着白色氧气罩、头包绷带的真智子被从手术室推出来时已过了晚上七点。

义男无法靠近真智子，也不能进入重症监护室。主治医生在手术室前的走廊上说明了情况：右手有复杂性骨折，撞车之际腹部受到强烈碰撞，伤及内脏。头部的伤势虽然不像预料那么严重，但也有重度脑震荡，必须审慎地观察一阵子。

“目前脑波没有异状，应该是没什么问题。”

“我可不可以看她一下，只要一下就好。”

“如果从重症监护室的窗外看就可以，但我怕你会受惊，因为身上插了许多管子和器械。”

医生说得没错，真智子躺在白色的病床中央。在惨白的灯光下，四周遍布各种器械。她那中年发福的身体，她一向很在意的身材，就像缩了水一样，看起来很不真实。

看起来不像是真智子。不，说不定那已经不是真智子了。

“爸爸，鞠子回来了！”

那时，真智子的声音就像是灵魂出窍了一样开朗。

“总之，能保住性命就好。”坂木低声说道。义男靠在重症监护室的玻璃窗上，一心一意地凝视真智子的脸颊。

今后只剩我一人承担所有的事，包括知道鞠子发生了什么事、守护真智子，一切都必须由我一肩扛下。

只剩我一个人了。有马义男陷入无止境的孤独，而这一切才刚开始。

5

尽管是骇人听闻的案件，但因为案情发展的速度太慢，无法配合媒体报道的时效性，很有可能半途而废。如果一开始便引人入胜，在某种程度的惯性下还能继续报道，但顶多也只能持续几天。大川公园分尸弃尸案就属于这种类型。

从九月十二日案发起，此后三天，案情都没有重大发展，因而媒体报道的力度自然减弱。社会新闻仍继续就打电话的人进行推理、报道录音带的音响分析结果等，但过了一周也转移到其他话题上。

前畑滋子好不容易找到坂木达夫是在案发后第五天，即九月十七日下午。她打电话到生活安全科，正好是坂木接的。坂木表示立刻可以和她见面。

两人约在曾去过几次的咖啡厅，地点在新宿。滋子兴奋地赴约，比约定时间早二十分便到达目的地。她喝咖啡阅读名单和文稿时，坂木也到了。

“我试着跟你联系好久了。”

本来没有打算抱怨，一看见坂木坐到对面，滋子不禁又说出了口。说完她才发现坂木一脸倦容，神情十分憔悴。

“对不起，因为古川鞠子的案件，你忙坏了吧？”

坂木不做声地从上衣口袋里掏出香烟，对前来询问的服务员机械地说了一声“咖啡”。等服务员回到后面的柜台时，他又立即改口道：“对不起，我要改成热牛奶。”

滋子心想，大概是胃不舒服吧。

“我知道你来过电话，而且还亲自跑过几趟。真是不好意思。”坂木说，“我也很想跟你见面，有些事情想确认，只是这阵子根本动不了。”

“我倒是没关系。”滋子说，“只不过吓了一跳。你应该还记得我正在写的稿子吧？”

坂木沉重地点头道：“当然。”

“有关古川鞠子的信息也是你提供给我的。”

“是吗？”

“其实那之后我身体出了点问题，加上身边有些事，写稿的事便停了下来。”

“哦……”坂木抬起头眨了眨眼睛，“是吗？我知道你结婚了，所以想问你工作方面打算怎样。”

“事情发展成这样，我打算继续写下去。配合案件的发生，内容应该会跟当初设定的题目有所不同。”

服务员送来了热牛奶，待她离去后，滋子直接说明来意。“我想以古川小姐的事件为中心来写，也就是这次的事件。坂木先生，你应该能够理解，我在采访过程中……”滋子将手放到桌上的文稿上，“一直在思考这些失踪女子的内心想法、她们究竟出了什么事。可是总找不到答案，只能记录她们消失的情况。尽管如此，这工作对我而言还是有其意义。但现在情况不同了，古川小姐的事件，让我觉得好像不是别人家的事一样。”

坂木默默地抽着烟。

“我不是为了插一脚、凑热闹才这么说的。”滋子继续说道，“而是担心她究竟发生了什么事，想知道实情。”

一边热心地说服对方，脑海中的角落里却不断出现板垣总编的话——“只是失踪题材未免太单调了”、“要是连环杀人案就不一样了”，同时也能听见自己的真心话——“希望能够做一件比现在更有意义的工作，看起来比较有意义的工作”。

但滋子尽量不去理会那些，双眼直视坂木。

坂木拿起杯子喝了一口牛奶，看来好像很难喝。然后他说道：“这次我并未被编入调查总部。”

“有什么差别吗？”

“有。你是否知道从大川公园里找到了古川小姐的东西？这件事，我只是在某种程度上提供帮助，因为我比较清楚她失踪前后的情况，但跟总部的工作没有太大关联。大川公园分尸案，对我来说超出了业务范围。”

“但我只是想关心古川小姐的事。”滋子感到十分失望，但嘴上还是这么说。毕竟对她来说，可以采访的窗口只有坂木。

坂木再度点燃一根烟。以前滋子跟他经常联系的时候，他还没这么能抽烟。

“有关古川小姐的事。”坂木抬起头说，“如果你真的那么想采访鞠子小姐的故事，我也不能阻止。但我还是希望你能打消这个念头。”

滋子瞪大眼睛问：“为什么？”

“因为鞠子小姐的家人现在根本无法接受你的采访。”

这一点滋子并非没有想过，但应该还是……

“我想跟你见面谈的就是这个问题。”坂木继续说下去，“一开始你要写稿，我也曾经协助过你。因为单纯的失踪事件，我们无法进行正式调查。我是想通过你的文章发表，多少可以引起社会关注，才出面帮忙。实际上在告诉你鞠子小姐的信息时，事前已经跟她的家人沟通过，取得了对方的理解，这是当然的程序。”

滋子点头称是，下田警局的冰室佐喜子也说过同样的话，而且除了和失踪者家属沟通外，还将滋子介绍给他们。

“然而现在情况不同了。”坂木说，“至少古川鞠子一案的情势完全转变。就算我们不管，媒体和调查总部也会继续调查。”

滋子安静不语，因为坂木似乎还有下文。

“我的说法，你或许会觉得很自私。”坂木说，“一开始答应帮你，等到成为重大案件又强调侦查不公开，你可能会认为我太过分。刚才我也说了，如果你无论如何都要采访鞠子小姐一案，我不能阻止你，毕竟你也是媒体的一份子。但是刚才你也说了，你不是为了凑热闹才写稿的。你的目的不是追踪热门案件。”

坂木的目光投射在桌上的稿子上。

“你说不把鞠子小姐当外人看。既然如此，就请你从今往后别再采访她的家人。他们现在的情况相当不好，根本不是接受采访的时候。”

滋子眼神空洞地看着喝干了的咖啡杯。

她完全理解坂木这番话。如果是之前的滋子，在开始撰写这篇稿子之前的滋子，就能立刻接受，不去追踪热门话题事件，继续撰写其他失踪女子的故事，有关鞠子的部分等案情稳定后再写也不迟。

可现在的滋子不一样了，因为写书的目的改变了。她脑海里回响着总编说过的话。总编断然指出她所写的文字卖不出去：“但如果是连环杀人案，就不一样了。”

而且更重要的是，滋子的心境也不同了，或许应该说是她说出了真心话。她不想放弃这么好的机会！

滋子现在不敢抬起眼睛，嘴里虽然没说，但恐怕坂木早已读出她的心境、看穿她的心思。正因为他看穿了，才会拿滋子说过的话做表面文章。

不管怎样，结论只有一个：坂木已经不肯再当她的窗口了。

“如果下田的冰室跟我立场一样，相信她也会说同样的话。”坂木说，“因为我们很清楚你想要写的东西。”

不要再追着古川鞠子的家人跑了！

滋子上周看过电视后知道，鞠子的母亲古川真智子因为女儿的噩耗而心神不定出了车祸，目前还在住院。鞠子的父亲则正与妻子分居，因为讨厌被媒体尤其是电视新闻记者采访，到处躲藏。鞠子的外公开豆腐店，案发之后被媒体包围，只能关店暂停营业。

滋子想要继续采访这件戏剧性的案子，也会给他们带来同样的麻烦，因此坂木才要她放弃。除非滋子说出真心话“不行！我不能放弃这么难得的机会”，否则很难反驳坂木。

要说真话吗？滋子问自己。不管现在说不说真话，坂木的态度都不会改变。干脆说出来算了，说：“坂木先生，我其实也没有那么好心……”

滋子抬起来头说道：“我知道了。就像坂木先生所说的，我写作的目的并不是要报道热门案件。”

坂木的脸颊因为安心而放松。他说：“哦？谢谢你。”

滋子自有想法，就这样慢慢等下去也不见得就不成。在鞠子的案件解决之前，就耐心等待吧。到时候情况稳定后，坂木还会是她最好的信息来源。说不定还能帮她和古川家的人牵线，稿子届时再写吧。比起其他跟鞠子案件无关的记者或撰稿人，尽管时间晚一点，或许出来的效果会更棒。

但是却缺少了一项决定性的东西——实时性的冲击。最重要的是，在撰写过程中，猛然发现撰写的内容里潜藏着意外事件时，滋子自身受到的冲击。这是其他记者或撰稿人没有，唯有滋子才有的冲击。

为了活用这一点，滋子不能只是等待。因为这层因素，这事件已成为滋子的事件，所以是她的重要机会。

坂木看着滋子，两人四目相对。滋子感觉坂木好像知道她心里的想法。

彼此之间已经找不到任何话题了。

和坂木分手后，滋子先回了家。就在快到家时，她又改变了主意，转往昭二的工厂。正好是三点的休息时间，她忽然很想跟昭二说话。

自从大川公园的案件爆发以来，到今天和坂木取得联系，能够和滋子分享冲击与兴奋的，除了昭二别无他人。就连案发那一天，他们边吃晚餐边看新闻时，也是昭二拼命鼓励心神恍惚的滋子。

“没想到你的稿子能朝这方面发展！”昭二兴奋地说，“但这种采访不容易吧？千万别太勉强自己。”

“没什么大不了的。”

“会不会有危险呢？”

“危险？”

昭二苦着脸说道：“很可怕的案件吧？被杀的又是女人。”

滋子大笑道：“讨厌，你这根本是无谓的担心。”

“哦？”昭二也笑了。

一下公交车就能看见前畑铁工厂的大招牌。说是家庭工厂，占地也算附近最大的一家。因为接了一家大型汽车公司的代工，虽然做的都是些小零件，营业额还算稳定。就滋子所知，经营上没有问题。

昭二坐在工厂外的路边，和一名年轻员工边喝罐装咖啡边聊天。年轻员工先发现了滋子。

“少奶奶，你好。”

一看见滋子挥手，昭二也笑着站起身来。

“哎呀，真是难得啊。”

“我正准备回家呢。晚上想吃什么？”

年轻员工识相地先回工厂，其他员工看见滋子也都点头致意。为了不让办公室里的啰唆婆婆看见，她让昭二来到马路上。

“吃什么好呢？对了，糖醋肉吧。”

“知道了。昭二，你真是爱吃中国菜啊。”

“还要青菜色拉。”

“忙吗？”

“这个星期是忙些。你刚才去了哪里？”

“我和警察见了一面。”

“是那件事吗？”

“嗯。”

阴暗的工厂里传来铁锈和油臭的气味，以及细微的收音机声响。

“昭二，我决定做下去。”滋子说，“我一定要写出好作品。”

“你一定要做呀，好好地做！”昭二笑着鼓励道，“可是不能累坏了身体。”

“嗯，我会小心的。我可以为了这个辞掉其他工作吗？”

昭二吃惊地瞪大了眼睛问道：“你是说做菜的连载和那些旅游专栏吗？”

“是啊，我想专心写这篇稿子。可是不知道能不能卖钱，换句话说，我等于失业了，这样也可以吗？”

这是她一直考虑的事情。本来迟迟不能作出决定，因为和坂木谈了话，又看见了昭二，才下定决心。忽然间斗志涌上心头。

“好啊，那有什么关系。”昭二用力点头说道，“滋子，加油！”

6

塚田真一拿不定主意。

带着洛基从兽医那里回石井家的路上，他想到大川公园走走。自从那件事以来，就没有去过。每天和洛基散步也改为其他路线。

十二日那天案发后，同学们多少知道发现那只右手的人就是真一。新闻报道中没有出现真一的名字和脸孔，真一也没有跟任何人提过。社会新闻和周刊杂志报道发现的人是就读于公园附近高中的学生，还带着一条狗，加上那天真一没有上学，大家便自然联想到一起了。

“就是你吧”、“那个人难道就是你吗”，许多人这样问他，他又不能说谎。其实说谎也可以，就怕越来越麻烦。他便回答“是的”，没想到还是引起了一场不亚于案件本身的骚动。

感觉怎样？吓了一大跳吗？警察都问了些什么？有没有被带到讯问室……不管他们问什么，真一都尽可能用最少的字眼简单回答。他无法用吸引同学好奇心的方式回答，也不愿意。他认为这么一来，大家的兴趣自然会降低，事实也真是如此。到了下一个星期，再也没有人来说些什么了。

而真正让真一感到安心的，是学校没有人将此案和发生在真一家的不幸相提并论。身旁有石井夫妇，班主任老师也知道详情，毕竟转学时必须说明原委，但石井夫妇什么也没说。班主任看见真一并没有太大变化，也就没有特地找他谈话。真一因此觉得很放心。

然而他其实还未完全整理好心绪。

关于大川公园一案，之后警察并没有来家里讯问。当初已经花了那么长的时间调查，应该也没什么好问了。但是在那种情况下，成为案件的发现者，见证新的犯罪事实，使得好不容易埋在心底的记忆又再度被唤回。那是真一自己家的不幸记忆。

十二日以来，真一又开始做梦了。或长或短，有时是片段，有时则连贯，尽管形式不同，内容却都是和塚田家的不幸有关。梦中，真一十分清楚案发的全部经过，于是回到现场，打开每一扇门寻找不见身影的母亲，在家里到处游走。

除了出现在梦中，他同时又存在于梦外，不断警告梦中的自己：不要开那扇门！不要拾起地上那双拖鞋！不要摸沾在拖鞋后面的红色黏液！你应该很清楚那是什么！

有时候他会做这样的梦：知道家里发生什么事的自己，依然拼命跑回家。梦中就像棋盘，不管怎么跑就是不前进。公交车开过身边，却看不到一辆出租车。街上没有人影，公用电话完全打不通。他想通知家里，想大声呼喊，告诉父亲、母亲和妹妹赶快逃离，不能待在家里！

星期天深夜的梦境尤其清晰，真一受不了，只好走下楼。他想呼吸室外的空气，于是打开了客厅的窗户，坐在地板上。院子里的洛基发现了真一的身影而靠过来。真一抱住它温暖的脖子时，猛然发现自己浑身颤抖。

这时后面有人跟他说话。回头一看，穿着睡衣的石井善之赤着脚站在地板上。

“不冷吗？”善之问道，坐在真一身旁。洛基牵动身上的锁链发出声响，其实是为向善之示好，不断用鼻子在他膝盖边磨蹭。

“这家伙已经和你很熟了。”善之说，“怎么了？睡不着，是吗？”

“对不起，我不是有意要吵醒你们的。”

“我不是这个意思，只是刚好下来上厕所。”善之声音低沉地说，“良江倒是很担心，她说你晚上总是睡不好。”

“原来阿姨发觉了。”

“嗯。”

“对不起。”真一道歉，接下来就不知该说什么了。

一提到塚田家的不幸或真一的心理状况，对话的方式通常都是这样。真一习惯说“对不起”，石井夫妇则制止道“不需要道歉”。接着两边都感觉过意不去，气氛变得很沉闷。

这次却不一样。石井善之没有制止他道歉，而是说：“因为大川公园的事，想起很多往事吧？好不容易才稍微平静下来。”

“嗯……”

“之前就想跟你谈谈，阿真，你要不要接受心理治疗？”

真一抬起头问：“心理治疗？”

“是的，就是去看心理医生或精神科医生。说治疗太夸张了，主要是让他们听你说说话。我们不是说你生病了。”善之加快了语速，“而是你的心灵真的受伤了。这又叫 PTSD[①]。”

真一抚摸洛基的头，说：“我听说过那个。”

“是吗？意思好像是创伤后的心理障碍。”善之说得很慢，一如在朗读文字，“有些人因为遭遇重大犯罪或天灾，这些记忆会纠缠他们很久。”

“我看过电视报道，阪神大地震之后曾经播过。”

“说得也是。”善之注视着真一，说，“怎样？如果你不愿意，我们也不会勉强。要不要考虑看看？我有认识的人。我们也不想随便把你交给不认识的医院。”

依照善之的个性，他一定会尽全力安排，只是自己下不了决心，不知道该不该去看医生。

看了医生，就能够原谅自己吗？

“我会考虑的。”真一小声回答。

“如果想去，随时告诉我。”

“好，但是叔叔……倒是……”

“嗯？”

“洛基的肚子，就是这里。毛好像比较稀薄，不是吗？我早就注意到了，因为这件事完全忘了。不知道是不是皮肤病。不带去看医生，会不

① Post Traumatic Stress Disorder，创伤后应激障碍。

会有问题？”

忽然改变话题，善之的表情显得有些失望。

“哪里？我看看……真的呀。”

于是，星期一傍晚，真一带洛基去看兽医。还好没有什么大问题，只是涂了些药。回来的路上，洛基元气十足地拖着真一经过大川公园附近。越过马路，对面就是公园入口。

停在十字路口前，真一看了看公园的方向。天色还很亮，整片绿荫色泽有些沉重。北边俯视着公园的住宅大楼就像巨大的窠巢。一群骑自行车的初中生从立着“禁止车辆进入”标示的公园门口冲出来，七嘴八舌好不热闹。马路上交通量颇大，洛基的耳朵跟着微微抖动。

PTSD吗？

治疗是必要的，向外部求援是必须的。真一已经陷入那种一个人无法穿越的情况……

不能穿越就一定不行吗？难道不该负那样的责任吗，既然独自苟活？

如果说出来，石井夫妇一定会反驳：“不对！你没有任何责任。”他们会说：“觉得自己有责任就是心灵已经受伤的证据。”在墨东警局遇见的警察姓什么来着？对了，武上。他也说过：“这些并不是你的责任！”

不！不对，你们都错了。

真一认为自己有责任，这跟其他案子不同。塚田家惨遭灭门，都怪一开始真一给对方制造了机会。因为真一乱说话，才会酿成如此悲剧。

“我爸最近好像获得了一笔意外之财。”

真一用力摇头，想挥开记忆。一不小心牵动了洛基项圈上的皮绳，害得洛基踩了空，踏在真一脚上。

“对不起，对不起。”

真一拍拍洛基的头，然后抬头一看，前往大川公园的信号灯正好变了颜色。绿灯开始闪烁，真一顺势牵着洛基跑到对面。

大川公园的案件跟我没有任何关系，我不需负什么责任。我只是目击者、发现人而已，用不着畏缩。真一努力告诫自己。真正该害怕的鬼在别处，不在大川公园。若连这一点都弄不清楚，又怎能负起该负的责任呢？

从垃圾箱里掉出来的手，看起来虽然很像指着真一，令人感觉如同死神之手一般，但这些都是真一胆怯的臆测。他选择了缺乏胆量作为逃避。

够了！我必须停止这种心态！真一斥责自己。一点点小事就畏头畏尾，其实是想获得周围人的同情。难怪会被说心理有病，需要去看医生。躲过一劫，不是已经够幸运了吗？本来不该这样，你却只是为了逃避责任罢了。大川公园的事正好成为借口，让你再度被众人关心，这其实才是你真正的想法吧。

真是卑鄙！

千万不能逃离大川公园。那天看见垃圾箱掉出来的右手，绝对不能作为自己逃避现实的借口。再走一次那天的路线吧，好再一次确认自己没事了。再一次确认大川公园的案件是不相干的，自己不能躲在里面了！

牵着洛基穿越公园，洛基高兴地相随。公园里人影稀疏，偶尔有自行车从身边滑过。

听朋友说，警方的封锁两天后便解除了。全面搜索后，并没有发现新线索。电视台的采访车从上个周末起也不再来了。公园恢复了原本的清静，仿佛从来没有发生过分尸案，还是那份想当然的幽静和绿色的芬芳，人行便道上垃圾满地。

气喘如牛的真一逐渐靠近公园南侧入口的垃圾箱。

垃圾箱已不在原处。

真一调整急促的呼吸，站在原地看了好一阵子。人行便道上原本放垃圾箱的地方还留有箱底的印痕。尽管垃圾箱已经撤走，仍有人将垃圾扔在那里，地上散落着一只空罐子和几个破纸袋。

或许是警方带走了。还是发生了这种事，所以被废弃了呢？真一大口喘气。

地点没有错。后面树丛依然，整片波斯菊也昂首绽放。那天，就是在这里和国王及它的女主人相遇。那女孩应该是姓水野吧，不知她现在怎样。她也会和我一样被这件事压得喘不过气来吗？她好像很兴奋，很难形容她的感受。

这里已经没有任何东西了。发生在这里的案件固然也是极其不幸的悲剧，但对真一而言，从他的角度来看，则毫不相干。垃圾箱的消失毋宁说让他松了一口气。

“我们回去吧，洛基。”

真一拉着皮绳，牵着洛基往外走，步调变得缓慢。走出公园门口，他继续往公园北侧的马路前进。

一路上真一低着头，没有注意四周，也没有意识到外来的视线。当背后有轻微的脚步声追上并超过他和洛基时，他也毫无感觉。直到来到路口，他才发现有人站在前面，似乎在等待似的看着他们。

真一还是低着头走路，视线只能看见对方的双脚——膝盖以下的部分。那人穿着高帮球鞋，白袜子盖住了脚踝，一双腿很漂亮，再向上看则是迷你裙。

真一已经走近，对方还是没有转过身，始终面对他们。真一不禁抬起了头。

是年龄相仿的女孩，穿着红色运动外套，长发上套着同一色系的发圈。五官整齐匀称。

好像在哪里见过这张脸。

“你是塚田吧？”对方说话了，“你是塚田真一吧？”

这声音好像也曾听过。

她神情认真，下巴的线条瘦削尖锐，两片薄唇像独立的生物一样在翕动，眼睛、鼻子和脸颊则完全没有表情。

“我是樋口惠。”她报上姓名。

几乎就在同时，真一也想起了她是谁。

7

真一带着洛基在公园散步之际，有马义男正好从 JR 东中野车站的楼梯上走下来。他要去古川家和古川茂会合，讨论真智子的住院费用及其他相关事宜。过了下午四点，正是有马豆腐店开始忙碌的时刻。虽然放心不下将店面交给木田一个人打理，但因为古川坚称除了这个时间段之外他不方便，义男只好答应。

古川比义男先到，站在家门口的路上等待。明明是他贷款买的房子，他却连开门走进去甚至站在门口都不愿意，而是背对着家门站着。

“没带钥匙吗？”走近古川的同时，义男开口问道。

“分居的时候交还给真智子了。”古川回答，“好久不见了，爸爸。真是麻烦您了。”

从低着头的古川背后，义男看见了挂在门口的名牌，上面写着“古川茂、真智子、鞠子”。三个名字依然感情和睦地排列在一起。

义男一时找不到话语回答，沉默地打开大门。摸索着墙壁，找到开关，开了电灯。古川一语不发地跟在后面。义男心想，古川应该不会在进门时见外地说声“打扰了”，还好他没说。

屋里弥漫着潮湿的空气。前天帮真智子来拿换洗衣物时，已经将垃圾全部清理了，但厨房里还是飘出厨余的臭味。义男吸了吸鼻子。

古川站在客厅一角，环视整个屋子。茶几上的玻璃烟灰缸、墙上的月历、橱柜里陈列的瓷盘、窗帘——好像在玩挑错游戏一般，目光热切地观察每一件东西。义男则静静地凝视古川的脸颊。他和女婿的确是许久未见了。

古川和真智子同龄，都是四十四岁。他们是高中同学，三年来都坐在一起。毕业后虽各分东西，却在二十三岁那年的同学会上重逢，交往不久后便踏上了红毯。

结婚时，真智子已经怀了鞠子，有了五个月身孕。出席婚宴的亲友都知道这内幕，新郎新娘的朋友也都以此为题揶揄、祝福他们。虽然大家都没有恶意，身为新娘父亲的义男却感到一种罪恶感。回顾当年的照片，不管什么场面，义男的笑容总有种羞赧，但旁人总以为那是一个父亲为独生女找到金龟婿而高兴的害羞笑容。

因为这样的情况，义男和妻子俊子对这桩婚事谈不上答不答应，而是认定事到如今，古川茂和真智子有成家的义务。而且男方就职于大公司，薪资收入多少暂且不论，至少能维持一般家庭的开销。于是随着结婚事宜逐一进行，小两口搬进了公司提供的宿舍，一方面为迎接新生命的到来做准备，同时也开始了新生活。那时候什么问题也没有。

没错。当时他真的认为什么问题也没有。

“不要摆出一副好像到别人家的神情！”义男说。

古川从木然的表情中惊醒，回头看着义男说：“说得也是，老实说，我还真有那种感觉。”他伸出手触摸客厅的茶几。“积了一些灰尘。”

“因为一直没有打扫。”义男转身走进厨房，并说，“我来泡茶，你先坐吧。”

古川坐在沙发椅一角，伸手拿起茶几上还夹着广告传单的报纸。摊开报纸时，他说：“我看报纸还是先停了比较好吧？”

“已经交代过了，今天应该没送来。”

“爸，您每天都来这里吗？”

“我隔一天来一次。”

义男端着待客用的茶杯回到客厅，杯里盛着淡淡的绿茶。

“真智子穿的睡衣是跟医院借的。内衣裤和毛巾得自备，所以离开医院后我会来这里转一下。我一个大男人弄不清女人的贴身衣物，都是孝夫的太太帮忙准备和清洗的。”

“您辛苦了。”古川低头表示歉意。义男这才发现他的头顶已经微秃。

古川茂身材瘦削，看起来体格羸弱，但长得不错。和真智子结婚时，周围人都又羡慕又嫉妒，说他们是俊男美女的组合。真智子非常乐于听到这样的评价，也很为丈夫的英俊感到自豪。

看现在的真智子，很难想象年轻时她可爱的模样。人到中年的古川尽管已经开始走下坡路，却充满了随着年岁增加的魅力，自然不难想象他年轻时的帅气。或许再过十年，他也会变得不怎样，但现在他仍颇受欢迎。

这一点，真智子也很清楚。

"我们家那口子在公司还很有人缘呢。"在她和古川关系还不错的时候，至少是她一厢情愿地这样认为的时候，她曾经这样笑称，"公司里还有女孩约他。现在的年轻人真是天不怕地不怕，真是受不了啊。"

现在和古川同居的女人比古川年轻十五岁。那女人在古川常去的俱乐部工作，两人日久生情。

说是在俱乐部工作，倒也不能说是风尘女子，当初也只是兼职。义男没见过那女人，真智子对她也绝口不提。只有一次鞠子愤然提到古川的女人："那女人看起来很普通，比我还要普通。说实在的，我都比她漂亮得多。又不是很有个性，头脑也不机灵，真不知道爸爸是看上她哪一点！"

当时义男心想"这叫会叫的狗不咬人"，但是没有说出口。

帅气的古川也开始微秃了，不知和那女人处得是否还好。这次事件是否会影响他们的关系呢？

"对了，爸爸，关于住院费用……"

古川的话惊醒了沉思的义男。

"是啊，我们就是要讨论这件事才来的。"

古川点头道："我考虑过了，还是觉得由真智子领取生活费的账户支付比较好。这里应该有那个账户的存折和卡吧？我想大概是放在某个抽屉里。"

"你是说让我保管那个存折吗？"

"是的，麻烦您了。"

“也就是说你不插手管。”

义男没有责问的意思，语气也不激烈。但古川还是将目光避开了。

“事到如今，我更无权管了。每个月我一定会将钱汇进账户。到目前为止，我都将一半月薪汇过来，这房子的贷款也是我在缴，这一点请您放心。”

“你去医院看过吗？”义男问。

“我去了，接到警方的通知立刻便去了。”

“那你见到真智子了吗？”

“是的。说是见到，也只是隔着玻璃窗看见她而已。”

“你不觉得她很可怜吗？”

一时间古川嘴唇紧闭，然后才说道：“当然觉得。整个人变成那样，躺在床上一动不动。那时她还没有恢复意识。”

“直到今天，她也还没有恢复意识。”

古川表情吃惊地问：“真的吗？”

真的。主治医生深表担心，明明脑波显示没有异常，为何还未清醒？

义男认为是真智子不愿睁开眼睛。一旦睁眼就必须面对痛苦的现实，还不如睡着了轻松。

“除了你，真智子已经没有人可依靠了。”

听到这句话，古川摇摇头拒绝，嘴里吐出的话慎重却冷淡：“真智子还有爸爸您，您比我靠得住。”

“阿茂……”

“我很抱歉，但请您原谅。本来我和真智子应该早就离婚的，如今仍在分居是因为……”

“你是说是真智子不答应吗？”

古川抬起头面对一脸怒容的义男，回答：“不，真智子也答应了，至少她是这么对我说的。只是因为鞠子发生这种事，身为父母，我们不想太自私，才决定等一下。由利江也能谅解这一点。”

“由利江？”反问的同时，义男才想到这是古川女人的名字。

“这次事件，我和由利江担心得都睡不着觉。”

那还用说？自己的女儿行踪不明将近百日，好不容易有了点线索，却和分尸案牵扯在一起，谁还能高枕而眠？

“可是我们又能做什么呢？真智子的事只能交给爸爸您，鞠子的事只有请警方处理。我们除了静静等待别无他法。”

可是钱的方面可以帮上忙，古川强调了这一点。

“这是我的义务。还是先将存折找出来吧，应该是和保险单一起收着。”

“算了！”义男说。

“啊？”

“我说算了，不要你的钱。我们不需要你出钱。”

“爸爸……可是……”

“我们不会为难的。真智子的住院费用我来出。这件事没什么好谈了，你可以回去了。”

义男站起身，生气地握紧喝光的茶杯走进厨房，打开水龙头，激烈的水声却掩盖不住耳朵里沸腾的血流声。因为太气愤，他感到头晕目眩。

昨天接到古川电话说要到这里见面，义男十分高兴，他原本担心通过警方和古川联络会让古川很难堪，并由此找到抛弃真智子的借口。所以当古川主动提出商量真智子的事时，义男打心底感到宽慰。古川果然还是担心、在乎真智子，也许借此机会，夫妇二人可以重修旧好——义男甚至抱有这样的期待。

然而开牌之后竟是这样的结局。古川担心的是钱的问题，表现的态度是：“我知道了。不用担心，账单来了，我自然会付。”好像真智子和义男是来敲诈他似的。

“爸爸……”古川站起身，一脸为难、双肩低垂地看着义男，“我是想至少做到这点，以示自己的诚意。真智子的住院费用我会负担。”

“我都说过不用了。”

“重症监护室的费用很高。对不起，我说得不客气，以爸爸的店面是无法继续付下去的。”

“我多少有些积蓄，这种事犯不着你来操心！”怒吼般说出这些话，义男关上水龙头。水流止住了，周围陷入沉默。

一股难以言喻的悲痛随愤怒涌上心头，让他难以自处，两腿摇晃得快要站不住了。一如当初殴打那个粗线条警察一样，义男如果打得古川满地找牙，事态将会如何呢？

“你……古川先生。”

义男已经好几年没有当面这样称呼古川茂，总是叫他“阿茂”，即便是他和真智子分居之后。但现在不同了，已经没有办法了，古川已成为陌生人，再也无法等同对待。

“我知道了，真智子的事就算了。但是古川先生，你对鞠子的事情又怎么看待？她可是你女儿。你难道都不担心吗？”

“我不是说过我很担心吗？”古川也气急败坏地说道，“可是除了交给警方又能怎样！你要我怎么办？我又能怎么办？”

义男紧紧抓住操作台边缘，感觉到浑身正在颤抖。

“如果有事找我，请打到公司。”古川走向大门口时说，“我会交代秘书将电话转过来的。由利江会担心，这些事请不要弄到我家去，麻烦你了。”

义男不由得大声反问：“家里？难道你的家不在这里吗？”

古川停下脚步，转过头冷冷地回答：“已经不在这里了。”然后开门走出，并轻轻将门带上。

义男呆立着，双手紧紧抓住操作台边缘，闭上眼睛。眼睑浮现出炽红的怒火，闪烁晃动。耳中传来血流澎湃的声音。

过了一会儿，其他声音传来。气得全身僵直的义男故意充耳不闻，可是声音却持续地发出干扰。

义男睁开了眼睛。

声音在客厅里回响。不清楚声音来自何方，好像是在某个角落不断闪烁的红色灯光，就像刚才在义男眼底明灭晃动的怒火一样。

是电话声。义男连忙走出厨房。

一抓起电话，扰人的铃声立即停止，却什么也听不见，义男“喂”了一声，并将话筒贴近耳朵。

乐声远远地流泻，那是义男很少接触的快节奏旋律，听起来是英语。

到底是怎么回事？

“喂，请问是哪里？”

出声一问，音乐声便停止。大概是对方重新握好话筒，发出一阵杂音，然后才有人问道：“请问是古川鞠子小姐家吗？”

义男将话筒拿离耳朵，看着话机心想，是鞠子的朋友吗？

传来的声音有些奇怪的音调，就像银行自动取款机指示操作的合成音效“欢迎光临”一样。

“喂？”义男重复问道，“请问是哪里？”

“请问是古川鞠子小姐家吗？”对方再一次机械般重复问话。

“没错，可她不在。她已经失踪三个月了。”

义男再次注视话机，皱起了眉头，额头上尽是皱纹。该不会是恶作剧电话吧？坂木曾经忠告他：“大川公园的事一经报道后，必须小心会有人打电话骚扰相关人士家里。”

“我不知道你是谁，但是请你不要太过分。”义男语气激昂地告诫道，“请想想别人的心情。”

正要挂上电话时，电话那头传来机械音效的大笑，义男不禁停下了手。

“不要这么说，老先生。”对方笑道，“我是想跟古川家的人说说话才特意打电话的。要是你那么不客气，我可要挂电话了。但是，这样好吗？”

然后对方像个赌气的孩子般说道：“人家本来是要通知你们鞠子小姐的下落……”

刹那间，义男僵住了，立刻将话筒贴近耳边。“你说什么？你到底要说什么？”

“我说老先生，你又是谁？我是在跟谁说话？”

“你是谁？”

“这是个秘密。秘……密。”机械声发出嬉笑，“老先生真是不懂礼貌，要问别人姓名之前，难道不应该先报上自己的名字吗？”

“我……我是……”义男气急败坏地口吃起来，“我是鞠子的外公。”

“是吗？原来是外公。对了，她外公是卖豆腐的，新闻报道过。经过社会新闻的炒作，店里的生意有没有好一些呢？毕竟社会大众都喜欢看热闹嘛。”

“你知道鞠子的下落吗？鞠子究竟在哪里？”

“不要那么急嘛。这件事等我们熟一点，我再告诉你。”

对方也许是重新握好话筒，也许是调整了坐姿，话筒里传来一些杂音，随后响起了咔嚓一声。

义男意识到是打火机的声音。这家伙刚点燃了烟。一副轻松自若的样子，未免欺人太甚！

可是义男又不敢直接挂电话。这也许是恶作剧电话，也可能不是。在确定之前，还是先多套一点线索吧。

“喂，老先生？你还在听吗？”

“喂，我在。”

义男努力思考究竟该如何遣词用句，是语气强硬地先发制人好，还是摆低姿态委曲求全？究竟该如何出招，才能尽快摸清对方的底牌？

“可是……老先生也是够受的了。”机械声音说得无关痛痒，“鞠子小姐不见了，她妈妈又受伤住院。老先生整天都在帮她们看家吗？”

“我只是偶尔来看一下罢了。”

“说得也是，你还有生意要照顾嘛。”

尖锐的怪声传来，但义男觉得和自动取款机之类的东西发出的真正的合成音效不同。合成音不会有这样抑扬顿挫的语调变化。这声音听起来跟新闻报道中为了掩饰证人音色采用的变声方式十分相像。

义男忽然想起大川公园分尸案发现时，打电话通知电视台的人也利用了变声器。新闻报道中没有确定打那通电话的是嫌疑人，还是借机恶作剧的民众。坂木对此也没有表示看法。

义男听过多次电视台录的电话录音，却依然无法判断那声音和现在电话里的是否属于同一人。但现在打来电话的人也使用了变声器，这应该不会有错。

“你该不会是打电话给电视台的人吧？”

没想到对方竟佩服地大声道：“怎么？听得出来？老先生还真是聪明。”

马上就承认了，反而令人觉得是在说谎。

“不要装腔作势了，你的声音是通过机器改变的吧？”

“我用了变声器啊！电视台不是也报道了吗？不错嘛，老先生也知道什么是变声器。虽然上了年纪，倒也跟得上时代。”

义男知道自己被嘲笑、玩弄于股掌之间，却还是拼命按捺住怒气。千万不能生气。至少现在还不能发火。

“你真的知道鞠子的下落吗？”

“何必问这些呢？”说完对方笑了，“原来你怀疑我是假装凶手寻你开心的无聊家伙吗？”

“我不是怀疑你，因为我什么都不知道。”

“哦？看来我说什么你也不会相信，真是遗憾啊。”

义男心慌了。“不要这么说。请你告诉我一切，你知道鞠子的下落？”

“知道是知道，可老先生你也真是冷淡。”

“冷淡？”

“难道不是吗？你一直就只是鞠子长鞠子短的，关心外孙女的下落。难道就不关心大川公园那只右手的主人吗？虽然那不是鞠子小姐的手，但总是其他，至少是某个女人遭遇了不幸，不是吗？而你却一点也不担心。这就是欠缺社会性的表现。”

义男用力闭上眼睛，尽量不因对方的胡扯而情绪波动，尽量稳定心情，不因情绪波动而发出声音。可心脏是老实的，剧烈鼓动着，几乎快要跳出胸腔了。空着的另一只手在身旁紧握成拳头。

义男很想出拳痛打这个轻狂的家伙。如果能够钻进电话线，他一定扑过去扭住对方的脖子，用力勒紧。

“喂，老先生？怎么不说话？是在反省吗？”

“我当然担心大川公园的女人。”义男低声回答，“相信那个女人也有担心得睡不着觉的家人。鞠子出事了，我们也感同身受。”

“别骗人了！”对方尖刻地批评道，“担心别人家的女儿和担心自己的外孙女一样，听起来就像是说谎！”

回答什么对方就反驳什么。究竟他是什么人？

“我讨厌说谎的人。”对方强调，言语间充满嘲笑的语气。他在享受这过程。

义男好不容易让自己稳定下来，缓缓说道：“如果你的家人也行踪不明，你应当就能理解我现在的心情，就能设身处地地体会家人到底有多痛苦悲伤了。这种感受无法形容，我说不清楚。我从来没有忘记大川公园那个女人。如果能够代替她，我也愿意。我真是这么想的。”

经过一阵沉默，对方收起笑意，说：“原来老先生那么想帮助鞠子啊。”

对方第一次直呼“鞠子”的名字。

“我当然想帮她，希望她早日回家。万一……万一就算她死了，也希望找到她的遗体，交还给她妈妈。”

“你以为鞠子已经死了吗？”

“你打电话给电视台时，不是这么说的吗？你说将鞠子埋在其他地方。”

“我是说了。”对方笑了出来，“可你们不是也不清楚我说的是真是假吗？说不定那些都是骗人的。”

“没错，我们是不清楚。而且就像你说的，我也不知道你和鞠子的案件究竟有没有关系。”

“你想知道吗？”

“你肯告诉我吗？”

“如果只是一点线索的话。但可不能免费提供！”

原来是要钱，钱才是目的。

“你要多少钱？”

对方又尖锐地大笑起来。“真是讨厌！老先生的脑袋瓜真是落伍，马上就想到钱，这就是年轻时历经贫穷的岁月留下的后遗症。”

“不然你要我怎么做？”

对方想了一下，但那只是装样子，事前就已想过会有这种问答，早已预定好对义男的要求。一旦将话题带到这里，对方便像做生意一样，语气干净利落。

“我还要打电话给电视台，大概会打给另一家。总不能打同一家，那太偏心了。”

义男心想，你难道以为自己成了上电视的名人吗？

“我会这么说。在今晚的节目里，当然是现场直播，我会要求让古川鞠子的外公一起出镜，然后老先生就在电视上跪着求凶手：‘将鞠子还给我们！’”

义男沉默地紧抓着话筒。

“怎么？你不愿意下跪吗？”

“不，我愿意，这种小事我当然愿意。只要你真的肯信守承诺放了鞠子。”

“你相信我吗？”

“我愿意相信，可是不知从何信起。你能不能给一些你知道鞠子下落的证据？”

对义男而言，这是破釜沉舟的要求。对方却窃笑道：“老先生还真厉害，不是笨蛋嘛。我喜欢你这种人。好，就这么说定了。怎么做好呢？”对方像个计划去野餐的孩子一样，自言自语。

“新宿吧……”

“新宿？”

“别那么着急地逼问我，我还在考虑呢。”

义男沉默不语，偷偷看了看墙上的时钟，时间是下午五点。窗外还很明亮，听得见汽车和人的声响。客厅里则显得阴暗而过于安静。

忽然间，义男心想，电话那头的应该是个男人。他打电话的房间或许亮着灯，那是个怎样的房间呢？从一开始听见的音乐声判断，他大概是在听音响或收音机。房里有电话，还有他在吸烟，所以有烟灰缸，说不定是用啤酒或可乐的空罐来代替。是漂亮的新式公寓还是破旧的民宅呢？说不定是木质隔板建筑。走下楼梯时，他母亲正在厨房做饭。听他说话的方式，应该是年轻人，这样的推断很有可能。他母亲会念叨：“电话打太久了吧？”然后他会回答：“嗯，和朋友说得高兴就忘了时间。”丝毫不会显露自己做了什么坏事，装作平静祥和地过着平凡的日子。是上班族还是学生呢？在现阶段，就算和他在电车上比邻而坐，义男也认不出来。毕竟不知道长相、体形，连真实的声音也没有听过。义男不禁希望真的能钻进电话线里。

“好吧，就这么办。”对方说话了，义男猛然抬起头来。“新宿有个广场饭店，就在西口的商业大楼区。你知道吧？”

“如果是大饭店，到了应该就能找到。”

“没问题吧？老先生可别穿拖鞋去哦，会被赶出来的。”

“我知道。”

“我会将消息交给饭店的前台。现在开始我要准备许多事情，我看就七点吧。七点你到饭店来。太早来没用，如果我看见你在那里东张西望，就不会送出消息。所以你必须严格遵守时间。读过消息，就知道下一步该怎么做了。”

“只有这样吗？”

“一次说太多，老先生反而搞不清楚，不是吗？我可是很亲切的。我还要忠告你一声，老先生只能一个人来。要是带警察来，这次交易便吹了。”对方的声音带着笑意，充满兴奋，“我会祈祷老先生不要在新宿的街上迷路，还有不要被扒手盯上。加油！”说完，电话便立刻挂了。

不管义男如何呼喊，对方已离去。义男看着发出忙音的话筒，感觉像是抓着一个不祥的、冰冷的动物。

新宿的广场饭店距离车站西口搭出租车约五分钟车程，是幢高楼。听从对方的忠告，义男在马球衫外搭件西装外套，并规规矩矩地穿上皮鞋。尽管如此，走在金碧辉煌的华丽大厅里，义男寒酸的身影还是吸引了其他人的目光。走向前台的路上，总有几个客人回过头投出好奇的目光。

时间正好是七点整，义男孤身一人。他严守和电话机械声的约定。

他也曾感到迷惑，焦急得五脏六腑都像在翻腾一般。不知该不该联系坂木，或者通知调查总部。几次拿起电话，最后还是不敢打。万一只是恶作剧电话，岂不是浪费了警方宝贵的办案时间？如果真是嫌疑人打来的，说不定会因义男的失信损失重要线索。最可怕的，是一旦因为义男不守信而惹恼了对方，很有可能会缩短或许还存活的鞠子的生命！

他也曾想过早一点到前台埋伏，但对方应该认得他。要是对方说的“如果看见老先生在那里东张西望，就不会送出消息”并非只是威胁，这倒成了义男害死鞠子。

想到这里，义男担心后悔无门，于是决定完全遵照对方的指示行事。他本也毫无选择余地。

走近一字排开的宽阔前台，义男屏息问最近的穿制服的工作人员：“请问……有没有给我的信？”

走上前来的年轻店员眼角下垂，态度很亲切。他无视义男的紧张神情，问道：“对不起，请问尊姓大名？”

“我叫有马义男。”

“有马先生？”店员重复一声后，检查前台下的文件箱，翻过几封卡片般的信后，停下来看着义男确认道：“有马义男先生吗？”然后递出一个信封，“就是这个。”

义男立刻探身抢过信封，双手颤抖不已。

那是一个很普通的双层信封，正面用文字处理机打出“有马义男收”的字样。没有注明寄件人，封口处用胶水贴得很牢固，还用红笔画了一个大叉。

义男想拆信，但因为信封纸质厚实，加上手心流汗，偏偏封口又粘得很紧，他手忙脚乱。店员看不过去，就问道：“需不需要剪刀？”

“啊……谢谢，麻烦你了。”

义男忍着头晕目眩与呼吸困难，用银色的剪刀拆信。里面只有一张四折信纸。义男取了出来。

白底纵格的信纸上，依然罗列着用文字处理机打好的字：“到饭店酒吧等着。今晚八点与你联系。”

义男连续读了三遍才抬起头来。那名店员还站在对面。

“请问酒吧在几楼？”

“大酒吧‘奥拉辛’在顶楼二十四楼。”

“请问电梯怎么走？”

“前面右手边是直达顶楼的电梯。”

义男正要走过去，忽然又想起重要的事，停下脚步回头问道："对了，请问这封信是什么样的人送来的？"

"啊？"对方侧着头说，"您是指送来这封信的客人吗？"

"对，没错。"义男连忙点头称是，"大概是几点送来的？长得什么样？我想应该是年轻男子吧。"

店员温和的脸上浮现一丝阴影，说："请稍等，因为不是我收的，我去问相关的人。"

"谢谢，谢谢。"

义男深深地点头致意，光秃的前额竟撞上柜台发出声响。一旁一名正在敲电脑键盘的女店员忍不住发出笑声，她和鞠子年龄相仿。见义男看向自己，她不禁收敛笑容将视线避开。

站在前台角落等待回复期间，好几位客人前来领取钥匙、填写资料，或请店员将行李送到客房，都是些穿着高级西装的上班族或是衣着华丽的年轻女子。义男将视线移向大厅，有些人在谈笑，脚边立着公文包，也有绅士惬意地坐在沙发椅上抽烟。大厅最里面的空间灯光微暗，每张桌子上都点着烛光。钢琴声响起，列席的客人神态悠闲。

这是一派华丽奢侈、无忧无虑的景色。义男木然感到一种不真实，想到自己不知道在干什么，立刻疲惫不堪。这种高级饭店，平常根本不可能踏进来。有马豆腐店的客户中只有小型日式旅馆，没有大饭店。就算是豆腐协会使用的饭店，顶多也只是浅草和秋叶原的小酒馆。

打电话的人早就预知义男走进广场饭店会遇到难堪，才会警告他"千万别穿拖鞋来"。

店员回来了，还带来了一个更年轻的员工。那人年约二十上下，穿着同样的制服，胸章的颜色却不一样。

"让您久等了。"店员对义男点头后，指着年轻员工说，"刚才是这位接的。"

年轻男子接着回答："是女高中生送来的。"

义男以为听错了。"什么？"

"你是有马先生，没错吧？拿信过来的是一个女高中生。她穿着制服，所以不会弄错。”

“女高中……生？”

“是的。我想她应该是在五分钟前来的。”

义男哑然失声。这不就是刚发生的事吗？说不定他刚在饭店门口跟那个女高中生擦肩而过！

“那个女高中生是哪个学校的，你知道吗？”

“这个嘛……”年轻男子侧着头，不知为什么笑了起来，说道，“所有的制服看起来都一样。”

“她有没有戴校徽？”

“你问我这些，究竟想干什么？”年轻男子笑着，斜视义男。在一旁的女店员也掩嘴笑出声来。

“干什么……当然是有原因的。我一定要知道才行。”

“这就没办法了。”年轻人回答得很冷漠，“如果是住宿的客人还可能查出什么，可惜对方又不是。”

一开始招呼义男的店员用眼神责备年轻员工，然后对义男说：“帮不上忙，真是对不起。”

“哪里，不好意思麻烦你们了。”义男摇摇头。看来也只能死心。他点头致意后，走向大厅中央。

“如果要到酒吧，电梯在另一边。”店员亲切地提醒道。义男惊觉后立刻改变方向。前台又传出笑声，还有女人低声说：“老色鬼。”一定是故意说给他听的。

身处顶楼的酒吧，义男就像米柜中的一粒豆子一样，不知为何总是引人侧目。因为不知道该点什么饮料，便点了杯威士忌。结果服务员说了一大堆都没听过的酒名，义男只好点了第一个。

他依然感到坐立不安，因为头脑十分混乱，根本无暇顾及周围人们好奇的目光和服务员狐疑的态度。

女高中生？

义男拿出信重读。端正呆板的文字处理机字体，命令式口吻和信封上只写“有马义男收”的狂妄无礼，每一样都和机械声的对手吻合，但为什么送信的竟是个女高中生？

难道会是他的同伙？

打电话的人怎么想也是男的。不管声音装得如何尖细，从说话的方式就能判断。义男长年经商，见识过太多人了。其中不乏有出乎意料的客人，尤其是最近五六年，第一眼看不出年龄或性别的人增加了许多。但是基于长年的直觉，判断错误的情况很少。义男下意识地相信那是男人打来的电话。那么，对方不止一人，还有同伙，而且还是个女高中生。如果说对方真的和鞠子失踪、大川公园分尸案有牵连，那女高中生也就跟绑架、杀人分尸案脱不了干系。

他忽然想起鞠子高中时的事来。鞠子就读的私立女中也采用水手服作为校服。义男看来，总觉得胸口开得太低，裙子太短。他不便对鞠子直说，于是试着问真智子，真智子也觉得如此。

“最近不管哪一所学校都一样。制服越来越漂亮，就连鞠子念的学校也是，听说还是名家设计的。”

当时真智子还笑着说，因为如此还花了更多钱。

但那水手服还真的很适合鞠子。真智子曾经寄给他一张鞠子入学的纪念照，义男将照片压在办公室的桌子上。木田见了也笑着称赞道：“这么可爱，应该框起来挂在墙上。”义男当时还回答：“没有可爱到那种程度啦。”

桌上的威士忌酒杯里，冰块逐渐融化，发出撞击玻璃的声响。义男看着手表，来酒吧已经过了三十多分钟。

“八点与你联系。”

大概会打来电话吧。可为什么要他多等一个小时呢？难道看他心急如焚，对方就会高兴吗？还是说对方正在附近观察？

义男猛然环顾四周。酒吧里灯光昏暗，加上观叶植物和屏风的阻隔，视线不是很清晰。义男被带到吧台最里侧，离服务员进出口最近的位置。这里本来视野就不佳，但真要是有心，从包厢观察义男也并非难事。不管哪里的酒吧，内部结构还不都是大同小异。

再怎么东张西望，看来也是浪费时间。年轻情侣、上班族、外国旅客……就算这些人中藏着打电话的人，义男也认不出来。他只好沉默地盯着逐渐消融的冰块，等待时间流逝。

不管对方是谁，打电话的人对于时间倒是十分谨慎。义男的手表指向八点零二分时，酒吧里的电话响了。义男身体僵硬。不久，一名侍应生轻声呼唤："有马先生、有马先生，有您的电话。"

义男举手起身。服务员有些惊讶，一副难以置信的神情。

一部无绳电话送了上来。

"通话"的红色按钮正在闪烁。义男不太习惯使用这种电话，显得有些紧张，害怕一不小心反而将电话切断。

"请按'通话'键，就能通话了。"服务员提示道。义男按下红钮，将电话贴近耳朵。

"喂？喂？"他低声打招呼。

又听见了那机械般的声音，感觉比之前还要遥远。

"嗨，老先生。愉快吗？看来你已经平安到达饭店了。"

义男感觉喉咙十分干燥，一下子发不出声音，干咳了一声。"是的，我在酒吧，按照你信上说的做了。接下来我该怎么办？"

"你点了什么喝的？"

"威士忌。"

"真没劲。"对方开心地笑道，"对了，我早该教你怎么点酒才对。要是老先生点了红粉佳人，服务员一定会吓一跳吧。"

"别说这些了……"

"你急什么！老先生，坐在那里感觉不错吧？"

"我不习惯来这种地方，感觉很不舒服。"

"我猜也是。这下你应该很清楚了吧？"

"什么？"

"现在这种时代，如果穿得不够体面就很难生存。活到你那把岁数还是一事无成，活着还有什么价值呢？"

义男沉默不语，清楚地感觉到对手内心隐藏着难以预料的凶残。

“像老先生这种人，到了大饭店也享受不到正常待遇。这经历不错吧？”

“你究竟要我干什么？”

“没什么，只是要你上一堂社会大学的课而已。”

“听饭店的人说送信来的是一名女高中生，她是你的伙伴吗？”

对方大笑道：“那也是戏弄老先生的手段之一，你喜欢吗？”

“到底接下来还要做什么？我总不能一直在这里跟你聊天。”

“我已经改变主意了。”对方冷淡地表示，“我和老先生的游戏到此结束。你赶快回鞠子家吧，别再丢人现眼了，免得服务员看不顺眼把你撵出去！”

说完电话便应声挂上。

义男疲惫至极，又感觉意志消沉。不明白自己是被作弄了，还是没能跟事件有关的人物接触之前便遭挫败？一想到这些，他不禁对自己的愚昧气愤不已。当初接到前往饭店的指示时，如果能通知坂木请他作陪就好了。实在是不该一个人行动。或许坂木能告诉他如何应答，聪明地诱使对方现身。

他想直接回家。从饭店搭上出租车告诉司机目的地时，他还这样想。他很想好好休息，脑海中却始终重复着刚才的通话内容。尤其是那一段话萦绕不去：“你赶快回鞠子家吧。”

那家伙不是说“你赶快回家吧”，而是强调“回鞠子家吧”。他知道鞠子家并非义男家。明知如此却故意这么说，话中是否有其他意思呢？

“司机先生，对不起，可否改个地点？请开到东中野。”

来到古川家门前，下了出租车，义男立刻冲到大门口。门前的灯亮着，锁没有任何异常，窗户也都紧闭。对方会不会又打电话过来呢？义男急忙想打开大门。

这时，他发现门边的信箱里露出类似信封一角的东西。离开家门时，他并没有看到这东西。

他取出信封，质地和在饭店收到的一样，是双层白信封。根据触感可知除了纸张以外，里面还有其他东西。信没有封口，义男顺势打开了。

里面是一张四折信纸和一只女式手表。那是只精工表，质地为黑色皮革，造型华丽。

毋需考虑，义男对这只手表十分熟悉。这是今年春天为了庆祝鞠子参加工作，他买给鞠子的礼物。背面还刻有鞠子的名字。

把表翻过来，借着门口的灯光可以看见上面刻着“M. Furukawa”。

信纸上是一串文字处理机字体，写着：现在你该相信我了吧。

8

武上悦郎盯着照片。

他右手持放大镜，将鼻尖贴近照片仔细观察。邻座的部下筱崎也是同样姿势。有时两人会保持相同的姿势，谈些其他人听不懂的话。

“会是‘川’吗？”

“你是说三笔的‘川’字吗？”

“嗯。”

“哦？笔画应该再多一点，看起来很像是纵线条。”

“看起来的确是那样。但那会不会是衣服的纹路，也许是一种细条状布纹？”

“说不定布料本身就是那种织法。”

“那也很有可能。”

“有这种制服吗？制服的料子不都比较光滑吗？”

“嗯……”

特调总部办公室旁边有一间小会议室。桌上排满了照片，还堆了几册档案夹。已经整理好的照片则被编了号，放在桌子一端。

一连串照片是秋津之前问到的业余摄影师在发现右手的前一天拍摄的大川公园风景。武上在案发后第二天亲自出马，说服不好应付的对方，拿到了底片。洗成照片后，先将画面中出现的汽车牌照列成清单调查，然后一一分析照片。

两人此刻凑着头讨论的，是一个站在大川公园当事垃圾箱旁的年轻女子。照片前方是波斯菊花坛，女子站在花坛后面，只能看见上半身，而且侧着身。她穿着制服背心，胸前绣着公司的名称。武上和筱崎正努力想读出上面的字。

为什么锁定该女子如此重要？因为她所在的照片里，还有一个看起来像是要靠近该垃圾箱的黑色人影。可惜黑色人影隐藏在树丛中，焦距也不太对，根本无法判断其服饰、年龄、长相和性别。大约能推算出身高，但也只能说是一米六〇到一米七〇之间。

尽管信息如此模糊，黑色人影却能引发他们的兴趣。就在这个模糊的人物左手上，倒垂着一个怎么看都像是褐色牛皮纸袋的物体。而且这人看起来很像是朝着垃圾箱的方向前进。

期待这张照片很有可能拍摄于那只右手被抛弃的前一刻，武上认为或许操之过急。就常识而言，不会有那么巧的事情。只是过去的调查经历中不乏意外，何况照片中留下这样的线索，当然绝不能放过。

询问该业余摄影师，拍摄时是否对出现在镜头中的两人——年轻女子和黑影有印象，他竟生气地嘟起嘴回答："我又不是拍人，是在拍波斯菊。我根本没有注意到有人。我一向不拍人物，因为不喜欢人物摄影。"

于是加上公园内的探访，几乎没有得到任何能够佐证该照片的线索。武上将一张照片送往科学警察研究所进行电脑分析，目前尚无回音。因此武上只好自己动手，弯腰低头用放大镜观察。

只要能读出女子胸前绣的字，就不难查出其身份。这一连串照片是在案发前一天即九月十一日下午三点至六点拍摄的。这是个工作日，公司在这一时段还在上班。穿制服的女子应该不会从太远的地方来，大概是公干的归途中，特意穿过公园散步偷闲。所以很有可能是附近公司的员工。

"会不会是川繁呢？"

"繁荣的繁吗？"

"是的，川繁是重机业吧。字体很复杂。"

这时有人敲门。武上应声后，秋津打开门探进头来说："讯问已经结束，我把录音带拿过来了。"

"谢谢。"

秋津抓着门板，半个身子探进会议室，低声问道：“武上，要不要见他？”

“谁？”

“还用问吗？当然是老头。你还是再问一次比较好，能让谈话更具体些。”

武上看了看墙上的时钟，已是星期二下午两点过后。

“老头还在吗？”

“还在讯问室。”

“警局怎么说？”

“如果武上要见，可以去见。”秋津微微皱了皱眉头说，“老头的样子很惨。这也难怪，看起来真可怜。”

武上有些困惑。连刚毅的秋津都觉得可怜的人，他其实不太想见。武上喜欢从事内勤业务，一方面也是因为很少有机会与受害者家属或相关人士碰面。

“饭店和古川家的调查进行得如何？”

“我待会儿也要去现场，去广场饭店，必须找出那个送信过来的女高中生。”

“嫌疑人思虑周密。”武上说，“那个女高中生大概是在车站被叫住，拿点小钱跑腿的。”

“我也这么认为，应该不是同伙。只是这女孩直接跟嫌疑人接触过，是重要人证。”秋津一脸怒容地看着手上的录音带说，“而且听了这个，你会觉得难过。嫌疑人居然戏弄一个年过七旬的老人！”

这是昨天发生的事。与大川公园事件相关的失踪者古川鞠子家，与一连串案件有关的嫌疑人打来电话。鞠子的外祖父正巧在那里，接到了电话，并应嫌疑人的要求行动，结果没有逮到对方。

但有了重大收获。古川鞠子的外祖父回到家，发现外孙女的手表被丢在信箱里。

这算是犯罪宣言。大川公园的分尸案和古川鞠子的失踪案有关，虽然还不能推断是同一嫌疑人或同一犯罪团伙犯的案，但也不能完全否定。

“真可恶……”武上追悔莫及，当初应该在古川鞠子家的电话上装录音机。电视台电话事件之后，他不是没想过，只是没及时告诉神崎警部。当时是考虑到古川太太住院了，家里没有人，加上电视新闻又大肆报道，嫌疑人跟古川家接触的可能性不大，才打消念头。

武上听说广场饭店一事是在昨晚。他立刻叫醒趴着休息的筱崎，两人从头到尾把大川公园分尸案案发后的新闻报道检查了一遍。没有任何节目提到古川鞠子父亲的全名，以及她家住在东中野，甚至连地址也没有出现过。同时也没有报道提及鞠子外祖父会不时到古川家看看。

嫌疑人究竟是怎么知道古川家的电话号码的呢？最容易想到的答案是：鞠子记录这些信息的东西落入了嫌疑人之手。关于这一点，鞠子的母亲正在住院，还不能接受讯问，无法确定。从鞠子家的书桌抽屉里，找到了鞠子的健康保险证。她还没有考驾照。任职银行的员工证上面没有记载住址和电话号码。鞠子房间的抽屉里还有一个电子手册，其中有她详细输入的亲友信息、她房间的专用电话号码和查听电话录音的密码。大概是她经常随身携带的东西，失踪当天忘了带。嫌疑人将她的月票夹扔在大川公园，换言之，在被扔掉之前她还持有，月票上有姓名、年龄和性别，但没有记载住址。年轻女子会记录家庭住址的其他随身用品，武上就想不出来了。

其次能想到的是：嫌疑人是利用东中野古川茂的名字打一〇四查号台查询。古川茂是古川家的户主，电话当然是以他的名字登记。只是电视新闻并没说出他的名字，嫌疑人无法使用该方法。只知道姓古川很难查出详细地址，除非嫌疑人事前已掌握鞠子家的地址。

然而这种情况有两种例外：一是嫌疑人为鞠子熟识的朋友；二是嫌疑人在杀害鞠子前或囚禁她时（现在还可能囚禁着她），从她嘴里问出了个人信息。

还有一种方法，就是查阅中野区的电话簿，从头开始逐一打到姓古川的人家询问，找寻符合条件的家庭。特调总部也试过这么做，发现中野区其他古川家并没有接到这种电话，这条线索也就中断了。

特调总部今天早晨派出大批警力在古川家附近进行集中调查。昨晚广场饭店一事，可以断定是嫌疑人为了送手表，故意调开鞠子外祖父的陷阱。嫌疑人或犯罪团伙在昨晚六点二十分到八点之间曾去过古川家。如果能取得目击证词，调查便会向前推进一大步。武上期待着报告和调查结果。

武上拿起手边一份蓝色档案。和其他档案不同，这一份还没有定标题，里面包含电视台接到的电话、来自媒体报道和调查总部搜集的一般信息，有说是自己犯案的酒鬼，甚至有主妇报知附近的流浪汉很可疑。这些都用文字处理机打印出来装订成册，现在到了分类的时候。其中一部分属于凑热闹的杂乱信息，另一部分则是电视台接到的电话案、刚才秋津送来的录音带和书面记录。武上为档案写上标题“来自案件关系人的间接接触”。

“还是见吧。”武上看着档案，说道。

“老头吗？”

“嗯。说人家是老头太没礼貌了。名字……我还没问呢。”

“有马先生，有马义男。我去叫他。”

秋津一走开，筱崎便问：“我可以旁听吗？”

“好，顺便帮我记录，还要录音。”

“是，我去准备。这些该怎么办？”

他指的是那些照片。

“就赌赌你的眼力。去向总部报告，请他们调查川繁重机。”

“我不太确定是重机业，但‘川繁’二字是不会错的。”

“好好干吧。”

筱崎调整好眼镜一走出会议室，武上便伸个大懒腰，站了起来。他忽然间想起，便打开了会议室角落里的电视。会议室除了开会也作为休息室使用，为了看新闻报道等节目，放了一台电视。

这时正好是午间社会新闻播放时间。记者站在广场饭店门口现场报道。武上拿了一个烟灰缸，靠近电视。

画面转换成身着饭店制服的女子，记者伸出了话筒。

“当时你在前台服务？”

“是的，没错。”

“是怎样的女高中生？”

“嗯……身材不高，感觉很普通。”

“有没有比较显著的特征？”

“没有。”

接着话筒转向女员工身旁的年轻男子，他也穿着制服。

“是你从女高中生手上接下了信封……”

年轻服务员不等记者说完就开口道：“没错，我吓了一大跳。没想到会是这种事，当初应该仔细看清她的长相才对。”

“之后有马先生过来拿信时，你也在场吗？”

“真是很遗憾，实在很想多帮他的忙。”

女服务员一脸沉重地低着头，眼眶似乎有些湿润。

这时门口传来声音，听起来是笑声。

武上抬头一看，眼前站着一个矮胖的秃顶老人。身穿翻领 T 恤和灰色外套，胸前的口袋中显出烟盒的轮廓。

他在笑，笑声不很开朗，幽暗的眼神中满是倦意。

“这些人昨天还嘲笑我是老色鬼。”他看着电视说道。

武上从椅子上站起来，问道：“有马先生吗？”

老人点了点头。“是的，麻烦你了。”

武上心想，跟我父亲有点像，尤其是驼背的样子。武上的父亲去年刚过世，因为晚婚的关系，比有马义男年长很多。然而现在的有马也比实际年龄看起来苍老许多。

9

准备好外出之前，前烟滋子打开了电视，接着便像被钉住一样，紧守着电视不放。

大川公园的案情有了戏剧性的新发展。昨天晚上，古川鞠子的家人和嫌疑人有了进一步接触，当事人是鞠子的外祖父。嫌疑人耍了他一番后，为证明自己，还将古川鞠子的手表送回古川家。

今天一早，所有新闻节目疯狂报道此一话题，甚至还有电视台制作了特别节目。滋子也因此看得入神。

到底嫌疑人是怎样一个人呢？

看着新闻，滋子脑海中不断重复这个问题。似乎电视节目也有着同样的疑问，于是推出了一个想当然的答案。

这是一个残酷、恶劣、冷血的杀人犯。

其中最重要的特质是“恶劣”。残酷无比的罪案过去发生过许多件，冷血凶手也有过许多，但是对亲手杀死的被害人的家属设计如此恶劣的圈套，在日本可谓前所未有。

他目的何在？最终目的是什么？

古川鞠子的外祖父与嫌疑人接触时，一开始以为对方会以归还鞠子来勒索金钱。这么说倒也合情合理，如果这是一起以金钱为目的的犯罪。

但对方并没有要钱，而是从头到尾耍了这个担心外孙女安危的可怜老人。这是他一开始就想达到的目的吗，戏弄古川鞠子的家人？

为什么呢？

从滋子离开家门、步行到车站、在电车里摇晃之际、下车后走向朋友社的途中，这个疑问始终萦绕在她脑海里，在她不甚宽广的思索空间中狂舞。这首不愉快的波尔卡舞曲，让滋子脸颊紧绷，目露凶光，嘴唇线条扭曲。来到朋友社，请服务台联系后，她坐在一楼咖啡厅等待，点了一杯咖啡。其间她始终表情不变。

难怪约会对象一出现便惊讶道："怎么了，脸色不大对劲啊？"

"总编……"滋子好不容易回过神，站起来说道，"不好意思，我在想事情。"

"想什么呢？我们好久没见了，你的表情倒像是来跟我抗议似的。"

笑容稳重的板垣在滋子对面就座。

板垣现在隶属于朋友社十月创刊的文艺新杂志筹备室。滋子从昨天板垣的来电中获知此事。"文艺杂志？"对于滋子的疑问，当时板垣大笑着解释："你以为我不懂小说吗？但我的确是不懂，所以有些头疼。"

接着对于滋子见面的请求，板垣则是爽快地答应了，说"反正闲着也是闲着"。

滋子仔细观察板垣。《莎柏琳娜》停刊后，两人最后一次见面是在滋子的婚宴上。比起当时，板垣似乎瘦了一些。以他四十五岁的年纪来看，与其发胖，不如瘦点好。

"真的是好久没见了，滋子。"板垣一边点烟一边说，"我一直在读你的家庭主妇做菜专栏。你的文字一如既往读起来很舒服。"

滋子微微点头。"谢谢，能被总编赞赏真是高兴。"

"不要再叫我总编了。"板垣笑着摆手道，"我现在没有头衔。就算新杂志出刊，也当不上总编辑了。"

"哦？不会吧。《莎柏琳娜》停刊的风波早该消了，而且《莎柏琳娜》是本好杂志。"

"谁说不是呢。可是我一向就不怎么受上面赏识。"板垣伸出手指指着上方说，"虽然还想和你共事，但文艺杂志大概不适合你，何况我也没有权力。"

板垣的语气中有着过去没有的自嘲和伤感，虽然只是一点点。电话中感觉不出来，直到面对面交谈，配合他软弱无力的神情，滋子才有明显的感受。

就在滋子和昭二结婚，忙着构筑二人新世界的同时，板垣身边发生了什么事，或者说没有发生什么事。没有发生板垣期待的事。而且一向习惯抽“希望”的他，此刻手上却夹着七星牌淡烟。滋子觉得这也反映出板垣的地位和气势日益衰落。

滋子突发奇想，开口道：“对了，今天我来是有事商量。说不定这件事对总编你而言也是大工程！”

面对滋子几乎是自言自语的说法，板垣表情茫然地询问：“什么事？”

滋子将双手放在桌上，身体微微前倾道：“已经过了一年了，还记得以前我带来的报告文学稿子吗？”

滋子开启话题，按时间顺序说明经过。不知不觉间，靠在椅背上的板垣竟重新坐正，捺熄香烟，身体前倾的姿势与滋子的如出一辙。

大概他有兴趣吧，滋子心想。

东中野警局的坂木翻脸无情，不再提供信息。失去这一类刑事案件的采访来源，今后该如何是好呢——滋子说到这里才喘了一口气，举起早已凉了的咖啡啜了一口。

板垣从鼻子喷出一股气，说：“可是……真是令人吃惊！”然后摇摇头，“世间还真是有偶然的事。”

“就是说嘛，我也吓了一跳。没想到自己笔下的女主角和这件案子有关……”

板垣看着滋子说：“哦？没……没错，这当然是难得的偶然。可我要说的是不同意义的偶然。”

“不同意义？”

“嗯。”板垣掏了一下烟盒，里面是空的。他将烟盒放到烟灰缸旁边，抬头说道：“你应该还记得吧，以前你给我看稿子时，我还在《银色人生》服务。”

那是朋友社出版的以老年人为读者的月刊杂志。

“是的。”

“我一直在那里工作，直到上个月才调到新杂志筹备室。你大概能看出我在公司的地位了，但跟这件事没有关系。”板垣苦笑了一下，“《银色人生》怎么说都不能算成功杂志。销量还不到《莎柏琳娜》的一半。至于为什么还不停刊，我却搞不清楚！”

滋子沉默地看着板垣。板垣注意到这一点，不禁眨了眨眼睛。

“对不起，这也没什么好说的。我刚才想说什么呢？对了，《银色人生》曾写过一个防盗专题，主要是介绍保安公司的服务内容及地方性独立警卫活动。”

“那是为了老年人的安全吗？”

“嗯。阪神大地震中不是有很多独居老人罹难吗？所以春季刊才针对地震、火灾等灾害，整理老人防灾专题。因为大受好评，有了推出续集的打算。没想到去年秋天发生了一连串案件。”

其中之一是埼玉县内一对富有的夫妇遭劫匪枪击致死。因为使用了手枪，媒体进行了大幅报道。但此案尚未完全平息，东京都又发生了一起独居老妇遭劫匪侵袭，损失财物之余还被纵火烧死的惨案。

“编辑部正好在拟定策划案。于是，接在天灾防备专题后面，就是如何防备人为犯罪。正忙着采访，又发生了第三起大案。”

那是千叶县佐和市教师一家被杀案。

“很可怕的案件，你还记得吧？”

滋子侧头回想。去年秋天……

“应该是十月中旬吧，嫌疑人立刻被捕了。就某种意义而言，受害人数很多，但案件本身很愚蠢。”

“我没记错的话，应该是父亲、母亲和一个上初中的女儿被杀了。”

“没错，你说得没错。杀人手法十分残忍。”

滋子想起来了，缓缓点头。当时她和昭二新婚不久，还记得昭二不厌其烦地叮咛：“发生这么可怕的案件，晚上门窗可得关好才行。”

“被杀害的教师全家共有四口人，住在佐和市内的公寓。父母在市内的私立中学工作，家里有两个小孩。长子是高中生，女儿上初中。女孩并不在父母任教的学校读书，而是上了当地的公立中学。这也是整个案件的起因。”

案件发生于去年十月中旬一个星期五的傍晚。父母还没有下班回家，上初中的女儿一个人看家时，来了一个手提点心、身穿西装的中年男子。男子对前来应门的女孩说：“你妈妈是我家小孩的班主任，有关小孩的事想请教老师。贸然来访很失礼，但是我很头疼，所以便不请自来了。”

女孩了解原因后，立刻释怀让男子进家门。她想母亲应该马上就会到家了，而这人很有礼貌，看起来就像是个为孩子伤神的好父亲，不禁心生同情。

不料来到客厅，中年男子态度剧变。他袭击了女孩，并拿出藏在口袋里的绳子将其捆绑，还到厨房拿出菜刀威胁女孩，让她保持安静。

中年男子让女孩坐在地上后，便开始打电话。不久，来了两个年轻男子，他们是中年男子的同伙，好像就在附近盯梢。年轻男子分别拿着刀抵在女孩脖子上，胁迫她跟他们一起躲在后面的卧室里。这样女孩完全无法求救，或向即将回家的双亲和哥哥示警。

这时母亲回家了。女儿成为人质，母亲则毫无抵抗地被捆绑。三十分钟后回家的父亲也是一样。三人被绑在一起，除了害怕颤抖，完全束手无策。

劫匪们并没有立即行动，而是等待将长子一并抓获。可是屏息凝神等到晚上八点，男孩还是没有回家。劫匪怒气难忍，于是逼问母亲，威胁要杀女孩，那对父母才说出真相：原来男孩今晚到邻镇的朋友家玩，会住在那里。

其实真相并非如此。男孩的朋友家是开餐厅的，男孩不是去玩而是去打工，预计晚上十点回家。母亲认为如果说男孩今晚外宿，或许劫匪就会放过他了。不管劫匪的计划怎样，也许儿子能因这个谎言逃脱他们的诡计。

事实也是如此。

“劫匪们取出存折、印章，搜括完钱财后，杀了三人。”板垣说，“原计划是要杀死全家四口，趁半夜没人注意从容逃离现场，等星期一早上银行开门立刻行动，取出所有能取的现金。他们的如意算盘是周围的人发现教师一家发生异样至少是在星期一以后，所以挑选周末作案。”

不管那家的儿子是在星期五晚上或周末上午回家，都不会对这一计划有太大影响。他们躲在杀人现场的尸体旁边静静等待男孩回家。教师一家住的不是独门独栋别墅，而是多户家庭群居的大型公寓。这种公寓以“尊重个人隐私”为卖点，隔音设备极佳，邻里关系也相对淡薄。

“没有任何人发现，直到儿子回到家。”

滋子心想，怎么说这个计划都显得很草率。捆绑住那家人，将他们杀害，然后逃走。可随后是假日，很难说他们的尸体不会被人发现。说不定有亲友来访，也可能有人来电。难道不会有人对教师一家完全没有动静起疑吗？而且事发败露，警方开始通缉，存折和银行卡便无法使用。不管他们杀了多少人，最终目的还是无法达成。

滋子说出想法，板垣点头道：“没错。这一案件说是有计划，某些部分又很随性。说它幼稚拙劣，的确如此。事实上杀了三人后的情节也一样幼稚拙劣。”

教师家的儿子仅在周末打工，因为那家餐厅周末十分忙碌。本来说好工作到十点，但经常会加班到十一点。这时男孩肯定会打电话回家，餐厅老板或员工也习惯将男孩送到家门口。

“刚才说过，餐厅是儿子的朋友家开的。两家人交情甚好，彼此熟识。教师夫妇也安心让孩子到餐厅工作，即使回家会很晚，对方将儿子送回家，也不必觉得过意不去。”

出事那天晚上，儿子正好要加班。

“快到十点的时候，男孩打电话回家。”板垣继续说，“教师家的电话装了留言设备，劫匪早将电话设定成留言形式。男孩听见留言，以为家人不在，可能是出去吃东西了。这是他对警方说的。于是他留言道：晚上会晚点回家，餐厅老板也就是朋友的父亲会开车送他回家。”

劫匪听了留言。

“他们慌了，心想这下可麻烦了。”

滋子皱着眉头说：“他们难道不会想，干脆将那儿子和送他回家的朋友父亲一起杀掉吗？”

“当然会这么想。可要是这么做了，后果会怎样呢？”板垣耸耸肩道，“开餐厅的朋友家发现父亲迟迟不归，一定会觉得不对劲。说不定还会找来。难道劫匪必须杀每一个上门来找的人吗？岂不是没完没了？而且被发现的危险性更大。”

“说得也是。”

“于是他们作出了决定。计划失败，还是逃为上策。但这个决定还是显得幼稚拙劣，他们不管现场便逃了。”

滋子瞪大了眼睛说：“不管现场？扔下尸体不管？”

“没错，连藏起来或运走等延迟被发现的措施都没有做。反正决定了就不管不顾，立刻落荒而逃。附近居民听见了他们经过公寓走廊时的脚步声和说话声。”

“可是……那些钱也就没有被偷？”

“听说教师家里的二十万现金被偷了。存折和银行卡则留在现场，大概是想既然不能用，偷了也没意义吧。”

“可是他们杀了三个人……”

“作案手法粗糙得令人难以置信，不是吗？这很不寻常。相对于手段的残酷，他们对目的却不是很执著。这种案件几乎是前所未有。”

劫匪逃离后，男孩回家了。他什么都不知道，没有任何心理准备。

滋子有种打心底感到冰凉的伤感。打开家门，高中生第一眼看见了什么呢？是血迹，还是更悲惨的景象？

板垣更加沉重地说道：“实在是太悲惨了，根本找不到语言形容。”

“一个人被遗留下来活在这个世上吗……”

“算他命大，很是幸运了。”

可是板垣的脸上却写着：如果换作是他处于同样境地，恐怕不会用“幸运”来形容。滋子相信那名幸存的高中生应该也会这么想。

“你刚才说嫌疑人在半个月后被捕了，我好像也读到过这则新闻。是在什么情况下被捕的呢？有目击者吗？”

“这就是这群人愚蠢的地方。”板垣苦笑道，“不，这可不是一件好笑的事。在作案前，他们曾多次到教师家所在的公寓探风，当时他们开的是自己的车，作案当天则是用租来的汽车。”

来探风时，还将汽车停在公寓前禁止停车的区域。

“这当然会引起管理员的注意。有住户见禁止停车区域有车，也会来投诉。只不过若是某住户的朋友开车来访，不好意思立刻抗议；而站在管理员的角度上，只要违规停车不太过分且重复，他顶多就是口头警告一声。可是……”板垣伸出食指，眯着眼睛说，“这个细心的管理员做了一件重要的事，他将那辆车的牌号抄了下来。”

案发后他想起这件事。于是警方讯问后，开始从汽车找起，由此顺藤摸瓜，将三名嫌疑人逮捕归案。

滋子不禁叹了一口气，这真是一件既悲惨又愚蠢的案子！

“这件事在当时曾轰动一时，如今却几乎无人报道。”板垣说，“大概公审也已经开始了。”

“不知道那男孩怎样了？”滋子眼眶有些湿润。

板垣眼睛一亮叫道：“喂……你振作点。我们为什么会提到这件事呢？”

对了，这应该只是今天话题的前言而已。

“你说到了难以置信的偶然，不是吗？”

“没错，你可不要太惊讶。”板垣故弄玄虚地低声说道，“这个高中生就是第一个发现大川公园那只右手的人。”

滋子惊讶得几乎说不出话来。“什么……你说什么？”

“所以让你不要太惊讶嘛。他是大川公园分尸案尸体的第一发现者。还未成年，而且仅仅只是个发现者，所以媒体还按兵不动。但是假以时日，应该会被大肆关注。”板垣像是在酝酿气氛似的停顿了一下，微笑后说道，“而且偶然还不只这一桩。还是跟你有直接关系的偶然，也是让我惊讶的偶然。这一连串故事是在昨天，也是在这家咖啡厅，从一起在《银色人生》杂志工作过的同事口中听到的。他是和我一起制作防盗专题的记者。”

滋子瞪大了眼睛问道：“真的吗？”

“当然是真的，我可不会骗人。”

板垣认真地看着滋子，滋子也回望过去，问：“这个记者我也认识吗？”

“应该不认识。是个姓成田的资深记者，我也是在《银色人生》与他共事的。”

“成田先生现在还在调查教师全家被杀一案吗？”

“没有。他只是在制作《银色人生》防盗专题时才参与。”

“那么关于这次大川公园事件呢？”

“他好像不怎么关心。毕竟他不是那种记者，只是对这些偶然感到惊讶。”

滋子放心地靠向椅背。

“事实上，佐和市发生案件时，他曾和那男孩接触过。”板垣继续说道，“是因为《银色人生》的采访。几乎什么也没问到，但还是见了面，而且是好几次。”

滋子点点头，并从皮包里取出烟，准备点上。

“也给我一根吧。”板垣说。两人开始默默吞云吐雾。

终于滋子说话了：“我明白了，你是说昨天和今天连续听到大川公园事件，这是一种偶然。”

“嗯。”

“那跟我又有什么关系呢？”

“这个嘛……”板垣卖起关子。滋子悄悄抬眼看着他。

“滋子，你到底有多少心做这件事？”

“多少心？”

“没错。今后大川公园事件的采访战将如火如荼地展开。从昨天、今天的情势发展来看，这将是一个前所未闻、空前绝后的大案件。说实话，你什么后盾都没有，要在其中跟别人竞争，我完全不看好。”

滋子抬起了头，心想，可是我手边有这些已经写好的稿子。

“已经写好的稿子一点价值也没有。”板垣说得肆无忌惮，“问题是今后要怎么做，要用怎样的手法切入属于你的报告文学。我在看见稿子之前，什么都不能说，也不能答应你什么。”

“我知道。”

“要知道对手无所不在。那些报纸杂志的记者就守在现场。他们位于最前线，如果和他们采取同样的方式写作，再给你一百年也望尘莫及。”

没错，这倒是事实。

“所以，你必须找寻专属门路，而这门路绝对不是你那份高不成低不就的稿子。依靠那份稿子是以后的事，现在首先得找出前畑滋子的专属门路才行。”

滋子再次低垂目光，却并没完全闭上双眼。她瞪大眼睛注视桌面，仿佛竞争对手就在上面一样。然而，尽管内心斗志昂扬，但具体该如何做，她不知道，所以也只是心里保持高亢的情绪罢了。

“刚才我已经给了你提示。”板垣说。

滋子猛然抬起眼睛。在《莎柏琳娜》时代经常发生这样的情况：每当滋子陷入困境，板垣总会适时充当向导。

“关键人物就是那个男孩！”

“那名高中生……”

“没错，就是他，就是那个全家被杀，只有他一人幸存的少年，也是他发现了都会魔手下遇难的女尸。这是怎样一个巧合，不是很值得撰写的题材吗？这展现了现代社会的青春残酷面，不是吗？”

听起来像是坊间杂志的封面标题。但是板垣脸上没有笑容，滋子也没有。

“滋子，去追踪他吧。以他为切入点，让你过去索然无味的稿子重新活过来。一开始以幸存的少年为起点，自然能带出你想写的失踪女子的内容。相信在你看见古川鞠子的名字出现在自己的采访手册上时，那种孤独与害怕其实已和自身的恐惧形成共鸣，才能成为报章杂志无法追踪的事件记录。关键词就是‘忽然被破坏的人生’。”

滋子不断点头，感觉像是得到了解答。可是……

“我该如何跟那孩子接触呢？”

板垣笑道：“你只要走近他，跟他问声好就开始了。”

“我不是这个意思，而是问他住在哪里……”

“这些我来调查。”板垣回答得很干脆，“别忘了我们出版社也出周刊杂志。不单是男孩的事，就连这次案件、佐和市惨案等详细案情，只要确定的内容都能提供。消息要多少有多少，你不必客气。总之，采访记者的资料搜集由我包办。这是我的协助方式，条件是……”

“条件？”

“你要写出好东西。”板垣郑重地说道，“写出好作品交给我。除了要考虑在什么媒体刊载外，最终目标是要出书。这才是最后的成果。”

滋子嘴角的线条稍稍缓和下来。“那不是跟我刚才说的一样吗？这件事对总编而言说不定也是个大工程。”

“没错，你就让我成为真正的总编吧。凡事拜托。”

两人都笑了。滋子立刻备觉轻松。

“对了，在开始工作之前，先告诉你幸存的男孩叫什么名字吧，老是匿名也太失礼了。他叫真一，塚田真一。你要跟定他，死都不能分开。”

10

筱崎解读出来的“川繁重机”果然存在。准确名称是“川繁重机股份有限公司东京总公司”，位于大川公园向南数第四个街区的一栋四层建筑里。

“工厂设在佐仓和川崎，东京总公司也预定于近期内迁至佐仓工厂内新盖的大楼里。能够在搬迁之前找到，我们运气真好。”

秋津拜访了川繁重机，很快就找到了照片中的女员工。那是会计部的佐藤秋江，二十二岁。她还记得大川公园案发前一天，曾经穿过公园前往银行。

武上将秋津对她的讯问记录复印了一份存盘，并仔细阅读。他坐在办公桌前，旁边是筱崎。筱崎正在整理科警所关于该照片的分析报告，一脸不愉快。

武上也是一脸阴霾。

佐藤秋江是个相当靠得住的证人。说话清晰，记忆力很好。连秋津也赞不绝口道：“真是个聪明伶俐的可爱女孩。”

这个聪明伶俐的可爱女孩称：为了到大川公园北侧的东武信用金库隅田川分行，每隔两三天必须穿越公园一次。

“穿越公园就不必等红绿灯，比较快。”她还说穿越公园时，会看见许多游民。“大川公园里好像特别多。”

在附近打听时，也获知公园里游民很多。那些游民在公共厕所后面、遮雨棚下的长椅边，用纸箱围起来居住。墨田区政府接到过不少这类抗议书。

佐藤秋江说："我只在白天经过那儿，早晨和傍晚的情况就不太清楚了……"

武上瞄了一下手边的公园地图后，继续看档案夹里的报告。从垃圾箱里发现右手的塚田真一和水野久美没有提到游民，大概是时间段不同的关系。

"我通常是在东武信用金库快要关门的时候才去，几乎没有例外。在那之前先将会计部必须到银行完成的工作整理好后才出门。否则每做一件事就要去银行一趟，反而更麻烦。这张照片应该是在下午两点半拍的，也可能是将近三点的时候。"

从照片中的人影长度推断，调查总部也认为拍摄就是在这一时间段。摄影师气愤地表示"一次要拍那么多照片，哪里记得住每张照片的拍摄时间"，根本就靠不住。

佐藤秋江看了自己被拍到的照片，对于身后的模糊人影做了如下说明："当时，附近有一个游民，就在垃圾箱附近。我不敢断定身后那人就是当时的游民。"

武上并不认为一般人口中的"游民"都是危险分子。只是基于年轻女子的心理，自然会想赶紧离开，所以佐藤秋江也无暇仔细观察那个游民的外貌和行为。

"我不知道那个人是去垃圾箱扔东西，还是从里面捡东西。我没有看见。"

有关他的特征……

"我不清楚，只知道他是个游民。"

旁边的筱崎叹了一口气。武上不禁苦笑。

"不要那么失望嘛。"

"是……"

科警所送来的照片分析报告也推断佐藤秋江身后的模糊人影大概是游民之类，特别是从服饰和头发的长度可以判断。利用电脑分析照片，将图像分解成一个个颗粒，过滤掉多余的部分，加深必要颗粒的色彩，再次还原成图像，新产生的照片比原来的清晰许多。

据推断，照片中可疑人物的年龄在三十岁到五十岁之间，身高在一米六到一米七之间。遗憾的是，相貌难以确认。

调查总部认为这个人应该和嫌疑人有所接触。受嫌疑人之托，将纸袋扔进垃圾箱。所以只要能找出这个游民，或许就能窥知嫌疑人的相貌。

问题是现在的大川公园里一个游民也没有。筱崎因此感到失望。

“都是因为案发以来，我们进出太过频繁。”筱崎无精打采地说，“这些人害怕被牵连，都不知躲到哪里去了。”

游民有自己的做法：一旦找到了居所，就不太容易迁移，可要是因为出事而离开，大概都不会再回来。所以要找寻他们的行踪十分困难。

本来若是区域内的一个游民失踪了，还可能继续追查。因为同一区域内，还有认识那个游民的人。然而这次人都跑光了，警方实在束手无策。看来只能等风声过后，或许他们会有人肯回来。然而调查总部却没有那么多时间跟他们耗。

武上想起了有马义男痛苦的神情。

经过一连串讯问后，老人表示：如果嫌疑人真的联系某家电视台，要他对着全国观众下跪，才肯放了古川鞠子，他也愿意。直到现在，嫌疑人仍三缄其口，但按照过去的经验，对方很有可能这么做。不，对方一定会这么做。

有马义男似乎也下定了决心。不管怎么跟他说即便下跪，嫌疑人也不一定信守承诺，他还是坚持己见：“不试试怎么知道有没有用?！”在调查总部的要求下，他在江东区深川四丁目的商店和东中野古川家的电话上都安装了通话录音和逆向侦察装置，同时还愿意接受身边有警卫人员贴身保护。只是就算总部长请他不要下跪，他还是会坚持已见，任何人也无法阻止。

武上愤恨难平。若可以，他希望在嫌疑人再次戏弄有马义男之前将其逮捕。可是除非奇迹出现，目前怕是不太可能。

“只能寄望于新宿女高中生这条线索了。”筱崎说。

送信到广场饭店的女高中生和嫌疑人直接接触的可能性很高。

“无论如何一定要找出来！”武上回应道。

“但愿那个女高中生能像佐藤秋江一样，是个聪明伶俐的女孩。”

“也许吧。”筱崎无奈地说道。

武上再次阅读佐藤秋江的讯问报告，一边对照大川公园的地图，一边根据证词确认步行路径，同时不忘看看业余摄影师拍摄的照片。

这样反复进行之间，忽然间他发现了什么。

难道是他们判断错了吗？他立刻取出案发当天的现场照片档案夹，不断翻页，看着一连串以各种角度拍摄的垃圾箱照片。

比对过一次后，发现没有错误。为谨慎起见，对照地图又看了一次，接着取出大川公园管理处管理员的讯问报告。

大川公园的清扫和垃圾处理有严格的规定。因为是开放式公园，没有明显的开园闭园时间，必须按照员工的上班时间来排定。因此使用普通扫帚和簸箕清扫是一天两次，上午九点和下午两点；垃圾箱的垃圾回收则是在做普通清扫时进行，由员工推着手推车在公园内绕行，更换半透明塑料袋。

这一点如今毋需调查，也已经很清楚。前一天下午两点垃圾箱清空后，到次日上午九点箱内东西都不会改变，因此那张游民想要扔什么东西的照片才显得特别醒目。

为“醒目”的画面所炫，武上发现了一点疏失。

“喂，筱崎！”他大声呼唤。筱崎立刻抬起了头。

“大川公园的地图有没有列出垃圾箱的位置？”

筱崎立刻点头。“有，都画上去了。位置和数量都很清楚。”

“是发现右手当天的位置和数量吗？”

“是的，”筱崎眨着眼睛说，“没错。”

“你看看这个。”武上将照片档案夹推到筱崎面前，“是不是和案发当天的垃圾箱位置不一样？”

试图读出“川繁”字样时，两人不知看过那张照片多少次。上面有波斯菊花圃、佐藤秋江的脸颊、可疑游民和垃圾箱。

“你看！案发当天，垃圾箱和波斯菊花圃有些距离。前一天的照片上，波斯菊花圃的后面则摆着垃圾箱。就当天的位置来看，拍摄波斯菊花圃时应该拍不到垃圾箱才对。角度有些微妙，但至少垃圾箱不可能拍摄得如此显眼。”

筱崎仔细比对照片，像小老鼠般左右晃动脑袋。终于，他抬起头来说：“你说得没错！”他点点头，立刻站起身来。“我立刻去请他们确认垃圾箱的位置，调查垃圾箱的位置是否移动了，以及案发前一天的清扫情况。”

“把他们的调查写成报告的事，我来处理。”

当天傍晚，详细的调查报告便完成了。

武上的判断没有错误，垃圾箱确实被移动了。案发前一天照片中的垃圾箱比案发当天的靠近波斯菊花圃约两米。

前一天下午两点负责清扫和换垃圾袋的管理员表示，并没有发现垃圾箱被移动过。

“移动垃圾箱很费力，重得很。不是想动就动得了的，至少我不想动。”

垃圾箱在波斯菊花圃旁的固定位置，就是案发当天的位置。

“也就是说，案发前一天下午两点垃圾回收后，有人移动了垃圾箱，然后在第二天发现右手之前又移了回去。”

所有留在调查总部的成员都围着神崎警部，召开临时会议。神崎警部问：“移动垃圾箱意义何在呢？”

与会的五六人个个面面相觑，没有人敢发言。或许他们心里想，垃圾箱的位置多少会有差异吧，有什么好大惊小怪的。

“我认为很有意思。”武上说道，“大概是嫌疑人故意移动的。”

有人忍不住笑了出来。

“嫌疑人为什么要那么做呢？”

“为了让人拍照。”

“拍照？就是业余摄影师拍的那张照片吗？”

“没错。这个摄影师整天都在大川公园拍照。嫌疑人一定是知道了这件事，才想利用他。”

神崎警部皱起了灰白的眉头。“什么意思？”

“简单一句话，我们上当了。他耍了我们。”

“谁？”

“嫌疑人。”武上用力拍打桌上的照片，说，“这家伙移动垃圾箱，故意让它进入摄影师的镜头。接着请附近的游民——大概是给了他一点钱，趁摄影师拍照之际，故意将纸袋扔进垃圾箱。于是这些都被拍进了照片。其实当时所扔的纸袋，只是普通垃圾。嫌疑人抛弃右手应该是在晚上，我想就是他在移回垃圾箱后干的吧？！”

所有人面面相觑，也有人忍不住笑出声来。武上却毫不退却地说：“嫌疑人思考周密，大概观察过大川公园多次。利用摄影师也是当时才想到的。他知道一旦奇怪的画面被拍成照片，警方一定会上钩，忙着分析照片，找出扔纸袋的游民，甚至认为拍照的时间就是右手被丢弃的时间。”

神崎警部沉默了许久才抬起头说道：“这么做对嫌疑人有什么好处？混淆弃尸时间的判断，似乎也没有太大的意义。”

“他只是为了好玩吧。”武上说，“嫌疑人很清楚发生这种案件时我们的调查方式，他具有这方面的知识。他相信警方一定会找出那名业余摄影师，然后想象着警方的行动，觉得很好玩。现在这一瞬间也是。”

开会的警察都一脸半信半疑的表情。

“总之，”神崎警部表示，“再找那名业余摄影师问问看看，说不定能问出什么。如果武上说得没错，嫌疑人早就知道摄影师，熟悉他的行动模式，两人或许直接接触过。”

散会后，其他警察立刻离开，只剩下武上。神崎警部以眼神示意武上到他身旁的空位坐下。

“你好像还有什么话要说吧？”

武上一坐下来，便用手揉脸。

“对不起。身为内勤业务人员，我知道对调查提意见是违反规定的。”

“不用说得那么严重。”警部苦笑道，“很难得看见你生气的样子。听说上回你和有马义男见过面？”

“是的，我们见过。”

“真是可怜的老人。因为他的事，连冷静的武上也气成这样啊。”

警部说得没错。有马义男的遭遇深深打动了武上，但并不只如此。

“这次的照片，上当的是我们内勤。因为我们负责分析照片，才这么生气。是我被嫌疑人耍了。”武上说，“发现照片、兴奋地分析的是我们，还高兴地以为弃尸的瞬间凑巧被拍了下来……”

“过去也有过这种偶然。”警部慢慢安慰道，“例如偶然的目击、偶然的遗留物、偶然的意外调查而抓到嫌疑人等，这不就是调查的实际情况吗？讯问、地毯式搜索，不都是寄望于偶然而进行的吗？”

“你说得没错。”

“这种话不应该是我跟你说的吧。”这次警部没有苦笑而是微笑。

偶然，尤其对犯罪之人来说，经常是敌人。再怎么缜密的犯罪计划，往往会因一点小意外而全盘皆输。或许是遗落了什么、当天下起了雨、临时招不到出租车等，一点小事便会让嫌疑人慌乱，留下证据。调查就是要耐心地寻找出偶然的意外。

这次也是这样。案发前一天拍摄的照片，是“偶然”发现的。做梦都没有想到嫌疑人会在这种地方被拍。与描写犯罪的小说和电影不一样，现实的办案就是会发生这种情况。

武上认为这次案件的嫌疑人十分清楚现实中存在偶然，以及警方在对突如其来的偶然感到怀疑之前必会先行调查。

“我从来不读推理小说。”武上说，“那些小说中如果出现犯罪现场偶然被拍摄的照片，肯定会被批评情节粗制滥造。可是实际调查当中，这种事很正常。有人说事实比小说还奇妙，但实际上事实比小说单纯多了，许多情形都像是烂小说中的情节。”

“的确，多得难以数计。”

“没错。所以这次才没有怀疑那张照片会是个陷阱，而是决定先行调查。反正调查过后就会知道真假。”

武上说：“嫌疑人预知我们会这么做。”

“垃圾箱是嫌疑人亲手动过的，或许是他小试身手的一次赌博：看看垃圾箱和游民会不会被拍进照片；照片会不会被警方发现；被发现后，警方又如何解释。这家伙很爱说话，如果我们放着不管，说不定他会通知电视台有关照片的事。”

神崎警部双手抱在胸前，微微侧着头说：“然后笑我们吗？笑警方看不出陷阱而拼命调查吗，还是笑警方连照片都不知道？”

武上点头道：“他就是这种人。”

“这对他来说算是走险路，不是吗？不论是恶作剧，还是为了丢弃右手，嫌疑人都必须跟公园里的游民接触。”

“新宿的女高中生也是。”

“没错。只要找出他们，就能取得目击证词。这就是以其人之道还治其人之身。”

“老实说，这一点反而令人不安。”

“怎么说？”

“当初以为照片是偶然拍到的，还不觉得怎样。一旦发现是设计过的，不禁有些毛骨悚然。这家伙思前想后，设计出天衣无缝的恶作剧。为了让恶作剧更加完备，同时也保护自身的安全，该不会连恶作剧的道具都收拾干净了吧？”

神崎警部看着武上，武上也看着他。

“游民和……”

“女高中生。”武上说，“不知是否还活着。”

这里有一个不安的母亲。

上高二的女儿连今天已经两天没有回家了。所有可能的电话都打过了，没有女儿的消息。

以前女儿也曾离家出走过，最近有过一次四五天都不回家。忽然间回家时，制服收在纸袋里，身上穿着母亲从未见过的新衣服，还化着妆。

当时母亲还来不及责备她，便先哭了起来。母亲几乎是在哀求：“从此不要再做这种傻事。”女儿则冷眼相对。

当时离家的原因是母亲偷偷检查女儿的房间。房间里凌乱堆放着母亲给的零用钱买不起的高级服饰和化妆品。母亲不知这些东西是从哪里来的，于是翻箱倒柜地找到了通讯簿。翻开一看，里面记着朋友的姓名、商店名称和电话号码，以及男人的名字。其中有一页则列了十几个没有名字的电话号码。

母亲心知有异，便拨了名单上第一个电话号码。

电话立刻接通了，可是和接电话的人始终说不清楚。对方是中年男子，说话很客气，听不出来开的是服装店还是美容院。男人说：“谢谢来电。现在方便说话吗？你多大了？”

母亲决定说清楚，于是表明：“我是从女儿的通讯簿中发现这个电话号码的，想知道是哪里的电话。”

对方沉默不语，但最后还是亲切地告知：“这里是电话交友中心，太太。”然后便挂了电话。

那天等女儿放学回家，母亲狠狠地骂了她一顿，时而流泪道：“你为什么要做这种事？”时而悲泣道：“我还以为只有电视剧里才有高中女孩利用电话交友赚钱！”

女儿也生气地高声吼道：“我也有自己的隐私权啊！何况我每天都乖乖地去上学，你还有什么不满的！”

的确她是去上学了，穿的制服也很正常。可是在这正常的背后，私生活却很不检点，就像迷你裙下露出内裤一样，显得十分淫荡。所以做母亲的才会检查女儿的房间。

激烈争吵之后，看着一脸顽固、表面装作没事、正常上学的女儿，母亲开始拼命考虑对策。她搜集了许多信息，了解了电话交友中心的性质，以及当下部分女高中生令人难以置信的游戏人生的生活态度——这些都是她从来不想知道的东西。

她还是不知道该如何是好。

女儿开始对闷闷不乐的母亲展现敌意，也刻意公开展现自己的私生活内幕。那不是因为自我反省，而是发现告诉母亲她在做什么，反而是对母亲最大的冲击。

“穿着普通制服、白白净净的一张脸出现，就会有一大堆中年男人围上来。”女儿说，“跟他们约会就有钱拿，不然就让他们买衣服。一开始穿得太漂亮，男人是不会上门的，反而会吸引危险的家伙。”女儿一脸得意、肆无忌惮地说出心得，“会去电话交友中心的人，通常一次就结束了，不会牵扯不清。反正只要有钱拿就好。”

母亲担心地询问：“你该不会是在卖淫吧？”女儿竟大笑道：“如果对方够帅，就一起上宾馆，这有什么不好呢？谁也不吃亏，大家都愉快嘛。”

母亲心痛得不知该如何责备，只能哭泣。女儿竟生气地指责：“干吗摆一副臭脸哭给我看！没有用的。从来都没做到母亲该做的事，现在倒会摆样子！”

母亲不禁自问：是这样吗？什么才是母亲该做的事？我没有做到过什么？

她越想越难过，于是打电话给远在外地工作的丈夫。这是她第一次因为女儿的教育问题打电话给丈夫，长久以来照顾独生女的责任都由她一肩扛起。

丈夫似乎很忙、工作很累，母亲根本无法详说，尤其是难以提及女儿卖淫。但还是告知了女儿离家出走，住在朋友家好几天不回来的事。她担心会不会是因为青春期的反抗心理等等。

丈夫却怒道：“都是因为你没用。”于是母亲明白连唯一能诉说的对象也没有了。

从此她一个人烦恼，承受痛苦。经过不断暗中摸索，对女儿温柔就被挡回，怒言相向就遭反击，苦苦哀求则被轻视。

如今女儿再度离家出走，已经两个晚上没回家了。这次她会去哪里？会不会又过四天才肯回家？

这天傍晚来了一通电话。是不认识的人，头一次听到的声音。

声音有些奇怪，有点像是机械合成的音效，类似自动取款机发出的声音。

“妈妈吗？她在家吗？”

“她是谁？你是指我女儿吗？”母亲问。

对方嬉笑道：“没错。不在家吧。怎么可能在家？因为她在我这里。”

“什么？我女儿受您照顾了吗？”母亲急忙问道。

“没错，我在照顾她。她帮了我一些忙，我当然要好好待她。”

母亲还没说完“真是谢谢你了”，对方又继续说道：“妈妈，你来接她吧。”

“接我女儿吗？”

“嗯。她说今晚想回家。”

母亲泪水盈眶，女儿想回家了，而且还让我去接她。“我去哪里接她呢？”

“你家附近不是有个儿童公园吗？公园里有个造型奇怪的大象滑梯。”

的确是这样，母亲立刻知道了位置。那个形状奇怪的大象滑梯在他们家搬到这里时就有了。滑梯的设计是爬上大象的躯体，再顺着象鼻滑下来。女儿小时候，母女俩经常在那里玩。女儿最喜欢大象滑梯了。

“我知道。只要到那里就可以了吗？”

“嗯。”机械声回答，“凌晨两点钟，时间有点晚。”

母亲不知谢了多少次，对方没等她说完就挂了电话。母亲抹去泪水，通了通鼻子。始终独自担忧、心神不宁、一心期待女儿回家的她，根本没有多余的精力去思考对方是谁，这种情况是否有些不太对劲。

凌晨两点，母亲来到了儿童公园。

公园里街灯很少，十分阴暗。又是个没有月光的晚上，天空有些阴霾，星光迷蒙。些许虫鸣从草丛中传出，给人秋夜的感受。

一踏进公园，母亲就发现滑梯上坐着人。大象的头上有一个比夜色还暗的阴影。

“妈妈来接你了。”母亲出声呼唤，“快下来吧。妈妈没有生气。”

可是女儿却不下来。母亲等不及，伸出手拉了一下女儿的迷你裙摆。

女儿身体倾倒，猛然从大象圆滚滚的身上落下，头先着地。

母亲立刻尖叫着冲近抱起了女儿。可怀里的女儿早已全身冰冷，僵直得有些怪异，两眼睁开，半开的嘴唇似乎正在发出无声的悲鸣。脖子上的绳索勒痕已明白地诉说女儿遭遇了什么，为什么发出惨叫。

11

前畑滋子居住的葛饰区南部町距离墨田区的大川公园并不太远。但距离近却造成了反效果，滋子至今还没去过。那里是东京市内有名的赏樱胜地，因为工作的关系多少也该去过两三次吧。可不知为什么，滋子和大川公园就是缺少缘分。

板垣只花了两天便将塚田真一目前的住址、就读的学校等信息查出，告诉了滋子。据说真一现在寄居在亡父的朋友石井夫妇家，在大川公园步行可及的区域，学校也是附近的市立高中。滋子决定先到案发现场大川公园走走，再去石井家采访塚田真一。

不知道用了什么方法，板垣连塚田真一的照片都弄到手了。

“这是教师全家被杀案发生时，我们周刊的记者拍到的。”他说，“当然没有刊登，连名字也没有公开。”

照片拍的是葬礼时移灵的场面。在两辆灵车之间，站着一个穿着立领学生制服的少年，双手抱着遗照，脸孔微偏，正看着身旁手持话筒跟前来参加葬礼的亲友打招呼的男子。男子大概是少年的亲戚。丧主固然是塚田真一，但他们一定是不忍心让他太难过才如此安排。

照片是用望远镜头拍摄的，连塚田真一的表情也拍得很清楚。如果只是脸部表情的特写，会觉得这是一个快要睡着的男孩。因为眼皮下垂、嘴角无力，下巴的线条也十分虚弱。

可是他胸前抱着父母和妹妹的合影遗像。他的表情和遗像互成对比，别有一番意义。

那是站在废墟中的人的表情。一觉醒来，人生化成了碎片，而自己就站在这些碎片上面。虽然想拾起碎片，却不知从何着手。哪一片是妹妹的骨头？哪一片是妈妈的头发？哪一片是爸爸的血肉？

滋子凝视着少年手上的遗像。虽然拍得不是很清楚，但可以确定妹妹站在父母之间。不知是谁没选用三人的独照，而挑选了这张合照。居然还能找到这么适合葬礼的照片。说不定就是塚田真一拍的。在全家旅行的时候，“没关系，我来拍吧”，他手执相机，对着微笑的家人按下快门，所以画面中没有他。当时妹妹也许曾戏称“讨厌，三个人拍照不吉利”，或“站在中间的人会死哦”。抱着遗照的塚田真一，内心可能想起了这些往事。

塚田真一鼻目轮廓很深，长相可爱。一想到惨案对他的影响，滋子有些犹豫是否该去见他。照片中神情木然的少年，一年后，不知变得怎样了？

“滋子，不要想太多，让自己不敢行动。”板垣在交照片时，故意先发制人地鼓励她。想起板垣的用心，滋子不禁苦笑，将照片收进口袋，走出了家门。

在东向岛车站下了车，看着地图前往大川公园。站前街道热闹非凡，跟滋子现在居住的地方有种相似的情调。多层建筑、住宅、商店和工厂混杂林立。婚前滋子住在高圆寺一带，那里学生较多，气氛较年轻化。婚后搬到葛饰区，总有种远走乡下的感觉。今天来到这陌生的街道，却认为气氛跟葛饰很像，油然升起一种安心感。原来人也是说变就变的。

大川公园夹在隅田川和公路干线之间，形状狭长。但对都市丛林而言，仍不失为一个难得的绿色空间，比想象中要宽广许多，滋子有些惊讶。

进入公园，先去寻找发现右手的垃圾箱。周刊杂志上附有现场的简图，她已剪下带在身上。边看边找，不一会儿便来到波斯菊花圃前。垃圾箱就在附近。

那是加了盖的大垃圾箱，看起来还很新。一定是因为案件新换的。上面既没有编号，也没有写字，就是很普通的垃圾箱。打开盖子，里面的垃圾已经堆了七分。

现在再来调查垃圾箱已没有太大意义。滋子不禁心虚地看看四周。公园里人影稀疏，偶尔看见的人都悠闲自得，步履缓慢。阳光虽然轻柔，照得人很舒服，却少有人坐在花圃边和便道旁的长椅上晒太阳。公园里安静而闲适，只有某些地方立着警方的告示牌，呼吁市民提供案件信息。紧张的气氛已不复存在。

滋子还是在公园里转了一圈，希望能捕捉一点当时的情景。何况她还有些时间。

听说收养塚田真一的石井夫妇都是教师，白天家里应该没有人。滋子曾打过电话到石井家，是昨晚八点左右。

接电话的是女人，大概是石井太太。

滋子不敢报上姓名，只问道："塚田在吗？"

对方语气明朗地回答："不好意思，他正在洗澡。"

"抱歉，这么晚了还来打扰。"

滋子故意不说姓名，好让石井太太误以为她是真一的朋友。她还尽量装成学生。

"要不让他回电给你？"

"不用了，太晚了。我明天再打。"

"哦？真是不好意思。"

"塚田通常都是什么时候到家呢？"

"四点半到五点吧，目前好像没有参加社团。"石井太太接着问，"你是水野同学吗？"

一时之间滋子不知如何是好。水野？

"什么？我不是。"

"哦？真是对不起。听起来你们好像不是同一个学校的，我才会那么问。"

滋子连忙说声"没关系"便挂上电话，随即开始担心对方会不会起疑。说不定已经有媒体和真一他们接触过了，可是石井太太的语气却没有什么防备。也许因为我是女的，她才没有戒心。

漫步在大川公园里，滋子不时看看手表。她打算一到四点就离开公园，前往石井家。如果按了门铃没人应声，就站在路边等真一。有人应门当然最好，就算是说出目的吃了闭门羹，也比在路上拦塚田真一有效率得多。

滋子相当紧张，走在公园里，却什么都视而不见，脑海里不断练习着该如何自我介绍，见到真一时该如何开口，有时喃喃自语。经过的行人都用奇怪的眼神看她。

绕了一圈后，又回到波斯菊花圃，还差十分钟才到四点。滋子通过波斯菊花圃前往出口，这时才发现旁边的长椅上坐着一个人。

那是个女孩。瘦长的脸颊很漂亮，如果能再丰腴些应该会更可爱。女孩穿着蓝色牛仔裤和白球鞋，上身披着红色运动外套，一头长发束在脑后。相对于一身法国国旗般鲜艳的颜色，她的表情显得灰暗，一双怒目直视前方。神情是那么严肃，不禁吸引住滋子的视线。

大概是跟男朋友吵架了吧，还是跟父母起了冲突呢？让十几岁的女孩表情如此愤怒的原因究竟是什么呢？

滋子忽然又想起早上的新闻报道：在三鹰市内的儿童公园里发现被勒死的女高中生尸体。据说是日前到新宿广场饭店给古川鞠子的外祖父送信的女高中生，所以引起社会震惊。而且在发现尸体之前，利用变声器打电话的嫌疑人还特别通知了高中女生的家人。

当初新闻报道新宿广场饭店事件时，曾提到送信的是一名衣着普通的女高中生。这次发现的死者果然也是身着校服的普通女高中生，但另一方面好像也利用卖淫赚取零用钱，过着奢华的生活。对而立之年的滋子而言，这实在是难以理解的少女生活。

断定这名少女是继身份不明的右手的主人、古川鞠子之后，同一嫌疑人的第三件牺牲品，大概不会有错。她也是正式确认已经死亡的第一个牺牲者。右手的主人和古川鞠子还未正式判定生死。当滋子这么说时，昭二还一脸不愉快地表示：“手被切下来，应该就已经死了。那已经是杀人分尸案了。”

滋子心想也是，说来残酷，右手的主人还存活的概率实在不大。只是如果还被嫌疑人囚禁，就还有活着的可能。从这次事件观察嫌疑人一连串动作，感觉这家伙居然可以残酷到切下活人的手扔出来，只为了看看社会的反应。而在古川鞠子事件中，嫌疑人以其物品为饵耍得警方和家人团团转，似乎也能察觉出他别有企图。嫌疑人抓住了鞠子，利用她的东西进行恶作剧。这一切不是要做给谁看，或许就是要让鞠子亲眼目睹吧，饱受折磨。这固然是阴险至极、惨无人道的做法，但至少鞠子还可能活着。

纵然这些只是滋子的猜测，但其他两名女子依然生死未卜、警方还被耍得团团转之际，为何只有女高中生像垃圾般被扔了出来？滋子不得不产生自己的想法。难道高中女生只是个道具？还是嫌疑人因为有罪恶感，才赶紧让尸体曝光？

这里面是否隐藏了嫌疑人的女性观？到目前为止，作案对象都是年轻女子。他对女性的想法能否从以往的过程中嗅出端倪呢？滋子想着这些，目光竟不自觉盯着长椅上的女孩。

忽然间她和女孩四目相对，她立刻避开视线，往出口迈进。女孩的视线似乎始终追随着她，但她还是头也不回地快步前进。

石井家很容易便找到了。若走得快一点，距离公园不过十分钟路程。那是一栋感觉盖好没几年的两层楼房，有一个兼做院子的停车场，拴着一只牧羊犬。滋子走上前去，隔着围墙窥探南面凸出的窗台，牧羊犬竟然立起身子，不断摇动尾巴。看来它并不适合做看门狗。

门牌上只写着石井夫妇的名字。窗口和阳台上都没有晾晒衣物，也没有停放年轻人喜欢的越野自行车。一眼看过去，似乎感觉不到塚田真一的存在。

这时牧羊犬忽然叫了起来，滋子吓得跳离围墙。狗虽然在叫，尾巴依然不断摇晃。大概是希望滋子摸摸它吧。滋子穿过巷子，来到对面。对面是旧式瓷砖外立面公寓，一楼大门开着。滋子一脚踏进门里，巧妙地隐藏起来。

牧羊犬还在断断续续地吠着，石井家却没有人打开门窗。滋子看了看手表，四点十五分。

后面的公寓里传来重播的电视剧声音。过了一会儿，牧羊犬也停止了吠叫。滋子靠在门后的墙上守候着，心中则不断练习和塚田真一第一次见面时该说的话。“你好，我是前畑滋子。”不对，应该说：“我叫前畑滋子。你是塚田真一吗？”还是问：“你是真一同学吗？我有些事想跟你谈谈。”

滋子在穿着上也做了考虑。穿得太休闲会被认为不够庄重，可是着正式的套装又显得太严肃。最后她选择了白衬衫配薄的秋装外套，下搭卡其布裙和平底短靴。看起来简洁清新。手提包还是平时常用的那个，拿着大提包更具有说服力：“我没有骗人，我真的是来采访的，而不是为了追踪你的消息才来的。”

这时，牧羊犬又开始叫了，而且是连续吠叫。滋子探头一看，牧羊犬正拖着铁链，在狭窄的院子里来回奔跑，十分激动。一定是家里的人回来了，滋子作好了准备。

几乎就在同时，小巷的右手边有人走了过来。那人穿着牛仔裤和运动上衣，肩上挂着帆布包。果然是塚田真一，滋子立刻就认出来了。滋子从门后走出，想要叫住他，这时响起了其他人的说话声：“慢着！就这样逃跑，未免太卑鄙了！”

高亢得几乎可说是尖叫，尾音像箭头一样锋利。塚田真一仿佛想躲避尖叫声似的跑着。接近家门口时，开始摸索裤子口袋，大概是要掏钥匙。他脸颊紧绷，双肩胆怯地缩着。

“等一下，你等一下！”

声音紧追了上来，是年轻女孩的声音。当声音的主人进入视线时，滋子大吃一惊。是刚才在大川公园看见的少女，那个一脸愤怒瞪着天空，表情阴郁的女孩。

真一掏出钥匙打开门时，少女也冲到了石井家门口，一把抓住真一背后的帆布包。

“求求你，不要躲着我！”

真一沉默地拉回背包，头也不回地开了门，一滑进家，立刻将门关上，门板差点撞上少女的鼻子。少女贴着门大喊：“为什么？为什么不听我说呢？你开门啊，开开门啊！”

少女又是扭门把，又是用力敲门，并大声呼喊：“塚田同学！塚田同学！你听见了吗？”

可是石井家里没有任何反应，只有牧羊犬还在吠叫。面向院子的窗户里面，窗帘好像动了一下，但也只是转瞬即逝。

少女的狂乱举止吓着了滋子，令她有些不知所措。附近居民闻声也纷纷从门窗探出头来问：“怎么回事？吵什么呢？”

少女无视周遭的气氛，退后几步，抬头朝着二楼对街的窗户，大声呼喊：“塚田同学，躲起来是没用的。我今天不打算回去了。你不出来见我，我就不回去！”

滋子的正上方有人笑了出来。她抬头一看，大概是这栋公寓的住户，一个穿着围裙的中年妇女正捂着嘴在笑。石井家隔壁的小工厂里，也有两个穿灰色工作服的男人从铁门下方探出头来，看着少女和石井家二楼苦笑。

“我是绝对不会回去的！”少女一宣布，便转过身坐在石井家大门口的阶梯上。滋子可以看见她的面容。或许是有些激动，少女的脸色比起刚才在公园时要红润许多。可生气的眼神还是一样，扭曲的嘴角破坏了可爱的容颜。

“小姐，跟男朋友吵架了？”隔壁工厂的男人故意取笑她。少女转过头瞪着那人说：“才不是这样呢！”

“好可怕哟！”那人笑弯了腰，连忙钻进铁门。

少女双手抱膝，将头深埋其中。看在滋子眼里，女孩似乎因过度激动而垂泪了。

这看起来确实就像是小孩子过家家般的恋爱故事，但滋子却被刚才微微瞥见的塚田真一因害怕而颤抖不已的脸颊吸引。滋子当然也有类似的吵架经验，她和昭二就吵过。和在昭二之前交的男朋友之间，甚至发生过比吵架更严重的争执。可是不管怎样，被一个正和自己恋爱的女人大声责骂，男人很少会抖成那样。女人生气，男人才不会害怕呢。也许会因为恼羞成怒而反击，但绝对不会是害怕。男人反而害怕女人莫名其妙地又哭又笑。

即便是少男少女，也莫不如此吧。如果他们之间真的是小情侣吵架，塚田真一要么就是像隔壁工厂的男人一样反唇相讥，要么就是回过头来大声斥责女友，绝不会关起门来做缩头乌龟。

滋子悄悄离开公寓门口，越过小巷，走近少女。滋子的身影覆盖在少女脸上，少女还是不肯抬头。

“你好。”滋子出声打招呼道，“对不起，你也许会觉得我多管闲事，但我还是要问一声，你还好吧？”

少女看了滋子一眼，立刻又将视线移开，双手依然抱着膝盖。她那两颗眼球就像黑色的小石头一样闪亮。

“这样做反而会有反效果。”滋子凝视着少女，继续说，“想跟塚田说话，想其他方法比较好吧？今天还是算了吧。依现在的情况，不管你怎么做，他也不会出来。”

少女不屑地扭过头，冷冷地吐出一句：“谁要你管！”

“你是塚田同学的朋友吗？”

“要你管那么多！”

“可是……”

“不要管我，你不要多管闲事！”少女猛然站起身来，对着滋子怒吼。

少女的口水喷在滋子脸上。她就像高压电线一样盛气凌人，身体瘦小，却充满了力量。但这种力量并不开朗，而是充满了愤怒与悲叹。究竟是什么折磨着少女呢？

滋子故意叹了一口气，好让少女听见。她站起身抬头仰望石井家二楼的窗户。窗帘晃动了一下，可以看见塚田真一的脸。一瞬间，真一和滋子四目相对。

少女仍坐在地上，蜷缩着身体，用手臂抱住膝盖，一如保护自己一样。

她在哭泣。

滋子又回到对面公寓的门口，边走边从提包里掏出手机。她将手机藏在手里，侧着头面向石井家二楼，稍稍将手抬高。真一还站在窗边，应该可以看见滋子的手机。滋子立刻晃动了一下手机，默默动了动嘴唇：

“我打电话给你。”

她躲进公寓的大门后，按了石井家的电话号码。铃声响了一下，便有人接起。

“事情忽然变成这样。”滋子劈头便说，“门口的女孩说她不回去，你要怎么办？”

还没听见回话，先听见一个深呼吸声。可以感觉到对方的困惑，滋子不禁有些同情塚田真一。

“……对不起。”他小声回答。

“总不能扔下她不管吧。该怎么办才好呢？”

真一没有回答，反而问道：“你是附近的人吗？”

“不是。”滋子对着小小的手机微笑道，“我是来找你的。”

真一沉默了一下，接着小声问道：“找我？”

“是啊，你是塚田真一吧？”

“是……是的。”语气让人感觉只要不是塚田真一，这一瞬间他甘愿当只毛毛虫或蚯蚓。可是一旦回答“不是”，后果又会怎样呢？

“我叫前畑滋子，今天来是想要问你一些事情。其实我正在写报告文学，听说大川公园事件，你是第一发现者？”

“是的，没错。”真一稍稍提高了音量，“但其实不是我一个人发现的。”

这倒是第一次听说。

“是吗？我有很多事想问你，可不可以见面谈呢？”滋子忽然笑出声道，“如果你拒绝，我是不会赖在门口不走的。但我真的很想见你一面。”

真一沉默不语。他一点笑意都没有。

“门口的女孩是你的女朋友吗？”

对方马上回答：“才不是呢。根本就不是那么回事。”

“哦……我也这么认为。还是让她回去比较好吧。”

真一没有回答，却说道：“这样下去，她一定不会回去。所以还是我出去比较好吧。”

“你？”

“是的。”

“把她留在这里吗？”

“对。”

“马上你父母……石井夫妇就要回来了吧？”

“是的。你是前畑小姐吧？”

“对，没错。”

“你知道我的事情吗？”

大概是因为滋子刚才改了口吧。滋子对着手机点头道：“是的，我知道。石井夫妇是你过世父母的朋友。”

“没错，我不想让他们担心。”这句话近乎低喃。

“可你怎么离开呢？”

“我可以从后面的阳台爬上围墙跳出去。”

“后面也有小巷吗？”

“有，是单行道。”

“要不这么做吧，我去拦一辆出租车，到路口接你。我准备好后再打电话给你，可以吗？”

“好。”过了一会儿，他才说，“谢谢。”

“不客气。”

挂断电话后，滋子又想了一下。情况比想象的顺利许多。塚田真一愿意出来，真该谢谢那个少女。

少女还坐在石井家门口。天有些凉意，她固执的表情丝毫不变。滋子在她面前停了一下，但她将视线移开了，滋子便没说话。

回到马路上，拦了一辆出租车。一如真一所说，石井家后面有一条只能容一辆车通过的窄巷。打开车门时，滋子看着石井家的阳台打电话，真一立刻接起电话说：“马上就下来。”

窗户果然打开，出现一名少年的身影。少年轻快地翻过阳台，跳到一楼屋檐上。

“小心点！”滋子一边留意邻居的目光，一边小声地提醒少年，还必须小心不让少女发现。

塚田真一穿着刚才的衣服，背着同一个帆布包。双脚踏上围墙后，轻轻一跃落在出租车后方。站直了身体，滋子才发现他比想象中要矮一些。他还正在发育，不必过于担心。

“你是前畑小姐吗？”

“是的，我们走吧。”

真一上车后，出租车便启动了。一驶离石井家，少年便发出轻声叹息。

“最好不要离这里太近，我们找家咖啡厅坐坐吧。”

真一没有回应滋子的提议，也没有点头，只是默默看着车窗外。滋子也没有多说话。

他们来到御茶水一带。山上饭店的咖啡厅应该还不错。滋子便对真一说：“经常和受访者在这里谈事情。”真一还是不发一言。

出租车停在饭店前。先下车的真一挡在即将下车的滋子面前问道：“刚才的车钱……”

“哎呀……没关系，那没什么。”

少年摇摇头说：“那可不行，请问是多少钱？”同时准备打开背包。

滋子不禁笑了，心想，真是个老实的孩子。“真的没关系。因为你要接受我的采访。”

“所以我说不行。”塚田真一第一次看着滋子，语气坚定地说，“我帮不了你。”

突如其来的一击令滋子有些错愕。“啊？”

“我不能接受采访。我什么都不会说。”

“可是你都跟我一起来了……”

“我好像是利用了你，对不起。我一定要离开家，所以至少让我付出租车钱。”

“慢着，这到底是怎回事？”

“我不能接受采访。”

“塚田同学……”滋子有些语塞。

少年表情严肃，跟刚才逃离少女时一样，显得十分胆怯。眼睛不断眨动，目光似在寻找出路。

滋子心想，如果生气骂道“可恶”，或许可以扭转情势。但看见真一走投无路的哀伤眼神，滋子便心生同情，无法愤怒。

“要不先这样吧，”滋子脸上泛出笑容，轻轻将手放在真一手上说，“我们一起喝茶。反正你也不能马上回家。那女孩一定还在那里撑着。把你带到这里的人是我，我有责任送你回家。到时我再提采访的请求，也会跟石井夫妇见面。”

少年抽回手，快速摇头道：“这样也不行。”

“既然不喜欢受访，多花一点时间也没有关系。我会继续请求，直到你答应。但要声明，我不是在追踪号外消息，因为我不是记者。希望你能了解这一点。”

“不行。”真一几乎是在恳求，“不管你怎么等，来多少次也没用。我已经不会回那个家了。”

“不会回去？”滋子吃了一惊，“塚田同学，你是说离家出走吗？你真的要离家出走？是吗？”

“没错，就是这样。”

少年游离的目光越过滋子的肩头找寻离开的方向，感觉一刻都不愿停留。

“你以为我会静静地看着这种事发生吗？你尚未成年，究竟能去哪里呢？有地方吗？”

“我……我要去亲戚家。”

滋子抬起下巴，看着真一，想判断话的真假。少年躲开了滋子的目光。滋子立即明白他在说谎，怎么可能去投靠亲戚？这孩子根本无处可去。

“一句话不说就走，难道不会觉得对不起石井夫妇吗？”

“就是因为这样才想要离开。”

“什么意思？”

真一猛然抬起头，大声说：“我没有必要告诉你，这种事跟你没有关系，不是吗？”

饭店的门童不断看着他们俩，但滋子毫不退缩。

“没错，对你而言，我是个陌生人。可是事到如今，我也不能袖手旁观。别忘了，塚田同学，是你利用了我！”

“所以我说要付出租车钱。”

“这不是钱的问题！”

滋子一怒吼，真一立刻吓得缩起身体，反应就像幼童被母亲责骂时的一样。

“不然你要我怎样！”他的声音变成无力的低吟，“只要告诉你大川公园的事，说了你就能满足吗？我知道的不多，也没有接受其他媒体记者的采访。”

忽然间滋子发现了以前没有注意到的事，真一其实十分疲惫，紧张得就像战败的士兵，满身创伤却不能松口气。因为还未找到可以安心休息的地方，才会强迫自己撑过这一切。

“塚田同学，你一定很累吧？平常都睡不好？”

真一默默点头。

“我不知道是怎么回事，但看你很痛苦。或许这也是你离家出走的原因？”

轻轻点头之后，真一低声道出：“没错，但这件事我不想多说。”

一瞬间滋子作了决定。

“我明白。”她的语气一下子变得很振奋，“既然被利用，就好人当到底。你暂且先到我家吧。”

“什么？”

“我让你住一晚，考虑一下未来。离家出走后该怎么办，你应该还没有详细计划吧？”

“嗯……”

“像你这样怎么看都像是高中生的男孩，想找到工作和住的地方是很难的。包吃包住的工作不是那么好找的。毕竟不是演电视剧，离家出走的男主角，广告过后就已经租到了房子。现实生活没那么简单！”

真一不断眨着眼睛，凝视滋子。滋子不禁笑了出来。“你也不必想太多。我已经结婚了，跟丈夫住在一起。只要说明今天的情况，让你住一晚，对他不会造成任何麻烦，请放心。但是……有一点，”滋子伸出食指，“必须跟石井夫妇联系，不能说明原因是没办法，但至少要说明目前平安没事，离家是个人意愿。还要告知今晚已经找到了住的地方。”

“这些……我已经留了一封信在家里。”

“你写了什么？”

“我说暂时不会回家，请不要担心。”真一的目光有些涣散，“总之阿姨回家后遇见那女孩，就会知道怎么回事了。”

那女孩就是指坐在门口的少女吧？原来她和离家出走有关。按捺住迫不及待想问出结果的冲动，滋子点点头说：“那就好。”

真一却不可置信地摇头道：“奇怪的人。”

“我？”

“嗯，真是爱管闲事。”

“是啊，可你若是我，也会这么做吧。实在是不能扔下不管。”

而滋子内心却想着，谁叫你看起来真是被追赶得极其憔悴啊。

“滋子，做这种事不会有问题吗？”昭二在滋子耳边低声问道。

“做这种事？”

“会不会被说成诱拐青少年？毕竟他父母什么都不知道啊。”

塚田真一坐在客厅的沙发上，木然地盯着电视。滋子和昭二在厨房里一边准备晚餐一边小声地快速交谈。

滋子带真一回家时，正好在门口遇见刚下班的昭二。昭二称今天工作结束得早，所以回家也早。滋子忙将他推到门后，并拉着一脸愧疚的真一说明情况。

其实在回家的路上，滋子便感觉忐忑不安。带一个素未谋面的高中生回家，还要让他住一晚，不知昭二会怎么想。答案是未知数。她跟真一保证说没问题，只是装样子，也是情势使然。如果说出“可能会被昭二唠叨”的真话，相信真一的脖子会缩得看不见。

昭二并没有立刻抱怨，也没有生气，只是一脸困惑地打量塚田真一。

真一整个人缩得更小。怕他说出“对不起，我还是走吧”，滋子在一旁紧紧抓住他的手臂。

“我也不知道了……总不能扔下一个无处可去的孩子不管吧。”昭二的话虽然奇怪，但已经很让滋子放心。也许待会儿会吵架，总之目前已经平安度过。于是滋子开始用心准备晚餐。担心让真一和昭二面对面坐在一起，彼此会不自在，她把昭二叫进厨房帮忙。

晚上没时间出去买菜。若要把真一留在家里，他们夫妻去超市，也许真一会趁机逃走。所以只能就现成的东西凑合着做菜，将就一顿。

“不会被认为是诱拐啦。”滋子边切洋葱边说，“你想太多了。”

“是吗？我有些担心。”

“你怎么这么胆小？鸡蛋不要打过了，只要用筷子搅拌一下就行。”

“你一个人无所谓，”昭二有些低沉地说，“因为是你的工作。可是我什么都不知道，却被牵扯进来。我可是上班很累想回家休息啊。”

“我也很过意不去。请原谅我嘛，拜托。下次我会补偿你的，真的。”

昭二虽然还是一脸不高兴，却哈哈笑道：“这鸡蛋要怎么办？”

“先放着，从冰箱里拿奶酪。”

拿了奶酪回来，昭二神情严肃地问：“不管是报告文学作者还是记者，都会做这种事吗？过分关心采访对象，不是一件好事吧？”

这倒是一针见血的质问。昭二所谓的普通记者，面临这种情况时不知会如何处理。

“这个嘛，我也不太清楚。”滋子如实道，“可是那孩子真的很可怜。”

“感觉是很可怜，但为什么一定要离家出走？这一点不先搞清楚，不是很奇怪吗？”

“他不想说。好像有什么复杂的内情吧。”

“哦？我觉得是你想太多了。应该是和父母吵架吧，就是这么简单。要不要打赌？”

滋子一点也不认为会是如此。

“那种年龄的小孩，什么事情都会说得很夸张。何况他是父母过世，被其他人收养的吧？轻微吵架都会看成严重的事。根本是太夸张了！”

“你也是一样吗，以前跟妈妈？”

昭二有些犹豫。“是吧。对了，千万别跟妈说，要是让她知道就糟了。”

“我才不会说呢，只要你肯闭嘴。”

“可是隔壁有个BCIA。”

“如果她问起，就说是我堂弟好了。好了，拿个盘子来。”

真一尽管正值食欲旺盛的年龄，遇到这种情况，还是不太愿意动筷子。他几乎没有吃，不管滋子怎么劝，他只是沉默着畏缩不前。昭二看着真一和滋子，不时故作开朗地说“你饿了吧？不用客气”，或是“滋子还挺会做菜的嘛”。但真一却表现得更加畏首畏尾。

难熬的晚餐即将结束时，滋子开始后悔带真一回家。也许应该找家饭店让他住下，可是又怕一移开视线他又跑了。

“累了吧？我帮你铺被子，你早点睡。明天的事明天再商量吧。”

“不用洗澡吗？洗了澡会舒服许多吧。”

“对啊，我都迷糊了。我找些衣服给你穿。”

“不是有我的内衣裤和睡衣吗？还有一些没穿过的新货吧。我妻子每次一遇到优惠就会买一堆放着。”

两人一唱一和，真一却低着头不发一语。滋子觉得她和昭二就像相声演员，说些冷笑话想暖场，却只惹来一身汗。

忙了半天，昭二不禁发火了。大概他觉得生气是他身为一家之主的权力吧。

“我说……”他大声教训道，“你虽然是孩子，可也不是小学生。到别人家做客，也不应该是这种态度。搞什么嘛，板着个脸！”

“昭二！”

“滋子你闭嘴！”昭二气势凌人，“我是要教他做人的礼貌，不能太惯他。”

真一抬起头，从椅子上站起来，说：“我还是告辞吧。”

“最好这么做，这样的话我也轻松。”

“可是你要去哪里呢？”

“他爱去哪儿就去哪儿。一两个晚上露宿街头又不会怎样。”

真一一把抓起帆布包，往大门走去。滋子抓住他的手臂说：“不要太冲动。昭二也是一样，拜托。是我将塚田同学带回家的，这一切都是我的提议。塚田同学一开始就说要去别的地方。”

“那你为什么不让他去？”

“你怎么可以说那么冷酷无情的话？”

“我冷酷无情？”

“这不是冷酷无情是什么？”

“我可是工作完回到家，没想到来个不认识的家伙，还不知为何板着脸。我一直忍受到现在，这样还说我冷酷无情吗？”

“整天嘴边挂着工作工作的，工作就那么伟大吗？谁还不是一样在工作啊。”

真一吃惊地看着吵起来的滋子和昭二，接着脸上浮现出近乎绝望的痛苦表情。

“你们别再吵了。”声音有些像泄了气的皮球。

滋子回过头看着真一，不知不觉放开了紧抓着他的手。一不小心触到了不该提的事情。

“塚田同学……”

昭二还是一脸怒容，但情绪已经没有那么激动。真一对着他说：“对不起，都是我不好。你们那么亲切地对待我，我却表现得那么差劲。”

“可提议的人是我啊。”

真一摇摇头道：“这是两回事。还是很谢谢你们。”

“你打算去哪里？”

“随便找个地方住吧。我身上带了钱。”

“你还是回家吧！”昭二忽然开口道，“离家出走只是装装样子吧？”

“昭二！”滋子出言阻止。真一则看着昭二。

“我也有过经验，和父母吵架，脸上总是挂不住的。”

“根本不是那么回事……”

“那是怎么回事？”昭二怒吼道，“小孩不回家一定有什么理由！”

“昭二！声音不要那么大。”滋子靠近昭二说，“大家小声一点说话。塚田同学，其实我也很在意，你为什么非得离家出走不可？能不能告诉我理由，我们也好帮忙？”

塚田真一无力地垂下双肩，沉默不语。

昭二一副不相信的口吻说：“我就说吧，根本说不出来。我看是没什么大不了的理由。”

“昭二，你安静点！”

滋子始终看着真一，一如对决般凝视对方。如果滋子在这场瞪视比赛中输了，真一将永远离她而去。现在是关键时刻。

真一的头有些向右倾斜，眼皮也动了一下。他说：“你会写吧？”

“啊？”

“我离家出走和大川公园事件毫无关系，可是你会写吧？只要我说的，你都会写出来吧？这就是你的工作，这就是你的目的。”

滋子把心一横，答道：“如果跟大川公园事件无关，我就不写。”

“骗人。”

“我没有骗你。”

“来我家采访的人都这么说。”

昭二上前一步，袒护道：“滋子不会骗人，她说不会写就是不会写。不要把她跟一般社会版记者混为一谈。”

真一因昭二夸张的声势而睁大了眼睛。滋子也探出身子想说几句话，但被真一抢了先：“别说得那么好听，是真的吗？听我说完后，真的不会写吗？即便自己不写，也可能将消息卖给其他媒体，不是吗？”

“你这家伙，说的是什么话！你以为滋子是那种人吗？”

滋子连忙拉住抡起拳头的昭二。

“算了。”

“既然这样，我愿意说。”真一语速快得有些歇斯底里，“今天你也看见了吧，那个追我的女孩？你以为她是谁？为什么要紧追着我不放……”

真一还说这已经不是第一次了。

“她已经好几次埋伏在我上学的路上，或是打电话给我。我拼命求她不要到石井家来找我，她也答应过一次，但是因为我始终避不见面，今天她终于追上家门了。我一直很努力不让叔叔阿姨发现这件事，见她那样，现在应该已经曝光了。”

昭二不禁嘿嘿笑道：“原来是你的女朋友啊。该不会把人家肚子搞大了，她要你负责任吧？”

这话说得太过分，连滋子都想赏昭二一巴掌。但是动手之前，整个人却先僵了。

昭二也僵了，发不出声音。

塚田真一全身颤抖，连紧握的拳头也微微颤抖。

“你干吗做出这种表情？”昭二装腔作势地反问，“到底是怎么回事？”

“那女孩……”塚田真一开始说话，一如要吐出不小心吞入的污水，像反胃一样一字一句从身体深处说道，“叫樋口惠。本来应该上高二了，现已休学，因为某种不得已的原因。”

“樋口惠……”

滋子不认识这个名字，却感觉好像听过。忽然间她想起杀害佐和市教师一家的报道中，好像出现过樋口这个姓氏。

像遭受电击一般，滋子不禁喊道：“樋口？是那个樋口吗？”

“樋口是谁？”昭二也问，“我怎么不知道？”

滋子明白了，真一也知道滋子明白了。塚田真一，灭门惨案的幸存者，嘴角悲惨地扭曲，想要做出笑容。

“樋口秀幸就是杀我父亲、母亲和妹妹的凶手。樋口惠是他女儿，他的独生女。”

昭二哑然地张着嘴，然后问道：“凶手的女儿为什么要来找你？为什么紧追着你不放？”

深吸一口气后，真一低声回答：“她要我去见她父亲一面。”

“要你去？”

“没错，就是我。去见她父亲，听他说话。然后……然后……”

真一的话语开始混乱。就像跟朋友吵架，抽泣着跑回家向母亲哭诉的小孩一样，言语断断续续。

“她说只要我跟她父亲见了面，就会知道她父亲其实是牺牲品，那么我就会答应在减刑请愿书上签名。樋口惠希望我那么做。”

在真一恢复平静之前，滋子和昭二只能默默守候。他们将真一带回客厅，让他坐在沙发椅上。滋子也在他身边坐下。

真一的泪水立刻止住了，只是呼吸还很局促，痛苦得就像长期窒息的人渴求空气一样。他刚才的确溺水了，沉溺在苦恼的泥淖中。如今好不容易才用双手拨开冰冷的池水，游向岸边大声求救。

“你还好吧？”

过了一会儿，真一才大喘了一口气。滋子凝视着他，问道说：“要不要喝水？”

“好。”

滋子递给他一杯水。他接下并说声“谢谢”，还有些微颤抖。

“对不起。”昭二缩着头说，“刚才我好像说了不该说的话。”

真一低头摇了两下。滋子对着昭二微微一笑，示意现在的真一需要一点安慰。昭二也回了一个勉强的笑容，当然也安慰了滋子。于是两人共同来安慰真一。

“樋口惠正在为她父亲申请减刑吗？”滋子缓缓问道。

真一点点头道：“不只是她，附近的人和公司以前的员工也在帮忙。”

详细情况昭二完全不清楚。滋子一方面向他解释，一方面跟真一确认。

“樋口秀幸在塚田同学家附近开了一家洗衣公司，他是总经理。拥有专有的洗衣工厂，生意很好，底下有十名员工。”

公司的名称是“白秀社”。

“他本是继承家业，将洗衣店扩建成了公司。经营手腕十分高明。”

“刚才说他手下有十名员工，规模和我家工厂差不多嘛。对了，我家是开铁工厂的。”昭二向真一说道，“是做零件的企业。”

“是的，樋口的野心很大。而且他并不只是扩大白秀社而已，他还经营房地产。”

昭二表情剧变。“什么时候？”

“还用说吗，不就是泡沫经济时期！”

“那泡沫经济一完蛋……”

“一切都化为乌有。当时想靠转售房地产赚钱的公司和个人不都是同样的命运吗？”

负债换来了更多负债。樋口秀幸在一九九五年秋天的负债额高达十亿日元。结果白秀社破产，他的个人资产归零，员工也纷纷离散。

“这种情况日本到处都有。很倒霉，却也很可怜。”昭二喃喃自语。忽然间看见真一默默点头，他连忙改口道：“我这么说并不是袒护樋口。”

“是的，你别误会。”滋子也接着说，“我也觉得那种人根本不值得同情。”

尽管面临破产危机，只要有心东山再起，樋口这种人应该会有出路。继续在洗衣店工作，慢慢累积资金，自然能重开自己的店。要将店面扩大，固然需要长久的辛苦与努力，可他不是手无缚鸡之力的上班族，毕竟还有一技在身，站起来自然没有问题。

然而时代的洪流霎时吞没了樋口所有的财产，他已经不知道该如何忍耐了，只想在最快的时间里取回失去的东西。他想筹集资金，早日振兴公司。只要有资金，只要有钱。

银行、公营的金融机构当然不会礼遇樋口，景气也一路下滑。当年泡沫经济时期，满日本都是黄金，而今看来却都是幻影。幻灭和焦躁交错之下，樋口走向极端。

他决定去偷盗。

“如果他去抢银行还说得过去，为什么会去你家呢？你父亲是做什么的？”昭二问。

真一低头看着茶杯，回答：“他是老师。”

滋子偷偷观察真一的脸颊，看是否可以继续说下去。

“听说你父亲刚刚继承了一笔遗产。”

“遗产？”

“是的，一小笔金额。”

“于是传出风声喽。”

“没错，住在附近的樋口也听说了。真的只能说是运气不好……”说到这里，滋子连忙闭上嘴。她见真一紧闭双眼，好像在忍受痛苦一般。

“塚田同学，你还好吧？”

真一没有回答，但微微睁开了眼睛。他的呼吸又有些紊乱。

“不管怎么说，错的都是樋口，不是吗？”昭二双手抱胸，看着滋子，“但家人总是希望救自己人。什么是减刑申请我不知道，要找人签名也无所谓。可是找上塚田同学，未免也太过分了，只为自己好。我听了就很生气！”

樋口秀幸颇受员工信赖。公司破产使得员工和家人走投无路，他甚觉责任重大。重整的压力或许是逼他铤而走险的原因。

“案子不是樋口一个人干的。”滋子继续说道，“还有两个以前的员工帮他。现在三个人都被关了起来，减刑申请活动他们的家人应该也参与了吧？”

“大概吧。”真一点点头。

“减刑的根据是什么？他们有什么理由申诉呢？”

这一点滋子也很想知道，于是她问真一：“樋口惠有没有说什么？”

真一想了一下，动了动嘴唇，结果还是保持沉默，只是摇摇头。

“该不会是强调他们是泡沫经济的受害者吧？”

昭二气愤不已，语气也显得暴躁：“开什么玩笑！一开始他们想靠房地产赚钱就不对。对于老老实实做生意的人来说，他们的理由根本说不过去。”

前畑铁工厂的生意也很吃紧，任何时候都像是在走钢索。只是随着时局变化，钢索的粗细也有所不同。所以昭二的愤怒比起滋子所想要激烈许多。

“樋口惠的事，只有你一个人知道吗？”

“到目前为止是这样。”

“先不管石井夫妇，对方，也就是樋口的律师是怎么想的？他知道樋口惠来找你吗？”

“应该不知道。”真一回答得很直接，“就算知道，说不定也无法阻止她。那家伙居无定所。”

“樋口惠？可她这是干扰受害人家属的情绪。你没有跟负责的检察官说吗？”

“没有。”

“为什么不商量呢？我不懂公审。公审进行了吗？”

“对方要求做精神状况鉴定，现在公审中断了。”

“精神状况鉴定？”昭二又生气道，“什么啊！难道他想说因为当时喝醉了或吸毒了，不知道自己在做什么？简直是逃避责任！”

“你不要吼嘛！事情不像你想象的简单。何况那也是被告的权利。”

“那被杀的人该怎么办？”

“这根本是两回事！”

“滋子，你到底是站在哪一边的？”

滋子不禁苦笑起来，昭二就是这么单纯。

“有什么好笑的！”昭二愤然说道，“从来没听过这种事。这岂不是一而再地践踏塚田同学吗？”

他蹲着走上前，拍拍真一的肩膀说：“我知道了，刚才是我不对。我明白你不能回家的理由了。你根本没必要去见那个叫樋口惠的女孩。那种自私又无耻的女孩，对她大吼大叫，她也不会死心回去。”他露出坚固的牙齿笑道，“放心吧，从今天起我们会保护你。我和滋子都会站在你这边的。”

12

九月底，距离十二日案发已经半个多月。武上悦郎重新改写了挂在墨东警局大会议室门外的毛笔字指示牌。大川公园分尸案和日前三鹰市女高中生被杀案被判定属于同一嫌疑人或犯罪团伙所为，所以重新设立了两起案件的共同特别调查总部。

就在这时，大川公园案件特调总部找到了一个很可疑的人。公园南面两公里外沿河的公营住宅里，住着一个二十五岁的无业青年，名叫田川一义。

事实上，田川的名字早在调查行动进行之初就已列入调查总部的档案。那是一份关于现居住在墨东警局及附近的城东、荒川、江户川、久松警局辖区内的犯有性犯罪、杀人、伤害等暴力犯罪（武装抢劫、重大盗窃、纵火等除外）前科的人员名单。大川公园案件发生前后制作的这份档案里，合计列了二十三个名字。

这种做法固然是对有犯罪前科的人抱有偏见，影响他们回归正常社会生活的进程，可是一旦发生重大案件，调查的正常程序还是会先从过去犯过类似罪行的人着手。特调总部安排了两人一组，共六个专案组，负责调查档案内的二十三个有前科的人。一开始调查便发现其中七人因为其他案件的嫌疑，目前正在收押，有的正在服刑，所以可以排除在外。

剩下十六人之中有十四人已经确知现住址和联系方式，另两人不知所踪，负责监控的警局也无法掌握他们的情况。这两人此前是因为在酒馆打架和与邻居起冲突而犯了伤害致死罪，就这一点来看，他们和这次案件的关联性不大。

十四人的名单中，特调总部锁定六号四十九岁男子和十一号二十六岁男子。两人都曾犯下以强暴、猥亵为目的的绑架诱拐罪。六号是惯犯；十一号虽然没有留下正式记录，但在未成年时就已是惯犯，早为逮捕他归案的办案人员所熟知。两人的犯案现场都是在首都圈中。

六号居住在久松警局辖区，十一号则居住在城东警局辖区。大家决定兵分两路，在辖区警力的协助下，彻查两人的生活状态及居住环境等情况。

剩下的档案资料回到了武上手中。名单中除了被重点调查的两人外，剩下十二人之中还有两人犯有性犯罪前科，分别是二号和十三号。两人罪行都很轻微，但为慎重起见，还是做了现况调查。据调查报告显示，他们可以排除嫌疑，归档之后武上忘了这事。当时他的注意力集中在六号和十一号身上。但后来浮出水面的田川一义，其实就是当时被压下来的十三号。

特调总部以大川公园为中心点找寻辖区内的嫌疑人，是鉴于嫌疑人对大川公园附近的地理环境相当熟识。大川公园从三年前的春天到秋天做过全面改建。现在进行的部分修补工程，也是因为当时预算不足而遗留下来的。三年前的改建包含园内设施、绿化、公园出入口位置的变更等，规模相当大。根据区政府公园管理科的工作人员表示，改建之后面貌一新。

因此，十分熟悉现在大川公园情况的嫌疑人，应该不是十年前就在大川公园附近居住或工作的人，而是最近几年对大川公园有相当认识的人。尤其是设计武上提到的垃圾箱陷阱的嫌疑人，必定经常出入大川公园，对于垃圾回收周期有一定了解，所以不可能是住在远处的人。

关于垃圾箱陷阱一事，调查会议上虽然有过讨论，但对于武上的意见看法有分歧，赞成和反对的人数各半。有趣的是一向十分欣赏武上的秋津投了反对票，而秋津的死对头鸟居则站在武上这边。或许只要是秋津反对的，鸟居就会赞成吧。

“武上未免太高估嫌疑人了。”会后秋津说，“我不认为那家伙有那胆子和头脑。”

“欺骗高中女生，哪里不需要胆子和头脑！”

秋津苦着脸说：“三鹰那女孩本来就是问题少女，不是吗？虽然很可怜，但未免也太容易上钩了。”

遗体被发现的女高中生名叫日高千秋，十七岁，是池袋一所私立女中的高二学生。广场饭店的店员看到她的照片时，一眼就认出了是当天送信的女高中生，而且都说制服也没错。据此，调查总部才并案。此事虽已公开发布并被媒体报道，但嫌疑人仍保持沉默。

武上并无意高估嫌疑人，只是认为对方很聪明、很狡猾，而且很爱表现。既然警方已经证实两起案件有关联，武上也很期待嫌疑人对此发表声明。就让爱表现的嫌疑人说话吧，到时候自然会露出马脚。

可是这一回嫌疑人却沉默不语，对要求有马义男在电视节目中下跪一事也不再说什么。武上心想，该不会是嫌疑人出了什么事吧？

就算出事，其实也没什么大不了。顶多就是感冒了需要睡觉，或是工作忙、出差什么的，也有可能全家出国旅游了之类想当然的理由。干下这些案件的嫌疑人，其实跟日常生活的小事密不可分。

“他”或是“他们”——这种由多人共同作案的有计划犯罪，国内几乎没有先例。但武上更在意在诱杀年轻女子的罪恶行径背后，犯下这些案件的人是否本身具有一定魅力？换言之，凶手往往是我们认为最不可能的那类人。说不定是很有社会地位或具有相当经济能力的人，也可能是有能力、有来头、看起来人很不错、已经结婚甚至有小孩的那种。总之和罪犯形象相去甚远，可说是健全而正常的社会人士。

嫌疑人和有马义男的谈话记录、和日高千秋母亲的谈话记录、和电视台的电话交谈记录，武上不知听了多少遍，想推断出是怎样的人。不仅是谈话的内容，连遣词用句都很讲究，词汇也很丰富，可见是受过教育的人。声音虽然经过处理，年龄也不容易锁定，但应该是在二十到四十几岁之间。这样的年龄又受过教育，不太可能没有固定职业。如果是失业者，大概也是因为企业缩编或日元升值造成公司破产吧……

有几处颇值得注意，例如嫌疑人将有马义男约到广场饭店，却又揶揄老先生在高级饭店也得不到应有的尊重。这只是为了侮辱有马义男呢，还是嫌疑人本身的自卑情结作祟？即嫌疑人自己在高级饭店也得不到“应有的尊重”。

武上心想，的确有些饭店是看人来决定如何服务，可近十几年来，这种情况已经大大改善了。这也是社会逐渐丰富化、多样化的表现之一。常常可以看见身着牛仔裤和破T恤、背着登山包的学生约在饭店大厅见面。

很有可能是年过七旬的豆腐店老板有马义男在饭店里有些心虚，偏偏又遇到态度不好的店员，事实上那一晚也的确如此。但恐怕在有马义男说出“我不喜欢那种地方，心里没底”之类的话前，比有马义男年轻得多的嫌疑人就已主动说出老人将受高级饭店轻视的话。武上觉得这一点很奇怪。

这么一来，嫌疑人是基于上一代的经验和思想说出这句话的喽？所以这不是推断嫌疑人现状，而是可以推断其生长环境的线索。

还有一点值得推敲。这个嫌疑人很爱说话，同时也很能让受害者说话。

从古川鞠子的事件来看，嫌疑人主动打电话给有马义男，也去过古川家。他是怎么查到古川家的住址和电话号码的呢？当时固然做过许多推测，但自从发生三鹰的日高千秋遇害一事，武上认为是嫌疑人直接从受害者口中问出来的。

日高千秋的遗体被发现于她家附近儿童公园里的大象滑梯上。据说这个滑梯是日高千秋小时候的最爱，连她母亲都已经忘了这件事。还是嫌疑人主动说：“你们家附近不是有个儿童公园吗？公园里有个造型奇怪的大象滑梯。”

为什么嫌疑人会知道千秋和大象滑梯的事？

假设嫌疑人和日高千秋是从小认识的好朋友，很早以前就知道滑梯，那这个朋友和大川公园的事件也有所关联。可到目前为止，还没有证据显示千秋和鞠子以某种方式认识，而她们的交集则是嫌疑人。所以这个假设必须扩大成为嫌疑人是千秋的好朋友，熟知她童年的记忆，同时还知道古川鞠子的电话号码和住址。

这个假设似乎有些牵强。如果千秋和鞠子都是女高中生还说得过去。一个是高二学生，一个是刚刚工作的银行职员，而且鞠子毕业的学校和千秋在读的也不同。至于住的地方，虽然东中野和三鹰都在中央线沿线，可此外几乎没有共通点。

调查会议上，有人提出了奇特的见解：嫌疑人会不会是鞠子的同事或上司？如果是公司里的人，自然很清楚古川鞠子的私事，可是和日高千秋又有什么关系呢？

千秋从事过卖淫活动。她母亲多少已有察觉，也有同学听千秋相当露骨地说过。而且千秋的行动完全是独立的，她并没有参加什么集团或受人控制，主要是通过电话交友中心寻找男人。对方有意，千秋也觉得可以时，就上宾馆，这是她一贯的模式。千秋之所以开始这种行为，是受到她最要好的朋友影响，而她那朋友于今年六月因为校内盗窃被勒令退学，此后还是跟千秋继续往来，所以特调总部也传那女孩前来讯问过。那女孩也是单打独斗型的卖淫者，跟本案关联不大。

提出奇特见解的人还说：古川鞠子的同事会不会也是日高千秋的客人？这样两人就能牵上线了，这个人自然也就是嫌疑人了。这种说法固然有趣，但问题是杀人动机何在？而且根据这种说法，又该如何解释目前身份未明的第三个受害者，即右手的主人与本案有什么关联呢？说右手主人是嫌疑人的同事或以前的同事，或者说她也从事卖淫活动，似乎都太牵强。还不如单纯一点思考：这种不特定多数年轻女性遇害事件，受害人彼此之间并没有关系，受害人的个人信息都是嫌疑人在行凶前直接问出来的。

然而日高千秋和嫌疑人过去是否认识呢？这却无法立刻判断。有可能在送信到广场饭店那天，两人才第一次接触；也有可能嫌疑人以前就是千秋卖淫的对象，这一天被叫了出来。万一嫌疑人是千秋以前的熟客，那么调查她的日记、记事簿、通讯簿、手机通话记录等，应该能发现线索。

现阶段只有一件事是确定的。日高千秋觉得这个嫌疑人“还可以接受”，所以才会谈得那么深入，才可能将童年往事告诉对方。

信送到广场饭店后，日高千秋的遗体在两天后被发现，验尸结果显示死亡时间并未超过二十四小时。这对特调总部而言是个意外。送信过后的两天里，日高千秋在哪里？做了些什么？

嫌疑人是否在她身边？她是自愿留下来的，还是被拘禁了？说不定第一晚是自愿，第二天因为广场饭店的事被报道，千秋发现了那封信的意义，于是被拘禁了。后者的说法，武上比较赞同。她的自愿当然也是被嫌疑人教唆的。总之第二天千秋知道了嫌疑人叫她送到广场饭店的信是怎么回事，而且她也知道嫌疑人的长相。名字、经历都可以作假，长相特征被知道就完了，所以千秋的自由之身绝对不保。

现在看来，千秋不太可能一开始就是共犯。大川公园事件发生时，她母亲还叮咛道:“出了这种事，晚上不要玩得太晚了。”千秋则回答:“我才没那么笨，会被男人杀了。”她生活态度虽然不检点，但也没有太大变化，据说对于这些事件的报道也没有太大兴趣，不会刻意阅读或收看。如果千秋是共犯，应该不至于如此冷静。不管怎样，她毕竟只是个十七岁女孩。

日高千秋是半途被牵扯进来的。可是在发现犯案行为之前，日高千秋对拉她涉案的人抱有相当好感和信赖。连自己的母亲都已经忘记的大象滑梯心情故事，她都愿意告诉那人，就是最好的证明。

据解剖报告显示，她是在吃完最后一餐不久后被杀的。吃的是汉堡类垃圾食品，女高中生的最爱，可见她的饮食还是受到正常对待。体内并没有测出残留的精液，无法判断她和嫌疑人之间是否有过性行为，身上也没有受过人为暴力的痕迹。除了脖子上的勒痕外，她全身皮肤完好。头发留有洗发水的成分，脚趾之间验出有水垢，意味着两天之内曾泡过澡或洗过淋浴。

千秋是被绳索勒紧脖子窒息而死的。但不是双手用力拉扯绳索，而是“吊死”的，换言之，即“缢死”。媒体对此的报道多半不准确，频繁使用“勒死”的字眼，与事实大相径庭。勒死和缢死在脖子上留下的痕迹完全不同，一眼就能分辨。

武上从未接过强制缢死受害者的案件。十年前遇过一个案例：一名女子久病不愈，将绳子套在门框上想要自杀，但因太过害怕站在板凳上始终不敢跳下来。丈夫回家后，她哭着哀求丈夫闭上眼睛帮她踢倒板凳。这个案例留有妻子的遗书，周围的人也作证妻子平时就有自杀的念头。医院也证实丈夫为了照顾妻子，精神和经济方面都已到达极限。所以被认定是协助自杀，不是杀人，故不定罪。

当时负责的同事还说："如果我是那丈夫，大概也会踢板凳。可是踢板凳的同时也会抱住妻子。没这么做，是否表示丈夫的内心存有杀意呢？"那时武上正好因为某些事和妻子处得不愉快，听了同事的说法，内心有些犹豫，还很认真地想过：我说不定会踢倒板凳，然后扔下家和工作远走他乡。当然这些话他没有跟妻子说过。

日高千秋脖子上的绳索痕迹表明她是被缢死的。但根据她死时的状态来看，过程相当粗暴，脖子附近有绳索造成的明显擦伤。大概是尚有意识的时候，不断挣扎，想要松开绳索造成的。双手的指缝中还残留绳索纤维，右手中指的指甲已破裂。

千秋不是平心静气地被缢死，而是被嫌疑人强迫上吊致死。

究竟嫌疑人是如何逼她就范的呢？是花言巧语骗她说是游戏吗？如果千秋是男性，很有可能是被暗示：上吊之后意识朦胧之际自慰很舒服。事实上也有很多人沉溺于这种乐趣，一不小心过于用力而窒息身亡。但那些一般发生在男性身上，不适用于千秋。

千秋的遗体被发现时，身上穿着制服，连袜子都是和制服配套的。内衣裤和袜子是母亲没有见过的，大概是嫌疑人买来给她换的。

和嫌疑人在一起的时候，千秋不可能都穿着制服，应该会换上比较容易活动的衣物。但因为没有发现书包或其他物品，无法判断。据过去的习惯判断，千秋自行携带换洗衣物的可能性很大。而且她可能洗过澡，这种推断更加错不了。

会不会是嫌疑人强迫或欺骗千秋，在缢死她之前先让她换好制服呢？回到母亲身边时，千秋一身制服打扮的确让母亲感到震惊。对嫌疑人来说，这也是绝佳的戏剧效果。

然而，要诱骗已经知道送到广场饭店的信和案件牵扯在一起，多少有些害怕的千秋，对嫌疑人而言应该不是很容易。要强制她做什么事，也不是随便想想就能成功的。万一千秋哭叫求饶，嫌疑人如何控制场面呢？

而且嫌疑人还得多费一道手续，让千秋换好制服后才将她缢死。这是怎么办到的？是用什么方法让千秋就范的呢？

嫌疑人和千秋之间，或许应该说是千秋到了危急时刻，脖子上被套上绳索，板凳都放到眼前了，还认为对方会听自己的话，还以为对方是在开玩笑，还相信自己不会遇到这种事。尽管知道对方曾对古川鞠子和失去右手的女子做过不人道的事，还坚信自己没有问题。千秋真的是这么想的吗？

武上据此断定嫌疑人——最后和日高千秋接触的人，应该是个极具魅力的男子。

武上想了很多，觉得接近大学生的年龄最有可能，就像是个帅气的大哥哥。可是这么一来，经济上就有些困难了。于是他又觉得像秋津这样三十几岁、正努力工作的也很有可能。忽然间他想到日高千秋的父亲是个忙碌的公司职员，目前仍独自在异地工作。千秋和父亲、母亲和父亲，长久以来都因父亲以公司为中心的生活方式处得不好。所以像千秋父亲一样年纪的男子也值得考虑。和神崎警部一起吃午饭时，武上说出了这一想法，提到说不定嫌疑人和日高千秋的父亲长得很像。警部认真听完后表示：下午会跟千秋的母亲要她丈夫的照片。

经过许多错误的试验，从有前科的人员名单中又挑出了六号和十一号嫌疑人。武上尤其注意他们的外观、气质、经济能力等方面。拿起专案组跟踪拍摄的照片左看右看，认真比对，想象若自己是女高中生，是否愿意跟这样的男人交往、上床、说出心里话，聊起陈年往事。

调查有犯罪前科嫌疑人的专案组中，秋津和鸟居分属不同的组。武上也问了这对一向意见有分歧的警察。秋津负责调查六号嫌疑人，他认为六号涉案的可能性不大。

“这家伙简直像个糟老头！”他说，“像这种男人，年轻女孩会靠上来吗？因为此前的经历，现在连固定职业都没有，很缺钱。上次入狱时就跟老婆离婚了，出狱后一直是一个人生活。行动固然自由，可是他连辆汽车都没有。”

特调总部认为，从广场饭店事件的行动力、搬运千秋遗体的手法来判断，嫌疑人应该有汽车。

而十一号在很多方面跟武上描述的嫌疑人很像。鸟居也表示“可能性很大”。

十一号的青年此前因女友提出分手，心生怨恨，开始跟踪女友。因为女友有所防范，他就将目标转为女友正在上高一的妹妹，将其在放学路上强拉到宾馆软禁并强暴。

这是五年前的事，十一号当时是大三学生。受害者趁其不备逃出宾馆，到附近的派出所报案。巡警赶到宾馆时，他还在床上呼呼大睡。

据办案人员表示，此人在接受讯问时，时常将姐妹俩搞混，时间和日期观念也很模糊，所以被认为精神有问题。而且他还在自己家附近犯下数起侵袭夜归女子、殴打或拉扯女性的案子。其中一名受害者还作证，说嫌疑人对着她大骂某个女人的名字，事后发现骂的就是他交往过的女友。在他眼里，似乎只要是年轻女子，就是甩了他的可恶女人。

最后检察官申请为他作精神鉴定，鉴定报告在公审时提交给了法庭，但法庭认定他具有充分行为能力，没有精神失常或低能弱智，因此判处五年的徒刑。被告人没有上诉，直接服刑。

“公审时没有提他在未成年时也犯过几起案件。大概辩护律师没有提出上诉，也是为了能让他认罪后早日接受治疗。五年徒刑是重是轻，众说纷纭。当时负责案子的检察官是女性。”

鸟居不太懂得做人，从有马义男那件事就能证明，但做事无可挑剔。工作认真的人容易与人发生摩擦，武上倒很欣赏他认真做事的态度。有关十一号的调查情况，鸟居做成了一份详细的档案。

“未成年时犯下的案件，内容大多是同一类型。缠着对自己冷淡或拒绝交往的女孩不放，甚至强行约会，一天打上百通电话，直接上门就想硬来等。他不是拉帮结派闹事的那种，而是孤僻的独行人。”

“可是有暴力倾向。”

“没错。服刑期间是模范囚徒，因此五年的刑期刚满三年便假释出狱了。定期还和保护司[①]见面，也到保护司介绍的医生那里接受心理治疗。和父母同住，没有固定职业，目前在离家不远的便利店打工。他本人还希望能够回大学完成学业。”

“学什么专业？”

“他是法律系的。”鸟居一脸严肃地回答。

“这么说来，假释出狱以来一直很安分。”武上看着鸟居问，“可是你说他很有可能跟大川公园的案子有关系。为什么？”

“首先是因为他的外表。我很赞同你对嫌疑人的描述。”

“的确，从照片看，这年轻人长得不赖。”

“脸色不是很好，但个子够高，身体也很壮，十分帅气。真不明白为什么会被女友甩了？”鸟居问起了自己。说起来，鸟居也是单身汉。

“又有知识，学习成绩不错。听他高中同学说，他还是年级优秀学生。当过学生会主席，是选出来的。”

武上缓缓点头。

“要将日高千秋的遗体搬上滑梯，需要很大的力气。这一点他的条件符合，而且他也有车，是小型私家车。”

双座的红色小汽车，就像玩具一样。

案发前后的大川公园附近、送回古川鞠子手表时的古川家附近、广场饭店周遭、发现日高千秋遗体前后的儿童公园附近，对这四个地区可疑车辆的调查目前仍在继续。报告中还没有出现类似的红色小汽车。红色汽车并不多见，应该很容易给目击者留下印象。

“这一点固然有所保留，但我还是认为这家伙的嫌疑最大。”

有传闻说最近十一号要结婚。

“调查时发现，是打工时认识的女朋友，比他年长。对方想要结婚，所以调查了他的情况。”

好像是请了侦探社。

---

①日本根据法务大臣的委任，为帮助罪犯改过自新和预防犯罪而从事保护观察工作的民间人士。

“调查员到过他家附近了解情况。邻居都不知道他有前科，只说他是个规矩的好青年。但侦探社还是以独特的渠道查出了他的过去。结果女方吓跑了，还把情况泄露给打工的地方。于是很不幸，他不欲人知的过去传开来了。”

“什么时候的事？”

“四月中旬。”鸟居说时，眼珠还转动了一下，“古川鞠子失踪是在六月初吧？”

“嗯。六月七日。”

“过去发生的事，所有因女性而起的纠纷都将成为动机。女友跑了、他被人甩了或厌弃，这次也是一样。于是，他讨厌女人的毛病再度复发，导致犯下这些案子，不是吗？”

“那个比他年长的女友呢？”

“换了工作，离开他了。我已经查到她的住址，打算去找她，应该可以知道得更详细吧。还有一点，他打工的便利店是连锁店，总公司在新宿。面试和一开始的培训都是在那里进行的。”

“新宿哪里？”

“西新宿的中央大楼，就在广场饭店隔壁。”

武上双手抱在胸前说：“有没有派人看着？”

“二十四小时守着。”

“什么时候在调查会议上说明呢？”

“还不知道，警部说要再多搜集一些证据。确认不在场证明是件难事。”

“我知道。我也会随时准备好资料。对了，还有一点……”

“什么？”

“十一号现在怎么生活？继在打工吗？”

“嗯，没有因为前科败露被解雇，也没有辞职。真不知道他是怎么想的。听他同事说，他说过去的事是被冤枉的。”

“他没有出远门或生病在家躺着吗？”

“没有。”

鸟居走后，武上杵在桌边思考。他认为十一号是嫌疑人的可能性只有百分之五十。他的确很符合武上描述的嫌疑人条件，但如果他真的是嫌疑人，这一阵子的沉默又该如何解释？难道只是他一时兴起？

神崎警部在调查有犯罪前科嫌疑人的名单时，态度相当谨慎。尤其是锁定六号和十一号以来，调查进度也不在调查会议上作全面报告。他很不希望记者将信息泄露出去。

神崎警部刚到警局工作时，曾在三亿日元相关案件中误抓过人。这件事在他心里烙下很深的阴影。这种错误不但对被误抓的“受害者”造成了极大的伤害，也使调查机关蒙受了巨大的损失，这一点他最能感同身受。同时神崎也对喜欢附和的日本媒体产生了极大的不信任感。像他这种怎么挖都挖不出新闻的警察，在记者之间算是出名了。加上担任特调总部长的调查一科科长竹本也是备受媒体批评的人物，两人意见统一，使得这宗社会影响力巨大的案件在调查过程中信息极少曝光。

当然，媒体方面强烈不满。对于调查总部经过半个月还是毫无线索，给予极其严厉的批评报道就是一例。武上搜集了这些报道，并录下相关电视节目。因为总部人手不够，而且也不是分内的工作，录像的事主要由武上的妻子代劳。除了电视新闻外，白天播出的社会新闻节目，妻子显然要比他清楚得多。

案件正热门的时候，武上根本没空看录像；事后再看，也几乎找不到什么新发现。但是他妻子十分清楚他凡事都要记录的个性，还是继续认真地录下相关节目。

这天中午过后，武上的妻子送来了换洗衣物。武上正在开会，无法出来和妻子见面。后来打开袋子一看，除了内衣裤和衬衫之外还有一盘录像带。上面贴着妻子手写的便条，说是某新闻节目制作了使用变声器打骚扰电话的专题，可能会有参考价值。

由于特调总部保持沉默，媒体只能运用自己的方法，以不同观点切入报道。武上会在晚上休息前，利用会议室的电视和放映机播放录像。筱崎跟他一起看。武上的妻子在便条上注明，这是个包含广告约二十分钟的专题。武上两手空空便开始观看，筱崎则立刻打开记事本，写下节目中受理的案件。武上甚是高兴。

专题先说明变声器的机械构造、流通渠道、价格和使用方法等信息，然后介绍了去年一年在首都范围内发生的电话骚扰案件总数和其中使用变声器的次数。结果数字竟比想象要少。

节目主持人表示："或许是打骚扰电话的人，在心理上更偏好用自己的声音。"筱崎也将这句话记了下来。

广告之后的节目中说明使用变声器并不能改变人的声纹。说得没错，变声器只能"改变你耳朵听到的声音"，却不能改变声纹。这对调查来说是个好消息，因为目前还没开发出利用变声器改变声纹的技术。而这一点却鲜为人知。

武上他们追查的嫌疑人，为了不留下自己的声音成为证据，才使用了变声器。他最初的电话打给电视台，除非是笨蛋，否则任何人都会跟他一样有所顾虑。只是他到底知不知道声纹是无法改变的呢？如果不知道，看过这一报道，说不定会开始紧张。

专题的最后一段，是采访曾经被变声电话骚扰过的人。共有两位，都是女性。脸部打了马赛克，说话的声音也经过处理。一位是住在埼玉县的家庭主妇，另一位则是东京市内的年轻女职员，自己独住。前者一天会接到一百五十多通恶作剧电话，身心受到极大伤害。后者接到的电话则涉及私生活，她怀疑是公司同事搞的鬼，最后不得不把工作辞了。两个案例都曾请警方出马，但都无功而返。

访问的后半段，家庭主妇声泪俱下地控诉恶作剧电话对她造成的伤害，还说出另一件惊人的事。她居住的新兴小区人际关系很狭隘。她被恶作剧电话骚扰的消息传出后，居然有人放出风声怀疑她本身也有问题。

"有人怀疑我有婚外情，所以被人打电话骚扰；也有人说会不会是我丈夫搞外遇；更过分的是有人说可能是我在卖淫或是玩电话交友，所以电话号码被外人知道了。这些都是空穴来风，可是我又无法一一反驳，真是气死我了。"

专题结束后，武上关了放映机，并问筱崎："大川公园一带过去有没有发生过使用变声器的电话骚扰案件？有没有这方面的调查？"

筱崎立刻答道:“这方面的报告还没有看到过。”

“应该作这方面的调查才是。”

“就算有这种案例，为什么过去的讯问中没有人提过呢？”

“受害者不好意思说出口吧。一不小心说出有过这种电话，担心会被造谣或被人说长道短，徒增麻烦。刚才那位太太说的话，你应该也听见了吧？就是会发生那种情况啊。”

筱崎眨了眨眼睛，站起身来说:“我先去调查辖区内的恶作剧电话报案或投诉记录。”

因为这时已经将焦点锁定在六号和十一号上，武上对于变声骚扰电话的调查不是很热衷，只是觉得不妨试试。

没想到第三天，即二十七日，竟有了几个戏剧性变化。

一个是十一号嫌疑人今年六月七日的不在场证明找到了举证。六月七日是古川鞠子失踪当天。

要确认在便利店打工的十一号之不在场证明，一如鸟居所说，的确相当困难。日高千秋失踪当天，十一号早上在家，此后出门工作到六点，接着便外出，行踪不明。这也是把他列为重大嫌疑人的因素之一。他交代不清六月七日前后的行踪，只知道他从六日到九日四天请假，但人在哪里做什么却不知道。

在不断追问之下，答案从他高中同学口中说出。原来这四天，十一号和朋友参加了自我启发的培训班。

十一号的朋友也跟父母住在一起，没有固定职业，也没有工作经验。一心梦想能自己创业，参加过许多训练经营者的自我启发培训班。他和十一号从高中以来就陆续有来往，也知道十一号有犯罪前科，心生同情。为了帮助十一号重新融入社会，过去曾几度邀请他一起参加培训班，好不容易在六月七日那天实现了。

这项证词立刻被证实。询问过举办自我启发培训班的单位后，果然发现了十一号和朋友出席的记录。这个培训班性质特殊，四天当中参加者一律不准外出，除非有紧急情况，来自外部的联系也被隔断。培训班的地点设在千叶县馆山市的某家公司专用会场，参加者由专车自车站接送，不能自行开车。调查当地出租车公司的出车记录，这四天内完全没有从会场到馆山车站或东京、从馆山车站到东京或会场的使用情况。询问其他学员，也都作证这四天十一号和朋友完全共同作息，不可能擅自外出，甚至回东京。

十一号涉案的可能性一下子变小了，鸟居十分不甘心，却又无可奈何。假如说十一号有同伙，诱拐古川鞠子是其同伙所为，就事件性质来看未免太牵强。至于六号，嫌疑本就不大，所以调查可说是又回到白纸一张。

然而就在这时，十三号田川一义上场了。

负责调查可疑车辆的警察提出了一份报告。大川公园事件发生后一周内，在对公园周边可疑车辆的排查过程中，发现有一个人向同一家租车公司租了三次车。那是一个住在品川区大崎的二十五岁上班族，租车时间分别是九月四日、十一日和十二日。十一日正是案发前一天。每次租的车都不同，但都停在公园附近。业余摄影师的照片可以证明这一点。找到此人询问时，他说三辆车都是帮朋友租的，他朋友叫田川一义。

“他有过前科。”那个上班族提到。田川一义在两年前，即二十三岁时在供职的办公设备租赁公司的女更衣室架设针孔摄像机，将拍摄的照片匿名寄给被拍的女子，因此吃了官司。那个上班族就是他当年的同事。

“行为固然很可恶，但工作也辞了，他也有所悔悟。我觉得他受了惩罚，怪可怜的。我们不是很熟，只是偶尔会一起喝喝酒罢了。”

他还提到田川因为有前科，患上了一种害怕面对人的恐惧症。

“他觉得大家都知道他做过什么事，都用轻蔑的目光看他。他心里也知道这是一种妄想症，可就是无法摆脱这种想法。田川有一阵子不敢一个人出去买东西。他也很想想办法救救自己。”

田川的前科和拍照有关，他从小就喜爱摄影，经常一个人带着照相机去旅行。

“不敢在人前出现，不就连就业也有困难吗？当初虽然犯了罪，可是把他的爱好也拿走，恐怕更不好，这是他母亲的意见。只要拍摄的对象没有问题，拍些山呀海的就没关系。对他来说也是一种治疗。”

摄影旅行必须有车才方便，既可以载东西，也可以在里面休息。可是田川没有车。

“所以我去帮他安排租车事宜。本来不应该这么做，但反正人家也不会查，而且他又缴了费用，又有什么关系？”

九月三次租车，他都爽快地答应了。听说田川是去有明的野鸟林拍照。但为什么汽车却在大川公园附近徘徊呢？

几乎与这份报告同时出炉的，是此前武上提议的骚扰电话调查结果。使用变声器的恶作剧电话，去年一年在墨东警局辖区内发生了三起。其中一起的受害者是田川一义所在公营小区内的年轻主妇。

这一起没有报案，而是在讯问中得知的。受害者接过两次电话，都是对方单方面说出猥亵的言词，并未涉及受害者的私生活。大川公园事件发生后，嫌疑人打电话到电视台时，那位家庭主妇心想世上就是有人会做同样的事，但并没有将两件事情联系在一起。

田川一义和这名女子是同一栋楼的住户。暂且不管另外两起骚扰电话事件，调查总部对此十分感兴趣，于是开始对田川一义进行彻底调查。

时间进入十月。

武上整理了田川一义的个人档案。他的父母很早就离婚了，他从十岁起就跟母亲一起生活。五十岁的母亲在人形町的百货商店当售货员，家里没有其他收入。田川从当地一所技校毕业后，换了好几份工作，二十三岁那年因犯罪从办公设备租赁公司辞职，其实才工作不到半年。

根据保护司的说法，田川害怕见人应该不是骗人的。他不断对保护司说，别人都很看不起他，在他背后指指点点。他也很努力重新生活，保护司相信他跟这次事件没有关系。

嫌疑人依然保持沉默。下一次他会在何时何地，以何种方式说话？下一步的行动将会如何？他会不会是田川一义？

13

“喂，老先生，你还好吧？”

接起电话，听见的竟是那个声音。又是那个使用变声器发出的声音。

有马义男慌张地看看四周。刚好有客人来，木田正在招呼。义男按下电话机旁的录音键，重新拿好话筒，并将冒汗的手心往裤子上一抹。

“老先生，你听见了吗？”

“喂，我在听。我还在啊。”义男立即回答，“又是你啊？”

对方的机械声笑道：“你说的‘你’是指谁啊？”

“你就是在广场饭店给我留信的人吧？”

“没错。但何必说得那么拗口呢？我就是诱拐你外孙女的人啊。”

木田还在招呼客人。义男探身打开办公桌前的小窗。有马豆腐店外，狭小的停车场紧挨着一栋两层公寓。公寓一层的窗户开着，可以看见坐在里面的警察的脸。义男朝他招招手。

原本无所事事的警察顿时变得神情紧张。见他开始行动，义男咽了口唾沫，开始对着话筒喊话。

“喂，喂。”

对方沉默无声。难道是挂电话？

“喂，喂！”

“老先生，”声音忽然冒出，还带有一些笑意，“你好像在搞什么鬼嘛？”

“搞鬼？”

“我知道，那里有警察，是吧？发生那种事，这也是当然的。我自然也会想到这一点。所以想通过这个电话进行逆向侦察是没用的。我用的是手机。”

本田已招呼完客人，回到义男身边。义男撕下手边的便笺，写下“手机”字样给木田看。木田立刻冲出店面跑向隔壁公寓。

自从出了广场饭店一事，义男身边就不乏警察保护。警察帮他的电话装了录音机，租下隔壁公寓的一间空房，设置了逆向侦察装置。义男家就他一个人住，还有很多空房，他也愿意让警察住下。但警方考虑到嫌疑人不仅是打电话，也可能直接与义男本人接触，就像上次将鞠子的手表送回古川家一样。为了应对这种情况，还是埋伏在不那么明显的隔壁公寓为好。

因为早就听说嫌疑人可能会使用难以逆向侦察的手机，义男并没有太失望。只是觉得对方使用手机，却没有其他杂音，或许是在室内打的。

看着无声转动的录音机，义男心想，该如何开口才能尽量拖住对方让其说话呢？警方曾经指导过他。

“嫌疑人似乎很喜欢有马先生。”广场饭店事件之后，在墨东警局碰面的神崎警部对他说，“今后他很有可能还会跟你接触。他要求你在电视上下跪，说得很认真。我们无论如何希望能多搜集到嫌疑人的信息。如果对方主动接触你，请尽量多让他说话。”

义男问：“警察先生，为什么你们会认为嫌疑人很喜欢我？”

神崎警部黑如钢铁一样的眼睛闪烁了一下，回答：“不知道为什么，但从交谈的气氛和他的做法中可以感觉到。”

义男又说：“那家伙喜欢我，大概是因为我是个无助的老头吧。”

“你是无助的老头吗？”警部以一副不容置疑的表情看着义男，“嫌疑人的确有点轻视你，但这一点对我们很有利。只要他喜欢，就让他认为你是个无助的老头吧。我们要利用这一点，因此你绝不是一个无助的老头。”

义男挺直腰杆，双脚用力一蹬。“你是不是忘了对我说过的话？”

“什么话？”

“你说我如果在电视上下跪，就将鞠子还给我，不是吗？”

“这么说来倒是真的。”

“所以我一直在等你，我想你一定会跟我联系。”

“老先生，你真的做得到——”话说到一半，嫌疑人忽然猛烈咳嗽。大概是将手机移开了，声音变得遥远。透过变声器传来的咳嗽声，变成了刺激耳膜的噪音。义男猛然觉得背后一凉。

等对方停止咳嗽，义男再度说道：“你感冒了吗？”

对方清了清嗓子，贴近手机说：“有一点。”

“咳嗽的话，烟还是别抽的好。”

对方声音尖锐地反问：“我抽烟？你怎么会知道？为什么？”

对方反应如此激烈，义男吓了一跳。“上次说话的时候，我听见打火机的声音。”义男还记得当时很想钻进电话线到那头殴打对方。我外孙女生命垂危，你居然还能吞云吐雾！

“老先生耳力还不错嘛。”

“我也吸烟，所以知道。”

“不必说我了，倒是你应该戒烟吧。”说完嫌疑人如痉挛般发出一阵短促的笑声，“算了，反正你已经一只脚踏进棺材了。”

义男沉默地听着机械的笑声。这时木田回来了，一脸紧张地注视着义男。

“你今天打来有什么事？看来你已经忘记电视台的事了。”

“我是想听听老先生的声音。”

“听我的声音？”

“嗯。想听听你问‘鞠子还好吗’。”

义男眨了一下眼睛。上次和神崎警部见过面后，他被带去见一个负责文档工作的中年警察，再度道出和嫌疑人之间的对话。那个警察好像姓武上，义男想起他说的话。

“下次嫌疑人和你联系的时候，虽然很令人难过，但在对方说出口之前，请不要先问你外孙女的消息。只要你不说，对方一定会先提。对方其实很想说这件事，一旦你什么都不问，对方反而觉得无趣而自行说出，说不定一不小心就说出其他线索。”

义男慎重地回答：“我一直都很担心鞠子。”

“真的吗？可是你却一句话也没问到她。”

“就算开口问，你还不是什么都不说。”

“所以你就去找警察？真是差劲。警察都是饭桶！”

“是吗？”

“没错，他们什么也没发现。”

“你头脑很好啊。”

“老先生，你是想取笑我，好激怒我，是吗？”

“我没有。”

“那你向我道歉！”

“道歉？”

“因为你刚才说的话。说什么我的头脑很好，简直是瞧不起人嘛。”

“我没有那个意思。”

机械声就像和父母吵架的小孩一样，迅速遮住义男的声音：“我不要听你解释，我叫你道歉！可恶的死老头！”

义男缓缓眨了眨眼睛，一字一句咬着牙说道：“真是对不起，我向你道歉。”

“你要说，我诚心向你道歉。”

“我诚心向你道歉。”

“你不要太放肆，死老头。”

义男将话筒贴在耳边，看着木田。他不安地缩着身体，手指紧紧抓住身旁的柱子。

“老先生，我对你的举动可是一清二楚。你想干什么，我全知道。所以不要轻举妄动，凡事听我的，知道吗？”

“我知道，我完全知道。我只有一个请求，如果鞠子还活着，至少让我听听她的声音，好吗？”

对方立刻笑道：“不行。”

“鞠子不在那里吗？”

“我说不行就是不行。”

嫌疑人又开始咳嗽，听起来很痛苦。义男心想，这是感冒快好时的严重咳嗽。

“老先生……咳……咳……你还真敢……咳……咳。”

这时义男忽然灵机一动，瞪大了眼睛。他找了一下桌子四周，发现身后的大豆桶里有个量豆子的器具。义男将量豆器戴在头上，一手抓着话筒，一边拉长电话线走到店里。

木田吃惊不已。义男用目光和下巴向他示意，他立刻将墙上的电话线扯下。电话线一放，义男便能走到冷藏库外侧。

量豆器是塑料制的小桶，微秃的义男戴在头上对街一站，走过有马豆腐店的行人立刻发出惊奇的笑声，甚至还有骑自行车的女人吃惊得差点翻车。

“老先生，你听见了吗？”

“是的，我听得见。”

“老先生，你不会以为激怒我就没事了吧？”

“我无意激怒你，只希望你告诉我鞠子平安无事。”

机械的怒吼声刺激着义男的耳膜：“要怎么对待鞠子是我的自由！老先生没有任何权利，听见没有？”

“我是鞠子的家人啊。”

“家人也没有权利！只能按我说的做。我已经说过很多次了，你不要忘了！”

行人看着头戴量豆器打电话的义男，不知心里作何评价。

“可怜的糟老头！你重复说一次，我是可怜的糟老头。”

“我是可怜的糟老头。”

“再说，我没有活着的价值。”

“我没有活着的价值。”

“真是个没用的死老头！”伴随着嘲笑的机械声说道，“我要是觉得无聊，再跟你联系吧，老先生。”

电话断了。义男默默看了话筒一会儿，耳朵听见嘟嘟的空响声。他回头看着木田说：“挂断了。”

“老爹，你为什么要道歉？”木田抱着电话机走上前，指着义男头上的塑料桶问，“那家伙要你这么做吗？”

“没有，不是。”

屋里的铃声响了。义男将话筒交给木田，立刻回到客厅。响的是跟隔壁公寓直通的对讲机。

“有马先生，你没事吧？”警察呼唤道。

“我没事，已经录音了。”

“我们先调查周边，请不要离开店里。嫌疑人很有可能就在附近。”

放下对讲机，义男对木田说：“我也这么认为。”

“什么？”

“我想那家伙可能就在附近，看着我们的店打电话。因为是用手机，可以这么做吧？”

“嗯，的确可以。”木田点头，然后瞪大了眼睛，“所以老爹才戴着小桶子跑到店外吗？”

“嗯。我以为那家伙见我这样，一定会笑出来。”

“可是，为什么……”

“那家伙说了，老先生的举动，我可是一清二楚。而且还咳得很严重。”

咳得那么辛苦，应该不是装出来的。

“不是常有这种情况吗，感冒后躺在床上，等烧退了、咳嗽停止后出门，吹了风立刻又开始咳嗽？所以我猜对方可能是站在那边。”

木田看着街头的方向，目光中带着胆怯和愤怒。义男趁机偷偷拭了拭眼角。

鞠子已经不在人世了。

以前是百分之九十死心，但还抱着百分之十的希望。警察也说鞠子还活着，被嫌疑人抓在身边的可能性很大。

可是希望已经破灭，鞠子已经死了，肯定错不了。义男心中十分确定。

今天义男狠狠激怒了对方。为了报复，那家伙知道如何作弄义男、对付义男是最具效果的。只要让鞠子出声哀求“外公，救我”，就是最好的方法。

可是对方没有这么做，立刻拒绝了。完全没有表示什么时候可以，或要义男做什么才能听鞠子的声音，只是出言侮辱义男。

鞠子已经死了，已经到了那家伙无法触及的地方。义男茫然心想，只有这一点是已经确知的。

嫌疑人再度打电话给有马义男。同一时间点，嫌疑最大的田川一义在做什么呢?

事实上他正在离他家约五分钟路程的理发店剪头发。“田川专案组”将汽车停在可以看见店门的路上，用望远镜监视他的行动。田川离开家后，一位警察尾随其后，在田川走进理发店后不久，才假装进店问路。

那是一家小店，只有一个中年老板，守着两把理发椅。警察利用跟老板说话的机会观察田川。田川正坐在椅子上翻阅杂志等待剪发。警察向老板道谢后，继续监视田川。当他走回汽车时，一个客人离开了，田川被叫到镜子前坐下。

监视田川和调查其周围情况的行动才开始不久，还不知道这家理发店是不是他常来之处。透过大玻璃窗，只能看见老板热心地招呼田川，但田川面无表情不发一语，而且眼角低垂，不敢和老板的目光相对。这倒是能证明他有“人群恐惧症”。

实际上，田川经常闭门不出。偶尔外出也只是到马路对面的便利店买杂志，或是前往北边两个街角外的录像带出租店。衣食住全靠母亲，没有工作，也不准备找工作。在家里靠母亲一人的薪水，生活应该十分艰苦。监视开始没多久，就有燃气公司的收费员来催讨滞缴的燃气费。

理发店老板利落地为田川修剪头发，田川双眼紧闭。在车里的两名警察不时说些语带讽刺的笑话调侃田川。理发店门口的双向车道属于附近小学的学区，下午这个时间，四五个戴着黄帽子的一年级学生手拉手从理发店的玻璃窗前经过。其中一个背着红书包、穿白袜的小女孩，大概是听了朋友讲的笑话，笑声特别大。这时田川忽然睁开眼睛看着小女孩，迅速得就像是猫看见老鼠时一样。田川一直看着，直到小女孩消失在视线之外仍不肯收回视线。拿望远镜看到这一幕的警察，事后对同事提起当时的感受时，不禁表示有点毛骨悚然。

警察心想，既然能来理发店，就应该能去租车。要朋友代劳，该不会是有不可告人的目的吧？就在这时，头发剪好了。老板将田川身上的围巾取下，田川说了什么，站了起来。老板指着后面，田川朝那里走去。

“上厕所吗？”

田川的身影消失在视线里，车里的警察用无线电对徒步的同事下了指示。通话一结束，有马豆腐店隔壁公寓的同事通知：嫌疑人打来了电话。

真是微妙的时间点，简直就像是计算好的一样。

“他在打电话，该不会是用店里的电话吧？”

“他敢如此冒险吗，在那么小的店里面？”

田川专案组立刻跟总部联系，总部命令继续待命。这时无线电通知：嫌疑人是用手机通话。

“田川有手机吗？”

“没见过。”

“该不会又是跟朋友借的吧？真是个好朋友，可恶！”

田川还没出来。老板正在扫地。无线电说嫌疑人还在继续通话。

“要不要进店确认？”

总部命令继续待命。车里的温度升高了，嫌疑人还在通话。

老板扫完地后到里面去了。透过玻璃窗只见店里空无一人，镜中映出墙上的时钟，秒针朝相反的方向移动。

无线电通知说嫌疑人挂了电话。

“老板去哪里了？”

这时田川回来了，坐在理发椅上。呼一口气后，老板也出现了，拿了定型水喷到田川头上。车里面的警察大声吐了一口气。

理完发，田川沿原路回家。田川专案组回到现场。

询问理发店老板刚才的情况，老板回答道：“刚才的年轻人吗？他是去上厕所。”

还说来过两三次。每次都不怎么爱理人，老板也没听他说过话。

“说实话，给人的感觉很阴沉。电话？他没用店里的电话。从厕所打手机吗？他有吗？我不这么认为。什么？咳嗽？那个客人咳嗽过吗？我没听见。看起来不像是感冒了。我说警察先生，那个人犯了什么事吗？”

警察们不能多说，立即离开了现场。

听完田川专案组的报告，武上立刻带着筱崎前去找有马专案组。他穿着夹克，没有打领带，筱崎则换上西装外套、衬衫和牛仔裤。

“这么一打扮，就算被嫌疑人看到，也会以为我们是豆腐工会的人。”筱崎说。他肩上挂着一个大皮包，里面装了录音设备。他正在复制录音带，准备顺便送到科警所去。

豆腐店有木田看着，有马义男被叫到隔壁公寓。他一副失魂落魄的样子，说话声也没有精神，武上很是担心。

筱崎前往科警所后，武上开始在有马豆腐店周围拍照。为了制作详细地图，他问有马义男有没有本地区地图。有马将墙上的撕下来给他。

“情绪好一点了吗？”武上问。

有马义男缓缓眨了一下眼睛，揉了揉脸颊。

“鞠子不会回来了。”他幽幽说出这句话，然后说明理由，声音有些沙哑。

武上觉得这一推测很有道理，但不敢说出口。只能静静地听，不敢随便出言安慰。

自从当了警察以来，武上常常看见很多不可理喻的人，可以扭曲本性，伤害周围的人，让家人流泪，这让武上感到厌倦。但同时，很多普通人的言行与生活态度也感染着武上，让他觉得必须直面人生。现在的武上正是这种心情。

有马义男比嫌疑人想象的要聪明，而且有魄力，能从嫌疑人不以他外孙女为挡箭牌来推论外孙女已死。其实这些不过是推测，他可以不正视，但他选择了勇于面对事实。不管多么悲惨、多么痛苦，他严禁自己凭借一丝希望逃避现实。这不是一个柔弱的老人做得到的。武上不禁揣想眼前这位老人有过怎样的经历。

有马义男茫然地看着窗外，低喃道：“我该怎么跟真智子说呢？”

古川鞠子的母亲还在住院。没有生命危险，但伤势还是很严重。后辈的失职造成这种结果，武上明白自己必须再次向家属赔罪。

“她情况怎样？”

义男摇摇头道：“外伤正在逐渐恢复，但她不肯开口说话。”

武上微微瞪大了眼睛。义男看了看桌面，打开抽屉，找到烟并取出一根。

“她不肯说话。”他用百元打火机点燃烟，手指有些颤抖。

“意识恢复后，一句话也没说吗？”

“是的。她不肯说话，也装作听不见我说话。整天神情恍惚地躺在床上。”

这也是逃避现实的一种形式吧。

“医生怎么说？”

“医生说很难处理。总之先医好外伤，再让精神科的医生看看。现在精神科医生偶尔会来看看情况。”

听说半夜会忽然哭泣。

“她不是放声大哭大闹，而是默默地流泪好几个小时。我不在那里不知道，听说只要一开始，就会哭上整晚。这样对身体也不好，所以医院会给她打镇静剂。”

鸟居讯问态度不佳，伤害了古川真智子的感情。武上再一次向义男赔罪。“他本人也在反省。”

义男挥挥手道：“算了，已经是过去的事了。重要的是……”

门口来了客人，义男有些受影响。木田忙着招呼客人，豆腐店生意兴隆。

义男压低声音说：“重要的是，警方能抓到凶手吗？”

很直接的质问。感觉后面还有话没说，武上没有回答，只是看着义男。老人捺熄香烟，眉头有些打结，慢慢地挑选字眼道：“我不是轻视警方才这么问，我知道你们也尽力了。只是总觉得……总觉得这个人不是一般人能抓到的。”

“你是说他异于常人吗？”

“异常……”义男侧着头道，“如果是指他头脑不正常，我倒不是这个意思。”

武上沉默地点点头。

“我不是没见过头脑不正常的人。事实上有些客人就是这样。”

义男指着木田所在的方向，一脸认真地说下去：“有一个年轻人一个月来一次，身材魁梧得好像摔角选手。不带钱就来买豆腐，叫他付钱时，他就要其他客人帮忙付。别人当然很不甘，可见他力气大，又不想惹麻烦，只好付钱。我要是看店就会阻止他，对他说：没钱就不要来买豆腐。他就会当场捶胸顿足大嚷大叫，可是我毫不退缩，他闹够了便会回去。他这样已经一年了，是我们这里的名人。”

“巡逻的警察知道吗？”

“知道。有时也会来看看，还说会不会是药物中毒患者。”这时，义男微微笑了一下，好像每一条皱纹也都在微笑，表情十分柔和。“后来在其他地方又遇见了那个人。他居然走来对我说：‘老爹，你家的豆腐很好吃呢，真的。比超市卖的都好吃，下次我还要去买！’”

武上也跟着苦笑。

“真是个怪人。年纪轻轻的，倒也真可怜。”义男说，“那种怪，我可以理解。可是害鞠子……害鞠子的人，却不是那种怪。警察先生，你不这么认为吗？”

“的确，你说得没错。”武上缓缓回答。

“那家伙的标准只有他自己能够理解，跟普通人想的差别太大。所以警察先生，我很担心。不管怎么努力，因为标准不同，警方是追不上他的。”

武上也有很多话想说，尤其想称赞义男冷静。但一番思索后，说出来的只有一句话：“嫌疑人也是人，这一点是不会错的。只要是人，就会被抓到。”

他其实也是说给自己听的。

“他不是感冒了吗？在咳嗽。那家伙也是人啊。”

对了，感冒。他的咳嗽证实了武上“嫌疑人可能发生了什么事”的猜测。因此武上将田川一义从嫌疑人名单上排除。尽管调查总部有其他意见，武上却很有自信这么做。用不用手机不是问题，武上毫无疑问地确定嫌疑人是未知的人物，至少目前还是未知。

“是人吗？”义男低喃道，“他是人吗？”

又过了一个星期，丝毫没有进展，一切都潜伏在水面之下，理不出头绪。田川一义还在警方的监视下，武上画好新地图，科警所将录音带作了分析，有马义男利用开店空当到医院探望古川真智子，媒体方面报道了嫌疑人再度打电话到有马家的消息，当事件冲击越来越淡的一个星期过后——

古川鞠子的遗体出现了。

14

东京都中野区中央，位于山手路和青梅街道十字路口北边的第三个街角，有一家名为“坂崎搬家中心”的公司。

说是中心，听起来规模很大，其实员工包括临时打工的学生在内共五人，四十五岁的老板坂崎还身兼司机，是家小公司。表面上是做搬家业务，趁着空当也接其他工作，例如家中有大家具想挪地方、组合家具不会组装、一个人无法更换漏水的屋瓦、想要丢弃大型垃圾、公寓外侧的安全梯下不去等琐事，只要一打电话服务就到。亲切的工作态度颇受街坊邻居好评。开业不过六年，尚算新公司，但经口耳相传，从去年起已有东京东部的客户上门，电视也曾经报道过这家奇特的公司。

在东京二十三区的西部地区，包含中野一带、新宿区北部、练马区、丰岛区等地，尽管经过五十年代经济高速发展期，目前还留有很多独立住宅、低层住宅和联体式公寓等老式建筑。如果泡沫经济多维持一年或许有所改变，这些旧式建筑分布在忽然冒出的停车场、零碎的空地和空屋率颇高的写字楼之间，其实也已形成一种街头风景。住在老房子里的居民，抬头就能看见新宿的高楼大厦和奢华得令人好笑的市政府。他们的共同特点就是平均年龄很高。很多人独居，老伴已先行过世。这一带的氛围很适合用“古老”来形容，除了肯忍受不便的人外，一般年轻人都不愿意住在这个衰败的地区，所以这里进出的人口有限，定居人数持续减少。

因为是这样的地区，提供便利服务的行业甚为必要。若是单身的年轻人或有了孩子的夫妻，换家具这种小事通常自己就能做。邮购来的家具，也不至于不会组装，一拆封就束手无策。但是随着小家庭制度的普及，高龄者越来越多的地区情况就另当别论。老板坂崎就是看准了这一点，公司业务立刻上轨道。虽然没有赚大钱，营业额倒是逐年增长。老板本身也觉得对地方有贡献，不免有些自负。

十月十一日星期五这一天，一早就有一件搬家业务，老板坂崎清晨五点便起床了。公司是木质住宅，月租十八万元，老板一家就住在二楼。两辆卡车停在五分钟路程之外的双层停车场。要不是门口有块手写的招牌“坂崎搬家中心——任何小东西都接受搬运，任何小问题都提供协助”，恐怕没有人会认为这里竟然有一家搬家公司。大门口摆满了老板娘精心栽培的花卉，旁边则停着孩子们的自行车和三轮车。

坂崎起床后，下楼打开大门，走到信箱前取报纸。这时，他看见自行车轮子旁边放着一个纸袋。不是色彩鲜艳的百货公司纸袋，而是牛皮纸质、约五十厘米见方的纸袋。附有拎绳，开口的地方用胶带封着。

他想，会是什么东西呢？走近一看，发现纸袋很新，封口上的胶带也很新。谁把这东西忘在这里了吗？

拿起来一看，比想象的要重些。坂崎皱眉思考。他没撕开胶带，而是从缝隙中往里窥探。有土块，好像很潮湿，还夹杂了一些枯草。

什么东西嘛！他有些不太高兴。会是有人不知扔哪里，就把废土扔到他家吗？附近应该没有人会把空罐子扔到别人家门口，也不会有人在不可燃垃圾日丢弃可燃垃圾。这种没常识的人应该很少才对。

坂崎十分生气地提着纸袋绕到屋旁。他家和隔壁之间有一条宽五十厘米的防火巷。先将纸袋塞在那里吧。泥土属于不可燃垃圾，还要几天才能拿出来倒。在那之前只能先保管。谁这么缺德，真是过分！

回到家，老板娘已经起床到厨房烧开水。坂崎嘟着嘴提起此事，老板娘也一脸不高兴地回道：待会儿看一下里面是什么再说。

“也许就跟你说的一样，不知道泥土该怎么处理，就扔到我们家了。”

“既然这样，也该先说一声吧。”

“可能是想会收钱吧。”

吃早饭的时候，员工纷纷来上班。今天要搬家的是住在弥生町独户住宅的八十五岁独居老太太。听说是因为觉得一个人住有危险，决定搬到八王子和长子夫妇一起住。长子夫妇为母亲腾出了一间三坪[①]大的和室，现在这个家的所有东西根本容纳不下，所以搬家的同时还必须帮忙处理废品。

开完会后，坂崎带着员工到弥生町已是七点多。八点正式开始搬。老太太不肯丢弃旧家具，吵着这个要带走那个也要带走，让坂崎好生头疼。长子夫妇事先已将要带走和要处理的家具清单交给了他，但是老太太不同意。毕竟付钱的是长子夫妇，坂崎搬家中心夹在中间很为难。为独居老人搬家常会遇到这种情况，坂崎多少也有些经验，只好不时安慰老太太，不时跟着一起骂骂长子夫妇，好让搬家工作继续进行。

就是说嘛，他们也都不来帮忙。老太太你可千万不能生气啊。以后就要跟他们一起生活了……坂崎正在说这些安慰的话时，工作服口袋里的手机响了。

是妻子打来的。“老公，你等一下！”声音有些奇怪，有些颤抖，“今天早上你说的那个纸袋，我打开看过了。”

“哦，你说那个呀。怎么了？难道里面埋了金块？”坂崎一边擦拭额上的汗珠，一边笑着说。可妻子毫无笑意。

“才不是那样呢，一点也不好笑。里面好像有骨头！”

“骨头？”

“是啊。不是有土块吗？土里有头骨之类的东西，还有手掌和手臂的骨头。怎么办？要报警吗？”

“等……等一下！”

坂崎吓了一跳，一时之间不知该怎么做。要是随便打一一〇，事后丢脸更讨厌。他避开周围的员工，走到路边，压低声音说：“等我回家再说。”

“可你今天要工作整天，不是吗？而且是在八王子，必须将家具和老太太送到那边。我不想等到傍晚。实在太恐怖了！”

---

①面积单位，1 坪约合 3.3 平方米。

"你不会放到看不见的地方吗？放心吧，不会有骨头什么的。"

"可是真的很像头盖骨！"

"那是模型啦，模型。因为不好处理，才扔到我们家。你也真是笨，这么大岁数还那么胆小。"

骂过依然不安心的妻子后，坂崎关掉手机，回去继续工作。将行李捆包好后，让老太太坐在副驾驶座，便驱车前往八王子。经过高圆寺的陆桥时，手机又响了。

"老公……"

"怎么又是你？什么事？我正在开车。"

老板娘不只是声音颤抖，情绪好像完全崩溃了："电视台的人来了！"

"什么？是上次'Special 东京'的人吗？"

"Special 东京"就是曾经报道过坂崎搬家中心的节目。

"才不是呢！是报道新闻的人。说是 HBS 电视台。"

不是地方台，而是全国联播的电视台。前面的信号灯是绿灯，坂崎先将卡车停到路边。还来不及问电视台的人来家里干什么，老板娘便开始哭诉："那个纸袋中的东西果然是骨头！HBS 电视台接到了电话，说是那个行踪不明的女孩的尸骨。"

坂崎眼前一阵漆黑。

坂崎一边安慰妻子一边捆包家具时，HBS 总机接到了一个电话。

"喂？我要跟报道大川公园和三鹰女高中生谋杀案的人说话。"

是使用变声器发出的声音。自从上次其他电视台接到嫌疑人打来的电话后，HBS 规定只要是提到案件的电话一律转到新闻部。因此总机小姐不管是什么电话都转过去，至今已转了十几通。这一次她也认为可能是恶作剧电话，但还是转给了新闻部。

新闻部记者在通话之前先按下录音键。这只是小心起见，过去已经被许多爱凑热闹的人耍过，浪费了不少时间。记者其实没有太多期待，于是叼着烟前来接电话。

第一声便如此说明："这不是恶作剧电话！"

记者心想，是哟！大家都这么说。

“我是想给你们独家消息才打来的。你是新闻部的记者吗？真是幸运啊，该不会是衔着金汤匙出生的吧？”

“有何贵干？”

“不要那么不客气嘛，小心我挂电话，到时候你会后悔一生。听清楚了，你现在接的电话，可是具有让台长表扬的价值。”

因为衔着香烟，记者的眼睛被熏到了。昨天半夜在能登半岛的日本海上发生外籍渔船沉没事件，至今还不能确定船员安全与否。新闻部正为这条消息忙得不可开交。

“如果你提供的消息这么有价值，那我一定要听听了。”记者尽可能装出认真的语气。走过的其他记者听他这么说，故意对他挤眉弄眼。他则举起手挥了挥表示：又是恶作剧电话。

“我是希望对所有媒体公平，这次选中你们台。”变声器发出的声音说，“准备好了吗？你要听清楚。在中野坂上车站附近，有一家名叫坂崎搬家中心的公司。公司很小，不要错过了。那里有古川鞠子的遗体。”

记者坐直身子问：“古川鞠子？你刚才是这么说的吗？”

“不是说过了吗？叫你听清楚。鞠子的遗体装在纸袋里，寄放在坂崎搬家中心。我是觉得有马老头很可怜，才决定还给他的。”

电话那头发出尖锐的笑声，还笑得噎住了。

“你们去看一看嘛！这可是独家消息。大概连警察都不知道。但要是坂崎搬家中心报案了，那就另当别论。总之你们还是快点行动吧。”

电话到此切断。记者一时间哑然无声，然后赶紧查坂崎搬家中心的电话。果然有这家公司，也有电话号码。打过去后，出现的是中年女子的声音。记者报上姓名后，立刻说明情况，并问有没有一个怪纸袋。对方十分狼狈地回答：“里面有……有一些奇怪的骨头，我还在想该怎么处理呢。”

接电话的是坂崎的妻子，她刚跟坂崎通过电话。因为觉得奇怪，心中不安，记者一问便都说了出来。

“请你放着不要动，我们立刻过去确认。也请不要报警，说不定是恶作剧。”

这时记者的指示是否构成妨碍公务罪，日后将成为国会上争论的大事件。但此刻不知所措的坂崎太太，听见记者坚定有力的声音，反而像是找到了依靠一般，自然听从其指示。三十分钟不到，电视台采访小组便到达现场。

HBS的记者戴上白手套，查看纸袋里的东西。混在泥土中的人骨立刻被分了出来，有头盖骨、下颚骨、手足的骨、肋骨，几乎呈现出一具完全化为白骨的遗骸。

“该不会是模型吧？”

脸色苍白的坂崎太太立刻冲去打电话，记者也拦不住她。还在上幼儿园的小儿子看见母亲非比寻常的模样，神情十分害怕。小男孩双手紧抓着打电话报警的妈妈，电视台的摄像机不忘捕捉这一幕。

附近的人发现坂崎家的异样，都赶来看热闹。记者开始在现场采访。坂崎家对面的邻居打开电视，转到HBS台，电视剧重播已经中断，改成临时插播的新闻快报。没想到自家门口竟成了新闻现场。

在混乱与骚动中，从纸袋中取出的白骨遗骸就暴露在一片空寂中。地上只铺了一块塑料布，骨头分散地摆在上面。塞满潮湿泥土的眼窝静静地望着这个陌生的家庭，寻找着亲友的脸孔。这时尸体还只是身份未明的“她”，到比对牙医的齿模记录确定是古川鞠子，已经是那天的深夜了。

鞠子终于回家了。没有比这种回家更孤寂的了。

HBS开始播放新闻快报的时候，塚田真一正在山上饭店的咖啡厅，和石井良江面对面坐着。旁边座位上的前畑滋子则担忧地看着两人。

真一住进前畑家之后，滋子便打电话跟石井家联系。她要求真一说说话，但真一表示不知该说什么，拒绝了。滋子和良江约好见面后，便挂上电话。

她对真一说：“石井夫妇已经知道整件事情了。”

一如真一担心的，他离家出走那天，樋口惠一直守在石井家门口。

遇到刚回家的良江，她还出言相逼：不要将真一藏起来，赶快把人交出来！

“阿姨一定吓了一大跳吧？”

“她很担心你。”滋子说。

尽管已经约好，但碰面还是花了些时日。石井良江一见真一，便急着确认他是否健康，然后道歉：“我很想早点来看你……可是我很害怕。”

“害怕？”滋子觉得奇怪。

良江点点头，看着真一说：“小真，那个女孩……叫樋口惠的，为什么会知道我们家呢，你知道吗？”

真一沉默地摇摇头。

“她说是找了侦探社调查。”良江如闻到臭味般皱起鼻头，“小真的行李搬到我们家时雇用的卡车就是线索。”

真一茫然想起当初从佐和市的家，那个作为杀人现场的家搬来书桌、椅子、小型书柜和一些衣物。原来是那辆卡车。

“当时我先生极力反对，说不要从佐和市搬东西过来。发生了那么不幸的事，东西应该全部留下才对。可是我没有同意。”良江对滋子说，“我认为至少该让真一带一点东西过来。当初要是听他的就好了，这样那个女孩就查不出我们家了。小真，我对不起你。”

良江声音沙哑，真一听后低下了头。他盯着眼前的红色烟灰缸说：“当初是我说要把桌椅搬过来的。”

良江从皮包里取出手帕，擦拭眼角的泪水。

“这不是你们两位的责任。”滋子静静地说道，“真一同学被人追着跑，这件事本身就不正常。”

“那个女孩疯了！”良江生气道，“实在太不要脸了。有那样的父亲，就有这种女儿。”

“是她说找侦探社查的吗？”

“是的，说的时候眼睛还发亮呢。当时小真不见了，我心情很乱，根本不知道该怎么办。那女孩居然每天都来家里或是打来电话。不管我怎么说小真不在家，她就是不相信，还说是我们将小真藏了起来，喊着让我们交出来人。后来她终于发现我们说的是真的，才肯罢休，但马上就接着问我们将人藏在哪里。我说不知道，她就说，没关系，她自有办法找得到。然后就说出了侦探社的事。”

良江悄悄回头看了饭店门口一眼。

“从那之后，我和我先生就变得神经兮兮，总担心有人在跟踪我们。因为太害怕，几乎都不敢出门。毕竟对方是那种人，不知道她会做出什么事来。前天还请了专门拆窃听器的人来家里检查了一遍。我先生说是以防万一。”

“对不起，阿姨。”真一说，“真的很对不起。”

“为什么要道歉呢？这不是你的错。”良江说完，声音有些哽咽。

“电话中我也说过了，真一同学现在和我们夫妻住在同一栋公寓。”为了让良江安心，滋子尽可能用最温柔的语气。真一十分了解她的用心。

公寓的房东自然就是前畑铁工厂。一楼南侧有个房间正好空着，除了三坪大的卧室外，还附有两坪大的厨房。为了帮真一租这个房间，滋子和婆婆之间还起了点冲突，昭二夹在中间极力周旋才没事。真一也知道这件事，因为就发生在身边，不想听也能知道来龙去脉。

“这件事千万不能跟石井女士说。”滋子事先叮嘱过他，“你不必在意，昭二不是也说过吗？我们都站在你这边。”

有关房租和生活费，石井良江和滋子夫妻讨论后，决定让真一支付一定金额。真一有以自己名义开的账户，那是父母留下来的遗产，原则上在他未成年之前是不能提的。但是一部分金额还是可以自由运用，所以先动用那一部分。

石井良江见过管理真一财产的吉田律师，说明情况商量对策。今天和真一见面的目的就是来报告商量的结果。

“吉田律师也很惊讶，”良江说，“还说不能这样就算了，必须跟负责的检察官商量才行。他会跟樋口秀幸的律师，他们那边是‘律师团’吧，说明情况。”

“通过正常的法律程序，真的能制止樋口惠的行动吗？”

良江叹了一口气道：“吉田律师说这种情况他没见过，所以不敢肯定。

如果是被樋口秀幸威胁不准说出不利于他的证词，那就是威胁罪。可若是樋口惠说的话，就不一样了。我倒觉得两者没有什么不同。”

滋子说：“不管动机是什么，樋口惠的行为算是一种跟踪狂的举动，难道不能申请对她下禁止令吗？比方说禁止在真一同学半径两百米的范围内出现之类的命令？”

“听说申请很花时间。”

“可还是应该试着申请吧。”

真一摇摇头道：“没用的，那家伙居无定所。”

“我们第一次见面时，你也这么说过，对吧？”滋子问道。

真一抬起阴暗的目光回答：“我也有过同样的想法，并对她说过。我说要报警，请求法院判决。那家伙居然嗤之以鼻。”

“你说什么？”良江声音尖锐地表示，“她凭什么笑你？”

“她说警察没办法抓她。她还未成年，连离家出走都会受到保护，而且没有做出触犯法律的行为。到法院也是一样，不管我控告什么，因为不知道她的住所，根本无法找到她；就算下了判决，文件也送不到她手上。做什么都是没用的。也的确是这样，那家伙研究过这方面的知识。”

“她母亲在干什么？”滋子不高兴地问，“难道她母亲也居无定所吗？”

“吉田律师说要查一下才知道。只是不清楚她母亲是否知情。”

“如果是她母亲出面指责，或许会有些效果。让她母亲来告诉她，做那种事只会招致反效果。”

丧失斗志的真一几乎是以毫不关心的语气表示：“说了她会听吗？”

“不听也要叫她听！”良江生气道。

“话虽没错，可是也不能将那女孩关在什么地方吧。”

“这难道真的是樋口惠一个人的想法吗？”滋子纳闷道。

“什么意思？”

“这不像一般女高中生会有的想法。尤其是居然会想到让真一同学在减刑申请书上签名。应该也不可能是律师团让她做的，该不会是她父亲的怂恿吧？”

良江瞪大眼睛问道：“樋口秀幸吗？”

“是的。不是说樋口惠去看过她父亲吗？”

“这是什么父女嘛！”

良江双拳紧握，仿佛事实已经确定了。

“简直是畜生，杀了三个人还不够。只能说他们是野兽，真不知该怎么形容了！”

滋子偷偷瞄了一眼真一。真一低垂着眼睛，用手触摸装了冰水的玻璃杯。

“为什么不能赶紧判死刑呢？”良江眼睛充血，几乎怒不可遏。“为什么还得公审呢？他们做的事不已经罪证确凿了吗？偏偏现在公审中止了，居然是对方要求作精神鉴定。什么鉴不鉴定，为什么要答应他们这种要求呢？”

“阿姨，你不可以说这种话。”

在真一还没说出“阿姨是当老师的”之前，良江激动地说道：“我知道，我当然知道。可是你不觉得很不甘心吗？他们不问是非就杀了你全家，不是吗？只是为了要钱。他们有什么权利？做出这么残忍的事，为什么还能活着？为什么法院还要保护他们的权利？”

“阿姨……”

“没有人愿意帮受害的这边多想想！说什么嫌疑人也有人权，人权必须受保障，整天将这些挂在嘴边。难道说被杀的人就是活该？如果法院不能为我们做什么，那我就去杀了他们，对！我就去杀了他们！”

良江气喘吁吁地坐在椅子上，浑身充满怒气。她睁大的眼睛里掉下一滴滴泪水。

“我也很不甘心啊，阿姨。”真一好不容易说出这话。

良江猛然抬起头，惊惶失措地举起手掩住嘴巴，说：“对不起……我居然问你甘不甘心……我不是那个意思……”

真一点头，身体微微颤抖，无法正视良江的眼睛。

“我恨他们！”他反复诉说，“我不能原谅他们！也想杀了他们！尽管杀了他们，爸爸、妈妈和妹妹也不会回来，我还是很想杀了他们。我不能忍受跟那群人呼吸同样的空气，我不想让他们活在这个世上！”

“真一同学，”滋子摇摇头说，“够了！”

“可是不行。”真一说，“只杀他们是不行的，那样还是不能解决问题。要怎样才能解决问题，阿姨你应该也很清楚。”

良江脸色发青。“小真……你还在意那件事吗？”

“我也有责任。”就像反刍一般，真一缓缓说道，“就算杀了他们，我还是有责任。因为不知道该怎么办，我才到处逃避。”

滋子最后结束话题：“这件事到此为止，别再说了。”

石井良江握着水杯，杯内的冰水不断震动。

一来到街头，吵闹便包围住滋子和真一。看着良江前往御茶水车站方向踽踽独行的背影消失在人群中，真一说道：“我想走一下。”

“我也是。”

他们朝秋叶原方向前进。过了一会儿，真一问：“前畑太太，你不问吗？”

“问什么？”

“我说我家出了事我也有责任，你不问是什么意思吗？”

“嗯，不问。”滋子神情认真，“我已经决定在你说我可以问之前绝不问。”

真一双手插在裤袋里，这时他的臂肘碰到了滋子的。

两人沉默地走着，感觉疲倦有所减轻。

“阿姨好像受到很大的刺激。”真一说，“她平常不会那样说话。我还是第一次听见她说要杀人……”

“精神有些混乱了吧。”

“要不是这样，对不起说得难听一点，她也不可能将我托给来路不明的前畑太太你。”

滋子笑道：“说得也是。”

“在前畑太太眼里，我才是来路不明的小子吧。”

“所以我们打平了。对了，小真，要不要买电视或音响什么的？”

他们已经来到秋叶原车站附近。非节假日的电器街一样人潮汹涌，商店林立的大楼外墙上贴满了色彩鲜艳的海报。

“房间里什么都没有，感觉很寂寞吧。”

两人穿越人行道。滋子在石丸电器一楼的电视卖场前停了下来。

陈列的电视屏幕播放的都是同一个画面。行人在电视墙前排成了半圆形围观。

那是新闻实况转播，真一看了，滋子也看了。虽然被消音，但光是看也能了解新闻内容。

“是那个事件……”真一说，“找到遗体了。”

滋子拨开人群走到前面，真一看着她的背影。滋子还在写真一在大川公园发现那只右手的经过，并打算去见水野久美。如今发现了遗体，她的采访计划将有所改变。

画面上出现年轻女孩的照片特写，字幕打出“古川鞠子”。对了，就是公园发现的皮包的主人。长得很漂亮，笑得很可爱。

忽然间真一想到，不知什么时候才会抓到这个凶手？就算抓到，到时候一定又有一些人会出面维护那个人，说他也是社会的牺牲品。而反对的声音总是又小又细，终至听不见。

这世上充满了牺牲品，每个人都是，真一心想。真正该对抗的“敌人”究竟在哪里呢？

新闻快报开始时，有马义男正好一个人看店，没空看电视。

木田出去送货了。桔梗亭又临时来叫货，只好从冷藏库里凑出数量。木田边做边叨叨：“那里的老板实在乱来。”

义男笑着送木田出门。自从上个星期嫌疑人打电话过来后，两人从未就此事谈论过。彼此都装作没有这回事，继续着日常工作。守候在隔壁公寓的警察，也几乎不会成为他们的话题。这样大家都轻松。

上午客人不多。义男在办公桌前记记账，时而读读报纸，也算是看店。今天的社会版并没有报道大川公园相关事件。他翻到体育版正要阅读，门口有人喊：“老爹。”

是常客，一位住在附近的年轻主妇。因为下午有兼职，经常会在上午来买豆腐。平时她都是一个人骑自行车来，今天则带着小孩。五六岁的小女孩骑着有辅助轮的鲜艳自行车，跟在妈妈后面。

“欢迎光临。”

义男一出来，年轻主妇便指着冷藏柜，朗声道：“哎呀，油豆腐已经上市了呀？”

“是啊，前天上市的。”

“那给我四块，还要一块绢豆腐。”

义男先洗手，然后将豆腐装进纸袋。这时小女孩下了车，正走进店来。

“有没有跟爷爷打招呼？”妈妈说道。

“你好啊。”义男笑着说。小女孩还是扭扭捏捏没说话。

“是你的小孩吧？第一次跟你来我店里呢。”

“这是小女儿，上幼儿园的是大的。”

“小妹妹，你叫什么名字？”义男弯腰询问，小女孩赶紧躲到妈妈身后。

“唉，她就是这样害羞。”

“女孩子这样才可爱嘛。”

“那可不行，现在女孩这样就糟了。老爹，你可别这么想。”

正说着，后面的电话响了。年轻主妇无所谓地说：“没关系，你去接电话。”

“不好意思。”

义男小跑着来到办公桌前接电话。是坂木达夫。

“有马先生，你在看电视吗？”

鞠子失踪成为大案后，坂木常常打电话鼓励义男，也陪他一起去医院探望真智子。可是今天他的声音听起来有种从未有过的紧张。

“没有，正在播什么吗？”

“请你打开电视，转到 HBS 台。”

“又发现什么了？”

“隔壁的警察没说什么吗？”

“是啊，什么都没有。”

“那他们还不知道吧。有马先生……”坂木停下来，微微吸了一口气，说，“看来是找到鞠子小姐了。”

一时之间义男呆住了。他什么都没有说，放下话筒后立刻跑到客厅打开电视。屏幕上出现鞠子的大幅照片。

那是他应警方要求，从相簿里找出来的，是今年新年时拍的照片。画面上只用了脸部，但他一眼就知道是那张照片。鞠子正笑着，手上应该是握着橘子。那之后还拍了一张，鞠子故意将一瓣橘子塞进嘴里，装出可笑的样子。

“老爹？”年轻主妇在店里喊道，“怎么了，老爹？”

她住在附近，当然也知道鞠子的事，知道鞠子是义男的外孙女。但到目前为止，她只开口问过义男一次。那是广场饭店的事报道后，她来买豆腐，找钱时她说了一声：“老爹，你还很健康，千万别认输。”

她的声音很有精神，“别认输”的说法也很新鲜。此前人们总是对义男说“真可怜”、“你很担心吧”之类软弱无力的话。她这句话带给了义男一些力量。

可是现在她的声音却有些颤抖。在店门口也能看见电视，她大概也已察觉到事态严重。

义男盯着画面，听记者现场播报。当画面切回到鞠子脸部特写时，他才缓缓回到店里。

“老爹……”主妇轻声低喃，泫然欲泣。小女孩紧靠在母亲背后。

“是不是找到你外孙女了？电视正在播新闻吗？”

义男点点头，同时身体一软，两手撑在冷冻柜上。

“太过分了！”年轻主妇手按额头，“真是太过分了！”

她空着的另一只手紧紧抓着女儿。小女孩抬头看看母亲，又看看义男，然后又转向母亲，小声问道：“妈妈，你为什么哭呢？”

遗骨正式被确认是古川鞠子，已是当天深夜，凌晨两点以后。尸骨安置在墨东警局，义男在坂木的陪同下前往警局。

根据齿模鉴定身份的过程十分顺利，完全是坂木的功劳。鞠子失踪不久，他就从精神状况还正常的真智子那里问出了鞠子一向就诊的牙医。

坂木解释这件事时，语气充满了歉意。仿佛因为他这番居心，招致了这种不幸的后果。

义男摇摇头道："鞠子的事，我早已死心。回来了就好，这样也能安葬她了。"

坂木噤口不言，因为他知道义男并不是真的"死心"。

义男也不知道自己是否真的死了心。说话没有什么力道，连脚下也感觉像踏空一般无力。心中想的、脑中思考的，都仿佛不是真的。连鞠子已变成一堆白骨，他也没有真实的感受。

古川茂已经先行抵达墨东警局，一位年长的警察陪在他身边。

"爸爸，"古川说，"真是遗憾。"

古川脸色灰暗发青，眼睛充满血丝，下巴上满是胡楂。义男忽然发现他浓密的胡须如今已然花白。

四人一起来到地下的遗体安放室。安放室的大门已退成灰色，上面镶着磨砂玻璃。走廊上靠墙放着一把长椅，来到椅子旁就能闻到线香味儿。

陪同的警察做出"请进"的手势。这时古川说道："对不起，爸爸。请让我先进去。"

义男无言地抬头看着古川。

"我想和鞠子单独见一面。她是我的女儿。"

坂木想开口，但见义男点了点头，便退到后面坐下。

警察和古川消失在灰色门板后面，坂木坐在义男旁边。

周围一片安静，与门板同样显得灰暗的水泥走廊上，到处都有黑色痕迹。义男一一数了起来。

有些痕迹形状像是鞋印，延伸至出口。或许是来时一身轻，回去时背负着什么，因为背负的东西太重，才留下了鞋印。

来这里的都是些什么人呢？他们带来了什么，遗失了什么，又得到了什么才离开呢？是达观、绝望、悲伤，还是愤怒？

不对，来这里不可能获得什么。那个留下鞋印的人其实没有背负什么东西，而是在离开的时候，觉得存活也是一种负担，才留下了鞋印。

数到第七个痕迹时，门里传出古川的哭声。

“真是遗憾！”坂木说。

义男双手掩住了脸。埋首手心的黑暗中，眼前浮现出鞠子的各种身影：在产房婴儿室玻璃窗里面的小睡脸；摇摇晃晃拍着手学走路的笑脸；因为幼儿园制服的帽子太大被义男边拍照边取笑，气得哭出来的小脸；嘟着嘴说再也不穿粉红色之类显得孩子气的衣服的圆脸；收到同学的情书，吐着舌头欲羞还喜的红脸……

“鞠子是不是喜欢那男孩呢？”

“他不是我喜欢的类型。怎么办呢，外公？”

还有她跟真智子吵架，离家要求在义男家住一晚时困惑的脸；穿着剪短的牛仔裤，整个屁股都要露出来了，义男责怪她，她反而娇嗔道是外公居心不良想太多，好一段时间见了面也不说话的生气的脸。

“爸爸好像有外遇了！”她来说这件事时一脸担心，“外公除了外婆，有没有其他喜欢的女人？”义男回答：“我哪有那闲工夫！”于是她睁大眼睛责怪道：“这算什么回答，根本是逃避问题嘛。”当时她嘟着嘴的表情也浮现出来了。

最后一次见面，她是怎样的表情呢？

义男血压高，她很担心。“等我领了年终奖，就买个血压计送给您。让您每天量，注意健康。”可是还没到发奖金的日子，鞠子已经不在了。

“鞠子！”古川的呼唤声传了出来。

义男也在心中呼唤：“鞠子，你回来了！回来了就好。已经没事了，不必再害怕了……”

说起来，以前曾经说过同样的话安慰鞠子。那是鞠子六岁的时候，古川家住在公司宿舍，院子里有一棵大柿子树。鞠子和朋友吵着要摘树上的柿子，于是直往树上爬，等到一不小心低头发现爬太高时，竟害怕得不敢动弹。当时在她家做客的义男正好经过，将她抱下来，并安慰哭成泪人儿的她道:“已经没事了，下次不可以再做那么危险的事了。”

鞠子！义男在心中反复呼唤。鞠子，那时不是已经说好了吗，下次不可以再做那么危险的事了？为什么还会发生这种事？是谁骗了你，带你去爬说过不再爬的柿子树？那家伙在哪里？他长什么样子？你告诉我啊，告诉外公啊！不管他跑到哪里，外公都要追到他，一定要抓住他！

鞠子，鞠子。你是外公的心肝宝贝啊！

“有马先生！”

坂木将手放在义男肩上。义男一边感受到他手的温暖，一边听着古川哭喊。他站在紧闭的灰色门前悲伤饮泣。

“喂……”尖锐的机械声呼唤道。

接电话的是木田孝夫。他留下看店，有马专案组派了一个警察陪他。那个警察按下录音键。

“是有马豆腐店吗？”机械声问。

“是的。”木田回答时感觉自己的嘴唇在颤抖。

“你不是老先生嘛。对了，老先生应该是去警察局了。”

“你是凶手？”木田说，“有什么事？到现在你还想怎样？”

“哎呀，你的口气很横嘛！”机械声高兴地挑声说道，“你是他亲戚？”

“你管我是谁！”

木田有两个上初中的小孩，一个儿子，一个女儿。鞠子遇害是好友家的悲剧，对他而言绝对不是外人的事。

“你这家伙口气倒是不小！”机械声说，“对我这种态度，小心会后悔。还有，你为什么没有感谢我？”

“感谢？有什么好谢你的？”

“我不是将鞠子还给你们了吗？”

“你这浑蛋……”

“我可是很辛苦啊。已经埋起来的东西还要挖出来，这种肮脏的活儿很辛苦啊。我是看老先生太可怜，才特意为他做的。”

木田气得眼前一阵晕眩。“你还算是人吗？”

对方大笑，木田更是气愤。“像你这种浑蛋，我最清楚了。连一对一也不敢的胆小鬼，只会打这种骚扰电话、欺负女孩子，根本不敢跟男人对抗！你是个没用的浑蛋！”

“你真的这么想吗？”机械声停止了笑声，说道，“你以为我不敢对男人下手？”

木田倒吸了一口气。旁边的警察做手势让他继续拖延对话的时间。

“嗯？那好，我也有我的想法。你给我仔细看着，死老头。下次要是死了个男人，那可是你害的哟。”

电话断了。坐在旁边负责联系的警察低声说：“又是手机打的。”木田抓起电话机，用力甩向墙壁。电话机发出一声铃响，滚落在地，露出底部，就像是在嘲笑木田。

15

武上悦郎喝醉了。

这是十月二十一日，即发现古川鞠子尸骨十天后下午的事。天色已近黄昏，武上家客厅的窗户斜斜射进橘红色的阳光。

说他喝醉了，其实也没有喝太多酒。不过是洗完澡喝罐啤酒凉快一下，而且还是小罐的。这么一点酒也能醉人，可见他是累坏了。

古川鞠子相关的文件多半是急件，这三天武上几乎不眠不休，用餐也难得正常。尸骨必须做的各种鉴定、齿模对照、送交各单位的文件等的填写都是武上的工作。尸骨现场的调查报告、照片的整理等大工程也必须完成。其间，共同调查总部又在前天晚上举办了成立以来的第一次公开记者会，他必须保证会上宣读的调查报告没有错误，并模拟记者团的提问做成答案手册。连续三天下来，连武上也累坏了，居然坐在马桶上也能打瞌睡。

九月十二日大川公园事件发生以来，已过了四十天。其间他几乎没有回过家。神崎警部看不下去，要他回去休息两三个小时也好，洗个澡之后再来上班。其实神崎警部本人也没回家，有时换洗衣物没来得及送来，也只好继续穿领子污黄的衬衫硬撑。

武上家位于大田区的大森，距离六乡土手车站走路约五分钟。附近还保存了许多二战后兴建的文化住宅[①]，混杂在小型家庭工厂之间，人口密度极高。武上家原本也是文化住宅，但在十年前改建过。改建固然是

---

①二战后日本多建于关西地区的木结构二层长栋公寓的俗称。

武上出钱做的，面积不大的土地则是妻子从家里继承的遗产。否则以武上一介地方公务员，哪有能力在东京市内拥有房子！

几年前这附近纷纷盖起房子，后来泡沫旋风吹了又散，到处又变成了空地。武上家隔壁原来是一家板金镀金公司，也不知道是因为破产还是炒地皮，一夜之间化为乌有，现在成了停车场。倒是因此让武上家的客厅通风良好、光线充足，居住环境极为舒适。

刚洗完澡，武上一边坐在窗边享受微风，一边看着停车场里的车牌号码。回家作短暂的休息，他不希望心里还惦记案子。说得容易要做却很难，这时最好的办法就是让头脑填满其他东西。武上看着车号，并试着背下来，有时还会就数字编密码以利记忆。

可他还是会想起古川鞠子的案子。

发现那样的遗体，对调查总部而言是莫大的侮辱，对受害者家属更是难以治愈的创伤，而且伤口太大无法缝合，会留下永远无法抹去的伤痕。长年的工作经验使很多警察已经练就控制情感的功力，武上就是其中之一。共同调查总部的年轻小伙子还没有这种功力，所以墨东警局三楼男厕的便斗就被打破了，必须请人修理。

“是谁踢坏的？”筱崎佩服地看着便斗说，“这种东西不是想踢就能踢坏的。”

此刻筱崎正泡在武上家的浴缸里。他属于情绪比较稳定的类型，不是靠经验培养，而是个性使然。他和武上一起努力工作，疲劳程度应该不亚于武上。内勤业务部门的成员中，不知是幸运还是不幸，他最受武上器重，所以也回不了家。今天允许他稍事休息，他居然说：“反正住在外面，回不回家也没什么差别，不如窝在桌子下面睡觉。”武上只好把他拉回家来。

武上的妻子在附近的药店上班，跟武上他们前后脚进家门，随后便急忙去买菜，现在正在准备晚餐。读大学的女儿还没回家，家中十分安静。

武上不断盯着停车场里的车牌号码。他的记忆力很好，看两遍就能记住所有车号。他虽然觉得将脑子用在这种事上很无聊，却停不下来。

一停下来就会想起古川鞠子的案子。

可是过了一会儿，思绪还是很自然地跑到案情上面。他干脆开始思考那个身份不明、只发现右手的女子。

一只右手，线索实在少得可怜。担心会是自己的妻女而前来询问的人很多，目前还不能锁定对象。仅凭指甲油的颜色和手臂内侧有颗小痣等特征，至今仍找不到一个符合条件的失踪女子。

凶手究竟想怎样呢？

关于古川鞠子的案子，他以惊世骇俗的手法将她送回，也跟受害者家属有马义男接触过。但对于右手的主人却三缄其口。

应该只有凶手知道右手的主人是谁，他也应该知道如何跟她的家人联系才对。可是为什么他没有采取和古川鞠子案子一样的做法呢？

“她爸。”妻子在厨房里叫武上。

武上抬起下巴问道：“什么事？”

“浴室里安静得过分，那是筱崎先生吧？不会有事吧，你去叫他一声。”

武上站起来，走向浴室。隔着玻璃门叫了一声，没有回应。他打开门探头看了看，筱崎靠在浴缸边缘，睡得正酣。

武上推推他说：“别睡着了。”

筱崎吃惊地睁开眼睛，一不小心整个人滑入浴缸。“对……对不起。”他边吐水边解释道：“因为太舒服了。”

“睡着了会死人的。”

“是，我就出来。”

关上门时，武上听见里面低声抱怨：“又不是在雪山，睡着了会死人。”他心想下次要给筱崎一份参考资料，让他看看因躺在不断加温的浴缸里睡着而溺死，最后整个身体被烫熟的死者照片。

刚才筱崎的头发飘出香味，这家伙一定是用了女儿的洗发水。武上的女儿正值青春，坚持不跟父母和臭弟弟用一样的毛巾和洗发水。她有个人专用的清洁用品，别人擅自使用就会惹怒她。为了不让筱崎在家惨遭女儿的修理，看来吃过饭后还是早点回总部为好。

武上顺便走到门口瞧瞧，见信箱里有晚报。家里订了三份报纸，光是晚报也是厚厚一叠。他将晚报拿到客厅准备阅读时，筱崎已经走出浴室，并跟妻子道谢。身上换了干净的衣物。

晚报没有新的报道，只是忠实地记录了今天上午记者会的内容。此外还提到目前正在继续对坂崎搬家中心周围的可疑车辆进行调查并讯问该公司相关人士。

“有什么消息吗？”筱崎问。他拿着装有麦茶的玻璃杯。他不会喝酒。

“什么都没有。”

发现古川鞠子的遗体后，调查总部里有很多人主张在不公开田川一义本名的前提下，对外宣布总部已锁定嫌疑人并进行调查的事实。换言之，他们是想强调调查总部并非什么都没有做的积极派人士。

但最后积极派的意见还是被压了下来，武上也认为这理所当然。鞠子的尸体被丢弃在现场的时间还未确定，但可以肯定是在发现的前一晚。其间田川一义待在大川公园附近的家里，一步也没有外出。负责监视的专案组已经确认这一点。总部今后应该也会减轻对田川的调查力度；如果还要继续监视，也会进行再检讨吧。强调已锁定嫌疑人并进行调查的说法无疑是自欺欺人。

关于调查方针的主张也因为这件事分为两派，一派主张继续锁定单一嫌疑人，另一派则建议加入有同伙的观点进行调查。如果选择前者，田川因为有不在场证明，自然没有嫌疑。可是他为什么要租车在大川公园附近徘徊？没有找到令人信服的答案之前，他还是令人怀疑。

“大概是《周刊邮报》吧。居然写文章称调查总部无能，是群饭桶。”

“现在无论被怎么写，我们都没话说。”武上说话的时候，电话铃声响了。他拿起话筒，听见了秋津的声音。

“是武上吗？”秋津急切的问话，让武上意识到出事了。

“怎么了？”

“你有没有看《日本日刊》？”

那是一份专门在车站前的小店零售的晚报。

“没有。上面写了什么吗？”

“田川的事走漏风声了。”秋津与其说是生气，毋宁说是无奈，“虽然没有指名道姓和刊登照片，从报道的内容可以知道写的就是田川。”

“标题呢？”

“连环女子绑架杀人案的重要嫌疑人。到底是哪里走漏了风声？”

“一定是总部。”

这是被压制的积极派故意泄的密。泄密对象不选择七大报而是晚报，让武上心生厌恶。

“根据田川专案组的报告，电视台采访车已经出动了，大概是掌握了详细信息。他们会问田川什么吗？”

武上挂上电话，回头对筱崎说：“我们回局里。”

塚田真一将刚送来的可口可乐一箱箱搬进仓库。因为身上的制服太大，站起来坐下去时都必须拉一下裤腿。那样子店长看了也觉得好笑。

在前畑公寓生活之后，真一立刻在附近步行不到十分钟的便利店找到了打工的机会。尽管父母留给他的钱足以应付目前的生活开销，但他并不想游手好闲。毕竟整天闲着的生活不很健康；而且在还不清楚樋口惠的动向前，他也不能回学校上课。因此他认为打工是最适当的做法。

这里原来是卖酒的杂货店，以加盟方式变为大公司旗下的便利店。原来杂货店老板的儿子现在是店长，才三十出头。他是前畑昭二的小学同学，现在两人还经常一起喝酒。

这是份很合适的工作，真一立刻就习惯了。店长的妻子个性开朗大方，比滋子更用心地照顾真一。因为男式制服裤没有更小的尺寸，她说要帮真一修改腰身，可就是找不到空闲的时间。

搬完可乐箱后，真一拿拖把擦地板时，隔着自动门的落地玻璃看见滋子一手抓着钱包，急匆匆地走来。因为不耐烦等待红绿灯，直接从车与车的间隙中穿过马路。真一不禁疑惑地伸长脖子。滋子已经一脚踏进店里。她立刻走到收银台前，从架上取了一份晚报说“你好，我要这个”，脸上没有笑容。

负责收钱的店长问道：“怎么了，滋子？”

滋子将钱包夹在腋下，直接翻开晚报阅读。她拿的是《日本日刊》。

“有什么消息吗，滋子姐？”真一问。滋子咬着牙，专心阅读报上的文字。真一也跟着一起阅读。

“连环女子绑架杀人案的重要嫌疑人？”

他眼睛睁大了。

“嫌疑人。”滋子喘了一口气，视线离开报纸时才说道，“大川公园事件的嫌疑人出现了。电视新闻也在报道，又是 HBS 台。”

“电视台？又开始了？”

“是的。报纸还没写，电视台的人已经跟嫌疑人接触过了。《日本日刊》和 HBS 是兄弟公司嘛。结果这家伙还接受采访，新闻闹得很大。”

“那不就是独家专访？”店长说。

“好像是住在大川公园附近的人。我是想利用广告时间先过来读报纸。小真，你跟我一起回家吧？”

滋子小跑着离开了，店长看看手表说：“没办法喽。”

真一向店长解释：正在帮滋子做些事。

“那你明天多做一小时补回来。”

“对不起。”

真一拉着裤腿，紧追在滋子后面。

脸部打了马赛克，声音也作过处理的嫌疑人田川一义十分健谈。

他说，在 HBS 采访小组跟他接触之前，他完全不知道自己已被列为这一连串案件的嫌疑人。为什么会这样？他想不通理由何在。

采访的记者说出了田川的过去及有人目击他租车在大川公园附近逗留的事实。田川立刻语气激烈地为自己的过去辩驳：“那不是我做的，我是被人陷害的。”

他说，当时有一个二十七岁的同事才是“更衣室色狼”，干下针孔拍照的是那个人。

“可他是因为总经理的关系进公司的，做出这种事被人知道就糟糕了，所以拿我顶罪。”

记者问他，为什么不在公审时说出来，证明自己的清白？

“如果那么做，不拖上十年、十五年是等不到审判结果的，什么事情都会吊在半空中。我虽然不甘心，可是也不希望搭上自己的人生。所以才会很快认罪，希望判轻一点就算了。”

记者解释，这种案件跟杀人罪不一样，不会拖太长时间。没想到田川反而声音更大地说：“你又不是当事人，你知道什么！”

田川的过度兴奋几乎打断了采访，过程都被拍摄下来播放。于是记者换个话题询问，九月四日、十一日、十二日分三次托朋友租车，一再不厌其烦地在大川公园附近绕是为了什么，尤其十一日是案发前一天？

田川一下子安静下来，就像乌龟察觉危险立刻缩头一样，他采取了防卫的姿势。他说，他没有去大川公园。自从被人陷害获刑，他就不相信别人，连出门都很痛苦，所以请朋友帮忙租车。当时是外出拍摄野鸟，到有明的森林四处走走，究竟跑了哪些地方也记不清了。

占用整个午后社会新闻节目所做的专访，其实内容并不长。后半段是将收录的内容重复播放，最后总结概要便结束了。新闻炒得很大，但真正能够作为线索的部分还值得商榷，而且也没有提到警方是否会就这一事作公开说明。

前畑滋子一边用录像机录下这段专访，一边仔细盯着画面上的田川一义。其实现阶段对身为观众的她而言应该是“T先生”。她注意听他说的话、观察他偶尔出现的模糊身影及手脚的动作等。

采访过程中，T很喜欢晃腿。尤其是答不出记者的质问时，晃得更加厉害。他想制止，于是将双手压在膝盖上，可是一旦膝盖开始晃动，连手掌、手臂和肩膀也跟着摇动。这些滋子都仔细地观察到了。

T的手指纤细得不像男人，右手中指上戴着一枚做工精细的戒指。是宽一厘米多的银质大戒指。他身穿旧牛仔裤，脚上是破球鞋，那枚银戒指在他身上更是大放异彩。

说不定对T而言，那是具有特殊意义的纪念品。滋子为了看清楚，好几次探身靠近电视机。可是看电视很困难，所以节目结束后她立刻播放录像，找到画面后暂停，仔细观察。可惜东西本身就很小，很难看清楚。好不容易只能看出表面并非光滑，而是有一些凹凸不平的浮雕。

“发现了什么吗？”坐在滋子身边的沙发上，安静看电视的真一发问。

“没什么。我只是觉得他戴的戒指有些稀奇。”

“戒指？”

滋子再一次将画面定格，指给真一看。真一点点头道：“哦，这个啊。”

语气很平淡，说不定他是觉得滋子怎么会注意这种小地方。

“你觉得怎样？”真一又问，“这家伙很有问题吧？”

“不知道。”滋子诚实地摇摇头道，“首先他开的车在大川公园被目击的证词是从哪里来的并不清楚。就算是警方发出的消息，可信度也是问题。”

“关于这个采访，警方什么意见都没有表示。”

“至少目前还没有任何表态。”

“电视台一开始就这么做了，以后不会出问题吗？”

“那个人答应接受采访，应该不会有问题。”

真一耸耸肩道：“这家伙为什么肯出面呢？”

滋子看着真一。他还盯着定格画面上T打着马赛克的脸。

“他难道不知道，出面接受采访根本不会有好事吗？结果还不是只被挖出过去的丑事吗？”

滋子微笑道：“说不定他以前真是被冤枉的，所以认为这是控诉的好机会。”

真一眼神忧郁地说：“也许是吧，但也可能是说谎。通过电视骗大家说他被冤枉了。”

“嗯，两者都有可能。”

“情况还不清楚，就先给他说话的机会吗？”真一问，“不听听被这家伙偷拍的女人或其他知情人的看法吗？”

“说不定以后会出来吧。”

“可这样不公平，先到处乱说的人是他，是这位T先生！”

滋子噤口不言，看着真一。他嘴上说的是刚才电视上的采访，心里却好像想着其他的事。

“我去工作了。”真一起身离开。

回便利店途中，真一在公寓附近的公用电话亭打电话。他心想对方可能还没回家，还好是本人接的电话。

“是塚田同学吗？刚才看过电视了吗？”

是水野久美，真一带着洛基到大川公园散步时，和他一起发现垃圾箱里的弃尸的少女。

在离家出走之前，真一和久美逐渐说起话来。垃圾箱事件过后不久，有一天早晨真一带着洛基到大川公园散步，又遇见了久美。当时真一想装作没看见走过去，不料久美却追了上来。她说一直很在意自己在墨东警局会议室里的轻率发言，想要好好向真一道歉。

“我一遇到可怕的事就像疯了一样，居然很兴奋，完全没有考虑到你的心情，真是对不起。”

当时久美并不知道真一家里的事，所以没有什么好抱歉。她只是表示歉意，没有追问发生在真一家的悲剧。

第二天和第三天，他和久美还于同一时间在大川公园里碰面。真一已经开始为樋口惠的出现而烦恼，生活变得紧张不安，只有在早晨看见久美明朗的笑容才能微微平静些。久美先将电话号码告诉了真一，真一也将自己家的告诉她。这种交流是发生佐和市悲剧以来的第一次。

真一离开石井家后，久美还打过好几次电话，听良江说久美很关心他。所以在前畑公寓安定后，他也不时跟久美联系。

“我刚才看过了。”真一回答，“只是还不知道是怎么回事。”

“说得也是。好可怕。那个人感觉不是很正常啊。”

“国王和洛基还好吗？”

真一离家后，久美代替石井夫妇照顾洛基。她很喜欢动物，还跟真一说过将来想当兽医。

“很好啊。毛已经长齐了。”久美笑道，“有时候会找你呢。不断在院子里闻来闻去，然后对着楼梯大叫。”

“那家伙就是爱撒娇。”

报纸推销员送了两张电影票，久美问星期天要不要一起去看电影，这次是进口大片，口碑不错。

“人一定很多吧，因为不用钱。”

真一没有马上答应，久美问道：“怎么了？”

“最近和那家伙碰面了吗？”

他提到的“那家伙”就是指樋口惠。为了照顾洛基，每天要上石井家，久美已经和樋口惠碰过两次面。久美早已知道她的背景和紧追真一不放的理由。

“嗯……没有。”久美不太会撒谎。

“你们见过吧，什么时候？”

“昨天。”久美低声说，“我真是笨蛋。”

“你根本没必要说谎。结果怎样？让你受罪了，真是对不起。”

“也没有啦，还不是跟以前一样。她只是瞪着我，在石井家门口走来走去。我后来帮洛基洗澡……”

久美的语气有些不对，真一知道绝不是跟以前一样。

“那家伙对你做了什么？”

沉默一阵子后，久美回答：“她跟我说话。”

过去樋口惠都没有直接跟久美接触，只是远远地看着她。这真是令人意外的举动。了解过去樋口惠做事态度的真一觉得樋口惠应该早就会逼问久美：你是真一的朋友吗？知道真一在哪里就告诉我！可樋口惠此前始终没有这么做。或许，同一年龄层的女孩之间有一道看不见的障碍阻隔了彼此。

“她跟你说了些什么？”

“她问我，石井太太不在家吗？”

“阿姨不在家？”

“她去买东西了。”

久美说石井良江不在后，樋口惠抬头看了二楼的窗户一眼，然后回头问久美：“你多大了？”

久美吓了一跳，隔着浑身泡沫的洛基看了樋口惠一眼。樋口惠高挑眼角显得气势凌人，但不像是精神错乱的样子。

久美回答："十六岁。"

"不错嘛。"樋口惠说，"生活轻松、不知辛苦，只要操心自己的事就够了。"然后扭头便走。

"我听了很生气。"久美气愤地说，"不知道谁才是只操心自己的事情，我很想大声吼回去。"

"还好你没那么做，万一她扑过来可就糟了。"真一笑道。

声音听起来是笑声，但映在电话亭玻璃墙上的人影却一点笑容也没有。

"你不跟负责的检察官和律师谈谈她吗？"

"已经在电话中谈过，他们说会立刻制止她。"

"可是没什么用吧。至少现在还是每天来。"

大人的忠告、哭劝或警告，只怕对樋口惠起不了作用。真一对此也不抱期望，反而认为这是他和樋口惠之间的战争。

战争？为什么而战呢？真一脑海中浮现出刚才在电视中看见嫌疑人T痉挛般不断摇晃的枯瘦膝盖。心中有话能对社会正当发言的人，才不会做出那种失礼的动作。可是用这个做判断的标准太危险，T也有说话的权利。

是不是谁能迅速、有效地将想说的话表达出来，尽可能让媒体广为宣传，就能获得社会的信任呢？现行善恶判断的标准就是这个，T才肯出面接受采访。樋口惠要让真一和樋口秀幸见面，也是认为那是让樋口秀幸的说辞进行社会宣传的最佳手段吧。

人们都下意识地认为是这么回事。宣传决定了善恶，决定了正邪，分辨了神与魔。法律和道德规范其实只存在于外围。

樋口惠会不会对媒体说话呢？下一步，她是否也会采取这种手段？在她激烈的情绪下隐藏着富有战略的头脑，她是否会命令自己这么做呢？

16

“嫌疑人 T”此后也充斥电视新闻和报纸周刊的报道中。自从发现古川鞠子的尸体以来，对毫无进展的事件而言，他的存在正好是一大刺激。

他个人对于媒体的态度及距离始终如一。可以上电视、接受拍摄、经变声处理，但说的话千篇一律，只是热切地控诉过去被冤枉，坚决否认与案件有关。

然而进入十一月后，情况全然改变。最早和 T 接触的电视台是 HBS，这一次他们又捷足先登。十一月一日晚上七点 HBS 播出了紧急报道。

这一次是 T 现场演出。与其说是紧张，应该说是在莫名兴奋的气氛下，黄金时段的特别节目如期进行。

演播室里除了主持人和助理外，邀请的来宾有推理小说家、女评论家等。在他们的座位旁边隔着一道偏光玻璃屏风，田川就坐在屏风另一头。

被称为“T 先生”的他，不是以原声接受访问，观众也只能看见他模糊的身影。偶尔为了让观众能感受到他确实存在，不时会拍他的膝盖、脚尖、手的动作等特写。

他包裹在退色牛仔裤里的膝盖依然摇晃得厉害。双手为了抑制晃动压在膝盖上，却使肩膀显得僵硬，展现出比以前上节目时更加愤怒的情绪。仿佛是要指责什么人似的，他头部前倾，对于提问反应激烈。很显然，通过过去的专访，他已经十分清楚自己扮演的角色——牺牲品。

二十一日的特别节目可谓是媒体再度扯调查总部的后腿。但总部没有召开记者会，也没有禁止媒体报道，而是采取妥协的做法。在发给记者的文字说明中承认田川被列入调查对象名单，也曾对他采取过监视行动，并公布古川鞠子遗体被弃时，田川有不在场证明一事。田川虽然稍有嫌疑，但缺乏决定性证据，所以警方已经解除怀疑。从字里行间也可以读出，目前共同调查总部不仅不打算逮捕他，他在总部的“嫌疑人”地位也已相对下滑。

换言之，警方这样处理委婉地表示这次走漏风声的情报其实不太具有价值。要吵要闹是媒体的自由。

HBS首当其冲，田川也毅然对立。他摆出生气的姿势，就是因为警方这种态度。当初在专访中他明明说“完全不知道自己已被列入这一连串事件的嫌疑人名单”，但是在今天节目中却冒出许多新的说法：“我发现自己被跟踪，感觉很害怕。”“朋友打电话告诉我，说警察来问过有关我前科的事。”

HBS与其说是观察警方的反应，以田川可能是真凶作为提高收视率的赌注，更应该说是将田川定位为“因犯有前科被当作嫌疑人的牺牲品”，同时也是对共同调查总部净作些无谓调查，无法进一步找出嫌疑人线索的傲慢与无效进行批判。HBS认为目前这种做法更可行，因此节目是从一开场先回顾事件概要，与田川如何接触和听他的控诉；之后探讨警方处理这类案件技术之不纯熟，比较欧美做法列出问题，还不时穿插田川的发言。

另一方面，演播室内架设了二十几台电话，接受观众以电话或传真方式提供信息。在特别来宾发言与田川回答问题之际，此起彼落的电话铃声便成了背景音乐。其目的是为了让全国观众看见有许多信息进来，而且尽管只是一些信息，电视台还是很慎重地处理。

有马义男是在家里收看电视的。

十月二十一日下午的社会新闻，一开始T出现，义男并不知道，他在忙着看店。傍晚客人越来越多时，才有人告诉他，已经抓到害老爹家的嫌疑人了。他赶紧去打开电视。虽然只看了报道的后一部分，加上客人帮他补充说明、有人拿《日本日刊》给他看，总算知道了大概。

刚听见这一消息时，内心充满了期待，简直都快要窒息了。嫌疑人抓到了？光是听见这句话，整个人兴奋得微微颤抖。可是好不容易冷静下来，搜集各方面的说法和公开的信息后，那股令全身颤抖的兴奋变成了冰冷的失落，一路滑向脚尖。

可他还是收看了 HBS 的特别节目。怎么可能不看呢？虽然 T 受怀疑是个错误，不，弄错的可能性很大，他还是无法不看 T。隔着偏光玻璃看不清楚他的脸形和体形，十分遗憾。义男知道只要撤去屏风，清楚看见活生生的对方，他就能判断是不是杀害鞠子的凶手。没有理由，他也说不出根据何在，他就是能够判断。

鞠子一定会告诉他，说就是他，就是这个人。就像开启天眼一样，一道明亮的光落在义男脑海里，照见鞠子手指的方向。

节目正好回到话题人物田川上。嘉宾推理小说家问田川，租车在大川公园附近徘徊被人目击时正在做什么？是目击证词有误，还是他根本就没有去公园？

“我没有去。”田川用处理过的声音回答，“已经是两个月前的事了，我记不太清楚。”

“一开始为什么要租车？”

“因为要拍照。”

“那你记得是要去哪里拍什么吗？这跟你不记得晚饭吃什么，意思有些不太一样。”

田川支支吾吾说不出话来，主持人立刻插话道：“记忆这种东西本来就是很模糊的。”

另一个嘉宾立刻接道：“没错，毕竟，为什么租车是个人的自由，没什么可怀疑的，追究别人租车的目的，根本就是侵犯隐私权。犯罪调查固然重要，可也不能侵犯了同样重要的个人自由，不是吗？我觉得个人自由应该摆在第一位考虑。”

“这么一来，犯罪调查几乎无法进行。”

“不是这样的。都是因为我们的警方还停留在过去的做法上。抓到嫌疑人就严刑逼供，所以不知制造了多少冤案。”

义男心想，这节目究竟是为什么而做的？他们在吵什么？有什么帮助吗？

广告画面中断了两个嘉宾的争论。屏幕上出现一个跟鞠子同龄的女孩，那是速溶咖啡的广告。接下来是化妆品广告，还是年轻女孩主演，画面中呈现一张嘟起的擦着新口红的嘴唇。然后是女士内衣的广告，一个上身只穿着文胸的女人打开门，从快递员手里接过包裹。这个报道被人分尸弃尸在公园垃圾箱、被缢死后丢在公园滑梯上、埋在土里化为白骨后被遗弃在别人家门口等年轻女子遇害案件的特别节目，其赞助广告的画面上出现的竟都是活泼美丽的年轻女子。这很可能会驱使某种具有犯罪倾向的人做出危险的事来。

义男亲眼看见、亲耳听过、亲手触摸过鞠子的过去、消失及回来成为一堆白骨。在他眼里，广告中年轻女子乱舞的艳姿，并非是为商品作宣传，而是在呼吁：画面上的女孩就像我们的玩具，漂亮的玩具，一换再换的玩具，抓来杀掉掩埋也无所谓的玩具。

杀鞠子的，不是别人，而是接受呼吁的人，不是吗？出面呼吁的不是鞠子！不是右手被切断的女子！也不是那个倒霉的女高中生。明明是别人出面呼吁的，受害的却是鞠子她们。这种情况是什么时候开始的？是谁让它开始的？又有谁能够制止呢？

至少不会是电视台，电视台是没用的。义男这么想着，关上了电视。但这时演播室的画面重现，情况也完全转变。

会议室里的警察大声通知后，武上冲到走廊上，筱崎跟在他后面。两人一踏进会议室，电视画面正从接线中心的电话特写切换到摄影棚里主持人身旁的电话上。

“嫌疑人打的电话吗？”武上指着画面大声问道，“在哪里？哪一部电话？”

“已经接通的那一部。”

“录下来了吗？”

“已经在录了。”筱崎回答，并探身将音量调大。

画面中，主持人一脸紧张地接过话筒，贴在耳边。“喂。”口齿清晰得就像演技很差的演员在念台词。

“喂。”

通过话筒，对方的声音响亮地传出来。就是那个变声器传出的声音。

“嫌疑人打了演播室搜集信息的专线。”武上身边的警察解释道，“好像是在广告时间打的。电视台立刻转到这部电话上。”

画面下方打出了专线电话的号码，以及“目前线路十分繁忙”的字幕。

“向坂先生，你好啊。”变声器尖锐的声音直接叫出主持人的姓氏，“我一直在看这个节目，很有意思嘛。”

主持人完全吓呆了，抓着话筒的手不断颤抖。“请问……请问你是哪位？”

“我吗？我没有名字啊。”

武上反复听的录音带里的声音就是这个语气，一定是那家伙，没错！

主持人用力吸了一口气，下定决心似的说：“刚才你打电话到我们专线，说你是这个案子的凶手，还说有些事想说，是吗？”

尖锐的声音显得很高兴：“没错，我是那么说的。你们好像不太相信我说的？”

“你所说的都是真的吗？”

“我何必说谎呢？”

演播室里一阵慌乱。

“那么你就是凶手？”

“你们可以这么认为，但我是无名小卒。”嫌疑人又笑了，“跟那位出面上电视却又故意将身体藏起来的T先生相比，我真的是无名小卒。”

镜头转向T。玻璃屏风这边的人影和另一边的嘉宾一样大小，主持人则较为靠前。

“你是想表达什么，才打来电话的，是吗？”

“你对我说话不必那么客气，我可是女性之敌，是日本国民之敌！”

“可我们还不知道你是不是真凶。”

“那么你们跟警察一样，跟被你们批评没用的警察一样。”

画面角落出现助理拿着写字板提示主持人。不久有人从那里经过，遮住了摄像机。

“我是要跟T先生说话才打来电话的。”变声器说，“我有些事跟他商量，可不可以让他听电话？”

主持人目光游移，在寻求工作人员的指示。为帮助慌乱的主持人，一位嘉宾大声说道：“你的声音整个演播室都听得见，你也是边看电视边打电话的吧？所以你直接跟T先生说话就可以了。”

玻璃屏风后的T重新坐直了身体。

“不行，别出馊主意！”变声器嘲讽道，“我想把T先生从屏风后面拉出来。自己什么也没做，就想利用别人出名。我要看看这家伙长什么德行，也要让全国的人瞧瞧他的庐山真面目！”

“这家伙想干什么？”筱崎低声道。

武上瞬间意识到这是一场交易。就像嫌疑人对有马义男做的一样，他又要来一次。

“我要提出交换条件。”变声器说，“对伟大的T先生。”

武上双手抱胸，眯着眼睛注视画面。刚才变声器说的话正逐渐在他的脑海里沉淀，落在深处。

“自己什么也没做，就想利用别人出名。我要看看这家伙长什么德行……”

这种揶揄、轻视对方的说法，通常不会在这种情况下出现。学生时代的朋友吹嘘他成名了，但其实自己的实力比他强，才可能会这么说；地方上出了奥运金牌得主，有些人没有得奖也跟着坐上凯旋车时，也会有人这么说。好不容易完成的“丰功伟业”也许没那么伟大，但至少是件“好事”，偏偏跑出一个无能的人趁机想沾光，这些话应该是对这种人说的才对。

看来这个声音尖锐的人是将一连串杀人案当作“好事”、“厉害的事”、“常人做不到的事”而自傲。杀人其实是他积极表现自我的手段，就像登山者挑战世界高峰，一如运动员追求世界纪录？所以一旦出现有人擅自利用他的“功绩”，自然会出面予以反击。

“T 先生，你听见了吗？我在跟你说话呢。”

变声器大声呼唤，玻璃屏风后面的田川一义显然很紧张。摄像机只拍摄了他肩膀以下的部分，身体摇晃得更加厉害，看起来就像是画面不稳一样。

“你想说什么？”主持人尽可能镇定地问道，“你说的交换条件是什么？”

“我要 T 先生出现在电视画面上，说出他的本名。”

在一旁皱眉倾听的嘉宾推理小说家说道：“如果 T 先生答应你的条件，那你也愿意在媒体上露面，同时报上姓名吗？”

嫌疑人尖声大笑。透过变声器传出来的笑声，就像从前科幻片中出现的反派宇宙人一样，音色显得脱离现实。

“只有在你写的烂小说里，才有那种嫌疑人出现。我可没有那么笨。”

嫌疑人的说法引得演播室内一阵笑声。推理小说作家神情严肃，完全看不出受到人嘲笑的影响。但如果他发现站在角落里的女助理也笑了，肯定会张牙舞爪起来。

“你说的交换条件是什么？如果 T 先生当场露面，你要提供什么？”主持人抓紧话筒逼问，让武上联想到被上钩的大鱼耍得团团转的垂钓者。这场戏的主导权显然是操控在变声器手上。利用一部电话操控，相信他心里一定很痛快。

“HBS 有没有做逆向侦察？”

“应该没有。大概也不行，反正对方肯定又是用手机打的。”筱崎摇头说话时，电视画面下方出现字幕：“现在电话和传真的受理已经暂停，敬请原谅。”

可特别设置的接线中心还是响个不停，比此前更吵闹。

“我要提供的东西很简单。”变声器接着说，“很简单却也很重要。”

“你要提供什么？”

“就是大川公园发现的右手的主人的其他部分。”

这时，画面忽然转换成广告。

“搞什么鬼！这是……”前畑昭二扔出遥控器，“在最重要的时候，为什么要进广告？”

滋子坐在昭二旁边，一样盯着屏幕。这时她趁机喘了一口气，拿起烟。

“有什么办法呢？什么广告在什么时间播放，全部都输入电脑设置好了，现场无法立刻改变。”

“要是嫌疑人一不高兴将电话切了，HBS 要如何负起这个责任？”

HBS 没有逮捕嫌疑人的责任，今天也是来自嫌疑人单方面的接触。如果说媒体有权隐匿采访来源，那么 HBS 就没有义务向警方报告今天节目上发生的情况。可是滋子觉得昭二说得很对，那家伙对于自己的发言，尤其是他认为提供很重要的交换条件时被打断了，说不定会很生气。他就是这种人。

好不容易冗长的广告时间结束，播音员接着介绍：“以上节目是由下列厂商提供……”然后又是：“接下来的时间是由下列厂商提供……”电视台真是不懂变通！

终于一切结束，画面回到演播室，只见主持人一脸苍白。

“收看本节目的观众朋友，非常抱歉。”

听着主持人沉痛的话语，武上挠着头皮。警察也都一一咋舌、呻吟。

那个人切断了电话。据主持人说，广告一开始，变声器就怒吼道：“你们根本就无心听我说话。”同时挂了电话。孩子般歇斯底里的反应，是这嫌疑人可能的举动。

“果然搞砸了。”武上说。

“至少连电话也该好好接吧。”

“大概不会再打来了。”

“今天晚上是不可能了。”

“好不容易可以取回遗体！”

不对，这种情况下，不能说是“取回”遗体。武上心想应该说是嫌疑人好心送回，但他没有说出口。看来被上钩的大鱼耍得团团转的，还不只是HBS。

电视上不断重复电话结束时的录像画面，偶尔会穿插演播室的情景，接线中心的电话像发了疯似的全都响个不停。大概是观众打来责骂的吧。

田川一义似乎恢复了平静。嫌疑人切断电话，应该数他最放心。

可惜不能看见嫌疑人提出交换条件时田川如何反应。武上很想亲眼目睹。那不仅可以搜集嫌疑人的情报，也可以搜集田川的情报，而且还可以判断田川和嫌疑人之间的关系是陌生人还是同伙？是在其他方面有关，但在此案上无关吗？也许能从中找到一点点线索。

武上走出会议室，准备回自己的座位。还没走完一半走廊，筱崎就喊着追上来。

“武上，又打来了！”

武上立刻返回会议室，正好看见主持人努力抓着衣领上的小蜜蜂话筒说话。

尖锐的声音说：“如果你们答应不会有像刚才那样的干扰，我就继续说下去。”

主持人答应不会再进广告。武上不知道现场能否那么轻易做到，但是如果电话再度中断，相信节目负责人一定会人头落地。

“刚才我说过了，交换条件就是这样，T先生必须露脸，然后我将右手主人的遗体送回。”

“你能遵守约定吗？”

“当然，因为是我提出来的条件。”

“T先生，因为是这种情况，你可以吗？”主持人冲着玻璃屏风询问。

似乎等了很久，嘉宾议论纷纷。

“这怎么可以？岂不是让T先生一个人负责？”

“必须维护T先生的权利才行……”

评论家一副准备吵架的态势，目光充满挑衅：“你以为自己很厉害吗？像你这种只会偷偷杀人，而且专挑弱女子，然后打电话来乱说的人，其实最差劲！你知道吗？你根本就是史上最烂的人渣！”

“你是说不要只是弱女子，我去杀个大男人就可以了吗？”尖锐的声音问，“你是建议我去做这种事喽？”

武上想起来了，以前嫌疑人和有马义男通话时说过同样的话。不对，不是和有马义男，而是和他店里的员工。他记得读过报告。“你仔细看着，死老头。下次要是死了个男人，那可是你害的哟。”

评论家不甘示弱地回道：“你这么说是想威胁我，我才不吃你这一套。”

“我哪有威胁你！我本来就不想跟你这种自称评论家的人打交道！”

“你说什么？”

“你评论了什么？你有什么资格在那里说大话？世上的事情是你这样随便说说就能评论的吗？我倒要听你怎么解释！”

听着两人你来我往对骂，武上不禁背上直冒寒气。这家伙是不是变了一个人？

依然是满嘴歪理，依然傲视媒体和事件相关人士，依然语气尖锐，连遣词用句也没什么差别。

可就是哪里不一样。有一种很微妙且决定性的不同。武上认为，刚才那个因为切入广告而生气得挂上电话的人和现在这个跟评论家打舌战的不是同一人。

“是不是换了一个人？”他不禁出声询问，“不太一样吧？打电话的人换了吧？”

“你是说嫌疑人吗？”筱崎不解地反问，“是吗？感觉不出来。”

“武上，你想太多了。”一个警察说，“这种满嘴歪理的家伙，世上找不到几个！”

是吗？是我的错觉吗？

关于这些案子是同一嫌疑人所为还是团伙犯罪，目前尚无定论。调查会议上还无法达成共识。这种明显跟性犯罪有关的连环诱拐案，多人共同作案的情况在国内算是少见，尤其发展成杀人案更是前所未有。因此也有可能是单独犯案，但缺乏证据。考虑到嫌疑人的行动力，也有意见认为多人犯案的可能性较高。这也是尽管田川在某些事件发生的重要时间点上有不在场证明，但却不见得完全摆脱嫌疑的理由。

凶手有两人吗？

“跟你说这些也没什么用。”变声器说，“问题是T先生，我想听听他的意见。他肯不肯答应我提出来的交换条件？到底怎样？”

玻璃屏风后面的田川身体晃动得更加厉害了。在无所遁形的演播室里，这个人只能躲在玻璃屏风后面不断晃动身体，显得十分滑稽。这里没有人站在他这边。

可是他毫无动静，不管主持人怎么呼唤，他就是不应声。武上竖起耳朵倾听，夹在他身上的话筒是否能传出他急促的呼吸声或因激动产生的衣服摩擦声。

“这可是你成为英雄的机会啊。”变声器说，“但是T先生，你实在太小看媒体了，我可要给你一点忠告。现在的你只因为有前科，就被因抓不到嫌疑人而紧张的警方怀疑，成为牺牲品。可那也只是现在，毕竟你不是纯粹的代罪羔羊。你只是因为值得怀疑而被怀疑，世人也很清楚这一点。就连电视台也是等你没有利用价值后，拿走你站上牺牲品舞台的楼梯，不管你的死活。”

武上不禁十分佩服嫌疑人这番话，他说得很对。大部分思维正常的人都明白这个道理，却不见得能诉诸语言。

“抓住我给你的机会，至少还能成为一小部分英雄，比较说得过去。”

田川扭曲的背影有些动摇，似乎想站起来。武上也紧张得身体前倾。

“对！就是这样。”变声器喝彩道。

“笨蛋！他该不会真的想露脸吧？”筱崎出声道，“他根本不知道这是怎么回事！”

田川从椅子上跳了下来。主持人立刻扬声制止：“T先生，真的可以吗？”

田川又坐了回去。可武上知道他还是很在意变声器说的“成为一小部分英雄”。

不只是犯罪的人，容易干下某种案件的人之所以会误入歧途，其实不是因为激情、偏执或金钱欲望，而是犯了英雄主义。这是武上长年从事警察工作学到的真实。不论是酒醉打架，最后杀了人，还是手持器械抢劫，最后射杀了人质，还是只因为后面的司机按喇叭就将其刺死，或是因为在车厢内吸烟被人制止，就将对方拉出车厢推下月台，这些犯事的人都是因为犯了英雄主义。自己是英雄，其他人跟我不一样。我就是英雄，绝对错不了，那些家伙凭什么对我说东道西，简直不想活了！

你们这些只配爬在地上的人，都跪在我这英雄面前吧。这就是他的心声。没有人比他更喜欢“英雄”这两个字，更希望君临天下、备受赞赏。现在田川扮演“受到不当压迫的牺牲品”，也是一种“殉教者”色彩很强的英雄。

田川一定会站出来。武上紧盯着画面上躲在玻璃屏风后面的扭曲人影。

“你的行动关系着那个可怜的右手主人的命运！”变声器说，“她能不能回家，就看你怎么行动了，T 先生。”

变声器说话的方式很沉稳，像是在激励对方，却令人感觉不出自身的兴奋。武上不禁更加疑惑，他是不是变了一个人？这家伙跟一开始打电话过来的人、过去打电话给有马义男、电视台和坂崎搬家中心的人，难道真是同一个人吗？

以前的家伙虽然装作气定神闲，但最后总是自己先恼起来。他的确头脑不坏，但很容易为一点小事动怒，说话也跟着杂乱起来。甚至要求有马义男承认“我是可怜的糟老头”，根本就是一种歇斯底里的状态。

可是现在的尖锐声音不一样，他显得更成熟。

“现在你能做的，而且是最正确的事，就是接受我的交换条件。”变声器苦口婆心地劝道，“如果不听我的话，你一定会后悔的。”

玻璃屏风后面的田川抬起了头，至少画面上看起来是这样。他对着话筒问道：“我一出现在镜头前，你真的就会归还那个右手主人的遗体吗？”

演播室里安静无声，只有电话铃声响个不停。所有人都屏气凝神地看向田川。

“那当然。”变声器回答。

“你一定要遵守约定。”

这时，原本十分嘈杂的电话铃声一起停止了。

田川一义在沉默中缓缓起身，一边在意胸口的话筒，一边走出来。在镜头前，在全国观众面前，现出了他的真面目。

“这家伙……”喝到一半的咖啡杯在嘴边，前畑昭二吃惊地说，“原来是这家伙？这家伙长这样啊。”

现身的T先生自称是田川一义。田字刚说完，变声装置才解除，只听见他用真正的声音说出“川一义”，比想象的要柔和好听。

他细长个儿，皮包骨头。衬衫搭配牛仔裤的装扮，和一头没有梳理的头发，看起来比实际的二十五岁还要年轻四五岁。

“看起来就是没有责任感的长相。”昭二继续批评道，“像这种长相的人，最近倒是四处看得到，不是吗？”

滋子盘着腿坐在昭二身旁的沙发椅上，手指夹着一根点燃的香烟，眼睛则直视电视中田川的脸。她没有回应昭二的询问，而是下意识地咬牙思考。

刚刚打工回来的塚田真一坐在厨房吃晚饭，他拿着碗筷一动也不动地注视着电视。

“他真的答应嫌疑人了。”真一说，“他真的肯出面。警方会怎样呢？有没有在看电视？”

滋子一脸害怕地沉默不语，昭二便回答：“还能怎样？是因为他在上电视，真凶打电话过来，这个人又不是嫌疑人。”

“也有可能是一开始就设计好的。”

昭二说话声音太大，滋子按遥控器增大音量。

变声器什么都没说，田川一义胆怯地报上姓名后也没有说话。主持人出来打圆场：“喂，你还在吗？喂……”

“是的，我还在。”对方答复道。

“你也看到了，田川先生做到了你的要求。”

“是啊，他还挺年轻的嘛。”

滋子的眼睛因为烟雾眯了起来。变声器居然说对方“挺年轻的”。他才是被人推断为年轻男子呢！

“田川先生，谢谢。”变声器说，“可你只是自我介绍还不够。”

“什么意思？”主持人问。田川也紧张得更加僵硬。

“田川先生不是有前科吗？什么时候做过什么事，不妨说来听听。以前他不是说那些全都是被冤枉的吗？既然如此，说出来听听应该无妨。”

“可是……这未免……”

“本人要是不方便说，你代替他说也可以。”变声器笑道，“总之，只要让观众们听清楚就好了。”

“这样不算违反约定吗？你刚才是说只要田川先生露脸就可以了，不是吗？”

“既然嫌疑人要他说什么时候做过什么事，那就高高兴兴说给他听嘛。”

“全国观众应该也很想听吧。”

会议室里，警察们你一言我一语地揶揄。武上则撑着下巴看得入迷，表情十分严肃。

一开始打电话的时候，变声器显得很生气。跟在别人屁股后面凑热闹——这样的说法也许不太恰当，但他生气的性质与原因多少表现在其中。

现在欺负站在镜头前面的田川，感觉变声器已经不再生气了，但也不只是不怀好意地要求对方公开前科，而是别有目的。

主持人和变声器还在你来我往地争论，田川的脸色越来越苍白。过去他在节目中曾不断辩解“我是被冤枉的，真凶另有其人”，现在却又不敢开口。是不是在上次的节目之后，有什么重要人士，如律师之类，告诫过他，要他谨言慎行，不要自掘坟墓呢？

武上觉得这极有可能。忽然间会议室的门开了，有人走进来。那人推开挤在电视机前的人群，拍拍武上的肩膀，叫了他一声。

武上回头一看，是秋津。秋津眼神显得紧张，两道浓眉拉成直线。

“你来一下，有电话。”

武上立刻走出会议室。秋津大步穿过走廊，用肩膀推开总部办公室的门。

“什么电话？”

“有关田川的消息。一个大川公园西侧‘维拉大川公园’的住户打来的。”

两人一走进办公室，就看见一群人围在角落的电话前，中间负责接电话的是井上。坐在旁边的神崎警部立刻站起来，对武上点了点头。

“是一个叫桐野容子的家庭主妇，三十岁。”秋津递上耳机，“她说她的小孩曾被开车的年轻男人诱拐过，就是田川，绝对错不了！”

有马义男站在办公桌上的电话机前，十分犹豫。

电话机旁边摊着一本名片簿，来过店里的警察的名片夹在豆腐公会委员、大豆批发商、保健所职员、信用金库办事员等人的名片之中。共同调查总部警察的名片就像石堆里的金属一样，散发着特殊的光芒。其中武上悦郎的名片上还有用圆珠笔写的办公桌专线电话号码。当时他将名片递给义男，说：有什么事，随时都可以打电话联系，别客气。

隔壁公寓里的有马专案组还在努力执勤。义男也可以直接过去找他们，但在义男看来，那些警察太年轻了，他无法对他们说这么重要的事情。如果是武上，他觉得比较容易说话。而且武上在年龄上就像义男的儿子一样，给人一种安心感，或许是他独特粗犷的长相所致。

刚才义男一直想说，他觉得好像变了一个人。此刻正隔着田川一义与主持人对话的“变声器”，与以前和义男通过多次电话、嘲笑义男、撕裂义男心情的人好像不同是一个人。他无法具体说哪里不同，有什么证据，只是感觉“就是不一样”。

一定是换了一个人。切入广告，那家伙生气得挂上电话后，又再打电话进来，就是那时换人的。没错，现在的“变声器”是另一个人。

武上会相信吗？不会说是我想太多，一脚把我踢开吧？武上也许会说“有马先生，是你的错觉吧，我们都不那么认为”。但如果义男的直觉是对的，嫌疑人至少有两个或两组人。这对调查总部是个很重要的线索，而且今后的办案方向也会全然改变。

打电话跟他们说，还是放弃呢？

耳机中传出的女声有些颤抖。井上不断安慰对方并询问详情。桐野容子边哭边说，内容却多半是重复的。

“桐野太太，请你镇定一点。我将你说过的话整理一遍，你看有没有说错。”井上说，“桐野太太的女儿，即长女舞子，读小学四年级。她今年六月和朋友到大川公园玩，回来的路上被一个年轻男人叫住了。这是刚开始的情形，对吗？”

“对，你说得没错。”桐野容子连忙回答，“舞子是去练习骑自行车的。那孩子还不会骑，但是有辅助轮的话，她会骑。本来是说朋友要教她，结果两人吵架，朋友就先回家了。那孩子一个人傍晚五点还在公园里，我明明告诉过她五点之前一定要回家。”

“桐野太太，我知道了。就是舞子在一个人回家的路上被人叫住了吧？”

年轻男人见她一个人推着车，于是走上前说：“好像很重，我帮你推吧。”

“舞子因为听妈妈说过不可以和陌生人说话，就立刻逃回家了。是这样吗？”

“没错。可是那个人却跟在她后面。舞子真的是跑着逃回家的。”

“你还记得是六月几号的事吗？”

“日期我有点……”

“应该是六月初吧？那么第二次的情况怎样？”

“过了两三天，舞子又说要练习骑自行车，我有些担心，就陪她一起去了。小女儿宽子才两岁，我抱着她一起去。那天傍晚，也是五点半左右吧，我们走到公园门口正准备回家时，宽子说要尿尿，我带她去厕所。我交代舞子在门口等我们，结果出来一看，只剩下自行车，舞子不见了。”

桐野容子大声呼唤女儿的名字，公园里没什么人，路上和树丛间一片静寂。

“我吓死了，不断喊着舞子的名字到处找。结果舞子从公园门口跑过来，一脸苍白地大哭。她紧紧抱住我说，差点被怪人带上车，就是上次那个人。我一看她的脸，右眼皮破了流出血。我问怎么回事，舞子哭着说她推开那个人的手想逃，结果被打了。那人用手背打她，因为手上有戒指，伤了她的脸。舞子还记得是银色戒指。”

当时桐野容子害怕得想报警，但还是先回家跟丈夫说，结果被丈夫训斥：都怪你不小心。婆婆也说：这么丢脸的事，不要跟外人多说。小孩被色狼盯上，就是妈妈没用的证据！

“没办法，我只好忍耐，可是以后舞子便不能出去玩。我也害怕，所以开始接送她上学放学。但晚上还是经常睡不着。我先生和婆婆只知道训人，完全不为我考虑。”

后来没有再去公园，也就没有遇到那个怪人。可是到了七月，接到两次无声电话，附近邻居也好心出言警告，说窗外常有年轻男人偷看。我们母女吓得简直快要发疯了。

“我家住在公寓一楼，平常晒洗衣服会很小心，也尽量不走到阳台外面。”

“到目前为止都是维持这种状态吗？”井上问。

“是的。放暑假后，舞子好不容易才敢跟朋友一起出去玩。她一个人是不敢出门的，我也不让她出门。”

“我知道了。桐野太太你刚才看了电视，发现那个想带走舞子的怪人就是田川一义吗？”

“是舞子发现的。”

“因为看见他的脸？”

“不是，先看见了戒指。那人不是戴着银色戒指吗？舞子看见后就哭着说：就是那个人！”

武上双手按住耳机，对着井上点点头。

“后来那人不是露面了吗？她看到脸后，更是确认没错。舞子吓得抱住我不放。”

“现在舞子在你身边吗？”

“没有，我是一个人用家门口的公用电话打的。要是在家里打，一定会被婆婆阻止。”

“你说的我都清楚了，桐野太太。”神崎警部不断点头催促，井上立刻说道，“谢谢你提供的重要信息，请不必担心。我们会到府上拜访，详细记录你说的话，同时让你看田川和他汽车的照片，可以吗？”

“可是……我怕被丈夫和婆婆骂。”

“我们会说清楚，解除他们的误会。被怪人盯上，绝对不是舞子和桐野太太的责任。我们也会安排让你们安心地生活。这样可以吗？电话挂上后，请你赶紧回家等候。我是警视厅的井上勋，我们会有几个人过去，其中也包括我。我们马上就去，请稍等。”

“你们不会开警车来吧？那会……”

“放心好了，我们不开警车，会很安静地过去。”

井上挂上电话的同时，武上也拿下了耳机。

“我来准备田川的照片和刚才的节目录像带。”武上边起身边对神崎警部说，“还有六月时那家伙租车的照片。”

“总算知道那家伙租车是干什么了。”秋津心有不甘地握拳道，“可是为什么以前没有人说？‘维拉大川公园’也去过好几次了，根本没有一点风声！”

“大概是太害怕婆婆的淫威吧。”

因害怕跟案件有关、顾及体面，不管怎么问就是三缄其口的人其实不少。特别像这次被婆婆说是做妈妈的不行，小孩才会被坏人盯上的胆小媳妇之类的人，小区里应该还有很多。

总部办公桌上放着一台小液晶电视，早已拉长天线转到 HBS 频道。井上接电话时按了静音键，现在不知是谁又将声音恢复了。

变声器已经挂断电话。嘉宾正在讨论，田川没再回屏风后面，而是满脸通红地坐在主持人旁边。接线中心铃声不断，女助理将观众传真交给了主持人。

“这个变态的浑蛋！”秋津对着画面上的田川一义大骂，“我要掐断你的脖子。”

武上的视线从画面上移开，和神崎警部对视一眼。他还无法理清内心浮现的疑虑，却能抓住警部心中所想的事情。

那是令人毛骨悚然的推论，简直令人难以立即理清脉络。

变声器会不会早就知道田川在大川公园附近做了什么，因此才要求田川在电视机前露面？其实是希望受害者，可能不只是桐野舞子一人，认出田川后报警。嫌疑人是赌这个可能性，所以故意设计让田川出现在电视上吧？

调查总部里纷纷攘攘，武上小声说出想法，问神崎："是我想得太多了吗？"

"还不知道。"神崎摇头道，"太早断言很危险，也有可能是偶然。"

"武上，请给我最新地图。"准备出门的秋津大声唤道。

武上将刚才的电话录音带取出，起身离开时说："帮我准备到田川一义家的调查令。"

神崎警部嘴角带着笑意说："要求本人主动到局里接受讯问。我看这个英雄现在是不会逃避了。"

HBS的特别节目结束后，有马义男还坐在电话机旁边思考。名片簿依然摊开，随时可以打电话。可他还是下不了决心。

节目一结束，木田就从家里打来电话问："老爹有没有看电视？"

"好像在看一出奇怪的闹剧！我倒是从头看到尾。"

"还好吧？"

"我没什么事。"

"我倒是气死了，连晚饭也吃得不痛快。"

看来木田喝醉了。

"让你这么担心，真是对不起。"

"老爹为什么要道歉？你没有必要道歉。"木田有些口齿不清，"老爹这样是不行的，你是受害者。鞠子遭遇那种不幸，连你和真智子都被害得很惨，不是吗？可你却不生气，反而道歉。老爹一点错都没有啊！"醉醺醺的声音不断重复说道。

义男听了一阵后，才猛然想起来问："孝夫，刚才看电视，有没有觉得很奇怪？"

"哪里奇怪？"

"就是广告进来电话切断过一次，在那前后的嫌疑人，那奇怪的说话声好像是不同人的，我觉得。"

木田一时之间没有会意。"什么意思？"

"你不是也跟他通过电话吗？那时候的家伙和今天节目后面跟田川说话的人不一样，你不觉得吗？"

"是吗？我没有什么感觉，老爹很有信心吗？"

"倒也不是，所以不知道该不该跟警方说。"

"如果是不同的人会怎样？"木田低喃道，"有什么问题吗？也就是说今天打电话到电视台的家伙是假的！"

"不，不是这样。"

木田不大会喝酒，也不喜欢喝酒，现在却醉得口齿不清，大概是无法清醒地收看该节目吧。义男心想，我也该喝醉啊。

鞠子失踪以来，义男滴酒未沾。一开始是想在鞠子平安回家之前不喝酒，等到她化成白骨回来，义男的目标也改了。

理由只有一个，就是健康。他希望多活一天也好。

鞠子回来的时候，有马专案组的警察保证道：绝对会逮捕嫌疑人！这个仇我们一定会报！

可是究竟要等多久呢？一年？两年？据说杀人案的诉讼时效是十五年。也许要花上整整十五年。

在那一天之前，有马义男不能死。所以他不再喝酒，也戒了烟，定时服用降血压的药，晚上睡不着也勉强自己躺着休息，食之无味的饭也当作是药逼自己吞下。即便痛苦地活着，义男也祈求老天将年纪轻轻就遇害的鞠子的寿命给他；如果不能让鞠子复生，就将剥夺她的岁月给我这老头。义男不求"死"，而祈求有一双强健的腿。

"老爹，你怎么了？还好吧？"喉咙里像是哽住东西一样，木田含混地继续说道，听起来像是半带哭泣，"干吗要看那种节目呢？我也越看越觉得奇怪。老爹也奇怪，真是可怜，我实在搞不懂你。”

木田的妻子好像在旁边抢电话，一阵杂音后，换成她的声音说：“有马先生吗？对不起，我是聪子。真是不好意思，孝夫喝醉了，跟你胡说八道。”

“没有啦，孝夫倒是难得喝醉。”

“看电视的时候就越来越怪了。”聪子泣声说道，“他一边喝酒一边含着泪说，看着鞠子从小长大，然后吵着一定要给你打电话。”

聪子不断道歉，义男安慰过她后才挂上电话，抱着头沉思了好久。

这时，电话铃又响了，他以为又是木田打来的，拿起话筒一听——“死老头！”是变声器的声音。义男不禁站了起来。

“你还活着吗，死老头？难道不觉得比外孙女活得久很丢人吗？”

义男的心脏开始很久未曾有过的剧烈跳动。这是听到多次的过去一直被强迫听到的声音，有种生气的情绪，带点鼻音，显得孩子气。

对了！义男发现了。在镜头前引导田川说话的声音和此时听到的声音不同，就在于大人和小孩的差别。这家伙虽然有种难以预测的危险，但总是很孩子气。

“你……”义男好不容易从干燥的喉咙里挤出话，“你怎么又打过来了？”

“少啰唆！”变声器怒吼道，“不要质问我！向我道歉，快啊！”

又生气了，简直就像小孩的歇斯底里。虽然心跳得越来越厉害，义男还是说出了口：“你是为了发脾气而打来的，对吧？”

“为什么打电话是我的自由！”

“是吗？你和同伴吵架了吧？”

忽然一阵沉默，义男吸了一口气道：“你不是一个人，我说得对吧？我不知道你们是两个还是三个，总之不是你一个人作这些案子吧？说不定你是受人指使的。”

对方的呼吸顿时急促起来。是我说对了吗？我射中了红心吗？

“你刚才随便挂电话，被同伴骂了吧？结果打电话给电视台的角色被人取代了，于是你不高兴，来找我这老头出气，我说得没错吧？”

义男的手心都是汗水，他等着对方说话。

“笨蛋死老头！”就像吵架输了的小孩一样，逃跑之际还吐下一句狠话，对方挂了电话。

义男握紧话筒，仿佛想从里面榨出一些真实的片段。他闭上眼睛告诉自己，一定错不了，刚才的做法没错。我的确是给了凶手重重一击，对方第一次动摇了。

我不能着急。虽然很小，也是个胜利。我总算知道对方也是个人。我有时间，时间会站在我这边，我一定能逮到凶手……

听完有马义男的意见，共同调查总部立刻将HBS特别节目的录像带送去作声纹分析。

之前打给媒体及受害者家属的电话录音数据也作了声纹分析，结果推论出，提到将古川鞠子的皮包扔到大川公园垃圾箱的电话、要求有马义男到广场饭店的电话和打给日高千秋母亲的电话，都是同一人所为。

可是这一次……

打到节目中的人和迄今为止特定的通话对象是同一人吗？特别节目的广告前后，两次打来电话的人是否为同一人？

这两点必须澄清。分析使用的材料是录自电视的录像带，因为HBS拒绝交出直接录自那通电话的录音带。有关广告之后打来电话的人，只有打到节目的通话资料，不管调查总部怎么要求获得直接的录音带，电视台就是不肯答应。

分析进行得极其慎重。如果有马义男的想法是对的，广告前后打来电话的是不同的人，那么认为这一连串案件可能是多人作案的假设便有了佐证。过去也有人提到，就嫌疑人的行动力来看很可能是多人所为，只是苦于没有证据。如果声纹分析认定电话分别是两个人打的，将会是多人作案的重要补充资料。

接待有马义男的警察说道：因为是很重要的鉴定，至少要等上三四天才有结果。还特别叮嘱义男：其间如果接受媒体采访，千万不能说这事。

义男答应了。他明白这是有助于调查的重要线索，也根本不想做出妨碍警方办案的事，所以决定沉默到底。可是他不懂什么是声纹，也不明白要怎么分析调查。问了那名警察，对方也说不出所以然来，便问了其他同事，最后带了一名鉴定科的年轻警察来，说这个人知道，有什么问题就问他。义男有些不好意思，只得苦笑。

“声纹就是声音的记录轨道，最早是美国贝尔电话公司的科学家想到，分析和鉴别声纹或许是识别个人的有效方法。我已经忘了那个科学家叫什么名字。尽管不是很久以前的事，真是对不起。”年轻警察清楚地解释道，“一开始是战争中接收到德军通讯，于是开始了能否利用声音作个人识别的研究。当时成果不明显，直到一九六〇年，美国 FBI 才有兴趣，要求贝尔电话公司完成了今天声纹分析的基础。”

“你说的记录轨道是什么？”义男听得一头雾水。

“就是将人的声音录在磁带上，经由特殊装置阅读过后记录在滚筒上。那种由好几条线构成的波浪状图形，就是声纹。您可能在推理片中看过，现在都是由计算机分析和作数据处理的。”

声纹不会有重复，跟指纹一样。只是作为个别鉴定的材料比指纹要困难些。

“其中之一是录音媒体必须质量高才行，因为分析结果很容易产生误差，所以我们希望拿到 HBS 的原版磁带。”

“简短的交谈不行吗？”

“那倒是没有问题，只要九十秒就够了。这一次的倒是时间足够。”

还有一个问题是，同一个人的声纹会因年纪增加有所变化。在作比较分析时，如果一方的声音材料年代太久，就会增加判断的难度。

“但跟这次的鉴定也无关。因为有这些困难，法院并没有将声纹当作不可动摇的物证。只能当作是状况证据，在调查阶段作为方向性的判断资料而已。”

义男根据亲耳所闻，认为自己在电话里听到的声音和那个广告后拨来的电话声应该属于两个不同的人。但是他很担心机器无法清楚地判别，而且……

“他们使用了变声器，不是吗？机器会不会被骗呢？”

年轻警察笑得就像警察学校招生广告一样灿烂。

“您不必担心，就算使用变声器，声纹也不会改变。只要作分析鉴定就一目了然。”接着又扬起一边嘴角继续说道，“让您外孙女遭遇不幸的家伙看起来好像很博学，但对这件事好像不清楚。不只是声纹，对手机也不很了解。”

义男头一次听到这种说法，忙惊讶地问：“手机怎么了？”

“嫌疑人好像以为，使用手机就不会像使用有线电话一样被逆向侦察。的确，不能像有线电话一样找到拨号的电话机，但可以锁定发出信号的区域，查出是通过哪个基站的天线传过来的。如果连这一点都不知道，电话公司怎么向客户收费呢？”

这些事情，不仅警察们没说，连新闻报道也没有提过。义男抬头看着那警察，那是一张年轻、充满活力的脸。

“所以说过去嫌疑人是从什么地区打过来的，已经查出来了？为什么以前不告诉我？”

年轻警察立刻低头鞠躬，显然是说得太多了。

“这就不是我能知道的了。大概是调查上觉得不公开比较好，而且也没有必要跟您说吧。”

“可是……”

年轻警察打断想继续追问的义男，说：“虽然很难过，但还是请耐心等待声纹分析的结果。您的直觉正确与否，看分析结果就知道了。调查方针也会有所调整，说不定能更加接近嫌疑人。”

没办法，只能等待。过去不也一直在等待吗？今后还是要等待吧。至少等待声纹分析的结果只要三天，这点时间不算什么。过去不是有更多的时间毫无进展、黯淡地走过来了吗？

可这次的三天却不一样。

17

一九九六年十一月五日，星期二。

上周六开始的秋季连续假日到昨天结束。这一天，贯穿群马县赤井市东北部，有“赤井山绿色大道”之称的十二号公路挤满了前来欣赏红叶的游客。

开通绿色大道是在七年前的四月。因为地处赤井市山中，与JR线赤井车站间交通不便，这一地区比市内其他区域开发要晚。这条道路的开辟令该区域焕然一新。目前绿色大道的路线，是以明治中期为止林业还很兴旺时的林道为基础开辟的，留有许多急转弯和陡峭的路况。

在铺设这条路时，对赤井山南面斜坡也进行了开发。两百户小区的开发，吸引了市内著名私立综合医院到此实施改建计划，于是合成了一个附属医院、医疗看护设施配套的高龄人士小区开发计划。但是该计划最后半途而废，原因很简单，资金有困难。泡沫经济崩盘的余波，给北关东这个小城的小小经济活动带来致命的冲击。

提出这项计划的市议员不顾市议会的反对，强行发出该市自然保护林的开发许可。预定在此盖新医院的私立综合医院院长是他的岳父，因此这个开发计划一公布，就受到强烈抨击。他们那么强势，是因为来自东京的开发商很有兴趣，而且以大型都市银行为后盾的住宅资金专门融资公司也愿意大笔投入资金。

结果融资来源受到房地产交易的总量限制及敏锐地察觉日本经济开始走下坡路而抽身，连带影响了开发商的意愿。丧失强力支持的市议员与院长依然不顾周围冷淡的视线，一意孤行了一两年。就在小区规划完成后，所有答应入驻的大小商家一起宣布撤出时，他们才不得不死心。那时已是一九九三的秋天，赤井山开发计划全军覆没。完成整地工程便停工的小区建筑用地从此杂草丛生，钢筋骨架的综合医院和高龄人士小区在风雨中日渐锈毁，凄惨地矗立在南坡上。无人的山中只剩下绿色大道。

但对市民而言，这反而是件好事。贯穿赤井山的绿色大道，不论是春天花开或是秋天叶红，都是最棒的行车路线。越过赤井山到对面的小山市，还有个小山游乐园。过去要到游乐园必须走拥挤的干线公路，如今多了一条绿色大道可以通行。即使没有兴建小区和医院，绿色大道本身就疏解了一定的交通压力。

虽然跑掉了购物中心，但绿色大道沿途也陆续开了一些家庭旅馆、咖啡店和餐厅。不久，赤井市正式开放许可，在山顶建设休息站和展望台等设施。原本失去建造目的的道路，因为旅游用途而呈现出意外的丰硕成果。

但因失败而结束的开发计划残骸，则像丑陋的伤口一样，将废弃的钢筋、建筑工地等遗留在山坡上。由于不良债权的问题悬而未决，不能任意拆除这些产业，触景更令人生气。此外，这些废墟带来了鬼怪传说，居然吸引了市内甚至是东京的年轻人前来。他们称这些破败的建筑物是“鬼屋”，成群结队前来冒险，最后往往因彼此打闹引发伤害事件，或因为失足跌倒受伤。赤井市为避免一而再发生不幸，将该地区围上绳索禁止游人出入，但还是阻挡不了好奇的年轻人。

绿色大道在山腰入口和山顶的展望台各设了一个加油站。位于山腰的“绿色大道加油站”规模较大，共有五台加油机。此刻站在左边第二台加油机旁边，脱帽向加完油的客人道谢的员工是长濑克也，出生于赤井市的十九岁青年。

就在两天前没有当班的晚上，他去过鬼屋。他当时和女朋友聪美、聪美的朋友杏子及杏子的男朋友四个人一起约会。大家坐上克也新买的汽车，讨论去哪里兜风。聪美提议去鬼屋，克也没什么兴趣。他有一段时间很迷鬼屋荒凉的景色，但去过几次后热情也就降低了。

可是聪美她们态度很坚决。杏子感应力很强，很久以前就一直说要到鬼屋试试能不能感受到什么。克也不信什么通灵、感应力这一套说法，只是因为两个女孩热衷鬼打墙、鬼压身的故事，杏子的男友又只听杏子的话，不肯跟克也结成统一战线，克也只好心不甘情不愿地将汽车开进赤井山。

结果却十分凄惨。汽车行驶在绿色大道上，刚看见朦胧的倾圮遗迹，杏子就嚷着呼吸不过来，还说看见山坡上有许多白色东西飘来飘去。最后她说想吐，克也赶紧停下让她下车。晚上的绿色大道交通量不是很大，但开车前来探索鬼屋的年轻人大多时速超过一百公里，所以路上必须小心。聪美帮蹲在路肩的杏子拍背，自己也难过得快要哭出来。看着这一幕，克也打心里觉得无聊。杏子的男朋友只是下车站在一旁吸烟，丝毫不打算去安抚杏子。克也不禁觉得，真是一对怪胎情侣。这家伙要是带女朋友去宾馆，一进房间女友就吵着说有鬼，他大概只能发呆也不能生气吧。这种人实在没什么好交往的。

又是哭又是发抖了大半天，女孩们还是决定去鬼屋。开车时，克也为了抑制心中的怒气，必须发挥相当大的自制力。但是一个十九岁的年轻人让女孩坐在副驾驶座的自制力，其实用纸巾一擦就没有了。克也越来越不耐烦，车也越开越不稳，最后跟聪美吵了起来，气氛很难堪，根本没有挽回的余地。下次谁还会想去鬼屋嘛！

现场一片黑暗，什么都看不见。和聪美分别后，过了两天，感觉还是很不好。

今天虽是工作日，加油站却忙得很。大概是因为连续假日刚过，又是红叶季节。平时下午一点后有四十五分钟休息时间，今天是不可能了。快四点时，店长才招呼大家休息一下。克也饿得头昏眼花，步履蹒跚地走向后面的休息室。

休息室里还有一个打工的女孩，正坐在角落里一边看手提电视，一边吃三明治。好像是在看社会新闻，正好在报道最近炒得很凶的东京连环女子诱拐杀人案。克也一边将热水倒进买来的快餐杯面，一边嘲笑道：“小君如果不小心，说不定也会被杀了埋起来。”

小君一脸严肃地看着电视说："真的呢，我实在是怕得不得了！"

"只要不乱搭陌生男人的车就没事了。"

"也有可能被硬拉上车，不是吗？"她拿着吃到一半的三明治，对着电视摆手道，"如果被蛮力拉上车，根本抵抗不了！"

看来她真是很害怕。

"而且还会被带到哪里监禁起来。"

"只要偷偷带着手机或呼叫器，就能求救啊。"

"对，还有这一招可用。"小君认真地点点头。

她将最后一口三明治塞进嘴时，外面传来紧急刹车的声音，尖锐得几乎要撕破现场独特的空气。

"啊！"小君瞪大了眼睛。

克也不由得耸起肩膀，他也听见了撞击声，而且不是短短一声。连续的撞击声让克也几乎可以想象汽车被辗过及拉扯的画面。

冲出办公室一看，右手边的远方，沿着绿色大道斜坡的急转弯处升起了一道白烟。

过了午间的混乱，这时绿色大道交通比较顺畅。上山的车道比较空，下山的车道也没有太多车辆。听到车祸声音的人都放慢车速，探出车窗看出事的方向，有的将车直接开进加油站。店长大喊："谁快打电话报警！"

从后面冲出来的小君看着冲向天空的白烟，不禁双手压住脸颊说："好惨啊……"

克也问其他同事："烧起来了吗？"

"不知道，只看到冒烟。"

感觉上不像是浓烟，颜色越来越淡。

"我去看看是怎么回事。"

"我也去。"小君跟在后面。两人从路肩跑向斜坡，不久就看到了车祸现场。

绿色大道弯路很多，这是其中最弯曲的一段。从赤井山山顶一路蜿蜒下来，沿着山坡向右转个大弯，接着又急转回左边。克也习惯这条路，也对自己的驾驶技术有信心，所以从来不觉得可怕。但他知道这里发生过多起车祸。就在上个月，同样在下山车道，就有车因方向盘失控越线追撞对面来车而致人受伤。当时救援车将车头撞得稀巴烂的肇事车拖到加油站，克也他们还帮忙照顾伤者。

克也心想，这次大概不只是有人受伤吧。可是看不见出事的汽车，只能看见一道从下山车道开往上山车道的横切轮胎擦痕，而且擦痕消失是在上山车道的防护栏外，防护栏被撞得扭曲破碎。一对中年男女正站在那里向下张望。

“没事吧？”

克也站在这一边出声询问，中年男子则回过头指着悬崖下面。看来行驶在下山车道的汽车在急转弯处速度失控，冲到对面车道，并冲破防护栏跌下山崖。

“是你们的车吗？”

中年男子大声回答：“开什么玩笑！我们的是那辆。”

就在破损的防护栏下方约五米处，停着一辆宝蓝色轿车。

“我们就跟在后面，实在是件不可思议的事！”

一辆辆经过的汽车都放慢了速度。站在下山车道路肩的克也他们趁没车的间隙赶紧过马路。

“我们是附近加油站的。我们已经报警了，警车马上就来。”

“跟我们没关系。”中年女子尖声说道，“我们还以为他们加速想超我们，结果汽车在转弯的地方飞了出去。还好没被带过去。”

“真是危险，会摔下去的。”

克也站在防护栏边缘想往下看，小君一把拉住他的衣袖。

“放心好了。”

他小心翼翼地站稳脚步，探身一看，在十米下方的山坡上出现了一辆白色汽车的车尾。车头朝下撞上山崖，所以呈倒立姿势。

“哎呀！真够惨的。”

车身已经不再冒烟。感觉好像不是因为车祸才冒烟，那到底是什么东西烧掉了呢？

出事的车里不见人影。难道还被封死在车里吗？因为是倒立姿势，这么远的距离根本看不清楚车厢内部的情况。车牌号码倒是一目了然，是练马区的车牌，来自东京。

"好像什么东西烧了。"

"你也看到了吗？"中年男子皱眉道，"出车祸前就已经在烧了，车窗有白烟冒出。"

"真的吗？"

"嗯。"

同行的女伴也回过头点头道："他们的速度很快，我还吃惊地看了他们一眼。"

"说不定是因为车里失火，才会出事。"

"不管怎么说，两种情况都很奇怪。"

大概是撞击的关系，行李盖翻开了十厘米。由上往下看，好像汽车半张开嘴巴一样。

"恐怕要吊车才能拉上来。"

小君抓着克也的手臂向下张望，低喃道："里面的人死了吗？"

克也笑："什么嘛？明明害怕却又那么期待。"

"不是啦，人家才不是那个意思。"

小君嘟着嘴否认时，后面响起了警车的警笛声。克也跑到路肩上，对着逐渐靠近的红灯挥手。

"是男的。"中年男子说，"有两个男人在车上。"

"两个男人？"

"对，没错。"

"是年轻人吗？"

"不知道，我只在他们超车的时候瞥了一眼。"

"我想应该是年轻人吧，他们穿着很鲜艳的衬衫。"中年女子说。

警察一来，既非当事人也非目击者的克也和小君便回加油站去了。吊车与他们错身抵达现场。开宝蓝色轿车的两人跟警察说明目击的车祸状况后，也一脸倦容地来到加油站。

“明明跟我们一点关系都没有！”女方抱怨道。

克也一边帮他们擦车窗，一边笑道：“真是倒霉啊。”

“这可一点也不好笑。”

聊天之际，又听见了警笛声。克也抬头一看，说：“奇怪！”

果然是警车呼啸着经过加油站前方。

“又有车祸吗？”

警笛声立刻消失不见，想必是在车祸现场。

“为什么来好几辆警车呢？”

“如果是救护车还有话说。”

“吊车也来了，拉上来应该很费事吧。山崖那么陡，得先固定挂钩，让救援人员下去，应该很困难吧。”

就在他们你一言我一语闲谈时，又一辆车从加油站前呼啸而过。这次不是警车，而是普通黑色轿车，但亮着警报器。

“讨厌！那也是警察的车吗？”

不过是交通事故，为什么像警匪剧一样不断出现警车呢？那就是便衣开的警车吗？

接着又是一辆，这次是警车。到底是怎么回事？

克也再度跑向现场，店长的声音追了上来：“喂！你不要去凑热闹。”

他没有回答，只是感到不安，对，不安的感觉越来越强烈。好像有什么不对劲，好像要出事了。

过去从来没有这样的感觉。在长濑克也的生活里，不可能会有这样的感觉。没有任何杂志或电视节目肯做“不祥的预感”这种专题，克也无从知道那是什么，也无缘接触那种东西。

但是现在他为什么安静不下来？感觉好像有事要发生。刚才在车祸现场感受到一股背后滑过冰冷的手的感觉，似乎不是来自克也的知识和经验，而是一种发自本能的警告。

越过下山车道，沿着路肩逐渐接近现场，正好看见吊车伸长支架，将出事的汽车吊回路面。

已经无法继续前进了，克也停下脚步。警察封锁了现场，除了开放下山车道供来往车辆通行外，被封锁的另一边停满了警察的车。

“喂！你干吗？”负责守卫的警察板着脸站在克也面前，“现在正在处理车祸事故，不许靠近。赶快离开！”

克也抬头向上看。被吊起来的车里有人吗？车身并没有被倒吊，就像上船的新车一样，被四平八稳地吊了起来。车头前方已被撞烂，前挡风玻璃也都粉碎了。车门歪斜扭曲，行李盖比刚才在现场看到的开口更大，随着吊车的晃动上下摇动。

“喂！不准靠近。”

被警察推了一下肩膀，克也倒退一步，视线偏离了半空中的汽车。

就在这时，一声巨响传来。克也猛然抬头，出事的汽车大幅前倾。大概是某个吊钩松了，警察们惊叫一声，车阵跟着大乱。不知是谁大喊：“危险！”

克也赶紧后退。半空中的车身越来越倾斜，最后连前座的车门也打开了，扭曲的车门摇摇晃晃地就要断裂。

“危险！车门要掉下来了！”克也大喊。

但车门没有掉下来，掉下来的是别的东西——从驾驶座的门缝里滑出一个黑色物体，砰地落在路上。

那物体的头部朝着克也的方向。

那是一个人。

车门打开，一个物体掉落，车身失衡，倾斜得更加厉害。吊车驾驶员拼命控制住拉杆，一点点降低高度，希望将汽车放在地上。但是车身继续倾斜，终于在半空中倒向一边。

这一次是行李盖动了，不断扩大开口，又一个“东西”掉了下来。

那在长濑克也以后的噩梦中，担任了很长一段时间的主角。

这一次掉落的“东西”也是个人，而且穿着西装。就像一把折刀一样，有意从行李盖的口子漂亮地滑落，也可以说是从里面逃出来一样。

穿着西装的“东西”转过头面对长濑克也，趴在地上。由于发生得太突然，警察全愣住了。就在一刹那，克也越过前面警官宽阔的肩膀，看了那“东西”的脸一眼，那“东西”的眼睛睁着，和克也四目相对。

18

有关群马县赤井山绿色大道交通事故的第一通报告，传到墨东警局连环女子诱拐杀人案的共同调查总部，已经是车祸发生的两个小时之后。

由于出事车辆悬挂东京车牌，车上有两个年轻男子，行李箱里还放有一具身份不明的男尸，群马县警局赤井分局充分意识到事态严重。共同调查总部对于该车祸和行李箱内的尸体有强烈的兴趣，因此也在等待进一步的消息。

在车祸中死亡的两个年轻男子的身份，在出事后不久便查清楚了，因为两人都带有驾驶证。

坐在副驾驶座上、车祸时就被甩出车外、尸体落在山坡上的是高井和明，二十九岁，住在东京市练马区，跟父母和妹妹同住。和明是高井家长子，和父亲共同经营名为“长寿庵”的荞麦面店。

车祸时坐在驾驶座上、汽车被吊在半空时尸体从天而落的是栗桥浩美，二十九岁，也住在练马区，一样是和父母同住。但实际上栗桥并没有住在家里，据他父母所言，他一个人住在新宿。栗桥是独生子，没有兄弟姐妹。

很多目击证词提到，出事前，高井和栗桥的车“已经冒出白烟了”。调查表明，栗桥尸体的一部分和他的座位确实有烧焦的痕迹，身体烧焦部分主要是正面和腿部。大概是栗桥在驾驶座上吸烟，或者是正要点火的时候，火烧着了他的棉质衬衫和化纤夹克。两人都没有系安全带，不知是衣服着火后解开了，还是一开始就没系。这是不是栗桥驾驶失误以致出车祸的原因，在没有详细检查之前还不能断言。

车祸的发生对双方家人而言，可说是震惊、混乱及悲伤的开始。通常这是非常值得同情的情况，但因为行李箱里还有一具莫名其妙的尸体，所以引来各家媒体关注，使两个年轻人的家人必须迅速且慎重地应对。

行李箱里的尸体完全没有可以辨识身份的线索。尸体穿着整齐的西装，但缝在上衣和裤子里的名字已被撕去，也找不到其他物品。从现场情况推断，他们应该是想弃尸，所以将尸体藏在后备厢中。

尸体上没有明显的外伤，六日上午验尸后，发现死因为窒息，并非勒毙或缢死。在双手手腕、两脚脚踝和口鼻附近找到胶带残痕，大概是被胶带蒙住口鼻、阻塞呼吸致死。

后备厢里的死者明显死于他杀。墨东警局共同调查总部和赤井警局内弥漫着一股强烈的期待与紧张。

“要不要乔装前去？”武上问。

秋津信吾的目光从手上的报告移到武上脸上，皱眉道：“如果有效果也行，可是应该没用吧。电视媒体早就闹得很凶了。”

此时是六日午后，秋津马上要和来东京的群马县警一起到高井和明和栗桥浩美家进行搜索。

高井与粟桥和连环女子诱拐杀人案有无关联，警方并没有作出公开声明。但社会舆论似乎已将两者联系在一起，所以共同调查总部一举一动都备受瞩目。秋津只不过是陪同前往，但因不乏有记者认得他，自然一见他出马就以为又有新消息了。

“练马警局要求协助调查，我真的只是去看看情况。”

“你对这次事件有什么看法？”

“赤井市车祸的两名死者，是否就是我们正在追捕的两名嫌疑人呢？”

秋津揉了揉眼睛。因为长期睡眠不足，眼皮重重下垂。

“武上怎么认为呢？”

武上没有回答，眼睛看着科警所送来的报告。内容是十一月一日HBS特别节目中嫌疑人来电的通话记录分析结果。

报告是今天上午送到武上手中的。如果没有赤井市的车祸，本来预定在下午的紧急调查会议上讨论这份报告，讨论结果将由负责的刑事科长在今晚或明天中午的记者会中宣布。

有马义男的直觉是正确的。

科警所得出了结论：新闻特别节目广告前后，打电话进来的是不同的两个人。广告之后打电话来的人，尽管分析鉴定的对象是二手录音带，但仍不影响鉴定结果。两者声纹呈现明显的波状差异，显示出自两个人之口。

连环女子诱拐杀人案的嫌疑人不止一个。

科警所也对过去的通话作了分析，这些声纹都和HBS特别节目广告前打电话的的人吻合，节目结束后打给有马义男的也是同一人。即在特别节目之前，都是由固定一人担任他们犯罪的宣传角色，但因两人吵架，广告后打电话的人物才忽然出现。这个未知人物当时是第一次对社会说话，被抢了角色的同伙于是打电话给有马义男出气。

他们大概不知道，使用变声器依然无法影响声纹分析的准确性；或者即便知道，也不认为警方会调查得那么仔细。反正不管是单一嫌疑人还是多名嫌疑人，被抓到了下场都一样。

分析报告中除了这一结果外，还罗列了其他有趣的事实和衍生的推测。人类耳朵无法分辨的细小杂音，通过电脑处理可以绘成波状图形。所谓音响分析，是将分析对象与杂音作过滤，被过滤掉的东西也要分析。不断重复这一过程，就能获得完整的调查结果。

对着话筒说话，声音遇到周围的墙壁等障碍物而反弹，会比原来的声音晚百分之一秒到千分之一秒到达话筒。两者之间的些微落差会画出不同弧度的波状，波状因不同材质的障碍物而有所变化。所以，将根据该通话记录取得的波状与通过各种建材实验取得的标本波状进行比对，就能推断该电话是在怎样的环境，即有什么障碍物的场所打来的，打电话的人处于什么情况，是有动作还是静止的。

据分析，过去嫌疑人或嫌疑人们打来的电话：

都是从室内打来的，包括停在安静场所及熄火状态的汽车里。

通知扔在大川公园的右手不是古川鞠子的电话，是在汽车里打的，附近有盲人信号灯。

要求有马义男到广场饭店的电话，声音背后有明显特征的杂音，是一种连续、一定声调的机械声。与标本波状进行比较，可以将冰箱、空调和电脑风扇排除在外。此一杂音在其他电话里并未查出，包括十一月一日打给HBS特别节目的电话也没有。

十一月一日HBS特别节目中，广告前后的来电都是从同一所房子内打来的。节目结束后，广告前的人打给有马义男的电话也是来自同一场所、同一室内。打电话时，此人始终处于静止状态，几乎没有移动。其所处房屋为木质，墙壁和地板的结构据推测应该未使用水泥。

打给HBS的电话和此后广告前的人打给有马义男的电话，背后都有明显而低沉的机械声。与标本波状进行比较，确定是暖气机的锅炉启动声。

暖气机的锅炉、木质房屋——会是森林小屋还是别墅呢？越过赤井山，北侧冰川湖一带就是北关东的别墅区。条件完全吻合。

秋津站在武上身旁，也在阅读复印的科警所报告。

武上收拾好报告，将厚实的手掌握成拳头敲自己的头。秋津抬起头说："如果那两人就是我们要找的那两个……"

"如果是的话……"

"应该怎么说呢，活了半辈子，才第一次觉得古语说得很对。"

"古语？"

"嗯。不是有句'天网恢恢、疏而不漏'吗？"

武上以为秋津笑了，但他表情严肃。

"是天谴吗？"秋津说，"后备厢里的男尸应该是重点。"

"……"

"会是在HBS特别节目里，嫌疑人说的那件事吗？"

有人说嫌疑人只会对弱女子下手，于是他回答："那么你是要我杀大男人？”秋津指的是这件事。

“如果他们是我们要找的嫌疑人，那么男尸就是他们最后犯的案子了。”

而他们在弃尸途中出了车祸。

“武上，我在打瞌睡的时候做了噩梦。”

“我可是好久都没做梦了。”

“很清晰的梦境，让我起了一身鸡皮疙瘩！”秋津看着天花板说，“我的梦跟这次的事有关。因车祸死掉的两人并非我们要找的嫌疑人。嫌疑人是设计让高井和栗桥顶替他们，将尸体藏在后备厢里，故意制造车祸杀害他们。真正的嫌疑人正在某处捧腹大笑。当调查总部宣布解散，我走到车站回家的时候，看见有人在发号外，又有人打电话给电视台说有女尸……”一口气说到这里，秋津叹了一口气，“就是这样的梦。”

武上缓缓地说：“要人为制造车祸，是很困难的。”

“是的，你说得没错。”

“车祸的分析还没结束，但听说出事的车并没有功能上的异常。”

“但车里发生了火灾。”

“据判断可能是栗桥在点烟时不小心造成的，而且绿色大道上那个转弯也是当地有名的出事地点。”

秋津沉默不语。

“刚才说的不是梦，也不是新年的解梦。在我的字典里，刚才说的叫‘庸人自扰’。”

秋津笑了一下，武上才觉得安心。

“应该要出门了吧？”

秋津看看手表，站起身来。武上送他出门后，开始收拾报告，并重新开始整理档案。

秋津的心情，武上十分明了。实际上，秋津梦见的“内容”，武上也曾经想过。

如果赤井市那两个人是嫌疑人，而在被捕之前，他们就自行死去了，而且是两人一起殒命。在运尸体的过程中，一个人的烟掉在膝盖上引起火灾，惊慌失措之下驾驶失误，汽车撞断防护栏掉入山崖。嫌疑人们一起摔断了脖子……

情节未免编得太过完美了吧？

武上想起在大川公园垃圾箱事件发生时和神崎警部的谈话。现实生活中有许多令人难以置信的偶然。在办案过程中，我们也经历过好几次。假如嫌疑人在弃尸那一瞬间的照片存在，只要不确定是伪造的，就不能觉得不可思议。嫌疑人应该是熟知警方这种心理吧……

这一次是否又一样？我们又中了嫌疑人设计的圈套吗？

可另一方面，直觉和经验告诉武上：设计弃尸瞬间的照片和故意制造车祸是两码事。何况要两个无辜的人顶罪，还在后备厢里塞尸体，这可不是一般头脑能想出来的。

搜索住宅大概会有什么线索吧。现实就是这样，总能找到疑点。高井和栗桥，他们两个人大概……大概……大概就是凶手吧？！

但是……

刚才秋津说是“天谴”。是的，如果这是真的，这可是武上工作将近二十年，第一次看见杀人者遭到天谴！这是第一次，以前根本没见过。

下午的时间特别长。如果可以，一向热爱内勤业务并尽全力完成使命的武上希望此刻成为秋津，亲自检查高井和栗桥这两个年轻人的生活片段。他希望能在现场。

为了不胡思乱想，他窝在会议室里埋首整理琐碎而重要的资料，也尽可能不看手表。筱崎来敲会议室门的确切时间，武上根本没有印象。

打开门进入会议室，筱崎就像不知所措的小孩一样，呆呆地站在武上的桌子对面，不断眨眼睛。

“怎么了？”武上问。

不安与期待堆在心口，代替心脏剧烈跳动。

“怎么回事？”他再次问道。

筱崎总算有了动静。他绕过桌子靠近武上，以微微颤抖的声音说：“听……听说是空气净化机。”

一时之间武上没听明白。筱崎紧张得快要崩溃了，一脸要哭出来的表情。

“秋津在栗桥浩美独自居住的公寓里发现了空气净化机。大概就是这个了，嫌疑人电话背景中出现有特征的机械声。”

武上微微张开嘴，然后又闭上，站了起来。

“我们要忙了。”他一边打开会议室的门，一边对身后的筱崎说。

筱崎连忙回答：“是。”

这天这个时候，武上跟谁说过什么话，他自己完全不记得。一度停滞的工作又开始了，信息像奔流般涌进共同调查总部。

然而有一件事却是想忘也忘不了的。在欢喜与混乱的旋涡中，指挥官神崎警部一见武上，立即从一群部下的围绕中对他挥手。这是前所未有的事。

神崎警部和沉默的武上握手时说：“找到骨头了。”

武上还是不做声，只点头。

“只缺少了右手。听说是装在纸袋里，在栗桥浩美的房间里找到的。”

一九九六年十一月六日，下午六点二十分，所有电视台都停止正在播放的节目，改播“新闻快报”，内容是连环女子诱拐杀人案的两名嫌疑人已经确定。

这时，有马义男正在店里招呼客人——一位和古川鞠子年龄相仿的女子。

前畑滋子正在家里，坐在书桌前写稿。她正在描述塚田真一逐渐靠近大川公园垃圾箱的那一段场景。

塚田真一则是送水野久美到车站，因为久美到他打工的地方看他。久美不断说笑，真一满脸笑容。虽然很短暂，但真一放声大笑是最近才有的事。

所有人头上都有新闻流过。

凶手有两名。他们已经死了，死后才被捕。在无神的国度里，这一瞬间，人们听见了神明挥动铁锤的声音！

著作权合同登记号　图字：30—2009—163

BOOK ❷

模仿犯

〔日〕宫部美雪 著
张秋明 译

南海出版公司

新经典文化股份有限公司
www.readinglife.com
出　品

BOOK2

我有个疑问，我们看见的是他的本来面目吗？

——小约翰·**W**·坎贝尔：《如影随形》

1

栗桥浩美第一次杀人是在他十岁生日那天，当时和平就在他身边，是和平教他杀人方法的。

和平是转学生。小学四年级的春天，他从岛根县松江市搬到东京练马区，并从新学期起和浩美就读同一所学校、同一班级，而且坐在一起。他们立刻成了“好朋友”，不久便犯下第一起“杀人”勾当。

浩美生于一九六七年五月十日，和平则是同一年四月三十日生，算是稍年长的“哥哥”。浩美和父母住在东京练马区，从来没离家过；而和平从小就在全国各地跑。和平解释是因为他父亲的工作所致。

因为有一个不断调职的父亲，和平在浩美眼里成了十分值得尊敬的朋友。那个年龄的小孩，尤其是对男孩而言，父亲的工作就决定了小孩本身的价值。

浩美的父亲经营一家小药店，母亲也帮忙看店，夫妻俩努力维持小生意。这是父亲从祖父手上继承的家业。

既然是祖上的事业，与其说是药店，不如说是街坊的药店才对，它其实也是一家亲切的老店。有时老人会拄着拐杖来买治腰痛的贴膏，有时修路工人会来买营养饮料就地喝起来，有时半夜十一点还会有邻居来敲铁门，因为小孩突然发烧想买冰枕等，它就是这样一家方便的小店。

浩美在上初中之前，一家人就住在这座木质楼房里，一楼的一部分充作店面。房子有三十多年历史了，整体看来陈旧，到处有伤痕。浩美没见过祖父母，但家里留下了很多他们使用过的东西和收纳衣服及日用品的纸箱。那些东西塞满了仓库、衣柜和橱柜上方。所以不管他怎么整理，房间就是收拾不干净。

他好几次试着想把衣柜和橱柜上面的旧东西拿出来扔掉，每次都被父母责骂，但他还是无所畏惧一试再试。尤其是看到和平和父母居住的公寓，到处收拾得干净清爽，不像自己家总是堆满泛黄的纸张、布片和纸箱杂物等，他恨不得放把火烧掉这一切。

为什么自己家不能像和平家一样干净漂亮呢？为什么家里没有沙发椅呢？为什么墙上要挂着制药公司送的难看又土气的月历呢？为什么房间角落里总是堆放着纸箱呢？为什么棉被总是摊开不叠起来呢？为什么厕所不是西式的马桶呢？

为什么爸爸不是大公司的职员呢？

和平的父亲好像很忙。周六下午和周日到和平家玩的时候，他父亲几乎都不在家，大部分时间都是去打高尔夫球。和平的母亲总是穿着及膝长裙，露出丝袜下漂亮的脚踝，上身则是色彩艳丽的衬衫和毛衣，一脸亲切的微笑。拿出来的点心不是亲手做的，就是从市中心那家有名的店买的，或是谁送的。不只是点心，和平家经常有别人送的东西，有时是高级洋酒，有时是水果，有时则是漂亮的桌布。

浩美在小学四年级到六年级的三年中，都与和平同班。其间和平总是说，反正爸爸随时会调工作，大概初中会到其他地方就学。分离对浩美而言是件痛苦的事，却也让他心动。到其他地方……下次或许是大阪，或是福冈，也可能是札幌。只要和平搬家，自己就能去他家玩并住宿。和平的母亲之前都会邀请他，所以他要跟和平做好朋友，将来和平才会邀请他到各地去。这种可以获得特别待遇的感觉深植在浩美小小的心上。

随着这种心情，想象越扩越大。他甚至幻想自己到和平的新家做客时，东京忽然发生大地震，父母过世了，那栋破旧的房子也化为灰烬。于是和平一家对孤苦无依的他张开温暖的怀抱，从此他与和平成为兄弟……

如果真能这样，那该多幸福！浩美心想。那样他就可以在别人的家、别人的境遇、别人的人生旅程中重新活过。

但现实是，和平和浩美进入同一所初中就读，是地方公立学校。两人虽不同班，但教室相邻。

和平说他父亲错过了今年的调职，还说今后可能也不会调到其他地方了，就定居在东京。根据和平的说法，他父亲这算是“升迁”。

于是浩美关于大地震的幻想成了脱离现实的梦。他想，不可能以任何方式成为和平家的一员了！但是只要自己能成为孤苦伶仃的一人，只要父母离开人世，和平家还是会张开双手迎接他。

于是他想起了好久没有想到的“杀人”，他与和平一起完成的第一次“杀人”，在他十岁那年。

那是对浩美真正有效的“杀人”。当时他的确杀了想要杀的人，所以他认为这次不可能不成功，只要和平肯帮忙。

一天，他忍无可忍，对和平说了：“我希望父母能够死掉，你说该怎么做？”

没想到和平一脸惊讶地说：“父母死掉的话，不是会有麻烦吗？”

“才不会呢！”

“会。如果被亲戚领养，日子会过得更惨。更糟糕的是，可能会被送进孤儿院。”

“孤儿院？”

“没错。没有监护人的小孩都是在那种地方长大的。你不能再像刚才那样乱说话！”

浩美失望得说不出话来。和平竟然没说：“如果你没有了父母，可以来我家。”

“那么就不能杀他们了。”浩美低声说。和平一脸正经地盯着他的脸，然后笑道：“杀他们？你是说小时候做过的事吗？”

浩美点点头。

“那样并没有人会真正死掉啊。那只是一种诅咒。”和平的笑容跟他母亲的一模一样。他这个外号也是因这张圆圆的笑脸而来，就像和平标志，可爱得没话说的笑脸。

“你说是诅咒……”

“是啊，只是诅咒。可是对你有用吧？那就够了。”

那一晚，浩美难得做了噩梦。那是小时候常做的梦，自从十岁那年“杀人”以来就没有梦过。他再度做起那个噩梦，都怪和平。和平说那个“杀人”只是个“诅咒”，所以他发现应该被杀死的人其实没有被杀，于是噩梦再度出现了。

梦中出现了一个小女孩。那女孩扑向正在睡觉的浩美，想要撬开他的嘴钻进去。她想附身在浩美身上。

女孩的手很小，而且冰冷柔软。可是她拼命扳开浩美上下颚，力气比大人还要大。尽管告诉自己这是梦，浩美的上下颚还是感觉到女孩手指的力量。在企图进入浩美体内的过程中，女孩不断低吟：“还给我，把我的身体还给我。这不是你的，是我的。”

浩美大叫一声醒来。已经是初一学生，居然尿湿了一整床。因为害怕与羞耻，他趴着哭泣。

浩美知道噩梦中的女孩是谁。梦中的女孩有着和他一样的脸。

浩美的父母也很清楚那女孩。母亲至今还不时流泪悼念那女孩。

女孩是浩美的姐姐，出生一个月就夭折的栗桥家长女。为了纪念她，父母让两年后出生的长子沿用了她名字弘美发音“hiromi”，只是把汉字改成了“浩美”。

浩美成了社会公认的独生子，是栗桥夫妇钟爱的儿子，是栗桥药店唯一的继承人。但是在家里，他始终背负着hiromi。他就是这样长大的。

杀hiromi是和平教他的，而且曾经成功了。可是因为和平的背叛，“hiromi”再度复活，两个人又开始过一起的人生。

他想要跟和平说这件事，说hiromi回来了，却说不出口。和平说“父母死掉的话，可能会被送进孤儿院”时想当然的神情，让他觉得和平已经离他远去。告诉他hiromi回来的事，只会被笑话吧……

他不想被和平取笑。他不希望和平认为，你是个小孩，是个胆小鬼！

不久，栗桥家有了改建计划。浩美并不知道，但是他父母已经谈了很久。

早就受不了又脏又旧的老家，浩美实在是太高兴了。就算不能成为和平家的一员，至少也可以跟和平家一样住在漂亮的房子里。

那一年新家终于改建好了，店面也焕然一新。可当他们从租的地方搬回新家时，浩美发现家里的摆设没有多大改变。祖父母那堆东西还是塞在新的衣橱里，占领了新的橱柜。家里还是堆满了装商品的箱子和库存药品。栗桥药店变新了，但来的客人还是一样，不是满口粗鄙的工人，就是装了假牙、说什么都听不清楚的老人！

浩美初二那年暑假，出了一件事。替外出的父母看店的浩美，打了一个来买药的老太太。虽说只有十四岁，毕竟是男孩，而且用尽力气殴打，把老太太的两颗门牙打断了，老太太跌倒在水泥地上时还跌断了腰骨。

浩美对父母和派出所警察都三缄其口，绝口不提殴打老太太的理由。老太太已经八十七岁，身体十分虚弱，很难从她嘴里问出事情经过。结果这反而救了栗桥浩美。

幸亏负责调停商店街问题的民意代表，即超市老板，跟栗桥药店关系一向不错。这个老太太又经常在他位于栗桥药店附近的超市里拿东西不付钱，其他商店也常抱怨只要老太太一个人出来买东西就会闹出纠纷。所以问不出老太太的说辞也是幸运，民意代表直接将此事当作意外事故而非伤人案处理。老太太是自己不小心跌倒受伤的，而非被打。

可是浩美比谁都清楚，真相并非如此。他是因为老太婆又脏又凄惨，而且连续三天都来买浣肠药而生气揍了她，而且他下手时心里还想着“死了活该”。

真正的心情，浩美只能对和平一个人说。其实正确说来，是被和平看穿了。

“那件事应该不是意外事故吧？是你揍了人家吧？”和平问。

浩美沉默不语。和平看了他好一阵子，然后笑了。他笑容明朗地说：“算了，不必在意。我也讨厌肮脏的老太婆。你没有做错什么。”

这时，浩美觉得和平不是安慰他，而是夸奖他。

和平还是懂，他了解我，他跟我是一类的。

于是他们仍是好朋友。和平的成绩一向比浩美优秀，之后两人上了不同的高中和大学，见面的机会减少，情谊却未受影响。他们简直像被命运黏合在一起，从未分开。

不，他们是越来越无法分开。这在不久后引发了新的“杀人”。

这次不是诅咒，被杀的人无法再复活。这一次是真的杀人。

2

一九九四年三月一日。

练马区春日町七丁目的荞麦面店“长寿庵”门口摆满了商店街公会和老顾客送来的花篮，庆祝新店开张。

这一天也是老板高井伸胜的生日，他五十八岁了。平常根本没想到要过生日，这一回生日刚好跟期待已久的新店开张是同一天，感觉有特殊意义，所以一早开始老板的表情就因为双喜临门而开怀不少。

长寿庵是高井伸胜三十岁那年开的店，他租用此地的房屋，将一楼改为店面。房东以前也经营过餐饮业，因为欣赏有意独立开店的伸胜，不仅为他介绍师傅改装店面，还介绍他到地方信用公会贷款，前前后后帮了不少忙。

近年来春日町已发展成为大规模的住宅区，未来商机可期。大家之所以帮助长寿庵和高井伸胜，不是为了投资或赚钱，而是因为喜欢高井伸胜的为人，才主动伸出援手。伸胜是个像石头一样寡言的人，但是他那种认真工作的态度赢得了许多长者的信赖。尤其是在他当学徒时，助益良多。

其实如果伸胜嘴巴甜一点、更有女人缘，说不定能更早独立开店，所以也不能说他年轻时受益颇多。本来伸胜是在神田多町的胜寿庵拜师学艺，老板夫妇有意将独生女嫁与他，让他继承家业。不料女儿不惜离家出走也不肯答应，老板夫妇也只好作罢。伸胜是个感情不外露的人，当时却深深受到伤害。加上他对老板的女儿也有一丝爱慕，伤害更是不在话下。

伸胜决定辞去胜寿庵的工作时已经二十八岁，虽然拥有独立开店的技术，却苦于资金不够。胜寿庵的老板将他介绍到赤坂的荞麦面店工作。

当时这家店的一个老客户在练马区拥有很多房产。那人看上伸胜的手艺，和老板商量，提出让伸胜独立开店，这就是长寿庵的缘起。伸胜离开胜寿庵后，命运也跟着展开。

铁皮屋的长寿庵开店不久，就有亲事上门，是赤坂荞麦面店老板介绍的。对方与伸胜早已相识，曾一度一起工作过，是个名叫文子的漂亮女孩。两人结婚后，这家原本只是老板手艺不错但态度冷淡的面店，变得明亮而亲切。

夫妻俩认真工作，并很快生下长子和明，三年后再生女儿由美子。吃饭的人增加，生活固然比较辛苦，但因为伸胜和文子都出身寒微，丝毫不以为苦。他们反而认为这就是人生，大家都过得差不多。两人默默耕耘，长寿庵的生意始终兴隆。随着营业额逐渐升高，长寿庵开始有盈余。

长寿庵平安地迎来店庆十周年的时候，房东问伸胜要不要买下这块地。房东说："你们年纪也大了，做不了多久。等到孩子长大成人，不知道是否还能这样租房做下去？不如独立开店，反正生意还算顺利，贷款应该也没有问题。干脆放手一搏吧！"

被一向多蒙照顾的房东说"做不了多久"，伸胜夫妻听了自然很难过。但考虑到现实问题，房东说得也没错。如果维持现状，未来的确令人不安。

夫妻俩仔细商量，决定听从房东的建议，背了大笔借款，过去存的小额积蓄也拿了出来，算是拥有了自己的小小城堡。房东也跟着一起高兴，帮他们思考下一个目标——重建店面和新家。考虑到未来，房东提议改成钢筋水泥建筑。不料他在家昏倒，半个月后便撒手人寰。过世得太突然，令人遗憾。

对伸胜夫妻而言，生活的最大目标就是有朝一日要将长寿庵改建成漂亮的店。这样做才能报答过去多方照顾自己的房东，完成他的遗愿。

长寿庵的经营几乎没有遇过大风大浪，只有过一次重大危机。那时正值地价高涨的泡沫经济时期，有人到处炒地皮。房东过世后，继承他名下地产的子女将长寿庵旁边的土地转卖给了大型房地产开发公司。就买方而言，整片土地旁边开着一家破旧的面店，感觉总是不好，所以想出钱一并买下来，但是伸胜根本不想放手。于是一场难以妥协的对立着实让伸胜心力交瘁好一阵子。幸亏对方是正当公司，没有找黑社会出面干涉；而长寿庵占地也不是很大，不用那么大费周章。只是每天必须应付混在客人里的开发公司职员，让一向不爱说话的伸胜伤透了脑筋。

但随着泡沫经济崩盘，土地价格一落千丈，开发商的攻势戛然而止。原本计划在房东子女卖出的土地上建设大型公寓的计划也被迫中断，长寿庵因祸得福，逃过一劫。

经过这场灾难，总算可以改建店面重新开张。高井伸胜十分欣慰，遵照房东的遗言，建成了钢筋水泥材质的三层建筑，一楼是店面，二三楼用来居住。楼的名称是“长寿庵大楼”，本来女儿由美子吵着要取更好听的名字，但伸胜坚持主张。因为是长寿庵的大楼，当然就叫长寿庵大楼。

不论是对伸胜还是高井家中其他成员而言，这都是最棒的一天。文子好几次都说道：“今天是人生最好的一天！”由美子笑着回答：“今后每天也都是最好的一天，所以只能说是最好的其中一天！”文子笑道：“说得也是。”跟父亲一样不爱说话的和明则站在一旁微笑。初中毕业后就在家帮父亲做生意的和明，将来将要继承这家店。

未来应该是美好的，长寿庵和高井家的运势应该会扶摇直上。

当时没有人有所怀疑。

“哥，电话！”由美子举起收银台旁的粉红色话筒，对着后面的厨房大喊，“栗桥打来的。”

和明用抹布擦干手，绕过柜台，快步来接电话。白色的帽边沁着汗水，额头也闪闪发光。新店开张，店里生意很忙。和母亲一起负责点餐送餐的由美子也忙得不可开交。

看见哥哥走过来，由美子一手遮住话筒，并压低声音说：“如果找你出去，一定要拒绝。”

和明点点头。

“一定要拒绝哦，哥你就是人太好了。”由美子再三叮咛后才交出话筒。和明对着话筒礼貌地说道：“让你久等了。”

由美子不太高兴，难得今天工作得很来劲，居然来了个杀风景的电话。由美子不喜欢打来电话的人——和明小学时的朋友栗桥浩美，甚至可以说讨厌他，希望他不要接近自己的哥哥。

栗桥是哥哥小时候的朋友，由美子从小就认识。从长寿庵前面的马路向北直走就是商店街，栗桥药店位于商店街尽头。栗桥浩美是药店老板的独生子。因为都在商店街，两家大人也彼此认识。

小时候由美子经常跟在哥哥后面，也常跟栗桥一起玩。说实话，比起愚钝的哥哥，栗桥看起来比较帅，她一直都很喜欢他。栗桥跑得快、运动神经发达，总是活蹦乱跳地跑来跑去，不像哥哥老是不能入选球队，只能坐在一旁纳凉。学习成绩方面，哥哥连背九九表都很辛苦，栗桥做什么都很优秀，名次也是班上第一，还是整个年级前三名。

由美子有写日记的习惯，从小学四年级到现在从未间断过，所有日记簿都妥善保存着。这次家里改建整理物品，她翻开了收在衣橱里的童年记忆，对于那些幼稚的文章和笔迹，自己也觉得害羞又好笑。其中，她在小学五年级时对栗桥的想法是：“如果哥哥能像栗桥一样会运动和读书就好了。由美子喜欢栗桥，觉得哥哥是笨蛋。如果栗桥能和哥哥交换该多好。”

一个人看着这些文字，由美子不禁羞红了脸。没错，在那个时候，栗桥还是由美子憧憬的星星王子。

翻阅泛黄的日记，唤起由美子诸多记忆。每一幕都令她深深感到过去确实做过不少事伤了哥哥的心。因为太过羞愧和难过，她几乎想将所有日记处理掉，但又觉得太卑鄙，这样做好像是要掩埋过去，装作没有这回事一样，于是又勉强保存下来。

那天晚上她向和明坦白：“以前我写了很多哥哥坏话的日记找到了。”和明只是笑笑说：“我以前真的是很迟钝啊。”

和明小学和初中的学习成绩都很糟糕。他绝不是懒惰，性格也很老实，老师交代要预习他一定照做，从来也没有忘记练过习题，但成绩就是好不起来。

运动能力和功课一样，实在是差劲得可怜。尤其是上了初中，运动项目增加了，他的笨拙益发明显。

后来发生了一件大事。和明在初一时加入了软式网球社团，到了第二学期，担任顾问的老师劝他退出，他只好不情愿地答应。顾问老师说他动作迟钝，会干扰其他学生，平常态度和气的文子因此气得到学校找校长理论。当事人和明顾及同学的想法，也不想把事情闹大，乖乖退出社团，整件事便烟消云散。

这件事情，由美子也记录在日记里。混乱粗大的笔迹显示当时的气愤，她写道："哥哥实在是太迟钝了，太丢人了！"如今重读，由美子不禁心痛得眼眶泛红。

栗桥也加入了软网社团，由美子在日记里写道："栗桥就不会被迫退出。"可是作为多年的好朋友，栗桥既没有站在和明这一边，也没有安慰他。由美子对此完全没有批评。当时软网社团有少数学生抗议顾问老师的做法，决定与和明一起退出，但栗桥始终装作不知。当时年龄尚小的由美子对此根本没有感觉。如今她心想，我真是个什么都不懂的小鬼。

离开软网社的和明，接着又去敲游泳社的大门。游泳社的顾问老师人很和气，参加社团的不乏害怕水不敢碰水、准备从头学习游泳技巧的人。和明的班主任看过这里的指导方式才推荐和明报名。这个选择没有错，在这里和明不像在软网社一样感到自卑，其他成员也不对他白眼相向，他的水性也渐渐好了起来。而且还遇到了人生的重大转机。

游泳社的顾问柿崎老师，当年三十岁出头，身材矮小但浑身肌肉，属于运动型老师。他在和明初二暑假的第一天，来到长寿庵家访。惊讶的伸胜和文子慎重出来迎接，听了柿崎老师的一番话，感觉更加吃惊。老师说和明的学习成绩和运动神经不好，并不是能力不够所致，而有可能是视觉障碍造成的。

这件事由美子在日记用大而显眼的笔迹写道："哥哥的眼睛好像不太

好。”柿崎老师来访结束了和明痛苦的童年，也跟栗桥不再是由美子的星星王子有关联。

由美子在店里巡视，随时收拾客人用过的碗盘或添冰水。和明还在打电话，由美子不时皱眉看着哥哥。他好像很想说什么，却被抢白说不过对方，如此反复，着实困惑。

粉红色电话是长寿庵预约专用的，不应该用来私人通话。这件事和明应该也很清楚。他也想赶紧结束交谈，只是栗桥不让他挂电话。

由美子气得走到哥哥身边，故意大声说：“哥，店里正在忙，你赶快挂电话！”

和明心虚地看着由美子，然后对着话筒说：“我正在忙，真的没办法。”

听起来语气就很软弱，由美子益发不高兴。难道不会说“我不能跟你做朋友了，请不要再打电话来”？

总算挂上电话，和明擦拭额上的汗水，对由美子笑道：“真要命。栗桥这人就是这样。”

“什么就是那样这样的！”由美子尖声说道，“他就是自私，完全不顾及别人的不便！”

“不要这么说嘛。”和明敷衍地说完，便回厨房。

由美子还想多说几句，电话铃声又响了。这一次是点外卖。她收起怒气，改成做生意用的开朗语调应对。

接着的一个小时里，大家汗流浃背地专心做生意。新店开张，外卖订单比较多，电话铃声响个不停。负责送外卖的勤工俭学男孩，抱怨饿得两眼昏花还是得送。见他一个人实在忙不过来，由美子决定出马帮忙。正在厨房准备之际，有人拉开了店门。由美子反射性地对着门口大喊“欢迎光临”，却发现进来的客人是栗桥浩美。

“是栗桥啊。”正在角落收拾桌子的文子立刻出声招呼。

“你好，阿姨。”栗桥回应。与其说是点头致意，根本只是动一动下巴，微微点头笑一下而已。他穿着薄衬衫和休闲裤的春装，右手腕上戴着大型潜水表，看起来就像是男性时装杂志里走出来的模特儿。

“店变漂亮了呀。”

“谢谢，托你的福。”文子很客气地回答。对她而言，栗桥浩美不过是儿子儿时的玩伴。的确栗桥有一段时间风评不好，但毕竟是过去的事。总之他是和明小时候交往的朋友。

由美子对此难以理解，觉得母亲实在太没原则了。何必跟他说什么“托你的福”呢？由美子很受不了母亲老是将“托你的福”挂在嘴边。再怎么说是生意人，也不需要那么谦卑吧。

厨房里的和明发现了栗桥的到来，于是看着门口。由美子立刻看出哥哥脸上虽带着微笑，却不是真心欢迎朋友来访。

文子笑着说：“今天生意这么好，我们都快忙死了！”

由美子站在厨房的柱子后面观察栗桥。他似乎一点也不觉得难堪，还是一脸笑容地说：“是啊，看起来很忙。我是来送新店开张的贺礼的。”

他背对门口，用拇指指着外面说：“还放在车上，我去拿过来。”

“啊？真是谢谢你。”

栗桥立刻走出门外，与三个上班族打扮的客人擦身而过。等三位客人点完餐后，他又回到店里，手上抱着一大盆兰花，是蝴蝶兰。上面系着很大的蝴蝶结，还附有一张“贺新店开张”的卡片。

“哎呀，真是的！”文子惊讶得不断眨眼睛。

“如果可以的话，请放在店里作装饰。”栗桥将花交给文子。因为看不过去母亲吃惊得准备去接，由美子走到店里。

“嗨，由美子，好久不见。”栗桥眯起了眼睛，高兴地说，“你们家的店变得好漂亮。”

由美子不说话，只是微微点头，并伸出手帮妈妈抱花。然后她才抬起明亮的眼睛说：“这么贵的东西，我们不能接受。”

她将花盆递给栗桥，准备退还。栗桥笑着挥挥手道：“真是，不必客气。阿姨，你会收下吧？”

文子很困惑地说：“我是很高兴……可是这花很贵吧？”

“有什么关系！庆祝新店开张嘛，代表我的心意。”

栗桥说得很大方，然后将目光从由美子不高兴的脸上移开，转向后面的厨房问道：“和明，在吗？我有话跟你说，用不了五分钟。可以吗，阿姨？”

文子还没来得及说什么，他便穿越拥挤的店堂走进厨房。由美子愤愤道：“哼！别以为送个花盆来就想干什么，没那么容易！”

文子看着由美子说：“你也不要老是嘴巴那么坏，说什么人家想干什么的……”

“妈才有问题呢。你明明知道那个人老是要哥做什么，绝对不能让他接近哥哥！”

“可他们从小就是朋友。”文子的语气透出些责备，“男孩子之间交往，有时候女孩子是不懂的。而且栗桥不也是你小时候的朋友吗？”

由美子不屑地说：“妈，你想得太简单了！”

客人们好奇地看着她们。由美子恢复生意人本色，立刻走回厨房。她姑且先将蝴蝶兰放在粉红色电话机旁边。

栗桥将和明拉到厨房的角落，不断跟他说话。有点垂头丧气的和明一脸灰暗。由美子本想立刻干预，但父亲说话了。

“由美子，角田大楼的外卖做好了。不是你去送吗？”

听起来有些生气，无奈由美子只好说“嗯，我去送”，但内心还在为哥哥的事踌躇。栗桥说话的样子过于热心，不知他究竟在说什么？

“由美子，快去啊！”高井伸胜终于也大声说话了。他弯腰忙着为刚煮好的面条放上鸭儿芹，脸色显然不快。

伸胜的声音吓着了由美子，连栗桥和和明也大吃一惊。栗桥立刻结束说话，偷偷看了伸胜一眼，接着目光又和由美子对上了。那已经不是刚才送上蝴蝶兰时的和悦目光。

由美子不得已赶紧准备，拿起托盘就往后门走。背后响起栗桥故意发出的明朗声音：“那就麻烦你了。”接着他又对着厨房用更明朗的声音说：“这么忙的时候来打扰，真是不好意思，伯伯。”

高井伸胜没有停下忙碌的双手，但对他鞠躬道：“谢谢你的贺礼。”

“小意思，不成敬意。”栗桥客套后便穿过店堂走到门外。

由美子也赶紧拿着送外卖的托盘出了后门，想要绕到正门去追栗桥。

他的车停在店外的马路上，他正好打开驾驶座的门要跨进去。那是一辆红色跑车，看起来还很新，到处都像模型车一样闪闪发亮。他还有同伴。副驾驶座上坐着一个年轻的长发女子，穿着和车身一样鲜红的衣服。

栗桥一看见由美子，便立刻停了下来，回过头。车里的女子见状也回头看由美子。

栗桥还是嬉皮笑脸地说："喂，由美子，工作很认真嘛。"

由美子双手捧着托盘，站在距栗桥约两米外的地方。在旁观者看来，这是一幅可笑的画面：一个正打算坐进新潮跑车的帅气男孩和他漂亮的女友，面前却挡着一个捧着面碗托盘的笨女孩。

"你跟我哥说了什么？"由美子劈头就问，"我想应该一次跟你说清楚才行。请不要再来纠缠我哥了。我哥个性软弱，很容易听你的话，但其实他很讨厌你！"

"和明讨厌我？"栗桥一脸难以置信，"怎么会？我们可是童年玩伴。"

一听到"童年玩伴"，由美子就有气。"小时候认识，不一定就是童年玩伴。栗桥先生，你可是给我哥惹了不少麻烦，不是吗？"

"是吗？"

"我全都知道。"由美子继续大声说道，"就是上次，你不是叫我哥去帮你还打麻将欠的债吗？十二万。每次你来找我哥，不都是这种事吗？说是去喝酒，都是我哥在付钱吧？我全都听说了，我很清楚！"

栗桥转头看着车里的女子笑了。红衣女子也偷偷瞄了由美子一眼，冷冷一笑。

"由美子根本不懂男人之间的交情。"栗桥嬉笑道，整个人斜靠在车上，显得很悠闲，"和明还是跟以前一样，老是被个性强硬的妹妹骂。真是可怜。"

"我哥觉得很头疼……"

"和明一点都不头疼。因为我们是好朋友，从小就玩在一块。你和我不也是童年玩伴吗？为什么说话这么冲？"栗桥指着由美子，对车里的女子说："这女孩曾经给我写过情书呢！"

由美子感到脸颊发烫，不禁用力抓紧托盘的边缘大喊："那已经是很久以前的事了！”

“哎呀，脸红了，真可爱。”

栗桥和女伴同时笑了出来。那女子还用鄙夷的目光看着由美子，更增添了由美子的难堪和怒气。

“那才不是情书呢！”

“何必那么生气！你真是奇怪，由美子。”

“奇怪的人是你，你才是大怪胎！”

栗桥夸张地耸耸肩道：“好可怕呀！我居然被你骂了。”

由美子两腿分开，抬高下巴，表现出外送女孩最威严的一面，咬牙道：“我早就知道你用各种方式利用我哥。这一点我爸妈也很清楚。你说到情书，我倒要问问你还记得初二暑假的事吗？”

由美子的反击架势似乎吓着了栗桥，斜靠着的身体也坐直了。

“由美子，说话声音不要那么可怕嘛……”

“从那时候起，”由美子毅然打断栗桥，继续说下去，“我再也不相信你，也没有喜欢过你，也从来没把你当作小时候的朋友。所以到现在，只有我知道，我很清楚。你只是吃定了我哥，我哥也知道这一点。但他偏偏人太好，才会被你牵着鼻子走。”

坐在车里的女子娇声细气地问：“她是怎么了？发什么神经呀。”

由美子毫不退缩：“你拿花来讨好我们是没有用的。也许我爸妈会受骗，但是骗不了我。没错，正因为我们是童年玩伴，我从小就知道你的真面目，绝对不会上你的当。请你不要再接近我哥，听见没有？”

由美子的个人演说进行到一半，栗桥已经坐进车里、发动引擎。不等由美子说出最后一句“听见没有”，车已经开了。

由美子双手捧着托盘站在原地浑身发抖，原因不是寒冷，而是气愤。因为刚才太激动，不禁想起了内心深处的痛苦回忆。是的，就是那个夏天，和明初二的暑假，柿崎老师亲自来到她家……

3

柿崎老师的来访过于突然，长寿庵一阵忙乱。那时正是下午，店暂停营业。伸胜和文子正在吃过了饭点的午饭，老师竟上门来访。

柿崎老师被领到里面的包厢时，立刻为突然造访而道歉，并说明主要是为了和明而来。当时和明带着由美子到公营游泳池玩耍，并不在家。

因为学习成绩、运动能力和交友情况，伸胜夫妇对和明操心不已。文子还以为老师来是要对宝贝儿子有所责难，内心失望至极。自从转到游泳社近一年来，和明经常向她报告：社团活动跟以前的软网社不同，非常快乐，柿崎老师很好，等等。没想到，儿子那么信赖的老师居然还是到家里宣布放弃他。因为这一先入为主的想法，文子没等老师说完便低声问道："是不是我们和明不能留在游泳社了？他又做了什么不该做的事吗？"

柿崎老师吓了一跳，接着那张被水和阳光造就的黝黑的脸笑开了，他摇摇头说："对不起，我突然来访，一定吓着两位了。我不是为了你说的事而来的，和明是个乖孩子，很用功也很老实，我的确认为他是个好学生。"

文子听老师这么说，安心的同时，不禁眼眶湿润。过去没有人，也没有任何老师这样称赞过和明，总是听到"很费心"、"能力不佳"、"影响其他孩子"等负面评价。

"这孩子好像影响了大家的学习进度……"文子含泪诉说。柿崎老师则就事论事地继续说道："两位一直都与和明生活在一起，难道没有觉得他的眼睛有些不好吗？"

文子和伸胜彼此对视，一向话不多的伸胜沉默不语，似乎有些不解。

文子说："如果是近视，应该没有。视力检查的时候，两只眼睛都是一点五，而且也没有散光。"

老师点头道："是的，这些我也知道。他的确视力良好，但据我观察，他似乎看不见讲义或黑板上的字。明明视力没有问题。他的计算能力也不好吧？"

文子悲伤地点头道："读小学的时候，差点连九九表都背不下来！"

"应该不是懒惰，他也很努力背吧？"

"这倒是真的。"伸胜第一次回应，"那孩子真的做功课很认真。"

"就是啊。"柿崎老师向前倾身说，"我也觉得奇怪。看和明在游泳社的表现，绝对不是智力有问题。他听得懂别人的意见，也能说出看法。甚至对打扫游泳池、整理工具等工作，还能提出分工合作的有效建议。他怎么可能智力有问题？我反而觉得他拥有中等以上的判断力和想象力。"

文子抬起头，再一次看着丈夫。伸胜则直视老师。他沉默寡言，不只是话少而已，而是整张脸都显得毫无变化。但是这张毫无表情的脸逐渐有了变化。

"我认识一位医生。"柿崎老师接着说，"他是我大学时所属社团的同学。前一阵子到美国作研究，上个月才回国，我们见了一面。他不是临床医生，而是研究人员，目前在东都医大八王子校区的研究室，主要研究视觉障碍。"

"视觉障碍？"

"是的。简单说来，就是研究眼睛的异常问题。我们闲聊时，他说起非常有意思的话题。其实确切说来，日本虽然很少见，但美国已经很重视视觉障碍研究了。他说的就是有关在专门医疗机构就诊的病例，他这次到美国的主要目的就是研究该病例。"

"哦……"

高井夫妇似懂非懂地微笑，柿崎老师继续说道："我尽量不用专业术语，只是我不知道这样说不说得清楚。简单说来，这个病例两眼的视力都比正常平均值要高，但就是看不清楚。说得准确一点，就是不能正确辨识看到的东西。刚才也说过，美国在二十几年前就已经承认有这种病例，也一直在研究。患者大半是小孩。并不是说大人不会得这种病，而是没有人发现，甚至本人也没意识到就长大成人了。毕竟知道这种功能障碍，也是最近几年的事。”

文子忸怩地问道：“那是一种怎样的眼病呢？”

“那不是病，因为视力没有异常。应该说是一种‘功能异常’。”

“功能……异常？”

“是的，和明妈妈。我们都有两颗眼珠吧？”

“是的，有两颗。”

“我们是用两颗眼珠看东西。但是有一些罕见的例子，明明有两颗健康的眼珠，却只有一颗能看东西。也就是说一只眼睛关店休息，没有上班。”

“那么……”伸胜咳了一声，问道，“是不是应该绑眼带呢？”

“不，也不是那么简单。在这种情况下，是一只眼睛的视神经和负责这部分机能的脑组织停止运行，比起只需用眼带遮住眼睛要复杂严重许多。”柿崎老师举起手说道，“更严重的是，有这种问题的人无法辨识文字的形状。例如他们眼中的‘甲乙丙丁’跟我们看见的形状不一样。他们读取的文字和数字不同于我们，所以记不住，也写不下来，就算写下来也是‘不正确’的。”

文子捂住嘴巴，似乎想说“哪有这种事”，但随即阻止了自己。

“因此有这种问题的人，不管是大人还是小孩，字写得都很难看。和明是不是因为字写不好常被批评呢？”

文子立即点头道：“他妹妹由美子的字就写得好。和明的作业簿连我都看不懂写了些什么。”

“两位小时候的情况怎样？是否跟和明一样字也写得不好？”

文子抬头看了伸胜一眼，伸胜惭愧地承认：“我的字写得不好。”

“可是没有和明那么糟吧。”文子说，“我就觉得奇怪，为什么只有和明字写得特别丑？”

柿崎老师点头道："刚才也提到和明的算术、数学也不好，这也是有那种问题的人的特征。他们看到的数字排列和形状，与我们看到的不一样。他们很认真地做，结果却是错的。他们自己也不知道看见的跟别人不一样。但这也难怪，因为他们眼中看见的才真实，谁会认为自己看见的字母、汉字和隔壁桌田中看见的是两回事呢！于是有这种问题的人，尤其是学龄期儿童，几乎都会被认定是智能不足！实在很不幸。"

文子慢慢眨眼，凝视着老师健康的脸庞。她终于明白老师想说的是什么。

"那么老师，我们和明也是有这种问题吗？"

"是的。我怀疑有这种可能性。"老师点头承认，"我跟朋友提起，他和我意见相同，而且还问可不可以带和明到研究室接受检查。"

一听到"检查"二字，高井夫妇面生恐惧。老师赶紧说："说是检查，其实没那么严重。只是让和明看一些东西，问他看到了什么，请他写下来，并制成数据，而且要反复进行。这绝对不是病，我朋友也说得很清楚。视觉障碍是一种脑部功能障碍，不是病，就算吃药、动手术也治不好。需要的是对眼睛进行'训练'好恢复原来的功能。"

文子的脸上出现希望的光辉，眼里则忍不住流泪。

"还有，我必须慎重提醒一点，"柿崎老师继续说，"为什么会造成功能障碍，原因是什么，目前还不清楚。只能确定不是遗传的因素，据说也不是婴儿时期的养育方法造成的。所以假如和明真的有功能障碍，两位也不必觉得丢人，责任并不在你们身上。"

细心的话语令文子释怀，伸胜也沉默地点头。

"老师，这件事已经跟和明……"

"我还没跟他仔细说过，我只是说：'老师觉得你的能力没有问题。书读不好不是你的责任，而是有其他原因。'还跟他提过，可能会就这件事跟你们见面。"

老师还说："如果你们能够接受，是否请直接跟和明提这件事？如果他想知道得更清楚，再由我来跟他解释，好吗？到时候再请两位一起商量，决定是否接受检查。我朋友表示随时愿意效劳，你们不必客气。"

高井伸胜对于大学医院、研究室等权威机构有一种本能的恐惧，他缩着脖子问：“要去那种地方，总觉得怪怪的。可不可以到附近的眼科诊所看呢？”

柿崎老师笑道：“很遗憾，街上的眼科医生大概帮不上忙。”

“想治好就必须到大机构去吧。”文子振作精神表示，“就算再远也没关系，我们会去的。”

接着，柿崎老师就和高井夫妇闲话家常等和明回家。夏日的午后炎热无比，泡在游泳池里的小孩不会那么早就回家。加上明天是游泳社的活动日，于是老师说声“下次再联系”就告辞了。

文子在为下午五点开店作准备的同时，心中想了很多。她感觉到一股温暖。不是她自夸，她从来就认为很少有小孩像和明这样认真老实。过去在学校受了再大的委屈，和明还是忍了下来。那不是他的错，他身上背负着别人不知道的残缺。那孩子没有错。

文子抑制住内心的亢奋，在店里忙进忙出的时候，听见外面传来救护车的警笛声，越来越接近。

“出什么事了？”伸胜停下手，抬起头问，“好像就在附近。”

文子走到马路上，正好看见救护车经过长寿庵门前的大马路前往商店街方向。尽管事不关己，听见刺耳的警笛声还是有种不祥的预感。

文子正准备回店里，见前面巷口，脸晒得跟柿崎老师一样黝黑的和明和咖啡色的小公主由美子，不断斗着嘴往回走。一时之间母爱涌现，文子大声招呼：“你们回来啦。”

两个孩子也看见了文子。由美子跑了过来，和明则大声回答：“我们回来了。”这时又响起了警笛声。

警车闪着红色的警灯朝刚才救护车的方向行进。和明和由美子停下脚步，睁大了眼睛。文子跑到两个孩子身边，跟他们一起目送警车离去。

“是商店街的方向。”和明说，脸上浮现不安与担忧的神情，跟刚才伸胜在厨房听见救护车警报声逐渐接近，停下手说“好像就在附近”时的表情一样。是谁受伤了，还是谁倒下了？哪里失火了吗？有谁求救吗？

这是大人的反应。就像远处上空有猛禽掠过，一听到翅膀舞动声，雁群领队就会昂首倾听，确定敌人的方位，好挺起腰杆保护老弱妇孺。

文子头一次发现这孩子有着比实际年龄老成的一面。通常像和明这种年龄的男孩，一看见街上跑过警车或救护车，立刻会好奇地凑热闹，而不是感到不安；会因想知道发生了什么，跟在警车或救护车后面跑，而不会停在路边，担忧地看着红色的警灯离去。

文子正想着这些，由美子已经喊道："哥，我们去看警车。"

和明则笑着摇头道："太危险了，不要去。"

"真无聊！"

文子这才发觉，原来过去有太多机会可以看到和明与普通小孩不同的地方，但每一次她都解释成"迟钝、愚笨"，而且也习惯接受该事实。

但是今天完全不一样。柿崎老师告诉她的一番话，让过去在文子心中定型的"和明印象"发出不同的光芒。她才明白过去断章取义解释成"愚钝、缺少霸气"，其实可以用"老成"来形容。

我真是个糊涂母亲！文子想到这里，内心充满了愧疚。为什么自己从来不相信孩子说的话，而只在意老师说了什么呢？

"我们回家吧。"文子牵着由美子的手说，"你们两个都饿了吧？"

长寿庵的人得知商店街发生的事，已是那天晚上关店的时候。商店街规模最大的"阿诚超市"老板，即民意代表高桥，为此事来找伸胜。

伸胜和文子对高桥的来访都很惊讶。文子心想，今天真是吃惊不断的一天！而且说实话，还真麻烦。关上店门，她会和伸胜一起对和明提起白天柿崎老师说的话，所以很不希望外人打扰。

"有些事要跟你说，但电话里又不太方便，所以想关店后来比较不会打扰你。"

"什么事？"伸胜的语气有些困惑。

"今天商店街出了点纠纷。你没有听见警车的声音吗？"

"有啊。"

"真是令人头疼，所以才来找你商量。我可以坐下吗？"

关门后店里很安静。高井夫妇和高桥先生在餐桌前对坐。

高桥比伸胜年长五岁，脑袋已经秃了。大概是急性子的关系，光头总是因为汗水而闪亮。与其说他做事磊落、不拘小节，其实作风只要再偏一点，就会被形容为下流、低级。但因为他是生意兴隆的阿诚超市的老板，也是连任的民意代表，还算颇有声望。

长寿庵不在商店街，和那里的活动无关，但还是加入了商店街商家组织的“青葵会”。高桥当过该会会长，现在也是实质上的负责人。伸胜见过高桥，曾经一起旅游过，也一起吃过饭。可是两人关系并没有好到商店街出事要找伸胜一起商量，他也从来没有那么受过信赖。究竟是怎么回事？

伸胜有种不祥的预感。

面对不安的高井夫妇，高桥以一种故作为难的夸张表情开始说明：“开药店的栗桥先生，你知道吧，就在商店街北侧？”

“是的，我知道。”

“栗桥先生的儿子和你儿子应该是同学吧？”

伸胜看着文子寻求确认，文子点点头。

“是的，栗桥家的浩美和我们和明是朋友，从小学就在一起玩了。”

“就是嘛，那边也是这么说的。”

那边是指栗桥药店吗？

“言归正传，今天下午的警车就是栗桥先生的儿子引来的。”

文子探身问：“浩美吗？他做了什么？”

高桥以一副好像吃到酸东西的表情说：“他打了客人。”

伸胜双手抱在胸前，深深叹了一口气。

“浩美在家看店吗？”

“是啊，他父母都出门了。”

“所以说是一个人喽。”

“嗯。结果那个老太婆来了。”

“老太婆？”

“你们店里没受过害所以不知道，真的没听过那个要命老太婆的事吗？”

长寿庵没有人知道。

“算了，其实我也不应该叫人家‘老太婆’，可我真的很生气。老太太年近九十，没有家人照顾，一个人住在车站西侧的都营小区。有时候会到这附近买东西，但其实是顺手牵羊！”

“顺手牵羊……”

“嗯。我想不是故意偷的，而是精神恍惚，自己也不知道是怎么回事。但真的很糟糕。常常在我们店里，不付钱拿了东西就跑，或是当场将面包、香肠拆开来吃。尤其是将牛奶打开来喝后，更是不好处理。不管怎么说她，她都是一副什么都没有做的无辜表情。有时气急了骂她，她就会大哭大叫，不知道的人还以为我们欺负老人呢！结果只好让她带回破坏过的商品，拿回赖不掉的商品的钱——可不是全部，我也很不甘心啊。”

文子想起蔬菜店老板娘也说过这种事，好像还不只是遇到过一次。

文子一说出口，高桥立刻大声肯定道：“没错。就是八百德蔬菜店嘛！”那里也很惨。大概是四月份的时候，老太太在那家蔬菜店门口拿起橘子便吃，老板娘让她付钱，老太太装作没听见撒腿就跑。八百德过去遭殃过好几次，老板娘实在气不过便冲出去追。结果老太太嘴里不干不净，还在摆着萝卜、西红柿等商品的门前小便！闹得人仰马翻。

对八百德而言，真是损失惨重。

“还不只是这样。我们收银台的主任说：‘那个老太婆根本没有痴呆症，是装成痴呆来骗吃骗喝、偷东西的。她是事先算计好才做的。’结果老太婆听了可不得了。”

“在栗桥先生那里被打的，就是这个老太太吗？”

文子一问，高桥才想起今天的主题，双手一拍说道：“没错！”然后一脸正经地说：“大概是四点左右吧。栗桥药店隔壁，就是那家卖衣服的吧？”

“村田家的店？”

“对，就是村田时装。”高桥唾沫横飞地说，“那里的老板娘听见栗桥药店有东西倒地的声音，还听见有人尖叫，于是赶紧跑过去看，发现那个老太婆倒在地上，嗯嗯唉唉地哭泣，头上流着血，看起来很惨。商品陈列架也倒了，胃药啊创可贴等散落一地。栗桥家的儿子则一脸惨白地站在老太婆旁边。”

老板娘问栗桥浩美怎么了，浩美没有回答，也不看老板娘，居然握紧拳头想攻击倒地的老太太。老太太张开没有牙齿的嘴巴尖叫，爬着逃了出去。

“你们都知道村田老板娘个头很大。她不忍心，于是用身体挡住栗桥家的小鬼。可那小鬼拼命挣扎，差点将老板娘甩开。老板娘大声呼救，附近的人围上来，才一起将小鬼制伏，救了老太婆。栗桥家的小鬼大概是气坏了，一心想揍放走老太婆抓住自己的大人。对面书店的老爹也挨了他一拳。慌乱之间也不知是谁报了警，叫了救护车。”

文子想起栗桥浩美的脸。他是和明的朋友，由美子也跟他一起玩。是个活泼、会读书的好孩子，看起来不像会动粗。

“浩美现在怎样了？”

高桥挥动大手说：“在家里。警车是不会将初中生带回警局的。但的确有人受伤，警察也不能不管，所以问了很多话。”

栗桥夫妇在警车骚动中回到家，母亲演了一场悲伤叹息的戏，场面着实惊天动地。

“夸张地哭闹道：‘如果浩美被带回警察局，那我不如死了算了。’之后又到我这里，托我想个善后对策，让事情圆满落幕。我想不过是小孩子的事情，骂一骂，并负担老太太的医药费就解决了。警察也不会多说什么。而且真要说起来，整个商店街还希望那个老太婆能反省呢。”

“没错。”

可是这件事跟长寿庵又有什么关系呢？文子和伸胜满脸疑问。高桥只是嗯嗯啊啊地点头，然后摸摸光秃的头顶说：“整件事就是这样。”

他看着高井夫妇又说：“警车离去后，我又被叫到栗桥药店。小鬼……不对，他叫什么来着？”

“浩美。”

“对，就是浩美。要从他嘴里问出事情经过，看看究竟为什么会发生这种事。因为对方是那个老太婆，我一开始也无意责骂浩美，还说：‘你的心情我们很理解……’”

浩美一开始就什么也不说，像块石头一样不开口，坐着干瞪眼。

“他太顽固了，最后惹得我也很生气。于是开始教训他，说他不该使用暴力！结果那小鬼……不对，浩美居然说：‘我又没有打人！’”

“他不是因为要揍人才被制止的吗？”

“没错。可是他说一开始打人的不是他。”

文子慢慢地眨眼看着高桥，问道：“是说当时还有别人吗？”

高桥立刻点头道：“正是。”

文子吓了一跳。之后的内容她想都没有想到。

高桥一脸歉然地说：“他说你儿子也在场。当时高井来他家玩，跟他一起看店。是高井揍了老太太，然后跑了。他当时吓死了，忽然发生这种事，慌得不知道该怎么办，整个人也因害怕而错乱。最后那孩子垂头丧气地说了声‘对不起’。”

文子说不出话来，两只手在空中比画。一直保持沉默的伸胜开口道：“我家小孩下午去游泳了。”

“是啊。”别的声音出现了，是孩子们。文子立刻回头，看到由美子和和明躲在厨房柱子后面。

“我们去游泳池了。”由美子重申道，清澈的眼睛瞪得很大。

看来他们偷听了大人的谈话。大概是小孩子的好奇心，感觉高桥来访跟白天的警车有关系。

相比由美子瞪大眼睛惊讶的样子，和明在文子眼中，就显得很胆怯。这也难怪，自己的朋友居然偷偷向大人告状，说他今天在没去的地方做了没做的坏事！

难得的是文子还没开口，伸胜先斥责孩子：“不要躲在那里，都给我出来！”

“你们好啊。这么晚还来打扰你们。”高桥立刻装出笑脸打招呼，目光却盯着和明。

和明眼珠不安地转动。当他的眼神和文子的对上时，也只是默默将头转到一边。大概是“我今天根本就没有去栗桥药店”的意思，同时也是表示“我什么坏事都没有做”。

文子立刻就明白了。可是见和明畏缩的样子，伤心的同时又不免有些生气。既然什么坏事都没做，为什么不能抬头挺胸，为什么会那么没用？

“过来这边。”文子叫他们。高桥一副“这下糟了”的神情看着文子，但文子并不想让孩子们离席，尤其是背着和明继续谈这件事。

“你们过来坐，刚才的话你们都听见了吧？”

文子一问，和明畏缩地点点头。由美子则一把跳上椅子坐下，毫不害怕地“嗯”了一声，然后又很担忧地看了在座的大人，问道：“栗桥打了老婆婆，是真的吗？”

文子不由得苦笑了一下。她知道对由美子而言，栗桥不只是哥哥的同学而已。从和明和栗桥小学时起，由美子就一直跟他们一起玩，虽然现在已不再那样。所以应该说和明、由美子和栗桥三人是童年玩伴才对。而且从小由美子对迟钝的哥哥，还不如对做什么都很棒的栗桥更亲近。

由美子对栗桥的感情至今还存在吧。所以她才会歪着头，一脸怀疑地自言自语道：“栗桥为什么要打客人呢，而且还说是哥做的？”

高桥插嘴道：“还不知道是不是栗桥打的呢！”

由美子立刻回道：“是吗？但也绝不是哥做的。哥哥和我今天都没有跟栗桥见面。上午我们在写作业，两点店关门以后就去游泳池了。”

“哦？你们是去学校游泳池吗？”

“不，是公营游泳池，在若叶町。”

“是啊，那就得搭公车去喽？原来如此。”

高桥一方面配合由美子的语气说话，一方面还是很注意观察和明。不知栗桥用了什么说法令他那么信服，总之他来此并不是想听和明的说法，而是抱着很深的怀疑。

“这么说栗桥大概是想错了，你怎么认为呢？嗯？”

“他叫和明，我女儿叫由美子。”文子说。

“噢，你叫和明。”高桥笑嘻嘻地对和明说，“你怎么认为呢？”

和明低着头，两侧太阳穴附近有些颤动。高桥越是想看他的脸，他越是低头。

文子看不过去便开口道："不好意思，和明有点怕生。"

"都已经初二了，又是生意人的孩子，真是少见啊。"

看来高桥对和明的印象不是很好。文子有些紧张，心想，这种好动外向的人一定不喜欢畏畏缩缩、扭扭捏捏的小孩，尤其是男孩。

"在游泳池有没有遇见其他朋友？"

由美子回答："遇到过。"

"谁呢？"

"美典。田中美典，她是我班上的同学。"

"你是和哥哥一起遇见朋友的吗？"

"不是。那时候哥在大人用的游泳池，我们是在儿童游泳池。"

高桥瞥了和明一眼。和明低头看着地板。

"是吗？和明是在大人用的游泳池？"

"是啊，因为哥比我会游泳。今天哥还教我怎么仰泳。对不对，哥？"

妹妹开口询问，和明好不容易才低低地点头。

"所以说，栗桥很奇怪。我们今天根本没和他见过面。"

"由美子，够了。"伸胜说，"这些一开始就知道了。栗桥那孩子乱说话。"

语气斩钉截铁。高桥先生看见伸胜的表情，忙赔笑道："请不要生气嘛，高井老板。"

"我没有生气。"

"我既然受人所托处理善后，就必须先将事情弄清楚，所以得听听每个人的说法。"

"那你问过被打的老太太吗？她怎么说？"文子问，"问她应该是最清楚的，不是吗？被谁打的，老太太是当事人，应该最清楚。"

高桥夸张地摆摆手道："没用，她已经痴呆了。"

"可是不问清楚怎么行？"

"我问过了，但还是不明白。她净说些听不清楚的话！"高桥一副"要不然，我干吗那么辛苦"的口吻。

“那就交给警察处理好了。”文子也生气了，干脆这么说。

高桥马上瞪大眼睛说：“那怎么行！请不要随便乱说。要是交给警方，可是会破坏我们商店街整体形象的。”

文子笑道：“什么形象？未免太夸张了。又不是百货公司。”

事实上，警车来过一事早已传遍左邻右舍，想隐瞒也于事无补。不想将事情闹大的理由，跟商店街根本毫无关系，应该是跟栗桥药店和栗桥浩美有关才对。

“不管怎么说，不过是小孩闯的祸，圆满解决也不是什么难事，一切就交给我处理。”

长寿庵也没有人托高桥，他一拍腿就自作主张说：“就这么办吧。”

什么“就这么办”、什么“不管怎么说”，事情总要弄清楚才行吧！现在令困扰的高井一家也气愤难消，文子一时之间说不出话来，见高桥急忙抽身，连道别的招呼都免了。

不只是文子，高井家每个人都没有跟高桥道别。伸胜沉默地将双臂抱在胸前，嘴闭得紧紧的。由美子小嘴微翘，睁着大眼睛看着所有人。和明还是一样低头看着地板。店里没有客人，明明只是家人坐在一起，气氛为什么这么令人难过？文子不由得生起气来。为什么我们就得受这种气？今晚对这个家而言，本来是要跟和明谈论那件重要的事，为什么会变成这样？

沉默不语的伸胜忽然叫了一声：“和明！”

伸胜对上儿子的视线，慢慢粗声粗气地问道：“你是不是和栗桥吵架了？”

和明瞪大眼睛，嘴巴微微张开，用力摇头。

“好好出声回答！”

和明害怕地看着文子，希望母亲能够出面帮忙。但文子只是默默注视着儿子，用眼神告诉他：好好跟你爸说。

和明只好吞吞吐吐地回答：“我……我们没有吵……吵架。”

“那你和栗桥是朋友吗？”

和明先是摇头，然后好像又想了想，才说：“嗯，是朋友。”

“到底是不是？”

和明紧张不已，就像小孩有时会问大人“真的有神明吗”或“人死后会去哪里”，大人心想“自己也不知道答案，又不能装作知道，而且说不定自己知道，只是说不清楚，自己真的也搞不清楚”时流露的神情。

没过多久，和明还是张皇失措地回答：“我想是朋友吧。”

伸胜放下手，搁在膝盖上。他的手很大且长满了茧，但却很白。他叹了一口气，说：“既然这样，栗桥为什么诬赖你？”

“好奇怪哟。”由美子插嘴说，“真是奇怪。简直乱七八糟……”

“你给我安静点！”

由美子吓得闭上了嘴。

“和明，你今天不是为了教由美子仰泳，陪她一起去公营游泳池了吗？”

和明点头道：“嗯，去了。”

“你没有去栗桥药店吧？”

“没有。”

“跟浩美见过面吗？”

“没有。”

“也没有殴打去药店的老太太？”

和明用力点头，然后第一次抬起头来回答：“我没有打老太太。”

伸胜深深点头，喘了一大口气，然后说：“爸爸相信你应该不会做那种事，今天也不可能做那种事。栗桥他在说谎。为什么你的朋友栗桥要说谎栽赃你呢？栽赃你听得懂吗？”

和明正在犹豫，由美子已经抢先说道：“栗桥才不会说谎呢！”

“由美子！”文子出言制止，但由美子还是鼓着脸看着父亲和哥哥说：“栗桥才不会说谎呢！”

伸胜没有生气，表情也没有大变，而是微笑着问由美子：“听了刚才的话，我觉得栗桥在说谎。由美子，你怎么想？还是你觉得说谎的人不是栗桥，而是哥哥？”

由美子焦急地跺脚道：“我又没那么说。哥一直和由美子在游泳池那边。我们回家时还看见警车经过，开往商店街。”

“那么你哥哥说的话是真的，也就是说栗桥在说谎。”

“不对！”

“哪里不对？”

“栗桥不是会说谎的人，我刚才就说很奇怪！”

“哪里奇怪了？”

“整件事很奇怪。栗桥不可能说那种话，也不可能打老婆婆。这件事从一开始就很奇怪！”

由美子为了帮栗桥说话拼命解释，坐在一旁的文子则看着和明。妹妹说栗桥不是会说谎的人，那一瞬间和明瞪大眼睛看了妹妹一眼，接着内心好像立刻开始萎缩。和明身材高大，有些肥胖，但藏在身体里的灵魂其实很小，就像偌大的窠巢里窝着一只蜷着翅膀的雏鸟一样。如今见由美子拼命维护栗桥，文子觉得那只雏鸟缩得更小，躲进了巢的深处。

“由美子觉得栗桥是好人。”由美子对着爸爸努力表达意见，“说他打了老婆婆，这是真的吗？我总觉得奇怪。由美子说的奇怪就在这里啊。”

对着高桥，由美子会用“我”来称呼自己，但在父母面前则会撒娇地改称“由美子”，但认真表达的心情是一样的。

文子这才恍然大悟，原来就是这样——由美子喜欢童年玩伴栗桥并信任他，和明才什么都不敢说，选择沉默。

刚才伸胜问和明是否和栗桥是朋友，和明开始摇头，随即改口，是因为顾及由美子。和明和栗桥浩美之间，是否存在很难言明的裂痕？也许他们根本就不是大人口中的“朋友”，关系有些扭曲。否则栗桥浩美为什么要陷害和明？

看着说不清的和明坐在拼命为栗桥辩解的由美子身旁，文子备觉难过。今晚一家人本来不是要讨论这样的话题！

“由美子，可以了。”文子制止道，“你该睡了。”

“可是妈……”

“去睡觉！”

由美子看着父亲求救，伸胜双臂抱胸，一脸严肃地瞪着地板。由美子不悦地站了起来。

只剩下三人后，文子提起今天柿崎老师来访一事，说到和明可能会有视觉障碍。和明本来垂头丧气，渐渐抬起头来嘴巴大张，不时还询问母亲听不太懂的地方，表现得很热心。

“你是说不是我不行？”那表情就像是知道了魔术的内幕一样。

详细情形明天再说——说完这些，让和明上床睡觉后，文子才去洗澡。一个人独处的时候，不知为什么竟哭了出来。文子不想看见自己哭泣的样子，便将视线从浴室的镜子上移开，十分用力地洗起脸来。

由美子记得，那晚她被命令去睡觉之后，大概过了一个多小时，哥哥还是没有上楼。自己一个人被支开实在令人不快，为了弄明白他们在说什么，她还好几次躲在楼梯间偷听，却只听到妈妈压低的说话声，根本听不清楚。

我已经不是小孩了！而且比起笨手笨脚的哥哥，我更懂事！

对由美子来说，哥哥和明实在很难用什么词来形容。那是一种凭她的理解力难以掌握与认识的复杂情感。

和明一直迟钝、愚昧、动作笨拙，总是在紧要关头出错。已经有数不清的次数，她希望这样的哥哥最好不在。如果有人问“我不会骂你，你老实说，喜欢哥哥吗”，她一定毫不犹豫回答“不喜欢”或是“如果没有哥哥，不知道有多高兴”。

可是……可这真的是她的心声吗？

幼小的由美子还搞不清楚。这么令人生气的哥哥，打棒球时总是被三振出局；跑得慢还会被垒包绊倒；不仅是对手连队友也被惹得在一旁大笑，而他自己却一脸呆傻地摸摸头跟着笑。如果真的讨厌这样的哥哥，为什么看见哥哥一个人努力写功课的背影，她会心酸？为什么看见哥哥在店里找错钱被客人骂，她会对客人生气呢？

为什么她就是无法彻头彻尾地瞧不起哥哥呢？

对，问题就在这里。她明明觉得没有哥哥最好，为什么今天见有人诬赖哥哥，她会生气呢？为什么不能不管哥哥死活呢？

由美子睡不着，于是穿着睡衣在书桌前写日记，试图将难以整理的心情写进日记。不久听见了上楼的声音，她赶紧将头探出门外。是和明。

“哥，怎么样了？”由美子上前追问，“栗桥的事怎么样了？”

和明一脸茫然地看着由美子，一副“你不困吗”的神情，不断眨着大象般的小眼睛。

“由美子，哥的眼睛不好。”他忽然快速说道，“他们说我的眼睛不好。”

“什么啊！我没听说过这个。哥和栗桥……”

和明不断低声重复道“我的眼睛不好”，走进自己的房间。

“笨蛋！”由美子骂了一句，又探头看楼梯下方。干脆再下去跟爸妈说说自己的意见吧。

犹豫之际，楼下的灯熄灭了。浴室传来拉门开合的声音，那扇拉门一向都很难开合。由美子只好回房间。

此后的一个星期，由美子为没有获得栗桥药店和浩美的进一步消息而心神不宁。药店关了，不知浩美是不在家，还是整天关在家里不出来，完全见不到。

高桥对于这件事也没有再来说过什么，长寿庵正常营业。由美子不得不回到跟过去一样的暑假生活。她想知道整件事是怎么回事，也很担心栗桥。为什么栗桥要骗人说是哥哥做的？她想知道理由。大家却都摆出一副不关你的事、不关我的事、不关任何人的事的态度。每次文子一问“要不要去游泳”，伸胜问“要不要吃冰激凌”，她就想大吼：“我现在没有这种心情！”

另一方面，和明好像很忙。每天都去学校，连不是游泳社活动日的时候也去，而且回来后总是一脸兴奋。有时柿崎老师会打来电话，妈妈会先接电话，然后交给和明，最后又将话筒交还给妈妈，而且说的时间很久。

“是吗？那检查……”

“是，研究室也在放暑假……”

“好的，真是非常感谢。和明也因为有救了很高兴呢。”

不知道他们究竟在说什么！

由美子对这件事充满了不可思议和不满。父母与和明都不肯好好跟由美子说清楚。

“哥，你眼睛不好是怎么回事？”

她一问，和明满身是汗地解释了，可是根本不得要领，她完全听不懂，只听到“一只眼睛看不见”，那是什么意思？骗人的吧。哥哥遮住一只眼睛还是可以走得好好的！

她只得去问母亲，母亲也不肯说明白。

“其实这件事有些复杂，妈妈也不是很明白。”文子说，可是她表情开朗，好像在期待什么似的，“我不想跟由美子说得不清不楚，所以等我也很清楚的时候再告诉你吧。反正不是什么坏事，对你哥来说是件很棒的事。”

父亲只会说：“去问你妈。”不管问他什么，都像是和大石头说话一样。

由美子非常不满，以前从来没有这种情况。如果是三个人联合起来，那也应该是爸妈和由美子三人才对。过去他们三人总是为了和明功课不好、动作迟钝、被朋友欺负而心烦，聚在一起商量对策。

我不允许爸妈和哥哥三个人联合起来！他们究竟在讨论什么呢？什么是“对哥哥很好”的事呢？

由美子整天在家抱怨、发脾气、任性使坏，结果招致父母责备，心情更加糟糕。

八月十五日那一天，就是药店出事后由美子第一次见到栗桥浩美的日子，也是盂兰盆会最热闹的时候。长寿庵十三、十四、十五日连休三天。十三和十四两天，高井一家到大洗海岸游玩。十五日则好好休息了一天，因为明天又要开始忙了。伸胜赖在床上，心想难得能晚起。文子说要出门买东西，和明说要到同学家写作业，两人上午就出去了。

由美子心情很不好，既不想跟朋友玩，也不想和父亲一起看家。去大洗海岸时，她因一点小事和哥哥吵架，在回来的电车上狠狠挨了伸胜的骂。

由美子的好朋友不是全家出去旅行就是回乡下，都不在家。心情这么低落，也不想跟不太好的朋友打交道。

她决定骑自行车去图书馆。那里空调够凉，而且不同于暑假，中元假期书架区和阅览室应该很空。

果然，图书馆停车场停放的自行车只有平时的十分之一。由美子拿着装有习题和铅笔盒的手提袋，轻手轻脚地走进图书馆。平时大厅里总是挤满了翻阅杂志、读报纸的大人，现在几乎没人，松软的沙发上空无一人。由美子冲过去坐下。

她开始阅读电影杂志和有些可怕的推理小说。其间她脱了凉鞋，将脚放在沙发上，管理员也没有制止她，感觉真自由。她又拿起一本电影杂志，翻到新上映的动画片报道。忽然间听见一声巨响，吓得她差点跳了起来。

她吃惊地抬起目光，柜台里的管理员也站了起来。他们不约而同地看着阅览室大门，由美子自然也跟着看过去。

栗桥浩美就在那里。

他站在阅览室门口。不只是他一个人，还有一个跟他一样高的陌生少年。看来刚才那声巨响，不是栗桥就是那个少年用力关门所致。

站在柜台最边上的男管理员对他们说：“你们，关门时小声点！”

由美子以为他们应该会说“对不起”，但两人充耳不闻，直直走向书架区。

男管理员皱着眉头，对旁边的女管理员嘀咕了几句，接着又用严厉的目光看了阅览室大门一眼，才继续工作。

由美子看着这一切，心跳得很厉害。这是她第一次看见栗桥那种态度。

由美子不太清楚栗桥上了初中以后的情况，可是完全记得以前一起玩时的他。人很好又聪明，运动细胞发达，还有一对漂亮的双眼皮，让身为女孩的由美子羡慕不已。连文子都说：“栗桥长大了一定很帅。”

由美子穿上凉鞋，走向书架区。只有三三两两的人，今天人真的很少。不须用心找，她立刻发现了栗桥和那个少年。

两人背对着由美子站在书架区最里面。由美子看了看书架上贴的图书类别标志，是法律类。

栗桥正在看着同伴手上拿的一本厚如辞典的书。看起来好像很难读，两个人却有说有笑。由美子停下脚步，不知该不该靠近，也不知该如何靠近。

这时，栗桥身边的少年有所察觉，猛然抬起头，看向由美子，然后对栗桥小声说话。于是栗桥的视线转移到由美子身上。

由美子愣住了，立刻感觉自己脸红了。这么久没见面，她该问声好吗？

两个少年不知说了些什么，然后栗桥朝由美子走出一步说："由美子，和明也来了吗？"

他的声音听起来比由美子记忆中的还要像大人，就像个成年人。

由美子连忙摇头。

"哦？真是难得。和明到哪里都不敢一个人去，总是要拉着妹妹才行。"

栗桥这番话并非说给由美子听，而是对着身旁的少年说的。嘲笑中显然带有恶意。由美子问了声好，立刻低下头去，准备离开。她很想赶紧逃离这里，她不喜欢这种气氛和这样的栗桥。

"慢着，由美子。"栗桥叫住了她，"和明在干什么？"

由美子害怕地回过头。栗桥则离开那排书架走过来。

"和明背叛了我，他想干什么？"

栗桥身边的少年哈哈大笑，笑的时候还猛地合上手上的书。

由美子看了看四周，根本不见其他人影。"法律"书架旁边的是"化学"，后面则是"人文·社会"，都是不怎么有人看的类别。

栗桥一步步接近由美子。地上铺了地毯，虽然已经破烂不堪，但还是发挥了功效——不会发出脚步声。栗桥无声地穿越书架逐渐靠近由美子。一瞬间，由美子陷入一种妄想——大人听了会付诸一笑的奇怪错觉。

栗桥死了，一定是这样。这是他的鬼魂，所以才听不见脚步声，才会有这么可怕的表情。我好害怕！一定是这样，否则我怎么会怕栗桥呢？

栗桥的鬼魂正低头看着由美子，并抓住她水手服的衣领。

“和明在干什么？那头大笨猪呢？你回答我。”

栗桥比由美子高了约三十厘米。被他一抓，由美子的脖子很不舒服，几乎快发不出声音来。为了缓解压力，让呼吸顺畅些，她用力伸长身体。双脚不断挣扎时，一只凉鞋掉了。她重心更加不稳，脖子更加不舒服。

“哥……哥……”由美子好不容易发出声音，但不是回答栗桥，而是因为太痛苦了，不知不觉这么喊道。

栗桥用力摇晃。由美子的后脑勺撞上不锈钢书架，发出声响。

“你哥算什么东西？一个智障还敢背叛我，太放肆了！我绝对不放过他！就说是我说的，你去告诉他，听见没有！”

他边说边再度用力摇晃由美子，想让她的头撞到书架。由美子闭上眼睛。随着一声比刚才还大的声响，她的眼睑里冒出了火花。

睁开眼睛的时候，泪水一起迸出，沿着脸颊滑落，流过微微颤抖的嘴唇。

这时，前面通道上有人大喝道：“你们在干什么？”

是女人的声音。栗桥赶紧放手，将由美子扔了出去。他不再瞪着由美子，而是循声望去。由美子泪眼模糊地看着栗桥的脸颊，看着他消失在眼前。他逃跑了，同时响起了书掉落在地毯上的声音。

“喂，别跑！”女人大叫，但没有追赶的意思。那人立刻跑到由美子身边。“你还好吧？”

由美子睁开眼睛一看，刚才坐在柜台里的女管理员正在看她。由美子想回答“我没事”，嘴唇却颤抖不已，发不出声音。

栗桥和那个可能是他朋友的男孩已不见踪影。

“你是不是被那些男生恐吓？钱被拿走了吗？”

由美子摇摇头，好不容易出声道：“不……不是。”

“他们是初中生吧？你不认识他们吗？”

虽然不是真的，由美子还是点点头。女管理员仔细观察由美子，表情变成是告诫刚吵过架的小朋友那种——对方虽然不对，但跟人吵架的你也有错。

“看来没有受伤，有没有哪里痛？”

“没有。”

其实头痛得不得了，由美子还是没说真话，因为从声调和表情可以知道，对方心里正在想“要是受了伤，我会多麻烦啊”。

“你还是小学生吧？一个人来图书馆吗？你还是回家吧。”

“好，我回家了。”由美子低着头答应。

掉落的凉鞋大概是在栗桥逃跑时被踢开了，落在一开始他们站的法律书架前面，旁边还躺着一本厚如辞典的书，封面向上。

管理员看见了，弯下腰把凉鞋捡过来套在由美子脚上。

“谢谢。”

接着她又捡起了那本书，看了看书名和藏书编号，放进法律书架上面数下来第五格的最前面，然后才回柜台。

由美子心跳得很厉害，膝盖也在发抖。为了给自己打气，她深吸一口气，但呼吸声还是透着胆怯。她揉揉脸好抹去泪痕，不希望被家人发现自己在图书馆哭过。若被问起理由，她不知该如何回答。以前那么努力帮栗桥说话，今天却又说他的坏话，实在太善变了。她觉得这样不对。就算是对的，父母大概也不会这么想。他们会认为她在乱说话。她决定先在图书馆的洗手间洗完脸再回家。当她走动时，头又开始痛了，令她几乎快掉出眼泪。

走了两三步，为确认已经脱离恐怖，她回头看了一下“法律”书架。她仔细一看，刚才那本书，即栗桥浩美的朋友拿过的厚如辞典的书，已经放回书架，书脊正对着她。那是本什么书呢？

书名是“六法全书”。

幸好白天哭的事好像成功躲过了父母严厉的双眼。吃晚饭的时候，父母都很高兴，不停提到昨天的旅游，还说明年要去海水浴场住两三晚。尤其是母亲文子，自从柿崎老师来访以后，好像烦恼减少了许多，神情十分开朗。也因此有些心不在焉，完全没有发现由美子的异样。

由美子回到家检查了一下后脑勺，摸上去还会痛得令人跳起来，感觉已经肿了。脑袋变得很重，因为是在脑后，有时连太阳穴附近也跟着抽痛。

她还是没有告诉父母，还打算万一被发觉了，就敷衍说是“骑自行车跌倒了”、“不小心撞到电线杆”，可是她不知道行不行得通。要是在敷衍时难过得哭出来，爸妈应该会觉得很奇怪。

由美子还是害怕说出是被栗桥打的。害怕一旦说出口，就变成真的。栗桥才不是那种人呢。只要自己沉默不语，那件事就没有发生。

晚上八点过后，她一个人在房里发呆。文子来喊她洗澡：“哥哥刚洗好，你快去洗。”

“我今天不想洗。”

“你胡说什么。流过汗了不是吗？不洗澡可不行，就算冲一下也好。”

由美子懒懒地起身，摸了一下头，肿的地方抽痛了一下。

洗澡的话，会不会更严重呢？也许脑袋会痛得更厉害吧。

犹豫之间，楼下的文子又催促了。假日大家都很悠闲，只有妈妈还是那么严厉。只要不听她的话稍稍耽搁，就会没来由地生气。由美子无奈只好走出房门。

有人上楼了，是和明，正一边用毛巾擦头发，一边拉着开口的短袖睡衣扇风。比起昨天，哥哥晒得更黑了，走在阴暗的楼梯和走廊里，只能看见雪白的牙齿。

由美子准备不说一句话和哥哥擦身而过。和明却站在楼梯口，抬起大脑袋看着由美子。

“让开！”由美子说，“我要去洗澡。”

和明动也不动，只有嘴唇困惑地蠕动。他好不容易问道：“由美子，你今天哭了？”

由美子惊讶地抬起头。

“你从图书馆回来的时候哭了吧？”

“你为什么这么说？”由美子嘟着嘴说，“你有问题啊，哥。”

和明少见地没有笑脸相向。

“我看见了，在图书馆前面的红绿灯下，你正摸着后脑勺，一脸不高兴。”

由美子吓了一跳。“哥也在那里吗？”

“嗯。秦野他家跟图书馆是同一方向。”

秦野是今天跟和明一起玩的朋友。

“你和人打架撞到头了吗？好像很痛。你应该跟妈说，让她帮你敷药。”

由美子心慌意乱，不知该说什么。头部的伤的确很痛，过了许久也没消，她开始有些担心。

她很想说“跟哥没有关系，不要随便偷看人家”，或者不理他就算了。也可以说：“哥是大笨蛋，我最讨厌你了！”

可说出来的却不是想了千万遍的责备、抱怨和诋毁。

“哥！”由美子问，“哥是不是背叛了栗桥？哥对栗桥做了什么？他很生气。”

所以我才会被打——还来不及说出这句话，由美子已经哭了。

那晚由美子没有洗澡。和明带她下楼，对父母说：“有件事想跟你们说……”

他这样带领妹妹，在高井家是前所未有的。对由美子而言，是跟白天遇见栗桥一样吃惊的事。事后和明解释长期以来自卑的元凶是视觉障碍，所以由美子能够理解哥哥在短时间内恢复了自信。但这时她还不知道，只怀疑眼前这个人是戴了哥哥面具的机器人。栗桥浩美的鬼魂和高井和明机器人。

由美子想到可怕的事，不禁又哭了出来。和明了解妹妹的心情，竭力说明白天的事发经过。瞪大眼睛听完的父母，也跟由美子一样将怀疑的目光投向和明，质问道：“栗桥说你背叛了他，究竟是怎么回事？”

和明先是闭紧嘴巴，一双小眼睛不断眨动，鼻子下面沁出汗水。即便是跟以往不同了，和明还是不善于表达，用语的贫瘠跟过去没有太大差别。

他就像拉着眼睛被蒙住的人触摸形状复杂的东西，好让对方猜出那东西是什么。可是必须引导正确的顺序与方向，对方才能正确作答。和明很紧张，因为他比任何人都希望得到答案。他一个人解不开谜底，也弄不清楚“那个形状复杂的东西”是什么。

“我……”和明开口了，张着嘴巴想寻找适当的字眼，于是舌头拼命打转，“我因为脑袋不好。”

“你不是脑袋不好！”文子立刻纠正道。

“嗯，我知道。我虽然知道，可是一直以来大家都认为我脑袋不好，不是吗？”

文子只好不太情愿地承认。

“所以我的朋友很少。栗桥他很棒……怎么说呢？他对我而言是个很重要的朋友。”

“嗯……嗯……”伸胜出声表示赞同。

“所以我们会说很多话。例如我曾问过栗桥，我为什么脑袋不好，完全听不懂老师说的话？”

文子缓缓点头并问道：“栗桥怎么回答？”

“他说这是天生的，没救了。”

文子目露凶光。

“可是他还说：‘你很可怜，我来照顾你。’于是我就一直跟在栗桥后面，不是吗？”

的确，和明说得没错。

“我总觉得没了栗桥，我一个人什么都不会，所以很害怕被他讨厌。”和明圆圆的肩膀紧缩，脑袋也缩着，“也一直认为栗桥说的话一定要听。”

文子这才发觉，过去和明经常有这种姿势和表情。这就是这孩子的模式，他的生活。他决定自己的生活是听从另一个同岁男孩所说的一切。

伸胜终于开口问道：“具体有哪些事？你所谓听栗桥的话是怎么回事？”

以问答的方式进行，让和明松了口气。微微抬头看了看父亲，确定他没有生气后，和明说：“比方说，栗桥有时会忘记带东西，小学的时候不是经常要我们从家里带些无聊的东西吗？”

一如发现自己的台词到了，由美子立刻接道：“就像手工课用的牛奶铝箔包和空罐吧？”

“没错。栗桥要是忘记这些，就会要我的。所以有时候我会准备两份。”

“你就乖乖给他吗？”

“嗯。”

“不然就会被他揍或欺负吗？”

“有时也会。”和明老实回答，“大部分时间都不会。可是我也害怕什么都没有的时候。”

文子对丈夫说：“这就是孩子刚才说的，他除了栗桥什么朋友都没有……”

伸胜一言不发地将双手盘起来，下巴深深抵在胸前。

见父亲这样，和明将身体缩得更小。爸爸一定觉得我很丢脸，觉得我是没用的东西！

“我们知道了，和明。”文子鼓励道，“你和栗桥原来是这样的朋友。”

忽然间伸胜冒出一句话：“那不算是朋友，根本就是奴隶。”

“你怎么这样说！”文子斥责伸胜，“听起来好像是在骂这孩子，不是吗？”

接着又再度面对和明，将他的手放在自己膝盖上轻轻摇动，说：“我懂了。你过去以那种方式听栗桥的话，所以给他背黑锅，也代替他被老师处罚过吧？”

和明点点头，目光还是很在意父亲的表情。

“一直都是这样。”文子像是说给自己听，好接受这事实，“你一直都是这样跟他交往，可是这一次不一样。栗桥在药店打了客人闹出事来，被人责骂时，谎称不是他打的而是你打的，可是你这一回不想要帮他圆谎，没错吧？”

和明缩着身体点头。

“你不必畏缩，又不是你的错，要你跟人家道歉。这一次你没有听栗桥的话，你做得很好！”

“所以栗桥才会那么生气。”由美子说，接着又自言自语地低喃，“气得连我都打。”

“没错。所以他说你哥‘背叛’了他。”文子的声音已经难以掩饰愤怒。

“可是为什么？”文子盯着和明问，“为什么这次不听栗桥的话？为什么会有勇气？你告诉妈妈，是因为有柿崎老师帮忙吗，还是你知道自己功课不好不是因为脑袋不好而是眼睛的缘故呢？”

和明连忙抬起头，用力摇头。“不是，不是那样。妈妈告诉我眼睛不好，是在栗桥打客人出事以后，不是吗？”

也是。文子想了想，和明说得没错。

“讨厌！哥哥的记忆力居然比妈妈好。”由美子笑着说，心里很高兴。

可是和明笑得很软弱，还避开文子的目光，继续说下去：“这件事必须回到以前……”

“没关系，你说说看。”

“我和栗桥虽然是刚才说的那种朋友，但也不是经常走在一起。栗桥还有其他朋友。”

“嗯，应该是吧。”

“尤其是小学四年级的时候，他有了一个比我更要好，就是整天都在一起的……怎么说呢？”

“嗯，我大概知道你的意思。”

“哦？反正就是栗桥有了新朋友，是个转学生。”

“怎样的孩子呢？”

“和平。”

“什么？”

和明比出“和平”的手势撑开嘴角，做出笑脸。

“就是微笑标志‘和平’。他的脸很像微笑标志，所以有了这个外号。听说在之前的学校就有了。”

“叫什么名字？”

和明说出全名，但文子连姓和名都没听过。

做生意的家庭，很容易让孩子觉得寂寞，所以家长会尽量参加学校的活动，积极担任家长会的委员。可文子还是没有听过这个名字。

“你和那孩子同班吗？”

“只在小学同班。可是和平跟我没有来往，也没来过我们家。上初中后，我们三人分在不同班级。初三又要分班，会不会同班我也不知道。”

“难怪……妈妈一点印象也没有。”

“和平功课很好，可是经常请假。”和明说，“这么会念书的人……”

那副可惜不已的语气令文子差点笑了出来。“那个叫和平的孩子比栗桥会念书吗？”

和明立即点头道：“成绩全年级第一。每次考试成绩公布，名字就会贴出来。栗桥虽然肯定是前十名，可是没有得过第一名。”

“所以说栗桥比和平差一点。”

“所以他好像很尊敬和平。”

一直没说话的伸胜开口了，语气中充满了不像他为人的恶意：“什么东西！就会欺负比自己笨的人，遇到厉害的就低声下气。”

和明吓了一跳，以为又挨骂了，但还用胆怯的口吻反驳父亲：“栗桥并没有对和平低声下气，只是觉得和平比较厉害……很欣赏他。和平家很有钱。”

“有钱人就很伟大吗？”

“干吗这么凶？”文子生气地对丈夫说，“你可不可以安静点少说几句。”

或许是生气，伸胜立刻站起来走了出去。

“你去哪里？”

“上厕所。”说完他用力关上门。砰的一声，令母子三人吓了一跳。

“对不起啊，打乱了你的话。”

和明沉默地摇摇头，但好像忘记了自己说到哪里，一脸困惑。

“栗桥很欣赏和平。”文子提醒他，“刚才说到这里。”

“对。我是这样觉得。”

“嗯。然后呢……”

忽然间由美子插嘴道：“那个叫和平的人，今天也和栗桥一起在图书馆！”

“真的？”

“嗯。他也看见我被打，他一定看到了。”

和明点头道：“如果说是两人在图书馆，那就一定没错。我也曾经在图书馆见过他们。”接着又小声说：“所以我才很少去那儿。”

“他长得确实很像微笑标志。”

“圆脸吗？”

“不是，不太圆。应该说长得很漂亮。”

“那干吗叫他和平？”

“妈只要看过就会知道了。”和明说，“因为他长着一副‘微笑标志’的和平脸。”

“是好孩子吗？”

和明没有说话。由美子摸摸后脑勺。

“看着由美子被栗桥欺负也不说话，怎么可能是好孩子？”

文子叹了一口气，和明也跟着叹气。

“然后呢？哥哥继续说啊。和平出现后，栗桥就不像从前一样欺负哥哥，但也很少帮哥哥了，是吗？”

“是。”和明小声回答。这个小小的肯定表示更多的空白需要认同。

“于是哥哥决定不再听栗桥的话，所以这一次就不肯帮他背黑锅了，是这样吗？”

“什么是背黑锅？”

“由美子，安静点。”

沉默了一阵，和明才回答：“是的。”声音比刚才还小。而文子还在等下文。

但和明不再说话，嘴巴紧闭，茫然看着前方。

无奈文子只好说：“也就是说，哥哥也长大了吧？”

话说出口，自己也觉得好像是电视剧里的台词一样。简直是陈词滥调！

但和明没有反驳，而是声音更小地回答：“对。”

声音越来越小，表示和明和文子问答之间的缝隙越来越大，于是难以成为“答案”的东西逐渐穿越缝隙而过。如果可以，文子愿意缩短寿命，只要能看见现在这孩子眼里看到的东西。

但这不可能。因此她说：“你们的爸爸怎么还不回来？是不是在厨房偷喝啤酒呢？”

几天后，高桥又来长寿庵拜访。这次时间很短，他只是来报告栗桥药店的事已经当作意外事故解决了。

“老太太的家人总算找到了，是她儿子儿媳。”高桥不断用手帕擦拭额头的汗水，兴高采烈地说，“对方因为丢下老太太一个人生活不管，所以不敢大声说话。何况又是小孩闯的祸，如果硬要交给警方处理，那我也有我的说法。这么一暗示，对方态度就软了。事情自然也顺利解决了。”

“那栗桥的儿子呢？”

“今天应该乖乖在家吧。”说到这里，他好像才想起事情不只是这样，于是接着说，“他已经在反省诬赖你儿子打人的事，栗桥夫妇也说近日会亲自登门道歉。”

但是栗桥夫妇和浩美根本没来长寿庵。暑假结束后，文子问和明：“哥哥，有没有见到栗桥？栗桥跟你说什么了吗？”

和明倒是一副没发生过什么事的语气说：“什么都没说。倒是碰过面。”

“可是……”

“栗桥是不会跟我道歉的，他不是那种人。”

“哥哥不生气吗？”

“不。我已经习惯了，而且我现在更在意检查的事。”

下个周末的下午，将要拜访柿崎老师介绍的大学研究室。

“是啊，妈妈也一样。其他事已经没那么重要了。只要你别再跟栗桥来往就好了。”

和明对此没有回应，只是表现出答应的表情，接着立刻转身背对文子。

文子以为人母亲的直觉，知道和明和栗桥之间还有很多没有说出的事与秘密。和明没有回答文子的背后，还有一段以文子看不懂的文字所写的故事。

可是……

那孩子已经不是婴儿了。打他屁股，他也不会照实说。所以在他自己愿意表明之前，只能在一旁看着。

但是文子万万没有想到当时作的这个简单选择，没有抓住正读初二第二学期的儿子高井和明，逼他说出所有真相，竟让她在十五年后懊悔不已。

4

一九九四年三月一日。

对栗桥浩美而言，这是平凡的一天。至少在这天八点以前，说得准确一点，在晚上八点十六分四十五秒那一瞬间之前，都是无聊的一天。本来也应该是以无聊结束的一天。

起床时听母亲说起，他才想起今天是长寿庵新店开张的日子。

“得去高井家送份贺礼。”

母亲说这句话的语气就跟说“你去把死猫埋在后院”是一样的，意思是说“我不想看见死猫的尸体，你去做吧”。

“浩美，你买盆花送过去。”母亲命令道。

一早刚醒来，浩美睡眼惺忪地看着母亲。栗桥寿美子只有五十三岁，外表看起来却像是七十好几。很早以前她就开始为腿、腰、肩膀、肘部等关节的风湿痛而烦恼，矮小瘦弱的身体也因此弯曲得特别厉害。她自称是“老毛病”，无论是认识或不认识的人见她这么不自然，投以同情的目光时，她都会诉苦道：“简直就像是活生生被分尸一样难过哟！”

如果对方更加心生怜悯，她便开始巨细靡遗地描述自己的病痛：早上一起床，几乎不能用的脊椎就会吱吱作响；上二楼去拿库存的胃药时，可怜的膝盖就痛得厉害。没过多久，对方便开始皱眉，但不是因为同情寿美子，而是因不能马上逃离现场而困惑。寿美子完全不会察觉，继续对不小心踏入其诉苦陷阱的人，控诉风湿痛是怎样剥夺人类尊严的疾病。

但是浩美知道寿美子从来不去医院治疗，也不去看专业医生。他内心深处总是期待着有一天，一位日本第一的风湿病治疗专家会出现在他们家肮脏的药店门口，一见寿美子就对她说："你是日本第一的风湿病患者，所以来我医院治疗吧。"于是不管母亲再怎么不愿意，竭尽全力抵抗，即使浩美必须用绳子套住她的脖子，也都要把她送到医院，送到专家的诊疗室。然后他会守在诊疗室门口，在专家治疗寿美子的时候，两手插在口袋里大笑，并欣赏寿美子的哀叫。医生啊，我不是风湿痛！如果治疗风湿痛这么难受，那我没有得风湿痛！在寿美子不断大叫的时候，他要好好守住诊疗室的门，不让她逃出来。

就浩美所见，母亲的确是个病人，但不是身体有疾病，而是脑袋有问题。

"我今天要出门。"浩美说。母子俩对坐在厨房的小餐桌旁。母亲坐着削苹果皮，看来是父亲在看店。

"所以我不能去长寿庵。"

寿美子利落地削苹果皮，一边抬起目光看着儿子说："又要跟那个女孩出去吗？"

"女孩？你说的是谁？"

"长头发的女孩啊。之前不是在我们店门口晃来晃去吗？"

"我女朋友才没有晃来晃去呢。人家有名有姓，拜托你叫她的名字好不好？"

"你老是换女朋友，妈哪有那么多闲工夫记！"

接着用水果刀切开苹果。没有使用砧板，直接在盘子上切，刀刃摩擦盘子发出了最令浩美厌恶的声音。

浩美默默看着寿美子的头顶，心想，她干吗要削苹果皮？为什么她要吃东西？为什么她还活着？

对了，没钱了。昨天明美拼命撒娇说要买手链，钱都花光了。那家伙说："希望你为了我，一次把钱包里的钱花光。我的梦想就是把男人的钱包掏空。"

"反正我会去找和明。"浩美对着寿美子的头顶说。母亲头顶的毛发越来越稀薄，几乎可以看见头皮。简直就不像是人，像是头皮暴露在头发之间的怪物，真是恶心。

“买花过去就行了吗？”

寿美子将苹果切成四块，把果核去掉，果肉装盘。装的时候，顺手拿了一块塞进嘴里，所以回答时口齿不清：“买盆阿一点的。”

大概是说，买盆大一点的。

“钱呢？”

寿美子一边嚼着苹果一边看他，然后将水果刀放在桌上，伸手拉开旁边餐柜的抽屉。浩美也知道钱包就放在那里。从小钱包就固定放在那里，从未改变过。他开始经常从里面拿钱，寿美子发现后也没有改变位置，就像是默默允许他这么做一样。

可是那个时候——高一时，浩美仿佛忽然从梦中醒来一样，明白了一件事。母亲之所以没有改变钱包的位置，不是因为爱他，也不是宠他，其实是怕他。

那一晚，浩美第一次揍了寿美子。因为他什么都不怕了，于是堂而皇之地大打出手。母亲哭了，却没有生气。父亲则雄装作没有看见，跑去洗澡。那天傍晚父亲其实已经洗过澡了，因为太过慌张居然又洗了一次。

钱包的位置没有改变。如今，改变钱包位置的权力掌握在浩美手上。看着母亲从里面抽出钱来交给自己，是一件很痛快的事。

“才一张啊？大盆的花，没有两万买不到呢。”

“不必买那么贵的。”

“还不是小气嘛！”

浩美将一万元钞票折得很小，像香烟或铅笔一样夹在左耳上。因为还穿着睡衣，只能先这么放着。

“出门路上，我会绕道去长寿庵的。”他说，“当然也会买盆特大的花带过去。”

他想，今天非要向和明敲五万不可。我可是送了一万元的花过去。毕竟“长寿庵”生意不错。

寿美子没有说话，忙着削第二个苹果、切开、去核，装盘。装盘的时候，又抓了一片塞进嘴里，然后端着盘子站起来，弯腰驼背地拿到店里去。

她切苹果是要跟丈夫一起吃。可是在将盘子端给丈夫之前，她已经先挑甜的吃了。他们就是这样一对夫妇，这样的父母。两个人脑袋都不太正常。

浩美到浴室洗脸，嘴里还哼着歌。

脑袋不太正常。父亲和母亲都一样，脑袋都有问题。浩美发现这一点，是在十七岁的时候。那一年春天，要为在他父母结婚之前就已过世的外婆做法事。

寿美子出生于千叶东金附近的村庄，家里半务农、半经营杂货店，可两样都做得不怎样，生活始终贫苦。

寿美子是次女，初中毕业后跟着一群人到东京找工作。二十岁那年相亲结了婚，从此几乎没有回过娘家。家业由长兄继承，放弃务农并将杂货店改成超市，总算能够糊口度日。做法事是娘家的规矩，在东金车站附近租了一间便宜的会场进行。

浩美的父母跟亲戚关系都很淡薄，浩美几乎不知道祖父母与外祖父母的存在。则雄从父亲手上接下药店生意，所以家里还会提到祖父母，手边也留有一些照片。但是外祖父母就像一开始就不存在一样，从来没有人提过，也没有人觉得有什么不对劲。

忽然之间说要举办法事，不知道是过世三十年还是三十五年，反正过了很久，浩美觉得像是硬被拉去参加陌生人的葬礼一样，很不自在。寿美子倒是很高兴终于能参与母亲的法事，所以拉着浩美到每一张桌子前认从未谋面的亲戚。浩美只能板着脸沉默地跟随。

当初如果坚持不去，可以不必出席，因为当时浩美已经有了殴打母亲的权利。既然他已经君临栗桥家，只要一拳将寿美子的下巴打碎，星期天就不需要跟着来东金了。

然而他却没这么做。他知道跟母亲这边从未谋面的亲戚见面是件无聊的事，也不想跟他们打交道，但还是对这法事有一点兴趣。

在商量如何办法事的时候，寿美子有将近一个月常常打电话回娘家，或是娘家打来电话，每次都讲很久。则雄就会抱怨电话费很贵，要寿美子尽量让对方打来，还说：“这是你娘家的法事，我才不付这么多的话费。”寿美子还是背着则雄打长途电话，依然讲很久。

浩美偶尔听见那些长途电话的片段，于是好像从垃圾堆中发现宝石一样，在母亲啰里啰唆的谈话中，他听见了闪闪发光的字眼——殉情。

十七岁的他当然懂得“殉情”的意义。浩美从未谋面的外婆，似乎是殉情死的。寿美子每次说到这个词，就会刻意压低声音，好像担心旁边有人会听见似的。

那么外婆是跟情人一起死的？是什么样的人？浩美忽然有种难以按捺的好奇心想知道内情。于是装出温柔亲切的声音，但在声音背后隐藏着如果不说出他想要的答案就会挨揍的威胁，问寿美子：“外婆是殉情死的吗？”

寿美子的描述不是很清楚，看来她也不是很了解情况。仔细一问才发现这也难怪，外婆死时寿美子才十二岁。

“听说那个人是杂货店的常客，妈妈就死在他家，两人是上吊自杀的。”

就丈夫和小孩所知，寿美子的母亲没有必要在那一天那个时间去那人家，根本没有理由。

“那人是在屋檐下吊死的。没有留下遗书什么的，也没有拿家里的东西。听说我妈，就是你外婆，死的时候脸很漂亮。”

在他们死后，狭小村子里的人——当时的村子只是环绕在杂货店周围的一小片区域，开始一点一滴地传出他们两人有暧昧的事，结果就变成了两人殉情而死。

“那人是地主的亲戚。听说是关西人，战后复员了固然不错，但家人都在空袭中过世了，房子也烧了，没有地方去，只好来东金投靠地主，从此住了下来。听说比你外婆还小四岁。”

什么叫复员？寿美子阴沉着脸回答：“就是从战场上回来。”

“什么战争？”

“太平洋战争，你在学校应该学过吧？”

学校教过战争的事，但学生们都不认真听。可学校没教的“殉情”

倒是知道得很清楚。那么学校还有什么意义？

寿美子只说了这么多，浩美于是决定出席法事，好多知道一点，看看谁能告诉他。为情人殉情的外婆，究竟长得怎么样，是怎样的女人呢？

法事本身十分无趣。诵经无聊得令人打瞌睡。第一次见面的舅舅、舅妈和表兄弟们看起来都很鲁钝，却又一副很想亲近浩美的样子，简直就跟高井和明一样。笨蛋一个，不管怎么踢他、揍他，还是笑嘻嘻跟在浩美屁股后面跑的可怜虫。

“总算能够好好地祭拜妈妈了。”寿美子的姐姐说。

因为是那样的死法，听说过世时并没有办葬礼。由于外婆年纪较大，对方又是地主的亲戚，自然有一种无言的压力认为是外婆诱惑了对方。寿美子的娘家没有迁离村庄，杂货店也没有关门，只是不敢举办像样的葬礼，畏畏缩缩地过了三十几年。大概村民对于独自抚养三个孩子、备受屈辱的寿美子的父亲持同情态度吧。但浩美最不能忍受的就是靠同情过日子，就是因为这样的外祖父抚养了母亲，今天才会有浩美。

浩美还是很兴奋地期待，外婆究竟是怎样的女人？能够迷惑男人，让男人决定跟她一起死，这样的女人有着怎样的长相呢？自己身上是否流着那种女人的血？

浩美无论如何都想确认，很想看外婆的长相，看看她是否有什么特别的地方。

法事结束后，所有人一同回到寿美子的娘家，现在已经是舅舅家。家里准备了一些素食招待大家。大人们立刻开始敬酒，令人惊讶的是，寿美子爱喝酒的样子平常在家中从没见过。浩美心想，说不定父亲不想来，是因为早就知道母亲爱喝酒，不想来看她喝酒的丑态。事后发现，浩美的推测对了一半。

陪着坐在吵闹的酒席上等待是有价值的。当大家话意正浓的时候，终于拿出了相册、纪念照片等东西。大家高兴地评论照片，发出赞叹的笑声，吵得浩美头快要痛了。“这是妈妈七五三[①]的纪念照”，“你一岁的

①日本独特风俗，在男孩三岁和五岁、女孩五岁和七岁时举行的庆祝仪式。

时候，我们曾经来这里住过一晚，回去之前拍了这张照片”……寿美子不断拿出一些浩美没兴趣的照片，最后总算提到，“真可惜，妈妈没有留下任何遗照”。

“听说是过世后，爸爸将它们全都烧了。”舅妈在一旁点头道。

浩美很失望，外婆的照片竟然没有留下半张。他来参加这群无聊亲戚的聚会，坐着听他们说些废话，还不就是为了能看到外婆的长相吗？

舅舅却忽然笑了出来。舅舅有着一张大嘴，整张脸呈扁平状，第一眼看见时，浩美心想，这人怎么长得好像零钱包一样？现在这个零钱包竟然笑得非常开心。

“我找到了妈的照片！”

于是大家又一阵骚动：“在哪里找到的？”“什么时候的照片？”“谁还有她的照片呢？”众人七嘴八舌之际，舅舅悠然站起来，从后面房间里拿出一张旧照片。“这是寿美子小学入学时的照片。妈妈穿着和服和背着书包的寿美子一起照的。”

“是吗？”

“我是向田崎家借的。寿美子，还记得吗？你和田崎家的富美不是很好吗？这张照片是跟富美一起拍的，而且就是在富美家拍的。”

“他们家以前就很有钱……”寿美子不断点头道，“她家有照相机。对了，是在她家拍的。我们还得千里迢迢跑到千叶的照相馆才能拍照，她们家自己就可以照。”

远看也可以知道照片已经泛黄，是小张的快照。浩美仔细盯着照片在大家手上传递。照片后面还有胶带的痕迹，应该是从相册上揭下来的。角落已经残破，有着糨糊修补过的痕迹。

“你看，浩美，这就是你外婆。”

好不容易等到寿美子这么说，将照片拿到浩美面前。他伸出手去接，因为兴奋和紧张，手心开始冒汗。

他看着照片。停止了呼吸。眨了一下眼睛。吐出停住的那口气。

寿美子笑道：“哎呀，浩美，你的表情好认真啊。”

浩美再度眨了眼睛，不断眨眼。

可是照片没有因此而改变。黑白照片已经呈淡褐色，有许多糨糊修补过的痕迹，比起刚才从背面看见的更加明显。可见修补的技术有多差。

但这种照片有修补的必要吗？浩美咬了一下嘴唇。根本就是长得像猪的女人！

照片上的女人和服外面穿着黑外套，身材矮小，头很大，拉着一个小女孩，身上的长裙又紧又小，一脸正经地背着大书包，这就是寿美子吧，脸有点像，从小就是一副爱哭相。

还有一个小女孩，站在和服女人的另一边，身上穿着白领洋装，同样背着书包。肯定就是这张照片所有人“田崎家的富美”。说是有钱人家的女儿，照片上跟寿美子没什么差别，还不是一副穷酸样吗？

不管怎么说，问题还是那个穿和服的女人。

浩美盯着照片问：“这就是外婆吗？”

寿美子高兴地回答：“是啊。”

真是令人难以相信，这算什么……

一张大脸、白得吓人的脸颊、厚厚的嘴唇、眼睛小得像是橡皮屑、丑陋的鼻子躺在脸中央，感觉呼吸似乎特别响。

“这家伙也能跟男人殉情吗？”

寿美子笑着戳浩美道：“真是的！怎么说自己的外婆是这家伙呢？”

要是平常，浩美怎么可能让寿美子戳而不说话！要不是在亲戚面前有所顾虑，早就揍她了。爸妈的脑袋都不行，在家里要不是我经常提醒，他们老是搞不清楚谁才是最伟大的！

可是现在却没有那种心情。

这个像猪一样的女人、这么粗糙的生物，居然是我外婆？而且还跟男人殉情，长久以来成为这个家族的禁忌！

简直快笑死人了！

“这家伙会跟男人殉情，我才不相信！”浩美将照片扔在寿美子腿上，还说，“如果说这家伙把男人吃了，我还肯相信！”

所有人都吓呆了，看向浩美，就像在看畜生一样。

法事过后一个星期里，浩美完全不跟父母说话。对外婆的照片、她的死及他们一家人的看法，浩美觉得是场噩梦。居然还敢说“总算能够帮妈妈做法事了”！

如果不知道就算了，如今知道了就必须找个合理的解释。因此他必须将自己关在内心深处思考。

他没有去上学，现在哪有心情上学！连续好几天他假装去学校，其实是到闹市、游乐场打发时间。有时差点被带去辅导，险象环生地逃了出来。

他只想跟一个人说话，问问他的意见，那个人就是和平，可是和平不在，打电话或去他家都找不到人。没办法只好问别人，结果听说和平的亲戚遭遇不幸，和平将请假一段时间。

真是不巧！为什么挑在这时候请假呢，偏偏在我最需要他的时候？

为了解除心中的烦闷，干脆到长寿庵恐吓和明吧。他去了两次，都扑了空，和明也不在。和明——他的童年玩伴高井和明，因为没有上高中而留在家里帮忙，已经不像从前那么容易掌控了。高井家也不太欢迎他。和明的父母还是笑嘻嘻地对待他，但好像有种敬而远之的态度。和明的妹妹由美子更是明显，小时候她还很爱慕浩美，总是跟在浩美屁股后面跑，现在一见面就瞪他。

为什么会变成这样？浩美常常想这个问题。小时候自己的父母、朋友的父母、朋友都给他好脸色看，比现在要亲切许多。什么时候开始全变了样呢？

浩美经常说谎，但他跟其他说谎的人不一样。他完全不觉得自己说谎，而且还经常忘记说过的谎。所以他不知道长寿庵的人不给他好脸色，是因为初二暑假看店时发生的事，他闯了祸却想栽赃和明。他只觉得长寿庵的人忽然毫无理由地冷待他。

他对此十分不满。

如果他真的很聪明，就像他在家里对父母耀武扬威一样真的那么“伟大”，就应该知道高井家的人对他变得冷淡，但只有和明还是跟以前一样跟他来往。从小他就对和明极尽欺侮之能事，总是骂和明笨蛋。和明明知父母和妹妹讨厌他，却还是没有离开他。要是聪明，就应该好好想想这件事才对。

但他连想都没想过，也完全没有注意到这情况。反正说再多不负责任的谎也不会成为他的负担。和明不知道是说谎，随时都能利用，可偶尔会找不到人这一点，表示他最近也变得太不像话了，得找个机会好好修理他一下。面对满脸笑容告知和明不在家的文子，同样堆满笑容的浩美心中想的是这些事。

找不到人说话的一个星期即将结束时，发生了一件可笑的事。寿美子洗澡的时候，父亲来跟浩美说话，故意压低声音，像是不想让母亲听见。

当时浩美在客厅，电视里正在播放音乐节目。他边看电视边剪脚趾甲。

有一次寿美子责备道：晚上剪指甲不好。浩美就回嘴：白天哪有时间剪。没想到寿美子接着说：你乖乖念书，我来帮你剪。

浩美高兴地伸出脚让她剪。自己坐在桌前，伸出脚让跪在身边的母亲修剪，感觉真舒服。大概是第三次或第四次的时候，浩美见寿美子专心剪指甲，忽然心血来潮想用脚戳她的眼睛。寿美子一不小心弯身向前，浩美也伸出了脚趾头，果然拇指戳中了寿美子的眼睛。寿美子尖叫着跑开了，看了十天眼科医生。

从此她不再帮浩美剪指甲，浩美得自己来。但她也不再唠叨“晚上剪指甲不好”。

“你从法事回来后，心情好像不太好。”父亲对他说。

浩美拿着指甲刀，抬起头来。这才发现父亲脸色暗沉得很不健康，脸有些浮肿。“爸，你哪里不舒服吗？”他问。

“不用担心。我已经吃过治肝病的药了。”父亲回答。其实浩美不是因为担心而问的。父母哪里不舒服，跟他没有关系。他是担心父母卧病在床会带来不便。

父亲依然很在意浴室里的妻子，看来很不想让她听见对话的内容。

“我也不是心情不好，只是有点感冒。”浩美说了谎。他并没有说出跟男人殉情的外婆脸和身材像猪一样，想到自己身上流着那种女人的血就想吐。这件事跟父亲一点关系也没有，说了也是白搭。

“你有没有听说你外婆年轻时的事？”爸爸小声地问。

“殉情？”

“嗯，没错。”

“听说了，所以照片都没有留下。”

“嗯，那是当然的。”父亲说完，偷偷看了浩美一眼，接着又将目光转到电视画面上。一个穿着迷你裙的偶像歌手正在表演。“我其实不想让你知道。”他悄悄说道。

“我无所谓，已经过去了。”浩美又说谎。他觉得这么说，父亲会比较容易开口。不知道他要说什么？

“对不起。”父亲说，“我到现在还很生气。”

“气什么？”

“我和你妈相亲结婚的时候，媒人和她的家人都没告诉我她家有人殉情。你想哪个男人如果知道这种事，还会跟母亲殉情的女人结婚？”

浩美沉默不语。

“我真是丢脸到家了。”父亲愤愤不平地说，“这是我一生的错。你对女人千万要小心。”

说完父亲站起来，去厨房了。浩美听见冰箱打开又关上的声音。大概是在喝啤酒吧，浩美在客厅等着。

可是父亲没有回来。浩美等不及站了起来，去厨房查看。

父亲还在那里，抓着操作台的边缘趴着。

“爸？”

浩美将手放在则雄肩膀上，看向他的脸，那张脸正在哭泣。父亲在哭泣，一把眼泪一把鼻涕地抽噎。

“居然欺骗了我！”父亲呻吟般说道，“居然骗我将寿美子硬塞给我。寿美子家的人都在笑我。骗了我这么久，还叫我参加法事。到底要耍我到什么时候才甘心！”

父亲号啕大哭，浩美像根柱子般站着。厨房里可以清楚听见浴室的水声。寿美子一边淋浴，嘴里还哼着刚才电视里偶像歌手唱的歌。

“寿美子在娘家喝酒了吧？”父亲吸着鼻子问，“平常不敢让人知道，她其实很爱喝酒。我都知道。我被她骗了。”

不断感叹的同时，父亲为保护自己身体越缩越小。他现在能够倾诉不幸的，只有那个欺骗他的女人，以及他和那女人生下的独子。

赤脚踩在厨房的地上很冷。父亲流着鼻涕哭泣，母亲高兴地唱着少女的恋歌，长得像家畜的外婆殉情而死，大家都知道她的死并不光彩——这是个差劲的家啊！

那一晚浩美又做噩梦了，又是那个小女孩的梦。梦中迷雾般的陌生地方，小女孩不断追着他。不管他怎么逃，小女孩都会追上来，大声喊着：“还我身体！”

浩美在迷雾中拼命跑，看不清脚步，小女孩的叫声紧追其后。他喉咙干渴，但不敢停下脚步，以为已经摆脱掉小女孩的叫声，才安心停下来休息。不料那声音又在附近响起。他连忙转身继续逃。

千万不能被抓住，否则就会被附身！小女孩瘦弱却有力的手又抓住他浩美的上下颚，逼他张开嘴，想钻进他嘴里。他喉咙哽住，几乎不能呼吸。

不管往哪里走都是浓雾，看不见方向，而小女孩总是紧随其后。以为摆脱她了，她反而跑到前面等着。为什么浓雾不能遮住我的身体？为什么她知道我在哪里？

“还我身体！”

附近又有叫声。浩美神情紧张地立刻逃跑，忽然间被什么东西绊倒，两手扑地。没有感觉到痛楚，扑倒在地的手指好像碰到了什么，好像有什么东西爬过来触碰他的手指。那是什么？他第一次碰到实实在在的东西，究竟是什么呢？

他下定决心伸出手抓住那东西。用力一拉，那东西出现在眼前。

是一具女尸，就是照片中所见的外婆的尸体。仰面躺着，头颅倒向右侧。绳索深深陷进脖子，眼睛凸出翻白，半张的嘴里可以看见浮肿的舌头。

浩美尖叫着跳了起来，正想逃离，尸体的手迅速地抓住了他的右脚踝。他不断发出惨叫，同时拼命想摆脱那具尸体。可是死人的力气大得出奇，手指就像捕兽器一样紧紧钳住他的脚踝。

他拼命扳外婆的手指。但抓住他脚踝的手指力气太大，他被抓的右脚逐渐失去感觉。外婆的手指像老虎钳，再这样继续抓下去，他的右脚踝将被夹断。

他大喊求救，喊到喉咙发痛也不停歇。于是听见小小的脚步声穿越雾海而来。浓雾中，那个小女孩笑着站在那里。

他吓得又哭又叫。

“还我身体！”小女孩说，满脸尽是诡异的笑容。同时那张脸也在逐渐变化，脸颊开始膨胀，眼睛凸出，笑着的嘴里钻出一条青黑的舌头。

小女孩的脸变成了外婆的。

浩美吃惊地看看刚才被外婆抓住的右脚踝，不料看见了母亲，蹲着双手抱住他的右腿。左腿边则是父亲，也用双手抱住他的左腿。父亲流着鼻涕抬头看着他。

“为什么要从妈妈身边跑掉呢？”母亲说。

“寿美子抓住我说，就是不让你也逃走！”父亲说，“就是不让你也逃走，这样是不公平的！”

浩美无奈只好继续大喊：“救命啊！谁来救我……”

“还我身体！”那个脸变成外婆的小女孩，两眼发光地扑向他。她的手指掰开了他的嘴，黑色的长发伸进他喉咙深处，他呼吸停止了，叫声被掩盖……

忽然间浩美醒了，坐在床上。眼前是母亲的脸。他还在继续尖叫。

“怎么了，睡昏了头？振作一点。”母亲抓着棉被，侧身询问，却是一脸厌恶。

浩美不断颤抖，眼睛眨了一下。全身都是冷汗，手也抖个不停，呼吸十分急促，就像刚跑完一百米一样。

没错，我刚才是从梦中逃了出来。

那是一场梦啊。

“你大声喊叫，我很担心，过来看看。”寿美子一手按着睡乱的头发说。

“不要随便进别人的房间！”浩美说，声音有些沙哑。

“什么别人？我可是你妈。”

浩美瞪着母亲，心想母亲的脸颊会不会开始膨胀，嘴巴裂开，舌头青紫，变成外婆的脸呢？

可是没有发生什么。寿美子还是那张没有表情的脸。

“早知道就不生男孩了。”寿美子抱怨着，起身道，“忘了养育之恩，还说妈妈是别人。你可不是一个人随随便便就能长大的，知道吗？”

寿美子唠叨着走出房间，在用力关上门之前，又扔下一句：“我好想生个女儿。要是我的弘美活着就好了！”

剩下浩美一个人后，他用双手抚了抚脸颊，手心因沾上汗水变得湿滑。

去洗脸吧。他缓缓起床，艰难地移动还在颤抖的膝盖，下楼进了洗手间。打开灯，看着洗手台前的镜子。

里面站着那个小女孩——浩美之前的弘美，幼时夭折的姐姐。

浩美吞了一口唾沫，向后退。镜子里面的脸虽然灰青惨白、眼眶浮肿，但的确是他的脸。

刚才是我眼花了。浩美揉了揉眼睛，再看镜子。里面的确是自己的脸。

但他心中却逐渐不安。好像沉淀在心底的泥泞，因为感情的波浪翻滚而浮出水面，搅乱了原本清澈的心湖。并且在泥水中——

我站在那里。

那小女孩浮出水面，身上满是泥泞。

我就在你心中。

是的，在梦的最后，小女孩跑进我的身体里。就在我拼命想击退她的时候，她进入了我的身体。

我就在你的身体里，我要你将身体还给我！

有一天我一定要附你的身，因为这身体本来就是我的。

浩美举起双手，掐住自己的脖子，慢慢用力勒紧。

呼吸越来越困难，鼻子有种快要爆炸的感觉。眼眶流出了泪水。

忽然间他泄了气，双手垂落在身体两侧。站在冰冷的瓷砖地板上，眼泪一颗颗滴落在他双脚之间。

待在这个家里，我的脑子一定会坏掉，他想。这个家从头到尾都有病。母亲奇怪，父亲也奇怪，连从小夭折的姐姐也有问题。我是被这个家囚禁的犯人。如果再不逃，脑子也会变得跟他们一样奇怪。

不断这么想的他已经弄不清楚“奇怪”的是他的内心，还是外在事物。

脑子真的会有问题……

洗完脸，慎重地将头发整理得十分满意，浩美准备出门。如果要买盆花送过去，那就得开车去。

自从十七岁那年做过噩梦，有一阵子他不敢照镜子，甚至害怕靠近洗手间。那段时间他不梳头不刷牙，邋遢得像是流浪汉。一方面觉得自己的害怕过于无稽，却又忠实地昧于恐惧的阴影，就在这相互矛盾的纠结中，浩美度过了青涩的少年时代。

关于困扰他的噩梦，他从来没有跟大人们提起过。他完全不信任老师和亲戚长辈。

他只跟和平说过。那场噩梦之后，他终于见到了从亲戚家回来的和平，并跟和平说了所有的事，征求意见。要想逃离脑袋有问题的父母以保护自己，他该怎么办？

和平一脸沉静的微笑看着他脚下，说：“赶快变成大人。”

“变成大人……”

“然后掌握自己的人生。千万不能跟随他们的脚步。自己的人生必须自己开创。”

“我知道，我绝对不跟他们一样。我要离家出走。”

“先进了大学再说，现在还不行。高中休学离家出走，结局都不会太好。你又没工作，连工作在哪里都不知道。”

“那我该怎么办？”

“用功读书，考上好大学。只要住进宿舍就好了。然后到大公司上班，到时就可以不管父母，好好为自己而活，不是吗？”

“大公司啊！”浩美用力点头道，“就像你爸爸一样，是吗？”

浩美是真心这么说的。他一向很尊敬、景仰和平的父亲，虽然他没有见过，只听说过。因为父亲的社会地位和经济能力，和平才能享受生活。

可是和平没有笑，看不出喜悦，也看不出害羞。他目光阴沉，视线向下低声说：“不要忘了我说的话。你的人生是你的，千万不能放弃。只要想着父母是摇钱树就好了，能够抓着就不要放，等到没有利用价值再放掉也无妨。”还说：“反正父母也都很自私，无所谓。”

从此浩美奉和平的建议如金科玉律，重新过他的高中生活。他成功地通过考试，进入了第一流大学，就如他所想的一样，就像他当初决定的一样。接着就是享受大学生活，然后找个大公司就业。

但现在却在这里。

二十六岁的他没有工作，住在开药店的父母家，站在十七岁的噩梦以来饱受恐惧与厌恶骚扰的洗手间镜子前，看着毫无改变的脸，整理头发。

应该不是这样的结果才对。到底是哪里做错了？到底在哪里转错了弯？

“和平！”浩美呼唤道。

镜子不可能回应。他出了洗手间。

正要将汽车开出停车场，手机响了。他立刻接了电话。

“浩美？现在忙吗？”

是岸田明美，声调很高，有点口齿不清。明美是他交往不到一个月的女朋友，颇为开放，时常主动接近浩美。正如寿美子所说，那女孩常常来药店找浩美。跟她说浩美不在，就会在店门口或附近咖啡厅等待。一天要打好几次电话过来。明美长得漂亮，又有钱，说起来是不讨厌，但吵起来的时候还真是烦。

“我买了太多东西，不知道该怎么办。你来接我好不好？我在新宿的伊势丹。”

其实浩美也不清楚明美是个怎样的女孩。年约二十岁，就读于东京市内的女子大学，但没告诉浩美校名。

“学校档次太低，我都不好意思说出来。”她说，“将来找工作一定会很辛苦。”

听说明美家住埼玉县川越市。她好像跟家里处不好，认识时她对此倒是不隐瞒。

两人第一次见面是在一个月前。浩美大学时的朋友，一个叫神野的新插画家在银座开个展。浩美受邀前去参观，看见一个长得很可爱的女孩在前台负责接待。此人就是明美。

神野从大学时起就立志当插画家，但风格独特，至今也没有拜师学艺，算是我行我素派。他在大学和浩美一样，都读经济系。

如果他的画很有个性，又有才能，就完全没有问题。可惜这两样他都很缺乏。说实话，他所画的东西都是兴之所至的涂鸦，根本没到可以出售的水平。一向瞧不起神野的浩美见同学二十六岁就开个展，心情自然很不平静。与其说是前来祝福，不如说是来查看情况的。所以一开始见前台接待小姐满脸笑容，感觉更加不愉快。神野的成功对他而言，一点也称不上是喜事。

画廊的白墙上挂满了神野的作品。看起来就跟大学时画的一样，技术拙劣且内容贫瘠，都是些平庸之作，至少在浩美眼里是这样。为什么这种人也能开个展呢？摆出来的都是令人头疼的画。寄出邀请函的主人却是春风满面，俨然已是名插画家般接待客人。到处都摆满了致贺的花篮，更让人觉得不甘心。

这天是个展开幕日，傍晚还有简单的晚宴。浩美丝毫无心祝贺神野，只是想确认他的成功真假与否，于是留下来参加了晚宴。神野很高兴，席间安排了几位好友讲话，他特别来问浩美能不能帮忙，只要说些大学时的事就好。浩美答应了。等时间一到，神野向客人介绍：“我的朋友栗桥浩美先生，服务于有名的一色证券，是位相当出色的年轻证券业务员。”

一色证券的确是可以用“有名”来形容的最大的证券公司。浩美也曾在那里工作过。那是他大学毕业就职的第一家公司，只干了三个月。换言之，过了试用期，他就辞职了。

但神野不知道这件事，这也难怪，两人的交情还不到每年寄贺年卡通知近况的程度。

浩美配合地以诙谐的语气说自己的工作固然不错，但自从泡沫经济崩溃以来，证券公司的经营每况愈下，社会评价也不是很高。所以不管怎么努力，终究还是一名职员。不像神野是独立的艺术创作者，令人十分羡慕。见他如此捧场，神野像个孩子般笑得颇为得意。

讲话结束后，浩美从服务员手上接过酒杯，准备走到房间的角落里。这时那个可爱的接待小姐笑着靠近他，口齿不清地尖声自我介绍叫岸田明美，说：“你在证券公司上班吗？好厉害哟。”

浩美看着女孩小而精致的脸蛋，妆画得不错，长发像镜子一样闪闪发光。她说自己是大学生，浩美问她读什么系，女孩回答是英语系。

“你不要问我太难的东西。我根本没有学到什么东西。”她拿着红色的酒杯遮住脸，偷偷笑着，“我真的很笨，反正就是不小心考上大学的。像栗桥先生这种精英一定会笑话我吧。”

浩美并非傻子，他知道越是说自己笨的女人，越是相信自己是聪明人。她如此推销自己，完全是因为“栗桥是一色证券的出色业务员”。所以他也摆出女孩追求的精英笑容问道：“你是神野的朋友吗？该不会也有意要当插画家吧？”

明美故意甩动闪闪发亮的长发，摇头道：“我只是在这里打工。这里的总经理跟我爸有些交情。”

她微微一笑，靠近浩美一步后低声说道：“这家画廊的老板是女的，很看好神野先生。”

浩美重新看她的脸，接着又看看得意的神野，然后又看着明美。她的眼睛闪闪发光，似乎在说：“不用我说得太明白，你应该懂吧。”

“哦？”浩美笑道，“原来神野找到了好靠山。”

“没错。”明美露出洁白的牙齿笑道。浩美心想，就目前所见，她至少有五颗假牙。要不是小时候牙齿不好，估计有一段时间想成为模特儿或进入演艺圈。

“如果没有靠山，哪能开这么大的个展！”明美继续说，声音虽小，语气却很开放。

“我是神野的朋友，我宁可相信他有才华。”

“真的吗？”

明美紧盯着浩美。浩美觉得在她可笑的动作里看得见些许恶意，因此开始喜欢她。

“骗人的。”他如实说，“我今天来是想看看为什么神野能开个展，是不是出了什么错。”

“我就说嘛！我早就知道了。”明美表现得好像两人很熟，“栗桥先生脸上写得清清楚楚，所以我不得不告诉你真相。”

“你很敏锐嘛！”

“哪儿啊，人家很笨的。”明美边说边靠过来，长发碰到了浩美的肩膀，散发出浓烈的香水味。

那个星期，浩美又去了神野的个展。这次是为了约岸田明美。她似乎也认为理所当然，所以也在等待。

那天他们一起吃饭，然后到浩美常去的现场演奏酒吧。说常去，都不是他独自前往，而是带着女人去。在那家酒吧里总是可以听到现场演奏的蓝调。只要说“如果想在东京听到充满灵魂的蓝调音乐，只能来这家店”，女人肯定都会佩服你。可是从她们的表情能够看出，她们根本就不喜欢这家店和店里演奏的音乐！其实浩美也不是那么喜欢蓝调，所以一旦成功让女人佩服，顶多会再去这家店两三次。女人总是更喜欢摇滚、爵士或古典乐，去那种地方说不定她们更强。所以听蓝调的危险较少，他也每次都成功。

下一次约会当然是旅行，两人也会上床。明美很积极地享受两人的关系。一开始她就认为浩美是一色证券的员工，浩美也努力扮演这个角色来满足她。就连旅行也选在非假日。他解释说："我的工作没有周末假日，只有补休的假日。"明美自然深信不疑，而且用佩服的目光看着他。浩美也总是在白天，在明美认为他在上班的时间里用手机联系明美，说："我现在正在两个会议之间，偷空跑到顶楼给你电话。"

他也很舍得花钱。浩美没有工作，但栗桥药店每天都有现金进账，他又是家里的主宰，要多少钱有多少钱。因此要扮演明美茫然幻想中的"钱包鼓鼓的一色证券公司员工"的奢侈形象，根本没什么困难。

这不是第一次了，浩美一向有这种兴趣。在送上门的女人面前，扮演该女人梦想的典型精英，观察女人满足的愉悦神色，在背后偷偷大笑。

他的目的不是金钱。确实也有女人在他身上"投资"，但不是他主动提的，他从没想过从女人身上捞钱。而如果问他是不是为了女人的身体，他也不能完全摇头否认。一个健康、有常识的正常男人，遇见一个健康、有常识的正常女人，梦想有一天能上床，这再自然不过了。浩美理所当然也有这种热情，但不会超乎其上。他有一种想要嘲笑的欲望，想看着这些女人误以为他是理想的精英而接近他，然后在心底大笑她们的愚蠢与无知。

大部分情况下，他确实都能成功地欺骗女人。在他主动暴露真面目之前，很少有女人会察觉真相。一旦进了他的圈套，女人会在不知不觉间成了同伙，开始自我欺骗，并编织美梦。他在一旁微笑观察，偶尔帮女人补强梦境，等待时机成熟，直到那梦想坚固到足以破坏的程度。

然后他现出真面目，女人无法立刻相信。因为入梦太深，一时之间看不见现实。他抓住女人用力摇晃，将她们从温水中拉出来，拍打她们的脸颊，要她们看清楚他的真面目，看清楚他是一个没有工作、没有事业心、靠着经营小药店的父母过活的二十六岁青年。

于是他竖起耳朵倾听女人内心重要的东西开始碎裂的声音。那声音太过甜美，他完全听不见女人骂他、嘲笑他、轻蔑他的声音，那些根本伤害不了他。

因为他知道，只要有心，他随时能成为真正的精英——他理想中的生存方式。无论是剧作家、记者、电脑工程师、年轻的中小进口商、律师等，他随时都能胜任各种职业。什么都难不倒他。他很特别，他在社会中地处上层。

当他完全成为那种人的时候，他将发现真正适合他的女人，与之共度一生。但现在为时尚早。他愿意跟那些投怀送抱、好高骛远的肤浅女人交往，破坏她们珍视的幻想，借以打发时间。这是一种相当有趣的打发时间的方法，他认为这种经验亦将成为他的财产之一。

他很聪明，知道为了这种目的欺骗女人就不能过分虚荣。所以他不管扮演怎样的角色欺骗女人，绝不会隐瞒自己生在小药店的事实，也不会掩饰自己的父母多么没有知识、没有深度。因此女人们更加觉得他努力积极追求向上。用这种方法欺骗主动上门的一般女人，确实比谎称自己是富人或企业家的儿子更有效。

这个国家是自由的，每个人都有机会，我就是个例子。我就是开拓你人生的希望，是你的白马王子。

浩美对着手机，用最温柔的声音说道："你怎么知道我今天休假呢？"

明美撒娇地笑道："你自己说过的，说下次休假，要在家里休息。你会为了我出来接我吧？"然后停顿了一下，又温柔地说："人家想见你嘛。"

这一阵子浩美装出很迷恋明美的样子。明美也扮演着撒娇、任性的可爱小情人角色，因为这是浩美要她做的，他说："只要和你在一起，心里便只有你，工作的辛苦全忘了。"

"当然好啊。"浩美笑道，"真拿你没办法！"

挂断电话，他继续笑了一阵，心想，不久的将来打破明美的幻梦时，不知会是怎样的声音？

在新宿车站东口接到明美，浩美驱车开往青山一带。明美在杂志上看见的漂亮餐厅就在青山二丁目。他们决定在那里吃午饭，虽然时间有点晚。

明美手上提了五个百货公司和名牌专柜的纸袋。一上车，她就笑道："你可别因为我花钱而生气。不只是我的东西，也有送给你的礼物。"

她家很有钱，父亲经营房地产，在当地金融界据说也很受欢迎。明美从小到大在金钱方面从未吃紧。现在家里给的生活费很充足，她对浩美要求“奢侈感觉的交往”，其实本身出手也很大方。

“没办法，谁叫你是有钱人家的千金呢。”他也笑脸相迎，“跟我这种普通职员交往，真的可以吗？”

“你又说这个了！”

他们之间常有这种对话。明美绝对不会认为浩美只是个普通职员。比起父亲，再怎么有钱也不过是乡下的房地产商人，她心目中的栗桥浩美可是一流大学毕业的一色证券业务员！这其实也是他们之间的语言游戏。

这种天真烂漫的对话给予浩美两种喜悦，一是明美对他单纯的尊敬，一是自己已经完全唬住明美了。

“我买了礼物送你，今天晚上可要请我吃大餐。”汽车停在红绿灯前，明美抬起下巴拨动长发，看着车窗外的行人说道，有种炫耀的味道，好像在说：“你们看呀！我们是很般配的情侣，就像是画中的情侣一样。不论是过去、现在还是未来，我们跟你们永远是在不同的世界。我们是天造地设的一对。”

这时，浩美才想起要去长寿庵送花。自从接到明美的电话，他便忘得一干二净。刚才提到了钱，让他想到身上的钱是用来买花的，到时他要用花向和明敲诈五万元。

换言之，栗桥浩美现在的钱包空空如也。

最近栗桥药店生意不太好。因为不开处方药，客人本来就不多，最近附近又开了一家大药店的连锁店，连这一点小生意都快断绝了。一些买营养口服液、胃药的常客都不上门了。不管怎么努力，栗桥药店根本敌不过大药店的折扣战术。

何况现在的药店跟以前的完全不一样。开处方药的叫药店，要不然就是大型连锁店的药妆店，客人一般是慢性疲劳的工薪阶层、担心小孩肚子痛的家庭主妇和女学生、年轻女职员等。

栗桥药店两者都不是。之前浩美还愿意跟父母沟通的时候，他曾经分别问过父母，为什么不受理医生处方？既然爸爸是药剂师，要做，应该没什么困难。

父母各说各话，称担心会出问题。

“我不太相信你爸爸啊……”母亲说。

“寿美子能处理吗？万一出事了，我可不想受牵连。”父亲说。

两人都说：“如果浩美能成为药剂师就好了。”可是他没有读药理学，而是选择了经济专业。

栗桥药店逐渐走向没落。浩美依然毫无顾忌地在吸取它的养分，而最近终于看到了界线。

所以他得依赖和明，不对，“依赖”这个词那家伙配不上。那家伙是被我利用而存在的。

也有高利贷、银行卡贷款等手段，但比起使用和明这呆瓜的钱包，既没有利息也不怕催讨，有什么必要选前者呢？反正和明有钱也不会花，他应该不会有意见。过去不也是没说什么就把钱拿出来了吗？

但我好像把次序弄错了。

浩美瞥了一眼正舒服地靠在椅背的明美，心想，在接明美之前，应该先去长寿庵才对，这样就没什么问题了。可是自己居然会忘记送花的事！

都怪明美打来电话，这家伙就是没耐性。这么一想气就上来了，浩美用力踩油门。因为太靠近前面的车，明美吓得抓紧门把大叫。

“小心点，危险！”

浩美正一肚子火，没有搭话。他瞪着前面的车牌，用尽全力紧抓方向盘，咬牙切齿。如果此刻抓的不是方向盘，而是明美纤细的脖子，他大概也不会松手，而且那样肯定会很痛快。

狂怒来得快去得也快。最近常发生这种情况。自己也不知道为什么会忽然发怒，动怒后又瞬间平息。

最近常发生的情况还不止这个。接到明美来电聊了一半时，他就忘了买花的事，也忘了如果不向和明敲诈就会没钱花，居然高高兴兴去接人。这种健忘的情况比易怒还常发生。

这是因为浩美逐渐沉溺在明美为他打造的幻影中，逐渐充满幻想色彩。他也觉得自己是一色证券出色的业务员，是社会上的有用之才，是精英。这是一种自我中毒，就跟大多数药物中毒的人一样，浩美并没有意识到自己已经陷入这种情况。

“有件事想请你帮忙。”浩美开口道。

“什么事？”

“我忽然想到，今天是我小时候的朋友家新店开张。”

“也是药店吗？”

“不，是荞麦面店。”

“哇，好可爱哟。”

浩美不明白荞麦面店有什么可爱不可爱的，见明美笑了，他也跟着笑。

“我朋友将会继承那家店。他没念高中就到荞麦面店学手艺，现在跟他爸爸一起做。”

“不错嘛。”

在明美的价值观里，荞麦面店根本毫无意义可言，但她还是出言赞叹，就像童话故事里的公主赞美勤奋工作的面包师傅一样。

“我想去送新店开张的贺礼，可以吗？可是得先回我家附近才行。你饿吗？”

“也没那么饿啦。可以啊，午饭不吃就陪你吧。不过晚餐你可要好好补偿我，这样你没话说了吧？”

“谢谢。”

自以为是美食家，问她“饿了吗”，绝对不会回答“饿了”，这就是明美。应该说年轻女孩都这样吧。

“送什么好呢？还是送花吧。”汽车绕回练马方向，浩美问道。

“对啊，送花最好。要豪华一点的。”

“蝴蝶兰的花篮怎么样？”

“嗯，很棒。”

“可是送太贵的，那家伙会不好意思的。这样反而不好。”

“是吗？”

“就送一万元左右的吧，你看呢？”

明美耸肩笑道：“不要在市中心买，在你家附近的花店大概可以买到豪华的蝴蝶兰，千万不要在青山买。”

“嗯。”浩美笑着说，“我也觉得那样就够了。”

“店名叫什么？”

“长寿庵。”

“长寿庵！”明美笑得很夸张，“古典得很可爱嘛。好，就送一万元的吧。送五千元的也可以。上面写着‘贺长寿庵’，然后系上缎带，花店的人会这样做吧？我一直都想做这种事呢。”

浩美好不容易才抑制住再度发作的怒气，双手用力抓着方向盘。为什么又再度发怒呢？他自己也不知道。明美嘲笑长寿庵，就等于嘲笑他的出身，所以他会生气，但他不知道。

可终归还是生气，即便是幻想中毒，还是知道有人嘲笑自己。但是在浩美模糊的思考镜子中却映不出怒气的对象，映不出谁在嘲笑他。

还是跟以前一样，很顺利地向和明要到了钱。这家伙最近似乎为了方便浩美前来要钱，在店里工作的时候也带着钱包。若非如此浩美就会命令他打开收款机，他才会先作好准备吧。不管怎样，冤大头就是冤大头！

刚才趁明美在店里选花，先打电话给和明是对的。今天进账八万。听和明说他今天领薪水。

“你还是跟女朋友在一起吗？”和明不该多嘴。

“少啰唆，跟你没关系！”

“你还是不要常骗人为好。”

浩美生气地看着和明那张又圆又大的笨脸。和明从小就胖，长大以后更是油光满面。他说自己胖得不难看，而且结实。胖子就是胖子，还分什么种类！

“我可不是随便就能让你批评的人！”

和明眨动小眼睛说：“我是担心你。”

“谁要你担心！”

“骗女孩子是不好的。你应该好好找事做，浩美。”

亲切的语气、说话时伸出来拍浩美右肩的宽厚的手和忠告的口吻都令浩美生气，但最令人生气的是“浩美”这个称呼。这个死胖子有什么权利叫他“浩美”？

一如火山即将爆发，怒气直冲头顶。栗桥浩美摇肩甩开和明的手，正准备揍他，忽觉旁边有人。

和明连忙回头看，是妹妹由美子。浩美站直了身体。

他的怒气立刻蒸发不见，脸上浮起笑容。刚要开口对由美子说话，长寿庵的厨房里便传出催促送外卖的叫声。声音太大，浩美不禁吓了一跳，也因此可以掩饰刚才危险的瞬间。浩美客气地打声招呼，拍拍和明的肩膀便离去了。

可就在上车时，由美子追了上来。感觉背后有道刺人的视线，回头一看，由美子目露凶光地瞪着他，却又一副准备送外卖的样子，很不协调地站在那里。

“喂，由美子，工作很认真嘛。”

栗桥笑脸相迎，由美子却没有反应。一瞬间栗桥见她目光游移，心想她是看到了什么吗，原来是在观察栗桥的车和坐在车上的岸田明美。这时栗桥才注意到车身和明美的迷你裙是同一颜色，像血一样鲜红。女人就是会注意这种奇怪的地方。

由美子一副吵架的气势，嘴里说些奇怪的话，说不要接近她哥哥、她全都知道之类。浩美按照自己的想法加以解释：由美子曾经写过情书给我，很久以前，小时候吧，当时我还不是什么人物。由美子一听立刻反击，明美一看情势不对也加入进来，认为由美子是歇斯底里的笨蛋。

于是浩美开车离去，将由美子留在原地。后视镜中捧着托盘准备送外卖的由美子身影越来越小，终于消失在转角处，一如亮着鬼火的灵魂。

“刚才的女孩……”明美说，“有病哪！”

“没错，简直是疯子。我是那个由美子的初恋情人，可是我没理她。”

明美一脸认真地看着前面。“我再也不去那家长寿庵了。”

“是啊，今天让你见到了不愉快的一面。”

“你以前的朋友，我不喜欢。”

“我明白。”

明美沉默了一阵后，又看着前方低声说：“以后你再给我介绍朋友，只能介绍大学和公司的朋友。”

浩美又开始用力抓紧方向盘。

去过长寿庵后，明美始终板着脸，在青山餐厅的晚餐吃得很不尽兴，浩美气得很想扔下她自己先回去。

用餐的时候，浩美想讨明美欢心，于是问她为什么不高兴。明美抱怨道：“最讨厌那种又脏又破的荞麦面店。”长寿庵新店开张，绝非又破又脏，但在明美崇尚名牌的价值观里，不管商店街的荞麦面店装潢多么新颖，她都觉得穷酸破烂。

浩美经由明美的表现，似乎也看见了自己的双重人格。明美不屑一顾的穷酸破烂的长寿庵，象征着浩美的生长环境，当被明美瞧不起时，他就会激愤不已。但同时另一个自己跟明美有一样的感受，可以理解她的轻蔑与厌恶。就像明美既夸耀自己家有钱，又以自己在东京不过是个乡下人为耻，为了克服这种羞耻才追求浩美——准确说来，是她对浩美存有的幻想。两人的性格分裂如出一辙。

我们十分相似。

不同的是明美用的钱不是她自己赚的，而是拜父母所赐，而支撑浩美虚荣的后盾，则是搜括自他和明美共同轻视的长寿庵高井和明所有。

淋上酱汁的莴苣和小黄瓜像模型一样闪闪发光。浩美用叉子戳蔬菜色拉，同时闭上眼睛想，我在这里做什么？这女人对我而言算什么？

和平！如果是和平，这时会怎么做？如果是和平，应该不会让自己陷入这种情况吧？和平应该会跟更聪明的女人交往吧？和平不会伪装自己，让自己人格分裂吧？

“浩美……”明美慵懒地转动咖啡杯，问道，“浩美你相信鬼吗？”

浩美眨眨眼睛。在他神情恍惚之际，咖啡已经送上来了。他面前也放着一个漂亮的咖啡杯。不记得吃过什么，还有这女人干吗忽然说起这个？

“人家是问你相信有鬼吗？相不相信那种灵异照片？”明美再次询问，身体微微前倾，香水味儿飘了过来。

“忽然之间说些什么嘛。”浩美说。

和明美说话时，常会有这种天马行空的话题。其实这都是因为浩美习惯陷入自己的思绪，抓不到明美的话题而已。

“上周跟朋友去纪州南部的饭店。就是和代啊，高濑和代，你记得吗？一起吃过饭。”

浩美根本不想记住明美朋友的长相和名字，所以不知道她在说谁。他含糊地点点头。

“她在那家度假饭店有过可怕的经历。遇到鬼了，还听见怪声，看见满屋子东西乱飞，她还被鬼压身呢。她很得意地说她快吓死了！”

“既然那么可怕，为什么还得意？”

“这表示她的感应力很强啊。”明美说得煞有介事。在她心中，感应力很强意味着很高级。

“和代说的话有一半以上都是骗人的！”明美双手靠在桌上，晃动涂得鲜红的十指说，“可是看她说得那么高兴，感觉上好像又有什么东西。”

“有什么？你在说什么？”

“所以……”明美抬起眼睛看着浩美说，“所以人家才问你相不相信有鬼，想不想亲眼看看。”

浩美伸手举起咖啡杯，冷淡地说：“不想。”

“为什么？”

“那种东西根本就不存在。”

“为什么？”

“如果真的有鬼，东京岂不到处都是鬼了？你不这么认为吗？就像这家店前的马路，出现一两个因车祸死掉的鬼也不奇怪吧？就在三个月前发生过一起车祸，我就看到路边有人供花和上香。”

明美不满地咂舌道：“人家说的不是这个。车祸死掉太平凡了，比方说杀人案、全家自杀或因男女关系纠纷而被杀的女人。那种人的鬼魂出现在可能出现的地方才叫刺激呢！”

浩美直视着明美问：“今晚我们要住在哪里吗？”

明美扑哧一笑说：“没有吗？就这样吃完饭便回家吗？”

“我不是那个意思。你想去那家闹鬼的度假饭店，不是吗？”

明美托着脸颊靠在桌上，故意笑出声来。“答对了！浩美真是聪明。”

“别犯傻了！”

“为什么？有什么关系。人家可是仔细调查过的。”她开始翻皮包，“有很多情报呢，还说那里是东京的最佳灵异场所！”她拿出一些大概是杂志的剪报。

浩美冷冷地说：“那些灵异场所不都是你认为又破又脏的地方吗？不是破产的旧工厂，就是有人自杀过的简易旅馆，你真的想去那种地方？”

“我当然不会去那种地方。”明美得意地递过剪报，看起来像是什么周刊的黑白照片。

“你看，这就是有名的鬼屋。本来是要盖综合医院和高级住宅，因为泡沫经济垮掉，整个计划停了，只剩下骨架，像废墟一样。”

栗桥浩美伸手接过剪报，果然照片里的都是冰冷的钢筋骨架废墟。

地点在群马县赤井市东北部的赤井山中。说明文字不多，一如岸田明美所说，这个人工废墟不知在什么时候居然成为被年轻人称为“鬼屋”的约会景点，还产生了许多令人害怕的传说，谣传这里有各式各样的鬼魂出现。杂志的报道还收集了几则亲眼目睹的实例。

另一张照片的拍摄时间应该是深夜，暗夜背景下白色废墟耸立，一对情侣肩并肩在废墟底下拍照。明明是在令人毛骨悚然的地方，那对情侣却高兴得不得了，一点也不觉得害怕。

“听说这里是最近首都圈很有名的约会地点。”明美用了不属于她的“首都圈”三个字强调，“我是没有注意到，但电视台报道过。说有女通灵者到了那里，立刻感受到强烈的灵气，几乎令她站不住脚。然后就自动写出男人的名字，嘴里则不停道歉：‘对不起、对不起……’事后调查发现，这个失败的开发计划有一个管理层人士曾留下遗书，表示计划失败以致亏损都是他的责任，然后就吊死在鬼屋里！”

浩美默默看着照片，仔细观察那对情侣的脸。

根本就是一群笨蛋，一点知识都没有！这种人为什么要活着？为什么大家可以平心静气地让这种人活着？

大家——大家指的又是谁？

我就不能忍受！

明美热心地劝道：“还有呢。有个女的在鬼屋被迫分手，哭着跑上马路被车轧死了。她根本就没想到男朋友会跟她分手，结果她的鬼魂经常出现。有趣的是，她不知道自己已经死了，还以为男朋友会来找她，所以查看每一个来鬼屋的男人的脸。就算是情侣来，她也只看男人的脸。就像这样从后面拍拍肩膀，让对方回头。”

浩美抬起眼睛，看见明美闭着嘴巴装成女鬼的样子。

“你去这种地方干什么？”

明美盯着他，慢慢眨眼睛。

“你不觉得很无聊吗？不觉得这些都是骗人的吗？像这种失败的开发计划，日本到处都有，现在都成了不良债权。这些是拖垮日本经济的严重问题。听说有鬼，你就闹着去看，这么大的人了，丢不丢脸？”

明美瞪大眼睛看着他，似乎脸色发青。

“我看错你了！”浩美继续说，佯装生气。

一开始在大骂“你去这种地方干什么”的时候，真的是在生气，言语也稍稍激烈了些。可是当他看见明美的反应时，怒气立刻转换成一种有趣的心情，他觉得愉快，因为他知道要掌握明美——令明美更屈服、更被他吸引、更为他所控制，这是一个绝佳机会。

“我真是看错你了！”浩美重复强调这句话。周围餐桌的客人开始注意这边，这些都在他意料之中。

“我没想到你是这么不具理性、也没爱心的女人。居然说管理层变成鬼出现是一件好玩的事。一听就知道那是骗人的说法，但如果说那是真的，我一点也不觉得有趣。反而会认为因开发计划失败而自杀的男人缺乏抗压能力，但至少他死了还挂念自己的失职。就算是陌生人，也该替他惋惜。结果你是怎样？”

明美嘴唇颤抖，眼角沁出泪水。邻桌的客人好奇地看着她。

“什么看见鬼就表示感应力很强？这算什么说法？可以拿来炫耀吗？被鬼压身、看见满屋子家具乱飞，这些事情很重要吗？这些能成为一个人情感丰富、充满爱心的证据吗？开什么玩笑！我看你是脑袋有问题。”

明美开始掉泪。

“如果你那个叫和代的朋友为这种事自傲，你就应该跟她说清楚，问她这种事有什么价值？尊重生命的价值、明白人生存的意义，这些才是重要的。你却只为了跟朋友比赛谁更值得骄傲，就想去更有名的灵异场所吗？我最讨厌这种人，这种人根本就不入流！”

浩美愤然说完，用鼻子重重呼出一口气，这也是故意演出来的效果。然后无声地举起咖啡杯，一口喝光。

明美泪眼婆娑，睫毛膏将泪水染成了黑色。邻桌的客人终于按捺不住好奇心，探头盯着她。

“我……我……”她断断续续抽噎道，“连爸爸都没骂过我！”

浩美本来想问：“你所谓的爸爸是真的爸爸，还是其他男人？”但没有说出口。问这种事会有模糊焦点的危险。浩美并不想破坏他对明美生气的模式，所以不能节外生枝。

“那真是对不起！”浩美严肃地回答，“我只是基于信念告诉你，我不认同你的想法。很抱歉对你大声吼叫。”

“没关系……对不起，是我不对。”明美低头抽泣道，“真的很对不起。浩美你说得都很正确，对不起。你讨厌我了吗？你已经不喜欢我了吗？”

她掩面啜泣，浩美将咖啡杯放回托盘，低头掩饰笑意。

“我们为什么为这种事而吵，真是无聊。”他温柔地安慰明美。

“我们没有吵架，是我被你骂了。我们不是吵架。”明美彻底表现出顺从的样子，目光充满了哀求。

浩美感觉很满足。“好了，没事了。不要再哭了。”说完，他再度将视线落在剪报上，“要不我们去这里看看？”

从意想不到的方向进攻——这也是操控明美这种女孩必要的技巧。

明美吃惊地抬起头，嘴巴还半张着。“可是你……人家不要，为什么？浩美，你还在生气吗？我已经不想去那种地方了，你不要再说带我去了！”

浩美笑了，说：“我不是那个意思。我们可以去看泡沫经济留下的痕迹。我希望你也能明白这种事，因为一个错误就可能造成一座废墟。社会就是这么严厉，我也身在其中。”

剧本随他高兴随意写就，一开始很生气，结果却能以不同的借口达到所求。对于被宠坏了的娇娇女岸田明美，这一招很有效。

果然她也开怀地大笑道：“谢谢你，浩美！”

以前没去过群马县赤井市，甚至连地名都没听过。利用地图查了一下地理位置和路线，发现山对面有小山游乐园，多少才有了一点距离感。

由于在餐厅待得太久，现在若要去群马县，当天往返是不太可能了。在杂志上找到当地饭店的联系方式，先打了电话预约。时间太仓促，只能选择路边的饭店，交通比较方便，自然就很难满足明美的高要求，但现在她大概不敢说什么。浩美意外地对她进行了一番说教，借此攻击她的弱点，倒在金钱方面节省不少。

用手机安排这些时，明美在一旁担忧地小声问道：“明天上班没问题吗？”

浩美这才想起自己是“忙碌的职员”。今天能从中午就跟明美约会，是因为他将今天设定为上周六加班的补休假期。

没有固定工作、不用上班、整天游手好闲的他，这种时候最容易露出马脚。他吓出一身冷汗。

“没办法。明天我给公司打电话，说‘先到客户那里，下午再回去’。”他笑着对明美撒谎。

“真的可以吗？”

“我想骗得过去吧。”

“我没关系啦，今晚不用勉强去群马……”

一股突如其来的怒气令浩美脸颊发热。

事到如今还说这些干什么？一开始不就是你提出的无聊建议吗？配合你还不知道感激，说这些话算什么！

正好这时浩美将车停在路旁，在驾驶座上查看关东地区的路线图。他用力抓着地图，几乎快揉皱了。好不容易将怒气集中在指尖，说道："那我们不去吗？"

明美坐在他身边，内心却想逃离似的将身子缩向窗边。她眼睛朝下，看着浩美紧抓地图而颤抖的手指。

浩美又说了一次，这次语气更加强烈："我们是不是不去了？"

明美不敢动，只是抬起头，微笑着看着他，不敢回答。就跟过去一样，每次只要浩美生气发火，只要对他微微一笑，什么问题都能解决，可是……

第三次，浩美的语气里明显充满了怒气："我说明美，我是不是现在就送你回家？"

地图因浩美手指的力量而卷曲。他手指的力量似乎可以折断比纸张还硬的圆珠笔或铅笔。

明美第一次觉得浩美可怕。不，应该说是第一次对男人感到害怕。

对她来说，男人通常是容易驾驭的、温柔的、手到擒来的、有趣的、可以利用的东西，也是女人不可或缺的。所以不在男人身边的女人，她觉得毫无意义。将好用的男人留在身边，才是女人的人生目的。

男人不应该可怕才对。可是现在浩美却将可怕、恐怖的一面呈现在她眼前。

如果明美以前也经历过许多可怕的男人，知道男人的可怕，她就应该知道现在坐在身边的男人栗桥浩美，散发出来的可怕跟过去的男人性质大不相同。男人的可怕，不过是男人本质中的一小部分，跟她热爱的男人的温柔、可靠、宠爱女人等特质是一体两面。

但浩美对她表现出的恐怖气氛，却有着根本的不同。并非因为他是男人才可怕，而是明美伤了男人的兴致，浩美才给她脸色看。

有经验的女人大概会有所察觉，会说"好吧，今晚我想回家洗澡睡觉"，然后回家躺在浴缸里，再次冷静思考是不是该跟浩美交往下去。那男人太危险了，脾气暴躁。虽然很有魅力，但也有些奇怪。这是本能——不是“女性本能”，而是身为一个人的本能告诉我的。应该说是生存本能。

可明美过去没有经历过男人的可怕，无法分辨真相，以为浩美令她感到的害怕就是男人的可怕。她在听从生存本能提出警告前已经屈服，只想着该如何讨对方欢心，让僵局圆满收场。

“不，人家不想回家。”她说，“既然饭店都安排好了，人家要跟浩美在一起。我们出发吧。”

她说话时尾音有些颤抖。浩美将视线从地图移向她的脸，不是直接看她，而是透过后视镜看她。

发现自己被注意，明美抬起了头。两人视线相交。

先笑的是浩美，为了配合他，明美也跟着笑。

这时，刚好有一个女人经过车前。女人心想，好一台威风的汽车、好一对亮丽的情侣，视线自然被两人的长相所吸引。看见明美的笑容时，她想这女人怎么哭丧着脸！常常会有一种人，明明在笑，看起来却像是在哭。那女孩长得很漂亮，可也是那种笑脸。

女人从此再也没有想起过那对情侣。

明美完全没有意识到她给人这样的感觉，依然装出笑脸。浩美移开目光，在汽车发动之前，始终微笑。在他表示“好了，你可以不笑了”之前，明美必须像忠实的狗一样笑着。

路上很畅通，两个小时后，两人来到进入赤井山的绿色大道入口。

一路上，浩美十分健谈，而且不断质问明美，反复提到在青山餐厅的对话，尤其是关于明美的朋友和代经历的灵异现象，要明美巨细靡遗地说清楚。他都是用语尾上扬的疑问句逼问明美。

“你凭什么那么相信和代说的话？”

“她说听见无人的走廊里传来女人声音？真的没有人吗？她是怎么确认的？”

“怎么调查知道那里有过女人自杀呢？调查资料的可信度高吗？”

“相信灵异现象和相信灵魂存在，对你而言是一样，还是不同？你说呀！”

“刚才你很轻易地就表示相信有鬼，鬼魂和灵魂有什么不同？”

明美觉得很累，好几次想回嘴“你可不可以闭嘴？可不可以不再逼问我”。本来像她这种好强的人，是无法忍受这种单向攻击的。

可是她咽下所有委曲，全力配合浩美。她不希望浩美再次凶脸相向，那不是普通的生气。浩美对我刚才在青山提到的话题十分不高兴，他生气是应该的。我再也不想看见那种凶相，我实在快吓死了。

谈腻了灵异现象，浩美开始提泡沫经济的后遗症。大部分内容明美都无法理解。头脑里一闪，这些话听起来像是写在报纸经济版上的文章！

高中时在父亲的要求下，明美曾帮忙做报章杂志的剪报工作，算是在家打工。公司里的职员经常出错，父亲才直接交给她办，相应地报酬也高得出奇。因此明美以为工作就是这么回事。

剪报的内容主要是经济杂志及房地产相关新闻。不只是内容，连标题的含义她都不是很懂。而现在浩美滔滔不绝地说出当时看过的许多专业名词，又像是电视主持人严肃播报出来的新闻标题。

如果明美更现实一点，这时多少能推测出浩美的真实内在。这个人有些虚张声势，其实只是将从报章杂志和电视上得到的信息拿来乱说一通。

可明美不行，她心中那副评价当下社会的天平根本测不出浩美内在的空虚，也看不出他除了外表风光外其实本质很轻浮。

汽车在进入绿色大道入口后先绕到了加油站。趁着浩美和加油站的人打交道之际，明美去了洗手间。厕所打扫得很干净，只是不知是不是油气，洗手台的镜子有些模糊，映照出的脸仿佛处在朦胧的烟雾中。

一个人上厕所时，明美忽然感觉很累。看着镜中朦胧的脸，一心只想回家。不是回东京一个人租的房间，而是回川越老家。她忽然间思乡情切，很想看看爸妈的脸。

这也是本能发出的警告。想念爸妈，代表她内心像小孩子般脆弱。她是弱者，而且正处于危险之中，本能以这种方式通知她：栗桥浩美很危险，不能跟他，尤其是跟现在的他继续在一起。

明美想，还是回家吧。

这里是加油站，应该可以打电话叫出租车。这样就不用担心怎么回去，而是可以大胆地跟浩美吵架。旁边还有加油站的人，若他一气之下想揍人，那些人应该会上前阻止，我也可以逃跑。

明美觉得自己真的受够了！为什么要忍受浩美这样的威胁、苛责和虐待呢？我真是看错了，他竟是这种男人。怎么会那么啰唆，说话那么无聊呢？

虽然很害怕，但是在这里的话，就可以跟他说清楚，也能逃掉。我已经不想跟你交往了！因为还有很多男人愿意更温柔地对我，愿意拿我当公主一样伺候、尊重。

明美对着模糊的镜子挤出笑脸。赶快恢复自信吧，明美。

从洗手间出来后，她走向汽车。浩美靠在车上，正在跟加油站的人说话。是个年轻女孩，穿着蓝外套、迷你裙和长统马靴，看起来很可爱。明美立刻给她打分——不错，她的腿比我的漂亮，不知道长得怎么样。

栗桥浩美轻松自若，双手插在口袋里，跟女孩谈笑风生。女孩也热情地回应。

“真要是这样，那一晚我会高兴得睡不着觉！”女孩说。

“说得也是，我一定也会很兴奋。”

看起来两人意气相投。明美站在浩美身边，他看都不看明美一眼。女孩也无视她的存在。

“你们在聊什么？”明美问。

浩美一副“你怎么也在这里”的表情，斜眼看着她。“我们在谈葛雷·马丁。”

浩美回答的方式，让明美不屑反问“谁呀”，可是脸上还是露出了困惑的表情。女孩回答：“他是现代波普艺术的泰斗，纽约画家。”

“哦。”明美硬是挤出微笑。

“听说今年一月新开幕的赤井山美术馆买了他的作品。”

“他本人来日本的时候，还专程到美术馆拜访呢。”

女孩用力击掌，做出向上飞的姿势。“真是太感动了。我在欢迎会上等了好久，终于和他握手了。”

浩美就像看着可爱的东西一样看着女孩。女孩也一脸兴奋地看着他。

“为什么会聊到这个呢？”

“因为那张海报啊。”浩美用下巴指着贴在加油机旁柱子上的海报，上面的标题写着“现代波普艺术展——葛雷·马丁的世界”。在明美眼里，只能看见海报中央是涂成一团的色块，似乎那幅画就出自那个叫葛雷·马丁的画家之手。

“看见那张海报能表现出关心的男人，附近实在很少。”

“是吗？我是葛雷·马丁迷。下次我应该在美术馆开的时候来。”

亲切的笑脸好像在说：“如果我来，能约你吗？”女孩也一副当然愿意的神情。

明美怒火中烧，但怒气不是针对浩美，而是因为这个乡下女孩居然这么不要脸敢抢别的女人的男人。

“我们赶快走吧，好冷。”

明美挽着浩美的手臂，想将他拖离女孩身边。她一心只想对抗女孩，居然忘记了想家和对浩美的不满。

最后的退路也没有了。这一瞬间决定了岸田明美的命运。接下来只能等待定时炸弹爆炸了。

5

听见了女人的尖叫声。

芦原君惠忽然惊醒。除了长年使用的床发出抗议的声响外，还能听见自己心脏的跳动。

此外还有闹钟的滴答声。明天早上有练习，她将闹钟设在六点。若是迟到，肯定会被初三学生翻白眼，所以千万要在六点钟起床，而且不能睡眼朦胧地把闹钟按掉。她故意将闹钟放在离床比较远的地方。闪着荧光的指针，显示时间是凌晨零点五分。

我大概是做梦了。

君惠颤抖着喘了一口气，双手拍了一下脸颊。好冷啊！缩在被子和毛毯里的膝盖也在颤抖。三月一日，不对，已经过了五分钟，所以是三月二日；多山的北关东地区还不是春天。肆虐了整个冬天的北风总算停歇了，但气温还是很低，早晨偶尔还会飘雪。

然而手脚冰冷，不是因为气温，而是因为刚才做的噩梦。

坐在床上，房间没有开灯。君惠竖起耳朵倾听家里的动静。

一片寂静。爸爸和妈妈都已经睡着了。君惠有些失望地耸肩，我们家怎么这样呢？

我的同学离家出走行踪不明，爸妈却还是睡得那么安稳。真是受不了！君惠像个孩子一样嘟起嘴表示不满。

嘉浦舞衣的母亲打电话来是昨晚八点过后。“舞衣还没有回家，我担心地到处问，不知道是不是到府上打扰过呢？”

“舞衣没有来我家。”接电话的君惠母亲回答后，舞衣母亲接着问“君惠知不知道舞衣可能去的地方”。母亲手持话筒，不耐烦地问君惠。

君惠那时正在客厅看电视剧。舞衣的母亲打来电话，让她觉得震惊。她对一手按着话筒的母亲小声说：“我和嘉浦不是不好，但也不太熟。嘉浦会去哪里，我不知道。”

君惠母亲对舞衣母亲说完“我女儿不知道”，立刻挂了电话。

“要是让我说，”母亲不悦地批评道，“女儿已经是初中生了，居然晚上八点还不回家到处晃，这家的家教有问题！”

嘉浦舞衣就是那种人，嘉浦家就是那种家庭，君惠才会觉得震惊。那个舞衣的母亲居然因为女儿超过八点还没回家，担心地到处打电话寻找。

君惠所知道的嘉浦舞衣，是初三学生，而且是新学期刚升三年级的十四岁少女，已经是夜游高手了。舞衣身材娇小，体态看起来像是小学生，但就近仔细观察，不但染了头发还穿耳洞，身材凹凸有致，脸蛋也有了大人样，声音还沙哑得颇具魅力，加上口齿不是很清晰，显得很有女人味。

不管是在学校还是外面，她都很受欢迎。因此再加上一点技巧，她要找夜游的同伴和资金根本不成问题。根据君惠听来的小道消息，舞衣经常越过赤井山到小山市游玩，一个月有好几次远征东京。她当然不是搭电车去，而是让身为高中生或大学生的男朋友骑车或开车载去。过着这种生活，上学迟到是当然的，常常连假都懒得请。这就是少女嘉浦舞衣。

“你家里不会骂吗？”君惠曾经问过她。

舞衣眯起眼睛修剪分叉的头发，无所谓地答道：“他们能骂什么？父母自己还不都是高兴做什么就做什么。”

君惠心想，是这样吗？

家长不管，学校的老师也一样吗？在君惠看来，学校对于舞衣的行为似乎也浑不在意。君惠认为原因大概是舞衣的女人味。学校的男老师都注意到舞衣的魅力，其中有些人应该颇有兴趣，所以平常会严重警告的迟到、缺席发生在舞衣身上，也就被原谅了。

这只是君惠的想法。校方当然为舞衣的行为而头疼，从初一起就跟她说过很多次，也做过家访加强辅导。但问题是家长不在家，屡次请他们来学校也不理会，就算来了也是只说不做。几次之后，学校也只能放弃了。嘉浦家认为“现在是义务教育，适当应付总能毕业”，学校则感叹“因为是义务教育就必须接受这种学生，实在是有苦难言”。双方都只考虑自己，自然会造成舞衣现在这种生活。

舞衣很少会在八点之前回家。她母亲明知这一点，却到处寻找女儿的行踪，君惠觉得十分奇怪。

从原先的震惊到现在的奇怪，君惠感觉不太对劲。

“为什么你跟她那么熟？”母亲忽然想起来问道，君惠慌忙辩驳道：“刚才不是说过了吗？我跟她不是很好。只是初一时同班，第二学期换座位时坐在一起，所以会说说话，有时借她笔记看罢了。”

君惠就是在那个时候知道了舞衣的生活和玩乐情形。有时舞衣也会炫耀般自我宣传：“上周去了原宿，还住在饭店里。对了，这是那时买的钥匙链，送给你吧。”

舞衣很大方，至少这是她的优点。对了，那时收的钥匙链可要藏好，免得被妈妈发现。

妈妈最爱问东问西了。

“她妈妈怎么会知道你的电话号码？”

“那只要查通讯簿就知道了！”

君惠没有将电话号码告诉过舞衣，也不记得对方问过。何况舞衣本来就不怎么喜欢结交女性朋友。

说不定舞衣的母亲真的是翻通讯簿一一联系同学，这可以理解。只是这么一来，是不是说舞衣发生了什么事，连一向不关心的母亲也开始紧张了？

舞衣究竟怎么了？出什么事了？

现在是君惠每周最期待的电视剧时间，可是心情受到了影响，看到一半便离开了。如果她再大一些，懂的词汇多一点，或许就能形容此刻的心情——舞衣是否发生了什么事呢？

或许她该用“心神不宁”来形容自己的心境。

舞衣不是君惠的朋友，只是同学。但是舞衣的生活满足了君惠部分好奇心，她其实在某些方面很羡慕舞衣。

这种羡慕的前提是“某些方面”，因为她知道现在的都市女孩如果像舞衣这样生活，一定会出问题。长此以往，有一天一定会遇上危险——不对，不是女孩子“遇上”危险，而是“惹来”危险。

过了两小时，电话又响了。君惠已经准备睡觉了，听见电话铃响赶紧跑下楼来。这时在大宫市内经营建筑设计事务所的父亲已经回家，电话由他接。

又是舞衣母亲打来的，问道：“舞衣还没有回家，君惠真的不知道她去哪里吗？”对方很慌乱，困惑的父亲将话筒交给了母亲。

母亲冷静应对，从对方口中问出了很多事。原来舞衣不是一开始就没回家，七点左右和母亲吵架才生气离家出走的，此前她在家里。

“吵架的时候嘉浦先生在家吗？”

对于君惠母亲的疑问，舞衣母亲回答：“我在跟舞衣吵架之前不久才回到家，一回家我们就吵架了。”

没有提到舞衣的父亲。既然没说，君惠母亲就再问一次：“舞衣的爸爸怎么了呢？他知道舞衣离家出走了吗？”

这么问别无他意，君惠的母亲只是想问清舞衣的父亲知不知道这件事。如果她父亲不很慌乱，请他来说更好。舞衣的母亲因为激动说话较快，不太好沟通。

可不知舞衣的母亲是如何解读的，她忽然歇斯底里地大吼道：“你为什么老是问我先生的事？我先生怎么样了吗？你对我先生那么有兴趣吗？”

君惠的母亲说不出话来，因为太过震惊，抓着话筒愣住了。站在旁边的君惠父亲一脸惊讶地看着她。其间话筒里传来舞衣母亲不绝的骂声。

“你敢对别人的丈夫抛媚眼，我可不饶你！听见没有？我早就看清楚你心里在想什么！”

君惠躲在客厅门后，看着父母彼此对望。君惠也听得见话筒里的声音，虽然听不太清楚，但可以知道对方正在生气怒吼。

君惠的母亲一脸苍白，于是父亲默默接过话筒，以面对客户的庄重口吻说：“很抱歉，我们帮不上你的忙，失礼了。”然后挂上电话。

君惠的母亲幽幽说道：“她妈妈不知怎么了，人家替她担心离家出走的女儿，为什么居然说我想勾引她的丈夫？”

“脑子大概有问题吧。”父亲安慰道。

忽然间君惠想起来了。初一的时候，就是她刚跟舞衣坐在一起时，她第一次听舞衣提到夜游的事，很惊讶地跟舞衣说：“我要是做这种事，一定会被爸爸揍的！”

舞衣微微一笑道：“我老爸才不会揍我，因为他是我的奴隶。老爸很疼我，所以老太婆整天都很不痛快！”

舞衣所谓的“老太婆”就是她妈妈。妈妈是“老太婆”，爸爸是“老爸”，又是“奴隶”。而且她还说过“我老爸不是我真的老爸，所以很好用呢”，说的时候一边的嘴角上扬，就像成熟女人一样，一手放在脖子上。

很好用呢！

君惠走向父母，心情十分不安，希望能获得安慰。

“嘉浦曾经说过，她爸爸不是真的爸爸，”君惠说，“我感觉很奇怪，当她说这句话的时候。”

和妈妈吵架、离家出走，舞衣怎么了？会不会出事？

又经过几小时，君惠躺在自己房间的床上。在噩梦中听到女人的尖叫，大概是舞衣的叫声吧。芦原夫妇睡得正安稳，之后也没有电话进来。

说不定现在舞衣已经头脑冷静，并回到家了。就算没回家，那样的舞衣其实也不用担心。今天舞衣的母亲会那样慌乱地打听女儿的行踪，一定是因为吵架。不过如此罢了，没有必要不安，应该实际一点。毕竟她只是不太熟的同学，不是吗？又是别人家的事，不是吗？

可是为什么，为什么会这么害怕呢？为什么会在梦中听见尖叫声呢？

让君惠感到怯懦的，是一种动物的直觉，就像力量还很微弱的小鸡、小狗拥有的透视能力。可怕的敌人想要使坏，正躲在可怕的黑暗里。不管外观怎样、散发的气氛如何、家庭环境有什么不同，舞衣和君惠都是小鸡，所以君惠能够预知同伴即将遇害。

这预感十分准确，因为离家出走的嘉浦舞衣这时正在赤井山中。她在鬼屋里，看着逐渐靠近的车前灯，心想，有救了！只要搭上那辆车，就可以离开这里。要是亲切的男人开车，说不定还会给我一些钱，只要我稍微给他一点好处。

可是，逐渐靠近鬼屋的车里，坐的是栗桥浩美和岸田明美。

6

“早知道还是回家好。”当漆黑的前方逐渐出现鬼屋的朦胧废墟，明美心想，“实在是不该来的。今天不知怎么了，老是遇见倒霉的事！”

夜色阴暗，看不见月亮。穿越赤井山的绿色大道是一条新铺设的漂亮公路，可是它的崭新处于开发计划半途而废的赤井山中，就像久病衰弱的身体里安了人造血管一样不协调。汽车行驶其间，有一种脱离现实的感受，也让明美越来越不安。

从看见鬼屋起，浩美忽然沉默不语。离开加油站后，他还故意跟明美胡扯现代艺术的话题，极力鼓吹葛雷·马丁的画有多棒。可是现在一如机器人一般开着车，一句话也不说。

“浩美……”明美试着小声说话，“这里真的好阴森，我不想下车。我们开过去好了。”

希望浩美能够答应，赶快开过这么阴森的地方，然后到饭店跟我睡觉——明美如此盘算，所以装出最甜美的声音请求，但浩美连一眼都不看她。

逐渐接近鬼屋了。虽然是汽车向鬼屋靠近，明美却觉得是鬼屋靠近他们。兴建到一半的钢筋铁架高约五层，不对，或许更高。惨白得好像人瘦弱的骨架，凸显在阴暗的森林、山脉和夜空中，对着明美张牙舞爪。

没有月亮和星星的夜晚，也没有其他光线，为什么这个建筑废墟却能这样清晰地浮现在眼前呢?

明美心想，因为这就是鬼。因为它不属于这个世界。这里不应该被称为鬼屋，根本就是阴曹地府。

“浩美，我们走吧。人家想回家！”

明美这样说时，汽车驶出绿色大道，开往鬼屋方向的斜坡。

浩美完全被吸引住了。

感觉并不是很好。很冷，而且从离开加油站后，左右两边的太阳穴便开始刺痛。那是经常困扰他的偏头痛。若不管它，会越来越激烈，扩大成铁圈箍住整个头的剧痛，而且还会恶心。他很清楚头痛的模式，手边也有药效很强的止痛药。

可是当看见鬼屋出现在眼前时，他不在乎头痛了，心情兴奋得丝毫不在意这种小事。

我知道这地方！应该知道。大概知道。以前曾经看过好几次这地方的景色。开车靠近鬼屋途中，他心中一直想着，明美不知在说什么，现在哪有空理她！我知道这地方，为什么呢？是在哪里见过？他自问自答地往鬼屋的方向前进。

停下车，双脚踏上鬼屋的地面时，浩美感觉到了身体的震动。

原本漠然的念头变成了确定：我知道这地方。倾颓的水泥地上，凄凉地竖立着钢筋骨架。远远望去，在夜空下宛如人的骨架透着惨白。走近一看，废墟比周围的夜色还要阴暗，几近全黑。而这所有的颜色，我都看过。

鬼屋下方到处是来这里凑热闹的人留下的垃圾，就像是举行过赏花会一样脏乱。早春的冷风搅乱了垃圾，一会儿吹成一堆，一会儿又将其吹散。

满是尘埃的晚风也袭击了浩美，吹得他眼睛刺痛。一眨眼，豆大的泪珠便顺着脸颊流下。

“我在哭！”浩美吃惊地自问，“为什么我会哭呢？”

想了一下，他有了答案。为什么对这地方有印象？为什么知道这场所？

这里跟我梦中所见的地方很像！

就是那个梦，小女孩追着我，喊着要我还给她身体的噩梦。不管我如何试图摆脱，她就是紧追在后。梦中，我跑得气喘如牛、脚步凌乱，终于跌倒。小女孩追了上来，用她充满神秘力量的小手扳开我的嘴巴，用力顿足想将头伸进去……我总是在哭泣，边跑边逃的时候、回头张望小女孩是否追上来的时候、跌倒在地被小女孩抓住的时候、被她的手扳开嘴巴拼命挣扎的时候……

泪水。一如抬头看着鬼屋流下的眼泪，在梦中不知流了多少回。这是个铁的废墟，是我在梦中看见的场所。我知道这个废墟，就是这里。

“浩美！”明美的声音响起。她站在浩美背后不远处。

浩美没有回头，闭上眼睛抬头面对鬼屋。

“好冷啊，我们回去吧。”

冷，的确是。耳朵都快冻僵了。

但浩美还是无法行动。他闭上眼睛，用力吸气、呼气。这里是梦中所见的铁的墓场。没想到居然有这么相似的地方。

这是纠缠着我的梦的场所。

梦中追着我不放的是婴儿时期便夭折的姐姐。姐姐死后，我才出生，继承了她的名字。

可是姐姐不这么认为，她觉得我偷了她的名字，偷了她的人生，偷走她的“生命”！不，是浩美认为姐姐这么想。父母沉浸在对过世女儿的回忆中，忽视了在眼前成长的儿子。于是浩美才会产生这样的想法。

如果还活着，你姐姐一定比你乖！

为什么你姐姐会死？我明明将她养得好好的！

人家都说挂念死去孩子的岁数没有用，可我就是想数啊。因为你姐姐真的是个乖孩子！

母亲总是用责骂的方式拒绝浩美的要求，总会说：“我们家哪来这些钱！”可是每当看见漂亮的小女孩衣服就会买回来，边看边叹息。

浩美睁开了眼睛，看见钢筋铁架的顶端挂着一个类似破塑料袋的东西，一如一个小而破败的鬼魂一样。

我一直是姐姐的替代品，一生下来就被决定了，尽管不完全是，却依然被当作替代品养大。我对姐姐感到害怕，始终害怕她是否还在生气。也因此经常梦到被姐姐追的噩梦。

梦中的舞台就是这个废墟，这个盖到一半被弃置的钢铁墓场。

浩美逐渐明白，大概是小时候曾经看过类似的建筑工地，自己被否定但仍必须存在的童年时期看见了类似的悲伤场所吧。于是幼小的心灵感觉，这地方和我一样！

所以我被姐姐追赶的梦境发生的场所，会是这样的废墟。这里就是梦的原点。

但这里是现实的场所，没有对我穷追不舍的小女孩。也不可能会有，因为不是梦境。我清醒地睁开双眼，找到了噩梦的场所，是不是表示我将从梦魇中获得解放呢？今晚将是我解脱的夜晚吗？

浩美微笑着，慢慢移动视线，看着鬼屋钢架里面的广场——如果大楼盖好了，这里大概是大厅吧。忽然间有什么东西晃动着吸引了他的目光。

晃动的是人形的影子。

是个女孩。

浩美逐渐走近鬼屋后，明美也从车里走了下来。她双手抱着身体，颤抖着找寻遮风避寒的地方。可是脚下看不清楚，地面凹凸不平又到处是垃圾，穿着美丽皮靴的她立刻就走不下去了，咋咋舌头便转头折回。

还是在车里等吧。可是，自作主张的话，会不会又被浩美骂“我可是为了你才专程来这里的”？浩美生起气来一样令人害怕。

车的置物箱里有一把手电筒。明美取出后摁亮，一小束光投射在地上。虽然不是很亮，但总比没有要好。

她拿着手电筒，回到鬼屋底下。浩美始终伫立在刚才的位置上。因为背对着站立，明美不知他在看什么。试着呼唤他，但他既没有回头也没有应声。

明美好想哭。嘴唇颤抖着，靠着手电筒的微光，绕过浩美背后，前往鬼屋左下方。那里有一个树丛，好像可以遮遮风。她想假装观察周围的地形，一边等待浩美看够了为止。

刮起一阵风，一张纸片猛然贴上她穿着丝袜的小腿。她赶紧拿开。

那是一张白底红字的小酒馆广告单。想到来这里参观的人都是这种水平，她的心情又向下掉了一层。

浩美依然站着不动。明美在黑暗中、寒风里担惊受怕，紧紧抓住唯一的依靠——手电筒。为了寻找稍微能遮风避寒的场所而接近树丛，在树丛后面发现了一个大坑。

那是一个直径约两米的大坑。明美逐渐走近拿手电筒一照，见里面堆积着空瓶、空罐和塑料袋等垃圾，似乎是个垃圾场。

要是失足跌入这里就糟了。明美正准备离开，忽然有人从背后拍她的肩膀。

她过于惊吓，无法出声，连大气都不敢喘。好不容易吸了一口气，但全身肌肉依然僵硬，连眼睛都难以睁开。

“讨厌！不要那么害怕嘛。”

是女孩的声音，就在附近。明美确实感到有人在那里，黑影的个头比她还娇小。

明美立刻举起手电筒，照向黑影。影子举起手遮住亮光。

“拜托，不要这样嘛！我又不是鬼。”

对方摆摆手。仔细一看，的确不是鬼，也不是黑影，是一个初中生年纪的女孩。短裤搭配毛衣，一双长筒袜，脚下是厚底长靴。

“你在这里干什么？”

明美赶忙靠近，一把抓住对方的手拉近一看，是一个貌美惊人的女孩。五官端正，长得很像洋娃娃，丝毫没有幼稚的孩子气。一头长发用发带箍着，随风飘动时，还传来廉价的洗发水香味。

“我又没有做什么，倒是你来这里做什么？那边是垃圾堆。”

她那口齿不清、尾音上扬的独特语调，让明美很不愉快。大家都是女的，刻意撒娇是不管用的。

“不过是个小女生，口气不小。你管我来这里做什么，我高兴！”

明美故意用嘲笑的方式对待那女孩。

“你是来鬼屋瞧瞧的吧？那边的车是你的吗？”

明美不高兴地说："不是我的，是我男朋友的。"

"哦？那太好了。可不可以带我呢？你们要去哪里，让我跟着去好吗？"

明美稍稍恢复了成人的理智。尽管对方脸蛋很成熟，再怎么看也是个初中生。这么晚了还在外面游荡，本身就有问题，居然还说要搭便车，开什么玩笑！

女孩机灵地先发制人，耸耸肩道："我是离家出走的。"接着又说："身上没有带钱。以前跟男朋友来过这里，所以就搭便车先来这里。本想到了这里再用手机叫男朋友来接，可是他好像睡了，手机关机了。我正在想换个比较安全的地方，就看见你们的车来了，有救了。"

又没人答应满足她的要求。明美对于少女的一厢情愿感到目瞪口呆。

"一个成熟的大人会听了你的解释就答应让你搭便车吗？你还是老老实实说出姓名和住址，这样我们就送你回家。否则把你送到警察局去！"

没想到少女把头一仰，转身离开道："那就算了！鬼屋下面那个人是你的男朋友吗？我去求他好了。比起你这种歇斯底里的女人，我更喜欢男人！"

气极了的明美还来不及回话，少女已经沿着垃圾堆边缘朝鬼屋走去。看来对附近的地势十分熟悉，轻盈的脚步在黑暗之中完全不受阻。

明美无奈只好忍着满腹怒气，靠着手电筒的微光回头寻找浩美。穿过树丛，来到视野开阔的地方时，前面黑暗处传来浩美悲惨的叫声。

明美吓得停下脚步，不禁怀疑黑暗处传来的真是浩美的叫声吗？她的直觉告诉自己答案是肯定的，但理性还无法接受。浩美会发出惨叫声吗？

正在纳闷之际，明美失去了那个出言狂妄的少女的身影。一不小心向前踏出一步，小腿触到了什么东西，手电筒应声掉落，在地上滚了几圈后，灯光也熄灭了。因为疼痛和生气，明美失声叫了出来并跌倒在地。找到手电筒后，不知是哪里摔坏了，怎么开就是不亮。这时，又听见浩美的叫声。

"明美，是你吗？"

听声音，感觉他就在附近。令人惊讶的是，他的声音有些颤抖。

“是我，我就在这里。你看得见吗？我就在两棵大树之间。脚底下很黑，你要小心。”

好不容易从鬼屋的方向逐渐出现轻微的脚步声和栗桥浩美的身影。浩美走路微跛，有些狼狈。明美的右腿也因刚才的碰撞而疼痛，但她试图忍着走向浩美。

四周十分黑暗。不清楚是鬼屋那边还是树丛里面更黑，或许是垃圾坑里最黑，总之一片黑暗。这时，明美才发觉鬼屋一带完全没有灯光，是靠着绿色大道上的路灯才多少有了一些光线。

她这才想起来，这里离绿色大道其实不远。于是她振奋精神，心想，没有什么好怕的，赶快离开就好了。这是现在唯一该做的事!

“浩美，我们赶快回车上吧。人家的腿已经碰得到处青一块紫一块了。”明美边说边将手电筒扔在地上，向浩美的身影靠近，伸出手来摸索他的手。

他的手异常冰冷，像这暗夜一样，如这阒黑一般。

凭借绿色大道路灯的微弱光线，明美花了好几秒才发现浩美的脸是湿的。又花了好几秒，才明白那是泪水。

浩美哭了？

“你……怎么了？”明美弯下身，轻轻将手移至他的脸颊，捧起他的头。

浩美开始啜泣。

“怎么了？浩美，振作点……”明美安慰到一半，眼睛吃惊地大睁。

浩美的双眼不断冒出泪水，沿着脸颊滴落。一开始是明美用力抓着他的手，如今变成了浩美死命地抓着她不放。

浩美靠了过来，与其说是拥抱她，不如说是寻求她的拥抱，紧紧靠在她身上。

“又追上来了！”他含糊地说道，“我好害怕！”

明美张开嘴巴，不知该说什么，结果只是呼出白色的水汽，丝毫不能安慰浩美。这种不敢相信眼前所见、耳中所闻的经历前所未有。

简直就像个孩子一样！

目前明美的周围并没有年幼的小孩。她所能想象的“小孩”是自己或朋友小时候的形象。而眼前的浩美就像是自己小时候看了恐怖电影或漫画，要求爸爸或妈妈陪着上厕所的模样。

唯一不同的是，浩美是个成熟的大人，而且是男人。甚至在不久之前，他还对明美展现权威！

“我好怕……我会被抓去的。”浩美紧靠着明美。

明美不禁后退一步，甩开他的手。“你是怎么了，浩美？你在作弄我吗？搞什么嘛，哭什么？”

浩美吓得浑身颤抖，双手茫然停在半空中，双眼湿润地看着明美，眼中充满受到伤害、求助无门的神色，吓得明美起了一身鸡皮疙瘩。

“浩美，你的脑袋坏了吗？到底是怎么了？不要再演戏了！不要再吓我了！”她听见自己的叫喊近乎哭泣，也感觉到膝盖正在颤抖。

“我好怕啊，救救我啊！”浩美低喃着拼命想靠在明美身上。明美不断退后，双手挣扎着不让浩美抓住。

“救救我，妈妈！”浩美依然拼命缠着明美，“妈妈，我什么坏事都没做，你不要让我被那家伙抓走！”

明美尖叫道：“不要！”

“妈妈……我好害怕！”

“不要！你离我远一点，离我远一点，浩美。求你赶快恢复正常！”

明美的手臂被抓着，连她也失去理智尖声哭叫起来。她使尽全力挣扎，好不容易才摆脱浩美的双手。

明美逃开了。紧张慌乱的她对周围的黑暗视若不见，一心只想逃离浩美。她拼命跑，穿越树丛，跌跌撞撞、倾身向前地奔跑。

跑着跑着，忽然脚步踏空了。

是那个又深又黑、看不到底的垃圾坑——还来不及想起，岸田明美已落在半空中，瞬间意志力还想跟地球引力对抗，于是两脚不断踩空向下掉落，直至坑底。

浩美置身梦中。

就在刚才，他发现这个钢筋水泥废墟和噩梦中的场景相似，意识到这里就是他被遗弃的地方。因此必须赶紧离开这里。这里固然和噩梦很像，但毕竟不同，因为这里没有那个小女孩，那个拼命追赶他，想进入他体内的小女孩。

他的心回到了过去，那个为小女孩所苦的少年时代。女孩恨他，一心一意想取代他复活。他必须跟小女孩搏斗，一个人恶战苦斗存活至今。残酷的是，父亲和母亲只顾着死去的姐姐——那个小女孩，从来没有站在他这边为他做过什么。

我必须和死去的人战斗才能生存。我从来没有享受过正常孩子应有的幸福——浩美沉重地想这些时，眼睛盯着黑暗中的鬼屋。

就在这时，女孩出现了。

实在是太突然了。冷不防听见黑暗中有人说话。

“请问……”声音甜美。

浩美吓了一跳。那不是明美的声音，这里还有谁呢？

他扭动脖子转过身。这一瞬间，不仅是身体，连心思也跟着转变。

他看见了女孩。少女也看着他。浮现在绿色大道微弱灯光下的两人身影，因为黑暗与光线的交杂显得虚幻暧昧。

少女——前不久才用撒娇语气和岸田明美说话的嘉浦舞衣，初三女生，不论外貌、说话还是思想都显得成熟，仿佛装大人比家庭、学校都要重要。

舞衣眼中所见的是一个长得很帅的年轻男子，虽然不知道名字，但个子很高，长相也不错。如果不是在这种情况下相遇就好了，但仔细想想，在这种地方这种时间想要搭便车，却能够遇到这么帅的男人——他的确长得不错，比起平常的相遇，说不定更棒！

浩美看见的是一个少女，脸蛋白皙，五官端正，像洋娃娃似的。红嘴唇，圆眼睛，欲言又止地对着他微笑，从张开的嘴唇中略可看见舌头。

那不是少女，对他而言是那个小女孩。在噩梦舞台的废墟里，那个小女孩依然在等他。

舞衣向浩美跑过来。

“太好了，我都快吓死了！”

舞衣双手向前伸，想拥抱浩美。年轻男子见少女对自己做这种动作，肯定心头小鹿乱撞，暗自窃喜。何况我又是个美少女！

“对不起，我可不可以搭你的便车离开这里？你会答应吧，人家真的是好害怕、好害怕，怕得要死了。”

激动的声音充满了撒娇的味道，舞衣冲向浩美。靠上他的身体时，舞衣的脸颊感觉到他高级上衣的顺滑触感。

下一瞬间，她被猛然推开。

她没有站稳，跌坐在地。

她没有想到会变成这样，完全没有作好准备，重重地跌坐在地，痛得叫不出声音。她只能呻吟着调整呼吸，抬头看着如此过分的男人身影。

浩美开始颤抖。

他碰到了小女孩的手，小女孩也碰到了他。小女孩想缠住他的身体，抓紧他。小女孩的头发有一股香味，那香味想扳开他的嘴进入他的身体。

黑暗、废墟和脸色苍白的小女孩。

还我身体！

“你干什么？很痛呢。”

好不容易出声的舞衣大骂，浩美转身就跑。

垃圾堆的臭味。

明美仰面倒在坑里。天上看不见星星。其实说不定有星星，只是她视线模糊，无法分辨。

垃圾坑里有什么东西？她不清楚，根本也看不见。唯一可以感觉到的，是背后有什么尖东西刺着她。那是她猛然在半空中跌落时，背部受伤折断了脊椎所致。到底是什么呢？是铁管，还是木材？是谁将这种东西扔在这里！

不可思议的是，明美没有感觉到疼痛。或许是脊椎骨折了，她听到了清脆的声响。现在只觉得手脚冰冷，脖子底下有凹凸不平的垃圾，感觉很不舒服。

谁来救我！

她想张嘴呼救，却动不了嘴唇。

有沙沙的声音传来。谁在往这里靠近吗？

原来是浩美。她的视野中出现了浩美俯视她的身影。

她想发出声音，眼泪却先迸了出来。我好害怕，我好难过！救救我，快来救我，快来救救我！她拼命想呼救，但只能半张开嘴巴，吐着舌头，口水沿着嘴角流出，却浑然不知。

这样下去我会死的，快来救救我！

浩美蹲下来看着她，摸了摸她的脸颊，立刻又将手抽回去。那是因为发现她脸颊上都是口水。

明美弄脏浩美手的口水里带着血。

“喂！你们到底怎么回事？”

明美挣扎着扭动身体，听见那个少女，那个企图迷惑男人的少女正逐渐走近。

“你在干什么……啊！”

明美看见了少女黑色的身影。少女也俯视明美。

“糟了！这个人还活着吗？她是从这里掉下去的吗？你怎么不救她？”

对啊，救救我！快来救我！明美流着泪祈祷。求神明保佑，让这个夜晚早点过去！

可是她听不到浩美的鼓励，也感觉不到浩美温暖的手臂。

浩美对着她说：“都是你不对！”

明美不知道他是对谁说的。

“我才不会输给你！”浩美继续说道。好像中了邪，又像在说梦话。“我要打败你！我要消灭你！”

明美呻吟着挣扎。她听见踩过瓦砾和垃圾的脚步声，以及少女激动的尖叫声。

“住手！你在干什么？”

尖叫和混乱终于变成了呻吟，少女踩过垃圾堆的脚步声逐渐微弱。

明美能够听见的只剩下夜风的低吟和激烈的喘息声。

周围恢复了平静，喘息声向明美靠近。

浩美的脸就在眼前，鼻息直扑明美的脸颊。

浩美，救我！明美拼命想呼救。快救我啊，你快恢复正常啊！你是怎么了？为什么？为什么？

对嘉浦舞衣而言，这鬼屋就像是她家的院子一样，根本不需要灯光。跟男朋友来玩时，还故意不点灯享受刺激的游戏。

可现在情况不同了。

她就像古代的弱小哺乳动物一样，不具有光明是安全、黑暗是危险的判断标准，只是一味找寻明亮的场所。她不算聪明，但生命力很旺盛，充分享受着生存的乐趣。她的本能不断发出警告：现在这种情况将危及她所享受的生命。

该怎么办？

赶紧逃离这里？那个男人长得还算不错，但是不行，太危险了。他推开我逃走时的目光真是怪异，那家伙是不是脑袋有问题呢？

还是跟他保持距离吧。要不然自己一定也会遭遇危险。最好不要靠近那人！

那个人和那个女人，就是他的女朋友，究竟来这里干什么？刚才瞄到车牌号码，应该是练马区的车。居然从东京专程开车过来，而且今天又不是节假日。

舞衣也知道鬼屋早已成为旅游景点，可是游人聚集通常是在周末晚上。平时这里就像墓场一样门可罗雀，所以她今晚才会逃到这里。

她不禁后悔，早知道就不应该先来这里，直接跑到男朋友家就没事了。男朋友和舞衣毕业于同一所学校，目前就读于当地私立高中，个性有些柔弱，但对舞衣很好。他叫佑介，一开始舞衣都叫他“小佑”，他说他母亲也这样叫他，要舞衣改口。于是舞衣问道：“那要怎么称呼呢？”他说直接叫“佑介”就好。舞衣便开始直接叫他名字。

佑介的母亲很难缠，始终监视着儿子的行动，十分反对儿子和舞衣交往，舞衣上门找佑介会被赶出来。所以舞衣今晚离家出走，无法直接到佑介家求救。

舞衣很喜欢鬼屋这种被遗弃的气氛。应该说她喜欢这种没有人、寂静空虚的地方，因此一个人来也不觉得害怕，本打算用手机叫佑介出来，跟他借钱并商量今后该怎么办。平常他们就是这样约会的，她想今天晚上应该也没有问题。只要用手机打电话，佑介就会避开母亲的监视出来找她。

今晚偏偏佑介没有接手机，害得舞衣得跟那对奇怪的情侣待在一起。

早知如此，就应该请刚才的司机载我到小山市区！

她想起出门后立刻搭上的小卡车司机。听舞衣说要去鬼屋，司机一脸惊讶地说："反正顺路，可以载你去。可你去那里干吗？"

"约会啊。"舞衣回答。对方则嬉皮笑脸地说："小女孩花样挺多的嘛。"他将舞衣拉上副驾驶座，行驶之际，装作不小心用肘部碰到舞衣的胸部。舞衣也假装不觉。他偷偷瞄了舞衣一眼，又碰了一次。舞衣心想，司机老兄你大概也三十好几了吧，年纪一大把，居然敢动我的主意，真不要脸！

到了鬼屋，舞衣下车后，司机也跟着熄了火，跳下卡车。两脚一踏上地面的同时还松了腰带，色色地笑着追舞衣。

简直像个笨蛋！舞衣立刻消失在黑暗中，躲在鬼屋的阴影里，忍着笑观察司机的蠢样。没有比想要女人的男人露出的蠢相更可笑的了。舞衣不知看过多少这种男人的蠢相，每一次都觉得好笑。笑着笑着，心中的恐惧也跟着烟消云散。

舞衣想，今晚真是倒霉，先是色鬼司机，又是奇怪的情侣。我还是先跑再说。

可是……犹豫之际，舞衣还是看着黑暗中那个男人逃走的方向。

那人神情那么奇怪，那个高傲的女人不会出事吧？如果两人脑袋都有问题就不关我的事，可该不会是那人想对女人做什么，才将她带到这里的吧？单纯只是要来参观鬼屋，那样未免太奇怪！

如果真是那样，不管他们就跑掉，是否太过分了？还是应该稍稍确认一下，弄清那个女人安全没事再走？

可我实在是怕得要死。

刚才对那个奇怪的男人说的话，完全不是做戏，舞衣是真的害怕。

可是……可是……那个女人。我可以扔下她不管吗？

应该叫人过来比较好吧？不知道有没有汽车经过这里？

呆立在原地犹豫之际，从男人消失的方向传来什么东西掉落的声音和女人短暂的尖叫。

舞衣的身体一半想逃往绿色大道，一半又想冲到尖叫传来的地方。哪一边更可怕呢？是要弄清发生了什么事，还是装作没看见跑掉？就算逃跑，会不会跑到一半就被追上？

那是垃圾堆的位置，竖耳倾听尖叫的来源，舞衣作出了判断。她又听见了啜泣的声音。

不是女人，而是男人的哭泣声。

不是大笑或是怒吼，他竟然在哭泣，而且是无力地哭泣。

于是舞衣作出决定。如果那人真的很危险，应该不会哭成那样。舞衣冲出了她熟悉的地形。

已经可以看见那个男人的头，他跪坐在垃圾坑的边缘。果然哭泣的人就是他，双肩像孩子似的上下移动。

安心的波浪清洗了舞衣的身体。哭泣的男人，他是和女朋友吵架了，态度才变得那么奇怪吗？

安心之后紧跟着是生气。舞衣一边靠近男人，一边大声骂道："喂！你们到底是怎么回事？"

搞什么鬼嘛，害我想东想西，快吓死了。

走近一看，男人探身对着垃圾坑伸出双手，舞衣看了一下。

那个女人就在下面。

六岁那年，舞衣真正的父亲还活着，他们一家住在荃木市内的小区。那是栋五层楼高的公寓，她家在四楼，坐东朝西。有一次她不小心从阳台上将生日礼物金发洋娃娃掉到地上。那是她最喜欢的洋娃娃，于是赶紧下楼找，发现洋娃娃仰卧在杂草丛生的后院。脖子跌弯了，怎么弄都不直。右手也变形了，奇怪的样子舞衣都模仿不来。

跌落在垃圾堆上的女人就跟当时的洋娃娃很像。

“糟了！这个人还活着吗？她是从这里掉下去的吗？你怎么不救她？”

男人对着女人伸出双手，但动作不像是要拉起或抱起她。

他两眼充血，脸颊潮湿，而且还不断抽噎。

搞什么嘛，这家伙！舞衣心中骂着，同时准备冲下坑去。

就在这时，“都是你的错！”背后的男人低喃着，一把抓住舞衣的衣领，将她拉上来。男人力气很大，舞衣脚跟悬空。为了保持平衡，双手在半空中摇摆，看起来像在跳东方舞蹈一样。

夜色更暗了，黑暗越来越浓。那不是因为没有灯光，而是娇小的舞衣被勒紧脖子，随着力道加强缺乏氧气，意识也越来越模糊。但她不知道原因何在。

我要被杀了吗？呼吸越来越困难的同时，舞衣不禁问自己。我要被杀了吗，在这里？被一个连名字都不知道的陌生人，一个路上遇到的怪人？怎么可能会有这么蠢的事发生在我身上？

我就是为了不想被杀才这么努力活过来。就是为了不让妈妈的男人，那个一点都不像真正父亲的男人所杀。那家伙偷偷对我做了些什么，一直以来对我做了些什么，那家伙还威胁我说，如果告诉别人就要杀死我。如果我不想遭受更大的痛苦，就必须听他的。我一直都忍过来了，就是不想被杀。如果要杀我，妈妈的男人早就想做了。所以我以为只要能不被那家伙所杀，能够逃离那家伙身边，我就一定能获得安全，找到幸福。我才会在今天晚上离家出走，可是为什么又会被这个不认识的家伙杀害呢？

这不公平！

她躺在垃圾坑边缘，那个奇怪的男人骑在她身上，不断流泪，嘴里说着什么，双手则掐着她的脖子。

“我要打败你！我要消灭你！”

死前一瞬间，舞衣凝视着男人的眼睛。临终前，她看见了男人两眼深处如垃圾坑般阒黑。还有他的泪水，从眼角滴下，落入了舞衣睁开的眼里。

舞衣觉得那是件很肮脏的事，比身体被侵犯更不能忍受。她祈求眼睛能闭上，就在祈求中逐渐死去。

为什么？为什么？为什么？

岸田明美对着天空，无声地反复询问。为什么做这种事？为什么会变成这样？浩美？浩美，你回答我！

可是听见的只有浩美单调的哭泣声。

不知过了多少时间，也许是五分钟，也可能是一个小时。

感觉刚刚才听见那个少女的尖叫声，却又觉得叫声停止后已经过了好几个小时。她为什么要尖叫？浩美对她做了什么？

还是她对浩美做了什么？我又对浩美做了什么？

已经不再感觉疼痛，手脚也已经麻痹。分不清是否觉得寒冷。背后湿湿滑滑的，好像是在流血，但实在是不清楚。

看见了星星！

黑暗的夜空里出现了小如针孔的星光。此前都没有发觉，天空明明乌云密布。

星星的数量逐渐增加了。夜空中，白色部分相对增多了。明美意识错乱，临终前脑海开始翻白，但她以为是看见了星星。

就在明美的视野里满是星星的时候，浩美的手再度抚摸她的脸颊。

这一次他没有将手抽回，或许是因为明美的口水风干了，也可能是血块凝固了。

他的手抚过明美的脸颊来到下巴。正不知他要干什么时，他已扳开明美的嘴巴，将露在嘴角下方的舌头塞进嘴里，并合上明美的嘴巴。

“咬到舌头的话会很痛。”他的语气十分镇定，就像之前在加油站谈论现代波普艺术泰斗葛雷·马丁时的一样。

明美并不知道浩美用手掐她的脖子。她已经没有感觉了。她已经奄奄一息，浩美的手不过是最后加一把劲而已。

明美一气绝，浩美的手便离开她的脖子。他已经停止哭泣，但脸上还有泪痕，眼角红肿。

我杀人了。

站在两具尸体旁边，浩美垂着双手呆呆伫立。他踏在垃圾坑边缘，背后是鬼屋，头顶是夜空，周围弥漫着死亡的空气。

为什么会杀人？今后该怎么办？

他问自己，也问不出答案。

浩美开始他从小就习惯的动作——每当遇到难题找不到答案时，他总会求救。

和平！

7

过了一晚，嘉浦舞衣还是没有回家。

第二天早上到学校知道此事时，芦原君惠一点也不吃惊。一方面，女班主任一早就面有难色，大概是昨晚没睡好，加上为了安慰舞衣的母亲而耗神；另一方面，在上学途中多少听见了同学们讨论此事。而且在教室里，同学们三三两两围成一团，也是在谈论舞衣。

只有君惠一个人暗自感到不安。

舞衣已经死了，她被杀了。

君惠禁不住这么想。

昨晚在梦中听见女人的尖叫声，那是舞衣的叫声。她就是在那时死的。不知是谁的手让她遭受尖声惨叫的痛苦而丧命。君惠对此深信不疑。

如果跟大人提起，一定会被认为：“这是你的想象、妄想！”如果跟朋友说，表面上她们会睁亮眼睛表示兴趣，甚至表现出害怕、颤抖、为嘉浦的不幸感到悲伤，可是等到君惠不在，又会批评：“芦原根本就是讨厌嘉浦，才会说出那种不吉利的话。”

不管哪一种反应，都不是君惠想要的。所以她选择沉默。

君惠并不是特别聪明的小孩，也不是特别敏感。只不过作为一个初三女生，算是比较明白“事理”。这事理告诉她应该默默观察事态的发展。君惠将这种信心保存在心中，并等待事理指示她何时告诉别人。若现在说出来，这件事本身就有点缺乏真实感。

还有一个让君惠冷静处理的理由，是她不知道为什么舞衣临终的场景会出现在自己梦里。她自问和舞衣的交情并不特别好，谈不上是好朋友。事实上舞衣也没有什么亲近的朋友，她是那种有男朋友却交不到女朋友的女生。不对，应该说她是那种认为男朋友有必要，女朋友无所谓的人。

君惠对舞衣的生活态度没有好感。从来没有想象过舞衣会这样可能是家庭生活有问题。毕竟像舞衣的生活、放任舞衣的父母，都超乎君惠的想象。

她没有同感，也不同情，甚至丝毫不感兴趣。也许有一点好奇，但不觉得舞衣有什么魅力。但是为什么会在昨天晚上，远远地感应到舞衣的体验和情感?

如果君惠真的是明“事理”的大人，只要将事实推算回去，就能否定“昨晚梦中听见舞衣尖叫”的说法。不过是想太多了，或是平时就很期待身边能发生惊天动地的大事，于是拿舞衣离家出走当材料，随便做了一个噩梦。

可君惠还是个少女，对于体验过的事实，就像忠于主人的小狗一样。对于自己身上发生的事有所质疑，并非十几岁少女应有的特质，所以她才能深信不疑。她相信梦中的尖叫是真的，绝对不是自己想太多。

于是她继续问自己：为什么我会听见舞衣的尖叫声？为什么是我听见了？

过了半个月，嘉浦舞衣还是没有回家。

君惠在学校听说舞衣的母亲已经向当地警局提出失踪人口的搜索申请。还听说舞衣的母亲是再婚，舞衣和继父处得不是很愉快。

舞衣很小的时候，生父便因车祸过世了。继父是在三年前进入她家的，舞衣跟他不亲，母亲夹在两人之间左右为难。

“离家出走会不会就是因为这个呢？”君惠的母亲皱着眉头揣测，“还以为初中生失踪了，警察会热心帮忙寻找。但情况却不是那样，谁叫那孩子本来就不学好！”

实际上，不管是家附近还是赤井的闹市区，都没有看见张贴有舞衣照片的寻人启事，也没有人来问过舞衣的事。连舞衣的父母也没有特别努力寻找。

舞衣似乎被人遗忘了。

如果是个大人，尽管是以出走的方式抛弃家庭，也只是像一艘船驶离了某个港口，顶多丧失了再回该港口的资格与权利。不管怎么漂流，只要还有工作、需要纳税及社会保险或其他连接，他就依然不会脱离“社会”这个大陆。

小孩就不同了。他们出走放弃了家庭，就意味着失去了船籍，整个人也消失了。舞衣从此变成了一艘鬼船。

然而在离家一个月后的新学期开学时，鬼船竟然寄回一封信。

这不是传闻，而是经由正式的报告传入同学耳中。女班主任在班会上一脸安心地说：“嘉浦舞衣的妈妈来过电话，说嘉浦昨天写信回家了。”

教室内一阵哗然，有些人则不以为意。

“大家应该都听过许多谣言，嘉浦和继父处得不是很好，有过许多烦恼。但她在信中说自己很好，希望父母不要担心，还表达了歉意。她的父母也因此安心了。大家可以放心了。”

有人问：“嘉浦现在在哪里？”

“好像是在东京。”

“没有地址吗？”

“听说信上没写，但她说还会写信回来。下次应该会写地址吧。”

一个男同学大声骂道：“爱炫耀的家伙！她就是想引起大家的注意。”

老师笑着摇头道：“这样说太过分了。大家要试着了解她的心情。难道你们听见父母吵架，没有想过要离家出走吗？”

好个气氛和谐的奇怪班会！因为嘉浦舞衣这个问题少女，一时之间将班里的其他问题遮掩住了。

她来信了？君惠有些纳闷。舞衣的来信？她好好地在东京生活吗？

那么，我在半夜听见的尖叫声是什么？难道真的是我想太多了？那只是个噩梦吗？

毕竟两人交情不是那么好，我怎么可能在梦中看见舞衣濒死之际的情景？只要这么想，长久以来的谜便容易解开了。为什么我会做那种梦呢？是因为讨厌舞衣，还是期待发生什么大事？因为讨厌舞衣，所以将她牵扯其中也无所谓吗？我真的觉得舞衣被牵扯在某个事件中而死是件好玩的事吗？

君惠变得很忧郁，有些自暴自弃，越来越不喜欢自己了。

君惠个性一向很开朗，母亲立刻发现了女儿的转变。母亲想起自己的少女时代，考虑是否该逼问女儿。然而君惠的忧郁有增无减，甚至学习也受到了影响。终于母亲忍受不了问了君惠，这时离舞衣来信已有三个多月之久，时序转为夏天。“你有什么烦恼吗？”

开门见山的问法让君惠无法立刻回答。一方面没有信心清楚说明自己的心情，一方面又担心如果说明自己居然期待同学出事，是否会遭到母亲的轻视。

“与其一个人烦恼，不如说出来会比较轻松。如果不能跟妈妈说，就去跟朋友谈谈吧。”

在母亲的鼓励下，君惠心想，跟朋友说，一样会遭到轻蔑，说不定别人会说，芦原真是个可怕的人！这样还不如告诉母亲。与其被朋友轻视，父母更好说话。君惠权衡之后，决定说出心事。

母亲听了十分吃惊。尤其是舞衣离家出走那个晚上，君惠竟然做了那么可怕的噩梦！真是个敏感的孩子。但身为女孩，比起迟钝，还是敏感一点好些。而且知道离家出走会遭遇不幸，这样的想法也不错。

按照君惠母亲的说法，舞衣这种孩子是家教失败的典型例子。为人父母不尽责，女儿才会变成那样。现在想起来都还生气，那晚电话中说的事。舞衣的母亲平常总是花枝招展，身为初中生的母亲，穿着根本就太年轻！说话方式也很粗鲁、没有礼貌，偏偏又嫁给了比自己年轻的丈夫，更显得撒娇又黏人。她身上作为女人的部分比当母亲或妻子要多得多！还有听来的传言，不知道是否属实。和舞衣处不好的继父，听说很年轻，不到三十岁。与其说是舞衣的爸爸，两人看起来更像是年龄差距较大的兄妹。听说他和舞衣母亲是由公司同事介绍认识结婚的。附近的人说那男人好像没有工作，经常在家里闲混。

父母跟女儿，没有一个是好东西。怎么可以为了他们一家的事，害得我女儿烦恼，成绩都一落千丈！君惠的母亲气得差点要骂出口，但心知不可。君惠为了不学好的同学有了不好的想象，正处于自我厌恶的烦恼中。自己的孩子为什么这么好，心思为何如此温柔纤细？

“君惠，不是只有你才会因为嘉浦的事有不好的想象。妈妈也一样，老师也是，大家都想过。”

“可是……”

“你一向想象力丰富。而且因为担心一个人离家出走会遭遇不幸，才会在梦中听见嘉浦的尖叫声。可这并不表示你心中期待舞衣会遇到不幸。”

“是吗？”

“当然是。”君惠的母亲微笑，“妈妈很高兴听你这么说，因为你是那种专心思考一件事的孩子。”

看起来君惠安心了一些，但忧郁尚未全部烟消云散。母亲考虑之后，还是决定跟班主任商量。班主任认为君惠没有将做噩梦的事情说出来，正表示她是真正为舞衣担心，希望舞衣能早日回家。因此提议她们去跟舞衣父母见面，当面表达心意。

老实说，君惠的母亲不太想这么做，她压根儿不想跟舞衣的母亲见面。可是君惠听了这个建议，显得雀跃，母亲只好带着她到嘉浦家拜访。

意外的是，舞衣的母亲对两人的来访很高兴。

那天天气闷热，嘉浦家客厅没有空调，电风扇吹出来的尽是温热的风，君惠的母亲立即一身是汗。不知是不是玻璃杯没洗干净，端上来的麦茶有些混浊，令人根本不想喝上一口。

君惠一开始还有些拘谨，感受到舞衣母亲和缓的反应后心一安，便开始积极表达情绪。君惠坦诚的态度似乎也感动了舞衣的母亲，她立刻起身拿出那封舞衣寄回来的信。信封和信纸上都有可爱的动物图案，上面是手写的文字。

“让你们担心了，对不起！”这句话令君惠的母亲不由得眼眶湿润。虽然内容一样，从老师口中听见和亲眼所见的感受，毕竟还是不一样。

舞衣的母亲答应，如果再收到信一定会通知君惠；如果舞衣打电话回来，会将君惠的心意转达给她。

“太好了！”回家的路上，母亲搂着君惠的肩膀说，“好渴啊，我们去喝冷饮吧。”

君惠的表情好像如释重负，母亲也觉得安心了。她完全没想到女儿心中又产生了新的疑问。

君惠又开始为其他问题烦恼。

那封信。

一边喝冷饮，君惠心中不断咀嚼难以拂去的疑惑。那些字真的是舞衣写的吗？那封信真的是舞衣寄回来的吗？

笔迹的确很像。可是，我们女生写的圆形字体不都很相似吗？只要有范本，谁都能模仿别人的笔迹。而且最奇怪的是信封和信纸——动物的图案？舞衣根本不会用那种东西。我见过她的笔记簿，所以很清楚。舞衣从来不用那么孩子气的东西！

可是……可是……

如果那封信是假的，是别人写的，这代表什么意思呢？发生了什么事情？

继续想下去太恐怖了，君惠决定专心喝冷饮。她决定保持沉默，不告诉任何人。这根本是妄想，还是忘了吧！把心遮盖起来，不能再想下去了。不想了……

这个决心确实执行了好长一段时间。

8

一九九六年九月十二日。

第一次听到在墨东区大川公园的垃圾箱里发现被切断的人手的消息时，高井由美子正穿着长袖和服。其实正确的说法是，她正在穿长袖和服，其时她正在美容院更衣室。

那是距离长寿庵步行五分钟路程的“蒲田美容院”，她一向都在这家店做头发。成人节的时候，也是在这家店换的和服。

这一天由美子为了出席第一次相亲会，又在这家店换长袖和服。

下一次生日，她就二十六岁了。周围的人都劝她，不妨趁现在积累相亲经验。她不好拒绝，才会落到这步田地。穿上成人节父亲花大价钱为她添置的豪华和服，由美子的内心很是凄惨。

蒲田美容院是很普通的家庭美容院。老板娘蒲田纪子手下有两名助手，店面不大。身为常客的由美子跟纪子交情很好，她早已将自己复杂的心思告诉老板娘了。

“我还是觉得没什么兴趣。”

站在六坪大的更衣室中央，像个稻草人一样伸开双手，由美子说：“虽然阿姨说只是见见面，不喜欢就拒绝。可实际上不是那样，现实生活没那么简单！”

纪子以笑脸面对忧郁的由美子：“没什么大不了的，干吗想得那么困难？不妨想可以在漂亮的饭店里享受大餐，不是很好吗？”纪子扳开腰带的夹子，发出一记清响。她耸耸肩接着说：“说不定见到对方，发现人不错。就算不是很棒，也许是个好人。”

“看照片，感觉好像很神经质。个子又小，像个村夫。”

纪子大笑道：“看照片不准啦！我家那口子，当初看照片也是很神经质，本人则完全不一样。”

纪子结婚不到十年，丈夫便过世了。她没有再婚，凭手艺养大两个女儿，是位坚强的女性。由美子看着她笑道：“你先生长得很帅，不是吗？师傅是恋爱结婚的吗？”

由美子称纪子为“师傅”。蒲田师傅一边帮由美子调整衣领，一边挑眉道：“是啊，我们可是轰轰烈烈地恋爱。但我可不是看上了我老公那张脸。”

“哦？我不相信。”

“瞧你这么说话，哈！原来你是以貌取人。”

“才不是呢。”

“我听你说话，觉得你是外貌至上主义。也许年轻人都这么想吧。但是男人，应该说所有人都一样，不能只看外表。我是说真的。”

由美子沉默不语，目光低垂。看到那身豪华亮丽的牡丹和服，心想二十六岁的自己穿得未免太鲜艳了！她心情更加低落，实在无法装出笑脸参加相亲会，于是喃喃自语道：“我最讨厌相亲结婚了。”

蒲田师傅用力一拍由美子的背。“又没有说要结婚！要是真的不喜欢，拒绝就好了。看你这样扭扭捏捏，根本不像平时的你。”

蒲田美容院在营业时总是开着收音机。两人聊天之际，周围萦绕着轻快的说话声和流行音乐，但现在由美子只觉得都是刺耳的噪音。尤其最不想听见年轻女歌手讴歌喜获心上人的心情。当节目告一段落，开始播报新闻时，听见播音员单调枯燥的声音，她感觉如释重负。

新闻播报的是大川公园事件。已经过了中午，由美子听见的已不是首播消息，早已经过了好几轮。

“讨厌！又发生怪异的案件了。”额头渗出汗珠的纪子一边缠腰带一边说，“这个国家越来越不安全了。”

播音员说道：“目前还不知道被切断的右手属于谁，另外在同一垃圾箱里发现一只皮包，失主是一名年轻女子，其家人早已提出失踪人口搜索申请。”

“大川公园，不就是赏樱的好去处吗？那种地方也有杀死女人再分尸的变态男人吗？”

“嫌疑人现在不可能还在大川公园吧。”

“话是没错，可是也有那种怪人，随便将尸体扔在不认识的地方。”

由美子忽然想起，蒲田师傅平时最喜欢看推理剧了。

“还真是可怜。”帮由美子打了一个文库结[①]后，纪子皱眉道，“一个年轻女孩……就这么被分尸。由美子，也有女孩还来不及恋爱、相亲就死了，所以在这难得的好日子里，你一定要摆出好脸色！”

师傅有时候会这样对人说教。由美子假装在照镜子，没有搭话。

“好了。”纪子站起来，退后两三步，双手叉腰，打量由美子，“不错嘛，很漂亮。腰带会不会太紧了？”

“嗯，还好。”

“难得安排的是法国大餐，要是完全吃不下，那就太可惜了。我没帮你绑得太紧，可是万一和服松了就糟了！所以上下出租车、站起坐下、进出洗手间前后，都要记得照镜子检查一下。”

这是帮忙穿上和服后必有的指示，由美子点点头表示明白。

打电话回家后，母亲文子立刻来接她。文子不打算穿和服，而是以素色套装赴宴，但她还没有换衣服。相亲定在赤坂的饭店，两点开始，已经没有太多时间了。

穿过商店街，两人回到长寿庵。一路上，认识的人有的称赞“由美子今天好漂亮啊”，有的则揶揄“天下红雨啦”。由美子只是敷衍地笑笑，赶紧离开。

“看你不太高兴的样子。”文子一手抱着装了换下衣物的大布包，跟在后面说道，“不要想得太复杂。好歹你也笑一个。”

由美子故意半撒娇半刁难地说：“不管爸爸在阿姨面前怎么抬不起头，也不能拿我当挡箭牌！真叫人受不了。”

---

①女式和服衣带的一种打结方法，状如蝴蝶结，左右两翼朝下。

这次给由美子介绍相亲对象的“阿姨”，其实也不是高井家的亲戚，而是伸胜年轻时多蒙照顾的师傅的朋友，已年近七旬了。不知他们之间发生过什么事，反正伸胜在她面前就是抬不起头来。这个活力十足的老太太照顾子女、孙辈还嫌不足，居然还有精力帮由美子打点将来。

“像由美子这么好的女孩，我愿意负起责任帮她找好人家。我一定会帮她找到一门好亲事，让你们都没话说，等着吧。”

从由美子二十岁开始，她就发动攻势。一开始高井家不置可否，半当作笑话听听就算了。过去老太太也曾拿过几张照片来，每次伸胜和文子就以“由美子说要自己找”为借口拒绝了。可是次数一多，越来越难打发，加上由美子年岁增加，阿姨的攻势益发猛烈。

“自己要找当然很好，可是相亲认识也不错。这是自古以来的传统，你们可不要小看呀。”

尤其是这一两年，阿姨的语气由商量变成了责备，伸胜终于举白旗道：“看在阿姨的分上，由美子你就去相一次看看吧。”

由美子今天才会如此盛装。

“放轻松去参加就好，没有人勉强你一定要结婚。”文子说，“就当是去看看相亲是怎么回事好了。如果对方人不错，不是喜从天降吗？”

可是从照片来看，怎么可能是“喜从天降”嘛！一个矮小瘦弱的男人，体格不是很强壮，戴着眼镜，眼睛细得像根线，皮肤苍白，表情呆滞。简直就像根豆芽菜！

他一定有很严重的恋母情结。听说是地方公务员，会不会没有母亲拉着，自己就不会到区政府上班呢？

由美子也很清楚，这样迁怒于对方，其实原因在于自己。因为知道原因，才会忧郁，才觉得悲伤难过。

我还没有跟任何人谈过真正的恋爱！

这是由美子心里的痛。

还没恋爱就要相亲，而且对方还是这种长得像小白鼠的男人！

过去也不是没有遇到什么人。有喜欢的人，也有人喜欢自己。可是不知道哪里出了问题，时间总是没对好，都没能开花结果。跟对自己有好感的男人约会过两三次后，忽然间有别的女人介入，这段感情就变调了。或者由美子喜欢对方，却是对方的朋友来约她出去。由美子失望地拒绝后，那个由美子心仪的男人竟来电请求："我朋友很难过，你可不可以跟他交往看看？"她遇到的总是这种故事。

大部分朋友都已经结婚，有了小孩。她们的恋爱过程，由美子都看见了，也参加了婚礼。每个人都很幸福、很快乐。由美子也觉得很好。

可是另一方面又会生气地想，为什么她们能恋爱，自己就不行呢？于是心情跌到谷底。究竟自己哪里不足？哪里不行呢？

有人说她是大器晚成，也有人说她不懂得操控男人的心。

"你不是有哥哥吗？可以就近观察你哥哥。真奇怪，你怎么不会应付男人呢？"也有人这么说。

当时其他朋友听见，还在一旁偷笑。由美子清楚地记得那一幕。

那些偷笑的人一定是暗自窃语道："谁叫由美子的哥哥是那种人，难怪由美子不懂男人。"

对！哥哥和明就是"那种人"。

自从在初中时遇见柿崎老师，知道有视觉障碍，和明的人生便改变了。前往柿崎老师介绍的大学研究室就诊，过去被认定是迟钝的行为开始有了改善，人也变得很有精神。

可是改善的效果有限，再怎么好的大学研究室，能够治疗视觉障碍，也不能改变原来的个性特质。和明生性害羞、胆小、爱哭，是个笨蛋般的滥好人，从一个不怎么像男人的少年成长到现在的二十九岁青年，由美子觉得没有多大改变。哥哥一定比我更与恋爱无缘，连我都为哥哥的不开窍而紧张，相信不会有什么活泼、充满魅力的女孩想接近哥哥。

爱管闲事的阿姨说"将由美子嫁出去，就轮到和明了"，但那应该只是拖延时间的说法。对方说得很恶毒，自己想的却更恶毒。毕竟介绍时说得天花乱坠，结果却是个白老鼠模样的男人，到时候还不知那张媒人嘴会帮哥哥带来什么好消息！

快到达长寿庵时，就看见和明在店门口打扫。一发现由美子和文子回来了，他立刻停了下来，一张大脸绽放出笑容。

“哇！真漂亮！由美子你真的很适合穿和服。”

就像小学生在赞叹，让由美子好生不自在。

“就是，很漂亮吧。可她却不想去，正不高兴呢。”文子笑道。

“万一对方一眼看上了，说要结婚，可麻烦了！”和明微笑道，“我可是会寂寞的。”

一点都不了解人家的心情！由美子对哥哥总是有一种既温柔又生气的复杂感情，于是转过头不理他。和明则以为妹妹是要让他看背部的腰结，故意转过身去。

“腰带好漂亮啊。”他还这么说。

就在这时，伸胜也从店里探出头来。“喂！阿姨打电话来了。”

“哦，她怎么说？”

“说是相亲取消了。”

由美子吃惊地转过头去，动作猛烈得发型都快散了。

“怎么回事？”

“对方说有急事，不能去了。”

文子看着盛装的由美子，叹道：“好不容易打扮得这么漂亮……”

由美子感到心安的同时，又有一种期待落空的失望，她讨厌这样的自己。虽然嘴上抱怨了一大堆，内心还是有些期待。期待对方也许比照片上帅很多。

这次没能见到的人，由美子不久之后又在其他场合遇上了。那人是哥哥涉嫌的那宗杀人案的调查总部的一名警察。

和平说过“可以说谎”，也说过“说谎很简单”，还说“说谎时要尽可能简单，尽可能表现出诚意”。

栗桥浩美是在家里听到大川公园发现右手的消息。当时他和母亲寿美子在客厅吃早饭，一边看新闻。他故意这么做，因为他想观察寿美子在得知这个消息时的表情。

浩美知道母亲喜欢看这类新闻，她总是对离奇的分尸案、因感情纠纷引起的杀人案、纵火、绑架或强暴等社会案件特别感兴趣。她认为这些惨案发生在别人身上，跟自己一点关系也没有，所以能安心地幸灾乐祸。

寿美子一定会对大川公园的案件感兴趣。一旦发现只找到右手，她一定会很失望，心想，为什么不是脑袋或切开的身体？浩美会坐在旁边暗自嘲笑，妈以为是别人的事，才这样畅所欲言，事实上完全不是那么回事。杀这些女人的是我，切断她右手的人也是我。浩美按捺住想说出真相的心情。

他太过兴奋，昨晚整晚都没睡好。

早晨想起 NHK 综合频道是从五点开始播，他立刻从床上跳起来打开电视。那么早还没有发现什么，他试着镇静下来。根据和平的预测，右手被发现应该是在下午垃圾回收时间，因此他必须耐心等待。这是当初的计划。

然而他还是无法关上电视。他实在不想错过最早播放的那一瞬间。也可能不是在播放新闻的时间被发现，说不定会以新闻快报的方式插播；如果是播放社会新闻的时段里，还有可能会做临时的现场转播。如果真是这样，那应该到大川公园看看。混在凑热闹的人群中间，看记者拿着话筒说话，到时候绝对不能嬉皮笑脸，要装出很悲伤、很沉痛的样子。如果演技够好，记者说不定会凑上来采访。我这么上相，记者一定会找上我。然后我就按捺不住怒气地回答："日本也变得这么恐怖了，发生这种案件！干出这种事的人不管处境如何，肯定是精神有问题，对社会毫无贡献。凭着扭曲的复仇心，对柔弱的妇女施加暴力以满足自我。如果能抓到，一定会发现是懦弱卑鄙、像个快要淹死的老鼠的男人。"我这么发表高论，记者一定对我另眼相看。

想象自己在各种场合说话的情景也是一件乐事。幻想中的浩美的确很帅气，看起来就像个知识分子，连女记者都对他表示关心，想多听听他的意见。

陶醉于想象自己的英姿，一个早上都在收看无聊的节目，又是报道今年的秋刀鱼丰收，又是介绍秋天的旅游景点。可是观赏这些浪费时间的节目等待那条新闻的播出，不知不觉也产生出一些感情。就好像由上往下看，任何东西都显得可爱一样。

连什么都不知道的父母看起来也比平时更像好人，一时之间，浩美心中涌现对父母的爱意，这可是好几年来从没有的现象，他有种新鲜的感动。站在高处，看见的东西都会改变，好像什么都变了，人生开始向自己靠近。和平说得果然没错。

可隐瞒不说总是令人得不到满足，这也是和平说的。而且很无聊。若一心隐瞒，还会有被发现的危险，所以干脆不隐藏，将我们想让人看见的部分公开吧。

一开始浩美不能理解这一建议。好不容易才隐藏妥当，有什么必要冒险呢？我不愿意。

和平认真地听取了浩美的意见，并没有笑他是胆小鬼，所以浩美也能毫无顾忌地说出心情。说实话，我真的很害怕，希望就这样隐瞒下去。

听完，和平笑了。跟小时候一样，他还是那副圆脸，笑得柔和，是知识分子的笑容。他还说："隐藏着不说，将主导权交给社会才可怕。只要将局面扭转过来，就没有什么好怕的了。"

和平说得对。过去他都做对了，这一次当然也不例外。只要掌握主导权，就什么都不怕。浩美雀跃万分，几乎快要坐不住了，性格也会变得温柔亲切起来。

两年前那件事之后，也就是在他对岸田明美动手，并埋葬了不知名少女之后，和平劝他搬出来租房住。于是他开始一个人生活。和平说："为了处理善后，也为了实施今后的计划，你需要有独立的空间。"他没法说不。

从此他开始在家里和租住地两边跑，但都没有睡在家里，除了昨晚。他想留在父母身边，对着他们微笑。他有种想要爱护、有些怜悯他那什么都不知道、什么都不会的垃圾父母的心情。

而且最重要的是，在今天这一瞬间，在那只右手被发现、揭开整出戏序幕的那一瞬间，他要站在什么都不知道的父母身边，分享他们对于大川公园发现的右手表现出来的关心、厌恶与兴趣。

他不会说出"是我干的"。明明知道详情，却要装作不知道。

父亲最近身体不太舒服，不能早起。寿美子过了七点便起床，见儿子坐在客厅里看电视吓了一跳，说："你怎么起这么早？"浩美回答："今天很清爽地睡醒了。"

一方面期待大川公园收垃圾的时间能提前，让一切早点开始；另一方面又觉得这么兴奋刺激的等待时间太早结束，未免太可惜了。一整天都希望保持如此昂扬的情绪。

寿美子做的早餐很可口。干硬的面包片、过甜的草莓果酱和只有香味的速溶咖啡，吃起来味道却很好。因为和什么都不知道的寿美子一起享用，所以好吃。因为站在高处，所以觉得可口。

由于浩美吃得高兴，寿美子心情也不错，还说要煎荷包蛋。以前要是在面包片快吃完才说要煎蛋，一定会被浩美骂："笨蛋！要煎为什么不早点煎？"可是今天不一样，浩美整个人高大了一圈甚至两圈，就算是笨母亲，他也能温柔对待。

"好啊，我想吃荷包蛋。去煎吧。"

他正微笑着说话时，电视节目有了变化，他紧张地回头看电视。

正好是八点，早上社会新闻播放的时段。一向笑容满面的男女主播总是会说些无聊的开场白，例如最近发生了这些事、秋意逐渐变浓、今天早晨变凉了等无关痛痒的话题。

但今天早上不一样，一开始就是现场转播的画面，地点是大川公园。

浩美将咖啡杯放到桌上，因为手心颤抖、流汗，他怕杯子滑落摔破。

他觉得头晕，心脏快要跳上喉咙了，于是双脚踏起波尔卡舞曲的步伐。他只觉脸颊发烫，耳根充血。

没错！肯定是大川公园发现右手的报道。浩美高兴得流出泪水。现场站着一个身穿红色洋装的年轻女记者，跟那天倒在垃圾坑里死去的岸田明美穿的很像，长相也很相似。对于这偶然，浩美不禁笑出了声，真是太高兴了！

记者有些紧张，快速说话的同时不断口吃，带着一种撒娇的语气。浩美觉得她缺乏理性的地方跟岸田明美也很像，就益发快乐起来。

紧张的记者好不容易断断续续将发现右手的经过说了一遍。据说是一个带着狗散步的女高中生发现的，狗闻到了臭味。浩美心想，的确，那只右手倒是特别臭！搬运的时候还放了许多除臭剂，房间里也很小心地换过气，所以还能忍受。但是弃尸的时候实在臭得不得了。

原来……是个女高中生发现的，这也是值得高兴的事。不知长得漂不漂亮？性感吗？聪明不聪明？如果是比这个记者聪明的女孩，我应该会喜欢，说不定会想跟她见见面。

可是继续听下去，才知道当时女高中生并非独自在场。浩美觉得很无趣，心想，真是个不会说话的记者！

和女孩在一起的，是个男高中生。记者补充道："两人好像同年级。"听起来似乎暗示他们是在早晨带狗出来约会。浩美不禁吐了一下舌头。那个男高中生不该在没有他角色的舞台上随便出场，我倒要见见，看他是个什么东西！

这时他忽然发现，寿美子端着一盘荷包蛋站在身边，双眼盯着电视，混浊的目光充满了兴趣与好奇。

"看来又发生可怕的案件了。"浩美边说边伸手取过盘子。

荷包蛋煎过头了，蛋黄又硬又干。大概是边看电视边煎的缘故。

但浩美还是不觉得生气，他看着母亲的脸。母亲就像饥饿的小孩盯着送上来的面包一样，直视电视。没错，对于这种可以随便评论、从安全的地方远眺的刺激案件，寿美子的确很饥渴。

浩美心想，如果我现在跟妈妈说将那只右手扔到垃圾箱的人是我，她会高兴吗？她会不会因为我做了有趣的事而更加兴奋？

但他还是用慎重、沉痛的口吻说："是分尸案。还是个年轻女孩被杀了，真是悲惨。"

寿美子总算将视线从电视移向浩美的脸。"会被卷入这种案子，受害的一方也有问题吧。"

咀嚼着干硬的荷包蛋，浩美心中低语：妈妈的反应倒是跟我预想的差不多。

"那女孩估计也不怎么正经。随随便便就跟陌生男人在一起的女孩，难怪会被杀。"

“是吗？”

“当然。”寿美子眨眨眼睛，肯定地说。浩美很清楚，每当母亲用这种方式看着浩美，就表示她已经看穿了浩美的内心，或者说她以为看穿了浩美的想法。“你以前交的女朋友，就是那种人。”

浩美装傻道：“女朋友？”

“就是那个长发女孩啊。已经是两三年前了吧，经常在咱家门口晃来晃去。裙子短得快要看见内裤了。”

寿美子指的是岸田明美。毕竟她能掌握的儿子女友的信息，只到明美为止，所以想到的也只有明美的模样。

“是她。”浩美装出笑脸，“我已经跟她分手了。可她也不是什么坏女孩。”

“那是因为你不会看女人！”寿美子的目光不怀好意，“就算你不说话，还是有女孩追在你屁股后面，所以得小心一点才好。听见了吗？”

“是，我知道了。”

我当然知道，妈。我比你想象的还要清楚。

就算知道明美在哪里，妈妈能想象她现在在干什么吗？在泥土底下，跟蛆交情好着呢。不对，她应该已经化成白骨，眼睛蚀腐的头盖骨正哀伤地对着天空。妈妈要不要也陪她一起躺在地下？

浩美吃完了荷包蛋。很好吃。精彩的戏要拉开大幕时，连空气都甜美。看着死者的信息被一点一点地挖掘出来，他有一种重生的感觉。

在讨论计划的时候，关于何时开始“玩弄”他们，他与和平意见有分歧。他主张当天就开始，和平则审慎地认为先观察几天为好。

“可是，这样他们很可能不会发现另一个垃圾箱里的皮包。”他不高兴地翘起嘴巴。

和平说道：“一旦发现了右手，警方一定会全力检查大川公园所有的垃圾箱，连箱底也会翻开来搜索。这一点根本不必担心。”

但他还是觉得不满。我们身处安全地带，自然不必担心。可打铁不是要趁热吗？应该早点让他们知道我们的存在。

他们，他们，他们。

在与和平讨论计划时，“他们”代表一个符号，指的是负责搜索的警方，也是报道事件的媒体，还有街头巷尾谈论这些案件的人。“演员”的家属也可以称为“他们”。

没错，“演员”也是一个符号，代表死者。他们都是参与和平和浩美绞尽脑汁创作的剧目的演员。有时会被称为“女演员”，和平有时也会用“角色”这个词。为了让整出戏完美地演出，选角是很重要的。

这一天，一九九六年九月十二日，是值得纪念的开幕日。一开始出场的是那只右手的主人，其实浩美并不喜欢这项安排。因为那是一个不怎么出色的“女演员”，长相不符合他的喜好，声音也很难听，就像破气球一样粗砺刺耳。

可是和平决定用她。和平说：“我们就是在等待这样的‘女演员’出现，身上有一点特征，却又不容易找出其身份。”那女孩的右手上的确有颗小痣，而且她自己声称，她没有家庭，父母没有责任感，对她毫不关心，根本不会打听离家出走的她，甚至觉得她不在意味着扔掉了一个大包袱。

那女孩很爱说话。虽然她说自己十七岁了，但说话的方式很幼稚，词汇也很贫乏。和平经常在她说到一半时纠正她的用词和语法。

对，那女孩真的很爱说话。

一开始我们表示想听她说自己的故事，她还一副不相信的神情。你们的目的不是我的身体吗？难道不想跟我做吗？奇怪，你们这种男人我是第一次遇到。难道我没有魅力吗？我知道我有点胖，而且长了痘痘，可我平常不是这样的！

浩美安慰道：“没关系，我们平时不习惯花钱买女孩。”可是不知道为什么，那女孩总是对着和平说话。有问题的时候也是问和平，几乎不看浩美一眼，只偶尔偷偷瞄他一下。浩美很不甘心，故意靠过去跟她说话，但那女孩还是越过他的肩膀抬眼看着和平，那目光像是在询问：这人说的是真的吗？

哼！还是比不过和平。浩美心想，就算是很蹩脚的女演员，也知道哪一个才是真正的导演，也只肯听从指导演技的人。

算了。我就是和平，和平就是我，我们俩是一体同心，没有差别。

没错，那女孩就是爱说话。说到一半，她便陶醉在自己的故事中，越说越高兴。过去从来没有人想听我说话，不管是父母还是老师，他们都当我不存在，好像我是个没有思想、没有感觉的人。

父母在女孩七岁那年离婚了。双方各自有了再婚的对象——应该说都有了外遇，都开始了新生活，所以女孩成了眼中钉。

不会吧！先不管你爸爸怎样，你妈妈应该很重视你才对，毕竟她十月怀胎才生下你啊。

这么一问，女孩用力摇头回答："才不是呢。谁说当妈的就一定会爱孩子？那根本是神……神……"

"神话？还是传说？"

"对，就是神话。我妈非常讨厌我，因为我长得像老爸，尤其是眼睛一带很像。她一看见我，就会想起他。妈妈的男人看见我，也会想起我老爸。我在家里就成了他们的眼中钉。老爸更过分。老爸的女人是个大醋桶，一看见我就想起我是老爸和妈妈生的孩子，立刻像发疯了似的。你相信她居然会对我扔盘子、杯子吗？我没有地方可去，没有人关心我，我不见了也不会有人担心。可是我不在乎，我喜欢这样的自己，所以无所谓。"

和平笑了，那女孩也跟着笑了。过去有过大笑或嘲笑，但从来没有微笑过的女孩，因为和平的笑脸微笑了。

接着和平说："你就是我们要找的女孩，你该去的地方就是这里。你是我们的……女演员！"

于是女孩就进了垃圾箱。

还有一个女演员，就是那个皮包的主人。浩美很喜欢那女孩。她不错，长得很可爱，叫古川鞠子，脸颊的颜色和触感，很像栗桥浩美小时候，很小很小的时候爱玩的彩球。那是一个淡粉色彩球，抛出去会轻轻弹跳，但不会跑太远，最后还是会回到他手上，从没有离开过他。浩美提起这件往事时，古川鞠子粉红色的脸颊挂着泪说："我不会逃走，你把绳子解开……”

那是在东中野车站前往住宅区的夜路上发生的事。那一晚并没有计划，只是古川鞠子忽然出现，被和平发现了。之后问和平，他说是一见钟情。在夜路上看见古川鞠子一个人浮现在眼前，只有她身边是明亮的。还没有听见她的声音、跟她说过话，就知道她是我们最重要的女演员。

和平跟古川鞠子说有个紧急病人需要帮助：我的朋友忽然肚子痛，很难受，不知附近有没有急救医院？古川鞠子是个好女孩，看了看躺在车后座装病的浩美，目光充满了关心。

她回答：“附近没有急救医院，但我家就在附近，不妨到我家打电话叫救护车。我妈在家里，也可以让病人躺下休息。”

家就在附近，古川鞠子正打算回家。她不想登上我们的舞台，正准备回家。

这种事怎能忍受！

和平更机敏，立刻接受了她的提议，还不忘表达谢意。请问你家在哪里？我可以慢慢开车跟在你后面。和平是个正经人，不会随便开口邀请“要不要一起上车”。他知道这么说会引起对方的戒心。

夜路上看不见其他行人。

古川鞠子伸手一指：“我家就在那个转角。”的确很近。她再度投给车内的浩美一个关心的眼神，转过身开始走。

和平当即抓住了她。她没有大叫。闭上眼睛的女演员就像洋娃娃一样。

鞠子上了车，他们慢慢开车，故意放慢速度，驶过她家门口。浩美涌起一股胜利感，浑身兴奋地颤抖。

鞠子很容易哭，也很容易生气。但还是从她嘴里套出，她父母失和，父亲已搬离家中。

真可怜，和平说。鞠子目光低垂，反抗和平，或许和平不是她喜欢的类型，也可能是因为他们相处的时间太短暂。

但浩美喜欢鞠子。她是他的粉红色彩球，他在心中如此呼唤她，感觉和她青梅竹马一样。

如果能够，他不希望她出场，并真的请求过和平，虽然只求过一次：“能不能让她留在身边久一点？”

和平回答：“剧本是不能更改的。而且，在生厌之前进行下一个故事，肯定会更好玩。”

他只好放弃，但提出交换条件：“玩弄”古川鞠子的活动必须由他来执行。

和平笑道：“玩弄”都交给你做，因为你比我内行。交给你！

浩美很期待“玩弄”的开始。一向慎重的和平企图说服他，他则表示：“玩弄”越早进行越好。就像煽风点火一样，动作要快。我对此很确信。只要右手被发现，就必须开始。

和平微笑地说：“算了，我输给你了。说不定就如你所说，制造话题就要快。我大概是过于慎重了。看来还是你比较靠得住。”

“我想跟负责电视新闻的人说话，可以吗？”

“当然可以，跟我说也可以。您有特定要找的人吗？”

“不，跟谁说都可以，那就跟你说好了。”

“对不起，请问您尊姓大名？”

“我不想说名字。”

“那么您是要提供意见，还是有所要求呢？”

“哈哈哈，我没那么伟大，我只是要提供消息。”

“消息……”

“嗯，今天新闻闹得很大吧，就是大川公园分尸案。说是尸体，其实发现的也只是只右手而已。”

“是的，您说得没错。”

“对了，还有个手提包，是女式的。那确定是古川鞠子的东西吗？”

“这话是什么意思？”

“什么意思？何必说得那么难听。”浩美靠在椅背上大笑。真是太愉快了，太高兴了！

平稳地驾驶爱车，将右臂靠在全开的车窗上。微凉的风吹得人十分舒服。

他将汽车停在栗桥药店附近的公园旁边。说是公园，面积其实很小，也没什么游乐设施，所以也没有小孩来。公园里只有树木和花丛，一个老人正牵着狗散步。

和平交代："开始'玩弄'的时候，要注意从哪里打电话。挑选地点很重要。因为用的是手机，不怕被逆向侦察。但也不能选择背后有电车声、车站前的热闹嘈杂、小孩玩闹的声音、商店街的叫卖声等特定场所。这一点千万要小心。"

浩美事前做了很多测试，找了很多不错的地点，最后还是认为家附近公园旁的单行道最合适。因为是学区，很安静，又没有什么车经过。只要小学生放学回家后，路上根本没有行人。树荫可以帮他避人耳目，打起电话就更安心、方便了。

"我是想告诉你们……"对着左手上的小手机，浩美温柔地说，"大川公园不会再发现什么了，当然也不会有古川鞠子的尸体。手提包是扔在那里没错，但她埋在别的地方。那只右手也不是她的。"

"喂……喂……您对这起案件很清楚吗？"

这家伙是记者吗？浩美心情愉悦地想着，但这种情况下，他倒是有点弱，声音居然发抖！

"那只右手是谁的？"

"这就不能说了，反正警察不也在调查吗？"

对方慌了，浩美忍着笑意。万一笑得太过分，对方可能会认为我太轻浮。

"我要说的就是这些了，目前为止的话。我要挂电话了。"

说完，他低头看着手机，里面传出对方失望的说话声。靠在车窗上的右手做出"拜拜"的手势，然后按下"关机"键。

他满脸笑容，做了个深呼吸。真是太棒了！一切都进行得那么完美。该回去了吧。

他猛然抬起头，顿时僵住了。后视镜上出现了一张熟悉的大脸。

是高井和明。他满脸笑容地走了过来。

9

大川公园分尸案似乎有多名女子遇害，而且凶手很嚣张，居然敢打电话到电视台吹嘘自己的所作所为。

这种事前所未闻，这种凶手前所未见。不知道他还会有什么举动。最可怕的是他肯定还会做出什么。

全国都这么认为。大家都睁开眼睛，吃惊地等着。和古川鞠子一样年龄的女孩及她们的亲友，都害怕得不知所措。

对大多数人来说，不知如何面对这恐惧也是事实。不管怎么胆怯、喊着有多害怕、气愤警方不知在干什么、担心社会规范失调、分析这样的凶手为什么会出现，也不能马上抓到凶手。对付这种不能当作别人家的事，却又不知如何直接参与的案件，如果整天绷着神经，恐怕人们都要发疯了。

于是这种时候人们自有解脱之道，方法不一而足。爱凑热闹的会彻底发挥好奇心，让自己成为局外人，把自己和案件区隔开来；也有人干脆玩起侦探游戏，展开推理、追踪罪犯；也有些人会理性地思考，那些受害的女子——虽然大川公园事件还没有确定受害者身份，很难举出一定事实，但他们还是认为“会被卷入这种事件，受害的一方也有问题”。

更单纯的做法就是忘记。每天都有好多事，哪有闲工夫关心跟自己毫无瓜葛的事件。

有由美子这种年轻女孩的高井家，在刚开始一两天，高井夫妇也很担心，不仅不让由美子一个人送外卖，甚至尽量不让她出门，胆怯得有些神经质。可是不管如何担心，也无能为力。

限制了由美子的活动，长寿庵的生意就会受到影响。不希望女儿出去送外卖，就必须立刻雇用新的人手。可是长寿庵的经费还没有那么宽裕，何况现在最贵的就是人工费。如果禁止女儿晚上出门玩或规定回家时间，女儿一定会抗议“又不是小孩”而不依。

结果只能对别人的不幸表示同情，尽管心中仍有些恐惧，却还是选择忘记。这对热衷做生意的高井家并非难事，因为他们跟每天在电视上大张旗鼓的社会新闻报道没什么缘分。

由美子敏感地察觉到父母因为有她这个女儿，不希望她关注或追问大川公园的案件。她也不提这个话题，看见新闻报道也不多说。来店用餐的客人提起，她就故意装作没兴趣听过就算。

其实，由美子跟普通人一样，对于这起事件抱着强烈的关心，始终注意事态发展。针对年轻女孩的变态犯罪，加上凶手头脑很好，又是在东京市东部肆虐，怎能叫人不关心呢？她当然很想知道事件详情。

因为不能看电视，只能从报纸杂志收集最新消息。公开阅读还会挨骂，只能偷偷进行，必须很小心。

在她暗自收集信息的同时，忽然发现哥哥和明对这一事件也很有兴趣。这倒是难得的现象。

和明最喜欢看职业棒球和连续剧。由美子对棒球没有兴趣，只知道他支持的是某支实力较弱的球队。九月中旬球季后半段，连体育新闻都不太报道跟冠军无关的消息，和明却连这种小新闻都很仔细地查过。

至于电视剧，由美子也爱看。但是要跟和明聊观后感，总觉得既奇怪又难为情。毕竟哥哥是男人，居然喜欢看电视剧，未免太丢人了吧。实际上哥哥不仅对每一段故事的展开、演员的动向很清楚，连哪个剧作家写过什么剧本、某个场景拍摄的地点及某画面是模仿过去曾经轰动过的哪部剧，都了如指掌。哥哥就是这样事前准备十分彻底地看连续剧。

平时哥哥读报纸时，都是看影视栏或运动版，读的杂志也都是运动刊物和戏剧画报。由美子经常在午休时间看见哥哥一边在厨房后面的空地晒太阳，一边翻阅杂志。因为太习惯这种画面，几乎已成为固定的风景。

“哥哥在哪里？一定是在后面看报纸吧。”这是她常常回答的话。

但是自从发生大川公园事件以来，和明也看起了社会版，而且还特意买周刊和晚报看。她偷偷瞄了一眼哥哥摊开的版面，标题总是“剩下的尸体何在”、“对凶手的推理”等。很明显，他想进一步了解大川公园事件的后文和详情，才会买这些。

不公平的是，和明阅读这类报道，父母什么都不会说。一方面是和明并不声张，父母大概也不知道他在读什么。本来和明在家中就比较沉默，不管别人说什么，他只在一旁笑着听，因此这种结果也很正常。和明一旦开始多话，全家人肯定会担心他生病了。

不管怎样，和明平时的生活几乎和社会脱节。身为荞麦面店的人，目前他做面的技术似乎足以应付街上小店的生意，至于跟客人之间的交流就不行了，连基本的招呼客人都有问题。父母嘴上没说，但心里无不担心，这家店无法交给和明一个人经营，没有由美子帮忙是不行的。和明工作认真，但父母对他比对由美子更加百般呵护，始终把他当小孩看待。

这样的和明居然对大川公园事件有兴趣。

过去也发生过一些大案件，许多都是跟年轻女孩有关的离奇案件，但和明从未表现出兴趣。为什么这次不一样呢？难道大川公园事件比较特别吗？

因为舞台是在东京吗？可练马区和墨田区都是二十三区的边缘地带，也不是能够真实感受事件发生的地方。

还是这次的凶手很爱说话呢？因为凶手爱出风头，故意打电话给媒体吗？这种行为连与世隔绝的哥哥都觉得怪异吗？

“哥。”案发十天后，由美子终于捺不住好奇心发问，“哥那么难得读报纸，是不是在关心什么事？”

那是下午的休息时间。文子说要去银行出门了，伸胜则累了，到楼上午睡。最近连勤劳的父亲也常常喊累，由美子觉得难过。毕竟父亲也上了岁数。

被由美子一问，和明折好报纸，回过头。迟缓的动作显然想掩饰什么，由美子不禁笑道：“真是的，你是不是在读什么不能让人知道的东西？”

和明难为情地嘿嘿一笑。由美子靠在门边，双臂盘在胸前。

“你是在读大川公园事件的报道吧？也难怪，一定会关心嘛，我也是。到处都有人提这件事。”

和明将报纸放在腿上，从白色外衣的胸前口袋里掏出香烟。是尼古丁含量最少的淡烟。就算是由美子和朋友上小酒馆或唱卡拉OK，想要抽根烟时，也会挑选更烈的牌子。但是和明从二十岁以后开始抽烟，始终都买这个牌子。与其抽这种烟，还不如戒掉。

和明笨拙地点燃香烟，眨着眼睛吐出白烟。由美子觉得哥哥的小眼睛因为烟熏更加小得可怜，就像大象的眼睛一样。

“哥，你很少会对这种社会案件感兴趣。不过大川公园事件的确很奇怪。”

和明抬起那张大脸对着由美子，温柔地说：“晚上不要出去玩，我会担心的。”

“我知道。在这起案件平息之前，我不会太晚回家让爸妈操心。”

和明点头称是。“真是可怕，这世上居然有这么残忍的人。”

“就是。”

“只要你晚上出门，我就担心得睡不着。”

由美子大笑。“这样的话，哥跟我一起出去玩不就结了。”

和明微笑着点头。他将烟头从嘴里取出，扔进脚边的空咖啡罐。

“滋”，熄灭的声音意外地清晰。由美子心想，跟哥说话时总是这样。和其他人说话时，除了说话声还有许多背景音效，就像聊天的气氛融入周围的空气一样。但和哥哥谈话不一样，感觉很安静。

“你觉得凶手是怎样的人呢？”

难得跟哥两人说话，她想多谈点大川公园事件。毕竟这是目前最热门的话题。“你也认为他是个变态吗？但是作为一个变态，似乎又很厉害。从他打给电视台的电话听来，头脑相当聪明。”

和明侧着大脑袋，作思考状。平时由美子说三句，他才能回一句，已经习惯了。

“昨天出的《周刊邮报》有大川公园事件专题。上面提到日本这种案件不多，但在美国已经有很多连环凶杀案例，甚至尚未注意就杀了三十多人！真恐怖。还说日本今后也有可能变成那种情况，这次的案件只是个开端。”

和明的眉头微微皱了起来。稀松的眉毛，说好听一点，给人温和的印象；说难听一点，根本就是显露他愚笨的一项道具。由美子五官鲜明，一双浓眉搭配大眼睛恰到好处。父母都拥有漂亮的眉毛，为什么哥就是长得不一样呢？

和明的头还是侧着，嘴巴张开似乎想说什么，接着又改变主意取出香烟。

“也给我一支吧。”由美子像孩子般伸出手。

和明知道妹妹偷偷抽烟的事，微笑着递出一支。他先帮由美子点燃烟，说：“简直就像电视剧一样。”

由美子以为他指的是帮她点烟这一段像电视剧，于是笑着回答：“电视剧的话，我希望是更帅的男人为我服务。”

和明眨了一下眼睛，“哦”了一声也跟着笑了。然后将还没点燃的香烟别在耳后，从凳子上起身说：“我该去洗菜了。”

“我帮你。”

和明摇摇头道：“你不是要去美容院吗？”

说得也是，早上起来，头发实在太乱了，所以跟妈说过要趁午休去剪头发。和明注意到由美子的言行，总是记得这种小事。

“忙完相亲的准备后，你就没去过蒲田师傅那里了吧？去吧。”

相亲被放鸽子，实在是很不愿想起的窘事。由美子将烟蒂扔到空罐里。

“去美容院的话，就能读杂志了。”

“是啊，我去收集情报好了。蒲田师傅也很喜欢谈论这种事。”

由美子迅速脱下外衣，准备上楼拿钱包。这时和明的声音追了上来：“由美子，你要去商店街吗？”

由美子回头说：“不会吧……如果有事，我顺便帮你去。”

“不去的话，就算了。”

接着又是一阵奇怪的沉默。由美子觉得和哥哥对话，中间总是缺少什么。完全空白。

“剪个漂亮发型回来。”和明微笑着说道。

和明打开水龙头，将双手浸在大洗菜桶里。由美子感觉有些莫名的奇怪，但没有深思，也没有想过和明本来想要说些什么。

“你要去商店街吗？”这句话的背后，和明其实想接的是：“千万不能靠近栗桥药店！”

出门前由美子又回头看了哥哥一眼，和明正在默默地洗菜。

10

一开始并没有意识到有马义男这个人。

有关古川鞠子家的事是从她嘴里问出来的，浩美和和平都很清楚。而且在那个时间点，他们认为的关键人物是鞠子的父亲古川茂。

浩美与和平描绘的“出场人物”中，古川茂、鞠子父女是极具魅力的题材——有了年轻情人而离家的父亲和可怜的独生女。处于父母情感纠葛的夹缝中，痛苦烦恼的女儿也到了对爱情、婚姻敏感的年龄。固然情感上还是强烈地不能原谅父亲，但对于逆境中成长的爱情，仍有着女性多愁善感的共鸣。浩美心想，如果鞠子与上司有不正常的恋爱关系，这出戏就更好玩了。于是他质问了许多，你是不是喜欢年长一点的男人？喜欢像父亲一样的男人吧？有没有偷偷跟上司交往？

没想到鞠子竟然一笑置之。既然已经落入他手中，未经许可就笑的出场人物是不及格的。当时和平不在身边，浩美决定给予鞠子惩罚——从早上起不让她吃饭，也不让她上厕所。

这下子鞠子真的受不了了。人可以忍受饥饿，却无法不上厕所。到了下午三点多，鞠子实在忍不住，只好哭泣着请求：“让我上厕所！”浩美带她去厕所，但不准她关门，而且事先还将卫生纸从架上拿走了。

鞠子开着门上完厕所，又哭着要求使用卫生纸。浩美笑着将纸卷扔给她，并说：“你现在这样要是让男朋友看到了，再多的爱意马上也会降温吧。”鞠子伤心了一阵，然后小声地自言自语道：“我还没有男朋友。”

之后因为这件事，浩美被和平狠狠骂了一顿。并非因为他擅自施予惩罚，这一点和平倒是很大方。只要不影响整体计划，要惩罚还是褒赏都无所谓。

令和平生气的是，浩美对古川鞠子描绘的故事过于陈腐。因为父亲有了年轻情人，为了治疗心灵创伤，于是跟年龄可以做自己父亲的上司有不正常关系，这算什么女主角？太过平淡无奇，就连电视剧也不屑使用这种情节。真是愚不可及。

和平强调：“我们描绘的情景，最重要的是要有独创性。不能使用任何道听途说的片段。如果这么做，会抹杀所有的意义！”

浩美问：“那么古川鞠子的‘独创性’是什么？”因为仍心怀不满，他的嘴是翘的。

于是和平怪笑着回答：“是古川茂，她的父亲。”不久，古川鞠子就会被残酷地分尸送回家。看见完全变了样的女儿尸体，古川茂会怨恨谁？凶手，还是他自己？他沉溺于自己的爱情，疏于照顾女儿，也不能保护女儿，招致如此悲惨的后果。他会这样自责吗？然后下定决心一定要亲手逮到凶手？还是会受不了自我厌恶和罪恶感的双重压力，发疯甚至自杀？

和平说：“这样是不是更具戏剧效果？鞠子只要扮演不幸的女儿就够了。反正她马上就会被杀。兴趣的焦点是放在她死后受到冲击的家人身上。这样展开的戏剧，才能让观众真正有所感受。”

浩美心想，真是这样吗？而且他觉得和平那么在意古川茂，似乎有点老套。看来和平对于男人有外遇很反感。

“你讨厌古川茂这种男人吗？”

一问之下，和平立刻点头道：“没错。难道你不觉得他很没有责任感吗，对他的家庭而言？那种人受到惩罚是应该的。”

可是从大川公园的垃圾箱里找到古川鞠子的手提包，案件闹得更大以来，始终没有看见古川茂出现在媒体上。他没有表示意见，也不接受采访。跟公司请了长假，和年轻情人不知躲到哪里去了，没有回家。

这下连稳重的和平也愤愤不平道：“这么一来，如何能整到古川茂！真是个没用的男人。”

于是浩美提议：“干脆也让这个男人的爱人成为出场人物。”但和平没有点头，只是说："这个建议可以产生有趣的效果，但过于危险。"

为抑制不满，和平努力寻求其他手段，这时他看见了取代躲起来的古川茂作为鞠子保护者的代表，出现在众人面前的鞠子的外祖父——有马义男。

好个有担当的老头！这是和平对老人的赞美。也许是个不错的材料，说不定比古川茂更好用！

浩美并不赞成。他不想把老人牵扯进来，倒不是因为可怜老人，只是因为不喜欢。而且他始终能感受到古川茂这个男人的魅力：已经有一个成年的女儿，从婴儿到儿童、从儿童到少女、从少女到成熟女子，一路看着女儿成长，却还能对跟女儿一样年龄的女人下手。浩美不厌恶这种男人，反而认为他们品尝过他不知道的贵重水果的滋味。浩美很想问他："你是不是很想跟自己的女儿搞？想的话，我可以帮你，鞠子现在就在我这里。如果你真心希望，我就让你跟她搞。只不过之后你要告诉我感觉怎样，我要听你的感想。"

因此那天，九月二十三日，浩美原本是想跟古川茂说话而打电话到古川家，不料接电话的人是有马义男。

果然是很带劲的老头。和他说过话，浩美也能感受到。和平的直觉一向很正确。

有马义男要求对方提供知道鞠子下落的确切证据。

果然是正确而冷静的反应，这老头并不笨。浩美高兴起来，答应了对方的要求。同时头脑快速转动，思考下一步棋怎么走，然后浮现出一个绝妙的计划，并定好了步骤。在新宿的广场饭店，七点，将信息留在柜台。

接下来有得忙了。用文字处理机打出一篇短文，从古川鞠子的遗物中取出手表。当初从她身上拿下时已经确认过上面刻有她的名字。没有什么东西会比这块漂亮的女式表更适合作为今天交易的道具了。

和平不在，他必须独自判断并行动。先斩后奏吧，应该没问题。

没问题。对方可是和平称赞为"好材料"的老头，故事将朝和平希望的方向发展。将有马老头拉上舞台，让他成为重要的出场人物之一。

浩美将手机放进上衣口袋，起身准备出门。

少女没有名字。

父母取的名字，很久以前她就不用了。日高千秋，好没意思的烂名字。取名字的是父亲，在她出生之前就已经决定好了。当时父亲只是稍稍研究了一下姓名学，就断定从笔画数和吉利上看，和“日高”这个姓最适合的名字就是“千秋”。所以不管生出来的是男孩还是女孩，都要用这个名字。他很有信心地认为，只要取了这个名字，就能养出健康活泼的乖孩子。

少女知道父母感情不和，也知道两人虽然不合还是不能离开家庭的原因。父亲担心颜面，母亲则没有经济能力。两人经常吵架，父亲总是生气，母亲总是哭泣，两人都问：“为什么自己会选择这样的人生？”

当少女长大，意识到这个“自己”不能用“其他人”来取代时，她开始感到不安。我是为了谁而活呢？我活在世上，有谁会高兴？

父亲总是忙于自己的事情，母亲老是惋惜失去的时间，又疲于追赶现在的时间，根本无暇顾及少女。母亲之所以注意到少女的生活，是因为少女是母亲生活的“借口”，并非出于母爱。

少女心想，如果我因车祸或生病死去，爸爸和妈妈顶多会神情悲伤地出席葬礼，然后立刻离婚。因为他们终于找到了正当的理由。

父亲会对公司的上司和属下说：“我和太太在一起，就会想起死去的女儿。有时会责备太太不小心，才让女儿死掉；有时则会自责如果多重视家庭一点就不会发生这种不幸。与其彼此互相伤害，不如直接分手算了。”

母亲会对周围的人说：“女儿过世后到现在，虽然和先生在一起，但活在回忆中实在很痛苦。我一直很自责，因为自己是个失职的母亲，才会让千秋遭遇不幸。我已经没办法和先生在一起生活了。”

父亲和母亲应该都能获得同情吧，他们是悲剧中的人物。接着两人开始新的人生，在没有少女作为借口之后。

少女的脸蛋长得很可爱。当她悲伤含泪时，一定会有人靠近身旁关心她。被少女深情注视时，少男们绝对会羞红脸，并以热情的双眸回望。

在家里得不到的爱，在外面唾手可得。一开始的时候，只要微微一笑就好，只要轻轻触碰一下男孩就可以。

但光是这样并不能满足的时候到来了，不论是对方还是少女自己都无法满足。少女发现自己的身体作为换取爱情的道具是很好用的，她也引以为傲。

只要跟对方睡过一次，男孩都会变得温柔。她还没有遇到睡过后反而动粗的男人。所有人都很珍惜她，不希望她离去。而且希望不只是睡一次，便更加温柔地对待她。至少少女是这么认为的。

她十分想要快乐、温暖且柔和的时光，尽管父母不贫穷，金钱也不是问题。但是她需要能给她快乐、温暖且柔和时光的人，可以给她买想要的东西。少女为让自己更可爱，对方给钱也不会拒绝。

然而少女还是没有名字。她还没有找到喜欢的名字。哪一天她真的想成为自己时，一定会想出一个好名字。或者说，当她遇见一个男人让她想成为自己时，那个人会帮她取名字。少女是这么认为的。

那天少女在新宿车站的西口等人，一个通过电话交友中心认识的男人，电话中聊过几次，今天第一次见面。那人有点胆小，而且很老实，少女已多次邀约，他都不肯答应见面。

但今天聊得很开心，一问才知，原来那人找到了工作。他一直想成为文案撰稿人，一直在广告公司找工作，因始终没有下文而经常失望。这一次总算不是打杂、跑业务或处理行政事务，有公司愿意雇用他作为正式的文案撰稿人。

少女说要为他庆祝，并问："你想不想见见我呢？"老实的男人怯懦地回答："见一下面也不错。"少女高兴地回复："我很早以前就想跟你见面了。"

两人约好五点半在新宿车站的西口见。少女穿着制服前去，对方则是手持一枝红玫瑰。少女笑了，像是在演电视剧。

少女心情雀跃。过去经由交友中心认识的人，都没有带给她不好或可怕的经历。她觉得很幸运，虽然朋友说这种幸运不会永远持续，少女认为应该还好。因为我是特别的，所以会有特别的好运。

文案撰稿人？他真的做得来吗？听起来倒是很风光。收入应该不错吧，将来也有可能出名喽。少女的心思逐渐脱离现实，越飞越高，她想象自己是名文案撰稿人的太太，身穿高级华丽的意大利时装，坐在有绿色阳台的豪宅里，接受女性杂志的专访。她即将出版自己的散文集，写的是丈夫、自己的生活、时装与流行、如何成为婉约大方的美女。是的，如果真能这样，那我的名字是……我的名字……

"请问……小姐……"

背后有人拍她的肩膀。回头一看，一个高个子年轻人笑着对她说："不好意思，吓着你了。我只是想跟你说说话。"

年轻男子不好意思地笑着。端正的五官，眼睛长得很漂亮。少女对着他的眼眸笑道："有什么事？"

不到十分钟，日高千秋已经跟和她搭讪的男人面对面坐在一起了。

他们坐在站前大楼二楼咖啡厅靠窗的位置，那里可以看见刚才千秋等人所在的地点。坐定、点完饮料后，千秋看着楼下，发现一个穿着牛仔裤和球鞋的年轻男子，在她刚才等人的地方徘徊。看不见他的表情，但肯定是在找人，目光到处游移。千秋不禁笑了出来。

"怎么了？"对面的男人吃惊地询问，从上衣口袋掏烟的动作也停了下来。

"没什么，你不必在意。"千秋耸耸肩回答，并微微抬起眼睛看着对方。朋友说千秋这种眼神有着难以形容的魅力，她也很有自信。

年轻男子顺着千秋的视线看过去，穿着牛仔裤的男人还不死心地在原地徘徊。眯着眼睛观察一阵后，他回过头看着千秋说："你是不是和谁约好了见面？"

千秋耸耸肩。这是她最得意的动作，让她显得更加可爱。"你不必在意啦。"

以前她有个交往半年想成为艺人的男朋友，那个少年曾经说过："日本能够像好莱坞电影和美国电视剧中的演员做出好看的耸肩动作的，大概只有一九八〇年以后出生的年轻人。说话的时候身体手脚带动作的习惯，本来就只出现在表现心理动作语言较少的英语国家。一九七九年以前出生的日本人，再怎么向往美国风，也不能展现真正的美国色彩，说话和动作都显得造作而土气。然而一九八〇年以后出生的年轻人，已经不懂‘美国风’的意义，加上在美国等英语圈文化的影响下成长，很自然便养成了说话带手势、动作的习惯。”

千秋其实也听不懂太难的理论，只是觉得对方很酷。所以拼命在镜子前练习耸肩、边说话边碰触对方、侧着头等动作。练习到自己也觉得可爱、性感、自然的程度，才出门实习。千秋的手势动作已经相当有经验。

实际上，千秋的可爱动作似乎对对面的男人也发生了作用。那人轻轻一笑，身体越过桌子靠近千秋说：“我是不是害你放男朋友的鸽子了？”

“才不是男朋友呢，真的。他只是个朋友。”

在被眼前的男人搭讪前，千秋对文案撰稿人的未来幻想——妄想，此时都已烟消云散。远方等待的年轻男子，如今看来实在不堪入目。那种人真能成为文案撰稿人吗？简直是异想天开。还是眼前的男人更棒，感觉高级许多。

“刚才我在车站前也说过了，我不是坏人，其实是个新晋摄影师。”

对面的男子说出这句话时，饮料正好也送上来了。那人点的是冰咖啡，千秋点现榨橙汁。这家店颇受年轻人和学生喜爱，几乎客满的店里满是情侣、成群客人的说笑声。有一群穿着和千秋一样高中制服的女孩也在这里，其中一个女孩也跟千秋一样点了现榨橙汁。那女孩嘴里含着吸管，眼睛不断瞄向这边，看着千秋和她的男伴。千秋立即狠狠瞪过去，那女孩才将目光移开。

“你是说要找模特儿吗？”千秋含着吸管，依然用微微向上的目光注视着对方。

“嗯，但我要先声明，千万别期待太高。我和学长跟演艺圈没有任何关联，也不是在找时装模特儿。”男子说完喝了一口没加奶精和糖的冰咖啡，一脸很酸的表情。

“不好喝吗？”千秋瞪大了眼睛问。

“简直是泥水。算了，不喝了。”

他将玻璃杯放回桌上，动作显得很成熟。在热闹的咖啡店里，他的存在浮现出不同的味道。没错，他是个大人，有种社会人士的味道，像是上班族却又不显得呆板土气。

“我和学长要找的是具有现代日本人长相的人。我们一直在找这种人当模特儿。”

“你和你的学长？”

“嗯，对了，我还没有跟你说清楚。我不太会说话。”他抓了一下头皮，轻轻拨动长发，露出干净整齐的前额后，开始解释。他和他的学长是自由摄影师，主要拍摄新闻照片。过去曾经一起出版过摄影集，这次打算以二十世纪末日本人的肖像为题出新的摄影集。配合出版也将举行摄影展，目前正忙着创作。“已经完成了八成，因为我和学长过去一直都在创作。人物照片方面比较缺，毕竟我们偏重拍摄新闻事件。”

“也就是说你们经常追着新闻事件拍照？”

“没错。新闻照片就是那么回事。我第一份工作就是云仙普贤岳事件。”

那是什么事件，千秋根本不知道，但还是笑着点头。“好厉害哟。”

“一点也不厉害。我才刚刚开始，今后还要多多努力。”

他说得很干脆，举起泥水似的咖啡喝，又露出一副难喝的表情。千秋笑着看他，喜欢他说话笨拙的样子。虽然第一次见面，很难推测他将用什么方式与千秋接触，但可以感到他的热忱与亲切。

挺好的人。千秋露出最和善的笑容。今天能遇到这个人，算我运气绝佳吧。“那么，你是要我当你们摄影集的模特儿吗？”

“是的。”

“我又不是长得很漂亮，腿很粗，身高又不太够。”

他笑着阻止千秋：“所以我刚才不是说，我并不是星探吗？你站在车站前的表情很好，眼睛相当清澈，有种可以看透所有事物的感觉，却又带着一点不安。还有……”

他中断话语，换成千秋探身追问：“还有什么？”

他目光低垂，视线移向窗外，咬着嘴唇欲言又止。终于耸耸肩看着千秋说：“我说，但是你可以不生气吗？”

这一瞬间，千秋决定不再相信那个希望当艺人的男朋友说过的话。眼前的男人怎么看都像是一九八〇年以前出生的，但他耸肩、咬嘴唇的神情却是那么迷人。

“看起来很寂寞，你的表情有一种孤独感。那种表情很适合我们要追寻的现代肖像。”

千秋脸上失去了笑容，眼睛直视对方。这个表情也练习过多次，但至少在这个时刻，她是为了直视对方而直视。

男人赔罪道：“对不起，我还是让你不高兴了。”

千秋默默摇头。“不，我没有生气。反而有点高兴。”

“高兴？”

“嗯。一直都有人说我看起来健康活泼，从来没有人说过我寂寞孤独。”言外之意就是她很寂寞孤独。这一次换对方沉默。千秋抬起头，笑着说：“我愿意当你的模特儿。你帮我拍照吧。”

“真的可以吗？”

“嗯。”

“可是我和学长都很穷，不能付你很多钱。”

“我才不要钱呢，就算是帮你们好了。”

“那怎么可以，一定要算清楚才行。”正色说完这句话，他的表情融化了，浮现出灿烂的笑容，“太好了，谢谢你。我们一定会拍出好作品。”

那群女高中生中还有人在看千秋他们。这一次不是一个人，而是两三个人。每一个人的表情都显得不甘，好像很生气。

千秋骄傲地挺起胸膛，十分兴奋。从来没有免费帮助过人。“我要怎么做？应该怎么帮你们呢？”

干劲十足的千秋让对方有些慌张。“今天不必了，我总不能随随便便就将你带回工作室。天色已晚，你的家人也会担心吧？”

“家人？根本不必管他们。”

“这样不好吧。”他说话的时候还在揣摩千秋的表情，“你和家人处得不好吗？”

千秋耸耸肩，而且是以最具效果的角度和表情呈现。“我家里根本没有人会关心我的死活。”

对方忽然冷不防教训道：“那是你的误解。没有父母会不担心自己的孩子！”

千秋吓了一跳。从对方正经的眼睛里，看见了担心、同情和一些怒意。千秋打心底感到一股刺痛。

这人怎么了？我头一次遇到这种人。还是听他的话，今天乖乖回家吧。这才不会惹他生气。可是我还不想回家。我希望留在他身边久一点。现在分开了，感觉距离会一下子拉大。

千秋是个诚实面对自己的女孩，她也相信那是一件“好事”。她不知道诚实面对自己和贪婪、性急不过隔着一层皮肤，没有太大差别。之所以会有那一层薄薄的分隔，其实是自己对社会的想象造成的。这一点她不知道，也没有人告诉过她。

为了诚实面对自己，她不惜说谎。“家里没有人！”

“什么？”

“我家里没有人。爸爸和妈妈都忙着工作，用人做好晚饭就放在冰箱里。”

对面的男人又沉默了，看起来很困惑，同时又像是在同情千秋。

同情——如果想让谁成为自己的入幕之宾，最好的手段就是诱发对方这种情感。“同情”是赢得人心的踏脚石，千秋凭着少女的本能和智慧领会此项绝技。

“要不然你今天来工作室吧。我们先试拍，到时候再找适合你拍摄的地方。有些时候也需要你提供意见。”说完，对方又立刻补充道，“当然，我会送你回家。”

“嗯，那样很好。”

“那我先和学长联系。”

对面的男子站了起来，一边从口袋里掏出手机，一边往门口走去。千秋看着他的背影，脸上露出满足的笑容。

五分钟后，那人回到座位，一脸疑惑地说："找不到学长。"

"他在工作室吗？"

"没有。说是有事，到饭店去了。西口的广场饭店。"

男子站着思考，然后拍了一下膝盖说："干脆留条消息在柜台。可是糟糕，我得去开车。"

"车？你停在哪里？"

"南口的停车场。"

"那你去开车，我跟你一起到广场饭店。"

他皱着眉头说："现在这个时间路上堵车，还不如走着快。"

"说得也是。"千秋赞同道。

"没办法了，可不可以请你帮忙呢？"

"我？"

"是的。你可以帮我到广场饭店的柜台留条消息吗？我去开车停到西口的地下停车场。工作室在下北泽。不好意思，因为时间很急，你可不可以去一下就回来？"

千秋点头道："我知道了。"

男子立即从口袋里掏出信封说："这是留言。"

如果有怀疑，这是个机会。但是日高千秋丝毫不怀疑。"你不觉得奇怪吗？"

"奇怪什么？"

"我还没跟你说我的名字，你也没告诉我你是谁。"

男子笑了。"说得也是。我叫中村健二。"

"我是日高千秋。"

男子拿起桌上的账单到柜台付钱。千秋则轻快地走到店外的人行道上。

这时还有一次机会。收银台背后的墙上贴着这家咖啡厅店长的照片，一个正经老实的中年男子的正面半身照，下面写着"店长中村健二"。

日高千秋没有注意收银台背后的墙壁。她看见的不是现实人生，而是她的梦想。不论是摄影师身份、中村健二这个名字还是男人说的话都是胡编乱造的，千秋丝毫没有发觉。

照指示将留言交到广场饭店的柜台后，她立刻跑回新宿车站西口的地下停车场。

中村健二为了让千秋容易发现，靠着车身倚立。汽车一看就像是行动派摄影师爱用的车型，是四轮驱动的大型车。虽然是租来的，就算千秋看见车牌知道了也无所谓，拍摄新闻照片的摄影师哪里有钱开着跑车满街转！

事实上也是如此。千秋一看见他就露出笑脸冲上来，同时还用少女特有的体态动作掩饰视线，迅速对汽车打分。一见千秋瞄了一眼车牌，中村健二开口先招："这是租来的，不好意思。"并难为情地笑道："你们女高中生一看到，一定会觉得又土又穷酸吧。我和学长都很穷。"

他爽快地说完，轻轻跳上驾驶座，眼角还在观察千秋微妙的表情变化。果然一如预期，千秋心想，什么嘛，不过是租来的车，不禁有些后悔。

这种反应正是他想要的。他就是要找这种物质主义、拜金主义的轻薄女高中生。可是她们内心又有一种愿望，想遇见跟那种价值观对立的东西：她们对主张"金钱不是生活的一切"的男人抱有憧憬。只要抓住这一点，就很容易打动她们。

"对了，在柜台，有没有人跟你说话？"

千秋瞪着清澈的眼睛问道："谁？"

"不，没人就好。"他微微一笑，"我只是想知道某人是否遵守了跟我的约定。"

千秋笑了起来。"怎么回事？"

"是好事，待会儿再告诉你。"

千秋在副驾驶座上坐好后，中村健二便开车了。车里很干净，没有垃圾，只有一张地图随意摊在后面。另外还有些没开的罐装饮料，堆在置物箱里。

汽车开往下北泽。行进了一段时间后，趁着等红绿灯的空当，中村健二拿起一瓶饮料要喝。感觉喉咙有些干了。

你也喝吧？

千秋也许会喝，也可能不想喝。这是最初的分界点。如果她不乖乖喝饮料，就得另想办法。

日高千秋选了乌龙茶。她也渴了，大概是车内太干燥。

她选的乌龙茶锡罐是他们常用的道具之一。和平一向善于做这种精细的活儿，将开口处轻轻打开细缝，将安眠药的溶液用针筒注入。一旦喝完那罐饮料，连大男人都会昏昏欲睡。注射完后再将开口还原，小心翼翼做到天衣无缝。

后视镜里的新宿高楼大厦还未完全消失，日高千秋已经睡着了。她歪着头，睡得正酣。身体几乎要滑到座位底下，迷你制服短裙翻了起来，内裤一览无余。

中村健二笑了出来，实在是太滑稽了。接着他恢复成栗桥浩美。

假借咖啡厅店长的名字其实很危险。只要日高千秋走出店门时稍稍抬头看一眼收银台的墙壁，他就露馅儿了。

但是这样才够刺激。他给了日高千秋认出他的机会，这也是他测试彼此运气的一个刺激赌局。这个以为世上所有事物都如自己梦想般展开的可怜女孩，就因为没有在走出店门时抬头一看，竟落得如此下场。千秋在这场赌局里输了。她的守护天使没有暗示她该移动视线，结果竟将她的性命交给了栗桥浩美！

之后就要看浩美与和平如何处置了。

这出戏到此结束。浩美轻快地开着车。待会儿绕路到古川家送份礼物，就可以远离下北泽、远离东京，到没有人知道的地方去。那里只有他与和平，那里是他们伟大计划的后台。

有马老头果然守信用，没有报警，完全遵照要求行事。我也是在打赌，但这是一场稳赢不赔的赌局。八点打电话到饭店的酒吧时，记得要夸奖他两句，是说“老先生果然照我的期待做事”，还是继续作弄他呢？

根据预定，和平今晚会晚点到达“山庄”。如果他看见千秋，会怎么说呢？见完成这出独幕剧，他会有怎样的感想？一开始可能会生气，觉得我太冒险，行动太过随性，但是看见效果后，他应该会满意吧？对了，接近“山庄”的时候，特别要小心别让任何人看见。绕到古川家的时候，也必须将车停在远一点的地方，慢慢走过去。

心情很好，浩美不禁吹起了口哨，曲子是*Mack the knife*。在这项计划进行不久的一个晚上，他从深夜音乐节目中听到这首歌，当时就很喜欢，因为歌中有“knife”一词。他不知道歌词的意义，反正只要有“knife”就好了。

实际上浩美与和平都没有动过刀子，今后也没有使用的打算。使用那种东西，处理善后太麻烦。

可是不管如何注意，进行计划的时候还是会弄脏。两人便开始互推责任，因为都不喜欢收拾脏东西，所以让对方收拾。

——和平那家伙，从来都不认真考虑改装房间。

和平说，只要能制造不让装修工人怀疑的理由，就可以全面改造监禁女孩的房间。地板下面有排水管，水泥地板中央比较低可以排水。只要打开排水孔，拉根水管进来就能清洗脏东西了。

对被监禁的女孩来说，这样的房间比普通房间更具效果，她们一进来就知道自己的处境。浩美喜欢看女孩们那一瞬间的表情。自己就像动物一样被对待、被监禁，之前那么亲切的帅哥所说的都是谎言。当她们发现自己被骗了那一瞬间，表情真是难以形容地好看！这些女人。

浩美继续吹口哨。日高千秋还在睡觉。刀子没出现在歌词中，而是浮现在浩美心中。

她做了梦。

日高千秋做梦了。梦中，她成为照片里的模特儿。摄影师站在面前，拿着一台好大的相机，跟电视机一样大。所以脸被遮住了看不见。千秋穿的不是制服，而是一件下摆极短的裙子，颜色是她最喜欢的向日葵黄。她没有穿鞋，脚趾甲涂得鲜红。

灯光十分刺眼，千秋流了汗，化妆师赶紧上来帮她补妆、打粉饼。整理一下头发后，在她耳边说：“很可爱，没问题。”千秋对着化妆师微笑，但不知为何，刚才还在的人已然不见了，只留下化妆品的味道停留在她的鼻尖上。

摄影师摆弄大相机，动作像是在跳舞。照理说应该是模特儿做动作，为什么是摄影师在跳舞呢？

千秋觉得很好笑，摄影师捕捉她的笑容按下快门。不停地听见“咔嚓、咔嚓”的声音。

好热！灯光刺眼，而且很热。光线强烈得令人抬不起头来。千秋想休息，我有点累了，可不可以休息一下？可是摄影师依然舞动着大相机，似乎没有听见她的要求。为什么会这么奇怪？千秋想离开。我受够了，请停止拍照！可是千秋的右手被谁拉住了，她动不了。为什么这么用力拉我？不要那么用力，我会痛的。而且怎么会这么热呢？好刺眼！关掉灯光，我要休息！

摄影师还在狂舞。他舞动脚步，踩得地板砰砰作响。砰！砰！砰！

这时，她醒了。

千秋抖动一下身体，睁开眼睛。额头和鼻子四周都是汗水。

她睁开了眼睛，视线却是模糊的，无法对准焦距，头脑昏昏沉沉。胃是空的，却很想吐。

这究竟是哪里？

大概是十二到十六坪大的房间，地板和墙壁都是木板，千秋忽然想起去年夏天和朋友到轻井泽住的家庭旅馆。那也是个充满木头味儿的房间。

这个房间比家庭旅馆还要差，还要单调。地板上没有铺任何东西，也没有装饰品。墙边摆了一张床，千秋靠在床头，一双脚靠在床脚，斜躺在床上。对面是一台十四英寸的小电视，放在廉价的电视柜上。一片空白的灰色屏幕就对着千秋。

千秋正对着窗户，没有搭窗帘。窗子是普通的合金门窗，关得紧紧的。透过模糊肮脏的玻璃可以看见坚固的铁栏杆。明亮的阳光照射进来，刚才在梦中感觉刺眼的光线，大概就是阳光吧。

这是哪里？

千秋用力摇了摇头。大脑似乎凝固了，感觉十分虚无，什么都想不起来，也无法思考。我究竟在干什么？

她低头看了看，大吃一惊。制服被脱下来了，身上只剩下内衣裤。没有穿袜子，一身汗水，感觉很臭。还是先站起来再说，她收回被甩到床边的双脚，举动沉重的身体，利用肘部撑起身子。牵动右手臂时，手腕一股刺痛。千秋的视线落在手上，不禁瞪大了眼睛。

右手腕上铐着一只手铐，另一只手铐则锁在床脚。千秋根本无法离开床头。

梦中感觉右手被拉住，原来是这个原因。做梦时扭动身体，手腕就会牵动手铐。原来是手被铐住了。

她感觉从头到脚，全身的血都在流动，好像能听见声音。这是什么？发生什么事了？到底出了什么事？

千秋张开嘴想大叫。可是除了沙哑的“啊……啊”，发不出声音。似乎是回应她的叫声，不知从哪里传来一声“砰”。千秋的身体缩了起来。

窗户左边是门，应该是进出这个房间的通道。巨响就是从房门后传来的，似乎不在近处。像是在头顶发出的声响。

如果能把床脚的手铐解开，就能逃离这里。千秋拼命推拉，甚至举起床铺。这张破床看上去像是廉价的钢管床，以千秋的力量应该可以移动。但不管千秋怎么使力，床就是纹丝不动。千秋气喘吁吁地仔细一看，原来床脚都被螺丝拧死了。

千秋不禁大声哭叫，这时外面上头又发出巨响。她吓得抱头窝在床上。

忽然有人开门了。千秋看见从打开的门缝中踏进两只脚。是一双穿着干净白袜的男人的脚。

千秋抬起了眼睛。

“嗨。”那人说，“你醒了？”

那声音唤醒了千秋的记忆。是那个感觉不错的青年——摄影师，叫中村健二。在新宿的咖啡厅，还有他的车。

“你……”千秋嘴唇颤抖地说，“你欺骗了我！你说了那些谎话把我带到这里！”

他笑得很诡异，两手空空地靠在门上，水蓝色衬衫搭配白色棉质长裤。千秋热得浑身是汗，头发散乱且只穿着内衣，为什么他看起来那么清爽，而且还能够笑得那么开心？

“我先自我介绍。我不叫中村健二，我叫栗桥浩美。”

男人慢慢靠近千秋。千秋靠在床边，尽可能往后退。

“你不要靠近我！”

“我又不会对你做什么。”浩美低头对着千秋笑，“不要太自恋了，小姐。你一身臭汗，脏兮兮的，我连多看你一眼都不想！”

千秋眼前一阵黑暗，她快要晕过去了。一如浩美所说，她现在这样就像动物蜷缩着，丢死人了。可她是为了谁才会落得如此下场？我做了什么吗？这人是干什么的？

浩美蹲下来，跟她的视线齐高。

“你一定在想，我什么都没有做，为什么要这样对我吧？”他笑着说道，露出洁白的牙齿，“可是你真的做过很坏的事，日高千秋。”

浩美站起身，打开床对面的电视。画面有些摇晃，像是在播电视剧。浩美换到其他频道，是新闻节目，社会新闻节目，出现了社会新闻的演播室。

“太好了，就是这个。”

浩美让开地方，好让千秋看见画面。新闻主播正在和现场采访的记者对话。记者所站的位置是……新宿西口的广场饭店。

好像是什么事件的实况转播。究竟发生什么事了？

千秋像被什么冰冷的东西压过，身体一阵哆嗦。难道会是我吗？我受了骗被带到这里监禁，因为行踪不明，成了新闻事件？

如果是这样，大家现在应该正在找我。寒冷的哆嗦变成希望的颤抖。千秋的视线转回到自称栗桥浩美的男人，她看着这个认得脸孔但不知底细的人。

浩美依然一副诡异的笑容，丝毫没有动摇的神色。他好像看穿了千秋的心思，用嘲讽的口吻说：“真是遗憾，那些人并不是因为发现你行踪不明而乱成一团。你这种不肯听别人说话的毛病一定要改改才行。刚才我是怎么说的，我不是说你做了很坏的事吗？”

表情严肃的主播正在呼叫现场记者："是否已经掌握了帮嫌疑人送信的女高中生身份等信息？"

记者摇头道："很可惜，目前还没有。"

"这么残忍的手段，居然跟女高中生有关，真是令人震惊！"

"说得没错。不知是同伙，还是不知情的情况下受利用，现阶段还不能确定。"

"总之必须先确认古川鞠子的安危。如果还被凶手监禁，希望能早日救出她。"

千秋不知道发生了什么事，什么是残酷的手段？跟女高中生有关？帮凶手送信？这是怎么回事？古川鞠子？她是谁？千秋不禁想大叫。需要获救的人是我啊！

"笨蛋！谁叫你不读报纸，也不看新闻。难道你对时事都不关心吗？"浩美高傲地将双臂盘在胸前，不屑地侧脸看着千秋说："日高千秋小姐，在墨田区大川公园发现一个女人右手的新闻，你没听说吗？一个叫古川鞠子的失踪女子，你也都不知道吗？"

秋千哑然张着嘴，看着男人的眼睛。他的眼里已经没有欺骗和谎言，有的只是轻蔑的目光，仿佛睥睨着仇敌一样盯着千秋。浩美冷冷地说明社会新闻节目报道的事件、千秋扮演的角色及她送到广场饭店的信息的内容。

听他说的时候，千秋才想起来，对了，大川公园的事件，妈妈曾经提起过："出了这么可怕的事，晚上还是不要出去玩为好。男人都是很可怕的。"

当时我是怎么回答的？千秋问自己。我是怎么回嘴的？

"我才不会笨到被男人杀呢！"

千秋眼睛里泛出泪水，嘴唇抽搐，结巴着说道："我……我想回……回家。我……我要找……妈妈。"

浩美发出爆笑。"你想回家？你不是说爸妈都忙于工作，家里没人？你不是说用人做好晚饭就放进冰箱吗？"

他大笑着走出房间，随手用力关上房门。砰的一声似乎想要切断千秋的哭声。

之后，千秋被扔在房间好一阵。

身边是那台开着的电视机。因为找不到遥控器，手又被铐着不能动，她无法关掉。

不过也因此知道了现在的时刻。之前手表被取了下来，房间里又没有时钟，根本无法知道时间。

恢复意识后看的社会新闻节目，是上午播出的。之后又看了同一频道的新闻、中午的娱乐节目、五分钟的做菜时间，接着又是下午的社会新闻。每个新闻节目都将广场饭店的事件列为头条。

从反复报道的事实中，千秋终于明白了自己的危险处境。世人尚不能确定千秋是大川公园事件的同伙，还是受利用的无辜者，但心中已经认定她是“同伙”。人们认为一个昨天还活蹦乱跳的女高中生，做什么惊天动地的事也很正常，而且这种情形更能增加事件的冲击性。

换言之，千秋现在和外面社会的安全场所已经有了两层间隔：一是她被怀疑可能是诱拐女子、杀人分尸的嫌疑人的同伙；二是社会对她的认识仅止于“谜一样的女高中生”，而非“日高千秋”这个人。何况没人会想找寻“日高千秋”！

妈妈会来找我吗，我昨晚没有回家？我经常外宿不归，妈妈可能认为一个晚上没回家，没什么好担心的。说不定今天还在继续观察情况。

肚子好饿，喉咙又渴。加上又是整间被太阳照射的房间，浑身是汗，还好上厕所的需求也相对减低。但是熬到下午三点半，实在是受不了了。

之前她喊过几声“放我出去”、“有没有人在”，希望有人过来。可是没有回音。电视还在播放，如果只是播放大川公园事件和广场饭店送信事件那还好，经过一小时，同一频道开始了新的节目，又是“手工制作西点蛋糕店介绍”，又是“配合秋色的时装组合”等，尽是些和平快乐的画面。这对千秋而言真是太痛苦了。眼前就看得见安全和平的地方，但也只是“看得见”，现状毫无改变。电视机竟然是如此残酷的玩具！

如果日高千秋稍稍有一点想象力，应该会发现栗桥浩美就是算准这种效果才将电视机开着的。为了让她产生孤独感，让她饥渴的感受更加真切，才扔给她这些没有实体的信息。虽然只是信息，却也可说是一种酷刑。然而就算千秋领悟到这一点，又能怎样！

接近四点的时候，她终于因为想上厕所而坐立难安。受制于手铐不能站起来，只能坐在床上不停跺脚。身上冷汗直流。

“求求你！我要上厕所。快让我出去！”

要发出很大的声音，是件困难的事，尤其又是空腹。但她还是忍着痛苦不断呼喊。忽然间她才发现自己真笨，为什么不直接对着窗户叫呢？

“救命啊！谁来救我出去！”

她用尽全身力气不断大叫。也许会有人听见吧。也许那人将自己铐在这里后就出门了。

喉咙开始生痛，唾液也分泌不出来。生理需求越来越强烈。喉咙干燥，泪水却不停泛流。

这时，脚步声从门后传来。千秋坐直身体竖耳倾听，好像是上楼梯的声音。这是二楼吗？

门开了，栗桥浩美探出头来，一脸不高兴。“你真吵！”看来他刚才在睡觉。一头睡乱的头发，眼睛四周有些浮肿。

千秋跪在地上企图靠近他。手腕被铐得十分疼痛，但比起其他痛苦，这点疼痛算不了什么。“求求你，让我上厕所！”

浩美不断眨眼睛，呆呆地看着电视机。社会新闻已经结束，现在是电视剧重播。“怎么，已经是这个时间啦？”

“求求你！”

他用困倦的眼睛看着千秋。“你真是没救的笨蛋！”

“求求你，我要上厕所……”

“我们把你当猴子一样铐起来扔着，就是因为这地方偏僻，不管你怎么大声喊叫，也没有人会听见。难道你不知道吗？一开始还很安静，我以为你已经明白了。”

“我要上厕所！”

“事到如今，还喊什么‘救命’。没有人会听见，知道吗？”

千秋哭出声来，连一分钟也已忍受不了了。

浩美在口袋中摸索，掏出一把很小的钥匙，锁在床上的手铐解开，铐在千秋另一只手腕上。

“厕所在走廊尽头。”

千秋紧张得步履蹒跚，快步冲出了房间。

夜晚，千秋又被铐在床边。

空着肚子，头晕不已，有时胃还会绞痛。太阳下山后，室内温度开始下降，已经不流汗了，但满脸油腻。她躺在地上，头靠着床边，昏昏沉沉地再也叫不出声来。

刚才急忙上厕所的时候弄脏了内裤。因为手铐着，无法顺利穿脱。自己都能感觉身上的臭味，实在很悲惨，整个人都失去了力气。

千秋上完厕所后，栗桥浩美面无表情地靠近她，一把抓住她的脖子，将她拖回房间。千秋只能看到一条短廊、隔着短廊相对的房门，以及与短廊相连的有着坚固扶栏的楼梯。

她判断这房子有点像别墅。浩美所谓的“偏僻地方”，看来应该不是谎言。实际上也真如他所说，附近万一有住户或有人经过，他就无法这样关着千秋了。

可这是为什么呢？

他为什么要监禁我呢？目的何在？是为了我的身体吗？如果是这样，只要让他高兴，我就能脱逃了吧。

像抓住救命索一样，千秋不断思考这一点。比起被威胁、被取笑，这样被扔着不管更可怕！

闭上眼睛，脑海中浮现出妈妈的脸，一副很担心、快要哭出来的表情。千秋，为什么不听妈妈的话呢？每次看到妈妈这副说教的表情，千秋就烦躁地说：“为什么不留下钱财，赶快死去呢？”可是现在她好想见到妈妈。

我想回家！不，我要回家，我一定能回家！

对自己这么说时，房门再度开了。

栗桥浩美走进房间。一副已经洗过澡的干净模样，衣服也换过了。白色衬衫搭配宽松的卡其裤，身上有股淡淡的薄荷香，大概是乳液的气味。

“真臭！”他摆出厌恶的表情对千秋说。

千秋缩着身子，见浩美一手拿着毛巾，手臂上夹着一份地图。从封面来看，是东京市内的地图。

察觉到千秋的视线，他举起毛巾。“这个？这不是用来勒你脖子的。”脸上没有笑容，好像看狗大便似的鄙夷地看着千秋的鼻尖说，“我让你回家。可要是被你认出这是哪里就糟了，所以要遮住眼睛。”

千秋瞪大眼睛，不禁想要站起来，但手铐因而勒进手腕里。“真的？真的要让我回家吗？”

“我让你回家，因为你已经没有用处了。”

“真的吗？我什么都不会说的。你的事我不会告诉任何人。”

“你也没有东西可以告诉别人吧。”他笑着靠近千秋，将手铐从床脚解开，再铐上千秋另一只手腕。

“不过之前你得照顺序来。你要先做什么，吃饭还是洗澡？选一个吧。”

千秋觉得头晕。洗澡？吃饭？有东西吃？

“我……我……”必须赶紧回答。可是忽然这么一问，说不定是在耍我。说让我选择顺序，万一选了，会不会另一个就不给我了？算了，也许两个都只是口头上答应。会不会让我回家也是口头上说说？

“没有回答，你是不要？两个都没有必要吗？”

千秋大喊：“先让我吃东西！”

浩美留下诡异的笑声，快步离开了房间。房门开着，千秋手上有手铐，但双脚是自由的。她可以走动，要逃就得趁现在。可她动不了。万一跑不掉，对方好不容易态度软化又会变卦，这更令人不安。那人不是说要让我回去吗？可是，也许他在说谎。说不定是天大的谎言，所以现在是机会，唯一的逃跑机会。

如果千秋能够更冷静地动脑筋，就应该知道浩美是在戏弄她。他明知道这会让千秋陷入逃与不逃的挣扎，才故意打开门出去。

五分钟后，浩美回来了，手上拿着快餐店的纸袋。“快吃吧。”

里面装有汉堡和咖啡。汉堡已经冷得发硬，咖啡里的冰块早就融化，味道寡淡如水。可千秋还是狼吞虎咽。一开始胃无法接受，好几次想要呕吐。吞下恶心的感觉后，连面包屑也吃得一干二净。

浩美靠在门上，满意地看着千秋，说：“接下来是洗澡。”

他抓着千秋的手铐，一如带着狗出门散步一样。千秋被带到走廊上。对面的走廊尽头是高度及腰的窗户，遗憾的是关着遮雨板，无法看见外面的情景。但可以得知这是一间休闲小木屋。

环视左右，走廊右边有楼梯，可以看见粗木扶栏。浩美带着千秋向左走。尽头没有门，垂着一张布帘。里面是可以淋浴的洗手间。塑料地板上放着一个衣篮，里面有新的浴巾。

“请用。”浩美拉开淋浴间的折门，催促千秋。墙边的置物架上摆着洗发水和沐浴乳。“很久没用了，上面可能有灰。这种时候你应该不会介意吧？”

当然不会介意。淋浴间到处都发霉了，有些地方尽是水垢，热水也时断时续的，这些我都不介意。千秋脱掉肮脏的内衣，毫无防备地站在热水下面，脑中始终挥不去这样的念头：会不会现在被侵犯呢？为什么到现在才要侵犯我呢？机会多的是，不是吗？

心中一旦有这种想法，就开始不安，根本无法好好享受洗澡的滋味。她赶紧洗清头发，打开折门，一把抓起大浴巾包住自己。

来到洗手间，在合上的布帘底下看见了浩美的脚尖。原来他在走廊上等着，还哼着歌。是千秋没听过的歌曲。

“洗好了吗？”他大声问，似乎心情不错。

“这个你换上。”

拉开布帘，浩美递上一包衣服，是千秋的制服。折得很整齐，没有一丝皱纹，还有新的内衣和袜子。

“我可以收下吗？”

“当然可以。”浩美笑道，“既然你都洗干净了，再穿脏内衣不就可惜了嘛。”

千秋立刻擦干身体，穿好衣物。穿制服时，她不由得热泪盈眶。一种熟悉的感触似乎证明她将脱离刚才那些难以理解的境况。

千秋走出来时，浩美还在哼歌。他一边唱歌一边将她铐住。制服和手铐是一种新的组合，表示她还没有真正自由，要想安心还嫌太早！千秋的心像皮球般激烈弹跳，自己也不知道会跳向何方。安全还是危险，安心还是戒备？

“没有吹风机，只能等头发自然晒干。”他摸摸千秋的湿发。

“没关系，这样不伤发质。”

她又被带回刚才的房间。如果走下楼梯，可能走不到外面吧？应该还很危险吧？

“坐在床上！”

千秋奉命行事。

“我看过你的记事簿，知道你家的地址，但是总不能直接送你回家。我会开车到你家附近让你下去。有没有什么地方，晚上很少有人去？最好是公园之类，哪里比较合适？”

浩美从裤子后面的口袋里取出地图，在千秋面前摊开。虽然是复印的，但很清楚是千秋家所在的三鹰市详图。我真的回得了家？他愿意让我回家？

“哪里都可以，只要让我下车，我一个人可以走回去。”

“那可不行，我可不愿意冒险，万一你下车时被别人看见。我也不愿让你在陌生的街头晃荡。”

说得也是，千秋拼命动脑筋。要是弄不好，说不定浩美又会改变主意。“公园的话，我家附近有一个。”

“大吗？”

“还挺大的。是个儿童公园，种了很多树。”

“地点呢？”

千秋看着地图，立刻找到了公园所在的位置，指给浩美看：“嗯……就是这里。”这时，她忽然想到似的说：“对了，那里有一个大象形状的滑梯。小时候，我妈经常带我去那里玩。”为什么会想起这种事呢？大概是思念妈妈吧。她备感奇怪，不禁觉得这样的自己也很可爱。

“是吗？不错嘛。”浩美的声音显得开朗，“的确不错，正好跟我要的一样。”

看他的反应，应该会觉得奇怪，但千秋十分高兴，有种被称赞的感觉。被称赞似乎就代表生命有了保障，至少千秋是这么想的。她必须继续讨这个人的欢心。

“我很喜欢那个大象滑梯，还帮它取了名字，叫皮帕妮莉拉。”

“名字真怪。”浩美一边看千秋所指的儿童公园的位置，一边说道。

千秋以为他不喜欢，立刻解释道：“皮帕妮莉拉不是我随便取的名字。你知不知道童书《杜立德医生的奇妙之旅》？杜立德是个能和动物说话的医生，其中有一只金丝雀会唱歌剧，名字就叫皮帕妮莉拉。我好喜欢皮帕妮莉拉，才让大象滑梯也有同样的名字。”

“我不喜欢，这个名字太怪了。”浩美用力合上地图，仿佛它已经没有用处了。然后又握紧毛巾，似乎在确认它的坚固程度，并看着千秋。

千秋缩起了身子。看浩美的动作，仿佛接下来不是要遮她的眼睛，而是要勒她的脖子。

浩美笑着说：“干吗那么害怕？”他走上前把毛巾套在千秋的脖子上说：“你以为我会勒你的脖子吗？”

千秋的心和身体一样揪得紧紧的。因为太过紧张，脖子僵硬，感觉到一丝痛楚。现在千万不能乱说话，惹恼了这个人就完了。这家伙很爱玩游戏，必须好好陪他才行。可不管怎么动脑筋想，就是想不出聪明的回答。

过去千秋经常转动她那可爱的小脑袋，想着如何诱惑有钱的中年男人、如何分辨在电话交友中心认识的大学生说的话是真是假、如何界定男人是否符合她的梦想。那时候住在日高千秋可爱小脑袋里的“理性”，总能作出正确可靠的判断。

然而，现在千秋的头脑里没有住任何人。“理性”好像因害怕危险，将千秋的身体扔在这里，一个人逃得无影无踪。

千秋的双眼满是泪水。脖子上缠着毛巾，比任何想象都真实。她害怕得说不出话来。

浩美笑出声音，取下毛巾。“笨蛋！原来你这么胆小。既然敢到交友中心玩，我还以为会更勇敢些呢！”

他坐到千秋旁边，床铺因他的重量发出声响。他好像有些害羞地低头，将手臂绕到千秋的肩膀上。千秋吓得更加缩成一团。浩美的手臂内侧碰触到她的脖子，皮肤有些湿，却又显得冰凉。

“刚才我不是说过了吗，会平安送你回家的。你要相信我说的话。”

千秋用手背拭去泪水，嘴巴像呼吸不到空气的金鱼一样翕动。她拼命在一片空白的大脑里寻找话语。“你不要杀我……”好不容易说出话来。她忽然想起上一次如此哀求别人，是在初二的一个深夜打电话给抛弃她而选择邻班女孩的男朋友。那时她恳求对方改变心意，结果对方始终没有答应。

“没有人会杀你。你难道听不见我说的话吗？这部电话是不是有问题？喂……喂……”

浩美故意开起玩笑，假装千秋的耳朵是话筒。他的气息直接吹在千秋的耳际和脸颊上，令她胸口难受。

“干吗那么害怕呢？你应该不会害怕男人才对，而且我又是你喜欢的类型，不是吗？在咖啡厅见面时，我倒是很相信这一点。”浩美像在情人耳畔低语一样，在千秋耳边说道。假如不知情的人看到这个画面，一定会认为是年轻男子正在抚慰比自己小的女友。

实际上，千秋只能感觉到浩美的态度不太正常。这人欺骗我，将我带到这里，还用手铐限制我的行动，对我不理不睬，甚至在言语中暗示他是诱拐并杀害其他女人的凶手，最后却又重新制造出想亲近我的气氛，一旦我努力配合，他又变得难以伺候。而当我一哭，他又像个体贴的情人一样。

为什么要这样做呢？千秋嘴上没有说，却早已在心里问过数十遍。你的目的何在？可是她对此也感到害怕，如果答案是“我想杀你”，岂不是太吓人了！所以她换个说法：“如果你想跟我做的话，可以啊。要怎么做，我都愿意配合你。只要你不欺负我。”

她好不容易抽搐着说完这些，浩美却张口大笑道：“我对你这种小女孩没兴趣！”

千秋无法理解浩美只是想要玩弄她，左右她的情绪。过去千秋接触的男人，不论是老年人、中年人、青年、小伙子还是男学生，大家最终的目的都是少女的身体。其中掺杂一点恋爱的意味或援交的性质也不错；就算没有，男人只要沾上千秋青春的身体，就觉得够本了。交易简单而明快。不只是千秋，所有在电话交友中心或路上跟搭讪的男人睡觉的女孩，要的就是这种简单明快。用身体交换金钱，必须干净明了，否则怎能安心交易？男人们不会强迫少女出卖市面上没有的商品。他们来到少女私密的房间，但绝对不会要求少女打开日记本给他们看。

浩美做的却是后者，他想进入千秋的内心世界。用千秋的性命为饵，动摇她的感情，拿她当玩具。

千秋从来没有为这种事定过价钱，甚至也没想过这么做。反言之，如果她在无意中学到收藏在私密房内的东西最为贵重，就应该知道只有身体是唯一不能卖的。

“不欺负你吗？”浩美低声重复，抱住了千秋。

千秋像吞下一根木头似的全身僵硬，额头顶住浩美的下巴。鼻子里充斥着汗臭味，分不清是浩美的还是自己的。

“对了，你倒是从来没问过我是不是大川公园案的凶手？”

千秋默默吸着鼻子。这种事不用问也知道，她心中早已有定见。可是她身处浓厚的恐怖中，不敢有所表现。

“为什么你不问我呢？”浩美继续说，“是不是我将女人的右手切掉，扔在垃圾箱里？是不是我将诱拐的女人的皮包故意扔在公园里让人发现呢？”他抚摸着千秋的头发。“很多方面，你和那两个女人不一样。虽然有些地方很像，但不一样的部分更多。”

两个女人——栗桥浩美不自觉说出来了，一个是古川鞠子，另一个大概是被切断右手，还不知道身份的女人。看了一整天社会新闻，千秋对于大川公园事件比尚未受骗时要清楚得多。现阶段警方和民众还在猜测那只右手的主人是古川鞠子还是另有其人。

刚才栗桥浩美提到“两个女人”，表示古川鞠子和那只右手的主人是不同的人。他杀了她们两人。受害者有两名。现在全国知道这件事的只有日高千秋一人。

不，还不只是这样，说不定还有其他受害者。千秋脑海里闪过如此恐怖的推测。

“那个叫古川鞠子的人，也死了吗？”千秋小声地问。

浩美转过头低声笑道：“为什么要问这种事？为什么这么问我？为什么你不问是我杀了她吗？”

笑的时候，他那略显瘦削的胸膛开始震动。

“没错！她被杀死了，古川鞠子。”

他更加用力地抱住千秋，千秋甚至可以感觉到他心脏的跳动。他有些兴奋。从心脏跳动的方式，千秋搞不清楚他是期待冷静还是希望兴奋。

“她是个讨厌的女人！”浩美声音单调地继续说道，“不像你这么可爱。不会哭也不会哀求，居然敢对我说教，说我做的事是错的！”他冷哼一声，听起来丝毫没有笑意，“还问我‘做这些事有什么意义’，骂我是人渣。她说‘看到自己的爸爸选择外遇、放弃家庭，早就不对男人存有希望。但是你这种人连男人都称不上’，她真敢说！”

言外之意，古川鞠子狠狠教了他做男人是怎么回事。千秋紧张得噤口不言。她这才明白原来刚才说随便他怎么办，她都能配合，只要别杀了她，这种话完全不管用。

“还有一个人……那只右手的主人是谁？”

听到千秋低声询问，浩美猛烈地回应道：“问这个，是想回去告诉你妈妈，然后带警察一起来抓我吗？”

“没有，我不会！我绝对不会那么做！”

千秋激动地摇头，拼命想挣脱。可是浩美紧紧抱着她，而且越来越用力。千秋的鼻子抵在浩美坚硬的喉结下，感觉快被压扁了，很痛！可是浩美毫不放松，似乎在享受千秋鼻软骨的触感，反而一再用力。千秋无法呼吸，只好用嘴透气，大声喘息。

浩美猛然放开了她。因为太过突然，千秋顺势跌下床。

“贱女人！”浩美不悦地怒骂道，“好了，游戏到此结束。你可以回家了，而且将成为世人笑话的对象，知道吗？因为你帮助过我，一辈子都会被别人在背后指指点点。你的人生完蛋了。你是个卖淫的女高中生，知道吗？这样你还想回家吗？”

“我想回家。”千秋毫不犹豫地回答，因为她不想死，“我要回家，你说过会让我回家的，对吧？”

浩美俯视千秋，拎着她站起来，就像拎着什么脏东西似的。

“转过身去，我要把你的眼睛遮起来。”

这次毛巾遮住了眼睛，眼前一片黑暗。

浩美牵着千秋的手说：“来这边，小心脚底下。”

两人走出房门。千秋因兴奋、害怕与希望而头昏脑涨。真的能离开这里吗？可以活着回家吗？真的？真的吗？不会被杀吗？

来到走廊上，听见房门关上的声音。千秋失去了方向感，停了下来。浩美在背后推着她，她顺势前进。她记得前面应该有楼梯，走得很小心。

“等一下，停！”浩美抓住她的肩膀说，“楼梯。”

她的记忆果然没错，从这里开始要下楼梯。千秋双手抱住身体，试图停止颤抖。

就在这时，脚底下出现了别的声音。是活泼、开朗的年轻男子的声音。“怎么样？好玩吗？”

千秋大吃一惊。到目前为止，她从来没有想象过可能不止浩美一人。

“还算不错。”浩美越过千秋的头顶回答，“可以仔细观察现在女高中生的脸。”

“看来是个长得挺可爱的女生。”下面的声音说道。千秋察觉另一个人站在楼梯下面，抬头看着他们。

这是为什么？

“不能让受害者看见梯子或楼梯，因为他们一看见就绝对不肯靠近或爬上去。”楼下的男人继续说。听他的语气，像是在对千秋说明。

“所以才要将眼睛蒙起来。”浩美说，“而且看不见的话，你也比较不会害怕吧？”

千秋心脏紧缩，全身直冒冷汗。为什么要跟我说这些？什么叫“比较不会害怕”？

“我可以回家吧？”为了讨浩美欢心，千秋尽量用沉稳的声音朝他所在的方向询问。

楼下的声音回答：“我们发出很大的声音做各种实验，你没听见吗？”

很大的声音？难道就是那些砰然巨响吗？

“我们将棉被包起来进行投掷实验，到时候真的做起来时会比较顺手。”

“什么实验……”千秋又忘形地插嘴了，她努力想发出天真无邪的声音，可是说到一半就变成了尖叫。脖子被什么东西拉着，而且不是毛巾。

“你真的认为能平安回家吗？”浩美边说边将绳索套上千秋的脖子。绳子另一端绑在天花板的屋梁上——他们利用楼梯做了一个简易绞刑台。

千秋还来不及出声大叫，浩美已伸出双手从背后推了她一把。千秋双脚踏空，悬挂在天花板下。她最后感觉到的是浩美的手的温暖、脖子上的绳索和屋梁承受她体重时发出的声响。

在断气前的一刹那，她听见楼下的男人朗声道：“浩美，你真是个坏蛋！”

看着半空中摇晃的两条腿，和平说：“不知警方验尸后会怎样推论。”

浩美坐在楼梯顶端，想起千秋的吃相和她细心淋浴的样子。

“吃了东西，也洗了澡，一定会被认为是我们的同伙。至少会跟纯粹的受害者分开考虑吧。真是个好陷阱，和平。”

“她大概完全没想到，死后会被这样定位吧。”

“如果这女孩有这种头脑，那就更好玩了。”

浩美真心觉得有些遗憾。与和平两人完成这出大戏固然有趣，如果能再加入一个谈得来的女孩，那就更加刺激了。只不过他很难对和平提出这样的建议。

“我们还是太冒险了。”和平皱眉道。

浩美笑道：“不要这么说，应该说我们动作快如闪电，手脚干净利落！”

和平看起来不像真的生气，但也没有笑容。

“和平你还不是计划要利用有马那老头，还说得赶紧进行下一个步骤。”

“我是说了，但不是这种形式。我本来希望做得更谨慎些。”

“结果不错不就好了吗？”

“说不定有人看到你了。”

“在那种地方，谁会注意到女高中生和年轻男子的组合？”

“不仅如此。也许有马义男会报警，而且警方也有可能在七点之前就派人在大厅埋伏。万一警方当场逮捕了日高千秋，她就有可能带警方找到你！”

“那个胆小的老头才不会做那种事。目前他就没这么做！”

“你只是就结果论事。”

“所以我说结果不错就是好的，不是吗？”

回过头来想，和平说的危险确实很有可能。在设计作弄有马义男时，浩美坚信绝对会成功。这老头一定会遵照我的指示行事。因为鞠子在我手上，以她为人质，老头当然只能唯命是从。

另外，在新宿车站跟日高千秋搭讪时，应该说见她神情恍惚地等人时，他更加自信了。这个女孩用得上，简直是最佳人选。时间点刚刚好，说是天赐良机也不为过。

“如果日高千秋不能用，我就会打电话到广场饭店，要有马老头换个地方。我打算让他在新宿到处转。反正时间很多，最后趁着老头在外面奔走，将手表放进他家的信箱就好了。”

言下之意，日高千秋是多余的，不过是一剂增味的调味品，用完就可以扔掉，所以也没什么不好。

和平静静地听完，然后不改平稳的语气说道：“小心一点是很重要的。”只一瞬间，他正视了浩美一眼。“今后没有我的允许，你不能再这样贸然行事。我们是一个团队。”

浩美回答：“知道了。”但心中却认为，对于我的新鲜手法，和平其实是有一点忌妒吧。

“我会考虑如何处理尸体，因为我希望展现最大的演出效果。从她嘴里问出来的家里的情况，你待会儿再告诉我。”

浩美恭敬地低头说道：“我期待你的表现。”于是和平好像心情好了许多。

“一起来整理吧。”浩美站起身道，“就是这点讨厌，还必须小心处理。这家伙搞不好还有些奇怪的病，因为她跟很多男人睡过。”

和平哈哈大笑道：“是吗？难怪你没有对她下手。”

就连浩美在这方面也是很小心的。

11

镜子里的脸正在笑。

那是面可以照到上半身的大镜子。当初来看这间房时，中介还强调："浴室采用一体成形的设计，比较小，显得这面镜子格外地大，反而很受女住户喜欢。"

这种说法让人觉得弦外之音是：我们其实是想把房间租给女性，而不是你这种人。浩美于是决定租下这间房。他向和平报告此事时，和平还捧腹大笑道："你真的很不喜欢拐弯抹角的事！"

没错，房屋中介做的就是"拐弯抹角的事"。既然不喜欢男住户，一开始就不应该带他来看房。在租房条件上明列"只限女性"不就好了吗?！自己不这么做，等到客人来了才装腔作势，完全是违反规则嘛。

浩美对着镜子露出灿烂的笑容。他的牙齿排列得很漂亮。

寿美子曾经说过："作为男人，你的牙齿太小，有点小家子气。"当时浩美正值多愁善感的年龄，对外貌尤其敏感。母亲这番话深深伤了他的心。他翻遍黄页寻找口腔正畸科，打电话问："拔掉小牙齿，换上更像男人的假牙要多少钱？"可是每一家口腔正畸科都回答：牙齿小并非异常，没有矫正的必要，他们不能提供这方面的服务。他感到十分不满。

但现在他反而十分喜欢这些小牙齿，虽然寿美子曾经批评他的牙齿"小家子气"，但事实不然。牙齿小，笑起来的时候会有一种都市的潇洒美感。太大太长的牙齿看起来则像是乡巴佬或粗俗的野马。

镜中的浩美脸色有些憔悴。

把日高千秋的尸体搬到大象滑梯上是一件大工程，花的时间比预计要久。他流了很多汗，没来得及立刻换衣服，所以感冒了。他躺在租来的房间的折叠床上，发着高烧，收看这几天发现千秋遗体的新闻报道，看时还咳嗽不止。

说不定不只是感冒，因为烧到了四十度左右。第二天他受不了了，决定去看医生。他脑袋昏沉、脚步不稳，先从七楼的窗外寻找医院招牌。

不费工夫就发现公寓南边隔着两个街角竖着一块医院招牌。上面写着“急诊指定代代木”，下面的字就看不清楚了。既然是急诊指定，应该就是医院了。

公寓距离初台车站走路要十分钟。如果回父母家则必须换很多车，这也是他选择住在这里的理由。他不希望乘一班车就能回家，因为这里是他的私人城堡，尽管房租全部由家里负担。

医院全名是“代代木诊所”。地点位于八幡代代木，取这个名字理所当然，但其实是因为院长姓代代木。院长一手包办内外科的诊疗工作，十分忙碌。给浩美看病的也是他。见他在诊疗室穿着白大褂、脖子上挂着听诊器，浩美以为他只是医生，听见护士叫他“院长”时，不禁吓了一跳。当时他就对代代木有些蔑视。他认为，一个医院的院长不应该连感冒患者都亲自诊断，而应该在面对更复杂且疑难的病情时才出现。院长应该将时间花在医生协会、接触政治家等正事上。

可是他发着高烧，没有力气说这些话。代代木见他板着脸，回答问题的态度也很冷漠，还以为是生病的缘故，一点也不介意。代代木为人很亲切，看病也很仔细，年龄在四十五岁到五十岁之间，身材矮小、头发花白，给人十分干净的感觉。相信他脱了白大褂，身上还是会有一股药味。

由于有肺炎的可能性，照了X光，也打了点滴。在接受诊疗的时候，浩美固然没有精神，但内心十分生气与失望。

本来这是他享受胜利滋味的时刻。世界看起来一切都很光辉，而且是隶属于他的时刻。他却发着高烧，曲着背猛咳嗽，累得不能看太久电视，也无法读报纸。和平担心不已，要他立刻去看医生，还说被传染就糟了，所以暂时不来看他，从此也没再联络。和平不来公寓就算了，连电话都不打来就太令他寂寞了。

日高千秋的死导致全国震动。警察在追嫌疑人，媒体在找凶手的模样，全社会感到恐惧，人们则吵嚷着期待下一个受害者的出现。这一切都是和平和浩美所为！

代代木诊所有内科、外科、儿科、眼科和牙科。医院不大，内科和儿科的门诊挂号合在一起。候诊室里人满为患，从诊疗结束到领药需要一个小时，浩美不得不坐在抱着哭闹小孩的年轻母亲身边。小孩大概也是感冒发高烧，身上包得厚厚的，脸颊通红得像是火烧一样。年轻母亲似乎整晚都没合眼，显得很疲惫。她不停抖动膝盖哄在腿上哭泣的小孩，不知不觉动作停了，她的脑袋开始前后摇摆。过了一会儿又忽然惊醒，继续晃动膝盖。动作一再重复。

候诊室尽头有一台小电视，闪烁的画面不是很稳定。机型比监禁日高千秋那个房间里的电视还要古老，但是大部分来看病的人还是盯着电视。

里面的节目也在报道该事件。

不知从哪里来了这么多需要治疗和吃药的病人，而这间候诊室里眼前最关心的事，依然是被害的女高中生。浩美不禁笑了出来，又赶紧低下头去。这些老先生、老太太和年轻母亲如果见到活生生的日高千秋，一定都会瞧不起她。坐在右边角落椅子上的胖男人，也许会花几万元买她的身体，但绝不是因为觉得她善良可爱才那么做。

这里大概不会有人认为日高千秋是规规矩矩的女高中生。或许会唾弃她是个披着高中生外衣的卖淫女；也可能觉得她可怜，鄙视她没有什么能力，只能出卖肉体；甚至有人会用好色的眼光看她，反正她喜欢有什么不可以呢。但是她死了，是被杀的，于是忽然间全国的同情都集中在她身上，她成了催人泪下、天真纯洁的少女。至少目前是这样，在她的私生活还未公开前。

电视画面上出现了一个对着话筒呜咽的中年妇女。浩美以为是千秋的母亲，不料却是她的祖母。那中年妇女说：“千秋长得像洋娃娃一样可爱，是个天使般的小孩。”浩美终于忍受不住，低声笑了出来。天使通常是不会无止境地诱惑男人的！

猛然间他发现邻座的年轻母亲停止了动作。小孩的眼角堆着泪水，睡得正香。浩美以为那母亲又打瞌睡了，抬眼一看，那人正看着他，而且是双眼圆睁。因为他还在笑，便立即将脸扭开。

他能感觉年轻母亲的视线正对着他的后脑勺。电视上千秋的同班同学正在接受采访，大家都很会说话，还边说边哭泣。这群少女一定都知道千秋的生活方式，也目睹过她越轨的行为，但是在镜头前，没有比同学的死更重要的。她们很清楚自己被赋予的角色就是对着世人哭泣。

画面还是跟刚才一样，满是悲伤。年轻母亲一定觉得看着电视发笑的栗桥浩美难以理解。真是太粗心了，浩美自责着。看了一下四周，想换个座位。但所有的座位都坐满了。无奈他只好闭上眼睛，这时他被叫到名字。他松了一口气，起身到窗口领药，同时偷偷用眼角瞄了一下，那位年轻母亲已经不再看他了，而是将手放在小孩的额头上。

他安心了。走出候诊室时，还故意经过那对母子身旁。母亲没有抬头，只顾跟孩子说话。虽然只是带来一瞬间的不快，他还是在心中诅咒道："这孩子的高烧一个星期不退，使用任何抗生素都不能减轻病情，最后病死了。"这么一来，年轻母亲就会忘记栗桥浩美、日高千秋和女子连环被杀案了吧。

他走出自动门离开了诊所。陈旧的门开关时发出吱吱嘎嘎的声音，他只想赶紧回到房间躺下。

抱着孩子坐在椅子上的年轻母亲，转过头看着他的背影。

或许是药效发作了，高烧不久便退了，但关节痛和咳嗽依然不止。他还是整天躺着。

发病后第三天，体温已恢复到摄氏三十七度，因此他搭出租车回父母家。事先已打过电话，寿美子已铺好被子等他回来。他并没有期待母亲的看护，事实上寿美子也不会做任何看护，只是因为家里是药店，对病人总方便些，至少饮食方面有人照顾。

尽管如此，到能够完全起床还是花了一周的时间，而且体重降低、脸色也很不好，严重的咳嗽始终不停。和平打电话来，交谈时他必须多次停下来咳嗽，光是报告近况就用了不少时间。

闲着没事在家里养病之际，他整天收看电视新闻有关日高千秋的报道，心想，不知道有马义男现在怎样了？老头没上电视，只看到店员将上豆腐店采访的记者赶出门的画面。

他问和平能不能打电话给老头。和平回答：“如果能够不让对方发现你感冒的话。”

“为什么？”只不过是感冒而已。

“最好不要让他们认为我们也是一般人。让人以为我们是莫名其妙的怪物，我们才好办事。你的咳嗽还很严重，不是吗？在完全治好之前，电话还是别打。”

越是不被允许，心中就越蠢蠢欲动。有马老头现在应该捧着鞠子的手表在哭泣吧？真想听听他的哭声。

那就趁父母不在家的时候，在房间里偷偷打吧。

有马义男没有哭泣，让他有种希望落空的感觉。电话讲到一半，他开始咳嗽，加上老头一再要求听鞠子的声音，他气得切断了电话。

不知为什么，这次的电话没被报道。或许是因为老头那里已经有警察埋伏，他们不太肯对外公开吧。还好这样和平也就不会知道此事，只是总觉得有些不满足。

于是他又打电话给和平：“利用日高千秋做出那样的戏剧效果，现在沉默不能说话，真是无聊！既然我感冒不方便说话，为什么你不打电话呢？”

和平笑道：“不到万不得已，电话还是由你来打比较好。我不像你那么会说话。你自己大概没感觉，但你真的很会说话。你的言语表现正符合世人心目中的凶手形象，我可做不到。”

被人称赞感觉很愉快。浩美这才认为：“没错，我们俩创造了震惊社会的连环杀人案，这是一种创造行为。”

一开始隐藏在“连环杀人案”幻影背后的，是要掩饰杀死岸田明美和嘉浦舞衣的事实。但现在浩美感觉不只是这样，而是一种欲望，希望看自己能够将这个杀人狂的形象做到多精致。

“下一步要怎么做？”

听到浩美干劲十足的问话，和平想了想回答：“我觉得该交出古川鞠子的尸体了。”

“什么？要把她挖出来吗？”

“没错。你安心养病，把感冒治好。出力的工作我来就可以了。”

不仅是出力而且是肮脏的工作。

“知道了。”

就这样浩美处于待命状态。既然无力出门，就躺在家里阅读过期的报刊、制作简报资料、整理女孩的录像带、照片和遗物，过得悠闲轻松。

感觉还真不错。整理这些战果就像磨亮过去的勋章一样。当他站在厕所里，看见洗手间的大镜子映出自己的身影，不禁笑脸相对。一如恋爱中的女孩，找到机会就会对着镜子或地铁的窗玻璃堆起笑容。他理解那种心情。那是一种幸福的笑容，脸上的幸福必须用自己的眼睛一再确认。他此刻也是这样的心情，感觉幸福且骄傲。

镜子照出人影——脸、身体、眼睛的颜色和眼里的光泽。这其实只是一种物理作用，镜子只是映出人影，并不表示知晓镜中人的想法。镜子是无机物，没有心思，所以人才能安心在它面前表现自己、检视自己，将喜悦、自夸等情绪毫无隐藏地释放出来。如果世上没有镜子，人就必须借着彼此来检视容颜，就必须靠自己观察自己的生存，就必须比现在更加深入地自省，否则就无法心安理得地生活。

浩美想着这些，抬头看了看时钟，时间是下午五点半。窗外已经暗下来了，晒在阳台上的毛巾像幽灵的碎片般无助地摇晃。他赶紧出去将毛巾收进来。

这时，他看见高井和明肥胖的身躯站在街灯下，抬头望着这扇窗户。

12

一九九六年十月十一日“市民生活咨询日志”受理记录

编号“96-101128”

咨询受理人：加贺见一美

受理时间：下午二时三十分

通话时间：十五分钟

当事人：二十九岁，男性，未婚，私营业主

咨询内容：交友烦恼

从小认识的朋友似乎跟犯罪有关系，虽然还没有跟本人确认过，但看见了足以引起怀疑的事实。是应该报警呢，还是先跟朋友谈谈比较好？

备注：该当事人不是第一次来电，过去两年中有三次来电。伊藤、折部两位员工均受理过。过去咨询的内容是因为个性内向无法跟周围的人打成一片、无法和女性交往等自身问题，和这次不同。

询问当事人其朋友牵涉的犯罪是什么种类。当事人不愿多谈，没有回答。

对当事人的印象：似乎对自己担心的事情相当恐惧。在这次通话中，与其说是想听别人的意见，不如说是希望抒发心中的不安。说完感受后，他不等受理人提出具体建议便挂了电话。

和伊藤、折部两位同事讨论后，我们一致认为从过去三次的咨询内容与通话态度推断，此人因内向的个性烦恼不已，但绝不属于故意乱说、企图引起骚动的类型。因此对于他今后的咨询，有必要多加注意、细心处理。

一九九六年十月十六日“市民生活咨询日志”受理记录

编号“96-101601”

咨询受理人：伊藤雄一

受理时间：上午九时零五分

通话时间：约四十分钟

当事人：二十九岁，男性，未婚，私营业主

咨询内容：交友烦恼

十一日编号“96-101128”的当事人再度来电咨询，让人觉得他好像一直在等咨询电话受理时间的开始。

备注：伊藤接手加贺受理本案。这是第三次和该当事人通话。前两次的内容都是交不到女朋友、烦恼不知该如何与女性交往。且两次分别间隔了一年和一年半的时间。根据当时各位咨询受理人的意见和记忆，对方的智商相当高。

询问上一次电话咨询以后的情况，当事人提到有关朋友涉嫌犯罪一事是他多虑了。当事人不断强调：“朋友不可能做那么可怕的事。”

当事人态度诚实、语气明朗。但当受理人询问其朋友牵涉的犯罪详情时，却顾左右而言他，不置可否。再一次询问：“你所谓他不可能做那么可怕的事，具体是怎样的事？”当事人回答：“就是电视新闻报道的那种事。”

对于不再怀疑朋友，当事人并未能提出确凿的证据，只是从感觉上和情绪上认为朋友无罪。当事人还自省道：“怀疑朋友是不好的事。”

于是受理人询问：为什么一开始会认为朋友涉嫌犯罪？（之前当事人不愿回答此问题）

当事人表示：“因为我听见朋友打了奇怪的电话。”

关于奇怪的电话内容没有说明。

一九九六年十月二十一日“市民生活咨询日志”受理记录

编号“96-102103”

咨询受理人：加贺见一美
受理时间：上午九时零二分
通话时间：不到一分钟
当事人：二十九岁，男性，未婚，私营业主
咨询内容：交友烦恼
备注：指定要与伊藤交谈，得知他正在休假后立即挂断电话。

同一日受理记录
编号“96-102118”
咨询受理人：加贺见一美
受理时间：下午五时四十分
通话时间：约一分钟
当事人：二十九岁，男性，未婚，私营业主
给伊藤的留言：“烦请告诉伊藤先生，读了很多还是不安，希望能确认。”

受理人曾试着问他：“我不能帮助你吗？”当事人礼貌地拒绝道：“我不太能跟女士交谈。”

一九九六年十一月一日“市民生活咨询日志”咨询人员日报（摘要）
记录员：伊藤雄一

本月伊始，在咨询人员会议中提出了“有关朋友涉嫌犯罪”的男当事人停止联系的议题。虽然犯罪的性质、内容等完全不明，且也应考虑是否为恶作剧或流于想象的情况，但整个过程令人担心，因而与各咨询人员商讨如何应对该当事人的来电。

该当事人之后未再致电市民生活咨询日志，受理人伊藤和加贺既不知该当事人的身份，也无从判断其说话内容的真伪。

设在警视厅墨东警局内的连环女子诱拐杀人弃尸案共同特别调查总部，这几天得到许多信息。从发生大川公园事件的九月十二日起到十月三十一日止，光电话或来信就有两千多件。

电话·男性四十五岁·姓名不详·公司职员

“是的，就是我家斜对面的公寓。那是套房式公寓，叫凯撒高井户大楼。什么？凯撒，凯是凯旋的凯，撒是撒野的撒。什么？就是那里的住户，我不知道叫什么名字。长头发，一大早就开始喝酒闹事。他房间里常常传出女人的叫声。啊？每晚都这样。真是受不了，大家都很头疼。因为叫声实在很大！请你们去调查那家伙，好吗？拜托了。”

电话·女性五十二岁·希望匿名·家庭主妇

“没错，我真的很苦恼，这是一起很大的事件，我还是应该跟你们说说才行。

“对，没错，他就是我的女婿。虽然是家丑，我还是要说出来。真是想不通，我女儿怎么会跟那种男人在一起？我是母亲，这样说有点不好意思，但是我女儿从小学习就好，人也漂亮，实在是很出色的女孩。大学毕业后，她的指导教师还希望她留校做研究，可是女孩有了博士学位也不能怎样，这方面我们家是比较传统。虽说家里不用她出去工作赚钱，但总归得学些当人媳妇的功夫吧，她爸爸也说该到社会上去实践，所以就在她爸爸的公司里当了三个月秘书，没想到居然认识了女婿。

“啊？是的，我的女婿有问题。我……啊？根据？当然有。你是说有什么证据吗？找证据不是警方的工作吗？我跟你说嘛，我女婿要学历没有，花起钱来比谁都厉害……”

来信·匿名·性别不详

“我不想杀人，但有时必须杀人，请来港口阻止我！”

来信·匿名·以文字处理机打的字·在像暗号般写成的文章中，只有一句话：

“警察是笨蛋。”

电话·女性三十八岁·姓名住址明确

“是的。应该是六月一日或者二日吧。我通常月初才会加班。

“我家距离古川鞠子的家大约五百米。是的，我和家人住在一起。我的父母。这件事我父母也知道，所以我才决定打电话过来。

“什么？有，警方来问过话。当时我忘记了，真的。看到听到很多消息后，我才想起来，对，没错。

“从车站走到我家，大约要二十分钟。我一向是骑自行车，刚好那一阵脚扭伤了，不能骑车只好走路。那时应该是晚上十一点多。

“他们来问路，是两个年轻男人。一个嘛……好像说是盲肠炎，忽然间肚子很疼，问哪里有急救医院。附近有中野外科医院，我就告诉了他们。他们还很有礼貌地说了谢谢。

“可是事后我一想，不禁怀疑真的是临时发病吗？完全没有急迫的感觉。而且走在夜路上，忽然有人从后面跟上来，感觉怪怪的。好像早就等在那里似的。

“危险？没有，我没有感觉到。刚才我也说了，对方给人感觉很有礼貌。有点像是学校的老师。车的颜色？我不记得了。是四轮驱动，现在很流行。

“如果你们需要描绘嫌疑人的合成照片，我可以帮忙。”

电话·男性六十岁·希望匿名·私营业主

“你们根本就是税金强盗！这种凶手都抓不到，你们到底在干什么？号称世界第一的日本警察都是饭桶！我缴税是让你们吃闲饭的吗？真烂！”

来信·姓名住址明确·男性·教师

“身为教师，怀疑自己的学生是很难过的事。这几天几乎都睡不着，几经思考，为了早日解决这些凶残的案件，乃愤而提供信息。

“我怀疑的是，三年前我担任班主任的班上的男生。在校期间，他曾犯下两起伤害事件，其中一起由校方解决，另一起则交由当地警方处理。从入学开始，他的暴力行为就很引人注意，一年级下学期，他和几个朋友结成团伙在校园内横行霸道。

“关于这次的残酷事件，我怀疑他的直接理由是在校期间他的作文中有一篇明确提到要对女性直接实施暴力行为。他写道：‘丑女人应该被关进牢笼里杀掉。’虽然想法很幼稚，但在作文里故意写这些，想看看老师如何反应的嗜好，其实跟这些案件的凶手有共通之处。

“以下是该学生的详细资料、现在的住址和联系电话。如需与我电话联络，请警方出面。”

电话·男性·姓名年龄不详·声音很小、难以听清

“我不太清楚……我朋友……在打奇怪的电话时，我刚好经过……之后看新闻后才发觉，他是不是打给那个……古川鞠子的外公呢？

“也许是我想太多了。

“警方也不能对手机做逆向侦察，是真的吗？

“我该怎么办才好？怀疑朋友……是不应该的吧。还是查清楚比较好吗？”

这时，受理的警察问他朋友的名字。

“不……也许是我搞错了……我不能说。对不起。”

电话·女性三十岁·家庭主妇

“行踪不明的是我大学时做家教教过的女学生。今年应该已经过了二十岁。

“是的，没错。右手上有颗小痣，有点像是葫芦，或者说像是花生壳。大川公园事件案发时，我从新闻上得知被切断的右手上有痣，我就开始担心了。毕竟手上有痣是很少见的。

“她叫浅井由佳莉。现在的住址吗？对不起，我不知道。以前的住址，我知道。不过已经好几年没收到她的贺年卡了。她的父母好像已经离婚了，在我当家教的时候，他们的家庭就不是很美满……”

电话·男性·姓名年龄不详

“说不定警察就是凶手，所以才藏得住，对吗？”

13

一九九六年十月十一日。

高井由美子是从电视新闻插播的快报中得知古川鞠子尸骨被发现的消息。

九月底，那个叫日高千秋的女高中生遗体被发现，虽然证实系被杀，但她曾帮嫌疑人送信，而从验尸结果也很难断定她完全是受害者，所以引起一阵轰动。而古川鞠子不一样，她是真正的受害者，而且她的外祖父有马义男也被凶手们作弄得很痛苦。

正值中午，是长寿庵一天之中最忙的时段。店里西侧的柜子上放着一台十四英寸彩色电视，当临时插播快报时，由美子正在招呼常来店里用餐的工薪人士点餐。

“我要猪排饭和荞麦面套餐。”

“我要炸虾饭。”

“给我咖喱鸭肉面。”

“你们每次都点不一样的！”

“由美子，你记得住吗？”

“当然记得住，我可是老手了。”

“是吗？那我要炸虾面和……出来了！”

眼前的客人忽然大叫，视线落在由美子正后方。由美子吃惊地回过头，刚开始她还以为客人在恶作剧。

大喊“出来了”的那人很孩子气，经常会说些话吓唬由美子。以前他还将塑料蛇放在由美子围裙的口袋里，或把小镜子伸进由美子裙子的下方。和他同公司的年轻女职员也是长寿庵的常客，她告诉由美子：“这家伙在公司也经常玩这些恶作剧，惹得女职员都很不高兴。”

“这不只是恶作剧，根本就是性骚扰！”曾有女职员气愤地说。

可是这一次不一样。随着由美子回过头，店里的客人有的停下筷子，有的忘记用湿巾擦汗，有的将水杯举在半空就不动了，大家都盯着角落的电视。电视画面上出现了古川鞠子的照片。

那个人的遗体找到了！

“出来了”指的是这个意思，由美子也明白。

午餐时间，无论哪里的荞麦面店都一样。八成以上进进出出的客人都是常客，即便不认识，长相总是熟悉的。工薪人士多半成群结队来用餐，有些人就戏称长寿庵“是我们公司的第二餐厅”，所以中午店里的气氛总是其乐融融。

因为临时插播新闻，气氛更热烈了。所有客人都融为一体，开始谈论。

“终于找到了”、“真可怜”、“看来应该是很早以前就被杀了”、“这一次不知道凶手又会说什么”、“在哪里发现的”、“由美子，不要看民营电视台，看 NHK！遥控器在哪儿”……

由美子一时之间也忘了工作，直盯着电视看。性急的客人用遥控器调到 NHK 频道，画面上神情紧张的新闻主播正在和现场记者对话。据报道，已化成白骨的古川鞠子，今天一早在东京市内一家搬家公司的门口被发现装在一个纸袋里。

凶手好像又打电话通知了 HBS 新闻台，催促他们赶快去找该纸袋。这时，又有别的客人说：“HBS 怎么说？快转台。”电视画面不停变动。

HBS 以现场转播为主。在采访记者旁边，站着接到凶手来电的记者，两人复述与凶手之间的对话。采访记者手上有一张图表，按时间列出了发现纸袋前后的经过。从图表上看，纸袋被丢弃应是今天很早的时候。

“由美子，对不起，可以给我一杯冰水吗？”

被旁边桌子的客人一叫，由美子才惊觉，将视线收回。这样是不行的！居然跟客人一样沉迷于电视。

“真是抱歉。”

她立刻回到柜台。沉默的父亲专心致志地在冒着水蒸气的汤锅前工作；母亲则隔着柜台注视着电视，表情交织着同情与安心，还带有一丝内疚。

自从连环女子诱拐被杀事件发生以来，由美子从不同年龄、身份的客人口中听到这些消息，毕竟每个人都会有感而发。就连送外卖时，收钱和回收餐具的短暂时间里，客人也会问“一个人送外卖，不害怕吗”，或表示：“我女儿正念高中，所以很担心。”

在这么多人的表情和话语中，她发现了一件事。只要家里有和被害女子同龄的女儿或孙女，毫无例外地，提到这件事时，脸上都不无内疚。就跟由美子的母亲一样。

大概是因为“真是可怜”的心情，和“还好不是我家女儿、妹妹或孙女”的心情，以相同的浓度和温度掺和在一起吧。而在这混合物里，还添加了一两滴“出现这种罪犯，总是会杀某些人。被杀的人一定也有什么地方做得不对吧”的情感。可这种心情是不能当作真心话说出来的，所以表情中便流露出内疚。

和受害者同龄，还没成为被杀害的对象或有可能成为被杀害对象的女性，固然会有强烈的不安、悲伤和愤怒，但偶尔也会毫无顾忌地谈论这一事件。她们笑骂凶手“变态”，也责怪遇害的女子行为不检，这样才能用“还好没有随随便便跟男人跑”的理由让自己安心。由美子很能理解这种心情。大家都害怕，都很恐惧。

由美子认为男性的表现不论何时都显得客观，看不到他们真的很同情、慌张、生气、不适的样子。其中也有人显得很有兴趣，但根源并不只因为他拥有与受害者同龄的女儿。

由美子忽然想到一个根本而朴实的疑问。为什么男人要杀死女人，而且是陌生女人，和自己毫无瓜葛的女人？好像只要是女人，总有一天就会被杀。男人杀女人好像是一种特殊权利。

她端着装有水杯的托盘，猛然抬头看见了站在厨房边的哥哥。

她手一动，水杯掉落在地，发出很大的声响。

“啊，对不起！”

由美子赶紧蹲下收拾碎片，母亲也对着客人喊“对不起”。但是热衷电视画面的客人，谁也没有注意。

由美子听见自己心脏跳动的声音。收拾碎片、拿抹布擦地、洗手、重新端出水杯——做这些事的同时，心情逐渐稳定，但是看见哥哥的脸而吓一跳的冲击始终留在心里。

哥！为什么表情那么可怕？

和明平时表情就不丰富。任何时候看他，总是笑嘻嘻的，不怎么显眼。除了笑脸之外，表情匮乏无比。或许他是为了不让人讨厌、不被欺负，才用笑脸表示“我很好”，才持续保持笑嘻嘻的表情。

然而，刚才看了古川鞠子尸骨被发现的新闻后，他的表情就像灵魂出了窍一样。由美子从来没有见过哥哥这样。每个人多少都有几张假面具，但和明的柜子里不可能藏着这样的面具。

由美子很早就注意到和明对连环女子诱拐被杀事件的报道表现出强烈的兴趣，常常沉迷于阅读报刊，电视报道也仔细收看。他很少这样。但跟他聊过之后就能理解，因为他有由美子这个妹妹。想一想也对，因为有由美子，和明对这些案件自然不能等闲视之。

可他刚才那副紧张的神情又是什么意思？他为什么会受那么大的刺激？

虽然残酷，但是大家早已猜测古川鞠子应该已经遇害。所有人都认为她不可能还活着，就算还活着被凶手监禁，遭遇可能还不如被杀干脆！

尽管是一件令人心酸的事，她的遗体——化成白骨的遗体被发现，就某种意义而言是一种获救。从此不再被凶手玩弄，也不会有更悲惨的遭遇。她可以回到家人身边，安然长眠。

得知这一消息的人就跟店里的客人一样，他们能这么热烈地参与，不是因为听见又有新的女子被杀害或诱拐，而是因为得知已经没有希望的古川鞠子安危的消息。这消息虽然令人悲伤，但在悲伤的背后却有一份安心。得知消息的人都同情鞠子，为她哀悼，也对凶手感到愤怒。但应该不会觉得意外。

哥，你是怎么了？

“方便吗？”那晚十点以后，由美子敲了哥哥的房门。

房内传来电视的声音，好像是新闻报道。主播正在叙述古川鞠子的尸骨被发现的经过。

和明睡眼朦胧地打开房门，由美子仔细打量他。似乎不是故意装的，应该是刚才真的睡着了。

“不好意思，哥已经睡了吗？可是你还没洗澡吧？”

“嗯。”和明简短地回答，却站在门口不让由美子进屋。

由美子已经很久没进哥哥的房间了。像“方便吗”这样敲门，说不定也是第一次。哥哥绝不会大声说“干吗”、“有事吗”，而是一点也不惊讶地和颜悦色道“怎么了”，就像平时那样。

“我有些心事想跟你说，可以进去吗？”

和明眨着小眼睛点点头，打开了房门。房间比想象的要干净整齐，垃圾桶没有堆满垃圾，换下来的衣物也没有扔得满地都是。只是床单有些皱，那是因为他刚才在睡觉吧。

“哇！哥真是爱干净。”

由美子直接走到房间中央，跳上床坐好。因为很用力，一不小心坐偏了，滑到床下。连她自己也觉得好笑。

“怎么了吗，你？”和明也笑了，“由美子，你是不是喝啤酒了？”

“哪有，为什么这么问？”

“看你的样子像喝醉了酒，又跟小孩一样爱玩。”

“人家本来就是小孩嘛。”

和明在榻榻米上盘腿而坐，环视四周。床边有一个可口可乐图案的金属盒子，里面装有烟灰缸、烟和打火机。和明将盒子拉过来，点了一支烟，是七星淡烟。由美子心想，以前不是抽别的牌子吗？

“买个更漂亮的盒子装烟不好吗？”由美子看着那盒子说。

“我觉得这个正好。”

“哥，你现在一天抽几支烟？”

“十支左右。”

“是吗？骗人，我看有一盒吧。”

“有那么多吗？”

“嗯，最近增加不少。”说话的时候，由美子忽然发觉哥哥烟量增加也是在注意连环女子诱拐被杀事件后才开始的。

嘴上没说，但和明以“有什么心事要说”的表情一边看着由美子，一边吸烟。两人身边的小电视正在播新闻。画面上出现了发现古川鞠子尸骨的中野区坂崎搬家中心附近的地图。

和明不时看着电视，由美子则注意他的表情。

这样面对面，很难开口问：“看午间新闻的时候，哥的表情怎么那么可怕？我很担心。”而且问了又能怎样？不过就是因为和明个性温和，很同情古川鞠子的遭遇罢了。自己又何必追究呢？真是奇怪，为什么会这么在意呢？

和明好像还有点睡意，看电视的同时还揉眼睛、打哈欠，显得很悠闲，跟白天那副受到冲击、说不出话来的神情，简直是天壤之别！

由美子立即打退堂鼓，我该不会是自以为是、想太多了吧！

就算没有这一连串事件，这一个月里由美子也很心烦。相亲对象临时爽约，接着菅野阿姨又跑来家里道歉，拼命安慰由美子，搞得全家人仰马翻。根据阿姨的说法，她是不想让由美子对地方公务员有成见，所以必须说清楚。相亲对象其实是墨东警局的警察，因为大川公园事件变得异常忙碌。他看了照片，很喜欢由美子。希望由美子不要因为警察这个职业而讨厌他……阿姨啰啰唆唆说了一堆，父亲则插话道：“对方搞成这种情况，现在恐怕不是谈相亲的时机。”阿姨颜面无光，便回去了，不到十天又带来了一个相亲对象的消息。照片和履历资料还在由美子手上，她只是瞄了一眼，还没有详细考虑。对于得靠相亲才能恋爱的自己，她感到悲伤而不完整。而且，这次的相亲对象好像只有老实这一个优点。

被来历不明的男人杀害，像垃圾一样被乱扔的古川鞠子固然可怜，但是像由美子这样看着电视或报纸报道天外飞来的横祸，又算什么呢？如果我的人生像古川鞠子一样忽然间中断了，有谁会困扰吗？会产生什么影响吗？除了父母和哥哥，其他人会因为由美子的不幸受到冲击吗？

不，不会，答案是否定的。高井由美子的人生就像一只空罐，敲一敲只会发出虚无的空响。

像这样整天在店里捧着面碗，端进端出外卖的餐具，附近的人亲切地称她是“长寿庵的由美子”，可是在背后会不会偷偷议论“长寿庵的女儿由美子也不小了”、“那孩子多大了”、“再下去怕没人要了”呢？这条路没有可以逃跑的小径吗？还是哪里有岔路？该不会岔路很多，偏偏是我自己错过了吧？

在如此迷惘的生活里，看见家人的脸更让她心情混乱。为什么他们可以忍受这种安全、毫不刺激的平淡生活呢？尤其是哥哥，一点都不焦急吗？为什么毫无斗志呢？他不是将近三十了吗？哥难道打算这样过下去？他能满足吗？真想捶胸顿足地大嚷道：“我觉得好无聊啊！”

她心怀这些想法，觉得缺乏变化和刺激，所以看见和明的反应，不免就有了夸张的解释。也许和明表情的变化并不具有特别的意义。

可是……

可是他很在意。这是事实。看电视新闻时，把站在坂崎搬家中心招牌前说话的记者严肃的表情夸大一百倍，也比不上当时和明的样子。那绝不是事不关己的表情，而是原以为球会飞过来，可球忽然下坠了，让人错愕不已的表情！

“由美子，要喝啤酒吗？”

和明的问话让由美子抬起了头。原来床后面放着一台小冰箱。

“好可爱的冰箱。哥，你什么时候买的？”

“栗桥给的。”和明边说边打开小冰箱。里面横放着几罐啤酒和可乐。

“为什么要跟栗桥拿东西呢？以后不要再拿了。”

和明笑着面对忽然发火的由美子。“哦？你不是老对我说，不要总是被栗桥敲诈吗？所以我才向他要了这台冰箱。”

由美子从哥哥手上接过冰镇啤酒时，故意皱了一下眉头。“你们俩的做法我都不能认同。你是怎么跟他要的？”

“栗桥搬出去住，我不是去帮忙吗？那是很久以前的事了。”

由美子试着回忆，好像记得那是……面店整修重新开业不久。一个星期日的早上，栗桥忽然来访，说要搬家人手不够，请和明去帮忙。嘴里说是“请求”，表情却是“命令”。和明二话不说，笑着跟去当了一天苦力。

“讨厌。那这冰箱就是他租的房间附带的电器？随便拿回家应该不行吧？”

“放心吧，栗桥已经买了一个更好的。虽然也是迷你的，但有冷冻功能。而且他一直都住在那里。”

“哦？万一房东知道了，一定会不高兴的。何况根本就是浪费！”

由美子严厉地批评后，仰头喝了一口啤酒，然后伸手将电视关了。“都是报道同一件新闻，实在是烦死了。”

没有了新闻节目当背景音乐，由美子更难开口问：“哥，你白天为什么那么惊讶？”

“我知道你不喜欢，我看了也很生气。可是栗桥他……他其实也很可怜。”

和明忽然冒出这么一句。由美子不禁将手放到腿上，直直地盯着哥哥。哥哥的眼神好像在寻找什么看不见的东西，看着被阳光晒成茶褐色的榻榻米。

“那家伙有许多心事。到现在也没有工作，因为有他的理由。”

平常早就撅着嘴反驳的由美子此刻却噤口不言，因为哥哥表现出少见的积极态度。而且他用“那家伙”来称呼栗桥浩美，也让由美子有些惊讶。

“那家伙心里想的事，我想哥哥是不会懂的。他很聪明。以前不就是这样吗？很精明，做什么一下子就会。”

由美子就是因为憧憬那样的栗桥，有一段时间还很瞧不起哥哥。她又喝了一口啤酒，虽然冰凉，但不够味儿。

“栗桥被他自己才看得见的奇怪问题缠身，那家伙也很痛苦。”

“因为痛苦就不工作吗？”由美子小声问，“那人进了好大学，上班的地方也是一流企业，不是吗？可工作就是做不长，动不动就辞职。我长大后很少跟他说过话，知道得不是很清楚。哥，你问过他为什么辞职，他不是都骂公司的主管是笨蛋吗？”

和明苦笑道：“嗯，我是问过。”

“那是不对的。总以为自己很棒，周围的人全是笨蛋。如果这么想，那什么都不可能做得好。你说栗桥痛苦，我不知道他有什么痛苦，他根本就是自作自受，不是吗？”

和明边喝啤酒边思考由美子的话，眼睛还不停眨动。

“在我眼里，那人只是金玉其外败絮其中，哥比他更有本事。”

由美子还没说完，和明立刻反问道：“哦？我更有本事？你说真的还是假的？”

由美子吓了一跳，哥哥从来不会这样反驳，这种追问更是从未发生过。

“我可是一点都不这么想。”和明像是在确认规定、法令之类难以改变的东西一样一本正经地说，“就算栗桥无所事事、游手好闲、净说些大话，栗桥还是栗桥，他比我好的地方还是很多。人长得帅、聪明，我永远都不能跟他一样。”

“没这回事。”

可是谁更得女孩欢心呢？谁的人生更刺激呢？谁能留在同学的记忆当中呢？

由美子嘴里说“没这回事，哥哥一样很有本事”，但她知道那是谎言，所以语尾自然便降低了。

“我并不完全像你担心的那样，老是被栗桥使唤。你们女孩或许不能理解，男孩的童年玩伴比较特别。的确我看起来或许很像那家伙的手下，但是……”

和明目光迷蒙的眼睛似乎正集中精力对准某个东西，但由美子看不见那东西。它存在于和明内心，外界无法一窥究竟。

“但是也有些事只有我才能做！”和明微笑着抬起头看着由美子。

由美子一向看惯了哥哥无邪的笑容，那张时而显得愚钝、呆笨的笑脸忽然间好像一副面具。她又想起白天哥哥看电视新闻报道时的表情。

难道那才是摘下面具后，哥哥的真面目吗？

“哥……哥是不是一直很注意大川公园事件？”

话题转变得太快，和明吃惊地瞪着小眼睛问：“怎……怎么了，忽然问这个？”

“你不总是在看新闻吗？一个只看电视剧的人，居然会看新闻！”

“现在全国不都是这样吗？”

和明笨拙地想蒙混过去，却骗不了由美子。这方面由美子更厉害。

“中午电视新闻不是报道古川鞠子尸骨被发现的消息吗？刚听见的时候，哥好像失了魂一样，样子好可怕。为什么？为什么这个消息会让你那么震惊？”

和明不知所措。长年的相处令由美子一看便知道。哥哥的脚趾在动。以前在饭桌上，当着父母的面，和明白天在学校被欺负的事若是被由美子揭穿，他一定会难为情地作出相同的反应。和明，又被同学欺负哭了？你是男孩，要争气点！由美子你倒是很厉害，一眼就看出来了。妈，那是因为哥哥的脸上还有泪痕。于是和明肥胖的身体开始退缩，手指和脚趾也不安地抽动。

“为什么你会注意那种地方！”和明用手指擦了一下鼻尖，含混地说，“那么恐怖的消息，谁听了都会害怕。哥还没有坏到笑着听那种新闻！”

“才不是好坏程度的问题，你明明知道还装蒜！”

“我就是不知道啊。”

“那我可要说了。当时我猛然以为哥就是凶手呢！你的表情实在太僵硬了。”

由美子说到一半便停住了，因为和明的脸色越发惨白。

“哥。”她低声呼唤，嘴里的啤酒已失去滋味，只有苦涩。“哥，你的脸色怎么那么白？”

她笑了。她以为笑了，哥哥就会跟着笑。

“真是的，你不要吓我！难道哥真是凶手？太可怕了……”她拍了哥哥肩膀一下，和明一身冷汗，她的手心感到有些潮湿。“哥……你怎么了？”

玩笑已开不成，原来暧昧模糊的不安具体成形了。光是不安还算是幸福，因为看不见不安的原形。

和明将啤酒罐放到榻榻米上，手势不对，啤酒罐倒了。一时之间啤酒溢出，在榻榻米上形成泪滴状的小岛。

“我也说不清楚。”和明的声调有些颤抖，眼睛朝下。由美子不知道他在看什么。

“只是事情不像你担心的。真的。哥还没有那种勇气，如果我够勇敢……”

说到最后，竟开始自我贬抑。

“勇敢……你想怎样？怎么回事？”

由美子的疑问令和明猛然惊觉说错话了。他吃惊地抬起眼睛说：“勇敢？谁啊？我要说的是，哥从小到大从来都没勇敢过。”

和明故意转移话题。若是平时，由美子早就转怒为笑了，但今天不一样。她很想知道哥哥刚才说“我如果够勇敢”的下文。说这话时和明的表情跟她过去认识的哥哥完全不一样。

“哥，你在烦恼什么？有什么事下不了决心，因此很困惑吗？”

“干吗，看你那正经八百的样子。”

“最近哥哥真的很怪，我很担心。”

“该担心的是我。你相亲的事拖延了，看你好像不太高兴。”

“我……才没有呢。本来我就不想去相亲。”

“哦？不管怎么说，你一定会成为好妻子，所以我觉得你应该早点结婚。”

“这种事我才不希望由你说呢！”说这话的时候，由美子忽然想起，说不定哥哥也有了喜欢的女孩，可是因为提不起勇气表白，才会说“如果我够勇敢”。

由美子侧眼看和明，嘴角故意露出诡异的笑容。

“干什么，笑得那么奇怪？”和明退后一步。

“我知道了。原来是这么回事。”

“这么回事是怎么回事？”

“哥，你想交女朋友吧？具体说来，你应该有喜欢的女孩了，所以才那么烦恼，对不对？”

一时之间，和明的视线又模糊了。由美子就近观察哥哥的眼睛，知道自己猜错了。

可是和明笑了。不是害羞、敷衍的笑，而是感觉安心的笑。就好像被人说是可能染上肺炎，照了 X 光才发现不过是感冒，心里觉得原来如此，于是安心地笑了。

“没错。我是有那样的烦恼。如果够勇敢，就会更积极，就能找到女朋友。可是哥哥实在太笨了，只敢远观，所以没用。”和明不断摇头，诙谐地说道。他移动庞大的身躯，伸手打开小冰箱，又拿出两罐啤酒。

“我不喝了，会醉的。”

“不要这么说嘛，偶尔也陪陪哥哥。”

和明夸张地拉开拉环，像广告演员一样仰头喝酒。由美子直视哥哥，心想他刚才的回答是真心话，还是一种掩饰呢？对或不对，她其实毫无把握。

“哥喜欢怎样的女孩呢？”

和明一听，呆呆地半张着满是啤酒沫的嘴。他想了想，回答：“当然是可爱的类型。”

“长头发的比较好呢，还是短头发？”

“长头发的比较好。不过适合留短发的人也很可爱。”

“兴趣当然要跟你一样，最好是电视剧通。”

“女人好像很少有电视剧通吧。”和明笑道，“什么什么通，听起来就像是形容男人的。”

他没有看由美子，目光落在半空中的某一点，似乎具体浮现出谁的面孔一样。他在想着谁呢？在他视线的尽头有一种压迫感，仿佛他们现在谈的不是假设性话题。

哥喜欢的人说不定我也认识。由美子本想开口问，但和明忽然说：“真希望那个人够勇敢。”

“什么？”

“我希望那是个有勇气的人。”

一般男人很少会要求女人具有这种素质吧。由美子不知如何处理新的那罐啤酒，只好在手上转来转去把玩。

“发生了离奇的案件，”和明开始解释，“所以能有不让凶手得逞的智慧和勇气的人最好了。由美子你也是一样，哥哥很担心你。”

“我知道啦。爸爸和妈妈也常常啰唆这种事。”由美子乖乖地点头，但还是忍不住撅起嘴巴说，“可是哥，不管再怎么有勇气和智慧的女人，也是有她敌不过的坏男人。那些在连环女子杀人事件中遇害的女孩，并非就没有勇气和智慧。但她们还是抵抗不了凶手。像这种时候，我就会觉得女人真是可悲。白天的时候我也有这种感觉，为什么只因为是女人，就要被无条件地杀害？这个世界，我真的是不懂！”

她一口气说完，等待哥哥反驳。与其说是反驳，其实不过是在等和明像平常一样说些“没错，由美子说得对”、“原来这是由美子的想法，比我要高明嘛”。

和明慢慢抬起头看着由美子，脸上没有笑容，语气严肃地询问：“既然如此，你觉得应该怎么做才好呢？”

“怎么做？”

“让女人不被杀害，应该怎么做才好呢？”

这一次换由美子难以回答了。“那当然……还是应该赶紧将杀害女人的男人抓起来。”

和明点头，有些慢半拍。“的确，不赶快抓是不行的，不然我们都睡不好觉。”

他似乎喝醉了，打哈欠时嘴巴张得好大。由美子趁机站起身来说：“睡前窗户开一点，好让空气流通。”

“嗯，我会的。”和明缓缓起身，拉开窗帘，打开窗户。

“那……哥晚安。”

由美子经过房门时回过头，从窗玻璃上看见哥哥背对着自己的圆脸。那表情跟中午时一样严峻。

和明的脸明显扭曲。在由美子眼里，哥哥的脸就像是某位不知名的疯狂画家以温和的高井和明为模特儿，却在画布上将自己内心盘旋的愤怒与绝望挥洒而出。于是画像说是哥哥却又不像。

之后一段时间里，由美子想了很多，想到哥哥苍白的脸、他说有喜欢的女孩、但不知是真是假及他提到“有勇气的人真好”时的认真口吻。

最后她推测出来的结论是：哥目前心里真的有一名女子。他真心看重对方，在凄惨的案件尚未告破、找不到凶手的踪影、不知何时又会有下一个受害者的情况下，他每天过得很不安。对古川鞠子的消息反应激烈，大概是因为想象自己喜欢的女子万一也遭遇同样的不幸，才会那么害怕。

他之所以对这一连串事件如此关心，是祈祷案情有所进展，是希望早日破案。虽然很难解释“如果够勇敢”，但根据由美子最初的想象，和明是因为不敢对喜欢的女子表白，觉得自己太过胆小，才忍不住说出那样的话。如果更进一步解释：自己够勇敢的话，就可以成为警察，亲手逮捕这可恨的嫌疑人。这样的说法其实也说得过去。

不断假设、不断推翻结论，由美子忽然觉得自己实在有点好笑。与其追究哥哥的事，更应该挥赶在自己头上萦绕的苍蝇吧。

下一次店里的公休日，她和朋友约好出去玩。既可以调整心情，也想请教好友关于相亲的意见，她很期待。可是在准备出门之际，由美子房间的电话响了，是朋友打来的。朋友昨晚智齿肿胀，疼痛难忍，今天约好看牙医，所以约会延迟到下周。

由美子无奈只好说声“保重”，不太高兴地挂上电话。朋友和由美子不一样，可以无所事事地闲在家里，零用钱却花得比由美子多。既然每天都闲着，早点去拔智齿不就得了，何必要在今天！由美子不禁发起脾气。

已经换好外出的服装，但还没有化妆。她不知道是该一个人去逛百货公司，还是换回家居服，到录像带店租片回家看。正在犹豫之际，听见有人走下楼梯的声音。母亲已经去商店街买东西了，刚才看见父亲在睡午觉。脚步声一定是哥哥的。

她偷偷瞧了一下，果不其然和明穿着外出的衬衫走下楼梯。那件蓝绿色条纹相间的漂亮衬衫，是母亲上周给他新买的。

由美子灵机一动。哥哥是要去跟那女孩见面，不知道是单独还是团体约会？是要去那女孩工作的店里还是公司？虽然不知道细节如何……

这种事只要跟过去看，不就清楚了吗?!

由美子赶紧回房，抓了皮包就冲到走廊上。放轻脚步走下楼梯，看见和明正在门口穿鞋。由美子赶紧将头缩回去。

不久和明站直身子，打开大门出去了。由美子跑下楼梯，尽快从鞋柜里取出运动鞋套上，喘口气后跑到门外。和明正好左转前往公交车站。

由美子开始了跟踪。

和明搭上前往练马车站的公交车。由美子在哥哥等车的时候，躲在附近人家门口。见哥哥一上车，就赶紧冲上路面拦出租车。出租车自然较早抵达练马车站，于是她先进站买了到池袋的车票，然后又回到公交车站附近等待。正好公交车开进了终点站。

由美子躲在站牌后面，看见和明最后一个下车，表情呆滞，完全没有注意周围的情况，至少看起来不像是跟人约好在车站附近见面。步伐也很缓慢，不像是有急事，感觉不出是在等人。

和明走进车站，小心翼翼掏出零钱买票。由美子距离他约十米；经过检票口的时候，心脏跳得十分厉害，但没有流汗。十米太近了，但又怕太远会跟丢，只能祈祷和明千万不要回头。算了，如果他回头，就装出惊讶的表情说：“哎呀！哥也出来啦？我和朋友约好去新宿。有没有什么要我帮你买的？”对，就这样蒙混过去。然后顺便问：“哥，你要去哪儿？”

前往池袋的电车来了。和明很有礼貌地让下车的乘客先过，自己最后一个上车。

从如此客观的角度观察，由美子十分惊讶哥哥圆胖的身体竟是那么庞大！上下交通工具时，哥哥走在最后，或许就是为了不给别人带来麻烦。

由美子与和明在同一节车厢，只是上的车门不同。和明站在车厢前方的车门边，表情跟刚才一样呆板，抬头看着车厢内的广告。到达池袋之前，他既没有看书也没有闭目养神，始终保持同样的姿态。

电车缓缓驶入池袋车站，由美子赶紧移到隔壁车厢，下了车。因为是终点站，所有乘客都必须下车。这次和明还是最后一个下车。没有迷惘疑惑的神色，也没有看手表，而是很平静地移步前往其他月台。由美子紧跟其后，看来和明是要改搭山手线电车。

走下月台的楼梯，来到宽阔的车站内部，在来来往往的人潮中，由美子好几次失去了哥哥的身影。每次她都能立刻发现并继续跟上。只有一次因为不小心，两人距离不到两米，她慌忙藏了起来。

和明步伐不变，既不急躁，也没有东张西望地找寻约会对象。最后他上了山手线月台的楼梯，及时赶上了电车。

由美子跳上隔壁车厢，差点被车门夹到。原来跟踪这回事并不像看电视推理剧那么简单。她一时也搞不清楚搭的山手线是外环路线还是内环路线。

通过车厢后门的玻璃，可以看见和明靠在隔壁车厢后车门边的脸颊，一副想睡觉的样子。很难想象他为什么外出，既不像是有约会，也不像是要去见意中人。他脸上缺少一丝紧张感。

和明旁边的座位上坐着一对年轻情侣。虽然听不见说话声，但从他们丰富的肢体语言，不难看出正热烈地交谈。两人的年龄都跟由美子不相上下，或许更年轻一点。大概是大学生吧，从质朴的外表来看，应该是学生。

女孩几乎没有化妆，中长发也没有特别修饰，脸蛋长得很可爱。由美子可以清楚看见女孩的脸，却只能看见男孩的后脑勺。即便如此，还是能清楚知道男孩不断对女朋友说的话表示赞同。

由美子心想，真是令人羡慕！看见情侣，她很少有这种反应。大部分的情况，她总是批评：这一对不怎么般配、男方看起来好笨、女方未免太花哨了、两个人干吗靠那么近、那种人有什么好嘛……其实会这样批评别人，内在心理或许潜藏着羡慕。嘴上说“与其跟那种人在一起，不如一个人快活”，但心中难掩暗自孤寂的悲凉。

此刻观察那对情侣，能够直接以“羡慕”重新解读自己的心态，可见他们表现得有多赏心悦目，他们是那么幸福愉快与健康！两人散发的健全光芒，代表他们的组合是正确的。如果有一方的搭配是牵强的，就不可能散发出如此光芒。荞麦面店固然是很平民的生意，从小帮家里做生意的由美子基于长年的经验，至少有看穿这一点的眼力。

她有时也会想，或许就是因为拥有这种眼力，无意识间观察来店里的情侣——不论是夫妻、情人还是其他，所以使自己难以恋爱。好友却笑道：“不应该这么想，就算是再有学问的女人或是多么通晓事理的老女人，该恋爱的时候还是会谈恋爱。说看过太多所以不能谈恋爱，根本就是你逃避的借口！”

电车忽然晃动，由美子抬头看了一下和明，他完全没变，庞大的身躯紧缩在门边的狭小空间里。连由美子都能感受到那对情侣谈笑风生，近在身旁的和明却显得毫无兴趣。难道不觉得吵吗？哥，你到底在想什么？

和明在秋叶原站下了车。

由美子十分失望。原来他是要去电器街。

和明只要想买家电，一定会来秋叶原的电器街，绝对不去家附近的电器行或新宿的大卖场。问他为什么要千里迢迢到秋叶原，他说的理由很好笑：“因为秋叶原是世界知名的电器街。”

由美子顿时松了一口气，这时才发现临出门时套上的运动鞋和身上的套装根本不协调。这下可好了，等确定哥哥走出车站后，干脆继续搭山手线到有乐町的商店街买鞋。银座的物价虽贵，但也没办法了。

但和明没有出车站，而是转向前往千叶的总武线月台。

由美子立刻打起精神，心想，以前搭过总武线吗？记得有高中同学从新小岩乘车，还感叹过总武线是“色狼专列”。虽然很久了，由美子始终记得这件事。色狼同样在山手线、中央线、西武池袋线出没，但当时同学形容的“色狼专列”实在太有趣了，尤其是讲到总武线电车上色狼的恶行恶状，让由美子印象深刻。

和明依然没有表现出迷惘的神色。踏上进站的电车后，他直接走到另外一边的门边。

由美子站在同一车厢的对面，抓着吊环。车厢比山手线的空，恐怕很容易被发现。正当她想转移车厢时，电车抵达两国站，和明近旁的车门开了，他立即下了车，由美子连忙跟着下车。

建筑古老的两国车站，上下车的乘客比池袋和秋叶原都少，和明和由美子之间没隔着人。或许是刚才松过一口气，也可能是累了，由美子很想干脆靠近哥哥打招呼。没想到和明加快脚步，走下楼梯后立刻靠近停在车站前的出租车，并搭上其中一辆离去。

由美子吓了一跳。和明一向很节俭，平时不会搭出租车。前往练马车站的公交车再怎么晚来，他都能耐心等待。有时出门回家晚了，搭电车到车站，却赶不上最后一班公交车时，他宁可走路回家。

由美子也搭上出租车，还好哥哥的车被红灯挡住了。

“麻烦跟着那辆出租车！”

她伸手指着说明，司机倒习以为常，丝毫不以为怪，立刻转动方向盘跟上。经由车窗可以看见和明坐在前车的后座上。

连两国车站的电车门开在哪个方向都清楚，又毫不迟疑地搭上出租车，可见和明要去的地方是他知道的，至少曾经去过。

由美子很紧张，看来没白来。哥哥上周周末在干什么？有没有出门？她想不起来了。这样看来，哥哥的行动范围、外出地点及除了栗桥浩美这样特殊的朋友关系外，还有许多是由美子不知道的。

这里比起练马家附近，道路宽广许多，建筑也更古老。公寓和小区都显得土里土气。出租车跟得很紧，不用担心走失。由美子一边欣赏同样在东京却很陌生的墨田区景观，一边想着这里应该会有很多叫外卖的客人，不知道荞麦面店多不多。她得出结论：自己不太想住在这里。

不久前方出现了一处与都市不太协调的树林，哥哥的出租车正朝着那个方向前进。大概是公园吧，入口有闸门。一个老人正好牵着狗穿过闸门。

和明搭的出租车停在公园入口前的红绿灯下。正好是红灯，由美子的车也停了。司机开口问道：“前面的车停了，小姐是不是也要在这里下？”

哥哥正在付钱。一只大脚踏在地上，接着屈着庞大的身躯下了车。他看着公园入口，并没有注意到由美子。

“不，请在下一个路口停。”

信号灯变成绿灯，和明之前搭的那辆出租车和由美子所搭的出租车同时开动。由美子将身体往后倾，从后车窗追寻哥哥的行踪，他正走进公园。

“司机先生，停车！”出租车猛然刹车停住，由美子赶紧付钱。“请问一下，这是哪里？”

司机满脸惊讶，侧眼看了一下窗外，并在找钱的时候观察由美子，然后回答：“大川公园。”

由美子吃惊得说不出话来，手上的钱掉了一张。

“小姐，钱掉了！”

由美子不管身后出租车司机的提醒，直奔公园闸门，但是已经不见和明的身影。

“征求线索！”

由美子在公园入口处看见一张大告示。白底黑字，需要强调的文字用红色显示。看来写字的人会书法，字的笔画很有力量。

“今年九月十二日，于本公园垃圾箱内发现被切断的女性右手，同时还有六月以来行踪不明的中野区女职员持有之手提包。目前该事件正在调查，墨东警局征求目击公园内可疑行动之人物、车辆等线索。为求早日破案，敬请民众大力协助。”

告示后面写了墨东警局调查总部的电话，因为风吹雨打，开始有些斑驳了。说是要早日破案，九月十二日案发，已经是一个月前的事了。

由美子的视线从告示移向公园内部。红叶景致还早，绿叶在长期的暑热下显得没有生气，但是东京市里能有这么大片绿地仍属珍贵。

公园里的人数之多从围墙外很难想象。有些人坐在长椅上，有些人在便道上散步，有的人牵着狗，有的人骑自行车。

走上公园内的便道，由美子真的完全失去了和明的踪影。视野还算清晰，找一找或许能发现；但是由美子到处走，还是看不见哥哥的身影。这跟在车站或月台上不一样，完全看不见哥哥，实在是没办法。

由美子累得坐在附近的长椅上，将皮包放在身旁，两手拨弄头发，闭上眼睛。

这就是大川公园。

是事件开始的地方。在这公园的某个垃圾箱里，发现了被切断的女性右手。

哥……

和明为什么会来这里？应该不是为了凑热闹，他不是这种人。由美子想起了那晚的对话。想起和明听见发现古川鞠子尸骨的消息时，一脸惨白的表情。

和明来这里的目的是什么？想看到什么吗？有什么想要确定的事情吗？

难道……

哥是不是知道了什么？他跟这一事件有什么关系吗？

不可能会有这种事！

就在这时，头上传来女子的叫声：“喂！我说这位小姐！”

14

由美子抬起头。一位买完东西准备回家的太太正神色慌张地看着她，半个身体转向她右侧，也就是便道和树林的方向。“你的皮包被拿走了！有人把它偷走了！”

由美子立刻低头查看，身旁的皮包果然不见了。在她茫然发呆之际，被人拿走了。

“啊！就是那个女孩……”

那位太太指着右边的便道。由美子看过去，一个少女正缩着身体警戒地看着这里。和由美子的目光相会后，女孩立刻心虚地转身就跑。没错，她手上拿着由美子的皮包。

“别跑！”

由美子冲了出去。幸好穿了破旧的运动鞋，应该可以追上。少女看上去有点奇怪，虽然拼命逃跑，但身体摇摇晃晃，脚步十分不稳。

“站住！别跑，你这小偷！”由美子大叫，一把抓住了少女的右臂。抓住的一瞬间，感觉少女的手臂都是骨头，异常纤细。

被由美子用力一抓，少女摇摇晃晃地跌坐在地。由美子也顺势前倾，膝盖向前跌倒在地。少女被由美子压着，躺在地上动弹不得。

“你想干什么？”因为丢脸和生气，由美子顾不得膝盖的疼痛立刻起身。

少女半坐起身，脸上十分肮脏。看来并不是刚才跌倒才沾上的尘土。她身上很臭，穿的长袖衬衫和牛仔裤也都是油垢，运动鞋的后跟已经有了破洞。少女身材瘦弱，衬衫下摆露在牛仔裤外面，可以看见扁平的肚皮。她没穿袜子，凸出的脚踝关节看起来不像是真的。

“你……”没吃饭吗？由美子正要询问，少女低声哭了起来。

在这人生地不熟的地方，由美子抱起抽噎哭泣的少女，不知如何是好。

真正想哭的人是我啊！

可她还是不能扔下少女不管。毕竟我跟哥哥一样都是滥好人，谁叫我们是兄妹呢！现在不是苦笑的时候，由美子虽然生自己的气，还是问少女：“你叫什么名字？”好不容易将倒在地上哭泣的少女扶起来，带着她坐到附近的长椅上。由美子问道：“你家在这附近吗？”

对于一个两三天没吃饭、没洗澡、没换过衣服的少女而言，这是个没有意义的问题。由美子立刻遭到少女激烈的回应。“笨蛋！我怎么可能住在附近！”少女恶言相向。刚才还哭得那么可怜，现在竟这么牙尖嘴利。

由美子完全愣住，不知该怎么接话。这女孩怎么回事？

“说得倒也是，看你这副德行……”说的时候，慢半拍的怒气随即涌上心头，“可是我好心问你话，你开口就骂人‘笨蛋’又算什么？”

少女毫不让步，脸颊上闪着泪光，大声说：“说你笨蛋就是笨蛋，怎样？”少女没有看着由美子，而是低头俯视脚尖，似乎觉得可耻、感到胆怯。那一句“笨蛋”，说不定是少女对自己的责骂，所以不敢看由美子。

由美子发现这一点后，态度变得柔和。不管怎么说，这女孩比我小十岁，还是个小孩，而且身体这么虚弱，又有困难。由美子微笑道：“至少你可以不骂我‘笨蛋’吧。你真是不可爱啊。”

少女用手背擦擦脸，依然顽固地不看由美子，说道：“不要跟我这么说话，我和你没那么熟。”

由美子笑了出来。少女惊讶地回过头来看她。

“我没有别的意思，我是很尊重你的。”由美子边笑边解释。少女沉默不语，剑拔弩张的气氛也缓和了不少。“可能是我说话的语气不对，让你误会了。我有时就会犯这种毛病。”

少女还是义务地加了一句：“好像笨蛋！”但语气没有之前尖锐。

“你的名字是什么呢？告诉我吧。这样我也更方便跟你说话。”问过之后，由美子补充道，“我叫高井由美子。在问别人姓名前，应该先报上自己的名字。顺便向你报告，我今年二十六岁。”

少女抬起眼睛偷偷看着由美子。那是一种很令人不快的做法，好像从小就被教导必须用这种视线偷看别人。少女似乎已经习以为常了。

由美子忽然想起高中同班同学，一个因品行不良在高二被退学的女孩。那女孩也经常用这种偷窥的视线看人。似乎用这种眼神看人的人都是同一个德行，不管美丑或年龄。

“你不想说名字吗？”

“不想。”少女快速答道。

“哦……那我就叫你山田花子好了。”

“不要！”

“还挑呢，不然你自己取一个好听的假名。”

少女又偷偷看着由美子的眼睛。由美子也想看看少女的眼睛。但就像意识到有监视器对着自己，不良少女只好放弃偷窃行为一样，意识到由美子的视线，少女立刻变得面无表情，意为我什么都没有做，目光也跟着呆滞。

“你应该没吃饭吧？”由美子开口道，“我虽然没有帮助你的义务，而且本来就应该站起来拍拍屁股回家。可是我担心会睡不着觉，所以决定跟你吃一顿饭，顺便帮你买些能看的换洗衣物。你觉得呢？”

少女顽固地看着地面，或许是咬着牙，显得难以亲近，但五官十分美丽。置于膝盖上的双手不断扭动，时而玩弄牛仔裤的裤边，那是一种期待的慌张。这女孩需要钱，想获得帮助。

“可我也不是有钱人，不能借你太多。现在钱包里包含零钱总共才两万多。我可以借你一半。”

少女忽然抬起头，以纠正错误的语气问道：“借我？不是给我吗？”

“我不喜欢拿陌生人的钱，我想你一定也一样。”由美子义正词严地说，“所以我才会用‘借’这个字。可实际上是给你，因为我不知道你是谁。我想我也要不回来吧？”

少女用力点头道:“是的。所以我才觉得奇怪。明知拿不回来，干吗要说‘借你’。换个字其实还是骗人。大人都是这样随便！”

由美子吓了一跳，没料到这女孩竟会说出这番歪理!“也许我真的很随便，可有时候事情就是必须有一点暧昧才能进行得更顺利。这就是我们生活的世界。”由美子心想，我这算什么？感觉像是这女孩的导师一样。“如果我是因为有钱，所以赏给你一些。你听了不会反感吗？”

“不会呀，就赏我吧。可是你真的很笨！”她挑衅地笑着，直视由美子，“你忘了吗？我可是偷了你的皮包，你却反过来给我钱。”

由美子故意认真地回答:“于是你一放松，告诉我你的真名是山田花子，其实是离家出走。这么一来故事不就开始了吗？”

女孩出人意料地放声大笑。不对，固然由美子故意说这些让她发笑，但这种笑法还是让人感到意外!

少女笑得一点也不快乐。歇斯底里的笑声令公园里来往便道的行人纷纷停下脚步，回过头来看她。但少女的笑声并不能带动其他人跟着笑，人们一旦停下脚步反而会继续加快脚步离开。

由美子又忽然想起一件往事。一个假日卖玩具的叔叔在路边摊开草席，卖着一按钮就会敲锣打鼓的猴子或耳朵会动的兔子等玩具。孩子们都很喜欢他的摊位。可是有一天，叔叔的玩具猴子坏了，怎么按开关，就是关不上。叔叔不断努力尝试，那猴子却从他手上滑落继续制造噪音，而且脸上一副固定的笑容。一开始觉得好笑的孩子们渐渐都不笑了，有些人开始后退。由美子也是其中之一。当时年幼的由美子见叔叔将猴子的背部打开，取出了干电池，可是她认为猴子的动作还是没有停止。因为猴子发疯了，一旦发疯，不就都是那样吗?

站在目光明亮闪烁、笑得让人很不舒服的少女身旁，由美子觉得自己就跟当年卖玩具的叔叔一样。

继续待下去也没有用。她于是打开皮包取出钱包，将一张没用过的万元大钞放在少女腿上。

“这个给你，再见了。”

她没有看少女便起身离开。这时听见背后的笑声，她回过头来。

“我叫樋口惠。”少女的声音追了上来，意外地小。

由美子违背意志停下脚步，跟意志沟通过后，才慢慢转过身去。

少女还坐在长椅上，腿上的万元大钞也没动过。笑容消失的脸颊上有两道肮脏的泪痕。

“我的爸爸是杀人犯。”樋口惠说，声调没有抑扬顿挫。既不像告白也不像辩解，就像读着舞台设定的说明书一样，有种义务的味道。“他杀了三个人，其中一个是小孩。现在正接受审判，肯定是死刑。我是那种人的孩子。”

由美子一开口就是最早浮现于脑海的话：“为什么要告诉我这个？”

樋口惠摇头道：“不为什么。我只是想告诉你为什么我会在这里偷别人的钱，就当是一万块的谢礼。”

“这不算是谢礼，是你的……借口。只是你对我不友善的借口罢了。”

樋口惠笑了，并说：“是吧。”这是她第一次顺从。

由美子往回走了几步，来到樋口惠身旁。她身上的臭味再度传来。

“因为你爸爸出了那种事，所以你离家出走吗？”

“才不是呢。我没那么脆弱！”

“那你为什么……”

“因为觉得爸爸太可怜，我想能不能做些什么。爸爸那么做，都是为了我们家，绝不是因为他想杀人。爸爸是被逼得走投无路，他也是受害人。我想让大家知道这一点。”

“爸爸”这个词从樋口惠的嘴里说出来，令人感觉她现在的外貌是借来的。她本质上是个有教养的女孩，从小到大没有吃过什么苦。这是由美子的感觉。

“在这公园附近住着被爸爸杀了的人的小孩。”

“小孩？”

“嗯。年龄不是很小，跟我差不多。他也是高中生。”

“你是来找那个高中生的？”

“是的，我希望那家伙能见爸爸一面。只要他跟爸爸聊过，就能明白爸爸的心情，明白爸爸那么做是不得已的，明白爸爸已经在反省了，因此也能原谅爸爸。这样一来，公审对爸爸就会有利。可是那家伙逃走了，他家里的人也不告诉我他去了哪里。太过分了！他们居然找到爸爸的律师，律师训斥我，叫我别再去找他。妈妈也这样说我，我一气之下便离家出走了。”

由美子不禁哑然，再次看着樋口惠。这女孩看起来头脑并不坏，可想法是那么自私、以自我为中心、极具破坏性，她却不自知。这种不良思想的血液究竟是从哪里来的？

“我一直努力撑着，不见到那家伙就不回家。可是身上没钱真的很难熬。”

樋口惠不知由美子的想法，一个人继续苦笑道：“刚才的偷窃不是第一次。我也在公园露宿过。可是肚子好饿，身上也很痒。”

“不如死心，回到妈妈身边去吧。”由美子好不容易说出口，但有些心虚，“那个高中生是受害者的孩子，我想再等几年，他也不会见你爸爸。你还是回家比较好。”

樋口惠抬起脸，表情很严肃，向由美子逼近一步问道：“为什么？为什么？这根本就不公平！”

由美子退后一步：“不公平？”

“对啊。爸爸又不是喜欢才当强盗的。”

那是你自己的理由吧——由美子忍住没说，只想赶紧离开。本来今天来到这公园就是一个错误。

“没有人知道爸爸当时被逼无奈有多惨。没有人想听听爸爸的心情。太过分了吧？就算做过坏事，不分青红皂白就判死刑，未免太过分了！”

樋口惠眼角高吊，自以为是地高谈阔论，根本就忘记了眼前的由美子。

由美子偷偷看了一下四周，行人都用怪异的眼神看着她们，然后快步通过。趁着樋口惠活在她自己的悲叹和愤怒中，由美子很想逃离现场。早知道就不应该理这种女孩，我是跟踪哥哥才来这里的，我该担心的人是哥哥！

由美子偷偷转过身，侧眼查看樋口惠的视线。樋口惠眼里只能看见陷她爸爸于不义的“社会”，由美子赶紧向公园的闸门走去。经过花瓣凋零的波斯菊花圃，正打算跑步冲到外面时，听见樋口惠大声喊道：“好过分！你为什么要逃？”大概她发现了自己被扔下。

由美子没有义务回答，继续跑着。一种莫名的恐惧忽然袭上心头。由美子心中忽然对“强盗的女儿”这个词有了深刻的认识。那个奇怪的女孩是杀人犯的女儿，不应该跟她扯上关系。

樋口惠不知喊着什么，追了上来。由美子拼命向前跑，充分发挥脚上运动鞋的威力。空着肚子、体力虚弱的樋口惠应该赶不上由美子。眼看由美子就要通过闸门跑到外面，一出去就能拦出租车离开了。

忽然，樋口惠尖声大叫：“杀人犯！你是杀人犯！”

由美子大吃一惊，猛然停下脚步，回头一看。樋口惠正倒在波斯菊花圃旁边，双手撑地大口喘息，一脸扭曲地放声尖叫。见由美子回过头，她变本加厉地举起手指着由美子，向周围的人喊道：“各位，那女人是杀人犯。见别人有困难，居然可以不管，真是个残酷的女人！她是个冷血杀人犯！”

由美子完全呆住，不知该说什么。原来哑口无言就是这种情况。

身旁忽然响起一阵笑声。两个结伴而行的女孩正经过公园闸门，她们穿着制服，化着妆，长得很漂亮。原来在她们眼里，由美子和樋口惠都是“奇怪的女人”。

行人好奇地看着由美子和樋口惠。由美子忽然回过神来，觉得很想哭。怎么会这么丢脸？怎么会这么倒霉？为什么我会遇到这种事？

“不要这样！”由美子无措地低喃。她发不出太大的声音，说：“你不要说这些奇怪的话。”

或许是听到了由美子的话，也可能是体力不支，樋口惠停止尖叫。只听见她急促的喘气声。她的眼睛挑衅地瞪着由美子，已不是之前偷窥的视线，完全透着强硬的意味。樋口惠夺走了由美子内心的平静。由美子不知道是什么东西困扰着她，她已经完全被震住了。

这时她听见女人的叫声：“樋口小姐？”

她抬起眼睛寻找声音的主人。从波斯菊花圃的左边走出一位穿着淡蓝色毛衣和白色棉质长裤、身材苗条的女子。从由美子这里都能看见那女子满头花白的头发，但脸部还很年轻，大约四十岁出头。“樋口小姐？”那名女子再次叫了一声。听起来不像是救助者，只不过从她的神情可以感觉她不像是个镇压作乱犯人的警察，而像是迎接病人的急救人员。

樋口惠抬头看着那名女子，忽然之间脸部表情像凶器般尖锐。“干吗？你来做什么？”

穿着蓝色毛衣的女子没有回答樋口惠歇斯底里的质问，而是看着由美子。看来她得知了由美子和樋口惠之间的争执，或许应该说是樋口惠造成的骚动。

“你们认识吗？”那名女子问。由美子立刻用力摇头。

“哦？”女子看着表情扭曲的樋口惠。樋口惠一副不屑的样子，翘起下巴冷哼一声，转过头去。

“附近的人通知我，说你又在公园里闹事了。”那名女子说，语气十分温和。不知是不是努力装出来的平稳，总之说话方式很缓慢。“我就是担心你会给不认识的人带来麻烦，所以来看看。没想到还是迟了一步。”她投给由美子一个抱歉的眼神，然后又俯视着樋口惠，继续说：“本来你要做什么跟我们没关系，可是我们又无法制止你的骚扰行为，所以也很头疼。”

樋口惠极力反击：“都怪你将真一藏了起来，不是吗？都怪真一躲了起来。”

女子脸上难掩不快的神色。“真一是我的儿子，你没有资格直接叫他的名字！”

“那种人渣，叫他名字算对他客气！”

女子立即反击道：“人渣应该是你父亲。做出那么可怕的恶行，还想脱罪，甚至指使你做这种事！”

樋口惠跳了起来，直接攻击那女子。“爸爸没有指使我，爸爸不是人渣。你给我道歉！你向我爸爸道歉！”

这个激烈的动作已经用尽了樋口惠的体力。她伸出手想抓住穿蓝色毛衣女子的胸口，但因为对方闪开扑了空，她摇摇晃晃地倒在对方的手臂上。原本就很不健康的土黄色脸，眼看逐渐变得像张白纸一样。

樋口惠失去了意识。穿蓝色毛衣的女子像抱起大垃圾袋一样，抱起樋口惠骨瘦如柴的身体，然后对由美子说："对不起，这个人是不是对你做了不好的事？我会把她交给警方处理，请你不要介意，可以离开了。"

由美子生性善良，不假思索地说："你一个人搬不动这女孩吧？"

"放心吧，我可以的。"

但看起来她的确搬不动。她虽然很高，但相当瘦削，而且像久病初愈般面无血色。

叹了口气后，由美子上前说："我来帮你。我们要把她搬到哪里？"

穿蓝色毛衣的女子自我介绍叫石井良江。

由美子帮她将昏迷的樋口惠运到距离大川公园约十分钟步程的石井家。樋口惠很瘦，不是太重，但石井良江已经累得气喘如牛，一大半的路程都是由美子背着樋口惠。

石井家建好才四五年，是栋漂亮的两层楼房。打开大门将樋口惠搬进屋里时，石井良江的表情有种难以言喻的困惑。由美子问让樋口惠睡在哪里，她先是说"客厅"，接着又连忙改口说"二楼好了"，却又迟疑"可是上二楼太累了"，好像很难决定。由美子感觉，石井良江不想让樋口惠走进这个家门，可是不让她进去又很有罪恶感。

最终樋口惠被安置在客厅旁边的一个小房间里。地板上铺了地毯，头下垫着抱枕，身上则盖条毛毯。在搬运途中樋口惠惨白的脸色逐渐恢复成土黄色。鼻息也稳定许多，看起来不像是昏迷，而像是熟睡。

安顿好后，良江客气地向由美子道谢。于是由美子说出在大川公园发生的事。良江颔首倾听后，也说出往事。这时，高井由美子才理解有关石井家、樋口惠和那个被樋口惠直呼其名的塚田真一之间的纠葛。

"原来是这样，我明白了。"

石井夫妇担心养子，自然会加以保护，不肯答应樋口惠疯狂的要求。樋口惠根本没有要求塚田真一做什么事的权利。

"现在我和我先生总算能和真一联系上了，起初他一句话也没说就离家出走了。”良江疲倦得双肩都垮了下来，低头看着客厅的茶几。“当时那孩子还不敢跟我们说被樋口惠逼迫的事，只能默不吭声地离家出走。”

“难道不能强制樋口惠不那样做吗？”

良江闭着眼摇头道：“我们也拜托过对方的律师好几次，律师也责备过她好几次，但她根本不听任何人说的话。”

“哦？所以她才会离家出走，不让任何人阻止她缠着真一。”

“结果活得像个游民！”良江不屑道。

“真是抱歉。我之前都不知道佐和市灭门案。”由美子说，“我不怎么读报纸。”

石井良江第一次浮现微笑。“能够遇见不知道那件事的人，我们也觉得松了口气。”她站起身说道：“来杯咖啡吧？”

由美子虽极力推辞，良江还是利落地走进厨房准备。由美子心想，她大概还不想让我回去吧。

“请问你打算怎么样呢？”

“什么怎么样？”

“要让樋口惠住下吗？你们没有义务这么做吧。是要通知警察，还是联系她的家人或律师？如果要解释刚才发生的事，我可以帮忙作证。樋口惠和石井女士，你们都是当事人，加上樋口惠还不知会乱说什么，有个证人比较好吧？”

“说得也是。”石井良江将水壶放在燃气炉上。那是一间收拾得很干净的豪华厨房。看着蓝白色火焰，良江幽幽地说：“干脆报警吧。”

“也许这样比较省事，就打一一〇吧？”

“不用。我打电话给清楚这件事的警察好了。”良江一边擦干手一边走出厨房，“小真他……我是说真一跟大川公园的事件有些关联，不对，说关联太夸张了。”

由美子点头道：“我知道。大川公园的事件，我看了电视新闻的报道。听说第一发现者是高中生，就是真一吗？”

“是的，这孩子为什么接二连三遇见不好的事呢？”

良江眨眨眼睛，由美子心想，她是为了掩饰流泪吧。

“那个案子的调查总部里有一位警察也知道佐和市事件，很关心真一，我有他的名片，想打给他。”

可惜不巧，那人不在调查总部。电话转了好几次，最后转到少年科，并决定从附近的派出所派警察来了解情况。

巡警不到五分钟便来了。由美子从客厅的窗口向外望了一下，见巡警将自行车停在石井家门口。她不高兴地想，骑自行车怎么将樋口惠带走？公务人员都是这么办事的！

巡警五十多岁，算是老资格了。石井良江依序说明事情经过时，他还不时看看由美子。感觉不是很好。由美子积极表明态度，明快地回答询问。

有一个问题，她却不知如何应对。

“高井小姐，请问你为什么大老远从练马搭电车来大川公园？”

由美子说不出话来。总不能回答：是跟踪哥哥才来到大川公园的。这样一来和明会受到莫名奇妙的怀疑。而且由美子对哥哥为什么会来大川公园一事比任何人都更感到疑惑。

正当词穷之际，巡警语带嘲讽地说：“你也是来凑热闹的吗？”

因为这句话，石井良江也看着由美子。或许是多虑，由美子感觉那视线带着刺。

“常常有这种人。”由美子还没回答，巡警便继续说道，“毕竟这是件惊人的大事件。尤其是女孩子最爱到现场来看，太太。”

最后一句话是对着良江说的。良江看着巡警的眼睛，冷淡地回应：“是吗？”

“才不是呢，我不是来凑热闹的。”由美子终于小声地说道，“我本来和朋友约好到银座买东西，却被放鸽子。一气之下……就搭上山手线乱转。心想反正是一个人，干脆搭乘没有坐过的电车，到没有去过的地方。于是在两国车站下了车，沿着国技馆走，就看见一座公园。然后就坐在公园的长椅上休息，就是这样。”

“原来如此，是被男朋友甩了。”巡警又嘲笑道。看来这家伙十分瞧不起由美子。

“请问我们现在要怎么做呢？”良江回到了原先的话题，“我们家是不能收容樋口惠小姐的。就算能，我的心情也不能接受。现在她这样，我没办法，能否请警方保护她呢？”

巡警面有难色地说：“可是……说要保护，她又不是喝醉了，总不能关进监狱吧。”

“那孩子离家出走，我不是说过了吗？请你们联系她的监护人，把她带回家。”

“这位太太，警方不能只听你的一面之词，何况你说的事很难令人相信。与其要警方出动，你何不主动打电话给对方的家长，让他们来接人呢？这样比较快，也比较妥当。”

良江脸色一变道：“我才不希望妥当地解决！”巡警吃惊地猛眨眼睛。良江语带颤抖地一吐为快：“谁说妥当地解决？因为这孩子和她那不负责任、自私的母亲，你知道真一到目前为止受了多少苦？要我打电话给这孩子的母亲，我宁可去死！”

“哎呀，太太。”巡警立刻站起来，表现出遇到外行人的态度，“不要太激动。对方是未成年少女，不过是个小孩。”

良江难以接受这种说法，被如此粗心大意的巡警气得说不出话来，只能呜咽。

由美子更是义愤填膺。面对石井良江的愤怒和悲伤，巡警代表的“社会”居然用一句“不要太过激动”打发了。这就是现实，简直叫人难以忍受！

愤怒令由美子开始行动。她抬起头正视巡警说：“既然如此，就由我带这孩子回家。就算是带给这孩子父亲的律师也可以，我负责送到。”

巡警不为她的气势所慑：“你很有魄力，但你……”

“我叫高井由美子。”

“我说高井小姐、由美子小姐，我不知道你是什么人，自然不能将人交给你。你又不是当事人，不是吗？”

“有关被偷皮包一案，我就是当事人。”由美子继续努力，“那可是一件盗窃未遂案！我当场抓住了这个女孩。为了不让这孩子继续犯同样的错，将她送回监护人那里，一点也不奇怪。谁叫警方不肯处理呢！”

“警方可不是什么都不处理啊。”巡警大声反驳，语气中有明显的邀功意味，“如果要当作盗窃案处理，当然也可以。只不过你会有很多手续要处理。这样她就不能回家，家里也会担心。是否真的发生盗窃，还必须到公园寻找证人、完成调查报告等。我是为了你的方便，才建议不要将事情闹大。再说那孩子说的是真是假，还不是很确定。”

“你是说我在说谎吗？”

“我只是说也有这种可能。”

“我何必说谎？”由美子愤怒地想反问时，背后响起一个声音：“算了，我自己回家就好了！”

石井良江、由美子和巡警同时吃惊地回过头。一脸土黄色的樋口惠一只手扶着门，斜靠在门边。

“我才不愿意接受这种家庭的照顾呢！我要离开这里。”

良江猛地站起来问道：“你说这种家庭是什么意思？”

“这种家庭就是这种家庭，又怎么了？阿姨你开口闭口就是真一，偏偏你又不是他的母亲，只不过是没关系的陌生人，不是吗？只不过多事领养了他，不是吗？你有什么权利责备我爸爸做的事！既然你和塚田家没有关系，我也可以不理会你！”

良江的脸色越来越苍白，由美子几乎可以看见她体内的血液开始逆流。

“责备的权利……我没有……你说什么？”

“没错，你们没有血缘关系。你收养真一，不就是贪图保险金吗？这是我妈说的。”

良江从由美子身旁经过，快如闪电般靠近樋口惠。她举起右手，用尽全身力气给了樋口惠一巴掌。

“给我滚出去！”良江说，低沉压抑的声音中充满了怒气。一如在她体内，支撑人格的坚硬岩石下，沸腾的岩浆正在流动。

那已经是良江的极限。她身体摇晃，脸色更加苍白，当场便倒下了。情绪的过度激烈与疲倦的交相刺激，使她的身体无法承受。

由美子赶紧上前抱住她，扶她坐在最近的椅子上。“你还好吗？”

“不好意思……我……”

良江伸手想抓住椅子的扶手站起来，但是浑身无力。由美子弯腰说：“没关系，你就休息吧。我会送她回家的。见了她家人，把事情说清楚。”

“你呀……”巡警还想说什么，却被由美子用肘部顶了回去。

“警察你闪边！你不是不相信石井女士说的话吗？根本没心要帮她。那就算了，请你别管。”

传出一阵笑声。樋口惠不知什么时候已经退到房门口，笑声是她发出来的，一副看热闹的表情。由美子气得脸颊发热。

大概是看穿了这一点，樋口惠逃了出去，跑向大门。

“那我先走了！”说完，由美子伸出手用力一握石井良江的右手，转身去追樋口惠。一出大门便追上了。“你家在哪里？”

樋口惠走得很慢，脚步不很稳。饥饿和疲倦依然没有改变，自然会有这种结果。

“不管是搭电车还是出租车，都需要用钱吧？我跟你一起回家，告诉我你家的住址！”

来到车水马龙的大马路上，樋口惠背对着她，冷冷地吐出一句：“滚一边去，笨蛋！”

“是啊，我是笨蛋。所以才会想送你回家。”

樋口惠又骂：“骚货！”

由美子固然生气，却还是笑着说：“你也知道这古老的骂人的话？可骚货是你。早晚你就会变骚货，不是吗？就算你回了家，只怕以后还是会为了找塚田真一而到处乱跑。那需要钱，而你偷钱的技术又差，最后只能出卖肉体，那更实际。你可以到涩谷或池袋试试，那里有很多男人等着，很容易就能卖淫。那种女人才叫骚货，就是卖淫的意思！”

樋口惠停下脚步，但没有回头。

“可你能说卖淫是为了帮你爸爸吗？算了，你反正什么都能做。我今天不送你回家就是不甘心。如果不管你，不知道你又会做出什么事来。说不定又去抢别人的皮包，而且抢的不是像我跑得这么快的女人，而是老人或小孩。你也可能弄伤对方。与其让我担心，晚上睡不着觉，我更愿意拖着你回家，尽管你会大哭大叫地闹事。快说，你家在哪里？”

由美子大步走向樋口惠，抓住她的肩膀让她回头，然后一把提起她的衣领。这是她第一次做这种事，没想到还很顺手。

樋口惠在哭泣。由美子抓住她的衣领，就近观察。她身上依然发臭，或许是哭泣的关系，气味比之前还要浓烈。

“你真臭！”由美子说。

两人在大川公园前搭出租车。樋口惠一坐上司机后面的座位，司机便打开了窗户。

樋口惠说她家现在住在江户川区的一之江，是租的房子，房租和生活费由妈妈的娘家支持。

“你有兄弟姐妹吗？”

樋口惠老实地回答：“没有，我是独生女。”

“那你现在是和妈妈两个人过日子？所以更不应该做出像今天这种事让妈妈操心！”

樋口惠沉默了一阵子，然后开口道：“反正妈妈几乎是病人，什么也不能做。”

“是最近才这样的，还是因为爸爸出了那种事而卧床不起？”

“一直都是这样。整天哭，也不吃饭，有段时间还住进了精神病医院。现在完全无法料理家事和做饭，租的房子跟猪窝一样脏乱。”

司机从后视镜看着她们，开始皱眉。大概是因为恶臭吧。由美子先开口表明：“对不起，这孩子生病了，不能洗澡。”

司机什么都没说，但是车开得有些粗暴。由美子从皮包里拿出纸巾交给樋口惠说：“擦一下鼻子，然后打开那边的车窗。”

过去的尖牙利嘴似乎都是骗人的，樋口惠乖乖照做。由美子心想，大概她剑拔弩张攻击别人的力气已经消耗殆尽。一旦哭过之后，就完全放松了。

“我本来是富裕人家的小孩。”樋口惠将纸巾捏成团握在手中，“爸爸曾经是洗衣公司的老板，跟饭店、大公司有生意往来，是千叶数一数二的大企业，我们家很有钱。我上的高中也是私立名校。”

由美子笑了。不是嘲笑或讽刺的笑，而是真心觉得好笑。“身为富裕千金，居然也知道‘骚货’这种骂人的话。现在的富家千金真不简单！”

樋口惠没有笑。也许现在是她最正经的时候，之前只是激动罢了。“以前读的是好学校，但是自从爸爸出事就被退学了。”

“是学校通知你退学的吗？”

樋口惠摇摇头，动作就像十来岁的小姑娘，惹人怜惜。“学校没说清楚。因为父亲犯罪就要女儿退学，难道不是侵犯人权吗？我本人什么都没有做。所以学校故意做得很迂回……连朋友都开始疏远我……”

前方逐渐出现巨大的车站大楼和西武百货。

“对不起，我第一次来，不知道该怎么走。”由美子不安地表示后，樋口惠抬头看向窗外，立刻说：“这里是锦系町……司机先生请左转。”

司机没等她说就已经打开方向灯，然后冷淡地问：“走新大桥路吗？”

“对，没错。”樋口惠和司机对话时的语气不太一样，恢复了从前的可爱声音。“西武里面的外商，跟我家有生意往来。”樋口惠指着百货公司说。

“外商？好厉害啊。”

“嗯。我们家很有钱。佐和市的家很大，连客房都有专用的厕所和浴室。”

由美子没有将心里话说出口：也许很有钱，但不过就是暴发户。她想让樋口惠说下去。

“爸爸的公司经营出现了问题，甚至到了很危急的时候，他都没有告诉我和妈妈。出事是在十月，我们还计划新年到澳洲旅行。我很期待跟海豚一起在港湾游泳，还有坐喷气式快艇！”

高井由美子是商人的女儿，很清楚生意好坏会影响商人家庭内的气氛。工薪阶层的人家，就算父亲被贬职、薪水少三成，只要没听见母亲抱怨经济状况出问题，孩子们根本不会感觉到生活的变化。但是商人家庭不同，店面经营的状况直接表现在父母的脸色、声音的明朗度、动作的大小，甚至动筷子、穿脱拖鞋时的动作上。这就是商人家小孩的宿命，必须眼观六路，耳听八方。

樋口惠现在却说：爸爸因为事业危机，必须靠抢劫杀人来筹钱，而且还拼命不让妻子女儿知道实情。由美子无法相信，也不能理解她们母女的心态，居然没有注意到父亲的情况和公司经营的危机，只关心父亲提议的海外旅行计划。这是一个什么家庭？怎么会如此迟钝？如果樋口惠如此没有头脑，就是造成她对塚田真一自私自利做法的根源，那么对她说教，也无法制止她奇怪的言行举止。至少不是由美子和良江所能应付的，至于那巡警就更别说了。

“我真的是很期待澳洲的旅行。”樋口惠完全没有注意到由美子内心的想法，还是兴奋地说着。对她而言，沉溺于回忆之中是件愉快的事。“如果爸爸恢复自由，我们一定会去澳洲。我们全家要痛痛快快地玩！”

由美子的话哽在喉咙里。你的父亲杀了三个人，而且还包含毫无抵抗能力的小女孩。你爸爸想脱罪恢复自由之身是不可能的，绝对不可能！所以不要再幻想了，赶快认清现实吧。可是侧眼所见樋口惠的表情，是那样明亮、充满无穷的希望。与其说由美子被她打动了，不如说是被她吓傻了。这个女孩活在跟现实社会不同的世界里，那里的法律、伦理和常识都跟我们的不一样。希望出租车赶紧到达目的地，将这女孩放出去，我实在是不能忍受了！

樋口惠以为由美子的沉默是一种许可，于是继续说下去，偶尔还告诉司机怎么走，但仍不停地诉说自己的想法。其内容无非是：樋口家是多么和乐的家庭；她爸爸有多优秀、多么擅长经营，深受属下的爱戴，在当地也是有头有脸的人物。仔细想想，大概太久没有人听她这么说了，长期压抑的心事能一吐为快，樋口惠难以自制。

樋口秀幸并不是一个人犯下抢劫杀人的罪行，还有两名同伙。两人都是他洗衣公司的员工。换言之，就是老板作案，伙计帮忙。听石井良江说，目前还不知道两名员工是主动帮忙，还是迫于老板无言的压力成为共犯。由美子很想知道答案，忍不住打断了樋口惠。

“你爸爸是个好老板吧？”

樋口惠眼睛一亮，说：“当然。”

“所以属下也肯帮他犯下抢劫杀人的罪行？就是老板做的话，我们也跟着做的意思。”由美子做好樋口惠可能生气的心理准备。这也难怪，谁叫她的语气带着讽刺。

然而樋口惠没有生气。就像被帅气议员候选人的演讲打动，拼命冲到前面想握手的女选民一样，她眼眶湿润地看着由美子，拉起由美子的手说：“没错，爸爸就是那么有威望。两人都毫不犹豫地跟着爸爸，现在都还强调是他们自己昏了头才那么做，根本不怪爸爸。”

由美子轻轻甩开樋口惠的手，连忙将目光避开。

“这条路没错吧？直走就可以吗？”

出租车来到一个小十字路口。右手边可以看见灰色的古旧建筑小区相连，左手边则商家林立。

“对吧，应该是这附近。”樋口惠说得好像事不关己。“到之前可不可以先停车，还有借我钱？”

她伸出右手。由美子临时遭遇这么一手，完全没有反应。“干什么？”

“我要买吃的。那里不是有便利店吗？我很饿。”右边的街角确实有一家便利店。

“那我跟你一起去。买什么也由我来选。”

“不！我要买我喜欢的。”

“你到底知不知道自己的处境？居然说话还敢这么任性。”

司机打开车门，由美子先下车，樋口惠慢吞吞地跟在后面。

“动作快点，这样对司机先生很不礼貌！”由美子心想，不能错失这个机会，得好好看着她。另一方面又想，她饿得没力气，应该不会太极端吧。

“你很啰唆！”

由美子以为樋口惠只是出声抱怨，不料她竟伸出双手将由美子往人行道上推。她很用力，毫无防备的由美子被推开了，闪躲之际跌倒在水泥地上。不巧刚好有自行车经过，由美子一心只想躲开。虽然没有撞上，但她脑中一片空白，连尖叫都发不出来。

“小姐，还好吧？”出租车司机打开车门冲了出来。骑自行车的人回头看了一眼便扬长而去。

现在管不了这些，最重要的是樋口惠，她跑去哪儿了？

“那孩子跑到哪里去了？”

“转过街角就不见了……”

由美子朝着司机指的方向冲过去。因为刚才躲避撞车跌倒的冲击，眼前还冒着金星。还好头没有碰到，但是腰撞到了，手脚不太灵活。眼见到了街角，但没有樋口惠的身影。

由美子一边按着腰痛的位置，到处寻找，但是徒劳无功。这里是住宅区，有许多巷子可以逃脱。

就算这不是樋口惠现在的住址——她母亲住的地方，也应该是她很熟的区域。这对由美子而言实在是太不利了。由美子十分失望，又很生气，差一点懊恼得哭出来。

“怎么办呢，小姐？”

付钱给司机之后，看着出租车开走，她觉得更悲惨。这钱花得实在冤枉！

必须跟石井女士报告一声，向她道歉。可是不知道电话号码，由美子更想哭了。

她来到便利店问查号台，找寻石井家的电话号码。还好有记录。打过去，铃声响了三次才有人接，是良江。说明事情经过时，由美子声音颤抖。听良江说话的声音，已经大致恢复正常了，她不断向由美子道歉，担心由美子有没有受伤。

“没什么事。”

“把素不相识的你牵扯进来，真是不知道该怎么道歉才好。”良江哭了。

“没关系。我没办好，真是对不起。”

“不要这么说，这不是你的错。本来应该是我去才对。请不要在意樋口惠的事了，她就是那种人。”

良江很担心由美子的伤势，一直说：“如果可以的话，可否告知你家的电话号码？”由美子客气地拒绝了，说：“真的不用担心我。”良江没有继续追问，或许是警觉到由美子不希望继续被牵扯进这种烦人的事里。

实际上那也许就是由美子真正的心声。

挂上电话，由美子向店员问了路，忍着痛前往最近的车站。腰还是很痛，侧腹也是一样。但是能用手抚摩，还算轻松些。最幸运的是头没有撞伤。

搭上电车后，后悔之情开始涌现，让她苦不堪言。

我怎么会这么轻率？随便介入别人的纠纷。当时认为应该那么做，不做心里就不痛快。那个没有责任感的警察那副得意的嘴脸，却什么用处都没有！

可那件事是真的吗？佐和市杀人案真有其事吗？由美子是个滥好人，才会认为看惯人间百态的警察的处理方式或许是对的。说不定石井良江才是怪人，她和樋口惠之间是不是有什么别的纠纷？由美子是不是代罪羔羊？整件事令人难以置信。说什么受害者的家属被凶手家属强迫签减刑申请，怎么可能！这太不合常理了。

随着电车摇晃，由美子在非现实的旋涡里打转，一时之间以为自己做梦了，很想跟别人说说话，确定这些事可信与否。

但腰痛是真的，更让她感到后悔和耻辱。事到如今，不应该只想哭泣，应该将心中最珍贵的部分缩小、凝结起来。

在练马车站下了车，她才真正松了一口气，总算有了流泪的感觉。经历了这件超越日常生活的事，她完全忘记了当初对哥哥行为的怀疑与担心。

下了公交车，她快步走回长寿庵。在到家前的最后一个转角处，远远听见救护车的警报声。她停下脚步，竖耳倾听，声音正向这边靠近。

由美子完全没想到，这警报声将是今后她必须面对的新噩梦的开始。尽管她逃开了樋口惠的纠缠，却逃不开噩梦的侵袭。

15

那一天，栗桥药店从早上就没有营业。在栗桥浩美眼里，这家破店每天都在营业，但这一天真的是休息了，因为寿美子身体不太舒服。

浩美两天前便住回练马的老家。他不是高高兴兴地回家，心情十分烦躁。加上寿美子因为风湿病不是膝盖疼就是肩膀疼，成天唉声叹气，扰得他晚上也没睡好。

当母亲从楼梯上跌下的时候，浩美正在他以前居住的二楼三坪大的房间里睡午觉。他睡得不是很熟，而且已经十月过半了，没有盖被子的他竟睡出一身汗。他做了梦。

一个喊着晚上睡不着的人，为什么白天就睡得着呢？那是因为白天四周就不会黑，就不会被趁着黑夜而来的东西吓到。可是一旦入睡，眼前还是一片黑暗。更要命的是，任何人到了睡眠的世界里都是孤独的。所以浩美会做梦，而且梦中会出现那女孩。

刚与和平热衷他们的游戏时，浩美的表情亮了起来，体内充满了自信，仿佛一抬眼就能看到世界的尽头。有时又觉得那女孩也在很高兴地看他与和平进行游戏。女孩自得其乐，不再像以前一样追着浩美要回自己的身体，但她总是出现在浩美的梦中，成为浩美影子的一部分。浩美向左动，她就跟着向左动；浩美向右移，她也右移；浩美往前踏一步，她就立刻跟上。她就这样等待他们下一个游戏的开始。

女孩感觉满足——知道她终于能满足，浩美有生以来第一次品尝到这种喜悦，感觉大为安心。为什么女孩这么喜欢这游戏呢？姐姐的幽灵怨恨出生没多久就被剥夺了“生”、名与存在，所以缠着浩美，为什么却对和平和浩美的游戏有兴趣呢？

然而游戏太好玩了，与其想这些问题，倒不如全心投入游戏之中。因此他没有太在意。但是自从那家伙——和明的脸不断出现后，他开始觉得不太对劲。

和明来到浩美初台的住处，是日高千秋这笨女高中生的死令全国喧腾的时候。当时浩美重感冒刚好，不经意地透过窗户向下看，竟看见和明正抬头望着自己这边。浩美觉得自己又开始发高烧了。那家伙怎么会知道这个地方？说起来，搬家的时候不是利用过他嘛，所以他记得。人迟钝，记忆力倒是不错。

那天浩美立刻缩回脑袋。虽然没有对上和明的目光，但是那家伙应该会上来，并且按门铃吧。浩美想起来，第一次打电话到古川鞠子家，跟有马义男交谈时，也被和明偶然看到。

他是在路上的汽车里打手机。猛一抬头，看见和明庞大的脸出现在后视镜中，像只脑子有病的大象眨着无知的小眼睛，对着浩美猛笑。

一开始他吓坏了，可是和明好像没有发现什么，还是跟平时一样笨拙地跟浩美打招呼，并问道："你在干什么？"浩美变得很愉快，很想跟他说："我想问被我诱拐杀掉的女孩的外公，想不想知道外孙女的尸体在哪里。"

愚笨的人到哪儿都是愚笨，不仅没办法参加游戏，连游戏是什么都不知道。和明不可能会怀疑，所以浩美立刻忘了这件事。但是在和明望着初台房间的窗户那若有所思的表情中，似乎潜藏着足以颠覆浩美的安心与嘲笑的东西。

浩美异常紧张地等待，但和明没有上来，也没有按门铃。不久他再次到窗边往外看，和明已经消失了踪影。

大概是发高烧的后遗症，看见了幻象。可如果是幻象，又何必得看见和明的幻象呢？浩美笑了笑，立刻忘了此事。

不料之后又看见了和明的身影。这一次是在初台车站前，和明正要走下出租车。浩美立刻躲到电线杆后面，看着和明快步移动粗短的腿，消失在浩美住的公寓方向。

浩美正要外出跟和平见面，却在这种地方遇见和明。该不会是和明知道他不在家，想偷偷调查他的房间吧？明知是妄想，也明知和明没有那种智慧和魄力，但一旦有了这种想法就难以忍受，于是他立刻返回公寓。

和明自然没有来，门铃也没有响。浩美因约会迟到，被和平狠狠教训了一顿。

和明、和明、和明！可恶的高井和明。那个死胖子，为什么在我身边出现呢？

浩美与和平通宵拟定下一次作战计划，虽然很累，但精神很亢奋。回到住处时，手机忽然响了。那是上午九点。一按通话键，便听见和明的声音。

“早啊，浩美。你起床了吗？”

浩美气昏了头，很想吐，一时说不出话来。和明呆板的声音继续说道：“有些事想跟你谈，最近有没有空见面？”

“我没有话想跟你说！”浩美好不容易说出话来。刚跟和平热烈地讨论要如何让古川鞠子的尸骨轰动登场，才过了那么充实的一夜，为什么现在得跟如此低级的人说话呢?!

“我最近有点担心，所以想跟你见面。我想了很久，还是问你本人比较好。有件事要问你。”

浩美吃惊地将手机拿离耳朵，仔细察看。那是设计新颖、造型轻巧、巴掌大的新式手机。手机里传出和明的说话声——和明对浩美有所要求的说话声。

我不允许有这种事！

“跟你借的钱，我会还的。”说“还钱”，这种话说再多也无所谓。

“我不是要钱。那个……可以晚一点再还。”和明支支吾吾地说。

“那还有什么事？我跟你不一样，我很忙！”我还有游戏要玩。那是送荞麦面外卖的你，终其一生都无法参加的游戏。

“浩美！”和明再一次唤道。

居然敢直呼我的名字！

“小时候……应该是初二的时候吧，你对我说过的话，你还记得吗？就是我刚去接受眼睛治疗的时候，我们在书店前遇到……”

他在说什么？我一点都听不懂。死胖子！

“浩美，你现在还做梦吗？还会做小女孩追你的梦吗？”

浩美再次看着手中的电话。只是一部普通手机，为什么会传出如此令人难以置信的话呢？

“你说过被小女孩的鬼魂附身，还记得吗？虽然只有一次，可是你真的跟我说过，对吧？我提到恢复眼睛机能的训练时……”

和明尽可能说得快一些，舌头却转不过来。就像不太会走路的小孩硬要以超乎能力的速度前进，其努力很辛苦，也很可笑。

我简直要笑死了！浩美虽如此想，脸上却不见笑容。他愤而将手机甩了出去，掉在铺有地毯的地板上。

电话并没有切断。横躺在地上的手机里依然传出和明断断续续的声音。

“喂……浩美？你生气了吗？对不起……可是我很担心……很多事……你和那个事件……那个纠缠你的小女孩的鬼……”

吵死了！吵死了！吵死了！

和明的声音刺激着浩美的耳膜。事件。那个事件。我很担心。

他慢慢捡起手机，按下“停止”键。声音应声停止。

连和明也一并切掉。

浩美再一次按通话键，拨了和平的号码。第一次电话铃声还未停止前，和平便接听了。他是个不让别人等待的人，总是随时随地蓄势待发。

“和平，好像被发现了。”浩美说，心脏开始紧张地跳动。

“被谁？”和平问。他是个只问要事的人。

“和明，高井和明。你知道他吧？长相记得吧？就是长寿庵卖荞麦面的。”

“怎么会？”和平问。

“我……刚好被看见了。不对，应该是被偷听到了。大概是这样。之前以为没事，所以没说。”

为了不让对方觉出自己的慌张，浩美尽量放慢语速并压低声音，对和平解释之前发生的事。

听完，和平沉默不语，但只是必要的几个瞬间，然后他说："如果是高井和明，或许正好。放心吧，浩美，这样反而有趣。"

"怎么会有趣？"

"可以利用他。这件事交给我吧。现在需要你立刻做的，就是重新打电话给和明，跟他说：'刚才你打来的电话，我大概明白了。那件事现在还不能说，因为很危险。事实上我现在的处境也很危险。'"

浩美赶紧找纸笔，飞快写下和平交代的内容。

"就算他问你详情，你也不能说出其他内容。我想，怎么搞定和明，你应该有办法吧？"

"嗯，这点我很有自信。"原本狼狈的心恢复了平静，浩美又变得生龙活虎。

"要演得紧张逼真点，在电话结束前说：'你怀疑的不是真的。我没有做出让人怀疑的事。总之现在什么都不能说，请你必须忍耐，这件事千万不能对别人说！总有一天需要你帮忙，到时候你一定要答应我。拜托了！'这个时候你一定要低下头来求他，语气要很认真。"

"我知道了，很简单。"

"你要认真做。让他在事件水落石出之前好好等着，我们好争取时间。现在最重要的，就是将和明那笨脑袋里所想的事封锁在他的脑海里。这样比威胁他或向他摊牌都更有效果，而且是绝佳的效果。"

"和明还以为能站在我这边。"浩美窃笑几声说，"真是杰作啊！"

可笑的家伙，真的是很可笑。居然会扯到小女孩的鬼，这跟事件有什么关系？

"我们不是定了计划要让古川鞠子的遗体出现在世人面前吗？"和平问。

"十号还是十一号？我们说的是哪一天？"

"还没决定呢。浩美，你待会儿打电话给和明，之后就别管他了。让他心情混乱一阵子吧。遗体出现后，他可能又会开始闹，说不定会打电话给你，甚至去找你。到时候就要演另外一出戏了。”

“怎么做？”

“到了山庄再说吧。反正要去挖古川鞠子，到时再慢慢说。一切交给我了。”

我得好好安排情节。

第二天和平就写出了新的情节。浩美跟他见面，听过之后提出意见，彼此相互检讨。

于是浩美又再度回到极大的平静与安心中，其中还充满了新剧本的刺激。他心中又涌起斗志。

“对大病初愈的你来说，角色是不是太重了？”和平取笑道，但浩美脸上没有笑容。

浩美很清楚自己扮演的角色有多重要。尽管被和明抓到小辫子是运气不好，却也是他的疏失。和平为了扳回一城，必须将游戏设计得更加刺激、更加有趣。浩美为了挽回名誉也必须全力以赴。

“听清楚！在所有准备尚未就绪前，千万要耐着性子等。装得逼真点，博取同情，重要的是不能让他知道太多。不妨把你心中的小女鬼叫出来，这样你就不用演戏，而能表现出真的害怕了。”

和平这句话有点伤到浩美。

“要封住和明的嘴。那个滥好人和明、那个自以为了解浩美的和明，知道吗？这件事只有你才能办到，浩美！”

对，只有我才能办到。

于是浩美回到了栗桥药店，他对父母说自己过腻了一个人的生活，想吃妈妈做的菜。寿美子根本就没有做过什么像样的菜，这些话未免说得太夸张，但寿美子听了还是很高兴。

浩美是为了接近和明才回家的。为了知道和明的情况，距离太远是不行的。而且必须偷偷搜集情报，好将和明吸引过来。

这是很重要的角色，他充满了干劲。可是和明的脸总是浮现在眼前，一如和明说的话不断萦绕在他心里，那个小女孩也经常在他的梦中出现。

小女孩不像以前一样满意了，似乎对游戏也没什么兴趣，仿佛和明的话唤醒了小女孩本来的任务——追赶浩美，在黑暗中她充满恨意地直盯着浩美。

浩美晚上睡不好，改成白天睡，却依然在孤独的睡眠中做梦。就在不远处，寿美子从楼梯上跌了下来。

寿美子没有大叫，只传出了身体碰撞楼梯的声响。浩美被拉回现实世界，昏昏沉沉地左右摇晃脑袋。

“快来救我呀！”母亲的哭声传来。

浩美冲向楼梯，看见寿美子头下脚上地仰躺在地。身体像以前跳摇摆舞一样扭曲，而且双腿交叉。

“你在干什么？”浩美两手叉腰站在楼梯顶端，粗声粗气地问。他以为大吼，母亲就会站起来。

“来救我呀！”寿美子哭着说，“我的骨头摔断了……头好……”

“爸！你在干什么？”

大概是听见声响，父亲从楼梯下探出头来，右手拿着报纸，额上挂着老花镜。

看见寿美子的模样，父亲惊讶地喊道：“救护车！快叫救护车！”

浩美靠着墙壁慢慢走下来，不愿靠近母亲。裙摆翻起、露出内裤的寿美子，包括她两腿张开的德行都是那么不堪入目。

“我快死了……浩美……我快死了呀！”寿美子边哭边叫，“浩美来接我了……浩美来接妈妈了。”

正在下楼梯的浩美俯瞰着母亲的脚尖，猛然停下脚步。寿美子圆圆胖胖的下巴正对着天花板，每当她哭叫时，下巴上的肉就会震动。

“浩美来接我了……浩美，妈妈在这里，你在哪里呢？”

“我在这里。”浩美站在楼梯中央，大声回答。可是寿美子只能双腿不太庄重地对着他，继续哭喊道：“浩美，妈妈在这里啊。”

浩美很清楚母亲其实不是叫他，但很难按捺住怒气。为什么会这样？老妈为什么老是念着那个死掉的笨小孩？为什么总是要提起夭折的小孩？

浩美继续走下几级楼梯，故意踢了寿美子的腰部右侧。因为反作用力差点跌倒，他顺势又踢了一脚。寿美子大声哀叫，从楼梯上滑落，脑袋撞到地板，砰然发出声响。

远处传来救护车的警报声，越来越近，接着看见了闪烁的红色灯光。父亲在店门口大声招呼，声音虽然很大，但是没有用到丹田之力，所以听起来只是拔高声调。

“救护车来了！”

寿美子不知是昏迷了，还是担心一动又会挨踢，像块破抹布般静静躺着，动也不敢动。浩美感到呼吸困难，忽然间两腿无力，坐在楼梯上休息。他感觉背后有人，于是回过头看。

那个小女孩就站在那里，脸上是从未见过的表情，就站在那里。那是成年男子的笑容，一副“我知道你、我知道你知道我知道你、所以我们应该好好相处”的笑容。

少女嘴唇动了，做出“杀人凶手”的口形。

不久救护人员来到楼梯下，立刻围在伤者身边，以质疑的目光看着坐在楼梯上的年轻人。

“上面还有伤员吗？”其中一位救护人员问。

浩美没有回答。救护人员不禁将手放在他的肩膀上。

浩美在发抖，发抖的同时脸在笑。我知道、我知道你知道我知道你的事、所以我们该好好相处。

寿美子没有死。

脊椎也没有骨折。尽管从楼梯上摔了下来，伤势倒是很轻。头部有些撞伤、肩膀的韧带松了、腰部有瘀伤、全身疼痛以致无法自己上厕所，这些症状在医生眼里只是“不幸中的大幸”。

“右边肋骨有些裂痕，但还好是肋骨，没有撞坏头。”

浩美告诉医生，母亲从楼梯上摔下来后，说了些莫名其妙的话，不知道脑部是不是有 X 光测不出来的病变。

医生笑了。那是个温和亲切的圆脸医生。

“已经照过脑波了，没有异常。我想应该没问题。跌倒之后的胡言乱语，大概是受惊吓之故。虽然还需要很多外科方面的治疗，但我想不会太严重。你母亲运气很好，加上又不是太胖，身体还算轻盈。”

要是医生怀疑妈妈的脑袋有问题，我就可以将她关在医院里了。浩美觉得十分遗憾。

因为没有集体病房，只好住进双人病房。从被推进病房，寿美子就不断喊着哪里痛哪里不舒服，等到亲切的护士一离开，她便破口大骂：“明明有比较便宜的病房，想赚我的钱才安排这间病房，医生说的话能听吗？”

同病房的室友，一看就知道是卧床不起的老太太。老太太很娇小，连头底下的枕头都比她的身躯要大。脸上套着氧气罩，身上插满透明管，正睡得香甜。

“说话声不要太大，会吵到隔壁的人。”浩美斥责道。寿美子撅起嘴巴说：“我也是病人呀！”

“是病人就给我安分点！”

“因为痛得受不了嘛。”寿美子眨着哀怨的眼睛说，“真不该生男孩！这种时候一点用都没有。要是生女儿就好了。”

父亲为了办住院手续，正在窗口忙碌。这家医院的窗口都很挤，没有二三十分钟是回不来的。浩美看着寿美子的嘴巴，心想，用枕头蒙住她的脸，不知要多久才能杀死她？这时刚好护士进来了，浩美立刻摆出亲切的笑脸。

护士是个美女。和平以前说过，穿上白衣服，女人都要增添三分美丽。不过这护士是真的漂亮，而且让浩美想起某人，是谁呢？

“量血压了。”

护士在寿美子的手臂上绑上压力带，脸上始终带着笑容。“不好意思，我们家不长进的儿子一直在盯着护士小姐看。”寿美子说。护士连忙抬起头看了浩美一眼，觉得很好笑。

浩美想起来了，他知道这护士像谁。就是那个八王子的女职员，在古川鞠子之后抓到的娇小女人。她不像古川鞠子那么坚强，整天哭个不停，和平很受不了她。

“真是的，这样护士小姐会不自在的。你到外面去吧。”寿美子责备道。护士笑着对浩美说：“没关系。”

“我妈很任性，老是唠叨，不好意思。”浩美也报以笑容。看来护士对他有好感。他认为这理所当然，因为他很有魅力，只有寿美子看不出他的魅力。

浩美走出病房，他想这样对护士会更有效果。走廊尽头有一间吸烟室，里面没人，他便坐下来吸根烟。

八王子的那名女职员，是否也有那么漂亮的手指呢？没什么印象了。她曾经哀求道，不要将男朋友给她的红宝石戒指从她手上取下。浩美温柔地回道：“当然不会拿下来的。”当他准备将女职员带进房间时，被和平不高兴地制止了。和平说：“她现在是生理期。”浩美觉得奇怪便问：“你怎么知道？”和平说：“没有闻到讨厌的臭味吗？感觉不出来吗？你真是迟钝。”浩美对着女人说：“没错，我是迟钝。反正我也不在乎，这样反而不会担心怀孕，不是正好吗？”女人的表情好像已经认了。当她恢复意识，知道被带到山庄后，大概就已经明白会有这种遭遇，所以没有什么反抗。话说回来，如果她太过害怕而身体僵硬，搞起来就不那么好玩了。

女人问：“你们会让我回家吗？”浩美点头道：“当然。不好意思让你担惊受怕，我要是知道你很乖巧，脾气很顺从，就不会带你来这里了。我们是要惩罚那些坏女人。”

女职员沉默不语。她穿着正式的套装，裙子颇长，化的妆很淡。她低垂的目光其实正在指责浩美：既然是针对坏女人，一开始就不应该找上我。所以你根本就是骗人的。但是她没有开口抗议，因为害怕。浩美则是暗自窃喜。

次日早上，浩美带她上楼之前骗她说：“现在要让你回去。不过为了想起你，你要给我一个纪念品，就是你手上的戒指，好吗？”

女职员心想，不能拒绝这个男人，惹他不高兴。趁他还没有变卦，赶紧离开这里再说。浩美早已从她细长的眼睛里看透她的心思。女人“嗯”一声，答应了，用被铐住的双手困难地褪下戒指，交给了他。他说：“谢谢。”十分钟后，将绳索套在她脖子上向前一推时，他再次说了声：“谢谢。”真是太有趣了，谢谢！

和平说：“下次要将这戒指寄给她的男朋友。这样剧情才会有高潮。”

吸完两根烟走出吸烟室，看见那个护士往这里走过来。看见浩美之后，护士笑得十分灿烂。他也笑脸相向。从护士轻快的脚步，他判断对方的心情不错。

护士搭乘吸烟室前面的电梯走了。她的站姿和整体线条很美。从她的背部和腰部曲线来看，应该是有男朋友，浩美心想。如果将她白葱一样的手指切下来寄给她男朋友，不知那男人会露出什么样的表情？

办完繁琐的住院手续后，浩美回到家已经是晚上八点以后。母亲整天抱怨，父亲狼狈的身躯忽然间像个老头般佝偻，他说担心妈妈会不安，要留在医院陪她。浩美心想，不知道是谁不安？他高兴地回答：“我一个人回去没关系，你留下来吧。”

回家路上，先在一家餐厅吃饭。吃饱后才觉得疲倦，不禁打起了哈欠。

寿美子出院之前，药店都将歇业。确定铁门关上、门窗都锁紧后，浩美才走进家里，一边放洗澡水，一边冲咖啡喝。忽然间电话响了。

要是和平打来的就好了。于是拿起话筒。结果听见高井和明的声音。

“是浩美吗？你回来了呀。我听说你妈妈被送上救护车，不知道情况怎样了。”

商店街消息传得快，随时有人在等待谁家有人受伤、生病或死人。是谁受伤了？谁生病了？听说他死了，是真的吗？究竟什么时候才会死？

“你的消息还真快！”浩美说，“听谁说的？”

和明没有注意到浩美嘲讽的语气。这条街上的人也都没有注意到。“是曙光屋的老板。听说从楼梯上摔下来了？你爸爸吓得脸都绿了。”

“没什么太大的伤。没有骨折，只是肋骨有些裂缝。”

“哦，太好了。那真是运气不错。”

和明这蠢货！居然那么夸张地表示安心。我妈的伤，干吗要你关心？

谁请你关心了？

“你爸爸还好吧？”

“今晚他在医院陪着。”

“是吗？”

和明没说话，像在思考什么。浩美心想，他一定是装的，他根本就不懂得什么是思考。因为他没有脑子。

“这样我就安心了。”好不容易冒出一句话，又噤口不语了。

“和明，”浩美干脆先声夺人，“你打电话来应该不是为了我妈受伤的事吧？”

果然没错！电话那头更沉默了。不久才听见难以听到的声音：“嗯……”

没错，就是得这样。十一日以后，电视上大肆宣扬归还古川鞠子遗体的消息，和明始终没有联系浩美。关于这一点浩美与和平讨论时，还以为是他们预测错误。

结果，预测得很准，没有失误。只不过和明胆量之小比和平想象的严重许多。古川鞠子的遗体一出现，他应该就很想质问浩美了。可是根据和平的指示，浩美说了很多让和明胡思乱想的话，最后还提到，到时候会跟他说清楚，请他一定要出手帮忙。另外，如果没有好理由，也不能打电话联系。

由此看来，不能说和明只是单纯的胆小，而应该说他对浩美是那么忠诚。他就是那么愚蠢地相信了浩美说的话：“再等一下，我现在需要时间。因为很危险，现在不能说出来。到时候我一定会告诉你。”

“之前……”和明吞吞吐吐地说。

“之前的事，不说出来我也知道。我不想从你嘴里听到那么可怕的事！”浩美说得温柔，脸上却是邪恶的笑容。电话真是方便的东西！

“我很不安！”大概温柔的话语奏效了，和明的声音有了一些力气。

“前几天，那个叫古川的人的遗体出现了吧？”

“嗯，出现了。”

现在才是重点。就是和平说的“更进一步的剧情”！

“她真是可怜，祝她安息。不过和明，你不用担心，在抓到凶手前，应该快了，不会再有新的受害者了。这一点我能保证。”

和明一时间说不出话，接着又赶紧追问：“为什么？为什么你可以保证？”

“我会盯着凶手。”浩美故意慢慢地说，“那家伙现在正热衷于和媒体玩游戏，全部精力都花在那里。所以我认为不太可能会有新的受害者。而且现在全日本的女人都很小心，那家伙应该也不容易下手。”

又是一阵沉默。

“为……为什么……你能紧盯着凶手呢？你已经知道是谁干的了？是谁？”

“这我不能说。”这也是和平交代的台词，“现在还不能说，因为没有确切的证据。应该说是没有物证，那种铁证如山的证据。在找到之前，就算是和明你，我小时候的好友，我也不敢乱说话。”他还补充道：“这是为了不连累你。”

“我没关系！浩美，你千万不要一个人冒险。”

这是预期的反应。浩美等待最佳时机，说出和平设计的台词：“不行。我只是一个人，你还有妹妹。让你冒险，等于让由美子有危险。不是吗？凶手可是喜欢虐杀女人的坏蛋。”

和明沉默不语，但可以听见他颤抖的喘息声。没错，你发抖了吧，和明？因为牵涉你最疼爱的妹妹。

那一瞬间，浩美心中涌起想将由美子带回山庄的强烈欲望，也浑身颤抖起来。

“我也很担心由美子的安危。本来是想不到最后关头，是不会连累你的。我叫你不要对警方、媒体泄露这件事，也是这个理由。如果抓到了嫌疑人，但在过程中牺牲了由美子，对我们而言又有什么意义？你说是吧？希望你能明白。”他尽量保持平静的口吻，像在低语般说道，“偏偏这时候我妈住院了，我的心情有些混乱。还好伤势不大，顶多住半个月就能回家了。而且换个角度想，说不定这样我更方便。我有很多事要处理，可以不必担心妈妈的询问与干涉了。”

当个孝顺的浩美，不也很好吗？台词非常具有说服力。我的演技真不赖！“拜托你，和明。你一定要接受我的请求，我很需要时间。”

“我知道了。”和明答应得很干脆。一如小学生的正义感，简单的脑袋就是那么容易相信人。浩美用空出来的手捂嘴，免得自己笑出来。

和平的新剧本，就是要将所有的罪赖给和明。要将无法动摇的铁证和一具刚死的受害者尸体提供给社会。

所以必须慎重地准备，还要算好时机。当所有条件都凑齐了，就把和明骗到山庄。和平说：“和明在毫无防备、没有告诉任何人行踪（为了不让宝贝妹妹卷进来）的情况下，离家来到山庄，最后只有一条路可走。”在这之前必须跟和明保持若即若离的关系。和平说：“这是最佳做法。”实际上也很有效，而且非常有效。

“我知道了，我会忍耐的。你也要答应我，需要我帮忙的时候，请立刻跟我联系！”

“我当然会那么做。到时候如果你退缩，我也会逼你帮忙！”

太好了，进行得很顺利。浩美会心一笑。这才发现握着手机的手掌已经被汗浸湿了。紧张！这也难怪，因为演了一出大戏。

“对了，浩美……”

“还有什么事？”

“我今天去了大川公园。”

令人意外的发言。浩美重新握好手机。“去干吗？”

“可能是我去过的地方吧，我想。”

和明说话总是不清不楚，浩美开始烦躁不安。什么？这家伙到底在说什么？

“古川鞠子的尸体被扔在坂崎搬家中心吧？”似乎故意要引人焦躁，和明缓慢地说道，“那是你搬家时找的公司，你还记得吗？”

没错，所以我才会选择那家公司。

那个姓坂崎的老板是个令人厌恶的家伙，嘴里老是挂着：“我虽然开的是搬家公司，但其实什么都可以效劳。帮助有困难的人就是我的人生目标。”我又没有开口问这些事，实在受不了他那种说教的口吻和自以为是的语气。

一开始来估价，因为不放心见习员工一个人做，老板也跟着来。当那老板看见浩美递出的合同上“职业栏”空白时，阴险的目光就惹浩美不快。你不上班吗？不帮助家里做生意吗？这么年轻，真是可惜啊。我们公司有比你年轻的员工，虽然不像你一样出身名牌大学，但是工作很认真。

坂崎老板嘴上没有这么说，但从他总是吹嘘“人生目标”的目光里可以读出这些信息。最后居然还说：“像你这种年轻人很少会请搬家公司，通常都是找三五好友帮忙。但这样我们就没生意了。哈哈哈……”

当时浩美没有想到这一点，快到搬家的日子时，才想起叫和明来帮忙。我说老板，我也有一通电话随叫随到的朋友！

事后提起这事，还被和平嘲笑了一顿。和平说：“既然是那么讨厌的公司，可以另外找一家。还是说那老板说中了你的弱点，被别人指指点点没有工作，你觉得不甘心？最后说的那句话，不过是不认输的表现而已。”

当初会找坂崎搬家中心，是从行业电话簿中挑选价格最便宜的一家。这情况他就隐而不说了。

不快的感觉始终不消，隐藏的愤怒也难以平息。所以在商量要将古川鞠子的尸骨扔在哪里时，浩美提议装在袋子里扔在坂崎老板家附近。他听说老板有个小儿子，最好是那小鬼打开纸袋，然后心里留下一生都难以磨灭的阴影。给你点颜色瞧瞧，看你还谈什么人生目标、什么救人服务！

当时的不快和愤怒重新涌上心头。而看见新闻报道中那老板发青的脸色，感觉是那么痛快。两种情绪交杂在一起，几乎要涌上喉咙。浩美一时之间说不出话来。

“和明，你连这种事也记得住！”他好不容易让自己平静下来，说道。

“我就是会记这些小事，从小就这样。”

“说得也是。”

一般人这时会一起笑，但两人都没有。

“我以为你跟大川公园可能有什么关系。如果是这样，我现在忘了，但当场可能又会想起来。我以为你知道的地方，我应该也会知道。”

为什么？浩美在心底嘀咕。凭什么我知道的地方，你就会知道？根本不可能有这种事！

“我什么都想不起来。本来以为小时候可能远足去过，但一点感觉都没有。”和明继续说，“然后直接回家后，就听说你妈妈被救护车送到医院的事。”

将手机拿离脸部，浩美深呼吸一口气后，才慢慢问道：“听你这么说，你好像还是认为我是凶手吧？”

没想到和明老实回答：“那个时候我是。对不起，我还在怀疑你。可是听了你刚才说的话，我的怀疑已经消失了。”

“谢谢。”

“但是我还在怀疑凶手是你身边的人。是这样吗？”

“为什么你会这么想呢？”

“因为坂崎搬家中心……”

“说不定只是个偶然。那家公司早就因为服务项目很多、很好，接受过杂志的采访。”

“说得也对。”和明同意道，“可如果不是身边的人，你就不可能发现凶手吧。何况你现在还在监视他吧？就是因为凶手在身边，所以很危险。”

说得很有道理。我应该为你拍手，高井和明。过去应该从来没有人为你鼓过掌吧。

顺便再告诉你，你抓到了重点。凶手不只是我，也曾是你身边的人。还记得和平吗？就是他。选择在大川公园揭开序幕的人也是他。

“反正和明你别担心，别再想东想西了。”

他以为自己说得很宽大、给人靠得住的感觉。没想到听在电话那头和明耳里，却以为浩美还在担惊受怕。

世界依然围绕在浩美周围。在结束这出戏之前，在他按照剧本开始杀女人之前，虽然不应该，但世界只是装作没有注意到他。而现在不一样了。

“我会的。我随时等你联系。希望能早日抓到凶手。”

和明真挚的语气让他没来由地抓狂。真是奇怪，这明明代表他戏演得成功，明明是和明完全听信的证明。

“谢谢你关心我妈妈。”

“如果可以，我想去看看你妈妈。”

浩美准备挂电话，但和明又叫住他：“浩美？”

“干吗？”

“你最好不要再用‘贱女人’这个字眼，那不适合你。”

根本不知道他在说什么。只觉得眼前开始涨起气愤的红色海水。“我说过那种话吗？大概是太累吧。本来我的嘴巴就不太干净，我会注意的。再见。”

好不容易说完，用力吸一口气，让身体僵直不动，否则他会将电话摔到地上、用力踢墙壁、打破窗玻璃。

被切断的电话另一头，高井和明正用手捂住脸，低头站在电话机旁。店里公休，身边没人。灯关着，只有走廊的光线微微透进来。

和明在黑暗中思索。他不断鼓励自己不断下沉的心，继续思索。

浩美在骗我！

可是现在他还看不出浩美的谎言从哪里来。如果浩美真的和那些罪行有关——他的内心低喃着，这是正确的推测，那么“不会有新的受害者”这句话就值得相信。

那就继续等待，看浩美如何出牌。看他下一次怎么说谎，然后决定自己的行动。他相信一定会有机会。

浩美不是一个人。这一点是肯定的。谁在操纵浩美？

对和明而言，从那人手上救出浩美跟结束这一连串事件同样重要。

因为能够这么做的，大概只有高井和明一人。

因为他们是童年玩伴。

16

栗桥寿美子的住院生活前后共十天。当初主治医生跟她丈夫说：“大概要半个月才能回家。”之所以能够这么早回去，并不是因为伤势好得快，而是在于她的精神状态。

其实一开始大家都不以为她疯了，只是情绪不太稳定，老是失眠，经常提到夭折的女儿“弘美”。当初主治医生和护士都以为她是因为从楼梯上摔下来的刺激，加上住院生活和日常生活的空间差异，造成她些许精神不安定，过一阵子就能恢复正常。但她的情况没有改善，甚至每况愈下。

大概每一家医院都大同小异，外科病房的气氛会比其他病房的显得开朗些。住院病人都是伤员，虽然还在痛苦地接受治疗，但至少恢复健康指日可待，前途充满希望。

寿美子临时住院时，被安排在双人病房，但次日就移到了同一层楼的六人病房。寿美子是八〇五号病房的第六名伤员。之前住进来的其他伤员，年龄最小的是一个女初中生，骑自行车时被汽车撞伤；年纪最大的是一位八十五岁老太太，在自己家浴室跌倒而受伤。虽然年龄各异，但大家都相处融洽，病房的气氛很爽朗。

自从寿美子搬进来后，八〇五号病房的一名伤员首先向值班护士抱怨了。那人是寿美子邻床的五十八岁女士足立好子。她说寿美子在关灯后整晚念念有词，自言自语，吵得她很不舒服、睡不着觉。

“她白天板着脸，我们跟她打招呼都不理人，根本没办法交谈。而且……”

足立好子跟值班护士交情不错，所以愿意说出真心话。总之，寿美子好像脑子有问题，会跟只有她才看得见的幻象说话。

“是小孩吧，她是跟小孩说话。”护士心知肚明。之前负责寿美子病房的护士已经事先提过：栗桥女士曾经有过一个夭折的女儿叫弘美，她常会提起女儿的事。“弘美是她很早以前夭折的女儿的名字，到现在还是忘不了。大概是医院的气氛、独特的气味，过分刺激了她的记忆。”

“是这样吗？”足立好子不禁若有所思。她有两个女儿，长女在三个月前刚生了小孩，所以她充分体会到孙子的可爱，婴儿真的是很可爱，尤其是自己的孩子、孙子，更能无条件地爱他们。她可以想象，万一失去如此可爱的孩子，那种伤痛即使经过再久的岁月都无法平复。

“栗桥女士住院以来，老是说晚上睡不着，我们开给她轻微的安眠药。药效使得她精神恍惚，说不定才会半说梦话，自言自语。如果真的不能忍受，我去跟医生商量。”

“这样的话就算了。我再看看情况好了。”足立好子基本上是个好说话的人，马上就同情起寿美子。她那么可怜，实在不应该看她不顺眼。就算她不理我，无视我的存在，还是经常跟她打招呼吧。

可是，这么做好像也不能改善什么。

寿美子跟同病房的病人完全没有来往，也不交谈。可是一看到医生或护士，张嘴就像机关枪一样喊这里痛那里痒、发烧了、血压高头晕什么的。等医生或护士一离开，马上又闭嘴，不是盯着电视，就是躺着发呆。始终重复这些动作。

伤势也没有多严重，却总是以一动就痛为由，不肯自己去上厕所，而是使用尿壶便盆。病床四周乱七八糟的也不肯整理，连头发也不梳、牙也不刷，看着令人难过。跟其他努力维持清洁，拿鲜花、玩偶装饰病房的病人相比，她的确是个异类。

于是足立好子想了一个计策。她决定不管打招呼也不理的寿美子，而是对每天来探望寿美子的栗桥先生下手。栗桥先生背驼得厉害，每次进病房时就像溜门撬锁的小偷一样，畏畏缩缩地怕别人知道。看来这样的人也不怎么好相处。到现在为止，他进出病房时连一句“内人麻烦各位照顾了”都没说过，但总比什么都不做要好吧。就算他也是个怪人，如果跟他抱怨“因为你太太自言自语，我们都快得失眠症了”，至少心情会愉快一点。

然而栗桥先生不仅不善于交际，胆子还跟跳蚤一样小，根本无法交谈。这一天他又跟平时一样拿着装有换洗衣物的纸袋，偷偷摸摸地走进病房。好子立刻语气平和地对他说：“你好，栗桥先生。辛苦了，你人真好，每天来看太太。”

栗桥一听见好子的声音，马上就躬身说道：“不好意思，我太太给你们添麻烦了。真是对不起，她那人就是有点毛病。”

好子不知如何应付，只好笑着说：“没有的事。集体病房嘛，大家互相关照，没有添麻烦啦。”

可是栗桥没有看好子，低着头逃出了病房。其间寿美子不知是不是在装睡，背对着好子躺着，身上盖着毛毯。

好子不禁愣住，合不上嘴。睡在前面病床的女学生笑得脸皱成一团，她小声对好子说：“阿姨，没用没用啦。”

好子也认为没用，不禁开始想家。

好子家是开印刷厂的，她和丈夫及两名员工合力照顾生意。好子在进货途中发生车祸，造成左膝骨折而住院。家里少了一人，想来应该很辛苦。真希望早点好，早点回家。就像护士小姐说的，寿美子因住院想起了以前在医院夭折的小孩，虽然还不知道会不会危及精神健康，但是长期处在医院独特的气味和环境中，心情真的会变得不好。现在她尤其感触颇深。

同一天下午，好子无聊地躺在床上看重播的推理剧，听见护士在走廊跑步的声音。没听见救护车的警笛声，她想大概是门诊患者吧。不料又是一阵跑步声，此后接连不断。看来是护士们到处跑来跑去。

好子跳下床，病房里的其他伤员也注意起走廊的动静。

“什么事呢？”

“就算是急救，也很奇怪啊。”

旁边寿美子的床是空的。大概在三十分钟前，她忽然起床，摇摇晃晃地走了出去。好子当时还在想，真是难得，自己一个人会去上厕所！

“到底出了什么事？”刚好有一位护士经过，被睡在门边的病人叫住了。护士有些困惑，很快看看四下，然后躲进门后低声说：“有个门诊患者的小孩不见了，大家正在忙着找。”

听说是上幼儿园的小孩。母亲来医院看牙科，等待领药期间小孩不见了。

“不用通知警察吗？”

护士夸张地皱着眉头说：“那样问题就大了。所以大家正拼命在找。”

护士连忙离开。大家都是病人，也无法帮忙寻找，只能面面相觑。

寿美子还没有回来。好子已无心再看推理剧，于是将电视关上。这时她才发现，寿美子离开床位不是半小时前，而是过了一个小时。她在推理剧之前的社会新闻节目刚播放时便出去了。

她也去帮忙找小孩吗？

寿美子伤的不是腿，还能走路。难道因小孩夭折而痛苦的她听说小孩走失了，也坐不住跑去帮忙找了吗？果真是这样，那倒是件好事，怪人栗桥寿美子也有可取的一面嘛。

就在好子胡思乱想之际，又过了一小时。那个护士过来对大家说：“小孩找到了，请大家放心。”所有人都彼此称喜。

“小孩跑到哪里了呢？”

“屋顶上。”

“天啊，怎么会去那里呢？”

“谁知道，小孩子嘛。”护士快步离开了。

好像有什么不对劲，就像臼齿黏了什么东西一样。

寿美子还是没回来。那一晚始终没见她回来睡觉。第二天来拿她行李的护士说出了真相。“昨天的小孩其实是被栗桥女士带走的。”

病房里所有人都吃惊地瞪大眼睛。连腰骨折断的老太太也撑起上半身来听。

“你说什么？”

“那人脑子还是有问题。”护士边麻利地将寿美子的日用品塞进纸袋，边亲切地说，“大概是产生了错觉，以为夭折的小孩还活着，就带走了别人家的小孩。”

“所以就去了屋顶吗？她在屋顶上做什么？”

“这个嘛……”

“那位阿姨被医院赶出去了吗？”睡在对面床位的女初中生问，“所以护士小姐你才要收拾她的东西？”

“不是的。她没有被赶出去，而是集体病房不适合她住，转到了单人病房。离护理站比较近。”

“把她赶走就好了嘛。”老太太生气地说，“她应该住别的医院。”

“话是没错，问题是别的医院肯收吗？还是早点治好，让她出院才对。”

那天晚上，好子对来探病的丈夫说了栗桥寿美子惹的事。少了好子这个帮手，每天忙于工作的丈夫一脸疲倦，但还是听得津津有味。

“她是睡这张床吗？”丈夫坐在那张空着的病床上，“一点也不可怕。不就是张病床嘛，没什么大不了的。”

“这故事倒是挺恐怖的。住院之前还是个正常人，不是吗？毕竟这里气氛特殊，让她想起了婴儿夭折的往事，于是精神错乱了。”

好子的丈夫像个小孩一样试床垫的弹性。

“可是……栗桥女士跟你年龄相仿吧？那她小孩夭折应该也是三十年前的往事了。已经过了那么久，难道还忘不了吗？”

“当然不会忘，毕竟是忍痛从肚子里生出来的孩子啊。”

“她家人怎样？应该知道她带走别人家小孩的事吧？”

“当然，医院会跟他们说吧。要不然太不负责任了。”

出了带走小孩的事，换到单人病房后，她似乎在护士严密的监视下安定下来了。应该没问题了。

好子正在接受康复治疗。那可是流汗流泪的大工程，难受得令她觉得还不如不治疗。每天下午，护士都准时接她去五楼的康复治疗室。好子就像小孩拒绝上学一样，常常用发烧了、怕冷、肚子疼等理由耍赖。

在往返五楼的过程中，有一次她偶然经过挂着“栗桥寿美子”名牌的病房。她吃惊地发现，原来是移到五楼了。房门开着，里面传出人声。她不禁偷偷窥探。

“阿姨，精神有没有好一点？”是年轻男子的声音。

病床四周的布帘拉了一半，从好子所在的门口看不见床上的寿美子，只能听见声音。

“一点精神都没有呀……”牢骚般的口吻依然不变。

“不要这么说嘛，本来会好的都好不了了。何况我今天来，觉得阿姨的脸色比上次好很多。”

跟寿美子说话的年轻男子坐在病床旁的板凳上，完全背对着好子。因为身材高大又很胖，那张小板凳几乎隐藏在他身体下方。看起来好像一大块年糕供在那里，十分有趣。好子忍住声音偷笑。

或许是青年对寿美子说话的口吻让好子笑了出来，因为很温馨、很有人情味。除了医生和护士外，这是好子第一次听见有人这么温柔地对寿美子说话。

和好子一起住在八〇五病房时，除了那个胆小鬼丈夫外，没有人来探望过寿美子。据了解寿美子被救护车送来情况的其他患者说——到哪里肯定都有这种探子，寿美子和她丈夫好像还有一个儿子，临时住院那天也来了。但是那儿子从此就没再来过病房，至少好子没有见过。

一个人住在病房里是多么孤独，不管是对别人还是自己，都很容易将这种孤独暴露出来。因为过去关上门窗、不为人知的个人生活，在这里完全一览无余。患者本人会将过去生活所建立、所深信的爱与人际关系，看成是谎言、无所谓、想太多、个人的奢望等，当作一场梦，心情随之陷入绝望的谷底。将近两个月的住院生活，好子本身也有过这种体会，也见过很多这样的病友。

有一个老太太和好子几乎同时也是因车祸住院，她给人的第一印象高雅沉稳。她就睡在好子隔壁，好子立刻就喜欢上了她。老太太是右肩膀骨折，其实并不严重，但她刚住院时总是喊疼。晚上睡不着，好子和她一起流着冷汗呻吟，彼此鼓励度过漫漫长夜。老太太有个独生子，但和她不住在一起。就职于一流企业的儿子、好儿媳和他们的两个小孩，是老太太常常挂在嘴边自夸的话题和她人生的快乐与希望。

老太太不断对好子提到她儿子温柔、儿媳善解人意、孙子可爱，由衷为此感动。好子听了也打心里为她高兴。

可是老太太住院期间，她引以为傲的儿子、儿媳和孙子们一次也没有来探望过。

三个星期后老太太转院了。事后听护士说，老太太转往了有名的收容无家可归老人的综合医院。好子知道这家医院的名字和地址，心想能活动后一定要前去探望。但是跟丈夫提起这事时，丈夫却阻止她不要做傻事。

“你去探望，岂不是让那老太太更加难堪吗？有时候装作没看见也是一种体贴。”

好子不太能接受这种说法，也跟八〇五病房的另一位老太太提起。那人静静地摇头道：“我也赞成足立先生说的话。如果我是那个常常夸自己儿子的人，被扔到那种老人收容所一样的地方，而你专程来看我，我一定会装作不认识你，问你是谁。这是一定的。所以你还是别去的好。”

好子不禁陷入沉思。加上因为身体失去自由带来的不甘与不安，那一晚她居然哭了。原来，医院就是这样一个地方吗？

因为有了这层体悟，当看见一向被视为怪人的寿美子，一开始就拒绝与别人和好相处的怪人，有这么一个温柔的人来探病，好子不禁十分高兴。原来世上还是温馨的，并不是所有人都可悲。

“阿姨，你喜欢吃橘子吧？虽然是温室产的，但看起来很甜，所以我买来给你。你吃吧。”青年递出一个纸包。

“和明居然还记得我爱吃橘子！”寿美子惊讶地说。

“我去你们家玩，你不是常给我橘子吗？冬天的时候，都是买整箱的。大概是读小学的时候吧，我和浩美两个人吃掉了半箱，还被你骂了一顿呢。”

“有这种事吗？”

好子想象两个小男孩两手抓着黄澄澄的橘子比赛谁吃得快，结果被狠狠数落的情景，不禁又想笑了。但是因为怕被人发现，赶紧蹑手蹑脚地离开。回到自己的病房，还是觉得好笑。

那个年轻人是谁？从谈话来看，应该是寿美子儿子的童年玩伴或表兄弟之类。似乎名叫“和明”，而寿美子的儿子叫“浩美”。

好子并不是爱追根究底的人，只是对那个叫“和明”的年轻人有一种善意的好奇。从那天起，只要看见康复治疗室的治疗师、病房值班的护士，就会问一声寿美子的情况。栗桥女士的伤势好多了吗？听说上次她儿子来看过她，是吗？

八楼的人毕竟对五楼的事不太清楚，能满足好子好奇心的只有偶尔来巡视的外科病房护士长。

“我在康复治疗回来的路上看到的，栗桥女士的儿子来看她了。”

好子故意投石问路，护士长侧着头想了一下，然后用明朗的声音回答：“那不是她儿子，好像是她儿子的朋友。是那个个子很高、体形胖胖的男孩吗？”

在威严的护士长眼里，好端端一个青年也变成了男孩。

“没错，体形好像一块大年糕。”

身形也很庞大的护士长听了好子的比喻也跟着笑。“好像是附近荞麦面店的少东，栗桥女士儿子的小学同学。因为栗桥女士的儿子很忙，代他来的。是个好孩子。”

“是啊，的确是。”

刚说此人，人就来了。跟护士长聊天的那个下午，好子在康复治疗回来的路上，跟那个“和明”在五楼的电梯口相遇。两人站在一起，“和明”等待下行电梯，好子等待上行电梯。“和明”手上拿着鼓起的纸袋。近看“和明”虽然也很胖，但两手结实，给人勤奋努力的感觉。他表情呆滞、一副快要睡着的样子，眼睛盯着几乎不动的电梯指示灯。

“医院的电梯好慢啊，总是要等。”好子开口说道。

“和明”有点吃惊，一双大象般的小眼睛不停眨着，并低头看好子。“是啊，说得也是。”声音慢了半拍，“下去吗？”

“不，我要往上。如果能够往下然后直接回家就好了。”

“和明”看着好子的拐杖和石膏裹住的左脚。“真是辛苦了。”说得很真诚。

“尤其是康复治疗呀。我已经不年轻了，实在做不来。”好子笑道。

“我这么胖，要是腿断了可就糟了。”“和明”也笑道，“也许会哭着逃避做康复治疗吧。”

与其说他不会说话，不如说是回答得很腼腆。为了不让跟他说话的好子难堪，拼命挤出这些话来。好子也跟护士长一样觉得他真是个好孩子。

下行电梯先来。“和明”对好子说了声“保重”才进电梯。直到电梯门缓缓关上之前，好子都微笑着目送他。

“你还真是会想。”晚餐时来探望的丈夫笑她，“只因为他来探望栗桥女士，你就认为他是好青年？无论他做什么，你都会觉得他是好孩子吧？”

“可是你不觉得感动吗？来探望童年玩伴的妈妈。”

“这世上本来就有各种人，为了什么目的而来还不知道呢。不要随随便便被感动，你也真是单纯！”

好子不悦道：“何必想得那么复杂嘛。”

“不是我想得复杂，只不过有些事不是一加一等于二。”

“任何时候都等于二。要不然该怎么记账？”

“你就是不明白啊。”

康复治疗在好子一心想早日回家的热忱下进行得很顺利。检查结果显示没有异状，因此定在十月二十日出院。

一旦决定了出院日，做什么都很有干劲。好子像孩子一样数着日子，继续努力治疗。或许是热衷自己的事，那一阵子没再遇到“和明”，也没有在寿美子的病房前听见或看见什么。

好子半祈祷半相信地认为，寿美子的伤势和精神状态应该都很安定。如果她又将门诊患者的小孩带走，一定会有探子到处散播谣言，不然护士们也会提到。如果“和明”经常来探望她，也应该对她的伤势恢复有良好的影响。等她习惯了医院的味道和气氛，过去死过孩子的记忆应该就会回到原来的地方，不再扰乱她的心绪。

出院那天，好子一早就起来收拾东西，等待丈夫来接她回家。值班护士笑着威胁道："如果太兴奋造成血压上涨，到时候就不给出院许可了！"

最后还是发了出院许可，她跟八〇五病房的同伴道别，丈夫却一直没来。她知道工厂很忙，但也迟到得太过分了。丈夫来的时候已是下午三点，好子空着肚子，根本没有好脸色。细心的护士不断劝她去吃饭，但受够了医院伙食的她还是拒绝了。

好子念念叨叨，丈夫也予以反击，两人边吵边提着大堆行李下电梯。门诊的挂号到下午两点为止，柜台窗口不像上午那么挤。来探病的人还是很多，大厅的椅子上几乎坐满了人。

好子拄着拐杖，尽管被护士警告过，她还是兴奋地喘着气走路。

"让我坐一下。"好子看了一下周围，发现前面两排有空位。

"那你在这里坐着等，我去开车。"

丈夫让好子坐下，将行李放在她脚边，就先行离去了。好子还是一肚子气，没有回答。

她喘了一口气，一边按摩腿一边观察四周。想到终于能够离开这里，看见那些跟探病的客人谈笑或翻阅书报杂志、穿着医院睡衣的病人，不禁油然生起一种优越感和不相上下的同情。

大厅电视里正在播放社会新闻，又是报道那个连环女子诱拐杀人事件。住院期间除了午间社会新闻外，几乎什么都没有看，好子对该事件已经很熟悉了。今天又是报道那个可怜的古川鞠子。

她漫不经心地看着电视，眼角余光却发现了一个熟悉的庞大身影。

是"和明"。既然是开荞麦面店的，现在应该是中午的休息时间。利用这时间来看望寿美子，而现在正是回去的时候。他出了电梯，直接朝大门走去。

好子吓了一跳，视线紧追着"和明"。他穿着白色圆领衬衫和白裤子，应该是工作服吧。脸色也跟衣服一样苍白。

"和明"走到自动门时，刚好好子的丈夫也从外面进来。两人在门口相遇，“和明”庞大的身躯撞上了好子的丈夫。丈夫个子小，摇摇晃晃地差点跌倒。“和明”看都不看他一眼，快步离开，像在躲什么似的。

这是怎么了？

“最近的年轻人不知是怎么教育的，连句对不起都不会说！”丈夫生气地来到好子身边。好子始终注视着“和明”离去的方向，感觉不太寻常。

到底发生什么事了？是不是栗桥女士又干什么了？

不久后，足立好子将又一次看见“和明”，就在电视画面上。好子将重新咀嚼她在大厅感受到的漠然的不祥预兆。

17

十月的后半个月，有些日子过得就像少女跳舞的脚步一样轻盈，有些日子又像垂死的蜗牛一样沉重缓慢。

案情没有进展。因为和平和浩美潜伏不出，也是当然的结果。现在两人只想着如何设计让和明成为凶手。受害者已经够了，如今需要的是凶手，是社会要求的凶手。

和平强调，心理学的证明已经够充分了，和明对社会的怨恨就能解释一切。他出生像丧门犬，活着也像丧门犬，复仇心理导致他犯下一连串罪行。杀害的对象都是女性，证明他是一个郁郁寡欢、欲求得不到满足的男性。

此外再添加一些铁证在和明身上，一切就大功告成了。不在场证明也不必担心。将近三十岁还跟父母住在一起，没有女朋友，没有任何嗜好的男人，其生活模式可以想见。若被问到不在场证明时，和明的回答只会有一个——“我在家里”，而能够为他证明的也只有家人。近亲的证词是不具效力的，比羽毛还要轻。

二十一日的《日本日刊》有一则独家报道，让浩美感到震惊。嫌疑人“T”。之前他就知道这个人。据他的说法，这人是和平事先安排的“地雷”。果不其然警方也踩到地雷了。和平的设想真是周到，简直如有神助！

深夜，和明打电话来问：“那个‘T’是凶手吗？”浩美毫不犹豫地回答：“不是。”然后在心中低语，因为你才是凶手，和明。

和明好像很失望。

“你不必在意那种人。”

和明无精打采地回答：“我知道了。”他像要说些什么，但支支吾吾还是什么都没有说。

栗桥寿美子出院后，和明带花来栗桥药店探望。浩美并没有告诉和明，母亲是因为带走别人的女儿，才提前出院。他只是假装愉快地说：“以后每天要到医院做康复治疗，是吧，妈？”

不知为什么，和明跟寿美子说话时也很紧张。可以用手触摸她轮椅的椅背，却不敢直接触摸她的身体。好像远远看着坏掉的东西一样，表现得十分温柔。

回去的时候，浩美在门口对他说：“关于那件事……”

“怎么了？报纸和电视都争相报道‘T’的事……”和明立刻追问。

浩美只是摇摇头。“是吗？和明，从现在起，我会有一段时间不在家。”

“要回租住地吗？”

“没错，但不只是那样，为了那件事也必须这么做。我会打电话的。就算没事也会打电话。”

“我知道了。”和明乖乖地离开，“你自己小心点。”

最后还投过来一个怎么看都像是同情的眼神，让浩美有些在意。那种纳闷和不愉快的感觉就像是雨天裤子沾到泥水一样，始终留在心上。

接着浩美立刻跟和平联系。没想到和平从二十一日起竟十分热衷嫌疑人“T”。听他说话似乎可以感觉他几乎已经忘记要将和明设计成凶手的计划了。

“原来水到渠成就是指这种事，果然还是上钩了！田川一义果然不负我的期待。”

“你要用他演戏吗？”

“当然，不用白不用。别忘了选择大川公园也是因为有他，而且自从送回古川鞠子之后，我们什么也没有做。”

“和明的事就顺延吗？”

“怎么，生气了？放心好了，那件事不用急。把和明放到田川一义的剧本后会更精彩。”

和平就是那么随性，就算反对，他也不会听，浩美只好死心。

“总之我们到山庄再说吧。什么时候可以去？”

“随时都可以，反正补习学校那边已经停了。”

和平说过要辞了在补习学校当讲师的工作，一方面事件到了该结束的关键时期，而且他早就对这份工作感到厌烦了。

“我会跟学生说要背着登山包到世界各地旅行，他们听了一定很高兴。那种年龄的小孩，对这种旅行和从事这种旅行的人很憧憬。”

“你高兴怎么做就怎么做吧。总之早点把无关紧要的事情处理清楚。”

两人从十月二十七日起就窝在“山庄”里。来到计划总部，和平依然热衷于“T”的话题。浩美忍着心中的不满，不时打电话给和明，说状况没有变化、有什么事会立刻跟他联系等，一边注意钓钩有没有折断，一边支撑着钓杆。而这本来就是一件很简单的工作。

就这样进入了十一月。十一月一日，一看过早报，和平像个小孩似的兴奋地说：“你看看这个！今晚的新闻特别节目，那家伙要亲自上场呢！”

不过是几个小时，和平就利用田川设计出今天晚上的这出戏。浩美也很兴奋，觉得很有趣。到时候打电话到电视台的也是他。

“我可是第一次现场实况演出呢。”

“你可要好好表现。”

两人很晚才吃了午餐，和平累了想要午睡。浩美留住他，说：“我知道有些啰唆，但我还是很在意和明的事。”

和平边打哈欠，边笑着说：“和明是你身上背负的重担呀，栗桥同学。”

“古川鞠子遗体出现时发生的事，现在又发生了。特别节目之后，和明那家伙一定又会打电话给我，问我现在的情况。”

“我想起来了。”和平收起昏沉的表情说，“浩美，长寿庵今天开吗？”

“开啊。”

“所以那家伙在黄金时段不能看电视，在厨房忙？”

“大概吧。”

“他跟谁在一起？”

“和他老爸两个人。店里有他老妈和妹妹招呼。”

“客人看得见厨房吗？”

“看不见。和明那么笨，所以也不出来招呼客人。”

和平高兴地笑道：“也就是说，能够证明不在场的，只有他的家人。”

没错，就是这么回事。

可浩美还是很不安。“为了安全起见，我们在现场演出的时候，是不是应该把和明叫到没有人注意的地方？”

“没必要！”和平很有自信地说，“之后能够证明不在场的只有家人，所以不需要操那个心。而且我们需要的证词，就是他那句‘我在家里’。如果他不能证明‘我没有打电话给电视台’也没什么用。一个快三十岁的大男人，抽个空离开厨房打电话，应该没有家人会监视吧。”

“和明家可就难说了。他连专用电话和手机都没有。”

“除了店里的电话，家里应该还有其他电话吧？”

“但号码是一样的。”

“那就没问题。完全OK。”和平自得其乐地说，“我们把和明设计成凶手的目的，不就是要让高井家的人被警方质问而痛苦不堪吗？那真的是一件很难受的事。那个时间，我儿子没有打电话！太太你真的能肯定吗？和明不是婴儿，背着你打个电话，装作没发生什么事又回到厨房，是很简单的。你们还是强调你儿子是无辜的吗？明明就是铁证如山！”和平一个人演得很愉快。“浩美你说得没错。那就来谈谈和明的事吧，我似乎有点玩过头了。”和平表示，让和明成为连环女子诱拐杀人事件的凶手是个很好的主意。“很棒的角色。他是主角，所有受害者都是配角。再怎么使社会震惊的连环杀人案，有谁会记得受害者呢？历史上能留名的只有凶手。”

“我知道，这一点我当然知道。可嫌疑人就是要被警察逮捕的。”

“开什么玩笑！怎么能被捕呢？”

浩美吃惊地问：“和明不会被捕吗？”

“当然。就算我们再怎么厉害，一旦将活生生的和明交到警察手里，就不可能陷害他为凶手了。”

“为什么？”

“你想想，活着的人一定会说话，和明绝对会说自己没有杀人。他会把从听见你打手机给有马义男，到对童年玩伴你的怀疑，都一五一十抖出来。到时候警方就会盯上你！”

“盯上我……”

“开始调查你身边的事，连我都会一起遭殃。鞠子和千秋被杀时，我们都没有不在场证明。那还用说嘛，因为那两人是我们杀的。但和明说不定有不在场证明。任何事件都可能出现没有关联的物证。将活生生、会说话的他交给警察就完了。对我们而言，无异于自掘坟墓。”

浩美只有一瞬间想试探和平，于是他问：“也可能我被抓了，和平你还很安全。只要我什么都不说，承认一切都是我跟和明做的。”

和平立刻将嘴抿成一条直线。

“浩美，你认为我是那种人吗？我会那么卑鄙吗？”

浩美没有回答。他后悔说了不该说的话，但已经来不及了。

“我们一直都是两个人一起走来，两个人做了这些事，不是吗？你却认为我可以将你一个人交给警方，自己装作没有事吗？”

“对不起，是我不对。刚才我是开玩笑的。”

浩美小心地道歉，但不知道和平是不是因说出“卑鄙”这个词而激动，还是一脸怒容，同时不安地咬着指甲。

浩美一向认为，和平从小就没有改变，不能忍受被人说“卑鄙”、“没用”、“头脑笨”、“别扭”。他绝对不会忘记说他的人，也不会原谅他们。

“总之我绝对不会做出那种卑鄙的事！”和平不断强调。浩美也安抚道：“我知道。我不是真心说那些话的。”

“那你以后不许再说那种无聊的话！”

“我不会说了，绝对不会再说。就算刚才也不是真心说的。”

和平瞪着浩美，好像想起了什么，忽然笑了。他说：“说不定倒也不是一件坏事。如果我出车祸忽然死了、人不见了，你一个人就无法让高井和明成为凶手吧？这时这个主意倒是不错。你被警察逮捕，然后宣称同伙就是高井和明。”

“不要说这种不吉利的话！”

“你听着，以前真的有过这种案子。大概是昭和二十年代[①]吧。有一个‘梅田事件’，到现在还是冤案。”

可恶！又开始卖弄他的知识了。浩美有些不耐烦，可是为了取悦和平，他还是安静地听下去。

“那个男人，我忘了叫什么名字，犯下好几起抢劫杀人案，而且被捕了。因为作案手法凶残，很明显一定是死罪。他想自己一个人倒霉不公平，反正也逃不过死罪，干脆找人陪葬。于是他谎称所有的案子都是他和朋友梅田一起干的。”

“这种骗人的口供，警察也相信吗？”

“相信了。因为作案手法太过凶残，一开始警方就认为凶手不止一个。实际上是一个人犯案，但因为警方认定有同伙，而当真凶说谎供出梅田，警方立刻逮捕了无辜的梅田，严刑逼供。梅田受不了，承认了自己没有犯的罪，画了押。他其实有不在场证明，但能提供证词的是他的家人。我记得应该是他妹妹吧。可是因为家人作证的可信度不高，没被采纳，法院便判定他有罪。”

“那真凶怎么了？”

“死刑。而且到最后都坚持梅田是同伙的谎言。在监狱里，梅田申诉自己是无辜的，同时有律师愿意帮他。结果真凶只想跟律师做一笔交易，说只要给他一大笔钱，就愿意承认梅田没有做。他希望将钱留给自己的女人。大概说的就是这些。但是律师拒绝了，因为这是行不通的。最后真凶在上绞刑台之前，都一口咬定梅田是同伙。虽然现在已经证实了梅田是无辜的。”和平又开始咬指甲了，这是他不安时的习惯。“可恶……我居然想不起来那个人、那个真凶的名字。我的记忆力也开始衰退了吗？”

---

①指一九四五年到一九五四年之间。

"有什么关系，都是以前的故事了。"

"话是没错，可是这件事却冠上无辜嫌疑人梅田的名字，成为'梅田事件'，这才让人不满。这个事件应该冠上真凶的名字才对，因为是他犯的案子。"

和平的眼睛充满了热情，就像很久以前一起玩电子游戏、一起做模型时一样，浩美曾经在和平眼里看见过同样的光辉。和平始终没有改变，一直都是少年的样子。浩美心里忽然闪过一个念头：这家伙会有女人缘吗？

"真凶既不痛恨梅田，跟他也没有利害关系，也不是为了什么小过节，才陷害梅田。两人在战时曾经在同一军队服役，不是陌生人，却也不是好朋友。从常识来判断，真凶实在没有理由诬赖梅田。也难怪警方根本不认为凶手会撒这么大的谎。"

浩美不置可否，他只希望早点回到原来的话题。设计和明的计划到底定了没有？

可是和平对于浩美毫无兴趣的态度感到失望。"喂！用点心嘛，浩美。难道你不知道我为什么要提起梅田事件吗？"

"……"

"你想想看凶手对梅田做了什么事？"

"冤枉他，不是吗？"

这就是我们现在要对和明做的事！

"就表象来说，你说的是事实。但真实却不一样。"和平倾身向前，直视浩美的眼睛，"真凶其实对梅田表现出真正的'恶'，你不觉得吗？"

纯粹的"恶"！

"他对梅田没有恨意，也不是以金钱为目的。虽然他之后跟律师提到了钱，我也不认为那是他的真意。那是正常律师都会拒绝的交易，目的是要折磨梅田、让他痛苦。因为对方提出这种要求，就算之后拒绝对方，心里还是会想东想西。真的付了钱，他就会说真话吗？实际上，在梅田冤案平反前，真凶就已经伏法了。梅田和他的律师一定会后悔，后悔当时如果付了钱就好了。他们会很痛苦。真凶就是知道自己死后依然会折磨他们，才提出这个条件。”

和平自得其乐，不，应该说是自傲不已。

“真正的恶就是这样，没有任何理由。被这种恶所侵袭的人，就像可怜的梅田，连他自己都不知道为什么会遇上这倒霉事。他无法接受，就算问原因，也找不到答案。如果是怨恨、感情生变、金钱目的等理由，受害的一方多少还能接受，至少可以有安慰自己、憎恨凶手、埋怨社会的根据。只要凶手给理由，受害者就知道如何处理心情。可是这起事件一开始就没有理由或根据，只能呆呆地任人宰割。这就是真正的‘恶’！”

“我听不太懂。”浩美小声说，其实他完全无法理解，“其实狠毒的事件有很多，不是吗？”

“更狠毒的事件？你是说杀更多人、抢夺更多钱吗，还是什么？要钱要命？那些都没有意义。只不过是贪心跟没有神经罢了。那些或许是‘犯罪’，但还不够‘恶’。”

是这样吗？提到这种事，浩美总是跟不上。

浩美从不深思。一开始就没有，现在也没有仔细思考过什么。

两年前，浩美在那个废墟的垃圾坑里，杀了岸田明美和女初中生。他心生恐惧，找和平商量对策，不断表示自己的脑子出了问题。和平说：“不用担心，我不会让警察来抓你的。我有办法，你放心交给我处理吧。”

和平赶到废墟。浩美一个人将两具尸体拖到废墟隐蔽的地下室里，接着他们两人一起将尸体搬出，一具放进汽车的后备厢，一具横躺在后车座上，用毛毯盖着，然后运离现场。

浩美问：“要载到哪里埋葬？”和平冷冷地回答：“埋在永远都找不到的山里，好吗？笨蛋，埋在哪里都会被发现的。不仅如此，如果现在放手，就永远得背负被发现的恐惧度日。”

和平直接将车开到“山庄”。得知和平继承了他父亲在冰川高原上的别墅时，浩美着实吃了一惊。学生时代虽然不是都在一起，但他自以为跟和平很熟。可是他从来没有听说过和平的父亲过世了。其实，他从未见过和平的父亲。此时他才发觉这一点。

“你妈妈呢？她还好吗？”

“嗯。现在不住在东京了。”和平回答得很简短，似乎不太想提家里的事，这是他从小就有的习惯。“山庄是我的财产，其他人不会进出。放心好了。”

直到天亮之前，两人分别将两具尸体埋葬在山庄的院子里。挖土工具仓库里都有。以前有园丁来这里工作，但和平不喜欢外人出入自己家，就将那人辞了。但工具还是买全了整套放着。

“我是想也许哪天心血来潮，想自己整理院子。”

黎明前忙完，两人进山庄吃早饭。和平周末都来这里住宿，冰箱和食品柜里有很多存粮。山庄的建筑和装潢都显得气派，和平熟练地使用，更让浩美感到钦佩。

“一个人来这里都做些什么？”

和平笑着回答：“不见得是一个人来。”

“哦，是啊。”

“想独处的时候会来，无所事事地看着山、看着森林就好。来到这里总让我有活着的感觉。”

浩美心想，那种感觉，拼命工作的人不会懂，但是我知道。

“对了，我有时也会摄影。大学时代曾经迷过一阵子。整套的器材都有，我还将一楼后面的储藏室改成了小暗房，自己拍照片自己显像。现在几乎都没在使用了。”

和平调查了两个女孩的东西。女初中生的身份立刻就确定。她的地址簿上写的都是男朋友的名字，以及她自己的姓名和住址。

她自称是离家出走，样子看起来不像是初中生，显得很油滑，对男人很有一套。和平模仿她地址簿上的笔迹，给她家里写了一封信。和平说：“这样应该能挡一段时间。而且如果这女孩的父母很没有责任感，说不定这样便解决了。”事实上，确实也跟他说的一样。

和平也写信到岸田明美家。

“她和浩美你交往的事，家里知道吗？”

“应该不知道吧。明美换男朋友换得很快……”

“不肯定就糟了。如果不能确定，有时设计陷阱反而成了自掘坟墓。”

“放心吧。她跟家里的关系不太好。手机、地址簿也都一直放在皮包里，都在我们手上。不管是她爸爸还是妈妈，都无法追查她的交友关系。”

但和平还是唠叨了半天，才提笔写信。他根据浩美手上明美的来信，稍微练了练笔迹，确实模仿得很像。

内容也令人折服：“生活在爸爸的财富下，我不知道接近我的人是出于真心，还是为了钱财？”

“很感伤吧？”和平笑道，“应该很像没见过世面的千金小姐说的话。”

明美的皮包里除了地址簿外，还有存折和银行卡。那是她父亲给她汇生活费的账户，余额将近三十万。

和平说：“等那封信快寄到她家时，就得从该账户中取领出十万元。”

“这么做不是很危险吗？”

“放心好了。她不是一向跟家里要钱，过逍遥日子吗？她只知道这种生活方式。所以说得好听，说要离开父母生活，其实还不就是想要这些钱吗？肯定是这样的。所以一点点取出来，她家人才会安心。就算寄了那封自以为是的信，她还是得依赖这笔生活费。”

和平全说对了。伪造的信寄到明美家后，浩美的周围没有任何变化。明美的父亲从来没有突然来电说：“听说我女儿跟你交往，她离家出走一直没有回来，你知道她住在哪里吗？”

可见明美不是那种会向家里详细报告男朋友情况的女孩。父母就算知道她有要好的男朋友，除了她这个直接的信息来源，他们无从调查男方情况。假如他们申请搜索失踪人口，警方应该也不会找上浩美。

心情稍稍放松后，浩美故意改变造型，穿上西装，戴古板的框架眼镜，到明美住的公寓查探。房子已经退租，换了新的住户。她父母来收拾的行李。

还不只是这样。信寄出半个月后，账户里又汇进二十万元。确认后，浩美不禁高兴地吹起口哨。

明美的父母果然百分之百地相信和平所写的剧本，相信女儿还活着，而且离开父母独立生活。可是没有生活费就过不下去，他们无奈只好盼着女儿遂了心意后就会回家，在这之前继续汇生活费给她。

“真是温暖的亲情啊。”和平虽然说得很讽刺，但还是高兴能有钱花。

出于尊敬和感谢，浩美几乎不敢直视和平闪亮的脸。和平果然厉害，真是骗人的天才！连亲手杀了明美的他都认为和平的剧本才是对的，甚至觉得明美现在还活得好好的。

这下可以安心了。没有什么好操心的了。浩美头上的阴霾顿时烟消云散。

本来他就不是为了杀人而杀人，而是境况使然，令他迫不得已。对他而言，毫无知觉杀了人，在某些意义上，他也是受害者。现在他终于能摆脱不当的杀人枷锁。

可是……当一切都尘埃落定时，和平却又说："这种程度的伪装并不能维持太久。"

“什么？这是什么意思？”

“没什么意思。你冷静地想想这种剧本，对于嘉浦舞衣那种不良少女就算了，但岸田明美终究会回到父母身边。但现实情况不行，她已经死了。所以五年后、十年后，甚至更早，她的家人就会开始怀疑，这是可以想见的。明美已经过了贪玩的青春期，却还没回家。她应该会选择活在爸爸庞大资产的伞翼下，却还没有回家？”

奇怪！她离家出走的理由，那封信，一直被提款的账户……明美真的是因为自己的想法而离家出走的吗？真的还活得好好的吗？总有一天家人会怀疑这一切。

“到时候更没有办法查出我和明美的关系。”

和平认真地看着说得轻巧的浩美。“那可不一定。就算细如蚕丝，也可能找到源头。不要忘了，现在摆脱嫌疑，不过是为了赚取时间。而且更重要的是，如果此事被追查，千万不要小看了日本警方的实力！那会很危险。”

“你不要……吓我。”

“我不是吓你，而是要你冷静思考。我们不能不提出对策。”

“对策？”

到底还要怎么做？

“为了以后，伪装是有必要的。就像要将树木藏起来，就必须到森林里去。”

“什么意思？”

和平微笑地解答。“关东地区到处都有同样的女子失踪事件。而现在这个时间点，已经经过充分的时间，‘凶手’可以行动了。可以提出犯罪声明、丢弃几具尸体。最后还要将岸田明美及和她一起死的离家出走的女初中生都弄成是凶手所为。也许会大费周章，但绝对是必要的。”当时和平的笑容显得多么无忧无虑。“当然‘凶手’是虚拟的存在，是我和你做出来的海市蜃楼。你躲在海市蜃楼后面将永远安全。”

对，一开始就是那样。一切都是因为岸田明美和那个女初中生——忘了她叫什么名字，大概是舞衣吧，都是从杀人开始的，为了逃避警察追查而开始的。和平那么说，浩美便赞成了。浩美觉得是好主意，目的也很清楚，制造出一个凶手的海市蜃楼，浩美躲在后面。

和平还是经常像现在这样说些意义不明的话，说什么是“真正的恶”。

“我和你所要做的，并不只是犯罪，我们也是要体现什么是‘恶’！”和平不理会陷入思索的浩美，自己一个人说得正起劲。浩美在他快活的说话声里从回想回到现实。

“我们要将永远解不开的谜题扔给所有受害者和他们的家人。为什么？为什么我的女儿被杀？凶手为什么要折磨我们？为什么、为什么、为什么？但是谁也不知道答案。自以为聪明的人或许有各种推论，警方也会积极办案，但还是找不到答案。因为本来就没有答案。知道的只有我，不对，是只有我们。”和平还耸了耸肩，“本来光是这样就足够了，又是一项庞大的工程。可是由于你不小心，在高井和明面前露出马脚，让我们的计划急剧扩大，必须把他也牵扯进来。”

我知道，为了这件事我不知已经道歉过多少次了！浩美在心中低喃。

“不过……算了。”和平心情不错，“让高井和明尝尝梅田经历过的痛苦也是一大乐事。应该是个很有意思的故事。只要想到这里，也能高高兴兴地为高井和明修改剧本。说实话，我一直都很羡慕梅田事件的真凶。”

浩美第一次因和平兴奋的口吻感到一丝不安。过去不管什么事，他都听和平的，包括应对媒体、打电话给死者家人以制造话题、分尸、故意将右手丢弃、将已经埋葬的古川鞠子重新挖出来放在别人家门口。这一切都是为了让“海市蜃楼”看起来更真实，让它的背影颜色更浓、更黑，好让自己躲在其中。

但是他担心和平还有其他真正的心意。这些事情败露，他也一样很麻烦。但是……

“要设计令高井和明成为代罪羔羊，必须累积许多可疑情况，最后再让他死。”和平转头看着浩美，“要让他自杀，并且在他身边留下承认自己就是连环诱拐杀人事件凶手的遗书作为物证。”

“这样行得通吗？”

“不用担心，遗书我来写。”

和平的确有伪造书信的才能，岸田明美的家书就是实证。

“遗书不用太长。连环杀人犯自杀也不是稀奇的事。他们通常都具有双重人格。一方面以杀人为乐，中了杀人的毒；另一方面却认为杀人是不对的，受到良心的谴责。他受不了两种人格的冲突，所以选择毁灭自己的肉体和精神。在美国有很多这样的例子。一个连环杀人案还未解决就消声匿迹时，警方就会认为嫌疑人可能因为其他犯罪被关了起来，或是自杀了。这是一种常识。”

和平说得很像专家。大概是查过什么资料或书吧，但这种时候他绝对不会说“根据”、“我读过一本书上写着”，而是说得很肯定，仿佛一开始就是他的想法。这种说话方式是他的毛病。

浩美心想，今天我对和平似乎有些不满。都怪他提出恶呀什么的奇怪说法。

和平还在滔滔不绝。“物证由我们保管就行了。我没去过高井家，将物证塞进和明房间要由你负责。你要好好做。”

简直就像是店长在指示店员。浩美不太情愿地“嗯”了一声。如果回答“放心交给我吧”、“我知道了”，就等于把自己贬成和平的手下，他才不干呢。

和平心情极佳，完全没有注意到浩美些微不满。“对了，时间差不多了。”和平拿起桌上的报纸，摊开电视节目栏，笑着说：“我们今晚将要演出一场好戏，你说对吧？”

浩美点头道：“因为田川一义要亲自上电视了。”

“真是笨呀！大——笨——蛋。”和平像唱歌般交代，“自从古川鞠子的骨头交还给他们后，他们就认为我们开始请病假。今晚要好好玩一下。拜托你喽，浩——美——啊。”

18

和平早在五年前就知道田川一义这个人，而且还了解得很透彻。不只是他的身份、他不为人知的怪癖，还有他过去的所作所为。

和平大学毕业后，完全不像浩美还做过一段时间全职工作，而是在关东地区大型连锁补习学校担任钟点讲师。

“教育小朋友是我一生的梦想，但是如果在现行教育制度下成为老师，我的梦想就难以实现。”

面试的时候，和平就是靠这句话被录取的。对方很高兴地聘用了他。该补习学校的办学目的是为了激励那些希望进入现行学校体制中的升学班而努力学习的孩子，为他们提供更多实现理想的机会。

和平在那里当了三年名师。之后补习学校的一位资深讲师另起炉灶，并邀请和平过去工作。他在那里帮了半年忙后，以“追求目标不同”为由与那人分道扬镳。当时浩美已经辞了一色证券的工作，整天游手好闲，所以他以为和平也一样。没想到他猜错了，和平立刻找到了新的工作。

“之前补习学校学生的家长之中，有人从事很有趣的工作。其实我是被他们挖走的，但是在前辈面前不能说出来。”

那个“有趣的工作”如果用浩美的话来形容，最适合的大概就是“咨询人员”了。帮助病人做心理辅导，有点像是医生的工作，但事实上并不一样。这份工作是以有许多需要解决的问题的客户为对象，一起帮他们寻求解决之道。公司名叫“Well Living Support 股份有限公司”，表面上注册为出版公司。“Well Living”的意思是“好好生活”，因此他们也出版了许多教人好好生活的书籍，通过大幅广告促销。一对一的咨询形式是对购书读者的服务，当然是另外计费。

和平成为该公司的咨询员。同样职务的人，该公司共有四位，其中和平最年轻。他们找和平来就是希望有一个能够与年轻人对话的咨询人员。

浩美不太清楚该公司内部的情况，只知道和平在那里工作不满一年就领了相当高的薪水。而且能听到各式各样的人生，他觉得很有趣。

“有些人一听见咨询员的头衔，马上就卸下全副武装。有时候反而是我替他们紧张，真的连这种事都要说出来给我听吗？面对这种直截了当的客户，真是没办法。”

等到和平觉得无聊，辞去工作后不久，该公司就上了报纸。一名咨询员对前来咨询的女“读者”提供对方并未要求的服务，被告上了法庭。和平看见这则消息时哈哈大笑，说：“这种事情在我上班的时候就层出不穷，只是当时没有爆发罢了。被外界知道，其实是迟早的事。”

和平那时又回到了补习界，在另一家大型补习学校当钟点讲师，还是名师，直到现在亦然。因为接的班不多，看起来好像很闲，整天可以玩乐。但其实他受到学生绝对的支持，是个授课活泼明快、值得信任、教学技术一流的好讲师。

田川一义则是他在 Well Living 时期掌握的一笔“存款”。

当和平和浩美开始以都市为舞台，设计出现在世人面前的具体计划时，为了让剧情更加有趣，就想到了安排无辜的第三者。但当时还没有想到高井和明会介入，也不知道如何将一个完全没见过的人编入剧情，使得这个想法差点胎死腹中。

这时，和平想起了田川一义。田川一义曾经为了改变人生、矫正自己也不喜欢的怪癖、找个正当工作、恋爱结婚、成为正常的社会人生活下去，而来 Well Living 寻求帮助。田川一义对咨询员和平说出了所有身世。

“那家伙或许很容易被卷入。警方一定会从有性犯罪前科的人着手开始调查。”

在 Well Living 时期，只要是觉得有趣的内部资料，和平都会复印一份带走。要查出田川一义的住址并非难事。

于是决定大川公园为第一次的舞台，因为就在田川家附近。

现实情况固然发展得比和平预测的慢，但田川一义还是成为首要嫌疑人，受到媒体强烈的关注。他还是坚称自己不是连环女子诱拐杀人事件的凶手。

特别节目开始了。和平和浩美轻松地坐在山庄客厅的沙发上看电视。说好节目结束前不进食也不喝酒，只能喝咖啡。

在和平的指示下，浩美开始打电话。电话号码出现在特别节目画面里的字幕上。一时之间演播室内混乱不已，浩美感到十分骄傲，对着主持人和来宾畅所欲言。

总算到了让田川真面目公示天下的交易时间，就在这个最佳时机到来时……

“居然播出广告！”

浩美在电视机前怒吼。他挥动拿着手机的手，因为太生气，另一只手上的变声器差点碰到电视屏幕。“你们在想什么？广告商比我还重要吗？”他对着电话吼道，“你们到底有没有认真听我讲话？”

他将电话切断了。感觉自己喘着粗气。岂有此理！头一次受到这么大的侮辱！我绝对不会原谅他们！

和平却很冷静，在安乐椅上重新坐好后，说：“再打一次电话，浩美。”不对，他不只是说，而是“指示”。

“为什么？”

“不打怎么能继续说下去？”

“我不打！为什么要我们先低头？”

和平目光忧郁地说：“根本不是这个问题。比实力的话，一开始我们就占优势。所以不必为广告这点小事跟他们争，那太愚蠢了。”

“你是说我是笨蛋？”

“如果这点事都承受不了，你就是笨蛋！”

广告长得令人心烦，屏幕上出现了穿着内衣的女人，浩美脑海里浮现出以前看过的女人穿着内衣的样子。说起来，最近好一阵子没有新猎物了，也没有听到尖叫、哀求和讨饶的声音。和平规定的方针是：开始活动后，同时进行剧本上不必要的犯罪是危险的。所以自从日高千秋以来，就没有带人来过这里。

和平的、和平的、和平的方针。真是可恶！全都是和平决定的。

“我绝不会再打电话了。”浩美抓起手机，转身穿过客厅，用力拉开房门。

“到时候后悔别来找我。”和平冷静而缓慢的声音追了上来，听起来像是在打瞌睡或说梦话。

“我才不会后悔！”浩美说完，上了楼梯。监禁女孩的房门为什么半开着？是不是因为之前上来的时候，和平说，房门关着，里面的臭气散不掉呢？

浩美进入房间，灯也不开就走向床铺。他猛然坐在潮湿的床垫上时，床铺嘎吱作响。

遮雨窗关着，室内阴暗。走廊的灯光像切好的平行四边形落在地板上。浩美一边瞪着光影，一边用力摇晃床铺，发出嘎吱嘎吱的声响。他拨了一下头发，打开小电视机。转到HBS频道，主持人对着空中呼叫：“凶手”又打电话进来了。真是难以置信！和平会自己打电话吗？

他跑下楼梯，冲进客厅，见和平悠闲地坐在安乐椅上，手上拿着手机。见他进来，和平用尖锐的目光警告：安静！话机上使用的变声器比他用的还要轻巧。原来和平也有！是什么时候买的？和平不是说打电话是浩美的任务，不需要买两个，而这又是什么？

从说完电话到电视里的混乱结束，和平不发一言，也不看浩美。接着是节目结束时间，毕竟这是一个以广告赞助商和节目组优先的时代。最后在田川一义英雄式特写和节目标题字幕中，和平关上了电视。

然后，他才说：“剩下的台词我说完了。”

语气很平淡。他站起来伸懒腰说：“我去洗澡，晚饭等一会儿再吃。”

他始终没有看浩美，这就是他生气的表现。

浩美在客厅里走来走去。该怎么办，他也不知道，只能不停移动双脚，发泄体力。他很生气，觉得很无趣。为什么只有我被欺负？他很想大叫、骂人。骂谁呢？谁可以让他大叫大骂，又很安全呢？

忽然间脑海中浮现出一个人的脸。始终处于被动、总是被他欺负的牺牲品，那个卖豆腐的老头！鞠子的外公。那人也看电视了吗？是不是看到了我的要求被广告切断呢？

他立即打电话给有马义男。

通话不到三分钟，交谈的内容不多。可是今晚老头比较强势，说了可怕的话。

“你不是一个人吧？”

“不是你一个人做下这些案子的吧？”

“被同伴骂了吧？”

“你觉得不高兴就来找我这个老头出气，我说得没错吧？”

浩美骂声“笨蛋死老头”，便切断电话，然后发现自己一身冷汗。那老头看穿我们是两个人，也发现我被和平骂了。

浩美想吐，不得不当场蹲下。和平洗完澡出来，浩美对他说：“可能出了很糟糕的事。”

和平面无表情地听着，中途忽然站起来，浩美以为他要干什么，结果他将刚才录好的特别节目重新播放。他没有看电视画面，只是当作背景音乐放着。

“有马老头一定会跟警方说。我不认为警方会听信他的说法，但媒体就难说了。也许会觉得有趣，要老头上电视提出两名凶手的论调。”

和平一副“该怎么办”的样子倾身站了起来，一只手拿着遥控器对着录像机按，姿势就像是电视剧里举枪射击的模样。

“就是这里。”和平面无表情地说。画面被定格在浩美的电话被广告打断前的一瞬间。“你就是在这里沉不住气的。”语调没有抑扬顿挫。

浩美承认自己的错，但被当面指出还是很气愤：“我知道！可错的人不只是我。你也不跟我说一声，就随便打电话，也太粗心大意了！”

和平重复道：“你太沉不住气了。”

浩美闭上嘴巴。和平最讨厌被人指出错误，这一点他其实很清楚。

和平再一次摆出射击的姿势，关掉录像机，顺便将电视机也关上。黑暗的屏幕里出现了他站立的影子。

夜晚的静谧也传到山庄里来了。他们除了聊天外，通常都将电视机开着。这是第一次如此寂静的夜晚。

浩美受不了，正准备转过头说什么时，和平似乎等候已久，也笑着看他。和平的笑容一如往常很沉稳。

“放心吧。不管有马义男说什么，反正是用变声器说的电话。没有人能分辨出来。”

浩美也安心地微笑道：“是吗？嗯……应该是吧。”

“肚子饿了。”和平走向厨房，“吃饭吧。我们得干杯才行，没错吧？让田川一义的脸公诸天下的计划实行得太完美了，不是吗？”

第二天早上，浩美一睁开眼就打开电视，每一家电视台都在报道昨天的特别节目。浩美煮咖啡的同时不断换频道。咖啡煮好之际，才把频道固定在内容比较详尽的HBS台，坐下来静心观赏。昨晚特别节目的主持人在晨间新闻里成了来宾。

在确定新闻报道的内容后，还来不及顺便检查今天女主播的妆化得如何，浩美便冲上楼去叫和平起床。这种好事一个人欣赏太可惜了！

和平喝了太多红酒，直喊头痛。浩美则因笑得太厉害开始打嗝。他边打嗝边对和平说：“田川一义被捕了！”

没想到在这半年之间，田川在大川公园附近做了几起以小女孩为对象的猥亵或猥亵未遂案件。昨晚上电视现出真面目时，因为手上特殊的戒指，被受害者指认出来了。

“受害者的妈妈连忙打一一〇报警。”浩美笑得东倒西歪，“实在没想到会这么顺利！和平，难道你事先就知道田川最近的情况吗？”

和平喝着黑咖啡，一脸头还在痛的表情，却又有些高兴。“我不知道这家伙最近在玩什么，可是那种性变态的人就算接受过专门的心理治疗也治不好。田川只不过是躲在世人的目光之外，完全没有接受过治疗或指导。在怪癖没有改善的情况下，他偷偷做这些事一点也不奇怪。”

“也就是说，事情发展到这种程度，代表我们的运气很好。”

“可以这么说吧。”

但是，两人之间满意的对话在田川一义的话题结束后就停止了。社会新闻女主播是浩美喜欢的类型，只见她说：“在昨晚的特别节目中，发生了嫌疑人因电话被广告打断而生气地挂断电话，之后又再打进来的插曲。节目结束后，我们接到二十多个电话，内容都是询问，广告中断前后打来电话的嫌疑人是不是同一个人。”

浩美的笑容僵住了。和平端着咖啡的手停在半空中。

“因为现场太过混乱，我个人并没有这种感觉……”昨晚的节目主持人表示，“但是想到有这种可能性，HBS 已独自将昨晚的电话录音送到音响研究所进行声纹鉴定。”

浩美几乎没有听见节目里的介绍：该音响研究所是世界性权威，过去曾经受理过哪些事件提供了重要线索等。他完全听不进去，因为有一位男嘉宾说：“嫌疑人不都是使用变声器吗？变成那种怪腔调，还能够进行声纹鉴定吗？”

另一位来宾回答：“没问题。声纹不会因变声器而改变，它是没办法造假的。”

浩美感到身上所有的血液都慢慢集中流向心脏。

他不甘心地认为，就算发现有两个人，也不见得就能逮到。没错，栗桥，你说得没错。冷静点吧。

可是，他的真心话，他灵魂深处的真心话，却像穿着短裤的胆小少年一样，一旦被多年来自己瞧不起的警察及社会发现真相，简直害怕得要当场尿裤子。

为什么会这么害怕呢？最糟的不就是被他们发现我们不是一个人作案吗？可是……可是……

“和平，大家都发觉了。”他低声说，“不是只有有马老头。你听到了吗？有二十多个电话啊。”

和平放下咖啡杯，伸手拿起遥控器。

“不要换台！”浩美大声道，声音大得连他自己都很惊讶。

和平不断换台。一早起来就接受这种电视画面和声音的侵袭，眼睛都快花了。女主播一脸严肃地拿着播报板，旁边坐着一排熟面孔的评论家。

其他两家电视台也是报道此一话题。来自观众的询问，对电视台而言是很重要的问题，不能置之不理，必须详细调查。

真是多管闲事！

“不用紧张。”和平扔下遥控器，站起来说，“鉴定结果能不能出来还不知道呢。”

“可是……”

“叫你不要紧张。我去买报纸，看看三大报怎么说。”

和平从边桌拿了车钥匙，急忙走出去。浩美也站起身来，瞪大眼睛看着和平。

“和平！”

“干什么？”

“你要穿着睡衣去吗？”

和平低头看了一下自己的装扮，一言不发地转回卧室。

浩美始终站着目送匆匆换好衣服的和平上车、离去。只剩他一个人时，才浑身无力地瘫坐在椅子上。

内心千回百转的疑问不敢化成言语提出，他很期待独处。如果始终跟和平在一起，他很难不开口问和平，他一定会追根究底。

和平，我挂断电话你重打时，知不知道变声器并不能改变声纹？还是你明明知道有被发现是两个人的危险，却觉得没什么关系，打了那通电话？

和平一定会回答“没错”或是“这点小事被知道了，也没什么大不了的。反而是我们设计田川的计划被打断了才可恶”。

但那都是谎言。肯定是骗人的。和平根本就不知道有声纹鉴定，所以才会那么吃惊！

浩美不知不觉两手紧抱身体，头也缩了起来。过去从没想过的事，也从四面八方攻向他。

声纹鉴定的问题，是不是我和和平犯下的第一个错误呢？

之前是否也犯了其他的致命错误呢？只是他们没发觉，所以不知道？

警方却没有放过。

我们会不会只是自得其乐，以为计划完美，没有缺失，以为没有人在追查我们？

会不会到处留下了线索呢？警察会不会一一将这些线索捡起来进行分析，然后一步步缩小搜索范围呢？目前调查的脚步还没有逼近，会不会其实只是时间早晚的问题呢？

对于浩美的十个疑虑，和平答了十个"没问题"，所以浩美始终很安心。但是如果十个答案之中有一个完全错了，是否表示剩下的九个也值得怀疑？

浩美双手抱头，闭上了眼睛。感觉好像身处警局的审讯室。隔着一张破损的小桌子，对面坐着矮小肥胖、一脸胡子的警察，嘴里叼着牙签，用鼻子冷笑。警察一笑，嘴角的牙签也跟着抖动。

你们真是没有神经的笨蛋。你们经过的地方留下一堆线索，我们只要追踪那些就可以轻易抓到你们。真是谢谢你们了。就像是《糖果屋》的"汉赛尔与格莱特"，不过你们演的是什么，汉赛尔还是格莱特呢？在路上丢下面包屑的亲切小朋友，就是你吗？

浩美颤抖着睁开眼睛，电视上还在不断说话。在吵闹的说话声中，浩美继续幻想。

对，丢下面包屑的人是我。他回答。我早就想停下这种可怕的事。一开始就想不做了。可是我怕他，只好被他拖着走。但我还是想留下线索给你们，好让你们早点抓到他。

浩美不断发抖地流着虚假的泪水哭诉。这样一来自己或许能脱罪。对了，就这么做，这样做就没错了。他几乎可以看见自己那个模样。

但是下一个瞬间，他发现对着警察哭诉的不是自己，不是他栗桥浩美。

而是和平。

19

手上拿着报纸的和平，心情好得令人难以理解。

“三大报都没有提到声纹的事。根本不必在意电视上的社会新闻节目，放心好了。”

然后他愉快地边做早餐边说：“但这么一来，就必须加紧步伐实施让和明成为代罪羔羊的计划。等到声纹鉴定的结果出来，电视和晚报都在宣传凶手不止一个的时候，不管警方或大型媒体说什么，社会上的笨蛋还是会相信传闻。所以在那之前，有必要让和明成为凶手，而且让全社会皆知。只要有真的凶手出现，就不会有人在乎声纹鉴定的结果。”和平显得很乐观。“只要和明一出场，什么鉴定、多数凶手的说法，到时候都会说是‘鉴定有可能是错的’而被立刻忘记，社会大众就是这样。他们要的不是事实或真相，而是简单易懂的故事，尤其是大家都很期待逮到凶手。这样一来，绝对没问题了。”

真的吗？浩美在心里问，为什么你会那么有自信呢？

但他根本不想开口反驳。这么做只是浪费时间。他只希望赶快造好“海市蜃楼”，让和明穿上，然后就可以结束这一切。随意摆布、玩弄女孩固然很好玩，但是处理尸体很讨厌。就算再怎么漂亮的人，死了都是一样丑。整个事件到了该结束的时候了。

“我知道了。要怎么处理和明呢？”他努力装出积极的声音问。实际上他一向很喜欢作弄和明，相信这回他也能愉快胜任。

“在 HBS 的现场节目，有个人对着我们骂，说我们只会欺负弱女子！”和平嘴角浮现冷笑，“所以这回我们就要做个大男人。那是我们做好的海市蜃楼，不，应该说是连环诱拐杀人事件的嫌疑人高井和明犯下的最后一起杀人案。他处理完尸体后便自杀。这就是最后的结局。”

浩美点点头，却不知不久他的人生也走到了终点。

找个大男人下手，确实很难。

但并不是因为那个女评论家侮辱性地挑衅道“你们只敢对弱女子下手”，而是两人都够“勇敢”，加上累积了许多诱拐、杀人的经验，做这种事应该已经得心应手。但依然觉得困难，是否有什么原因？答案很简单。要做到女评论家希望的杀大男人，其实是一件肮脏的事。因为肮脏，浩美与和平都不太想做。

何况杀人之后的善后可是大工程。对于过去的“女演员”，浩美最喜欢的就是古川鞠子。和平也选出了几个心目中的好演员。但处理喜欢的演员的尸体时，还是感觉很不舒服。尸体本就很肮脏，经过一段时间又会发臭。古川鞠子长得特别漂亮，雪白的皮肤像蛋白一样剔透，可是从绞刑架上取下来后，肌肤变得惨白，浑身都是红色毛细血管。浩美觉得十分失望。

囚禁人质、作为杀人据点的山庄，浩美称之为“基地”，和平则称之为“后台”。因为他说那是“女演员们”经由媒体宣传闻名于世之前活动的场所，后台的说法更准确。他还说：“女演员们”在“后台”时不一定都是美丽的，所以我们必须忍耐，好好处理尸体。

山庄的建筑很大，占地更是宽广，后院还设有一个独立垃圾焚化炉。但是和平严禁将“女演员们”的尸体，甚至她们穿脏的衣物扔进去燃烧。烧了心情就轻松了，而且还能减少不舒服的感觉，所以浩美对和平的做法很不满，多次询问为什么不可以这么做。每次和平都回答：“那焚化炉并非最新式的，没有滤烟装置。你知道这样会发生什么事吗？如果处理不好，烟会很臭。产生臭味就有被发现的危险。”

山庄位于山丘中间，周围看不见其他建筑物。但和平还是认为浓烟不知会流向何处，尤其山里面别墅区的住户特别警觉。

和平绝对不到浩美东京的住处。若非必要，浩美也很少出入和平的住所和上班场所，连电话也很少打。来山庄的时候，行动一定会极其谨慎与小心。一个人前往山庄时，绝对是在晚间开车去。路上不会绕到别的地方，不论是深夜仍营业的餐厅或是加油站。与和平一起出行时，也是选在晚上，不走远路。快接近山庄时，浩美就躲在车后座里，让别人以为只有和平一个人进出山庄。冬天气候严寒，山庄的暖炉使用重油，送油来的工作人员当然只会见到和平。每次送油工人来，浩美就躲在山庄里不敢吭声。出门购买食物和日用品，也是和平专属的工作。

过去小心不让人看见他们两人一起行动，和平说是为了安全起见。要是两人之一出了错、遇到倒霉的事难以逃脱时，这也是被捕时的安全之计。

“如果我被抓，一定不会提起浩美你。所以如果你被抓，也不能说到我。这样自由的那个人就可以立即进行救援……知道吗？这是不让社会知道我们之间关系的安全装置，所以非这么做不可。”

浩美能够理解和平如此慎重的想法，至少他是这么认为的。所以对于安全装置的事，他愿意配合。但是不能使用焚化炉一事，他就觉得是和平想得太多，只会让善后更加复杂。

他说出心中的不满。和平苦笑道：“你始终没变，就是不喜欢善后整理工作。从小你就是这样。”

遵照凡事认真的和平指示，浩美清洗“女演员们”的衣物，整理遗物、能丢的丢能保管的保管。山庄里有个房间专门收这些东西，就像是电视剧里警察的物证保管室一样。扔在大川公园的古川鞠子的皮包、作弄有马义男时所用的女式手表，都曾被保管在这里。

没有获得和平的允许，浩美不能从里面拿保管品。里面不光有“女演员们”的遗物，还有她们的照片和录像带。

“这些决定性的物证全放在一起没关系。万一我被捕了，你无论如何首要任务就是跑到这里，将所有物证销毁。反之，如果你被抓了，只要没说出我的事，物证都在这里，你也可以安心。”

和平说得没错，浩美觉得和平真是聪明。尤其当和平说出“万一我被捕了”，语气是那样轻松，好像百分之百相信不会发生这种情况似的。

基于同样的理由，和平也禁止将“女演员们”的尸体埋葬或丢弃在山庄以外的地方。配合和平创作的“剧本”，除非有移出遗体的必要，她们都还在山庄里。就连古川鞠子也是特地挖出来送回去的。还有日高千秋，如果没有大象滑梯那一段，她应该还可以待在这里。

春天，她们身上会有鲜花开放；秋天，落叶将装点她们的墓穴；冬天，白雪则覆盖一切。而浩美和和平则从山庄的窗口俯瞰整个院子，回味这群无言后宫佳丽的可爱。

浩美小时候没有采集过昆虫，不知道那有什么乐趣。甚至有些大人还认为那是男孩应尽的神圣义务，他觉得不可思议。收集色彩斑斓的蝴蝶倒还情有可原，看着同学拼命找寻甲虫、天牛等丑陋生物，他只能说“都是一群笨蛋”，甚至觉得他们都是变态。

然而，现在这山庄下的无名坟堆，在和平和浩美眼中无疑就是美丽蝴蝶的标本箱。他跟和平这么说时，和平也点头赞同。

“我也不喜欢采集昆虫。我还对爸爸说，比起补虫网，我更喜欢显微镜。结果他很高兴地买了显微镜给我。”接着和平又微笑地说，“我不喜欢采集昆虫，不只是讨厌采集的过程，而是觉得采集这些无聊的东西没什么用。对于没有意义的东西，根本就没有什么话好说嘛。”

那晚，到了不需要在意任何人目光的时间，浩美和和平一起外出，借着月光在院子中散步，讨论今后的计划。不管再怎么不愿意，为了让那女评论家获罪于社会，必须让高井和明顶罪，同时也为了让这个故事结束，无论如何都得杀死一个男人。要怎么做才能轻松而有趣地完成这件烦人的事呢？

“我不喜欢没有教养的男人。”和平一开始就说，“必须是能跟我们谈得来，能够理解我们行为的人才行。再像收拾那个流浪汉一样地花工夫，我可受不了。”

不知道警方会不会上钩，如果上钩就好玩了。当初就是抱着这样的企图，在大川公园丢弃那只右手时，故意让游民出现在业余摄影师的照片中。和平不知去了多少次大川公园调查现场，然后发现了那位业余摄影师，才突发奇想地设计了这个恶作剧。

那个游民必须死，和平和浩美立刻动手了。游民只要有酒喝、有东西吃、有人肯听他说话，很自然便上钩了。只是要小心，不要被其他人目击他们在一起。

当然，那游民没有躺在这院子里。他是不可能跟“女演员们”放在一起的。和平和浩美挥汗如雨地在山顶的树林里挖了个很深很深的洞将他埋了。埋葬的时候，和平还对游民的尸体吐了一口唾沫，并说：“没有理性的人，没有生存的价值！”

当初听游民抱怨自己的身世，听他虚有其表地说“我们也是人啊”，和平和浩美都假装附和，而现在吐口水只是小小的报复。

“本来对一个大男人下手就有困难，何况又增加了有教养的条件，岂不是难上加难？一不小心就会出意外，太危险了。”浩美说话的同时，脚还在踢树叶。这个季节，山庄附近已经有了初冬的气息。和平和浩美此刻就穿着厚重的衣物。

和平没有答话，只是看着被浩美踢开的落叶随风飘动。不久他才说：“就是埋在这附近吧，那个女孩？”

浩美抬起眼睛，看着两米外的落叶上面一个因月光而微微闪烁的东西。“没错。香槟酒的瓶盖还在那里。”

那个女孩——大川公园右手的主人。

他们在大川公园里丢弃了古川鞠子的东西和不属于她的部分遗体。这比单单丢弃古川鞠子的尸体更能增加多重的戏剧张力。和平很喜欢这个点子。

当初他还考虑过，那丢弃在垃圾箱里，不属于古川鞠子遗体的尸块，干脆用头部好了，更具有冲击性。但浩美反对。想来这是浩美第一次正面反对和平的意见，而且和平也因他说得有道理而采纳。这种情况仅此一次。

“切下来的头太丑陋了！一点美感也没有。我想还是用其他部分比较好吧？例如手之类。有些女人的手像模特儿的一样漂亮，不是很好吗？”

和平接受了这个建议。他们开始寻找手很漂亮的女人……

于是他们遇见了那个女子，在千叶的浦安车站附近，当时他们还在讨论"看来千叶没有什么猎物，要不要换到八王子或中野一带的河岸"，和平开着车，浩美躲在后座。

凌晨三点以后，九月初炎热的天气也变得舒适凉快，人们都安静地睡着了。再过两个小时天就亮了，他们没有时间了。和平提议回家，驱车右转时，眼前忽然出现了一个女子。

和平慢慢开车好寻找猎物。突如其来的女人还是让他吓了一跳。他紧急刹车，车头差点撞上女子。女子一手压着引擎盖想推开车，眼睛则因车灯炫目而眯成一条细线。她完全没有害怕、生气或躲避的神色。

"很危险，你知不知道啊？"和平边说边走下车，浩美则仍躲在车里。身上盖着毛毯，就算女子向车窗内张望，应该也看不出来。

"你是不是喝醉了？"他听见和平在问。

然后是女人的笑声，她说："没错，我是喝醉了。"

经过一阵交涉，毋宁说是和平对女子的安抚，和平坐上驾驶座，女子坐在他旁边。"我送你回家，麻烦你系上安全带。"和平说。

"回家也没有人，多无聊。你送我去哪里玩吧。这车不错，我们去兜风！"女子说。远看她穿着成熟，近看才发现是个女孩。

"没办法，谁叫我捡到一个奇怪的女人。"和平笑着低喃，并发动汽车。长久的默契令浩美当即明白和平已经决定将那女孩当作猎物。

"她的手很漂亮。"看着落叶堆中凸出半个瓶颈的香槟酒瓶，和平轻声说，"她压在引擎盖上的手臂，白皙而细长，上面还有一颗痣。简直就像围棋棋子一样，令人印象深刻。我一看就知道这是我们要的猎物。"

她在这里待了三天。死前她无论如何都想喝昂贵的香槟王，和平还专程买来。因此酒瓶成了她的墓碑。

"真是有意思的女孩。"和平怀念地说，"说话的时候能够给人许多启发。我想之前的故事大纲是她给了我许多灵感。"说完和平闭上嘴，眨了一下眼睛，看着浩美。他的脸在月光下显得苍白而端正。"现在我好像又从她那里获得了灵感。"

浩美走近和平。

"要钓男人上钩，利用小孩当饵，怎么样？为了把高井和明牵扯进来，利用小孩当诱饵应该最有效果。”和平说完微微一笑。从他嘴唇的缝隙间，可以看见比月亮还白的牙齿。

他的意思是，小孩的话，应该不成问题。

“你说得倒简单！对小孩下手，根本是冒很大的危险。你知道吗？”

“冒险？我们不是一直在冒险吗？”和平故意耸耸肩。这家伙偶尔会有这种毛病，做出像演员般的动作。

“可是……”浩美强硬了起来，这件事他一点都不想退让，“去哪儿找小孩？怎么做？又要诱拐吗？到时候家长一定会报警。这样一来，我们被抓的可能性不就增加了一百倍、一千倍吗？这你难道不清楚？”

和平脸上顿时失去了表情。浩美十分吃惊。跟和平交往这么久，像这样表情顿失的瞬间，过去只见过几次。大概几次呢？应该是屈指可数，至少在浩美眼见的范围内。

大概都是在和平不高兴的时候。而和平最讨厌别人指出他的错误，而且指责言之有理。

这种时候，不管对方是老师还是上司，和平就会像石头一样顽固，沉默不语。这种沉默的方式，跟一般人受到伤害或生气时不开口的情况完全不同。

普通人在这种时候尽管闭嘴不说，还是能够从眼珠转动、态度、身体姿势传达出某种情感。

“你何必说得那么过分！”

“不需要对我摆出那种脸色吧？”

“哼！你每次都这样让我难堪，瞧我不起！”

就算怎么压抑，这类活生生的情感还是会传达出来。指责的一方也能感觉，而调整说话的方式。人际关系就是靠这样逐渐改善的。

可是和平不一样，不管对方是谁、立场如何，一旦指出了和平的错误，就等于触动了某个奇妙的开关。这开关立刻停止了和平身为一个人的感情流露。

小时候大家都喜欢科幻电影，但或许有些与和平和浩美同时代的男孩不喜欢。每次看见和平将感情化为白纸的表情时，浩美总会想和平会不会是机器人呢？这个机器人只要一听到否定自己的话："你错了"、"你的想法太肤浅了"、"你的能力比这里任何人都要低"，就会启动某种防御装置，当场停止感情流露。

大学时代第一次接触电脑，上课时曾经被女助教嘲笑过。毕竟是个大外行，往往因不知如何操作而呆住。画面定住、画面关掉、鼠标动也不动的情况屡见不鲜。女助教说这种情况是"死机"。浩美遇到这种情况时总是会想，电脑好像变成了和平！

没错，这是浩美仅知的和平的缺点。他不希望说是和平的短处。从小和平就是他的榜样、他的领袖、他的慰藉。和平跟他有种只有优秀的人才能感觉、才能理解的互动。一向与之分享外在纠葛的和平，是不会有短处的。浩美认为就像自己没有短处一样，和平也没有短处。被指责错误就停止感情流露，只是一种缺点罢了。

浩美一直都很注意这一点，小心不触碰到和平这个开关。因为一旦打开了，和平会三天三夜不跟他说话。浩美还很小的时候碰过一次，至今仍记得那时的寂寞、那种怕和平会跟自己一刀两断的恐惧。

偏偏今天在这种情况下又犯了。这下可糟了，尤其是在时间紧迫的现在，必须将和明设计成嫌疑人的紧急时刻。

"不要，你不要那么……生气嘛。"浩美赶紧说，嘴巴松开想要做出笑脸，却立刻恢复严肃的表情。因为他知道已经来不及了。

和平完全无视浩美，只看了一眼香槟酒瓶，便转身回山庄了。

浩美没有出声叫住和平。叫了也没用，至少今晚是这样。

可是我的意见不一样呀，他心想。找小孩太危险了。

社会对于被诱拐或杀害的年轻女孩，表面上显得"很关心"。社会新闻会连续好几天作现场采访，"有没有新的消息"、"有没有新的发展呢"，然后又是"真的很可怜"、"对凶手的所作所为感到气愤"、"希望能早日平安发现"。

可是内心在想什么呢？社会对那些年轻女孩的同情之中，有多少真感情呢？顶多只有百分之八十吧，不对，应该更少。

浩美认为，在人们无可辩驳、没有人可以提出反对意见的内心深处，剩下的百分二十在嘲笑道：“你看！又一个活该死了。”他们在背后指指点点。如果没有做错什么，怎么可能被骗被杀呢？一定是她们太笨了，她们太贪玩、太想男人了。所以没有必要百分之百地真心为她们难过。

所以对于我和和平所做的事，社会才会如此欣然接受！

女人是商品。任何社会问题，只要在女人被诱拐、被残忍杀害的新闻之前，都会无地自容。女人是商品，是明星。和平也知道这一点，才会将死在山庄的女人们称作“女演员”。

但是小孩不一样。小孩就不行了，不能成为商品，至少在现在，在现在的日本。

浩美双手插进冰冷的口袋。不为了向谁，只为了表达自己真的很累了，他大声叹了一口气。

就是因为想要以男人为猎物，才会变成这样。还是以女人为对象吧，和平。不需要因为那个女评论家的挑衅，就跟着起舞。

星光在夜空中闪烁，在这里真的可以欣赏到漂亮的星空。进行埋葬“女演员们”的大工程时，他和和平没有大铲子，只能靠小铲子挖洞穴，嘴上不免会抱怨或讨论计划。但只有在抬头仰望星空时，两人沉默不语。

大概是在第几位“女演员”的时候呢，反正不是古川鞠子。之前在箱根找到的短期大学的女学生吧，也是跟现在一样的季节。空气很清澈，虽然很冷但没有下雪。对了，这里到了冬天会下雪，路面也会结冰，所以从十二月至二月，院子不能当作墓场使用。

浩美眯着眼睛仰望星空，沉浸在回忆中。嗯……还是那个短大女学生，她的腿很漂亮。穿着超短裙和马靴，问她不冷吗，她笑着回答：“我穿着戴安娜王妃爱用的保暖内衣，很贵哟。”

她被埋在哪里了？不看和平画的地图就搞不清楚。反正那一晚星空也十分漂亮，和平还说：“好一个星月夜！”

嗯，星星真漂亮。可月亮不是没有出来吗？

喂，你振作一点好不好？星月夜指的是没有月亮但满天星光跟月光一样明亮的夜晚，好吗？

是吗？我居然不知道。

你又学会一件事了。

老师果然厉害!

那是一个很棒的星月夜。夜空中有无数小洞，洞里洒下的光像是淋浴一样。我们好像是在星光里挖掘墓穴，我对和平这么说。和平一边用铲子挖土，一边喘息道:“上天在祝福。”

祝福谁?

那还用说？当然是我们俩。

听和平这么一说，浩美猛然转身回头看着星星。当时他也十分相信。和平是对的，我们受到了祝福。世界就在我们手中。

啊，那种昂扬的感觉！那种胜利的感觉！那种幸福的心情!

而被捕是讨厌的，被揭穿是丢人的，被剥夺自由是难以忍受的。所以一定要做些努力!

浩美与和平若不参照地图，就不知道这个院子里谁埋在哪里，甚至不记得有多少人被埋葬在这里。但是这个院子依然没有阴气，被自然包围的山庄是那样凄凉、优美。

无言的香槟酒瓶目送着浩美走回山庄。

第二天中午，浩美起床来到客厅。和平正在打电话，用的不是手机，而是座机。

和平好像已经吃过早餐了，洗好的餐具在烘碗机里。浩美在宽敞的开放式厨房里，一边打哈欠冲咖啡，一边听和平打电话。听见和平叫对方“小明”时，他手中的杯子差点掉了下来。

和平心情很好，又说又笑，还有许多手势。他坐在暖炉前最喜欢的安乐椅上，盘着腿，不断摇晃脚上的拖鞋，感觉很悠闲、很轻松。

“没错，老师现在休息。”和平对着话筒说，“老师想先去旅行。对了，老师记得小明喜欢收集明信片，你喜欢哪一种图案呢？什么？有照片的不行吗？”

浩美隔着厨房的吧台难以置信地看着和平。和平居然在跟小孩通电话!

这个叫小明的，难道就是他昨天说的“不成问题”的对象？他打算利用那个小孩吗？他是玩真的吗？我已经说过很危险了！

刚才和平一直称自己为老师，换言之，是他教的学生。

可恶！如果是对补习学校教过的学生下手就更愚蠢了。警方一调查，很快就会盯上和平。警察最厉害之处就是从日常生活中找线索，找出受害者和凶手之间的关联。一旦找到线头就开始抽丝剥茧，最后便能找到凶手。

和平在僵住的浩美面前结束了通话。“那你要好好加油噢。再见了。”他将话筒放好，然后对着电话微笑。就像说完愉快的电话之后，一般人都会有的举动。电话挂断了，但好心情还在持续。

浩美将杯中的咖啡倒进不锈钢水槽。

和平抬起头看着浩美，嘴角还留着笑意。“早啊，昨晚很晚好像还在看电视。”

浩美没有说话。

和平靠在椅子上，换了换腿。“不用担心，我已经放弃利用小孩了。”

浩美吃惊地抬起头，一不小心杯子掉进了洗碗槽。

和平将双手盘在脑后，看着客厅上方的水晶灯说：“刚才电话里的，是我教的学生。”

“我猜也是这样。”

“昨晚我说很容易找的对象就是他，因为我立刻就想到他。”

“我想也是。”

“可我还是放弃了。”和平一跃起身，“昨天的讨论，你是对的。我错了，完全输了。所以决定不对小孩下手了。”

那为什么还要打电话呢？

一如解答浩美内心的疑问，和平目光深邃地回答：“因为我忽然很想听听因我们改变方针而拾回一条命的小孩子的声音。我想，当我笑着说话的时候，内心却在说‘小明，老师昨天晚上本来打算杀了你将你埋葬，可是现在已经放弃了’，感觉一定很棒！我刚才的确觉得很愉快。”和平的嘴角留着笑，目光却变得强悍。“来，我们重新计划吧。”

结果那个下午都在讨论如何绑架与杀害一个成年男人，而且是和平希望的有知识、有教养的男人。

摊开地图、比照过去的记录，并重新看了HBS特别节目的录像带，两人完全沉浸在讨论的话题中。

直到暮色将近、窗外一片黑暗，屋里亮起灯，和平才猛然想起来看时钟，咂了咂嘴说："一不注意已经这么晚了，我还得去买东西呢。"

开车到山庄外面办事是和平的任务。一开始就规定进出山庄的只有和平，浩美不能一个人在附近开车，同时必须做打扫、洗衣等杂务。

现在是下午六点。从这里开车到公路旁的大型超市需要一个小时。超市七点关门，再磨蹭下去就没时间买东西了。

"那就算了嘛，反正现成的东西凑合着用吧。"

讨论得正高兴，大概是太投入了，心情很亢奋，浩美觉得有些累。和平脸上也有了倦色。浩美想，一餐而已，就吃冷冻食品也无所谓。

"那怎么行？何况咖啡豆也没了。"和平连忙披上厚外套，抓起边桌上的车钥匙说，"我去去就来，需要什么东西？"

"应该没有……就香烟吧。"

"为了不让你过度吸烟，我决定不买。"

"哼！随便你。"

和平笑着出了门。不久前院便传来汽车发动的声音。

浩美伸了一个大懒腰后躺在沙发上。虽是三人沙发，高个子的他手脚一展开，便伸出了两边的扶手。和平外出之际，他经常这样躺着仰望天花板。感觉很舒服，心情很安定、很满足。

听说除了这个山庄，和平的父亲还给和平留下不少存款、有价证券等遗产。若不太浪费，和平其实可以一辈子不工作。他工作纯粹是因为对社会有兴趣，还不想遗世独立。

他现在又找了东京市内某补习学校的钟点讲师工作，一星期教小朋友十个小时。那里的薪水只够付东京的房租，但他手头还是很宽裕，常常一脸困惑地抱怨："我妈担心我钱不够用，又寄钱来了。真是的，她要是钱太多，干吗不去做慈善事业呢？"

这种话听起来实在令人反感。和平平时很少提到母亲，就连被问起时也不说，所以他说这种话更令人生气。

根据和平断断续续提到的内容，他母亲在他父亲过世后也生病了，现在住在位于伊豆还是箱根的高级休养机构，过着悠闲自在的生活。和平曾经笑道："以后我结婚，根本不必担心会有婆媳不合的问题。"

优越的环境、富足的资产、宽裕的经济，造成心情上的安逸。和平总是能够过得那么怡然自得。他曾经笑着说："如果我很穷，我创作的犯罪剧应该就不会进行得这么顺利。"

对。如果和平贫穷，如果他长得很丑，如果他长得矮小，如果他没什么知识，那么我一定就不会跟着犯罪吧。

在处理岸田明美的事，揭开连环女子诱拐杀人事件这出大型犯罪剧的序幕时，和平曾告白："我从小就对犯罪有兴趣，但不是受血淋淋案件的吸引。应该怎么说呢，我总觉得那些犯罪的人都是一群笨蛋，为什么会这样呢？

"妒火中烧的女人杀了男人、男人为了情欲杀了女人、借钱的人为了金钱纠纷杀死债主、丈夫为了领取保险金杀了妻子、公司主管杀了员工……

"这些人犯的罪都是马上会被拆穿的。只要警方稍稍用心查，从人际关系入手就能发现凶手。这种罪行是有头脑的人不屑做的，根本只有原始人才会犯这种罪。"

浩美问他："那么如果是鲁莽的年轻人犯的罪怎么说？"

和平冷笑道："那是比原始人更低的等级，根本就是野兽。连自己的欲望、感情都不会控制。"

真正完美的犯罪，必须以真正的恶为基础，不是表象、肤浅的犯罪——没有相当智慧的人犯不出完美的罪行。

当初听到这种说法时，浩美有点受伤。他刚刚因为精神错乱而杀了岸田明美和嘉浦舞衣，所以认为自己也属于和平不屑的"原始人"之流。

但是和平摇头道："你不是原始人。"

"我不是原始人？"

“杀那两人的时候，你是病人。因为心理有病，被幻象侵袭，也蒙蔽了你原有的智慧。我并没有忘记，你从小就被小女孩追赶的幻象折磨。虽然我帮你赶跑过一次，但她马上又回来了，是吧？”

没错，就是那样。我会勒住嘉浦舞衣的脖子，就是因为在废墟的夜色里，她看起来跟长年折磨自己的小女孩长得一模一样。

“你会变成那样，都怪你的父母。不管是你爸爸还是你妈妈，都不够资格为人父母。虽然你真的是人格受损，但没有沦为原始人或野兽，完全是靠你自己的努力和理性的力量。所以你应该自傲才对。”

“我可以感到自傲？”

“不是吗？从上小学起，你就是优秀学生，成绩优秀、运动全能、有女孩缘，在班上很受欢迎。”

“可我还是不如和平你。”浩美这么回答时，和平真的高兴地笑了。

知道自己不是一个人，感觉很棒吧？一个人的话，就不能有这么高水平的谈话，你说对不对？我有浩美在，真的是很幸运。浩美有我，应该也觉得幸运吧。

的确，没有什么比这个更幸运了。今后我们也要在一起，直到永远……

躺着仰望客厅的天花板，浩美点了一支烟。心情真好，不禁开始吹烟圈玩。这时手机响了，是他的。他放在窗边的咖啡桌上。

他一跃起身去接电话，吃惊地发现是父亲打来的。

“怎么，有什么事？”

他没有跟家里说出去旅行了，只说在初台的公寓，有事就打手机。其实他压根儿没想到家里会打来，他也从没打过电话回去。

“你妈有些奇怪。”父亲的声音很小，而且含混不清，“中午过后她出门，直到刚才才回家。手上拿了三四个百货公司的提袋，打开一看，装的都是小孩的衣服，小女孩的。”

浩美听得很不耐烦。刚才还很安稳愉快的幸福感，一如打开窗户瞬间消散的烟雾，立刻消失无踪。

“我看老妈还是继续住院比较好。不对，不是继续住院，那是外科，这次应该是治脑袋坏掉的医院。”

寿美子从楼梯上跌下来，肋骨出现了裂痕。因为住院的关系，整个人开始不太对劲。其实她在救护车里精神就已经出问题了。原因很简单，浩美噩梦的根源——那个和平所说的小女孩幻影，寿美子也看到了。

这个产生的幻影女孩是比浩美早出生两年，只活了一个月就夭折的姐姐弘美。听说是婴儿时期忽然死亡，而且是在睡眠中死去的。一个中午，寿美子喂女儿吃奶睡觉后，便开始洗尿布，中途看了一下弘美，睡得正香。婴儿睡觉理所当然，寿美子也安心地睡在婴儿旁边。本来只想眯十分钟，不料睡眠不足的年轻母亲一睡就是两个小时。

睁开眼睛的寿美子发现屋里很暗，赶紧看了一下时钟，心想，糟了！睡到了这时候。弘美怎么没有醒也没有哭呢，她应该饿了才对。

难怪旁边的婴儿没有醒也没有哭，因为她的身子早已经冰凉了。

婴儿是猝死，必须详细调查死因。结果调查出来是原因不明的猝死，诊断的病名叫婴幼儿猝死综合症。

浩美记得母亲曾提到当时的主治医生说：“这种婴幼儿猝死的情况比一般人想象的要多。并不只是发生在你们夫妻之间的悲剧，也不是你们的错。所以请赶快振作起来，继续为怀下一胎而努力。”

寿美子并没有振作起来，也从来没有忘记过。两年后她给出生的儿子取名为汉字不同但音同的“浩美”就是证据。

这个名字，父亲不太赞同，连当时还活着的祖父母也十分反对，他们认为婴儿不该冠上死人的名字。但寿美子坚持不肯接受，还说服了丈夫去区政府登记。她说：“我会连死去孩子的份好好抚养这个孩子。为了给这孩子两倍的爱，才取同样的名字。这不是很好吗？”

可是一点都不好。

浩美从婴儿时期起就被拿来跟姐姐弘美比。寿美子总是计算死去小孩的年龄，说弘美会怎样又怎样，来数落浩美的不是。从小浩美就是这样被比到大的。当浩美开始懂事后，寿美子就变本加厉，一有什么事就开始唠叨。顾及别人的目光，她唠叨的声音不大，但偏偏就是让身为小孩的浩美听见。

为什么弘美死了，这个孩子却活着？这世间就是这么不从人愿。

浩美开始梦见紧追不舍、逃也逃不掉的小女孩，是在他六岁的时候。至今他还清楚记得第一次做噩梦的夜晚。

那天是他的生日。父亲给他买了一个小蛋糕，上面附了各种颜色的细小蜡烛，一共是十根。六岁的浩美很想跟母亲要那多出来的四根蜡烛，因为颜色很漂亮，他想装饰在桌子上。而且他也会数这些数字了。

但拿到餐桌上的蛋糕点了八根蜡烛。

父亲吃惊地问为什么是八根，寿美子平静地回答："我想连弘美的生日一起庆祝。那孩子要是活着，应该已经八岁了。"

郁闷、胆小、从来都不怎么会生气的父亲，那一天也板起脸来斥责寿美子："这样浩美不是太可怜了吗？"寿美子却反驳道："六包含在八里，有什么关系？而且弟弟也应该怀念姐姐。如果不高兴，那就别吃蛋糕好了。"

六岁的浩美抽抽噎噎地哭了起来，反而又被爸爸骂了："男孩子哭什么哭！"

接着坐在对面的寿美子站起来，双手拿起蛋糕，直接从厨房的窗户扔了出去。

她回到原位，低头看着眼眶湿润的浩美，毫无感情地说："看你闹的，以后我们家再也不会给你庆祝生日了。"

那是很遥远的记忆了，却永远也不会退色。痛苦、悲伤、苦楚，都跟那一天的记忆一样永远留在心中。

浩美将手机拿离耳朵，用力抓在手上，想直接挂断。现在是很重要的时候，我不想听爸爸的声音，也不愿想起妈妈的事！

从楼梯上摔下来的寿美子，在救护车里和病房中都不断叫着"弘美来接我了。她来接我了"。浩美希望那是真的就好了，希望姐姐弘美真的来迎接妈妈，不管是带到天堂或是地狱都好。可是姐姐并没有接走妈妈。妈妈伤势并不严重，恢复了健康，只是头脑开始发疯了。

那是她自作自受。

浩美下定决心，再次将手机贴在耳边，说："反正我回不去，随你怎么做吧。”

隐约听见电话那头传来寿美子哭叫的声音。

“你怎么可以这么说，我就是一个人没办法才打电话找你的。”爸爸说得很窝囊，“你应该也担心你妈妈吧？”

“不管你怎么说，我就是没办法动。”

“慢着！浩美，你现在在哪里？”

浩美不愿再听父亲说下去，切断了电话，并将手机扔在椅子上。他不禁咬牙后悔道：“当初实在不应该将手机号码告诉家里！”安静的屋里，可以听见自己的呼吸声，感觉很奇怪，也让人心生烦躁。

山庄整栋楼都是木质的，虽已盖了十多年，坐在客厅里还是能感觉到树木的芬芳。梁柱都是一根根原木，地板则是图样漂亮的精致拼花木材。

父亲打来电话，背后还有母亲哭叫的声音。浩美觉得他们玷污了这个圣地，心情变得很不愉快。

我的父母只会妨碍我。破坏我的童年还不满意，还紧跟着我不放。连我现在开始新的人生，我跟和平两人充满神秘光彩的闪耀人生，他们都要紧跟着。他们根本无权介入我的生活！

忽然间他想到了。过去为什么从没有想到这么简单的事？他感到惊讶。

如果我杀了爸爸，那会怎样？

爸爸完全没有教养，也别期待从他口里听到睿智的话。他的主要兴趣就是三餐和职棒，另外就是读周刊杂志上的黄色故事。这跟和平提出来的理想猎物差得很远。

但毋庸置疑将是个容易下手的猎物，而且还有一个很大的好处。

如果爸爸是受害者，那我就是受害者的家属，和平就是家属的朋友。而且最终被发现的“凶手”竟是和明，更加深了悲剧。

在一无所知的世人面前，在额手称庆的媒体面前，我将表现得如何走投无路呢？父亲惨死，下手之人是自己儿时的玩伴，我将全力演出这个遭受悲惨事实打击的好青年角色。而和平在一旁搂着我的肩膀、安慰我鼓励我，同时以他天生聪明且冷静的视线，分析这一连串事件，推断从小就经常陷入沉思、温柔的和明何以变成残忍的杀人凶手，做一次鞭辟入里的发言。

我和和平既是导演又是演员，根据自己所写的剧本演出。自编自导自演，这是多么畅快的事啊。

过去的剧本里，我和和平总是不能出现在前台。既然要把和明设计成凶手，身为他的儿时玩伴，我们多少将成为被采访的对象而有发言的机会吧。但是身为受害者家属，局面又不一样了。

公众一定很想听我——栗桥浩美的声音吧。想听听父亲被儿时玩伴残杀的青年内心的呼喊吧。一大堆话筒挡在面前，一群记者注视着我。有人说也可以写稿，刊载在某大型杂志上成为独家新闻。接着就是不停上电视节目。社会新闻节目是不行的，等久一点后再上还可以。一开始就在那里露面，会给人水平不够的感觉。我才不要贱卖自己，第一次还是应该选择严肃的新闻节目，最理想的就是NHK……

山庄周围一片黑暗，客厅的窗玻璃上清晰地映出室内的景象和站在咖啡桌旁的浩美的身影。浩美陶醉在幻象里，对着窗玻璃里自己的身影微笑。不对，不应该笑的。在接受采访之前，应该保持忧郁伤心的表情，到最后才可以微笑。对着漂亮的女主播，他要表现出虽受伤害却依然坚强地站起来的好青年式微笑。和明是我儿时的玩伴，他绝不会是坏人。使他成为杀人犯的是这个社会。他是现行社会制度的牺牲品之一。

这时窗玻璃上滑过一道锐利的光线。深深陶醉在自己表情中的浩美觉得太炫目，闭上了眼睛。他听见车轮碾过砂地的声音。大概是和平买东西回来了。

浩美立刻穿过客厅前往大门口，他想赶紧将刚才的念头告诉和平，想大声宣布他的好点子：除掉讨人厌的父亲，让我们创造的故事更具戏剧化的效果。

和平打开山庄的大门，对着黑暗的夜色浮现出亲切的笑容。“来，不用客气，请进。”

他在对谁招呼？

浩美停下脚步，吞下了刚到嘴边的话。为了稳住踩空的脚步，他必须扶着墙壁才能停步。

“哦。那我就不客气了。”

随着礼貌的说话声，一个男人走了进来。那人穿着西装，剪着短发，年约四十上下。体格颇健壮，散发出淡淡的洗发水香味。他是忽然闯人山庄的异类分子，是第三者。

“我们来晚了。”和平笑着对浩美说。第三者也笑着面对浩美。

“路上在转弯的地方，看见这位先生的车没油了。我就带他回家。对了，请问……”

第三者对浩美说：“敝姓木村。”

“没错没错。听说木村先生是在东京的建筑公司上班。”

这时浩美并没有注意到自己脸上的表情。他的脸上没有呈现出和平所要的亲切表情，令木村的嘴角失去了柔和的线条。

“对不起。承蒙邀请前来打扰。”木村殷勤地表示，“我只要借个电话，马上就会有工作人员来处理。”

和平故意大声笑道：“不用客气，何必在那么黑暗、不知道会有谁经过的山路上，等待不知道何时才会到的工作人员呢？是我邀请你来的，你真的不必客气。”

同时他对站在一旁的浩美招手道：“他姓栗桥，是我的小学同学，一直都住在这里帮我做事。看起来不太亲切，但是个不错的家伙。总之你先进来吧，站在门口说话很奇怪，会冷吧？”

和平推着木村走进屋内，关上了门。木村还是很在意浩美的神情。

“请……请用。”浩美递出拖鞋，手势很不熟练。他想现在必须先配合着说话。

“地板有电热装置，应该不会冷。”和平的语气总是很开朗。

“我就不客气了。”木村穿上了拖鞋。

和平在前面引导。浩美感觉腋下流出了冷汗。

和平……你到底在打什么主意？为什么要带这人回来……还告诉他我是谁？说“他姓栗桥，看起来不太亲切”什么的！

你是想拿这家伙、这个姓木村的人当猎物吗？

笨蛋！鲁莽！实在是太鲁莽了。杀掉在山庄附近遇到的人，未免太危险了！

不是只杀掉埋了就可以。这次是要让社会看见，如果猎物的尸体不公之于世就没有意义。就算除去猎物身上的衣物饰品，总有一天他的身份还是会暴露。到时候警方就很容易确认受害者当时的行动和位置了。

他说是在东京的建筑公司上班，而且还西装笔挺。他是来这里工作的吧？白天他的活动地点应该很明确，猎犬般的警察不可能闻不出蛛丝马迹！

和平发现木村是在前面的转角。那是从别墅区所在的山上前往山中小镇的道路之一，当地人称之为“旧路”。因为“新路”比较宽、周围也已经开发了，目前“旧路”较少人使用。路上常常有小动物出没，不小心驾驶就容易出事。和平喜欢走那条路。但那并不是一条废弃的道路，当地的农家会用；到了气候干燥的秋冬季节，林业局的火警巡逻车也会经过；还有像今天，如果有人看见路旁有车抛锚，也会记下车号通知警方或公共机构。

千万不能杀了木村，太危险了。那家伙根本不适合当猎物。

浩美感觉双脚微微颤抖，于是立刻回到客厅。因为脚步不稳，走到一半拖鞋还掉了。

木村坐在客厅的沙发上，正在点烟。和平一边和他说话，一边在厨房冲咖啡。“是我爸爸借给我的，所以我得做个好清洁工才行。”

“哦？真是幢漂亮的别墅。”

“已经很旧了。”和平将咖啡倒在三个杯子里，将其中一杯端到木村面前。

“谢谢，请别招呼我了。不知道我可不可以打个电话……”

和平热情招待，木村还是有些困惑。浩美不禁感到疑惑，究竟和平是怎么说服这家伙的，竟然将他带回山庄？

“我知道了，请等一下。我去跟熟识的加油站联系，他们会送汽油过来。”和平边说边走出厨房，同时拉了拉站在厨房门口的浩美的衣袖。“过来一下。”他小声说。两人轻声来到走廊，关上门，继续走向楼梯口。

“你到底在想些……”

和平打断了浩美，说道：“去拔电话线接头，大门旁边的电话主机接头。只要拔掉那里，那家伙就不能随便跟外界联络了。快去！”

浩美只好跑向大门口。电话主机跟大门对讲机设在一起，上面有话筒，机器很大。他拔掉接头后又赶回楼梯口。

和平还在那里，手上拿着棒球棒。楼梯下方有一个小储藏室，里面塞了旧棒球用具、羽毛球组合、滑雪用具等杂物。他大概是从那里面找出来的。

“那家伙是猎物。”和平冷静地说。他推开打算抗议的浩美，侧着眼睛偷偷看了看客厅。“我知道很危险。所以将他关进牢笼后，立刻得去开车。我已经计划好了，只要加进汽油就能开动，到时我们直接离开这里。”

浩美用力摇头。“他不是在东京上班吗？太危险了。他今天来这里，一定有很多人知道。一旦失踪了，大家都会来这里搜索。更何况将他杀了公诸于世，到时警方的视线都会集中到这别墅区！”

“这些我也考虑到了。”和平表现得很沉稳，只不过两颗眼珠里还看得见穿着兴奋外衣的小舞者正在旋转舞动。“这家伙是昨天离开东京的，要去新盖的别墅区。他的客户要盖新的别墅，他是去勘查的。”

冰川高原过去在冬天只能作为滑雪场，但自从在北部盖水坝，造了一个小人工湖后，夏天也有游客来此游船、搭乘快艇等，发展十分迅速。新开发的地区是别墅区，比山庄所在的旧别墅区宽阔许多，但相应地也给人一般化的印象。

“因为是连续假日，热爱工作的建筑公司员工利用今天一整天在冰川附近寻找物美价廉的别墅。趁着来勘察，如果找到理想目标，就可以在下次的会议中提出策划案。在竞争激烈的职场中，连假日都必须如此卖命，否则没办法出人头地。”和平说着还飞快地闭上一只眼睛，“就是这样到处奔走，结果在人生地不熟的山里用光汽油，加上手机的电池也没电了，所以就……”和平握着球棒，低喃道：“他是老天帮我们准备的猎物。”

“我们走吧。”

20

十一月三日，晚上十点。

位于神奈川县川崎市中崎台日本林业建筑公司宿舍的一个房间里，一个女子正在专心地建造一间房子。那间“房子”的基础是五十厘米见方的夹板，房梁则是她在宿舍附近的家具制造厂要来的木材。

女子从小手就很巧，看来是继承了在她二十岁时就过世的父亲的能力。女子的母亲在修补衣物、更换保险丝、帮小孩做劳作等要用到手指的工作方面都很笨拙，经常被丈夫嘲笑。

距今大约二十年前，女子二十三岁的时候跟公司的同事结婚了。她是和当时称为营业第二部，即现在营业推广部的同事结为连理。

成为她丈夫的青年当时二十五岁，中等身材，人很瘦，住在公司的单身宿舍，是个滴酒不沾、不赌博、一到假日就喜欢玩模型的老实人。在公司举办的运动会或是马拉松比赛中，瘦弱的他却表现活跃，让公司上下刮目相看。

女子跟他熟识是在进公司第二年的年底。年终聚会之后大家又去了第二家、第三家继续喝酒，等到回过神才发现电车已经没有了。剩下的五个人，有两男三女。男的都住在练马的单身宿舍，女的住在自己家，方向各异。就算一带一搭出租车回去，他们身上的钱也不够支付高昂的车费。

幸好他们在新宿。找地方打发等待第一班电车的时间，也比其他地区要容易许多。而且那一天是星期五，第二天公司放假。日本林业建筑公司从新的一年起，为了实施限定的双休日，将每个月的第二个星期六定为假日。

在讨论下一个去处时，其中三人表示酒还没有喝够，玩得也不够尽兴；另外两人则觉得酒已经喝够了，想要喝咖啡。那两人就是女子和青年。

精力充沛的三人决定去二丁目的居酒屋；剩下的两人被取笑道“该不会是想去宾馆休息吧”、“小心一点哟”，然后前往车站东口附近的地下室，一家通宵营业的咖啡厅。

店里人很多，烟味和酒味消失在浓郁的咖啡芳香里。两人找了张双人桌，点好饮料。

一坐下来，因为酒精和疲劳，女子便开始摇头晃脑地打起瞌睡。坐在对面的瘦削青年尚有精神，看着一不留神便打起瞌睡的女子，不禁面带困惑与同情地说：“我很想叫出租车送你回去。”他显得很难为情。“说实话，我身上的钱大概只够付这里的咖啡。”

他很老实，绝不多说空洞的借口或打肿脸充胖子。这反而在女子昏昏沉沉的脑海里留下舒适的感觉。

“没关系，我的钱包也大概差不多。实在是玩得太凶了。”女人说完，努力想要赶走睡意。

送来咖啡的服务员戒备地看着女子。等服务员一走，青年小声对女子说：“这种通宵营业的咖啡厅一看见客人睡着就会赶他们走。所以虽然辛苦，也千万不能睡着。”

“嗯，我知道了。”

可光是睁着眼睛就很困难了。虽喝了咖啡，但既感觉不到香味，也没有提神。身体温暖了，反而促使困意更强烈。

那个服务员就像狮子一样，远远地寻找着羚羊群中柔弱的个体。他看着女子，女子已经被完全盯上了。女子努力抬起沉重的眼皮，却觉得越来越受不了，不禁心想，干脆被赶出去算了。吹吹冷风还容易清醒！

可是真要这样，到时候寒风彻骨，她又会想找个温暖的地方打发时间了。就算找也不见得找得到，说不定会因为客满被拒。现在是年终聚会的旺季，又是周五晚上。

必须清醒才行，我一定得清醒。女子想举起咖啡杯，但抓空了，头更低了。

你看，出局了吧。服务员不言而喻地走来。这时青年说：“对了，让你瞧瞧好玩的。”

他从上衣口袋里掏出记事本，撕下一张长方形的白纸，放在桌子上细心折叠，多出来的部分仔细裁掉，做成了一张正方形的白纸，然后开始折。

“折纸吗？”

“嗯。”

就近观察，青年的手指十分细长，动作利落认真。女子一只手托着脸颊观看。

不久青年就折出了一只纸鹤。一只没有什么特别、很普通的纸鹤。女子也会折。

可是在她模糊睡眼的观察下，青年折纸鹤的方式似乎跟她知道的不一样。

青年用指尖抓着完成的纸鹤，拉动翘起的尾部。纸鹤开始飞舞，连细长的颈子也随着上下摆动的翅膀而优雅地前后摇晃。

“哎呀……动了呢。”

女子惊讶地看着青年。他一脸微笑。

“你是怎么折的？教我。”

“好啊。”

青年又拿出记事本，撕下白纸。女子清醒了。猛然抬头看，那个服务员正将冰水端给其他桌的客人。

一个小时不到，女子也可以折身体会动的纸鹤了。青年称赞道：“你的手很巧嘛。”

“从小我就这一点可以跟别人比。”

“那么再来做这个，很简单的。”

青年一种接一种地教女子特殊的折法。女子完全沉浸其中，根本不想睡觉。除了喝下女子请的咖啡，中间上过一次厕所并顺便洗把脸外，青年几乎手都没有停过。

青年说这些折法都是早逝的婶婶教的。长期住院的婶婶只有折纸一项乐趣，而青年最爱组合模型，所以立刻就学会了折纸。在这方面他有与生俱来的才能。

女子也跟青年提到当年她曾为过世的父亲折过千纸鹤。父亲罹患胃癌，诊断时已经来不及救治，但还是动了手术。手术当天，她熬夜为父亲折千纸鹤。

“父亲还是过世了，但我觉得他会认为千纸鹤很漂亮，所以一起放进了棺材。我希望他能看见像这样展翅的千纸鹤。”

两人专心交流之际，时间已到凌晨五点了。他们走出咖啡厅，前往车站。青年用女子随身携带的针线将折好的纸鹤全部串在一起，挂在女子的脖子上。

十二月的清晨寒风刺骨，两人依偎而行。爬上车站的楼梯时，青年牵起了女子的手。

过了一年，他们结了婚。婚礼十分简单，女子身穿有千鹤飞舞的美丽刺绣和服。

婚后第二年生下女儿，再隔一年的年初儿子出生。生活虽然清苦，住在公司宿舍也有诸多不便，但女子觉得十分幸福。丈夫工作认真又很温柔，爱孩子，还帮忙做家事，经常为孩子们折纸。但是到了结婚纪念日，一定去买漂亮的千代纸，只为她一人折会动的纸鹤。

就这样过了二十年。

女儿今年就读于短期大学，为了考营养师资格而用功读书。儿子明年要考大学，大概是受父亲的影响，对建筑系比较有兴趣。两人都有过青春期，儿子对于温和的父亲曾有过不满，一度也表现得很暴躁，现在则稳定了。最近也会跟父亲商量未来的抉择。

女人不禁深深感动地说：“真是幸福的人生！希望爸爸活得久一点，看到这一切。”

孩子们长大后，对折纸的兴趣减少了。夫妻之间也很少提到折纸，除了结婚纪念日的纸鹤以外。夫妻俩开始热衷建造迷你房屋。不只是盖来赏玩，这迷你屋其实就是他们今后计划建造的房子的雏形。不仅开了窗和门，还准确计算了缩小的比例。过去他们就迷你屋的基础讨论过好几次，修改要改良的部分，削减因成本不够该削减的部分，然后制作蓝图。

今晚女子动手盖第六间房。采纳了儿子的建议，在屋顶加了阁楼。儿子说："阁楼可以作为储藏室，也可以当作爸爸的书房。"夫妻俩很感兴趣，于是开始建造过去从没有计划过的新房子。

丈夫现在的职务是日本林业建筑公司东京总公司营业推广部副经理。婚后，他因人事变动跑过许多分公司，也曾从业务一线退到行政事务上，但现在是建筑公司的红人。他辛苦工作有了回报。为了确保盖新家的土地、领取足够的收入来完成建筑计划，丈夫工作很忙碌，连假日也难得休息，而且很少补休。

女子停下手，伸了一下懒腰，看了时钟一眼。已经过了十点半。她想，怎么会这么晚？

昨天起丈夫就出差了。有个顾客要在群马县北部的冰川别墅区盖一栋北欧式别墅，他去勘察地形。那工作预定昨天就能结束，今天星期日应该是难得能够休息的一天。

他说是要干什么来着？像是要去参观别墅区。

"冰川一带是高级别墅区，有很多漂亮的房子。为了我们的新家，我要好好参观一下，顺便拍些照片回来。"

其实她很想一起去，但是不能扔下孩子们不管，只好留在家里。而且她想在丈夫出门期间完成迷你屋。如此丈夫参观了许多好的模板，便能开始新的计划，他们也就能立刻开始建造新的迷你屋了。

住在公司宿舍最令人难过的，是不能对外面的人说他们想盖新家的计划。所以丈夫这次出门前对同事说："顺便在冰川一带寻找出售或新开发的别墅。"同事都知道丈夫工作很认真，所以都笑着送他出门。

女子从椅子上站起来，隔着些许距离观察即将完成的迷你屋。加上阁楼后，房子纵向拉长了。她倒是比较喜欢横向宽一点的房子，所以有点在意。

这时，她又看了一下时钟，将近十一点。

真慢呀。

出门前丈夫说过，放假后第二天有一大堆工作，而且也希望聊聊参观过的房子，所以傍晚左右会回家。毕竟参观别墅得在天亮的时候进行。

也没有打电话回来。

丈夫带了手机出门。她快步穿过客厅，抓起电话拨了丈夫的手机号码，她早已牢记在心。电话立刻接通了。

“您所拨的电话现在没有开机或者是无法接通……”

又是听多了的电子语音。女子将电话挂上。

这个时间，路上应该不会堵车才对。

她再一次看了时钟，时间并不会因为她多看而倒转。她忽然开始后悔，因自己专心建造迷你屋而忽略了丈夫晚归一事。

会不会发生车祸了？

女子立刻甩开这个想法。最好不要有不祥的念头，心中越想不好的事，就越有可能发生。但是，她完全没有注意到的“不祥的事”正向她靠近。

女子站起来，决定继续建造迷你屋。走到一半，电话响了。女子赶紧接起电话，安心涌上心头。

“喂！是你吗？”

话筒另一头没有声音。

“喂？”

仿佛话筒那头连接了夜色的阒黑，只有一片静寂。

“是你吗？”

没有回应。女子赶紧调整声调，以对外人说话的方式问：“喂……请问你拨的号码是多少？”

这时才听见突兀的声音，就像银行自动提款机说“欢迎光临”的电子合成音一样。“木村太太吗？”那声音问。

“是的，我是木村。”

合成音笑了，然后问：“你现在还喜欢千纸鹤吗？”

女子说不出话来，心跳得厉害。“啊？你说什么？”

“为了你先生，开始折千纸鹤吧。”合成音说，“折好，然后放进棺材。你还是现在就开始准备比较好！”

电话挂断了。话筒那头又沉入黑夜。

时钟开始晚上十一点的报时。女人吃惊地抓着话筒，抬头看时钟。看着时针的形状才忽然想起，父亲过世也是在晚上十一点。

挂了电话，浩美开始上楼。还没走完就听见声音。是那个姓木村的男人。

“做这种事对你们有什么好处？你们为了什么？”

和平好像在回答。他语气沉稳、声音很小，在楼梯上根本听不见。浩美看了手上的手机一眼，微微笑了笑，继续走向房间。

“根本是令人难以置信的说法！”

打开房门，木村的叫声伴随着活生生的画面出现在眼前。木村抬起头看着浩美，眼神逼人。

“你……你还正常吗？你们知道自己做的是怎样的傻事吗？”

在公司训属下时，他的气势应该还具有说服力吧。但是现在他声音沙哑，而且也不能控制音量和声调了。

木村坐在床上，两手被反铐在背后，连手臂也抬不起来。他头发凌乱，太阳穴附近粘着干结的血迹，那是他被带进客厅后，和平用球棒在他头部一侧用力一击的结果。要打到昏迷但还不致死，的确是件困难的事。多亏和平经常翻阅医书和观看防身术录像，才能准确击倒木村。两人随后合力将他搬到这个房间。

木村的双脚被铐上了金属枷锁，枷锁上的铁链则缠在床脚。锁链长约五十厘米，木村既不能走动也站不起来。枷锁是和平在新宿一家奇怪的店买的，果然派上了用场。其实如果是要固定脚，用绳子绑紧就可以了。但枷锁有其绝妙的心理效果。从昏迷中苏醒后看见自己的双脚铐着枷锁，大部分人一定会吓得浑身无力。

和平坐在距床铺约一米远的折叠椅上。两人的样子看起来好像犯罪剧中的场景，被囚禁的人犯在监狱与来访者见面。

“我刚才跟你太太通过电话。”浩美边出示手机，边对木村说，“让她帮你折千纸鹤。”

木村逼人的视线变弱了，好像失去了焦点。

看着手机，木村不知在想什么？或许是在想，如果能从浩美手上夺下手机，就能打电话对外求救了。还是在想，如果自己的手机还有电，今天就不会遭遇这种事了？他的手机上有千纸鹤的吊饰。

“木村先生，你不能理解，让我们很苦恼。”

和平坐在坚硬的折叠椅上，臀部好像很痛似的移动着。仿佛他说话的声音解除了魔咒，木村稍稍恢复精力又开始大吼：“废话！谁能理解你们！”

“讨厌，声音别这么大嘛。”和平皱着眉说，“我们最讨厌别人又吼又叫的。如果木村先生以为又哭又叫就能改变我们的主意，那你就错了，而且错得离谱。”

就像在训勉不想读书的小孩一样，和平的语气很平淡。

浩美很喜欢和平这种时候说话的方式。过去有许多女人在这个房间里哭喊“我不想死”、“救救我呀”、“你们一定会被抓去判死刑”，和平都是用那种平稳的口吻跟她们说话。每次听到，浩美都陶醉其中。对于那些过往人生什么都不知道、一点理性都没有、只是浪费资源和时间的女人，和平和浩美这两个优秀的人赋予了他们人生的“意义”。因此对他们说明今后该做的事，就像签手术同意书一样。这感觉真是太棒了。

“我们有一个角色要木村先生来演。”和平说，“关于这一点刚才我已经说过好几次了。你是我们编的故事中一个很重要的棋子，不可或缺。所以至少你的名字在现代史上会被留下，这不是一件很棒的事吗？”

“别开玩笑了！”木村大叫一声，接着就像断了气一样，垂下头来。看来似乎已知道对手实力太强了。

“我哪里是在开玩笑呢？”和平礼貌地反问，“我们没有开玩笑，我们是很认真的。因为这是个大计划。”

木村摇摇头，声音沙哑地问：“你们有什么权利要我当棋子？你们没有剥夺别人生命的资格！”

“为什么你要这么说呢？”和平认真地反问，“为什么身为别人的你可以断定我们没有剥夺别人生命的权利？按照我的说法，你才无权对我们那么说话呢。”

木村激动地眨眼睛，好像这么做就能让眼前的和平消失无踪。可是和平和浩美都是真实的个体，不是眨眼就能抹去的幻影。

“不管怎样，你已经没有退路了。”浩美说，“你是我们最好的猎物，因为没有人确切地知道你白天的活动和所在位置。”

“我们就是要找这种人。”和平的口吻依然平静，“而且是个成熟的男人，有教养，有知识，有一定社会地位。要找到这种猎物其实很难，我们差点就放弃了。”和平笑了一下。“然而你出现了。看见你的车那一瞬间，真是美妙的一瞬间。木村先生，你相信神的存在吗？”

冷不防被这么一问，木村目瞪口呆地不知如何回答：“你说……神……神吗？”

“对，神。就是左右人类命运的伟大存在。”

“你……想要说什么？”

“我看见你在山路上不知所措的那一瞬间，心想，果然是有神。我不断寻找，困难得几乎都要放弃的东西，居然出现在眼前。我心想，这就是神的恩赐。”和平回头看了一眼浩美，再一次微笑。“我很想让浩美尝尝那滋味，那种瞬间的胜利感，好像全世界都为我们作证一样。”

“胡扯！”木村无力地摇头道，脚上的枷锁发出声响。

“神真的存在！”和平继续说，“我们真的很认真地为人们编一出剧，陶醉在我编的剧情中，所以神也来帮忙。”

和平平静的脸浮现出光辉，就像小学生被问到未来的梦想，回答“成为足球运动员”一样兴奋却又带点害羞。

“你的车我已经开到冰川了。”浩美对木村说。木村这才抬起头看着浩美。

“车……”木村低语，“我的车……”

他好像已经忘记了这回事。对了，我是开车过来的。我开了车，所以这不是梦！

“你昏迷的时候，我把你的车开到了冰川。在高速公路的冰川立交桥前面，不是有一个购物中心吗？我停在那里的免费停车场。说是停车场，只是稍稍整理过的空地。说不定你的车会被偷走，到时就有好戏瞧喽。”

“你是不是也发疯了？”

和平一脸笑容地看着浩美。浩美夸张地耸耸肩。

“我们两人都很正常。”

“你们是朋友吗？”

“是的，没错。我们从小就认识，对吧，和平？”

和平笑着点头。

“从小就认识……而你们居然一起做这种可怕的事？既然是小时候的朋友，你们的父母彼此认识吗？如果你们被抓了，父母会是怎样的心情呢？”

和平终于忍不住大笑了。“你还真是奇怪。你的价值观在我们眼里实在是好笑。典型的日本人想法，可有可无。这种价值观究竟有什么用处？为了让我编的剧情有趣，你是很重要的角色，所以我还是觉得认识你不错。”和平猛然从折叠椅上站起来。“浩美，我去做晚餐了。你好好跟木村先生谈今后的计划吧。”

他脚步轻快地走出房间，在门口轻松地回过头说：“对了，浩美，我要做意大利面。酱汁要什么呢，番茄酱还是奶油酱？”

简直就是毛躁。就像和平自己说的，大概是见木村出现在眼前，太高兴了。

“番茄酱不错。”

“好吧，等三十分钟就可以吃了。”

和平关上房门后，浩美故意不看木村，慢慢地走动，靠近刚才和平坐过的折叠椅，慎重地坐下。在这过程中可以感觉木村不断用视线追着他。那是努力想要读出下一步浩美要干什么、要说什么、要玩什么花样的视线。

浩美坐稳后，故意将目光低垂，看着木村被铐住的不安地扭动的双脚。浩美抬起头来安慰道：“没关系，你不用担心了。我很正常。”

一时之间，木村说不出话来，只是看着浩美。

“那家伙——和平说的话没有骗人。他是连环女子诱拐杀人事件的凶手。已经杀了将近二十个人。”

“可是……你……”

“我不是他的同伙。”浩美认真地凝视着木村说，“我认为他可能是凶手，但没有证据。为了寻求证据，假装跟他合作。”

黑色的瞳孔开始在木村眼中游动。木村屏气凝神地看着浩美，想弄清眼前的逃生梯是不是真的。

“那家伙想要杀你的事，已经有了证据。请你再忍耐一下，我不会让那家伙杀你的。”

木村终于长出了一口气。“这是……怎么回事？”

“你很难相信吧？”

“简直就像电影一样。可这是现实生活。”

“没错，是现实生活。和平从昏迷后醒来的你口中，问出了很多你家和你太太的事吧？”

“是的，他问了。我居然一五一十地都告诉了他。”

“连折纸鹤的事在内？”

“对，没错。”

“过去的受害者也都是这样被问出隐私的。那家伙就是喜欢做这种事。”

“他完全疯了！”

“大概是吧。”浩美说完，立即站起来。他故意瞄了一下门口，压低声音说：“总之你不要违背他的意思，先不要想着逃跑，知道吗？请别刺激那家伙。我会保护你的性命。”

浩美从监禁木村的房间里走出来，下了楼梯。随后闻到番茄酱的香味。他探头往厨房一看，和平正在下意大利面。

“他相信了吗？”和平简短地问。

“嗯，相信了。”浩美也简短地回答。

“那他就不会想逃了吧。现在还不能杀他，必须尽量让他安静地待在这里。”隔着意大利面的热气，和平微笑地看着浩美。“来，我们用餐吧。明天会很辛苦，明天才是大日子。”

浩美点头道：“嗯，轮到和明了。”

21

十一月四日。

由美子并不能确定月初这一天是否有电话叫哥哥出去，因为这一天对高井家而言是混乱的开始，实在无暇注意哥哥的细微动静。

高井伸胜平时沉默寡言，但绝非十全十美的父亲。尤其是这一天脾气特别不好，一早起床就板着臭脸，由美子向他问早安，他连一声也不回。由美子从小就受父亲教育：“经商家庭的孩子就算不会读书也要学会和气地问好。”所以对于父亲这种态度，感觉很不是滋味。

家里的“不愉快”就像流行性感冒一样传染得很快。早上十点打扫完店内外，一一将扣在桌上的椅子放下来时，好像不只是由美子，连母亲文子也被父亲的怒气波及，变得很爱发脾气。唯一不受影响的人就是和明。

和明最近总是一副若有所思的样子，跟家人的交流本来就不充分，所以也无法期待他能缓和不愉快的气氛。实际上在由美子眼中，哥哥十分迟钝，完全没有注意除了他其他人都传染到了父亲的“刺猬病”。

由美子从哥哥出现这种奇怪的忧郁状态起便开始观察，甚至还跟踪过哥哥。但还是找不出理由。热衷电视剧的哥哥，平时只碰电视周刊，居然开始读起了新闻杂志，而且没事也到大川公园凑热闹，由美子不禁觉得哥哥最近烦恼的事跟当下最热门的连环女子诱拐杀人案有关。但是这未免太过荒唐无稽了，由美子只认为不切实际，并不觉得不安。

为什么哥哥要为那种爱出风头、头脑有问题的连环杀手而烦恼呢？那种犯罪跟哥哥的世界完全不搭界。我很了解哥哥，他不可能跟那种事情扯上关系。一定有别的原因，到底是什么呢？

在由美子刚开始摸索思路的时候，她其实还没有发现。如果换一个角度，就会产生不同的观点。例如高井和明知道连环女子诱拐杀人案的凶手是谁，因为是亲近的朋友，他正为不知该不该报警而痛苦烦恼。

由美子心中仍残留着小时候刻板的印象。对于这么温顺、安静的哥哥，这个有点不值得信赖的男人，由美子总有种轻视其能力的习惯。而且这种习惯正支配着她的情感，那种情感有时会让她产生信赖：哥哥不可能跟那种事扯上关系；但也有可能让她转而轻视哥哥：哥哥这种人，怎么可能跟那种事沾上边！

她全无收获，所以在十一月四日这一天，她对于哥哥近半个月来的奇怪举止与闷闷不乐，有种想放弃的“投降”心态。

接近十一点的开店时间，伸胜大步穿过店堂，将门帘挂在门口。平时这是由美子的工作，但是今天她想，既然爸爸要做就随便他吧，冷眼旁观地擦拭着装冰水的玻璃杯。一年之中总有一两天会发生这种事，大家的心情都不太好。

“咚！”穿在门帘上的木杆掉落在地，发出一记声响。由美子瞄向门口，看到父亲就像是向谁下跪一样，双手双膝趴在地上，脑袋低垂着，额头几乎要碰上马路。

“孩子他爹！”文子大叫着从厨房里冲出来。由美子慢了一拍也跟着冲出来。跑到父亲身边，看见脸色惨白、双眼紧闭的父亲，那一瞬间由美子才明白父亲倒下了。

“振作一点，爸！”她不禁尖叫道。这时高井伸胜一脸不高兴地斥道：“别叫得那么响，头都被你吵痛了！”

原来还有意识。刚这么一想，由美子已跌坐在地。

“简言之，就是年龄的关系。高井先生。”穿着白大褂的医生微笑道。

诊所看诊用的病床已颇具历史，身材高大的伸胜一躺下便嘎吱作响。父亲枕在圆筒状旧式枕头上，神情奇妙地躺着。那可爱的模样让由美子嘴角泛起了笑意。

“我猜高井先生的父亲晚年应该也有高血压的毛病吧？这种体质是会遗传的。高井先生今后必须每天量血压，必要时得借助降压剂。毕竟是到了这种年纪。”一副说教口吻的医生其实才四十岁出头，比伸胜还年轻，但说起话来神情像是对着不听劝告的顽固父母一样，同时看着伸胜和文子。“这种事一点也不丢脸，不需要隐瞒。要是早点来看医生，就不会昏倒了。”

“说得也是，真是对不起。”文子难为情地道歉。

“我根本不能说。”伸胜看着天花板抱怨，“因为你们马上就会大惊小怪。”

“大惊小怪也正常啊，我们会担心嘛。”

“我们还有贷款要还，要是我躺下了，那店……”

“这种事你不必操心，该担心的是你的身体。”医生笑着将血压计套在伸胜的手臂上，“放心好了，高井先生，没有人会因为这一点血压高和眩晕就死掉的。”

在医生的询问下，伸胜说自己从几天前起，一早起床或是站起来、搬重物时，就会觉得头晕目眩。今天早上头尤其晕得厉害，心情不好也是这个原因。大概是自己感觉不安吧。

文子和医生面对面坐着，由美子坐在母亲后面。闻着药物和消毒水的气味，听着来到诊所诉说大小病情的患者的说话声和医生们的回答。这家由当地出资，召集医生开设的诊所，是高井家经常出入的场所。今年夏天由美子刚因轻度鼻炎来看过耳鼻喉科。

发现伸胜倒在店门口时，一般说来脑海中应该浮现大型综合医院的急诊室、穿着软底鞋在走廊上奔跑的护士、手术室前的走廊上靠着白墙的长椅等画面。但是由美子竟想到了自己和妈妈及哥哥穿着丧服站在爸爸的葬礼上，虽然只是一瞬间。

还好那不是现实，还好终点只是这家诊所。尽管心里告诉自己那种想象的画面还早着呢，但是由美子学生时代的朋友已经有人失去了父亲或母亲。

伸胜不喜欢救护车，一家三口将他扶上车后，由和明开车送到诊所。

一进入诊疗室，一脸惨白的伸胜就以家长威严的语气命令和明："店里不能没人，你先回去！"和明顺从了，或许也是因为知道父亲没什么大碍吧。他将汽车留在诊所的停车场，一个人先回家了。车钥匙则交给了由美子。

伸胜躺在病床上打点滴，结束后便获准回家，还拿了一大包药。回程的路上由美子开车，安心的文子笑得很开怀，连躺在后座上的伸胜也一改早上的怒容。

"今天停业休息。"文子宣布，"就这么决定了，可以吧，孩子的爹？"

伸胜有些不满地说："我没问题的。"

"不行就是不行。刚才医生也说了，今天得休息。"

"也许在我们看病的时候，和明已经开店了呢。"

"这怎么可能？那孩子不会乱来的。"

文子说得没错。和明果然坐在灶火熄灭、冷冷清清的厨房里等待。门帘也收了起来，门口贴着一张手写的字条"本日临时休息"。

"真是的！那些字写得真丑。"一回家，伸胜首先就发火道，"而且不能写'本日临时休息'，这样对客人不礼貌。要说'本日临时歇业，敬请见谅'才对。"

过去长寿庵从来没有临时歇业过，写这种字条算是第一遭。和明一边苦笑一边拿出白纸，写了好几张让父亲看。一直到合格为止，大约浪费了十几张纸。由美子特意走到店门口看，发现和明写出了礼貌周到的句子："本日因个人原因暂停营业，敬请见谅。明日起照常营业，欢迎光临。"

虽是意外休假，但毕竟事出有因，由美子不敢出外散心，只好用打扫房间、看看电视打发下午的时光。文子像是在厨房里忙碌。店里则有和明在，时而接接电话。很有可能是这段时间有叫他出去的私人电话。

到了傍晚五点，大概是因为吃的药有效，又睡了一个舒服的午觉，伸胜恢复了精神，竟喊着要开店。文子语气十分严厉，才将他制止。这是由美子第一次看见母亲斥责父亲，可见今天母亲有多么难过、害怕与不安。当父亲倒在店门口时，或许母亲的脑海里也和由美子一样浮现出急诊室或葬礼的景象。

由美子和母亲正在商量晚餐要吃什么、是不是该为父亲煮稀饭，忽然和明上楼来说临时有事要出门。

“有事？有什么事呢？”文子问。

和明吞吞吐吐地回答：“没什么啦，就是一些朋友临时说要聚在一起吃个饭什么的……”

哥哥的神情就跟小时候尿床时的一样。在开口承认“妈妈，我又尿床了”之前，两只手不安地动来动去，双脚也不停地变换位置。长大的现在还是一样。由美子不禁觉得好笑在心中默问：“哥哥，你怎么一点也没成长呢？”

“我知道爸爸身体不好，也觉得不应该……”

“那倒无所谓，你爸已经好多了。医生不是也说这点血压高没什么大不了的吗？既然今天店里休息，你就出去走走吧。”

由美子知道母亲平时因不能让和明和由美子跟其他同龄的年轻人一样每周休两天、一年有十四天的假而感到内疚。尤其是对和明，除了休假少之外，他是个晚熟的孩子，又身处跟异性没什么接触机会的工作场所，加上现在的女孩根本不想嫁到做生意的人家来，文子经常会为此叹息。当和明提出要出门，她怎么可能反对！

由美子想起刚才母亲斥责父亲的语气，于是模仿道：“哥！你该不会是被栗桥叫出去的吧？”

和明大吃一惊：“啊？”

果然没猜错。“一见你那表情，就知道跟栗桥有关。别去了，你还在跟那种人来往吗？”

和明慌张地摇头道：“才不是呢。栗桥的确会来，可是打电话来的不是他。我不是说过了吗，有一群朋友要聚餐。”

“那有什么关系呢。”文子笑着打圆场，“你好好去玩吧。”

“谢谢妈。”和明一脸正经地回答，语气严肃得令文子和由美子面面相觑。他似乎即将上战场一样，令人感觉这种场面只有在电影中才能看到。

和明快步回自己房间，文子在背后喊道：“熨好的衬衫放在抽屉里！”

“哥好奇怪！”由美子说。或许是一时兴起，她忽然将之前放在心里的话说了出来：“妈，你有没有觉得最近……应该说是这半个月来，哥哥有点奇怪。”

“是吗？”文子回答得很平静，“你可不要老是看不起哥哥哦。”

“人家哪有！”因为被教训了一句，由美子反而不知如何说下去了。

过了三十分钟，换由美子接听电话。“外卖吗？对不起，今天本店临时歇业……”她一边接电话一边翻阅杂志时，和明从楼梯上走下来。他穿着明亮的格子衬衫、褐色夹克和一条膝盖有破洞的牛仔裤。

“出门小心呀。”要不是由美子先打招呼，和明还不知道她在店里，所以有点吃惊地跳了起来。

“我出门了。”高井和明回应后，从后门出去了。他走路时有点弯腰驼背，身体前倾。由美子心想，哥走路的样子跟爸爸一模一样。

那是她最后看见活着的哥哥的身影。

22

栗桥浩美打电话叫高井和明出来，是在十一月四日下午五点以后。当时他在上越新干线的冰川高原车站，使用站内的公用电话。

今天一天都很忙。尽管昨晚应付木村直到深夜，今早还是七点起床，洗完车、打扫过山庄，并将一楼客厅后面平时作为储藏室的小房间清理出来，好让高井和明来了之后住。

午餐是和平做的。虽然只是将罐头浓汤加热、烤几片面包，但因是劳作过后，两人都吃了很多。吃完午餐后，也给楼上的木村端了一样的食物。

从昨夜起就不吃不喝的木村似乎还是没有食欲，压根就不碰盘子。这一天直到送午餐来之前，和平和浩美都没有管他。对木村而言，比起吃饭、休息、喝水，更重要的是他对现在自己处境的“说明”与“信息”十分饥渴，因此口沫横飞地追问。

“放心好了，我们还没有杀你的意思。”和平若无其事地说，好转移木村的注意力，却在“还没有”这几个字上稍稍加重语气。

不知道是死心还是累了，木村拿起了餐盘上的水杯，几乎毫不考虑地喝了大半杯。在和平的催促下，浩美出了房间。一个小时后回房一看，水杯和盘子都已经空了。木村伸直双腿，靠在床边熟睡。头斜倚在肩上，下巴深深抵住胸口，因此呼吸显得有些痛苦。

“大概是药下多了吧。”和平脸色暗沉地说，“安眠药就是那么难拿捏。”

两人将木村搬上床，用绳子将他捆在床上。为了避免喧闹，浩美主张用布塞住木村的嘴，但是和平摇头否定了这个建议。

“吃了安眠药，在睡觉的时候可能会吐，一旦塞住嘴巴，会被呕吐物噎死。这人现在还不能死，我们千万不能冒险。”

然而浩美并没那么容易打退堂鼓，因为晚上和明就要来山庄了。万一让他听见木村在这个房间闹腾，问题会变得更复杂。

“放心好了，我不会让和明上二楼的。”和平说。

“可是他会听见声音。”

“像这样……”和平指着木村说，“仰躺着绑在床上，不可能发出太大的声音传到楼下。”他又拍了一下浩美的肩膀，说：“别忘了，二楼还有我呢。我虽然躲着不出来，但该做的事还是会做，一点也不会马虎。不是跟你说过了吗，大可放一百二十个心。”

于是木村没有被塞住嘴，而且怕他睡着时呕吐发生不测，还将他摆成侧躺的姿势。两人出房间后，谨慎地检查了电器燃气开关和门窗的锁，才开车出门。

跟往常一样，在离开山庄所在的别墅区之前，和平开车，浩美则躲在后座。直到汽车开上连接冰川高原车站的干线公路时，才停在路肩让浩美坐到副驾驶座。两人再度确认今后的计划与路线，往车站前进。

“可是……浩美，仔细一想……”和平说。

九月十二日，浩美将汽车停在家附近的公园旁边，坐在车里给电视台打电话时，不巧被路过的和明听见。从那一瞬间起便决定了可怜的和明悲哀的人生终点。

“和明会相信我创造的神话吗？”

连接冰川高原车站的公路建得很平整，一路上车又少，行驶很愉快。和平一只手握着方向盘，嘴角浮现轻松的微笑。

“他会相信的。”浩美回答。他跷着腿靠在椅背上，感觉兜风很舒服。接下来虽然有大任务，感觉心情逐渐亢奋，但是和和平两人以超过一百公里的时速奔驰在冬天干枯的树林中，感觉还挺浪漫。“我早已骗得他团团转，而且你编的故事又那么精彩。如果我是和明，一定也会信以为真。”

和平听了很高兴。稍微被拒绝就坚硬如磐石的眼睛，此时就像被称许而闪耀的宝石一样。“既然打电话给电视台的事很有可能被和明听见了，就不能随便编故事或谎称是他听错了。首先必须承认事实，承认打了那通电话，并告诉了电视台记者‘古川鞠子的尸体没有出现在大川公园里’。接下来只要捏造这么做的动机就好了。”

浩美听从和平的指示，对和明说：“和明？是和明吗？太好了，你在家。能跟你联系上真是太好了。希望你能平心静气地听我说，机会终于来了。你知道我在说什么吧？就是那件事嘛。要抓住凶手的狐狸尾巴，终于逮到机会了。必须要你帮忙，你应该会帮我吧？

“虽然没时间跟你说清楚，可是事关今后该怎么做，我还是简单地将前后始末告诉你。一开始如同你发觉的一样，我知道凶手是谁，是跟我很亲近的人。

“你是说他的名字吗？嗯……我不能告诉你。现在还不行，这一点请你见谅。对不起，只不过是你也认识的人，你们的交情没有我深。

“你问我什么时候发现的？那家伙拥有一幢别墅。房子很大，普通的度假小屋可能比不上。应该是在九月初吧，当时我去那里玩，房子太大了，我居然迷路了，跑进了一个类似储藏室的房间。

“结果看见了一把旧椅子、没有使用的电暖炉，还有那个皮包……就是在大川公园垃圾箱里找到的，那个叫古川鞠子的人的皮包。包在旧报纸里，藏在家具后面。我想走出储藏室，一不留神碰到什么东西。一个用报纸包的东西掉下来砸到肩膀。打开一看竟是皮包。

“啊？嗯……对了，肯定错不了。皮包里面有女式钱包和月票夹。上面的确写着古川鞠子的名字。不是我乱猜的。

“当时大川公园的事件还没有发生，我并没有把这个皮包放在心上。我那个朋友和女人的关系一向复杂，皮包可能是过去的女朋友留下来的。我也觉得连钱包都留下来有些奇怪，但毕竟月票已经过期了。

“从别墅回东京的路上，我忽然想起来便跟他说了。我说你是不是将前女友的皮包藏在储藏室里，不早点扔掉，下次带新女朋友到别墅看见就麻烦了。我是跟他开玩笑的。

“不料那家伙顿时显得很害怕。该怎么说呢，两颗眼珠就像黑色围棋一样，简直不像生物的眼睛。我也吓着了，心想自己是说了什么太过分的话吗？

“见我被吓着了，那家伙竟笑了出来，笑得很诡异，还告诉我……‘再过不久那个皮包会闹出轩然大波，你还是忘了这事比较好’。

“我在回家的电车上冷汗直流，觉得那家伙不太正常。

“过了一个星期左右，就发生了大川公园事件。

“我十分吃惊，那一晚根本睡不着。第二天一早鼓起勇气打电话给他，但是他不在东京的家里，也不在别墅。我快疯了，很想立刻报警。

“然而我又仔细一想，我的确是看见了那个皮包，但看见的人只有我，说不定这并不能构成证据。而且那家伙看起来很正常，就职于有名的公司，属于高收入人群。虽然不是顶尖人士，但看起来不像是会做那种可怕事情的人。

“就算我跑到警察局说出全部情况，警方是否会相信我呢？毕竟实在太奇怪了。而且万一警方相信了，会跑到那家伙面前说‘你的朋友说你怎样怎样’。事情败露后，我又会落得怎样的下场呢？

“如果说那家伙不是凶手，一切都是我的误会，那我岂不是失去了一个好朋友！

“话又说回来，如果那家伙真是凶手，我……的处境是不是十分危险？那家伙知道我见过皮包。万一他认为我出面作证有助于警方办案，一定会想杀我灭口。他是个杀人凶手，做这种事轻而易举，眉头都不会皱一下。

“何况他又不太正常。当时他说那皮包将闹出轩然大波时的表情，令人觉得他的神经有问题。我真的很害怕。

“但是我不知道该如何是好。没有证据，我又不喜欢怀疑朋友。偏偏又不是件小事，而是杀人案，诱拐和杀人的社会事件。这种事很难轻易说出口。万一搞错了，会对他的人格甚至人生留下难以磨灭的伤害。

“于是我拼命想，终于想到了解决的办法。决定假装是凶手，打电话到电视台公开犯罪行为。我当然是乱编的，准备看看那家伙的反应。如果他是凶手，对于胡说八道的罪行应该会有异于常人的反应；如果他不是凶手，一定会生气地表示，怎么会有人那么嚣张，居然打电话到电视炫耀自己的残酷行径！我打算根据他的反应来判断。

“你听见的那个电话就是这个内容。

“你相信我的话吗？”

高井和明相信了，一如从童年以来他总是相信浩美。只要是浩美说的话，他都相信。

愚钝的和明从未看穿过浩美的谎言，即便是显而易见的谎言，他都照单全收。这种情况不胜枚举，想起来没完没了。例如在流感过后、学校恢复上课之际，浩美打电话对和明说“只有我们班明天不用上学”，和明也会轻易相信，第二天便在家休息。尽管长寿庵前面就是学校，放学时间同年级的学生三三两两地经过，他还是深信学校停止上课，乖乖地打扫店面。而那笨蛋的父母居然也完全相信儿子的说法，连一通电话也不打到学校确认。直到傍晚老师觉得不妙前来了解情况，一家人才受到好一顿责骂。

湿冷的梅雨季节，要是浩美谎称“今天的体育课是游泳课。虽然下雨，但水温还是很高，可以下水”，和明就会相信，立刻换上泳衣，成为全班的笑柄。连老师都忍不住大笑，罚他站在教室外的走廊上。

初二的时候，浩美曾经假借和明心仪女孩的名义给他写情书。偷偷藏在鞋柜里的那封情书，被和明紧紧抱在胸口，和明还不出所料地来找浩美商量该怎么办。浩美一方面告诉那笨蛋不要乱回信，同时又继续偷偷写假情书。他和和平暗地里嘲笑和明喜悦的神色，因为班上最可爱的那个女孩其实是和平的女朋友。

那一年圣诞节，和明准备了礼物要送给那女孩。五颜六色的包装纸胡乱扎捆着一只不怎么好看的熊宝宝，女孩连拆也没拆便将礼物退还。浩美和和平打赌，看和明会如何处理那只熊宝宝。浩美赌“丢掉”，和平赌“会给他妹妹”。结果浩美还是无法赢和平。圣诞节后一个冬日的下午，他看见高井由美子抱着那只熊宝宝和朋友玩耍，只好付一千元给和平。

浩美还经常将偷窃的罪名栽赃给和明。有一次是在车站前百货公司偷窃女式内裤，偷偷塞进在附近麦当劳等待的和明的书包。当那笨蛋打开书包掏钱买汉堡时，一件蕾丝花边内裤猛然掉在柜台上。现在想起来，浩美依然觉得心情舒畅！

和明活着似乎就是为了跌入浩美和和平所挖的陷阱，就是为了一脚踏进浩美和和平设计的陷阱，饱受浩美和和平安排的观众嘲笑。

“为什么会这样呢？”浩美忽然之间出声自问，连自己也觉得吃惊。

“什么？”和平问。

“为什么和明会那么轻易被我们骗？一点怀疑也没有，不吸取教训，也不生气。”

和平微微一笑，没有立即作答。

前方可以看见通往冰川高原车站的新干线高架铁路。灰色的钢筋架子凸出于冰川干枯的冬山前，一如远古时代的巨大生物化石。

“想一想，也真是够厉害的。”和平眯起了眼睛。

“什么很厉害？”

“你看那新干线的高架铁路，还有这条道路，都是从高山、森林、丘陵等开辟而来的。人类的技术真是不得了啊。”

“……”

“但是并非所有的人都很厉害。不是所有人都有这种开发技术。世上的人分为有能力和没有能力的两种。”

“和明是没有能力的那种，所以才会受骗？”

和平摇摇头说：“那家伙比没有能力还要低下，但是有点用处。他活着就是为了对某人有用处罢了。”

没错，就是这么回事。

所以高井和明会相信。就像他小时候一样，只要是浩美说的话，他一律深信。打一通电话过去，说什么他都照单全收。

然而，之后的发展却让浩美有些慌了手脚。听到和明在电话那头支支吾吾地表示今天不能出门，他差点喘不过气来。

你爸爸病倒了？高血压？

浩美感觉眼前漫起一阵红雾。因高血压而昏倒的人应该是我吧。为什么和明的爸爸偏偏要选这一天病倒呢？哪有这么不凑巧的事，居然破坏了如此美好的计划。

“长寿庵中午的休息时间是两点到五点吧？在这期间叫他出来。而且让他别告诉任何人，偷偷溜出家门。你打过电话一事也要小心不能让他家人知道。”这是和平的指示。

但是和明的爸爸病倒了就麻烦了，他应该不方便离开家吧？一开始要是不能提出极具吸引力的说法，恐怕他不会上钩。

要不要改天再说？可是不能让木村留在山庄活太久。他跟女孩不一样，既不好玩，又不能掉以轻心，万一逃跑可就糟了。最好还是在今晚解决掉。

在木村的死亡时间——以后警方可能会准确推测的死亡时间，必须让和明没有充分的不在场证明。无论如何，今晚到明天之间必须让和明离家。不管使用什么手段，都必须让他不在家才行。

浩美用力闭上眼睛，作出决定。

“今天真的是个难得的机会，这是我等了好久的机会啊。”他强忍着即将吐出的脏话，控制住情绪继续演戏，“我又被那个可疑的朋友邀请去他家别墅了。说是邀请，其实我哪里是去做客，根本就是被叫去帮忙打扫。”

和明问，为什么要打扫呢？

“打扫平常很少使用的别墅是件很累人的事，需要男人帮忙才行。何况我现在又没有工作，这么高的日薪很吸引人。那家伙特意要我去打扫，恐怕另有企图。可能是要让我再进一次储藏室，以表明里面已经没有什么东西了。也有可能想看我会不会到其他房间调查，就像警匪剧中常有的情节。”

和明说一个人去太危险了。看来他对浩美所言毫不怀疑。

“这我当然知道。我也觉得一个人去太危险，才打电话给你。和明，你能不能跟我一起去呢？我可以跟对方说，一个人打扫太辛苦了，所以带个朋友来帮忙。好不好？拜托了。你不是说过要助我一臂之力的吗？”

和明吞吞吐吐地表示担心父亲的情况。

“你爸爸的生命应该没有大碍吧？倒是我的性命有可能不保。拜托，你可不能让我一个人去啊。”

你可不能让我一个人去啊！

没想到自己说出的话竟激起了过去的记忆，浩美眨了一下眼睛。这就是所谓似曾相识的感觉，我以前好像也曾对和明说过同样的话。

你可不能让我一个人去啊！或许不是对和明说的，而是对和平说的吧。

电话那头传来和明的说话声。浩美赶紧拉回思绪，现在没有时间发呆。

“拜托你，和明。陪我一起去吧。”几乎是哀求的语气。脚本固然是捏造的，哀求的心情却是真实的。他不想更改和平设计的脚本，所以无论如何都必须让和明来山庄。

我知道了，我跟你一起去。当和明这么说时，浩美感到自己的膝盖微微颤抖。

“谢谢你。真的很谢谢你。”浩美打心里发出感谢的话语，对即将成为他们替身的和明，对始终都是为了他们而活的和明。

“那么，接下来你照我说的做。现在就出门到东京车站，搭乘上越新干线。你知道有个站叫冰川高原吧？就是有很多别墅区的地方。对了，以前我们不是一起去溜过冰吗？当时还只有特快车。什么？你不记得了。是吗？真奇怪，我倒是记得很清楚。”

一起去溜冰的人，难道会是和平？

“从东京站到冰川高原站，一个小时不到。出了车站，你去租辆车。我现在没有车。什么？你不知道？我没有告诉过你吗？我的驾驶证被吊销了。违反太多交通规则，被扣了太多分。所以麻烦你去租车吧。”

到此为止，只要按和平的脚本进行就好了。浩美松了一口气，调整好心情，继续说道：“我在冰川高原车站附近的饭店，地点有点复杂。你租好车，打我的手机。我再告诉你见面的地点，到时你来接我。至于那家伙，我会跟他联系，先跟他说一声你跟我一起来的事。”

和明重复了交代的内容后，说出了浩美意想不到的话：“要不要带上可以当武器的东西？”

浩美不禁笑着反问：“什么东西？擀面杖吗？”

话一出口才发现不对。这时候怎么可以笑呢！毕竟天平的两侧，一边是自己的生命、过去被牺牲的无辜女子的生命和即将丧命的女子的生命，另一边则是对自己朋友的怀疑。身处如此黑暗的场面，哪是说笑的时候！

“对不起，大概是想太多了，我脑袋都晕了。你倒是提醒了我。你看了电视吧？嫌疑人很可能有同伙。为了保护我们的安全，我会准备好工具。”

和明答应后，挂了电话。现在浩美要做的只有等待。

道路缓缓向左弯曲，终于可以看见冰川高原车站——一幢符合新干线电车形象的近代化建筑，使用了许多玻璃建材。连接新干线月台与普通列车月台的过道也是玻璃材质，可以看见人群穿梭其中。因为是连续假日，又是秋游季节，人比预料的多。浩美心想，千万不能暴露在人前。

来到车站前的马路，和平将车停了下来。浩美灵活地下了车。

“那就一切照计划进行。”

“好，照计划行事。”

彼此交代过后便分手了。目送和平驱车离开自己的视野后，浩美走向车站。北风寒冷，他不禁竖起夹克的领子。

经过出租车等候区时，后面传来小女孩的笑声，他立刻停下脚步，猛一回头，差点撞上了小女孩。

“真是对不起！”一名女子追了上来，连忙抓住小女孩的手，同时道歉。大概是小女孩的母亲。

浩美报以微笑。小女孩不是幻影，而是实体，甚至还能感觉到她身上散发出甜点的香味。她不是鬼魂，也不是梦魇。

“真是不好意思。”他回应女子。仔细一看，对方是个美女，衣着考究。“马路上跑很危险哟。”他对着小女孩笑。忽然一股冲动，他伸手轻轻抚摸了高及腰际的小女孩的头发，感觉到鲜奶油的芳香气息。

“不好意思，我们告辞了。”

小女孩被母亲牵着离开了。浩美心想真是个乖孩子。没想到小女孩走了一段路后，猛然回头对着浩美扮鬼脸。

浩美不禁笑出声来，手上还留着刚才抚摸小女孩头发的顺滑感觉，不知道直接将那小女孩的脖子扭断是什么感觉。肯定会发出手指饼干断裂一样的清脆声响。脖子一被扭断，香甜的气息就会散发得更浓烈吧。那是一个幼小女童灵魂的气息，芳香的气味一定会更加浓郁。

下次应该试试看，等这回的事结束后。这将是下一次和平设计的脚本内容。

没错，就是小孩——下一次是小孩，就是小孩。小孩很好。

23

十一月四日下午七点三十五分。

一辆旧款白色轿车开进了上越新干线冰川高原车站北口的环形车道。坐在驾驶座上的是一个微胖的年轻男子，正对着停车待客的出租车司机摊开地图，询问市区北侧的别墅区“冰川高原绿色山丘”怎么走。司机说明过后，年轻男子有礼地道谢，说声“这里比东京冷”，便关上了车窗。

之后过了十几分钟，一辆冰川高原站前派出所的巡逻车目击到一辆旧款的白色轿车，停在距离冰川高原车站前十字路口北边约一百米处。汽车跨在铁路道口，巡警正准备上前告诫。这时从铁路道口旁的电话亭跑出一个微胖的年轻男子，回到驾驶座上。看来刚才是在打电话，神色很匆忙。他缩着肩膀，似乎觉得很冷，偶然瞥见的表情则显得紧张严肃。

男子系紧安全带，直接开上十字路口，前往冰川高原车站北面的别墅区。巡逻车在十字路口左转，当时那辆轿车已驶离了巡警的视野。巡警认为该车没有追踪或调查的必要，又是东京练马区的车号，大概是刚到此地的游客，正在查询即将住宿的饭店或家庭旅馆。

过了晚上八点，据通往冰川高原绿色山丘的公路旁“银河”咖啡厅的女服务员称，下午六点前有一个年轻男子一直坐在窗边的座位，过了很久才起身走到门外。他一直很注意窗外的动静，像是在等人。大概是对方迟到了，他显得很焦躁。

那是个新客人。这家店位于高级别墅区绿色山丘的入口，通常以熟客居多。女服务员几乎记得所有客人，所以肯定这名年轻男子是新来的。

而且长相令人一眼难忘。他十分英俊，身材高大，衣着时尚。头发稍长，下巴微微覆着一层薄髭。看起来不像是工薪族。女服务员十分感兴趣地观察他，打算续杯时跟他说几句话。

可是当女服务员靠近座位时，立刻发现年轻男子的神态很不稳定。身为服务员，她有一种职业的敏感，错不了。男子不只是因等人而焦躁，还很愤怒，甚至有些恐惧。女服务员忽然认为那人应该是学音乐的。因为她知道一位知名作曲家在绿色山丘盖了豪华的瑞典式山庄长住，对于许多来求教的东京音乐界人士很不友善。之前就有一个年轻小提琴家惨遭辱骂，回东京的路上在这家咖啡厅哭泣，女服务员曾经安抚过她。那个年轻小提琴家诉苦道，是作曲家叫她来的，让她等了好久不说，居然在她演奏不到五分钟时便大骂“滚出去”。

女服务员认为这个年轻男子应该也是同一类人。他没有携带乐器，说不定是乐评家或音乐杂志的编辑。女服务员自行想象，思绪天马行空。就在这时，大概是等待的人来了，那年轻人站起身，冲向收银台。

女服务员也冲向收银台。在等待期间，年轻人共喝了五杯咖啡。女服务员趁机就近观察年轻男子。他身上的毛衣是高级货，疲惫的脸颊从鼻子到下巴呈现出漂亮的线条。女服务员心想，这个客人兼具知性与品味。

“看你等了好久，真是辛苦了。”女服务员开口道。

年轻男子抓起零钱扔进口袋，正准备往门口冲，听见女服务员说的话，有些吃惊地回过头。

“真是对不起。”对方的反应过于激烈，女服务员也吓着了，“我是看你一直坐着等人……”

年轻男子盯着女服务员看，吐出一句：“废话少说！”然后粗暴地推门而去。门外跟他擦身而过的冷空气吹进来，让女服务员一阵寒战。天啊，真差劲！怎么会有这种人！

因为太过气愤，女服务员踮着脚从柜台向外看。年轻男子跳进停在对面的一辆白色轿车。驾驶座上的微胖男子半探出身子，嘴里念念有词。由于有些距离，听不见声音，感觉两人像是在争吵。

天啊！那车也太旧了吧！真是笑死人了。

女服务员冷笑着离开柜台，前往收拾刚才那年轻男子坐过的位置，将咖啡杯、烟灰缸放到托盘上，用抹布擦干净桌面，又再度瞄向窗外。白色的破轿车已经消失不见了。女服务员不知道他们往哪个方向去了，反正她也没兴趣理会。

“为什么不搭新干线来？不是跟你说过了吗！搭新干线不用一个小时，开车却要花上三小时，所以我才让你搭新干线。你让我等了好久，知不知道？”

一坐进和明的车里，浩美便大声怒吼。气愤得脑子都有点不清楚了。和明居然敢不听从我的指示！居然敢不照我说的去做！

按照计划，本来是要和明在冰川高原车站租车，然后假借要在车里向和明交代事情，故意让和明开车到处转，其中就包含冰川高原一带木村走过的地方。

从木村嘴里详细问出在上和平的车之前的行动，就是为了这个目的。木村曾经去过的地方，都必须让和明涉足。如此一来，假如能够出现对和明有印象的目击者，日后就能出面作证了。

但和明没有搭乘新干线，浪费了许多时间。周围已经一片黑暗，别墅地区根本没有人外出散步。即便现在到处游荡，也无法期待出现目击者。和明真是个大笨蛋！

“对不起。我是想如果搭乘新干线，就不能马上回东京了。”和明含混地辩解，将车开进绿色山丘外侧的公路。狭窄的车道仅能容一辆车通过，表面没有铺设柏油，旁边是郁郁葱葱的森林。路灯相隔甚远，和明似乎有些胆怯，开得十分缓慢。

“回去？为什么要回去？”

“我还是很担心我爸爸。”

“难道你就不担心我吗？”

“担心啊。就是因为担心你，才觉得帮完你之后，不管是半夜还是黎明，只要开车就能随时回东京。如果搭乘新干线，就有首班车或末班车的时间限制。”

这家伙果真是笨蛋中的笨蛋！

“你根本就不明白我的处境！难道你不知道我究竟遇到什么样的危险吗？你以为那家伙真的只是让我来打扫别墅，打扫过后就能拍拍屁股离开吗？我们要去调查的人，可能是杀人凶手！”

浩美完全融入了自己和和平共同创造的剧情，一时之间竟不觉得是在演戏。我是个善良的人，因为怀疑好朋友涉嫌杀人而痛苦。我是大好人，因为太过痛苦，所以打算靠自己的力量戳破对朋友怀疑的迷雾。

“你正陷入险境，我当然知道。”汽车行驶颠簸的路面上，和明也滑稽地跟着上下跳动，“所以才认为开车来比较好。万一出事，两个人也方便逃跑。”

他说话的样子实在是认真，浩美差点大笑起来。为了掩饰表情，浩美赶紧将脸转向窗外。

看来得和和平重新商量了。

浩美在心中重新整理严密的计划。

1. 将和明从东京叫出来。这是为了使和明在十一月四日下午到五日深夜之间的不在场证明模糊不清。

2. 必须让和明去租车。

3. 利用该车让和明经过木村去过的地方。这时浩美躺在后座上，尽可能不被别人发现。

4. 将和明带进山庄，利用调查储藏室，让和明的指纹沾在木村的衣物上。

5. 四日深夜，让和明睡在山庄里，同时杀掉木村。将木村的尸体藏在和明租来的车里。

6. 限制和明的行动直到五日晚上，将他留在山庄。其间可以告诉他事情真相。

7. 晚上，利用和明租的车离开山庄。由浩美驾驶，前往赤井山中的鬼屋。在那里将汽车废气从排气口引进车里，伪装成自杀。遗书由和平撰写。

刚开始听到和平的计划时，浩美不禁质疑让“凶手”和明自杀是否过于唐突，毕竟又没被警方追得走投无路。杀木村是为了让自以为是的女评论家难堪，身为“凶手”应该觉得很痛快才对。在杀人之后自行了断未免太奇怪了。

然而和平浮现很有自信的笑容说：“连环杀手自杀并不少见。在美国如果发生连环凶杀案，凶手的身份还未被查出罪行便突然停止时，通常会断定是凶手自杀。这种情况很多，因为这种破坏冲动不完全是来自外界的压力。”

“是吗？美国或许是那样，但日本的警察可能还不习惯那种思路吧？”

“放心吧。为了让这个案子成为开端范例，我会写出很棒的遗书，你不必担心。”和平还强调了这个计划的重点，“一定要让和明在冰川高原车站租车。到时候没有租来的车就不行。”

浩美不知道原因，因此和平解释道：“听清楚了，因为也有所谓的反面风险，知道吗？万一木村的尸体在和明的车里被发现了，警方一定会认为和明使用自己的车犯案的可能性很高。这样，木村之前的受害者，包含古川鞠子、日高千秋等人的痕迹应该也会遗留在和明的车上才对。即便是一根头发或衣物纤维都好。只要警方具有科学的侦查能力，就一定找得出来。”

和平说得没错。

“但是实际上从和明的车里不会发现那些女人的痕迹。因为那些犯罪本来就不是在他的车上进行的。只不过我不认为会没有警察想到这个方向。说不定有人会起疑，认为和明在犯其他案时用了不同的车。却又觉得很奇怪，这家伙真的是凶手吗？会不会还有同伙？那就危险了。”

所以和平坚持必须让木村和和明的尸体同时被发现在和明租来的车里。

“再怎么厉害的警察，假如推断和明每次犯案都会租不同的车，应该就不会在全国范围内找出特定的车，而实际上也不可能。”

浩美总算明白让和明租车的重要性了。就是为了让警方认定连环女子杀人案是和明一人所为，他才是真凶，跟其他人毫无关系。凶手就是他，他是独自犯案，并非有同伙。

可是偏偏……浩美斜视驾驶座上的和明，不禁咬牙切齿。这笨蛋居然一开始就要破坏我们的计划！

“总之先到别墅去吧。”

浩美凝视着窗外，心想在计划被和明搞乱之前，必须好好约束他一番。

山庄的窗户亮着灯。汽车逐渐接近，可以看见和平打开大门走了出来。一如像是迎接和明似的，和平一脸笑容地走上前来。那张苍白的脸，一瞬间连浩美看了也觉得恐怖。

“真慢，我都比你们先到了。房子已经打扫好了。”和明一停好车，和平便踏上碎石子路跑上前来大声说道。

和明迅速瞄了一眼浩美。那不过是和明的速度，其实早被和平看在眼里。浩美狼狈的表情应该也难逃和平的眼睛。

由于迟到的关系，相信和平应该已经发觉计划被打乱了。

也许和平见逐渐接近山庄的破车，怎么看都不像是租来的车，心中早已明白。和平的脑子转得就像电光石火般飞快。

“很冷吧？饿不饿？先进屋再说。车停在那里就好了。”和平脸上堆满了笑容，“原来浩美带来的朋友就是高井啊。好久不见了，你还记得我吗？”

和明温吞吞地下车，温吞吞地道歉说冒昧陪浩美来访。和平依然很高兴地招呼两人进屋。

“不要杵在那里，进去再说。先来杯咖啡吧。”

“走吧。”浩美推着和明说，“不进去会显得很奇怪。”

和明就像电影中的调查员一样，斜着眼点头道：“嗯。不过……真是吓了一跳。原来你怀疑的人是他。”

“还记得他的绰号吧？”

“嗯。叫和平，对吧？”

“因为他总是笑容满面。很难相信他就是杀人凶手吧？你应该了解我的苦衷了吧？”

和明没有回答。和平已经打开大门等着了，两人小跑着踏上碎石子路。

客厅灯火通明，壁炉里燃烧着柴火。空调也开着，室内温热得让人头晕。

“打扫得很干净嘛。”浩美说，“因为迟到，害我损失了一天的薪水。”

和平在厨房冲咖啡，笑得很开怀。“我只是将东西塞进储藏室，关上门便好了。放心吧，你们的工作还在。而且我暂时会离开这里。”

“那真是太好了。”浩美对着和明笑，并迅速使个眼色，示意先照和平说的做。和明也使眼色示意知道了。看着他本打算闭一只眼睛，却变成不停眨眼，浩美差点笑出声来。

总之已经来到了山庄，把和明带来了。这让他安心地喘了一口气。

和平端出咖啡。浩美今天一天已经喝了半年的咖啡，没有动手，和明则客气地拿在手上。现在的和明根本无暇怀疑什么，而是不断将视线投在和平身上。这样不停地瞄来瞄去，反而会让人觉得奇怪，这家伙真是一个大笨蛋！

“我想借用洗手间，在哪里呢？”浩美说完，立刻站起身。和平也起身引导。两人穿过客厅，来到走廊上。和平关上门时，迅速压低声音问道：“和明是开自己的车来的吧？”

浩美点点头。听完情况说明，和平也点头回道：“嗯。没办法，只好改变计划，先让我想想再说。”

“木村呢？”

“吃了药睡着了。后来我又给他吃了一次。”

“和明打算没事了就回东京，说什么担心他爸爸的病情。说不定会打电话回家。该怎么办？”

和平微笑道：“放心吧。电话接头早已经拔了，根本通不了。就跟他说电话出了故障吧。”然后回到客厅。

浩美上完洗手间回到客厅，见和平和和明正在聊天，像是在商量晚餐。

“晚餐我来做，只不过味道不怎么能期待就是了。”和平笑道。

“不会，你做的菜很好吃。”

和明胆怯地看着两人，提议道：“如果是做荞麦面、乌冬面或盖饭，我也可以帮忙。”

和平听了显得恍然大悟，露出夸张的喜悦表情说道：“对啊！你家是开荞麦面店的。”

最终决定晚餐由和平做咖哩饭，和明帮忙。

“还有……不好意思，电话能否借我一用？我想打回家。”

听到和明客气的要求，和平的表情显得十分遗憾。

“真是抱歉，电话刚好不能用。房子太旧了，屋内的线路出了问题。我也很苦恼，找人来修了，可是 NTT①的服务实在太差了，说是后天才能派人来。”

“你跟家里人说过去哪儿了吗？”浩美问。这纯粹是明知故问。当初正是他封了和明的嘴，跟和明说：“别告诉家人，他们一定会阻止你，事情闹大就糟了。”

就算是和明跟家里说“我去冰川高原和浩美见面”，也没有什么好担心的。如果被警察盘问，照预定的说法回答就没事了。

“是的，高井他来过。没错，来过山庄。是十一月四日晚上吧。我和和平从十月底便住在这里，之后和明打电话问可不可以过来。事出突然，我也吓了一跳。现在想起来，他当时应该已经将可怜的木村先生的尸体塞进后备厢了吧。是吗？那个姓木村的人失踪的地点，就离这山庄不远。我想和明是疯了。在他自杀前夕，应该是疯狂到了极点。他杀了木村，应该是想带个伴上路吧，这是我的想法，不知道对不对。他忽然来见我们，大概是来告别的。我们从小就认识。我知道的和明，是个很重视朋友的好人。简直令人难以置信。”

“我没有说去哪里。”和明的回答让浩美回过神来。

“那家里一定很担心吧。”和平一脸担心地说，“即便很晚了，还是

① Nippon Telegraph & Telephone，日本电报电话公司的简称。

应该回去比较好。都是浩美不对，硬拖着你来。浩美很早就有拖着你的习惯。”

“一个人来很无聊嘛。”

“没关系啦。”和明摇摇头，“我偶尔也想出来走走。而且今天因为我爸爸身体不舒服，店里也休息。”

趁和明检查炉火之际，和平和浩美迅速交换眼神，相视而笑。随即和平又立刻看向和明。

“待会儿将火调小就好了。”和平几乎很体贴地说，“毕竟你还是专家，我们才有了好吃的咖哩饭。你们明天再开始整理吧，今晚轻松一点。”

晚餐的气氛温馨得很不自然。和平不断喊着“很怀念……很怀念”，经常提起初中的回忆。和明也配合着答话，而连浩美也忘记演戏，真正因怀念忆起许多往事。

终于话题转到了彼此的现状。

“能继承家里的事业，很不错嘛。”健谈的和平一边大口嚼着咖哩饭，一边说，“在父母眼里，我算是辜负期待的儿子吧。很早以前我就宣布不想跟爸爸一样成为上班族，现在也还是自由职业。”

和明偷偷看着和平，小心翼翼地询问：“那你现在从事什么工作？”

和平笑道：“你认为我的工作是什么？”

和明看着浩美。浩美冷冷地说道：“原则上他是补习班老师。一个星期只有三天课，很闲。谁叫他是有钱人呢。”

“这别墅很漂亮。”和明也附和道。

“不要把我说得好像是不劳而获，我还是一样很努力地工作。”

“你没有到公司上过班吗？”和明问，“听浩美说，你曾经是高薪阶层。”

浩美吃到一半的咖哩饭差点哽在喉咙里。当初告诉和明自己的好朋友涉嫌连环杀人案时，不记得说过这件事。

说谎很容易，可难的是能否记住说过的谎。

和平若无其事地回答：“都是过去的事了。”

“那你辞了公司的工作？”

“我不想成为公司组织里的小零件。”

“难道不会不安吗？我没上过班不清楚，想离开就职的公司，应该需要有相当的勇气才行吧？”

“也没什么。只要有能力，工作机会自然会找上门。”

浩美好不容易才将咖哩饭吞下。因为快噎着了，赶紧伸手拿水杯。

和明收拾起用过的盘子，说：“浩美也经常说同样的话。只要有能力，不怕找不到工作。”

浩美故意大笑起来。“没错，所以我才在这里帮和平做事。这家伙窝在这里工作时，我就帮他打扫房子、买东西。”

“你都在这里做什么呢？”和明立刻加一句，“抱歉，我问得太多了。”

和平摇摇头，轻巧地站起身，走进厨房。“啤酒应该还没喝过瘾吧？”

他打开冰箱，提着冰凉的啤酒瓶回到座位，微微一笑。“其实我是在写剧本。”

浩美吓得差点打翻汤匙。一瞬间他以为和平将说出真相，暴露他们所写的剧本中用和明当一角的真相。

“什么样的剧本？”和明问。

“大学时的朋友搞了一个小剧团，我算是那里的挂名编剧，虽然赚不到什么钱。”他倒着啤酒继续说，“不过在戏剧界也挺受瞩目的。我是用笔名写作，你大概不清楚。”

和明不好意思地点点头。“我不看舞台剧，连电影都很少去看。”

“最近大家都这样。”

“真厉害，你也许会成为畅销作家呢。”

听到充满憧憬的赞赏，和平的高兴之情并非演技。于是他闪着充满热情的目光滔滔诉说写过的作品、目前的创作、剧团演员的八卦、舞台剧演出时的甘苦等。和明听得入神，连浩美也感动不已。

一切都是谎言。和平跟小剧团毫无瓜葛，更别说是写剧本，就连现在这“剧本”也没写出只字片语，更不认识什么男女演员。全都是骗人的，却几可乱真。

吃完饭，和平问：“累了吗？要不要洗个澡？”浩美对和明使眼色，两人同时拒绝。于是和平说："那我先去洗了。"

等和平一离开，只剩浩美和和明两人时，和明立刻说道："怪了……"但态度不是很夸张，就像是发现东西掉落脚边一样轻声嘟囔。

浩美不禁反问："哪里奇怪？"

和明静静地看着厨房。"盘子不先泡水是不行的。"

"和明！"

"要调查的只有储藏室吗？"

"嗯……"浩美有些焦躁，觉得和明似乎变得很难控制。这是为什么？

"等和平睡着了，我们再调查储藏室。如果有空房间也一起查。"

"知道了。"

和明开始洗盘子。浩美来不及想好借口，说要上厕所便走向浴室。和平居然真的优哉地泡在浴缸里，嘴里还哼着歌。

"喂！该怎么办？"出声一问，浴室里便传出拨水的声音和和平的答复："不连车一起处理掉，恐怕会有麻烦。"

"连车吗？"

"淋上汽油，将作案用的车一起烧掉，伪装成焚车自杀。只要一烧光，就连警察也难以详细调查。"和平混浊地笑道，"不过必须先开车将和明带到他该死的地方——鬼屋那里去。为了争取时间设计借口，大概还得用到安眠药。"

"我明白了。"浩美压低声音问，"和平？"

"嗯？"

"什么时候处理木村？"

"什么时候都可以。"

"那可不可以让我动手？精神持续紧绷，累积了不少压力，我想发泄一下。"

"当然好，请动手吧。"和平说时还伴着窃笑。

"我睡觉的时候，你们会去调查储藏室吧？"

"当然，剧本不是这么写的吗？"

“那里藏有木村的钱包，势必让和明摸到，印上他的指纹。不要忘了。”说完他又开始哼歌。那是一首叹息爱人死去的老歌。

和平说已经帮浩美和和明准备了一楼客厅旁的客房，自己要先行休息，接着消失在二楼的房间里。时间已接近午夜。为了装得更像样，浩美又等了快一个小时才依照剧本带着和明调查一楼的储藏室。

储藏室事先布置过，看起来像是没整理过的。放着木村名片的钱包就藏在最里面壁橱上的高尔夫球袋后面。

“我就是在那里发现古川鞠子皮包的，就是那两只皮箱叠在一起的地方，看见没？”浩美屈身压低声音，神经质地摇晃着手电筒。拿手电筒是他的主意。万一和平起床上厕所，看见储藏室的门缝里透出灯光，那岂不完蛋？

站在纸箱堆积的储藏室里，和明硕大的身躯显得十分局促。稍微一动就会碰到东西，尘埃扬起就想打喷嚏。每次和明打喷嚏，浩美都必须夸张地跳起来警告：“小心一点！和平会听见的。”

就算是再烂的戏剧，到了这一步也必须加把劲。无论如何都得让和明摸到木村的钱包，留下指纹。浩美十分认真地想完成剧本中他的使命。

从晚饭起，他忽然感觉和明变得很难对付，而且并非是错觉。调查储藏室时，和明也始终没有表现出浩美预期的反应。并不是说和明不听指示，或是说他的态度不够认真。和明一样很老实，看起来甚至还有些胆怯。然而和明的举止就是跟浩美心中认定的有微妙的差距。

因此浩美有些急躁。换作和平，必能气定神闲地引导和明继续行动。如果是和平，凭这种蹩脚剧本也应该能让和明深信不疑。而这种事似乎不太适合我。内心的不安与随之产生的焦躁，使浩美的言行益发夸张。

“说不定这里就是杀人现场，你觉得呢？”浩美假装探索阴影处，说，“可能和平曾在这里杀了女孩子们。”

原本正在调查旧衣橱的和明停下了动作迟缓的手，回过头看着浩美。“应该不会吧。不要那么想。”

这反而更让浩美焦躁。为什么和明会那么说？和明就该像和明的呆样子。若是以前的和明听见浩美这么吓他，一定会比现在惊恐三倍，带着哭腔说："怎么办，浩美？还是赶快报警吧。"而浩美会冷静地安慰道："等一下，不要急。还是再调查看看吧。如果找不到证据，说什么都没用，警方是不会相信的。"事情应该如此发展，这才是浩美期待的。

究竟哪里出了问题？

浩美一边用手电筒四处照射，一边向藏有木村钱包的柜子靠近。赶紧让和明发现这个，然后离开储藏室。但进展不太顺利，总觉得是浩美在演独角戏。大概是自己多心了，真不希望这种情况继续。

"不知道这后面会不会藏了什么东西？"浩美喃喃自语地探到橱柜后面，背后猛然传来和明低沉的话语："简直就像是在玩少年侦探的游戏。"

浩美不禁回过头，他感到和明的语气中掺杂着嘲笑，虽然只是一点点而已。

"你说什么？"浩美尖锐地反问，同时将手电筒对着和明。

和明站在储藏室门边的橱柜旁，双手无所事事地垂着。他歪着大圆脑袋看着浩美，手上的手电筒光线净落在地板上。为避开浩美手电筒的直射，他转过头去。

"你刚才说什么？"

"我说好像在玩少年侦探游戏。"和明重复一遍，这次语气没有嘲讽，而是缺乏力气。就好像……对了，就好像陪小孩玩游戏的大人终于累了，接下来要干什么……玩够了吧……可以回家了吧。

"你胡说什么！请你正经一点，这可是杀人事件。"

"我知道。"和明说，"可是这里好像什么都没有。"

"不会的，慢着……这里！这里有东西！"

浩美伸出手，将木村的钱包拿了出来。由自己发现证据，虽然跟剧本写的不符，但也顾不得那么多了。反正只要让和明碰到就行了，不是吗？

"你看这个！是个钱包，是男式钱包。里面应该有名片。"

他将木村的钱包递到和明眼前。和明伸出右手接住，用手电筒照着仔细观察。

"这是在哪里发现的？"和明问。

“就在里面的橱柜上。”

“哦？”和明打开钱包检查。他左手拿着手电筒，只能用右手手指翻看。浩美不禁又焦躁起来，和明这样根本无法好好按上指纹。

“真的，里面有名片。”

“木村……庄司。上面还有单位的名称，日本林业住宅公司。”

“喂，和明。”浩美尽量表现得兴奋低声说道，“那个连环诱拐杀人案的凶手在电视节目里被女评论家说只会杀女人，不是气得说下次要杀中年男人吗？”

和明没做声，只是不停地翻钱包。见和明的手指头有些颤抖，浩美反胃的感觉竟止住了。原来会害怕呀。我的演技这么高明，你应该感到害怕才对。

“这个姓木村的钱包主人，一定也遇害了。凶手应该就是和平，这就是证据！所以不是我想太多，也不是我误解。”

和明沉默地将钱包折好，发出声响。

“别发出那么大的声音！”浩美低声制止。

“该怎么办？这个是不是当作证据交出去？”

“就这么办，你拿去吧。不要被和平发现。”

总算可以离开储藏室了。两人蹑手蹑脚地回到厨房，将手电筒收进餐桌下方的抽屉，然后回房间。

“找到万无一失的证据了，应该没必要调查其他房间了。”浩美如释重负，语气中充满喜悦，“我们虽然被卷进这么大的事件中，可是和明，这可是桩大功劳！连警方都会表扬我们的，媒体也会追着我们跑。因为可以让那个连环杀手不再犯案了。”

木村的钱包如今已在和明手中。毫不知情的笨蛋和明已将指纹沾满整个钱包，应该连刚才沾上的浩美的指纹也弄模糊了。真是太好了，这个大笨蛋。浩美已经恢复了暗自嘲讽和明的轻松心情。虽然有些麻烦，但该做的我都完成了，和平。

和明坐在整洁客房的床边，借着房间的灯光将名片取出进一步确认。浩美走上前来居高临下地望着他。

“新的名片。这家公司的广告，我在电视上看过，是家大公司。”

“要不要打这电话号码试试？”和明问。

“为什么？有必要那么做吗？”

“看看这个姓木村的人在哪里，难道你不想查查他是否失踪了吗？”

浩美有些慌了。像和明这种没大脑的人，理应不会说出这种话，这不在预定的计划之中。“调查那些有什么用？能有什么帮助？”

“很重要。不确认这钱包主人的身份，就无法知道为什么钱包会出现在这里。说不定只是和平的朋友将钱包掉在这里罢了。”

浩美恼羞成怒，几乎想跳起来痛殴和明。他的手臂已然抬起。你究竟在想什么？你应该是个什么都不会想的笨蛋，不是吗？你不是一个只会照我们说的去做、容易受骗上当的家伙吗？

这样根本和剧本上写的不一样。和明，现在完全没有照剧本进行，不是吗？到底是怎么回事？

“我来打吧，现在。”和明正准备站起来。浩美冲动地一推，和明不稳地跌倒了。

“你以为现在是几点？公司里还会有人吗？”

在和明的眼睛深处，虽然不是很强烈，却第一次有了对抗的光。浩美不禁怀疑自己的眼睛，这家伙真是和明吗？过去只要稍稍唆使，他就像笨蛋一样掏出钱来。而他也像小狗一样，被要求握手或转圈时都乖乖照做。眼前这家伙真的是和明吗？

“既然是大公司，晚上一定有值班的警卫。”大概是为了保持镇定，和明的圆形喉结上下滑动，“或许可以请教对方该公司是否有这名员工，看对方怎么说，说不定有紧急情况……”和明的喉结又上下滑动了一下。他摇摇头。对他而言，这样的语速太快，但他仍抓紧了钱包继续说道：“不行，这样也不行。现在急着处理这种事也没什么意义，不如先去报警。我拿这个去警察局，浩美，你也会一起来吧？还是叫警察来这别墅？到时候也可以告诉警察之前发现古川鞠子皮包的事。我想警察听完全部经过，一定会认真考虑我们的说法。”

之前一点一滴的不安如今终于成形了。浩美得出结论：计算失误！他们小看了和明，和明不像他们想象的愚笨。

“你……你知道自己在说什么吗？”浩美明白自己听上去很心虚，也很清楚自己正在冒冷汗。他知道自己已被和明吓得开始惊慌了。

不该是这样的。为什么情况会演变成这样？过去我们的计划不都是实行得天衣无缝吗？不管是警方、被杀的“女演员”家属，还是媒体及全国观众都被我们玩弄于股掌之间。没有人知道我们的底细，所有人都是在一旁起哄的笨蛋！没有人赢得了我们——和平和我。

可为什么我们就是无法操控和明呢？

整个流程都在脑海里。调查储藏室，发现木村的钱包并沾上和明的指纹，接着让和明“今晚先住下来，明天观察和平的样子再小心行动”，并劝他“睡不着觉，喝点酒吧”，让他喝掺了安眠药的威士忌。等和明睡死时，我便和和平去收拾木村，将尸体搬到和明车的后备厢里，找个机会将遗书寄出去，最后就剩解决和明了。在完成这些事之前，我必须保持清醒，这就是整个计划。

为什么这么容易就遭遇挫折？为什么这家伙不能乖乖地住在这里？为什么他会想到给木村的公司打电话，还说要去报警？这家伙不该有这些主意！

“浩美，你会跟我一起去警察局吧？”和明追问般重复道，“以前你说的话是真的吗？如果是真的，就跟我一起去报警。没时间犹豫了。”

以前说的话是真的吗？为什么会从和明嘴里跑出这些话？

“快呀！还好我开车来了。”

和明推着浩美往房门走去。忘了前后顺序、忘了计划流程、忘了剧本、忘了立场，浩美紧张地喊道：“慢着！等一下！这不行！”

和明将门开到一半，回过头来，正视着浩美。这也是第一次，和明居然敢盯着我看，居然敢跟我面对面！这垃圾不如的家伙！

“有什么问题吗，浩美？”和明问，“为什么不行，浩美？你告诉我，你希望我怎么做？”

“希望你成为我们的棋子。”响起了和平的声音。不知何时，和平已经站在房间门口了。脸上净是微笑，手里则握着击昏木村用的铁棒。“我们只是希望你成为我们的棋子，没别的意思。”说话时和平已举起铁棒。发出一记闷响的同时，浩美闭上了眼睛，但是眼角还是瞥见了鲜血。

木村庄司始终无法理解解决他的时候到了。他被紧紧捆在床上动弹不得，根本不必担心他会反抗。和平将折叠椅拉到他的床边坐下，花了一个小时解释即将发生在他身上的事、事发之后的影响，以及这件事对和平和浩美的重要性、他们是如何高兴能遇见木村，就像医生对患重听的老年病人仔细说明随后的疗程一样。

尽管如此，木村还是难以理解，净说些天真的质疑：既然要杀，明明可以早点行动，拖到现在才动手，实在不合常理。于是和平耐着性子说道：为了配合计划必须让你活到现在，而今大限已到又必须让你赴死。

“你们到底把别人的性命当成什么？”因被绳子缠及肩膀，木村就像是全身被石膏固定的伤员，脑袋只能在枕边晃动。但他还是拼命伸长脖子抗议。

“我们不过就是把别人的性命当作性命看待。”和平云淡风轻地说道，“原则上我们不杀认识的人或朋友，因为他们死了我们会伤心。换成别人就无所谓了。”

“你们所谓的别人也有家人、朋友和认识的人！那些人也会为他的死而伤心。”

“你说得倒也没错，但是跟我们毫无关系。”

“你们觉得这么做很好玩吗？”

“很好玩。如果你也试试，应该就能理解。但没有才能是做不来的，并不是所有人都能做的。”和平还安慰木村道，“我们会将你的尸体送还给你的家人，放心吧。对于丝毫不具美感的中年男尸，我们没兴趣留在身边。等警方发现你，进行解剖验尸，调查到他们满意了，自然会送你回老婆那里。她大概也知道你出事了，到时候看见你的尸体应该不至于太惊吓吧。经过今晚，她大概也有心理准备了。”

“你们……我从来没有不跟家里联络就外宿，我太太当然会担心！哪那么容易作好心理准备？”

木村以“外宿”一词来形容现在的情况，和平听了十分高兴。“别忘了还有折纸鹤的事。”

“纸鹤？”

“你一被关进这里，不是说过跟你老婆认识的经过吗？随后我就打电话给你老婆了，告诉她为了老公的安全不妨折折纸鹤。她应该能猜到你大概遭遇不幸了。当初就是想制造这种效果，才问你和老婆之间难忘的回忆。”和平笑了，“逼问一个被击昏、全身受缚的男人和他老婆相识的过程，你一定觉得我很奇怪、脑子有问题吧？以为像我这种货色，大概还能应付吧？没想到事与愿违，我居然有计划地问出了你们相识的经过。”

“你是为了让我太太不安？”

“没错。你在这里受苦的同时，也要让你老婆难过。这样更具有戏剧性。我倒不是想伤害别人，我不是虐待狂；只不过身为导演，想营造最佳效果、完成最有剧情的脚本，所以很注重细节的坚持。”

和平说完站起身，打开房门叫浩美进来。浩美抱着一个几乎环抱不住的大枕头，走进房间。

木村两眼圆睁。“你……你不是帮我的人？你不是说这家伙是连环杀手，要帮我逃脱吗？”木村一脸惨白、冷汗直流，慌乱地叫喊。

浩美抱好枕头，对着和平说：“人在这种情况，很容易相信别人谎言的心理特质，你居然也研究过了。”

“当然要研究。”和平说得很轻松，“窒息而死并不会很痛苦，木村先生。为了谨慎起见，等一下会用绳子将你重新绑紧，到时你应该会进入假死状态，所以一点感觉也没有，我保证。”

但是当枕头闷上脸时，木村还是喊了出来。看来这种事真不是头脑好的人该干的！

浩美和和平手脚麻利地将木村的尸体搬到浴室后，脱下弄脏的衣服，暂时藏在储藏室里。然后打扫监禁过木村的房间，再将床垫和毯子拿出去晒。

他们给清洗过后的木村的尸体换上新内衣。说是新的，也不是刚买的，而是从山庄衣柜里拿出来的备用品。到这一步就没什么好担心的了。换好衣服，两人将尸体搬上和明车的后备厢，并将木村的公文包放进车里。公文包里收着木村的东西。他们决定只留下手机当作纪念品。

过去留下每个“女演员”的纪念品，不过都是首饰、皮包之类的小玩意儿，手机还是第一次。

“我可没兴趣收集老男人的手表或婚戒。”和平笑道。

善后工作告一段落，朝霞已染红了山头。两人觉得疲倦，决定先小寐一番，但难以入睡，心情十分兴奋。彼此并没有事先说好，却都在九点前醒来。这时倦意已消，两人决定全力以赴完成今天的工作。

“先吃早饭吧。”和平说，“不好意思，我不想做饭。我们到外面吃吧。今天会很忙，得吃饱一点才行。”

出门前，他们又到储藏室查看和明。

为了不让和明身上留下捆绑的痕迹，先缠上一层薄床单，再用透明胶带固定。基本上是缠成木乃伊般，但因和明身材肥胖，看起来像只白蛆。浩美不禁觉得好笑。

和明已然清醒，眼神因浩美的笑声而浮动。他身体右侧朝下躺在地板上，从那个角度无法抬眼看浩美。

“怎么？你已经醒了？”浩美笑意未止。他实在是太愉快了。

和平的功夫的确是专业水平，用铁棒敲击却不使人致死，只留下一个特大号的肿块。有的人肿块会冒血花，有的人则是流点鼻血，接着就昏迷几个小时。这几个小时的昏迷很宝贵，为了能捆绑、监禁对方，这几个小时是安全且毫无障碍的。

“你就帮我们看家吧。我们要出去吃早餐了。”

一下山，连接附近国道的三岔路口就有一家餐厅。平时为了不让人看见和平和浩美在别墅区一起出入，他们从来没进过这家餐厅。但是现在两人饿得如狼似虎，心想有什么关系，只来一次应该无妨，就把车开进了专用停车场。

两人早已严格约定：出了山庄就绝口不提事件的内容，毕竟不知道谁会在哪里偷听。两人只是热衷食物，大快朵颐。

计划已大致完成，眼前的道路清晰可见。这种喜悦与成就感让两人心情愉悦。浩美的舌头早已按捺不住，很想开口讨论下一步行动，不知和平是否已经写好“高井和明的遗书”了。

一回到车上，还没开出停车场，浩美就开口问道：“我们要在哪里解决和明？遗书写好了吗？”

和平为了让错身而过的红色跑车进入停车场，用手势和眼神与对方打招呼。浩美顺势瞄过去，发现红色跑车的驾驶座上坐着一个男孩造型的漂亮女孩，旁边应该是她的朋友，一个留着俗气长发、同样年轻的圆脸女孩。大概是来欣赏红叶的，还真是优雅嘛。

和平让出靠近店门口的停车位，两个女孩报以感谢的微笑。

和红色跑车分开后，和平立刻高兴地说：“真是个谜。为什么两个女孩在一起，肯定一个是美女，另一个是丑八怪呢？”

“是不是因为美女之间没法做朋友呢？”

“成为朋友后，难道丑八怪不会向美女学习吗？比如化妆的方法、如何穿衣打扮、减肥的秘诀等。如果我是丑八怪，好朋友长得特别可爱脱俗，那我一定会拼命学习，听取对方的建议。”

“嗯，你一定会那么做。这就叫求知欲很旺盛。”浩美说时还耸耸肩，“但是世上有很多人不是这样。别说有求知欲了，就连学习能力都缺乏，天生就很无能。我看刚才的丑八怪就是典型代表。”

和平笑出声音道：“你的意思是，那种人心里根本不可能产生像我们现在考虑的疑问吗？”

“没错。”浩美心情愉快地点点头，同时心想，这说的不就是和明吗？和明到现在压根不想向我们好好学习。

和明就像那个丑女孩一样，尽管坐在我和和平这样的“美女”身边相形见绌，却还是不肯离开，却也不肯好好向我们学习，变得跟我们一样。和明生性驽钝、迟缓、肥胖又无能，所以永远只能坐在一旁。

为什么和明会那样？为什么总是被我们骗得团团转？浩美经常感到纳闷。然而答案很简单，就跟美女和丑八怪在一起的道理一样。这一点浩美很清楚，而和明不明白。那家伙缺乏学习人生的能力，答案就是那么简单。

但和明还是在我身边，一如丑女孩是美女的朋友，终其丑陋的一生奉献友情。周围的人不是认为应该趁早结束这种友谊，就是觉得应该向对方学习提升自己，但局中人完全不明白，再怎么解释也难以令其理解。毕竟天生就缺乏这种能力。就像兔子对鱼儿剀切地说明如何在陆地上呼吸，而鱼儿即使听明白了，却依然无法用肺呼吸，因为能力和器官的功能都付之阙如！

没错，和平说的就是这个意思。我曾经问过他，和明为什么会一直被我们欺骗与利用，他便回答“和明生来就是这种人”。他应该就是这个意思。

回到山庄，将和明从储藏室里拖出来——没错，就是抓着床单一角，将他从厨房拖到客厅，靠在壁炉边。两人面对面时，浩美嘴里冒出的第一句话就是“谢谢”。“真的，你始终为了我陪在我身边，对于你的友情，我很感激。”

被自己的话语所感动，浩美觉得眼角泛出了些许泪水。为和明而哭，未免太奇怪，何况也不可以。所以这是为了自己拥有和明这种朋友而流下的感动的泪水！

和明眨着家畜般毫无灵性的小眼睛看着浩美。他左眼充血得十分严重，从右眼完全没事的情况来看，应该不是因为流泪，而是受铁棒攻击所致，或是被攻击后倒在地板上，被什么东西伤及左眼。

突然和明说话了，低喃的声音显得混浊：“我早就在想会不会是这种情况……”

和平吹了一声口哨，很感兴趣地瞪大了眼睛。浩美立刻转过头来。

“因为……浩美，事情看起来就是这样。”

浩美走近和明，蹲下，看着和明。和平则跷脚坐在客厅的沙发上，点起香烟。这倒是少见，和平平时不太吸烟。在自动售货机买的淡烟，往往过了半年大半包还收在抽屉里。

“你说的‘这种情况，’究竟指什么？”浩美问，“难道你一直都在怀疑我？”

难道和明从来就不相信凶手另有其人的说法？

“没错。”和明回答时还不停眨眼。看来头一动就会痛，所以无法点头。他的下巴有些前凸，姿势僵硬得犹如乌龟。

“我说的话，你不相信？”

“没错。”

“什么！难道我说的话不够逼真？”

“你说的怎么可能会发生。”和明的语气始终平缓，“简直就像是烂电视剧本一样，没有人会相信。”

浩美觉得消失很久的愤怒又被激起了，连自己都有些惊讶。从杀死“女演员”以来，愤怒便跟他绝缘了。这两三年里，比起担心自己发怒，他更担心和平因小事伤了自尊而当即全身僵硬的习惯。他甚至已经忘了过去为什么会忽然发怒。

就像是抓着方向盘，忽然失去控制一样。以一百二十公里的时速飞驰在风光明媚、路面平整的观光大道上，孤独而畅意，心中一片空白，没有任何烦恼。猛然方向盘像是被锁住了无法操控，仿佛它有了自己的意志，拒绝任人摆布。而且未踩油门，车便自动提速，一一突破眼前的障碍物前进，还不停加速。甚至听见车身因撞击而逐渐扭曲毁坏的声响，车速依然有增无减。驾驶人浩美的精力根本赶不上车速，只觉得车座渐渐后退，几乎跟后座合二为一，同时目光陶然地看着车的骨架销毁殆尽。

“住手！浩美，还不快住手！”

再次回到现实，被锁住的方向盘猛然松开那一瞬间，浩美感到和平从背后紧紧抓住他。脚边则躺着缠成白蛆般的和明，地板上净是斑斑血迹。浩美紧握双拳，并看着自己拳头上的血渍。

他呼吸急促，喉咙里发出干燥的声音。他不仅感觉到这是好久以来未曾发作的愤怒，同时也意识到一种自由解放的快乐。

“够了，不能再打了！和明的尸体被解剖时，万一被发现生前受过拳打脚踢，就前功尽弃了！”

和平的声音和鼻息同时蹭在浩美的脖子上，和平从背后伸出来的手臂竟那么纤细。不仅如此，两人身体的紧密接触也让浩美有了从未有过的联想。

那是日高千秋的身体、古川鞠子的身体、那个想喝香槟的倒霉女孩的身体。她们都很纤弱，几乎是用力一掐就能杀死。将绳索套在日高千秋的脖子上，用力从楼梯上推下去时，浩美可以感觉她细弱的背骨在手中扭曲变形。那感触至今仍深深留在手心上，每次舔舐就能回味。

监禁古川鞠子时，兴致一来浩美就会殴打她，侵犯她。古川鞠子是他喜欢的类型，所以做起来倒也高兴。但是随着侵犯次数多起来，对方越来越没有表情，甚至不哭也不叫，连他也觉得难受。最后在勒死她之前，浩美一边侵犯一边掐她的脖子。等到她的脸涨得通红，白眼球像水煮蛋般凸出并浮现血丝，浩美才放开双手。古川鞠子开始呕吐，弄脏了浩美，惹得他一生气又继续打她。但是殴打的感觉不如掐脖子时，她那美丽纤细的脖子似嫩竹般在他手中扭曲是那么新鲜有趣。他很想再掐她，却担心杀了她后会被和平责骂，才打消念头。

那个到现在他连名字都不记得的倒霉女孩，大概以为那么做就能保住性命，所以拼命想将自己献给他。可是这样就不好玩了，他反而问那女孩离开之后要做什么、捡回一条性命将如何改变人生，如此一问一答要有趣许多。女孩只好绞尽脑汁回答，说“想考取美容师的资格”、“当个保姆也不错，我很喜欢小孩子”、“说不定会去看看音讯不通的父母，虽然他们很差劲，但我也有错，今后希望能多孝顺他们一点”……她想到哪里就说到哪里，希望这些答案里有一句能触动浩美的心弦。她相信这将是她脱离牢笼的唯一钥匙，所以不停地说话。

然而她脑浆几近干涸，同样的话再三重复，于是浩美不禁出手打她，并骑着她掐她的脖子。那真是美好的感觉！女孩脖子、脊椎和肋骨发出的声响，不是通过耳朵而是经由浩美的身体感受到了。骨头倾轧的声音也由他的骨头感应到了。

“女演员们”都是这样。如今回想，连岸田明美也不例外。浩美紧勒住她的脖子，当时是一瞬间的动作，但也是最好的方法。

“女演员们”的身体，那柔软纤细的骨架，在具有压倒性优势的浩美面前，就那么轻易地被折断了，那么柔弱。

现在在和平身上也能感受到同样的感觉。他们从小就都是头脑派，从没打过架，或是玩闹成一团。这是浩美第一次接触到和平的身体。

和平的身体让他想起了“女演员们”。不对，不是“女演员们”，不是和平的“女演员们”，而是栗桥浩美的女人，是我的女人！

浩美甩开手臂，回过头想掐和平的脖子。就像瞬间忽然刮起一阵风似的，他产生了这种想法。浩美紧闭的心窗全都打开了，全向着外面。而所有窗户外面都是和平的脸，还有他纤弱的身体。太简单了，打他并勒毙他，简直就轻而易举。这次我不会再失控了，我要好好抓住方向盘、踩油门。

“你们一定会被捕的！”和明的声音从浩美脚边响起。白蛆居然说话了。

“你说什么？”浩美回过神。所有心窗又再度砰地关上。

“不管你们多会设计，做出这种事，总有一天会被抓到。”和明抬起头说。他的鼻子受了伤，血水不断流出。左眼皮破了，右眼也肿了。他呻吟地抬起头，还想说什么，嘴角却滴下含了血丝的口水。

或许是感觉到浩美已经平静下来，和平松开缠绕的双手。随着身体分开，浩美刚才的冲动也不见了。而且不像流星一样带着尾巴消失，简直像是一开始便不存在。浩美甚至已经记不起刚才那一瞬间自己的想法。

“我们不会被抓到。”和平抢先一步在和明身旁蹲下，一边将倒地的和明扶起来坐好，一边说，“我不会被抓，整个计划十分完美，是个美得令人心醉的故事。你知道吗，和明？最重要的是全社会都喜欢我编织的故事，期待着结局。他们期待一个充满最佳戏剧效果、余韵无穷的结局。所以必须有你的帮助，我们需要你出镜。”

和平的语调跟平时一样充满了说服力，但和明看都不看他一眼。在他悲惨的脸上，两只眼睛拼命将焦点聚集在浩美身上。

“浩美，你听得懂吧？我说的话，你应该听得懂吧？”嘴边淌着血丝和口水的和明说道，“和平的话，你千万别相信。你想想，连比你愚笨的我都骗不过，你怎么能上当？我从来就不相信你的谎言。我一直都认为你是凶手，你杀了那些女孩。”

“既然这样……”浩美感到双手无力地下垂，“那你为什么还呆呆地过来？”

“我想阻止你。”

血水从一塌糊涂的鼻孔沿着裂开的嘴唇流下。和明一边吐血水，一边努力探身说道：“我能阻止这种情况，希望能尽早阻止这种事发生。我来是想说服你，跟我一起去报警。那种谎言连我都不信，很快就会被捕。”

和平双手叉腰，以一副主人叱责失态的宠物的口吻说：“你这叫一厢情愿，可惜浩美不是一个人，他跟我在一起。而且指挥者是我，你是赢不了的。在你过去的人生中，恐怕连一秒钟的胜利都没有吧，和明？”

“去报警吧，浩美。”和明从头到尾对和平视若无睹，一心劝浩美，“你不能一错再错。你本不该是这种人，因为你吃过苦，人生才扭曲……”

“我的人生扭曲了？”浩美大声反问，“你凭什么胡说八道？”

“难道没有扭曲吗？”

见浩美举起手要揍人，和明抬起下巴拼命往墙边靠，但是并没有沉默。“你本来不是可以走不同的人生道路吗？我这么无能，连家里的事业都无法好好继承，只能算是半个人，我也很清楚。但是你不一样，从小就很优秀，做什么都很厉害。你本来可以选择任何想要的人生，但现在却怎样？连份正当的工作也没有，不是吗？难道你有固定的收入吗？朋友呢？女朋友呢？”

“少啰唆！”浩美笑了。他看着和平，做出确认的笑容。但和平没有笑，只是摇摇头。

“你本来可以更有出息，不是吗？如果待在一色证券，现在说不定已经是金融精英了，但你却失业了。”

“什么金融精英？说得还真好听，是不是电视节目看太多，学着挂在嘴上？”

和明没有退缩，目光始终没有离开浩美。“是我当初估计错误，心想你不应该是做这种事的人。我一向那么认为，才愿意来这里阻止你。”

“所以我才会说那是不可能的！”和平厉声说道，“想要破坏我们的计划，凭你和明是没办法的。”

“千万不要被和平骗了！”和明大声疾呼，“千万不要被他耍得团团转，浩美。从小我就知道他是这种人，我很清楚，才敢这么说。我也知道你一直以来都被鬼魂缠得很痛苦，可是请你不要再做这种事了。赶快清醒过来吧，浩美。”

“真是令人惊讶。”和平松开环抱在胸前的双臂，动作夸张地坐到沙发上，笑道，“我倒是头一次见高井和明说人话。原来随着岁月流逝，你也会成长，和明。”

此前始终无视和平，只盯着浩美的和明，这时才转过头面对和平。“那还用说！我当然会成长。”和明不快地说道：“你们还以为自己是几岁吗？已经二十九了，不是十九岁！你们已经不是小孩了。”

和平张嘴大笑，几乎都可以看见喉咙深处。“没错，我们已经是大人了。可大人之间还是有能力差别的，像你就是差劲无能的人，和明。”

“不对，你们不算大人。”和明毫不退缩，勇敢地回道，“你们都不算是真正的大人。听刚才你们所说的话，简直就像是小鬼在自吹自擂，完全就是小孩。小孩总以为自己就是全世界。”和明用尽全力一吐为快。“两人都是小鬼。不顾前后、任意撒谎，就跟小孩没两样。随便说出破绽百出的谎言就想骗大人，这种事只有小孩才会做！”

“你给我闭嘴！”和平勃然大怒。这是浩美第一次见和平大声说话，不免大吃一惊。和平也注意到浩美的表情，竟将矛头转向他怒斥道：“还在那里拖拉什么，浩美！为什么要听和明胡说八道，一点用处也没有！”

没错……浩美心想，我是有点退缩了，但退缩得最厉害的应该是和平你吧。

真奇怪。过去也曾经被“女演员们”骂过、用轻蔑的言语刺激过。说“你一个人根本成不了事”、“你们只敢杀女人”等，都是些听腻了的说法，但那毕竟是她们真心的责难。但从来没见过和平因那些言词而退缩。似乎在和平心里，连这些“女演员”的小小反击都在预料之中，所以能气定神闲地接招。

然而现在和平却因和明拙劣的言词而愤怒。和明说了什么令他动摇呢？浩美不得不拨开心中的迷雾，凝视和平。

“干什么？”被浩美盯着，和平不禁更生气，“干吗一直盯着我？”

浩美默默摇头，将视线转向和明。

和明一如等待已久，立刻又说：“浩美，这件事就到此为止，不要继续了。你可以停止的，浩美，只要找人帮忙。”

“帮忙？”浩美鹦鹉学舌般问道，“你说帮忙？”

“嗯，没错。”和明拼命伸长脖子，想让木乃伊般的身体前移，“你会变成这样，都怪一直纠缠你的鬼魂，对不对？你已经被鬼魂纠缠得很久很痛苦了。是小女孩的鬼魂吧？你杀的不认识的女人，其实都是那小女孩鬼魂的替身。你真正想杀的是那个让你痛苦的小女孩鬼魂。”

“太精彩了！”和平对着天花板鼓掌道，“我只知道现在到处都是评论家，没想到连高井和明也能说出犯罪心理学的名词！”

和明不理会和平，依然对着浩美说下去：“我知道。纠缠你、打乱你人生的是个小女孩的鬼魂。她追着你，喊着‘还我身体’，不是吗？那是你那出生不久就死去的姐姐的鬼魂。你的名字就是沿用活在这人世没几天的姐姐的，对不对？”

和平不断打岔：“喂，和明，你是从哪里听来这些故事的？说什么浩美想杀纠缠他的小女孩鬼魂，所以杀其他女人代替，这是谁教你说的鬼话？就凭你的小脑袋可编不出这些。”

浩美看着和平，和平的眼神都变了。他是在认真地对付和明，已经无法假装了。

“浩美……”和明几乎是哀求般低头说道，“求求你，听我的话。不要再被和平耍得团团转了。和平是不会救你的，他只是在利用你。上和平的当，杀几个女人，并不能让纠缠你的鬼魂消失！”

“已经消失了。”浩美谎称，“已经消失了！”

“浩美，别理他！”和平怒吼道，“这家伙说的话不用听！他是笨蛋，懂些什么！”

“懂什么……”

“没错，你根本什么都不懂，不是吗？”

和明痛苦地摇头。“这种说法跟小孩没两样，浩美。小鬼不都是这样说话的吗？”

“我不是小鬼。”

“哦？可你说的话却跟小鬼一样。你仔细想想。”和明充血的眼睛里溢满泪水。大概是模糊了视线，他不停地眨眼睛，但是那双眯得更小的眼睛依然盯着浩美。“我……在你眼中，我的确是又蠢又笨，几乎跟小时候没什么两样，可是至少有一部分是改变了。我也许能力还不够，但是我认真工作，希望能让面店生意兴隆，有更多的客人爱吃我家的荞麦面。这就是我的生活，我的人生。”和明吐出一口血水，颤抖着嘴唇说下去，“在你眼里，荞麦面店是多么低俗无趣的生意。既不能赚大钱，也不能吸引女孩子。可我真的是在努力，就算是又蠢又笨的我，还是认真打拼着长大了。你知道吗？”

和平在一旁窃笑道：“没错，笨蛋长大后一样会生出又蠢又呆的小孩。”

“我一直都很羡慕你。你什么都会，功课又好，又会跑步，大家都很喜欢你。我没有的东西，你都拥有。连我妹妹由美子从小就说为什么自己的哥哥不是栗桥，要是栗桥是她哥哥就好了。我也这么想过，如果能变成你该多好！”

栗桥浩美问：“你干吗跟我说这些？”问了之后，才警觉为什么要问，为什么要理会和明？

“小时候的你真的很棒，看起来就像是很特别的人，是那种长大后会变成令人遥不可及的厉害的人。可是现在却怎样？”和明用力发出最响亮的声音，“现在你怎样？失了业，整天游手好闲，生活没有目标，而且还是杀人凶手。诱拐一些女孩，杀了她们，然后打电话给她们的家人和电视台，自以为是名人，这又有什么意义？没有人会认为你很伟大。不会像从前的你那么吸引人。你错了，浩美，你不应该做这种事。”

“你凭什么跟我说这些废话！”

“我当然有资格。我曾经那么憧憬过你，我不能看着你变成残酷的杀人凶手。你接二连三地杀人，是受到和平的蛊惑，绝不是你的错。你现在也很痛苦，因为被小女孩的鬼魂纠缠。被鬼魂纠缠，一心一意只想逃离，于是走错了人生的道路。所以你真正该做的事，就是灭除小女孩的鬼魂。”

“我不是说过鬼魂已经消失了吗？从杀了女人之后，鬼魂便消失了。”

和明紧接着说：“这就证明被杀的女人其实只是小女孩鬼魂的替身。你其实并不想杀人，只是想逃离那鬼魂。可是总不能永远不被捕，不断地杀女人。一旦停止杀女人，鬼魂又会回来。甚至会追到监狱里纠缠你。这么做一点意义也没有！”

“胡说八道！”和平不屑地扔下一句，站了起来，看也不看如决斗般对峙的浩美和和明，便快步出了客厅。

和平一离开，浩美忽然觉得疲倦和沮丧，双膝一软，跌坐在和明身旁。“不要再提鬼魂了。”浩美小声说，这是他有史以来第一次请求高井和明，“我不想再听到鬼魂的事了。”

“求求你！”和明呻吟般低诉，并滴下泪水。原来和明也一样，因为和平消失，原本紧绷的神经也折断了。和明开始放声大哭：“求求你……不要再继续下去了。杀人是不应该的，不可以。”

“可是……”已经没有退路了。“我不想被捕。”

“不被捕，这件事就不会结束。”和明摇摇头甩掉泪水，坚定地说，“为了回到原来的人生，必须结束这种行为，重新来过才行。”

浩美心生辩解，不吐不快：“我又不是喜欢才这么做的。你说是和平利用了我，但其实不对，是他救了我。我杀了明美，孤身一人不知道该怎么办，是和平救了我，才开始了这一切。”

“明美？”和明头上的肿块动了一下，他睁开小眼睛问，“就是你以前的女朋友吗？”

“你应该不知道吧。”

“我知道，看见过好几次。栗桥药店常有美女出入，在我家附近早就传了很久。我家新店开张的时候，你不是送花来吗？当时她不是也跟你在一起吗？”

新店开张？花？浩美记忆模糊，有点搞不清楚了。

“浩美……你杀了她吗？那是你第一次杀人？”和明毕竟吓着了，语气显得慌乱，“你不只是杀了毫不相识的女孩？那个明美是杀人的开端，是吗？”

浩美乖乖地点头。

“那你怎么躲得掉？警察一定会追查到你这里。你动什么手脚也没用……”

和明话还没有说完，客厅的门便砰然开启，和平悍然走了进来。他边笑边靠近和明，左手一把抓住和明的头，右手握着针筒刺进和明的脖子。和明尖叫一声，挣扎了一下，立刻昏睡。和平抽出针筒，轻轻吁了一口气，笑容依旧地抬头看着浩美。“这种吵死人的浑蛋只有让他安静下来最好。”

浩美感觉背上一阵寒意。“那是什么？”

“兽医使用的麻醉药。大型犬一针就见效。”

“你从哪里弄来的？”

“我刚好有些门路，等药效一过检查不出成分……大概需要四小时。在这之前只能打发时间了，没办法。”和平用脚尖踢和明的头，表情颇为愉快。“对了，我想到一个好主意，可以利用岸田明美。”

“什么？”

“就是岸田明美。和明也知道那个女人，我听见他刚才说的话了。”

“……”

“干脆就让和明看上那女人好了。童年玩伴的女朋友，就像是高不可攀的天鹅一样。和明单恋着不该爱的人，而明美根本都不瞧他一眼。这也理所当然，她的男朋友是帅气的浩美嘛。”和平微微一笑，露出的牙齿跟针筒的银针一样闪亮。“因为爱得过火，和明杀了明美，从此也唤醒了他内心深处残忍的本性。他开始对过去没给他好脸色的女人进行复仇，他开始猎杀女人。怎样？这剧本不错吧？简直就是社会大众追求的故事。”

“和平……这是你刚想到的吗？”

“没错。不错吧？”

小孩不顾前后任意撒谎，自以为能骗过大人。

和平又用指尖敲了一下和明的头，高兴地说：“公众要的不是真实或真心等无聊的东西，他们要的是最精彩的故事。只有完美的故事架构，才具有真正的力量。看来这家伙根本无法理解。”

手指一弹发出一记清响，和平看了浩美一眼。

“和明的死亡地点，即让他自杀的地方已经决定了。让他跟明美一样。我们去赤井山的鬼屋。”

将昏迷的和明放在他汽车的后座上，由浩美开车。车从山庄出发前往赤井山时，已过了下午两点。

这是他们第一次从山庄前往赤井山一带。查过地图才发现开车前往所需的时间比想象的要少很多，比起从东京到赤井山或从东京到山庄，都要轻松。大概是北关东的山区道路建设完整而绵密所致。

和平向浩美仔细解释计划，让他充分理解新的剧本后，决定比浩美晚三十分钟离开山庄。他还得回东京长寿庵看和明家人的反应，然后准备些必要的东西，晚上才前往赤井山的鬼屋跟浩美碰面。

浩美在上车之前，先将自己的外套披在和明身上，自己则换上和明的外套。为了不让人通过车窗发现和明，还用毛毯和靠垫做了多重掩饰。汽车离开山庄行进在山路上时，很有可能被人目击，所以这些细节丝毫马虎不得。本来浩美想戴上墨镜，但是因为平时没有戴墨镜开车的习惯，怕视线受到影响，万一出车祸就糟了，于是将墨镜收回上衣口袋，改戴毛线帽。那是一顶手织的灰帽，样子不怎么好看。将帽子遮到眉毛上端，整个人的面貌也跟着一变。

发动引擎的时候，和平呼着白气走过来。浩美一摇下车窗，和平便靠上前来。“听见没有，万一和明想逃，或要你一起去报警，说‘你别被和平骗了’等无聊的话……”和平特意强调“无聊”二字，“就跟他说我去东京了。告诉他和平去了东京，将他的家人掌控在手中。换言之，假如他不乖乖的，到时候就是我代替他看着他的父母和妹妹哭泣了。”

“我知道。”浩美简短地回答后关上车窗。

和平有些蹙眉，赶紧起身，嘴里抱怨着“什么嘛”。很明显是情绪受到伤害，连呼出的白气都显得形状尖锐。

浩美装作没有听见，见引擎已经够热了，便决定发车。

这时，和平竟张开手掌猛敲车窗玻璃，声响急扑上来。浩美吃惊地回过头，见和平扭曲的脸孔贴在车窗上。

“你听见了吗？啊？”和平大声说，“打开车窗！快点！”

其实只不过是两三秒钟的光景，浩美很想不予理会直接将车开走。隔着玻璃与和平面对面，感觉十分滑稽；但是浩美已很疲惫，这个下午看见任何滑稽的东西也笑不出来。何况还要开一个半到两个小时的车前往赤井山，到达之后还要干活，而且还不轻松！

然而浩美心中有着从小就建立的顺序，这次序战胜了他。和平排第一，任何时候和平的事总是优先。浩美打开了车窗。和明这辆旧车的动力开关发出气喘吁吁的声响，缓缓地摇下车窗。

和平板着脸盯着浩美。大概是在车窗缓缓降下之际气势已减弱不少，一开始他没有说什么，而是嘟嘴瞪着浩美。

“什么事？”浩美问，“我听漏了什么吗？”

和平将视线稍稍降下，眨眨眼睛调整表情，一副“我其实很生气，但是这次原谅你”的认真态度。“不要受到和明的影响。”和平说，“那家伙的话毫无意义，那种没有能力的人无法理解我们的想法和目的。”

“嗯。”浩美回答得很简短。因为戴了毛线帽，太阳穴和额头有些痒，他用手指挠了一下。

“我必须先跟你说清楚，和明对你根本就毫无友情可言，那些都是骗人的。”和平扶着车身逐渐靠近，引擎盖反射的午后阳光令他的眼睛眯成一条直线。“真正的友情只能产生在同阶层的人之间。你想想，要理解优秀的人当然需要优秀的灵魂。和明想对我们产生友情，就算他呼喊千百回，也只是他一厢情愿。和明没有能力理解你。”

就在百万分之一秒间，不，应该是更短的瞬间，栗桥浩美脑中闪过不同的意见。你凭什么断定和明没有能力？自从把和明叫到山庄，我们因无法照预定计划操控他而吃足了苦头。这样的和明还能说是真的没有能力吗？

可是这些话不能说出口，否则就将意味着怀疑他们自己的能力。假如和明并非没有能力，他诚心诚意所说的言语中有一些值得相信的内容，而且和平和浩美也听进去了，那么他们两人构筑的世界便会出现裂缝。

你们俩都是小孩!

没错，我们都是小孩。但不是普通的小孩，而是伟大的小孩。

和平好像还在说，但浩美只能听见最后一些只字片语。“……明美是重点，知道了吗？”

明美？提到岸田明美了吗？

“遗书我已经准备好了。我在以前保存的遗书里又增加了暗恋明美的一段，组织好后内容更加完整。为了让文字看起来像是和明写的，不得不降低两级格调，真是遗憾！”和平说到这里，大概是满足了，才把手拿开。浩美不想再被留住，于是没关车窗，气定神闲地说“那就晚上见”，然后慢慢地踩油门。

后视镜中站在山庄前的和平显得越来越小，取而代之的是在后座上昏睡的和明如雷的鼾声。

24

从车开出国道起，熟睡的和明开始呻吟，过了三十分钟后便醒来了。浩美忠实地按照刚才通过地图预习的路线，开了过半的路程。

恢复意识的和明就像电影中从棺材里爬出来的吸血鬼一样，猛然立起上半身。毛毯、靠垫纷纷从他庞大的身躯上滑落。浩美经由后视镜看见这情景，无言以对。他不知该说什么。

和明真诚的诉说及由他言语触发的童年记忆，让浩美分不清自己究竟是骑士还是马。不管怎样，只要自己居于优势就好。如果是骑士，就是让马奔驰的骑士；如果是马，就是载着骑士行动的马。千万别是被马背着乱跑的骑士或任意被骑士骑着到处跑的马。然而此刻只觉得不管走到哪里都是一个人，根本成不了大事。

一个人什么都做不成。

他想起以前曾经有人这么责备过他，那是谁呢？记忆中好像是个女孩。当时对方说："像你这种人，一个人根本成不了气候，嚣张什么！"

"浩美！"和明说道，"我的脖子很痛。"和明的大手揉着脖子，大概是被和平扎的地方吧。"你要去哪里？"和明问，神情没有惧怕之意，也没有困惑。或许是药效还没完全散尽，感觉平静得令人意外。

"你不害怕吗？"浩美直视着前方问道，"难道一点都不担心自己会变成怎样吗？"

和明晃动了一下大脑袋，眼睛翕动。看来是想甩去头脑中的模糊。他说："我一点也不怕你。"

"可惜我并不像你期待的那么好。"本来还想加一句"我已经不是小鬼了”，但还是吞了回去。“你好像还是没有搞清楚，我杀了很多女人。杀人对我而言不过是件小事。如果你是个正常人，就应该怕我怕得要死，很想逃走才对。”

“我头晕目眩、昏昏沉沉的。”和明低喃，两手在眼前摊开，“你看，我的手指在发抖。”

“那是打了药的关系，你被注射了针对狗的麻醉药。”

和明动作迟缓地晃动身体，重新坐好后，小声说：“和平真是太过分了。”

浩美沉默不语。一辆载着年轻情侣的敞篷车越过中线超车而过。女孩的长发在空中翻飞。时而传来音乐的片段，似乎是重摇滚。

“我们要开车去哪里？”

浩美纠正和明道：“不是开车去哪里，是要带你去。”

和明毫无惧色地点点头。“哦，那你要带我去哪里？”

“岸田明美死的地方。”

和明通过后视镜看着浩美，浩美明显感觉到那视线。

“那家伙会死是意外，不是我杀的。我根本不想杀她。”

“嗯。”和明点头道，“我相信你。可你为什么要带我去她死的地方？”

浩美偷偷抬起眼睛瞄了后视镜中一直看着自己的大象般的小眼睛，不禁叹了一口气。

然后他开始诉说，包含过去种种和今后的计划。说来话长，时而还得回过头等和明充分理解后再继续。和明有时会要求他讲得更详细，理解之后还会催促接下来的内容。

在这过程中，浩美有了一种奇妙的似曾相识的感觉。好像很久以前也曾像这样跟和明说过很长时间的话，虽然忘了许久，但的确有过那样的经历。

“是啊，有过。”

大概是浩美不经意间将心中的疑问说了出来，和明点头道：“只有过一次，当时你对我提过被小女孩鬼魂纠缠，吵着还她身体的经过。”

是……吗？有吗？

“什么时候？”

“初二的时候。也是跟现在一样的季节。那是全校马拉松赛跑的第二天，学校补假。我们在车站前的书店碰巧遇到。”

长谈之际，汽车已经开进连接赤井山的收费公路赤井山绿色大道的入口。在穿越赤井山的弯曲道路中，鬼屋就位于山的八合目处[①]。

“从这个距离看不见……”浩美低声说。

“什么？”和明立刻追问。

“没什么。”

左手边就是一个加油站，浩美转动方向盘开往那里。和平特别交代过：“即便和明完全受到控制，也不能让别人看见你和他在一起。”但是现在浩美似乎感觉和平的警告越来越远，没什么危机感。而且长谈过后，肩上的重担已经转移到和明身上了。

“欢迎光临！”一个活力十足的女孩大声招呼。大概还是个高中生，迷你裙下露出的长腿显得健康有活力，毫不吝惜地暴露在秋日的阳光下。

停车的时候，浩美想起曾和明美来过这里。没错，就在她死的那晚。

“加满。”浩美低着头对上前服务的男孩交代一声，便急着下车。

“浩美。”和明叫住他，“要让我看起来像是自杀，绝对不可能。和平只会出一张嘴。如果光说就能成功，做什么都很容易，但是真实人生没那么简单。你冷静想想，像这样我们在一起被别人看见，你能摆脱嫌疑才怪！”

说得倒是很有道理。浩美一手抓着门把，直盯着和明，一句话也没说。因为和明说得没错。

浩美在听和平说明计划时，其实也抱有相同的疑问，可是和平毫不理会，只是说：“所以说不能毫无防备地被人看见你和和明在一起。”

既然这样，浩美认为应该躲在山庄里，直到晚上再行动才保险。可是和平又说这样演出效果不够。

“我希望和明在自杀之前伫立在关键人物岸田明美被杀的现场，必

①合目为登山的距离划分。由山脚到山顶分为十合，半山腰称为五合目，山顶为十合目。

须让其他人目击才行。无论如何和明一定要在太阳还没下山时来到赤井山的鬼屋。放心好了，浩美。只要小心保持距离，没有人会认为你跟和明在一起。只要让和明被人目击就够了。那家伙长成那副德行，很醒目，绝对会进行得很顺利。”

找个目击者那么简单吗？不管他和和明保持多远的距离，他们毕竟是坐同一辆车前往的。和明“自杀”之后，加油站的人或是来鬼屋参观的游客、绿色大道上擦身而过的其他驾驶人很有可能会作证：“高井和明不是一个人来的，还有一个年龄相仿的男人同行。”

万一有人出面作证，警方和媒体一定会慎重行事。因为凶手说不定是两人以上。当初打电话给特别节目实在是犯了轻忽的大错。

如果这次能够成功设计和明“自杀”，警方就不会追查另一个凶手，被追捕的危险自然降低不少。

高井和明的童年玩伴栗桥浩美，以外人的眼光来看会被定位在以和明为圆心的同心圆的第几层呢？过去浩美总以为自己位于最外层，但果真如此吗？他勒索和明、去过和明家、被和明的妹妹警告“以后别再来纠缠我哥哥了”。一个身为无业游民的童年玩伴，说不定在他人眼中会被定位在最接近和明的中心位置。

提到和明，就会想到浩美。

谁和高井和明最有关联？应该是栗桥浩美。

谁会怂恿高井和明做坏事？除了栗桥浩美，还会有谁！

大家都会这么想，很自然。

浩美一下车，立刻逃跑般离开。但脑海中思绪不断翻腾。

就算陷害和明为凶手，情况并不会改善太多，甚至还增加了危险，不是吗？至少对浩美是如此。

“我……根本逃不掉。”浩美不禁低声自言自语。

加油站又开进一辆车，是辆光鲜亮丽的红色吉普车，车里坐着一对年轻情侣，男孩开车。

服务员一靠近车身，男孩便应对，女孩则打开车门，轻巧地跳下车。迷你裙搭配马靴，想来这双诱人的美腿应该是她引以为傲的财产吧。

“我去买咖啡。”女孩回过头问，“你要热的还是冰的？”

“冰咖啡。”男孩大声回答。

“OK！我顺便去一下洗手间。”

女孩一走动，褐色的短发也跟着飘动。她经过浩美身边时，散发出一股淡淡的柑橘清香，或许是洗发水的余韵。

留在车里的男孩拿出地图，和服务员交头接耳地讨论。大概是在问路。服务员态度亲切，两人不时发出愉快的笑声。浩美听见服务员说：“那三岔路很多人迷路。不过没关系，回到这里就很近了。”看来这对情侣在绿色大道上迷路了。

女孩回来了。她明白自己有一双美腿，所以走路对她而言是要让人欣赏她的美腿。这是她走路的方式让浩美联想到的结论。不知抓住她用绳子套住脚绑在床上，将会多么有趣？如果将绳索套在她瘦弱的脖子上、将她眼睛蒙住、让她爬楼梯，而且要求她装腔作势尽量走出最漂亮的姿势，然后嘲笑她、用力从背后推她，会有多好玩呢？

正想得出神，呆立一旁时，女孩恰巧从浩美身边经过，不小心撞到了他。其实只是拿着两罐咖啡的右手肘轻轻碰到了浩美的腹部。

“啊，对不起。”女孩赶紧收回手肘，向浩美道歉。这时两人四目相接，女孩的眼睛被浩美的目光吸引，睁得更圆更大。

“真是对不起。”

女孩比想象的要温顺，又道了一声歉才快步冲向吉普车，打开车门跳上座位。男孩正从驾驶座的车窗伸出手付钱给服务员，因女孩拉他的手而转过头。女孩递过咖啡，然后缩着脖子低声说话。

男孩隔着挡风玻璃迅速看了浩美一眼，女孩也看了一下。男孩说了些什么，女孩摇摇头。浩美不难想象里面的情景。女孩说被一个不怀好意的人盯上了。男孩便问对方说了什么吗？没有，还好啦。他碰了你吗？没有，他没有碰我，我们还是赶快离开这里吧。

浩美无意识地向吉普车靠近。他几乎是跑着过去的，但眼前的景象却是呈现慢动作：女孩的表情逐渐扭曲、男孩不知又说了些什么、男孩忽然发动引擎、回过头确认背后、车身后退、传来加油站服务员的引导语……

其实他也不清楚靠近对方的车要干什么、想说什么。难道是想拉扯女孩的头发拖她下车，还是骑在她身上掐她的脖子？或是挖男孩的眼睛，消灭那张看起来温和、明朗又无忧无虑的笑脸？不然是要大声疾呼自己并非无聊男子，还是强调自己跟他们一样都是年轻人，一样穿着时髦的衣服开车兜风；不需要汲汲于工作，荷包依然饱满；世上所有繁琐的工作都让其他人代劳；其实很想凸显自己是个上等人……

而这一瞬间，浩美最想要的竟是拿剩余的人生跟那驾驶座上的男孩交换。让那男孩站在加油站的电脑洗车机前，而自己和那有着一双美腿的褐色短发女孩一起开车扬长而去。

吉普车从浩美眼前呼啸而过，开往绿色大道。男孩还摘下帽子对服务员说："谢谢。"

引擎声隆隆作响的吉普车消失后，原地出现了一个少女。

少女的发丝在午后的阳光下闪耀，微风令她的裙摆翻飞，一时之间浩美以为那既是个少女的"实体"，又是加油站的另一个客人。

少女直视浩美，脚下没有影子。她张开扭曲的嘴巴喊道："还我身体！"

浩美不知所措，只能不断眨眼。忽然间少女消失了，有人从背后拍拍他的肩膀。

浩美吓得跳了起来，发出很大的声响，引得其他人都看向他。一如电路故障，脑子里只有一个地方还能冷静地思考：我这么做会引起更多人的注目，大家都会记住我的长相。他们会记得我是一个奇怪的家伙……

他们会想起来，当媒体的话筒对着他们时，当警察出示证件时。没错，当时他站在加油站前面，脸色铁青地大喊一声，然后追着年轻情侣的吉普车跑到马路上。

根本逃不掉了。

"浩美，你还好吧？"是和明，不知什么时候起他也下车了，站在浩美背后，睁大眼睛担心地看着浩美。

浩美回过头看和明，发现他脖子上被针筒注射的地方有些瘀血，呈现十元硬币大小的瘀青。到时候检察官验尸一定会发现"自杀"的和明身上的瘀青。他不可能在自己的脖子上注射针筒，必会判定是第三者所为。

逃不掉的。和平的计划正如和明所说，稍稍隔一点距离便能发现千疮百孔。也许过去也是一样，因为两人总是关在一起，处在自己的世界里，所以看不清楚。过去没被捕，不过是时候未到。警方分析和平漏洞百出的计划泄露的资料，还需要一些时间罢了。

“鬼魂回来了！”浩美低喃道，“我曾告诉过你的那个小女孩的鬼魂。杀那些女人时，她一直都没出现。”浩美浑身颤抖，好像忽然发冷，手脚冻得发僵一样。

“我们回车上吧。”和明平静地说道，“我们回东京。”

浩美拼命摇头：“我们必须去鬼屋才行。”

“为什么？”

“我跟和平约好在那里等他，这是计划。”

为什么我会这么说？照和平说的去做根本没用。我不是刚发现和平的计划漏洞百出吗？

和明没有抗拒。“好吧，那我们就去鬼屋。浩美，你可以开车吗？”

浩美开车，和明坐在旁边。若是据和平的计划行事，不可能允许浩美做这种事。他只需将和明扔在后座上即可。

但是现在已经无所谓了。只不过他还不敢变动太多计划，两人继续朝鬼屋行进。尽管更改了某些细节，他仍无能力放弃和平的计划自创剧本。他就像承包商一样，既不想拒绝上门的工作，却又不能完全符合业主严格的要求，工作质量自然漏洞百出。

车一离开加油站，浩美便开始胡乱诉说和明将死于鬼屋、和平的计划有多么完美等。

其实他心里明白，他很清楚。和平的计划根本不完美。如果面对现实，就能发现和明说的更切中实际。所以浩美的话显得空虚，越说自己越觉得是空谈。尽管语气狂热地想要说服自己，言词中却嗅不出一点真实的气息。他发狂般不断诉说，最后只令自己浑身疲惫，甚至连下一步该怎么走也迷失了，徒显自己的悲惨与现实的残酷。

和明沉默聆听浩美自言自语。浩美终于像电池没电的玩具机器人一样猛然噤口不言时，和明才慢慢抬起头，尽可能冷静地说："浩美，我们回东京吧。"

浩美注视着前方。

"现在回去还来得及。你心理受创，我都知道。你会做这些事，一半是心理的病引起的，一半则是和平的责任。你一定要停下来，别再犯错了。"

"你不要乱说！"浩美双目炯炯发光，汗湿的双手紧抓着方向盘，"只有你才会说出这种滥好人的话，谁会原谅我的所作所为？大家听到小女孩鬼魂的说法，肯定都会一笑置之。"

"不会的，我相信你。那位帮我治好眼睛问题的医生也一定会相信。"和明边说边按着眼睛，"我的眼睛也曾让我看到许多不该看的东西。我的眼睛，左眼和右眼的功能不协调。通常左右两眼会配合地看东西，医生的说法是形成影像。我的右眼正常，左眼却完全不工作，所以视力就不正常。"

浩美探索着模糊的记忆。那是初中时的事，应该是暑假，或者更早。和明在游泳社的指导老师叫什么来着？反正我就是不喜欢那老师，所以记不住名字。有一次还被叫到办公室。浩美跟游泳社毫无关系，加上又讨厌那老师，不管对方怎么传唤，他就是不去报到。但是有一天跟和平提到这事，和平劝他说不理会老师不行，还是去看看吧。他才不情愿地去了，而那应该是老师第四次派人找他了。

来到办公室，浩美被安排坐在老师身边的椅子上。周围其他老师来来往往，浩美心里嘀咕：要是在大庭广众之下教训我，老子肯定不善罢甘休！然而对方竟提到了和明，让浩美大失所望。原来是跟和明有关，提到和明的眼睛……

"那老师姓什么来着？"浩美低喃道，"就是那个游泳社的。"

和明高兴地回答："柿崎老师。"

“你现在还跟他联系吗？”

“过年会写贺年卡。他现在可是堂堂的校长。”这时和明才侧着头不可思议地看着浩美，说，“你居然也记得柿崎老师！”

浩美没有多说，只是沉默地回忆。

柿崎老师传唤浩美，其实不为什么，只因浩美和和明住得近，从小学时便认识。柿崎老师说：“高井的眼睛有些问题，现在要让专业医生治疗。你从小和他交往，有没有发现哪里不一样？具体说来，有没有你会读的字，而他不会念？高井的方向感是不是特别不好？你们从小在一起玩，应该更容易注意到吧。为了进行准确的治疗，不能只靠个人自己感到的症状，还必须有周围亲友的观察资料，所以得向高井认识的朋友一一请教。”

柿崎老师热心又亲切地解释，始终表现出“请帮帮高井”的诚意。浩美不禁思忖，我一向瞧不起和明、整天欺负他，看来这笨蛋老师完全没有发觉。但是又颇羡慕和明，老师这么热心帮他……没错，我的确很羡慕。当年的心情再度涌现。

因为羡慕，跟柿崎老师见面之后，就更追着和明欺负。这些也渐渐想起来了。

一连串过去不被重视的回忆，一如被收在从来没有打开过的抽屉里。抽屉没有上锁，一旦打开，回忆便纷纷飞出，来势汹汹且印象鲜明，令浩美目眩神迷、难以招架。

那个夏天，没错，就是初二的初夏。和柿崎老师见面是在暑假前，梅雨季节刚结束的课后。天空像洗过一样蓝，校园里洒满了夏日强烈的阳光。篮球架的阴影清晰地映在校园的沙地上。

夏天到了。一种雀跃、难以按捺的心情，属于那个年龄的小孩特有且难以言喻的兴奋，随着回忆历历涌上心头。

那时跟柿崎老师谈过话后，我知道了和明视觉障碍的事。因为记得这事，在秋季马拉松赛后遇见和明时，才会跟他提起自己看见鬼魂的事。也许当时自认为看见鬼魂说不定也是视觉障碍的缘故。

对，我还记得，我想起来了。不知道为什么，在马拉松赛前后，和平有很长一段时间没来上学。好像有两个星期，或是更久。老师好像知道原因却不肯说，和平本人也完全不提。

再度复学，和平瘦了，笑容也减少了许多。浩美问他是否瘦了，和平回答：“因为长高了，看起来比较瘦吧。”浩美又问他那么久没上学在做什么，他冷冷地回答：“我家里的事跟你一点关系都没有！”

可是一两天后，和平又恢复成原来的样子。因此浩美也就没放在心上。和平和浩美又成了死党，生活恢复安定。

安定。没错，只有和平和浩美两人在一起才成立的“安定”。和平不在的那段时光里，浩美十分孤独、寂寞，也因此经常会被女孩鬼魂骚扰。几乎每晚都会梦到，就算醒了还是会看到。仔细一想，那女孩的鬼魂挣脱梦的枷锁自由地在白天出现，正是从和平离奇缺席时开始的！

我当时十分寂寞。浩美想起来了，寂寞得难以忍受，才会一遇见和明就忍不住说起心事。你不是也看见奇怪的东西吗？那是怎样的感觉？现在正在接受治疗，不是吗？我是不是也可以接受治疗？

的确是有此事。怎么以前我会忘得一干二净？

汽车飞快地行驶在绿色大道上，爬上赤井山陡斜的山坡，经过一个又一个转弯，在第三个转弯处猛然看见上方出现鬼屋群的骨架。那一瞬间，浩美不禁浑身泛起鸡皮疙瘩。真可怕，我觉得真可怕！我怕去那里。因为在那里……在那里有……

那里有岸田明美……

明美在那里，在等浩美。

自从埋葬她之后，这是第一次有这种感觉。不止明美，那些被他杀害的女人的鬼魂，从未对他造成过威胁。

这也难怪，因为和平和浩美不仅支配着她们的肉体，也完全控制了她们的灵魂。不论是生前还是死后，从落入和平和浩美之手，她们就完全被控制了，她们只不过是奴隶、玩偶，根本不必担心会被她们的灵魂胁迫！

然而信心已开始动摇，明美就在那里，她的鬼魂躲在鬼屋后面，躲在那个洞口，等着将浩美拉下去，拉到她所处的黑暗之中。明美正全力做好准备。

“不！”他忽然出声道，“我不去！我不想去鬼屋。”

浩美用力踩住刹车。汽车猛然停住，没系安全带的和明顺势前倾，差点撞上挡风玻璃。

还好后方没有车。这里是转弯处，一不小心就容易出车祸。和明赶紧伸出手，用力摇晃浩美紧抓着方向盘的手臂。“浩美，振作点！必须赶快发动车子。”

浩美睁开双眼，呼吸急促地仰望鬼屋。他目光涣散，根本没有听进和明的话。

和明拼命摇晃浩美，同时转过头看着后面。后视镜中出现一辆又一辆汽车。

“浩美，我们走吧。”

浩美全身僵硬。

“浩美！”

和明忽然打了浩美脸颊一拳，浩美的头像木偶般顺势偏倒。不行了！和明也慌了。不行了，浩美完全不行了。看来我得开车，可怎样将浩美从驾驶座上移开呢？

“浩美！”他再一次绝望地叫道。这时浩美眼睛一亮，目光随着后面正在转弯的车，立刻踩油门前进。发出巨大声响的汽车好像什么事都没发生一样继续行驶在绿色大道上。

冷汗逐渐干了，和明依然不敢将视线从后方的汽车上移开。紧跟其后的是一辆出租车，看不见乘客的脸，但好像有两人。司机是个微胖的中年男子，大概是没有意识到和明的视线，毫不关心地自顾开车。

“你还好吧，浩美？”

浩美看也不看和明，依然僵硬地缩着脖子，看着前方。终于他声音僵硬地说：“我们不去鬼屋了。”

和明自然没有意见。“好啊，不去了。看看哪里能倒车回去。”

来到下一个转弯时，前方成了上升的缓坡，中间有紧急停车带。浩美直接将车开进那里，将引擎熄火，趴在方向盘上。

和明安心地呼了一口气，抹去额上的汗水。这才发现自己的手一直在颤抖。他想，在这里跟浩美换座，然后将他带回东京。“浩美，我来开车吧。”他将手搭在浩美肩上，温和地说，“我来开，你休息一下。”

他抬起头转过去一看，浩美却摇摇头说：“不用，我开就好。”

“可是……”

“你要开车，难道是想把我带回鬼屋？那可不行，还是我来开。”

和明感到疑惑。眼前的浩美，眼眸深处回旋着混乱与恐惧的黑暗旋涡。让他继续开车，着实令人担心与不安。

但是硬要让浩美屈服，将车从他手中夺走，也不见得能将情势扭转。和明迫切希望将浩美带离和平的影响，让烦恼痛苦、失控的浩美不再受到伤害，安然回东京。回去之后，先不回栗桥药店，而是将浩美带回家，让他休息、吃些东西、换好衣服后，再去警察局说出来龙去脉。

为了达到这个目的，千万不能刺激浩美，使他继续开快车或逃跑。既然他说要开车，那就顺他的意吧。

“好，那麻烦你了。”和明一脸微笑地点头答应，“可是请你小心点。我想你应该也不希望在这种地方出车祸，和我一起死吧。”

“那还用说！”浩美伸出双手抚摸了一下脸颊，手也微微颤抖。“和明，有没有烟？”

和明从夹克内袋里取出一盒七星淡烟和百元打火机递给浩美。浩美焦急地将纸盒内的香烟散落在膝盖上，好不容易取了一支点上火，然后像饿了好久的灾民看见食物猛啃般吸烟。

25

和明将浩美膝盖上的香烟收回纸盒，并努力克制几乎快流出的泪水。

为什么会变成这样？

从很早以前，浩美就是和明最重要的朋友。他从幼儿园时起就认识浩美。两人一起爬铁架，一起溜滑梯。东京下大雪的时候，他们还一起滚雪球、堆雪人。雪人的眼睛是用商店街燃料行的大叔给的木炭做的，刚做好的雪人睁着一双四角眼，看起来好像很生气。结果把由美子吓哭了。和明只好将木炭取下来，但由美子又说好像没脸的鬼一样，还是怕得哇哇叫。任性的妹妹让和明很生气，浩美却没有。他说："只要将雪人的脸转到小由美看不见的方向就好了。"于是要和明一起动手移雪人。

母亲那时也说："栗桥真是个温柔的孩子。为了由美子，不让由美子哭，居然红着一张脸，不顾寒冷，努力移动那么重的雪人。"年幼的和明在一旁点头称是。虽然很羡慕浩美得到母亲的称赞，有些不甘心，但还是因浩美的温柔行为十分感动。

小时候的浩美一直对和明很好。如今看来，虽然令人难以置信，但浩美总是支持、帮助和明，主动补充和明的不足。打棒球时，为了帮紧要关头因三振被同学欺负的和明，浩美会及时来个全垒打扭转颓势。和明的汉字听写考试不及格，被罚放学后留在教室里，也是浩美背着老师偷偷教他。有些汉字和明怎么都学不会，浩美干脆帮他写。

回忆如繁星点点不可计数，而每一颗星星都很明亮。在和明回忆的小宇宙里，许多往事连结成星座，俯拾皆是。

究竟从什么时候开始这一切都变质了呢？从发现最初转变的征兆到

童年玩伴栗桥浩美完全变了一个人为止，因为发生得太快，和明至今探索不出变化的起点。

然而即便不清楚变化开始的时期，大概还是知道变化发生的原因。

是和平！

和平是转学生。他来到浩美和和明所在的小学，是在四年级的春天。高高瘦瘦、一脸开朗笑容的和平看起来是个很老实的男孩。

转学生看起来都像是优秀学生，都很会念书，和平更是货真价实的优等生。和明头一次遇到比浩美功课好、比浩美跑得快、比浩美更能击出远距离全垒打、比浩美更受女孩欢迎的少年。

而仍像个小鬼、反应迟钝、动作缓慢的和明，却从未想过浩美会如何看待那样的和平。

基于本能的直觉，和平和浩美将彼此视为对手。所以一开始为探索情况，彼此保持距离，从外围下手。至少在和明眼中是这样，因此他认为既是对手，就永远不可能走到一起。

现实偏偏相反。等到和明发现时，和平和浩美已成了一对好搭档，无论是和明还是其他人都无法介入。为什么会这样，和明不明白。究竟是什么原因让这两人一下子成为好朋友，甚至连老师们也摸不清头绪。

浩美和和明童年玩伴的蜜月期从此结束。不知从何时起，高井和明之于栗桥浩美，就像是遗落在路边的蝉蜕一样，毫无价值可言。

和平和浩美开始狡猾阴险又不着痕迹地欺负和明。他们俩就像是阴阳电极，结合在一起就可能产生未知的电流。为了释放出与生俱来的能量，他们就选定了和明作为目标，或许理由就是那么简单。

于是高井和明痛苦的少年时代开始了。到了四年级，小学生学习能力的差异逐渐显现。受当时谁也无法理解的视觉障碍所害，和明身上被贴了“劣等生”的标签，连校方也如此对待他。尽管和明很用功、努力听讲，偏偏课业成绩就是不行。他开始感到绝望，为什么自己总是被打叉呢？

闪烁着童年记忆的星空里，浮现出一朵乌云，遮蔽了所有光华。光鲜亮丽的浩美再也不是和明的朋友了，和明就像是被老师们放逐了一样，成为缩在地底的鼹鼠。

但是和明依然不恨浩美，也无法讨厌他。浩美为什么会改变呢？逐渐离我远去的浩美，从前对我是那么好！他是我的好朋友，我无法忘怀过去的一切。为了穿越痛苦的学校生活，只有留下回忆，才能苟延残喘。

尽管被欺负，遭遇许多屈辱，和明都能忍受。

岁月过去了。

在初二那年的夏天，和明终于遇到了救星——柿崎老师。接受视觉障碍的治疗改变了他的人生。

假如当时和明勇往直前，断绝和浩美来往，被同学欺负的记忆胜过对童年玩伴往昔美好的追忆，或许他将开始和浩美毫无瓜葛的人生之路。说不定他的个性会转为坚强，一点也不输阴险爱欺负人的浩美！

现实人生却不然。当时两人在书店前偶然遇见，浩美眼眶带泪地问和明："我会看见鬼魂，是不是眼睛有问题？如果接受治疗，是不是就不会被鬼魂追赶了？"

当时浩美胆怯的神情与疲惫绝望的样子，仿佛经年累月飞奔在逆风中的倦容，深深打动了和明的心。

可是在这突然的告白后一个星期，浩美又恢复原样，又和和平一起欺负和明，又若无其事地啃噬真心想帮他分担烦恼的和明。本性难移！

而和明一旦听见对方说出自己的秘密，就无法再回到从前。他永远无法忘怀浩美那恐惧的面容。他无法抹去藏在浩美若无其事的表情下，分分秒秒害怕鬼魂缠身的真实。

就算被欺负、被嘲笑、被怎样对待，我都可以忍受，可以镇静地微笑面对。相信总有一天浩美会对我敞开胸怀。到时候我会接受他，帮他解决问题。浩美真的需要朋友时，我一定得帮助他。少年和明当时便下定决心。

尽管决心面对一切，但是随着浩美欺负弱者、偷东西、欺骗大人的行为日益增加，总有一天旁人也会明白。发生许多事情之后，和明的父母对浩美也有了不同的看法，他们让和明别再接近浩美。就连一向崇拜浩美的由美子也从那时起开始讨厌起他来。

可是学校、住所附近的人却依然如故。在那些没有发现异样的人眼中，和平和浩美这对搭档就跟天使一样。开始觉得不对劲的人则认为他们有些表里不一。就在这样的评价中，他们上了高中，也在和明眼前消失了一段时间。

和明始终没有忘记浩美，深信终有一天浩美会需要他。到那时，就像童年浩美保护他一样，他也要保护浩美。

和明始终抱着这样的想法。

浩美成为大学生后，周围邻居对他的印象从过去的优等生急转直下，说他太会花钱、经常换女朋友，虽是大学生，也不能这样游戏人生。

对浩美的恶评，在他忽然从一色证券离职，开始游手好闲过日子起到达了顶点，而且深入人心。

仔细一想，恶评流传之际，正是浩美回到和明身边的时候。很明显，浩美是来勒索、欺骗和明的。毕竟社会的眼光比起少年时代要严厉许多，骗人越来越不容易，更不好算计他人，浩美当然很不是滋味。所以会回到熟悉的环境中，找无条件“甘愿受骗”的笨蛋和明出气。但是这样也好，因为和明并不想放弃浩美。

浩美似乎还是继续跟和平交往，但既然和平没出现在和明的视线里，浩美也不会提到他，对和明而言夫复何求。和明只想拯救童年玩伴浩美，谁管和平会怎样！

和明想起来了。长寿庵装修后开业那天，浩美抱了一大盆兰花过来。母亲客气地收下这份贺礼，却不想放在店里。由美子甚至追出去警告浩美：“不要再接近我哥哥、不要再跟他要钱了。”尽管由美子想隐瞒这件事，但和明其实早就发现了。

对了，当时浩美开的鲜红跑车里，坐着一个光鲜亮丽不亚于跑车、甚至比跑车还要花钱的女孩。那就是传言经常在栗桥药店附近徘徊的女孩，这是母亲说的。当时母亲还批评道“就像特殊行业的小姐”，可是不知道她叫什么名字。对和明来说，记住长相容易，记住名字就困难了。

从昨晚到今天，在听浩美和和平告白之前——不对，应该说是“引以为傲”的所作所为之前，和明还不知道岸田明美的姓名。

浩美坐在驾驶座上，眯着眼睛吞云吐雾。因为手指颤抖，烟灰点点散落在膝盖上。和明眨眨眼睛好掩饰泪水，然后重新坐好，将烟盒放在仪表盘上。

浩美说所有的开始都是因为岸田明美的死。他杀了明美之后，不知该如何是好，于是找和平商量。和平为了帮他隐瞒一个人的死，设计了这些连环杀人的脚本。

和平和浩美共同实现了这个脚本。

和明很清楚自己不聪明，因视觉障碍流失了许多原本轻易便可获取知识的机会。为了弥补流失的知识，他花了比旁人更多的时间认真学习，但升学对他而言依然困难，这一点他也能接受。

有人说过："学习不一定要在学校里，社会就是所大学。"但那是对一般人而言，我就不一样了。和明颇有自知之明，他的人生始终在父母的庇荫下，帮父亲开店做生意。他没有自信将来也能够像父亲一样管理一家店面。

他还算头脑清楚，没昏了头。就连恋爱，至今也从未有过。从来没有跟女孩一对一交往过，母亲和妹妹应该也注意到这一点了。或许这一生他得当个孤家寡人了。

究竟是自己本来就这么没用，还是因视觉障碍变得内向呢？他不知道。就算知道原因，如今也没什么帮助了，和明心想。这就是自己的人生，在能力范围内，安分守己地过吧。

就算是像我这么不聪明、反应迟钝、缺乏常识、一点经济艺术哲学的素养都没有的人，也知道和平的计划有问题、行不通、到处看得见破绽。和平自以为是天才，但从旁观察，他不过是个自大狂罢了。

居然想杀了我，伪造遗书，陷害我为连环杀人案的凶手！

和明固然很胆小，听到这计划却毫无所惧。因为太可笑，太幼稚了。警察哪会照和平所想的行动！

长久以来和明一直希望浩美能够回心转意，而今他总算明白自己错了，他应该早点出面将浩美从和平那里接出来。在和明眼里，现在的和平不过是个爱作怪的小鬼。心灵受伤、饱受鬼魂纠缠的浩美当然不应该跟和平混在一起。

“浩美，你没事了吧？”他轻声问吸完烟、趴在方向盘上的浩美。“我们该出发了。”

他发现浩美正在哭泣。

他的意识瞬间又被拉回到过去。幽暗的书店里面，周围全是堆满书的高大书架，脚边有门口吹来的落叶和潮湿的空气，眼前是童年玩伴苍白的脸。

“我会看见鬼魂，是因为眼睛有问题吗？”

当时问完之后，浩美也哭了。虽然他背过脸不想让人看见，但和明还是清楚地看到他眼中充满了泪水。

和明可以感受到和当时一样的心痛。随着年岁增长，现在更觉难过。他不能不管浩美，早就应该伸出双手帮助浩美。不管会被怎样欺负、嘲笑，他都不应该退缩。瞧不起和明的浩美只是表面装作坚强的浩美，真正的浩美其实从当年起就一直躲在幽暗的书店里含泪等着和明来接他。

“没事了。”和明伸手拍拍浩美的肩膀，“你不用害怕。只要如实说出一切，相信警方会理解。继续逃避或隐藏是不行的。我会陪着你的。”这是他第一次对其他人表示“有我在你身边，你不必害怕”。

和明忽然明白了，就像浓雾散尽、视野逐渐开阔一样。过去总以为自己不值得依赖，所以也不准自己对别人张开双臂。但这是错误的，原来我犯了基本的错误。对着别人伸出双手说“一切有我在，跟着我你可以放心”，从那一瞬间起自己就能成为值得依赖的人。没有人一开始就值得依赖，没有人一开始就很有能力。每个人都是因为决心接受对方的依赖而成长的。

浩美的泪水滴落在大腿上，他哽咽地喃喃道：“后备厢里有尸体。”

和明不禁回过头，隔着玻璃注视后备厢。

“那是为了陷害你所载的尸体。”

浩美断断续续地说起杀死木村的经过。和明逐渐感觉到膝盖传上来的怯意，但是尽量不表现在脸上。

“在初台我租的房间里，还有一具预定在这具尸体之后被发现的女尸……说是尸体，其实早已成白骨了。”

“那具女尸以前藏在哪里？”

“埋在山庄的院子里。”浩美回答，并用手背擦了一下鼻子，“院子里还埋着很多尸体。”

和明深呼吸以调整情绪。杀人，掩埋尸体……那不是浩美做的，浩美只不过是被利用了，一切都是和平设计的。

“既然这样，就必须早点报案，赶紧将她们挖出来。”和明再一次将手放在浩美肩上。这次他用力紧握，每说一句话就用力摇晃。“一切都已经结束。只要这些事结束，鬼魂也会消失。”

浩美吸吸鼻子说：“我可不这么想。鬼魂越来越多了。”

“啊？”

“不止那个小女孩，我还看见明美的鬼魂。我甚至觉得那些被杀的女人鬼魂都会出来。”

“你想太多了。”

浩美缓缓抬起头，看着和明。

“是你想太多了。”和明再次强调，“我认为是你有了犯罪的意识后，那些鬼魂才会出现。过去没有感觉的，现在有了感觉。但这不一定不好，因为你又恢复成一般人了。”

浩美就像躺在床上的病人抬眼看着主治医生一样看着和明。

“赶快发动，我们走吧。”和明一催促，浩美发动了引擎。

和明说：“没事的。”

他说没事的……他说没事的。汽车回到绿色大道，在离开赤井山的途中，浩美心里不断反复这句话。和明说要帮我。和明说他会帮我。他还说，鬼魂出现不是我的错。和明坐在旁边，我可以感觉到他的体温，大概是因为他比较胖吧。过去有那么多女人坐在我旁边，和平也坐过，可是我从来没有感觉到别人的体温。说起来，我好像很久没有意识到自己的体温了。

我已经跑不掉了。不管和平的剧本怎么写，直接向和明求助吧。警察会怎么对我呢？警察会相信鬼魂的事吗，会相信我为了躲开鬼魂才杀那些女人吗？警察能够理解吗，还是会认为只是我的借口？下坡的山路很通畅，开车一点也不辛苦。虽然手有点抖，只要抓好方向盘就没问题。比起无所事事地坐在车上，这样驾驶更好。

道路开始回旋，眼前是一个急转弯。浩美紧紧握着方向盘。每一次转弯，山体或近或远。不知不觉间山体竟跟浩美心中的错乱连成一气。山体一接近，浩美便心慌；山体一远离，浩美就……

为什么我不干脆都栽赃和明，一走了之呢？

眼前一阵迷眩，浩美又回到现实。

后备厢中的尸体，那个姓木村的人、那个喜欢折千纸鹤的人。

杀他的人不是我，是和平。

不对，是和明动的手。

“是和明。”浩美不禁说出声来。旁边的和明侧着头问：“怎么了？”

浩美的目光从正前方移往身旁，途中掠过后视镜。浩美不禁看了一眼，发现镜中有一双眼睛盯着他。

他吓得双手离开方向盘，视线却不敢移开。

“浩美！”和明短促地警告道。浩美只是激动地眨眼睛，盯着后视镜。

“慢一点比较好。”和明说，“浩美，不要心急。我们慢慢走，路很空嘛。”

浩美放慢了速度。汽车行驶在和缓的下坡路上。遥远的前方现出前车的车尾。就跟着前面的车，只想着这件事就好了。

这时视线的角落又出现了一双眼睛。

浩美紧张地回过头，车头也跟着转动。和明连忙按住浩美的手，扳正方向盘。

“你还好吧，浩美？”

浩美颤声答道：“后面好像有人，有人瞪着我。”

我们逃不开死人的眼睛。

“没有人，浩美。”和明很冷静，“没有鬼魂。鬼魂不会纠缠你。没有鬼魂会纠缠到警察局报案的你。”

浩美试着集中精神开车，眼前又是连续弯道。山路都是这样吗？为什么没有直一点的道路呢？

峭壁近在眼前，瞬间又跳开了。

“浩美，慢点！”和明边说边抓着方向盘上浩美的手。浩美可以感受到那触感，同时又觉得后视镜中出现了一双眼睛。

这一次浩美没有转过头，而是直盯镜子看。这是错觉，是我的妄想，只要盯着马上就会消失。

那双眼睛并没有消失，还对着浩美眨眼睛，一直注视着他。

浩美紧紧闭上眼睛，同时车头又闪了一下。

他睁开眼睛一看，镜中的双眼消失了。

“我要去警察局。”浩美大声说，“这些都必须结束才行！”

和明凝视着浩美的脸颊，神情显得十分紧张。你的表情为什么那样，和明？我不是说去警察局吗？那是说给后面的鬼魂听的。这下他就不会纠缠我了。

“浩美，我来开吧。”和明松开安全带，一边看着浩美一边注意前面的路况，“你也累了，继续开车不好。”

“没关系。”浩美摇头拒绝。

“可是……”

“没关系，我不会输给鬼魂。”浩美发出打嗝般的奇怪笑声后又说，“长期以来和鬼魂交手，如今我可不认输。”

“你说的女孩鬼魂。”和明低喃道，但不知为什么忽然好像很痛苦地低下头去，“对了，应该是婴儿时期过世的姐姐的鬼魂吧。”

浩美笑得很开朗。多好，我还可以笑得这么开朗。没问题，一切都没问题。

“很奇怪吧，我姐姐出生不到一个月就死了。为什么她出现在我面前时却是小女孩的样子？难道鬼魂也会长大？”

“还我身体！”

“如果出现的是婴儿的鬼魂还能理解，因为死了之后就不可能长大。我所见的鬼魂或许不是姐姐的。过去我一直以为是姐姐的鬼魂，丝毫不怀疑。”

心情越来越激昂，那些迷惘、烦恼、害怕等就像被强风刮去一般消失无踪。没错，就是这样。

可为什么又想逃离追上来的什么东西，而不得不加快速度呢？

“和明，给我烟。”

和明小心翼翼地如拆解定时炸弹一样取出一支烟，放进浩美嘴里，拿出打火机点火。

浩美深吸一口，眼眶溢满泪水。快点，加速。用力踩油门，这次一定要摆脱那家伙。

“浩美，你有没有听你妈妈提过你死去的姐姐的什么事？”和明确认般地低声问道。

“什么事？你在说什么？”

“就是关于你姐姐过世的经过……”

“听说是婴儿常见的夭折。”浩美叼着烟耸耸肩说，“睡觉的时候死的，没什么道理。我妈不死心，给我起了姐姐的名字。”

居然是女生的名字，浩美不屑地表示。

“我……”和明吞吞吐吐地说，“我听你妈妈说过。”

“说什么？”

“上个月吧，你妈妈不是因为受伤住院吗？”

“嗯，没错。”

“虽是轻伤，但是你妈妈的精神状况好像不太稳定。”

浩美大笑出声，嘴里的烟也跟着滑落，但他好像没有感觉。和明正看着车窗外，也没有看见那一幕。

“我妈老是吵着说姐姐就要从那个世界来接她了。”浩美边说边笑，但可以感觉他又热泪盈眶了。妈妈对姐姐依然不死心，依然希望她复活。她要的不是我，是姐姐。“我对她说，‘既然那么喜欢姐姐，早一点到那个世界跟姐姐在一起，不更好吗？’”浩美说话的气势像是要爆炸一样，和明却摇摇头说：“你妈妈忘不了你姐姐，并不是因为爱。”

和明用双手手心擦抹脸颊，又像是要查看手上是否沾了什么东西似的看了一下后继续说道：“你妈妈其实害怕你姐姐。一直以来都很害怕。

你会看见姐姐的鬼魂，说不定要怪你妈妈。也许是你小时候感应到妈妈内心的恐惧，才创造出鬼魂来。”和明握紧拳头，抬起头。“你千万别吓着。你的姐姐不是夭折的，是被你妈妈杀的。你妈妈亲手杀了自己的小孩。这是她说的，我亲耳听见的。”

浩美的视线里又出现逐渐逼近的峭壁。峭壁向他压来，几乎要挤垮他。

他感觉两手之中的方向盘似乎在跳舞。

“浩美，小心！”和明伸手稳住方向盘。摇摆的车头几乎要被峭壁吸引过去，和明一抓方向盘，车便立刻往相反方向转去。

“你还好吧？”和明一只手抓着方向盘，同时竭力转过头看着浩美。两人在狭窄的车里共抓着一个方向盘，就像正在玩相扑游戏一般。

“嗯……我还好。”浩美低声回答，舔了一下干燥的嘴唇。他嘴唇惨白，毫无血色，眼眶则红肿湿润，或许是因为流泪。

“对不起，我不该在这种时候说这些话。我真是多嘴。”和明小心翼翼观察浩美的脸色，并松开方向盘，皱眉道，“回东京后再说吧。”

“没关系。”浩美重新坐好。没事了，我可以继续开车。放心吧。他为自己打气。我很正常。“别道歉了，还是跟我说清楚吧。你说我妈害死了我姐姐，你怎么会知道？这跟我妈住院有什么关系吗？”

和明摇头道：“我也很想告诉你，但还是以后再说吧。等回到家再说。”

“不行！心里挂着一件事才会影响开车，赶快告诉我吧。”

“浩美……”

“叫你别担心了，我不会再失误了。”浩美又舔了一下嘴唇。为什么嘴唇会这么干燥呢？

穿过绿色大道两旁的峭壁，左侧的视野豁然开朗，现出赤井市街景。形形色色的房屋一如玩具积木般堆叠，景象十分美丽。

这让浩美感到安心。已经没有峭壁了，不会有被挤压的感觉了。“告诉我吧，和明。我很想知道。”

在催促下，和明先用双手抹了一下脸颊。用手擦拭脸颊，然后仔细观察手心，似乎是他的习惯。但是小时候他并不这样。大概是在长大成人的过程中从哪里学来的吧。那是浩美所不知道的。即便是浩美，也不见得知道和明的一切。没错，不知道的事还很多，所以这次和平的计划才会失败。

“我去医院探望你妈妈时……”和明开始娓娓道来。

“上个月……那是几号？”

和明去的时候，寿美子正在熟睡。头安然地枕在枕头上，嘴巴半张着，很不庄重。

“看她睡得很熟，我心想还是告辞吧。可是就要离开时，你妈妈说了什么，好像是在叫我。于是我停下脚步，试着喊她。”

寿美子忽然睁开眼睛，吓得和明差点要冲出病房。

“你妈妈的眼睛充血，目光无神地游离。然后忽然伸出手抓住我的手臂大叫：‘救命啊，有人要杀我。’”

和明好不容易让寿美子安静下来，自己早已一身大汗。但寿美子依然紧抱着他，简直快将他推倒在床上。

“你妈妈跟我说她做了噩梦。说是因为住院环境改变，会做奇怪的梦。”

寿美子开始滔滔不绝地说话，提到浩美追赶她、怨恨她及想杀她。

“我故意笑着安慰她：‘伯母，浩美怎么会杀你呢？他是你的独生子呀。也是我从小的好友。浩美不可能会杀伯母的。’”

没想到寿美子就像第一次看见和明一样，怀疑地盯着他。随后她放开紧抓着和明的手，抱着头用呻吟般的声音重复念道：“你什么都不知道。没有人知道。因为大家都不知道，我一定会被杀的。”

最后她好像没办法了，只好放下手站起来，对和明说：“浩美的姐姐其实不是忽然夭折的。是我杀了她，将她的头埋在枕头里。”

开车的浩美感觉一阵寒冷，不禁缩了缩肩头，同时膝盖也反射性地动了一下。结果裹着肮脏球鞋的右脚脚尖踢了一下刚刚滑落的香烟，香烟消失不见。

“我妈为什么要杀我姐姐？”浩美小声问道。

和明也小声回答：“用现在的说法，应该是产后抑郁症吧。”

“这种病三十年前也有吗？”

“有啊。只不过不是这种病名吧。”和明说，圆圆的小眼睛悲伤地眨着，“我的视觉障碍也是一直没被认定啊。”好像在指责周围不存在的人般，和明简短地补充道：“现在还有很多人为尚未认定的疾病而受苦呢。”

生病……产后抑郁症？浩美却不这么认为。他想起外祖母和男人殉情的往事，而这在过去曾让父亲怎样地谩骂不已。

父亲曾经大喊：“居然欺骗我，硬将寿美子塞给我！”

说不定父亲也怀疑过母亲，刚生下没多久的女儿弘美，小婴儿弘美，真是我的小孩吗？他是否责怪母亲呢？

或者父亲曾经发作道：“我不要小孩！是你要生的，你自己养吧。我不要没有自己血缘的小孩。谁要有你淫荡血统的小孩！还是个女孩，长大后肯定跟你一模一样。”

母亲被逼得走投无路，愤怒绝望之余，只好自暴自弃将情绪发泄在婴儿身上，要了婴儿的命！

婴儿就这样窒息而死。三十年前的社会并不清楚母亲故意杀害自己小孩的情况，所以医生认定是夭折。

寿美子保持沉默，从不承认自己杀了婴儿，而且又怀了第二胎，生下后以死去的婴儿名字命名。

浩美。

浩美活在世上，被养大了。所以弘美也没有死，我没有杀弘美。

寿美子企图以此掩饰过去。

这么说来，爸妈倒是从来都没要我出席姐姐的法会。我还以为他们偷偷办了，但其实根本就没有办，不是吗？

“浩美……”和明担心地询问。

汽车在赤井山的山脚离开了绿色大道。转过下一个紧邻山崖的陡坡后，就是平缓的下坡路了。

“和明，给我香烟。”浩美说。他很清楚自己的脸跟死人的一样惨白，握着方向盘的双手也很冰冷。

和明帮他将香烟塞进嘴里，点上火。他深深吸了一口，呛到了，赶紧又吐出来。

这时，在后视镜中又出现了一双眼睛。

浩美身体僵硬了。视线离开前方的转弯，被后视镜吸引。脚底不自觉地用力踩油门，车速猛升。和明吃惊地转头看着浩美。

后视镜里又出现了什么东西。

还我身体！

是那个小女孩。小女孩的两只眼睛从后视镜里瞪着浩美。

浩美感觉自己溢出了泪水。他双手颤抖，背部发寒，头脑逐渐发热。过去从来没说过、甚至都没想过的字眼，忽然从胸口冒了出来："姐姐！"

浩美看着镜中的两只眼睛喊道："姐姐，我的姐姐！"

那个被母亲亲手杀死的可怜婴儿。

说不定姐姐是幸运的。因为她的死是一瞬间，而我却是在二十几年里一点一点被杀死。

后视镜里的眼睛消失了。取而代之的是理应看不见、早已远离的鬼屋轮廓，瞬间忽然浮现。

浩美吓得跳了起来，点燃的香烟又从嘴角滑落，掉在腿上。

"怎么了？"和明问道。

汽车行驶到最后一个转弯处。浩美受到惊吓又踩了油门，车速正在递增。

汽车即将撞上弯道的防护栏。

"危险！浩美，减速！"和明边说边又伸出手抓方向盘。

这时，浩美紧盯的后视镜中又出现了一对眼睛。不是"姐姐"的眼睛，也不是岸田明美或古川鞠子的眼睛。浩美一时困惑地注视着那双眼睛，试着读出其中的深意。

下一瞬间，他大声惊叫。

后视镜中出现的是寿美子的眼睛，正瞪着浩美。她盯上了浩美，因为已经知道母亲秘密的浩美，对母亲而言俨然是个威胁。

浩美十分确定且绝望地明白了：我的人生被诅咒了，自始至终都被诅咒了。诅咒我的不是小女孩的鬼魂，而是妈妈。小女孩的鬼魂和我一样，其实都是受害者，都被牺牲了。

浩美觉得腿上发热，闻到一股烧焦的气味，还能听见和明在一旁吵闹。

但浩美只是死盯着后视镜中那一双眼睛，心想视线一移开就会被杀。自己和姐姐一样都会被杀。一如姐姐消失一样，到时浩美也会被重新设定，他悲痛的呼喊将没有人会听见，因为他将被亲生父母封锁在墓碑下。

他不应该杀那些年轻女孩，该杀的是自己的母亲。他一直害怕那些女孩的鬼魂是不对的，早知道就该拉着那个小女孩的手一起逃走。逃到不会被父母杀害的地方。

“浩美，烟！烧到你的衬衫了。”和明的叫声将浩美拉回现实，此时易燃的化纤衬衫已经着火并包住了浩美。他感觉火焰烧到了脖子，接着头发也燃烧起来。

汽车已经完全失控。

撞上了！和明拼命想控制方向盘，可是整个人撞上了前挡风玻璃而大叫。浩美被火焰所包围，却依然紧盯着后视镜。那里清楚地浮现母亲寿美子的脸，母亲在笑，为浩美将和鬼魂们一起被埋葬而高兴。

汽车撞断了防护栏，画出一道优雅的弧线冲向山崖。

前方的视野里呈现整片天空，晚霞的颜色和浩美身上的火焰相互重叠。浩美听见了和明的惊叫声，也看见和明那双大手紧贴在玻璃上。

后视镜中母亲的脸消失在火焰中。

汽车正在下坠，速度十分缓慢，轨迹令人心旷神怡。浩美的嘴角泛起了笑意。即将带着后视镜中的母亲同归于尽，相信姐姐应该也会高兴吧。因为我帮她复仇了！

车头朝下撞击在山崖下的地面，后视镜也应声破碎。那一刹那，浩美看见了镜中映出的画面。

那是另一双眼睛，笑得很开怀。那不是寿美子的眼睛。

是和平的眼睛。

不会吧！

声音尚在喉咙里时，刺穿车玻璃的石头撞碎了浩美的头盖骨。

人在垂死时都会回想过往人生的种种，一幕幕景象像走马灯般鲜明地掠过脑海。

浩美想起了十三岁那年的夏天，在闷热且消毒药水味浓重的泳池边，他将和明推下了水，还多次将和明伸出水面的头按了下去。就在后面，和平冷眼看着这一切，其他同学则哄笑不已。但是到了最后，一旁起哄的同学听见拼命想浮出水面却又立刻被按回去的和明发出悲惨的叫声时，忽然变得很不自在。有人开始小声说："栗桥，够了吧。不要再恶作剧了，会死人的。"

但是浩美没有停止，他无法停止。他实在很想溺死和明，他感到欣喜若狂，快乐得无法自持。

终于有人从背后靠上来，趁浩美不注意，跳进泳池拉起了和明。和明气急败坏地喘着气趴在池边，神色慌张地想上岸。浩美忽然觉得扫兴，二话不说就走向淋浴室。这时可以感觉背后同学的目光如针刺般令人难受，同时他也发现和平不知何时消失了。但淋完浴、走到更衣室前时，和平已经靠在门边等他。晒黑的脸上依旧布满笑容。

"大家都在的地方做那种事不太好吧。根本是战略性的失败。"和平露出白色的牙齿笑道。

浩美的脑海里又浮现出别的光景。他还小，抱着腿坐在一个黑暗的角落里。因为哭过，眼眶是热的，脸颊是湿的。他想上厕所，却得拼命忍耐。因为他知道走出去就会被母亲骂。

没错，小时候常有这种事。他常被生气的寿美子关在储藏室里。储藏室只有半叠大，而且堆满了杂物，浩美进去的时候不得不双手抱着腿、缩着头、蜷成一团。这样的姿势令他呼吸困难，过了约三十分钟头便开始作痛。但是在母亲说可以之前，他是不能出去的。

为了什么被责骂呢？母亲为什么那么生气？我的脖子好疼，尿又好急。万一在这里尿了，肯定又会挨骂。就像上次父亲做过的一样。

记忆又飞到了别的地方。浩美又被寿美子训斥了。他坐在厨房的椅子上，垂头丧气地晃着小腿。寿美子不断出言数落，栗桥浩美什么都听不进去。他才不想听这些啰唆的话，只想赶紧到外面玩。

如果长大一些，他心想，如果身体长大一些，更有力量，就算母亲生气，他也不觉得害怕。如果她太啰唆，就给她拳头尝尝。只要浩美在这个家里最强，就没必要听谁的命令，到时也不需要低声下气地忍耐了。

母亲还在训斥。真是啰唆，吵死了！坐在浩美旁边、不停吸烟的父亲一脸不愉快，好像跟浩美一起被数落了。他忽然抬起头大吼："吵死了，就是你一个人叽里呱啦没完没了！"

同样的事啰唆好几遍有什么用，小孩子要一次教会。父亲口沫横飞地表示意见。母亲立刻讥讽道："像你这样能教好孩子吗？"父亲一听，马上脸红脖子粗，抓起浩美细小的手臂一扭，露出内侧滑嫩的皮肤，用刚吸过的烟头按了下去，嘴里说："你给我看好！教小孩就是要这样，看清楚了。"

浩美想起来了。那手臂上的烫伤痕迹很难消失。因为不甘心，他也想对和明那么做。可是带着烟到长寿庵时被和明的母亲发现，反而惹来一顿好骂。

回忆、回忆、回忆。人生就是一场回忆。浩美的内心深处猛然闪过这样的洞察。许多回忆包裹在一张皮里面，这就是人啊。从小到大，随着身体的成长，包裹其中的回忆也跟着增加。

而今浩美的皮肤破裂，于是包藏的回忆开始外流。起初是点点滴滴，随后流势逐渐增强。等到流得差不多了，浩美就像泄气的皮球一样当场倒下。

这样不就可以重来了吗？栗桥浩美这只扁塌的容器里装进新的回忆，逐渐饱满后，就是新的栗桥浩美。一个新生的栗桥浩美。

一定可以，现在就可以。因为始终跟我在一起的真正的好朋友——和明就在身边。我一点都不了解和明。

和明、和明、和明还活着吗？

希望他活着，我也希望能活着，而且是重新活过。再也不要被和平骗了。

他感觉强烈的决心让身体发热。但其实那只是中枢神经停止功能之前的最后作用罢了。

我死了，还有谁能拆穿和平的谎言呢？思虑停留在这里，回忆已流尽。栗桥浩美死了。

高井和明在汽车冲破防护栏、飞向空中之际，睁开双眼目睹了整个经过。一瞬间像无限延长的慢动作镜头一样，他经历了车祸的整个过程。

没有系安全带的他顺势冲破挡风玻璃飞了出去，那一瞬间他的皮肤感觉到外面的空气。从晚霞光辉逐渐转变成夕阳余晖的天空在眼前铺展开来。他慢慢地头朝下，意识到自己正在坠落。

和明心想，我还不能死！我不能死在这里！好不容易才找回浩美，今后还有许多事等着他们一起去解决、重新来过、重新想过。还有许多事等待他们去面对。

他不觉得害怕。强烈的意志支撑着他。怎么可以因为车祸死去?！浩美，浩美他还好吧?

和明坠落的前方，有着汽车废气、灰尘和一片枝干瘦弱、就像吵吵闹闹的孩子聚集在一起的杂树林。那丛薄弱、看起来不甚健康的树林，枝头竟是那样尖锐。

和明缓缓地画着弧线坠落。他坠落在树枝高举向天、一如在迎接他的树丛中间。当杂乱的树枝插入他柔软的身体、刺穿他的颈动脉时，他还在寻找浩美的踪迹。

26

杀人凶手

杀人凶手的背影
追着杀人凶手跑
不论到天涯海角
总有一天要杀死杀人凶手
只为要将他埋葬

很久很久以前的回忆了。为什么又想起来了呢？

栗桥浩美驾驶汽车奔向死亡的瞬间，和平感觉好像有人叫他，抬起了眼睛，并回头看了一下客厅墙上的时钟。下午四点十八分。像是跟谁约好了似的，脑海里忽然浮现回忆，那首令人怀念的诗——《杀人凶手》。

写下这首诗应该是在小学六年级的时候。上语文课时，老师要大家写诗。在下次上课之前写好一首诗，内容自由发挥，随个人喜欢。

和平是个不为功课而苦的孩子。他知道母亲嘴上虽然不说，但很为他的好成绩而骄傲。

他记忆力很强，对文字的理解力也很好。即便不听老师讲解，光是读课文也能明白内容。当其他小孩还在为二位数计算、分数问题伤脑筋时，和平则尽量不让自己太过轻易地做出练习题，训练自己努力配合同学的学习步伐。

他善于解读大人的心思，所以能当场感受到老师的想法。他总是调整自己，在团体里只超出一点点，不多也不少的一点点。

老师很期待像和平这么聪明的小孩写来的诗句。几乎可以看见一个又圆又大的“期待”像气球般浮现在老师的脑海里。因为和平不仅聪明，也很感性。这是老师对和平的评价：“那孩子写的读书报告真是精彩，真想让全校师生瞧瞧。这样的孩子一定能写出非常棒的诗句。”

和平也希望能符合老师的期待，希望让老师感动、高兴。何况他本来就很喜欢写作文。

聪明的他知道写什么样的文章会让大人们高兴，让同学们感动。需要的文字，放眼四周俯拾皆是，有时还会自动飘到眼前。只要信手一抓，挑些精彩的词藻排列，就是一篇文章。所以他看见不会写作文的同学愁眉苦脸的样子，常常觉得他们愚不可及。

这是他第一次写新诗。跟作文不同，文字必须简短，说不定比较困难。所以他头一次想要挑战一下。

对着稿纸三十分钟左右，诗句便浮现出来了。他轻松地完成了作业。

那就是《杀人凶手》这首诗。

写完后，他仔细欣赏，心想自己为什么要写这种东西呢？这不是好作品。老师看了或许会赞叹，但身为优等生的和平却有所担心。他本能地察觉到危险，于是立刻拿出稿纸重写。

可是脑中一片空白，心中念念不忘刚才写好的《杀人凶手》。

放下铅笔，和平拿起写着那首《杀人凶手》的稿纸，深呼吸后，将稿纸撕得粉碎，扔进垃圾桶。

但那首诗仍字字句句停留在他的脑海中，不肯消失。

结果新的诗写的是春雨的温柔，一首极其可爱的诗。老师读过后，虽然仍称赞了他，但未露出期待得到满足的眼神！

从此和平便讨厌写诗。他认为写诗很危险。他也完全忘记了《杀人凶手》那首诗。

为什么现在是个成熟的大人，又在这特别的时候，忽然想起这首诗呢？和平不禁苦笑。

告诉浩美的计划是骗他的，和平在这里度过了悠闲的下午。他说自己要回东京，到东京监视长寿庵高井家的人，还威胁说万一和明跑到警察局报案，会立刻杀死高井家的人，但其实他才不想那么麻烦。和明胆小，根本不会抵抗，只会听浩美说的做，像个笨蛋东奔西跑，最后在鬼屋被杀。和平只要在跟浩美约好的半夜十二点前到达鬼屋即可。

和平内心十分轻视和明，所以毫不在意因和明卷入计划使得脚本内容逐渐起了变化，也完全没有想到浩美可能因和明的言语举动而动摇，甚至他不稳定的精神状况为之崩溃。

但另一方面，和平又很清楚和明的危险性，意识到整个计划逐渐脱序。就像顺水而流渐渐迷失航向的船只一样，和平受到和明的影响，对浩美的支配力逐渐削弱。

但那又怎样？和平笑了起来。这不是更有意思吗？出了意外，才看得出领导者的实力。乱了脚步，才能让我发挥本领。到目前为止，实在是太无聊了，从现在起才好玩。

在分成两半的内心缝隙中，时间慢慢流过。和明会怎么做？浩美会怎么做？今晚的结果将会如何？思考之际，竟回忆起《杀人凶手》的诗句。

啊，我明白了！小时候自己为什么会写那种诗了。那是自己内心捕捉到的词句。作文可以随手拼凑而成，写诗可就没那么容易了。写诗等于是将内视镜塞进内心深处，切取一部分组织做成标本，排列在眼前。

所以说写诗很危险。

晚霞变成了黑夜，时钟敲打着时间。和平沉醉在思绪里，陷入半睡半醒中。忽然，他因电视声回过神。

插播新的新闻，画面是赤井山和绿色大道，记者在现场一脸严肃地报道。

出车祸了。车上的两名年轻男子死亡，汽车后备厢内还发现了一具尸体。

记者说：“这两人会不会是连环杀人案的凶手呢？”

报道的内容不止如此，这个节目是HBS的新闻报道。他们花了整整一天对打进“田川一义秀”节目的电话进行独家声纹鉴定，现在结果出来了。

“据声纹鉴定的结果，打电话给新闻特别节目的应该是两个人，因为声纹显示出两种不同的形状。这是HBS的独家报道。连环女子诱拐杀人案的凶手不止一人，到目前为止还不能断定绿色大道车祸致死的两名男子就是打进电话的两名凶手。但是……”

记者和主播越说越兴奋，都涨红了脸。

是吗？脚本方向转到那里了吗？

就像固体油脂慢慢融化，和平缓缓露出笑容。终于，他笑出声来，笑声越来越大，连那些埋在山庄院子里不能说话的尸骨都要惊醒发抖了。

著作权合同登记号　图字：30—2009—163

BOOK ③

模仿犯

〔日〕宫部美雪 著
张秋明 译

南海出版公司

新经典文化股份有限公司
www.readinglife.com
出　品

BOOK3

如果有办法对父母隐瞒真相就好了，真希望可以不说出这种事。

——希拉里·沃：《案发当夜下雨》

1

随着岁末到来，寒风益发刺骨。

每次自动门发出声音开关时，夹杂着落叶的冷风便顺势侵入。客人一个个都缩紧了脖子，似乎很怕冷。

“有没有昨天临时增刊的《日本时事纪录》呢？”一个刚进来的穿着像大学生的年轻男子走近收银台询问。半天之中，这已是第八个问同样杂志的客人了。不对，我去医院的时候应该还来过其他客人，所以询问的人更多吧。正在拖地的塚田真一停下手，抓着拖把的长柄，伸长脖子探听收银台的情况。

“真是对不起。”店长道歉说，“本店不卖《日本时事纪录》。一般便利店多半是摆《周刊现场》之类的杂志。”

“哦？”年轻男子遗憾地挠挠脸，害羞地笑道，“中午过后我到处找，几乎所有书店都卖完了。”

“听说好像是的。车站的小卖部也没有吗？”

“没有，他们也不卖这种杂志。”

“大概本来发行量就不大吧，平时也不是很畅销嘛。”店长说得起劲，“这次临时增刊，出版商大概也没料到会卖得这么好吧。”

“大概是吧。”年轻客人说声“对不起”后，什么也没买便离开了。大概还想多找几家书店和便利店，只见他快步穿越门口的斑马线。

一对年轻情侣站在店里的冷柜前，从刚才起就边聊天边讨论买什么冷冻食品和冰激凌好，或许是听见收银台的对话，这时竟问：“《日本时事纪录》是什么？”

真一发现居然有人什么都不知道，不禁有些惊讶。

“是电视新闻节目吗？”女孩说。

“新的节目吗？”男孩依然注视着冷柜。

“刚才他们不是提到车站的小卖部吗？”

“那就是杂志了。”

“既然快卖光了，不买是不是太落伍了？我也好想看哦。”

“要不去书店看看？”

“真麻烦，这里不卖吗？”

真一忍住笑，继续拖地。不久前一个带着小朋友来买牛奶的少妇，不小心打破了三瓶汽水，害真一工作量增加。

听见别人的对话，担心赶不上潮流，希望也有同样的东西，但其实对说话的内容一点也不了解。真一心想，这对年轻情侣与其作为《日本时事纪录》的读者，更适合当被采访的对象，标题就是“现代游手好闲男与一搭就上女的最新恋爱观”。但自称是专业时事报道的《日本时事纪录》才不会写出如此耸动的标题吧。

自动门又开了，这次进来的是一个穿着围裙、年约四十的女子，也是开口询问《日本时事纪录》。店长只好再次道歉，女子转身便离去了。那对年轻情侣终于离开了冷柜，却又在日用品货架前笑闹嬉戏。真一擦完地，拎起抹布，走进办公室。

“辛苦了。”店长温和的眼神透过眼镜伴着招呼声投射过来。

“我收拾好后就帮忙收钱。店长还没吃午饭吧？”

快两点半了。真一已提早用餐，继续工作也无妨。

和店长交接后站在收银台前，马上又有客人来问《日本时事纪录》。店长说同样的话致歉。来客是年约五旬的老人，应该是在附近的工厂上班，穿着油迹斑斑的工作服，身上满是机油味。因为香烟没了，顺便来买杂志。是吗？没有呀，真可惜。工厂的收音机整天开着，新闻广播里提到《日本时事纪录》临时增刊很好看，把这次杀人事件的凶手写得跟小说一样精彩。老人看起来很亲切，真一差点就说溜嘴：“这次临时增刊的报道是我认识的人写的。”相信老人一定会高兴地说：“真的吗？原来是小伙子认识的人写的。真厉害。”

前烟滋子的报道决定刊登在《日本时事纪录》上，是在该案还在进行期间。当滋子写好初稿时，因为两名嫌疑人因车祸死亡，整起事件迅速收尾。编辑部召开编辑会议，决定在十二月一日发行以连环诱拐杀人事件为专题的临时增刊，原本预定放在《日本时事纪录》的滋子的报道也将改载到临时增刊里。

凶手死亡已经过了一个月。没日没夜像发了疯似的制作特别节目的电视台，大概也找不到话题了，这个星期顶多只是在白天的社会新闻中提到后续情况，在晚间新闻里整理十分钟的迷你专题报道。等下一则大新闻进来，媒体又将追新话题，该事件就会被遗忘殆尽。

为了挽回在时效性上相对于电视媒体的劣势，报纸、杂志等平面媒体持续审慎而详细地报道一个月来事件的经过，还是赢得了许多读者。他们并没有放弃这一事件，只是因报纸、周刊等版面有限，苦于不能完整报道。

而《日本时事纪录》的临时增刊出得正逢其时。电视台已经放手了，报章杂志又报道不完，知名时事评论家、非文学类作家出书还要一段时间。利用这个空当，为了满足想进一步了解案情的读者，提供现在的进度，于是推出这期临时增刊。

销售情况超出预期，并非不可思议。社会大众都很想知道那两名凶手做了什么、心中所想及生平、事件的详细过程、若非因车祸死亡还会做些什么等。杂志社只是帮读者整理已知的事实，让他们安心。

“《日本时事纪录》是周刊，还会有续集。”

“真的吗？”

“当然。听说他们将追踪报道那起事件，而且有一个女作家正在全力调查。”

“那真不错，希望他们好好努力。我真想知道是哪里出错了，社会才会养出这种怪胎！”

收回香烟和找的零钱，老人依然一身油臭地出了店门。真一对着老人的背影大喊：“谢谢光临。”心中则想：“滋子，你算是出头了。”

一种淡淡的、有些温暖、有点“结束了”的轻松感在真一心中涌起。

这阵子滋子很忙，连坐在一起吃饭都很难。过去都是滋子做饭，这些日子真一和昭二只好从超市买来便菜和豆腐酱汤应付晚餐。现在连载第一期已经出刊了，这个星期前畑夫妇至少会有一次机会坐在厨房的餐桌前吧?！说不定就是连载成功出击的庆功宴呢。

到时候真一将对前畑夫妇道谢，感谢他们过去的照顾，他决心离开他们家了，为此他已偷偷留意过几个提供住宿的工作机会。

会不会被挽留还很难说，或许滋子会挽留，但昭二绝对不会。

确定连载、送来打样校正时，滋子独自窝在书房里奋战。昭二曾偷偷对真一说：“真一，你不觉得反感吗？”

真一本以为会被滋子问这种问题，没想到竟是昭二，有些吃惊。

“反感什么？”他反问。

昭二摸着后脑勺，有点难以启齿。“滋子写的是犯罪文章。虽然不是你家的案子，但是残酷和不人道的程度没有差别。滋子又不是亲属，也不是警察，更不是研究犯罪心理的学者或报章杂志记者，不过只是自由作家，跟案子一点关系都没有。她却到处调查写成文字，关于凶手也是凭推测下笔，我倒不是说这种事没有意义。除了滋子以外，今后还会有很多人就该案件写出很多东西吧，这也是一种必要。毕竟是集思广益探讨为什么会发生这种事、今后该如何防范悲剧重演。”

“也许吧。”

“可是结果你看……写的东西被广泛阅读，对滋子而言算是好成绩吧。算是成就吧。说不定收入会多一点。但是你不觉得反感吗？并没有受到任何伤害的第三方获得这种待遇，不是很奇怪吗？你不觉得是利用别人的不幸来赚钱吗？”

真一以为会被滋子问这个问题，所以早有了答案。他回答：“我的确这么认为。”

昭二心中早有意识，但听见真一的回答还是露出痛苦的表情，像是在说心中早做好了准备，却没想到对方回答得那么直接。

“哦？原来你也这么想。”

“是的。所以我认为滋子的文章开始连载后，我就不能继续待在这里了。”

昭二一副了然于胸的样子，一边点头一边抚摸着脸颊说：“你会生滋子的气吗？”

“当然不会，我没有生气。我很感谢她。”

“可是滋子让你住在这里，就是因为你是那起事件的最初发现者，不是吗？她把你当作采访来源，在利用你。”

“我觉得不只是这样。你们是为了帮助处于困境的我，我真的很感激。”真一努力找出词语表达。他心意已决，没有任何困惑，但是要对别人说明自己明白的事，他不是很在行。“就像你说的，为了探讨为什么会发生这种事、今后该如何防范悲剧重演，所以调查犯罪经过、推测凶手的想法等是有必要。滋子的工作很有意义。而且不止如此，女性从事这样的工作也显得意义非凡。残酷犯罪的牺牲品大多是女性，不是吗？可是到目前为止女性出来发言或写文章，叫作评论家是吗？社会上却还很少。”

“哦，说得也是。”昭二一脸疑惑。

“我希望滋子继续努力。但是在她身边又会觉得难过。会胡思乱想，甚至认为什么评论家嘛，评论的是别人的事所以很轻松。这样我不好受，滋子也会不好过。”

“嗯，我也这么认为。”昭二慢慢点头，并回头看着滋子的书房，“你会难过是正常的，因为难过想保持距离也是应该的。但如果是因为怕滋子不好受而逃避就不行。本来就该做好心理准备，难过是必然的。如果你难过得受不了，我不会说什么，也没有资格说什么。但要是你本身没问题，只是为了滋子才那么做，那就不对了。你不需要对滋子过于在意，没必要宠坏她。”

昭二的话意外地尖锐而严厉，真一不禁又看向昭二的脸颊。他依然凝视着滋子的书房，没有注意到真一的视线。这反而更能让人看透他的内心世界。

昭二毫无防备的脸颊似乎在对真一诉说：一如他刚才所说，为了让大家探讨为什么会发生这种事、今后该如何防范悲剧重演，滋子做的工作有其必要。但是问一百个人关于犯罪报道的看法，大概都会说出同样的话。对于这种标准答案，昭二本人似乎不能完全认同。安慰自己必须这么想，但内心深处还是不太能释怀。那些不能释怀的部分，说不定比真一的还严重。那种难以言喻的不适感，或许比真一在旁看着滋子工作更难过、更麻烦。

滋子以前说过，当初既没有刊物、也没有哪家出版社委托她写失踪女子的专题时，最鼓励她的人就是昭二。“滋子，你一定能写的！这报道只有你才写得出来，加油。”

如果当时他的鼓励是真心的，那现在退缩的姿态就算是卑鄙了。说什么失踪和连环杀人不一样，这种借口完全说不通。报道就是报道，悲剧则是悲剧，不应等同而论。

但是，那样支持鼓励滋子的昭二，和现在浮现不安表情的昭二，究竟哪一个才是真正的昭二呢？并非说哪一个说谎哪一个真心，只是因为两者只能有一个，他才会这般苦恼。

忽然间真一想，他们两人之间不会有问题吧？

是我太多心了，真一扔掉这种想法。如果滋子的文章受到好评，昭二一定也为她高兴，而且引以为傲。这样现在所说的这些话，就算没有忘掉，也会收在心中的角落。

后来昭二再没有提起这件事。一如真一的预测，《日本时事纪录》第一回连载大受好评。昭二果真十分高兴，去书店买了好几本回来，分给工厂的员工，在真一面前也毫不掩饰愉悦的心情。那时说不要宠坏滋子的严厉表情，简直已不复想象。

离开这里吧。真一的决心越来越坚定。已无法跟前畑夫妇一起住了。

真一手搭收银台，隔着玻璃窗看着外面，不禁叹了一口气。我也有自己的将来要考虑……必须好好想想未来的事。

自动门又开了。真一条件反射般喊道“欢迎光临”，视线同时移向刚进来的客人。

眼前站着的人是樋口惠。

2

离开石井夫妇家到现在租的地方住下，已经过了数十天。其间真一经常会梦到樋口惠。有时候是晚上做的梦，有时候则在大白天，大概就是所谓白日梦吧。

夜里的梦，不管场景如何变化，总是真一拼命逃跑，樋口惠紧追其后。现实生活残酷地反映在梦中，真一咬着牙，冷汗直流，浑身颤抖地逃离。醒来的时候，一如启动了紧急脱逃装置似的从梦境中跳出来。有时候醒来了，被子下的双脚还在前后移动，似乎还想继续逃跑。

而白天做的梦时间较短，几乎都只是一瞬间。例如在站牌前等公共汽车时，车没有准时来，身后的队伍已成长串。真一随意一回头，发现樋口惠就站在队伍的最后面。或是前畑滋子让他到超市买些晚餐的材料。在宽阔的店里，真一一手拿着购物清单一手推着推车在货架中穿梭，忽然一转弯就会看见樋口惠挡在前面的通道上。

在白日梦里，樋口惠没有追真一，甚至没有发现真一就在附近。真一看见对方，心想必须在被发现前赶紧离开，所以十分恐慌。但是用力咽一咽口水、眨一下眼睛，瞬间之后樋口惠便消失在等车的队伍后面或是超市内的通道上。他看错了，因为他将根本不存在的樋口惠想象成形。其实只是幻觉。

然后他就会沮丧一段时间。为什么我会这么害怕？为什么我会害怕到看见不存在的形象？

当真一隔着便利店的收银台看见樋口惠出现在面前，一时间还以为又是幻觉。不过是一种新式白日梦，眨一眨眼就会消失。

但实际上，真一不但眨眼睛，甚至连呼吸都快停止了。他就像个傻瓜般盯着樋口惠的脸。比起印象中的她——出现在梦中或幻觉里的，眼前的少女似乎更丰满，头发也剪短了。白色蓬松的毛衣搭配蓝色牛仔裤，一身新衣服。在店里灯光的照射下，毛衣的纤维闪闪发光。

"你好。"樋口惠张开涂抹了淡粉色唇彩的嘴唇，招呼道，"原来你在这种地方，总算让我找到了。"

真一的胸口开始作痛。因为一直闭气，倒也难怪。一股想大声叫喊的冲动呼之欲出。他希望大叫着冲出收银台、穿过自动门逃到外面，从此再也不回来！

就在这时，那对情侣来到收银台前，推开樋口惠，将购物篮咚的一声放在收银台上。如果不是这样，真一也许真的会逃走。他像是被打了一巴掌似的清醒过来。

男孩一脸不耐烦地看着真一，女孩挽住男孩的手臂也盯着真一。樋口惠看了那对情侣一眼，退到一旁。

"欢……欢迎光临。"

真一将东西从篮里取出开始敲打键盘，手指颤抖着。为了不打错价钱，他放慢动作。男孩不耐烦地晃动身体，女孩则靠在他身上，嗲声嗲气地说："待会儿要不要上宾馆呢……"

不管是怎样的噩梦或幻觉，都没有出现过樋口惠站在一旁盯着真一在便利店工作的情形。而现在真一恍如置身梦境。因为是做梦，身体无法自在地活动；因为是做梦，双脚抖个不停。

递出商品，低头说声"谢谢光临"。那对情侣走出店门离开后，真一便不得不直接面对噩梦。

"好久不见。"樋口惠回到收银台前说话，语气就像暑期没有碰面的同学在开学时打招呼一般轻松。她还面带笑容。

真一将视线移开，固定在收银台上。身上一阵寒意。

"我不想和你说话。"还来不及思考，话便出口了。

"你不能不跟我说话。"樋口惠还是那副语气，而且笑出了声。

"我不想跟你说话，我跟你没有话说。"说到这里，怒气总算压过害怕，真一抬起头，“我已经要求你的律师叫你别再纠缠我了。你的律师也说了：这样做根本帮不了你爸爸。你还是回去吧，回去是为了你好。”

令人吃惊的是，樋口惠反而笑得更开怀。真一头一次发觉她简直可说是长得很漂亮。

不对，她本来就是个很可爱的女孩。只是她的情况让她魅力尽失。尽管憔悴，但本来就是美女。一如真一要不是处于这种情况，又怎会被同龄的女孩追得走投无路呢？他可不是胆小鬼！

现在的樋口惠看起来真的很美，很平静，和过去不断追着真一跑的樋口惠简直是判若两人，跟那个歇斯底里、又哭又叫的女孩，好像有根本的差异。

那“根本的差异”让真一警惕起来。对方换了战略，我得小心应付。

“律师没跟你说吗？继续缠着我也没用。我根本没打算听你的，我不会去见你爸爸。你的律师也说了：‘要受害者家属去见被告，那是不可能的。’”

“不是不可能。”樋口惠就像严厉的语文老师一样，挑高眉毛纠正真一的语病，“如果你坚持要去，自然就能见面。”

“我才不想去呢！”

里面办公室的门开了，店长走了出来。他对着樋口惠喊了声“欢迎光临”。真一就像找到一根救命稻草一样看着店长。

店长走过来，用目光询问：出什么事了？

该怎么说才好呢？正当真一犹豫之际，樋口惠朗声问道：“对不起，你是店长吗？”

“是的，我是。”

“真一劳你多照顾了，我是他的堂妹。”樋口惠礼貌地鞠躬致意。

店长笑道：“原来是这样。”同时摆出“你害什么羞”的表情嘲笑真一。真一如鲠在喉。

店长虽是前畑昭二的朋友，但并不知道真一的遭遇。若要说明，就得从头说起。

“店长，真一其实是个令人头疼的孩子。”樋口惠亲切又有点口齿不清楚地说。这是她第一次尝试这么说话。“这家伙居然离家出走，就因为他爸妈吵架。我是来带他回家的。”

“什么，真的吗？”店长吃惊地回头看真一，但真一只注视着樋口惠。满口谎言的她，神情竟然可以那么天真无邪！

但她的眼睛没变。靠近仔细一看，就能发现一点都没有变。尽管她不大哭大叫，但本质是一样的。她抬起下巴一笑，灯光在她的眼睛里闪烁。光是看到这一幕，真一就已经了然于心。

如果斥退樋口惠，不知道她会做出什么事。何况真一也不想连累店长。

“真一，是真的吗？”

真一面对一脸担心的店长，立刻摇头说：“对不起，现在我说不清楚，情况有点复杂。不好意思，我今天可不可以就做到这里呢？”

店长看了看一脸高兴自以为获胜的樋口惠，又看看真一僵硬的表情。“嗯……没办法，你堂妹都来接人了。你可以回去，明天会来上班吧？”

“会，我一定来。”

真一回到办公室，立即脱掉制服。因为太慌张，袖口竟缠在一起。樋口惠站在收银台前跟店长有说有笑。

真一拿起平时随身携带的小包背在肩上，大步走回店里，拉住樋口惠的手臂就往自动门走去。

“我们先走了，店长。”

“真是不好意思。”樋口惠还在装客气，“真一麻烦你了。”

真一拖着樋口惠穿过马路，在街角转弯，往前畑铁工厂和前畑家相反的方向走去。他记得沿这条路一直走下去有个公园，想先将樋口惠带去那里。

“喂，这样手会痛哦！”樋口惠抱怨道，但听在路上行人的耳中，她明显是在撒娇。一种亲密、娇弱、亵玩的语气。真一不禁有些害怕。

“不用拉我也会跟你走的，因为是我来找真一你的。真要拉人，也该是我拉你吧。”

“不要叫我的名字！”

“为什么？”

“叫你别叫就别叫！”

要去的公园逐渐接近，真一继续前行。樋口惠眼尖发现公园边有一家小咖啡厅，便指着那里说：“你看，好可爱的店，我们去那里吧。”

与其和樋口惠走进店里，面对面坐在一起喝咖啡，真一宁愿去死，自然不从。

所幸公园里人不多。学校已经下课了，但现在的小孩不爱在公园里玩耍。真一拉着樋口惠来到公园中央的树丛旁后，用力甩开她的手。

“很痛啊，你干吗？”樋口惠故意摸着手臂，白了真一一眼，“何必那么粗鲁！”

真一热血上涌，喉咙干燥，气喘如牛地呆立在一旁。这家伙疯了，不太正常，脑子终于出问题了。她已经无法接受现状，一味逃避，神经已经完全松弛。

“你……你到底想怎样？”真一好不容易吐出一句。

“什么怎样？”樋口惠故意装傻，“我只是不管什么时候都在找真一你，而且最后一定会找到。”

“要我说几次才行，我不会去看你爸爸，永远都不会。我不会原谅你爸爸的所作所为，绝对不会原谅。我期待看到你爸爸被判死刑！”

一听见“死刑”两字，樋口惠身上的少女模样颓然瓦解，忽然又变回原来的樋口惠。这里没有便利店的灯光，而且天空阴霾，但是她的双眼却射出寒光，原本微笑的脸颊僵硬了，白色牙齿像獠牙般从凸起的嘴唇里露出来。

“我不会让爸爸判死刑。爸爸是无辜的。”

“才不是无辜呢！”真一也大声反击，“你爸爸是杀人凶手！他杀了我所有的家人。不管一百次还是一千次，我都要说。你爸爸为了钱去抢劫，还杀了三个人！”

樋口惠瞬间退缩地眨眨眼，旋即又恢复战斗的姿势。

“没错，他是杀了人。杀了你那笨妹妹、你装模作样的妈妈和没用的爸爸。我爸爸是杀了他们。”接着她就像盯上猎物的猛兽一样，以更尖的声音叫道，“可怂恿他杀人的是你，都怪你！”

真一被狠狠一击，立刻僵住。樋口惠很清楚自己的攻击效果，她的脸笑得像一大朵花。

“不都是你怂恿的吗？”或许是为了压抑过于激动的情绪，樋口惠一手按着嘴唇说，“你到处吹嘘你家有巨款，爸爸才会起那个念头。责任在你，你当然应该跟爸爸道歉！”

肩上的包掉落在脚边，真一感到一阵眩晕。

“对不起，我的声音太大了。”一如确认形势对自己完全有利，樋口惠探身看着真一说，“我也不想说这种话，真的，我不想说。你不肯见我爸爸，所以我一气就说出来了。”她撒娇般触碰真一的手臂。“好不好，去看我爸爸嘛。跟他见面谈一谈，你一定会原谅他。你也能松一口气，毕竟我们都是同一悲剧的牺牲者。”

真一闭上眼睛。眼睑一片血红，鲜红的色彩翻搅着他的心。

我要杀了这家伙！

杀死她，现在我就能杀死她。我能毫不犹豫地徒手杀她，将她碎尸万段。

真一的手动了。他低着头，紧盯着路面，身体僵硬得肩不能动、脚也无法移动。只有手，手指在动，就像沉睡中的野兽闻到了猎物的气息而醒来。为了触碰猎物，五只手指开始蠢蠢欲动。如果其中一只碰到了樋口惠，其他四只势必会群起攻之。

这时，公园那头有人呼唤他。

“真一！”

真一瞪大了眼睛，立刻就明白是谁的声音。这声音解开了束缚他的咒语，他立刻重新掌好舵。

回过头看时，只见水野久美挥舞着手逐渐靠近。她脸上浮现开朗的笑容，脚步轻盈，几乎无视理应一同出现在视线里的樋口惠，专心注视着真一。她似乎是在沉默地鼓励真一：我知道发生了什么情况，你等我来救你。

“哎呀！”樋口惠一边的嘴角挑起，嘲笑道，“这下换女朋友出场了。”

水野久美在公园的围栏附近加快脚步跑到真一面前，拍了一下他的手臂说：“怎么了？我去店里，店长说你今天早退。”

“嗯。”真一回答。他知道自己表情很僵硬，身体还在颤抖，也知道水野久美大概发现了这一点，却无法说明白。

“既然今天没事，我们去看电影好吗？”水野久美边说边拉起真一的手臂。她从头到尾都没看过樋口惠一眼。

“喂！这家伙不会太失礼吗？”樋口惠笑着对真一说，“完全不跟我打招呼，究竟是什么意思？喂，我正在跟真一说话，请不要随便插进来！”

真一还来不及表示，水野久美已迅速回应。她故作吃惊，侧着头看着真一而不是樋口惠，说：“你刚才说什么？怎么了？我们走吧。一直一个人待在这里吗？不冷吗？”

水野久美假装这里只有真一，根本看不见樋口惠。她开心地拉着真一的手臂往车站走去。“走吧。”

“开什么玩笑！”樋口惠大叫，跳上去制止真一。真一立刻避开了，而水野久美的反应更加迅速。她为了保护真一，挡在樋口惠面前，并举起手毫不犹豫地打了樋口惠一巴掌。

忽然间陷入一阵沉默。樋口惠连呼吸都忘记了，只是瞪大眼睛呆立着，苍白的脸颊上浮现红色的指印。

水野久美以真一头一次听见的严厉语气告诫樋口惠：“不要再纠缠真一了！你这笨女人！要说几次才会懂？你的脑袋里装的是糨糊吗，还是馊掉的豆腐？”

樋口惠说不出话的样子，真一也是头一次目睹。她的嘴唇翕动，却发不出声音。红色的指印像奇特的化妆术一样，颜色鲜明地装饰着她的脸颊。

水野久美继续说道：“我是真一的女朋友。案发时我们还不认识，对于那起事件不是很了解，但至少知道你爸爸杀了真一的家人，案子正在审理。请你停止小孩子的恶作剧，就算你无理地大吵大闹，也改变不了事实。你爸爸也不会希望你做这种事，不信你亲自去问他。你应该谈谈的对象不是真一，而是你爸爸！”

一口气说到这里，水野久美重新抓住真一的手臂，毅然决然地大步走开。真一很想回头看看樋口惠，但心中告诉自己不可以，于是配合地离开。

“我不会放弃！”樋口惠发出柔弱、颤抖的呼喊。真一和久美无动于衷。

“我不会放弃，我一定会让你负责！该向爸爸道歉的人是你，因为是你害的！我家会变成这样，都是你一个人的错！”

那些话如芒刺在背，真一不禁想说些什么。或许是想对水野久美说明刚才樋口惠口出秽言的意义。但是久美轻轻摇头，温柔地说“待会儿再说”，加快脚步离开。

身后传来了脚步声，是樋口惠追了上来。“不可以回头！”水野久美说，真一点点头。两人走到了公园门口。

樋口惠的脚步声渐渐减弱，终于停了下来。取而代之的是大声呼喊：“我出卖了我的肉体！”

水野久美立即皱起了眉头，真一的步伐也乱了。但两人同心一意，没有停下来，继续前进。

“你听见了吗？我在卖身呀。跟老男人签了合约，不然我无法生活。因为我没有爸爸呀。你知道吗？我能够安慰那些老男人呀！”樋口惠的声音逐渐尖锐，几乎已经是在喊叫，“你知道那是怎么回事吗？每天被那些肮脏的男人脱光衣服、要求做的心情，你懂吗？大白天将脸贴在老男人胯下的滋味，你明白吗？”

真一感觉冷汗从身体两侧冒了出来。水野久美面无表情地紧紧拽住真一，并靠过头去轻声说：“真是不幸。”

声音小得樋口惠听不见。她其实只想让真一听到。

两人又继续前行。公园内外的行人，或笑着、或皱眉看着继续哭叫的樋口惠。真一十分懊恼，好像自己做了残酷的事，只好紧紧闭上眼睛。

“对不起。”真一低喃道。水野久美用力抓紧真一的手，马上又放开了，并微微一笑道："没关系的，你不用道歉。"

两人出了公园便拼命走路，一如想甩掉什么似的。等到回过神，竟已走了一站路，好不容易进了路边的快餐店休息。这家店头一次来，座位很空，大概味道不怎么样。两人还是围着一张桌子坐下，并庆幸周围没有其他客人。

"这红茶不好喝。"水野久美举起茶杯，皱了一下鼻头说，"不过是热的，就算了吧。"

"是啊，好冷。没想到我们走了这么长的路。"

水野久美又喝了一口红茶，缩着肩膀说："我应该跟你道歉。刚才用那种态度说话，吓着你了吧？"

真一微笑道："我头一次看见那样的水野久美，不过……"

"不过……"

"没有，算了。"

"真是的，说出来嘛。"水野久美不高兴地说，"你一定觉得我很可怕吧。没办法，谁叫我们家的女孩都比较强势。"

水野久美有一个姐姐和一个妹妹。姐妹三人感情很好，经常互换衣服、鞋子和饰品。

"我妈妈和姐姐经常会大骂态度不好的服务员和电车上不规矩的醉汉。连我妹妹都曾踢跑过色狼！"

听说她妹妹才上初三，从小学起就在家附近的武馆学习柔道。水野久美也跟妹妹学习基本的防身术。

"要不是水野你来，我都不知道会发生什么事。"真一说得很认真。但水野久美好像不想进入严肃的话题，故意嬉皮笑脸。

"你是说我像正义的使者，路见不平的花衣女侠来也！"

真一微笑地摇摇头。"如果继续下去，我可能会杀了她。"

水野久美脸上的笑容立刻消失不见。

"别怪我说不好听的话，但这是真的。那种气急了杀人的心情，我真的能明白。"

"她今天来说了什么？"

水野久美提问的方式不同于平时，有一些客气，似乎在害怕什么。真一知道她很在意樋口惠说的话。“都是你害的！”樋口惠那样说。

“啊，对不起。如果不想说，就不要说了。”

“不，没关系。反正以后也会说出来，只是我没有勇气。”

水野久美其实早就知道樋口惠为什么纠缠真一和所有的事情。但是……

“水野，你看见过去的我，固然认为樋口惠那样做很可恶，但是会不会觉得怕她而到处躲的我很没用呢？”真一一脸严肃，但水野久美很难始终保持严肃表情，只好眨眨眼睛回答：“不会。”

“是吗？可是我认为自己很没用。”

“其实有一点。可你已经向对方的律师抗议过了，也很努力争取到禁止令，不是吗？”

“话是没错。但我从来没狠狠地予以反击，像久美你今天做的那样。我居然一次也没做过！”

这时真一发现水野久美的表情逐渐柔和，低垂的双目显得有些害羞。他心想怎么了，看着对方的脸才猛然想起，这是我第一次叫她“久美”，而不是“水野”。

“我从来没有像久美你一样跟她战斗！”像是再次强调一样，真一重复道，“那是因为我有些心虚。心虚的原因，就是她所说的‘都是你怂恿的’。”

“什么意思？是你怂恿凶手到你们家作案的吗？”

“就结果而言，是的。”

樋口惠的父亲樋口秀幸的目的是钱财。他想找钱帮助自己快倒闭的公司重整旗鼓。

一开始他和部下计划抢劫银行的运钞车。据他对检察官供述：“一般民宅，不闯进去找根本无法得知有没有钱财。”

但是抢劫运钞车哪那么容易！一旦被捕就什么都没了，所以樋口秀幸迟迟没有动手。就在这时，他的一个部下在住所附近的电子游乐场中听见一群高中生一边玩游戏一边聊天，其中一人提到父亲继承了远房亲戚的遗产，家里可谓飞来一笔横财。

“那个高中生不是别人，正是塚田真一。”

水野久美一动不动地凝视真一。

“是我，就是我说的。我太轻浮了。”真一摇头道，“遗产的事当然是真的。爸爸从一个几乎没有联络的远房亲戚那里继承了将近一千万税后遗产。爸爸和妈妈都交代过我这件事不能在外面乱说，我也很小心。那时候是和小学起就很好的朋友在一起，心想只有我们两人，电子游乐场又很吵，应该不会有人听见，一时之间便大意了。爸爸说一千万入账后，先买辆大型房车。于是我才会跟朋友说：‘到时候你也可以趁暑假跟我们家一起去旅行。’当时的情况就是这样的。”

水野久美像是逃避般将视线移到手上。以前也曾见过她这种神情。两人刚认识那天，即在大川公园的垃圾箱里发现女人右手那天，尽管觉得该事件很可怕、很凄惨，但对于自己成为发现者，她不禁说道：“不过也有点刺激。”但真一只是沉默地看着她。当时她的眼神就跟现在的一样。这是她感到羞愧的表现，也正是她正直善良的证据。真一忽然想到，也许我比自己想象的更喜欢她。

“樋口惠的理由是，”真一继续说道，“我说的那些卖弄家里有钱的大话，可能进了正好缺钱的她父亲耳里，因此我是一切错误的开始。如果当初我没有说那些大话，她父亲就不会杀人，所以她认为她父亲不是加害人，而是受害者。”

喘了一口气，但似乎是为了让自己不害怕，真一又急切地说：“我也觉得她说得有些道理。虽然只是一点点，但她说得没错。这种事让别人听见了不好，所以当初爸妈才会让我千万不能在外面乱说。而我却不听大人的话，结果酿成那样的悲剧，我当然也有责任。所以一旦被樋口惠追赶，我只能拼命逃。”

水野久美端起茶杯，一脸难受地喝着变温的红茶。她认真地看着红色液体，一如虔诚地相信茶表面显现出神圣的宣言。

也不知为何，此刻咖啡厅里就只有水野久美和真一。别说是其他客人，连服务员也不见人影，大概是在柜台后面。没有播放音乐的咖啡厅是那样安静，面对面坐在同一张桌子前，水野久美甚至感觉不到对方的呼吸。而真一也觉得在寂静之中，几乎能听见自己内心所想的事。

胆小鬼，塚田真一！你这胆小鬼。为什么你要跟水野久美说这些？你真正的目的是什么？

你不过是希望她否定你的说法。你想让她安慰你、鼓励你，说："不是你的错，错的是杀人的樋口秀幸。樋口惠的说法是她一厢情愿的借口。"你希望她站在你这边帮你说话，你其实是在装可怜博同情。你和外面的世界，和其他人之间，如今只能以这种形式联结了。你应该很清楚吧，塚田真一？你手中只剩下一台收音机，除了同情和鼓励，接收不到外界的信息！

"我……"水野久美凝视着红茶低声说。

真一吃惊地抬起头问："什么？"

水野久美抬起了头，仿佛已经读够了茶水的信息，将茶杯放在桌上，看着真一的眼睛说："我今天没有事先约好就来找你，会不会不太好？"

真一有些失望。你是想回家了吗？

"我忽然很想跟你见面，有些话要跟你说。我读过了《日本时事纪录》。"

"哦？你居然买得到。"

"是我爸爸公司的人买的，爸爸借回来的。他认为我会想看。"

因为女儿是发现者之一，水野家对该事件表现出强烈的关注。他们没有息事宁人地责怪女儿总想着那件事，反而在一旁守护着女儿，等待成为右手发现者的经历逐渐在女儿心中沉淀下来。

"滋子采访得很辛苦吧，必须跟许多人见面交谈吧？还必须记录警方的消息，就跟新闻记者一样。"

水野久美也认识前畑夫妻，所以跟真一一样直接叫前畑滋子的名字。真一只是单纯地不想弄混昭二和滋子的称呼，[①]所以直呼其名比较简单。而水野久美则是认为以"前畑先生的太太"称呼以自己名义工作的职业女

① "前畑先生"和"前畑太太"在日文中表达相同。

性很不礼貌。

“滋子本来也不写那种严肃的报告文学，听说这是她第一次尝试。应该也有很多困惑吧，只因为这是个好机会，所以很努力。牺牲了不少睡眠时间呢。”

“连载有几回？”

“稿子有多少就连载多久吧。”

听滋子说，《日本时事纪录》的总编辑已经做好心理准备，就算要花上十年也要好好调查栗桥浩美和高井和明，作详细的报道。

“那现在刊登出来的只是刚开始的一小部分喽？”

“嗯。滋子从受害人死之前就开始写关于他们的故事，可是当得知凶手是那两人后，整体结构便跟着改变了。”

临时增刊的第一回连载是从滋子到赤井山的鬼屋采访开始写起的。那里原本计划建大型综合医院，因资金不足而停止建设，只剩下地基和钢筋骨架的废墟任凭风吹雨打，于是成了当地有名的灵异景点。

绿色大道发生车祸时，据说凶手们的车行在下赤井山前往东京的车道上。在车祸发生前一个小时，他们在绿色大道靠近东京出口的加油站加过油。也即当时他们花了一个小时往返于绿色大道，结果在回程路上出了车祸。

当时在他们车的后备厢里已经躺了一具尸体，因此包括警方和媒体，大家都认为他们沿着绿色大道前往赤井山，应该是在找弃尸的地点。实际上，尸体并没有被弃置在赤井山中，而是放在后备厢里又被载下山。大家又猜测两个凶手去鬼屋其实是勘察地形，打算将尸体扔在那里。

“后备厢里的死者姓木村，在川崎上班。他遇害，是因为凶手打电话到电视特别节目时，被上节目的女评论家斥责只敢对弱女子动手，一气之下就拿他开刀了。这是真的吗？滋子在连载上是这么写的。”

“准确地说，什么才是真的，根本没人知道。没人知道凶手怎么想，因为他们已经死了。”真一慎重地措辞，因为当初他也问过滋子，滋子是这么回答的：“事实是过去他们只对女性下手，被女评论家嘲笑后才选择杀男人。因此才会作出这种推论。”

木村庄司这最后的受害者是到冰川高原的别墅区出差，在回程的路上不幸遇到凶手才遇害。警方已经循着木村的路线调查，但还是无法掌握他的失踪地点，也没有发现他的钱包、手机等物品，不知是被扔掉了，还是被凶手藏到哪里了。

提到电话，凶手绑架木村后，曾致电木村太太。发现木村的遗体时，木村太太也立刻向警方陈述此事。凶手故作亲切地跟她说话，最后还交代“帮你先生折千纸鹤祈祷吧”。木村太太说：“木村很会折纸，我们刚认识的时候，纸鹤是关键。”大概凶手知道这个故事，所以让她折千纸鹤祈祷。

从受害者口中问出个人信息、寻找对其家人打击最大的手法，跟让日高千秋的母亲发现女儿尸体的做法如出一辙。木村身上携带的物品被夺走也让人联想到事后送回给家人的古川鞠子的手表。假如没有出车祸，凶手还活着，到时候木村太太应该也会收到亡夫的领带、手帕或手表吧。

打给木村太太电话的声音跟其他受害者听到的一样，都使用了变声器。木村太太看过女评论家挑拨嫌疑人情绪那期特别节目，却没有想到会跟经常出差的丈夫产生关联。大概全日本的上班族都想不到，他们的妻子也是一样。没有人会认为灾难将发生在自己头上，也不愿意这么想。当木村太太接到变声处理的电话时，根本没有想到按下录音键好录下与凶手的对话。因为事出突然，想到要是录了音就好，已是挂上电话后了。自然也就无法比对打给木村太太的电话跟打给HBS特别节目的声音纹路是否为同一人。

栗桥浩美和高井和明都是二十来岁的年轻人。他们死在绿色大道上时，全日本都发出惊叫。真的吗？他们真的是凶手吗？告诉我是不是呀？

这种案件，不论其规模大小，事后总会出现模仿犯。一开始警方也不敢断定，态度颇为谨慎。前一两天，因为木村庄司“成年男子”的尸体出现，有很多人认为栗桥浩美和高井和明未必就是杀害古川鞠子的凶手。那些以杀人为乐的变态罪犯，通常不会随便改变选择被害人的口味。尽管电视上有人挑拨，以杀害女子为乐的他们应该也很难立刻改变喜好。那两人很可能是看了电视特别节目，心想趁着连环女子诱拐杀人事件的热潮，才做出傻事，想一举成名！

但在警方公布在栗桥浩美初台的住所发现欠缺右手的女尸后，模仿犯的说法便一扫而空。而且从该房间找到许多物证，虽然不如尸体那样具有冲击性，但肯定和一连串事件有关。警方发现了许多照片。

现在全日本没有人会怀疑栗桥浩美和高井和明不是凶手。他们已经死了，再也不会犯案了。年轻女孩毋需担心黑夜，噩梦过去了。

前畑滋子的报道基于两人是凶手的“事实”拉开序幕，从鬼屋写起。提到他们被嘲讽是“只敢杀女人的胆小鬼”，为了推翻这种说法，那就计划杀“成年男子”吧。为了丢弃达成目的的“成年男子”木村庄司的尸体，他们想了很多细节以增加舞台效果。他们去鬼屋，其实就是去勘查地形，也就是彩排，看看那里是不是让木村庄司的尸体与世人相见的最佳场所。

前畑滋子从他们站在鬼屋的废墟前写起。报道的开头是这么写的：

> 那里不是被遗弃的场所，而是一开始就为他们准备好的场所。
>
> 一如为了一出舞台剧而组装好的场景，那是一个完美的废墟场景，效果十足，只待剧本完成，演员们按照剧本演出、赋予剧本生命。
>
> 而现在剧本完成了，这里将演出戏剧。这是一出阴郁的戏剧，但精彩绝伦。而且是一出真实得无以复加的好戏。
>
> 然而戏剧终有结束的时刻。结束之后，再完美的废墟布景也毫无用处。这是那么美丽的废墟，破坏了着实可惜。有没有人能写出适合这布景的剧本呢？谁可以利用这布景，让它再一次复活呢？
>
> 废墟等待着，等待合适的剧本出现。废墟相信自己并没有被遗弃，于是耐心等待。
>
> 终于，创作出和最初剧本一样精彩的剧作家出现了，他们将赋予废墟新的生命。
>
> 这废墟是为了剧本而诞生的。如果说之前的剧本是欲望与幻灭的故事，之后的剧本就是支配与绝望的故事。前者是描写泡沫经济时代此地的建设计划及相关资金的故事，后者则是两个年轻人在此

地向社会展现一具尸体，企图让世人明白杀人的禁忌在现代社会已不复存在。

前畑滋子漫步在鬼屋群里。仰望因风吹雨淋而变色的钢筋铁架，走在满是垃圾的工地上，偶尔坐在斑驳污秽的水泥地基上。在十一月五日的午后，一个天空橙红的傍晚，想象着那两个年轻人以舞台艺术家的眼光审视布景、看这里是不是适合“公开展示”木村庄司尸体的地点。他们完全没有想到就在一个小时后，即将面临死亡的命运。

“感觉很悲哀。”水野久美悄悄说，“与其说是悲哀，应该说是悲痛。”

读过前畑滋子的报道，真一也有同感。滋子看完第一回连载，自己也叹了口气。这是一个支配与绝望的故事。

“我也觉得很悲哀。”

水野久美再次避开真一的视线，看着窗外说：“怎么悲哀？”

“要怎么说呢？”

“比方说滋子是对什么感到悲哀呢？”

“原来你是这个意思。”真一松了一口气，靠在椅背上，“当然是对受害者。”

水野久美立即反问道：“是吗？”

“没错。”真一不假思索地回答，同时发现久美的表情十分严肃，甚至有点生气。

“我觉得滋子是因为发生这种事而感到悲哀。她是为了引起这些事件的人感到悲哀。”

“那……”真一说不出话来。本来他想说“那当然”，但这样听起来像是跟久美对立。

“没错。人就是会做出那种事！”水野久美说得斩钉截铁，“听起来很悲哀，却是事实，没办法。那种犯罪并不是第一次，过去不就出现过很多吗？就连战争也是人类的邪恶引起的。人会对竟然做出那种事感到悲哀，也很自然。但是……”说到这里，水野久美咬了一下嘴唇。像刚才真一说不出话一样，她似乎也在担心接下去说的话会不会让真一跟她吵架，或伤了真一的心。

“但是……”真一温柔地接道，他不是在催促。

水野久美深深叹一口气，才对真一微微笑道：“我想这是我身为女孩才有的感觉。你听了不能生气。”

“嗯。”

“我其实希望滋子应该更悲哀才对，不是对所有人，而是对遇害的人们。也希望她对凶手表示愤怒，而不是用这种一开始就远远看着的写法。我希望她披头散发、捶胸顿足地吐口水大骂。”

真一瞪大了眼睛，他从来没那么想过。的确滋子文笔内敛，甚至可说是冷静，但是悲悼受害者的心意完全显露无遗。

“报道这种事件的文字，难道不能感性一点表达吗？”水野久美安慰自己，边吐舌头边笑，“不对，如果是过于感性的人，恐怕一开始就不适合当记者吧。我也跟爸妈说过同样的话，他们书读得比我多，也说：‘过于感性的记者显得很怪异，而且那种人也很多。’他们一致称赞滋子写得很好，也很期待下一回连载。”

可是你却不太认同……这句话真一默默放在心里。

水野久美几乎要说出：“因为我是女生才会这么想。”她比真一更能体会日高千秋、古川鞠子的感受，对于发生在她们身上的灾厄也气愤不已，自然十分憎恨凶手。同样身为女性的前畑滋子居然能压抑情绪俯瞰整起事件，令久美感到有些冷漠！

“我还想过……”水野久美还有话说。真一本以为她要说的应该已经告一段落，所以又瞪大了眼睛问：“想过什么？”

“犯罪总是会被这样写成文章。已经发生过的事，像这样被分析、解读。”

“就像因式分解一样。”

“嗯，如果真的可以就好了。”

久美又沉默了。真一看着她稚气的脸颊，总算明白她想表达什么。一开始我们谈的是什么话题呢？不是樋口惠的事吗？

似乎下定了决心，久美迅速眨了一下眼睛继续说：“总会有人来帮你家的案子做因式分解吧。”

“嗯。”

“到时候也是那种写法吧。不是责怪凶手，也不是为你死去的家人悲伤哭泣。而是一开始便下了结论，认为那种人就是笨就是悲哀，对吗？”

“……”

“在那种因式分解下，樋口惠就成了悲哀的受害者？特别是她什么坏事都没有做。的确因为她爸爸犯了罪，整个家毁了，她的人生步调乱了，因此很可怜。但就算是这样，她今天对真一你做的事，在我眼里看来却很邪恶。偏偏在因式分解里，她属于悲哀的因子。”水野久美想说的是这些，所以才会忽然说想跟真一见面，才会忽然将话题转到《日本时事纪录》上。

“如果说那些算是正确的分析，那什么混账说法都说得过去。好像不好的事都消失了，只剩下可怜的人。剩下的都是受害者，邪恶的人都从指缝间滑过了。那不是很奇怪吗？根本不对嘛。所以真一你不能被樋口惠的说法打败。她说的是她的想法，不需要你帮她证明。”

没错，我不是为樋口惠的说法自责，而是因为自己的悔恨。

“我以为你读了滋子的报道会很生气，气她为什么不为受害者大声说话。因为你就在她身边呀。”

但是真一没有生气。

我为什么不生气呢，不像水野久美一样？因为我不是女孩？只因是男孩吗？站在男性的立场，我更容易将感情放在凶手这边而不是大部分受害者身上吗？

不是的。绝对不是这样。真一不生气，是因为相对于感叹人类的愚昧，他更强烈地为遇害的古川鞠子和日高千秋的家人感到悲伤，他们不知有多自责，为罪恶感而痛苦，悲叹过去的时光不复存在。

真一制造了失去家人的原因。不管谁来安慰，都改变不了因为他一时大意，让急需用钱的樋口秀幸找到机会，否则父母和妹妹现在应尚在人世。他很自责，而且不断责备自己，承受应受的惩罚。

真一也想到，鞠子的外祖父、母亲和日高千秋的父母又如何呢？他们应该不像自己一样犯了错吧？毕竟不可能是鞠子的外祖父或千秋的母亲不小心说错话，才招致残酷凶手的毒手。

可是他们现在一样会自责。如果当初那么做就好了，他们对着无法挽回的时间想象成百上千的救赎情节。

念及此事，真一就难过不已。

因轻率而铸下大错的自己，本来就该为事件负一部分责任，根本不能跟鞠子或千秋的家人混为一谈。但大家所受的地狱之苦是一样的。不单是阅读滋子所写的报道，只要一想到这些事，真一就产生这样的感受。就连这一瞬间、这一时刻，那位看起来很固执的豆腐店老人、那位在葬礼上哭得死去活来的母亲，一定也还在自责如果这么做或许鞠子就不会死了、如果这么做千秋就不会遇害了……

不管怎么调查、报道、分析，都不会提及这一点。

真一希望能靠近受害者的家人，握着他们的手说：不是你们的错。我才是因粗心使家人遭到凶残杀害。比起我，你们都没错，你们没有罪。你们不须自责。别人也许不能断然这样对你们说，我却能如此肯定地告诉你们。

滋子的文章，就她的工作而言当然有意义。但是那意义一开始真一就无法理解。因此就算滋子生气、哭喊，对真一而言也是外人的事，与己何干！而这一点水野久美不明白，她会说要生气哭喊，就是因为她根本不明白。

为什么会发生这种事？为了避免悲剧再次发生，该怎么办才好？这是社会大众关心的焦点。

真一猛然醒悟，所谓的“社会大众”，应该也包括水野久美吧。但是不包含真一、鞠子和千秋的家人。

想到这里，刚刚才感觉久美的手传递过来的温暖，竟又显得更寂寞了。两人之间隔着鸿沟，久美完全没有注意到。所以她才会轻易跨过，想抓住真一的手。但是看见牵在一起的双手下面横着一道深渊，真一动也不动。

“真一……”

真一听到呼唤，于是抬头一看。水野久美凝视着他，那眼神一如关爱病人的眼神。

“不对！”她说。

“啊？”

“现在你所想的是不对的。”

“你怎么知道我在想什么？”真一故意摆出吵架的气势。

“我知道。”久美无惧地点头道，“我知道。我们不是一直在谈吗？”

“一直在谈？”真一的语气带着挑衅，这次已经不是“故意”了，“我们在谈吗？”

水野久美眨眨眼睛，一如她的画像开始毁坏一样。

“我们从来就没谈过。你是你，我是我。就连怎么应付樋口惠，也是我的事，跟你无关。为什么我必须跟你谈呢？何况你根本就不了解我有什么问题，因为你没有处在我所面临的境地。不是吗？”

这种质问意外地得到水野久美迅速的回答：“没错。”接着她又小声地道歉：“对不起。”

真一装作没听见。弥漫在他们之间的沉默似乎想出来打圆场一样，紧紧包围着两人。

真一终于开口了：“我们走吧。”

“嗯。”水野久美回答。在送水野久美到最近的公交车站的路上，两人始终一言不发。

独自坐上公交车，至少在距离塚田真一一站的路程里，水野久美忍着不哭出来。因为过于压抑，神经绷得太紧，即使过了可以大哭大叫的距离，她却一滴泪水也流不出来。

水野久美想起昨晚跟姐姐的对话。她生长在一个和睦的家庭，即便到了青春期，大多数心事还是会跟家人说。而关于恋爱的话题，她只会跟十九岁的姐姐讨论。

久美从开始跟塚田真一“交往”起，姐姐便担心两人的将来。姐姐说他们一定会吵架，而且会很严重，以致彼此受到伤害而怨恨分手。

姐姐还说：“真可怜！你们相遇得太早。在他还没有完全接受自己和家人遭遇的悲剧，疗伤不到一定程度前，你们不会有好结局。所以现在一定不行，不管怎么做都不行。”

“我跟他一定不行吗？”

“不是只有你，谁跟他都不行。普通的女孩都不行。必须是成熟的女人，像母亲一样的女人，他才能接受。或者是那种头脑空空、整天只想着自己的笨女人，他或许还能接受。你哪一种都不是，当母亲太年轻没有经验，而且又是我们三姐妹中最聪明的一个。我不想说得太难听，你还是趁早放弃吧。”

水野久美还很愤愤不平。姐姐只好苦笑道“随便你”，蒙上被子转头便睡。

看来姐姐说得没错。干涸着一双眼睛，抱着破碎的心，水野久美呆呆沉思。

3

武上悦郎出了三楼的小会议室，经过短廊，便快步走下楼梯。怀里抱着的纸筒里收有九月十二日大川公园事件发生以来重复描绘的地图。

到了年底，连环诱拐女子杀人案的共同特别调查总部也从墨东警局二楼的大会议室移往同一楼层北端的小会议室。武上负责的内勤业务则是将桌子搬到三楼原为资料室的小会议室。于是一天之内为了些小事，也必须二楼三楼地来回跑。

共同特别调查总部举行记者招待会，正式承认十一月五日傍晚在群马线赤井山中因车祸身故的两名年轻男子就是警方追查的杀人凶手，是在十一月七日早上。记者招待会的情况通过电视转播到全国，车站附近也发出了号外。但是记者会一开始，国民的反应没有想象的激烈。或许应该说大家对这两人的关注与信息流通量已达到临界点，无法更兴奋了。警方终于肯承认了，其实我们早就知道了。警方连承认都要花这么长时间，民众自然有些不耐烦。

人们应该已经受够了冲击。十一月五日晚上，正在悠闲观看电视时，画面上忽然出现两名年轻人开着后备厢装有尸体的轿车，因翻车致死的新闻快报。临时插播的新闻节目取代了电视连续剧，报道中指出在其中一人的住处找到了一些估计是连环女子诱拐杀人案受害者的照片和录像带。媒体便开始了炒新闻大战，都将这两名死者当作真凶看待。

从五日深夜到七日早晨的记者招待会，人们打来许多抗议电话责备共同特别调查总部为什么还不公开声明。他们气愤的是，为什么让媒体先行报道？总部不可能沉默以对，只要关于翻车事故、后备厢内尸体的身份等信息一确定就陆续对外发布，但还是很难平息民愤。

在正式公开之前有一天犹豫期，倒不是特调总部有所踌躇。就情况推断，死于赤井山中的两人是连环杀人案的凶手，大概是错不了。但是从栗桥浩美初台的房间里发现的物证太多，全部确认一遍至少需要四十个小时。

武上第一次踏入栗桥浩美的房间是在记者会开始前两小时，即七日黎明。当时鉴别搜查已经结束，现场照片也都拍摄完毕。武上到那里，是为了比对向房东及建筑公司借来的蓝图与隔间图，好制作出更准确的实况地图。

房间在七楼。搭乘电梯上楼途中，武上想起赤井山车祸消息传出时，筱崎曾结结巴巴地报告："听……听说是空……空气净化机。"他还想起神崎警部无言地握着他的手，低声说："发现尸骨了。"

栗桥浩美的房间很乱，一开门就有厨余恶臭传出。鉴定人员应该将垃圾筒里所有的东西都带回去检验了，但臭味还是久久不散。也许是融合了这里发现的尸骨的臭味吧。

"该不会是我的西装发出来的臭味吧？"同行的秋津敏锐地读出武上的脸色，蹙眉解释道，"公寓垃圾场的所有垃圾都被带回警局了。我刚才也去帮他们清理垃圾了。"

秋津想打开窗户，武上制止了他。毕竟臭味很快就能适应，武上希望能感受到留在房间里的人的体温。

房间约十叠大，放置了铁架床、电视机、音响和杂乱的衣物收纳箱，几乎找不到落脚的地方。其中只有一片柑橘箱大小的空间能看见木地板。

秋津指着那里说："这儿放着两个纸袋，一个装了女人的衣物，另一个则是化成白骨的尸体。"

武上环顾四周，寻找筱崎说的空气净化机，但那已经被带回去，送到音响研究所进行声音鉴定。据见过实物的秋津说，是一台高价位高性能的机器。住这么杂乱的房间，却使用高价空气净化机，武上觉得是一种黑色幽默。

多年警察生涯中，武上见过太多罪犯的巢穴。当制服警察时是亲眼目睹实景；而当便衣从事内勤业务时，则是看照片。

不管什么巢穴，给人共同的印象是杂乱无章、寒冷阴森，而且杂乱程度与所犯恶行的严重度成正比。

当然可以解释说：罪犯在金钱和情感上都有压力，生活空间便无暇整理得清洁舒适。但武上印象中的“杂乱无章”，并非单指物质层面。

杂乱的感情残渣就像漂浮在浴室废水上的微小尘埃一样，到处都能看见，而且会附在来访者的肌肤上。武上不是那种迷信的人，却也相信灵魂与灵异事件存在。据经验法则也相信，犯下残酷罪行的人会在案发前后生活的地方留下某种邪恶的东西。他曾听一个熟识的房地产从业者说过：“那些有人自杀或被盗窃、被杀害的受害者住过的房间，虽然不幸但不至于危险。真正危险的是凶手住过的房间。”

“照片和录像带就放在床底下。”秋津说，并蹲下身将手伸进床底。

“塑料收纳箱，高约二十厘米的那种，共两个，藏在床底的最里面。打开之后简直吓死人。录像带没几盘，但是照片一大堆。”

“照相机呢？”

“找不到。在栗桥浩美的老家也没发现。也许是放在别的地方，也可能在车上，翻车时不小心掉了出去。那里是杂树林，又是悬崖峭壁，不太容易发现。”

“总之在记者会之前找到是不太可能的。我们开始吧。”

武上拿出蓝图和卷尺，秋津将袖子挽起。两人还是无法适应臭气，只好用嘴呼吸。武上心想发臭的应该不是秋津的西装，同时默默地开始工作。

一小时后，两人到走廊上吸烟。秋津一脸严肃地咬着滤嘴，看看手表。

“快开始了吧。”他嘴里吐出白烟，“咱们头上的炸弹要爆发了。”

武上发现秋津的两条手臂起了许多鸡皮疙瘩。

秋津所说的“炸弹”，在记者会开始十五分钟后，即十一月七日上午七点二十二分爆发了。

从栗桥浩美的房间发现记录受害者们的照片和录像带等物证的消息，在正式公布前媒体便早已知道，电视新闻也报道了。但是当时信息被巧妙地限制，只能模糊地透露说是“已确知的受害者记录”。

但实际上并非如此。藏在栗桥浩美房中的照片和录像带出现了许多不是古川鞠子、日高千秋，更不是木村庄司的女子影像。假设其中一人是目前身份未明的那只右手的主人，那其他还有七名女子出现其中。

这次召开记者会就是要公布这一消息。可以想见，已经展开大战的媒体和期待事件圆满解决的观众，听到这消息会受到怎样的冲击。

什么！还有七人遇害？她们的遗体在哪里？警方是说不能确定她们已死吗？怎么可能，那是你们乐观的预测吧？

栗桥浩美和高井和明前后对十人下了毒手。他们为什么这么做？除了那七名找不到遗体、无法确认已被杀的女子外，是否还有其他受害者？这七人遇害是在古川鞠子、日高千秋之前还是之后呢？

更重要的是，栗桥浩美和高井和明为什么要留下这些记录？

对于这些疑问，一个文字感伤的作家在八月的晚报上写道：毁灭他人的精神，是在自己内心深处潜藏着毁灭自己的向往。栗桥浩美和高井和明在下意识中希望自己死亡，而且预见到自己的死亡。促使他们行动的是一种希望破坏自我的接近人类本能的冲动，所以他们死后留下了帮他们说话的证据。

武上不屑地认为，文字也许很文学，但都是胡扯。他们将照片和录像带藏在房间里，只是因为好玩。随时看看受害者们生前最后的样子，就能再次回味自己给予她们的痛苦、她们乞求饶命的惨状、自己握有她们生杀大权的喜悦。因为好玩，也根本不认为自己会被逮捕，所以将照片等证据留在手边，丝毫不会觉得不安。

因为是两人犯案，更加泛滥了彼此的嗜好、情感发泄。一个人力量薄弱，即便是犯罪，还是弱势。但是只要有同伙，感情起了共鸣、思考有了交流，犯罪意识便更加牢固。栗桥浩美和高井和明就是这样相互配合、逐渐疯狂。

这种情况岂容感伤介入，哪里有什么文学的要素！什么叫破坏自我和他人的本能？用武上的话来形容，根本都是胡扯！

如果过于习惯为野兽冠上人性的理由，那连猴子抓体毛都能说出一番深远的哲理了！作家从远处旁观犯罪本来无可厚非，只是距离现场警察的体验和感受失之千里。

打开面积变小了的二楼特调总部的门，武上猛然想起早上筱崎揉着惺忪的眼睛翻阅杂志，告诉他《日本时事纪录》这本专业的报道杂志也出了增刊连载该事件。之前秋津也获邀接受采访，但是他拒绝了。

听说杂志很畅销，究竟写了些什么呢？大概又是“文学”吧。武上有些不耐烦，同时依然保持冷静。这种文字的出现，代表社会对该事件的热度已开始退去。晚报、电视新闻大家都会看，但是买杂志、看连载追求真相的人毕竟不多。现在或许还很热闹，但应该不会持续很久。

然而尽管社会大众如此，武上却依然埋首这一事件中。一如坠落在地狱血池的亡者，偶尔也须潜入池底找出真相、调查那些女子的身份与安危。

随着特调总部规模缩小，实质行动的人数减少了一半，但依然挤满了这间面积仅有原来大会议室三分之一的新办公室。电话声此起彼落。武上避开两把椅子，却躲不开第三把，指甲有些刮到。他以眼神向坐着接电话的年轻刑警道歉，随即走向要去的桌旁。

鸟居也在接电话。办公室太嘈杂，他一只手按着耳朵。在他的位子旁拉着两把椅子，坐着一对年过五旬的夫妇，彼此紧握着手，看着鸟居的脸颊。武上觉得心痛，不管做了多少年刑警，他始终不能习惯这种场面。

规模虽然缩小，但特调总部依然忙碌，是因为那些照片上的女子，找出她们的下落是眼下最重要的任务。绵密调查留下一堆证据而死去的凶手的作案动机，也是因为根据他们的行动范围找到未发现的尸体的可能性极高。

当十二月一日发布共同特别调查总部缩编的消息后，一时之间媒体群起攻之。民众的抗议电话和信件也不停涌来。事件尚未结束，为什么放慢调查工作？武上心想，以那种方式公布，难怪给人那种印象。警察实在是不善于自我表现！

然而实际情况也难以配合。就警视厅而言，无法继续调派那么多人力处理该事件；何况要找出七名女子的身份，单靠警视厅的能力亦难以达成。

记者会后，特调总部一公开七名女子的相关信息，立刻就查明其中一人的身份。过了两天，又确定另一人的身份。一位住在前桥市，另一位则住在田无市。已经确知栗桥、高井两人的杀人动机，但却无法推测剩余五人来自哪里、在何处失踪。与其增加墨东警局特调总部的人手，不如在首都圈留下调查工作必需的最少人力，并与关东地区警方联络、请求协助调查更为有效。特调总部缩编的意义其实就在于此。

照片上最早查明身份的是住在群马县前桥市，名叫伊藤敦子的三十岁职业女性。失踪日期是一九九四年三月十五日左右，比古川鞠子的失踪要早两年。

伊藤敦子出生于前桥市，从东京的短期大学毕业后就职于当地电器销售公司。工作认真，在公司内颇受好评。她和父母及小她两岁的弟弟同住在市区。很喜欢狗，每天上班前总会带着家里养的两只柴犬散步。

出事的一九九四年三月十五日是个工作日，敦子跟公司请了假。大约是一年前，她开始在公司附近的绘画教室学习画画，很有心得。她尤其喜欢画风景画，一到周末便经常到野外写生。没有同伴，带些随身衣物、画具和画架，开着微型轿车便出门了。这天早上，她跟母亲说要到涩川一带写生，因为发现一处凿石场感觉不错可以入画。母亲帮她做了些三明治当午餐，并交代她记得打电话通知几点到家。一早出门写生，伊藤敦子通常不外宿。涩川距离前桥不远，因此敦子也说晚饭前应该会回家。

那天下午两点左右，敦子从凿石场打电话回家，兴奋地说："这里的景色很棒，画得很尽兴。天上有些乌云，想在下雨前回家。下次再找机会来这里。这里简直就像是我一个人租下来的，随便我怎么画。平时总是有人上前批评，但今天真的是很安静，画得很高兴。"

听女儿这么说，母亲的脑海里浮现女儿一个人在停止开采的荒凉凿石场中，不禁有些不安，问是在哪里打的电话。女儿回答："就在凿石场下方两公里的便利店外面。"女儿没有手机。母亲叮咛女儿尽可能早点回家后便挂了电话。

之后再也没有接到电话，伊藤敦子直到深夜也没有回家。母亲等到第二天清晨，立即冲往前桥市警察局报案。

当初前桥警局认为这不是失踪案，而有可能是发生意外事故。停止开采的凿石场并非安全的场所，一不小心因脚步不稳而滑落，说不定就会动弹不得而无人发现。经由母亲提供的线索，询问了涩川一带的凿石工厂，才找到已经停止开采的凿石场。凿石场位于上越线涩川车站北边五公里的山中，路上有一家便利店，门口设有绿色公用电话。那里的店员表示还记得昨天下午有一个年轻女子来买过饮料，说要换零钱打电话，结完账便在门口愉快地与人通电话。

但是到了该凿石场，依然不见伊藤敦子的踪影，也没有看见她的微型轿车。为防万一，担心她可能跌落在不易发现、无法回应搜索人员呼叫的地方，在石材公司员工的引导下加派警犬，入夜后使用探照灯继续搜索至深夜，还是连敦子的一根毛发也没发现。

第二天扩大了搜索范围。这次不只是寻找敦子，连她的汽车也列入搜索目标。她总要停车吧。假设她的车停在某处，就表示她很可能发生什么意外。另一方面，车不见了，那这种可能性便降低了。也可能连车带人被绑架了，但这只是相对的可能。

敦子的车没找到，但有了一条目击信息。十五日下午四点半，在接近涩川车站的停车场里，一个年龄、衣着与敦子很像的女子从停好的车里走出来，前往站前商店。这是车站旁的加油站店员的证词。店员不记得汽车是否为微型车种，但确定车里只有一人。伊藤敦子的打扮不是太时髦，虽已三十，但外表看不出来，是个身材高挑的美女。店员为她的美貌所吸引，才会注意她是否有男朋友同行。只是他说不知道敦子什么时候离开那家商店及开车离开停车场，理由是看见美女只要吹一吹口哨，就心满意足了。但光是这一证词就能确定伊藤敦子并没有在凿石场遇害。令人迷惑的是她离开涩川车站的停车场后去了哪里？究竟是在哪里失去消息的？

在一个星期的访查后，发现了意外的事实。公司里一个和敦子相熟的女同事透露：敦子和她的直属上司有过很长一段时间的婚外情。该上司目前就职于其他分公司，两人的关系在一年前结束。但据该女同事所说，敦子最近好像为那名上司再三要求她回心转意而十分苦恼。

“敦子开始学画画，正值两人分手期间。她说一开始是为了转移注意力，之后竟画出了兴趣。觉得这样作画，有种从噩梦中清醒的感觉。敦子说再也不犯同样的错了，她已经完全改过自新。”

父母和弟弟听说伊藤敦子和上司有不正当男女关系，简直如遭晴天霹雳。惊讶的母亲翻查女儿的贴身物品，竟发现了一本详细记录两人交往经过的日记。根据日记中所记，一开始是该上司主动勾引敦子，而且从头到尾都握有主导权。该上司还以结婚为饵，好几次假借各种名义骗她的钱。敦子决心分手，与其说是无法忍受这不正常的男女关系，不如说是发觉自己只是被骗钱男人的甜言蜜语要得团团转！

敦子的上司成为前桥警局注目的焦点。一开始调查他，就像从冰箱里掏出脏东西一样，轻易就搜集了许多不利的传闻，例如到处举债、生活奢华、因同女人关系复杂经常和妻子吵架、其妻甚至好几次带着小孩离家出走等。获得这些信息的同时，警方明白这不是一起失踪案，而是当作一件潜在性的杀人案来处理。伊藤敦子的父母也不得不做好心理准备：女儿可能遭到这男人的毒手，尸体不知被弃置何处。

然而找不到证据。该上司十五日一整天在公司上班，在敦子被认定为失踪的时间点也有不在场证明。下班之后的不在场证明虽然只是片段式的，但也不能就此逼他自首。伊藤敦子失踪案就此悬宕，只有时间不断流过。

当警方从可能遭到栗桥、高井毒手的七名女子的资料中，找到符合伊藤敦子条件的个案时，她的父母还是震惊万分。

特调总部将七名女子的资料公开时，遇到一个两难的问题。栗桥浩美房间里的照片都拍得很鲜明，每一张上女子的容貌都可以清楚地辨认，却无法直接公开。她们都被捆绑，铐着手铐、缠着铁链，身上的衣服被扒光，有些脸上或身体上还明显留有被打的痕迹。武上整理这些照片时心想，就算她们没被捆绑、殴打或剥成半裸，光是那一张脸也无法对外公开！

更令人绝望的是比栗桥和高井过去种种罪行更邪恶的部分。

照片中的女子除了难以忍受痛苦而尖叫外，居然都在笑。有些是微笑，有些则是露齿而笑。那些都不是发自内心的，而是被命令才有的，被人要求而强颜欢笑。大多数笑脸都是悲惨地牵动嘴角，尽管嘴巴在笑，眼睛却是死的、毫无表情。有些照片中女子的脸颊上还留着泪光。

睁开被打得青肿的眼皮，忍着即将哭喊而出的哀号，不得不装出只有和情人一起拍照时才有的笑容……或许是她们相信唯有这么做才能保住性命。只要按凶手说的去做，也许就能得救。栗桥和高井故意诱使她们抓住这仅有的一线希望！

将受害者玩弄于股掌之间，剥光她们的自尊，然后从她们口中问出她们自身的信息，这就是凶手一贯的伎俩。他们让我说自己的事，他们想知道我的过去。既然如此，只要我说了，说不定能有帮助。说出自己的事、强调自己是个活生生的人、也有关心自己安危的家人和朋友，或许能提醒他们对我没有生杀大权，好让自己得救。那些受害者就是被诱导这么想，才会说出自己的一切。

这种自欺欺人的希望，比绝望更邪恶。它不过是制造更多绝望效果的调味料罢了！

特调总部想到一个折中方案，根据那些照片画出详实的肖像图以便公开。至于看了肖像画、根据警方提供的身高、体重、身体特征等信息，认为那些失踪女子中或许有自己亲人的家属，警方在确认他们已做好充分的心理准备后才会出示照片。

伊藤敦子的父母也是在相当确信后才看的照片。似乎在接触栗桥和高井留下的个人记录之前，敦子的母亲已经知道那就是自己的女儿。

确认完敦子的身份后，武上浏览了前桥警局负责处理敦子案件的刑警石田送来的报告。石田是武上在风纪科的属下，这份报告归类于失踪案件。有关敦子和原上司的男女关系则列作附件，只在报告中稍有提及，毕竟缺乏证据。

武上也和石田通过电话，却感觉到对方干劲不足。石田一方面对伊藤敦子的案件竟然以这种形式解决有些惊讶，却又抱怨此案如此草草结束是因为前桥警局担心那名上司会以侵犯隐私为由告到民事法庭。言下之意，反正因为伊藤敦子被栗桥和高井所杀，令警方陷入目前的窘境。人都死了，不如动手之人是原来的上司更好。

伊藤敦子的父母来特调总部看照片时，不像此刻坐在鸟居身旁的那对夫妇一样，紧握拳头、一脸胆怯。大概在女儿失踪的两年之间，已经用尽了力量担惊受怕吧。

等待失踪者归来的家人心中，绝望和希望一如邪恶的两人三脚游戏一样相互纠缠。这天满脑子都是绝望的阴影，挥不去各式各样忌讳的想象画面；第二天希望又张开翅膀飞过来，眼前出现女儿在厨房里煮咖啡的幻影。而这些都可说是想象力的自我中毒。

特调总部内设立受害者对策小组时，鸟居志愿加入，令很多人感到意外。连武上也大吃一惊。

但是经过一段时间，武上知道这是鸟居自我反省的表现。大川公园事件案发后，他的粗暴态度致使古川鞠子的母亲精神错乱。这对他而言是个心理重担，他大概是想借此偿还吧。秋津不怀好意地眯着眼睛说道：“鸟居后悔想还债，是想洗清影响他晋升的污点。”武上认为这种说法太过分了。

武上发现鸟居放下电话，于是向那对夫妇道声歉，将纸筒递给鸟居。“这是你要的地图。只要大川公园的部分就够了吗？”

鸟居道声谢收下地图，然后指着那对夫妇说：“这对夫妻是来确认会不会是半年前离家出走的女儿，说是他们的女儿经常在大川公园一带出入，失踪当天也去了公园。为了谨慎起见才需要地图。”

武上点点头，心想鸟居或许是在帮那对夫妻争取鼓起勇气看照片的时间吧。收集大川公园案件失踪者的资料毕竟很重要，武上为打断他们的谈话而道歉后便迅速离开。他特意走过去送地图，是因为担心鸟居。见鸟居很努力，倒也放下一颗心。

回三楼小会议室的路上，筱崎从走廊迎面走来。大概是去了洗手间，甩着一双滴水的手，也不用手帕擦干净。他态度悠闲，神情却有些消沉。

说到担心，武上颇在意这几天筱崎没什么精神。本来筱崎就是个话不多的青年，有些文弱，连走路都有点内八字。难怪面硬心软的秋津给他起外号叫“小妞”。即便这阵子没什么精神，却也不是那么引人注目。内勤业务部门的其他同事，大概谁也没注意到吧。武上觉得不对劲，是因为自从连环杀人事件起便在他手下工作的筱崎，对任何指示或命令只要说一次就能办好，最近竟接二连三犯同样的错误。交代资料复印四份，只复印了一份；要求整理归档的文件，始终躺在桌上的档案夹里。虽然只是一些小错，但都是过去的筱崎不曾犯的。

的确大家都累了，尤其在特调总部，士气真的不能说是太高。凶手死了，留下一堆尚未发现的受害者。不管能否查出剩余五名受害者的身份、找到遗体，对士气已然造成伤害。当然对家属而言则不同，就事实确认方面也有一定的意义。但是要说这些刑警头上没有乌云密布，则是骗人的。

“筱崎，你还好吧？”武上一开口，筱崎吃惊地跳了起来。他神经质地扶了一下银色眼镜框，说了声“对不起”。又没有做什么坏事，立刻开口道歉是他的习惯，似乎也是年轻一辈的通病。

“是不是吃坏了肚子？”武上一边打开小会议室的门，一边不以为意地说，“看来得换一家快餐店了。”

“我没事。”筱崎跟着武上走进会议室。不同于楼下特调总部的嘈杂，这里十分安静，弥漫着正常政府机关的气氛，连电话铃声听起来都很安详。唯一的杂音要算是复印机气喘如牛的走纸声。

筱崎现在负责整理特调总部搜集到的失踪女子信息。不论是直接讯问所获的有关照片上失踪女子的消息，还是来自电话或匿名信等可信度不高的情报，都会先汇总，经由武上指示后重新归类，输入电脑制作数据夹。筱崎本就习惯使用电脑，打字速度也很快。

若只是为了调查剩下五名女子的身份，其实无须如此大费周章。但是认真整理排山倒海而来的大量信息，以便随时取用，或许对于其他杀人或失踪案件也能起意想不到的作用。于是武上要求神崎警部添购一部专用的个人电脑。趁着社会大众还抱有高度的关心，周围亲友拼命回想那些像烟雾般消失的无数男女的蛛丝马迹，警方应该尽量收集信息，并设置一个保管场所。

筱崎从召开记者会那天起，每天埋首不断涌入的失踪者名单、有关失踪者的故事、各式各样的奇怪状况及家属们的声音……努力工作。一如陷入流沙之中，武上担心筱崎对每个案例都考虑太多，以致神情逐渐黯然消沉。

如果真是这样，这情况应该早已改善。实际上武上认为筱崎可能在最初一个星期后便坚持不住，早已经准备了接替者。但是筱崎依然工作态度认真，丝毫不见疲态。武上也就让他继续负责。几天前，筱崎像气球漏气一样，显得意志消沉。但似乎不只是能量耗尽的关系。

紧接着前桥市伊藤敦子被确认出身份的，是住在东京都田无市、在家帮忙的十七岁女孩三宅绿。她和父母及年长两岁的姐姐同住，失踪日期是一九九三年六月一日。严格说来，她的父母表示最后见到女儿应该是在六月一日上午。三宅绿到离家走路约五分钟、她父母经营的咖啡厅“奇拉哥”要零用钱。母亲给了她两万，她塞进皮包后便走了。究竟离开店就出去了，还是先回过家，她的父母完全不知情，也没想过问问女儿出门去哪里。这就是他们一家的生活。

三宅绿的姐姐表示：三宅绿在这个家根本是多余的。从小学高年级起功课就跟不上，初中时已经完全是个坏学生，染发、化妆、戴耳环，样样都来。父母不知被学校叫去训话多少次。虽然也参加了高中联考，但没有考上志愿的学校，最后去的学校又不喜欢，读了三个月便休学在家，这就是她在家帮忙的真相。

因休学生活习惯破坏了，更加速了三宅绿日常生活的堕落。据她姐姐的说法：三宅绿经常跟朋友在外面鬼混，凌晨才回家，大白天关在房里睡大觉。几乎跟父母和姐姐都没有话说，开口顶多是为了要钱。她的电话总是晚上打来，干扰家人的生活，父亲便买了手机给她，从此她跟家人说话的机会更少。难得坐在一起吃饭，她也是板着一张脸，姐姐一脸厌恶地表示很不愉快。偏偏这时手机一响，她却高高兴兴地接电话。好像手机那头的人比起眼前的家人，距离更为接近。

对三宅绿而言，夜不归宿是家常便饭，父母也懒得说她。经常连着两三天不回家，只要钱花光了自然就出现人影。她父亲冷漠地说：事到如今再说教也是白费唇舌、浪费体力！而母亲则从很早以前就不知道该如何处理和三宅绿的关系。从平板枯燥的报告内容不难读出他们绝望的心情，反而是姐姐直接释放的怒意，还能让人感受到家人间的亲情。

因为是这样的家庭，所以在六月一日接近中午时于“奇拉哥”交给三宅绿两万元后，她不见踪影，全家人也不怎么担心。过了五天，尽管家人开始有些担心，却还是没有什么行动，当然也不可能报警。

直到三宅绿离家一周后，母亲才觉得不太对劲。可是她从来不清楚女儿的交友情况，何况三宅绿的“朋友”大多是前一晚在新宿小剧场前与之搭讪的男孩，既不知姓名也不知住址，知道的只是长相和外号，而且这样的朋友为数不少。

烦恼了半天，最后和大女儿商量，还是决定上警察局找少年科帮忙。去年三宅绿半夜在路上跟人打架受伤，家人认识了少年科的刑警。

听完情况后，该刑警劝她们提出失踪搜索申请。通常像三宅绿这种案例，警方并不会立即进行搜索。然而经过一个星期没有回家，毕竟非同小可；将搜索申请传给居所附近或邻镇的派出所，说不定还能增加其他巡警找到她的机会。只不过就三宅绿过去的经历和家人的相处关系推断，与其说她是因为牵扯什么案件而消失，不如说是离家出走到朋友家或是在新宿、涩谷一带流连忘返。因此该刑警的建议是：现阶段或许没必要把事情闹大。

“那位警察很亲切老实，还说绿其实并不是坏小孩。”姐姐说，“只是在家里找不到自己的位置，很寂寞。因为不知道该如何表达寂寞，生活便开始堕落。警察先生说提出搜索申请，是为了等妹妹回家后，让她明白爸爸、妈妈和姐姐因担心她而报警。也能让她明白这一次家里真的是痛下决心看待她的问题。”

听完刑警建议回家的母亲和姐姐，并没有提出搜索申请。姐姐说是因为她的反对。

“过去家里总是被妹妹搞得晕头转向。每次都是妹妹胡作非为，爸妈只知道关心她，根本无视我的存在。尽管嘴里唠叨‘小绿真是糟糕’，但心里还是关心妹妹。妹妹的随意任性，爸妈都肯听从。而我总是孤单一人。现在她居然又搞出离家出走的把戏，让全家人为她担心。事后她无所谓地回来，我们还得围上去说：‘你看，全家人是多么关心你！’开什么玩笑！需要有人关爱、有人担心的是我。小绿这种人就该让她回家时，跟她说‘你离家出走没人在乎，你为什么还要回来’。不对她冷言冷语，她是不会反省的。不这样对付她，她哪会清醒！所以我警告爸妈：如果他们还要继续宠小绿，为了她提出搜索申请，到时候离家出走的人会是我！”

于是三宅家没有提出搜索申请。

过了一个月，三宅绿还是没有回家。过了半年，依然音讯杳然。因大女儿的激烈反对而退缩的父母，随着时间流逝，尽管内心挂念却不好开口说提出搜索申请。在没有任何证据支持下，他们一家只是心怀希望，认为小女儿离家出走是跟朋友一起住在东京。

另一方面，当地少年科刑警因为了解三宅绿失踪的经过，也通过之前在打架伤害事件中一起被辅导的少男少女进行若干搜索，但效果不彰。其中一名少女提到三宅绿失踪时曾经常有卖淫行为，主要地点是在新宿。虽然也问出了卖淫的同伙，或者应该说是居中联系的皮条客，但是该少女无法提供具体名字等信息，线索到此便告中断。

假如没有从栗桥浩美的房间里找出三宅绿的照片，她大概永远被认为是离家出走而已。而且这种平稳的假象将持续下去。

三宅绿大概还算上相，七人的照片中，她的数量最多，其中不乏穿着衣服、头发整齐地坐在椅子上正面拍摄的，所以自然能够让前来警局的家人指认。三宅绿的父母立刻就认出是小女儿，并询问刑警女儿生还的可能性。既然留有这种正常的照片，或许意味着三宅绿与凶手有某种关系，可能只是一般的搭讪对象，还不至于成为诱拐杀人事件的受害者。

负责的刑警也看过三宅绿其他的照片，明白这种可能性仅千分之一，只好尽量说得委婉，但实在难以形容。究竟该如何适当地说明？也有令爱身上只穿着内衣裤、脖子上套着项圈、趴在地板上的照片。她的脸正对着照相机，看得出来被揍得鼻青脸肿。如果只是被搭讪，怎么会落得如此下场？

三宅绿的父母一听，失望地悲泣。但是大女儿却不能接受，吵着要看其他照片，而且自有说法："既然妹妹能让那么残暴的凶手拍出如此安详的照片，意味着妹妹可能是他们的同伙。"这种说法让警察也吓了一跳，不禁反问："难道你是说你妹妹有可能帮凶手诱拐其他女子吗？"姐姐一脸苍白地说："没错，不然怎么会有那么多女子轻易受骗？难道不是因为凶手之中也有女子才让她们失去戒心吗？我妹妹很有可能做这种事。"

警察拗不过姐姐，最后还是将三宅绿所有的照片让她看了。照片分装在五本照相馆赠送的迷你相簿里，姐姐花了三十分钟才看完。

然后冲进警察局厕所呕吐。

当时武上正好在特调总部，见女警扶着摇摇晃晃的姐姐从厕所里出来。事后询问经过，不仅赞叹姐姐的聪明，并担心如此聪明能否为她带来幸福。

总之就这样确立了两块墓碑，伊藤敦子和三宅绿。武上摘下老花镜，用手指搓揉镜架压出的痕迹，喃喃念着两人的名字和失踪的日期。

如果说三宅绿失踪是在一九九三年六月，那比古川鞠子及前桥市的伊藤敦子于一九九四年三月十五日的失踪更早。目前还不知道照片上其他五名女子的失踪日期，但是说不定这五名女子都是在古川鞠子失踪前遭诱拐杀害的。武上的直觉如此在他耳边低诉。

毕竟这只是直觉，并非是基于有力证据的推测。武上认为包括这五名身份不明的女子和已确知失踪时状况的伊藤敦子、三宅绿共七人，可能只是栗桥浩美和高井和明正式演出大川公园事件之前的"彩排"牺牲品，因此她们全都被诱拐杀害，而且是在古川鞠子的悲剧之前。

理由之一，这些照片和录像带里，并没有古川鞠子和日高千秋。也就是说，当大川公园事件热闹登场，对栗桥和高井而言，这些个人的记录便不再具有意义。他们的兴趣已经转向更好玩的事。所谓"好玩的事"就是通过杀人和诱拐向社会传递信息，打电话给电视台大放厥词，玩弄跟事件相关之人、激怒警方。

他们两人这么做，是想对社会展示自己的所作所为，看看社会对他们的"作品"有什么反应。在达成目的之前，必须要有事前阶段：构思

“作品”、设计细节、补充不足、不断试验。然后检查成果，进行两人之间的互评，或满意或反省，接着创作下一次“作品”。如此反复再三，就能建立他们完成“作品”所需的技术和技巧。一旦熟练之后便心生倦怠，而有更进一步的欲望。

因为兴趣而写小说、画漫画、拍电影的人，除非有极度的自信，一般不太有勇气将处女作对外公开。刚开始会偷偷跟伙伴欣赏，稍稍自我满足。而这种自我满足将成为下一件作品的创作源泉。等累积到一定经验，有了自信之后，便希望让其他人也来看看自己的创作。栗桥和高井应该也走过同样的心路历程。

凶手没有打电话或送遗物到伊藤敦子、三宅绿家，也没有对媒体透露她们被杀害的消息，就是因为对栗桥和高井而言，她们还只是“练习”的对象。“练习”这个词听起来也许很残酷，你也可换其他词形容。反正对凶手而言，就是拥有绝对的支配力，诱拐女性、虐待她们、最后加以杀害，以达到自身的满足。

武上认为人类引发的灾厄，基本上都源于支配与被支配的关系，但是像这起事件表现得如此露骨却还是少见。追查栗桥和高井的所作所为，就像露天挖掘人类的邪恶一般，散发恶臭的黑色矿脉绵延不绝地呈现在眼前。不难想象他们如何从自我满足到要求社会喝彩的膨胀过程，因为他们以最迅速且具破坏力的形式实现了一般人内心都有的欲望。

每个人在自己小小的幻想国度里，都是头戴小王冠、端坐在宝座上。拥有这种想法本身并不邪恶，也不是大罪过。甚至于要想生存在遍布挫折的现实世界里，这种想法不可或缺。

坐在宝座上的国王也会憧憬君主专制，这是无可厚非的人性。不管是男是女，早晚都会面对外面的世界，希望扩张领土、为自己开拓的城市增加人口。经过一定的反复“练习”，到了亟欲一试战力的时候，国王便决心出征。

然而出征的结果不尽相同，因人而异。究竟怎样的成果能让这些男男女女获得满足呢？他们想建立多大规模的王国呢？他们将会实施德政还是成为独裁者呢？总而言之，这就是他们的人生吧。武上心想。或许有的女人想成为温柔恭顺、善解人意的好妻子，甘愿当一个男人的女王，掌握人生的幸福。或许有的男人企图成为某一区域人人称颂的企业家，统领着数百员工的企业王国。也有的女人想当明星，拥有该时代所有女人的梦想和男人的憧憬。有的男人则愿意当学者、埋首研究，尽管无法累积财富、无人知晓，但在专业领域自有成就，这就是他的王国。

人们就是这样生活的。就连武上也希望在内勤业务上获得周围正面的评价，建立自己小小的王国。至少他的妻子是其子民，同时他也是妻子的国民。彼此一旦无法忍受相互的压制就有可能移民。这种关系固然有些危险，但互为国民却是肯定的。在这片只存在于幻想中的国土，人们分分合合、彼此掠夺或共同开拓生活。有句话说人类是弱者，武上认为就是这个意思。

然而一旦少了商谈、争斗、和解、情投意合、相亲相爱等手续，出现了一个只知道扩张国土、强行留下希望移民的国民、拼命致力增加人口的国王时，他实际上很有可能成为触犯法律的罪人，当然也可能不是。不管怎么说，总之是个具有破坏性的人。

具有破坏性的人绝对不肯成为他人的国民。他一心只想称王，所以是孤独的。因为孤独，自然极其希望找到不会背叛自己、绝对忠诚的永久国民，于是有的人不惜以物理方式杀人，有的人则是以精神方式杀人。物理方式杀人的极致，就是连环杀手，栗桥和高井不过是这种孤独国王的一员。他们行进过后，沿途只留下堆积如山的尸体和血河。

他们为了让社会大众也知道自己是这种国王，于是制造了大川公园事件。要不是因车祸身亡，杀人案还会继续发生吧。国王的步伐才刚开始，他们还在意气风发之时。因此那些被拍照、摄影的女子只是过去的记忆。说不定栗桥浩美在引发大川公园事件之后，早已经将那些藏在自己床铺下收纳箱里的记录处理得一干二净了，武上心想。

连环杀手通常是一个人犯案，很少有同伙。在美国固然有些实例，但在日本这种连环杀人案本来就少见，而且像栗桥浩美、高井和明这种双人组合应该是首例吧。武上认为这一点是全案最耐人寻味之处，特调总部也持相同意见。

为什么是双人组合？一般青少年犯罪常出现集体作案的情况。尽管罪行重大，其犯罪的根源多半是类似暴徒的群众心理作祟。栗桥和高井的情况却又另当别论。既然是两人，也可能还有更多的人参与其中。

主事者是谁？不太可能两人是对等关系、平起平坐。就算是半步，一定有谁走在前头。

他们两人的组合有些奇妙。就照片的印象，栗桥浩美是个高瘦英俊的年轻人，相对地高井和明则矮胖粗壮，在邻居口中几乎不值一提。而栗桥浩美不管走到哪里都很醒目，颇受女孩欢迎。听秋津说，当确定栗桥是凶手时，栗桥的一个女同学居然当众哭了出来。

栗桥和高井从小学以来便认识，一向在一起玩。通常是栗桥带头，高井跟在后面。听他们初中时的老师说，高井有一段时间经常被栗桥及其同伴欺负。老师担心高井，特地私下找他谈话，没想到他却回答："浩美其实很怕寂寞，这件事只有我知道。现在他这样对我，可是我相信总有一天他会回心转意。只有我才是真正了解他的人。"

"性格老实、反应有些迟钝"是初中老师对高井和明的评价。见和明如此回答，老师除了惊讶也有些担心——会不会是和明一厢情愿。但是不管怎么劝说，和明还是坚持己见。

聪明与迟钝。前锋和守门员。这就是栗桥和高井的关系给人的印象。两人之间谁是主事者？答案不言而喻。

神崎另外组建小组调查两人的少年时代。上个星期起秋津便被编列其中，所以武上不仅可以读到书面报告，也可以直接从秋津口中获得信息。秋津说，虽然没有新的事实出现，不能立即断定，但根据过去两人的关系推断，主犯是栗桥、高井是从犯的推论应该错不了。

当初神崎警部另设小组时，武上不太明白警部的用意。要想了解事件的真相，这种做法显得迂回。说不定神崎警部是在怀疑他们两人的共犯关系吧。

实际上调查的结果，对于高井和明的行动仍有很多不明确的疑点。不像栗桥浩美的罪行，几乎找不到高井涉案的证据。

首先在整起事件的过程中，高井所在的位置就很不明确。唯一确定的是：十一月四日晚上八点过后，距离上越新干线冰川高原车站车程约十五分钟的别墅区，在靠近绿色山庄高级别墅区的“银河”咖啡厅，有人目睹很像栗桥浩美和高井和明的男人约定见面。这是咖啡厅的一名服务员的证词，她还说很清楚地记得两人的长相。

下午六点左右，先是栗桥浩美进来，坐在靠窗的位置。一开始选座时，他就表示在等人，待会儿还有一个朋友会来。等不到三十分钟，他便显得焦躁不安。服务员说自己刚好不经意地看到这一幕。八点过后，高井和明总算出现了。

十一月五日变成一具尸体被发现藏在高井轿车后备厢的木村庄司，在十一月三日晚上，就在冰川高原的别墅区一带失去了音讯。独自一人在家的木村太太接到变声器打来提到折纸鹤的电话是在那天晚上十一点左右，所以说木村庄司被绑架应该是在那之前。这么说来，栗桥和高井应该在三日晚上十一点之前绑架了木村、将他监禁在某处，然后两人到“银河”会合好商量今后的计划。

而令人想不通的是，三日那天高井和明身在东京。他离开东京是在第二天下午五点左右，在三小时后跟栗桥浩美于“银河”会合。

那天早上，高井的父亲因眩晕跌倒，被送往医院。高井不仅陪同上医院，中间还回家拿换洗衣物。等到他父亲看完诊、出院回到家，已过了中午。高井和明家的“长寿庵”是卖荞麦面的，他也在店里帮忙。这天为慎重起见，餐馆临时歇业。高井家是幢三层小楼，一楼是店面，二三楼为自家居住之用。

高井和明有一个比自己小三岁的妹妹，叫由美子。以下是他妹妹的证词：晚上五点半左右，由美子正在和母亲讨论晚餐的菜色，本来在店里的和明来到厨房说马上要出门。和明没有个人专用电话，打给他的电话都会打到店里。由美子知道有人从外面打电话给哥哥叫他出去，也知道那个人应该就是栗桥浩美。

高井一家人很清楚栗桥和高井的关系就像是主仆。由美子为此很不高兴，好几次劝哥哥跟栗桥断绝往来。她也知道栗桥似乎向哥哥拿了不少钱。

忽然跑来说要出门的高井和明，显得十分慌张。光凭这一点，由美子就能断定打电话来的是栗桥浩美。高井和明没有回答和谁有约，便急匆匆开自己的车出门了。在赤井山绿色大道上死亡之前，他究竟做了些什么，家人完全不知道，也没有他的音讯。据高井和明母亲的说法，高井和明从来没有这样离家过，他们打算五日早上去报警。结果因为父亲要大家再观察一天，没想到就发生了那起车祸。

十一月三日，高井和明整天都在家里，不可能在冰川高原的别墅区参与绑架木村庄司。他的家人都能作证。从东京到冰川高原单向车程要三小时，如果是晚上时间就能缩短一些。实际上，十一月四日高井和明花了同样的时间从家里前往“银河”。如果硬要说十一月三日晚上，高井和明背着家人开车外出，然后在天亮前偷偷回家，也不是不可能。

可是要在木村太太接到凶手来电的十一点前到达冰川高原参与绑架木村庄司的行动，至少必须在晚上八点前离开东京。“长寿庵”的营业时间到晚上八点，那天除了家人外，打烊前仍留在店里的顾客也可以证明高井和明确实在工作。所以这种推理根本无法成立。

那么，绑架木村庄司的行动应该就是栗桥浩美单独所为。他独自一人绑架、打电话给木村太太、和木村共度一晚，第二天而且是在将近傍晚时才叫高井和明出来。

这种同伙关系似乎十分奇怪！

此外还有一个重大疑问：毫不知情的高井和明在东京照顾父亲时，栗桥浩美和木村庄司究竟在一起做了些什么？

结论只有一个。栗桥浩美除了东京初台的房子外，还有一个用来绑架、监禁和杀人的秘密总部。拍照和摄影都是在那里进行的。

这是目前特调总部的一致见解。找出栗桥和高井的秘密总部，是现阶段特调总部的另一项使命。在调查他们的人际关系，重新组合事件真相的至上命令中，这项使命至关重要。

那么这个秘密总部在哪里呢？线索有两条。

一是木村庄司被绑架的地方，冰川高原一带的别墅区。十一月三日星期天，他对太太说去“勘察一下”而前往的地方，大概就是他被凶手们绑架的地点。

那天，木村庄司在下午一点左右曾打电话回家。当时他还没有到达冰川高原的别墅区，而是在前面六公里处的收费道路入口，吃完午餐、休息之余顺便从餐厅与太太联系，并告知那天的行程。这件事木村太太记得很清楚，从餐厅内的公用电话通话记录中也能找出木村庄司家的电话号码。

木村庄司有专用的手机。不是公司给他的，而是自己购买的。但是当时他却使用了餐厅的公用电话。关于这点，他对妻子解释道："手机有点古怪。大概是电池没电了。最近太忙，常常忘了充电。"

到现在为止还没有找到木村的手机。既不在尸体附近、也不在高井和明的车里，所以无法确认手机的实际情况。但其实这一点他本人没必要说谎。木村太太也说木村自从有了手机，过去也有好几次因为电池没电而头疼。她还劝丈夫干脆换一部待机时间更久的新型手机，但木村因为太忙而没有行动。

那晚十一点左右，凶手们打电话到木村位于川崎的家，是木村太太接的电话。当时，凶手并没有明说在哪里绑架了木村。自从下午一点接到木村本人的电话之后，木村太太再也没有跟丈夫联络。所以不知道木村被绑架时，是否在他向太太提过的预定前往地点——冰川高原别墅区。

然而在栗桥、高井车祸身故后第二天，即十一月七日，在冰川高原别墅区北方两公里、前往新潟的杂树林里发现了木村庄司的车。于是又获得了一部分事实。他的车设有路况导航仪，被发现时电源关着。打开开关，画面上出现冰川高原别墅区东北部的地图。但还是没有发现木村庄司的手机。

别墅区东北部是冰川高原别墅区中海拔最高的地区，开发也较晚。据木村太太的说法及公司同事的形容，木村庄司是名工作认真的业务员，专程跑来勘察开发较迟的区域倒是一点也不奇怪。虽然天黑之后没什么好勘察的，但只要道路铺设了柏油，木村回程就会顺便走走，他的好奇心就是那么旺盛。

特调总部认为木村在那天下午为了给自家即将盖的房子找参考，在别墅区一带四处参观，太阳下山后便开车踏上归途，可能在冰川高原东北部迷路了。那附近没有人家，有的只是没人住的别墅。加上手机不太对劲，无法接通，只好凭借车上的路况导航仪前进。或许是在这种情况下遇到了栗桥浩美。

当时应该还不太晚。从栗桥浩美将木村带回秘密基地、限制其行动到晚上十一点打电话给木村太太，他必须问出有关木村的许多信息。而且不是随便说说的信息，因为栗桥在电话中不怀好意地对木村太太提到了他们夫妻相识的关键。要问出这种信息，想来需要时间。而且要让木村说出这些，也必须有相当充足的事前准备工夫。应该不可能是在移动的车里，也不会是在有可能被人目击的场所，而是对他们而言最安全的秘密基地，且必须让木村知道自已现在的处境。换言之，如果不能让木村确切明白栗桥已经掌握了他的生杀大权，不好好回答下场将很悲惨，就很难让他说出这一切。

另外，不管是在打电话给木村太太之前还是之后，栗桥浩美还必须将木村的汽车扔到冰川高原别墅区外的森林里。尽管森林里没什么人烟，放上一整天，木村的车还是有可能被森林巡逻队发现。所以大概是在三号晚上弃置的。这天深夜长寿庵打烊后，假如高井没有迅速地往返于东京和冰川高原别墅区之间，栗桥就必须独自完成这许多行动。结合这两种看法，自然会让人认为他们的秘密基地距离冰川高原东北部不远。

还有一项佐证，即手机的通讯记录。

栗桥和高井好像都不知道手机也能作逆向侦察。实际上，手机无法像有线电话一样瞬间侦察出来电号码，但还是可以从转接基站查出是哪个信号台打来的电话。如果没有这种系统，那电话公司就无法向消费者收费了。

九月十二日，栗桥浩美打给HBS新闻台的电话经由练马的转接基站。二十三日，栗桥浩美打给有马义男的电话则经由新宿西区的转接基站。新宿西区转接基站涵盖的范围，也包括了栗桥浩美初台的住所。练马转接基站的范围内，除了有栗桥浩美的老家栗桥药店，还包括了高井和明家的长寿庵。十月四日，咳嗽不停的栗桥浩美打给有马义男的电话，也经由这个转接基站传送。

其他还有很多。

十月十一日，古川鞠子遗体被发现的当天下午，有马义男前去认尸不在家，栗桥浩美打电话到豆腐店，是店员木田孝夫接的。这通电话并非来自东京市内，而是从位于群马县中部的中原区转接基站传送过来的。中原区转接基站涵盖的范围是冰川高原别墅区及其周围方圆十公里的山林地区。

十一月一日，打给 HBS 新闻特别节目的电话，包括广告前与广告后及节目结束后打给有马义男的电话，也都是来自中原区转接基站。

秘密基地应该就是在这一区域。

其实只要不堵车，从冰川高原开车到东京三个小时就能到。东京市内有许多手机的转接基站，每个基站管辖几公里的区域，划分细密、交错复杂。但是人口稀少的山林地区却不一样，一个转接基站管辖的区域极其广阔，像中原区转接基站的管辖范围就很大。于是特调总部以木村庄司车中路况导航仪的地图为秘密基地的搜索起点，重点调查半径五十公里之内的区域。其中冰川高原别墅区一带自然是重中之重。一连串罪行很有可能是使用或租用这里的别墅为舞台进行的。刚开始一步步实施这一地毯式搜索时，武上根据户籍登记簿的资料制作了冰川高原别墅区建筑物一览表。只是这类不动产光凭登记簿无法一窥究竟，许多详细资料还得靠群马县警方的协助才能补足。

届时唯有发现秘密基地，才能解开栗桥和高井奇妙的同伙关系之谜。反言之，要想追踪他们两人的疯狂举动从哪里开始、有着怎样的过程，都必须先找到秘密基地才能水落石出。

栗桥浩美初台的住所一如深海里的淤泥一般，到处布满了他阴暗的噩梦，却感受不到高井和明的气息。尽管作了彻底的询问调查，依然得不到高井和明出入该公寓的证词。只有一个送报纸的不很肯定地说：曾在今年十月初，看见一个年龄、体格类似高井的人站在栗桥的公寓前面。当时那人抬头看着位置颇高的窗户，独自伫立。他站姿怪异，令送报员记忆深刻。

另外还有一些关于高井和明的目击证词。许多人表示在十月中旬，看见貌似高井和明的人在大川公园走动，漫无目的地在塚田真一和水野久美发现右手的垃圾箱附近徘徊。

这种重大案件的嫌疑人一旦被确定，立刻会有来自四面八方的目击证词，其可信度已超越了现有的标准。人的记忆其实很容易变换，想太多或是错觉并不会像说谎一样带有心虚或罪恶感，因此很难辨别真假。侦查员必须像老练的古董商一样，盘起手臂、压低下巴、冷静判断顾客们拿出来的“证词”。在此情况下，不管对方如何诚实、有多么热心，都不应该影响“证词”鉴定的结果。

武上认为初台的公寓前和大川公园的目击证词都是通过严格鉴定，具有一定的可信度。特调总部负责调查高井的小组还注意到一些可信度颇高的证词，都暗示在高井和明乍看之下毫无攻击性的面具背后，其实包藏着兽性。听起来很刺激，但武上无法全盘接受，只是照规矩将这些调查记录和书面报告归档。若武上不是负责内勤业务而是现场指挥官，肯定会让这些写报告的人提出疑问，命令他们重新调查。

栗桥和高井的交往究竟是什么形式？这种形式是在什么情况下开始扭曲，致使两人的行径日益疯狂？这是武上最想弄清楚的地方。只要弄清楚这点，整起事件才算落幕，才能看出全盘始末。

栗桥浩美和高井和明平常都聊些什么？两人的往来十分频繁吗？都是谁跟谁联络呢？

高井和明的家人说高井没有个人专用电话，以前栗桥常常会打电话来，有时也会亲自到长寿庵找人，但最近这种情况减少了。如果说大川公园事件案发后，也即十一月四日让高井和明未说明理由就外出的电话是栗桥浩美打来的，那真是他长久以来难得打来的一次。据家人所知，高井只在十一月三日听说栗桥的母亲从楼梯上摔下来住院后曾打电话致意。当时两人还聊了很久。

家里的人跟谁、什么时候、在哪里打过电话，这种小事反而很难记清楚。固然高井没有个人专用电话，但是没开店的时候可以使用店里的电话，家附近也有公用电话亭。如果说高井是栗桥的手下兼同伙，只要事先说好，想不让家人知道他们的联系手段也并非难事。

那栗桥浩美这一方又怎样呢？

当初从尸体上、发生车祸的车里和绿色大道的车祸现场都没有发现手机。于是特调总部除了继续搜索现场外，也对栗桥药店和栗桥浩美初台的住所进行调查。

结果立即找到一部手机。在初台的住处里，跟专用充电器放在一起。从厨房的抽屉里也发现了购机合约和收费通知单。

但是调查该手机的通话记录，却没有发现 HBS 新闻台、有马义男家、日高家和木村家的电话号码。其中有很多和高井和明的通话，也有跟其他朋友的联系，就是缺乏与关键地点的联系记录。这究竟是怎么回事？

应该另外还有一部手机。

栗桥应该分别使用两部不同的手机。但是那部特调总部亟欲发现的手机，不仅找不到收费通知单、购买时的相关文件，也没发现手机本身。大概是栗桥随身携带，在车祸时飞出了车窗。搜索仍在继续，但毕竟东西太小，很难说能否找到。

以栗桥浩美的名字和住址比对全日本手机服务公司的顾客名单，也只能找到初台公寓的电话号码。由此可见“另一部”手机应该是采用预付式，而且很可能用了好几部，每次用完额度就换新手机。甚至可能是为这次事件才买的，知道电话号码的除了栗桥本人就是同伙高井和明。

今后办这种手机的手续可能会改变，但目前购买预付式手机，根本不需要特别的身份证明，用假名字、假地址也能买到。很难调查出栗桥是在哪儿买的这部手机，如果不调查手机本身，也无从调出通话记录。

不知道手机也有逆向侦察功能的栗桥，为什么会为了作案而另外使用预付式手机呢？调查会议上大家意见不一，大部分人认为他是为了在涉嫌时可以立刻处理掉该手机，消灭通话记录等物证。但武上认为他不会想得那么远，只是为了手机遗失或忘带时有所备用。

遗失手机的情况时常发生。武上的女儿平常并不健忘，偏偏就是手机，一年总会丢一两次。有时候则是在月台上捡到别人的手机。这种时候，捡到手机的人为了寻找失主，虽无意窥探别人的隐私，而是基于一种善意，也会查看手机里记录的电话号码或信息。如果对方的手机和自己的机型不同，不知道如何操作，一不小心可能会调出失主输入的电话簿或看见通话记录。

这时候如果看见HBS新闻台的电话号码会怎样？

虽然只有万分之一的危险性，但栗桥浩美还是不敢轻忽此事。

整起事件还有许多难以理解的部分，已知的部分其实很少。武上阅读堆积如山的资料，整理之后，发现了两个怪异、不可理解的疑点。其中之一是该事件中有极其纤细、用心的一面，也有放手一搏的冲动，彼此交织在一起。使用预付式手机是纤细的一面，而打电话戏弄有马义男一番则是一时兴起的最佳例子。

高井和明和栗桥浩美，谁负责细腻的一面，谁又属于粗犷的一面呢？两人之间的力量如何分配？看起来每一种想象都有可能，但是总有些细微的碎片跟任何一种想象或假设无法密合。而且每一次凸出来的部分都有些不同。

高井和明在这起事件中究竟扮演什么样的角色呢？随着事件进一步发展，他的角色是否也跟着变化呢？

还是说栗桥的同伙其实不是高井？

这种突如其来的想法，经常会出现在武上的脑海里。每一次他都摇摇头挥去此想法。从两人一起因车祸身故来推测，高井不可能对此事件毫不知情。固然他扮演的角色内容是个谜，但他参与了演出已是不争的事实。

发生车祸之前，他们曾在绿色大道入口的加油站加过油。对此，加油站的员工和当时在场的其他客人可以作证，可信度很高。其中最吸引特调总部注意的是一个坐在男朋友汽车的副驾驶座上，和栗桥、高井几乎擦身交错而过的二十三岁女子的证词。

她不仅看到栗桥浩美的脸，还记得栗桥说话的声音。她趁男朋友向加油站员工问路之际去上洗手间，然后在自动售货机买了罐装咖啡回来。半路上撞到了栗桥浩美，于是她赶紧说“对不起”。这时两人正面对视。

刑警询问印象如何，她回答：“看起来好像是吸毒的人的眼神。”

因为感觉很不舒服，她立刻跳上车，跟男朋友说了这事，两人便离开现场。结果“那人好像要追上来”。

她说看见栗桥浩美向他们的车走来。女子说时一脸害怕，眼里还含着泪水。“我一直回头看着那人，直到看不见加油站为止。他站在路边，半蹲着准备冲出来。有人跑过来搂住他的肩膀，好像是在安抚他，我不是很清楚。”

据目击同一场面的加油站店长说，栗桥浩美跟着那对情侣开的红色吉普车，准确地说他们开的是切诺基，一直追到了马路边，至此两边说法一致。但是之后，栗桥好像被什么吓得开始后退，背对着吉普车转过身去，似乎在逃避什么。这时高井和明制止了他，并搂着他回到他们的车上。

“当时不知道他们就是那起案件的凶手，没有很留意。不过我还跟其他人说他是不是吸毒了。那家伙叫栗桥浩美吗？比较瘦的那个。他的脚步摇摇晃晃的。另一人的脸色也不怎么好。我只记得这么多，不是很清楚。”

值得注意的是，两人都异口同声地提到“吸毒”。两人对于“过去是否具体接触过药物中毒者”的询问，答案都是否定的。他们的推测主要来自电影或电视剧中药物中毒者的印象。但很重要的是，至少在加油站时，从第三者的眼光来看，栗桥浩美的精神状态不是很稳定。而且是高井和明在抚慰他、保护他。

连环杀手杀人成瘾，因而精神崩溃的例子并非少见。根据警方的经验，这种人过了某一阶段就有迅速趋于自杀的倾向。栗桥浩美是否也进入了此危险期呢？说不定绿色大道上的车祸也是在这种精神状态下发作的自杀行为。

解开所有谜题的关键在于高井和明。特调总部也赞同这个想法，武上更是比谁都强烈地相信这一点。究竟高井是以什么形式参与该事件的呢？为什么他会跟栗桥浩美拥有共同的疯狂行径呢？

只要能发现秘密基地，应该就能找到答案。在其他地方找不到线索，但是在秘密基地一定能找到显示栗桥浩美和高井和明角色分配的证据及解开事件的蛛丝马迹。

自从十一月四日高井和明被叫到冰川高原车站以来，这一两天内他和栗桥一起行动，而且还扮演支持栗桥的角色。单从这一点来看，就很难认定他是完全无辜的第三者，也不可能说是被迫参与行动。他应该知道整个经过，积极与栗桥浩美共同行动，并作为身心逐渐脆弱的栗桥浩美的精神支柱。

究竟高井和明的目的何在？不对，应该说他是从什么时候开始和栗桥浩美一起行动的？从哪个时间点开始的？

武上认为不管时间再怎么早，应该是在古川鞠子被绑架监禁之后。而且之前的杀人罪行，应该都是栗桥浩美一个人干的。这从留下的大量照片可以想见。在那个阶段，记录杀人等罪行还是栗桥浩美个人的兴趣。

那么是在怎样的机缘下由于高井和明这个外在因素，才唤起栗桥浩美对社会姿态的挑战，从本来只是嗜杀成性的兴趣发展成一种带有信息意味的戏剧性犯罪呢？这才是武上认为的“疯狂二人组”的犯罪形式。而栗桥浩美过去那种有点轻佻随性的杀人方式及不够成熟的脑袋，尚不足以构筑如此高级的犯罪形式。

若不是对社会抱有根深蒂固的自卑感、憎恨和疏离感，则不会做出这种事。光是栗桥浩美这种人，根本超越不了那种藩篱。所以才会有高井和明存在的必要，他发挥了跨越吃水线时的平衡作用。

过去从来不被世人认同，周围之人根本无视他的存在。从小就遭同学轻视，老师也疏远他。生活在父母的庇护下，日子一成不变，浑浑噩噩地长大成人。这样的他在看见童年玩伴沉溺于杀人这种非日常面具下的真面孔时，会发生怎样的故事呢？

无论如何都要找出他们的秘密基地！武上斗志昂扬。

“武上先生，你的电话。”

武上听见有人叫自己，猛然抬起头，嘴里叼着的烟头跟着抖落了烟灰。他一边拍去落在桌上像蚯蚓尸体般的烟灰，一边抓起话筒。

“喂，武上吗？”话筒里传来熟悉的声音，“好久没联络了，真是不好意思。是我，‘建筑师’。”

武上将转椅扳正坐好，并将烟蒂捺熄，紧握话筒。坐在对面敲打键盘的筱崎不禁停下手看了看武上。

“谢谢你，我一直在等你的电话。”

听武上这么说，对方笑了。“我还没有答应。其实我还在犹豫……”

“那就没办法了。”

“我是很有兴趣，就怕胃又穿孔出血。而且我太太很反对。”

“那是一定的。”

“建筑师”稍微咳了一下，继续说：“尽管结论是拒绝，但我还是想跟你见一面。你求我这件事，应该没跟我太太提吧？”

“没错。”

“照片也是未经允许就私自带出来的吧？”

“我就是打算那么做，才另做了一个备份档案。”

“万一被发现了，搞不好你得自行离职吧。过去辛辛苦苦做的成绩将全部泡汤，难道你想到保安公司上班吗？”

“当然是不可能像你生活得那么悠闲自在。”

对方笑了，笑声有些阴沉。“一小时后，我们老地方见？”

“没问题。”

“带着档案过来。”

“……”

“我想亲眼看过资料，再判断能否帮上忙。”

“我知道了。”

“现在再强调也没什么意思，但我懂的只有建筑。这样够吗？”

“当然。”

道别之后，“建筑师”挂了电话。等到对方完全没动静后，武上才放回话筒。

猛然抬起眼，筱崎正对着他投出疑问的目光。仔细一看，筱崎的两个眼圈都已经黑了。武上心想，这家伙也吸毒了吗？

“筱崎，跟我一起来吧。”武上推开椅子，起身说，“我们出去散个步。”

武上所谓的“散步”，其实是带着实况调查报告到实地勘察，如今所有内勤业务同仁都知道这句话的含义。没有人会觉得奇怪，实际上筱崎也有所准备，才会问：“要带卷尺过去吧？”

“装装样子带着就好。”武上回答，“我是真的想去散步，而且有些话想问你。”

筱崎吃惊地眨眨眼睛。武上想起妻子形容见过几次面的筱崎“好像一整年都睡不饱，一副刚睡醒的小孩的脸”，还说“这种人反而容易受到年长女性的喜欢”。如果说这意味筱崎看起来毫无防备、很需要别人保护，那就表示他其实不适合当刑警。

武上趁着筱崎去准备整套散步用的道具的空当，已经在墨东警局大门口抽了两根香烟。吞云吐雾之际，忽然想起一些事。在大川公园的垃圾箱发现那只右手的当天，他曾经和塚田真一坐在这里聊天。记得当时隔着烟雾，他看见少年一脸疲惫。

那孩子现在怎样了？凶手们已经死了，案件也大致开始收尾，那孩子应该可以安心了吧。

回溯模糊的记忆，当时想对少年说却说不出口的话语涌上胸口。

尽管武上安慰少年：“这不是你的责任。对于家人的遇害，你没有罪过。”但少年似乎完全听不进去。武上固然没有直接受理发生在少年家的悲剧，但对案情十分清楚。也知道劫匪袭击少年家，是因为听见少年对朋友说“家里最近获得一笔巨款”。所以他才对少年强调“责任不在于你”。而且在这句话之前，他其实很想说：“你将来有没有意愿当警察？”

与其背负罪恶感、怀着对邪恶的恐惧过日子，不如积极奋战，人生的道路或许会更宽阔。就像父母早亡的孩子立志长大后当医生一样，武上也希望带给塚田真一一种悲壮且崇高的霸气。

但是当时说不出口。因为少年看起来是那么绝望而疲倦。

“让你久等了，不好意思。”

筱崎跑了过来。武上内心不禁苦笑，又来了一个累坏了的少年！

4

“刚才不是有人打电话给我吗？”离开墨东警局大楼，在第一个十字路口转弯时，武上开口道。

筱崎像个害羞的小情人般落后半步跟在后面。武上打算到大川公园转一圈再回来，这么长的时间应该可以把话说完。

武上说那是“建筑师”打来的电话。

“事实上，我要请他做一件事。”

“你还要盖新家吗？”筱崎机械式地问道。

“怎么可能？”

“哦。对方是什么人？”

“我以前的同事。”

两人来到大川公园前的马路上，武上朝公园入口移动。

“十年前我们一起在警视厅工作过。他是个好警察，却因胃穿孔倒了下来。”

“胃壁破了洞吗？”

“嗯。急诊动手术，而且已经是第三次了。也不知道是不是本身胃壁就比较薄，他太太又哭又闹，说他总有一天会被警察整死，终于说服他离职了。”

“刚才说是十年前，不就才四十岁吗？”

“没错。对他来说，生活没有太大问题。他们只有夫妻两人，太太是老师，铁饭碗。所以犯不着两人都为国家卖命。”

“难怪说生活得悠闲自在。”筱崎说。

武上心想，这家伙果然偷听了我的电话。

“大楼租赁的工作基本上不忙。”武上继续说。交通信号灯转为绿灯，他大步跨过马路，筱崎则小跑着跟上。

“等到身体一好，他便觉得无聊，于是开始读过去感兴趣的东西。他很喜欢建筑，据说从小就立志当建筑师。”

“那又为什么会当警察呢？”

“我也不知道。说不定在职业训练学校的索引上，警察学校和建筑学校排在一起吧。”

筱崎一笑也不笑地回答：“是吗？”与其说他很认真地听武上说话，倒不如说他有些心不在焉。武上不禁犹豫是否该先去达成带他出来散步的另一个目的，很想问：筱崎，你究竟在烦恼些什么？看你很没精神，出什么事了吗？

两人穿过入口走进公园。该事件的余波已不再荡漾，但因为是寒风凛冽的冬季，公园里游客不多，显得冷风更加刺骨。

武上掏口袋取出香烟，在室外抽烟别具一番好滋味。

“经过三年的努力，他考取了一级建筑师执照。”武上吐着烟，继续说，“可是他并没有因此开事务所或另谋高就。他太太怕他又过于投入工作而胃穿孔，于是坚决反对。对着丈夫大吼‘不准工作’的，全世界我只知道他太太一个人！”

筱崎边走边打了个喷嚏。

“他只拿建筑当兴趣，首先设计改建自己家。来祝贺他们新居落成的朋友看见后十分喜欢，也请他帮忙设计。就这样凭着口碑接活儿，加上生活本来就不虞匮乏，那家伙只接有兴趣的活儿，工作得很愉快。真是令人羡慕。”

“那倒是。”筱崎有口无心地回应。

“不过他在某方面也是个‘怪人’！”

“怪人？”

“嗯。比起人，他更喜欢建筑。从当刑警时起就是这样。我们不是会到现场采样吗？他多半是在观察现场和周围的住宅、建筑物，而不是听相关人士的说辞或检查尸体。他说从建筑物获得的信息比说谎的人要可靠许多。”

公园的喷水池缺乏活力，与其说是喷水，不如说是冒水。武上坐在喷水池边，继续说：“比方说，有一次我和他在警视厅一起当班，东京市内一户独栋居住的家庭，妻子被杀了。案发于星期五半夜两点过后，因加班和应酬而夜归的丈夫一身疲倦地回到家，却在一楼的厨房看见妻子被人用毛巾勒毙的尸体。丈夫陷入慌乱，打一一〇报警时简直是语无伦次。睡在二楼房间的儿子还是小学生，平安无事。儿子说没有听见尖叫或什么声音。歹徒似乎是从浴室旁的储藏室的窗户进出的；玻璃从外面被击碎了，锁也被撬开了。住宅四周都是水泥地，无法发现足迹。只在室内找到两个二十六厘米长的胶鞋印。据说丈夫回到家时，只有厨房的灯开着。厨房没有窗户，从外面看不见亮光。丈夫打开大门时，心想妻子还没睡觉，不料却看见了尸体，大吃一惊。死者穿着睡衣，披着薄毛衣，一双赤脚只套着拖鞋。四月底的天气，这样穿不会冷吗？受害者的床上没有躺过的痕迹。厨房和客厅的家具抽屉都被拉开，收纳箱也被翻倒在地，但室内并没有被弄得太过杂乱。放在餐具柜抽屉里的五万元现金不见了。作为凶器的毛巾原来则是放在浴室里。警方接获报案立刻赶来时，受害者的身体还有一些温度。案发应该是在一两个小时前。尸体没有从厨房移到其他地方的痕迹。但是好像发生过争斗，地毯扯乱了，调味料等瓶瓶罐罐散落地上。受害者似乎背对着凶手想逃跑，被打倒在地，又被用毛巾从后面勒住脖子窒息而死。好，你对这些情况如何判断？”

停了一下，筱崎才回答：“应该是小偷进来偷东西，被女主人发现才动手杀人吧。”

“你不认为一开始就是为了杀人而潜入这户人家的吗？”

“如果是这样，就应该事先准备好凶器，而不是使用浴室的毛巾。凶手大概是认为这家人都睡着了，没想到女主人还醒着，等待晚归的丈夫，不知是关心丈夫还是要责备丈夫。总之凶手一见她便慌了手脚，后来杀了她，然后搜寻了一眼就看得到的餐具柜抽屉，拿了现金就跑。因为没上楼，小孩子就没有听见。”

“那收纳箱呢？”

“应该是受害者反抗凶手时碰倒的吧？不对，争斗是在厨房里。那就是凶手逃跑时，慌乱之际踢倒的。”

“可惜的是，到储藏室的窗户不用经过客厅。”

筱崎摘下眼镜，揉了一下好像小孩的双眼。

武上不禁笑道：“除了收纳箱为什么翻倒在地这一点，当时我们的想法也跟你的一样，认为这是偷窃的一贯伎俩。刚好当时在同一区域经常发生同一嫌疑人或犯罪集团溜门撬锁的盗窃案。该地区还被指定为警车重点巡逻区域。”

筱崎将眼镜架回鼻梁，问道：“到底谜底是什么？”

武上笑了笑才说：“我们没有忘记已婚女性被杀时应首先怀疑丈夫的铁律，何况这个案件的第一发现者是丈夫。所以很仔细地询问了他们的夫妻感情如何，有没有经济上的问题，案发当晚丈夫的行动有无可疑之处。但完全没有发现疑点。他们生活富裕，又是附近有名的恩爱夫妻。而且就我的观察，案发当晚丈夫的慌乱不像是说谎或是做戏，而是真情流露。最后还是认为是该地区常出现的盗窃惯犯或抢劫杀人犯所为。但是我们之中唯有他——我们的‘建筑师’力排众议，一开始便主张是丈夫做的，一定是丈夫杀了人。我问他为什么这么认为，他回答：‘看这个家就知道了。为什么会盖这种房子？住在这种家里，才会杀死妻子。’他竟然这么说。还说他们夫妻生活富裕，因此这栋房子不是买现成的，而是根据个人需求盖的。同事听了都一脸苦笑，只有我对他独特的想法感兴趣。于是我和他前往当初帮这对夫妻盖房子的建筑事务所调查，结果发现了令人意外的事实。当初盖这栋房子时，做决定的完全是男主人一人。女主人只是唯唯诺诺地听从丈夫的意见，几乎从未表达过自己的希望与想法。事实上，负责设计的建筑师除了一开始打过招呼外，几乎没听到女主人说过话。”

“这种事很令人意外吗？”

“当然很意外，甚至可以说是异常。等你娶了媳妇盖自己家的房子时，你就会知道。”

筱崎低着头，仍不能理解。

“家不应该是丈夫的，而是完全属于妻子。再怎么安静的女人，到了盖自己家房子的时候也不会闭口不语，这才叫正常。更何况这对夫妻在邻居口中感情是那么好。做丈夫的不问问妻子的意见，怎么说都觉得奇怪。据设计师说，妻子只是沉默地坐在一旁，每当丈夫说什么，她就跟木偶一样只负责点头。”

武上手指夹着香烟，直接就在半空中比画房子的形状。烟头牵着白烟，飘飘然出现一个三角形的屋顶。

“我和‘建筑师’又一起去了案发现场。之前到公司找男主人表示可能要到他家调查，他二话不说就把钥匙给了我们。‘建筑师’说：这男人很有自信，以为自己是凶手的事没有人知道，才会暗自窃笑地交出自家钥匙。‘建筑师’一来到门口就说：‘这个房子盖得太低。既然是花钱设计的，一楼和二楼的天花板高度居然跟一般的房子没两样。’他还说：‘没有预算限制的人盖房子，总希望尽可能将天花板盖高点，这是自然的人性。如果不喜欢太高的天花板，一开始就不会盖楼房，而是盖平房。但是这个家的二楼也盖得很低。这代表男主人内心的想法，他想把妻子和小孩关在家里，就像将刚出生的小鸟包在掌心里一样，紧捏住他们直到快要窒息。’走进屋内，感觉更明显。低矮的楼层却配上极陡的楼梯。楼下是客厅，设计成挑高的跃层格局。楼上第一间是夫妻两人的卧室。紧接着是丈夫的书房，从那里可以对整个厨房一览无余。丈夫站在二楼的楼梯间，就能俯视在厨房干活的妻子。简直就像是在监狱看守犯人一样！想把家里盖成跃层，通常不会设计成这样。例如，带客人参观房子时，有谁会带客人上楼俯瞰家里不为人知的一面呢？这是‘建筑师’的说法。我们走进了男主人的书房。书桌正面有一扇窗，向下正好看见储藏室的天窗。‘建筑师’要我坐在那里，他下楼到储藏室。果然‘建筑师’微秃的头顶立刻出现在我眼前。这是一个监视窗口。‘建筑师’回到书房，继续说道：‘这个家的窗户都很小，与其说是不想让外人看见家里，不如说是为了不让外人看见妻子的身影，故意将窗户做小了。’接着我们到一楼的车库，丈夫停车的位置上有一个可以看见客厅的小窗。小窗设计得很漂亮，是船的造型。乍看之下很像装饰窗，但就窗户存在的意义判断，‘建筑师’说他的汗毛都要竖起来了。当时‘建筑师’说：‘你看！这个家的每个房间都有分机，连浴室和厨房也不例外。厕所里有，楼梯间也有。这可不是为了方便才放的电话，其实是一种远距离监视装置。说不定丈夫一天要从外面打好几通电话回家查勤。当然也可能不打，但就算没打，还是给人一种无声的压迫感——如果我打电话回家，你们就得立刻接！’”

武上再次在半空描绘该房子的简图。

“我们回到屋里，又看了一遍，还抬头观察天花板和墙壁。我只是漠然地观察到墙壁是用两种壁纸组合而成的，而墙壁的线条和房间格局，感觉设计得很有流线感。但‘建筑师’却另有见解，说：‘这房子到处都是锐角。锐角是一种咄咄逼人的角度。这个家到处被监视、被逼迫、被追得喘不过气，很封闭。如果说这房子是根据男主人的喜好所盖，那么男主人是怎样的人，我已经可以轻易猜出来了。’”

他是个善妒的暴君。杀人的一定是他，除了他没有别人。

“换言之，‘建筑师’只要看房子就能看出住在里面的人的心理。人的心理直接表现在他的住处里。杀人凶手的家呈现出杀人凶手的面孔，骗子的家就是骗子的长相。‘建筑师’看得出来。”

筱崎手扶镜框，直瞪着武上。武上微微一笑，又继续说：“当然这并不是说他什么都看得出来。他自己也很慎重地说：‘我是从那人生活的空间看出他个性的一部分。’但这已经是很重要的信息了，不是吗？他十分喜欢建筑物，看过的数目也不少。例如像这样走在路上，一发现造型奇特的房子，尽管与房主素不相识，他也会去按门铃造访。能够观察内部时就观察，不行的时候也会去查房主是谁，甚至秘密调查。所以才会被我们称为怪人。”武上举起右手的食指敲敲太阳穴。“他的脑子里就这样累积了许多软件。如今岂能不好好利用呢！”

“武上先生，你是要……”说到一半，筱崎竟咳嗽起来。因为一直默不做声，忽然说话喉咙有些沙哑。“你是要将栗桥浩美留下的照片给‘建筑师’过目吗，希望通过他找到凶手秘密基地的线索？”

武上点点头。

“可他是普通民众，就算以前是同事，也已经辞职了。”

“没错。”

“所以不是通过正式手续请求他协助调查，纯粹是你私人的请求？”

武上再一次点点头。

“你要将一般不能公开的照片给他看，才会另外制作备份档案吗？”筱崎说完，为了不看到武上可能会继续点头而将目光低垂。“你和我说这种事，难道不怕我向顶头上司告密吗？”

“你的上司是我！”

“我还有其他上司。”

“你想告密吗？”武上又点了一根烟。

“我在想是否有不得不告密的义务呢？”

“笨蛋，义务当然是有。那还用说。”武上吐着烟，说得很干脆。筱崎抬起眼睛看着他。

“可是你想告密吗？应该不想吧。”

筱崎显得很为难。武上不禁笑了出来，结果被烟呛到了。

“你肯定不会告密。但理由不是尊敬我，或是愿意跟我同归于尽，而是你有兴趣。不对吗？你也想知道吧？如果‘建筑师’真的有那么独特的鉴别能力，看了那些照片，会给至今还掌握不到栗桥浩美秘密基地任何线索的我们怎样的意见，你一定也很想听听吧？所以你不会去告密。”

“武上先生，你可以看透我的想法吗？”

“不好意思，我可以。”

筱崎嘿嘿一笑。就像从自行车上摔下来，害羞而笑的小孩一样。“你为什么要告诉我这些呢？你明明可以放在心里不说出来的。”

“那可不行。如果是十五年前，我自己知道就行。但现在不行，我已经五十好几了。”

“啊？”

“很有可能哪一天脑血管破裂，说倒就倒。人一上了年纪，就不可以独自守着秘密。之后可能会很麻烦，必须得让年轻人知道。”

“说这些不吉利的话……”

“这不是吉不吉利的问题。‘建筑师’是普通人，没有退休年限；我时间一到就得辞官。可是如果你和‘建筑师’合得来，他就能成为你的信息来源。不是很好吗？”

“那倒是。”筱崎没有敷衍，而是充满诚意地点头赞同，“武上先生，从那些照片就能判断出秘密基地吗？我虽然没有看过全部，但就我所看到的，好像没有拍到特定的场所。”

这一点武上也知道。栗桥浩美拍摄了那么多个人收藏，然而对摄影始终还是外行，内容多半都是拍照对象的特写。他的目的是拍摄女性，自然也就呈现出这种结果。

但许多照片还是拍到了女孩背后的房间壁纸，有些照片则可以看见阳光照在她们的椅背或铁链缠着的床柱一角。虽然都只是支离破碎的信息，但武上还是期待“建筑师”能够发掘出什么线索。

在以前的案子里，“建筑师”曾根据犯罪现场的一张照片提出让武上吃惊的意见。首先从房间照明和家具落在地上的阴影长度推算窗户的位置、天花板高度及窗框大小，并计算出大概的面积。接下来就像玩戏法一样，“建筑师”一一说出自己的推测：“这个房间不是独栋建筑而是公寓房，楼高不超过五层。从室内的柱子形状判断应该是一九八七年以前盖的。过去至少有过两次转卖或出租记录，两次居住的时间都超过一年，其中一个家庭拥有两个以上低于就学年龄的小孩。”而这些推论都与事实相符。

“‘建筑师’值得期待。他肯定能从那些照片里找出秘密基地的线索。”

“希望他看了那些照片，不会再犯胃穿孔的毛病。”筱崎叹了一口气，“居然还无法查出是哪家店冲洗了那些照片！”

不管怎么调查栗桥浩美或高井和明的过去，都没有发现他们对摄影有兴趣，所以应该没有能力自行冲洗照片。底片一定是拿到哪家店付钱冲洗的才对。

一般照相馆若发现年轻客人要冲洗的照片中是这些女性，会如何处理呢？首先可以想见他们会说“本店不受理这种类型的底片”，予以拒绝。不管付再多的钱，照相馆绝对会立刻退回这种底片。

接下来的做法就因人而异了。有些店觉察到底片的内容与犯罪有关，因而报警；有些店则考虑到万一，会留下年轻男顾客的名字和电话号码；有些则可能联系附近的同行，询问有没有拿这种底片上门的男顾客或是提醒可能会有这种客人上门，以及商量该如何处理等。

不管哪一种，只要栗桥浩美通过一般照相馆冲洗照片，当召开那场具有冲击性的记者会将照片公之于世时，曾冲洗照片的照相馆，而且应该不止一家，理应跟警方联络才对。

然而到目前为止，完全没有消息。放那些照片的好几本简易相簿，就是照相馆送给顾客的迷你相簿。虽然也曾就这条线索进行详细调查，但毕竟这种相簿在市面上的流通数量太多，加上相簿是不是栗桥浩美在送洗这些照片时取得的亦未可知。也可能是拿家里现成的用。因此这条线索几乎没用。

目前特调总部认为栗桥浩美那堆积如山的照片应该是花高价请专门处理这种“危险”底片的人冲洗的。就算是外行，其实还是可以很容易地找到专门处理“危险”底片的从业者。只要翻开色情杂志，就能找到许多广告。上面并非露骨地表示“我们受理一般照相馆不能冲洗的底片”，但有心者自然能看明白。

这种照相馆和一般照相馆不同，遇见任何状况都不会跟警方联络。因为随便一查就能找出一堆问题，又何必没事自找麻烦？不过遇到这种事，在这些从业者的世界里一样会形成话题吧？特调总部除了耐心地追踪探访，也没有其他对策。一个经常和武上喝酒聊天的老刑警是追踪照片来源的小组长，他就宣誓要在半年内找出帮栗桥浩美洗照片的人。

“总有一天会找到吧。”武上说完，好整以暇地起身，“我们再慢慢晃回去？”

筱崎跟着起身，拍拍双手后大步走路。武上优哉地跟在后面。“到时把档案交给‘建筑师’，你也一起来吧。”

“于是我就成了同伙。”

“这样你就更不好告密了。”

筱崎挠挠头以示为难，武上趁机追问：“对了，你最近在烦恼些什么？

是关于女人的事吗？”

武上也知道这是筱崎第一次参与这么大的案件，却缺乏戏剧性逮捕凶手的情节。整天埋首电脑画面，连打个瞌睡都会梦见画面中遇害女子的悲伤神情，难怪他会无精打采了。让筱崎如此难过的其实是这一案件本身的残酷。所以武上故意问“是关于女人的事吗”，是因为这和目前的情况最不相干，而且能制造轻松的气氛。

筱崎却因此停下脚步，一脸发白。武上也吃惊地站住了，甚至还吓得右脚跟踩到左脚。

“怎么了？喂。”

因为武上的紧张神色，筱崎才意识到自己的反应太过直接。于是赶紧将眼镜戴好，喃喃说声“没事”，快步走了起来。

“喂！慢点。”武上抓住他的手臂不让他走，“气氛不太对劲哦。你是想掐着我的脖子不让我好好呼吸吗？最近我看你怪怪的，才故意问你。你究竟在烦恼些什么？这是上司对属下的质问。”

筱崎再次停下脚步。就像在教室里尿湿裤子，以为不动同学就不会知道的小学生，僵硬地蜷在椅子上一样，筱崎全身僵直不动。武上觉得既好笑又生气又可悲，只好嘟着嘴沉默不语。

“其实……我去相亲了。”筱崎低声说，“不，不是去了，应该说是吹了。”

原来他真是为恋爱问题而烦恼！武上吃惊地反问：“什么时候的事？”

筱崎小小的喉结上下游移。在他还没回答前，武上已经急切地追问：“最近的事吗？我看你有些不对劲，是从最近半个月前。是那个时候相亲的？你看上了对方，但对方不喜欢你吗？还是因为相亲的事，跟你女朋友闹翻了？”

“我没有女朋友。”筱崎难为情地眨着眼睛说，“每次谈恋爱都被甩，根本没用。这样下去肯定一辈子单身，所以亲戚才会给我介绍对象。就是我婶婶。”

“哈！偏偏这种三姑六婆介绍的都没好事。”

筱崎的脸色更加惨白。武上还没明白这件事的重点，只是有种不好的预感。

“那你去相亲是什么时候？”武上又问了一次。

“九月十二日。”筱崎回答。

武上吞下了本想接着问出的话语，心想，什么！九月十二日？

“就是大川公园找到右手那天。”筱崎说时还将头转往案发时垃圾箱所在的方向，“那天如果没出事，本该是我休假。我已经请好假，为了相亲被迫请假。”

“结果因为发现右手，相亲也泡汤了？”

“没错。”

这又有什么问题，值得他脸色不对劲？

“我对相亲没兴趣，所以连送来的照片和简历也没看。一方面也是因为很忙。我想当天到了现场只要板着脸，这件事就结束了。换言之，我还很高兴因出了事被召回。只要说是工作，大家也会死心。我打电话向婶婶解释后，根本就忘了相亲的事，立刻回到警局报到。对于女方的名字、长相和家庭状况等也一概不清楚，几乎是白纸一张。”一如自我激励一般，筱崎深吸一口气后继续说，“大概是在两个星期前，婶婶又打电话给我。又是相亲的事。这次我说时机不对，断然回绝了，但是她不断向我道歉，说上次她错了，没想到会出那种事，这回她一定会好好调查对方的家世背景。我问怎么回事，结果……”

武上就像刚开始感冒一样，背上感觉一阵寒冷。

“没错。”筱崎看出了武上的脸色，点头说，“我也不相信。和我相亲的女方，叫高井由美子，就是练马区荞麦面店老板的女儿。”

是高井和明的妹妹！

“原来如此……所以你……那次相亲不是取消了吗？你也没必要跟对方见面，不是吗？”

尽管这是个可怕的巧合，但事情已经过去了，没必要太在意。然而筱崎却摘下眼镜、揉揉眼睛，无精打采地摇摇头说：“要是这样就好了。”

“还有后续发展吗？”

“听我婶婶说，女方现在想跟我见面。”

“什么意思？”

“当初相亲时，对方以为我只是个地方公务员。发生那件事后，可能是我婶婶说漏了嘴，告诉她我是墨东警局的刑警，又被分配到大川公园事件的特调总部。”

武上也很难想象筱崎的婶婶对这种事口风会很紧，至少也会对高井家说：“人生真是讽刺！”

“自从高井和明死后，他们家便陷入一片混乱，根本没空想起我的事。最近总算安定一点了，话是这么说，但听说荞麦面店始终关着，高井和明的父亲病倒了住院，他的母亲和妹妹为了躲避媒体到处躲藏。”

任何统计报告或新闻报道都不会公布凶杀案的凶手家属遭受的二度伤害。偏偏现实人生的残酷就在这里。这次的案件中，犯案的凶手一起死亡，留给活着的家人更多痛苦。因为本该由凶手背负的重担都得由他们承担。

“栗桥浩美家是开药店的吧？”

“没错。就在高井和明家的荞麦面店附近。他们从小就在一起玩。”

“他家也停业了吗？”

“好像他的父母都行踪不明。我看过调查报告和搜查记录，在他死后，他的母亲精神就出了问题。”

武上重新端详筱崎。

“高井的妹妹……是叫由美子吧？她应该也很难受。可是她现在却想跟相亲告吹的对象见面，这是怎么回事？”

筱崎抬头看着天空。“听婶婶说，她一直强调她哥哥不可能是凶手。”

武上沉默地拿出香烟，一只手把玩着百元打火机。

“听说她是这么说的：‘我哥哥是无辜的。车祸时他和栗桥浩美在一起，一定是有什么不得已的理由，但跟杀人绝对无关。他一定也不知道车的后备厢里装着木村庄司的尸体。’”

“也就是说他哥哥不是那种人。”武上低喃道，并点着打火机。微弱的火焰一下子就被寒风吹熄了。

“所以她才想跟我见面，因为我是刑警。假如我是报纸或电视台记者，她应该也会想见面。就她而言，不管是警察还是媒体，只要有人肯听她说话，让她有所宣泄就好。”

“你打算跟她见面吗？”

这一次，筱崎沉默不语。

“你打算跟她见面，才会这么没有精神？因为你不知道见了面该如何说话，该怎么应对。我说得没错吧？”

筱崎目光四处游移，不知为什么盯上了武上手中的香烟，于是问道：“不行吗？”

“不行！不准跟她见面，这是命令。”

“可是……”

“你见了她又能怎样？你能帮她做什么？”

“或许能够说明情况让她接受。”

“接受？接受什么？说什么蠢话！”武上不屑地说，“任你说破了嘴，也没有办法让别人接受。只要高井由美子认定她哥哥无辜，外人根本奈何不了她。这种事就是这样，没什么好说的。明白吗？”

“可是如果不能面对事实，今后她的人生道路也会走偏的。”

“又不是写作文，话别说得那么好听。”武上越听越生气，随手将夹在手指间的香烟扔在地上。“你听清楚了！人要面对事实，本来就是不可能的事。没有人能面对事实。事实只有一个，也的确存在；但对于事实的解释因人而异，相关人士说法都不相同。大家都认为自己看到的就是正面。毕竟人们只看想看的那一面，只相信愿意相信的部分。”

不知是寒冷还是兴奋，筱崎微微颤抖。

“高井由美子相信什么，那是她的自由。她认定她哥哥无辜，就随便她也无妨。到了必须面对现实的时候，她或许会改变想法。也许她会改称哥哥固然不是无辜的，但却是被栗桥浩美利用的牺牲品。也许会认为她哥哥身为栗桥浩美的朋友，想要阻止对方的所作所为，只是力量不够。甚至她也可能一百八十度大转变，气愤地认为哥哥是个懦弱、无能、阴险狡诈的罪犯，害得她也跟着受苦！任何一种情况都有可能，也都无所谓。只要高井由美子自己能够接受就好。如果说她始终认为哥哥无辜，为此申请诉讼或伤害其他人的肉体与精神，那么也只有成为她诉讼的对象才能让她停止这些行为、对她提出忠告。但能做的也仅止于此，却不能也不应该深入她的内心。尽管你是善意的，也只能说是多事。我很能体会你关心相亲甚至可能会结婚的对象的心情。这种关心在我们的工作上十分必要。但是你去见高井由美子，一点好处也没有，只会让她受伤更深，更加确信自己认定的‘事实’。反而让她更加容易走偏人生路，不是吗？”

一个穿着风衣、竖起衣领的年轻职员快步经过武上和筱崎身旁，踩着落叶发出沙沙声响，还以一副“你们在争执什么”的眼神看了武上一眼，并对筱崎投以同情的目光。

筱崎慢慢开口，随着白色的雾气，吞吞吐吐地说：“我……我或许是错了。”

“没错，你错了。”武上盛气凌人地回答，并又叼起了一根香烟。因为太过用力，香烟都弯曲了。

“她会……认为她哥哥无辜，也是出于无奈。毕竟情况就是这样，对于高井和明的调查还有很多模糊不清的部分，而缺乏像栗桥浩美那些照片一样的铁证。究竟在这一连串罪行中，高井和明扮演怎样的角色，特调总部也还没有定论，不是吗？”

武上一边吸烟，一边按捺住怒气看着筱崎。筱崎的眼睛因害怕开始猛眨，嘴巴却不打算闭上：“我听婶婶说，高井由美子怀疑警方一开始就认定她哥哥是栗桥浩美的同伙，所以没有全力调查。”

“我就说是她自己那么认定的！”

“你别生气！”筱崎继续说道，“高井和明和栗桥浩美一起坐在装有尸体的车上是事实。从绿色大道加油站的目击者所说的情况判断，他不是被迫，而是主动积极配合栗桥浩美的行动。”

“是啊，这是不容忽视的重要事实。”

“你说得没错，的确很重要。我们的调查人员根据打进电视台的电话进行声纹鉴定，推测连环女子诱拐杀人案的凶手应该是两人。就在这时，一如飞蛾扑火般跑出栗桥和高井这两个。所以高井由美子才会怀疑是否造成了一种思考停止的状态，警方认定栗桥和高井是真凶，而不再进行严密的调查。比方说打给该电视节目的电话，在声纹比对后也只确定了栗桥浩美一人，不是吗？”

这一点筱崎说得没错。有关栗桥浩美的部分，由于在他初台住所的电话留言是自己的声音，和打给 HBS 特别节目的电话比对之下，可以断定是出自同一人。声纹一致的部分是特别节目前半段打来的电话，也即那通因广告而中断节目，致使对方愤而切断的来电。

而又是谁在广告之后重新打来电话的呢？能够断定是高井和明吗？不，不能。事实上也无法鉴定，因为缺乏他声音的范本。一般人若不是播音员或演员，很少会录下自己的声音。电话答录机里的录音，则是难得的例外。但是高井和明家没有电话答录机，他甚至连专用电话都没有。

关于声纹鉴定，绝非警方故意怠慢，而是根本没有材料可进行。然而就是因为情况如此，高井由美子才会心生那种悲切的梦想。不善言辞的筱崎想表达的就是这些，武上当然也明白。

“高井由美子曾经声嘶力竭地说：‘如果打给 HBS 特别节目的电话，前半段说话的人是栗桥浩美，后半段就应该是高井和明。但是我哥哥说话不是那样的。他在那种情况下不可能那么镇定，他不是对着全国实况转播还能掌控局面的人。所以一定另有其人。’婶婶听她这么说，不禁感到吃惊，我才不得不想跟她见面说说话。”

“你是说要代替本来负责处理这件事的刑警，重新听她的说法吗？”

“我不只是去听她的说法，而是会说明警方在努力调查，并没有先入为主地认定事实、不作查证。我希望她能够接受我的说法。”

“所以我说那么做一点意义也没有！不管你怎么解释，她还是认为‘警方的搜索很随便’。在她根深蒂固地这么认为的时候，你还是别费唇舌，说那些毫无意义。”

武上说完便迈步离开。

被扔下的筱崎在原地呆立了好一会儿。如果不能将刚才的对话好好放在心里，恐怕就会像重心不稳的小船一样，稍一风吹便会摇晃不已。

武上渐行渐远，筱崎只能在后面追赶。但他实在无心追上去跟武上并肩而行。

武上说得很对，筱崎应该听从建议。高井由美子目前的心境应该也正如武上推断的。她若坚持哥哥无辜，不管旁人说什么，她还是会相信自己。就算录像上出现高井和明在现场杀人的画面，她还是会拒绝承认。

筱崎也知道，脑子里很清楚这点。但他还是十分犹豫。

“对方说三十分钟或一个小时都好，请跟她见面听她说话。”婶婶在电话那头语带嘲讽地说，“你不觉得不干净吗？虽说未来的事情还不知道，但是给你介绍那种女孩，我真是对不起你。我会很小心，下次一定给你介绍更可靠的对象。”

三十分钟或一个小时都好。筱崎想象高井由美子通过电话跟自以为高高在上、粗枝大叶的婶婶沟通，最后在自尊心受损之际还得低声下气，不禁感觉很对不起对方。于是开始关心对方的长相，从衣柜中找出弃置很久的照片，重新端详。

看起来很老实，筱崎心想。照片上，女孩穿着长袖和服，脸上浮现的笑容不很自然，有些害羞，单眼皮的眼眸也缺乏笑意。令人感觉到她对于拍摄相亲照片一点也不热心。

筱崎不禁对着照片中的高井由美子问道：“你哥哥过世了、你哥哥是连环女子诱拐杀人案的嫌疑人，是谁一次将这两个噩耗通知你的？他是否正常地对待你们一家人呢？在对你们进行讯问或向你们说明情况时，他的态度是否得体呢？现在你周围是否有人能听你诉说内心的苦闷呢？”

筱崎根本无法严词拒绝对方三十分钟或一个小时都好的要求。他做不到。

眼前便是警局的大门，武上踏上阶梯往里走。这时从局里走出两名特调总部的刑警，擦身而过时跟武上说了些什么。武上点点头，停下脚步目送两人出门。

等筱崎追上来，武上冷淡生硬地说：“已经知道第三个女孩的身份了。听说刚才鸟居接见的那些人，已经确认是自家女儿的脸了。”

5

离下一次截稿，时间还很充裕，但前畑滋子这个星期几乎全心全意在写稿，三餐都是在外面吃或买回来，家里也没有打扫，东西扔得乱七八糟。只有洗衣服一项，如果不洗，家居服恐怕不够穿，反正又是自动洗衣机代劳，就勉强做做。

昭二见状也不生气，还很支持滋子。他会牵制动辄唠叨的母亲，帮滋子作掩护："滋子现在做的事对社会具有重大意义。大家都在看她的表现。前畑家能娶到这么厉害的儿媳妇，你应该觉得骄傲才对。一点家事，我会帮忙做的，不用太计较。"

他还对滋子说："你知道吗？爸妈其实对你在《日本时事纪录》上的连载受到瞩目感到很骄傲，还复印了好几份拿到居民活动中心分发呢。我在一旁看了都觉得好笑。"

滋子又一次深深感受到了昭二的温柔。他无邪的热诚毫不虚假，赞美滋子的兴奋神情也不带丝毫自夸。深夜滋子独自泡在浴缸里，想起昭二种种的好，不禁微笑不已。

然而昭二一早便出门去工厂，没人跟滋子说些无关紧要的事，她可以不听哪里有人又在称赞她的连载或是关心她现在的写作进度。从此刻起至少有十小时，她只需想着文章如何继续，只需一个人静静地面对自己。想到这一点，滋子就觉得很轻松。总算没有人会妨碍她工作了！

这个时候，昭二就像站在一对希望独处的恩爱情侣身边却不解风情的友人一样。好不容易这位迟钝的友人终于离开了，于是情侣四目相对，脸上浮现害羞的笑容。滋子打开电脑面对正在写作的文章，不禁莞尔一笑。我们终于又能独处了。

这是十二月的第一个星期五。昭二出门前很高兴地说，今天会晚点回家，因为附近的酒友约他出去喝一杯。“他们都说想见见我的才女老婆，可是我说你很忙拒绝了。”

真是谢谢了。幸好昭二不是那种喜欢跟好奇心旺盛的朋友炫耀自己妻子的丈夫。滋子心想反正是周末，也该让昭二轻松一下，因此嘱咐一句“别喝太多”，高高兴兴地送丈夫出门。

剩下自己一人后，她首先又冲泡了一杯咖啡。正当咖啡发出香气时，电话铃声响了。这是今天早上第一通来电，滋子心想，到底是谁呢?

电话铃声响了三声，滋子才拿起话筒。原来是平常疏于联络，顶多寄张贺卡问候的同学打来的。大概是从同学会的通讯簿上找到滋子电话号码的吧。对方兴奋尖叫着自顾说话，说是前天晚上看见滋子参加的电视节目了。

电视节目是晚上十点开播的新闻节目，女主持人跟滋子同龄，内容主要都是谈些严肃的话题。滋子参加的是该节目的特别专题，大约只有十五分钟。她走在大川公园里，谈论对连环女子诱拐杀人案的看法。没有记者采访她，只有摄像师在后面跟拍。当初听到这个策划案时，滋子以一个外行要在镜头前自言自语太困难为由而拒绝。但是在《日本时事纪录》的总编手岛的强力劝说下，她还是答应了。

实际上场时，她觉得自己表现不错，还听说电视台的人也称赞她的演出。大概对方也不只是客套，因为昨天又接到电视台的邀请，希望今后每次《日本时事纪录》有新的连载时，都能以同样形式录制该节目。当然她也会答应。

只不过电视台认为只是和连载同时进行，似乎没什么特色，好像另有想法。就在昨天新闻节目制作人的邀约中，包括了由滋子访问受害者家属，直接问出他们心声的计划。首先考虑采访的对象就是古川鞠子的外祖父有马义男。

访问受害者家属是滋子在撰写连载时既定的计划，尽管努力想实现，却很难达成。站在家属的立场，当然不希望对媒体说什么，这一点她能理解。更何况要家属们在电视镜头前说话，简直是天方夜谭。虽然感觉已经是很遥远的事了，但是她还记得和坂木达夫的约定。

赶紧结束和同学的通话后，滋子边喝咖啡边看电脑，阅读截至昨天完成的文章。她的写作进度比杂志连载的速度快很多，目前正在着手写第四回。第一回是探访赤井山绿色大道的车祸现场，并说明她写作失踪女子报告文学的动机与连环女子诱拐杀人案的关联性。第二、三回则是以时间顺序记录从案发到栗桥浩美、高井和明车祸死亡的经过，将整体事件做概要性说明。这篇报道正式深入专题将从第四回开始。

终于要开始探索藏在栗桥浩美和高井和明内心世界的黑暗了。滋子必须根据自己的想法串起调查得来的信息。因为是连载，采访和执笔必须同时进行，比较辛苦。但是总编手岛却说："你必须经历这个暗中摸索的过程，找出通往该事件核心的通道，这篇报道才有意义。将所有难解的部分剔除，像法院判决书一样只记录事实部分的文章根本毫无用处。"

第一回的稿子，滋子吃了不少苦头，因为无法勾勒出栗桥浩美和高井和明这两个年轻人的具体形象。而手岛却说这样就可以了，而且还重复过好几次。对于滋子的这篇报道，他强烈主张这样就够了。

"处理这种破天荒的案件，如果作者一开头就摆出'我什么都知道，所有谜团我都已经解开了'的态度，或许读者第一次肯看，但是读过之后一定会将杂志扔进垃圾桶，心想凭什么自以为全天下就你知道实情，还不是想利用这个案件打响自己的知名度！岂不是自讨没趣！"

"可是，杂志的报道不就是提供给读者信息吗？"

滋子一反击，手岛便冷笑道："信息？那我倒要问问你，什么叫信息？像你过去写的那些美食介绍、新的减肥妙方吗？没错，介绍台场时髦漂亮的热门约会景点、某部日剧拍摄现场的浪漫饭店，或是推荐读者阅读哪本书并饮用英国进口的香草茶就能让自己更加感性等，像这些风花雪月也可算是一种信息。因为有读者喜欢，处理这种信息自然也很简单。女性杂志的撰稿人很好当，不用做什么调查，只要随便问问，甚至是人云亦云就能写成文字刊载。而读者不管这些东西是胡编还是瞎扯，只要是杂志上刊登的就认为是'信息'而甘心接受。只要我们什么都不说，反正他们就是想获取‘信息’，随便我们投什么球他们都会接。”

滋子一时之间说不出话来，脸颊开始发热，太阳穴附近隐隐作痛。怒气逐渐涌现，气得她无言以对。

“太侮辱人了！”浑身颤抖的滋子好不容易挤出话来，“你说的话不是对我，而是对所有女性杂志撰稿人的侮辱！”

手岛不为所动。“我只是说出事实罢了。”

“我们从来没有未经调查就推荐商品或是人云亦云地介绍商店。我们都会好好地亲自确认！”

“确认？怎么确认？你们吃过那家店的菜，还是穿过那家名牌的衣服？”

“可以的话就会那么做。”

“我就说嘛。那样还算简单，何况你们也乐于接受。可是减肥妙方呢？你们也会尝试吗？试用过十天还是半个月，确定自己瘦了两公斤，不，还是发现这种减肥法根本没效果！你们试用过吗？另外真情与假爱的分辨方法呢？你是真的试过，查证之后才当作‘信息’写出来的，还是说你是这样分辨恋情，才很幸运地跟你先生结婚的呢？”

“这……”滋子咬着嘴唇说不出话。

《莎柏琳娜》才不会有那种无聊的报道。滋子其实很想这么回话，但说不出口。她的确写过几次那种类型的文章。可那是她的工作，她是被迫写的。编辑说读者想看，她便相信了。

当场质疑“读者真的想看这种东西吗”？这不是她的责任。如果真的考虑该做与否，那恐怕一份工作也接不到。

她很想这么说。可是她也知道越说越会被嘲笑是借口，所以只能用力咬着嘴唇忍耐。

“你知道一直帮我们杂志写文章的西泽小姐吗？”手岛又问。

“当然知道。”

大概在半年前，西泽曾就都市里日益增加的虐童案发表详实的报道，获得很高的评价。之后出的书成为非文学类的畅销书，销售创下纪录，还获得非文学类新人奖殊荣。西泽比滋子小五岁，工作表现十分杰出。

“最近她名气大增。过去女性杂志对枯燥的非文学类作品连书皮也不会翻一下，现在却频频跟她接触。曾有本杂志让她列出五本成为知性女人必读的书，西泽说她觉得很蠢，几乎笑不出来了。只是想到如果自己的推荐能让更多人阅读书籍，还是提供了五个书名。杂志出版了，刚好遇到负责该栏目的编辑，西泽便问对方是否读过她所列的五本书。没想到对方笑着说‘怎么可能？我要有时间读书就不必麻烦你了’。”

手岛发出急促的爆笑声。

“你认为这种工作‘带给读者信息’吧，也希望继续以这种方式写这篇报道？但其实没必要。关于凶手的心理与动机，罗列警方的说法、著名犯罪心理学专家的意见及女性主义评论家的看法等，毫无意义。如果想写这些，就请你给别的杂志社投稿吧。”

滋子从事文字工作已经十年了，其间不乏有许多好事，不愉快的经历也不在少数。生性好强的滋子从来没哭过，尤其是在人前懊悔地落泪。但此时她眼眶泛红，泪水快滴落下来。因为不甘心在手岛面前哭泣，她想抬起下巴好噙住泪水，但又担心泪水会滴下来，赶紧低下头不停地眨眼睛。

照理说都已经是这个年纪了，内心不会柔弱到被人说两句重话就轻易受伤。但还是有如锥心刺骨，都怪手岛根本不了解与赞同滋子过去的工作和人生，完全拿她当用过即扔的垃圾一样看待。

决定这篇报道上《日本时事纪录》之前，其实有一段曲折的过程。其间滋子也很苦恼，最后还是落得忘恩负义的结局。最早劝滋子出书写失踪女子报告文学的《莎柏琳娜》前主编板垣一定会认为滋子背叛了他。他介绍的连载媒体是他学弟担任总编的女性杂志，才创刊不久，性质和《莎柏琳娜》很接近。因为经常谈论社会时事的话题，如果能刊登滋子的连载，对彼此都有好处。但是滋子考虑了一整晚还是拒绝了。她还是希望找一家更专业的时事媒体。

“滋子，你是因为那是本女性杂志才拒绝的吗？”

被板垣这么一问，滋子立刻否认，并说是因为对方提供的版面太小，不够连载一次的分量。一般的女性杂志因有广告、赞助商的关系，无法给予这类报道太多的篇幅。

最后板垣放弃了，但似乎不太相信滋子的说法。当第一回连载在《日本时事纪录》刊出时，板垣曾打电话来询问这件事是什么时候决定的。滋子据实以答，但接这通电话令人难过，因为她知道将失去一位曾经信任、尊敬、依赖的战友、同志兼导师。

历经这段痛苦的挣扎，好不容易来到《日本时事纪录》，没想到滋子的工作和想法竟被全盘否定。怎么会有这么过分的事！

"要哭要叫是你的自由，但请到我不在的地方做！"手岛起身离开，"不会用自己的脑袋思考的人，自然也写不出好的报道。这是我根据经验获得的信念。对不起，我不打算做任何妥协。"

滋子一人被留在会议室一角，听见门砰然关上。

发行《日本时事纪录》的是飞翔出版社，可谓一家小得不能再小的出版社。办公大楼固然是出版社名下盖的，但年久失修，残破不堪。

滋子带着这篇文章所找的出版社，都是曾经合作过的女性杂志或画报，换言之就是有点关系的地方。每一家都是大出版社，旗下拥有两本以上杂志。在那些杂志都没有具体答复她之前，耳闻滋子手上有这篇文字的手岛不请自来，双方立刻达成连载协议。

滋子当时纯粹只是很高兴，心想对方是专业的新闻杂志。她还跟昭二握着手分享快乐。可是独自一人置身于这间又脏又阴暗的小会议室时，她不禁开始怀疑当初的选择，越想越难过。我究竟在这种地方干什么？被人如此对待还能忍受，我真的有那么强烈的写作动力吗？

滋子还是开始撰写报道，事到如今也不得不坚持下去。她的文章总是不合手岛的意，尽管她也希望连载取消，彼此落得轻松，但是没写出第一回文字也没得商量。于是字里行间反映出自己"到底在干什么"的情绪，反映出"事情都已经发生了，如今写这些也不能挽回受害者的生命，偏偏又必须在摸不着头绪的情况下继续写这篇报道"的无奈。

没想到手岛认可了这篇文章，不禁让滋子觉得对方被狐仙附身了。

"我现在总算是有些明白了。"滋子微笑对着电脑屏幕上自己的身影，心想。

手岛想说的其实就是“老老实实地写出整个过程”。不是征询专家学者的意见后，照本宣科毫不咀嚼地写成文字，而是要将自己不断摸索、逐渐理解的心路历程报道出来。

第四回连载的开头，让滋子陷入困境。栗桥浩美和高井和明，究竟该让谁成为主轴，如何下笔呢？根据过去采访所得的信息，栗桥浩美一向学习好，又是运动好手，而高井和明则正好相反，是没有出息的差生。两人从小在一起玩，在他们二十几年的短暂人生中，都是相互扶持几乎不曾悖离，最后还携手犯下重大罪行。到底是谁牵引着谁？谁的影响更大？该怎么写才能正确描述他们的故事？

过去已经有许多报章杂志提到一个事实：少年时代的高井和明患有视觉障碍。视觉功能完全正常，但其实左眼球根本没有发挥作用，完全是靠右眼球认识外界环境。所以认知上产生偏差，以致不能正确读写文字，显得比其他小朋友学习能力低下。乍听之下，这种说法令人难以置信。实际上这种功能障碍在日本还未受到重视，而美国早已开始研究，甚至设置了专门恢复功能障碍的训练机构。

将高井和明从这个烦恼中救出来的是他初二参加游泳社时的顾问柿崎老师。滋子很希望采访柿崎老师，也不断联系对方，但始终没有获得面谈的机会。由于知道柿崎老师目前的住址与任教的学校，好几次还试着直接突击，但都被躲开了。滋子相信高井和明的视觉障碍对他日后的影响及他与栗桥浩美之间的关系有着深远的意义，不能采访到柿崎老师着实令人扼腕。

取而代之的是她访问到了在高井和栗桥二年级和三年级时担任他们班主任的女老师。女老师目前已五十了，当年还是三十出头，正值壮年。她说完全不清楚高井和明有视觉障碍，对自己的粗心大意惭愧不已。

据她所说，当时的高井和明是个听话但反应迟钝的孩子。而栗桥浩美则灵敏机智、十分可爱，是班上最受欢迎的学生。而且两人看起来感情并不特别好。

“说起来似乎栗桥同学还经常欺负高井同学。”

高井和明是个孤独的孩子，好像没什么朋友。当时学校每年会对学生做一次问卷调查，内容不外乎“你最尊敬的人是谁”、“你喜欢爸爸还是妈妈”、“你最要好的朋友是谁？请写出他的名字”等。答卷人必须写上自己的姓名。回收的问卷再经由班主任和年级主任分析讨论，作为家庭访问和个人面谈的重要参考资料。

二年级和三年级时，没有一名同学在“最要好的朋友”一栏填写“高井和明”。当时高井和明连续两年填的都是“栗桥浩美”，而栗桥浩美从来没有写高井和明的名字。女老师还记得曾和年级主任讨论过此事。

“高井和明填写的最尊敬的人是爸爸和妈妈，在说明原因时则回答‘因为他们认真工作’。你也知道，他们家是开荞麦面店的。这答案令人会心一笑。只是他的字写得太丑，不仔细辨认根本看不明白。我把他叫来批评了一顿，还请他妈妈来学校，特别给了一本练习簿，请他们回家练字。”

和高井和明一样有视觉障碍的人，通常可以轻易地写出复杂的反向文字。事实上，对他们而言，反向文字才是他们眼中所见文字的正常形态，所以能毫无困难地写出来。只要再有美术方面的天赋，就能利用此“特长”，长大后成为设计方面的专业人士。这些人对于自己有异于常人的视觉障碍，似乎也就不太在意了。

总之，这种视觉障碍并非眼睛的功能失调，而是大脑的问题。左眼无法辨识东西，就等于右脑主宰左眼的功能停止了。如果是右眼有问题，就是左脑停止机能。只要做适当的康复训练，唤起停止作用的脑功能，恢复的效果会十分惊人。尤其是小孩，只要周围的人及时发现，这不是太过困难的康复工程。

但问题就在于“周围的人及时发现”。高井和明在初二时被柿崎老师发现之前，一直被当作迟钝的小孩。因此在他柔弱的心底应该刻下了不少伤痕。这些伤痕是否让高井和明与栗桥浩美——一个少年时代活在阳光下、备受讴歌的男孩之间，产生了奇妙而扭曲的关系？这是滋子的想法。

越想下去，就越觉得恐怖。人们都以为自己眼中所见和别人看到的是一样的。别说是意识中的“以为”，只要内心决定是这样，就几乎不再重新思考该想法。例如写出一个“朝”字，一旦自己认识这个字后，便很自然地认为在一起上课的同学看到的“朝”字，也许不完全一样但形状应该类似。

这种说法对无法将“朝”字辨认为“朝”的同学亦然。大家都能轻易记住这个复杂的汉字，做梦也没想到只有自己觉得十分困难。于是只好自认头脑愚笨，而大家都很厉害。而现实生活中，周围的人也开始骂他是“笨蛋”，经常嘲笑他。

高井和明被柿崎老师解救后，回过头来看长期囚禁自己的透明监牢，大概会不寒而栗吧。自己眼中所见居然和别人看到的不一样。原来不是自己愚笨，而是看的和别人不一样，自然反应也就不同了。想到少年高井发现这一点时的安心感，滋子就觉得心痛。虽然安心，却也挽回不了过去的时光。那段伤感的孩童及少年时期，被嘲笑为笨蛋且不受重视，在冷悯与同情中存活的高井和明，不难想象其心中应该留有无法治愈的伤痛。一如被破坏的可能性、短路的线路板，视觉障碍或许能在康复训练中消失，但无法恢复成原来的情况，还是会留下一些缺憾。

他会那么执著于童年玩伴、如明星般的栗桥浩美，是否就是因为无法抚平伤口呢？栗桥浩美拥有高井和明挽不回的黄金时光，所以高井跟他无法相离。

青年时期的栗桥浩美，在滋子眼中不过是只自尊心肥大的丧家犬。或许进了不错的大学，却什么也没学到，之后茫茫然进了一色证券这种大公司。在社会大学中，过去从未战败过的他吃惊地发现周围有许多更优秀的人。甚至发现他必须对能力比自己差（至少看起来是这样）的上司低头、必须做些小孩子也能做的杂事才能领到薪水。在公司里，他和其他年轻的员工不过只是称不上战斗力的小小零件、根本得不到任何特殊对待时，他感到生气，然后抱着“老子才不想做这种事”的夜郎自大的心态离开了公司。这种情况在现代社会中司空见惯。认为自己不适合从事平凡工作，想脱离无聊的日常生活也无妨，但这些人最后却无所事事，过着游手好闲的日子。满街都是这种“优秀”的年轻人！

但是高井和明对那样的栗桥浩美并没有感到幻灭。尽管栗桥浩美成为无业青年，对高井和明而言还是个英雄，所以他依然跟随其后，愿意协助栗桥浩美。如果高井和明的意志坚定一点，或许他的人生路会有不同的展开，或许他能在某个时间点跳离这个危险而暴力的游戏、主动报警。

不管看任何报道或采访，都可以找到许多关于栗桥浩美的物证，但是有关高井和明涉案的证据却异常短缺。听说这也让调查总部感到头疼。

木村庄司失去联络后，在家里等候丈夫归来的木村太太接到变声器电话那晚，高井和明身在东京的家里。这么一来，怎么想应该都是栗桥浩美一人犯下的罪行。而高井和明到了第二天才离开家，没有告诉家人那晚他在哪里度过。隔了一天的十一月五日才和栗桥浩美一起死在赤井山中的绿色大道上。车祸身故之前，在他们去过的加油站，高井和明安抚神情异常的栗桥浩美，这一点已被证实。

滋子心想，他们之间的"合作关系"是否都是这种形态？总是栗桥浩美在前面横冲直撞，而高井和明追在后面收拾残局呢？

一开始应该只是栗桥浩美一个人犯案，就是那些遗留在他房间里的照片和录像带里的女子。栗桥浩美诱拐了她们，将她们监禁、拷打虐待、杀害之后弃尸，不断经由杀人来满足他的自尊心。虽然栗桥浩美的理智也知道这些行为有多么肮脏、卑鄙与可恶，但是他"愤怒的自尊心"已超越了理性，不希望他停止那些罪行。

既然社会不肯接纳他、给予他期望的地位，与其卑微地努力，还不如自己建立小王国，自立为王要快些。成为国王就能掌握众人的生杀大权，想做什么就做什么。当时那些成为牺牲品的年轻女子，其实不过是身为年轻男人的栗桥浩美出于本能选择的对象罢了。如果他有恋童癖就会锁定小孩，如果是同性恋就会对年轻男孩下手。因此滋子对于一部分女性将这次的事件归咎于"以女性为消费品的大男子社会风潮的产物"，其实不太赞同。日本社会崇尚大男子主义是事实，男性之中将女人视为玩物的想法也的确根深蒂固，自然不可否认这是酝酿性暴力犯罪的温床。但如果硬要如此以偏概全，不禁令人怀疑是否只见树木不见森林？

栗桥浩美的动机其实很简单，就是他对不能满足其所求的既有现实表现出来的愤怒。而高井和明只是盲目地跟随其后，帮他安抚情绪，却不知如何消弭他的愤怒。于是两人无法停下脚步。这是滋子的想法，也许错了，但目前只能这么认为。她也决定将该想法写入文章。

正当开始敲打键盘时，电话铃声响了。滋子顺手拿起话筒，随便答了一声："喂。"

"请问……"是女人的声音，感觉很年轻。《日本时事纪录》的编辑部里没有年轻女孩。

"喂，请问哪里找？"

滋子不甚客气的语气让对方吸了一口气，接着对方赶紧问："请问你是前畑滋子小姐吗？"

"我是。"

"你是写报道文章的人吧？"

"对。"

"我………"犹豫片刻之后，对方声音颤抖地说，"我叫高井由美子，是高井和明的妹妹。"

滋子不禁将话筒拿开，眼睁睁地看着。话筒依然只是话筒，不可能咧嘴露牙忽然冒出一句"我是开玩笑的"。这是真实人生，并非在梦境中。

"喂、喂、喂？前畑小姐，电话断了吗？喂、喂、喂？"年轻女孩不断呼叫，滋子赶紧将话筒放回耳边。

"对不起，我有点吃惊。"滋子如实说道，"电话还通着，我没有挂断。听得很清楚。"

这时听见对方安心的叹息声，声音有些颤抖。

"还好……忽然打电话给你，也许很失礼。但是我实在很想跟你说说话，真是对不起。"

"没关系，你不必在意。你怎么知道这里的电话号码？"

"哦，一开始我是打《日本时事纪录》的编辑部，就在杂志后面有杂志社的直拨号码。是总编接的电话，他让我直接跟你联系，给了我这个号码。"

滋子不禁苦笑，的确很像是手岛的做法。不管高井由美子什么时候打电话给编辑部，他也不会事先通知滋子一声。

“我不是恶作剧乱打电话，我真的是高井由美子。我想告诉你的是……”

滋子打断了对方的倾诉：“高井小姐，电话里说不清楚，我们能不能见个面？”

对方惊喜地说：“你愿意跟我见面吗？”

“当然，我也一直希望有机会能跟你和你的父母谈谈。”

撰写这篇报道和进行采访的过程中，和栗桥浩美、高井和明的家人见面应该是最困难的一环。因此现在的情况对滋子而言，简直是天降鸿福。

正因如此，就必须更加谨慎对待这份幸运。高井由美子的目的何在？她为什么要打电话给《日本时事纪录》？

只不过现在质问这些，很可能破坏了难得的机会。到时候再详细追问便是，滋子保持轻松自然的语气说：“高井小姐，我们在哪里见面好呢？你来指定方便的地点吧，我哪里都能飞奔过去。”

“地点……哪里比较好呢？”

“要我到你现在所在的地方吗？”

“不，这里不行。这件事我没让我妈妈知道。”

“你跟令堂在一起吗？”

“嗯……这里是妈妈老朋友的家，我们借住在这里。”

“在东京吗？”

“不是，东京太危险了。在埼玉，你听过三乡市吗？”

“我知道那里。我就住在葛饰区，离那儿不远。你父亲呢？”

“爸爸的高血压更严重了，现在住在之前住过的医院里。虽然离家不远……但是我和妈妈都没办法照顾他，因为媒体追得太凶了。爸爸那里，尽管院长严禁外人进去，但听说电视台的人还是闯了进去。”

“真是过分，又不是你们的错。你们一定很担心令尊的病吧。”

高井由美子发出哭泣的声音，好像说了些什么，但是听不清楚。

“那我去找你吧。我开车去接你，附近有没有明显的建筑或公园之类适合碰面的场所？”

“明显的建筑……”

“车站或饭店不行，你应该也不想在那种地方等我吧？”

绿色大道车祸以来，几天之后高井和明的遗体被送回家属身边。高井家没有通知外人，举办了小型葬礼，结果却被八卦新闻报社拍了照片刊登出来。住在殡仪馆附近的学生还将告别式的过程拍成录像带卖给了跟该事件关系密切的 HBS 电视台。社会新闻播出的画面中，虽然将高井夫妇和由美子的眼部进行模糊处理，但外形还是很好辨认。报纸方面则完全没有这方面的顾虑，尽管照片不是很清晰，但某家周刊还将同一张照片放大刊登。所以说高井夫妇和由美子的长相基本是公开了。

实际上该报道已经过了一个月，加上又不是有名的电视明星，路上的行人应该不会特别注意到高井由美子。只是对由美子而言，内心承受的压力依然不减。只要擦肩而过的十人、五十人或一百人中有一人有所察觉，那一瞬间她便要崩溃了。

讨论半天的结果，离由美子寄居的地方约五分钟车程有一个高速巴士车站，两人决定在车站大厅见面。那里白天出入的人不多，又方便滋子停车接由美子。高井由美子没有手机，滋子让她到了车站大厅立刻找公用电话，打滋子的手机，告知该公用电话的号码。

“你最好能尽量在公用电话旁边守候。有什么事我会打那部电话。”

“嗯……”

“你有墨镜吗？”

“有副便宜货。”

“没关系，你就戴上吧。这样我好当作目标找你。我呢……我会穿黄色毛衣。黄色圆领，胸口缝着一只很大的泰迪熊。那是去年圣诞节我先生送的礼物，只是那么花哨可爱的衣服不适合我这种年龄的人穿。没想到现在竟派上用场了。”

为了鼓励对方，滋子故意说笑，但对方似乎不为所动。于是滋子继续正经地说下去：“你放心好了，我一定会去接你的。也会用安全的方法送你回家。万一今晚谈得太晚，你也可以住在我家。总之安心出门就对了。先跟令堂说到朋友家吧。事后再跟她解释，我想她就不会担心了。”

说到这里，内心涌起一股情感，让滋子不得不温柔地加了一句：“谢谢你打电话过来。”

高井由美子好像还说了些什么，但是听不清楚。滋子确认过见面的地点后，挂了电话。

滋子心跳得厉害，想到这或许是个独家，不禁拍拍额头笑了出来。我又不是记者，算哪门子独家嘛。

过去只有警方才能够直接向栗桥浩美、高井和明的家人问话，而且还只限于特调总部的刑警。关于凶手家人对凶手所作所为的看法，警方绝不会对社会大众及媒体透露只字片语。滋子或许是单枪匹马突破了封锁线，当然觉得兴奋莫名。

6

放下电话之后，高井由美子偷偷环顾四周。走廊上一片寂静，没有其他人。竖起耳朵倾听，也没有听见任何声响。胜木阿姨刚才出去买东西了，妈妈应该还躺在楼上的房间。

据这栋位于埼玉县三乡市郊外的古老木屋屋主胜木阿姨所说，“房子唯一的优点就是古老，其实早已经被白蚁蛀空了”。但对高井文子和由美子母女来说，这里是最近一个月来唯一安全的避难所，是她们的藏身之处。

由美子称为“胜木阿姨”的胜木宏枝是文子的童年好友，两人的交情已将近半个世纪。大概是因为胜木夫妇没有小孩，由美子记得从小就特别受他们的疼爱。宏枝的丈夫是个手艺不错的木匠，因心脏病猝死刚好过了五年。宏枝守着丈夫留下来的宽敞木屋，独自静静地与回忆共同生活。而现在在她的羽翼下，又多了文子和由美子。

自从十一月五日和明车祸身故以来，高井家已不再有平静可言。一家三口为和明送别的葬礼也被拍了照，更加速了父亲病情的恶化。当和明化成骨灰时，母亲抱着骨灰罐，整天低垂着眼睛坐着不动，既不吃饭，也不洗澡、换衣服、睡觉，就像一具有些肮脏的人体标本一样。母女两人躲在门窗紧闭的家里，长寿庵的招牌也拆了下来，但每天还是有从外界打来的电话、上门骚扰的电铃，石头和鸡蛋砸窗玻璃，叫骂声不绝于耳。尤其是在栗桥浩美初台的住所发现七名女子的照片和录像带之后那几天，由美子根本无法安心躲在家里，总以为马上就有人踢破门板闯进来，押着母亲和她到外面去对她们动用私刑，凌虐后的尸体还被电线缠着倒挂示众。

她们没有离家，一来是没有去处，而最重要的理由是，葬礼之后，父亲被送往医院时曾握着由美子的手，不断低语道“店里就交给你了”。这些话犹在耳畔。还好连续几天闭关自守，有些邻居于心不忍，会在半夜偷偷送吃的东西过来，或是帮她们赶走凑热闹的暴徒。这令她们感动得泪流满面。

邻居还告诉她们，栗桥夫妇早就关了药店逃走了。当地人早就知道栗桥浩美素行不良，都在强调栗桥浩美的不对，表示“和明就是好好先生，才会被带坏”。但是他们游移的视线始终不敢与由美子正面相对，言下之意是在暗示：“最可恶的栗桥浩美的父母都已经逃了，你们还是尽早离开比较好吧。”换言之，这才是他们的真心话：“我们固然不忍心见你们落得如此下场，但是你们窝在家里还是会给我们带来麻烦。”由美子多少能明白他们不言而喻的要求。

邻居们会说“和明是被带坏的”，却没有人肯说“我相信和明什么都没有做”。这一层一层地削去了由美子内心最柔软的部分。一片片削落的心的碎片，沉入身体最深处。每当午夜梦回时，由美子赤足踏入堆积如山的碎片，总因冰冷与刺痛而尖叫跳起，醒来发现早已泪流满面。

在那样的日子里，大约是十一月中旬以后，在一个午夜过后，胜木宏枝忽然来访。那是个下着小雨的深夜，屋外总算不见记者和凑热闹的人。或许胜木阿姨也在等待这样的时候上门。

“由美子！由美子！我是胜木阿姨，开开门。”

敲击窗户的声响和呼唤，让难以成眠的模糊脑袋一下子清醒了。由美子飞奔下楼。打开大门一看，宏枝全身包裹在连帽大衣里，显得十分寒冷。由美子见是胜木阿姨来了，不禁泪如雨下。文子闻声也跟着下楼，一瞬间愣住了，旋即放声大叫抱住宏枝。由美子一边抽泣一边看着两人紧紧相拥、放声哭泣。

好不容易大家情绪稳定后，宏枝迅速明快地让她们母女收拾衣物、准备行李。

“总之先离开这里再说，来我家吧。到了我家，你们就不必顾虑谁了。

对不起，没能早点来接你们，实在不好靠近你们家。好几次我来看情况，你们家外面总是包围着十几二十圈人。”

由美子提起精神收拾行李，但过去始终像个活死人的母亲却在这时表示反对。她说不能不告诉丈夫行踪就扔下店不管。一时间焦急、气愤与困惑的心情涌上由美子的心头，她忍不住尖声斥责母亲：“现在我们连去医院照顾爸爸都做不到，就凭我们两个人也照顾不好店，不是吗？这会儿最要紧的是保护好我们自己！”

尽管如此，文子还是不肯离开，几经劝说才不得已答应。由美子这才真切地感受到这个家和这家店对父母而言，一如一座刻满他们人生经历的金字塔一样重要。

经过约一个小时后，由美子双手各提着一个旅行袋、宏枝背着一个大登山包出了门。抬头看见街灯的光晕里弥漫着一股白色的雨雾。文子紧紧抱着和明的骨灰罐，保护着不让它被雨淋。

“来，我们走吧。”在宏枝的催促下，三人出发了。母亲没有回头看，由美子却忍不住回头，因为她要确认是否有人跟踪。

果然不出所料，高速巴士的车站里不见人影。也难怪，车站根本就没有营业。由美子吃了闭门羹。

冷静下来想想，其实很正常。这是前往东北、上越地区的深夜高速巴士发车站，平常白天不发车时根本没必要开放车站。购票处和候车室所在建筑入口的大门锁着，怎么也推不开。隔着肮脏而千疮百孔的窗玻璃，隐约可见里面三排长椅的椅背和绿色的公用电话。

由美子举起右手扶着墨镜，慢慢环视四周。车站里不见人影，寒风吹动落叶和垃圾，摩擦通道发出沙沙声响。

车站出口，即通道的尽头，还有一个绿色的公用电话亭。无奈只好在那里等。由美子慎重跨出步伐。平时没有戴墨镜的习惯，感觉视野阴暗而狭隘，似乎一不小心就会跌倒。

就在由美子慢慢走向电话亭之际，一辆汽车驶入车站入口。她以为是前畑滋子，仔细一看，发现那是辆灰色旧款的商务车，车内坐着一对年轻情侣。于是她失望地将视线移开。

汽车在入口附近暂停。由美子并非有意窥探，只见男孩从驾驶座上跳了下来，立刻冲进旁边的公共厕所。男孩穿着花哨的毛衣和松垮肮脏的牛仔裤。女孩则摇下车窗抽烟。

由美子走进电话亭拿起电话，将电话卡插了进去，却听不见信号声。试了几次都是一样。于是她疑惑地查探周围，终于在脚边发现了一张用黑色马克笔写着“故障”的纸片，早已经被践踏得残破不堪。大概已经坏了好一阵子，真是祸不单行！由美子不禁怒火中烧，用力将电话挂回。

由美子走出电话亭，倚靠在紧闭的门边时，那个男孩回到车上，握着方向盘驶往出口。由美子低着头，不经意地转过身避让。灰色的汽车逐渐靠近，可以听见音响的声音。

左转向灯灯光闪烁，汽车在由美子身边暂停。这时半开的车窗内伸出一只白皙的手，迅速地扔出什么东西，直接飞向由美子。

由美子条件反射般举起右手护脸，但手背还是被击中，感觉被噬咬般刺痛。仔细观察落在脚边的东西，是一根长约两厘米、还燃着的烟蒂。是女孩扔出来的。

灰车左转离开汽车站，丝毫无视由美子。没听见对方的笑声，想来应该不是故意的，而只是将烟蒂扔掉而已。女孩应该没有看见由美子，也没有意识到她的存在吧。

汽车驶远了。由美子为了查看手背的烫伤，胡乱摘下墨镜。虽然有些刺痛，但看上去倒是没什么大碍。看来伤得并不严重。由美子叹了一口气，一边用左手搓揉手背，一边用脚跟用力踩熄滚落在通道上的烟蒂。

这时她注意到电话亭前一米处站着人。可以看见四只穿着球鞋的女人的脚。举目一看，两个身材矮胖的中年妇女正盯着她。

由美子立刻将视线移开装作不知道，但想到墨镜竟然在手上，不禁感觉不寒而栗。她连忙戴上墨镜，但女人们依然注视着她。两人意有所指地对视，然后向由美子靠近。

由美子赶紧右转，走向候车室所在的建筑。感觉好像听见背后有人呼唤，她没有回头。跑回上锁紧闭的大门口时，透过窗玻璃可以看见两名中年妇女向这里走来。由美子继续移动刚放慢速度的脚步，前往车站入口。走吧，离开这里。我不喜欢待在这里。

这时不知从哪里又传来汽车引擎的声音。又是谁来了？又是来追赶由美子的吗？

经过公共厕所门口时，差点撞上一个从里面出来的男人。由美子向前一仰，对方惊叫出声，生气地举起手看着她，并大喊道："喂！你干什么？"

好不容易控制住身体保持平衡，由美子继续咬牙快步前进。被发现了！认出我是高井由美子了！不知道会有什么下场，总之必须快逃，先离开这里再说。

"喂！小姐，你的墨镜掉了。"那人捡起由美子的墨镜大声呼唤。但是由美子什么都没听见，也不知道那人在说些什么，只知道那人的声音很大，而这足以吓着她了。

"什么嘛！亏我好心帮她捡起来。"

男人感觉近来年轻女孩撞到人也不道歉，又不爱惜东西。墨镜右边的镜片已经破裂，男人无奈只好顺手扔进厕所旁边的垃圾桶，然后离去。那女孩究竟是怎么回事？男人的视野里闪过一对逐渐移向车站出口的中年妇女。看起来两人很和善，不知道那女孩为什么那么慌张。

由美子离开车站，越过一条马路，脚步依然停不下来。这地方她本来就不熟悉，慌忙逃走之际更加迷失了方向，只是胡乱地看见街角就转、看见红灯便停、绿灯一亮就过马路，尽管摇摇晃晃几乎撞上行人，还是拼命前行。

墨镜没了，奔走之际忽然发现这一点，更令她陷入恐慌。脸上什么都没遮就走在路上，简直就像在做噩梦一样。行人皆一脸惊讶地看着她。其实他们只是因一个年轻女子头发蓬乱地满街乱跑而吃惊疑惑，但在失去冷静的由美子眼中，根本不是这么回事。大家都认出我了，都在对我指指点点。我必须逃离才行。

一脚踩在人行道的裂缝中，左脚的鞋子应声脱落。一股刺痛从脚踝传来，但由美子没停下脚步。因不好走路，她干脆连右脚的鞋子也脱掉，结果更引人侧目，惹得行人都停下来看着她。

迎面走来一对上班族情侣，女孩指着由美子问："你看，怎么回事？"男孩侧着头不知所以然。一辆停在路肩准备载客的出租车的司机，吃惊地从车窗探出头来。一名准备骑上自行车的学生，一脚踩着踏板，哑然望着由美子。原本忙着将货物放上车的快递员看见由美子苍白的脸颊，不禁停下手看着她的背影。怎么了？究竟是什么家伙在追那女孩？

不，没有人在追她。后面看不见任何人。根本没有人在她后面穷追不舍。一脸木然的快递员望着由美子离去的方向，只看见一辆货车开过。

由美子来到新的十字路口，通行的信号灯正在闪烁。她停不下来，想冲过马路。只穿着袜子的双脚踏上马路，这时一辆小卡车趁着信号灯还在闪烁正准备左转。

一阵急刹车的声响。没有发生车祸，但忽然转弯的小卡车挡在由美子面前，由美子一时之间身体失去平衡，跌坐在地。小卡车车门打开，司机探出上半身。看来是个缺乏耐性的粗鲁男人。

"搞什么鬼！找死啊。"

怒骂声在由美子的脑海中回响，她不敢透气，也说不出话，只觉得双腿无力。由美子瞪大双眼、两手抱着蜷曲的身体，像个惹祸的小孩只知道浑身颤抖。她流不出泪水，仿佛所有感情线路都断了，只能听见自己急促的呼吸声。

交通信号灯转为红灯。一个三十多岁的女人于心不忍，走上前果断地扶起由美子。"你还好吧？已经是红灯了，这样很危险。"

小卡车司机粗暴地关上车门，绕过手脚发软的由美子和帮助她的女子，左转离开现场。只留下一长串黑色废气，害得搀扶由美子的女子咳嗽不已。

由美子虽然睁着眼睛，但似乎已失去意识，浑身无力。距离人行道不过一米，但女子一人根本扶不动由美子。周围并非没有男人，但都装作没看见不肯伸出援手。

这时一辆商务车停在刚才小卡车紧急刹车的位置。车门打开，走出一个男子，快步靠近两人。

“谢……谢谢你。”搀扶由美子的女子对男人道谢。两人一左一右搀着由美子来到人行道上。由美子依然瘫软，似乎无法站立。

“是不是该叫救护车呢？”女子询问陌生而亲切的年轻男子。青年细长的眼睛透出知性，嘴角则显得坚毅，令人印象深刻。头发有些长，但整理得干净利落，整体给人清爽的感觉。

“不，应该没有必要。”青年回答，声音坚定，值得信赖，“她是我的朋友。身体有些不舒服……我正要带她上医院。”

“哦，是吗？”

女子重新审视高井由美子。她并没有发觉高井由美子的身份，而是觉得这女孩很可怜。此刻的由美子简直就像是电影里的僵尸一样，狂奔脱逃用尽了全身的气力，所以大概既听不见也看不见。真可怜。

信号灯又变了。行人们面无表情地穿越马路。

“谢谢你。”年轻人对女子低头道谢，然后让高井由美子靠在他肩上，搀扶着往商务车走去。那女子真的很有善心，过马路时还不时回头张望，只见青年温柔地对由美子说话并扶她上车。由美子依然毫无反应，安全带也是青年帮她系的。女子心想，不知道他们是什么关系。接着又微笑着摇摇头，心想，又关我什么事呢。她忽然想起约会快迟到了，连忙疾步行走。

“由美子，”坐上驾驶座，年轻人呼唤道，“你还好吗？脚疼吗？你在这里干什么？”

高井由美子失魂落魄地注视着前风挡玻璃。男人继续说道：“我经过车站时，见你拼命跑，就赶紧追了上来。路上还追丢了一次，以为找不到你了。究竟出了什么事？谁对你做了什么吗？”

高井由美子轻轻眨着眼睛，低喃道：“车站……”

“没错，就是车站。”男人将手叠在由美子放在腿上的手上，温柔地摇晃，“你在等人，还是准备搭乘？”

高井由美子又眨了一下眼睛。这一次她是想甩开眼前的视野好让头脑清楚。

“车站！”她大声重复道，好像打开开关，恢复了精神。我究竟出什么事了？这是哪里？为什么我会在这车上？我不是和前畑小姐约好了吗？

“糟糕！我必须回去。”

“喂！你怎么了？”年轻人吃惊地按住她的肩膀，“由美子，你还好吧？”

由美子转过头看着年轻男子，忽然大声尖叫。她连忙扳车门，想冲出车外，但是因为系着安全带无法如愿，年轻人则抓住她的肩膀不让她走。

“慢点……请等一下，别跑！是我，我是网川，你哥哥的朋友！”

“哥哥”、”朋友”这些词吸引了混乱的由美子。她紧靠在门边，慢慢回过头。

“网川先生……”

“是的，我是网川浩一。还记得我吗？我曾经到你们店里玩过。”他边说边露出笑容，企图让由美子安心。他的笑脸有着男性少见的娇柔。“也许比起我的名字，你可能记得我的外号。”网川浩一有点害羞地挠了一下鼻子说，“你哥哥和其他朋友一向都叫我‘和平’。”

7

高井由美子跌坐在十字路口被亲切的女子搀扶时，前畑滋子已到达约定的高速巴士车站。发现车站大门上了锁，举目四望也看不到类似高井由美子的身影，她不禁咂嘴顿足，十分气愤。

“到那边去找找吧。”塚田真一一脸疑惑地环视四周提议道，“滋子姐，你留在这里，我去绕一圈。”

“真一，你知道她长什么样子吗？”

“应该知道吧，报纸上看过。”

看着真一离去的背影，滋子不禁叹了一口气。运气真差！

一开始就失算，浪费了许多时间。临出门却找不到跟由美子说好要穿去的泰迪熊毛衣。明明放在壁橱里的毛衣收纳箱中，可翻箱倒柜就是没找到，只得放弃，决定穿其他衣服。打开衣柜时，竟看见那件毛衣还好好地躺在包装纸中，一如昭二送她时那样。

换好衣服，连系鞋带的时间都舍不得花，立即冲往停车场。这次昭二那辆平时开着到处跑的老爷车竟然发动不了。不论滋子怎么转动钥匙打火，引擎只是温温吞吞低吟了几声，完全不上火。这辆车是昭二和滋子结婚时朋友赠送的已开了五年的二手车，滋子当初还抱怨：“既然要送就送全新的嘛。”汽车或许也能读懂人心，每次昭二开就很好开，而轮到滋子驾驶，不是临时熄火就是像今天这样引擎发动不了。

“快啊！快发动，笨车！”滋子出言斥责，“我有很重要的约会，你给我赶快发动！大笨车！”

可汽车就是不为所动。滋子只好打开车门跳出来，冲向昭二的工厂。

“快！把车借给我。”

滋子像恐龙般口吐白雾飞奔至工厂办公室，正在接电话的昭二吃惊地回过头问：“怎么了？啊……对不起，我是在跟这里的人说话。”

穿着制服的婆婆隔着桌子一脸愤怒地看着滋子。“干什么，大呼小叫的！”

“对不起，我想借车。有急事必须出去一下。”

“你们的车呢？”

“有点问题，无法发动。”

“工厂的车是工作用的，万一随便拿来开……”

眼角瞥着念念有词的婆婆，滋子靠近墙角的钥匙柜。前畑铁工厂有两辆工作用车，其中一辆其实是昭二父母平时开的轿车；另一辆则是小货车，车身印有“前畑铁工厂”的字样。不巧的是，现在闲置的是那辆小货车。轿车大概是公公开去银行了，毕竟年关将近。

看来只有背水一战。滋子一把抓起了小货车的钥匙，对着身穿工作服、还在唯唯诺诺打电话的昭二说声“我去去就来”，便冲出了办公室。

“滋子，你去哪里？怎么可以这么随便！”婆婆怒喝着，但根本传不进滋子的耳朵。滋子耳畔回响的是高井由美子越来越微弱的呼救声。

由于太过匆忙，在家忘了先查路线图。昭二平时喜欢兜风，但滋子并不爱开车。前往三乡市的路况大致有印象，但是怎么走最有效，一时之间滋子还理不出头绪。

先开到饭塚桥的十字路口再说吧。一如天赐，竟看见塚田真一走在前面的人行道上。大概是打完工回家吧，步伐看起来无精打采，脸色也很暗淡。这孩子固然平时就很忧郁，但此刻应该还是有什么事吧。滋子赶紧将车停在路边，按了几声喇叭。

“真一！真一！”滋子大声挥手叫唤。真一总算看见她了。她探过身去打开副驾驶座的车门。“上车！快上车。”

真一吃惊地拼命眨眼睛。“啊？”

“没关系，先上车。待会儿再跟你解释。”

真一被拉上车，刚关上车门，车便发动了。因为后面的出租车已按了好几下喇叭。

“你是帮工厂跑业务吗？”大概是看滋子开前畑铁工厂的小货车，真一一脸严肃地询问。

“怎么可能！对了，你帮我看地图。该怎样才能到达三乡市？直接走水元公园方向，还是上高速公路，叫什么……六号高速公路吗？”

“地图在哪里？”

“就在你屁股下面。”

真一拿出破破烂烂的地图翻页寻找。

“三乡市很大，你要去哪里？”

滋子回答是高速巴士车站。真一点头说：“没错，就在六号高速公路附近。”

“你知道那里吗？”

“我搭过一次，所以知道。不过你要是想从这里上六号高速公路，那就错了。继续开下去才不会绕远路。”

“我明白了，麻烦你好好带路。待会儿手机可能会响，响了就帮我接，然后让我说话。”

“谁会打来？”

于是滋子开始说明情况。

在真一回来之前，滋子已经吸了两根烟。她既生气又难过，也很担心，两只脚不安地动来动去，却又不能离开这里，只好在货车四周打转。

真一来到车站入口，双手摆出一个很大的叉。滋子也举起手回应。等真一走到声音能及的距离，滋子开口道谢：“谢谢你，辛苦了。”

“是我们来得太晚，她等不了了吗？”

“我不知道，也许她就没来吧。”

“哦？打电话的时候她应该真的很想跟你见面，可能是后来鼓不起勇气吧。”真一也很担心。

滋子盘起手臂，再一次叹气，这时才猛然意识到刚才在赶路途中无暇顾及的事，于是警觉地问：“真一？”

“嗯。”真一还在观察四周。

“刚才在路上看见你，心想真是天助我也，不管三七二十一就把你拖来了。”

“没关系，反正我今天也没什么事。”真一苦笑了一下又说，“其实一向也没什么事可做。”

“真一，我虽然不知道那个叫高井由美子的女孩想跟我说些什么，但她可是高井和明的妹妹。”

“那倒是，而且是亲妹妹。”

“真一，你不觉得反感吗？”

“反感？”

“就是说……对方是凶手的家人。我因为工作……我因为工作的关系，自然很高兴能够直接和她说话，所以没有反感。但是你不一样。如果是我一个人去找她就算了，却让你来帮忙。”

滋子厌恶自己，感觉眼前一片漆黑。我为什么老是这样，紧要关头总是不思前顾后就行动呢？

“说起来还真是奇怪。”真一好像在谈论别人的事，“过去我从来也没有想过这种事。”

“真一，你读了我的报道吗？”

“嗯。”

“你不生气吗？我并没有谴责凶手，而是将整起事件描述成一个悲剧。这种写法在受害者及其家属看来，应该会觉得太过宽容吧？”

我是怎么了？为什么事到如今才问这种问题？要问早该问了，不问就该放着永远不问。或许我根本就无权询问。也许塚田真一有权回答，但滋子只能被动接受答案。

真一沉默不语。北风吹起他的头发，使他露出光滑的额头，感觉特别可爱。滋子不禁又想到其他地方，真一该剪头发了。

如果自己是年轻母亲，十五六岁便结婚生子，应该也有真一这么大的孩子吧。但现实人生中，滋子选择了现在的路，和毫无关系的塚田真一以这种形式牵扯在一起。她固然有心作为保护者照顾真一，但也不得不承认完全无法理解少年的心情。

“水野小姐，”真一忽然看着滋子，“你认识吧？”

“嗯，她不是你的女朋友吗？”

“其实我们吵架了。”真一说完低下头。

“哎呀呀。”

“她有点生气，因为读了你的报道，理由就跟你刚才说的一样。”

“……”

“她咬牙切齿地问我为什么不生气。”

“是吗……”

“说实话受到你们许多照顾，但是我也在考虑不可以继续住在你们家了。”

“什么时候开始有这种想法的？”问的同时，滋子心想，不是“不可以”，而是“住不下去”吧，真一。

“一开始我就觉得总不能一直住下去，但下定决心是在你写出这篇文章，确定要刊载的时候。”

“原来如此。”

“我还是觉得不太好。”说完，真一摇摇头解释道，“不，不是这个意思。我不是说事情好不好，而是我不想跟你的报道扯上关系，因为很难受。”

那是当然。滋子沉默地点点头。

“对不起。我本不打算在混乱之中提起这件事。”

“没关系，是我随便拉你上车，我才应该跟你说对不起。”滋子低头致歉，“接下来我一个人处理，你先回去吧。真的很不好意思。我已经认识路了，谢谢你。你应该不想跟高井和明的妹妹见面吧，我真是个糊涂大笨蛋。”

“别这么……”

“我有个要求，千万别趁我们不在的时候偷偷搬走，不然我们可就没脸面对石井夫妇了。”

“当然，我不会的。而且我也不想先回去。我要跟你找到那个叫高井由美子的人，再一起回家。”

“可是……”

真一目光忧郁却很坚定地看着滋子说：“那个打来电话的女人有些奇怪，不管她是真是假，我想知道她接近滋子姐的目的。虽然不知道她会说什么，听过之后我肯定会很生气，但是不听我也觉得生气，因为我很在意。”

滋子沉默地点点头。

“我求你一件事。”真一调整呼吸后，看着自己的脚尖，“吵架的时候，我也跟水野这么说……”

一如害怕说出的话语会趁空当突袭自己，真一一脸严肃地迅速道出在家人遇害一事中自己所犯的过错，当初自己不小心说漏嘴的经过。

滋子无言以对，只能睁大眼睛听着。

“因此我会如此自责及樋口惠以‘都是你的错’来逼迫我，也是没办法的事。”

“不对！”滋子不禁用力抓住真一的手臂，摇晃道，“你错了，真一。千万不能这么想！”

真一被摇得身体晃动，但依然摇头道：“没关系，无所谓。”

“那可不行！”

“我不是只对你，跟任何人我都不想争论这件事。我不想讨论我有没有责任！”

滋子就像被责骂似的松开了手。

“只是……”

“只是……”滋子小声询问。

“那些被那两人杀害的女子的家属，一定跟我一样，也很自责。或许他们不会像我一样，找出无法释怀的原因，而是以无关紧要的理由自责。因为没有根据，所有的理由便混为一谈，任何事都能成为自责的借口。说不定他们比我更痛苦！”

寒风又起，滋子感觉寒意打心底发出。

“我希望你的文章能够提到受害者家属的这种心情。他们或许生气悲伤，但在这之前先会被罪恶感击垮。我希望你能提到受害者家属也有这种痛苦。这就是我唯一的要求。”

“嗯。”滋子点头，除此之外她不知该回答什么。

“如果那个叫高井由美子的人是真的，我还是会说同样的话。不管她想对你提出什么要求，想通过你表达什么，在她说话之前，我会要求她先体谅受害者家属的心情。总之先找到人，听听她的目的。”

“好，我知道了。”滋子答应后，将手放在真一肩膀上。

真一闭上眼睛，微微点头后，才抬起脸问：“确定是这个车站吗？”

“没错，就是这里。”

这时滋子发现一辆商务车打着转向灯正要转进车站入口，是辆欧宝。昭二喜欢德国车，常常翻着汽车目录说：“下次换掉那辆老爷车时，一定要买欧宝。”听多了，连对车种没什么认识的滋子都会认了。

驾驶座上坐着一个年轻男子，旁边是一名女子，微微可见她苍白的脸庞。

商务车开进了车站，向滋子的车靠近。那名女子注视着滋子的车，然后迅速看了看滋子的毛衣——那件泰迪熊毛衣。

商务车紧急刹车，打开车门。慌乱解开安全带的女子下了车，好像受伤了，拖曳的脚步显得蹒跚。

“你是前畑滋子小姐吗？”说话的是电话里那个求救的声音。

8

有马义男从医院一回来，负责看店的木田就嘟着嘴报告古川来过电话。

“他说已经把钱汇过来了。一副好像施恩的语气，让人不禁生气地大骂回去。他说有事要跟你说，待会儿还会打过来。”

有马义男轻轻挥挥手，表示知道了。他已经累得不想说话，更何况是古川茂的事，这是他目前最不愿意谈及的话题。只是发现木田不悦的表情尚未消失，心想这可不行，赶紧说声：“对不起。”

有马义男套上围裙，坐到烧得通红的煤油暖炉旁，双手放在膝盖上低头道歉：“令你也不高兴，真是对不起。”

木田连忙离开柜台，走过来说道：“您干吗跟我道歉！真是不好意思，都怪我爱抱怨。”

“不，阿茂这家伙本来就让人不舒服。”

义男很难得责备古川茂，尤其是向木田抱怨自己薄情的女婿，这还是第一次。木田就像是长久以来终于逮到机会，赶紧蹲在义男旁边一脸不屑地说：“我说老爹，我知道您心肠好，可是对阿茂那种人需要这么好吗？你应该强硬些，为了你女儿该拿的就拿，好好榨他一番才对。”

现在再说不想提古川茂也不合适。于是义男神情木然地抬起头望着店门口，希望有顾客上门，好转移话题。

但是没有人在店门口停下，没有自行车停下来的声音，也没有客人喊道“老板，我要买豆腐”。义男无奈，只好含糊地“嗯”一声。

接回鞠子的遗骨、举行守灵和葬礼，接着是十一月五日那两个畜生出车祸死亡……一连串事情过后，有马豆腐店成了日本最有名的豆腐店，但是上门的客人却少了。营业一整天，只有念旧的老客户会上门安慰，但终究还是做不成生意。

不仅零售如此，大笔订单销声匿迹才真要命。那些餐厅、快餐店，还有四年前才在当地设立分店的大型超市，其中不乏有二十年以上交情的生意伙伴，全都停止订货了。大家都一脸歉意，说是为了义男好。

“有马先生，这会儿还是把店收了比较好。这次的事件对你打击很大吧？与其病倒，不如把店关了。真智子不是一直都在住院吗？都是你在照顾她，不是吗？每天往返医院，若还要开店，岂不太辛苦了？你应该有积蓄可以安心过日子吧？要不然把店卖了也好。还是退了过日子吧。”

当初大超市说豆腐和鱼肉制品要在当地进货，所以采购员才特地到有马豆腐店谈合作。而今当时的采购员调到其他分店工作，新来的采购员面有难色，好像担心有马豆腐店会闹食物中毒，竟然通知说无法跟这种发生不幸、名满全国的商店继续合作。木田因此气得满脸涨红，义男则是沉默不语。

之前的采购员很有礼貌，特地带妻子前来参加鞠子的守灵，还双眼通红地回忆过去来有马豆腐店谈生意时，曾经让来店里玩的鞠子招待过热茶，鞠子真是个漂亮女孩。回去的时候，他还跟义男说：“有马先生，公司大概会跟你们店解约。真是不好意思。”并跪在榻榻米上低头致歉。所以正式通知来时，义男已经不想再多言。

木田虽然一直都来帮忙，但其实整天闲着。有时候义男在洗澡或是早上起来等水烧开、抽烟的空当会想，干脆将店让给木田。反正要卖，不如让给他会好些。只要一开口，事情便成定局。一开始木田一定会客气地拒绝，最后应该会高兴接受吧。不，可能还是不行。因为太过伤心，木田也许也不想在这里做生意。这家店真的不行了吗？

“老爹！”木田催促般唤道，一时之间让义男有些混乱，过了几秒才想起木田提起了古川茂。这也是衰老的现象吗？还是因积劳引起的？难道真如大家所说，是该退休了？

“关于阿茂，不必管他。只要给了钱就算了，不是吗？”说完，义男点了一根烟。见煤油炉上的茶壶冒着热气，他回头问木田："咱们泡茶吗？"

"我来泡吧。"木田像是意犹未尽，立刻起身手脚利落地准备茶具。"男人这样也就完了。"他的情绪还是很激动，"他还跟那女人住在一起吧？叫什么来着？"

"叫什么名字呢？"义男侧着头思考。他不是假装，而是真的忘了。要考虑的事情一大堆，义男哪有闲工夫去记古川茂情妇的名字。

"他们打算结婚吗？"

古川茂是有打算，而且一直以此为前提跟真智子"交涉"。但是因为鞠子出事，真智子神志不清，根本无法在离婚证上签名盖章，他也动弹不得。旧的婚姻没解决，就不能开始新的婚姻。那个女人好像也在催促，但这种情况也急不得。

古川真智子在大川公园发现鞠子皮包那天冲到大卡车前，造成大腿骨折。目前伤势已大致治愈，身体也逐渐康复。但仅限于身体，脑子和心理是否也复原，义男就不清楚了。甚至连主治医生是否清楚这点，他也不太肯定。

真智子不说话，也不肯动，什么都不想看，也没有反应。住院以来体重已经轻了二十多公斤，也老了二十岁。现在的真智子在陌生人眼中，已经看不出是义男的女儿而像是妹妹。不，甚至有人会认为是义男的姐姐，或是比义男年长的妻子。

还好主治医生责任感很强，又很亲切，对于真智子外科治疗结束后要送往哪里的医疗院所，愿意设身处地跟义男一起商量。目前真智子所住的保田诊所虽是家小医院，也是主治医生帮忙找的。毕竟，既在距离上方便义男照顾唯一的亲人，又是义男经济能力能够负担的精神科诊所只有两三家。

但是保田诊所的住院费用对义男而言还是一大负担，尤其现在豆腐店生意每况愈下，两个星期来一次的缴费通知已成了威胁。而且缴费通知无休无止，因为不知道真智子何时能好转。不，也许将永远持续下去。

尽管如此，义男还是没有想过让古川茂出钱。他觉得彼此已形同陌路，没必要再指望外人。与其低头跟人要钱，他宁死不屈。那人可是抛弃了真智子！

偏偏义男有些比较强悍的女亲戚不明白他的想法，竟嘲笑他是无聊的男性自尊作祟。在古川茂回来主持鞠子葬礼时，那些亲戚抓住古川出言辱骂，硬要他答应付五百万作为真智子的医疗费。古川茂情何以堪，等葬礼一结束便铁青着脸迅速离开。

像古川茂这么理智的男人，脑子里装满了说辞。他一定认为发生在鞠子身上的悲剧、因鞠子出事造成真智子精神崩溃和他有外遇离家出走丝毫没有因果关系，应该区分看待。实际上他的想法也不无道理。就算阿茂在家是个好父亲，和真智子感情和睦，甚至计划二度蜜月，也不见得能让鞠子避开不好的时间、不好的地点、不遇到那两个凶手、不被诱拐、不被悲惨地弃尸。

然而尽管如此……一般人还是会有“尽管如此”的想法。毕竟他是鞠子的父亲，义男心想，而且也曾将这种想法说给他听。结果古川茂回应的都是些理论。

“爸爸，你就是因为太过伤心，才想找个人好将所有责任推给他。你只是在找替死鬼。作为万恶根源的两个凶手已经死了，必须另找一个人来接受大众扔出的石头！”

听见这样的回答，义男知道跟这人已无话可说，从此再也没有跟他联络。自然也没认真考虑过让他付那五百万。

“真闲。”喝着木田泡的茶，义男喃喃自语，“今天又没什么生意上门。”

“过一阵子客人就会回来的。”木田故作坚强，强颜欢笑道，“咱们店的豆腐跟其他店大不相同。只要吃过老爹做的豆腐，超市卖的机器豆腐……根本……根本就没得比！”

木田说得断断续续，义男抬头一看，发现他泪流满面。还来不及问怎么了，木田便开口道歉：“对不起。”然后抹了一下鼻尖继续说：“刚才我一个人看店，有一群女高中生经过。她们愉快的笑声，听起来就像是鞠子。真的，很像。然后古川打来电话，我一听那家伙说些借口，忽然间觉得鞠子好可怜……我以为自己看店没问题……对不起。”

义男知道想将店让给木田的主意是行不通的。木田看着鞠子长大成人，把鞠子当作年幼的妹妹看待。倒不是批评，木田平时反应比较迟钝，做事粗枝大叶，不是容易哭的男人。

义男心想干脆把店卖了，支付木田适当的补偿金，就当作让他独立开店买机器的费用。也许这样做干净利落，对大家都好。房子本身不值钱，但土地价值不菲。这样真智子的医疗费也有了着落。自己还可以出去工作，就算不卖豆腐也无所谓。到清洁公司上班，或当超市的警卫也不错。好吧，就这么定了。

电话铃声又响了。木田还在难过地抽泣，义男站起身拿起电话。是古川茂："爸爸，你回来了？"声音有着明显的放心。

"我有些事想跟你商量，现在方便吗？"

义男问："如果是钱的事，我听说了。你不是已经汇进来了吗？"

古川一如当面密谈一样，压低声音说："就是这件事。关于钱有些问题。"

他是想说付不出来吗？既然如此就算了。

"事实上我今天汇的是一百万。目前这些应该够用了吧？"

义男沉默不语。

"爸爸，剩下四百万我想跟你商量。"

义男固执地沉默不语。古川茂无奈只好继续说："剩下的钱……可不可以拿离婚证来交换呢？"

义男这会儿不是刻意不出声，而是真的无言以对。

"真智子现在神志不清，但应该不是完全不能说话吧？只要爸跟她确认清楚，代替她签名盖章，区政府那里也能受理。只要一拿到离婚证，我立刻将剩下的钱付清。不光这样，我应该可以准备六百万给你们。"

义男很想挂掉电话，却被古川急切的言语制止了。

"求求你，爸爸！请你无论如何答应我，好吗？我也有我的难处……"

"难处？"义男忍不住大声质问，"你到底有什么难处？"

古川茂一时之间像是端详天平上的刻度而屏住呼吸，沉默不语，随后才说道："说实话……由利江怀孕了，有了小孩。所以逼我赶快办入籍手续，这种要求也理所当然嘛。"

由利江就是义男刚才想不起来的名字，古川茂的情人。义男还没意识到这一点便气得将电话挂上。

这时门口传来女人的声音："对不起，请问有马义男先生在吗？"

脑海里还在翻腾，义男无法立刻回应。木田前往店门口应道："你是哪位？如果是来采访，我们不接受，请回。"

女人毫不退让："我不是记者，是律师。"

律师？义男不禁看了一下刚挂断的电话。会不会是古川找来办理离婚的律师？否则有马豆腐店怎么可能有律师上门！

走出办公室来到店门口，只见橱窗前站着一位身穿蓝色朴素套装，右臂搭着褐色大衣的女士，三十来岁，身材娇小，身上每一部分构造都显得小巧。

"请问是有马义男先生吗？我是律师，叫浅井祐子。"她正视义男，低头致意，声音清脆悦耳。看起来好胜而聪慧的神情让义男不禁联想到鞠子小时候喜爱的绘本中出现的聪明兔子。

"我是有马。"义男一只手撑在橱窗上，出来打招呼，"请问有何贵干？"

浅井祐子回头看了身后的马路。这时义男才发现一名中年女子刻意躲在店门外。

"日高女士，请过来一下。"浅井祐子鼓励道，"这位是有马义男先生，你可以跟他见面。"

中年女子和浅井祐子恰成对照，始终看着自己的脚，神态害羞地走进店里。她身材也很矮小，而且十分纤瘦。这位女士怎么看都不像是聪明的兔子。年龄上还不至于那么老，但头发已经掺杂了许多银丝，背也弯得令人心痛。

"日高女士？"义男看着身旁的木田低声询问，"难道日高女士是……"

中年女子终于抬起头，看看木田又看看义男。她眼睛湿润，充满了血丝。

好不容易义男想起来了："你是日高千秋的……"

"我是她妈妈。"中年女子说道，声音带着哭腔。

"这位是日高道子女士。"浅井祐子搂着中年女子的肩膀说，"她很想跟有马先生见个面。"

浅井祐子和日高道子表示想为鞠子上香。义男拒绝了，他说："鞠子的遗骨不在这里。我是她外公，无权领取遗骨。这里只有照片，我供了鲜花和香。但也只是让家人祭拜，不方便给外人看。请两位见谅。"

"我们明白。那么请问鞠子小姐葬在哪里？"浅井小姐蹙眉问道，显得很关心，"不好意思，我听说鞠子小姐出事前，她的父母便分居了。现在她母亲还在住院。我们才会直接来拜访你……"

鞠子的遗骨在捡骨之前，先暂放在义男的表姐家。这是妥协之下的决定。古川茂不愿意将鞠子的遗骨带回他和情妇的住所，义男也抱怨不该由古川茂代为看管。大家几经争吵，才想出这个权宜之计。就是义男的表姐要求古川茂拿出五百万，她称得上是激进派的先锋。出于同情，她认为遗骨该由义男接回去，建议因此毋需经古川许可便可直接抱回家，但是义男拒绝了。毕竟如果义男这么做，等于是跟希望保持为人父亲颜面的阿茂争夺珠宝箱一样，只会让争吵没完没了，这不是他所乐见的。鞠子生前跟这位姑婆及其年长的子女交好，与其让鞠子和他这个糟老头寂寞地守着有马豆腐店，至少在她捡骨之前，义男愿意低头要求表姐让鞠子住在表姐开朗欢乐的家里。表姐自然是含泪带着遗骨回家。

"贸然来访，真的很失礼。"在后面的房间坐定后，浅井祐子再一次郑重道歉，"应该事先跟你们联络，但是我们担心电话打不通。而且今天只是来附近确认有马先生的店是否还在营业……"

"我们一直都在开店。"义男一边端出招待客人用的茶杯，一边说，"我们的电话号码也没有换。虽然有一段时间被打搅得很厉害。"

"记者的采访吗？"

"如果是采访还好，偏偏有很多人打电话来骚扰。"

拿着手帕按住鼻子的日高道子在一旁拼命点头。

"你家也一样吗？"义男问。

“嗯，真是过分！”终于道子隔着手帕发出含糊的声音，“也不知道他们是怎么查到电话号码的，都是些不认识的人，居然……居然打电话来骂我们家千秋。”

义男沉默地将注满的茶杯递上前。义男知道浅井祐子正用聪明的眼睛比较他和日高道子，因此故意隐藏表情。

同样是遭凶手毒手的牺牲品，古川鞠子和日高千秋截然不同。一般社会如此认同，义男也持同样的想法。鞠子是完全无辜的受害者，他希望对鞠子用“牺牲品”一词，但是日高千秋算吗？

她的确遭到杀害，也死得很凄惨，但大部分都是她自己惹祸上身的，不是吗？

义男不得不回忆过去。凶手打来的电话和那个被愚弄的夜晚，还有身心俱疲回家后，在信箱里发现鞠子手表的往事。这一场闹剧之中，日高千秋是否扮演了重要的角色呢？

声纹鉴定的结果显示，经常打来电话骚扰义男的，很明显是两名嫌疑人之中的栗桥浩美。只不过让义男到新宿的那通电话，高井和明究竟参与了多少还不是很清楚。他们家是荞麦面店，又是跟父母、妹妹一同工作。他只要一进厨房，除了家人就没人知道他在做什么。换言之，他缺乏有力的不在场证明。警方认为近亲的证词不可靠。

关于高井和明，似乎都是这种情况。不管哪一夜或是哪一天，他的不在场证明总是不够明确。唯一的例外是十一月三日晚上，也就是倒霉的木村庄司在冰川高原行踪不明的晚上。那天荞麦店的熟客确定高井和明在厨房里工作。

就算不谈不在场证明这些专业术语，义男认为整个案件的主导权始终是在栗桥浩美手上，也确信三番两次打来电话骚扰他的人就是栗桥浩美。利用日高千秋演那晚闹剧的，要那种小聪明的，还有以那种瞧不起人的方式说话的，应该也是栗桥浩美。当第一次看见栗桥浩美的照片，看见他那睥睨世人的的眼神时，义男就知道自己的对手是这个年轻小伙子，而不是另外那个人。那家伙只是个笨蛋，跟这个不一样。这浑蛋是蛇，一条可以直行的蛇，一旦被他盯上跑都跑不掉。除非被盯上的人鼓起勇气，正面迎击，否则无法解决这浑蛋。

看过栗桥浩美的照片，从警方口中、电视报道、报章杂志等收集的信息中了解他的为人之后，义男深信这人一定是在电话交友中心之类的地方跟日高千秋搭讪的，做这种事对他而言就像呼吸一样简单。乍看外表这人长得不错，被他搭讪，日高千秋自然很乐意跟着他。栗桥浩美让她帮忙送信到饭店时，不知道编了什么故事。对于收信的糟老头，他又是如何形容的？女孩听了是否觉得很好玩？

她一定觉得很好玩，而且觉得好笑。不然她怎会答应？

义男到现在也无法忘记当时饭店前台的年轻女员工，侧目看着他接信时，还冷笑着批评他是“老色鬼”。日高千秋应该也是一样吧？那天晚上栗桥浩美和日高千秋是不是躲在某根柱子后面偷偷看着有马义男走向前台并窃笑不已呢？义男的脑海中始终挥不去这般光景。

日高千秋被杀了。为了让她母亲亲自发现，尸体被运到她家附近，她小时候最喜欢玩的滑梯上。的确是个悲剧，被杀害的时候，她应该也经历了莫大的恐惧吧。

但是她并非完全无辜。她自己乐意踏进危险地带，所以遭到报应。既然这是事实，她死后遭受非议也是应该的。有一部分媒体对千秋轻描淡写，但对鞠子却以不同的论调报道，这一点让义男深为感激。他不希望自己心爱的外孙女跟那种逃课和男人出去玩、轻易出卖肉体的堕落女高中生相提并论。

“有马先生大概很生千秋的气吧？”低着头、用手帕遮住半边脸的日高道子看着茶杯说道。这句话比起她之前的态度显得十分直接，让义男不知如何应对，只好看着浅井祐子，仿佛请求她翻译一样。

浅井祐子只是沉默地接受义男的视线。那表情好像暗示义男可以说出真心话，又好像要试探义男的善意而隐瞒内心的想法。

“应该会生气吧。因为……那孩子……”日高道子抓紧手帕说，“本来就是肤浅粗心的女孩。尽管她被骗了，毕竟还是帮凶手给有马先生带来了麻烦。”

义男好不容易找到话语回答：“日高女士，你是专程来向我道歉的吗？”

日高道子双手掩面泣诉："我也不知道那孩子怎么会变成这样。我也试过许多方法，也到过学校跟老师商量，但都没有用。"

"日高女士……"

"报章杂志写了不少，电视上也报道过千秋的事。说那孩子……手上有卖淫熟客的名单……还是刑警说出来的。我还看见跟千秋玩过的男人接受采访。"

"日高女士，你居然也看那些东西！"义男不禁语带斥责，"你又何必呢？"

"因为我想知道。"道子边用手帕拭泪边说。由于嘴角颤抖，话也说不清楚，边说泪水还不停泛流。"我完全不知道千秋的事。我也曾以自己的方式努力过，但那孩子根本不明白，直到她死了我才知道根本没用。"

"她先生呢？"义男转问浅井祐子，"千秋的爸爸在哪里？"

道子抢先回答："我和丈夫分居了，自从千秋的葬礼之后。"

"真是对不起。"

日高道子依然双手掩面，呻吟般哭诉："我先生说千秋的死是我的错。我没尽到做母亲的责任，我们的宝贝女儿才会被人杀害。我先生很生气，内心受到很大伤害。以这种方式失去千秋，破坏了他的人生，他说都是我的错。我是千秋的妈妈呀，我一样为失去千秋而悲伤，我也在受苦，但他一点也不为我着想。居然对着我大吼把千秋还给他！"

道子"哇"地哭了出来，木田忍不住探头关心。义男使眼色请他暂时回避，木田只好心不甘情不愿地离开。他其实也有话想对日高千秋及她的母亲说。

就在刚才义男也和木田有同样的想法，因为不好意思相赶而让她们在客厅落座，另一方面又很在意日高千秋的母亲有何事相求。

不满的情绪却逐渐软化了。

"老实说……"浅井祐子一边轻抚哭泣的道子的肩膀，一边缓缓道出原委，"日高女士打算对栗桥浩美和高井和明的家人提出损害赔偿的诉讼。"

"损害赔偿？"

“是的。一旦告上法庭，表面上看起来虽然很悲哀，但我们的目的不在金钱。”

说得义正词严，反而让义男摸不着头脑。“不是钱，那是为了什么？”

浅井祐子清澈的眼睛看了看天花板，思考之后回答：“应该说是……时间吧。”

“时间？”

“是的。为了这个时间过去就会被遗忘的案件，我们想争取时间。”

更加不明白了。

“现在是有电视、报章杂志拼命报道这起事件，但是再过三个月会怎样？半年之后又如何？只要发生其他悲惨的案件，大家的焦点又转移了，谁还会记得千秋和鞠子小姐呢？更别说是栗桥浩美、高井和明了！”

“这件事目前吵得很凶，也很自然。除了鞠子她们之外，不是还有其他七名受害者吗？所以警方办案也很努力。”

“那是现在。”浅井祐子意有所指地幽幽说道。

“不管怎样，我是一生都不会忘记的。”义男说，心中却想，这女人比我小许多。义男的一生跟女律师今后的人生，时间相差太大。受害者家属跟单纯的相关之人立场也差别甚远。

“不久凶手的名字会被遗忘，受害者的姓名也不复被记住。”浅井祐子继续诉说，语气有些气愤，“换言之，整件事将被淡忘。栗桥和高井犯下的可怕罪行将被忘记，而且轻易得令人吃惊。我们想做的就是将遗忘尽量延后，有马先生。只要继续进行民事诉讼，就能让刑事案件未被要求的细节公开，尽可能地做详细的调查、记录，在人们的记忆中尽可能地长期而具体地烙下犯罪事实，一如为受害者立下墓志铭一样。”

“做得到吗？”

“我们不得不做。”浅井祐子举起娇小的拳头捶了一下桌面，“发生空难或天灾，造成多人死亡时，不都会在现场设立安魂塔，每年举行安魂祭拜吗？这案件也该这么办理才对，这是我们的想法。社会不应该轻易忘记这起案件。可是现实生活中，很讽刺的是那两名凶手已死。如果放着不管，早晚一切都会被忘得一干二净。那是一种危险，遗忘不只是不应该，而是一种危险！有马先生。”

义男坐立不安地拿出了香烟，但眼下并不适合点燃。他只好拿着香烟看着浅井祐子认真严肃的表情。

“我明白了。”

“谢谢。”

“可是……那跟我又有什么关系？”

“我们希望你能跟日高女士一起行动。”

义男吃惊地看着日高道子。对方也抬起头，以抱歉的眼神对义男点头致意。

“对不起，我说得前后次序颠倒，可能让你不解。”浅井祐子明快地说道，“日高女士到我们事务所来是上个月中旬，也就是千秋小姐葬礼过后不久。当时是跟哥哥一起来的吧？”

日高道子点头并回答：“我哥哥是埼玉市议员，在他的推荐下我们决定找浅井律师的事务所帮忙。”

“打算申请损害赔偿的官司，一开始是你哥哥的主意吧？”

“没错。”

“我们没有异议，立刻就决定受理。但是这起案件的受害者不止千秋小姐一人，还有古川鞠子小姐，以及在栗桥浩美住处发现的身份不明的女性尸骨。当然还有有马先生刚才提到照片和录像带中出现的七名新的受害者。”

“嗯……”

“我们认为这个官司应该是团体诉讼的性质。全部受害者的家人应该组成一个团体，一致参与官司才对。当我们跟日高女士商量后，她也觉得比起她一人单打独斗，这样更有把握，同时也很赞同以这种方式跟其他能够理解这种心情的家属共同合作。首先必须先将受害者家属集合起来，成立受害者家属联络会，因此今天先来拜访你。”

总算明白话题的主轴了：浅井祐子的事务所是这个受害者家属联络会的旗手，负责统合。

“遗憾的是，日本对于案件受害者及其家人的心灵照顾，目前还付诸阙如，尤其是来自政府部门的救济根本就是零，现状很凄惨。”

“这种事我们以前就很清楚了。因为战败，根本不能指望上面为我们做什么！”义男说，“所以现在也不觉得惊讶。”

“有马先生，你出生于战前吗？”浅井祐子立即响应。

“嗯。都是很久以前的事了。”义男说完点燃了香烟。

浅井祐子等他深深吸了一口烟，才说：“既然政府不能为我们做什么，我们只好自己行动。首先就从受害者自己携手做起。”

隔着一层薄薄的烟雾，义男看见日高道子哭肿的双眼、瘦削的脸颊和瘦弱的肩膀。

义男心想，不知这名不幸的母亲是否也曾因梦见女儿而惊醒过，就像义男梦见外孙女一样，然后大叫、哭泣，僵直地窝在被子里直到天明？

好不容易挨过死别的悲伤。尽管送葬的行列步调缓慢，但总算是走过了，也终于习惯和失落感共处。但是依然还有不能适应的部分，依然有无法克服的困难，依然有摆脱不掉的阴影。

那就是恐惧，从自己内心深处，从自己的想象力幻化出来的恐惧。义男不得不想象这恐惧，而且无时无刻不能从脑海中抹去。他不能停止想象。那些家伙对鞠子做了些什么？又让她做了什么？在她断气之前，他们将鞠子掌控在手心里，到底逼她做了些什么？

在鞠子的遗体回来之前，在那些家伙死掉之前，这些可怕的疑问便逐渐在义男的脑海中生根。但真正开始发芽、展开嫩叶、伸长枝干，是在记录那七名女子的照片和录像带出炉之后。一如强力有效的肥料一样，刺激了义男从未使用过的想象力。所有听到的信息与义男内心的恐惧凝聚成一个焦点，时而在梦中、时而形成幻觉、时而变成幻听来折磨义男。

在这些恐怖的幻影中，鞠子经常还活着，不管遭受多大的伤害却无法死去，只能拼命哭叫、求饶、请求让她一死。实际上，那是过度伤心产生的妄想，是一种自取烦恼的痛苦。但是没有人能对义男说：“不要再自取烦恼了！”没有人能安抚义男。因为那些浑蛋已经死了，栗桥和高井已不在人世。

如果那些浑蛋还活着，不知有多好。义男有时不禁有这样讽刺的想法。或许从他们口中听到实情，义男就能脱离万劫不复的想象之苦。只要他们跟义男说哪些事发生过、哪些事没做，即使是说谎，说不定也能对他有所救赎。

“然而日复一日，我经常会从噩梦中惊醒，想到鞠子已经死了化成白骨，已经躺在坟墓中安眠不再受欺负，想到再也没有人能伤害她了，才能安心。日高女士，千秋的妈妈，你也有过这样的经历吗？”义男看着疲惫的日高道子，很想问她这些话。

但是就算问了，对方会如何回答？会不会只是掏出隐藏的心思，彼此确认相互的苦痛而已？

什么受害者家属联络会，最后不也就是那么回事？家属手牵着手，难道就能相互安慰吗？

说什么为了社会、为了防范下一次的罪恶、为了不忘记该事件，话是没错，但我们就该因此而活，内心却继续死去吗？

不知不觉间手上的香烟烧成了长条的烟灰，指头一阵灼热。义男像抖落昆虫的尸体般弹去烟灰，并慢慢地将烟头熄灭。

“我不懂。”他说道，“我当然懂律师的话，也知道这种活动……对于不忘记该事件有意义。但我要不要参加，现在无法立刻回答你们。”

“我们没有要求你立刻回答。”浅井祐子立即说道，“今天我们只是来说明想法，打声招呼。还有日高女士……”她看向道子，“觉得现在只有有马先生最能理解她的心情，所以无论如何希望能跟你见面。”

日高道子在一旁深深地鞠躬。义男无法抬起眼睛，只好闭上。

浅井祐子打开公事包，取出文件。那是两张右上方订有订书针的纸。

“今天说话的内容整理成这篇文章。另外也提到了近日内举办第一次联络会的内容。麻烦请你有空过目。”

浅井将文件放在桌上，递到义男面前。义男再一次点点头，但没有伸手去接。

“以后还能跟你联络吗？”

“这……可以。”

“谢谢你。”这次浅井祐子点头致意，“日高千秋小姐和古川鞠子小姐是这次案件的主要人物。现阶段，确知身份且遗体被送回的也只有她们两位。今后如果发现其他七名女子的身份，情况将有所改变。最糟糕的情况，可能就是只有千秋小姐和鞠子小姐的家人成为损害赔偿诉讼的原告。”

“其他的人光是照片和录像带也不能成为原告吗？”

“是的。现在我们还不想承认，只能说是有这种可能。”

“律师。”义男说，“我有时甚至觉得那些浑蛋这样死去算是便宜了他们。”

“我也是。”浅井祐子的眼睛再度显现怒色，“有人说栗桥和高井因车祸而死是一种天谴，我绝对反对这种说法。他们没有接受应有的制裁。就这样躲开罪罚，随着时间消失无踪，这样完全不对。如果真有天谴，不该是这样。天谴不可能这样不公平。”

浅井祐子和日高道子回去后，义男还是神情木然地坐在客厅里。

他也知道“天谴”一说不值得信赖。不是所有好人都有善报，也不是所有坏人都有恶报。

木田前来安慰他。黄昏的买菜时间，店里却一个客人也没有。

“阿孝。”义男呼唤木田。

“什么事，老爹？”

“我看把店关了吧？我已经累了……”

说到这里，义男闭上嘴，双手掩面。

9

光学馆综合出版社发行的、以年轻人为读者的流行信息周刊《流行时光》，有一个自创刊以来便连载的长寿专栏“读者来函接力”。该专栏的新策划是从十一月第四个星期到十二月第二个星期，共三周作为栗桥浩美和高井和明的连环诱拐杀人案专辑。

三个星期之中寄给编辑部的读者来函多达四百封。《流行时光》百分之八十多的读者是女孩，但寄这些信来的光是男中学生就占了百分之四十左右。

同一时间，该出版社旗下另一畅销杂志《时事周刊》也就连环诱拐杀人案对社会造成的冲击，以“余波和回响”为题推出专题报道。其中长年以来在《流行时光》负责处理读者来函专栏的配音演员川野丽子和新晋演员高桥健二以对谈方式讨论“读者来函接力”中的年轻人想法。

丽子：一开始《流行时光》编辑部策划这个专题，说实话并没有料到会有这么大的回响。案件闹得最厉害的时候，那个名叫H的女高中生……

高桥：就是那个帮助凶手，后来被杀死扔在公园的女孩吧？

丽子：没错。在“读者来函接力”之中，很多人讨论那个女孩。其中大部分的意见是“因为援交被杀，那女孩也太差劲了”。

高桥：也就是说他们不认为援助交际有错，而是觉得失手被杀很差劲吗？

丽子：对。还有一些人则表示“总算明白跟陌生人走是件危险的事”。总之H让人感觉并不陌生，但大家对于整个案件则没有太多想法。我很惊讶，也有些感触。

高桥：至少没有人会说这个案件跟自己毫无关系。不过在《流行时光》的读者眼中，这两个凶手应该算是上了年纪的老大哥吧。

丽子：没错。尤其是男孩之中有人提到“可以理解他们做这种事的心情”，而且不在少数。我对此有些纳闷，所以今天特别邀请你过来。

高桥：是因为我去年主演电影《决斗》，饰演一名连续强暴女性的杀人犯吗？

丽子：没错，当然也是因为我们是同一家公司的。

高桥：关于这个案件我们也常常聊。你知道我和栗桥浩美、高井和明同龄吗？

丽子：年级也一样吗？

高桥：没错，几乎都一样。只不过他们出生在东京，我则来自千叶的偏僻海边。这是最大的不同。

丽子：像你这么年轻，还是会有地域差别的感受吗？像我，四舍五入算四十岁好了（笑），我们这一辈简直一生都要受到地域和出生环境的束缚，你也会吗？

高桥：同样是千叶，如果是出生于住宅区或都市，大概感觉不会太强烈吧。可是我们家，爸爸和爷爷都是讨海为生。

丽子：用过去的说法，你们家就是船主喽？

高桥：我们家没那么有钱。不过好笑的是，当我确定要主演《决斗》时，爷爷还很高兴，但看过电影后竟气得骂道：“你干吗要去演一个人渣？”（笑）

丽子：《决斗》是讲一个被捕的连续强暴杀人犯和检察官之间的斗争，拍摄风格很压抑，对吧？

高桥：没错。我演一个表面看起来平凡而温和的男人，但是摘下面具后完全变了个人。最后因为知道自己是被亲人性侵的受害者，才供出犯罪事实。但是我爷爷不能接受这样的剧情，害我得很费力气地解释。

丽子：男主角象征了人性中的邪恶部分？

高桥：没错，但是你不能跟八旬的爷爷说这么深的话吧（笑）。爷爷还跟我说："下次演个刑警，免得外人说话不好听。"

丽子：说得也是。对了，你在揣摩《决斗》的角色时，是否对凶手的心理有过"啊，我懂，这一点跟我很像"的感觉呢？

高桥：你是说如果条件都齐全了，我可能也会做出跟凶手一样的举动吗？

丽子：是的。

高桥：那倒是有过。

丽子：有吗？

高桥：只不过那是就理论而言，并没有做出实际举动。《决斗》的主角本身有过被性侵的遭遇，他攻击女人并杀人，其实是对侵犯过自己的女人的复仇。这是剧情的设定，但是在现实生活中，动机应该不止一个吧。

丽子：说得也是。

高桥：《决斗》的故事是虚构的，如果缺乏让观众一目了然的动机就无法成立，所以这也很正常。不过在现实的案件中，就算是凶手对于自己为什么会犯下罪行的疑问，恐怕也很难用因果关系一语道破。所以天泽导演也说过同样的话，要我"演得透彻点"。

丽子：那应该很难吧。

高桥：很难。

丽子：但是因此你荣获了影评奖的鼓励，在这里要再一次恭喜！

高桥：谢谢。其实我身为演员，演戏是我的工作，不管找什么理由，我都会努力将凶手的角色扮演好。但是对于"读者来函接力"之中，未受强迫却主动表示"可以理解栗桥和高井的心情"的读者，我感到不可思议！

丽子：写这种信的，多半是匿名。我想是因为他们也觉得理解凶手的想法、有同感不太好吧。

高桥：是，这跟恶作剧这么写又不一样了。

丽子：可是能够理解凶手的心情，对本人而言也是一件恐怖的事吧。

高桥：不知道他们对那两名凶手的什么有同感。

丽子：说实话，也有男孩直接在信上说“很想欺负女孩”。

高桥：那还真是直白。

丽子：但是绝大部分则是见凶手们挑战警方和媒体，搞得全日本晕头转向，认为他们很棒。信上表示希望自己也能做出惊天动地的事。

高桥：也就是说心态跟想当明星、想成为电视节目的当红宠儿一样？

丽子：不能说是百分之百一样，但很类似。

高桥：难道没有反对体制的意见吗？警方和媒体都是往体制一面倒的。

丽子：我想应该是没有吧。

高桥：丽子姐是为了出名才当配音演员的吗？

丽子：这个嘛……我想并不完全是为了这个。

高桥：嗯。我也不是为了吸引女孩注意才当演员的（笑）。还没成名时，实在是超级贫穷，一点也不受欢迎。那种“出了名就有人爱”的想法也有过，只是算不上是动机。很难。

丽子：说得也是。所以说看见别人犯下滔天大罪，就觉得能够理解对方的心情，其实两者之间的差距还很远！尤其是十几岁的少年多愁善感，事情不论好坏很容易便产生同感。

高桥：因为他们的心还很柔软。

丽子：没错没错。所以才会来信表示自己可能也会一样，只要把信寄出去，心也就放下了。我想这样的年轻人应该占大多数吧。

高桥：丽子姐的“读者来函接力”强调读者不要用电子邮件或传真，而是写明信片投稿，也是为了这个理由吗？

丽子：是的。电子邮件或传真的速度不是很快吗？写完后通常都没时间再看一次。所以会写出一些不假思索的文字发出，而事后又忘得一干二净。但是写明信片或信就不同了，写字本来就很辛苦，必须花时间思考，将文字组合成一定篇幅的文章。写完之后还得拿着到大门口、穿上鞋子，找邮筒投递。

高桥：有时走路期间想法会改变，可能觉得刚才哪句话说得过火或有点夸张。

丽子：头脑可以冷静一下。所以说寄到我这里的明信片表达的心声，该怎么说，算是经过深思熟虑吧。或许是我想太多，我总觉得明信片寄送的力量，比随随便便吐出一大串的传真强多了！

高桥：不会，你说得很有道理。举个例子，比起传真或电子邮件形式的情书，人们还是希望收到手写的，不是吗？但是刚才听你说我忽然想到，那些来信表示“理解凶手心情”的男孩，对于跟凶手立场相反的受害者家属的心情，不知道有何感想？

丽子：嗯……不过关于受害者家属的报道不是很少吗？

高桥：的确比对栗桥和高井的报道少了很多，但刚开始的时候还是有一些。像刚才那个 H 的母亲也是一样，还有一位老爷爷，叫 A 先生吧。

丽子：就是豆腐店老板，被凶手们欺负得很可怜的那位。

高桥：受害者是他的外孙女，听说手表被送了回来。我看到 A 先生接受记者采访的画面，虽然脸部被打了马赛克，只能听见声音，但是光听声音就让人心酸。他看起来比我爷爷年轻，应该是同时代的人。他一定也认为凶手是“人渣”。心爱的外孙女被那群人渣杀了，自己却必须回答记者询问关于这出悲剧的感想。我曾经想过，我们这一代不也难以理解爷爷们年轻时打仗杀人的事吗？我还曾跟爷爷争论：就算被迫，也不该杀人；既然不愿被征兵，不如逃避兵役！

丽子：你曾这样跟你爷爷说过吗？

高桥：对，在我小的时候（笑）。

丽子：你爷爷怎么回答？

高桥：他说跟你们怎么说你们也不会懂。

丽子：哦？

高桥：假设那位A先生读了《流行时光》，知道有些读者写信表示“能理解凶手的心情”，他一定会觉得难以接受。假如A先生问为什么现在的男孩会这么想，丽子姐能回答吗？

丽子：这个嘛……

高桥：我想只能说，不管我怎么说，你也听不懂吧。就跟战争一样，恰好是一种对照。

丽子：说得也是。高桥和我对这个事件有着截然不同的看法。基本上我还是不希望“拿女生当玩具，用坏就扔”的男孩增加。虽然我不是女性主义者，但活到这个年龄还在《流行时光》里打拼，就是因为有很多男人脑子里认为女人只是作为男人的玩具而存在。和这种价值观对抗很难，但我还是愿意继续奋斗。所以目前正在《日本时事纪录》连载的文章……

高桥：你是指女评论家前畑滋子吗？

丽子：没错，那篇文章由女性执笔，让我不禁大声叫好。由女性来分析栗桥浩美和高井和明的所作所为，我觉得很有意义。对了，我们必须把话题拉回来。基于守密义务，我必须说得模糊些。我有一个朋友在电话咨询中心担任志愿者。那是你一旦有了烦恼可以打电话去倾诉，不必报上姓名就能倾诉心事的机构。在栗桥和高井死亡，确知他们就是该事件的凶手之前，那里一天接过好几通来电表示“我就是凶手”。当然都是骗人的。还有人说“我的朋友是凶手”。但最多的还是说自己是凶手、一切罪行都是自己干的。

高桥：这和读者来函是不一样的反应。

丽子：是啊，感觉完全不同。我认为，比起来信说“我能理解凶手的心情”的男孩，说这种谎言的人更令人难以接受。说这种谎能有什么好处？他们能从这些谎言中得到什么帮助吗？

10

前畑滋子获知日高千秋的母亲聘请律师对栗桥浩美和高井和明的家属提起损害赔偿诉讼的消息，是在十一月二十三日。

那天是天皇诞辰，但因接近年关，昭二还是去工厂了。滋子面对着电脑，一个人沉默地敲打键盘时，一位以前经常一起工作的撰稿人打电话过来。对方先表示"事到如今顶多也只能算是个八卦消息"，然后告诉滋子日高道子聘请的女律师姓名、事务所及联络方法。

滋子将信息记在笔记本上，道完谢后笑着说："这消息如果是真的，最适合去采访报道。为什么你要扔给我呢？"

"我又不碰犯罪的东西，而且你目前不是表现得很好吗？"

"我真是太荣幸了。"

"《日本时事纪录》的总编手岛，我也不是没听过。他在业界也算是名人了。"

"你是指他办一份杂志就搞垮一份杂志吗？"

对方很自然地笑了。"《日本时事纪录》应该是他办过的杂志中维持最久的了。听说因为你的文章，这本杂志难得加印了不少。"

"那是因为本来就印得不多，跟你们杂志不一样。"

"算了，还是别说场面话了。"对方爽朗地说道，"那个姓浅井的女律师，不仅召集日高道子，听说还要呼吁该事件的其他受害者家属组成一个集体。"

"她是要组织受害者协会吗？"

"说不定。可是她还很年轻，不够成熟。我想她一个人难以应付，又是新律师，恐怕得动员整个事务所才行。”

滋子在笔记本上写好的“浅井祐子律师”上打圈，然后画了一个问号。电脑已经启动屏幕保护程序，是在3D迷宫中钻来钻去的忙乱画面。

如果真的成立了受害者家属协会，不管是谁组织的，应该会应媒体要求举办公开记者会吧。当然在那里也只能采访到正式的声明。对滋子的报道而言，固然需要来自受害者家属的心声，但要以这种形式获得则不可能。照理说这条线索必须掌握，然而滋子却不怎么感兴趣。

“你还没有跟任何一名受害者的家属见过面吧？”对方询问，“也没有跟栗桥和高井的家人见过吧？”

“嗯。”滋子回答得很简洁。说谎的时候尽量少说为妙，而且她也想结束通电。文章正写到兴头上。

“不论是浅井祐子还是她所在的事务所，在正式组织受害者家属协会前，应该会先跟家属们打招呼。会先跟每一个受害者的家属联络。我如果有这方面的消息再告诉你，你不妨去试试看，说不定能有所收获。我们的记者也会去，但是采访目的和你的不一样，你也不必担心。”

滋子试着回想这个报上姓名后一时之间也还想不起长相的撰稿人。他应该跟滋子同龄，工作态度很认真。没见他耍过什么心机，也没有被他吃过豆腐。但滋子不会因为他态度亲切就掉以轻心。

“是的，我不会担心。谢谢你。”回答得还是很简洁。

“我是真的很期待你的表现，因为我知道你是能写的人，我很高兴没有看错。”说完这句话后，终于挂上电话。滋子放回话筒的同时还叹了一口气。

手一碰鼠标，精神便回到屏幕上的文章。这一段从昨天起就写了又改，改了又删，删了又写。预定作为第六回连载的稿子，连开头都还没写好。

并非她对自己的文字不满意，也不是不知道该如何执笔。而是更早之前的问题：现在写这些东西好吗？拿来作为第六回的连载好吗？

第四回和第五回叙述了栗桥浩美和高井和明的少年时代及他们从小生活的位于练马的社区。社区的人们很乐意协助滋子，可谓知无不言，或许是因为凶手的家人离开了社区，让他们也松了一口气。

在采访的过程中，也从两人的同学口中获知了许多信息。有的同学还留在当地，有的则到东京或其他地方生活，但是追查他们的新住址并非难事。采访的十人之中就有八人知道滋子这篇报道，即便没有读过文章，也看过电视上提到滋子的相关报道。大家都对该事件甚感兴趣，接受采访倒也没什么大碍。

对于学生时代的栗桥浩美与高井和明，有的人还没等到滋子发问便主动发言；有的人则是不管怎么问，答案总是千篇一律。这应该不是出于男女有别，因为滔滔不绝的人和总是摇头说“不太清楚”的人各占一半。但是不知道为什么，每个人都愿意接受采访。

理由之一或许是他们都还年轻，比较有自由时间。滋子认为那些不太能回答问题却愿意接受采访的人，可能是担心出了这种事情，希望能多知道一点真相。他们反而把滋子当作信息来源。其中就有一个女孩说：“报章杂志的报道，看得越多就越混乱。大家写的都不太一样，到底哪一个说的才是真的呢？”

这个女孩在初二的第二学期和高井和明是同桌，她对高井和明的印象只是“一个很乖、很不灵巧的男孩”。

“过完暑假换座位，他坐在我旁边。因为晒得一身乌黑，我还吓了一跳。他不是那种运动型的男孩，动作有些迟钝。”

滋子曾采访过一个跟高井和明同在游泳社的男孩，知道高井和明在社团里练习很认真，于是将这件事告诉该女孩，但女孩难以置信地摇头道：“他不像是运动型的人，应该是参加天文社、科学社才合适吧。”

似乎因为自己的想法被推翻了，语气有些不悦。好像比起高井和明长大后变成连环杀手，他年少时不是运动型的人却常运动，更让那女孩感到罪孽深重。

几乎每一个愿意接受采访的同学都对高井和明印象十分模糊，不是说他很乖，就是说他不怎么引人注目，在不在都没什么差别。没有人说讨厌他，但对他的记忆都不多。

这一点和栗桥浩美完全相反。大多数同学对栗桥浩美的记忆都很鲜明。奇妙的是觉得栗桥浩美不太可能会做这种事的绝大多数是女孩，男孩则认为很有可能。

“那家伙天生就会骗人。”有人这么说道，“他很懂得拉拢比自己强的人，对于弱者则是拼命欺负。但是表面功夫做得很好，外人看不太出来。”

问那人为什么知道这种事，他说自己小时候患了严重的中耳炎，以致左耳重听，栗桥浩美以此做文章，对他百般欺侮。

“比如上课时，为了让我听不清楚，他会在我的左耳边小声说我坏话，而且说得很难听。等我一生气，他又装出一副无辜的表情。结果害我被老师责骂，叫我上课乖乖坐好，不要东张西望。”

听起来颇令人同情，但滋子感兴趣的是，同学们提到表面上是优秀学生又很受同学欢迎，实际上却狡猾、心眼很坏的栗桥浩美身边竟有一个比他厉害的“强者”，让他不敢造次或使坏，甚至还积极地接近讨好。那人叫网川浩一。

“网川？啊……是他呀，和平。我还记得。”

“你是说和平吗？嗯，他和栗桥是好朋友。”

“和平？好怀念哦。他现在在做什么？他也要接受采访吗？”

同学们都记得网川。而且只要提到他的名字，大家都很愉快。

滋子经常会听到“网川人很好”的说法，而且这些人都曾遭到栗桥浩美阴险的欺负或是正面的嘲笑，只是当时没敢说。

“网川应该是小学的时候转过来的。”一个初一和网川浩一同班，担任班干部的男孩说，“他就是那种典型的‘超级转学生’。又会读书，什么运动都很拿手，家里很有钱，但不太招摇。大家都叫他‘和平’，连老师也一样。”接着他又怀念地会心一笑。“他总是笑脸迎人，感觉很舒服。他可不是天生圆脸，应该是修长的脸形，而且很英俊。笑起来就像是和平标志，才会得到这个外号。听说在之前的学校就被人这么叫了。”

班上再怎么不显眼的同学都能轻松自然地叫网川浩一“和平”，他也会亲切地回应。

“栗桥一开始接近和平是想牵制对方。换言之，他要确定谁更厉害。但是和平立刻就受到大家的喜爱，而且不是表面上受欢迎，而是真正出于声望。加上又会念书、无所不能，尽管栗桥浩美不认输爱逞强，也知道跟这种人为敌只会自己吃亏。于是他心想，搞不好哪天打败了和平，大家还会给我脸色看呢。反正那家伙脑袋聪明、反应又快，不如让大家看到我比谁都早跟和平成为好朋友。毕竟栗桥一向都很擅长做这种表面功夫。”

当时为了第四、第五回的连载，滋子收集了这些同学的证词，却无法跟网川浩一联系上。只有他的住址找不到，让滋子十分懊恼。

在采访结束、开始写稿之时，高井由美子忽然跑进滋子的手掌心，而且网川浩一也跟在她身边，着实令滋子惊讶不已。

滋子打算在第六回的连载提到和由美子及和平见面的经过。先是由美子打来电话，两人约好见面。但是因为滋子迟到，由美子有些恐慌，差点被卡车撞上。网川浩一正好开车经过，看见由美子便追了上来救了她，于是两人一起来见滋子。

情节未免太凑巧了，但却是事实，而且是目前滋子掌握的独家事实，她怎能不写！

但是……高井由美子身为凶手的家属，正受到滋子的保护。在现阶段，滋子可以公开此事吗？

何况高井由美子对滋子倾诉的内容也是个问题。而且是个难题。高井由美子坚称哥哥高井和明不是栗桥浩美的同伙，哥哥是无辜的。

“我想我哥哥已经发现栗桥不大对劲，知道他就是那个案件的凶手。”由美子那天差点被卡车轧到，脸颊上留下一大片擦伤。她双眼湿润，跪在地上抓着滋子的大腿说：“我哥哥个性温和，是个好好先生。因为不忍心向警方告发童年玩伴栗桥，打算劝他停止作案，才会去找他，没想到却以那种方式跟他一起死掉，哥哥的运气真是太糟了。我知道哥哥不可能杀人，就算别人要杀他，他也不会杀人。我哥哥是无辜的！”

高井由美子请滋子将这些话写进报道，所以来找滋子。警方不采信家属的证词，根本不理会她的意见，让她不知如何是好，只好来请求滋子。

的确，跟栗桥浩美比起来，高井和明涉案的证据很少。除了那天在赤井山绿色大道载有木村庄司尸体的汽车是他的之外，几乎找不到其他证据。古川鞠子和日高千秋等已确知身份的受害者失踪时，固然高井和明都缺乏明确的不在场证明，但也不能因此就断定他涉案。他也有可能是无辜的。

实际上当事人已经亡故，当局也还没有正式断定他们两人就是连环诱拐杀人案的凶手。何况还未确认身份的受害者才刚出现，调查依然在持续。

不过从整个情况推测，应该是他们两人。大部分民众都和滋子有同样的看法。照常理判断，大家想的跟事实应该相差无几。

滋子的报道是以栗桥浩美和高井和明为凶手作为出发点的。如果这时加入高井由美子的主张，整篇文章的基调便破坏了。假如由美子拥有确切证据，倒是可以另当别论；但听她的说法，和明无辜论纯粹只是感情的宣泄，所以行不通。

可是如果跟由美子说无法配合，不可能根据她的需求改变报道内容，那么她将会离滋子而去。这样也不行，一样令滋子头疼。究竟该在什么时间提到由美子，真是困难。

重新阅读之前写好的文字时，忽然听见外面有人敲门和呼唤。是真一。

“请进，门没锁。”

塚田真一缩着脖子进来，好像很怕冷。外面的风很猛烈吧。

“这是你的快递。”真一随手递出一个牛皮纸大信封，是《日本时事纪录》编辑部寄来的。

“谢谢。”

滋子伸手去接，信封还挺重。大概是将高井由美子的采访录音整理成的书面资料。加起来一共跟高井由美子聊了将近十个小时，她有时情绪激动地哭叫，采访不得不中断，有些段落则听不太懂她在讲什么。一开始滋子打算自己听录音带改写成文字，但进行得很不顺利，最后还是让手岛帮忙，请其他擅长听写的编辑帮忙整理。

真一看着电脑画面。并非窥探，但眼神严厉。

那天从三乡市回家途中，由美子强调：“我哥哥是无辜的，我就是为了跟前畑小姐说这些才要求见面的。”坐在一旁的真一一听，脸色大变，沉默不语。他并没有对由美子说什么。

滋子和由美子、网川浩一说话，真一并未参与。他也不期望加入。经过几天神情凝重的考虑后，他来到滋子的工作室询问：“还打算跟高井由美子交往多久？”

“你问我多久，是指时间吗？我还有很多东西必须问她。”

“你会将她的一面之词都写进报道吗？”

“还不知道。”滋子据实回答，“听她怎么说，有我能接受的就写进去，不能接受的自然不写。但是关于她来找我的事，早晚还是得写出来。”

“因为是你的独家嘛。”真一故意鄙夷地说道，“我考虑过了。”

“什么？”

“那天在三乡市车站说的话，我要收回。请让我继续住在这里。”

其实滋子早就想到可能会这样，所以一点也不惊讶。“那当然欢迎，我也不希望你住在其他陌生的地方。”

“所以请让我帮你做些事吧。”

滋子停了好一阵子才毅然决然地说：“你说要帮忙，其实是想监视我，免得我被高井由美子收买吧？”

真一沉默了一会儿，眼眶有些泛红。“没错。而且等你听完她的说法，我有些话要跟她说。”

“就是你在车站跟我说的那些话吗？”

“没错。”

“嗯。斟酌受害者家属的心情……对于哥哥的无辜，究竟有多少确信。这些对由美子而言都很重要。实际上她现在满脑子都是她哥哥的事，所以缺乏对死者及其家属的同情心。也难怪你会生气，然后将气发在愿意听她说话的我身上，这也是出于无奈。只要能让你心里好过，那就来帮我做事吧。”滋子说，“来帮我也好，来监视我也罢。但不是来监视我免得被由美子收买，也不是来看我在文章中写了什么，而是严格地监视我有没有忘了这个案件中被杀害的人和他们的家人，看我有没有因为报道畅销就一心只想写文章。只要我有那种表现，你就立刻把我踢醒，好吗？你愿意吗？”

“我愿意。”真一答应，眼睛瞪得好大，好像对于自己的回答和滋子的提议感到十分惊讶。

“进行得还顺利吗？”真一问，但却不打算靠近电脑。

“完全不行。”

就在这时，电话铃声响了，传真机的信号灯闪烁，缓缓吐出纸张。

滋子取下传真阅读，然后递给真一。真一问了一声“可以吗”才开始读。

“你觉得怎样？”滋子问，“要不要去采访？”

是刚才那通电话的追加信息，里面提到浅井祐子律师将召集日高道子、有马义男，还有在栗桥浩美住处找出的照片中已确知身份的伊藤敦子、三宅绿的家人等，举办筹组受害者协会的事前会议。时间是明年一月十一日，下午两点。地点是位于饭田桥的拱门饭店。

“是手岛总编传来的吗？”真一问。

“不，是别人给的信息。”

“那是不是应该先跟总编商量一下呢？”

“这个嘛……”滋子故意含糊其辞。为什么凡事都要先商量再行动，岂不是太没用？我又不是小孩。

看到滋子的表情，真一大概也有所发觉，转头就要走。

滋子面对着电脑，头也不回地叫住真一：“如果是你，会觉得反感吗？”

真一停下脚步。“反感什么？”

“受害者家属的聚会里，跑进一个不知来历的撰稿人。我想还是别去为好吧。”

真一沉默不语。滋子用力甩甩头，将椅子转向真一。“对不起，我刚才语气不好。”

真一耸耸肩道：“我们家的案件和这个案件是两码事。这个案件还有很多疑点，受害者、受害者家属和相关的人也很多。有些事情需要彼此帮忙，也可以提供信息，才会组织这种集会吧。说不定还会举办记者会。否则如果真的是什么独家内幕，又怎么会只告诉滋子姐你一个人呢？”

也许真一说得对，也可能不对。打来电话、发来传真的撰稿人，工作资历和滋子一样深，关系也很广，说不定他真的拥有独家信息网，发掘到这独家内幕。但是滋子跟他本就不熟，就连刚才的电话，若非聊了一下，滋子还真的想不起他的全名。所以滋子不好意思跟他确认这个信息的可信度。

“滋子姐好像有些退缩了？”真一问。

“嗯，我是有些退缩了。”滋子说。

“为什么？”

“我在想我真的可以写这篇报道吗？”电脑屏保又出来了，“我真的有资格写这篇报道吗？”

“你不是受到了好评吗？”

滋子摇摇头。“我很害怕。”

“害怕？”

“我又没有接受过正式的训练，感觉好像在进行事关人命的治疗。感觉好像未经研修就被交付很重要的任务一样。”

真一思考片刻，然后表情严肃地说：“那你要停止吗？”

“……”

“我不希望你停止。”

“谢谢你。”滋子微笑道，“我明白我是在发些不必要的牢骚，可是最近常常感到不安，想着自己有什么权利写这些、说不定我所写的都是错的。”

“你不是都进行了认真采访吗？”

“采访只不过是累积一些小事实，加以解释的人还是我。”滋子举起右手拍了拍胸口，“我只能基于自己的责任去做。但其实我对人性、对人世间的事了解得不多，又不是特别聪明。我所做的解释，像这样公之于世获得好评是对的吗？我真的是不知道。”

“看来你很困惑。”

“是，也不知道为什么。”滋子靠在椅子上，“刚开始的时候没有这种问题。”

“是因为写凶手的故事才有这种情况的，不是吗？”

滋子内心一阵惊讶，同时又觉得被将了一军：这孩子真聪明！“简单说就是这样。”滋子耸耸肩，“坦白说，我对栗桥浩美和高井和明，其实一点都不了解。”

“我却很认同你描述他们的同伙关系。”

滋子的看法是——这一连串案件的原动力是栗桥浩美过大与不够成熟的自尊心，以及高井和明从小无法释怀的自卑感导致他只能盲目跟从“明星”一般的童年玩伴栗桥浩美。

“听起来好像很有道理，但真是那样吗？”

“因为他们已经死了……”

“所以就没办法追究，随便怎么推测怎么写也无所谓。”

“你应该不是抱着这种想法写作的吧？如果是的话，手岛应该一眼就看得出来，也不会让文章刊出来。”

“真一你还是个男孩嘛。”

真一不解地问：“啊？”

“可是我从没当过男人呀，真是不巧。”滋子无力地笑道，“对于那种诱拐然后杀掉女人的男人心态，我实在是不明白。就算倒着思考，也无法理解。为了满足自尊心而将矛头指向柔弱的女人，在理论上说得通，犯罪心理学的书上也写到过，但我却不太能体会。因此我采访栗桥浩美和高井和明年少时的朋友、老师，就是希望试着重新组织他们最后走上歧途的心路历程，但换来的却只是一场空谈的感慨。”滋子长叹一口气，“看来在这现实的社会里，还是有不适合女性撰写的报告文学。”

话还没说完，真一已经抽身小跑着离开。滋子愣住了，心想又惹他生气了吗？

滋子只好无所事事地关了屏幕保护程序，这时又听见了真一的脚步声。他回来了，手上还拿着一本杂志。

“我忘了这个。”他将杂志递给了滋子，“里面有配音演员川野丽子对你的期待。我在店里翻过，觉得不错就要来了。”

滋子接过杂志。

“我知道滋子姐你现在失去了信心，也能理解你的苦衷。有人却认为因为你是女性，才更应该报道这个案件。我不知道这能不能成为对你的鼓励。”真一双手插进口袋，慢慢走出滋子的工作室，中间还回过头喊道：“滋子姐。”

“什么事？”

停顿了一下，真一抬起头看着滋子的眼睛说：“也许我真的因为高井由美子而对你甩过脸色。”

滋子也直面相对。

“但并不表示全面否定你的工作。不对，我或许也有过这种想法。总之我只是不喜欢想到犯罪的事，这是我真实的感受。”

“我想我明白。”

“我也说过了，这个案件跟我们家的有很多地方不同，实际上未知的部分还很多。对该案件多作调查与推断，绝对不会没有用处。”

问题是怎么写呢？滋子还是点点头道：“谢谢。”

“我不太会解释，但是如果你的无力感是因为我之前的态度……”

“不是，不是你的关系。不过谢谢你的关心，不必太在意。我只是有点累了。”

真一说声“我明白了”便离开了房间。滋子又一个人开始阅读川野丽子的对谈。

“男人脑子里认为女人只是作为男人的玩具而存在。和这种价值观对抗很难，但我还是愿意继续奋斗。”

川野丽子很清楚地表达了自己的看法。滋子翻到对谈专栏的最前面，重新阅读川野丽子的简介。配音演员都做些什么呢？不就是帮译制片配音嘛。

滋子着实缺乏常识，还以为现代配音演员的工作不外乎“周末长片”的范围。简介中列举的作品多半是动画连续剧和动画电影，而滋子完全不知道这些作品。

于是她打电话给熟悉这方面情况的同行。很幸运地找到了一个人，那人也简明扼要地介绍了川野丽子是拥有一定观众支持的资深配音演员，并说明她在作品中都担任哪一类角色。

“最近这五六年，她都是接少年的角色。像科幻、冒险故事的主角，通常都是男孩。她对挑选剧本也很严格。”

“她不是给女孩配音呀。”

“她也不是一开始就这样。听说也是有过一些事情。”

“有过一些事情？”

“应该说是因为某种主义或主张而清醒了。你知道，卡通世界里不是常有那种娃娃脸却很肉弹的女孩吗？”

滋子笑道：“肉弹！现在没人这么说啦。”

“说得也是。反正那种女孩，大部分只是男主角的恋爱对象，这是川野女士的说法。她说女性不具有男性喜爱的外貌就不能融入群体，难道不是在灌输强迫性价值观，认为女性只能作为男性的附属品而存在吗。”

“所以她才拒绝为那类角色配音？”

“没错。你为什么忽然对川野女士有兴趣呢？难道说那两个凶手是卡通迷？”

这真是令人惊讶，尽管是老朋友，现在一提到前畑滋子，马上就会联想到栗桥浩美和高井和明。

“那两人应该不是这种类型。至少在栗桥浩美初台的房子里，除了他自己录制的录像带外，没有发现其他收藏。”

“说得也对。”对方惋惜道，“不知道那家伙是参考什么做出那些举动，大概还是暴力色情片吧。”

这种说法曾经在电视和杂志上也热烈讨论过。有人呼吁趁此机会严格控制暴力、色情出版物；另一方面则有人跳起来说要坚决维护表达的自由。有人说是艺术作品唤起了犯罪意识；反对者则强调艺术作品无罪，问题出在接受者的资质水平上。于是又有人说只是罗列性描写、暴力场面的电影、小说和漫画算什么艺术作品。

而现在滋子侧耳倾听电话那头，十分在意对方很自然地提起了“参考”一词。

“你觉得他们两人是参考了什么吗？”

“参考？那种类型的犯罪吗？”

“嗯。不管是事实还是虚构的都好。”

“应该是模仿了什么吧。”对方说得很有自信。

“为什么你说得那么斩钉截铁？”

“为什么……因为滋子，人类并不是独创性的生物，大家都是在模仿中生存下去的。”

滋子认为这是一种很笼统的人生观与人类观，但是她又不能说对方有错。的确……他说得也没错，滋子一时之间竟停了下来思考这种说法。

她又问道：“那你也在模仿谁吗？”

对方哈哈大笑并回答：“嗯，是的。”

“模仿谁呢？”

“不是特定的人物，我模仿的是概念。”

“概念？”

“可以说是一般社会的共同想法。你知道吗？一个喜欢看漫画和卡通、不喜欢上班、早上爬不起来、可以写点文章、记忆力也不错、可是自己一个人又无法创作出什么、不适合劳动工作的男人，靠着漫画和卡通混饭吃，活到将近四十岁才发现人生就是如此。这就是我所说的概念。”

“你在说些什么？”

“像我这种写文章的，整个日本满街都是。我只是换种说法，其实谈的是司一件事。”这次他换成比较正经的语气说道，“那两名凶手，要说他们特殊也很特殊。毕竟世界再怎么乱，这种随便诱拐女人、将她们监禁杀害的男人在全国还是少数。”

对方的理论听起来令人似懂非懂。滋子在笔记本上写下“独创性”一词，然后在上面画个叉，又在旁边写上“特殊”二字，本想加上问号，又改变主意画上圈。

“你觉得他们意识到什么了吗？对他们而言，什么是他们的范本呢？”

对方沉吟道：“用‘意识’这个词有点奇怪。比方说不是有部电影叫

《女收藏家》吗？他们并没有想过模仿电影的内容作案。否则警方和精力旺盛的媒体早挖出他们的模板了，不是吗？”

“那么你刚才说的‘参考’，不是那种出于意识的模仿，而是一种更深层的印象植入？”

“哇，你的用词还真是深奥！”

“不好意思，我已经不是当年和你一起采访一百家美味可口什锦煎饼的滋子了。人是会变的。”

对方放声大笑道：“还记得吗？东八轩，就在自由之丘。哪天再一起到那里喝一杯吧？”

“好啊。”答应之后，通话便到此结束。结果滋子也没弄明白自己的疑问。

挂上电话后，滋子继续思考。参考……他们将某种东西作为参考。不是有意识地模仿了什么，而是以现有的东西为本。他们确实模仿了什么。

一种更深层的印象植入。

那是什么？就像川野丽子感到愤慨的“女人是男人的玩具”的价值观吗？还是……

滋子站起来，双手揉搓脸颊。

还是不为社会接受的过大自尊心，有一天一定会选择杀人的破坏性做法呢？

这就是他的动机吗？

难道栗桥浩美认为大家都以为像他这样的人最后一定会这么做？在世纪末的今天，在全世界的发达国家中，这种犯罪的实例不胜枚举。所以他做了？只因为是一种破坏的形式，所以做了？就是那么单纯？

栗桥浩美会说：“像我这种人就会这样做。”而高井和明则在一旁点头呼应：“是吗？是这样吗？那就没办法了。可是我们会被捕吗？”栗桥浩美回答：“也许会被捕吧。可是没什么大不了的，这种例子太多了。”于是高井和明又点一点头说：“哦，有很多例子吗？”栗桥浩美不屑地回答：“没错。要知道发达国家里充满了饿不死却也无法自我满足的人。从这些人里会产生一定比例的连环杀手，这就是发达国家的宿命。”

滋子不禁大声叫了出来：“太胡闹了吧！”

我怎么会想出这么无聊的事？这不是犯罪者的“动机”，也不是驱使人去杀人或从事破坏行为的动力。这是……这是……

这是一种说明。

是分类。是解释。是将已发生的案件，归于现代案件史或风俗史时，贴在档案背部的标签。而无论是分类、归档还是贴标签，都不是罪犯的工作，而是……而是给予任何扭曲的机会，也不会做出如同罪犯所作所为的人的工作。因此罪犯通常都属于被分析、被解释的一边，对岸的人绝对不可能跨过此岸。所以连环杀手不可能一开始就找到正确的文字说明自己内心的邪恶冲动，或手上拿着正确的档案标签。他们或许也知道用怎样的字眼可以说明他们的内心，但肯定笨嘴笨舌或仍需补充说明与解释，于是他们才会去犯罪。

那么滋子必须做的，是将长期以来沉淀在栗桥浩美和高井和明心中的，他们自己无法说明、甚至也没有明确意识到的冲动解开，写成文章摊开在青天白日之下。这不仅是滋子，也是全国关注这个案件的撰稿人和评论家都想率先完成的工作。

滋子身处此一竞争，目前正在奋战。或许是身为女人无法理解男人的生理而有碰壁的无力感，或许是担心自己将因此不能抵达终点而显得心灰意冷。

可是也不能因此就否定前提条件，就怀疑写作规则。这个案件在美国的确很稀松平常，但是就连环杀人手法正式在日本出现的意义而言，这毕竟是一起重大案件，堪称划时代的案件。但它的背后则是足以和许多犯罪心理学家研究、分析、累积所得知识对抗的过去的实例。太阳底下没有新鲜事。

滋子感到不寒而栗，浑身汗毛都竖了起来。

目前在日本有多少撰稿人、评论家以这个案件为题材写东西呢？几十人？不，或许有几百人？实际上也有电视节目和滋子的报道一样受到瞩目，也有该案件相关对谈文集的图书被紧急出版了。

有这么多人各自进行采访，发表独家意见，表达个人看法。

不，那只是他们自以为是，其实最终目标只有一个。

就是让自己的“说明”具有说服力，所以采访的范围有竞争，取材的深度有竞争，考察的力道有竞争，独创性有竞争，着眼点新颖与否有竞争。然而竞争方式并不是很多，只是彼此在竞争之中相互模仿，使得天下乌鸦一般黑。

如果说这个案件真的有独创性，可能只有一项。那就是驱使凶手行动的冲动。而这种冲动随着凶手死亡一并消失，无法重现、不能再生。我们……不，我跟大家一样，凭什么我可以摆出一副事不关己的态度？太卑鄙了！我，就是我，以前的前畑滋子做的就是未经任何人的许可，以粗制滥造的仿造品伪装成驱使他们的冲动公之于世。我其实不也是做得很认真吗？

滋子伸手关掉电脑电源，屏幕应声暗了下来。帮她装电脑的朋友曾经再三交代，不管什么情况千万不能这么做。但是如果不这样将写到一半的文章跟自己分开，滋子又要头昏眼花了。

我究竟是在干什么？

这一年年底跟往年一样。有些地方冷清，有些地方热闹；有些地方惨淡经营，有些地方充满祝福。而这一切都在不断地重复。太阳底下没有新鲜事。

人们迎接除夕，为新的一年而高兴。那个连环杀人案带来许多受害者的恐怖记忆，已随着最后一笔账，被关在合起的账簿里。以后若有心想思考这个案件、提起这个话题，只要再把记忆拿出来便是。案件已经结束了，反正总会有人收拾残局。这就是发达国家应有的作为。

仔细想想，过去每年都会说：“今年真是令人讨厌的一年。发生过重大案件，也有过天灾，希望这一切赶快过去，好迎接新的一年。”也会说：“又有什么关系，反正都是别人家出事。幸好我还活着，家人也都平安，公司也没有倒。所以除旧布新，期待新的一年吧。”

武上悦郎如果不是手上握有案件，大概也是以上述方式度过除夕吧。

他毕竟不是什么特殊的人嘛。但是他还没有无事一身轻地过年的经验，所以不管是除夕还是什么时候，他总是抱着不满足感、不信任感和不安全感，顶多通过电视画面的“除夕联机”听见除夕夜的钟声。

内勤业务留守的同事叫了应景的荞麦面外卖到会议室来。为了尽可能让部下能够在新年期间回家，目前留在会议室跟武上一起吃荞麦面的是筱崎和另外一人。除了武上，那两人都是单身，回家也没人等着。

武上最近比以前更常看到筱崎目光涣散、失魂落魄地坐在档案堆中。武上一边吃着炸虾荞麦面，一边心想，真是令人担心。不忍见筱崎沉默发呆的样子，武上跟他说话，不料他却问道：“除夕夜的钟声从哪里算起？”武上是在座最年长的，只好回答：“刚开始的几声是舍钟，不能算进去。”最后大家得出一个结论：电视上的除夕钟声根本就没办法数！众人的面碗见底了。忽然有人开玩笑道：“原来除夕夜还在上班的，不是只有我们。荞麦面店也很辛苦。”武上则静静数着钟声，并将桌上满是烟头的烟灰缸倒干净，然后点燃新年第一根烟。

同样是除夕夜，高井由美子和母亲围坐在暖桌前。胜木宏枝在厨房里热东西。母亲睁着一双朦胧的眼睛，看着电视上出现北国的某个山寺，和尚在风雪中敲钟的画面。由美子对母亲说：“妈，我可是出生以来第一次过这种除夕，以前总是得忙着整理店面，哪有闲工夫坐在暖桌前！”

忽然间她发现自己的话没有进入母亲耳里。母亲是故意装作没听见。那还用说吗？由美子咬着嘴唇，想着失去的东西，感觉回忆逐渐切割着她的心，最后受不了才趴在暖桌上。她本不打算哭，却还是忍不住。当时钟过了午夜，网川浩一打来电话时还数落她：“由美子，你又哭了。”耳畔听见他的声音，一如伤口被轻抚一样，有种被治疗的感觉。由美子紧握话筒，轻声感谢对方来电。网川浩一也温柔地说道：“明天不方便，后天可以去找你。到时候我们一起去庙里吧。”由美子想起网川浩一的笑容，内心又是一阵安慰。“和平”这个外号真是适合他。他在少年时代是栗桥浩美的好朋友，跟哥哥和明没什么交情。尽管突如其来的关心让人觉得有点奇怪，但对一时之间被社会排挤的由美子而言，与其追究理由，不如好好握住对方伸出来的温暖的双手。由美子和他聊了一会儿，挂上电话时还因不舍又哭了起来。

“又是新的一年。对你而言，这是重要的一年。”网川浩一说，“由美子，千万不能认输。”这就是高井由美子新一年的目标。

前畑滋子和昭二两人到附近的神社去做新年参拜。他们也邀请了父母同行，但父母以天气太冷而拒绝，于是小两口亲密地携手出门。

滋子还没有跟丈夫表明自己像是得了恶性传染病一样忽然失去了信心。年底的截稿时间已过，没必要让昭二担心。何况现在她也不想谈论报道的事。

两人抽了签。滋子是吉签，昭二则是中吉。昭二对签诗写着“等待之人将迟到”感到高兴，滋子不禁问他等待之人是谁，他回答：“当然是我们的小孩喽。报道总不会连载几十回吧？今年我们得好好加油才行。”说完他不好意思地笑了。

有马义男到医院去了。以真智子目前的情况，不可能得到新年期间外宿的许可，只好让义男在病房里住一晚。承蒙护士长和营养师的好意，第二天早上义男也得到了一份年糕汤。真智子沉沉睡去，义男靠在她的病床边打瞌睡，两人都梦见了鞠子。

塚田真一暂时回了石井夫妇家。三人吃过夜宵，石井夫妇先行去睡。关上电灯后，真一独自留在客厅里凝视窗外。抬头仰望夜空，月明星稀。真一的手触碰到窗玻璃，冰冷得几乎要麻木。他将额头靠在窗上，心中想念着水野久美。

水野久美没打来电话，但也不能说她没有和真一一样思念着对方。只是想象胜于事实，电话不响正意味着一个理由。真一觉得全世界都离他而去。他偷偷瞒着石井夫妇将在院子里低吼的洛基放进家里，一边抚摸洛基的脖子，不知不觉竟在沙发上睡着了。在洛基体温的保护下一夜安然无梦。

就这样，新的一年到来。时光的箭头没有一定方向，没有人能看见其行踪，唯一能确定的是时光始终在前行。

11

一月十一日下午两点，有马义男坐在饭田桥拱门饭店的大厅沙发上等待浅井祐子。

他一度十分犹豫是否要来，最后还是决定多跟那个叫浅井祐子的女人说说话，同时也希望和日高道子以外的受害者家属见面。实际上，他对于能否向栗桥浩美和高井和明的家人请求损害赔偿，还是感觉很困惑。

凶手们已经死了，表面上看起来这个案子已经平息。如果就不会再有受害者出现的意义而言，的确已经平息。但法院还没有判决那两人就是千真万确的凶手，警方也还在调查相关事实。

在这种情况下，还能跟栗桥和高井的家人打官司吗？就算可以，尽管民事诉讼不像刑事判决那么麻烦，但为了证明栗桥、高井的一连串罪行，到时候还是得以原告身份列席法庭吧。

果真如此，那问题就来了。毕竟这是一个外行人的团体，这些家属几乎已被悲伤击垮，好不容易才恢复生活的步调，他们能承担再一次的打击吗？

义男没有什么法律知识，很幸运至今也没有成为民事诉讼的被告或原告。只是公会的朋友曾因车祸、妨碍营业等事故而闹上法院，他也有所耳闻。根据过去听来的经验，浅井祐子的说法有点令人难以相信。那些话在不经世事的人听来或许很好，但对义男而言，至少在年底时听到的内容太简单了。

比方说只是因为出现在“栗桥浩美房间发现的照片”里，还不知道和这个案件有何关联的伊藤敦子、三宅绿会怎样？如果警方能找到更确切的证据就好了，否则现阶段她们也不可能成为损害赔偿请求的原告。浅井祐子似乎也明白这一点，所以在年底来访时留下一句："最糟糕的情况，可能就是只有千秋小姐和鞠子小姐的家人成为损害赔偿诉讼的原告。"

言下之意是说官司还是要打。但会不会人单力薄了些呢？

今天义男就是要来确认这一点。像我这样的外行，都一眼就能看出这个计划不太可靠，那位律师真的要做吗？

义男神情木然地吸第二根烟时，看见日高道子穿过大厅里热闹的人群走了过来。在义男起身提醒时，道子已先看见了他。道子还是弯腰驼背缩着头，好像对全世界的人道歉一样，低垂的眼睛显得怯懦。

"浅井律师呢？"

"还没到吧。"

日高道子没有坐在沙发上，而是拘谨地站在一旁。义男只好站起来把香烟按熄。

"听说三宅小姐的父亲也会来。"

"是吗？"

"三宅小姐的母亲心情还没有稳定，不能参加。"

"伊藤小姐的父母呢？"

"听说完全不想参与，一直强调跟他们没有关系，说是女儿的安危还未确定，现在哪有心情搞这些。"

那倒也是。如果鞠子还没有回家，义男应该也没心思去听损害赔偿的提议。不管浅井祐子多会说话，说目的不是金钱也没用。

义男偷偷看了一眼日高道子毫无生气的脸颊，几乎要跟对方说："浅井律师说的应该不可能成功。她对正义的热忱，我觉得很棒。但现阶段谈损害赔偿，似乎有点不切实际，甚至可谓文不对题。"但是因为日高道子低着头好像在喃喃自语，义男赶紧凑上前问道："你刚才说什么？"

"没有，我是说浅井律师人很好。"

"啊？"

"我不懂法律。没受过什么教育，什么事都不会，一直待在家里。一切能交给律师处理，对我而言帮助很大。"

义男回答一声“哦”，又无聊地拿出了一根香烟。他刚点上火，日高道子又开始吞吞吐吐道：“我一直很想跟在千秋后面死了算了。”

“那可不行，日高女士。”

“是呀。”日高道子擦拭了一下眼角，继续说，“可是我真的觉得活下去没什么意思。这心情你能理解吗？”

“当然，我能理解，我十分理解。但是日高女士，寻死可不行。你女儿也不会高兴的。”

日高道子哭了起来，双手掩面。“一想到千秋孤零零地在另一个世界，我就觉得自己应该早点去陪她……”

义男心里也有了种种的说辞：听说千秋长得很漂亮，在另一个世界应该也不会寂寞吧。其实根本就没有另一个世界，何必想那么多呢？那不过是你想自杀的借口……但就在这时被日高道子指缝间流出来的话语所吸引，义男改变了思绪。

日高道子说：“如果年底没有接到浅井律师的来电，我现在不会在这里。我早就死了。”

义男看着她暗青的脸色，心想她大概一直睡不好，眼睛下方浮肿得厉害。

“浅井律师打过电话给你吗？”

日高道子掏出手帕按着鼻子，一边抽噎一边点头。

“说了些什么？”

“就是……为了让千秋死而无憾，不让社会大众很快忘记这个案件，首先要申请损害赔偿的诉讼……”

义男紧盯着日高道子。日高道子不禁惊讶地扬起眼睛问：“怎么了？”

“年底你和浅井律师来我家时，不是这样说的。当时是说你当埼玉市议员的哥哥推荐你去找浅井律师，打官司也是你哥哥的提议，不是吗？”

日高道子的脸色渐渐变得比手上的手帕还要白。“那是……那是……”

“我不是要质问你，但是前后有矛盾，不是吗？”

“是……那是……”日高道子头垂得更低，一边拭泪道，“说实话，当初跟有马先生你说的，都是骗人的。”

“骗我的……日高女士，请你坐下说。”

日高道子坐在沙发上，义男为了听清她微弱的说话声，也在一旁坐下。

“其实是浅井律师先打电话到你家，才有了这个计划吧？”

“是的，你说得没错。”

“浅井律师就跟那天到我家一样，说些热忱洋溢的话感动了你，所以你也有心去打要求损害赔偿的诉讼官司，对吗？”

“是的……”

“既然这样，又为什么要骗我？”

“那是因为浅井律师认为如果说成是我想打官司，主动找她帮忙，会更容易说服大家。”

“哦。”那倒是没错。“你当市议员的哥哥真的也给了你一些意见吗？”

日高道子缩得更小了。“这……”

“也是骗人的吗？”

“是的。其实……”她的声音小得像蚊子叫，“我哥哥是在埼玉市当议员。但是他和我几乎已经互不往来。”

“从很早以前就这样吗？”

“不，是从千秋出事以来……我哥哥一向致力教育改革，他觉得有千秋这样的外甥女是一种耻辱。”

义男心中感到不对劲，觉得哪里有问题。“所以你哥哥对这件事完全没参与？”

“是的……但是浅井律师说提到哥哥会更具有说服力。”

“日高女士，关于这件事，你还找了什么人商量吗？”

“没有了。”

“你只跟浅井律师谈过吗？”

“没错。”

“你去过浅井律师的事务所吗？”

日高道子摇头道：“没有。都是律师来我们家。”

“那你也不知道事务所在哪里？”

“我打过电话。”

“谁接的？”

“一个男人，听说是浅井律师的同事，他今天应该也会跟我们见面。”日高道子不安地环顾四周，“可是怎么这么慢？是路上堵车了吗？”

义男心想，大概是不会来了。不对，都布好了局，怎么可能不来……

“日高女士，原则上你应该算是浅井律师的委托人吧？”

“是的。”

“你已经付钱了吗？”

“是的，先缴了预付金。”

“多少钱？”

“一百万。听说这种规模的损害赔偿诉讼官司，这算是便宜的。”

“是浅井律师说的吗？”

“是的。”

义男的不安越来越强烈，心想今天算是来对了。但这是不可以的……这……

这时，大厅的人潮里出现了浅井祐子的脸。不止她一人，旁边还有一名年过五旬、一脸病容、精神不济、穿着西装的男子。浅井祐子不停跟那人说话。她身后还跟着一名也是五十多岁、体格矮小精悍、前额凸出的男子，西装衣领上跟浅井祐子一样都别着金色徽章。看起来很像是律师徽章。仔细一想，和浅井祐子走在一起的人大概是三宅绿的父亲，而身后的男人就是日高道子说的“同事”。

三人走上前来，义男尽可能迅速站起来。或许是他的动作吸引了对方的目光，浅井祐子看了他一眼，并点头致意，然后对身旁的男子说话。那人也看了看义男，目光十分疲惫，显然就是失去爱女的悲伤父亲。

“对不起，请问是三宅绿小姐的父亲吗？”义男开口问道。对方无言，但几乎是下意识地点点头。

“我是有马义男，古川鞠子的外祖父。”

三宅绿的父亲“哦”了一声。在他继续说话之前，义男对着浅井祐子及其身后的男人大声问道：“浅井律师，有件事想请教一下，你真的是律师吗？”

突如其来的质问让日高道子和三宅绿的父亲都瞪大了眼睛注视着浅井祐子。浅井祐子就跟第一次见面时一样，摆出一副聪明兔子的神色，毫无表情地看着义男。但她身后的男人瞬间显得慌乱，目光有些闪烁。

"你突然之间说些什么？"浅井祐子平稳地反问，"有马先生，你怎么了？"

"没有，我没事。只是你宽宏大量，应该不会生气才对。像我这样无知的老头，很担心你是否真是律师，所以在来这里之前，先调查了一下你。"这完全是虚晃一枪，义男奋力而为。毕竟年纪大更能镇得住场面。

"你调查了我什么呢？"聪明的兔子不为所动，但身后的男人已开始不安。

"我去找豆腐公会城东支部的律师顾问咨询你提出的损害赔偿诉讼官司，顺便也请他帮我调查你的来历，看看属于哪个律师协会。反正翻一下名单就知道了。"

聪明的兔子缓缓眨眼道："真不巧，我既不属于东京律师协会，也不属于日本律师协会，所以名单上应该不会有我的名字。"

"哦，是这样吗？"

"有马先生，总之我们不要站在这里说话，进房间吧。我们去前台拿钥匙，请等一下。"

浅井祐子对身后的男人使了个眼色，打算离开。义男心想，你们想逃，没那么便宜！可是就在他要说"我也一起去"时，旁边跑出一个人跳到他前面。是个年轻女子，一双眼睛明亮闪烁。

"请问是有马先生吗？"女孩问，用像是想找人吵架的高八度声音继续说，"我是高井由美子，高井和明的妹妹。我有些事情想跟您说。"

义男吃惊地退后两三步。高井由美子伸出手要抓义男，义男将她的手挡掉。由美子扑了个空，两手撑在沙发上，立刻低着头靠近说："有马先生，拜托您。"她的脸颊失去血色，眼角上扬，神情紧张。

义男的思绪还停留在眼前女子刚才说的话之中，理不出所以然来。高井由美子……高井和明的妹妹……由美子……和明……妹妹。

妹妹？高井和明的家人。

“你！还不放开手！”

跟浅井祐子一起来的、可能是三宅绿父亲的男人抓住高井由美子的手臂，想把她从义男身边拉开。“不要拉我！”由美子坚决不放手，大声喊道，“你走开！我有话要跟有马先生讲！”

男人怒吼道：“我是三宅绿的父亲！”

高井由美子就像被打了一巴掌似的呆住了。她的脸颊更加苍白了，就像纸片被风吹拂一样，脸颊和嘴唇微微颤抖。

“我……我……那个……”她断断续续地想说些什么。

三宅绿的父亲放开了她，怒斥道：“肮脏东西，别上来！你不要靠近我们！”

“我只是……我只是想说……”

“我们不想跟你说话！”

有人放声大哭，是日高道子。她蹲在沙发旁，抱头痛哭。义男也觉得头晕眼花，双脚无力。究竟是怎么回事？为什么会变成这样？

大厅来来往往的人群停下了脚步安静下来，都侧头看着义男他们。位于大厅角落前台的店员也看着他们。有人拿起了内线电话，有人迅速从前台跑来。

浅井祐子呢？她的同伙呢？他们跑去哪儿了？义男东张西望却找不到人。只觉得眼花缭乱，终于受不了赶紧闭上眼睛以免晕倒。

不行，我快晕了……

“危险！”

有人大叫，接着抱住了义男。同时一个没有听过的女人声音气势汹汹地斥责高井由美子：“由美子！你在这里干什么？你想干什么？”

义男睁开眼睛，发现自己跌坐在地板上。背后有人用两肘抱住他。他试着靠在那人身上，好不容易才抬起头。

只见一个素未谋面的女子抓着高井由美子的手臂，从背后抱住她并大声质问着。那是一个三十多岁、身材高瘦、打扮朴实的女子。一开始义男以为她是高井由美子的律师。刚刚跑了一个律师，现在又来了一个。哪一个才是真的律师呢？

“喂！你是谁？”三宅先生指着身材高瘦的女子问，“你究竟是什么人？慢着，我好像见过你。”

高瘦的女子似乎心生同情，目光显得真诚。她毫不闪躲三宅先生的注视，点头回答：“我叫前畑滋子。”

三宅先生眼底浮现认出对方的神色，同时脸气得发黑。“啊……就是你！你就是写那篇无聊报道的人！”

不是质问，劈头就是痛骂。那女子没有反驳，只是低垂视线沉默以对。然后将由美子拉近身旁，低声说：“我们回去吧。你不可以来这里。你要为自己的失礼向大家道歉，然后我们回家。”

高井由美子的双眼充满了泪水。“我……我……可是我……”

“来，向大家道歉。”

由美子尖声回答：“可我哥哥是无辜的！”

三宅先生的表情崩溃了。义男听见了他脑内的理性、冷静和秩序等诸多东西碎裂掉落的声音。三宅先生忽然扬起右手，旁人连阻止的时间都没有，他的拳头——而非手掌——便挥向高井由美子。

由美子飞出了义男的视线。年轻女子的悲鸣传来，声音不是来自由美子，而是来自大堂里的某个人。冲过来的警卫扑向三宅先生，前台的店员也加入其中，和前畑滋子一起围拢在倒下的由美子身旁。

“放开我！”双臂被警卫反扭，三宅先生依旧狂暴不已，“我要杀了你！我要杀了你这肮脏的女人！要给小绿报仇！放开我！给我放手！”

面对因愤怒和悲伤而疯狂的父亲，警卫最终松开了手。三宅先生不顾一切地向由美子冲过去。由美子刚刚被扶起，正坐在地上。见三宅先生扑来，前畑滋子“啊”的一声护住由美子。

义男感觉背后支撑自己的手离开了。那双手的主人飞快上前阻止了三宅先生。令人惊讶的是，与其说那是个年轻人，不如说是个纤细而柔弱的少年。少年抓住三宅先生扬起的手臂，三宅先生随之转过身，连义男也看到了他一脸凶相。如果不阻止这个可怜的父亲就糟了。义男想着，身体却无法动弹，只能愕然盯着和三宅先生扭打在一起的少年，以及想要帮助少年压制三宅先生的警卫。一切就像一场曼波舞。这是多么奇怪的场景！太奇怪了啊，鞠子！外公究竟在这里做什么啊，鞠子！

警卫、三宅先生和少年纠缠着倒在地上。

咚！令人惊恐的声音传来，烟灰缸从沙发旁的桌上落下。

“真一！”前畑滋子发出悲鸣。少年倒下了。三宅先生和警卫都瞪大了眼睛，冻结般的目光凝视着身下的少年。血从少年的额头流出，渐渐染红了大堂的地毯。

“啊！不好了！”不知是警卫还是前台店员的声音，几乎要哭出来了。

义男爬着靠近少年。少年已经昏厥，太阳穴开裂，应该是撞到了桌角。义男像保护他一样按住他的头，一边祈祷自己的声音能凛然有力，一边向众人说道：“先处理这孩子！请叫医生，快！”

救护车赶来用了七分钟。在这七分钟里，义男成了现场指挥。他让前畑滋子暂时照顾由美子，把三宅先生和日高道子拜托给饭店的人，又要来滋子的名片记下手机号码，随后保证：“我带这孩子去医院，到了就会联系你。”

日高道子哭得几近崩溃，什么也做不了。发飙后的三宅先生也像傻子一样呆坐着，也不朝义男那边看。见急救人员抬着担架赶来，义男站起身，用力抓了一把被警卫和店员架着准备离开的三宅先生的肩膀。不幸的父亲身体一震，抽泣起来。

义男跟着上了救护车，向年轻的急救人员简单说明了少年受伤的经过。急救人员摸了摸少年的脉搏，又在不触碰伤口的情况下小心翼翼反复检查了瞳孔的状态，随即安慰义男：“不要紧，不要紧，估计很快就能恢复意识了。”

急诊医院很近，但路上堵车，花了不少时间。伤口仍在流血，雪白的纱布逐渐被染红。义男一边想“这么出血不要紧吗”，一边守护在旁。就在这时，为了躲避一辆蛮横不让路的车，救护车猛地一晃。乘救护车本来就会觉得异常摇晃，义男在送真智子去医院时已经体验过了。他立刻伸手扶住少年的头，避免晃动。此时，少年一下子睁开眼睛，就像上课时打瞌睡忽然醒来一样，看起来天真无邪。“好疼！”声音很孩子气。

急救人员和义男不禁互相对视，露出微笑。这样就不要紧了。

“很疼吧，这伤口？”急救人员回应道，“现在正在去医院途中。稍微忍耐一会儿，头不要动。”

“救护车吗？”少年似乎吓了一跳。因为受伤的太阳穴向上，少年正侧躺着面对义男。

“你撞到桌角了。”

“啊，所以才这么疼。”少年皱起脸，“我记不太清了，那个，其他人……”

“都没事，别担心。有个姓前畑的人在善后。”

“滋子姐啊。”少年低喃道，脸上忽然蒙上一层阴云，“大家都没受伤吗？”

“嗯，你是伤得最重的。”

“那就好。”少年似乎打心底放松下来，“真奇怪啊，什么不都清楚。到底怎么了？我怎么会受伤呢？”

“头部被打，有点记忆混乱。”急救人员说道，“不用勉强回忆。”

警笛声传来，还可以听到驾驶员为了从堵车的队伍中冲出而不断喊出的“让开”。

“不通知你的家人可以吗？”义男问道，“如果家里有人，到了医院我帮你打电话。”

“只有前畑女士。”

“你母亲呢？肯定会担心吧？你可能会住院啊。如果不把保险证拿来的话……”

“啊，对啊，保险证。”少年眨了眨眼，脸痛苦地扭曲，“那也在前畑女士那里。”

还是学生，而且也就是高中生，难道在做那个前畑滋子的助手吗？义男忽然想起三宅先生在酒店大堂骚乱中说过的关于报告文学的事。那么说来，木田曾愤懑不平地说过，有人正在某个杂志上刊载关于栗桥浩美和高井和明的报告文学，并且成为轰动一时的话题。但义男知道的只有这些。对他来说，那只是鞠子的案件。而且他已经不愿再想起有关鞠子的任何痛苦回忆了，因此从未看过关于案件的报道或特别节目。

比起这一点，置身于在市中心的街道上缓缓前进的救护车，守护着躺在面前的少年那秀气端正的脸，义男不知为何觉得以前曾见过这孩子。在义男看来，最近这个年龄的少年长得都差不多，因此也许只是错觉。

“有马先生。”少年唤道，“是有马义男先生吧？”

义男一惊。“嗯，是我。”

“我以前见过有马先生。”

急救人员开始更换被血染红的纱布。也许是血流进了眼睛，少年闭上一只眼睛，露出痛苦的表情。

“我刚才也一直在想这件事。还以为自己弄错了，但果然没错。我们在哪里见过吧？”

少年似乎很难开口，猛地闭上嘴。救护车左转，义男按住少年的肩膀，避免他的身体倾斜。这时，义男发现他非常消瘦。

“在墨东警局前。”少年说道，“擦身而过。因此比起见过，应该说是偶然看到过。”

义男在记忆中追溯，但仍没有印象。

“我叫塚田真一。”

“塚田小弟吗？”

“是的。案发当初，是我在大川公园的垃圾箱里……发现了那只右手。”

义男不禁挺直了身体。急救人员装作没听见。

“所以被警察叫去讯问。回来时看到了有马先生。”

“是这样啊……”

“嗯。后来我在电视上也见过有马先生，所以一直记得。当然，有马先生不记得我是很正常的。”随后，他又小声补充道，“而且不仅如此。”

“塚田小弟，那位前畑女士是你的熟人？”

“嗯。”

“听说她在写报告文学啊，关于那起案件的。”

“嗯，没错。”

车身晃动，义男从后车窗看向外面。医院的标志闪进视线。

“今天，我和前畑女士是来找高井由美子的。”

“去那家饭店？”

“是的。有人告诉前畑女士，一个姓浅井的律师和有马先生等人今天会在那里见面，还问她要不要去采访。滋子姐并不打算去。她说这种采访果然还是……不该做的，太没礼貌了。但那消息不知怎么传到了高井由美子的耳朵里，她准备独自前往。我们很担心她，就慌忙追来了。”

救护车朝外来急诊的入口缓缓倒车。

“处理完伤口后，我还想听你多说说，现在就先说到这里吧。”

说着，义男率先走下救护车，边说“拜托了”边向等待担架的护士低头致意。善良的护士瞥了一眼塚田真一，也许是把他当成了义男的孙子。“爷爷，别担心，不要紧的。”她说道。忽然，义男觉得躺在担架上的似乎就是鞠子，不禁胸口一热。这么说来，这是在鞠子死后第一次有人叫他“爷爷”。①

前畑滋子来到医院时，真一还在治疗，无法见面。在挂有“紧急处置室”牌子的白色门前的走廊上，有马义男孤零零地坐在小长椅上，向前弓着身，盯着自己的双手。滋子屏息靠近，老人有点惊讶地睁大了眼睛，随即起身向旁边挪了挪，给滋子腾出位置。

“伤情并不严重。”义男开口便说，“为以防万一，还拍了 X 光片，花了不少时间。医院本来就是个干什么都花时间的地方。

滋子依旧站着，向老人深深低下头。“谢谢您。您真是帮了大忙。“

有马义男摆了摆骨节凸出的手，示意滋子坐下。滋子微微弯腰坐了下来。她很想抽烟，但走廊上禁止吸烟。

“我不知道你都写了什么。”马义男忽然说道，“所以你也不用警惕。若是知道了，我或许也会说出和三宅先生一样的话，但不知道果然最好，无论对哪边都是。”

滋子默默垂下目光。在这里低头也许很奇怪，但不做不行。如果是真正的记者，这时会怎么应对呢?

“留在饭店里的人怎么样？都没事吧。”

①日语里，“爷爷”和“外公”是同一个词。

“嗯，幸好警方没太重视，已经内部解决了。三宅先生和日高女士都回去了，两人都想和您联络……”滋子从包中取出便笺，“这是他们的联系方式。”

“谢谢。”有马义男接过便笺，只是扫了一眼，便装进上衣内袋。那是件领口磨损的旧上衣，从上数第二颗扣子已经掉了。滋子想起来，有马义男是个鳏夫，遇害者古川鞠子的母亲，即义男唯一的女儿也一直在住院。

此案破坏了义男的人生。如今坐在这里的矮小老人脚边到处散落着人生的碎片，那是他认真工作并守护的一生。每走一步，就会踩到其中一片，同时不得不忍受碎片破裂的声音。

要是我，肯定忍受不了。这么一想，滋子根本无法立刻抬起头。

有马义男没有看滋子，而是盯着紧急处置室的门。“高井由美子怎么样了？”

“真对不起。”

“那孩子真的是……”

“没错，是高井和明的妹妹。这一点毫无疑问。”

“是吗。”有马义男点点头，又嘀咕了一句“是吗”，把手伸进内袋，取出香烟。这时，他才第一次注意到走廊里到处都贴着“禁烟”的标志，便立刻收了起来。

“她回家了。”

“一个人没事吗？”

“有熟人来接她。为了等那个熟人，我才来得这么晚。”

“熟人？”

“嗯。”滋子还是抬不起头，“那是……高井和明的同级生。他从小就认识由美子，因此很担心她，目前正亲自照顾她。”

“是吗。”有马义男嘟囔道。

滋子感到了沉重的罪恶感，觉得古川鞠子那看不见的幽灵就站在她旁边，一脸悲伤地凝视着她。没有人帮鞠子，但有人帮由美子。不能仅依据这个事实就断言不公平，由美子毕竟不是杀人凶手。但滋子仍感到不公平，这让她不知所措。

“塚田小弟……是吧？那个男孩。”

“嗯。”

“根据他的说法，你和他是为了阻止高井小姐才赶到酒店的，是吧？”

滋子再次低头致歉。

“就算你道歉，我也还是很为难啊。是那样吧？”

“是的，没错。”

“你听说我们在那里和浅井律师……啊，那人也不是律师，事到如今算是明白了。我们和那些人见面一事，你是听别人说的吧？”

“是从同行那里——我只能这么说。”

“哦，想想也是。”

有马义男一脸疲惫地摸了摸后脖颈，小声说出了今天去饭店前发生的一切：浅井祐子劝诱他们的话，以及通过那些话确认浅井祐子是冒牌律师的过程。义男不擅长说话，滋子中途不断提问、确认，但义男并未露出不耐烦的表情，似乎也在边说边整理脑中的内容。

“你怎么想？”话一说完，义男第一次用询问的目光看向滋子，“你怎么看浅井祐子？我认为她是冒牌货，但你应该知道很多那方面的事情，应该有别的想法吧？”

滋子思考着有马义男口中的“那方面的事情”究竟指代何事。法律？和律师的来往方式，还是所谓的处世常识？

无论哪点，在滋子看来，有马义男都有更准确的判断力。这位老人是个正直认真的劳动者，应该没有什么与法律相关的知识或经验，却靠一己之力看出浅井祐子话中的可疑之处，实在令人惊讶。

“我也认为浅井是冒牌货。”

有马义男放心似的点点头。“果然如此啊。”

“是的，日高道子女士被骗了。今天，浅井祐子和她的男同伙为了把您和三宅先生召集到一起，以启动金的名义从你们这里拿钱，才计划在饭店会合的。他们已经从日高女士那里拿了一百万了吧？如果分别再从三宅先生和您手上各拿一百万，总计就有三百万了。这可是相当合算的。

“那他们打算一拿到我们的钱就逃之夭夭？”

“很可能。也可能会拖延一阵子，想办法再卷进别的受害者家属。总之在现阶段，应该没有律师想要主动对栗桥浩美和高井和明的家属提出赔偿诉讼。无论如何，浅井祐子究竟是不是真律师，这一点很容易就能确定。可以交给我吗？”

“如果可以那就太感谢了。”有马义男郑重其事地说道，“我们可是吃大亏了。”

“……”

“带着日高女士来我家时，浅井发表了那么精彩的演说，看起来完全是正义的伙伴。独生女身亡，因此被丈夫责备导致离婚，像迷路的孩子一样的日高女士很可能会被迷惑。连我听到那演说时都很感动。”

“她说得那么动人吗？”

有马义男向滋子讲述了浅井祐子演说的内容和方式。简言之，她不想让社会那么简单就忘了这起案件，她的目的不是钱，受害者家属必须联手……

“耍耍嘴皮子又不用花钱。”这也许缺乏谨慎，但滋子还是说了出来，“如果只是动动嘴，什么大话都能说出来。事到如今，我这样的年轻一辈自不必说，有马先生肯定也很清楚这种事。”

“是啊。”有马义男苦笑道，“但也并非如此。我经营了四十年豆腐店，老老实实做生意，生活费是赚到了，毕竟我也没有更多的需求。但像你这栏的——不，像浅井祐子那样算计的事一次也没做过。那样很麻烦，而且我的店从来都不收消费税。”

滋子默默露出微笑。

“因为上了年纪，便对社会更加了解，这种事可不存在。何况失去了子女或孙辈——明明没有战争，刚刚体验了心酸的感觉，脑子里一片混乱。这种时候会被戴着正义面具的家伙轻易欺骗，也是难免的。我真的是偶然间注意到的。”

“如果掌握了浅井祐子是冒牌货的确凿证据，您会告诉警察吗？”

有马义男摇了摇头。

“那您准备弃之不管吗？”

"嗯。对那样的人，我也不能怎么办吧？而且对于我们来说，根本没有工夫管这种事，至少我没有。最重要的是，"义男抬眼，用迄今为止最锐利的目光看着滋子，"高井由美子为什么会去那家饭店？她怎么知道我们在那里聚会？是你告诉她的？"

滋子胸中猛然有种被拧紧的感觉，喉咙干渴。她明白，无论她怎么开口，听起来都像在辩解。该怎么说才能尽量减少辩解的色彩？她努力思考，额头渗出汗珠。

"不是我告诉她的。"啊，真是十足的辩解，"但消息肯定是从我这边漏出去的。因此我很抱歉。"

"你是什么时候认识高井由美子的？"

滋子说明了和由美子相识的经过，包括由美子主动联系、见面后询问情况，以及由此认识栗桥和高井的同级生网川浩一的过程。

"那个网川就是来接高井小姐的熟人？"

"嗯，没错。"滋子惊讶于有马义男敏锐的观察力。"无论是由美子还是网川，我都见过好几次了，也说过好几次话。我觉得网川看起来值得信任，因此……"意识到又要把责任推给别人，滋子真想咬断自己的舌头，"我告诉了网川，说今天在饭田桥的饭店，有马先生和日高女士要跟律师见面。还说同行告诉我这个消息，劝我来看看，说这是和家属会面的好机会，但我表示不感兴趣。网川就这样知道了。因此……刚才我问了由美子……"

有马义男再次展现出敏锐的观察力。"那孩子说她是从网川那里得知今天会面的事，没错吧？"

"是的。"

滋子有种想找个洞钻进去的感觉。仅仅交代了事实，但现在的自己看起来是如此胆怯。

"关于那个网川为什么要告诉高井小姐，"有马义男自问自答般喃喃道，"也就是说，高井小姐想见我、日高女士及三宅先生，直接向我们诉说高井和明无罪。"

"……也许。"

“不是也许。你知道吧？刚才在饭店，那姑娘不是大吵大闹吗？说她哥哥无罪。”

“嗯，没错。”滋子很想逃进脚边自己那微微模糊的影子，“我想由美子是想找你们直接倾诉。只是如今，她的精神和体力都到达了极限，只会考虑自己的事，根本没想过忽然闯入那样的地方向你们说出那样的话，你们会有什么反应。”

滋子说完，陷入了沉默。有马义男就像滋子最初看到他时一样，恢复了身体前屈、凝视双手的姿势。“直接找我们倾诉是没用的。”

“嗯，我也这么想。”

“找警察不是更好吗？”

“她说警察根本不听，还说那些警察只是在为确认她哥哥是凶手而进行调查。”

似乎是想思考，义男沉默了一会儿，随即作出了滋子从未想过，至少是在这种情况下从未想过的反应——他质问道：“高井小姐说无罪的人，是只有她哥哥吧？还是说栗桥浩美也一样？”

滋子立刻答道：“只有她哥哥。关于栗桥浩美，她也确信他是案件的主犯。”

“那在她看来，她哥哥是扮演什么样的角色？”

“高井和明知道栗桥浩美就是凶手，想阻止他继续犯案并让他自首。栗桥出事时坐的是高井的车，也是因为高井正要带栗桥去找警察。”

“要是那样，他们在赤井山那种地方干什么？调查总部明明在东京。”

“那是……”

“算了，已经够了。”有马义男粗暴地挥了挥手，驱散自己的反问，“那你怎么想？接受高井由美子的说法吗？我更想知道这点。”他的语气第一次尖锐起来，“难道不是吗？如果高井和明扮演了那种角色，那么和栗桥浩美共同犯案的就另有其人。你是以此为原则写的报告文学吗？”

滋子胆怯不已。她的心脏——那个胆小鬼滋子的灵魂本身——已经提到了嗓子眼，哆哆嗦嗦不停颤抖。小时候，她曾和附近的朋友一起尝试从二楼的露台向下跳。从那之后，她再也没有体会过这种内心七上八下以致口干舌燥的感觉，就连昭二向她求婚时也没有。

“我的……我的报告文学并非以此为原则。”

有马义男静静地直视滋子，双眼似乎已被泪水润湿。也许不是他真想流泪，而是上了年纪的缘故。滋子又一次想到，辛苦了一辈子，晚年却等来了如此不公平的境遇，这究竟会给这人的身心带来多大的伤害？

“我的报告文学一开始就认为栗桥浩美和高井和明是凶手。我是以此为基础，试图揭开案件的全貌和二人犯下如此罪行的深层理由。”

滋子边说边叹息。这样的说明简直就像故事梗概，没有一丝人情味。

“前畑女士，”有马义男责问的语气有所缓和，恢复了开诚布公说话的平稳语调，身体微微探出，“也就是说你从未怀疑那两人就是凶手？”

“是的。”断然回答后，一种如风吹进缝隙般的感觉闪过脑海。滋子立刻反问：“有马先生，您怀疑过吗？”

有马义男又默默地在怀中摸了摸，取出香烟，猛地握紧。

“没有。”老人小声说道，“警察没有详细告诉过我，报纸、新闻及周刊杂志虽然说了很多，但在细节上各执一词。不过，一切都是那两人做的——该怎么说呢，就是关于案件的根基，谁都没有怀疑过。对吧？”

“嗯，是啊。”

两人确实死于事故。在确知凶手不止一人的基础上，即使不特意拿出由美子主张的“高井和明是善意的第三者说”，坦率地说明事实难道不更简单、更现实吗？因此无论是谁，都没有怀疑案件的根基。警方继续调查也是为了查明案件的全部真相。他们对那两人就是凶手毫无疑义，只是还有很多被推测为受害者的女子仍不知去向。

“警方正在寻找两人监禁并杀害女子时使用的秘密基地。”滋子说道，“在栗桥浩美位于初台的公寓中，完全没有监禁和杀人的痕迹。高井和明和父母同住，不可能在自己的房间监禁受害者。这样一来，必定有个可以让他们自由出入并任意妄为的地方。在木村庄司被杀的十一月四日夜里，栗桥浩美和高井和明在冰川高原一带，也许秘密基地就在那附近。”

有马义男“嗯、嗯”地点点头，闭上眼睛，也许是想起了古川鞠子。

“只要发现那处秘密基地，应该就会增加物证。那样就能更明确地证明两人的罪行了。那只是时间问题。”

“要是那样，那孩子无论怎么坚持认为哥哥是无辜的，也……”

“她不得不面对现实啊。”滋子有意冷冷地说道，“现在的由美子只是逃避现实，躲进了理想的世界。难道不是吗？难道不奇怪吗？如果像她所说，高井和明是善意的第三者，努力想让栗桥浩美自首，那么真正的同伙又在哪里、在做什么呢？难道在羡慕地袖手旁观？发生事故还真是不幸命运的捉弄。如果没有事故，两人也许正在前往警局的路上。会有那种轻易默许两人自首的同伙吗？”

有马义男露出苦笑。“前畑女士，你对我发表意见可没什么用，要对那孩子、对高井小姐说才行。”

滋子脸红了。“对、对不起。”她也曾对由美子说过刚才的话，但由美子一副完全听不进去的样子，反驳说真正的同伙也许并不知道栗桥浩美和高井和明的行动。滋子并不赞成。若真如此，又该怎么解释高井和明汽车的后备厢里有木村庄司的尸体？在木村失去联系的第二天傍晚，高井和明收到栗桥浩美通知，特意开着自己的车前往冰川高原。这些举动究竟说明了什么？难道是栗桥独自杀了木村？事后觉得害怕，因此叫来一直热心劝自己自首的高井和明，将尸体作为亲自去见警察的礼物？难道就没有联系另一个同伙？

真荒谬！这样绕圈子的说法究竟哪里真实？！与此相比，栗桥浩美独自在秘密基地附近行动时，偶然遇到合适的猎物木村庄司，便抓住机会将他绑架，监禁在安全的地方后，急忙叫来高井和明，推敲出将木村的尸体向社会“公开”的方案，这么想更容易明白，也更现实。两人开着载有尸体的车前往赤井山，也是“公开”前的一个步骤。鬼屋也许吸引了他们。杀了在HBS特别节目中宣称的“大男人”，将尸体放在人气很旺的鬼屋渐渐腐烂的地基上，恐怕会给全国人民的客厅里提供比三流电影和电视剧更富有戏剧冲击力的画面吧？

“前畑女士，我啊，”有马义男压低声音说道，“刚才也说了，我没有怀疑过那两人的凶手身份，至今一次都没有。只是怎么说呢……我也不知道该怎么表达，就是还有不理解的地方。”

“不理解的……”

“是啊。我至今没有和他们见过面，只在照片上见过长相，体形、走路方式和行为举止，什么都不知道。”

在这点上，滋子也一样。

“对我来说，他们就是幽灵二人组，结伴杀了鞠子。应该就是他们杀的。但我却觉得那……那有种……”

就像在翻动悬浮在空中看不见的辞典，有马义男眯着眼皱起脸。随后，就像在说“果然找不到”一样，他摇了摇头。

滋子叹了口气。“有马先生，请不要再在意由美子说的话。让她在那种情况下接近您，真的很抱歉。按说应该是不能发生的。今后我会好好看管，不让她再做出那种疯狂的举动。”

有马义男仔细端详滋子。“你今后打算怎么和高井由美子相处呢？”

“这……”

“你不赞成那孩子的话吧？认为那孩子的意见只是她一厢情愿吧？尽管如此，你还能和她相处吗？”

“嗯，可以。”滋子果断答道，“我不是受害者的家属，也不是警察。因此无论高井由美子如何自以为是，我都能控制自己的感情和她来往。”

“因此你准备在报告文学里写她的事？”

要写。为了写出凶手在家人面前是什么面孔，为了写出只知道那副面孔的家人无法正视凶手的犯罪事实。“是的，我会写。”

“那孩子读了你的文章，不会认为你背叛了她？她很依赖你吧？”

“我已经很明确地告诉她，我不赞成她的意见。因此不会产生误解。”

“所以也就不会有背叛，对吧？”义男尾音尖锐，似乎在非难滋子，“我觉得这太残酷了。你真的要那么做？能做到吗？”

滋子咬紧牙关，脱口而出的话比她想象的更充满个人感情。“有马先生，您太善良了。高井由美子可是诱杀鞠子的凶手的……”

“那种事不用你说。”就像用柴刀斩断物体一样，有马义男打断了滋子，“失去鞠子的懊悔之心不用你来说明。”

“我并没有那种打算……”

“你按自己的喜好写就行。但高井由美子是高井和明的妹妹，正因如此，才不能任意对她做残酷的事。她并没有杀鞠子，鞠子也不是因为她才遭遇不幸的。前畑女士，我们不是正相反吗？你是为谁写报告文学的？你的目的是什么？完全不明白我们这些受害者家属真实心情的人，难道不正是你吗？还是说你从来没打算明白，因为对你来说没必要啊？”

冷汗直穿背脊，掌心也被汗水浸湿。滋子尽量避免颤抖……不，是尽量避免让有马义男察觉她在颤抖，猛地屏息收紧下巴。

“有马先生，您生气是理所当然的。但您说我完全不考虑受害者和受害者家属的心情，这是误解。没这回事。”

“是吗。但要是如此，你怎么会写什么报告文学？”有马义男的语气毫无刁难和攻击的意味，也没有挑滋子毛病的意思。

尽管如此，滋子仍感到敌不过对方，甚至连与对方抗衡都无法做到。

“创作报告文学，对案件进行解说，就像从河的两岸分别描写一条河。如果偏袒一边，就不可能认真创作。最重要的是，你认为谁会读你的文章？被你的文章吸引，想要知道案件细节的人，应该都是与案件毫无关系的人，对吧？他们是在隔岸观火，所以想知道其中内幕。你是为了他们写，是站在最前面的起哄者。你没有利用高井由美子的权利，更没有责备那孩子的资格。”

滋子像是在寻找依靠般想起了塚田真一的话。为什么会发生这种事，人为什么会这么干，真一说他想知道。

“有马先生，”滋子唤道，“您不想知道他们为什么做出这种事吗？他们为什么对鞠子那么残忍，您难道不想弄清楚吗？”

“那样鞠子就会回来吗？”有马义男的话就像放弃了一切。

不能消沉！滋子反击道：“确实，离世的人不会再回来。但也许可以由此防范相同的悲剧再次发生。”

“你是为此写报告文学的？那就请随便写吧。和我没有关系。现在，我光是照顾自己就已经心力交瘁了。

“我明白您的心情，但是……“

“前畑女士，你弄错了不少地方啊。”有马义男毫不掩饰悲伤的目光，

"我也想知道啊。想知道他们为什么杀鞠子，想知道他们到底在想什么，杀了人后又有什么感觉，还想知道他们是否曾有一瞬间觉得鞠子很可怜。但我并不想从你这样的陌生人的'解说'里得知。我想听他们亲口说出想法，想让活着的他们亲口说出来。'解说'之类的东西，无论解释得多么好，道理多么通顺，归根结底是个故事，是创作出来的。就算他们的话支离破碎，我也想听他们的声音。"

前畑滋子没有这种需要。她心中正直的声音在耳边回响，像是讽刺，又像是辩解。她不需要听到栗桥和高井的声音，需要的只是作为素材的他们，只要能够供她在报告文学中自由使用就行。

"所以我可以和高井由美子见面。"就像要把纠缠在一起的东西吹散，有马义男用力点点头，"和她见面，听听她的主张，这都没问题。我可没说谎。那孩子了解的哥哥也许真的不会干出那种杀人勾当。栗桥的同伙也许另有其人，如今正在窃笑。不，我甚至希望如此。如果高井只是栗桥运气不佳的朋友，逃走的同伙还在其他地方，那接下来岂不是能逮捕吗？我不就可以不再听像你这样聪明的陌生人的'解说'，而是直接听真凶的声音了吗？那家伙不再是幽灵，而是实体，是那家伙杀了鞠子！"

恰巧从走廊另一端走来的护士仿佛感到有马义男高昂的声音从鞋底震颤着上升，猛地停住了脚步。一瞬间，她露出了责备般的严厉神色，但也许是长椅上相向而坐的有马和滋子间的氛围吓到了她，她一言不发地打开紧急处置室的门，消失在里面。

"有马先生，"滋子恳求般说道，"您这么想也是没办法的。两个凶手都死了，这实在遗憾。如此一来，您的愤怒和悔恨也无处发泄，只能悬在空中。我也能想象那是多么痛苦，但是……"

但是，即便如此……

"您不能带着这样的心情去见高井由美子。太危险了。她怀着哥哥无罪的梦，您则怀着生擒凶手的梦，你们可是各自抱着这样的想法接近的。这样就越来越无法冷静地看待事实了。你们要寻找并不存在的、幻想中的同伙，寻找仍然活着的真凶吗？我不想看到这样的情况发生。"

"你不明白。"有马义男吐出回答，声音微微颤抖。

“我会严格命令高井由美子，不让她再接近您和日高女士。因此也请您把今天的话忘了吧。”

话音刚落，滋子便站起身。也许有马义男会认为她想逃走，但那也无所谓。

“我去看看塚田。”说着，滋子迅速打开处置室的门。令她惊讶的是，塚田真一就站在面前。少年面色苍白，比一层层包在额头上的绷带更甚。

“真一！”滋子不禁舔了舔嘴唇。他刚才一直站在这里听吗？从哪里开始？又听到哪里？

“已经……可以回去了。”真一说着，似乎在模仿滋子，也舔了舔嘴唇。在独自咽下内疚的心情时，很多人都会有这样的举动。这也许是保存在遗传基因里的动作。而且若真如此，这基因应该是和冷汗的基因相邻搭配的。

“是吗，太好了。那我们走吧。”

滋子一边说要和石井夫妇联络，一边来到走廊上。始终保持同样姿势的有马义男看了看真一，站起身来。他眼眶发红。

真一走上前，摸着额头上的绷带说：“缝了十针。”语气就像在汇报什么。有马义男的脸似乎要痛苦地扭曲起来，转瞬间却露出了些许笑容。

“我们走吧。”滋子抓住真一的手腕，“有马先生，真的给您添麻烦了。您也请回吧。谢谢您。”

滋子拽着真一迈开步子。少年扭头凝视有马义男，同时被滋子硬拉向前。有马义男半弯着腰，默默目送两人。滋子就像弹药用尽的士兵，像宝剑折断的决斗者，像部下尽失的将军，一个劲地向出口退去。

在前畑滋子在场时，饭店负责人和自称警卫责任人的制服男子表现得相当沉稳。但等到网川浩一赶来，滋子去医院探望真一后，制服男子的态度骤然一变。

他并未使用暴力，也没有出言威胁，但就像絮絮叨叨地想要敲诈一般，说了一通挑毛病的话。而且不是针对由美子在饭店大堂里毫无理由的失态，而是针对与一系列案件相关的高井和明、高井和明的家属由美子及朋友网川。

“也就是说你们毫无反省，对吧？明明做了那么不人道的事，却不觉得恶劣。”

硬把啤酒肚塞进制服腰带的警卫主任的鼻尖几乎就要贴到由美子脸上，由美子不想闻他呼出的酸气，背过脸去，结果他又再次凑上来。

“主任，你问这些又能怎么样？”网川嚷道，“我们已经不停地反省道歉了，而且因为你说如果不整理事故报告就很麻烦，我们才留在这里。但关于由美子今天的举动，你不是一点都没问吗？”

连衣服都没换就从工作地点飞奔而来的网川穿着粗布衬衫，搭配夹克和蓝色牛仔裤，一眼看上去就像学生，很缺乏威严。因此他毅然决然的抗议在警卫主任的鼻息前毫无作用。

“说什么大话？”警卫主任鼓起鼻翼，“你们要是那么想，就叫警察来吧。这个女人可是做出了很严重的伤害行为，应该受到逮捕吧。怎么样？”

他再次凑向由美子。网川上前一步护住。“我没在现场，但塚田真一受伤不是由美子的错，前畑女士已经说得很清楚了。你说那是伤害行为，真是卑劣的威胁！”

“你说什么？”警卫主任逼近网川。饭店负责人抓住他肥厚的肩膀，把他拉了回来。“够了。确实如这位先生所说。”

饭店负责人是个长相温和的小个男人，看起来四十多岁，比一般人眉毛要细，嘴唇也透出擦了口红般的淡红色，总让人觉得有点恶心。他说话流畅，显得气质优雅，语气也很慎重，但投向由美子和网川的目光冷淡。可以看出，负责人甚至对发生在自己饭店的骚动没有任何不安。

有的是……好奇心？或是……胜利感？还是面对处于无法为自己辩解的弱势地位的“恶人”，可以随意处理的……满足感？

“但真是不可思议啊。”负责人淡红的嘴唇一张一合，“高井由美子小姐，你为什么如此固执地相信高井和明无罪呢？”

“由美子，别回答。”网川抢先说道，“不要回答这种问题！”

“你才是胡乱教唆别人！”警卫主任恐吓道，“你怎么会在这里？又不是亲戚。"

"我是由美子的青梅竹马，和高井和明也是朋友。"

警卫主任哼了一声，斜睨着网川。"所以要包庇她？无耻之徒！"

"现在可还没确定高井就是诱拐杀人案的凶手！警方也还在调查。案件中不清楚的地方堆得还像山一样！"

警卫主任用手在脖子上做出自刎的动作。"如果那两人不是凶手，我就切断脖子！"

"到此为止吧。"饭店负责人仍一脸虚情假意地插嘴，"无论是什么人，都有相信自己所爱之人的自由。毕竟我们是民主国家。"

"国家自由，所以杀人也自由？"警卫主任反驳道，"你难道就不感到羞耻吗？不觉得对不起别人吗？你重要的哥哥杀的女孩几乎都和你同龄啊。你要是有同样的遭遇，又会怎么想？"

网川愤然起身，似乎就要抓住警卫主任的衣领。"不许你这么问！"

"为什么？嗯？问了就会很为难吧？难道不奇怪吗？用那么多年杀了那么多人，住在一起的家人却完全没察觉？每天都面对面生活，就没觉得有什么不正常？"

"你胡说八道！你根本没听由美子的话。她说哥哥什么也没做。这还不明白吗？"

"是她脸皮太厚！"警卫主任眯起凶恶的眼睛，"你怎么回事？不会也是同谋吧？你说你是什么青梅竹马，栗桥和高井也一样吧？你也很奇怪啊。"

网川浩一的脸色立即苍白起来，随后又像血液瞬间倒流般变得通红。

"你说什么……"

似乎因愤怒而言语尽失，网川用嘶哑的声音只说出了这几个字。随后他抓起由美子的手腕。"由美子，回去吧，我们没理由待在这种地方。"

"我们要叫警察了！"负责人威胁道。

"请吧。你们在这里做的事，怎么想都很奇怪。既不是听取情况，也不是教导别人，什么都不是，只是在欺负人。警察会怎么看待你们的行为，我也想问问看。"

"真是狂妄的小子！"

“可以吗？我要打一一〇了。”

“嗯，请便！”

警卫主任和网川怒目相向。头痛向由美子袭来，她转动眼珠，把手撑在桌子一端，让自己不至于倒下，随后说了句什么。

“请……”

警卫主任正在说话，网川也应声反驳。被两人的高声遮盖，没人听到由美子的声音。由美子一边骨碌碌转动视线，一边努力支撑身体，再次开口。这次的声音比刚才的清晰多了。

“请借我电话。”

饭店负责人和警卫主任面面相觑。网川似乎要保护由美子，迅速来到她身旁。“怎么了，由美子？”

由美子面向负责人说道：“希望你能借我电话。”

负责人眼角微颤。“你想找律师吗？”

“不，我要叫警察。”

“说什么呢，笨女人？”

“哎！你这话太失礼了！”

“没关系，网川。我今天本来就是笨蛋。”安抚过网川，由美子继续看向负责人。“我认识墨东警局调查总部的刑警。如果打电话，我想他会来的。我确实给这里添了麻烦，就算为处分我而来也无所谓。”

负责人和警卫主任再次迅速交换了目光。

“调查总部的什么刑警？”

“是调查你的吗？”

“由美子根本没接受过什么调查！”网川怒吼。

由美子觉得此时什么都不说最好，便沉默下来。饭店负责人和警卫主任似乎想要对比各自对这沉默的理解，又看了看彼此。

“怎么办？”网川追问道。他明显感觉那两人已经开始畏缩。他们刚才一直在说警察，似乎那就是他们的王牌。但实际上，如果让巡逻车并排停在饭店门前，服务员们按顺序接受警方的讯问，并且有人告状，说由美子和网川被以“整理事故报告”的借口扣押在这里，受到了极大的侮辱，那才是负责人和警卫主任最害怕出现的情况。

“算了，已经够了，不用做到那个地步。”负责人叹了口气，似乎以恩人自居，“你们可以回去了。地毯的清洗费和桌子的维修费，之后我会再向你们要。把索赔书寄给那个前畑滋子就可以了吧？那可是她说的。”

时机正好。由美子抬眼看了看网川，网川搂着由美子，两人走出房间。只有警卫主任像是为了确认两人的去向，紧随其后。两人穿过两扇门，来到前台侧面，警卫主任停下脚步，扔下一句“赶紧滚出去”，重重地关上了门。

前台店员投来好奇的目光，但没有人上前招呼。大堂里已经没有任何骚动的痕迹，交错穿行的客人中没有一个回头看网川和由美子。

走出旋转门，来到街上，由美子忽然瘫软下来。网川连忙扶住她，靠上近处的护栏。

“没事吧？”他担心地窥视着她，“脸色好苍白啊。”

由美子无力地点点头。疲劳和泄气感充满全身，她已经没有力气愤怒或流泪了。现在，她还没有感受到深入骨髓的悔恨。她也觉得自己做了傻事，但并没有切实反省。一切似乎都是很久以前的事了。从和明死后，由美子的生活就失去了现实感。

尽管如此，还是要向网川道歉。他又帮了自己。

“对不起，给你添麻烦了。”

“没这回事。”他拉起由美子的一只手，紧紧握住，像要鼓励一样摇晃着，“首先，今天的事我也有责任。告诉你受害者家属聚会的不就是我吗？我也必须向前畑女士跪下道歉。”

由美子闭上眼睛，让自己刚才的一言一行在眼皮内侧的黑暗中快速回放。尖叫，还有狂暴地胡闹。

“嗯……事情没有闹大就好。”网川浩一和颜悦色地说道，“饭店里的人都是喜欢起哄的虐待狂。但至少没让媒体，让那些和前畑女士不一样的无良媒体察觉。”

似乎是为了回应网川的安慰，由美子没有多想，附和了一句“是啊”。

但是，这想法太天真了。

12

筱崎隆一新年第一天也只是回家拿了换洗衣物，便回调查总部加班。一个人生活没有喝屠苏酒的气氛，附近的商店都在放年假，连买个便当都得跑好远。既然如此还不如待在调查总部，至少吃饭不必担心。

武上悦郎在新年第一天下午回家，睡了一晚之后，第二天下午便来上班。一见筱崎待在内勤业务部门的会议室，不禁皱着眉头质问道："新年难道没有去神社拜拜吗？"听到筱崎回答"没有"，他竟出其不意地邀约："其实我也没去，不如我们现在一起去附近的神社吧。"

墨东警局旁边有一座小小的无名稻荷神社。两人前往那里。孤寂的神社院子里，几乎感受不到新年的气氛，武上故意大声拍手，久久地低头行礼。筱崎这才发现这位临时上司的后脑勺已经越来越秃了。

除了惯例的局长新年训示外，今年又加了调查总部长的训辞。此外筱崎的新年就乏善可陈了，内勤业务的工作并不会因为年头年尾而有特别的变化。照片上的女子，还剩下四名难以确认身份。看着大批父母、兄弟姐妹、好友担心或许是自己的女儿、姐妹、朋友或情人而来确认，最后带着失望和安心交加的复杂表情回去。行踪不明、乏人问津的失踪年轻女子比想象中的要多很多，筱崎不禁感到有些发毛。

到了一月十日，老家的母亲来了一通电话，询问十五日的聚会应该会参加吧，语气半是确认，半是请求。筱崎几乎已经忘了每年一月十五日邀请所有亲戚举办的家族聚会。

筱崎的故乡是山梨县石和温泉附近的小镇，他父亲经营该镇唯一一家汽车修理厂。从小筱崎就对汽车没兴趣，由弟弟代替他继承父业，他才能很早就到东京来工作。身为长子却完全不管老家令他感到深深的罪恶感，一年一度的家族聚会，便成了他赎罪的良机。他的父母以长子就职于警视厅而骄傲，只要看见他便很欣慰。

可是今年他不想回去。不是因为懒，只是不想回去。理由很简单，回去的话就会看见婶婶，到时候和高井由美子相亲的事又会被提及。

婶婶人不坏，平常喜欢照顾人，个性很温和。可就是因为这样，她肯定会在聚会上大声道歉：“都怪我眼拙，差点介绍有问题的姑娘给咱们家老大！”筱崎实在不想看见或听见这场骚动。

筱崎的内心是同情高井由美子的。

被武上责备后，曾经一度放弃跟高井由美子见面。但心底常常会浮现对她的内疚。

他明知这是不合常理的感情。对方于他不过是个没见成面、只看过照片的女子，又不是一见钟情。而且从工作角度看，筱崎固然服务于墨东警局的调查总部，但并非负责高井和明的部分，也不参与案件的搜索调查。他只不过是后勤部门的一员，所谓的内勤业务就是整理文件、有空的时候做做用电脑建文件或描绘地图的工作。不管从哪一方面，筱崎都没有必要对她感到罪恶感！

可筱崎还是觉得难过。

高井由美子想跟筱崎见面，是因为她想直接表达哥哥不是凶手的主张。明知这一点，筱崎却闷不吭声，而是以自己没有负责该业务，听取高井由美子的证词做成笔录不是他分内的工作，来假装与己无干。

他感到怯懦。

筱崎从小就被说是懦弱，甚至被说成胆小鬼。实际上他的父母乐于放手让他去当警察，或许这个过程充满了意外——那个胆小的长子居然能有如此转变！

可是实际情况并非如此。筱崎至今仍是胆小鬼，凡事表现怯懦。他立志当警察，也是因为自己真的很胆小。

筱崎小学五年级的秋天，在故乡小镇发生了一起抢劫杀人案。一对经营旅馆的夫妇被人用柴刀砍死，并遗失了数十万现金。由于凶手逃到山里，警方展开了大规模的搜索，连父亲、叔叔，以及身为消防队一员的班主任老师也加入其中。凶手在紧邻邻镇的山谷中，因饥寒交迫被发现，身上还带着凶器柴刀。当时从凶手手上取下柴刀的人就是筱崎的老师。

在找到凶手之前，学校一直都停课。弟弟吵着也想去搜山，被母亲训了一顿。筱崎则是害怕不已，要不是担心会被弟弟和同学笑话，他还真想躲进壁橱、窝在棉被里发抖！他实在不想被柴刀砍死。谣传说遇害的夫妇，手脚都被砍断，头和脖子只剩一块皮相连，死状凄惨。光是想象就让筱崎脸上顿失血色，简直跟做了噩梦一样。

搜山之后，跟平时一样来教书的老师在筱崎眼中成了不同世界的英雄人物。接受学生喝彩时也一脸笑容的老师，看起来特别惹人厌。作为一个男人，老师身材瘦小，而且个性温和，很少训学生。筱崎本认为老师和自己一样是胆小的人，所以有种被蒙蔽的感觉。此后一段时间，筱崎一直避着老师。

老师似乎也觉察到筱崎的心情。在第二学期快结束时，筱崎忽然被叫到教职员办公室。老师很善于交谈，筱崎三两下就被套出真心话，说出原委。

老师笑了，说自己诚如筱崎所想是个胆小鬼。筱崎生气了，大叫老师根本是在取笑他，像老师这种人哪里懂得他的心情！

于是老师说了，因为自己胆小才去搜山，因为自己胆小才会从凶手手上取下柴刀！

“与其留在镇上整天担心凶手躲在哪里、会不会忽然冲进壁橱，还不如到处活动要轻松许多。凶手已经累了，看不出有疯狂伤人的力气。而且因被我们发现而垂头丧气。我想与其胡乱刺激他恢复力气，不如先将他的武器拿下来更令人安心。于是我上前跟他说：‘把柴刀给我！’他没有任何抵抗就把柴刀交出来，我便接了下来。因为害怕而到处躲藏，结果会更害怕。也有人因为害怕，反而决定起身对抗！如果害怕火灾，就去成为消防员好了。如果害怕罪犯，就去成为搜索坏蛋、逮捕罪犯的刑警好了。这比没有任何抵抗的方法和力量，只能等待事件或灾害来袭，更让人感到安心。”

如今想来，这是一种狡辩。面对任何灾厄，其实逃避和躲藏最为安全。只是老师的说法正好抓住了胆小鬼特有的“成为英雄的方法”，正好符合了年少敏感、亟欲表现自我的胆小男孩心理。

日后筱崎当上警察跟老师报告，老师还寄了一张明信片给他，说“你个性温和，适合当警察”。筱崎至今还留着那张明信片。

武上就是天生要当警察的典型代表，至少筱崎这样认为。而他也很清楚自己和这种警察截然不同。所以混在这些“真正的警察”之中，为了尽到做警察的本分，筱崎只知道要做好一件事。

那就是脚踏实地地工作。

关于高井由美子，武上让他别接近，必须交给调查高井家的同事处理。筱崎也认为这是对的。只是既然由美子指名要找他筱崎，他也不能装作没这回事。

武上说不行，不能动情，也不能被情感绊住，更不能破坏调查总部的搜索动向！

但是筱崎觉得自己接受武上的忠告，其实是想躲藏在武上忠告的后面。他想一直躲着，等待高井由美子主动放弃跟他见面、诉说的心意。而这样的做法未免太卑鄙、太不诚实，尤其是缺乏同情心！

武上一定会骂道：“笨蛋，这种事不需要什么同情心！”但筱崎本来就是为了保护自己胆小的一面而成为“冒牌警察”，所以对高井由美子唯一能做的就是在意。

因此他既怕武上斥责，又觉得武上其实还挺器重他。他要跟武上学的东西还很多，最近也考虑要跟武上一样成为内勤业务专家。在这种情况下，他内心期盼不久能被叫到警视厅上班。

所以他不能违背武上的意见行事。武上叫他别管高井由美子的事那一瞬间，他的腿都软了，充分发挥了身为胆小鬼的本领。

因而他更觉得内疚。至少在婶婶将高井由美子摆上祭坛，用这前所未有的残酷话题来炒热宴会的场面，他选择退避三舍。

他跟母亲解释今天一整天都不能离开调查总部。以长子的工作为荣的母亲，当然会接受这种说法。不能见面固然孤寂，但内心还是为儿子傲人的事业而高兴。这种情绪直接反映在母亲说话的声音里。

十三日晚上，筱崎又回了住所一趟。房东来电通知他老家寄来一个包裹。筱崎打开一看，包裹里塞满了衣服、食品等东西。给工作忙碌的儿子专程寄来其实在东京很容易就能买到的东西，筱崎对于母亲这种不厌其烦的做法只有苦笑置之。既然回来了，就好好泡个澡，睡一晚后，第二天上午七点前出门。武上则是一直住在调查总部。筱崎心想只要自己帮武上代电话班，十五日的假日，武上就能回家过节了。

一到车站，筱崎立刻到店里买了几份报纸。整理相关案件的剪报也是内勤业务之一。在北风呼啸而过的月台上，筱崎缩着脖子翻阅社会新闻。近来关于该案件的全面报道减少了，因为没有什么新发现的事实。

大致翻过一遍，正准备看另一份报纸时，他看见了今天出刊的周刊的广告，心想不妨看看有什么内容，随即全身僵住了。

标题旁边就是高井由美子的照片——“闯入受害者家属聚会，嫌疑人高井和明的妹妹疯狂闹事始末”。

一股比北风更冷的寒气贯穿体内。

筱崎将该写真周刊藏进大衣，悄悄进入内勤业务办公室时，只有一位同事正在打字写报告。那位同事说武上出去吃饭了。筱崎大衣也不脱地走到档案柜前，仔细寻找在武上精心指导下按发音排列的档案标签。他找到了相关人士的住址和联络方法的档案。这是最常用到的档案，共做了五份。其中三份已被借走，剩下的两份上周末才做过信息更新。这份档案是武上整理的，筱崎只负责管理，平常未经许可不得翻阅。目前筱崎做的已经违反了内勤业务的规定。

同事的钥匙发出轻响，筱崎没有回头。他迅速翻页，找寻高井由美子目前的联络方法。在备注栏上，武上坚定的笔迹写着埼玉县三乡市“朋友家”。下面还记录了她父亲目前所住医院的名称。

放回档案，同事已停止把玩钥匙，正在打哈欠。

“我出去一下。”筱崎对着同事的背影说道。

同事回答一声“嗯”，用迷蒙的眼神回头看了他一眼，椅背也跟着嘎吱作响。

“传呼机呢？”

“带在身上了。”

“哦，武上先生说等你来了有工作要交代。”

心跳加速。“是吗？我马上就回来。”

筱崎说完便走出会议室。如果乘电梯，很可能会遇到武上，筱崎决定走楼梯。心中想着高井由美子应该已经注意到这则广告了吧。

那天早上，高井由美子独自看着电视。为收看气象预报而转台时，却看见了早上八点半的社会新闻报道。画面上正是“今天出刊的周刊杂志头条新闻”，因此知道了自己十一日在饭田桥饭店引起骚动的事已经被报道了。

一瞬间周围一片黑暗。

电视画面上将该周刊的照片作了特写。由美子一边想摆脱饭店保安的制止，同时接近有马义男。尖锐的脸颊、高挑的眼尾、扭曲的嘴唇像小时候噩梦中出现的厉鬼一样，那是一幅面貌丑陋的照片。这是什么时候被拍摄的？谁带着照相机？明明没有听见任何按快门的声音！

网川浩一告诉她受害者家属即将举行聚会，是在聚会前一天的十日。关于这一点，网川浩一说是前畑滋子告诉他的。滋子似乎无意前去采访。网川有些纳闷，觉得这么好的机会能跟家属接触，前畑小姐放弃了太可惜。

“若我是前畑小姐，一定会去。”

一开始由美子也只是听过就算。家属聚会的地点离她的住处又很远。可是听网川说东道西，提到豆腐店老板有马义男是古川鞠子的外公，曾接过几次凶手的来电，彼此之间有过交手，他也会出席该聚会。由美子心中闪过一个念头。

她知道有马义男这位老人。以前她是局外人，跟一般观众一样看过电视，她记得老人接受一群记者采访的样子，还记得当时老人并未因为被戏弄而错乱、生气，而是表现出强忍着愤怒与悲伤的神情。

父亲说："那位老先生真是了不起，很坚强。要是我的孩子或孙子遭遇这种事，我又被凶手戏弄，精神一定早就崩溃了。有马先生却很振作，实在有骨气。"

父亲不是那种容易钦佩别人的人。历经千辛万苦才有了自己的店，他是靠自己的力量开拓人生。因为拥有这种强烈的自负，对别人的要求也很严格，所以父亲很少赞美他人。这样的父亲看着电视、读着报纸，却明白地对有马义男表达敬意。有马义男就是这样的人！

除了电视台的一部分人员外，有马义男可说是跟凶手接触最多的人。另一方面，他不只是听凶手说话，还能跟对方交谈，不受对方撩拨，冷静地应战。

由美子好像水底的石头向上看，看见了射进来的阳光，眼前一阵明亮。

有马义男目前对于栗桥浩美和高井和明有什么想法呢？不对，应该说感觉如何？认为他们两人就是凶手吗，还是觉得哪里不对劲吗？

据报道，打电话给有马义男、侮辱他并要求他为古川鞠子求饶的已确定是栗桥浩美。第二次之后的通话，警方录了音，进行声纹鉴定后，可以确知属实。因此有马义男知道栗桥浩美平时隐藏起来的邪恶面目。

有马义男对于高井和明又是怎么想的呢？得知他是同伙后，有马义男认同吗？

接着由美子又进一步想到，假如有马义男直接接触到栗桥浩美的阴暗部分是真实的，而非想象或臆测，那么他或许愿意听由美子的说法："哥哥试图将栗桥浩美从他内心深处的无底泥淖中救出来，可惜力不从心，还倒霉地连自己也栽了进去。哥哥并不是同伙。"

如果有马义男真知道栗桥浩美活生生的邪恶，那他就应该比刑警或记者更愿意靠近由美子，倾听她的心声。或许他有兴趣探索真的同伙另有其人的可能性。

如今想来，这一切都是由美子一厢情愿。当时由美子亟欲跟有马义男见面，表达心声，想请教那位坚强的老人对整个案件的看法，根本无心待在家里，所以跑到了饭田桥的饭店。她知道跟其他人说一定会被制止，于是保持沉默单独行动。

结果就是那样，而引发的后遗症就是这个。

一连骂自己三声笨蛋也无济于事，如今由美子才悔不当初。

那天悄悄从饭店回到家，前畑滋子打来电话，狠狠地批了她一顿。由美子低着头抓着话筒，一句话也不敢回。滋子说很想跟由美子当面谈，只是顾虑由美子的母亲，现在不便过去。等到稿子告一段落，到时再谈今后的事。语气从头到尾都很严厉。

挂上电话不久，从饭店送她回家的网川浩一也说了同样的话："还好没有被媒体盯上，现在最怕的就是这种事。"

注视着电视画面上如疯婆子般的自己，由美子浑身无力地跌坐在地板上。虽然没有流泪，但是全身发冷，还可以听见牙齿颤抖的声音。前畑滋子说的"更可怕的事"，现在已经发生了……

母亲和胜木阿姨前天晚上便出门了。胜木阿姨的老朋友在滨松经营高级宾馆。她们去那里不是为了旅游或散心，而是借钱。

长寿庵的新店面是贷了巨款改建的，每月的清偿费用在店里生意不错时尚能支付。现在店关了，父亲的住院费又很贵，包括母亲和由美子的日常开销，手边的积蓄很快便用光了。胜木阿姨这里住固然没有问题，但毕竟无力负担两名女食客的债务。因此跟好几位朋友商量，滨松的好朋友给了善意的回复。不只是借钱，还可以预借薪资。换言之，只要谈得拢，母亲和由美子就可以住在该旅馆成为员工，到时候就能将父亲转到那附近的医院。

实在是求之不得的好消息。因为对方的善意和胜木阿姨热心的劝说，才能有这个对高井家而言简直是奇迹的喜讯。

胜木阿姨最早知道这件事是在由美子大闹饭店的第二天，也就是十二日早上。本该等到确定了才说，但是阿姨实在高兴不已，心想说出来也无妨。

"你们俩不能出来见客，得做些后面的工作，但是能有一个房间。总之现在离开都市是对的。"

由美子也这么认为，她也很想忘了前天那场骚动带来的余波。

那天之后，她和阿姨、母亲商量了很多。尤其在意的是警方，警方或许对高井一家三口一起离开东京会面有难色。如果这样，只有尽力说服了。她们从未说过不协助调查的话，凡事不都配合了吗？今后也打算如此。对由美子一家而言，只要调查有进展，或许就有希望找到和明不是凶手的证据。虽然很渺茫，但也不能放弃。

然而日子还是要过下去。屋顶、米饭、温暖的被窝，没有钱什么也维持不了。她们必须工作，为了让警方明白这一点，她们会拼命请求。

不能一直躲在胜木阿姨家，必须有所行动。由美子认真思考，她知道该有所作为了。不是潜入受害者家属的聚会干那些蠢事，而是更正面积极的行为、更脚踏实地的行动。为了证明哥哥无辜，我必须更加振作，成为高井家的支柱才行。绝对不能再有那种莽撞的失败了！

可是……

她的干劲和决心却像被泥石流吞噬一样逐渐倾颓毁坏。

如果滨松亲切的旅馆老板看了这本写真周刊，还会给由美子她们好脸色看吗？还有勇气迎接由美子她们吗？

哪有这么好的事，不可能。

或许我已经坏了所有的事。

不知道在医院的父亲会以什么方式得知这个消息？会是从同病房的其他人口中听说，还是医生会告诉他？他的血压依然很高，心脏的情况也令人担心，这次由美子闯的祸将给他造成多大的负担呢？

母亲呢？母亲又会怎样？为了解决生活问题，目前她好不容易在出事以来，有了一点小小的希望和振作的力气。就连胜木阿姨也会觉得丢脸，对由美子感到十分失望吧。她一定也很后悔当初为什么要帮助由美子她们。

由美子上半身摇摇晃晃地靠在墙壁上。忽然听见一个声响，是墙上的月历掉下来了。她一闭上眼睛，泪水霎时落下。

电话响了，由美子一动不动。谁？她因害怕不敢去接。是妈妈吗，还是前畑小姐？谁打来的都无所谓，谁打来的都一样。由美子只需道歉便可。

对不起、对不起。

电话铃声停了。但是马上又响了起来。这次是谁呢？是谁打来的？对不起，我向你道歉。都是我不对，我对自己做了蠢事感到后悔。

由美子扶着墙壁站起来，电话还在响。她充耳不闻，径直来到走廊上。

这是栋老房子，到处都有冷风吹入。走廊很冷，她蜷身前行。

她进了洗手间。

方形的镜子里映出了她的脸，但是她一时之间没认出来。高井由美子长的就是这副德行吗？我究竟是个什么样的女人呢？

她打开小收纳柜。

里面排列着化妆品、香皂、发夹、漱口水等。由美子伸手将那些东西推到一边，径直探索最里面。

胜木阿姨的丈夫很讨厌用电动刮胡刀，都是用传统理发店使用的折叠式刀片刮胡子。

“老公死了之后，我也舍不得扔，就一直放在那里。”

阿姨说的果然是真的，收纳柜里的确收着一组传统刮胡用具，就藏在阿姨喜欢的洗发水后面。

由美子拿起了刮胡刀，打开折叠的部分。

是银色的，一点锈也没有。感觉好像很锋利。如果胜木姨夫还活着，每天都还会使用吧。

刀片映出了由美子的脸。先是嘴唇、脸颊，然后是眼睛。扭曲得不像是人的脸。可是比起刚才镜子上的脸，似乎这更能让由美子认同。啊……我就是这样，的确这就是我的脸。

电话铃声还在响。催人般急切地响着。好啦，我知道了，现在就去处理。我现在就要将这个没用的高井由美子处理掉！

电话铃声停了。

由美子将刀片对着左手腕，深吸一口气。

篠崎见打电话没人接，立刻跳上了电车。如果不在家就算了，总之先到她们那个三乡市的朋友家看看。如此果决的行动，在他而言算是很少见。

筱崎的地理知识比较丰富，很熟悉首都圈的交通网。从墨东警局到埼玉县三乡市高井家朋友的家，在早上的上班时间里，估计大概得花上七十分钟。因为出城方向，车很少。

他不禁后悔只带了传呼机出来。刚才要是跟谁借部手机就好了，这样在车上也能联络了。无奈只好在转乘常磐线电车时，利用短暂的候车时间在月台打公用电话。依然没有人接听。心中有股强烈的不祥预感，筱崎还是努力打消这个念头。高井由美子可能是外出上班了，也可能还不知道写真周刊的报道。就算知道了也不会立刻有什么举动，顶多只是铁青着脸、吓坏了而已，一时之间还不会做出傻事。他会往坏的方面想，都是因为对高井由美子感到内疚。他不能胡思乱想受影响。

这样慌张地冲出来，见到高井由美子时该说些什么，他倒是完全没有好好想过。是该建议由美子，她可能因这件事被警方斥责，到时只要乖乖道歉就行，还是劝诫由美子做这种事只会造成反效果，他愿意听她说话，请她冷静下来说出心声呢?

相亲照片上看起来很老实的女孩，如今又是怎样的表情呢？现在才跟对方见面，还不知道她是否愿意见筱崎呢？因为这篇报道，筱崎才来找她，说不定她会因此有所戒备。

因为不断想着心事，一不小心竟搭上了直达绫濑的电车。懊恼地咂着嘴下车，穿过月台后冲往检票口，直奔出租车上车点。为什么自己这么迷糊?

还好出租车司机只凭着筱崎告知的地址，便准确地将他送达目的地。一幢古老的两层楼房，还有一个小小的院子。确认名牌上写着“胜木”，跟他手上记的一样。没错，就是这里。但是找不到门铃所在。

周围都是结构同样朴素的住宅。这是个工作日的安静早上，空气凛冽刺骨，天空却晴朗明亮。邻家二楼窗口翻飞着晒洗的衣服。

“请问有人在吗？”

筱崎大声呼叫。大门里安静无声。格子门的毛玻璃后面，隐约可见红鞋的轮廓，是高井由美子的鞋子吗？

“请问有人在吗？”

再一次大声呼喊。还是没人应声。筱崎试着拉开大门。

门开了。房子很旧，但整理得很干净。

这是个小而美的玄关。进门处摆着拖鞋，左边鞋柜上插着山茶花。筱崎背着手将门带上，走到里面。

屋子里好像传来些许电视的声音，不是人声。谁在家吗？

筱崎吸了一口气，踏上地板，大声喊道：“对不起，有人在家吗？我是墨东警局的警察，请问高井由美子小姐在吗？”

没有回应。

只有电视机中传出一个人拼命说话的声音。筱崎站在原地侧耳倾听。

这不是早上播放的社会新闻节目吗？主播说话的声音他听过。据武上的做事方式，收看电视新闻报道收集信息也是内勤业务之一，所以自从大川公园事件发生以来，筱崎也开始乖乖收看新闻节目。

社会新闻！

胸口不禁有种被尖细锐利的指甲恶意刺伤的感觉。是社会新闻！为什么要看这种节目？高井母女匿名躲在朋友家，为什么会将频道转到以她们的故事为题材的节目呢？

为什么电视机会开着？

筱崎赶紧脱掉鞋子，冲进屋里。经过短廊，电视的声音越来越清晰，有笑声，也有热闹的音乐声。

右手边就是客厅，电视就在里面。旁边有张暖桌，暖桌周围的棉被形状似乎诉说着刚才还有人在，还把腿伸进去。

墙边的月历掉在地板上。

“高井小姐！”筱崎站在暖桌旁大声呼喊，“你在家吗，高井由美子小姐？”

电视的声音很吵，筱崎将电视关了，又一次呼喊：“高井由美子小姐，你在哪里？”

忽然听见什么东西掉下来，声音好像来自走廊后面，很清脆，就像是瓷砖碰到了什么。

筱崎转身冲到走廊上，是洗手间还是浴室？这股冷风是从哪里吹进来的？这真是一栋走廊嘎嘎作响的老房子。

打开玻璃门一看，里面是个白色瓷砖铺就的洗脸台。上面有镜子，生锈的水龙头正在滴水，挨着墙的小收纳柜开着。

筱崎冲进洗手间，立刻在旁边的浴室里发现一个蹲着的女子。

一时之间他吸了一口气，说不出话来。所有信息同时涌入，令他眼花缭乱，时间也仿佛静止了。

女子穿着红色毛衣和露膝盖的牛仔裤，低着头，及肩长发散落在脸的四周，只能微微看到瘦弱的脖子。她的双手垂在旧式瓷砖地板上。旁边翻落着一个小水桶。天气这么冷，她的衣袖却卷了起来，而且还……

迎着浴室窗口照射进来的阳光，女子手上有什么东西闪着光亮。

是刮胡刀！一意识到这点，就像咒语被解除般，时间开始流动。筱崎赶紧冲到女子身边抓起她的手。她那几乎没有体温的右手紧紧握着一把旧式长柄折叠刮胡刀。这时筱崎才看见地板上的血迹，鲜血并不是很多。时间加倍运转，筱崎一口气夺过刮胡刀，抬高女子的左手查看微微沁着血的伤口，并摇动女子的头。

“高井小姐？你是高井由美子小姐吧？”

年轻女子的眼神像洞穴般虚空，无法聚焦。垂着的头好像断了一样晃动着，半张着的嘴唇失去了颜色，连呼吸声也弱不可闻。

但是没错，这就是相亲照片上那张脸。单眼皮、饱满的脸颊，下巴比照片上的要凸出，但就是这张脸。她就是高井由美子。

筱崎将刮胡刀扔到洗脸台下，双手抱起高井由美子，将脸靠近，每说一句话就用力摇晃她的身体：“你是高井……由美子小姐吧？”

由美子没有回答，眼睛也没有动一下。

“你知道写真周刊的事了，才会做这种事吧？”

幸好左手腕的伤口不大，只是小切伤，血流得不多。紧张地跑来是值得的。

“慢慢来，不要紧张。还好我赶上了。我们先回客厅吧，坐在这里你会感冒的。”

由美子想站起来，但膝盖使不出力，根本无法动弹。瓷砖地板对穿着袜子的脚而言太滑了，加上她又很重——也许是因为筱崎力量太弱，两个人差点一起跌倒在地。无奈筱崎只好拖着她走出浴室，并靠在洗手间的墙上。刮胡刀就掉在附近，他很自然地拾起，放在西装内袋里。真的想不开闹自杀的人，往往会趁着救援者不注意时自杀成功。过去筱崎看过不少这种例子。

真惭愧，他累得喘不过气来。以后可得好好锻炼身体。想到这件事他才发现自己恢复了冷静，开始有些精力，于是看着由美子笑道："没事了。听见没有，不能再有寻死的念头了。你家人在哪里？你不是跟母亲一起住在这里吗？"

由美子的眼睛微微动了，大概是对母亲这个字眼有所反应。她虚弱地眨眨眼，目光涣散地看着筱崎。当他们四目相对时，筱崎放心了，看来没有药物的症状。她只是因惊吓而精神虚脱。

"必须先处理你手上的伤口，你可以站起来吗？对不起，我恐怕扶不起你来。"

女子的视线有了焦点，她第一次仔细观察筱崎。

"你……是谁？"她小声地问。

"啊，我呀。"筱崎目光有点回避，他其实不打算这么做，却很自然地做了出来。"你还记得吗？我是筱崎，筱崎隆一。"

忽然有一阵气球没气一样的空当。高井由美子嘴巴张着，无声地好像想问什么。

"嗯。就是那个本来要跟你相亲的墨东警局的警察。"

由美子点了点头，忽然表情像纸皱了一样扭曲，并放声哭泣。

就像不管不顾的小孩哭泣一样，泪水汩汩直流。因为声音太过悲痛，连筱崎都鼻子发酸，想跟着一起痛哭。

"对不起，真是对不起。"筱崎扶着由美子的肩膀安慰道，"我应该早点跟你见面。我却没有那么做，真是对不起。"

房子的主人胜木女士应该是名很好的家庭主妇，稍稍寻找，便能找到一个设备齐全的急救箱。处理由美子的手伤，这个急救箱已经足够使用。

左手腕包着绷带的由美子比看上去更疼痛、无力、悲伤与疲倦。筱崎小心翼翼问她问题，但是她有时前后回答不一，有时语意不明，或是文不对题。筱崎花了一个小时才好不容易弄清楚饭田桥饭店发生的骚动和高井母女的近况。

“我做了蠢事。”由美子低喃道，声音几乎弱不可闻。

两人已经回到充满阳光的客厅，但由美子还是很冷，身体始终在发抖。

“的确你这件事做得很不高明，但是事情过去了也就算了。”筱崎如实说，“今后千万不能再像那样跟受害者家属接触了。”

由美子乖乖点头。

“调查总部应该已经知道这件事了，大概今天你会被传讯。到时就老老实实把事情说出来。”

“我……犯了什么罪吗？”与其说是担心这件事，她的语气听起来更像是希望获罪而令心情轻松。

“要看受伤的男孩怎么想，目前看来应该不会有事。他应该也会跟你一样接受传讯，情况必须等到传讯完之后才会更清楚。”

由美子的视线落在自己包着绷带的左手腕上。

“你一定觉得我不是真的想这么做。你觉得我无意自杀，只是想博取同情罢了。”

“我不认为你会大费周章地玩这种游戏。”

“可我就是会闹出一大堆事的女人，你一定这么想。”

“有时破釜沉舟也不见得是坏事。”筱崎说完关上了急救箱，“听说你到处宣称你哥哥是无辜的。”

“……”

“我不直接负责调查，所以不太清楚详情。负责案子的警察是否认真听过你和你的父母说话呢？”

由美子低着头沉默不语。

“如果觉得警察对你们不公平，最好能说出来。的确和明还没有被断定是凶手。”

“哦？”由美子幽幽地问，“不是已经确认我哥哥是凶手了吗？”

“据我所知，整起案件还没有完全查清。不光是你哥哥的部分，还有很多疑点。”

“警方认为的高井和明……”

“啊？”

“并不是我哥哥。”

因为不明白由美子的意思，筱崎看着她。

“不只是警察，现在整个社会报道的高井和明，根本不是我认识的人。哥哥不是那种人，那是别人。”

多方面搜集一个人的信息组合起来，就能建立一个人的形象。这点不管是负责调查的刑警，还是写报道的记者都一样。但是经由这种过程构筑的形象，往往和真实的人有着微妙的落差。这是理所当然的，就某些意义而言也是无法避免的。搜集信息的人各有其解析角度，所谓的信息必须无条件地在那个角度内加以筛选。由美子表达的是否就是这个意思？还是说这么做无法从外围加以确定时，就不能进行犯罪的调查？而且不管跟真相的落差多大，只要能重组那人犯罪的事实，警方也可以接受。不，应该说是不得不接受，这就是他们的工作。

筱崎明白由美子的想法，想寻找正确的言辞说明由美子因为不知道如何表达，才会行为错乱。这时电话铃声响了，忽然间由美子的目光显得怯懦。

“也许是你母亲打来的。”筱崎说出最安全的答案，“接比较好吧。”

由美子摇摇头。筱崎心想，如果是她妈妈，她或许更不想说出来，因为很没面子。

“我可以接吗？”

由美子点点头。

“电话在通往二楼的楼梯下面。”

筱崎赶紧跑到走廊上。电话铃声响了十几次，他一拿起话筒，一个男人的声音就直逼耳膜。

“由美子？你是由美子吗？你还好吧？现在一个人在家吗？”

筱崎有些困惑，尽可能客气地回答：“高井由美子小姐现在没事，请问你是哪位？”

话筒里一阵静默，然后对方问：“请问你是哪位？”

筱崎又感到困惑，因为很难说明自己的情况。

“我是墨东警局的人。”

“什么？那由美子被捕了吗？”

“没有，我只是来问事情的。”

“关于写真周刊的事……”

“没错。对不起，请问你是哪位？”

“我是由美子的朋友。”对方调整了声音和态度说，“我叫网川浩一。”

“网川先生。”重复一次后，本在客厅畏首畏尾偷看的由美子跳了出来，难掩脸上安心和喜悦的神色，从筱崎手上夺下话筒。

筱崎愣住了。就像是他为了解救在山崖遇险的由美子，拿着绳索冲过来正要投过去，她却迎向另一条慢半拍扔过来的绳索。仿佛一开始别人就没把自己放在眼里。

高井由美子几乎是紧抓着电话。虽然仍在抽泣，但神情不再紧张，身体也没有发抖。提到用刮胡刀割腕的经过时，又不禁泪流满面，但那种稍有不慎就会寻死的紧张气氛，在她身上已经不复存在。

之后两人说些什么，光从由美子的只字片语中很难猜出来。因为几乎都是网川在说话，由美子负责回答及点头，有时哭泣，有时则不停道歉。筱崎觉得很不是滋味，忽然觉得房间里很冷。

网川又说了些什么，于是由美子瞥了筱崎一眼，并对着话筒说：“啊？嗯，好。听说可能会被墨东警局的人传讯……”

他们说话的样子很亲密，而提到“墨东警局”的语气却充满了厌恶和恐惧，而且这是针对筱崎而来的。换言之，当她恢复了平静，可能已经想起来筱崎是哪边的人了。

筱崎有一点很在意。网川这个姓氏不难记，却也不是很常见。他好像在哪里听过或是见过，还是他记错了？

“对不起……”由美子对着筱崎递出话筒，“网川先生想跟你说话。”

筱崎接过电话，但先掩住话筒问由美子：“这位网川先生是你的朋友吗？”

由美子有些惊讶。为什么？

“出事以来，他帮了你很多吗？”

“没错。”由美子小声回答。

“对不起，他是你的未婚夫吗？”

由美子泪水还没干的脸颊红了。“才不是呢。”

是吗，筱崎这才接电话。

“我刚才听说了，由美子让你多费心了。”网川口齿清晰地说，“危险之际承蒙你的帮助，真是谢谢你。现在你要带她去墨东警局吗？如果是这样，可否等我一个小时？我也想一起去，我现在就赶过去。”

筱崎一时之间想了许多事。原来这人误会筱崎来这里是因为公事，而由美子也还没有跟他解释误会。所以往前推断，由美子应该也还没跟这个姓网川的人说筱崎是她没相亲成的对象，也没有告诉网川，案发以来由美子一直想跟筱崎见面，为哥哥申冤。

“喂？喂？”网川催促道，“怎么不说话了？”

“对不起，不好意思。在电话里说，可能很花时间。我不是因为公事来这里的。”

对方的声音忽然紧张起来。“那是为了什么？”

“我想还是待会儿再说吧。不然也可请高井小姐解释，可以吗，高井小姐？”

由美子显得有些狼狈而退缩，但还是点了点头。

筱崎转而对网川说：“她说可以。”

“那我现在就过去。”因为紧张过度，网川的声音听起来有些生气，“刑警先生，请你视线不要离开她。自杀未遂之后，听说是最危险的时期。千万别让她一个人待着！”

筱崎很想回答“不用你说我也知道”，但还是将涌上喉咙的话吞了回去。只是简短回答“我知道”，便挂上电话。其间由美子的表情变成被律师抛在侦讯室，和刑警四目相对的嫌疑人一样。实际上这也是她目前的心情。

总之姑且只能等待。正当筱崎想招呼她说“走廊上很冷，先回客厅吧”，刚挂上的电话又响了。筱崎下意识地接起电话，一听对方报出姓名，不禁流出冷汗。

对方居然是调查总部的刑警，是负责处理“高井和明”的组员，和筱崎同样隶属墨东警局。他所写的报告，筱崎不知已读过多少并加以归档。

对方不知是筱崎，公事公办地说：“请寄住在贵处的高井由美子接电话。”筱崎并非毫不犹豫，而是认为现在最好别隐瞒，于是报上姓名，并问吃惊的对方是否马上过来。对方回答当然。

“是为了写真周刊报道的事吗？”

“嗯。要我去问清楚为什么会发生这种事。上面的人简直气坏了。搞什么嘛，高井的妹妹？你知道我们今天早上被骂得多惨，真是受够了！对了，筱崎，你在那里做什么？你不是内勤吗？什么时候被调到步兵连了？可不要随便乱来！”

“见面之后再告诉你吧。”筱崎说完便挂上电话，好不容易呼了一口气。被同事说无所谓，他只担心会受武上责备。尽管已经有了心理准备，但没想到这么快就露馅了。说是已有了心理准备，其实根本没有，何况自己本来就很胆小。因为很了解自己，筱崎更加感到畏缩。

也许会被内勤业务部除名吧。武上虽非不能容许属下犯错的上司，但也不是能容许明知故犯地背叛的主管。很可能他不会生气也不会训斥，只是放弃筱崎。现在兴奋当头，筱崎可能还毫无察觉，但其实这是会让他眼前一暗的重大处分。

“筱崎先生。”由美子小声呼唤。

“听说要来，从调查总部过来。”筱崎垂头丧气地说，“可能有点……不，应该会说得很难听。他们对你做的事不怎么赞同。”

由美子低下头。

“不过那个姓网川的人跟你一起出面了，至少不是你一个人，还好。”

“筱崎先生……”

“我等负责的同事来了就回去。”

“我不是这个意思，我是说你会不会……因为这件事被训斥？”

疑问来得意外，筱崎不禁回过头看着由美子。她仰头露出询问的眼神，充满了担心。

“没事。”筱崎回答。事到如今，也只能这么回答了。

因为会发生这种事，当初武上才说“不行”。筱崎心想，我真是个大笨蛋！可是再一次处于相同的情况，他还是会这么做。滥好人躺在针山上，依然会是个滥好人。

两名警察同事比网川浩一还早到达。看见他们可怕的表情，由美子脸色发白，颤抖不已。两名警察似乎只想先把筱崎带到一旁，忙着处理他的事。

大概是拜武上所赐，他们之间的话语没有直接进入由美子的耳朵。听完筱崎说明经过后，两人将筱崎一顿臭骂。

“你是不是鬼迷了心窍？”

“真的那么缺女人的话，要多少我都可以介绍给你。”

“不是这么一回事。”

“你实在是个滥好人。”

“那种女人就算扔下不管，也不会闹自杀。她不是跑去找受害者家属，还打破别人的头，害得对方进医院吗？”

“事实不是还没确定吗？不要乱栽赃！”

“你问出什么来了吗？”

“我没问，因为怕重复讯问浪费时间。”

在等同事来期间，筱崎问由美子的多半是现在的生活情况、她父亲的病情、今后的打算等细节。原本很想对筱崎宣称哥哥无辜的由美子，不知为何一句话也没提。尽管筱崎提到该话题，由美子还是避而不谈。

筱崎觉得由美子有自己的想法，对于以这种方式连累筱崎，她感到很不好意思，大概是想表明他们就到这里为止。由此可见由美子不是不聪明的女人，也不是自私任性的人。筱崎因此有种获救的感觉，但是这样，对于由美子真心期望的事情，筱崎便完全帮不上忙了。或许这一点武上也早就看穿了。不管情况如何转变，筱崎终究不能为由美子出力。

责骂、揶揄够了，同事让筱崎赶紧回去。本应照同事所言立即离开，但是筱崎很在意那个叫网川浩一的男人。倒并非因为那人是高井由美子心仪的对象，而是听过这个名字一事让筱崎无法掉以轻心。

“待会儿赶过来的人，听说是高井由美子的朋友。”筱崎试着问同事，“叫网川浩一。你们知道他是怎样的人吗？”

两名同事对看了一眼，其中一人皱着眉头拿出笔记本。

“我好像也知道这个名字。”

“年轻男人吗？”

“对，是她的朋友。”

“现在高井由美子不可能有情人或朋友，大家都躲她远远的。”

翻阅笔记本的警察发出“噢”的一声。“找到了，我见过他。”

“谁？”

“栗桥浩美的同学，小学中学都在一起。换言之，也是高井和明的同学。”

原来如此。筱崎感觉眼前的迷雾散去，难怪他觉得见过这个名字。既然是栗桥浩美和高井和明的同学，至少在毕业纪念册上会出现这个名字，所以即便没有跟此人说过话，在讯问过程中应该也会常常提到。网川的名字也就这样出现在记录讯问内容的报告上吧。

“他对高井小组而言不是重要人物，栗桥小组的人应该更清楚吧。”

“怎么说？”

“网川浩一和栗桥浩美交情很好。初中同学都异口同声这么说。”

筱崎沉默不语。他是栗桥浩美的同学……

“这种人怎么会跟高井由美子扯在一起呢？”

“不知道。这个姓网川的人好像很受欢迎，栗桥也对他另眼相看，甚至愿意跟他结成一伙。不管问谁，大家对他的评价都不错。”

“是优等生吗？”

“好像是，连当时的老师都还记得他。听说外号‘和平’，大概常常一脸亲切的笑容。就连我们在讯问时，也常常听到他的名字，可见大家对他的记忆有多深。实际上网川好像也帮过班上最后一名高井复习过功课。”

“真令人感动。”

“栗桥的功课也不错，颇受女孩的喜欢。乍看之下是个好学生，但对老师们而言却不是那么好对付；但是网川不一样，他真的是好学生。想知道得更清楚，不妨去问栗桥小组的人。”

“也就是说优秀学生长大之后还是优秀青年，不忍心看着杀人凶手的妹妹在一旁受苦受难？”

高井小组的两名刑警笑了，但是筱崎没有笑，感觉心情不太好。

“他现在在做什么？职业是……”

一名刑警看了一下笔记本上写着的“补习学校教师”，于是简单地回答：“老师吧。”

“老师……”

这时那名刑警敲了一下筱崎说：“喂！我干吗跟你说这些事，你听了又能怎样？赶快回局里吧，小心被武上先生修理。”

一听到武上的名字，筱崎似乎也有点清醒了，赶紧拿起大衣往外走。

走出胜木家玄关，经过停在门口的警车旁边时，筱崎注意到一辆小型商务车慢慢从道路右边开过来。车停好后，一个高瘦男子打开车门从驾驶座下来。那人身穿褐色夹克和牛仔裤，头发有些长。

年轻男子往胜木家走来，脚步坚定，没有疑惑。逐渐接近时，筱崎终于能看清楚他的长相。线条柔和的端正脸庞，与其说是英俊，不如说是充满了知性与温柔。

两人擦肩而过，距离近得几乎肩膀要碰到一起。男子目不斜视，筱崎在错身时则回头看了男子一眼。胜木家的名牌被男子宽阔的背部所遮看不清楚。

男子走到门口询问："有人在家吗？"

就是这个声音，刚才电话里的声音。没错，他就是网川浩一。

正义的使者。毫无意义地想到这里，筱崎觉得有些寒意。

他转身前往车站，这时上衣口袋里的传呼机响了。取出一看，液晶显示屏上排列着片假名写就的短信："混账东西！"

谁传来的，不言而喻。筱崎只觉得更冷了。

那天前畑滋子起得很晚。抓着蓬松的乱发，睡眼惺忪地看着时钟，居然已经将近十一点。虽然还想睡，但想到昭二便起床了。

昨天晚上跟《日本时事纪录》的编辑们和其他撰稿人以新年春酒的名义聚会，回到家已是凌晨三点多。连早上昭二起床上班，她都一点感觉也没有。昨天出门前说会晚点回家，回来时昭二已经睡着了，滋子觉得十分过意不去，担心昭二生气了。中午还是到工厂看看吧。现在已经没有时间做便当了，干脆买些好吃的送过去。

想想还真是麻烦。

工厂里公婆也在，简直就是去找骂嘛。等昭二回家跟他道歉更省事吧。

不过昨晚还真是开心。话题从严肃到无聊，气氛一直都很热烈。在如此热情又亲切的聚会里，滋子头一次感觉到受到《日本时事纪录》工作伙伴的认可。明知不该到了凌晨还不回家，却依然舍不得离席。

头有些痛。滋子属于酒性好的，很少会宿醉。这应该是过度兴奋的后遗症，但她还是觉得昨晚参加聚会真好。

尽管满脑子都是写报道的事，滋子的日常生活还是被家事占去了时间，经常得陪丈夫和公婆闲聊。能够扮演撰稿人前畑滋子的角色，只有在独自面对电脑的时候。她一天的大半时间都只是身为前畑铁工厂厂主的儿媳罢了。刚开始连载那段时间，对于儿媳在专业杂志撰文一事感到自豪的公婆，一旦习惯之后也不再引以为傲，甚至对于滋子做不好媳妇的部分百般挑剔。到了外面，置身于只认识"撰稿人前畑滋子"的人群中，可以让她有洗清日常生活烟垢的感觉。

无所事事地喝着咖啡时，听见有人沿门外的楼梯跑上来。滋子心想这公寓的建材用的都是便宜货，没想到脚步声逐渐接近她家，并且猛然打开大门。昭二气急败坏地冲了进来。

“原来你在家，为什么不接电话？”

昭二因寒冷而冻红的脸，让滋子的睡意顿时消失无踪。滋子注意到昭二眼中有令人难以忽视的光芒，赶紧站起来，马上联想到谁病倒了。

“出什么事了？是爸爸还是妈妈？怎么了？”

两位长辈都有异于常人的高血压，没有降压药就不能过活。老年人常常不是忘了吃药，就是怪吃药无效而拒绝服用。滋子担心他们出了什么事。

昭二听后，一时之间呆呆地猛眨眼睛，然后才怒气冲冲地说：“你胡说什么？爸妈都很健康。你到底是在想什么？”

“可是……”滋子吞吞吐吐地不知说些什么才好。这是她第一次见昭二如此大吼，而且对象是滋子。

“你看看这个！”

昭二腋下夹着本杂志。他把杂志用力甩在桌上，震得咖啡杯跟着晃动。

那是写真周刊。滋子一下子没反应过来。读完封面上的内容标题后，大约花了两三秒才明白是怎么回事。

嫌疑人的妹妹疯狂闹事

滋子脸色刷地白了，甚至可以听见血液退去的声音。她拿起杂志，但只是心情急躁，无法顺利翻页。昭二看不过去，一把抢过杂志，翻到那一页递到滋子面前。

“你在做什么？居然跟嫌疑人的妹妹搞在一起，闹出这么大的骚动。你究竟打算干什么？”

滋子颤抖地拿着杂志，好不容易读了一遍。读的时候还从椅子上滑下来，但是她的脑袋却不顾发呆的主人继续运转，忙着整理出杂志所写的内容。

这是关于高井由美子在饭田桥饭店引发骚动的报道，并没有写出她的真名。但是在这次事件中差点成为受害者的有马义男和撰稿人前畑滋子则是用本名刊出。而且还写道，前畑滋子认为坚持宣称哥哥无辜的高井由美子应该到受害者家属聚会中发表意见，所以带她到场闹事。

读的时候，很自然便能发现这篇报道表面上是写高井由美子，实际上是针对前畑滋子。尤其是后半段内容，一连串文字写着：前畑滋子为了独家报道，不让其他记者与高井由美子接触，将其隔离起来。这样的做法也妨碍了警方的调查。前畑还让大川公园事件第一发现者的少年 A，即真一，和她住在一起；而这名少年就是几年前发生的教师一家灭门惨案的幸存者。前畑打算在完成这篇报道后，继续以少年 A 的经历为题材写作，企图再次引起关注，所以将他牵扯进来。少年已经完全被前畑洗脑了，这次在骚动现场还成为她的助手，最后竟被打伤，由救护车送进了医院。

“不仅是对受害者家属，连对涉及该事件的所有人，也几乎没有顾及他们伤心或不快的心情，一心只想杂志是否畅销。这就是自称‘专业女记者’的真面目吗？强调重视‘媒体的正义与良心’的《日本时事纪录》编辑部居然会养出这种人，真不知他们在想什么！”

滋子的手失去了力量，杂志掉在桌上。

“我……”好不容易说出话来，“我没有做出这种事，你要相信我。”

昭二沉默不语，大声喘气。滋子抬眼一看，昭二的脸又涨红了。

“那是乱写的，昭二！”滋子语气严肃地呼唤丈夫，“一切都是乱写的！”

昭二表情扭曲，显得十分痛苦。仿佛想说的话太多了，挤满了脑子，每句话都争先恐后地想说出去，于是开始挤压他的脸。

昭二好不容易开口了，声音有些沙哑：“这是隔壁的田中告诉我的，他说是在等待牙医治疗时发现的。”

“这是今天出刊的杂志。”

“早上还有朋友打电话到工厂，爸妈都知道了，两人都很生气。”

滋子双手掩面。

“我打了好几次电话回来，你都没接。”

“我把电话按成留言了，铃声也关掉了。昨晚回家太晚，早上不想被电话铃声吵醒，所以在睡前调的。”

“你在干什么啊？”昭二边说边和滋子一样倒在椅子上。脸上的潮红逐渐退去，可怕的表情还在。因生气而发光的眼睛失去了光芒，眼神开始涣散。

昭二有气无力地低喃道：“我该怎么对大家说？真是丢人。”

滋子不禁抬起头重新看着丈夫。他一脸严肃，走投无路地垂下双手。

丢人！

滋子犯下不能原谅的过错，这千真万确。她愿意接受斥责，愿意挨耳光。可是说“丢人”又算什么？简直就像是送上脸颊准备挨打，却被吐了口水一样。

“对谁会丢人呢？”滋子问，“这是什么意思？”

昭二看着滋子，脸部表情又扭曲了。滋子声音里潜藏的怒意吓着他了。而这也让滋子有些惊讶。这人不知道刚才那句话会令我心里作何感想，他不明白我的感受。

“在采访上我的确做错了。”滋子尽可能压抑情绪，“我处理的方式有问题。可是我没有做这篇报道上所说的事。我承认犯错，但还不至于做出这种蠢事，我也不可能做出这种蠢事！”

昭二拍着桌面大声说道：“可是都被写成这样了，不是吗？”

“我不是说上面都是骗人的吗?！”

“就算是写真周刊，也不会百分之百都是骗人的吧。一定是你做了什么，人家才会这么写。”

滋子瞪大了眼睛，简直不敢相信！这就是我认识的昭二吗？这就是不断鼓励我的丈夫吗？

“你……”滋子的声音颤抖了，“你也不问问我，让我解释究竟是怎么一回事！劈头就说什么又是丢人，又是不知道怎么对大家说。我觉得你才丢人！”

“你是说自己一点都没错，都是我的不对？”

“我没有那么说。你看，你又为了我没有做的事跟我生气！”

“妻子被写得这么难听，做丈夫的能不生气吗？”

“你不管我是否真的做了丢人的事，而只是讨厌我被人写了胡说八道的骗人报道吗？是这样吗？”

“你不要编些欲加之罪！”

“才不是欲加之罪呢！”

你照单全收这篇报道的内容，只关心周围的人怎么想，然后像个小孩一样逃到我这边，对我大喊大骂，质问我做了什么。

滋子拼命挤出声音：“在你说我丢人之前，为什么不先问问我：‘滋子，这是怎么一回事？你是做错了什么，才被人写成这样？’”

昭二有些退缩，立刻又像个孩子似的嘟起嘴巴说：“你做些什么，我哪里弄得清楚！”

“你不也读过我写的报道吗？为什么说你弄不清楚？”

重点是，你不是我的丈夫吗？比起其他任何人，我最希望的就是能被你理解！

“我又不是整天跟在你的屁股后面跑，哪里知道你在干什么！”昭二不悦地反驳，“一出门就不见人影。就像昨天晚上，你究竟是几点回来的？跟谁见面了？”

滋子双颊充血，头昏眼花。“昭二，你是不相信我？”

“我没那么说。”

“不，你说了。当朋友告诉你这篇报道时，你怎么回答的？你是不是说‘真是不好意思，谢谢你告诉我’？你有没有想过回答‘我不认为滋子会做那种蠢事，一定是哪里有问题，我来问她’？”

“我……”

“还是说你只是觉得很丢人？”

昭二默不做声，脸颊抽搐颤抖。“你……”

滋子发胀的脑袋想着，我可是有名有姓，什么你不你的！

“你要站在高井和明妹妹那一边吗？你要帮杀人犯撑腰吗？”

和由美子见面、听了她的说法的事，滋子并没有告诉昭二。她不认为这种事需要一一报告，这是她的工作领域。

她也认为不说昭二也该相信她，所以没说出来。可是她完全错了，这要怪她的一厢情愿吗？

“我真的很以你为傲。”昭二语带哭腔地说，“就是因为太引以为傲，才觉得这算什么。”

滋子想控制住情绪，想抓住一点感情的尾巴，但那就像身处急流要抓住救生圈一样困难。

“我不记得曾经请求你要以我为傲！”

啊！还是说出口了。

“要不要引以为傲是你的自由。可是一旦发生不能引以为傲的事情时，你就将责任推给我？”

两人之间落下一道冰冷的帘幕。

滋子忽然想起十年前刚从事写作时交往的男朋友。那人做了十年记者，很有事业心，很有才华。他们经常吵架，互相乱扔彼此之间容易损坏的宝贵东西。

和昭二的吵架则完全不同。她和昭二之间没有交集，不管扔什么东西也打不到昭二。一开始昭二就看不见滋子扔出什么东西，所以他也抓不到。

门口有人敲门。正犹豫要不要应声时，房门开了。是塚田真一，一脸悲戚。

“打扰你们了。”他对着昭二说话。昭二却背对着门口。

“手岛打我的手机，他说滋子姐的电话一直没人接。”

一听见手岛的名字，滋子赶紧跳了起来。“他还说了些什么？”

“他叫你赶紧到编辑部去。”真一一边注意昭二宽阔的背部，一边抱歉地继续说道，“听说有马义男先生来了，他想见滋子姐。”

尽管考虑收了店面，但是已经持续几十年的生活习惯不是那么容易就能改变的。有马义男早上四点钟便会醒来。因为顾客锐减，所做豆腐的数量也减了一大半。由于工作量减少，这一阵只要求木田在早上六点上工即可。因此有马义男也没有必要这么早起床，但偏偏眼睛就是睁开了。他会茫然地抽着烟，沉浸在回忆里，像只蜗牛一样度过安静无为的清晨时光。

但是这天早上不一样。义男起床准备生火时，听见外面有人敲门。打开一看，木田耳垂红红地站在寒风中。他握着一本卷成筒状的杂志，说是看见报纸广告，一早到便利店买来的。义男一手接过来，心想，阿孝跟我一样，没事做还是起得很早。

然而看到封面上的标题时，这种想法立刻灰飞烟灭。

“真是可恶！”木田声音颤抖地说，“什么女人嘛！老爹也实在是太见外了，为什么不跟我说呢？”

的确，关于跟“浅井律师”一伙人的详细始末，以及饭田桥饭店的骚动，他都没有跟木田提过半句。一方面是不想再提到“浅井律师”，至于另外和高井由美子见面一事，有马义男自己也还没理出头绪。义男神情恍然地低喃道：“对不起。”

木田又是生气又是感叹，其间有马义男想了很多。自从饭田桥的事情以来，他始终心存芥蒂，趁着这次机会他要做个了断，再也不想被骗或是让人作弄了。

时钟刚过清晨五点，他临时宣布“今天不开店了”，让木田径直回家。然后在店门口挂上“本日休息”的牌子，将泡了水的大豆沥干，关掉电源。

前畑滋子的名片就和墨东警局调查总部“有马小组”刑警的名片放在一起，夹在名片簿最后一页，一下子便找到了。打去电话，却听到了他最讨厌的电话留言，他立刻挂上电话。此后每隔十分钟直到六点，他一直在打电话。不知前畑滋子是在睡觉还是不在家，始终是电话留言。最后义男感觉自己好像是在跟机器比赛，而今天早上看来是没有赢的指望了。

放下话筒，他取出和名片簿一起保管的最新一期《日本时事纪录》。封底印有编辑部的专线电话号码。他试着拨号，只听见铃声不断，就是没人来接。看来得再等些时间。

简单用完早餐，确认门窗都关好了，穿上铺棉上衣、围上围巾，前往真智子所住的医院。会客时间是从下午两点开始，但是因为护士长很亲切，又很清楚真智子的情况，义男随时来都可进去探病。

到达时已过七点，真智子还在睡觉。听护士说，昨晚真智子精神状况很不稳定，又哭又叫不断发作，情况很严重。义男到时见真智子两手被绑在病床的栏杆上。年轻护士歉然解释道怕真智子发作起来伤了自己，义男客气地道谢。他抓着真智子被绑的双手，感觉冰冷，他想握着直到那双手变暖。

他对着睡着的真智子娓娓诉说心事。这是间单人病房，毋需顾及外人，但是直接发表个人意见或条理井然地陈述想法，并不是义男的作风。做这种不习惯的事时，声音自然会变小。

“……所以说，真智子。”义男握着女儿的手轻轻摇晃，“如果高井和明真的是凶手，那我一点也不同情他，我也绝对不会再理他的妹妹。但是我想弄清楚，所以现在去见她。但不代表我对鞠子的仇人亲切，你可以理解吗？”

真智子的鼻息中混合着淡淡的药味，双眼紧闭，没有睁开的意思。义男忽然觉得，通过比实际年龄要苍老的女儿沉睡的病容，似乎看见了外孙女的遗容。

“那我去去就来。”

说完，他便走出病房。下楼梯时，没有看见来门诊的病人。他在空无一人的大厅公用电话处再次打给前畑滋子，还是电话留言。义男摇摇头，重新再拨抄在纸上的《日本时事纪录》的电话号码。这次铃声响了五下之后，一个男人接了起来，语气显得很惊讶，仿佛不敢相信这么早会有人打来电话。报上姓名，说明关于写真周刊的事之后，对方似乎更加惊讶。虽然不很意外，但对于那么直接的反应，义男觉得有点生气，在前往车站途中不禁念念有词：“记者跟卖豆腐的不一样，遇到什么事情都不应该惊讶才对，不然怎么做好工作！”

飞翔出版社《日本时事纪录》的编辑部里，刚才接电话的年轻男子一脸浮肿，顶着一头杂乱的长发，语速很快地对义男说：“总编手岛正在路上。”义男坐在房间角落的椅子上，感觉很不自在。房间里很杂乱，就像被溜门撬锁的旧书店一样。香烟熏黄了墙壁，垃圾也从桶里溢出来了。桌椅下面堆放着纸箱和书籍，还有一个怎么看都像是睡袋的东西。杂志社用这种东西干什么？

那个男子好像熬了夜，一脸困倦。他坐在离义男最远的位置，在桌前工作。有时会偷偷看义男，表情好像在笑，又好像很困惑。他的视线惹火了义男，义男开口说道：“我说小伙子，你不知道写真周刊的事吗？”

长发男子猛然抬头，环顾四周。编辑部里没有其他人，只有我一个，所以老头是在跟我说话。当他明白这一点后，不得已只好对着义男说：“你是说……刚才电话里提到的那件事吗？”

“没错。”

“说实话我昨晚睡在这里，什么都不知道。”

“原来是这样。”义男点点头。

义男并没有责怪长发男子，但他好像辩解似的又赶紧补充道：“不止我，我们这里的人应该都不知道吧。除非是被电话声挖起来，他们一向都起得晚。”

“难道号外这种东西，非要在半夜才能发现吗？”

长发男子拨开头发说：“我们并不是那种追求号外的杂志，跟你想的不一样。”

“原来如此。”

“大家都起得很晚，因为太忙了。”

“我还以为跟一般公司一样，八点一到大家都在，所以才来打扰。”

“有时不到下午是看不到人的，我们这里。”长发男子笑道。

“前畑小姐也是一样吗？”

“她……我们部门不同，不太清楚。”

义男没有听明白长发男子跟前畑小姐“什么”不同。

“我一早给前畑小姐打过电话，都是电话留言，没有人接。”

“啊！那她大概还在睡觉吧。”长发男孩微微侧着头说，“对了，他们特别专题小组昨晚好像喝春酒吧。”

“原来是喝春酒。”

手岛迟迟未来。义男注意到长发男子大概也想整理完熬夜的成果就回家睡觉，只是因为不能留外人在办公室，才在那里磨蹭。

义男觉得很奇怪，忍不住说道：“我看那本写真杂志不只是批评前畑小姐，连你们也被说得很惨。”

“是吗？不用读，我大概也能想象。”

“你无所谓吗？”

“我们已经习惯了。”

“噢……”

“手岛来了，我想你可以跟他谈谈这方面的事。请稍等一下。”

要等就等，谁怕谁，只是这里也实在太随便了。

“对不起，可不可以麻烦你再跟前畑小姐联系？”

“啊？我吗？你可以用这里的电话，没关系。”

“这里的电话看起来很复杂，我不知道会不会用。”

大约是七八年前，家里的电话坏了换新时，为了记住新的用法真是吃了不少苦头。这里的电话按键太多，一看就知道操作方法复杂。

长发男孩明显表现出不耐烦的神色。“先拨零就可以打外线了……”

“对不起。”

“前畑小姐的联系方式……在哪里呢？是这个吗？”在桌上翻了一遍，好不容易拿起话筒开始拨号，放在耳边听了一下，立刻说：“还是电话留言。”

他的表情有着“你看，还是一样吧”的安心。义男道谢之后，保持沉默。

听木田说，《日本时事纪录》是追求社会正义与真实的专业杂志。可是在他们的社会正义与真实之中，看来并不考虑连先拨零就可以打外线都不知道的老人，也没有考虑过凌晨四点就起床工作的豆腐店老板。义男自我安慰道：“来到不熟悉的杂志社，我有点紧张，一点小事都会让我生气。我不该像只刺猬一样……”

另一方面心里却又不得不想，当认真工作的人挤着电车赶往公司，不管前一晚多晚才睡、工作得多累，都必须坐在办公桌前时，有人却将电话设定成留言，以便安睡不受打扰；有的团体因为工作忙晚睡，不到下午不来上班，你说他们能多了解“社会”，实在令人疑惑。这种地方认定的“社会”，甚至可能也没有将长年向义男买豆腐的顾客考虑在内。

发生饭田桥饭店的骚动之后，义男特地买了一本《日本时事纪录》，好一读前畑滋子的报道。由于连载的是中间部分，光就这一期内容进行评论有失公允。但义男还是感觉好像在读别人的故事一样，一点都不觉得是在谈论鞠子被杀害的事件。

不是因为刚好这一次连载没有出现鞠子的名字，也不是因为没有提到义男亲身经历过的部分。义男想阅读前畑滋子的文章，是因为直接和她交谈过，觉得她很认真、以最大的诚意在做事。实际上她的文字也很平实，本该让人感同身受，不料却起不了这种效果。

义男甚是奇怪，为什么会这样？他找不到答案。直到坐在《日本时事纪录》的编辑室，他才恍然大悟。

前畑滋子的文章感动不了义男，是因为其中充满了“我什么都知道”的写作态度。关于栗桥浩美内心的黑暗、高井和明的自卑感和他们不为社会容许的扭曲噩梦等，用了各种不同的字眼形容。看起来前畑滋子好像完全懂得这些字眼，但其实不过只是文字的堆砌。

所以无法深入有马义男的内心。

义男看不懂。他不知道对鞠子做那些事的人，为什么要那么做？为什么杀了许多人之后，还玩弄受害者的家人？他根本难以想象，才希望逮到本人问清楚。

偏偏前畑滋子知道。《日本时事纪录》也知道。他们凭什么知道？

义男这种人根本就不该来这里。这里是不同的世界。这里说的事情，也许对住在这里的人具有某些真实意义；但对义男而言，却只不过是毫无意义的“故事”。没错，不管前畑滋子多么热心地采访，只要她抱着“我什么都懂”的写作态度，写出来的顶多只是些“故事”。这里充其量只是个生产“故事”的工厂！

义男还无法判断高井由美子是否真的相信她哥哥的无辜，该不该听听她的说法。既然前畑滋子写的是“故事”，由美子跑去找她就是一大败笔。

“让你久等了，请问是有马先生吗？”

有人说话。义男抬头一看，是个身材矮小、目光锐利、四十多岁的男人。穿着西装，但没有系领带，衬衫胸口的扣子也没扣。

“我是总编手岛。”

义男立刻站了起来，说话的速度比自己想象的还要快：“我是有马。今天早上读了写真周刊，想快点见到高井由美子小姐好问她事情。”

手岛表情没有变，只是眉毛动了一下。

“我想那种事被报道出来，高井小姐广受责备，大概很难跟她说话吧。所以在这之前，我想跟她见面，听听她的说法。高井小姐好像跟前畑小姐很熟，可不可以麻烦身为上级的您对前畑小姐说，让我和高井小姐见面呢？拜托。”

在等待前畑滋子期间，手岛几乎没有跟义男谈什么有内容的话题。只是纠正了义男刚才的话，说他不是前畑滋子的“上级”，所以没有义男所谓的上对下下“命令”。前畑滋子是自由撰稿人，如果不同意手岛的做法，她可以反对，甚至可以把文章投给别的杂志社。只是手岛有责任安排一个让义男和滋子好好说话的场所，所以愿意帮义男叫来滋子。

这个姓手岛的人，对饭田桥饭店发生的骚动也毫不知情。若果真如他所说滋子不是他的属下，倒是很有可能。而且感觉他很生前畑滋子的气，至于为什么生气，他没有必要跟义男解释，因为那是他和前畑滋子之间的问题。

好不容易赶来的前畑滋子一头乱发还来不及梳理，也没有化妆，脚上穿着两只颜色不同的袜子。意外的是，那个受伤的少年塚田真一也一起来了。少年的穿着干净利落，色调显得灰暗。考虑到他的情况也理所当然。

手岛首先责难前畑滋子竟带真一同行。滋子正准备解释，真一抢先说明因为想对有马义男日前在急救医院的照顾表示感谢而硬要跟来。太阳穴上的伤口已经好多了，肉色绷带藏在发际，不仔细看是看不出来的。

“因为不知道有马先生的联系方式，一直没有机会道谢。”真一说得很诚恳，并看着义男，“当时实在很感谢你。”

义男摇摇头道：“没什么。看你伤口好多了，真是太好了。”

“可以了吗？你可以离开这里了。”手岛说得很干脆，“的确麻烦你传话，而且你也成功了，但是到此为止。有马先生和前畑小姐有事要谈。”

塚田真一并不想离开。“饭田桥饭店的骚动，我也是当事人之一，我可以说明情况。”

手岛眉毛动也不动地说：“有马先生不是为那件事而来的，跟你没关系，请你出去！”

真一的眼睛机灵地闪动，似乎在考虑如何回答。这孩子在以他的方式保护前畑滋子。虽然很勇敢，在义男看来只觉得很痛心。真是个命运不济的孩子！失去了家人，必须独自负担普通人没有的操劳和担心。此前一直无暇询问他为什么寄住在前畑滋子那里，难道没有其他更可靠的大人吗？所以他才会那么感激滋子、愿意为她效力？

真一被赶出会客室后，手岛神情严厉地看着滋子，说出义男此行的目的。滋子惊讶地睁大眼睛说：“有马先生，关于这件事，那时候在医院不是说过了吗？我不认为您跟高井由美子见面是好事，两人都会受伤。总编……”

一见手岛凌厉的表情，滋子说：“高井由美子的事，是我的错，我不会多加辩解。但是为什么把有马先生牵扯进来呢？”

“我不是被牵扯进来的，我是自己来这里的。”义男镇定地说，“你的电话打不通，我以为这里的总编是你的上级，就来看看。若不赶快和高井由美子见面，她今后会很麻烦。警察可能会调查她。像她那样的女孩，也可能跑得行踪不明。这是不行的，所以我要尽早跟她见面。”

“可是……”前畑滋子用力说，“我不是说过不行吗！不管说几遍，我的答案都是一样。让你们见面，只是让由美子怀抱着哥哥是无辜的梦想，让您怀抱着活捉杀害外孙女凶手的梦想，并不能解决事情！”

“有马先生并没有说要解决事情。”手岛冷静地插嘴道，“他只是想听听高井由美子的说法。你无权阻止他，你又不是刑警或心理医生。”

“总编……”

“如果不是因为那次跟高井由美子直接见面，有马先生也不会考虑他现在提出来的事。既然已经见面，有马先生不得不有所确认。你必须对不小心惹出这种状况负责，所以你无权阻止有马先生！”

前畑滋子脸色发白，闭口不言。她举起手拨开杂乱的头发，手势充满了愤怒与疲倦。

“有马先生会这么依赖你，是因为你和高井由美子有所接触。找不到其他跟高井由美子接触的渠道。并非因为你是可以给有马先生特别忠告的人，这一点请你不要弄错！”

控制住场面后，手岛问义男：“只是万一调查总部知道你和高井由美子见面，大概会不高兴吧。这没问题吗？”

义男点头道：“警方已经不派人监视我了，我想可以偷偷见面吧。”

“可是如果被发现，你恐怕会挨责备。”

“这种小事没关系。”

手岛的表情有些扭曲。“对不起，你不信任警方的调查吗？”

“不，他们做得很好。最近警方是没什么进展，但是在案发时，凶手不是打电话到我家吗？警方很热心，我是亲眼目睹警方做得很好。”

义男不清楚手岛是否知道那个警察害得真智子变成现在这样，但是他决定不再提起此事。那个姓鸟居的刑警的确很可恶，但是因为他而责怪调查的质量是不对的。尽管义男遭受了这么多打击，这点差异他还是分辨得出来的。

在医院时前畑滋子也曾说过，目前并没有发现足以推翻栗桥浩美和高井和明共同犯案的事实。警方的搜证调查，也都是沿这条路线进行。滋子说得没错，如果找到他们作案的秘密基地，目前罪证稀少的高井和明，应该也会被起出难以推翻的铁证。这一点丝毫不令人怀疑，听起来也不觉得牵强附会。义男也从来没想过凶手不是他们而是其他人。

因此说得具体一点，义男根本就没有听取高井由美子说法的理由。

他真的没必要跟高井由美子见面。

可是因为跟高井由美子见过一面，见过她那几近疯狂的表情，听她诉说哥哥无辜，或许义男便被下了一种咒语，觉得她说的可能是真的，说不定栗桥浩美的同伙真的另有其人，现在正躲在一旁窃笑不已，也许……也许……也许……

要解开这个咒语，就必须多听听高井由美子诉说。只要她说的内容错乱，义男就能一举得救。其实这或许就是义男的希望。义男或许希望跟她见面，听她说些令人热血沸腾的胡话！

义男试着将他的想法传达给手岛。他也知道很难说清楚，但手岛的神情认真而严肃。一旁的前畑滋子半是责怪半是歉意地看着义男的脸颊。

手岛好像在内心确认什么似的，不停点头。他重新坐好，对着义男探身说："有马先生，你读过前畑小姐的报道吗？"

"没有，对不起，我还没有全部读过。骚动之后，我买了这个星期的杂志来读。"

"哦？所以你并不清楚前畑站在什么立场上？"

一直保持沉默的前畑滋子终于抬起头来。"我是基于栗桥和高井是凶手的前提写这篇报道的。我也对有马先生说过对于这个立论没有丝毫怀疑。"

手岛没有看滋子，继续对义男说："前畑之所以坚持这个方针，自有她的根据。也就是来自警方调查行动的内容、相关人士的证词，以及我们编辑部通过特殊渠道搜集来的信息。其中也包括高井由美子接受警方侦讯的报告。本来这是不能对外公开的资料。"

"是，我知道。搞媒体的人比较特别，要不然就不能写东西了。"

义男质朴的说法，让手岛第一次浮现出苦笑。

"刚才我也说过了，我不是前畑的上级。关于前畑独自调查的采访内容，我不能让你过目。但是从我们的渠道搜集来的信息就不一样了。这些先让你看看吧。请看看高井由美子对警方说了些什么。看过之后，如果还是决定跟她见面，我可以帮你们安排。我直接联络高井由美子并说服她。这种情况下，不经由前畑。但是因为高井由美子好像很依赖前畑……"

手岛语带讽刺，前畑滋子因此咬了一下嘴唇。

“在跟你见面时，她可能会希望前畑一同列席。到时候再商量吧。另外还有一件事。”手岛举起食指，“关于这次骚动，为什么会发生这种事？前畑必须向我们编辑部作详细报告。这并不是因为我们是上级与属下的关系，而是因为她对签订连载合约的媒体有解释的义务。过去隐瞒不说，可谓十分失态的愚行。”

义男明白手岛的意思，也很同情前畑滋子。不管在什么情况下，看着有人被斥责毕竟不是轻松愉快的经历。

“编辑部也会对这一事件作出独立的调查，并将结果公布在杂志上。前畑以后也必须在报道中对读者说明。这两件事势在必行。现在我们的电话就已经吵个不停了。”

和会客室仅隔着一扇屏风的地方果然传来不绝于耳的电话铃声。而且不是一部，是好几部同时响起。

“有的电话是来采访的，有的则是读者打来的抗议电话。实际上过去读过前畑报道的读者，对于前畑到底在想什么、为什么让高井由美子跟受害者家属见面，也有知情权。”

前畑滋子疲倦地垂着头，但语气坚定地说：“我没有让高井由美子接近有马先生。那是个错误，绝对不是故意的。”

“关于这一点以后再向你问清楚。”手岛干净利落地回到主题，“这样可以吗，有马先生？”

言下之意今天的谈话就到此为止。义男立刻从椅子上站起来，低着头说：“我知道了。真是麻烦您了。”

“不，这是应该的。请抬起头来，该道歉的人是我们。给您带来麻烦，实在很不好意思。”

见手岛一行从会客室来到编辑室，坐在最近的椅子上的塚田真一赶紧站起来，看着义男。义男想起来了，在救护车上，这男孩说曾于大川公园案发当天在墨东警局前和义男擦肩而过。当时义男没有什么印象，现在看到这孩子的表情，他想起的确如此。那时这孩子也是这种表情，好像从自行车上摔下来，企图寻求母亲安慰。

“前畑小姐好像还得留下来说话。”义男说，“我不是责备你，你今天早点回去吧。我明白你的心情，但是小孩子不该介入大人的事情。如果要去车站，我们可以一起走。”

两人走出大楼。一开始两人都沉默不语。在前往车站的路上，有一个碧草如茵的公园。在进入公园之前，义男开口说道：“你吃过午饭了吗？”

真一神情有些恍惚。义男又问了一遍，他才听见。少年有些惶恐，但是比起他思前顾后的脑袋，他的胃已经如实说出了答案。

义男笑道：“那就吃点东西再回去吧。”

公园入口旁有个用车卖汉堡和热狗的移动摊贩。现在已是下午两点，摊贩大概也要休息了，车上的广告牌已经收起。义男上前大声询问：“还卖吗？”

穿着红色围裙的男子回答：“汉堡已经没了。咖啡只剩下一杯，牛奶也还有。”

“那就这些吧。”

义男买完东西，抱着食物回来，看见真一一脸无可奈何地站在那里。

“不吃吗？你讨厌热狗？”

“不，不是。”真一战战兢兢地摇摇头，“对不起。”

义男率先走进了公园，还好向阳的长椅上没有人。一坐上去，便看见对面的长椅上躺着一个穿着西装、大衣的中年男子，脸上盖着一本摊开的周刊杂志，好像睡得很熟。

两人开始吃午餐。真一将咖啡递给义男，义男却说牛奶对老人家的胃比较好。

“有马先生今年多大岁数了？”像是忽然想到一样，真一开口问。

“七十二。”义男咬着热狗回答，“你呢？”

真一好像在做很难的心算一样侧着头说：“十七。”语气中有种惊讶，一如猛然发觉自己才活了十七个年头。

“前畑滋子小姐多大，你知道吗？”

“我想大概是三十吧。”

“她有丈夫吗？”

“你是问她结婚了吗？如果是这样，她结婚了。”

“也是写文章的人吗，比方说是报纸或杂志记者？”

“不是。”真一微笑道，“是铁工厂的小老板。”

“哦？”义男颇为吃惊，他一直以为写东西的人会跟写东西的人共度人生。

“他们有小孩吗？”

“没有，结婚还没很久。我也不是很清楚。”

见真一开始慌忙设下防线，表示自己不谈论闲话，义男觉得好笑。

“你别担心，我无意刺探前畑小姐的私事。”

“我没有那意思……”

“你为什么会住在前畑小姐那里呢？你的父母遭遇不幸，但总还有其他亲戚吧？”

真一将热狗的包装纸揉成一团，一副不想回答的样子，但是脸上没有“关你什么事”的表情。大概是不知道义男为什么要问，所以难以决定回答的方式。

塚田真一身上缺乏同龄的年轻人都有的“随意”。这种随意，常常是造成重大事故的原因。但少了这个，年轻人也就不像年轻人了。事实上这个少年在义男眼中显得太过老成。

义男想起前几天在电视上看到的事情。那是报道某个国家内战之后遗留的地雷造成的问题的节目。战争结束了，地雷还埋在地里遗留下来，于是曾是农田、住宅区的土地不能自由使用，也不能放养家畜。甚至在村庄周围未经安全确认的地方也不能涉足，而通过安全确认的道路宽不过三十厘米，其余全部都是危险地带。

对真一而言，他的生活就像那样。电视画面中，孩童们为了带牛去喝水，小心翼翼地在高高的草丛中踏着有人走过的“安全道路”。他们有着和真一同样的表情。那神情好像知道已经发生了什么事，也知道什么事不能做，但是靠自己一个人的力量无法改变现状，所以只有忍耐。

义男觉得奇怪，为什么塚田真一那条只有三十厘米宽的道路会通往前畑滋子这个报告文学作家所在的地方呢？如果是犯罪，过去降临在他身上的不幸就已足够。

“我也……不是很清楚。”

忽然真一说话了，边看着手上揉成团的包装纸。他的声音真的很小，小到义男一开始并没意识到是对刚才询问的回答。

“不清楚是指什么？”

“我在帮前畑小姐的忙。”说到一半，真一用力摇头，“我根本帮不上忙，只是住在她家给她添麻烦。前畑小姐的婆家有一栋公寓，我住在其中的空房间里。她只收我一点房租，几乎等于是免费。”

“生活费怎么办？”

“我在打工。”

“自己做饭吃吗？”

“一半吧。其他都靠滋子姐照顾。”

义男也将包装纸揉成团，用空出来的手擦了一下鼻子。“学校呢？”

“没去，很久了。”

“已经上高中了吧？”

“是的，我办了休学。”

“那么想回去的话还是能回去喽？”

真一耸了一下纤细的肩膀。

“除了前畑小姐，没有其他大人照顾你吗？”

义男尽可能不让语气显得啰唆、有指责的意味，问得很小心。

“叔叔和阿姨是我的监护人。”真一说完，又摇摇头，“但我回不去了。”

“是不想回去还是回不去？”问完之后，义男自己回答，“或许两者都有。反正就是那么回事。”

“有马先生！”真一忽然严肃地说道，抬头看着义男，“你真的要跟高井由美子见面吗？”

此前都是规规矩矩下棋，突然之间不按棋理下棋。为什么将棋子放到那个位置？义男注视着少年，想看出他的心意。虽是冬天，今天却没有风，阳光照射下的长椅显得十分温暖。真一看起来却很冷。

义男漫无目的地举起手，摸了摸后脑勺。脖子上刚理过的发根有些扎手。

“我只是想听她说话。”义男慢慢地回答，“那孩子应该也有很多话想说吧。”

“你不生气吗？”真一愤然问道，“由美子说她哥哥什么都没做。”

“生气。”

“那你为什么……”

“万一那孩子说的是真的，该怎么办？”

真一欲言又止。于是义男继续说：“如果真凶没被捕，躲在别的地方，会怎样？我其实更害怕这种情况。晚上也会睡不着觉。”想到这里，情不自禁有些激动。义男为了不让自己生气，故意一字一句地说话。“想到真的坏人还逍遥法外，心情就不对劲。”

“可是和高井由美子见面也不能怎样！”真一头一次表现出任性的小孩子口吻，“外行人无法看穿她说的话是真是假，交给警方处理不就好了吗？”

“一开始都是这样处理的，但还是心有不甘。”

“所以，就算见面也不见得有用！”

“前畑小姐也这么说。她说只会让我和那女孩抱着自私的希望而已。”

“我也这么认为。你们说的话我都听见了。”

义男笑道：“哦？那也无所谓，如果这样做能满意。反正又不会麻烦警方。”

这时对面长椅上熟睡的中年男子忽然仰着头闭着眼大声喊道：“混账东西！”

义男和真一吓得差点跳起来。男子脸上的周刊杂志不知何时已经掉到椅旁，所以能够清楚看见他的脸。

“大概是梦话吧。”义男笑道，“在公司里大概有什么不愉快的事。”

“真是丢脸！”真一不屑地说。

“醒来时或许会觉得抱歉吧。这也是没办法。”

义男将垃圾集中起来，并将真一手中的包装纸拿过来，不小心触碰到少年的手指，感觉十分冰冷。

“也许是被裁员的上班族吧。除了在这把长椅上打发时间外，没其他地方可去。”

义男站起来将垃圾扔进最近的垃圾箱。这里的垃圾箱和大川公园的不一样，是用铁丝网做成的，可以清楚地看见内部。回来时，发现真一的眼眶有些泛红，也许是因为风沙。义男取出香烟，点燃了。

“你吸烟吗？”

少年低头表示不吸，随后吸了吸鼻子。义男一边观察那个还在睡觉的中年男子的脸颊，一边缓缓地吞云吐雾。

“明明知道这么做没什么用，却又不知道其他该做些什么。”真一说话时依然在吸鼻子。鼻尖红红的，看起来年纪真小。

“如果你想帮前畑小姐，那就做嘛。”义男捺熄香烟，“我想你对她一定有所帮助。”

“刚开始我也是这么想。”

“做了一半觉得不对劲吗？”

“好像是吧。”

“一开始你的想法是什么？”

真一用手背擦擦鼻子，笑道：“我记得我说过，想知道残酷的犯罪是怎么发生的。

“这想法不错。”

“不错是不错，但我在撒谎。真是可笑，我只是想把话说得好听而已。”

义男侧着头问：“是这样吗？”

“没错。”

“现在听起来像是撒谎，可有些事说出口便是真的了。经过些时日后，想法也会改变。所以不见得以前说过的全部是谎话。”

真一用手抹抹脸。

“对自己的想法不要太过于钻牛角尖，你们是怎么说的？分析吗？做那种事没什么好处。”

义男看着垃圾箱。

“那个垃圾箱已经满了，可因为是铁丝网做的，里面扔了些什么也看得见。看不见内部的垃圾筒更漂亮吧。没有人会因为看得见，就把已经扔掉的垃圾再拿出来用。就算是曾经很好用的东西，变成了垃圾就是垃圾，何必故意再把它挖出来呢！”

真是奇妙的说教方式。真一沉默不语。长椅上的中年男子还在睡觉。义男心想，这样睡觉会感冒，也许应该叫他起来。

真一咳嗽片刻，声音沙哑地说：“我不明白你为什么对由美子那么宽容。我做不到，杀……杀……杀人犯的说法，我不愿意听。”

真一的眼角激动地上扬，嘴巴就像身体不适快要呕吐一样不停颤动。接着他开始诉说自己家发生的不幸，提起自己的过失、樋口惠的纠缠、为逃避樋口惠的纠缠而有了现在的生活，以及目前他所走过的那条宽三十厘米的道路。虽然已经不再泛泪，但是其间几度哽咽。每次他都用力抹脸，令人担心是否会压坏他那漂亮的鼻子。

真一正在诉说时，对面长椅上的中年男子醒了，一脸没睡饱的样子。那人站起身，一手抓着蓬松的乱发，同时斜眼看着真一，神情显得有些纳闷。

好不容易等到真一大喘一口气说完话，中年男子跟着打了一个大哈欠。少年吃惊地看着他，他拉平大衣上的皱折，好整以暇地往公园出口走去。义男和真一几乎是怀着感动的心情目送他离去。

“既然那个叫樋口惠的女孩那么固执，”义男说，“那本写真周刊上提到你目前住在前畑滋子那里，不就曝光了吗？到时候她又会找上门。”

“嗯。”真一深深地点点头，表情好像忽然发现目前最令他头疼的问题其实就摆在垃圾箱最上面、最显眼的位置。

“有地方去吗？”

“不知道。”

“既然这样，要不要来我家？”话一出口，义男惊讶地觉得这是个不错的临时提议！真一也吃惊得瞪大眼睛，一时之间让义男鲜明地回想起记忆中鞠子清澈的眼眸。

13

武上开始整理关于高井由美子在饭田桥饭店引起骚动的报告和调查资料，是在该期写真周刊出刊后第五天。

新闻节目已经不再提这件事，晚报和八卦小报也停止了报道。主要原因是由美子事件之后第二天，东京发生了一起持枪抢劫杀人的残酷案件，大部分媒体的关注点都转移了。由于抢劫案的凶手身份未明，很可能带着凶器逃窜，当然会引起街头巷尾的关心。

包括店长、会计及工读生在内三人被杀的案件，于案发十二个小时后在八王子中央警局设立特别调查总部，开始大规模调查。负责指挥内勤业务的是一位姓生田的警部补，正好是武上的旧识。当初在成立内勤小组时，对于利用电脑做调查资料的管理一事，两人还经常通电话讨论。

有一次生田忽然问武上："有没有通过互联网来做案件信息收集的？"

"信息收集是怎么回事？"

"武上，你不上网吗？"

"我女儿有时会上，我不太清楚。"

武上家有一台父女各出资一半添购的台式电脑，放在女儿房间。对于一个出了钱的父亲而言，电脑不放在家里的公共区域令人不满。但是因为武上比女儿在家的时间少得太多，很多操作方法又必须靠女儿指导，他也不敢高声表达意见。

"你女儿上网很勤吗？"

"还好吧，听我老婆说，最近键盘上都是灰尘。"

好像是因为女儿从去年年底起有了一个交往密切的男朋友。老婆听见两人的电话，不禁生气说："还在靠父母养的女孩子家交什么男朋友！"这还是几天前的事。

"有了男朋友，正忙着谈恋爱。"

"哦，那么你不太清楚也是没办法。"

网络上有各式各样的网站和聊天室。生田最常浏览的是一个讨论目前发生的刑事案件的网页。

"那是一个名叫剑崎龙介的周刊记者开设的网页。我好像曾经在哪里见过'剑崎'这个名字。你还记得五六年前，不是有一个足立区短期大学女生被跟踪狂杀害的案件吗？剑崎有一本书就是写这个案件，算是一名很专业的作家。"

"那个剑崎……出了什么？网页，是吗？是在网上搜集关于现实生活中犯罪的意见吗？"

"没错。写的人还很多。用句话形容，简直是外行评论家的大游行！一开始我对社会上竟有这么多人想对真实发生的案件发表意见而感到惊讶。"

"谈论关于犯罪的事很好玩吧，但是想当警察的人却没有增加。"

"近年来大家都想当犯罪心理学家。其实他们哪里知道真正的犯罪心理学家在做什么，都是凭印象猜测的吧。"

就生田的调查，其他类似主题的网页和聊天室还有很多，规模有大有小，但讨论都很热烈。

"在我看来，剑崎的网页最值得参考。他善于整理话题。如果放任不管就会变成天马行空的聊天团体，根本无法收拾。但是他常常会锁定主题、引导大家讨论的方向，做很好的整理。"

"从中能得到什么呢？难道经常能推测出警方漏失的崭新观点吗？"

"那倒不会。有的话，我们的饭碗就不保了。但是可以作为认识社会如何看待某个案件的材料。"

"所以社会学者应该比我们更加有兴趣！"

生田笑道："没错。可是武上，今后的警察如果没训练出如社会学者般的看法，恐怕会跟不上时代。"

武上嗤之以鼻，他一直就很讨厌学者。生田咳嗽一声收起笑容，继续说："我会提到这件事，是因为在剑崎的网页上有很多人写到你目前负责的案子。"

"现在排行榜第一名，就是那个案件吗？"

"你是说畅销排行榜吗？别开玩笑了。其实上面还有几则关于犯罪未遂的留言。"

武上重新抓好话筒，问道："犯罪未遂？你是说……"

"有人提到曾经被可能是栗桥、高井的二人看上，差点被带上车。除去一看就是恶作剧的留言和几天后主动承认是骗人的留言外，我稍作整理就有十二则之多。"

如果是那一类受害经历的报告，调查总部收到的更多。就调查和侦讯报告整理出来的，目前已经有五十七宗，其中有二十二宗被当作搜证调查的对象。武上说完，生田反问："这二十二宗的地域范围有多广？都在首都圈吗？"

武上拉着电话线直接去翻档案。第一页有地域索引，他先翻那里。

"没错，二十宗是首都圈，应该说都是在东京都内。其他两宗则在静冈市和名古屋。名古屋那宗暂时保留，因为地点有些远；而且同一时期，那里还发生过五起连续强暴案。还没找到嫌疑人，所以先归档，但应该属于不同的案件吧。"

"二十宗之中，具体发生在东京都的有几宗？"

"十六宗。"

"剩下四宗的地点呢？"

"两宗发生在郊外的福生和东村山市，一宗在横滨市郊，一宗在习志野市。"

"原来如此。"生田又继续说，"我在剑崎的网页上看到的留言都是来自地方，伊豆下田、福岛、岐阜、奈良、小樽……"

武上忍不住大笑道："简直就像是旅游推理小说嘛。"

"一开始我也觉得好笑。"生田的语气很认真，"可是后来觉得这可能不是好笑的事。你看，她们——留言的大多是女性，为什么要在网上写下这些事呢？既然差点遇害，有这种虎口逃生的经历，就应该报警，这对调查也有帮助。但是她们为什么不这么做？”

武上将最先浮上脑海的答案道出：“因为不确定自己的危险经历是否真的来自于栗桥和高井。”

“你说得也许没错。但是相对于首都二十二名报案者，你说这十二名网友都不确定，不觉得有些奇怪吗？”

“我想是距离太远的关系。首都的人其实也不确定，但是毕竟东京都离调查总部较近，感觉更容易联络。她们也知道这种事情不是打通电话，说‘是的，我们会做成档案，辛苦了’就能结束了事的。路程远的人当然不可能专程来报案。”

“没错，我也那么想。所以她们才会在剑崎的网页上留言。在还没有网络这种方便的东西之前，假设发生同样的情况，大家都闷不吭声，顶多只是跟周围的朋友亲人提提，之后便不再提了。但是现在拜网络媒体所赐，我们才能看到这些。”

思考片刻，武上反问：“你想说什么？”

“我觉得应该有调查的价值。”

“那十二宗吗？”

“嗯。”

“在网页上留言的人，不是可以不用本名吗？”

“嗯，可以用化名。”

“那性别也看不出来吗？”

“没错。”

“难怪会有错觉、误解，不……甚至是完全骗人的情况。”

“的确。”

“要调查是谁留言的，大概工程浩大吧？”

“没错，但是有一个方法可以一试。先从总部上网写信叫她们出来，然后让她们提供更详细的信息。看看她们的反应之后再行动。”

武上“嗯”了一声，表示同意。

“在这分散全国各地的十二宗犯罪未遂报告中，即便有一宗是真的，收获也不能算是不大吧？只要我们知道栗桥、高井的行动范围比我们想象的还要大，搜索他们秘密基地的方针也会跟着改变。而且……”

说到这里，感觉生田的声音有些含混，他还是有所顾虑。

“你不必在意，但说无妨。”

“确定了远处发生的未遂案件，或许能跟栗桥、高井的不在场证明扯上关系。尤其是高井，目前虽没有明确的不在场证明，但也不能肯定就是没有，现在的情况陷入了僵局，不是吗？”

武上很明白生田要说的是什么。假如栗桥和高井在小樽犯下未遂案件，比起同样在东京犯案，考虑到移动因素，需要的自然物理性的时间更多，也更能唤起周围人们的记忆。此外飞机的搭乘记录、特快列车的对号券、住宿记录等足以搜证的可能对象也会增多。

到目前为止，已经确知身份的受害者之中也有在更偏远的地方失踪、遇害的例子，如在群马县涉川市山中遇害的伊藤敦子。群马、小樽和歧阜，各地的情况的确不一样。

武上从生田顾虑的语气中感觉有些异样。“怎么了，生田？难道你对栗桥和高井是凶手的说法有疑问吗？”

生田又咳了一下——他打电话的地方十分安静。“对于栗桥，我毫无疑问。”他慢慢回答，“对高井，我怀疑。”

“果然如此。”

“武上，你觉得呢？”

“我是内勤业务人员，对于调查无权发表意见。”

“的确，你说得没错。我对于自己的案件也不能说话。”

“只是……在总部，对于高井涉案的程度意见分歧。”

“其实下午就有个会议。”武上说，“讨论的议题就是这个。上面的人很想早点确定是两人犯案，但是现场有人持反对意见。”

生田叹了一口气说：“这种怀疑千万不能对外泄露吧？”

“嗯。可能会造成社会的恐慌。”

“也可能会出现模仿犯。不，武上，其实网上已经出现了。”

有人自称是这几起连环诱拐杀人案件的“真凶”，曾在剑崎的网页上留言。

“当然是撒谎。对方被剑崎一问，马上就说出不合情理的话，立刻形迹败露。但是跟他一样的家伙今后还会陆续出现。”

“应该是吧。”

“我再跟你说些令人心寒的事吧。上个星期，高井的妹妹不是引起骚动了吗？”

“你打来电话的时候，我正在归档整理这件事。”

“在剑崎的网页上，有一大堆关于她是否参与犯罪的推理。有人说其实跟栗桥合作的人不是高井，而是由美子。”

“有什么证据吗？”

“听说在美国有这种案例，有个女人帮丈夫强奸杀人。换言之，高井由美子爱上了栗桥，两人是情侣。”

“编故事的话，要多少有多少。”但武上还是想上那个网站浏览，所以要了网址。

“我倒是没想到你是网络通。”

“什么通，我也不是很熟。”

“是什么原因开始上网的？”

生田好像在朗读自己写的东西一样：“不是有纵火狂会回到放火的现场观看，杀人犯回到杀人现场或参加受害者的葬礼、接受电视采访吗？”

“嗯，常有这种情况。”

“犯罪心理学家说这种行为是嫌疑人在潜意识里希望自己被捕、被惩罚的表现。但是我认为这中间应该还有希望让别人肯定是他们干的冲动。”

武上对着又脏又旧的话筒点头说：“然后呢？”

“我浏览剑崎的网页，是从去年二月起。刚好那段时间有起抢劫便利店的小案件发生。抓到嫌疑人后，发现那家伙居然曾在该网页上留言过好几次，针对一些电视新闻也不会播报下文的案件发表个人感想，题目不外乎诱导深夜便利店犯罪的条件、都市生活中被唤起的人类暴力等之类。”

武上揉了一下眼睛，脑海里忽然浮现一个年轻男人对着电脑打字的身影。那人的眼神并不凶狠，也不是对日常生活厌烦而混浊暗沉，而是沉溺于自我表现的快乐散发出生机盎然的光芒。

“如果……我是说如果，”生田低声继续说道，“除栗桥、高井之外还有第三人的话，那浑蛋一定和那个劫匪是同一类人，对于该案件一定很想对外公开，早晚都会说出来。就像在案件还在进行时，他们打电话给HBS特别节目一样。而这次应该不会像上次一样忽然断线了。只要说过一次，就不可能停止。而且这次他一定会说到满意、腻了才肯罢休。”

“一旦满意、腻了会怎样？”

就像事先说好的暗号一样，武上脑中的答案跟生田口中说的完全一致：“一定会又开始杀人！”

挂上电话之后，武上考虑了一会儿，走出内勤业务办公室，来到一楼，用大厅的公用电话和家里联络，接电话的是他妻子。他请妻子写下留言，顺便提到换洗的衣物没了，便挂上电话。这通电话只花了十元钱。

会议马上要开始了。武上准备搭电梯上楼时，正好看见筱崎从外面回来，往员工通道走来。大衣外面像个中学生一样围着围巾，一月的寒气让他像个小学生一样脸颊通红。一看见武上，他的脸颊紧张地抽了抽。

筱崎应该是从墨田区政府回来，腋下夹着装图表用的圆筒。那是改修工程完成后，大川公园的最新蓝图。武上先走进电梯，按了要去的楼层。筱崎缩着脖子跟上来。两人没有交谈。

自从在传呼机中留言“混账东西”之后，武上便没跟筱崎说过一句话。有工作让筱崎去忙，却完全不跟他聊天。像现在也没有说话的心情，因为武上还在生气。

高井小组的刑警拼命抱怨，武上则不断道歉。最后大家反而同情武上，觉得他没必要那样道歉。有人劝武上把筱崎换掉。实际上，上级也不喜欢对调查对象有个人情感的刑警，即便内勤业务也是一样，所以也有调走筱崎的“劝告”。面对这些，武上一概都以自己监督不周为由揽过责任，并恳求上级能原谅筱崎，让他继续留在调查总部。幸好高井由美子自杀未遂，以及被筱崎发现等事在媒体尚未知晓的情况下结束。武上的道歉加上他们的好运，调查总部对于调走筱崎至少目前是持保留态度。

武上希望能阻止筱崎调职。

墨东警局陈旧的电梯慢吞吞地上行之际，筱崎几度想开口说话。即使背对着筱崎，武上的皮肤都能感觉到。只是他既不回头，嘴巴也紧闭着。

电梯停住、门一开，武上便立刻走出去，筱崎发出女人般的叫声追了上来："嗯……"

武上停下脚步回头，嘴巴依旧紧闭。

筱崎贫瘠的喉结上下移动。"没……没什么事。"声音比刚才更小。

武上不快地移动步伐前往会议室。目前，他还不打算原谅筱崎。

调查会议进行了三个小时。

在栗桥浩美的房间里发现的只有录像带的四名"可能受害者"的身份，目前还没有解开。光是年轻女孩失踪，就已经毫无疑问受到周围的注目。警方希望哪怕有一个跟这四名女子有关的人能忽然想起来跟警方联系，偏偏进行的不是很顺利。

但也并不是说全日本对这四名女子毫不关心。不停有人前来询问，但都不是她们。看着"可能受害者"小组疲惫地继续报告，武上再次想起了生田的提议。

"刚才说全日本毫不关心是不对的。"他纠正自己刚才的说法，"身份的确认询问并非来自全国各地，不是全日本，而是以首都圈为中心。栗桥浩美和高井和明是否具有我刚才和生田交谈时嘲笑的那种旅游推理小说的行动力呢？"

"万一剩下的四名女子是在北海道或九州岛被诱拐杀害的，会怎样？女子的肖像已经刊登在全国的报纸上，电视新闻也报道了，连社会节目都播出了。全国的人都应该看过才对。如果身边有失踪女性，一定会特别留意，不可能默不做声。"

"难道……的确信息是没有距离的，但人与人之间有距离。活生生的人依然保持距离而存在。担心失踪的女子可能是东京栗桥浩美的'搜集品'之一时，假如是在北海道或是四国的某个乡镇，有为她们感到不安的父母、丈夫或情人，让他们站起来、前往东京拜访墨东警局，究竟需要多少勇气和精力？是不是负面的想象力、不想有那种不吉利的想法，发挥了更强大的力量呢？”

武上曾经遇到过这样的事：一名十几岁少女被杀弃尸，由于受害者身份难以确定，只好公开身体特征和为数不多的贴身遗物来征求信息。立刻有人前来确认，其中就有那名少女的父母。事后警方询问少女的母亲才知道，父母为了要不要跟警方联络大吵了一架。

“我丈夫光是想到女儿可能被卷入这种案件，就觉得很反感。我一说要去警察局，他竟然大声怒吼道：‘你是不是觉得自己受罪生下的女儿死了最好！’”

少女已经离家出走一年多，家里并没有提出搜索申请，也是因为父亲的反对。

“只要不想到坏处，假装没看见，就不会有坏事发生。这就是他的想法。我丈夫对于眼前发生的事，只要不合自己的意就连看也不想看一眼。自从女儿变坏以来，他就是这样。”

认回女儿的遗体，举行葬礼不久后，这对夫妻便分居，日后也离婚了。逮到凶手是半年以后。武上前往那个家庭告知消息时，站在供奉着女儿小小牌位的神龛前，母亲小声地说她丈夫至今还相信女儿活在某处。

就算这对夫妻是个极端的特例，但人们的心理就是这样。行踪不明比死亡还要痛苦，拖得越久就越痛苦。不敢直面恐怖事实的鸵鸟心态，对人们的行动有着莫大的影响。

而且其中还隔着“距离”的障碍。对全国的一般人而言，这绝不是狭隘的距离。

而信息流通得越快，就越有可能产生切身生活经验跟不上的弊端。谁会特意去读三天前的报纸呢？想买一个星期前的周刊杂志，要到哪家书店或便利店才能买到呢？

继可能受害者小组之后，秘密基地搜索小组站起来报告。停滞不前的情况如出一辙，目前没有任何进展。

栗桥浩美留在初台住所的手机通话记录，是调查总部重要的信息来源。他的刷卡记录也是一样。可是到目前为止，居然找不到一处初台住所之外可能联络的场所，像是受理出租别墅的房地产公司、租车公司，或卖家具、家电的商店等。

提到收获，反而是知道了栗桥浩美经常出入的小酒馆、不断重复借钱的高利贷、电话俱乐部语音留言信箱。这些信息里隐藏了许多从外面无法窥探的交友情况。栗桥浩美至少在留有这些电话记录的一年间，并没有特定的情人或女友。另一方面，他经常跟高井和明联系，大约一个星期或十天打一次电话。但是严格说来，这些是否都是打给高井和明的却很难说。高井并没有专线电话，用的都是长寿庵的电话。很有可能栗桥浩美打电话是为了点外卖。想到高井和明或高井由美子是凶手的说法很可能源于此，武上不禁苦笑。

秘密基地搜索小组最后提到他们以冰川高原为中心进行地毯式搜索，一旦没有成果将继续扩大区域搜索的方针，随即结束报告。高井小组的刑警站了起来。武上以为是要报告高井由美子事件，便离席回到内勤业务办公室。

办公室里有四名同事，各自忙于工作。大家都已经知道筱崎被武上责骂一事，这阵子办公室里气氛凝重。武上拍拍手引起大家注意，说："待会儿五点一到要开会。"面对着电脑的筱崎只是稍稍回头，没有抬头看武上。

一回到座位上，先是看见留言字条。大概是目前不在的同事留的，端正的字迹写着："令千金来过电话。"武上马上又去楼下大厅。

打家里的电话，女儿很快便接了："哎呀，辛苦了！"轻佻的口吻就像在跟送外卖的小伙子说话一样："找我吗，有什么事？"

"你今天回来得还真早。"

"下午停课了。"

"不用去打工吗？"

"今天不用。到底有什么事？我正好要出门买点东西。"

很想问她关于男朋友的事，但找不到切入点。女儿其实也很清楚，故意这么说，让武上更不好开口。

武上让女儿准备好纸笔记下剑崎龙介的网页网址，并交代要她帮忙做的事项。

“嗯……听起来还挺好玩的。”她似乎饶有兴趣。

“你现在还会使用电脑吧？”

“很失礼，当然会用。”

“那你先上那个网页，打印出来拿给我。”

“爸！”女儿大叫一声。

“干什么？”

“家里又没打印机。”

“没买吗？”

武上责怪的语气让女儿大声反击：“当初说没必要的人是你，说什么只是收电子邮件，不需要买那么占地方的东西！”

武上挠挠头说：“那就买呗。”

“谢谢！”

“为什么要说谢谢？”

“当然是爸去跟妈说，然后拿钱出来买。”

武上抱怨不已，就像在无人的荒野里扫射机关枪前进，敌人却早已挖好洞躲起来了。

“爸，你先等着。我去看看你抄的网址对不对，先上网查一下再说。”

话筒里传来通话保留的音乐。武上想可能要等很久，便在口袋里找寻香烟。还来不及点火，女儿已经回来了。

“喂，爸，有你的电子邮件。”

“你说什么？”

“有人写信给你，是‘建筑师’写来的。”

“上面写什么？”

“说要跟你见面。”女儿窃笑道，“该不会是……爸的秘密情人吧？”

“别胡说！”

武上本想立刻回电，心里却很纳闷，为什么是发电子邮件过来呢？大概是武上最近经常不在内勤办公室，才会跟家里联络吧。

过了不到五分钟，女儿又回来报告说已经找到了剑崎的网页。最后武上答应事件告一段落后，会给她一笔零用钱，才挂上电话。

14

塚田真一决定离开前畑家的公寓。他跟昭二和滋子都说好了，虽然夫妻俩都竭力劝他住下，但是他没有改变决心。

自从那本写真周刊出刊到今天，真一始终抱着半认真的态度，在黎明前的寂静街头、在午后的悠闲时间、在深夜平稳的安眠气氛中，等待着樋口惠声音高亢的打扰。她什么时候出现在前畑家门口，真一都不会觉得奇怪。与其说是作好了心理准备，不如说是带着破釜沉舟的心情想早点解决这件事。但是到目前为止，樋口惠仍没有出现。但真一还是要离开。

就算已经释然，但是对于被动等待樋口惠上门，真一还是觉得有些反感。一旦见到了樋口惠，自己还是会动摇，还是会跟以前一样混乱、胆怯吧。

但他还是觉得不要再选择逃跑了，不，应该说是决定了。虽然怯懦地守在一个地方，可能什么都不能改变，也不一定会不见某些东西。但是每次都逃跑，称不上是敏捷或机灵，只会让人觉得是怠惰使然；因为找不到其他路，为了避开事实，不得不到处躲藏。真一终于觉得，原来为了给自己什么都不会的借口，只能机械地到处脱逃！

因为《日本时事纪录》的关系，他再次跟有马义男见了面。大概是能和那位老人说出心里的话，让他有此转变的想法。那人没有逃跑，尽管受了伤，也很疲倦，却不像我一样把精力都浪费在逃跑上。

“要不要来我家？”

有马义男的那句话充满了对真一的关爱，比其他任何严肃的忠告或强烈的鼓励更能深深地打动真一。只是真一今后不能再躲在这些温暖的人后面，不能再靠着他们的温情逃避了。

一月十九日下午，真一整理一小袋手提行李，连同装满衣服的纸箱，拿到来接他回去的石井夫妇车的后备厢里时，头上忽然飘下一阵雪花。真一吃惊地仰望天空，蓝得几乎要把人吸进去的天上，到处飘着云朵。降下这些花雨般的雪的，难道是那些云朵吗？

天气冷得厉害。这样站着，耳朵已经受不了。真一一边想这种天气在东京算是少见，一边关上后车盖。他像个孩子似的张开双臂迎接雪花。扑在脸上的雪花像天使的灵魂般梦幻而冰冷。

石井夫妇一直在滋子夫妇的房间里谈着什么，真一不想加入。行李已经整理好了，房间也打扫得差不多了，剩下来就看怎么打发时间了。就这样欣赏飘雪吧，毕竟花雨般的雪不会下太久。只要北风将这些云朵带走，雪自然就会停。

真一靠在石井夫妇白色汽车的门上，闭上眼睛置身在雪花之中。这样仿佛也能听见雪花飞舞的声音。雪花不停地像说话般飘落，虽然不知道在说些什么，但是听着它们的低语，自然觉得心情平静。好久没有享受这种安详的感觉了。对，好久好久以前，在我还小的时候……

那是真一小学二三年级的时候，一家人曾到箱根旅行。教职员工的旅游会馆就在芦之湖畔。喜欢开车的父亲宣布不坐火车，往返都自驾车。去的时候还好，回程因为绕了许多地方，迷了路，比预计花了更多时间。

父母坐在前座，年幼的妹妹坐在母亲膝上。真一独占整个后车座，吃得很饱很想睡觉，平时这个时候早已经窝在被子里呼呼大睡。

真一拿坐垫当枕头，汽车的晃动令人很舒服，就像摇篮一样。父母在聊天，又好像在看地图。真一很快便进入梦乡。忽然醒来时，身上盖着父亲厚重的大衣，很暖和。因为横躺在后车座上，几乎看不见父母的背影，只能稍微看到他们的头顶，但是可以听见说话声。不知是真一想睡了，还是爸妈压低了声音说话，两人的交谈仿若低喃。两人的确就在那里。汽车继续行驶在回家的路上。

什么都不害怕，只要像这样就不会出事。爸爸和妈妈守护着我和妹妹。我们在一起，永远在一起，所以不必担心会一个人孤苦伶仃。在慢慢荡漾的安心之中，真一睡着了。

附近忽然响起汽车的喇叭声。真一立刻回过神来，睁开眼睛。

不知何时雪已经停了。汽车后面正停着一辆商务车。坐在前排的是网川浩一和高井由美子。并列的两个脑袋。其阴影在一瞬间跟刚才的梦境结合，立刻又消失了。

“天气这么冷，一个人站在这里干什么？”

网川停好车，立刻下来走向真一。由美子的神情没网川那么轻松自如，这也难怪。

写真周刊的骚动后，由美子跟滋子见面，就真一所知，今天应该是第一次。也许她们之间通过电话，但详细情况真一并不清楚。饭田桥饭店事件的善后，完全跟真一无关。

“塚田小弟，怎么了？”由美子躲在网川背后问道，“今天不用打工吗？”

“我要搬家了。”真一简洁地说道，“我想回石井叔叔家住。”

网川和由美子彼此对视。

“没问题吧？”网川担忧地问，“回石井家的话，那个……对方不是还会追来吗？”

真一从来没有跟网川浩一提过任何事，不知什么时候他却对真一的心事这么了解了。滋子姐不可能多嘴跟他说这些，很可能是他用想象力加油添醋拼凑出来的。他的脑子转得还真快。

“总不能一直都逃避吧。”真一说，“而且已经被那样报道了，我再打扰滋子姐，只会让她更辛苦。”

高井由美子缩着肩膀，紧抓着网川的手臂小声说：“都是我的错。”

真一没有说话。他实在说不出那句由美子打心里想听到的话：“这不是你的错。”

于是网川赶紧说道：“你说些什么？这样不对，由美子。真要说起来，一开始都怪我不该多嘴，没有考虑到你的心情，随随便便就说出了饭田桥有受害者家属聚会。”

由美子低垂着头。人有些瘦了，但是化了整齐的妆，头发也整理得很漂亮。跟第一次在三乡市车站看到的相比，神情平静许多，而且还有点……脱胎换骨的感觉。

她给人这样的印象，还是因为网川一直在她身旁的关系。

高井由美子和网川浩一，最初出现在滋子和真一面前，就是一个双人组。网川几乎是保护者，视线从不离开由美子；由美子好像也十分依赖他。真一几乎无法想象事发之后，在网川这名救火队员还没有赶来时，独处的由美子会是怎样的表情？大概滋子姐也这么想吧。

这两人怎样，根本不关我的事。真一冷静地思考。我一开始就没站在由美子这边，今后也是一样。不，就算能够我也不要！

“这么一来可能不方便吧。还是下次再来？”网川说时还看着公寓，“忽然就拨出时间，也没先打电话就来了。”

“我的事没什么大不了，应该没关系。”

“是吗，那由美子，我们上去吧。”

在网川的催促下，由美子迈步走动，可是立刻又停下脚步，回头看着真一说：“塚田小弟，你真的就这样离开了吗？”

真一沉默地点头。挽着网川手臂的由美子实在令他很生气。

“你已经不帮滋子小姐了吗？”

“还不知道。”真一简短地回答，他也真的不知道答案。

“真的就这样走了吗？”由美子困惑地眨着眼睛，“这样的话，我……有些事想跟你说。”

她说完抬头请求似的看着网川，网川似乎已经知道她想说什么了。

“你要在这里说吗，由美子？”

由美子目光低垂，默不做声。

“什么事？”真一问，真想赶快赶走这两人。

“我……就是……”由美子口齿不清地说道，“那个纠缠你的女孩，叫樋口惠的，我见过她。”

这倒是令真一很惊讶。“你说什么？”

“由美子和樋口惠见过面。”网川插话道，“是去年十月。对吧？”

由美子的双肩缩得更紧。“是的，是真的。我觉得很偶然，但我确实跟樋口惠见过。”

“在哪里？”

由美子说不出口，看了一眼网川，又瞄了一眼真一，好不容易才轻声回答：“在大川公园。”

云朵散去、雪停了，却感觉天气更冷。晴空下、寒风里，真一听着由美子的诉说。为了跟踪和明来到大川公园，差点被一个肮脏的少女偷了皮包。那少女就是樋口惠，她行为异常。就在由美子不知道该如何是好时，遇到了石井良江，两人将昏倒的樋口惠带回石井家。联系了警察也无法处理，最后只好让由美子护送樋口惠回家，没想到路上还是被她跑了。

“塚田小弟，你没有听石井太太提过这事吗？”网川问。

“完全没有。”真一有些茫然，“我一点都没听她说过。”

“大概是怕你担心所以没说。她或许是想，听到发生这种事，你就更不想回石井家了。”

阿姨居然让樋口惠进屋，这一点最让真一感到惊讶。也许是形势所迫，但对阿姨而言仍是一个很大的决断。

“我以为阿姨几乎都想杀了樋口惠！”真一低喃道。

“是的，我看见她的时候的确是那样。”

“对由美子她们爱理不睬的巡警最是可恶！”

“不过这样也好。”由美子说，“没出什么事。”

真一总算明白高井由美子的内疚畏缩是怎么回事。

“对了，高井小姐。这件事滋子姐应该也没跟警方说吧，对不对？”

由美子紧闭双唇地抓着网川的手臂，网川也靠近保护她。

“没有说吧，对不对？”

北风呼啸中，听不见由美子的回答，只见她的下巴微微移动。

“说不出口吧。”网川温柔地出声安慰。

“说得倒也是。”真一忽然很生气，不，应该是说压不住怒火和反感。他语气强烈地说：“如果提到这件事，就必须先说明由美子为什么去大川公园。这么一来高井和明在案发期间去过大川公园的事就曝光了，不太好吧。是很不好！所以才说不出口，对不对？”

由美子躲在网川身后。

“网川先生，你明明知道这些事，”真一气愤至极，“为什么还要护着那个人？”

网川一搂住由美子的肩膀，由美子便将头靠在他胸前低声哭泣。网川表情扭曲，痛苦地看着真一。

“对不起。”他声音沙哑，“这件事我是在饭田桥事件之后才听说的。我也很吃惊，这么重要的事，由美子一直隐瞒不说。”

由美子没有抬头。

“塚田小弟，你生气是应该的。但是我能理解由美子的心情。没有勇气说出对哥哥不利的事，那也是没办法。”

“真是温柔，你！”

“因为我们是朋友。”网川说得很坚定，“而且我觉得这件事隐瞒那么久，却能一鼓作气对你说，很棒。当然也会对前畑小姐说，向警方作证。我负责让她这么做。其实今天来见前畑小姐，也是因为饭田桥事件之后，由美子有了许多反省并定下目标。她想来听听前畑小姐的意见。”

“她想跟滋子姐说什么？”

网川看了由美子一眼，叹了一口气。“她是来跟前畑小姐分道扬镳的。”眼神十分严厉。

“你是说今后不再利用滋子姐来宣称高井和明不是凶手了吗？”

“我从来都没有想过利用她！”

“撒谎！你明明就是想让滋子姐写出你的心声！”

“我只是想对身为记者的前畑小姐说出自己的意见。”

“那还不是一样！”

“不，完全不一样。”网川目光锐利地瞪着真一，“我不想和你争论，因为你不是当事人。固然你是第一发现者，但也仅止于此。或许你真的也是残酷犯罪的牺牲品，但并不表示你就可以理所当然地评判跟你毫无关系的案件！请你停止以受害者的论调来责备由美子。”

真一脑中一片空白，一句话都说不出口。眼前网川的脸扭曲得十分厉害。

“网川先生！”由美子抓着网川的手臂，泣不成声地说道，“不要再说了。塚田小弟没有错，错的是我不该有所隐瞒。”

“不，不对。”网川抬起下巴，神情显得更加凌厉，“塚田小弟没有错，由美子也没有错。大家都没错却都很痛苦，因为大家在彼此伤害。我希望到此为止，大家必须停止才行。”

真一不停地眨眼，不管怎么眨，网川的脸看起来还是有些倾斜。那是因为真一的心倾斜了。

“对不起！”由美子脸色苍白地道歉，“我想痛改前非。为了证明哥哥的无辜，我必须振作才行，我必须坚强才行。”

由美子边说边撩起遮住脸的头发，拉高的大衣袖口露出了包着绷带的左手腕。

“那是怎么了？”真一问，自己也觉得说话声不太一样，好像多了些颤音，“你的手臂怎么了？”

由美子慌张地将袖口拉回，藏住了绷带。

“你是想自杀吗？”

由美子沉默地低着头，网川开口答道：“没错。饭田桥的事被写真周刊大肆渲染了一番，眼前一片黑暗就……”

“是割腕吗？”

“没错，用刮胡刀。”

真一没有对着网川而是面对由美子问道：“你是来真的吗？”

“塚田小弟！”网川脸色一变，“你说什么？”

“我是在问由美子小姐，不是问你。”真一的视线完全没有离开由美子。由美子依然想躲在网川背后。

“当然是来真的，那还用说！”网川难掩怒气地说，“谁会拿割腕开玩笑！像你这样的小鬼是不会懂的。算了，由美子，我们走！跟他说什么都没有用。”

网川搂着由美子的肩膀转过身去。看着由美子瘦弱的背影贴近网川，真一不禁大声喊道：“由美子小姐，你跟樋口惠根本没什么两样！”

忽然间由美子步伐凌乱，差点踩空。网川赶紧扶住她，两人渐渐远离真一。

“在大川公园和樋口惠相遇时，你不也是这么想吗？那家伙逃避现实，只顾及自己的方便。当时你和樋口惠还不是一伙的，你们并非同类。但现在不同了，你和那家伙一样，是一丘之貉。”

网川和由美子走到了滋子家的公寓大门口。网川用力推开大门，将由美子往门里推。

“那家伙和你都只看见自己想要的，只知道自己希望的，根本不管现实情况是多么扭曲。不管怎么拖累周围、让别人狼狈，只要能说出自己的想法强迫别人接受，你们都无所谓，不是吗？”

网川猛然回头逼视真一，用力关上大门。

“自私鬼！”真一大声怒吼，声音却被呼啸的北风一带而过。

前畑滋子送石井夫妇来到门口，忽然听见粗暴的敲门声，打开门一看是网川浩一。眼睛低垂的由美子几乎被他拥在怀里。

“怎么了？”滋子不禁大声问道。正在狭小的客厅穿大衣的石井夫妇惊讶地看着她们。

“对不起。”网川语带怒气地道歉，并越过滋子的肩膀朝石井夫妇点点头，打了一个不太礼貌的招呼。

“由美子有些不舒服，我们上来得有些急。可以打扰一下吗？”

一时之间这周发生的事、对眼前几乎要哭出来的由美子的担心、也想联络由美子和网川好好谈一谈的心情等全部忘了，滋子只觉得油然升起一股反感。这家伙算什么？上门演这出戏，打算干吗？虽然只是一瞬间，强烈的反感竟是那么鲜明，连滋子也吓了一跳。

“我们正好要告辞。”石井太太大概是顾及滋子的心情，稳重地说道。然后回头看着丈夫说：“我们该走了。”

“塚田小弟在汽车那边等你们。”不知为何，网川始终眼神严厉，语气也很不友善，“不快去的话，恐怕他会感冒。”

石井夫妇一脸诧异地询问网川：“真一怎么了？”

“没什么，我只是向两位报告他在下面。”

石井夫妇对视一眼，赶紧打完招呼便下楼了。先后进入客厅的网川和由美子仍穿着大衣、围着围巾，也不打算坐下。滋子已不再惊讶，只是刚才明显的反感还无法完全摆脱，脑子一下子还不能转过来。

“不先坐下来再说吗？”

对两人招呼一声后，滋子穿越客厅来到窗口。往下一看，石井夫妇的车就停在那里，正准备倒车上公路。因为位于正上方，无法看清石井夫妇和真一的表情。

尽管空间狭窄，石井夫妇却一次便倒车成功，发出引擎声扬长而去。滋子目送他们，心想刚才应该到楼下跟真一说说话才对。

回过头一看，网川和由美子总算是坐下来了，但表情仍然严肃。

“你们和真一之间发生了什么事？”滋子在窗边问道。

“我们有些意见不合。”网川皱着眉头回答，“那家伙对由美子说了过分的话。”

“是我不对。”

“你没有错。”

滋子叹了一口气。真一不得不离开这里，就是因为由美子引起的骚动。手岛命令滋子停止原先的报道，必须以一次连载对读者说明饭田桥事件的经过，也是因为由美子。而由美子闹出这种事，都是因为网川不小心说漏了嘴，透露了受害者家属在饭田桥饭店聚会的消息。眼前这两人造成了这么大的影响，现在又想干什么？

“你们和真一吵架了？”

“也不算是吵架。”网川认真地反驳，“他大概是误会了。还是个小孩，没办法。”

由美子沉默不语，没有看滋子，始终盯着网川。

没办法，把大家的情绪都破坏了，并不能让事情有所进展。“算了，这件事待会儿再说。既然来了正好，我也想跟两位谈谈。”

在收拾桌子、帮由美子和网川泡咖啡的同时，滋子说明目前的情况。两人认真倾听着。当滋子叙述告一段落时，网川严肃地抬起头说：“前畑小姐，关于你的报道是你个人的自由。”

滋子微微笑道："你还真会说话。"

一股金属般冰冷的空气降临在三人周围。不对，从网川和由美子进入房间起，或许这股空气便存在了，只是过去的惰性令滋子没有发觉。

"这次骚动有一个明显的事实吧？"网川说。

"什么事实？"

网川瞄了一眼垂头丧气的由美子，然后直视着坐在斜对面的滋子。

"前畑小姐对于高井和明和栗桥浩美是同伙的推测毫不怀疑，对吗？"

滋子没有立刻回答，而是等着网川说下去。

"如果是这样，那么由美子对前畑小姐就没有任何指望了。不管由美子为你的报道提供多少信息，也无助于证明高井和明无辜。"

"原来如此。"滋子说完，只见由美子因这句话将脖子缩得更紧了。"所以呢？"滋子催促网川，"你的结论是什么？"

"今后由美子将不再帮助你了。此前由美子对你提供的任何证词都拒绝用在你的报道中。"网川为表慎重而再一次询问："没错吧，由美子？"

滋子看着低着头的高井由美子，想起去年年底她第一次打来电话时的情景、在三乡市车站见面的经过及当时她孤苦无依、走投无路的眼神。

滋子并不想说什么，只是不由得开口叫道："由美子……"

"你欺骗了由美子！"网川先发制人地说道。

"我欺骗了她？"

"没错。我想你也不用特意回忆，从第一次你和由美子接触起我就跟你们在一起，所以我很清楚。你听由美子说话，假装同情她，其实是为了亲耳听到她的声音，作为你报道中的上好材料！"

网川用力呼出一口气、晃动一下肩膀后，又换成了嘲笑的表情："那也难怪，全日本的记者哪一个不睁大了眼睛想采访栗桥和高井的家属！比你有能力、有经验、有成绩的人拼命摸索方法，最后却只能放弃。而你只是因为由美子想找根救命索，刚好送上门来，便交了好运。当然不能放弃这天外飞来的幸运。我要是你，肯定也跟你有一样的想法。所以你明明毫不认为和明可能不是凶手却隐藏不说，故意假装相信由美子的说法想留住她。"

滋子感觉自己的膝盖正在颤抖。“我从来没有那样机关算尽地跟她来往！”

“是吗？”网川斜着嘴角说，“也许你只是没有发觉罢了，但其实已经病入膏肓。你的做法根本就是机关算尽！”

“你说话未免太过分！”滋子终于怒不可遏。之前始终像是忽然挨了一拳，因冲击太大而感到混乱。

“你不明白吗？”网川抬起下巴，目光锐利地继续说道，“你一直对由美子很过分。由美子或许是被你骗了，也可能感觉到被你利用。但是为了主张和明无辜，她需要你这个窗口，所以只好忍耐，装作不知道你的想法。但是这出戏到此已经结束。”

滋子双臂交抱。若不这么压住手臂，她怕会想乱扔或破坏什么东西。

“由美子闹出饭田桥饭店的骚动，并被那样报道，让你不得不保护自己专业报道记者的身份，跳出来发表真正的心声。你根本不相信高井由美子的说法，对于高井和明和栗桥浩美犯下一连串案子的事实认定毫无异议。既然如此，由美子当然也没必要忍耐跟你来往。”

“换言之，你们今天来是跟我断交的了？”滋子毅然决然抬起头，“是这样吗，由美子？”

由美子双手掩面。网川立刻接道：“请你不要威胁由美子！”

“我没有威胁。我只是不想听你的说法，想听由美子亲口说。”

“由美子对于以这种形式跟你决裂感到很悲伤。请你不要再折磨她了。”

“对不起。”从掩着脸的指缝中，由美子低喃道。这个只知道歉的女人令滋子十分生气。

“今后打算怎么办？”滋子好不容易克制住情绪，说出话来。没错，她想知道这点，看看他们的目的何在。

“为了证明和明的无辜，找到其他方法了吗？有什么新的手段吗？”

由美子轻轻放下手，露出了脸。她没有看滋子，而是看着网川。一直以来她都只盯着网川。

网川再一次直视着由美子的眼睛进行确认后，转过头对滋子宣布：“我将开始写报道。”

15

这是那一周星期三的事。

足立好子为了做晚饭，比丈夫和两名员工早一个小时离厂回家，抚摸着时而还会疼痛的左膝走进了厨房。工厂早在十年前就改成了水泥结构，但住宅还是有三十五年历史的木质老房子，到了这个季节冷得厉害。好子快步走在没有一点火苗的寒冷厨房里，不禁打了一个大喷嚏。

她赶紧打开电暖气开关，将装满的水壶放在炉子上。火苗的色泽给人温暖的感觉。很想坐下来好好休息，但对回到家就是家庭主妇的好子而言，这种奢侈是不被允许的。打开冰箱和储藏室，拿出晚餐的材料。今天特别冷，所以晚上吃烧酒汤。通常中午便决定晚餐吃什么，是三人份的晚餐。

去年九月初，好子在送货途中出了车祸，左膝复杂性骨折，在医院住了将近两个月。治疗又苦又累，之后的康复训练更是难熬。

忽然间被迫独自过日子的丈夫其实也很辛苦。少了好子，饮食起居立刻就变得乏善可陈。

个性传统的丈夫最讨厌一个人吃饭。丈夫继承了家里的印刷厂，目前虽为亏损而苦，但在好子嫁进来之前生意兴隆，听说员工旅游还一起去过夏威夷呢。当然员工人数和今天的不能比，平时不是周末假日的话肯定加班到深夜，所以员工都在厂里用餐。丈夫在这样的环境下长大，几乎没有独自吃过饭。

好子住院期间，丈夫常常面对着无人的桌子说自己好像被独自囚禁似的，想来也是怕寂寞。两个女儿又都嫁到远方，加上孩子也小，根本不能指望她们。好子躺在病床上，几乎不敢面对为这些事抱怨的丈夫。治疗之外，就属这件事最让她难受了。

不过后来丈夫倒是找到了解决方法。厂里的两名员工，一名已经有了家室，另一名则是上高中夜校的二十岁小伙，姓增本，有着现代年轻人难得的老实。丈夫决定和增本一起吃饭。反正增本也是一个人过日子，加上薪水不高，能够省下餐费也不无小补，所以也就愉快地接受了新的习惯。

两个男人不习惯做饭，做的菜也千奇百怪，但比起一个人枯燥无味的饮食生活，这样要有意思得多。

到了十月二十日，好子终于可以出院了，增本已经十分习惯足立家的厨房。刚出院那段时间，好子也很高兴有人帮忙料理家事。等好子康复后，增本还是维持跟他们一起吃饭的习惯。

厨房逐渐暖和起来。好子洗了蔬菜，烧热锅子，动作熟练地准备晚餐。这时客厅陈旧的咕咕钟响了，是七点钟。好子将火势关小，走进客厅打开电视。丈夫和增本快回家了。

电视画面上是平时只在晚上十点以后新闻节目中出现的女主播。好子以为自己弄错了日期，仔细一看原来是特别节目。是有关去年九月到十一月初之间，耸人听闻的连环诱拐杀人案的报道。

哎呀!

好子坐在暖桌前，直盯着电视。屏幕上出现了两个年轻男子的脸部特写。现在全日本大概没有人不认识这两人吧。

右边脸形较长、面貌端正的是栗桥浩美，左边胖胖的、眼小眉垂的是高井和明。就目前所知，这两人杀了三四个人，而且好像是为了好玩而杀人。

好子知道高井，不认识栗桥浩美，却认识他母亲栗桥寿美子。住院期间，两人的病床曾相邻。寿美子因为从家里的楼梯摔下来而住院，不知该说是智商问题还是精神出了状况，因诱拐了来看门诊的小孩而被转到其他病房。此后好子曾经看到高井和明到寿美子所住的单人病房探望。

不仅如此，好子还跟他说过话。虽然只是在电梯前聊了两三句，但感觉高井是个性格很好的年轻人，连护士长也那么说。护士长还告诉好子："高井和明和栗桥寿美子的儿子从小认识，常常替对母亲冷淡的儿子来探望寿美子。"在好子听来的对话中，高井和明总是很亲切地叫栗桥寿美子"阿姨、阿姨"，看起来很有爱心。

好子出院回家不久后的十一月五日，看见这则临时新闻，不禁吃惊得心跳都要停止了。一开始她是为高井和明和栗桥浩美出车祸殒命而惊讶；可是比起此后真正的惊讶，这还只是小巫见大巫。那个高井和明居然和栗桥浩美联手诱拐了好几个女孩，将她们关起来虐待凌辱，最后还弃尸，打电话捉弄女孩的家人，打电话到电视台吹嘘自己的恶言恶行！

一开始她还怀疑，若是栗桥浩美就算了，自己所知的高井和明是个身形庞大、一脸害羞笑容的大男孩，生性不可能那么残暴。一定是哪里搞错了！

可是后续报道不断让好子的希望破灭。造成两人车祸身故的是高井和明的车，后备厢则装着一个名叫木村庄司的川崎上班族的尸体。车祸发生前，两人在绿色大道高速公路的加油站加油时，加油站的员工还亲眼目睹他们相当亲密。前一天晚上在冰川高原车站附近的餐厅也有服务员看见他们在停车场说话。怎么看两人都是一起行动的。

从栗桥浩美初台的住所发现了大量照片，被拍摄的七名女子之中，已确知三人的身份。她们都是失踪的女子。那里是栗桥浩美居住的地方，附近有住户出面作证说在附近见过高井和明。栗桥浩美手机的通话记录也有许多是打给高井和明的。

同伙，这个词在任何一则新闻、任何一篇报道中，都轻易作为说明两人之间关系的名词。

医院护士长说得没错，他们俩从小就认识，但是彼此的关系并非对等：栗桥是老大，高井和明是属下，甚至只能算是跟班。栗桥成绩优秀，是班上受欢迎的人物，高井则是学习落后、常受欺负的可怜虫。

这些残酷行为的主事是栗桥，高井被他牵着鼻子走，受影响而越陷越深。

好子不明白，真的会有这种事吗？

人是会变的。小时候是成绩优异的学生，长大后也可能不成才、不长进。小时候难以管教的人，也可能长大后对社会很有贡献。小时候的高井和明或许是栗桥浩美的跟班，却不表示二十岁以后依然如此。人是会成长的，要维持一成不变才更困难。

每个人小时候都有害怕的人，或是对某些同学总是抬不起头来；相反，也会欺负更弱小、条件差的同学。这种关系也许不会随着成长而渐渐退色，但也不会那么频繁。至少好子这么认为。

好子没有养育过男孩，她生的都是女儿，但是照顾像增本这样的年轻人却经验丰富。地方小工厂的老板和老板娘，有很多机会比年轻员工的父母更能就近关心他们的日常交友、金钱出入和感情生活等方面。据她的经验，称“高井和明过了二十岁还不敢反抗栗桥浩美，于是接二连三杀人”的说法，尽管出自有名的评论家、主播或记者之口，但在好子听来就像是编造出来的故事一样。

十一月五日以后，好子住过的医院来了许多警察，媒体人员也大批赶到。目前好子仍然每隔十天前来复诊，因此常听到住院期间熟识的护士长、护士抱怨根本无法好好工作。但其实她们在某种意义上很兴奋，能够和平时无缘的人接触、面对着照相机和话筒说话，似乎也很陶醉。而且比起好子，这些护士拥有关于栗桥浩美和高井和明更丰富的信息，可谈论的内容堆得像山一样多。

和好子同病房的病人，还有些仍在住院。来门诊时也顺便探望她们，大家见面还是十分兴奋，病房的气氛马上活跃起来。

据她们的说法，警方感兴趣的是高井和明和栗桥寿美子说了些什么、他的态度如何、几月几日的几点来过等。另外还不厌其烦地调查栗桥浩美有没有来过。当然不包括送寿美子来住院那一次。

媒体关注的焦点一开始也跟警方的一样，但自从有名患者不小心说漏了嘴，泄露了寿美子诱拐小孩未遂事件后，媒体的态度一百八十度转变。事实上，对医院而言，这是医院管理不当的问题，当然不希望外界知道此事，但是纸终究包不住火。

寿美子引起的事件其实也不是很严重，好子认为没有必要闹得这么大，因为跟事件本身也没什么关系。但是现实却不是这样，寿美子的脑子有问题正好为栗桥浩美的犯罪提供了证据，社会新闻光是针对这个话题就炒了一个星期。

就连之前同住一间病房的病人也都异口同声地批评好子想法简单。以前睡在好子前面床位的女中学生，看起来很聪明，却故意说些心理学等难词，又是什么遗传、幼儿期怎样的人会成为罪犯。好子只能一脸无奈地看着照顾女学生的母亲，那位母亲正一脸骄傲地看着女儿大放厥词。

在好子听来，她们说的不过都是些空想或谣言的综合。甚至连摔断了腰椎、躺在床上不能动的老太太也声称在上厕所途中遇见过高井和明，让好子觉得有些悲伤。这时警方和媒体还没上门找好子，所以她们提醒好子可能有人会上门，到时被问到什么要告诉她们云云，使得好子回家时心情十分沉重。

过了几天，果真来了两名刑警，说是按顺序调查曾经和栗桥寿美子同病房的病人。两人都穿着整齐的西装，打领带，脚上穿的也不是破鞋，而是看起来很舒适的上等皮鞋。好子心想，电视上的警察电影都是骗人的嘛。

刑警问话语气客气，容易理解，让好子毫不紧张地畅所欲言。大概警方也事先做过调查，对于好子的回答并不惊讶。说到出院那天，在大厅第三次看见高井和明时，他心不在焉、脸色苍白地到达医院，刑警的目光变得锐利起来。

“他的样子真的很奇怪。好像后面有谁在追他，他拼命想逃开一样。”

刑警将好子说的内容记在本子上。因为他们认真记录，好子信心更强了。

“我不知道发生了什么事，但去问栗桥寿美子应该就会知道。你们去见过寿美子了吗？”

新闻报道说栗桥夫妇离家出走，行踪不明。但是警方应该知道他们的下落吧。

较年长的刑警简单地回答了有关讯问寿美子的内容。因她的精神状况不好，提供的证词不是很清楚。好子为栗桥寿美子的现况感到心痛。

约两个小时后问话结束，刑警便回去了，从此再也没有来过或打来电话，好子开始有些后悔。当初应该语气更强烈地表达自己的意见才对：高手和明看起来不像是坏人，就像是个身形庞大、个性温柔的大男孩。难得的机会，自己却这样浪费了。

随着一阵脚步声，丈夫和增本在客厅入口探头进来。

“下班了。喂，晚餐吃什么？”丈夫问。

这个人都有外孙了还像个小孩一样，每晚都这么问。今天晚上有什么菜？有没有我爱吃的？

一听好子回答“烧酒汤”，丈夫高兴地去洗手间洗脸。跟在后面的增本则看了看电视，并问好子：“老板娘，这是那起案件的特别节目吗？”

“好像是吧。”好子回到厨房，背对着增本说，“吃饭时不要讨论这种令人难过的话题，换个台吧。”

增本没有回答，反而津津有味地站着继续看电视。好子将凉拌青菜装碟，切好泡菜，并从冰箱里拿出啤酒，身手利落地忙碌。

“老板娘！”增本目不斜视地看着电视画面，大喊，“这……有点怪！”

“怪？我不喜欢听杀人的新闻，你赶快转到别的台吧。”

“不是，我不是那个意思。”增本走向厨房说，“这个新闻跟其他的不太一样。”

“不一样？电视台的报道不都一样吗？”

“不对，这名主播明明说真凶另有其人。”增本瞪大眼睛指着电视说，“你看，老板娘！”

好子看向电视，这时特写镜头中的主播正好说道：“现在警方的看法真的没有问题吗？没有看错什么证据吗？我们HBS通过独家采访，有了新的推论。”

瞬间随着思绪转变，画面也变了，跳出充满屏幕的大字：“连环杀人案的主要嫌疑人还活着”。

那天的晚餐食不知味。大家坐在一起，但好子始终看着电视。她像个机器女佣一样帮丈夫、增本添饭，眼睛却始终盯着电视。

“上次电视台播类似的特别节目，是因为凶手打来电话吧。那次是哪个电视台？”

“好像也是HBS。”

两人的交谈听起来就像是扰人的噪音一样。

一、一连串案件背后，潜藏着过去的搜索中没有浮出的第三者。这个人物我们暂称为X。

二、案件的真凶是X和栗桥浩美，而且主要凶手是X。

三、高井和明没有参与一连串犯罪，但是因为发现栗桥浩美涉案，有可能受到X和栗桥的胁迫。

HBS的主张大致可分为上面三点，证明其推论的看法如下：

一、显示高井和明主动涉案的证据很少。

二、被认定为凶手诱拐、杀害的受害者之中，已确定身份、知道失踪日期及场所的是下列五名受害者：

古川鞠子
一九九六年六月八日凌晨一点左右
东京都内东中野车站附近

日高千秋
一九九六年九月二十三日傍晚？
东京都内新宿车站附近

木村庄司
一九九六年十一月三日下午？
群马县冰川高原或湖畔地带

伊藤敦子

一九九四年三月十五日下午？
群马县涉川市山中

三宅绿
一九九三年六月一日下午？
东京都田无市

就目前所知，上面任何一个案例，栗桥浩美都没有不在场证明。但高井和明的不在场证明则尚未确认，换言之，还停留在可能有或没有的阶段。

三、高井和明的家人竭力主张高井和这些案件无关。

四、在HBS独家调查中发现同一凶手犯下的未遂事件中，受害者的证词提到："当时两名凶手之中，其中一人的年龄、长相和高井和明完全不同，很难说是同一凶手。"

上述四个证据，最具冲击性的是后两项。主播依序说明四项证据，很自然地后两项将在节目后半段提及。这也是吸引观众收看到最后的技巧之一。

就算栗桥浩美是凶手，而高井和明不是，凶手依然有两人。这一事实，在案件还在进行当中，凶手致电HBS特别节目的声纹分析中已经获得证实。现在又跳出了第三个人X。到此为止，好子还能够慢慢理解，实际上她也很高兴。没错，高井和明不是凶手。心肠那么好的青年，怎么可能会残酷地杀人呢！

接着HBS又开始说明为什么会将栗桥浩美推开，让这个谜一样的人物X成为主要嫌疑人。一般会认为，既然从栗桥初台的住所找出大量照片和化成白骨的尸体，就可以作出栗桥是主要嫌疑人的结论。但是HBS却提出那次打到HBS特别节目的电话佐证。

当时因插入广告而中断凶手说话，然后对方生气挂断电话。经声纹分析，确认那是栗桥浩美打的。那么后一通电话就可以推断是X打来的。

但高井和明没有留下任何声音资料，无法做声纹鉴定，所以少了一个重要物证。

从推断是 X 打来的后一通电话中，可以听出对以前挂断电话的遗憾，和希望与 HBS 继续谈下去的企图。如果栗桥是主要嫌疑人、X 只是从犯，X 应该很难摆出这种态度。因为是栗桥单方面挂断了前一通电话。

另外还有一项一向被忽略的重要事实。在 HBS 特别节目播出之后，古川鞠子的外祖父有马义男立即接到一通某人使用变声器打来的电话。这通电话没有录音，通话内容也只能凭借有马先生的记忆，但调查总部仍大致断定是栗桥打来的。

而根据有马义男的证词，当时打来电话的人，也即栗桥浩美非常生气，就像挂断 HBS 的电话时一样生气。

有马先生收看了 HBS 的特别节目，知道事情经过，而且还独具慧眼，在声纹鉴定的结果出炉之前就已发现前后两通电话是不同的人打的。当时还没有凶手为多人的说法，甚至连这种假设都还很薄弱，因此不能不称赞他具有卓越的洞察力。

有马先生对着电话说："你们是不是两个人？你一人不可能做这些事。你是被谁指使的？"那个被认为是栗桥浩美的人立刻咒骂有马先生并挂断了电话。

调查总部几乎完全无视这一事实，甚至可谓抹杀此一事实。对于以栗桥浩美和高井和明两人犯案为主轴的调查行动而言，这项事实显得非常碍眼。在调查总部努力想完成的拼图中，根本不打算放进这一块图片。

调查总部致力于"栗桥主犯、高井从犯"的调查方向。然而有马先生的这段插曲，尽管小却具有推翻警方假设的力量。它是调查总部不可或缺的一片拼图。

假如像调查总部描绘的图景一样，栗桥是主要嫌疑人，高井是听命办事的从犯，那么栗桥一旦生气挂掉电话，为什么又会重新致电节目呢？退一步想，假设"从犯"高井和明鼓起勇气自作主张打电话和 HBS 交涉，这时栗桥会闷声不响吗？

凶手经常使用手机。而且小心谨慎，看得出来习惯变换通话场所。

打电话给 HBS 或有马义男等受害者家属时，两名凶手是否在一起无法确知，甚至也不知道是谁主张打电话给受害者家属的。

但至少在打给 HBS 特别节目时，从栗桥生气地挂断电话后和同伙的迅速应对来判断，两人是在同一场所，而且很可能同伙在一旁守着栗桥打电话。这样假设同伙的是高井和明，栗桥浩美怎么可能默许他奋勇地重新打电话呢？

足立好子猛盯着电视，专心倾听主播的说明。丈夫在一旁摆出吃惊的脸色也无所谓，因为我可是亲眼见过高井和明！还跟他说过话。那孩子不可能会杀人，我一直这么认为，可是警方和新闻都不这么想。这下有人帮忙了！好子用力握紧拳头。

“老板娘，你还好吧？”增本担忧地探过身来。

两小时的节目播出了一半，现正在介绍赞助厂商。好子舒了一口气，起身到厨房泡茶。

“你会不会热心过头了？”丈夫有些生气，“人不可貌相，心里怎样很难说。有些人笑容满面，一样是坏人。”

“这种事我当然也很清楚。”

广告结束后，主播又出现在画面上。

“我们 HBS 对此一事件提出新的看法，并不是要引起社会不安。”

而是调查总部完全归罪于栗桥、高井，想结束此案。如果以这种方式解决受害者众多的残酷杀人案，未来将对社会产生诸多不良影响，甚至还得担心会出现好事的模仿犯。如果有了这类凶手逃脱法网的先例，很可能会刺激因案件残酷性而行动的模仿犯，甚至比模仿犯更危险的真正罪犯起而效仿。

我们明白警方想迅速结案的心情，但不能为了求得社会平静而忽略事实。主播身旁坐着一名神情紧张、看起来像是大学生的青年。只有他一人。

青年和主播打招呼，嘴里说着“请多指教”，听起来竟是十分冷静。

“今天的来宾是网川浩一先生。”主播对着镜头介绍，然后看向青年问道：“你现在是补习学校老师吗？”

“是的。我教的是中小学生。”姓网川的青年回答。他整齐地穿着西装，没有打领带，衬衫显得很干净。头发有些长，但梳理得很整齐。五官端正，给人不错的印象。

“网川先生和身故的栗桥浩美和高井和明是同学。”

眼睛困得快要闭上的好子丈夫，大叫一声问道：“同学？这家伙居然敢上电视！”

“喂！安静一点。”好子调大了音量。

“节目前半段提到的新看法，其实并非只是我们 HBS 的看法。当然我们对于这一连串事件也在调查，但这次促成我们在调查期间制作特别节目的，是网川先生的一封信。”

画面上出现了信纸，一封横写格式的信，配着播音员的朗诵：对于目前警方的搜索方针，我个人有些重大的疑问……

“刚才我们也介绍过网川先生和生前的栗桥浩美、高井和明熟识。”

“是的，我和他们从小认识，一直交往到最近。”网川明确地回答。

接着网川说明目前的情况和不得不跳出来说话的原因。

“身为他们的朋友，我不忍心，更不愿看着高井的家人受苦，他们真的很可怜，我无法沉默不语。”

足立好子认真地注视着电视画面上清晰映出的这名年轻人。笔直的眉毛，坚毅的嘴角，看起来很聪明的眼神。长期以来在足立印刷有限公司工作的她观察过太多年轻人，眼前这个叫网川浩一的青年，给人感觉很不错，显得诚实又值得信赖。他不像以前那个姓田川的男人躲在奇怪的屏风后面，堂堂正正的风貌令人耳目一新。那个田川虽然和连环杀人案无关，却在别的地方做出了骚扰小女孩的恶心事。

“高井的父亲因过于伤心而住院。他母亲这几个月几乎无法外出，过着躲避外人的生活。”网川停顿了一下，抿紧了嘴唇继续说，“但最可怜的还是高井的妹妹。她坚信哥哥没有涉入那么可怕的案件，也曾对警方不断强调她的意见。高井家开荞麦面店，一家人和乐地做生意。和一般职员不一样，他们全家都很清楚高井的生活状况。警方认为高井在面店打烊后，趁着家人熟睡偷偷溜出家门犯案，而且假设是在每周一次的公休日。这种说法太可笑了，请各位冷静思考一下。高井三餐都跟家人一起吃，生活步调也从未错乱，这从他妹妹的证词中可以得知。试问有什么人能不让同住的家人发现，像个猎人般一一犯下这些骇人听闻的罪行呢？”

网川对着镜头诉说。

“我们不要推测，希望大家仅就常识来判断。这么合理的意见却完全不被采纳。警方一开始就认定高井是凶手，做好了一切假设，只挑选足以佐证假设的证据，认为他父母和妹妹的说法都是障碍。”

主播赶紧出面制止语气有些兴奋、语速加快的网川。“网川先生，你刚才提到了高井和明先生的家人。那么对于栗桥浩美先生的家人，你有什么样的看法？”

网川双目微微低垂，不断眨眼。接着他抬起眼睛，神情显得毅然决然。“身为栗桥浩美的童年好友，我觉得很难过。关于栗桥浩美是这一连串案件的凶手，我毫不怀疑。但是他的同伙另有其人。”

主播重新摊开写有 HBS 证据的写字板，再次依序说明四点看法。

“栗桥浩美的同伙不是高井和明，而是第三人 X。”网川对着主播点头后说道，“而且 X 是这些案件的主要凶手。这样，以前特别节目中‘重新打来的电话’等谜底就能揭晓，计划安排所有事的主要凶手另有其人。我这样形容也许不太好，但栗桥只不过是个‘跑腿的’。所以主要凶手才会在后来再度打来电话，而栗桥才会在节目结束后打电话找有马义男出气！”

“这种情况下，高井和明先生的立场似乎变得有些奇怪。”主播始终保持冷静，而且随时不忘强调“高井和明先生”的说法。“刚才网川先生提到高井先生的家人觉得他的生活没有异样。但是他在十月四日到五日之间的行动很明显有问题。他被栗桥浩美叫出去，故意开着自己的车到冰川高原。有人还目击他们亲密商量事情的模样。”

“是的，所以说……”

为了制止突然插嘴的网川，主播继续说道：“车祸当天十一月五日，也有很多人目击到高井先生和栗桥浩美共同行动。据他们的证词，栗桥浩美精神有些不太稳定，看起来反而是高井先生保护着他。关于这点，网川先生你怎么看？或者不只是你，也可以说一下高井先生家人的看法。”

足立好子抓紧了筷子。的确连好子这个外行人，也觉得十一月五日高井和明的行动有些怪异。而且四日到五日晚上，他在哪里？过去的报道中称栗桥和高井睡在秘密基地里。五日被发现尸体的木村庄司大概也是被监禁在秘密基地，并在那里遇害。

网川停顿了一下调整好呼吸，然后抬起对男人而言显得过长的睫毛，慢慢看着主播说：“会不会是真凶胁迫了高井？”

主播像倒吸了一口气，凝视着网川。实际上主播不可能是第一次听到这爆炸性的言论。就算是现场直播，事先也一定会有彩排，目前进行的程序都是预定好的。可是主播认真到几乎是害怕的神情，还是让好子起了一身鸡皮疙瘩。

“被胁迫？”主播若有所思地重复道。

“是的。我按顺序说吧。首先我认为可能是高井因故发现了栗桥浩美跟这一连串案件有关。”

栗桥和高井不只是童年好友，长大成人后也住得很近。栗桥的确独自在初台租房住，但是他没有工作游手好闲，所以经常出入父母家。这可以从邻居的说法中获得佐证。

此外栗桥还经常向高井借钱。实际上，与其说是借钱，不如说是“勒索”更恰当。高井对于栗桥蛮横的态度从不反抗，显得顺从。这也是警方认为“栗桥为主要嫌疑人、高井为从犯”的主要根据。

“警方认为他们这种形式，可说是老大和属下的关系，因此高井被栗桥牵着鼻子走并不奇怪。两人维持着这种关系，栗桥的所作所为被与案件毫无关系的高井偶然察觉，应该很有可能。”

“可是，网川先生，”主播又插嘴问道，“栗桥浩美所犯的都是凶残的罪行。这么重大的事情怎么可能让毫不知情的朋友轻易发觉呢？他应该不是笨蛋吧？”

“栗桥他……”网川说到一半，表情显得很痛苦，“就我所知，栗桥的确很聪明。但也很自负，习惯从一开始就瞧不起别人。这从他上班三个月就辞职的证券公司同事接受某次采访时的说法就能获得印证。”

足立好子好像也记得看过什么周刊杂志曾经提过这件事。那是栗桥浩美中学时的朋友说的话吧。

“栗桥尤其看不起高井。大家早就知道，高井从小眼睛就不好，虽然不是视力的问题，但左眼功能几乎完全失调，他因此跟不上学校的功课，被认为愚笨。初二还是初三的时候，知道原因后接受康复训练，成绩越来越好。可是栗桥还是抱着过去的印象，继续利用高井个性柔弱的一面向他勒索金钱。”

主播在一旁点头称是。

“这家伙怎么那么赞同一个外行说的话。”丈夫不禁抱怨道。他喝了两瓶啤酒，心情也跟着好转。“得好好加油才行，你说对不对？”

好子没有回应。烧酒汤已经凉了。

“因为是这样的栗桥……”网川的声音依然兴奋，“在毫不知情的高井面前，故意说出骇人听闻的杀人案，而且暗示是自己做的，我觉得一点都不奇怪。栗桥就是这种人，爱出风头又过度自信。不管是好事坏事，只要是自己做的，他就不可能不做声。何况这次是这么重大的杀人案，受害者不是一人两人。就算是栗桥，他也知道要挑个对象来暗示，否则后果不堪设想。”

“所以他找了高井先生……”

“是的。他一向瞧不起高井，认为他不可能发觉什么，所以很可能安心地暗示对方自己的罪行。可是高井并不像栗桥所想的那么愚蠢。他知道栗桥在说什么，也知道该如何分辨真假。”

于是他开始怀疑栗桥浩美，因不知道该如何是好而烦闷。

“这些都只是你的想象吧？”

“的确是我的推测，但是我听高井的妹妹说过这些事。”

主播又拿出一块写字板，展示最早发现右手的大川公园的照片，以及从栗桥和高井所住的练马区前往大川公园的路线图。

“各位观众应该很清楚，这是事件开端的大川公园。”

在主播的催促下，网川继续说道：“十月下旬，高井的妹妹曾经尾随哥哥外出。”

“你是说跟踪吗？”

“是的，没错。为什么她要这么做呢？因为她看到哥哥那一阵心情郁闷，好像在为什么烦恼。当时妹妹以为哥哥有了心上人，是为了恋爱而痛苦，于是在周末尾随哥哥外出。她以为哥哥是出去约会。”

然而高井和明不是去约会，而是前往大川公园。

“从路线图可以看得很清楚，大川公园不是练马区的居民特意搭电车经常前往的地方，日比谷公园或新宿御苑更适合作为约会的场所。妹妹心里很纳闷，却在公园入口跟丢了哥哥，只能独自回家。其间高井做了什么、跟谁见了面，她一概不知。但是高井和明心情郁闷、好像很烦恼、还特意去大川公园的举动却是事实。如果他真的涉案了，就不可能这么不谨慎。”

主播故意露出不怀好意的笑容说：“不是说凶手都会回到现场吗？”

网川用力甩了一下头发。“凶手没那么笨。他知道警方正在根据凶手会回到现场的经验法则进行调查。大概他很熟悉警方的做法，也读过有关犯罪心理学的教科书，所以绝不可能毫无防备地回到现场。正因为高井不是凶手，才会去大川公园。”

“去干什么呢？”

“他是有想法才去的，一定是。”网川断言道，“该如何看待栗桥浩美的暗示，他是否真的是一连串案件的凶手？当时大川公园是唯一被公开报道与案件有关的地点。高井想站在那里，仔细思考栗桥浩美是否真的去那里丢弃右手。一定是这样。”

主播皱眉思考，然后慢慢地说：“结果加深了你的怀疑？”

“是的。我很了解他，才会这么说。这种情况下，高井不会独自去报警，绝对不会。他不是会做这种没良心的事的人，他会跟栗桥商量。如果栗桥真的犯下杀人等罪行，他会劝栗桥跟他去自首。可栗桥不是一个人，主要凶手另有其人。他的好心被拒绝了，对方威胁他，如果告诉外面的人，要杀了他的家人。所以高井的行动绝非出于主动。他是被迫不得不那么做。他很清楚栗桥是被牵着鼻子跑，所以很同情栗桥，不禁想保护因不断杀人精神变得有问题的栗桥。”

网川说完一连串主张，主播令人惊讶地拿过一本书。

书名是《另一起杀人事件》，作者网川浩一。主播说这次节目的主旨是根据网川这本书加以推展的。

“今后HBS也将继续协助网川先生，朝解开案件真相的方向努力。”

“什么嘛！竟是在推销书。”丈夫擅自作出结论。足立好子却想着其他事——我要去见这个姓网川的年轻人！

16

武上悦郎迟到了十分钟。“建筑师”正深深窝在饭店大厅的沙发椅上，尽情阅读。

见武上小跑着穿越大厅而来时，“建筑师”合上书本，摘下滑稽的眼镜，抬眼看着武上。这是使用过老花镜看书的证据。

“你难得会迟到嘛。”

“不好意思，因为看书，坐过站了。”

武上坐在斜对面的沙发上。仔细一看，“建筑师”读的不是书，而是一本薄薄的册子，好像是论文集。

“你在读什么？”

武上从旧公文包里拿出一本书。灰色的封面上印着“另一起杀人事件”的标题，设计很简单。厚约两厘米，有很多照片和插图，读起来不怎么费时。

“读完了吗？”

“没有，还剩一点。这才坐过了站。对不起。”

“这本书我读过了。”

这是前天刚上市的书，此前作者网川浩一还上过HBS的特别节目造成轰动。出版社规模不是很大，但是出过几本畅销的非文学类图书，算是一流出版社。

“好像还卖得不错。这个姓网川的年轻人，看来很会做生意。”

“该不会有人幕后安排吧？”

“也许吧……”“建筑师”看着封底网川的照片，侧着头说，“武上，你看过这家伙上的节目吗？”

“正好没看到，不过内勤业务组已经录下，想看随时都行。我想内容跟这本书一样吧。”

“嗯，那倒是真的。只是看着本人说话，感觉更有意思。”

武上拿出香烟。“你怎么认为？关于网川的说法……”

“建筑师”笑道：“不先说说自己的意见就问别人，你未免太缺乏自信了吧。”

武上一边点烟，同时环顾四周。这家饭店是武上跟“建筑师”见面时常来的地方。每次来都觉得这么冷清，居然还没有倒闭。大厅很宽敞，散置着桌子和沙发。除了很难得的情况外，几乎没有遇到邻座有人的时候。今天也是一样，只见前台店员无聊地拼命忍住哈欠。

“其实调查总部也有人对高井和明涉案持不同意见。”

“我想也是，意见有分歧很正常。”“建筑师”摇摇头说，“毕竟物证太少了。”

“所以找到秘密基地就变得更加重要。”武上催促道。

“关于这一点，目前缺乏明显的线索。甚至有年轻人认为不需要特定的秘密基地，每次犯案利用犯罪现场的空屋或晚上没人的工厂、学校等就可以了。”

“当然有秘密基地。”“建筑师”说得斩钉截铁，“只有一个，是特定场所。调查总部的方针并没有错。”

武上抬起眼睛看着“建筑师”。对方将书收进口袋，然后从身旁的公文包里取出用订书针整理好的书面报告。

“我将目前我个人的意见作了整理。”他边说边将报告交给武上，“其实也没写什么大不了的内容，口头说明一下就可以了。做成文字，是帮你省掉记笔记的麻烦。”

“谢谢。”武上将报告放在腿上，打开第一页。上面排列着“建筑师”工整的笔迹。

“一开始说这些有些惭愧，武上，这次的案件对我而言太难了。别说是整栋建筑，就连一个房间都摸不着边。”

“是的，我知道。”

“建筑师”用来推论的材料，只有从栗桥浩美的住所收集的照片片段。一小部分墙壁、一小部分柱子、一小部分天花板和一小部分地板。

“但我还是尽量地推断，应该说是有百分之七十的自信作出了推论。以下就这些向你说明，对了，还有……”他苦笑了一下，“我无法推断出凶手，只能说我确信是不止一人。所以就称呼凶手为‘他们’好了。”

“建筑师”重新坐好，双手手指交错，放在稍微前倾的腿上。

“首先这些照片的拍摄地点，也就是他们的秘密基地，并非一般住宅。不是公寓式房子，而是独门独栋。房子在两层楼以上，家里一定有楼梯，楼梯上面很可能是挑高设计。”

武上一边看着报告一边点头。

“我们先从不是一般住宅或公寓的推论说起。这一点很简单，因为房间的天花板很高。”“建筑师”伸出右手食指指着饭店的天花板，继续说道，“不是有受害者坐在椅子上或手脚被铐在椅子上的照片吗？好几张。将这些排开，数数看有几把椅子。是两把。换言之，这些椅子经常放在他们用来监禁受害者的房间里。一把是木框有布靠背的，另一把是凳子，椅面的形状类似豆子。凳子的照片通常只照到腿，只有一张能够微微看到椅面边缘。”

报告中有这两把椅子的素描，还附了推测的尺寸。

“尺寸是比较一般椅子的大小和照片中受害者的身高推出来的，包括高度和宽度。把这些数据输入电脑，一一仿真每一把被拍到的椅子的角度和高度。”

“建筑师”伸出手翻阅武上腿上的报告。

“拍到椅子的照片共有五十八张。假设房间是标准的，即合乎建筑标准法的规范设计天花板高度的话，这五十八张之中至少有二十二张必然拍到天花板，但实际上只有九张。而这九张几乎都是将照相机放在地板上，仰着头拍摄所致。”

武上点点头，他大概记得是些什么照片。那是受害者趴在地上，由下往上拍摄的脸部照片。

“因此该房间应该拥有超过一般标准的奢侈的高度，这在一般公寓里是不可能有的，高级公寓里也绝对看不到。所以说应该是独门独栋、专人设计的房子，这是第一个推论。”

“建筑师”催促着翻下一页，武上照做了。

“这栋专人设计的房子，地处冬天气温在零度以下、很可能有降雪的高原。看房间的窗玻璃。拍摄到窗框或窗玻璃的照片，即便是很小，也有六十三张。其中窗框和窗玻璃同时被拍到的有四十七张。放大照片加以确认，可以看见原是双层设计的窗框被改造成普通单层。改造时间应该不会太久，大约是四五年前。很可能是因为打扫、维修太麻烦才改造的。新使用的窗玻璃具有优良的隔音、防湿效果，密封性也很高。大概是在改造窗户的同时，房间墙上的钢管电暖器也被拆了。这可以从仅剩一点的壁纸痕迹去判断。不知是偷工还是舍不得花钱，拆电暖器时并没有换壁纸。”

“建筑师”皱着眉，好像马上要打喷嚏。这就是他表示“我不高兴”的表情。

“凶手们连环杀害的第一号受害者是谁？”

“还不知道。”武上回答，“也许是初台住所的照片中，哪个身份不明的受害者，也可能还有其他受害者。”

“建筑师”点头道：“目前只知道最后的受害者是木村庄司？”

“对，没错。”

“我在想房间的改造时间和开始杀人的时间会不会几乎一致。当然可能会有些微差别。最早的杀人是出于冲动，食髓知味，需要监禁受害者好加以玩弄的场所，于是就拿这个房间充数。也可能凶手本来就是恶魔心肠，一开始就准备好这个房间，进行狩猎他人的游戏。”

“建筑师”似乎不能忍受自己说出来的话，继续表情扭曲地说：“但可以确知的是，这一连串杀人案从很早开始便用到这个房间。而且是连续使用，所以不可能是租借的房子。内部整修需要时间和金钱。租来的房子不太能随便整修。因此可以推断这栋房子是为某人持有，这是第二点。”

在武上开口之前，“建筑师”紧接着又说道：“在仔细检查照片后，发现有趣的事情。有一部分壁纸发霉了，地板也翘了起来，天花板上的电灯座长期没有使用。这代表什么？可能性有二。一是这房子平时没有人居住。另外则是平时有人住，但房间太多，照顾维修不是很彻底。”

“会不会是别墅……还是一个人住的大房子？”

“都有可能，我认为别墅的可能性更高。而且目前定居在别墅的情况也很普遍。”

“冰川高原的别墅区，就是你刚才提到冬季规格的建筑林立的地区，那是新兴的避暑胜地。”

“而且那种地方一二月的温度会降到冰点以下，而雪却下得不多。将受害者关在没有电暖器和电暖地板的房间一两个晚上，还不至于冻死。”

武上抬头看着饭店挑高的天花板，发觉有些脏了，可见这饭店并不热闹。

感觉上凶手们使用的建筑整体而言也不美丽，但是毋庸置疑，那是私人拥有的财产。

“你猜房子建了大概多少年了？”

“能够推测的根据只有地板的伤痕和耗损情况。如果地板换过，推测就会不准。不过一般不用来居住的房子，或是不常使用的房间，很少有人会去换地板。所以以未换过地板为前提，至少已经建了十到十五年。”

“两名凶手之中，可能有一人买了二手别墅。”

“很有可能，但是我认为遗产继承或赠与的可能性更大。这栋建筑不便宜，天花板很高。从地板和柱子的样子来看，建造时应该花了不少钱。可惜不能看到地基。”“建筑师”懊恼地摇摇头，“不过凶手年龄应该不会太大。光靠声纹无法判断年龄，但从他说话的方式，推测是二十几岁，保守一点顶多不过三十五岁。”

“嗯，我也这么认为。”

“那么年轻，就算是二手房，也没有能力买……不，也有可能买得起。艺人或一举成名的畅销作家之类，或是青年企业家能办到吧。可是这种人一定会忙于工作，哪有时间玩这种连环诱拐杀人的游戏？”

凶手的时间很多。一开始调查总部就认为凶手没有固定工作，或是时间很自由。这一点武上也同意。

“如此，很可能是有钱人的儿孙，反正脑海里浮现出的就是有钱有闲的年轻人。可能目前还没有那么多钱，但是至少能维持这房子的开支。就算有工作，也不会累得像是拖车的马一样。”

武上翻阅报告。“关于楼梯和挑高的部分呢？”

“这个与其从照片来分析，不如参考一起附上的日高千秋的验尸报告。她是窒息身亡，被勒住脖子而死。凶手不是用手勒死她，而是使用绳索。”

“原来如此。凶手们将她吊死，就像绞刑一样。”

“是吧？可是那里并没有绞刑台。凶手们大概是将绳索套在她脖子上，然后将她从高处往下推。”

“想在一般住宅吊死人，这是最简单的方法，而且能办到的地方就是楼梯。但是楼梯上方通常是一般高度的天花板，而且人的体重，加上断气前一定会挣扎，必须要有撑得住的坚固钩子，这很困难。但是如果有梁就另当别论，只要将绳索挂在梁上即可。而且要从楼梯看得到梁，除非是挑高设计，否则不太可能。或者楼梯上方有天窗，也可以将绳索从那里垂下来，但是那样日高千秋就会撞到墙壁，她的身体各处会留下撞伤、擦伤。但验尸报告中并没有这些记录。”

“楼梯有没有可能是通往地下室的呢？”

“有可能。若楼梯上方有梁，这个可能性倒是很高。可是这要视房子的地理条件而定。受害者被监禁的房间，窗户是普通的及腰高度，阳光可以照进来。可见房间并不在地下。而且拍照时没有放下窗帘或百叶窗，看来根本就不用担心随时会有人经过偷看房内的情景。这表示房间的位置并不危险，换言之，应该是在二楼以上吧。也可能院子很大，周围没有其他住宅。一般在监禁或软禁什么人时，在允许的范围内，总是会选择不易脱逃的房间，这是凶手很自然的心理。所以二楼比一楼好，三楼又比二楼好，不是吗？”

“的确。”

“是吧？那么监禁的房间便在二楼。准备吊死日高千秋的凶手们，与其使用连接地下室的楼梯，不如使用连接一二楼的楼梯会更自然吧？所以有没有地下室，以目前的资料很难判断。不知你拘泥于地下室有什么特别的理由吗？”

武上摇摇头说：“没什么特别的理由，只是觉得……应该说是印象，忽然间觉得，你不必在意。”

“这种印象其实很重要。”“建筑师”边说用一只手揉揉眼睛，“我最近常常盯着这堆照片。我的目的是要解析房间和建筑物，所以尽可能不去注意受害者，但还是会看进眼里。晚上闭上眼睛睡觉，受害者的脸就会浮现在眼前。”

“建筑师”眼睛下面果然有黑眼圈。

“我说过好几次了，这起案件能够分析的对象太少，我帮不上什么忙。但是因为长期盯着看，还是会浮现出一种印象。武上！”“建筑师”轻声低喃，“照片中的女子，应该没有健在的吧。”

武上沉默以对，如今已不知该说些什么才好。想到那些失踪女子家人的心情，谁也无法大声说话。

“七人的遗体究竟藏在哪里呢？”

“你想会是哪里？”武上重新坐好，“你有没有什么想法？”

“建筑师”立刻回答：“在这个屋子里，武上！”

“为什么？”

“印象。”“建筑师”说完，又揉了揉眼睛，“这间屋子，在我看来就像个舞台。”

“舞台？”

“嗯。你不看西方的舞台剧吗？”

“管它东方西方，我跟看戏无缘。中学时曾观摩过歌舞伎，几乎都是打瞌睡度过的。”

“我想也是。”“建筑师”笑道，“我倒是挺喜欢看戏的，尤其常看西方的推理剧。剧情很有意思，舞台布景也很棒。”

“什么嘛，结果还不是在看建筑物。”

“话是没错。他们演的舞台剧，通常布景都不错。推理剧多半是室内布景。”“建筑师”微微侧头看着上方，又继续说道，“在那些戏里，房子就像是个隐藏秘密的箱子一样。而且不是一两年，而是收藏着好几十年、好几百年秘密的箱子。大洋彼岸的剧作家十分清楚这一点，毕竟还是有历史的差别。”

日本的房子是木头、竹子和纸搭的，顶多历经一代就得改建。很少有房子比屋主活得更长久。但欧美国家都是石头、砖瓦建筑，比起居住的人，房子的寿命长久许多。房子目睹这一家人好几代的历史，知道某些爱恨情仇，隐瞒了某些事，不为人知地继续守着秘密。

“只不过若都是隐藏的话，住在里面的人就没有社会生活。所以房子这个箱子，必须有些对外公开的部分，这就是舞台。”

房子里的居民出现在舞台上就成了出场人物，剧情也跟着展开。

“我观察这堆照片，忽然有种看舞台剧的感觉。我不会形容……好像这些被拍摄的女子们，从被带到这个房间起，就成了出场人物。玩弄她们、不停帮她们拍照的凶手也成了出场人物。为了配合剧情，他必须扮演残酷的凶手。”

“哦？我倒觉得拥有这些照片的栗桥浩美陶醉其中。”

“建筑师”立刻说道：“噢，那是当然。栗桥浩美应该很陶醉吧，那家伙很想做这种事。想做得不得了而实现了，所以觉得极其好玩有趣。换言之，栗桥浩美根本都没意识到自己其实只是个被放置在舞台上的配角！”

武上盘起手臂，靠在沙发上，很自然地叹息道：“也就是说，你也认为栗桥不是主要凶手，还有一个人在幕后操纵，栗桥只是受人利用罢了。”

“建筑师”像读着刻度一样眯着眼睛仔细观察武上的脸颊。“是的，我是这么认为。栗桥应该不是主要凶手，却是‘主角’。他是舞台上最抢眼的人。但是一出戏剧最伟大的存在，并非在舞台上。剧作家或导演不会亲自上台表演。”“建筑师”继续说，“戏剧是为了让观众欣赏而创作的。因此最外围、最大量的观众就是我们，就是一般大众和媒体。这一点‘主角’栗桥浩美也很清楚。他的动作很挑衅，发言充满了乐于犯罪的色彩。当然因为他在扮演那个角色。”

“因为喜欢而积极扮演角色。”武上说，“并不是被迫的。”

“没错。但栗桥浩美是否真的‘积极地’动手杀了人，我其实觉得有些奇怪。不，你别摆出那种表情，先听我说。”“建筑师”一见武上嘟起嘴，立刻挥挥手说，“我认为主要凶手设计这个没有人知道的舞台，第一个观众不是别人，就是栗桥浩美。”

“可他不是主角吗？”

“对，是主角。这个集主要凶手、剧作家及导演于一身的家伙一开始就为栗桥浩美设计了他最想演的角色，配合角色安排最适当的剧情。栗桥自然高兴担任主角，而且沉醉其中。这些照片大概也是因此而存在的。栗桥浩美为了日后能欣赏自己出演这个残酷罪犯的角色，而拍下这些照片。感觉有些麻烦，但其实一点也不复杂。外行人演戏不都是这样吗？最初的观众肯定是自己。这个案件也是同样的结构。”“建筑师”痛苦地说道，“受害者也是一样。不幸被选中，被迫参加栗桥主演的戏剧成为共同演出的一员，也是观众。她们演着受害者的角色，同时必须观赏这出犯罪剧。而这部戏真的很叫座，栗桥浩美陶醉其中，受害者的恐惧是真实的。于是剧作家兼导演考虑，该到更大的场地举行公演，应该正式与真正意义的广大观众见面。实验公演很成功，可以升格成为正式公演了。”

于是栗桥浩美继续演出，面对着更广大的观众。他也继续欣赏着自己的表演。

“这是一连串案件，武上。很大规模的戏剧，主要凶手是编剧，而不是栗桥。”

“那家伙没有那本事……”

“我在意的是……”“建筑师”用力摇头，“武上，听说栗桥浩美车祸身亡之前的样子很奇怪。调查总部确认过吗？”

有很多证词提及栗桥浩美在加油站想接近年轻情侣时歇斯底里的状态，以及高井和明支撑着摇摇晃晃的栗桥浩美上车的样子。

“就是这些。这就是栗桥根本只是一个没有主见的演员的证据。”

“他演不下去了吗？”

“不，应该说是栗桥对于扮演的杀人犯角色，有些自我中毒了。演员必须扮演各种角色。不解风情的人要能扮演好色之徒，连条虫子也不敢杀的滥好人也演得活连环杀手。总之演什么就要像什么。但是不管怎么入戏，戏演完了就要结束，并不是真的去杀人、调戏女人，对方也是演员。只是为了将现实生活中没有的东西现实化，彼此共同合作罢了。”

但是栗桥浩美却不一样。

“他真的杀了人，受害者不只是扮演死人，而是真的死了。栗桥演出的剧情中，果真是尸横遍野。他的鼻尖还能闻到尸臭，双手也应该能感受到受害者黏稠的血液。”“建筑师”将自己的双手摊在眼前，“栗桥浩美不断诱拐、杀人，终于自我中毒了。只是‘方向’不一样，他没有出错、露出马脚、留下证据被捕、让监禁的受害者逃跑、在诱拐现场被人目击等。他没有犯这些不小心的错误，尽管他的心理是那么不稳定，但还是没有出纰漏。因为他是按照第三者所写的剧本行动，并不是根据个人的冲动或感情行事。”

武上皱了一下眉头，感觉头有些痛。“栗桥已经不想当主角了吗？”

“他不会不想，毕竟很好玩，又适合他。应该是说他已经无法保持一个正常人的精神状态吧。”“建筑师”说完又用双手揉眼睛，“言归正传，总之武上，这就是我的意见。这个房间对凶手们而言，其意义大于秘密基地，而是舞台。舞台会有后台，所有演员，包括已经下戏的都会等在那里。”

“所以说……”武上问，又抢先回答道，“你是说受害者的遗体都藏在那里吗？”

“建筑师”用力点头。“院子或是你说的地下室。也可能在屋檐下的阁楼里，甚至在特大号的冰箱里。反正没有扔在外面，都留在那里了。只要找到那里，发现舞台，所有的机关都能迎刃而解。”

“如果真如你所说，”武上深吸一口气，“那个剧作家兼导演也会出现在舞台上吧？”

“会，那是他的地方，他的场子。”

照片上受害者的形象，重新浮现在武上的脑海里。发生那些事的地方，是他们的家，他们的舞台。那里是……“也就是说那家伙是真正的凶手，负责写剧本和导演的并不是高井和明，这就是你的看法？”

"建筑师"的嘴角悲伤地下垂。"没错。这一点我和写《另一起杀人事件》的网川意见相同。并非因为我相信个性温柔、力气很大却不谙世事的荞麦面店哥哥不可能做这种事，而是对这身兼剧作家与导演的真凶而言，高井和明只不过是意外踏入舞台、可增加戏剧趣味效果的客串演员罢了。"

武上试着想象"建筑师"所说的舞台剧。连环杀人是出大制作，观众是全国民众。所有人都咽着口水静观这些案件的发展。受害者及出场人物，就像魔术师从观众席找助手一样，凶手亲自挑选她们出演适合的角色。

受害者家属也必须出演配角。他们的悲伤、愤怒、叹息就成为舞台剧的低音伴奏之一。身为凶手的导演最喜欢的受害者家属，有可能获得独唱的机会，比方说有马义男……

武上抬起眼睛。"理由是什么？"

"理由？"

"对，凶手，也就是导演导这出戏的理由何在？你也可以说是动机。没有任何动机就不会开始行动吧？"

"建筑师"不知为何避开了视线。若不是武上多心，应该就是"建筑师"脑中浮现的答案让他难以启齿。

"凶手并不想杀人。"武上慢慢地重复道，"根据你的说法，那家伙只想闹事，换言之就是创作。那么他的动机何在呢？"

"建筑师"直视着桌子回答："武上，创作是不需要动机的。你可以去问问作家、画家，问他们为什么要创作，大概他们给你的答案都一样。"

只是因为他们想创作。

两人陷入一阵沉默。原本就门可罗雀的饭店大厅，显得更加寂静。站在前台百无聊赖的店员开始注意起武上他们。或许这有所意义的沉默已经感染到他了。

"如果是这样，那就太恐怖了。"武上的低喃让"建筑师"沉默地点头。

"如果这家伙只是为了创作的热情而导演杀人剧，他大概一点犯罪的意识都没有。因此出错的可能性便会减少，几乎可说令人绝望地不存在。”

武上认为查案就是探索嫌疑人所犯的错误。犯罪很难，可说是这世上最困难的事情之一。再怎么聪明的罪犯，也无法毫无错误地全身而退。不可能有所谓的完美犯罪。对追踪嫌疑人的警方而言，他们或她们留下的错误就是一个个指标，是钉在岩壁上供踩踏的铁环，是轮胎上止滑的刻痕。

既然如此，为什么罪犯会犯下危及自身的错误呢？有时是因内疚而失手；有时就像“建筑师”所说，因犯罪产生的自我中毒而自我毁灭。近年来逐渐增加的缺乏“良心”概念的冲动型罪犯就更极端了，他们缺乏道德和伦理观念，只意识到自己的所作所为是非日常的事情，无关乎善恶。总之就是下意识地认为那是异于日常生活的事情，他们不会花精力去掩饰自己做过的事，而是以一种仿佛是处理无关紧要之事的感性来行动。结果会留给按常识追查的人许多重大线索。

不管怎么说，现有的罪犯形象都跟“建筑师”提示的真凶形象大相径庭。真凶以创造不同于日常的舞台为目的，所以他（应该是男人）最终的目的不是杀人，不是监禁女人或虐待她们，而是将这么大的案件搬上舞台，让观众兴奋并热衷。他哪里会有良心的苛责？一开始就是要策划非日常的演出，而为了让演出更完美，他不断修改剧本，重新设定剧情、上场人物的个性、力量、场面与台词等。

舞台剧目前还在演出，而且不能期待有任何因素产生的差池。对于这名和其他凶手基本目的完全不同的真凶而言，如果不用异于过去的手法将找不出任何破绽！

武上想起大川公园垃圾箱事件。他还记得跟筱崎说过：“这名凶手让游民丢弃被砍下的右手，还计划好让这情景被拍摄下来。”

摄影可能会拍到，也可能不会。就算没有，也不会成为破绽。只要当作没用的片段，直接删掉就行。可是一旦被拍到，就像身上带着闪亮饰品的演员一样，更增舞台的光芒。这就是他的设计。

没错。对于这名真凶而言，无论是拙劣的演出、错误的选角、部分台词不够精练，还是观众起哄，都算不上是足以让舞台剧结束的错误。

唯一能让演出停止的人就是导演。

“只要没了观众……”“建筑师”幽然说道，“导演就会谢幕离去。曾经大受欢迎，但最后大家还是会腻。他只能挠挠头想，下次该搞些新花样。”

却丝毫没有罪恶感。

“你刚才说全国人民都是观众。”武上说。

“没错，大量的观众。”

“警察和媒体，是观众同时也是出场人物吗？”

“建筑师”无趣地笑道：“没错，当然。他们都在舞台上，都配合着导演的需求行动。不只是警察，连在一旁欣赏的一般观众，什么时候会上台参与演出也不稀奇。它就是这种观众参与型的舞台剧。”“建筑师”用下巴指了一下身旁的公文包。“那本《另一起杀人事件》的作者网川浩一，就是典型的代表。他对于剧情的不合理感到生气，不由得从观众席上站了起来。在那一瞬间他就被赋予了新的角色。因为他的出场，今后的剧情将有不同的发展。而且这是真凶期待的，他应该会期待有人对高井和明涉案提出异议。”

“他会……”

“没错，他就是那么有远见。”“建筑师”慨然说道，“我们不妨回过头来想想。栗桥和高井车祸身故，纯属偶然，就连身为导演的真凶也觉得惊讶吧。他应该没有预料到两人会那样死去。”

“所以说在栗桥和高井车祸身故之前，应该有另一套剧本？”

“当然，可惜我们已经无法知道那是怎样的剧情。只不过在消失的剧本中，高井一定会被赋予重要角色。”

武上挑高了眉毛说：“你觉得高井为什么会跟栗桥一起行动？”

“建筑师”看着武上的公文包说：“那本书你读到第几章了？”

“第三章。”

“那应该写到了吧？我赞成他的意见。”

网川浩一主张：高井和明发现栗桥浩美可能跟这一连串案件有关时，想帮助他出面自首。可是高井的行动被真凶 X 发现，真凶有所戒备，于是高井便陷入了危险状态。

“像网川浩一说的，高井有可能受到 X 的胁迫吗？”

“建筑师”摇摇头说：“很难说，反正就是推测。从过去已经明朗的高井和栗桥的关系，以及高井的性格来看，就算没有遭到杀害家人的威胁，高井在离间栗桥和 X 之前，也不敢轻易报警，不是吗？高井想保护栗桥，想帮助他，尽可能以受伤最少的方式将他拉回现实。”

武上微微皱眉道：“说得好像你真的见过一样。”

“建筑师”大笑起来，丹田之音震得天花板轰轰作响。“没错，我说得好像我见过。你不就是这么要求我的吗？”

“你不觉得意见和网川太相似了吗？”

“建筑师”一时之间眼神恢复成担任刑警时的锐利，看着武上说：“我读网川的书，听取他的意见，都是在我整理出自己的意见之后。栗桥是主角而不是主要凶手、负责写剧本的另有其人、那家伙在确定能掌控全局时开始作案，之后只按照顺序组合剧本。如果我的这些想法没错，早晚出现拥护高井和明的意见也不足为怪，我甚至认为真凶 X 也在期待这个意见出现。就在这时网川出来了。”

武上从公文包里拿出网川的书。书名“另一起杀人事件”，已充分说明高井和明也是真凶 X 手下另一个牺牲品。

“你不是也提到调查总部中也有人强烈主张主要凶手另有其人吗？他们又是如何看待高井的呢？”

“意见不一。有人认为他只是非常倒霉，偶然和栗桥一起行动，对于整起案件完全不清楚。也有人认为他很清楚栗桥和真凶 X，因为违抗不了他们，就乖乖地做旁观者。”

武上将书放在桌上，又点了一根烟。他对“建筑师”说起剑崎龙介的网页。“建筑师”眼睛一亮。

“你怎么做？”

“我让女儿上网，并写些留言。如果能和未遂事件的受害女子联系上，那就太好了。”

“建筑师”不断点头。“这件事你跟总部报告了吗？”

武上摇摇头。

“为什么不报告？可能会成为重要证词的来源呀。”

“总部根本不相信网络上的信息。你只要回想过去，应该就能理解。那是匿名世界，什么人都有。那里流通的信息，其可信度低于海平面！”

“据我的经验，匿名的信息来源往往跟大事件有关。”

“的确。但是概率有多少？万分之一吗？网络上的信息，其分母更大。每一件都去调查的话，光是被耍得团团转，也要花上一两年时间吧。”

“建筑师”不屑地“哼”了一声，笑道：“所以你才会叫女儿去做！”

“是，那是我私人的调查。我是内勤业务人员，跟总部的调查毫无关系。我是为了兴趣而做，应该没关系吧？”

“建筑师”越笑声音越大。“武上，如果和那些未遂事件的受害女子见面，对方说攻击她的两人之中，一个很像栗桥浩美，另一个则跟高井和明完全不像，你怎么办？”

“不怎么办。”武上不悦地回答，“先放在心里。光是这些证词也不能怎样。目击证词，尤其是马后炮般的证词，肯定不能用。何况说做下这些未遂事件的双人组就等于做下那些案件的双人组，未免也太奇怪了吧。想骗女人上车施暴的男子双人组，全国不知还有多少呢！”

“那你为什么那么在意剑崎的网页？不是浪费时间吗？”

武上一边吸烟一边回答：“所以说是我个人的兴趣！我……之前无法用言语表达清楚，今天和你说话之际，感觉好像有些明白了。我有兴趣，想调查看看。”

“对什么有兴趣？”

“这次的案件对社会的影响。”武上吸了一口气后，稍微一笑，“这样说太抽象了，你等我一下……”

他抬头凝思。

“这样说好了。这次凶手们犯下了前所未有的案子。连环杀人的实况转播，而且在转播最热门的时候，留下了难解的死亡谜题。这么不合常理的剧本，在日常生活中和事件没有直接关系的人心里，将唤起怎样的情感反应？我想知道这一点。尤其是和受害者同龄的女子们，对这种可恶的凶手及当今社会，会抱着怎样的情感？这些将会留下多少不好的影响．社会将继承多少负面因子继续运转下去？”

网上的未遂事件报告也许只是错觉，很可能一开始就是假的。但是探索为什么会有这些错觉、做假的作品出现，也具有一定意义。这些真的是社会消化那些前所未有的案件所必要的、被创造出来的吗？

而这种创作的精力其实并非什么，武上认为应该跟鼓动凶手犯案的精力是同一类东西。

沉默了一阵后，“建筑师”说道：“你在听我的意见之前，好像已经发觉这次的案件是个大型创作，不是吗？”

“是吗……”

“是的。这就跟你想知道卖座的戏剧哪里受观众欢迎、哪里刺激到观众是一样的道理。”“建筑师”伸手拿起《另一起杀人事件》。翻开封面后，是一张网川浩一的肖像照。

“新的出场人物。”“建筑师”低喃一声后，看着武上，“武上，真凶X早晚会跟他接触。我不知道会是什么形式，但他一定会出来接触。”

武上也开始思考同一件事情。

17

月历从一月变成二月时，塚田真一立刻来拜访有马豆腐店。北风呼号的寒天里，从最近的车站沿着住宅走五分钟，手指已经失去了感觉，耳垂也冻得发疼。

那是一家小巧整齐的古老店铺。铁门关着，上面贴着手写的纸条：

各位顾客：

感谢大家长期的惠顾，有马豆腐店将于今年一月三十日起歇业。十分感谢本地顾客厚爱，谢谢。店主敬上。

大概是有马义男写的，字不是很漂亮，但很有味道。

回到石井夫妇家之后，真一立刻打电话给有马义男。接电话的是一名男性员工，一听真一报上名，对方惊叫之后便将话筒交给义男。

“你好。”老人的声音听起来还算有精神。就跟从《日本时事纪录》编辑部回家时在公园里聊天一样，语气很稳重。

真一提到自己离开了滋子家，已经回到了石井家。樋口惠总是会上门的，他已决定不再逃避。他还承认都是和义男谈过那番话，才让他有这种想法。面对面说这种事有些害羞，打电话就无所谓了。

“嗯，是这样啊。”老人的反应意外地干脆，真一有点失望。他以为老人会说些话鼓励他：“很好，你变得坚强了。”

“那你今后打算怎么办？回学校吗？”

“还没决定，还在跟叔叔阿姨商量。”

“哦。反正闲着也是闲着。要不然来我这里帮忙怎样？我需要帮手。”老人说要将有马豆腐店收起来。“之前和你聊天的时候，就已经决定关店了。收拾店面还真是麻烦，需要人手。”

一发现真一在犹豫，老人赶紧说下去：“这可不是天涯沦落人相互安慰。我这种活儿，就算找人也不见得有人来。当然也可以请便利屋的人，但活儿又不是很多，都是些小东西要处理。”

真一答应了。他明白有马对他的亲切是一种关心，他或许可以从中学到什么。这是他真实的想法。他同样也十分关心义男。

网川浩一《另一起杀人事件》的出版，使连环女子诱拐杀人案有了戏剧性的发展。高井和明不是栗桥浩美的同伙，反而是被牵连的受害者。真凶 X 另有其人，而且逍遥法外。电视和报章杂志近期都围绕着网川的新主张大做文章。

电视新闻还播出媒体去采访有马义男的画面。你怎么看网川的主张呢？有什么意见？面对着话筒，有马义男什么都不回答，只坚持这会给顾客造成麻烦。自从二十二日网川上电视（说他是戏剧性的出镜固然令人生气，但效果实在惊人）之后，至少有两三天有马豆腐店无法做生意。何况有马义男决定在月底结业，这时候更希望清静点好过日子。

日高千秋的母亲也一样遭到媒体的采访攻击，不管门铃响得多厉害，她就是不应门。说起来，因她而起的（这么说她虽然很可怜）浅井祐子假律师事件，因为和网川浩一同时出现，没有被大幅报道。但最近又被翻出来炒热了。如果没有被写真周刊报道，这件连警方都不会知道的事，也不会闹成那么大的丑闻。

浅井祐子和同伙果然是骗子，他们召集受害者家属，煽动提起毫无根据的损害赔偿官司，目的只为骗取预付款。浅井祐子因诈骗嫌疑被捕，同伙男子的身份虽然查明，但已不知去向。他们两人都在诈骗、伪造文件等方面前科累累。

真一看到电视节目里，主播和那些作为来宾的真正律师都十分生气，并担心今后以这些凶残案件的受害者家属为目标，还会发生同类诈骗案。只要有人先开始一种手法，就会有人起而效仿，而且手法越来越熟练，越来越巧妙，这就是社会的常态。

“身边的人成为犯罪的牺牲品，这种悲剧往往突如其来，又很少见。因此不管是受害者本人还是家属，都不知道如何应付，因为没有范本可循。这时如果有假装亲切的坏人潜入，根本防不胜防。他跟你一起生气、提议如何防止受害，你会相信也是人情之常。而怀疑对方会不会是骗子倒让人觉得无理取闹。”

边生气边陈述的律师强调为了不再让这些不法之徒继续嚣张，国家和自治团体应该尽早设立支持受害者及其家属的专门机构。

“这次也是一样。起初浅井祐子跟日高千秋的家人提起诉讼的事时，如果有一个可以毫无顾忌商量的地方可供询问：‘有人跟我这么说，我该怎么办？’是不是就能防患于未然？”

最后他还气愤地总结道：“律师协会也应该检讨今后防范这类事件的对策。”

在其他节目上，三宅绿的父亲神情比那天殴打高井由美子时要冷静许多，但仍一脸憔悴地回答：“不愿意想起这桩骗人的损害赔偿诉讼和浅井祐子这个骗子。”拿着话筒的记者又询问他对网川浩一《另一起杀人事件》的看法，他回答：“没看过。警察还在调查，何必去听信一个外行说的话！”

“如果真凶 X 存在，你怎么办？”

三宅声音颤抖地回答穷追不舍的记者：“如果？我想到的‘如果’不是这个。我每天呼吸时想到的‘如果’，不是这种事。‘如果’我这么做、‘如果’我没这么做，小绿现在是否就能活着？这才是我所想的。其他的‘如果’，我没空多想！”

真一曾对前畑滋子提到过受害者家属的心情。三宅绿的父亲说得一点都没有错。

哪儿有空去想其他的“如果”？这句话再真实不过了。但是网川浩一提倡的新说法，却不是没空想就可以忽略的那种。他扔出来的是没空想也必须想的疑问。就算三宅绿的父亲那样回答毫无同情心的记者，但在内心还是会跟着一起思考，思考网川浩一扔出来的“如果”——如果真凶另有其人……

有马义男也是一样吧。

真一还年轻，应该说是还很幼稚，所以义男关心他。真一则是敬义男年长，但担心他的年纪。如果有什么可帮得上忙的，也许微不足道，他也希望能出一点力。义男虽然用的是否定的说法，就算是天涯沦落人相互安慰，他也无所谓，只要能帮上忙。

于是真一往有马豆腐店——前有马豆腐店走去。

义男告诉他住宅的入口在铁门左边小巷的尽头。没有铺水泥、一个人走便挤满的小巷，应该说是房子与房子之间的缝隙更恰当。穿过小巷，从屋里传来有马义男的说话声。他在跟谁说话，好像有客人，是男人的声音。

后门开着，真一探头进去，正好对上朝着门说话的有马义男。老人站起来打招呼，坐在老人对面折叠椅上的客人也回过头站起来。那是个穿着西装、身材高大的男人，年约三十岁。

“哎呀，你来了，谢谢。”有马义男上前说话。

“你好。”真一半对着老人半对着客人行礼招呼。大概是发觉了，有马义男轻轻指着客人说：“这位是调查总部的刑警。今天我去医院，他正好来探望真智子。”

刑警毫不惊讶地对真一说：“你是塚田小弟吧？我是秋津。”

因这起案件见过面的人中，真一唯一能将脸和名字对上的只有中年刑警武上。真一得体地回了礼。他对秋津没什么坏印象，大概因为探望古川真智子给秋津加了不少分吧。

“回来的路上，他还帮我带回了换洗衣物等东西。”

有马义男边说边帮真一空出一把椅子。真一坐了下来，心中对曾是店面的空间如此空旷而诧异，不禁环顾四周。

“大机器几乎都搬出去了。”有马义男有些落寞地说道，“油炸机留了下来，因为太旧，得当废弃物处理。”

对面墙边果然有一台连着小型传送带的狭长机器。大概是被煤炭熏的，整体显得乌黑，充满了油烟味。

“真的要收起来吗？”秋津眼神关切地看着有马义男，“曾经兴隆过，感觉有些可惜。”

“也没什么，最近生意差了不少。”

“明明跟案件毫无关系。”

“对客人来说，就有关系。会让他们觉得不吉利，我不是不明白他们的心情。”

“要不换个地点试试？”

“不行不行！”有马义男摇头道，“我已经七十二了。已经无法到新的地方重新开拓客户了。”

两人亲切地说些家常话，或许是因为秋津“负责”的对象是有马义男。仔细想想，义男不只是受害者家属，还是通过电话和凶手讲过好几次话的重要证人。

“听说塚田小弟要来帮有马先生的忙？”

秋津将话题转到真一身上。真一沉默地点头。秋津看起来是个豁达的人，但真一总觉得有些不自在。正紧张地四处张望时，忽然看见身旁的办公桌上有一本打开的《另一起杀人事件》，好像已读到一半了。

“塚田小弟读过了吗？”注意到真一的视线，秋津立刻询问。果然反应很快。

“我没有读过，但是看过电视。”

“听说作者出镜了。”

真一问有马义男：“有马先生全读完了吗？”

“只读了一半左右。”

“我正在跟他说不读也没关系。”秋津插嘴道，“这本书这么写，既没有证据，用词只会引人不安。”

“上面说真凶X还活着。”

“毫不负责任的胡扯！”秋津大骂，“根本没有考虑到受害者的感情。”

真一发现了。这位姓秋津的警察之所以去探望古川真智子，其实是要告诉有马义男这件事。大概是由于目前调查总部的办案方针因这本书出现分歧，他怕会对受害者家属产生影响，所以前来关心一下。原来是这样。

接着秋津站起来说该回总部了，有马义男不断行礼相送。等到只剩他和真一两人时，他才疲倦地说道：“警方对那本书也很头疼吧。”

真一吃了一惊。“你也注意到了吗？”

“嗯，不过那个姓秋津的年轻人不是坏人。以前也常常来看真智子，有时也会告诉我调查进展，虽说都不是很重要的内容。”

真一走向办公桌，拿起了书。打开的那页，一边是车祸现场绿色大道的照片。悬崖边的急转弯，坏掉的栏杆。

“你读到这里了吗？”

“不，我全都读完了。”有马义男笑道，“我只是怕秋津担心，故意骗他说只读了一半。”

“有什么想法？”

“还不知道。”

“还不知道……”

“我不知道他写的是真还是假。和警方的意见完全相反。不能全信，完全不信又很奇怪。看来得自己去调查了。”

真一睁大眼睛看着老人瘦削的脸。“有马先生？”

老人想知道真相，所以说要跟高井由美子见面。可是也不能因此就……

“我也想学前畑小姐。”有马义男说得干脆，“采访有那么困难吗？不过是跟人见面，听他们说话嘛。我想应该没问题。”

真一吓呆了，不禁问：“你是来真的吗？”他虽然觉得有马义男可能是在开玩笑，但老人的表情很认真。

“嗯。”

“你说要自己调查，具体怎么做？首先跟谁见面？”

老人摸摸鼻翼。“还是先从高井由美子开始吧。”

“如果那人还是那种奇怪的态度，你怎么办？”

“应该不会那样了吧。”

“为什么这么说？”

“后来她给我打过电话。”

“高井小姐吗？”

“是的。还有写这本书的网川，那人也在电话里和我说话了。”

真一看着封底作者的照片。感觉是个不错的青年。一副定做出来的模样，真一心想。为了什么而定做呢？还是为了谁而定做？我干吗想这种问题呢？

“她在电话里哭着说，一定要向我道歉。”

“哭泣是高井由美子的武器嘛。”

真一刻薄的语气让有马义男又摸起鼻翼。

“网川浩一说了些什么？”

“说他从前畑小姐那里得知我们在饭店聚会的事，是他告诉了高井由美子，所以他也有责任，一样向我道了歉。”

“如果光说对不起就没事，就不需要警察了。”

“你不要那么生气嘛！”有马义男将椅子往前拉重新坐好。折叠椅腿在水泥地上发出空洞的声响。“我要你来帮忙，可能是我的错。”

由于真一面对着办公桌，看不见有马义男的脸。

“可是我……应该怎么说……我想跟你好好谈一谈。我们是不同惨案的受害者家属，处境不一样，而且让我们痛苦的案件也完全不同。谈一谈也可能没什么帮助。可我就是觉得不能不管你，你可能只会觉得我多管闲事。”

真一小声说道：“就算是多管闲事也没关系。”

“哦？”

“我也爱管闲事。我也是因为担心你才答应来帮忙的。”

老人笑了。笑声温柔开朗，让真一不禁回过头。

“你担心我，谢谢。这样我们扯平了，好管闲事和担心是半斤八两。”

“我连自己都照顾不好，其实没有资格说这种话。”

有马义男用力摇头道：“没有的事，不要这么说。你们年轻人总是用这种方式说话吗？”

“什么方式？”

“就是说自己没有资格。以为自己怎样怎样，所以做了这些事，其实那是骗人的，根本是将自己内心的动机藏起来。那是不对的。”

说得很对，真一不禁微笑起来。

“我常说的就是这回事。”义男笑着说道，“我实在觉得很奇怪，哪有必要那么做？我不是说过吗？不要老想深入分析自己做的事！担心就担心，想管闲事就放手去管，不就好了吗？”

真一靠在桌子上，看着脚下。灰色的地板打扫得很干净，但还是到处沾了污点和油渍。三四十年来，一年三百六十五天，有马义男在这上面走来走去，做豆腐、卖豆腐、维持生计。很长一段时间了，这些污点和油渍都是有马义男的足迹。他年轻时也是像这样吗？跟真一一样大的时候也是这样吗？他不会那么麻烦地去一一分析自己的内心，而是做，努力做。只要努力生活就会有好事上门，他是坚持这种理念的人吗？

所以到现在，即便失去了一切，即便努力生活还是遭遇不幸，即便深刻地体会到人生无常，他还是一样坚强吗？因为他本来就是那么坚强的人。

“跟降临在自己身上的不幸奋战，并不是什么坏事。”有马义男的语气变得缓和。

真一好不容易可以抬头看老人。老人也看着真一点头道：“大家都这么做，我也一样。就连三宅先生、日高女士也是一样。就算被那个假律师骗了，还是努力想振作起来。”

真一想起那天三宅绿的父亲殴打高井由美子时说的话：“让开，我要为女儿报仇！”

“像我这种人到处问话，可能什么用也没有。警方大概也不会给我好脸色看。可我就是不喜欢什么都不做。跟很多人见面、听他们说话，结果还是发现高井和明有问题，警方说得不错。于是我又一次生气，大家都说我这老头白忙活，我也无所谓。就算是挣扎也无所谓，这种事我一开始就知道了。我所做的不过是一种挣扎。因为鞠子不会回来了，真智子也不会恢复正常。没有一样会恢复原状，不是吗？就算我想挽回什么，也都是没用的。”

没用的，但是……

“但是我还是愿意挣扎。我想做点什么。鞠子、真智子，还有我，过去从来没有故意伤害过别人，至少我觉得没有做过需要遭到这么残酷惩罚的坏事。可事实是，鞠子被残忍地杀害，真智子神志不清，我失去了店面变成孤身一人。我无法再这样坐以待毙，眼睁睁地看着什么东西过来将我剩下的人生，我所剩无几的人生拿走。我不愿这样过日子！”

“可是做什么结果可能都一样。”真一说，“有马先生，你刚才不是这么说过吗？”

“是的，没错。但是对现在的我而言，重要的不是结果。结果将不尽如人意，令人难以接受。这是我早就知道的。而到达结果的过程很重要，我不想再继续被动地接受这一切！”

义男向真一探过身去。

“你不是曾经帮过前畑小姐吗？你不是也说想知道为什么会发生这么残酷的事吗？”

真一激烈地摇头道：“我说过那只是表面上说得好听。”

“那也没关系。你的确是想做点什么。”

“不是这样！”真一大声反驳，“我没有那么积极的心态。我去前畑小姐家，是因为无处可去，因为方便。当连载刊出来时，我再也受不了听见或看见犯罪，于是喊着说要离开。我差点就离开了！”

“那你为什么又留下来呢？为什么那时不一走了之？”

“高井由美子出现，并对滋子姐说了些话，所以我……”真一一时语塞。他咽了咽口水，继续说，“我担心滋子姐会听信她的话，完全不顾及受害者家属的心情写报道，所以留了下来。没有人会跟他们说什么，家属只知道悲伤，根本不明白案件是怎么发生的，一定会拼命自责。怕他们说出无谓的、不顾虑别人心情的难听话，所以我留下来看着他们。”

“那不就是想做点什么吗？我认为你当时考虑的一点都没有错。”

“其实是我还没有下定决心回石井家，所以拿由美子当借口……”

“你看，又来了。”义男摇头道，“你又开始了。什么其实，其实是错的。其实就是其实，你要改变这种说法。你当时所想的就是真的，你当时确实在场。”

真一沉默以对，嘴唇颤抖着不知该说什么。

“你任何时候都想做些什么。为了从降临在你身上的灾难中走出来，你一直在探索出路。每一瞬间你都朝着正确的方向前进。可是只要稍稍持续，你就会觉得好像出错了，开始说刚才做的其实不对。好像你不说‘那不是真的’，就会被人责怪似的。没有人会责怪你，因为人生是你自己的。今后的人生也是你自己的。你不需要问别人的意见，只要为了自己，自由思考就行了。”

“可是我和你不一样！”真一大叫，“因为我……”

“你们家发生的事不是你的错。”有马义男斩钉截铁地说，没有大叫或怒吼，却充满了足以让真一安静的魄力，“你的确不小心说漏了嘴，可是想想，你是在跟朋友说话。尽管父母让你别说，你没有遵守约定，但是可恶到需要接受这么大的惩罚吗？你站在别人的角度想想。如果换成是我，你会责怪我吗？你会怪我将原本很无谓的小事告诉外人或朋友吗？”

你不会怪我的，义男说。“你刚才也说了，我们这些家属都会自责。没错，我也是一样。日高女士、三宅先生也都一样。如果那么做就好了，如果这么做就没事，都是会想这些。你会先想到这一点，表示你为了家里的事也自责过。而你认为自己有不得不自责的理由，却认为我们不需要。但那是不对的。在我眼里，你也没有自责的理由。一点都没有，跟我们一样。”义男数着手指，继续说，“我也曾和你一样，出事之后一直责怪自己，想了很多。当初古川离家出走，如果劝真智子和鞠子跟我一起住，就不会发生这种事；鞠子行踪不明的时候，如果我大吵大闹，要求电视台做寻人节目，在鞠子还活着时，或许凶手们会主动跟我联络；凶手给我打电话时，如果我不听凶手的摆布，不独自到广场饭店，先报警请求支持，也许鞠子就能得救……”

“有马先生！”真一不禁阻止道，“那不一样，当时鞠子已经……”

“我知道，不用你说我也知道。但是我不得不想，没有任何理由。我不得不想，我没那么做，所以鞠子死了。如果我不这么做，或许鞠子不会遇害。我整天都在想这些事，你不也是吗？如果你自责跟朋友随便说几句话，就令三位亲人遇害，我也会因答应凶手的指示而自责杀了鞠子，不是吗？”

义男吸口气停止说话，气喘吁吁。他深吸一口气后，又继续说：“但这是不对的。你问我哪里不对，实际上杀鞠子的人不是我，动手杀害你家人的也不是你。凶手是别人，你不要忘了。绝对不要忘了这一点。”

真一膝盖颤抖地蹲在地板上，两手抱头。有马义男慢慢站起来，靠近他，蹲在他身旁。

“杀人残酷的地方，不只是杀了受害者，像我、你、日高女士、三宅先生这些活着的人也一点一点被杀害。而最令人生气的，杀害我们的不是凶手，而是活着的我们自己。怎么会有这么不合理的事！我不能接受。我就是讨厌这一点。我没那么坚强可以拼命自责，忍受着一点一点自戕。我是胆小鬼，无法忍受这种残酷的待遇。”义男轻轻将手放在真一头上。“这一次来帮我吧。你只要在我旁边，看我这老头如何挣扎。不止是你，所有有相同处境的人都是这样在受苦。如果你能明白这一点，或许就会想放自己一马。”

老人轻轻摸着真一的头。“比任何人都让你痛苦的不是樋口惠，而是你自己。她很清楚这一点，才会追着你跑。看着你因自责而痛苦，她会觉得自己多少获救了。”

真一抬头看着老人，眼神有些恍惚。“获救……”

“是的。她应该也会认为遭遇不幸不是她的错，认为她没有错吧。”

樋口惠曾经说过：“我们都是牺牲品。”

“你决定不再逃避了。”有马义男说，“很好，这是个很好的决定。但是如果放弃了因不想挨打而逃避的做法，结果却让人痛殴，那也不行。不断被殴打，不会是什么好事。所以既然决定留下来不再逃跑，就别再被她欺负，你要反击才行！你要说：‘没错，我是很自责，因为我觉得自己有责任。有人告诉我不是这样，但我仍觉得自己有责任。我已经深深伤害了我自己，但是今后不一样，我会思考怎样做才不会伤害自己。现在我还不知道，但我会努力思考。’”

真一低喃道："如果这么说，那家伙一定又会要求我跟她父亲见面。她会说：'既然你知道错了，就去认错！'"

"那你就跟她说，如何平衡内心的创伤与罪恶感，我自己会想办法，不需要听你的命令。你也应该思考如何疗自己的伤，不要拿你父亲当借口！"

不要拿你父亲当借口！

真一想说些什么，却说不出话来，只是颤抖着叹了一口气。真一感到自己像个久病的人头一次有了复原的征兆。随着叹气，内心深处隐藏的污浊的东西也呼出来了。病还没有完全治好，伤口也还没愈合，但是病因已经找到了。

过去被污浊之物占据的内心深处，现在开了一个大洞。大洞开始颤动，而且牵动了真一的身体，真一明白这点之后开始哭泣。

他没有哭很久，没有流很多泪，因安心而流下高兴的泪水，整个人缩成一团。这泪水跟过去流的不一样，不会烫到脸颊，也不会割痛他的心。

有马义男蹲着，不发一言地抱住真一。

真一曾是个外向而独立的小孩。很早便上幼儿园，上学之后也几乎没有请过假。出外露营或是到亲戚家住，他都可以独自前往。身为长子的独立个性，很让他身为老师的父母感到欣慰。

最后一次被父母抱在怀里，是多久以前的事了？他已经不记得了，三岁还是四岁？应该是很小的时候吧。

现在抱着他的老人的手臂，跟遥远记忆中双亲的竟是一样温柔，都很有力。这不是父亲也不是母亲，更不是一般大人的手臂。

这是一同经历过痛苦的战友的手臂。

那天两人打扫了店面和家里，到了傍晚义男出发去真智子住的医院。真一陪他走一段，一路上商量今后的计划行程。

"跟高井由美子见面的事，当然不能让警方知道。"老人摸摸下巴说，"也不能让前畑小姐知道。"

"我不会说。可是你这里经常会像今天一样有刑警过来吗？"

“我打算直接去长寿庵。白天不方便，晚上应该可以。”

“由美子应该有钥匙，我想没什么问题。”

只是觉得很大胆。

“顺便请她允许我看看高井和明的房间。”有马义男稍稍摇摇头说，“当然，看了房间也不会知道什么。”

“不可以丧气。你刚才的气势哪里去了？”

“是啊。”老人笑了。

回石井家的路上，真一心想如果樋口惠在门口等着就好了。现在很想将心情诉诸语言反击她，同时也让自己的决心更加坚定。

但是家门口没站着任何人。太阳已西下，西边天空残留一抹红光。真一从信箱里抽出晚报，翘起嘴角嘲笑自己。尽管期待落空，但是不能因为魔法解除就又回到从前。只要还依赖这股气势，这份决心便不够真实。

打开门，大喊一声“我回来了”。从家里传来轻快的脚步声，接着就看见石井良江。

“真一，你去哪里了？家里有客人，一直在等你。”

“客人？”

会是前畑滋子吗？猛然想到的就是她。她是来看我过得怎样吧，还是她有了计划，仍需要我帮忙呢？就算是这样，今后我也不能跟她一起行动了。

“你好，我打扰了。”

声音很爽朗，一听就知道是谁。但是真一一时之间不能相信，正在脱鞋的手停住了，睁大眼睛愣在那里。

“我是来跟你和好的，可以吗？”

水野久美两手藏在身后，一脸害羞的笑容。

18

自从一月二十二日晚上，第一次戏剧性地参加 HBS 的节目以来，网川浩一已经连续好几天出现在各家电视台的节目上。真诚的态度、清新的口吻、端正的容貌、安详的笑容，他到处散播好印象。有些电视节目特意找来对他宣扬的“真凶 X 说”有所怀疑的来宾，发出极其挑衅的质询。但网川还是一如既往以冷静、充满热忱却不流于感情用事的理性方式应答，始终谦恭有礼。

凡是有他出镜的新闻节目都获得极高的收视率。随着收视率节节高涨，他的书也十分畅销。出版一周后就荣登畅销书排行榜第一名，而且还成为话题，持续热卖。因为来不及加印，甚至连东京许多大型书店都必须在前台贴出明显的“等待补书”告示。

相对于提倡个人主张、集众人瞩目于一身的网川浩一，调查总部则始终保持沉默。《另一起杀人事件》出版后，在一月唯一举行的记者会上，对于有关网川新说法的提问，总部以一贯的标准答案“调查还在继续，无可奉告”敷衍。

一月三十日，HBS 再次于黄金时段播出特别节目，并邀请网川出席。节目中他和去年年底前畑滋子做的一样，步行在赤井山中的鬼屋废墟，发表感想。和他搭档的是 HBS 主要新闻节目的当家男主播，两人的交谈中出现许多令正在吃饭的观众难以理解的细腻意见。

但是较敏感的观众或许会发现，男主播的语气中微微透露出对网川浩一的不信任。这跟他本人的言论不太一致，虽然他竭力掩饰，但还是有人听出来了。即便是坐在电视机前，男主播还是向 HBS 的高级主管表示反对这期节目的策划，如果一定要执行他就不参与。最后坚持不了还是参加时，男主播心想至少面对网川这位“好青年”，可以将对他的不信任传达给工作同仁，甚至观众。尽管观众不知道这些，主播和网川之间流露的莫名紧张感，或许还是会令有些人读出某些信息。

但是这又能怎样？新上场的网川浩一正令人耳目一新，充满魅力。而不管多专业、采访经验多丰富，男主播的脸早已令观众看烦了，说的话也听腻了。况且网川浩一还具有未知的魅力，足以吸引更多人。

演播室内的主持人是去年十一月一日特别节目的主持人向坂，当晚的录像带再一次播放，清晰地重现和凶手之间的电话交谈。

网川浩一在实况联播的鬼屋现场看了演播室内的节目，并发表感想。他在镜头前对着全国观众说：“一开始的电话是栗桥打的，但是后来再打来电话的绝对不可能是高井。和明说话的方式不是那样，我很清楚他们。我在书里也写得很清楚，没有什么理由，凭直觉就可以知道。那通电话绝不是和明打的。”

他背后被灯光照亮的鬼屋，看起来就像是曝尸荒野的白骨。

同一晚，赤井山南侧山腰的新兴住宅区一角，目光所及可见绿色大道路灯连成一小段珍珠项链般的地方。

一栋乳黄色防水墙搭配绿色屋瓦的漂亮别墅二楼，一名年轻主妇在床边照护小孩。上小学二年级的儿子因扁桃体发炎发高烧，已经躺了三天。

由于这孩子经常扁桃体发炎，甚至高烧到四十度，做母亲的倒是不怎么紧张。通常过一晚或是两晚就会退烧，一连烧了三天，母亲还是没有显现不必要的不安。但还是会担心，夜里总要过来看好几次。幸好医生很亲切，在附近又有好名声，情况紧急时愿意出诊。没事，小孩发烧很平常，连着几天也是有的。医生今天来出诊时还是很平静。只要多喝水，让他安静休息就好。我想明天会退烧，已经过了危险期。

但是和母亲一样已经习惯扁桃体发炎发高烧的孩子却十分不安。平常会趁机享用冰激凌的他，这次却兴趣索然。跟他说病好了会买喜欢的东西给他、带他去动物园玩，他也不回应。丈夫安慰道："小孩子因病情比较严重，有些担心吧。"既然这样，不是更应该想办法帮孩子消除不安吗？

不管怎样，再陪孩子一晚再说吧。母亲握着孩子的手，轻抚孩子的头。妈妈跟你在一起，没事的。等到明天太阳公公出来，烧就会退了。

小孩睡眼朦胧地看着母亲，安心地睡去，然后又睁开眼睛寻找母亲。就这样过了午夜，趴在小孩床头睡着的母亲，因被小孩拉衣袖而醒来。

"怎么了？想尿尿吗？"

"嗯。"

母亲抱着小孩上厕所。小孩的身体像火炉般滚烫，尿液充满了药味。睡衣都被汗浸湿了，母亲帮儿子换好衣服后让他睡下。量了一下体温，还有摄氏三十九点八度。

"流了好多汗，口渴吗？喝点果汁，还是削苹果吃呢？"

小孩没有立刻回答，眼睛却红了。母亲心想是发烧的缘故，却看到小孩热泪盈眶，淌下脸颊。

"哎呀，怎么了？"

母亲赶紧抱起小孩安慰，小孩哭了片刻，抽泣道："烧都退不了！"

"嗯，这次扁桃体发炎真是坏心肠。可是没关系，你会好的。医生不是说过了吗？"

"我会死吗？"

"你不会死的。"

这孩子真是的。

"会跟直树的爸爸一样上医院吗？直树的爸爸上了医院后就没回家。"

"对，直树好可怜。可他的爸爸不是扁桃体发炎，而是得了更严重的大人的病。你不一样，马上就会好。"

"妈妈！"

"怎么了？"

"偷东西的话，会有报应吧？"

怎么会说这个？大概是烧糊涂了。"为什么问这个呢？"

“我是受报应才发烧的。我做了坏事，所以烧退不了。”小孩哭着说道，“对不起。”

母亲愣住了，她一向管教甚严。因为见堂姐的小孩一进中学就学坏，还没毕业便多次出入警察局，所以下定决心不让自己的小孩变成那样。经常告诫孩子做坏事会有报应，也是家教之一。

“为什么你会这么想？”母亲一边帮儿子擦泪一边温柔地问道，“做了什么坏事？”

是和朋友吵架了，还是欺负谁了呢？

“我偷东西了。”

“偷东西？”实在有些吃惊，“什么东西？”

“我捡到的，别人掉的东西。可是我没有交给警察伯伯，因为我想要。好像坏了，可是样子很棒，我想要。”

“你捡了什么？”

“手机。上周日，我们去南赤井的足球场时，在停车场旁边的空地上捡到的。”

这孩子参加了地方的少年足球队，星期天去足球场就是为了和其他队伍比赛。因为还小不能出场，只能在场外给学长加油。他们是全家开车去的。

“空地那边不是有小河吗？就是在那里捡到的。”

在母亲看来，所谓小河不过是小水洼罢了。赤井山中有几条小河，有些会流向大河，有些到了山腰便逐渐变细，加上土石的阻隔而变成水洼，堆积了许多垃圾。

“你在那里捡到了手机？”

“嗯。”

身为母亲的第一个想法是：在那种不干净的地方捡到东西，会不会连危险的细菌都捡了回来？那这次可能就不是扁桃体发炎了。

“那部手机放在哪里？”

“我的书包里。”

“一直吗？”

“嗯。”

母亲赶紧检查黑色书包。每天她都会和儿子一起检查带去学校的东西。不可以忘记带东西，也是她的家教之一。可是前些时候都没有注意到手机。小孩虽然像天使般可爱，可是只要他们想隐瞒什么，马上就能展现如恶魔般狡猾的一面。

“真的有！”

小孩说得没错，在书包里找到了一部手机。淡蓝色机身嵌着银色的外壳，天线折断了，但外观不是很脏。应该是在捡到的时候仔细擦拭过了。按了一下键，没有反应，液晶屏幕完全没有反应。

“这已经坏了。”

“嗯。”

“一定是谁扔掉的，因为坏了。所以这是垃圾。”母亲微笑道，“捡垃圾回来虽然不乖，但不是偷东西。”

小孩的眼睛亮了起来。“真的吗？”

“真的，所以你不会有报应。安心睡吧。睡着了，药才会有效，烧才会退。”

大概是说出秘密后安心了，小孩立刻睡着了。扁桃体发炎引起高烧不退，或许跟这件事有关。

母亲将手机放进围裙的口袋，重新坐回床边，思考家教是否太严了。也许不应该对小孩子说做坏事会有报应的话吧，何况只是捡了部手机。毕竟不是随处会掉的东西，小孩才会那么好奇。就算知道坏了不能用，还是想让朋友看看吧。

遗失这么昂贵的东西，失主的损失可不小。还是因坏了就丢弃？真是浪费，这世上就是有这种人。

母亲已经开始神情恍惚，却还是漫无目的地思考。手机……最近电视上报道过，以假名签约，在第一张账单寄来之前将手机扔掉，听说东京湾里沉了许多这种手机。而且有些人一开始就选择用完即扔的电话。

脑海里忽然闪过什么，母亲猛然抬头看了看孩子熟睡的脸庞。

就在之前，不是有则新闻跟手机很有关系吗？对了，就是那起案件，在赤井山中绿色大道上殒命的那两人，那两个可恶的浑蛋！

听说找不到手机。在车祸现场遗失的，附近有瀑布，之后既下雨又下雪，警方也竭力搜索过了，最近好像已经放弃，但报纸上不是报道了这件事吗？发现手机的人请尽快跟警方联络。公寓的告示栏上应该也提到了这件事吧？我好像收到过传单，放在哪里了？

可是……有可能吗？

经过了短暂的睡眠，她还是没有忘记。第二天一早，在儿子的床边醒来，伸手摸了一下儿子的小额头，烧退了不少。她站起来，伸展一下酸疼的背，下楼来到厨房。她一边烧热水，一边在收集广告传单的橱柜里找寻那张赤井警局发给居民的传单。

对了，警方在找手机。栗桥浩美持有的手机。

她从围裙口袋里掏出那部手机。不是做梦，东西真的在眼前。

儿子说是在足球场旁捡到的。那里距离赤井山绿色大道下方约五公里。没错，很有可能。这么轻的东西很可能滚下斜坡，被雨水冲下，被河水带着跑。

丈夫已经起床，正顶着蓬乱的头发打哈欠。

“他爸！”她喊道，“这里有样东西你来看看！”

19

二月十日中午过后，武上悦郎回到久违半个月的家，竟是女儿在等他。

“爸回来了！”女儿的声音很愉快，“给你留了午饭，要不要吃？是爸爱吃的什锦饭。”

早上打电话回家给妻子说午后会回来，应该是妻子特地做好的吧。妻子因工作外出，这个时间不在家。但是女儿平时中午应该有课才对。

“学校怎么了？又停课了？”

“不是，我今天没去。”武上法子毫不在意地说，并在父亲责骂之前补充道，“关于那个网页，我有事向你报告。与其在电话中讲，不如当面说更清楚。”

父女俩围坐在厨房的小餐桌旁。气温虽低，但天气不错，从操作台上的窗户照进来明亮的阳光。已是春天，尽管气温还很低，多少已经有点回暖。

绿色大道的车祸至今已将近过了百日，大川公园案件发生以来也已经过了五个月。酷暑发生的案件，经过秋冬，如今已到了早春，还是一片混沌。连准确的受害者人数都无法确定，武上不禁对整起案件感到担忧。

坐在安静的厨房享受明亮的阳光，忽然间疲倦和焦躁一起涌上心头。不单是这次的案件，每一次一有长期的调查，武上回到家时总会感到失落，好像附身的紧绷心情猛然消失，他很讨厌这样的自己。

法子毕竟是年轻女孩，一边大口吃饭，还能滔滔不绝地说话，仿佛生了两张嘴似的。除了她的自然豁达，她所说的话也让武上惊讶。

“你要见面吗？”

“嗯，已经约好明天两点。”法子若无其事地回答，“我去羽田接她。”

自从接受武上的委托，法子便热心浏览剑崎龙介的网页。就她掌握的，上网表示可能是被栗桥、高井诱拐未遂的有三十三个人，其中提到几乎受害的只有八个。其他多半是将听来的诱拐未遂报告加以夸大或加入个人的推理。换言之，生田让武上注意这网页之时，有关未遂事件的信息准确度已明显下降。或者可以用热情来代替准确度的说法，显然温度已经降了不少。

“最近主要的话题都是《另一起杀人事件》。大家都在讨论网川提出的新论点。有人说想直接问网川，已经由出版社给他发了电子邮件。”

法子一方面观察这些动向，一方面跟未遂事件的报告者通信，并且在聊天室同时和多数人交谈、交换信息。对于网上信息的真假，凭她个人的经验判断。

“可信度很低的内容，只要三两下就能看出来。有些内容可能连爸看了都会吃惊，仔细描述被诱拐的细节，具体到光是阅读都觉得起鸡皮疙瘩。心想这是真的，赶紧发一封信过去，结果别人回信，说什么‘侬侬’……噢，对了，侬侬是我的代号。信上说：你可能觉得我多管闲事，但我必须忠告你。你最近常联系的网友某某，其实是男的。我以前也被骗过，那人很喜欢这种恶作剧。”

也就是说，未遂报告可能是假的。

“也没什么特别，这种就叫‘网络人妖’。网上不仅是匿名，想变性也不是难事。”

在探索信息的阶段，法子也没有公开自己是刑警的女儿。因为就算写了，也没有人会当真。

“可是看了此后网友们写的东西，逐渐会有些比较熟的人出现，其中一个……”

一个叫角田真弓的二十岁专修学校学生，住在小樽，前年夏天差点在小樽市内被诱拐，而且还是距离她家走路不到五分钟的地点。

“角田小姐其实是东京人。因父亲工作的关系，在高一时搬到了小樽。小樽的玻璃工艺不是很盛行吗？她对此很有兴趣，上的是玻璃工艺学校。去年父亲工作调动，全家又搬回东京了，只剩她一人留在小樽。”

“你说前年，那女孩当时还是高中生？”

“嗯，听说是在暑假，她在国道旁的快餐店打工。上完晚班回家已是夜里，一路上虽然很小心……”

她通常是骑轻便型摩托车去打工。出事那晚……

“日期很清楚，她每天都认真地写日记。八月七日，回到家看见时钟上的时间是十点零五分。所以说出事是在十点以前。”

当时角田家位于小樽市郊外的新兴住宅区。那是父亲公司提供的宿舍，还是新盖好的。附近的住户不是很多，有些房子尚未入住。太阳下山后，外面行人不多，加上路灯也少，那一带显得阴暗。尤其是进入小巷，树丛也多，环境算是十分寂静。

“她们家从国道转入住宅区，在第二个街角。她必须骑着轻便型摩托车穿过去。”

就在她经过第一个街角一栋漂亮红砖别墅的门口时，看见停着一辆深蓝色车牌第一个号码为3的汽车。那栋漂亮别墅还在出售，角田此前还跟母亲提到：“这么漂亮的房子怎么会卖不掉呢？”

“她以为终于有人买了，只是怎么会在这个奇怪的时间。她正想放慢速度经过时，车前忽跑出一个年轻男人……”

男人用力挥舞双手，挡在角田真弓的摩托车前。真弓骑车的速度很慢，还能保持平衡，但还是吃惊地停下了车。

“对方挥手拦她？”

“是的。感觉好像是出车祸了，想寻求帮助。”

但是在真弓接近之前，那人始终挡在汽车前面，让真弓很不悦。她决定不摘头盔，手按油门，看着男人。

“年轻男子没有威胁她，只是一脸困惑地问路。”

说是开车兜风迷了路，不知道现在在哪里，加上朋友肚子疼得难受，想知道附近有没有医院。

“他穿着白色T恤，领口挂着一副墨镜。二十多岁，感觉像个大学生。”

男人身高约一米八〇，车前灯暗着。但是轻便型摩托车的灯亮着，所以只能看见对方脸部的轮廓，看不清长相。

“角田小姐身材高大，有一米七三。从中学起就参加排球队，受过锻炼，所以随便什么人想作怪，她都能反击。于是她明确地告诉对方：这里是住宅区，前面右转就能上国道，沿着往小樽市方向的路标走，大约走两公里就有急救外科医院。”

那男人说他朋友很痛苦，想叫救护车。问角田有没有手机。

角田真弓有手机，但当时一种难以言喻的直觉告诉她回答“没有”比较安全，所以她说谎了，还强调：“与其等救护车来，不如直接去急救医院。如果你朋友疼得不能开车，那你来开。不就好了？”

年轻男子挠挠头，很自然地靠近真弓，这时真弓终于看清对方的长相。

“是什么样的男人？”武上问。

法子故意停顿吊人胃口，然后才一个字一个字地说出“栗、桥、浩、美”。

“不是前年的事吗？怎么可能记得那么清楚？”

法子故意叹了一口气道：“我可是你的女儿，这一点当然想得到。爸再听下去嘛。”

其间深蓝色汽车的驾驶座位和旁边都不见人影。真弓心想，说什么载着朋友，是骗人的！于是侧眼瞄了一下，好不容易看到车牌。是札幌的号码，大概是租来的。

年轻男子见真弓坚持不离开摩托车，随时准备离开，于是装出一副笑脸说：“我是路痴，可不可以麻烦你带路？”但是真弓坚持上了国道就不会迷路，完全不理会对方的请求。

“但是心里害怕得不得了，眼前老是瞟着自家亮着的灯光。希望赶快到家，赶快离开这里。”

年轻男子有所觉察，于是问道：“你家就在附近吗？”

真弓没有回答。她不知道该告诉这人自己家就在附近，还是别让他知道家的位置更好。

但是就算不说，对方还是看出来了，故意回过头看着真弓家所在的下一个街角说："既然就在附近，有什么关系？就帮别人一下嘛。"

说完，年轻男子忽然抓住真弓的手臂。时值夏天，穿着短袖衬衫的真弓直接感觉到男子手的触感。手很湿，力量很大。她被抓住的两只手臂几乎要骨折了。

真弓大声尖叫，同时抬起脚踢去。男子迅速地后退半步闪避，但脚步有些不稳。真弓趁空当甩开手臂，发动摩托车，俯身加速离开，一边回头看男子有没有追上来。年轻男子追了两三步，从深蓝色的车里立刻走出另一名男子。除了逐渐远去的摩托车和那辆车的刹车灯以外，没有其他光源，只能看见有两个男人站在一起的身影。但他们的声音，带着笑、嘲讽的语气仍能听见。

真弓拼命驱车，故意经过家门口而不入，直接穿过住宅区从相反的出口上国道，驶向市中心。她不断回头确认有没有人跟上来。骑了五分钟后，心仍悸动不已。她看见一个加油站，赶紧冲进去打电话回家。跟母亲说了事情经过，请她偷偷从窗帘缝隙观察外面。母亲很快回到电话旁回答："没看见任何人。"这时角田真弓才发现刚才被年轻男子抓住的手臂上清晰地留下两道红色指印。

"她在加油站待了三十多分钟，再一次打电话回家，因为父亲已经回家，就请父亲来接她。此后没有发生奇怪的事，但是将近一周她晚上都睡不好，因担心附近有可疑男子出没，连窗户都不敢开。"

"没有报警吗？"

"又不是真的遇害。"

"当时如果报警，或许就能有所帮助。"

法子责怪地看着武上说："爸虽然这么说，但是这种事，派出所根本不会理会。有些人还会怪道'警察也是很忙的'。"

武上无趣地扒完剩下的什锦饭。

"她已经忘了这件事。"法子恢复认真道，"既然能忘记，就表示这也不是她想长期记住的事情。可是绿色大道发生车祸时，电视上公开了栗桥浩美的照片……”

看见电视画面那一瞬间，记忆又被唤醒了。当时她吃惊得差点从椅子上掉下来。

“可是那种记忆……”

“你是说靠不住吗？我也明白。但是角田小姐不仅记住了栗桥浩美的长相，连他的名字也记住了。”

“名字？”

“嗯。刚才不是说了吗？她逃跑之后，立刻从深蓝色汽车里走出一个男人，她听见了他们的对话。其中一人说的是‘算了吧，浩美。那女孩太高大了’。”

“她身高一米七三！”法子说，“而且从车里走出来的男子跟栗桥浩美体格相仿，不像高井和明那样肥胖。因为见过身影，她很确定。”

武上皱起了眉头。这是完全听信可能有危险的说辞。就算对方说的都是事实，惊慌逃脱时听见的对话，究竟能准确听到多少也是个问题。目击体格的说法也是一样。

但就心情而言，武上有种被挠到脚底痒处的感觉。在和“建筑师”讨论的过程中，他已经倾向于存在真凶 X 的说法。

“所以你要去见她？”武上说完便放下筷子，站起来从热水瓶里倒水。

“我觉得有点像是赌博，决定跟她说明情况。当然只是跟她说而已，也请她不要跟别人说。”

法子向对方表明：“我是刑警的女儿，受父亲的委托来调查未遂事件。”角田真弓显得很惊讶，但是绝没有慌张地纠正或补充自己说过的话，还怪法子欺骗她。

“她有点怀疑，甚至现在可能还在怀疑，多次问我是不是记者。”

法子为了让对方放心，主动询问是否可以见个面。真弓没有立刻答应，好像是找人商量，几天之后发来邮件说：过几天要和家人见面，到时候再见面。

“那你见了她打算怎样？”

“真是的！接下来应该是爸的工作吧。我还想听听爸的指示呢。是要说服角田小姐来墨东警局正式接受讯问呢，还是只要听她说说就算了？”

武上不置可否地说：“我觉得剑崎龙介的网页看起来好像是公开的，其实是属于私人信息的空间。目前有什么人上网写东西，我只是想大概了解一下。说实话，我不认为有和提供证词的人直接见面的必要。”

“什么嘛！”法子放下筷子，“既然这样就早点说嘛！”

“我没想到你会那么热心，对不起。”

法子有些吃惊，她从来没见过父亲这么正式地道歉。“算了，谁叫这是你吩咐的！”女儿满不在乎地一笑。情绪快速转换这一点，与其说是来自武上，不如说是遗传了母亲的特质。“可是很麻烦，这样我跟角田小姐见面就没意义了。”

“应该不会没有意义。她如果愿意向警方提供证词，你就带她来墨东警局。”

“这一点她的态度不是很明确。可能是担心事到如今才说，警方可能不会理她。你们真的会认真处理这件事吗？”

“当然会。”

“不会因此就马上改变调查方针吧？这样她应该还是会很失望。《另一起杀人事件》引起轰动，调查总部表面上还不是没有放弃栗桥、高井共犯一说？只是内部怎么想就不知道了。”

武上解释道，内部在《另一起杀人事件》问世之前早就出现分歧了，现在也没什么改变。调查总部表面上称，《另一起杀人事件》的内容乍读之下无法分辨有多少真实，表示无可奉告，但事实上已经默认了。

一般人读了那本书，可能会推测，警方大概开始紧张了，还是会大发雷霆？但就一个组织而言，警方并没有那么软弱肤浅。

只是站在个人角度就不同了。有些人和武上一样，早就对高井是同伙的说法存疑，也有人劈头就否定网川浩一的说法。甚至有人激动地大骂网川不过是为了出名和赚钱，故意添油加醋，将事件写得引人入胜。秋津就是其中一人。

“按网川的说法，好像这个案件中最悲惨的人是高井和明和他的家人，其他受害者及家属还不够倒霉。我就是看不惯这一点！”

“秋津先生就是那个小时候看警察电视剧很感动，决定长大后当警察，结果真的当上了的人吗？”法子大笑道，“如果是他，就很有可能说那种话。”

“我怎么不知道这事？”

“哦？有一次新年他来家里，喝醉后说的，感觉就像是四肢发达的单细胞生物，是个傻大个嘛。”

武上不禁也笑了出来，其实秋津真的有那么一面。

“我怎么能笑他。”

“可是，爸……”法子认真地探身询问，“你老实说，总部目前哪一边的意见占优势，是栗桥高井同伙说还是真凶X存在说呢？”

武上故意跳过女儿的询问：“我很难回答。”

“那你个人的意见呢？”

“无可奉告。”武上说完反击道，“你的看法呢？”

“我？”法子指着自己的鼻尖说，“我……这个嘛……”她将手臂盘在胸前稍作思考，然后目光锐利地说：“说实话，我无法判断。警察搜集的信息并没有全部公开吧？网川所写的事情中，有些调查总部已经调查过，就算是有材料足以推翻高井和明是同伙的可能性，我们也不知道。他提出的假设，乍看之下很具有说服力，但是不知道他的立论基础是否根据事实。如果他的立论基础包括个人意见、确实不够翔实等可能因素，那我就无法完全听信他的说法。”

武上有些为女儿感到骄傲，但是保持沉默不动声色。

“如果案件跟他推测的一样，万一真凶X好端端地活在世上……”身为大学生的女儿盯着一脸疲惫的刑警父亲，“真凶X不可能就这样放过网川先生。他应该会对网川先生有所行动才对！”

这跟日前武上和“建筑师”讨论的结论一致。X一定会跟网川浩一接触。

“网川受到社会瞩目后，X应该会觉得不是滋味，很不高兴。整个案件的主角宝座，到目前为止被网川篡夺了。”

“他如果轻举妄动，就会让大家更加确信他的存在。”武上故意说道，“只要闷声不响，笨蛋警察可能会以栗桥、高井同伙说来息事宁人，他没必要冒这个险！”

“冒险！”法子故意像说台词一样夸张，对着厨房的天花板说，“对真凶X而言，冒险算什么！本来被警方逮捕这种事，他不见得就以为是危险吧。”

“他不一定会有犯罪的自觉吧。”

“犯罪！”她又大声地如朗诵般说道，“是吗？他……也就是真凶X，会认为这是犯罪吗，爸爸？”

对，这是舞台剧。武上内心一惊。法子居然和“建筑师”说出相同的话。

“这是你个人的意见，还是有人曾这么说过？”

“剧场型犯罪，大家都这么说。电视和报章杂志也是。”法子吐了一下舌头，“不过我觉得凶手一开始是否认这是犯罪，凶手不管是栗桥还是高井或是真凶X，我都觉得有点疑惑。”

“为什么你会这么想？”

不知不觉之中，武上的态度变得客气许多。

法子稍作思考，归纳意见，然后直视桌子，目不转睛地说道：“我们女性通常都是遇害的一方。”

武上有些惊讶。

“所以在对待犯罪或案件时，看法总是跟男人不一样。这次就目前所知，受害者除了木村庄司外，其他都是女性吧？所以很难置身事外。”

的确如此。一边颤抖地看着新闻一边心想“万一运气不好，自己也可能落入这个坏蛋之手”，和担心自己内心也可能潜藏这种暴力倾向，这两种心境截然不同。然而作为一个实际问题，调查总部无法轻易放弃栗桥、高井同伙说，是担心已经降温的案件再度被炒热。案件热度升起时，类似犯罪的凶手就会出现。同类型的犯罪根芽到处都存在。

“我总是觉得这凶手玩得很高兴！”法子表情痛苦地说，“他不是对犯罪感到高兴，也不是因作恶让别人害怕而感到好玩。那是一种根本不同的高兴，就好像在演出一出剧一样。”

舞台剧！武上再次想起这词。这是观众参与型的戏剧。

“他想让看戏的社会人士高兴。不止如此，凶手甚至认为遇害的受害者也应该觉得高兴才对。因为他们也参与了演出。”

这让武上说不出话来：“连受害者也是……吗？”

法子用力摇头道：“当然现实生活是不可能的，但是我不禁这么想。不是有迹象显示这名凶手会在受害者被杀之前从本人口中问出过去的回忆、家人的事等情况吗？就像美国常见的变态杀手一样，他不是将对方当作东西看待，而是故意花很多时间和精力，不断确认对方也是具有人格的人，然后才动手杀人，不是吗？”

武上沉默地点点头。

“所以我想象，即将杀受害者时，凶手会对她们说：‘你拼命求饶，但是像你现在这样卑微地活着又有什么意思？如果经由我动手，成为这连环杀人案的受害者，就等于参与了盛大的演出，你的名字将响遍全国。大家都会知道你的名字、记得你的长相，大家都为你的死而哀伤。你不觉得这样很棒吗？’”法子朗诵般说到这里，忽然回过神来眨了一下眼睛。“虽然很可怕，我却会这么想。这样凶手根本不觉得自己对这些受害者做了什么坏事吧。对她们的家人也是一样。‘是我让你们平凡无趣的人生，吸引了光亮无比的聚光灯！参与的人和一般观众，大家都很快乐，没有人受损，我哪有做什么坏事？我做的事有什么不对？谁能对我解释呢？’凶手一定会这么说。”

法子就像是被凶手附身一样，探身询问武上。身为父亲，武上板着脸，恐惧地想找出答案。

“人纯粹只是为了娱乐而牺牲他人生命的做法，不会被现代文明社会容许。反言之，为了建立不容许那种做法的社会组织和规则，需要花上好几百年时光。如果现在容许这种事发生，人类历史不等于是退步吗？”

“退步就退步嘛，有什么关系？”法子故意嘴角上扬地挑衅道，“只要好玩。”

武上背部蹿起一阵寒意，头却开始发热。女儿脑子里藏着一种他完全不认识的人格。

“别用那么可怕的表情瞪我。”法子微笑道。她恢复成武上很了解的，那个曾帮她换尿布、一起洗过澡、教过她九九乘法口诀、帮她做暑假手工作业、从什么时候开始被她嫌弃在她房间里走来走去的女儿。

“你在大学是不是演过戏？”

见武上边擦冷汗边这么问，法子不禁哈哈笑道：“没有。刚才我表现得很有说服力吧？”

“太有说服力了。”

“这就是代沟。”法子边收碗筷边说，“我也不认同刚才说的论调。绝对不能接受！可是有这种想法的人出现，也不会让我惊讶。我们这一代已经有这种趋向了。”

“你是说你们无所谓生命是绝对贵重的、必须遵守社会安定这一类想法吗？”

法子摇摇头。“比起这种说法，年轻人更偏向于不无聊！”她略微思考，又补充道：“嗯，没错。最可怕的事莫过于人生平淡无奇。与其过着无人知晓、毫不刺激的生活，还不如死了干脆。这就是年轻人的想法。”

法子一副什么都知道、若无其事的口吻，让回到墨东警局的武上始终担心不已。尤其女儿分析得很漂亮的凶手自白，更让武上心神不安。

“大家都很高兴，又算不上是什么坏事！”

“是我让你们平凡无趣的人生，吸引了光亮无比的聚光灯！”

法子没有用任何艰涩的词，也不是在说哲学、社会学的专业知识。法子固然是武上引以为傲的女儿，但他并不认为女儿是超过社会平均水平的优秀人才，也没有理由这么想。就像他这父亲一样，法子也是一个认真勤奋的普通人。

而这普通人用平常的话语述说的犯罪——这次连环诱拐杀人案，也属于这一类犯罪吗？这种残酷、带着冷笑的犯罪，难道也是从同时代年轻人轻易就能理解的动力中产生的吗？

如果真是这样，凶手一定也是个普通人。

刚好这天下午，在武上的指示下，两名下属开始归档整理迄今为止搜集到的未遂报告案例。这是到目前向调查总部报案、有搜证调查结果、并被认定有留作记录必要的案例，件数不是很多。武上却擅自决定，将总部指示“根本与案件无关”、不必留下记录的其他案例中，有关多人犯案的未遂案例都建档。

内勤业务部的人数已从此前的两人变为四人，武上将这四人分成两组。第一组负责整理受害者明确指出凶手就是“栗桥浩美、高井和明”的案例；第二组则是整理对凶手不是很确定，或是只目击到两名凶手之一、只听见其声音，或是凶手的身体特征和栗桥浩美、高井和明不太一样的案例。

所谓建好的档案，是根据案件讯问调查、现场调查报告、照片等，将未遂案件发生的经过写在实地绘制的精密地图上，做成综合性文件资料。只要阅读该档案，任何人都能对上面报告的未遂案件一目了然。而且将两个小组分别完成的档案加以比对，或许能找出共通、相反或过去没有发现的事实。甚至可能从“栗桥高井组”的案例中呈现的凶手动向、接近受害者的手法等跟不是这种案例的比较出具体差异。

确定好负责人将工作分配完毕后，武上环视了各自回到岗位的下属，然后叫了筱崎。筱崎像只缩头乌龟一样窝在自己的座位上。

“过来一下。”

武上先来到走廊上。筱崎犹豫了二十秒，也跟着出来。武上等不及内勤业务办公室的门关好便开口问：“你愿不愿意去保护一个女大学生？”

“所以我也不太清楚，就变成我来陪你。”筱崎汗流浃背地说。

武上法子觉得很好笑，撅着嘴忍笑，但最终还是放声大笑起来。“筱崎先生被要命的长官看上了嘛。不过你还好，长官是可以选择的。像我可就没有选择父母的权利。”

“噢……”筱崎发出含糊的声音。

羽田机场国内航班的到达大厅，因是假日午后而人群拥挤。两人站在大厅正面，混在来来往往的人潮中，常常被挤来挤去。

筱崎好几次受邀到武上家吃武上太太做的菜、洗过澡，也因喝醉而留下来过夜，当然见过法子。但是正在享受大学生活的法子，在筱崎来家里做客时，从未仔细打过照面。这是他们第一次正式交谈，甚至可谓第一次好好地观察对方。

感觉法子是一个活泼的女孩，看起来瘦弱，却让人觉得充满活力。动作敏捷，口齿清晰，走路速度很快，姿势也很漂亮。响亮的声音和坚毅的下巴看来是遗传自父亲。虽然不是漂亮得能参加选美，但表情丰富、聪明伶俐的长相极富魅力。

光是这样，已让筱崎加倍紧张了。在过去二十八年中，他从未和这么活泼的女孩一起行动过。更何况又是上司的女儿，令他紧张得不得了。

武上法子却直言不讳地说："筱崎先生，你很紧张吧？"

"啊？是……是的。"

"从刚才起你就同手同脚走路。真是的，我那么可怕吗？"

"不……不是。我不是那个……"

"应该说不是我，而是我爸爸很可怕吧。他对部下很凶吧？其实在家里，对妈妈倒是挺温顺的。"

"是……是吗？"

"没事，你不要紧张。不过筱崎先生，你也不能从现在起就装模作样哟。谁叫你上次睡在我们家时，半夜还大声说梦话呢。"

"我……我……我说梦话了吗？"

"嗯。"

"那……那我……说……说了什么？"

法子开心地笑道："那些话，我说不出口。"

筱崎几乎快贫血或窒息了，他只知道自己的系统出了致命的错误。

"对……对不起！"

好不容易挤出一句道歉同时行礼，法子赶紧拍拍他的背说："真是的，不要这样。好像是我在欺负你。"

"不……只是……"

"我看角田小姐也快到了，注意出口才行。说到目标，就是我身上这件红色双排扣大衣。”

当初跟角田真弓约好，目标是穿着鲜红色双排扣大衣的年轻女孩。万一有很多人穿着这种大衣，只要上前一闻，身上有樟脑丸气味的就是我武上法子了。我妈觉得没有味道的除虫剂根本无效，所以坚决不用。

气味的确很强。

“很臭吧？没想到居然在这时候派上用场了。人真是很多！”

筱崎这才回过神来，想起武上交代的任务。武上让他跟法子一起到羽田机场接角田真弓，并听角田小姐描述。如果角田小姐同意，就带她们来墨东警局。

关于角田真弓，武上当场做了简单的说明。刚才和法子在约定的地点见面后，又听到了更详细的说明。

筱崎对于武上进行私下的调查感到十分惊讶，同时也非常有兴趣。高井由美子闹事以来，他备受冷落，丝毫没有和武上交谈的机会。实际上他也在收集网上的信息。对于电脑他不是很在行，但使用起来却很顺手。自从分配到内勤业务部门之后，有时回到住处，在窝进一团发臭的棉被睡得跟死人一样之前，他会让旧式双筒洗衣机嘎啦嘎啦地洗衣服，一边吃着加热的冷冻食品，一边上网搜寻，查看流通的意见和信息。

筱崎并不知道剑崎龙介的网页。跟法子交谈之下，才知道自己的搜索方法不太对。回家的机会不多，无法搜得太仔细。

“你都是怎么搜的？”

“就是看看过去有没有类似的案件发生……”

法子瞪大了眼睛说：“这样不如在警察局找资料更快些！”

“不，我要找的不是现实中发生过的案件，而是想找找看虚拟世界里有没有类似这次的案件……”

所以他都是浏览电影、推理小说、电视剧等论坛或聊天室。

“嗯！”法子钦佩地说，“这的确也是种办法。结果怎样？找到了吗？”

这要看“类似事件”的定义而定。

“以杀人为乐的连环杀人案倒是找到了不少。尤其是美国的推理小说，有许多这类故事。”

法子像小鸟般侧着头问：“现实生活中也很多吧？”

“也许，毕竟那是个犯罪手法先进的国家。”

以杀人为乐的男凶手（或是后备军），诱拐女性、将她们监禁，其间由凶手单方面设计与她们交流，如果进行得不顺利——通常不顺利是正常的，最后便杀人弃尸——这类小说数量很多。在找寻这类素材时，筱崎于始怀疑这么做有什么意义。可见虚拟世界中这种东西多得不胜枚举。

“筱崎先生，你没有搜寻现实中的案例吗？”

“搜了，但是必须附带条件。这种实例，不管作者是调查当局、凶手本人还是撰稿人，一定都是来自已发表的手记或报道，而且是有日文译本的。所以仅限于比较有名的实例，例如杰弗里·达默、艾德·盖恩、泰德·邦迪等人。这些通常都可以拍成电影或电视剧。噢，对了，还有相反的情况，就是未出版成手记或报道，也有拍成电影或电视剧的日文作品。”

法子将重心落在一条腿上，双臂抱在胸前说：“哦，也就是说变成图书或戏剧的信息，不论是文学或非文学类的其实都很相似。经由作者的观点将情节作故事性处理了。也就是说，你是在寻找有故事性、有脉络情节的先例。”

筱崎十分钦佩法子反应敏锐，毕竟有其父必有其女，筱崎也觉得高兴。

“对，你说得对。我觉得这次案件的特征，最明显的一点就是凶手好像是先设定故事情节才开始作案。”

而那故事情节是原创的，还是有范本？筱崎质疑的是这一点。

“你的结论是……”

筱崎摇头道：“到目前为止我还没找到能够和案情联系起来的虚构作品或犯罪记录。也许我的做法有些漏洞，加上我本来对犯罪小说和电影就不是很熟，还没有信心得出结论。”

“嗯……”法子嘟起红唇点头道，“这名凶手会去模仿别人行为的可能性，说不定本来就很低……我不知道。”

就在这时，出关闸口前来了一群年轻女子，像是要迎接什么人似的，不时发出尖叫声，十分嘈杂。那群人就在法子和筱崎的正前方，一时之间根本不知道她们看见了什么那么兴奋。筱崎和法子彼此对视一眼。

“是不是什么艺人下飞机了？”

在众目睽睽之下，一个戴着墨镜的时髦女子穿越闸口，在身穿休闲服、体格不错的年轻男子引导下，快步移往大厅。一看就是绝世美女，仪态大方。如果筱崎没有记错，那应该是周末晚上十点起一小时新闻节目的主持人，是个很受欢迎的女主播。

“她是电视主播。”筱崎移开视线。

这时法子却拉着他的袖子让他注意。顺着法子的视线，看见了另一张脸。那是紧跟在女主播之后快步行走的年轻男子。女主播回过头对着身后的两名男子说话。随身护卫、体格较好的男子露出了白牙齿，另一人则很规矩地点了点头。

“哎呀……那是网川浩一！”

一如要遮住法子的惊叫声，那群女子中有人大喊“网川先生，我读了你的书”、“加油”。网川一看见她们便微微一笑，女主播也面露微笑。于是现场又一阵欢动。

“那家伙！”筱崎隔着人墙，瞪着网川浩一。

“一定又上电视了。”法子说完笑了一下，“真是受欢迎。他可谓是这个案件诞生的英雄。”

女主播和簇拥着网川的那群女子，发出尖叫声开始移动。筱崎没有发觉，他其实是铁青着脸看着这一切。忽然感觉左肘被人一碰，他低头一看，法子正微笑着抬头看他。

“你的表情好可怕！”说完，法子脸上的笑容消失了，“筱崎先生好像不太喜欢网川先生。是因为他宣扬跟调查总部不同的方针，还是他表面上一副正义使者的模样，但其实用心人人皆知呢？”

筱崎吃惊地反问：“用心？”

法子微微耸耸肩道：“为了钱或是名？”

“人人皆知？”

“不是吗？”法子的嘴巴嘟得跟小鸟一样，“还是我想偏了。”

筱崎略微思考后说："上电视能赚那么多钱吗？"

法子笑了出来，筱崎则是浑身冷汗直流。

"对不起。法子小姐说的不是这个意思吧？"情急之下，发现自己不小心说出了"法子小姐"，更加吓得直冒冷汗。

如果喊"武上小姐"，感觉上她父亲的臭脸就在眼前；如果只叫"小姐"，感觉好像在搭讪，他也不怎么喜欢。到底怎么叫更合适呢？

"你最近有没有浏览过剑崎的网页？"

筱崎边拿手帕擦汗边摇头道："没有，有什么新进展吗？"

抵达班机的乘客基本都已离开，周围显得空旷。筱崎看了看手表。角田真弓搭乘的班机如果准点到达，现在应该已经到了，马上就会出来了吧。她是个高个女孩，照理说一眼便能认出。

"现在剑崎网页最热门的话题就是'网川浩一假冒说'。"

网上认为，网川浩一其实是警察派来诱出真凶 X 的。他是警方的协助者，故意说出和调查总部不同的意见，不过是配合演出。调查总部希望由此让世人的焦点都集中在网川浩一身上，让他成为临时英雄，然后等待不愿乐观其成的真凶 X 现身。

"这真是穿凿附会！"

"就算是真的，感觉也理所当然。"法子大发议论，"日本的警察做什么不都缚手缚脚吗？既不能用诱饵调查，在任何紧急情况下也不能窃听。所以简直就像是在水下做徒手空翻两周半一样困难。"

虽然有些不应该，筱崎还是笑了。

"这可一点都不好笑！"法子斜眼瞪着他继续说，"这次不也被媒体批得很惨吗？说日本警方的查案方法是上世纪水平，无法对付大范围的犯罪，无法面对连环杀手的挑战。如果要这么说，那就应该解除对警方的种种限制，让他们能更自由地调查才对！"

身为刑警的女儿，长期目睹父亲辛苦，才会这么有感而发吧？虽然有些偏激，听起来却不刺耳。

"如果说是我们安排网川浩一参与这出戏，至少在实行这个机密计划之前，调查总部的内部意见会更加统一。不只是对高井和明的定位，还有关于真凶 X 是否存在的看法。”

“是啊。”法子打量着筱崎，问道，“这一点究竟如何？”

“武上先生怎么说？”

“不知道。”法子皱起了眉头，“我爸爸是内勤业务人员吧？属于后勤支持，对于调查总部的方针绝对不表示其他意见。他一向如此，而且我问他个人的看法，他也是无可奉告。”

“哦？”筱崎低喃道。他还没有跟武上谈这一点。自从高井由美子自杀未遂以来，他们几乎没说过话，当然不可能有所讨论了。

“好像来了！”

法子伸长脖子看着闸口，忽然很有精神地举起右手。筱崎顺着她的视线看过去，发现一个看起来很健康的高瘦女孩。

“请问是角田真弓小姐吗？”

法子上前之际出言询问。高瘦女孩小心翼翼地看了看法子，又看了看筱崎之后才点头。

“我是武上法子，这位是……”

在法子的催促下，筱崎赶紧拿出证件自我介绍。角田真弓细长的眼睛瞪得更大了。

“真的是警方的人呀。”

“对不起，我还把人带来了。”法子立即致歉，“筱崎先生不单是我父亲的属下，也是我的朋友。今天他不是作为调查总部的一员，而是以朋友的身份陪我过来的。如果你不愿意到调查总部提供信息，筱崎先生和我都将忘记以前你说的话，也不会留下记录，更不会对外透露。”

筱崎觉得很狼狈，本来他也应该说些场面话，却什么都说不出口。法子很自然地说筱崎是“我的朋友”，自然只是为了让角田真弓安心，赢得她的信赖，但还是让筱崎大吃一惊。

“角田小姐，你还好吧？”

法子侧着头关切地问道。远看像羚羊一样健康的角田真弓，近看脸色则不太对劲，表情有些暗沉，好像不只是紧张的缘故。

“会不会是晕机？”

“总之先坐下再说吧。”

三人离开大厅，穿过机场大楼，来到比较安静的咖啡厅。角田真弓紧张地看着手表。

“我父母会来接我。”

“几点左右？”

“还有一个半小时。其实我是跟他们说会乘晚一班的飞机到达。对不起，跟你见面的事，还有之前种种，我都没有跟家人说。我的朋友、老师和男朋友都不知道。”

她神情很困惑、很疲倦、很害怕，低着头，语速很快。在咖啡送上来之前，法子故意说些无关紧要的话题，同时担忧地观察对方，然后偷偷看了筱崎一眼，使眼色示意“这下可不简单”。筱崎也投以目光表示赞成。

这种时候或许以公事公办的态度速战速决为好。等服务员一离开，周围变得安静后，筱崎立刻拿出笔记本想再次确认此前法子从角田真弓那里获得的证词。

“我是从法子那里听来的，恐怕会有听错的地方。”

角田真弓既不表示“我很烦恼”、“我不想帮忙了”，也没有积极响应，只是脸色愈加发青。筱崎心想她是不是生病了？在问话过程中，她的头越来越低，一副几乎快吐出来的样子。

“角田小姐，你还好吧？”法子再次问道，“你好像不太舒服。今天还是到此为止，我们不打扰了吧？”

忽然间角田真弓双手掩面。突如其来的动作让法子和筱崎都吃惊地后退。

“我该怎么办？”埋首手掌之中，她呻吟道，“我实在不知道该如何是好。”

“角田小姐。”法子站起来，坐到她旁边，“你别想太多。对不起，都怪我太轻率。我无意让你这么难过，其实今天说要和你见面，我还挨爸爸骂了。”

角田真弓抬起头，用力转头看着法子。“不……不是。我不是这个意思。”

“角田小姐……”

“我……”角田真弓扭动修长的手臂说，“和男朋友约好，昨晚就到了札幌。所以从千岁机场搭飞机回来。在上飞机之前，我本来打算和你见面之后不再多说，也不为警方作证，请你们忘了我所说的一切。”

筱崎看着法子。法子则直视角田真弓端正的脸。

“那是因为……和男朋友见面……不禁担心万一和案件扯上关系，一定会害他跟着紧张，可能会给他带来麻烦。我男朋友是公务员，必须在意周围的目光，他的父母又都是老师。”

法子温柔地问道：“你们要结婚吗？”

角田真弓像个少女般点头道：“我们已经决定在今年秋天举行婚礼。事实上这次回东京，就是要跟我的家人说这件事。我真的很怕跟警察扯上关系。会在剑崎的网页上留言，也是因为网上不会曝光，当初才会那么放心。”

筱崎不禁想到，可你还不是回答了法子的问题，还跑来跟法子见面？这是因为自己有逃离危险的亲身经历，实在很难沉默不说吧？目前关于这起案件有太多臆测、推理和报道，也许你的证词会有助于破案，你还抱着如此小小的希望吧？你难道不是为了那些不能跟你一样实时脱离险境的受害者，祈求案件能够早日解决吗？难道不愿意看到真凶（不管真凶到底是谁）尽早受到应有的惩罚吗？

“我本想就算跟武上小姐见面，也只说明情况后道个歉，就扭头走人。可是我却……”

法子无言地伸出手，轻抚角田真弓的背。角田真弓看起来真的很不舒服。

“在千岁机场时我还没有发现。”角田真弓低着头继续说，“飞机起飞，在系上安全带的灯熄灭之后，听见有人说话，声音很吵。我听过那声音。是电视上常听见的主播的声音。”

法子睁开眼睛，看着筱崎。筱崎问道：“是女主播吗？”

“对，没错。”角田真弓点头，眼睛有些湿润，“好像是在札幌拍摄节目、工作人员也在。另外……还有其他人。”

法子立刻说：“是网川浩一吧。他也从闸口出来了，果然是参加电视节目的拍摄。”

“你和他同一航班？”

“是的。”角田真弓又开始扭动手臂，“我……因为这种身高，座位太小会很难受。所以还没赚钱就很奢侈，搭飞机时一定会买头等舱。网川先生他们就坐在我前两排。”

为什么角田真弓的神情很紧张？跟网川一行坐同一班飞机，会有那么大的问题吗？

“我……以前听过那人在电视上说话。”角田真弓脖子僵硬地说，“特别是那人主张高井和明不是凶手，我很有兴趣。书我也读过了，也看过照片。但是当时都没有发现。”

角田真弓伸手擦拭额头，然后抬起头分别看了看法子和筱崎。

“在飞机上，网川先生不停地说话，感觉好像很兴奋。而且工作人员中一定有人叫浩美。”

这一次法子全身僵硬。筱崎也终于明白角田真弓想说什么。

“那人在交谈中喊了那个叫浩美的工作人员。我不记得他是怎么说的，好像是‘那太严格了，浩美’。”

就像闭上眼睛、努力从受缚的大狗前面走过的小孩一样，角田真弓握紧拳头鼓起勇气说：“听他这么一喊，我忽然想起来了。就像看见重播的影片一样清楚地想起来了。当初我被追赶，拼命逃跑时，从车里半带嘲笑地对栗桥浩美说话的就是他。‘算了吧，浩美。那女孩太高大了！’就是这声音，没错。他一说我就听出来了。当时和栗桥浩美一起想要诱拐我的人，就是这个网川浩一！”

20

网川浩一接受了知名女主播的专访。地点不是在演播室，而是北海道著名的滑雪休闲饭店。木屋式的室内装潢，大型壁炉里燃着柴火。窗外是一片白雪风光。女主播穿着鲜艳的混色编织毛衣，耳垂上的大耳环闪闪发光；网川浩一则是简单的蓝灰色羊毛衫搭配牛仔裤，悠闲地靠在椅背上，双腿交叠。

每当壁炉里的火光摇动，面对面坐着的两人脸上就会出现些微阴影。桌上还有未喝过的鸡尾酒。两人说话的声音有时小得近乎低语，表现出亲密、优雅、奢侈与安静的氛围。作为一个半小时的访谈节目，开支实在不小。

“混账！”前畑滋子对着电视画面大骂。

滋子在赤井市临近绿色大道的一家商务旅馆的房间里收看该节目。并非事前查看过节目预告，而是外出简单地吃了晚餐，回来一打开电视便偶然看到。在距离栗桥浩美和高井和明最后现身的场所不到两公里的地方，看着网川浩一清晰的脸颊、一脸愁容地诉说的电视画面，感觉相当讽刺。这一阵网川几乎上遍了所有电视和杂志，所以这其实也不能说是偶然。

这个节目跟网川以往参加的新闻节目不太一样，主要是以他为卖点。因此女主播问的问题也跟案件无关，都是网川年少时的回忆、人生目标、喜欢的异性类型等。网川始终一副自然清新的表情，时而羞涩地回答问题。这个为了帮童年好友洗刷罪名而闪亮登场的无名青年，似乎在短期之内成了十足的明星。

滋子从房间的小冰箱里拿出罐装啤酒，一边打开，一边坐在床上。一如配合滋子，画面中的网川也伸手取桌上的鸡尾酒杯。清澈的绿色液体。很漂亮，那是什么？女主播问。网川回答："吉姆雷特，以前我就很喜欢喝。"简直就像是硬汉小说中出现的私家侦探一样！

"可恶！"滋子不禁又开口大骂，"你这骗子！"

口出恶言的脸就映在油漆斑驳的墙面镜子里。滋子忽然觉得很羞愧，却又按捺不住怒气，空出来的手只好拼命挠头。

《日本时事纪录》的连载遇到了挫折。写完高井由美子引发骚动的始末并刊登后，滋子便没有新的稿子，她已经写不出来了。

都怪网川浩一那本可恶的新书——《另一起杀人事件》。

今天是一月二十二日，刚好是一个月前的事。网川上电视翻阅第二天即将上市的新书，滋子当场愣住，甚至连呼吸都忘记了。胸口太过痛苦，她才发现自己停止了呼吸，这时已因氧气不足而头昏眼花。

那人……什么时候写了这本书？

网川带由美子来跟滋子分道扬镳，并宣布为了帮高井和明申冤，这次要自行执笔，是在他上电视的几天前。《另一起杀人事件》不算很厚，以四百字稿纸来计算，顶多三百五十页。可是要在三四天内完成似乎不太可能，何况只是完稿，要印成书，还必须有校稿、印刷、装订、配送等流程，再怎么赶工都要一个月时间。

换言之，网川浩一在毅然决然宣布分道扬镳之前早就写好了稿子，到滋子家大放厥词时，他的书可能已经印成了。

怎么会有这么睁眼说瞎话的人！

去年年底，应该是十二月初，高井由美子第一次致电滋子，两人约好在三乡市高速巴士车站见面。从那时起，网川浩一就和她在一起。那天网川说是偶然遇见由美子，而由美子慌乱的样子也不像是演戏，所以应该是真的吧。

但是冷静想想，他当时应该已经开始写了，就算已经写了一半也不稀奇。同时也在考虑问世的时机。

因此他才会想接近由美子吧？为了让自己的书能够卖得更好，他需要由美子的帮助。不，应该说打着由美子的旗号会更具效果，所以他在由美子身边打探，找寻接近的机会。

不仅如此，新年之后在饭田桥饭店发生了骚动。那天的确是滋子告诉网川关于有马义男他们在饭店聚会的消息。之前还跟真一商量过，她的记忆应该没错。

但是仔细想想，真一且不说，为什么自己会将那种消息透露给网川？滋子实在弄不明白。是知道消息的第二天，还是更晚以后？滋子和由美子见面，当时网川也来了。在那种场合之下，绝不会提到那件事，因为那不该让由美子知道。大概是之后的电话吧？当时网川说是怕滋子担心，经常打来电话告知由美子的近况。因为对方是网川，滋子才不小心说漏嘴了吧。

想到这里，滋子心中不免涌起更多疑问。一开始网川是否就别有用心呢？比方说他曾说过："这次案件的受害者家属很多，不知道有没有成立受害者家属协会之类的组织呢？""滋子姐不去采访家属吗？不是有机会吗？"

当初就是他故意投石问路，不是吗？

否则就算没有当过记者，滋子也不可能主动开口提供这么大的消息。我做事确实是有些粗心大意，但还没有笨到如此毫无防备的地步！

当时就是太相信网川了。滋子看着彷徨无助的由美子心生担忧，心想有网川相陪就令人安心了。因此才会大意漏了口风。骚动之后，网川承认是他将聚会的事告诉了由美子，特地跑来道歉。道歉的方式和诚实的样子，看起来就像是打心里在反省，滋子也就没有继续追究，没再责怪他。

然而如今回想，那些都是事先计划好的表演。

最大的问题是，就算由美子当场引发骚动，如果没有被报道，就不会出问题。可是这事却被报道了，因为当时旁边刚好有写真周刊的摄影师，而且时机抓得就是那么准！

当时还以为是偶然。东京这么小，摄影师那么多，写真周刊的杂志也不少。所以只能说是不走运！

但其实不然，现在回过头来思考，一切昭然若揭。那都是事先安排好的。网川事先向写真周刊杂志社透露了消息，摄影师才会埋伏在现场。网川早就算计到若知道家属有聚会，由美子肯定坐立难安；或者他在由美子耳边说了些怂恿的话，而且用的是由美子绝对不会以为自己“被怂恿”的方式。事后网川还不忘跑到因自己所作所为而意志消沉的由美子面前，表现出安慰保护她的样子。由美子根本就不会想到是受煽动才做出如此轻率的举动，只会更加感谢网川，更加依赖他。

真是卑鄙狡猾！

不，还是说……滋子试着让自己恢复冷静。就算是网川浩一这种有着恶魔般心机的人，他的主张——他在电视上和书里提到“高井和明无辜”、“真凶X另有其人，还活得好好的”等说法，如果具有强烈的说服力，而他只是为了强力推销这些说法才利用身边的人，那还情有可原。所以《另一起杀人事件》一出版，滋子便买来读了。

一开始是快速浏览，第二次则是一条条列出网川主张的“真凶X存在说”仔细阅读。网川认为，高井和明或许有不在场证明，他涉案的证据几乎没有，高井家人申冤的呼声，一些报了案的未遂事件中提到的一名凶手跟栗桥浩美外形相同，而另一名凶手则跟高井迥异，而且根据打到HBS特别节目的电话可以推测出两名凶手之间的关系。

滋子觉得上述每一点都显得有些脆弱。那些遭到袭击、好不容易逃离险境的女子的证词，并非具有百分之百的可信度。人的记忆和录像带不一样。至于不在场证明和物证，只要警方查出更切实的证据，都可以推翻。就算凶手们曾经致电HBS，只凭发生过一次的事件，就断定之后重拨电话的人是主要凶手，未免太过草率。人际关系常常会因状况、局面，甚至当天个人的情绪而不同。也许这天刚好高井和明脑袋机灵，能够指出栗桥浩美所犯的过失，并且漂亮地帮他收拾善后。而平时对高井颐使气指的栗桥，因为觉得很没有面子，于是又打电话给有马义男出气。这种情况也是有可能发生的！

滋子立刻开始写驳斥的文章，而且写完后立即拿去给手岛过目。没想到手岛只是微微看了一眼，说了一句“反驳的力度不够”，便将稿子退了回来。“只是为了情绪而反驳没有用。”

“为什么？哪里力度不够？就算是网川浩一的主张，也不完全就以证据说话，他也是为了自己的情绪在说话。”

“他是被允许的。”手岛冷静地看着滋子，“他是栗桥和高井的童年好友，他很清楚他们生前的情况。就算是感情用事，大家还是愿意听他的。我认识的某某人不可能做出那么可怕的事。他曾经偷偷背着父母养流浪狗。在学校是饲养小鸟的负责人，对待同学很友善。他只要列出他们做过了什么事，就是‘证据’。”

但是滋子不一样，只是个陌生人。甚至连栗桥、高井亲口说话的声音都没有听过。

“如果没有更坚实的理论基础加以对抗，是说不过去的。读者也不会想读你的文章。你仔细想想，读者会说：‘前畑滋子所写的东西，原来只是罗列一些推测而已！她根本就不知道凶手的心理，只是凭想象乱写！’”

“那我该怎么办？”

“你怎么会问我？”

手岛一副不屑的表情，让滋子的背部生起一股寒意。

“怎么？大小姐的绣花枕头就这么点看头？你还真是花拳绣腿。”手岛说完冷笑一声，“当初你是怎么建立栗桥和高井形象的？这一点难道完全没有被怀疑吗？你一字一句刻画的栗桥和高井扭曲的共存状态，并非采访他们的现实生活写出来的，一开始不也都是你在脑海中创造出来的吗？而当另一个更合理的主张一出现，你就完全无招架之力了吗？”

“可是警方……一开始也说是他们两人犯的案。”

“警方可不是为了你的报道在办案。我们拿给你的调查信息也不是全部。听说现在调查总部意见分歧。而且在网川出现之前，调查总部就有一小部分人对高井涉案表示怀疑。”

“这种事我怎会知道？警察又不接受我的采访。”

“这才叫借口。到现在说这种话有什么意义，这位太太？”

滋子几乎是逃走般离开会议室，回到家，从此一行字也没写。之后出版社打来电话明确地拒绝她：“反正手岛也不急。写不出来的话就只好停止连载了。”

在网川浩一初出茅庐时，前畑的公婆还骂道“好个不要脸的家伙，这种人肯定是为了赚钱”，就结果而言算是站在滋子这边。昭二也在一旁敲边鼓说：“事到如今还说高井和明是无辜的，简直在说梦话。为了伸张正义，滋子你一定要加油。”

可是随着网川露脸的机会增多，加上他又擅长表现自己，最近滋子的公婆完全成了他的“信徒”，逐渐改口道：“既然是童年好友说的，应该是有什么根据。既然本人都死了，一开始就判人死刑不太好吧。”最后甚至还劝滋子改变论调，否则就跟不上潮流了。滋子发觉这对他们而言只是赶流行而已时，不禁错愕。可这也是正常的吧？社会大众隔岸观火能抱多少关心，其实顶多也只是如此。

还好昭二没有表现出那么露骨的变节，但内心产生动摇却是事实。“你怎么了？脸色好像不太好？”他会担心地询问，也会简单地用二分法安慰：“你是亲警方派，网川那家伙是反警方派嘛。”滋子一听便大声反驳：“我可没有对着警方拼命摇尾巴！”于是两人大吵一架，这是昨天的事。自从上次吵架以来，彼此都慎重行事以免发生冲突，但现在一切都毁了。

早上，昭二生着闷气吃完早饭，一句招呼也不打就去工厂了，之后滋子赶紧收拾行李。一开始她没有想要去哪里，只是一心想离开前畑家。留下字条说“我出去采访”，便离开了。

她先来到东京车站，独自在八重洲地下街乱逛，思索着目的地。忽然间想起了赤井市的鬼屋，胸口感觉喘不过气来。那是报道中使用过的场景。尽管滋子的报道不像网川的书那么热闹登场，却也静静地获得好评，滋子也上过电视。当时也是在鬼屋做现场转播的。对了，那就再去一次吧，一如回到原点，我想再次接触那里的空气！

就这样滋子午后来到了赤井市。订好饭店，租好汽车便直接前往鬼屋。冬日的晴天，天空像是洗过一样湛蓝，片片浮云悠闲地散布其间。在这种天气里，鬼屋看起来远不如滋子想象般充满刺激。开发不顺的倒霉土地，至今还散发着贫困的气息，但是被周围青山的绿意滋润，在森林的保护下，看起来似乎逐渐回归自然了。这景色一点也不难看，甚至令人安心。山林原谅人类的错误，随时都欢迎回归自然。

但这也证明了当时滋子在报道中描写的情景和气氛已荡然无存。难道这里本就是这样？第一次来访是去年十一月中旬，不过是几个月前的事情。当时滋子看到“被当作是充满杀意的舞台”的情景，难道真是脑中的妄想？

“一开始不也都是你在脑海中创造出来的吗？”

滋子意志消沉地回到饭店。她躺在床上胡思乱想，或是望着窗外发呆，无所事事地打发下午的时光。

电视上，女主播因网川的发言而大笑。一向不参加综艺节目、强调专业形象的女主播，笑的样子也充满了知性。网川究竟说了什么好笑的话？全国观众似乎都忘了这个年轻男子当初是打着什么旗号出现的。难道只有滋子认为，就他出现在媒体上的目的而言，除非连环诱拐杀人案完全破案，他这样在电视上谈笑风生、插科打诨是不应该的？

滋子将空罐子扔进垃圾桶，站起来关掉电视。反正节目也快接近尾声了。看了一下手表，时间将近十一点。

忽然间她想，再去一次鬼屋吧。她很清楚鬼屋之名的由来。在阳光消失的深夜，那里即使有再多的鬼魂出现，哪怕鬼魂充满了恶意，都不能对现在她空虚的心灵造成任何伤害。谁也无法伤害空虚。但是如果栗桥和高井被这赤井山的什么东西吸引，就算只剩下一点，她也希望能够有感受。那个像磁铁般的东西，会不会只在半夜才会露脸呢？幸好租的车还没还，她抓了外套便冲出房间。

白天走过一次的道路，到了晚上却完全变了样，滋子差点迷路了。难怪人说走山路必须小心。

半路上她临时起意到路边的二十四小时商店买了大型手电筒。山路铺了柏油，但坡很陡，路况比在白天要难走许多。滋子有种硬要闯入某种不可理解的禁区一样的心情，她拉紧了外套的领口。

鬼屋没有任何灯光，夜间无法像白天一样可以边开车边抬头看高耸如骨骸的钢筋，只能顺路前进。这种摸索前进的感觉增加了滋子内心的不安。这种时候来这里还是第一次。过去从未想过在三更半夜到此一访。

车前灯的光线中浮现出一块以前见过的木板。据说这块写着“前面就是鬼屋”的木板，是在这里成为灵异热门景点时，当地的年轻人立的。白天丝毫不会注意这块广告牌，现在却像是在他乡遇见向导一样，备感安心。

下车之后靠着手电筒的光线前进，发现前面的黑暗中也有手电筒灯光摇曳，还有吉他声。停下脚步侧耳倾听，还能听见人声。

看来有人先来了。滋子走过去，并且故意大挥手臂，好让对方注意到自己。在夜空下，当鬼屋的钢筋近到清晰可见的距离时，只见在水泥地基上坐着三个学生模样的年轻人，穿着牛仔裤的长腿在那里晃啊晃。

“你们好。”滋子出声打招呼。

一看不是那种接触之后会令人后悔的类型，滋子先松了一口气。三人之中，一个是男孩，两个是女孩。腿上抱着吉他的是男孩。

“你好。”女孩们回答。声音尖锐高亢，是很流行的可爱类型。夜晚冰冷，呼出来的气息是白色的。

“这么冷，你们在这里干什么？”

滋子一边注意脚底下，一边向他们靠近。其中一个女孩，长发中分，一边吐着白气一边笑道：“你还不是一样。阿姨来这边干什么？”

阿姨？滋子苦笑着拉紧大衣的领子，试图挡住寒气。

“我是来看夜里的鬼屋，不知道会是什么感觉。”

“你对灵异现象有兴趣吗？”

长发女孩眼睛一亮。也许是手电筒的灯光，或是月光刚好映进眼里，也可能是她的好奇心在内心深处闪烁了一下。

“这个嘛……如果灵魂真的存在，又有人具有灵异力量可以自由召唤灵魂，我倒是有很多事情想麻烦他帮我问问。”

长发女孩往下一跳，靠着地基盘起双臂，分别看了同伴一眼后，对滋子说：“我可以，因为我是女巫。”

滋子听了真想笑，但忍住了笑意。难道说刚才这女孩眼中的亮光，跟这里被称为鬼屋有关？

“我们刚才在举行招魂会。”长发女孩用手臂碰了一下旁边的短发女孩，说，“你说是不是？”

短发女孩没有看朋友而是盯着滋子。她看得很仔细，然后也从水泥地基上跳下来，小心翼翼地靠近滋子说：“你该不会上过电视吧？”

滋子给予肯定。她就是在这里录节目的，有人在这里认出她来也是理所当然。

“是新闻节目吧？我看了。你就是站在这里报道的吧？”

女孩的脸蛋很可爱，而且是目前最流行的“巴掌脸”。这里光线不够，但女孩看起来几乎没有化妆。包裹在牛仔裤里的长腿形状很美，可见她的身材也不错。

仔细观察女孩的脸，奇怪的是滋子觉得好像曾经在哪里见过。也许是认错人了，毕竟这类女孩现在比比皆是。

短发女孩用戴着毛线手套的手拍打胸口，有点呛到。“那则报道是关于那起连环杀人案的凶手吧？他们死在绿色大道上，死之前还来过这里，所以你才会来这边拍摄，就是这么回事吧？”

“是的，没错。”滋子深深点头，并向女孩靠过去。然后她忽然间想到了，不禁大声说：“你就是加油站的那个女孩！”

女孩清澈的眼睛瞪大了。“对！”她也升高八度大声说，“我是芦原君惠。拍摄那节目时，我说了一些话。你还记得吗？”

跟吉他青年和长发女孩道别后，滋子载着芦原君惠下山。据君惠的说法，另外两人是开车上来的，不用担心他们怎么回家。

可是那自称“女巫”的女孩对于被放鸽子，似乎很不高兴。

“这样会害你们友情破裂，真的可以吗？”滋子担心地询问。君惠苦笑着摇摇头，说：“没关系，反正我们的友情没那么深。”

感情一般的朋友，会在三更半夜到鬼屋一游，这对滋子这代人而言只能说是奇怪！

芦原君惠是当地高二学生，同行的长发女孩是她同学。她们一起行动，是在君惠成为该案件的目击者，时而被警方讯问，时而成为各媒体记者采访的对象之后。

“她叫上总步，人有点怪。”

“是啊，自我介绍说是‘女巫’。”

君惠坐在副驾驶座上窃笑。“她常说可以看见别人看不见的鬼魂。不过不能笑她，毕竟有一段时间她安慰了我。”

下山途中，滋子用手机打电话到君惠家，说明自己的身份和在鬼屋遇见君惠的经过。君惠的母亲叹了一口气道：“原来如此。”

“妈妈知道我晚上出来散步的事。她本来很生气，但是医生说逼我停止反而不好，她才不管的。”

两人来到滋子住宿的饭店对面的一家餐厅。说是二十四小时营业，客人这么少真令人担心它的生意。

“医生？”

“嗯，我在那个案件之后，身体出了点状况。”君惠耸了耸瘦弱的肩膀，“晚上睡不着，饭也吃不下。人瘦了很多。”

那时滋子看见的她的确脸颊更饱满一些，身体看起来也更健康。

“算是一种 PTSD？”

滋子的问话，君惠似乎一听就懂。大概是从医生那里听来的。

“我不只是目击到凶手们的车祸，之前还见过活着的他们。我跟你说过吗？”

当然。栗桥和高井在前往鬼屋前，曾在绿色大道入口的加油站加过油。

君惠戴着显眼戒指的手指，不断拨弄头发，另一只手则把玩着装有牛奶咖啡的马克杯把手。

“我和那种残酷的凶手仅隔着十厘米交谈。万一他们没有发生车祸，或许我也会惨遭毒手。凶手看着我，好像在打量我。想到这些我就十分痛苦。”

滋子静静地点头道：“你乖乖去看医生是对的。因为你的心灵也受到了相当的伤害。”

君惠的眼睛不断眨动。

“既然如此，你是不是不该在这种时间还去鬼屋混？尤其又跟那么奇怪的朋友。”

君惠笑了出来，赶紧用手遮住嘴巴。滋子也笑了。

“小步说她可以看见附在我身上的不好的东西，只要按她的话去做，就能帮我消灾解厄。”

“如果她真的做得到，你就应该更健康才对。”

“没错。我当时真的相信了一段时间。今晚只是懒得拒绝才跟他们去的。”

“去干什么？真的是招魂会吗？”

“小步说她感觉到今晚好像可以控制附在鬼屋的怨灵。同去的男孩是她的男朋友。每次都是男孩弹吉他，小步一副神情恍惚的样子。”

滋子搅着咖啡，稍稍压低声音说：“芦原小姐，你相信小步的时候，是不是付过她钱？”

君惠沉默着舔了舔嘴唇，滋子不必多问也知道答案了。

“今后还是别跟她来往为好。”

君惠认真地点点头，然后慢慢地喝咖啡。滋子从皮包里取出香烟点燃。

“前畑小姐，今晚为什么去鬼屋呢？”

滋子笑着回答：“我在想如果那里附了什么，不知道能不能也附在我身上。”

君惠皱起可爱的眉毛，于是滋子赶紧摇头，挥开烟说：“对不起，我不是乱说，我真是这么想的。”

君惠说她没有读过滋子的连载，完全不知道文章的走向变得很奇怪，也不知道原因就出在高井由美子在饭田桥饭店闹出的骚动上。

“你知道网川浩一这人吗？”

君惠摇摇头。“医生让我尽量不要回想案件，也不要靠近有关的消息。那人是谁？”

“跟我一样写文章的人。”滋子只简单地回答。她不知道网川宣扬的“真凶 X 存在说”对为案件后遗症所困的君惠心灵是否有影响。

“前畑小姐真的相信有‘女巫’这种具有招魂能力的人吗？”

“嗯，我相信。只是说招来的是不是‘灵魂’就另当别论了。但是我确信有人具有一般称为招魂现象的能力或技术。”

君惠又皱起了眉头，或许是觉得女记者的话有些艰涩难懂。

“我现在对于小步所做的几乎都不相信……但她算是一种流行吧。”

“感觉也是。在学校就是有人喜欢对老师说这些，制造气氛。”

“你也很清楚嘛。”

“我以前有类似这样的朋友。”

“是吗……不过我……不知道该怎么说，有时候我觉得自己或许也有女巫体质。”

滋子不发一语地看着君惠。君惠不安地拨弄头发，没有看滋子，而是对着无人的柜台继续说道：“初二的时候，朋友失踪了。说是朋友，其实交情也不是特别好。”

那女孩名叫嘉浦舞衣，在学校里被当作问题学生。

“应该说是不良少女，平时就不怎么喜欢上学。不但染头发、穿耳洞，还常常跟男孩玩，甚至因为偷东西被辅导过。”

三年前的三月初，舞衣离家出走了。当初她家里来电询问知不知道她的行踪时，谁也没有认真看待这件事。

“感觉很平常。可是那天半夜，我做梦了。”

那是在一片黑暗之中，听见舞衣尖叫的噩梦。

“地点在哪里，知道吗？”滋子问。她不是敷衍一问，而是君惠口吻认真，引发了她的不安。

君惠摇摇头。“好像是鬼屋，我不清楚……”

“确定是舞衣的声音吗？”

君惠头摇得更厉害了。“又没有确切的证据。”

滋子安慰道：“但对你而言，那就是事实。”

君惠眼角湿润。滋子不禁同情起她来。对于她，没有人肯关心，没有人愿意积极伸出援手。但她也是这一连串案件造成的精神失衡者之一！只因和栗桥、高井有过短暂接触、亲眼目睹他们的死，在君惠心中已经形成某种伤害，而且在她不算长久的人生轨迹中不断回溯并变形。

“我……我觉得那就是舞衣。我在想当时舞衣应该出事了。”不知不觉间声音也变得兴奋，“我不知道自己为什么会那么想，就是一种感觉。也许是这方面的线路忽然通了，那是跟黑暗恐怖的事物有关的线路。所以前畑小姐，我更害怕了。当然那两名凶手已经死了……”

“对，他们已经死了。他们已经不在人世间了。”滋子语气决然。

君惠猛然探出身子，像被什么附身似的两手抓住桌子。“可是也许留下了什么东西，”她几乎是在喊，“灵魂……还是什么邪恶的力量，这些东西可能留在了我的线路中。”

滋子尽可能温柔地问道：“如果是这样，会变成怎样呢？”

君惠只手遮住嘴巴说：“我可能会再度召唤那种人，可能会跟那种人见面。于是下一次……”

“下一次？”

“下一次就轮到我被杀。”

滋子沉默着凝视芦原君惠，悲伤而清醒地想着，得赶紧送她回家才行。可是就在这时，她又闪过一个新想法。

第二天前畑滋子打电话到芦原君惠家，想和君惠的母亲聊聊。她是上午打的电话，居然是君惠本人接的。

君惠的声音倒是很开朗。

“我不是跟你说只能接自己的手机吗？”

“今天不行，小步会打来。她会一直打，太吵了，所以我把电源关掉了。”

“你那女巫朋友吗？是不是我害你们感情交恶了？”

“哪里。我早就觉得她很烦，只是找不到机会拒绝她。你是担心这件事，专程打来电话的吗？”

滋子说出目的，君惠显得很惊讶。

“为什么要找我妈妈呢？我不能一起去吗？”

“可以。我也希望你一起来，同时也想问你妈妈一些问题。关于你的朋友嘉浦舞衣离家出走的情况，我想知道得更清楚些。”

芦原太太读过滋子的报道。初次见面刚打完招呼，就开口道：“你看起来比电视上要娇小。”滋子不禁苦笑以对。芦原太太还很清楚地记得嘉浦舞衣离家出走那晚，君惠做了噩梦，还很担心舞衣可能出事了。

“是托梦还是什么，我也不是很清楚……”

“那是一种感应。”女儿插嘴道，“舞衣一定是对我发出求救的信号！”

君惠的表情很认真。她大概真的认为，明明来向她求救，她却什么忙都帮不上。如果真是这样，这件事给君惠带来的心理负担比给旁观者带来的还要严重许多。

“我并不太相信隔着距离、不利用任何机械的通讯手段，就能传达心意的感应现象。”滋子慢慢表明意见，“舞衣离家出走那晚，刚好君惠做了噩梦。就事实而言，这是确定的吧？也可以说是一种偶然。”

君惠作势准备反驳，但滋子伸出手制止了她。

“可是做了听见女孩尖叫的噩梦，君惠立即联想到舞衣，我认为有一定的意义和理由。舞衣在朋友眼中，让人感觉随时都有卷入危险事件的可能，她很容易意气用事，对吧？”

君惠不甘心地低着头，芦原太太代替她点头说：“没错，那女孩平时的行为就不好，在学校是出了名的。晚上玩到很晚、随便哪个男人的车也敢坐……”

“妈！”君惠怒吼道。

“妈妈可没有骗人。”芦原太太反驳道，“我也知道舞衣是你的好朋友。可你自己不是也说过，根本无法接受舞衣做的事吗？她让你跟她一起去偷东西，你不是吓得跑回家了吗？”

君惠瞟了滋子一眼，赶紧阻止道：“干吗提这种事情……”

“但这是事实！”

滋子做了笔记，并在刚写的字下面画了一道浓浓的黑线。不认识的男人搭讪，也敢搭他们的车。

“前畑小姐，为什么关心舞衣的事呢？”说不过母亲的君惠，转而问滋子，“你们有什么关系吗？”

滋子安静地回答：“我是在想嘉浦舞衣不是离家出走，而是被卷入了那个案件。”

芦原太太微微侧了一下头，立刻眼睛一亮，说道：“难道说那两人，栗桥和高井是吗？你是说跟他们两人犯的案件有关吗？你写的是他们两人的报道，一定是这样吧？所以你才会有兴趣？”

芦原太太比外表看起来反应更灵敏，滋子点点头。

“舞衣失踪已是三年前的事了。”君惠不平地说，“怎么会跟他们的案件有关？”

“大概是叫三宅绿吧。那个女孩的事，也是发生在三年前。说起来，在涉川也有人被诱拐，不是吗？”芦原太太说，“可是舞衣她……”

“栗桥和高井为什么那天要载着木村庄司的尸体到鬼屋去？我怀疑的是这一点。”滋子继续说道，“那里的确是著名的灵异景点，但并非全国闻名的名胜。他们特别选择鬼屋，应该是有个人的理由和原因。是对那里比较熟，还是以前也在那里作过案？”

君惠瞪大了眼睛问：“所以说舞衣她……”

“是的，我是这么认为。所以才要问仔细。”

芦原太太摇头道：“可是前畑小姐，案发之后警方派了很多人来调查。警方应该也跟你有过一样的想法，认为栗桥和高井过去可能在当地作过案。可应该是什么都没发现，电视新闻里也说过了。”

“那是推测可能是他们犯的案，于是调查还未解决的成年女人或女孩失踪案件。对，他们是调查了，当然应该调查。可是就跟你说的一样，没什么特别的成果。但是……”滋子语气强硬地说，“警方当时也只是漫无目的地展开地毯式搜索，到处走访询问当地有没有行踪不明的女孩。他们只是在追查记录，调阅向赤井市和县警局提出失踪人口搜索的申请名单。然而舞衣的情况……”

君惠大声说：“一开始说是离家出走，她根本没有报失踪人口！”

“是的，我在想她可能被警方漏过了。”

芦原太太一只手托着下巴陷入思考。君惠十分兴奋，立刻起身坐到滋子旁边。

“前畑小姐，你现在要调查舞衣行踪不明的事？”

“是的，我想试试看。”

“我帮你！”君惠高兴地跳起来说，“我一定要帮你。可以吧？”

“君惠！”母亲制止道，“不要乱来！你还要上学呢！”

“有什么关系，我可以不去。”

“那怎么行！”

“社会学习更重要。”

“学费怎么办？你以为是谁付的？”

君惠生气了，满脸通红。“又要说钱吗？好，那我去工作还你。这总可以了吧？什么嘛，算什么妈妈呀。”

正好这时电话声响起来打圆场。芦原太太一动不动地板着脸。君惠立刻起身，穿过客厅拿起话筒。

“喂？哎呀。”

看来是朋友打来的。手机没开，所以打到这里吧。芦原太太越过滋子的肩头看着君惠，确定电话还会聊一阵子，便对滋子说：“我看还是请你先回去吧。”

“对不起，我无意让你和你女儿吵架……”

“不，这没关系，我们常常吵架。君惠是个神经质的女孩，自从那件事之后情绪就更不稳定了。”她发出母亲特有的悲伤的叹息，“只是我不希望她卷入你调查的事。我想对她来说不会发现什么好事。”

滋子看着芦原太太的眼睛，芦原太太也回视滋子。

滋子压低声音说：“关于舞衣离家出走，你是否知道些什么？”

芦原太太看了看君惠，女儿还在大声通话，看来对方是小步。

“嘉浦家的人已经不住在赤井市了。”她简短地回答，“舞衣不见了一年后就搬走了。不好的传闻满天飞，大概受不了吧。”

“不好的传闻？”滋子重复道。

芦原太太怕被君惠听到。但是女儿背对着她们，正专心说话。芦原太太趁机一口气说道：“舞衣的母亲是个不检点的女人。舞衣离家出走时和她母亲同居的男人，并非舞衣的亲生父亲，而是一个没有工作的年轻人。听说那人也对舞衣动手了。她母亲每次和男人吵架就动静很大，附近都听得见。她家的事在附近是很有名的。”

芦原太太偷偷瞄了君惠一眼，君惠还在说话。

“所以我严禁君惠到嘉浦家玩。当时不是只有我家，其他女同学家对嘉浦家的事都很注意。舞衣会变坏应该是家里的缘故。而舞衣被母亲的情夫染指，其实她母亲也知道。亲生母亲为了留住男人，利用了女儿的肉体，这种事我不想让君惠知道，所以以后我不会再说了！”

滋子看着芦原太太点头。“我明白了。”

“舞衣是自己离家出走的，她母亲在她不见之后也不紧张，就是因为有这些因素。那孩子是离家出走，就跟刚才你说的一样，君惠做噩梦只是一种偶然。如果你怀疑我说的话，可以去问嘉浦家附近的居民。只要说是我说的，大家都会告诉你。”说到这里，芦原太太耷拉下肩膀，“君惠因为奇怪的妄想，总觉得自己也会遭遇不幸。”

“是的，关于这点我也听她说过。好像是因为接触过死之前的栗桥和高井，她才会有这种妄想。”

“心理医生也这么说，可是却不告诉我该怎么治疗。当初要是不答应君惠去加油站打工就好了，可是她说那里比学校有趣多了。那两人车祸死亡当天，她也是因为只上半天课，说要去加油站帮忙，她就是那么喜欢去，结果却发生了这种事。”

滋子看着君惠的背影，她用手指缠绕着电话线高兴地聊天。年轻柔美的身体线条，透过毛衣和牛仔裤依然清晰可辨。

“这个时代对年轻女性而言危险太多了。”滋子说，并安慰地看着芦原太太，“不管如何小心注意，光是因为年轻，女性就会被卷入事端。所以甚至有人因害怕乌云，就不敢独自走在路上。”

“说得也是，确实如此。”芦原太太慨然叹道，“可是如果社会上不再发生这种震撼人心的惨案，像你这种人不是没饭吃了吗？”

滋子没有移开视线，反而是芦原太太目光低垂，继续说：“我就奇怪，就算舞衣行踪不明是那两人干的，事到如今调查出来又有什么意义？”

若一定要问，滋子恐怕也必须回答：我也不知道。想到了就不能放手，内心期待着也许能找到以前没有发现的线索，会有新的发展！所以滋子才决定调查。滋子小心地不让君惠发现，悄悄地告辞了。芦原太太没有送她出门。

拜访嘉浦母女住过的公寓时，包括房东、附近的邻居、商店街的老板都热心提供信息。很幸运的是，有人还记得上过几次电视的滋子，也有人看过她的报道。

听多了这些人的说法，就越发觉得嘉浦舞衣离家出走是自发性的。公寓的老房东说舞衣和母亲大吵一架之后怒吼道："我可不想免费让那男人玩！"还说那孩子讲的话，连他这种老头都不敢对女人开口。

可见她是自愿离家出走的，那她去了哪里呢？她有能力离开吗？这让滋子很在意。关于嘉浦舞衣失踪，总觉得有什么地方不太对劲。滋子说不相信心电感应，但或许还是受到君惠提到的噩梦影响吧。

到处采访，发现时已过了中午。肚子很饿，脚也酸痛，先休息吧。环视四周，发现路边有一家漂亮的木屋餐厅。

那是一家新盖的、充满木头芳香的店，干净而舒畅。但是店里很空，只有滋子一个客人。随便坐哪里都行，滋子便选择坐在暖炉旁，因为风吹进来很冷。忽然间她想到，这大概就是最近流行DIY的木屋吧。一坐下就看见眼前的墙上有网川浩一的照片，他正拿着《另一起杀人事件》微笑。

滋子盯着照片，站起来走近。拿菜单过来的女服务员一脸笑容地问道："你知道他是谁吗？"

滋子看着服务员，只见她身穿粉红色毛衣，套着鲜红的围裙，口红颜色同样鲜艳。装扮这么艳丽，年龄却跟滋子不相上下。她一走近，随即传来一阵浓郁的香水味。

"是网川浩一吧。我有他的书，一眼就看出来了。"

服务员将菜单放在桌上，特意把照片取下，拿到滋子面前。

"就是那里窗边的座位。"服务员空着的手指着对面的雅间说，"上周六他来这里拍电视节目，在我们店里用午餐，就是那时拍的。”

语气很得意，而且直接说“他”的样子也让滋子觉得好笑。服务员以为滋子的笑是善意的，立刻愉快地说下去：“他是现在最热门的话题人物，可是一点都不大牌、很随性，很自然就跟我和我先生聊开了，还告诉我们下一本书的构想。”

“他还要出书吗？”

这倒是第一次听说。滋子也没听《日本时事纪录》的工作同仁提过。那些人不会因为同情随着网川出现而逐渐销声匿迹的滋子，特意不提他的近况，所以应该是还没获得这个消息。

“还是关于那个案件的书吗？”

“当然。”服务员立刻挺起胸脯，好像很自豪能说起话题人物网川浩一的近况，“他说要写得更彻底。他对朋友真好，不是一般人做得到的。”

滋子语带讽刺地挑眉道：“可实际上他不是捞了一大笔吗？书很畅销，现在又是电视、杂志抢着要的红人，简直就像是当红的艺人。”

“因为他长得帅呀。”服务员陶醉的神情好像在说自己的情人一样，“他很上相。可是他却说：‘我不是艺人，也不想从事类似的工作。’他的眼神好认真哟！”

“那他以为自己是什么人？”

服务员这才发觉滋子可能并不跟她一样迷恋网川浩一，于是很意外地收回下巴，打量着滋子说：“什么人？他不就是个文字记者吗？”

“文字记者。”滋子重复道，并回到座位，想拿起皮包离开。在网川浩一春风得意演讲过的地方，她实在连喝一杯咖啡都不愿意。

然而她也很明白自己反感网川浩一，其实没有任何具体的理由，只是单纯的个人好恶。不，还更低劣，她在争取高井由美子信赖的比赛上输给了网川浩一，而且网川浩一的书让她的报道黯淡了，所以她才不愿意承认对方。她心中明白这一点，只要一想到网川浩一，就有种双手撑在每个人内心都有的感情粪坑上的感觉。

“这位客人，难道是讨厌我们网川吗？”

服务员语气惊讶，而且刚才说是“他”，现在又成了“我们网川”，难道她以为跟网川是亲戚吗？

“我不是很喜欢。”滋子拿起了皮包，“嘴上说着都是为了朋友，做的却是沽名钓誉的事，而且还赚了不少钱！”

“我倒不认为书卖得好是他的错，因为结果就是这样。”

服务员的话听在滋子耳里有种意外的刺痛。

“他本就是有钱人家的大少爷，一开始就没有赚钱的念头。而且《另一起杀人事件》也是为了自费出版而写的。”

正准备走向出口的滋子，停下了脚步回头问道：“那是真的吗？”

“是真的。那家出版社也有自费出版的部门，他将稿子拿过去……”

“不，我不是问自费出版，而是‘他是有钱人家的孩子’这一点。”

服务员大概是因为引起滋子的兴趣，感觉自己有些功劳，便恢复了笑容。她为网川书迷队拿下一分。

“他本人说的，应该不会错。他父亲拥有好几家公司，母亲也是千金小姐出身。他拥有一生不用工作也不愁的资产。对了，他以前不是在当补习学校老师吗？人家就是好命不用到公司上班。”

滋子再次看着服务员手里的照片。网川浩一面露清新爽朗的笑容，穿着无懈可击。

“这么说来，关于他个人的信息几乎都没有对外公布。”滋子低喃道。她不是跟服务员说，而是跟自己确认。服务员却擅自补充道：“他说过那是因为刚出书的时候，他就做好心理准备将面临困境，为了不牵累父母，故意不透露个人信息。而且他已经长大成人了，不希望因为个人的事连累家人与亲戚。所以到目前为止都没有提到个人隐私。”

滋子看着服务员说：“他却跟你说了，因为你们谈得来。”

服务员更加得意忘形。“我们真的很谈得来，但私底下他是有钱人家少爷的事好像很多人知道。毕竟也没有必要隐瞒，何况出身好一看就看得出来。”

“他来拍的是什么节目？”

“他说是来拍那鬼屋的，听说是新闻专题。”

跟以前滋子上的电视节目是一样的策划。

“他还在车祸现场供了鲜花，之后我们也去看过。也许是天气冷，他眼眶湿润。他是真心为高井和明感到悲伤。看他那样真是可怜，忍不住想安慰他，所以送餐时拼命跟他说话。而他也赞美道‘这家店很漂亮，用的都是进口的木材吧’，我说‘是啊，都是我先生自己学着盖的’。”

果然是 DIY！

“接着网川说：‘其实我也有一栋跟这一样的木屋。比这里旧，但我很喜欢，只是整理起来很麻烦。’我先生也跟他谈得很愉快。就是在聊天之间提到了他家很有钱，因为他拥有别墅。”

滋子将服务员说的话一一记下。一种不怀好意的好奇心开始在脑袋里打转。

网川浩一究竟是什么人？

之前没有人问过，就像是掉进乱流里的疑问。他和栗桥浩美、高井和明是童年好友。他是为了替和明洗刷冤情挺身而出的好青年，关爱和明的妹妹由美子就像是关爱自己的妹妹一样，拥有吸引每一位关心他的人的魅力，反应灵敏，善于言辞，外表帅气，举止得当。一看见这样的“外形”，立刻便接纳了，没有人会再去细究真实的网川浩一。

财产多到可以游手好闲的公子哥儿，为什么会跟栗桥浩美、高井和明读同一所公立小学？

详细调查一下，或许能发现什么。只是……

“他留下名片了吗？”

服务员点头道：“有，我跟他拿了。不过联络对象是出版社。”

现在他住在哪里？他的父母还在吗？他的童年时代真的跟他说的一样吗？

“不怀好意的好奇心？”电话那头，手岛窃笑般直言。

“是的，我知道。我就是坏心眼、想追根究底的女人。”滋子坐在地板上，身边采访笔记、地址簿、电话本和地图摊了一地。“他是什么样的人，其实是一个很重要的信息。我打算去他学生时代的朋友家采访，所以是不是可以……”

“擅自调阅户籍誊本、居民资料是不允许的。”

“只要通过正式手续应该没关系吧？”

“又不是打通电话就能调查的。这里不是侦探事务所，是杂志编辑部！”

“请帮帮忙，我真的很在意，觉得有些不对劲。”

“假如发现他离过婚、育有子女怎么办？你想写这些八卦吗？那不是社会新闻一样的水平吗？”

“如果你是故意打岔，那就不要继续浪费时间了。我并不是要挖掘丑闻，只是想知道他是什么人。我无法毫无所知就听信他的主张。”

“就算是讨厌的人主张的也可能是对的。”

“这我也知道。”

手岛发出介于叹气和鼻息之间的声音，然后直接地说：“调查总部正在监视网川浩一。”

滋子重新握好话筒问：“你说什么？”

“他们期待真凶 X 会跟网川接触。所以在他周围布好天罗地网等着。”

“就是说调查总部也同意‘真凶 X 存在说’？”

“没有开记者会公布，但我认为这是个明智的判断。如果真凶 X 存在，他当然不能放过无视他的存在、在社会上出名、独占焦点的网川浩一！”

“警方通知了网川本人吗？”

“没有正式通知，不然调查总部不就太没面子了吗？如果我们的记者发觉了，围着网川的记者或撰稿人也会注意到吧，说不定他们会向网川报告。”

“不管怎么说，不会因此丢掉性命吧？”

“是吗？也许很危险。”

“真凶 X 又不是笨蛋，如果做得太过火，反而会引起警方的注意，不是吗？但也要真凶 X 真的存在于这世上才行吧。”

手岛笑着挂断电话。滋子放下电话，看着地址簿思考下一个联络的对象。她拨了自己家的电话，想先听听电话留言。

电话接通后，操作完按键，知道有十几条留言。她家的电话留言机是录音带式的，倒带很花时间。她赤脚走在地板上，从冰箱取出冰凉的橘子汁。打开喝到一半时，留言响起。

最初的三条算是业务联系。第四条来自同行。接下来是朋友，接下来又是业务联系。都是些不用记录的小事。

接下来的留言——没有说话声。

滋子咂了咂嘴，什么无聊家伙！留言的时间是昨天半夜，不会是骚扰电话吧？

接着又是无声电话，下一条还是。

滋子用铅笔头按着鼻尖，微微侧头思考。三条留言间隔都是五分钟，看来是个个性很急躁的人！

接下来“哔”的一声之后——

“……前畑小姐。”

滋子眨了一下眼睛，这不是高井由美子吗？

“对……对不起，这么晚了。我打了好几次，你都不在……”

没错，是由美子的声音，口齿有些含混不清。

“我想跟你说话，所以打来电话。我也知道事到如今没脸跟你见面……”

她是喝醉了吗？就滋子所知，由美子不是不能喝酒，倒也不爱喝酒。因为还能喝几杯，在和明死后最难过的时候，她大概曾借酒消愁吧。

“我已经搞不清楚了……”

她的声音小得几乎听不见，留言到此结束，因为录音时间完了。接着又是下一条。

“对不起……”

很明显她说话方式很奇怪，大概处于非正常状态吧。可她还是要跟滋子联络。明知滋子不在家，却依然对着电话留言。究竟是怎么了？滋子一不小心将电话机从床头边的桌面扯到地板上。

剩下的几条留言都来自由美子。很努力倾听，也听不懂她在说些什么。除了不断道歉外，就是重复说“我已经搞不清楚了”。

由美子出什么事了吗？

21

在《日本时事纪录》的总编手岛的安排下，有马义男跟高井由美子见面是在二月二十日过后。

联络由美子并非难事，手岛总编辑解释道，但不是通过前畑滋子，而是要通过网川浩一。

“现在他简直就是高井由美子的监护人，事实上或许也是。”

网川开始宣扬那本书的内容时，高井由美子就和前畑滋子断绝了关系，而且滋子的报道好像也出了问题。义男有些担心。事情将如何演变，他也不知道，只是觉得就结果来看，滋子在专业杂志上的执笔与连载失败，同时又失去了以前女性杂志的撰稿工作，遭遇会不会太残酷了。

同时又觉得这么想也很讽刺，于是不禁心情低落。前畑滋子因为工作遭遇残酷的打击，那又怎样？比起鞠子遭遇噩梦般的灾厄，又算得了什么？他却同情起前畑滋子来了。他其实没有这种打算，但是不是已经忘记了鞠子的不幸，开始逐渐远离鞠子了呢？

网川浩一听说义男想跟高井由美子见面，好像很高兴地答应了，而且几乎是哭泣般感激道：“我写书、上电视总算有了价值。”

“我只想要跟高井由美子见面。”义男对手岛说，“你可以在旁边，但是我不希望那个姓网川的年轻人一起来。”

手岛不动声色地问道：“为什么？”

“因为他是第三者。就算是朋友也是外人，跟案件无关。我不是为了听他说话才出面的。”

手岛也觉得言之有理，不断帮忙交涉。但高井由美子的回复总是“没有网川陪同，不想跟任何人见面”。

“麻烦跟她说：‘我虽是鞠子的外公，但不是为了吃掉你才跟你见面，所以不必害怕。’”

手岛帮忙传了话，但还是不行。最后义男妥协，同意见网川和由美子，他则孤身一人，见面地点由由美子指定。确定好如何见面已经浪费不少时间，终于等到手岛来电告知见面日期，挂断电话的同时义男叹了一口气。

“女孩子只要有了男朋友，谁说什么都没用，男朋友说的才是全世界最正确的。你说是吗？”他问水野久美。

水野久美包着头巾、挽着衣袖、牛仔裤脚塞进雨鞋，努力用抹布洗刷地板。距离她两米远的店里，过去放着大型油炸机的地方，塚田真一正在奋力挥舞拖把清扫天花板。两人几乎同时停手，彼此对视之后又看着义男。

“你说什么？”久美问。

“啊，没什么。”义男笑着挥手说，“没事，没事。”

义男为了收拾歇业的有马豆腐店，雇了真一。可是不知为什么他的女朋友水野久美也来帮忙了。

刚开始真一也很意外，时常表现出既害羞又困惑的神色。但是义男很快就喜欢上了久美，发现真一和久美之间发生过他所不知道的冲突与争吵（对年轻人而言很严重），而久美修正了自己的看法，向前迈出一步，回到真一身边。加上久美活泼开朗，又很勤劳。一见她，义男便想起鞠子。久美长得不像鞠子，但有很多地方让义男回想起鞠子。梦想、希望、温柔和刚绽放的美。

除了收拾店面外，义男心想干脆请两人帮忙整理东中野家中的行李。真一有些犹豫，久美却很高兴地答应，还说：“有马先生，如果不嫌弃……”

除了自己，还想让妈妈和姐姐一起帮忙。

“我一个人会忙不过来，真一又不会整理女人的东西。不用给钱，是我要找人帮忙的。”

义男瞥着真一瞪大了眼睛，并笑着答应了。果然，几天后久美的母亲和姐姐难为情地一起来到东中野，帮义男把一屋子脏乱的家具、衣服整理得干干净净。

义男和真一配合她们的指挥，像军夫一样搬运大件垃圾或移动家具。

“这栋房子会怎样？”真一问。

“不知道。”

“名义上是古川先生的吧？”

“没错。就算早就卖掉了，我也不惊讶。反正我只能将东西整理整理，好好打扫一下。”

于是剩下的只有原来的“有马豆腐店”。大型机器已经处理完毕，只要房子洗刷干净随时都能出售。

两名年轻人努力挥动拖把，义男负责整理办公桌里的东西。真一和久美其实大概能猜出刚才电话的内容，但都不约而同装作不知情，没有询问。义男便主动报告：“后天星期天，也就是二十三日，我要跟高井由美子见面。”

两人都停了下来，彼此对视。

“在赤坂的美宝饭店，你们知道吗？”

久美侧着头想了想，真一则回答：“好像没听过。”

“也许是家小饭店，听说由美子住在那里。”

“住在饭店吗？”

“嗯，得花不少钱吧。”

“谁来付呢？”

“不就是网川？”真一无所谓地说，“他现在是高收入。”

“你是说网川先生在照顾由美子的生活吗？”

“一点也不奇怪。”真一说得很干脆，并将拖把拧干，“问题是，有马先生独自前去吗？”

义男说明游戏规则，久美面有忧色地说：“对方有人随行，你却只能一个人去吗？”

“我又不是去解决什么事情，没关系。”义男说完，露出笑容。感觉比起他一个人的时候，笑也变得容易许多。“可还是会紧张，所以结束之后和你们会合，如果大家一起去吃好吃的火锅，我就开心了。”

不巧的是，当天一早竟下起雨来。夹着雪的冰雨，从浓厚的云层不断洒落。

会面预定从下午一点开始。塚田真一上午到有马豆腐店，帮忙整理仓库里的旧报纸。和老人用过提早的午餐后，十二点左右送老人出门，然后将店面和住宅的门窗都关好，才撑着伞往车站走去。

他和水野久美约好一点半在两国车站的入口见面。因为不知道义男和高井由美子会谈多久，两人打算在美宝饭店的咖啡厅等待。他们之间不缺话题，吵架之后发生的事、内心的想法、久美为什么会再度拜访石井家，想说想问的话太多了。

小心翼翼地走在雨中，越走感觉越冷。走近车站，看见小小的入口处，将红色格子伞靠在肩上的水野久美站在那里，心情便温暖起来。杂色混纺毛衣很适合久美健康的肤色。看起来很暖和的迷你棉裙下伸出的长腿，包裹在毛皮长靴里，就像是个畏寒的森林精灵。

水野久美看见了对面的真一，立刻倾斜着伞笑了出来。但是一瞬间笑容便僵住了，眼神越来越黯淡。她的视线掠过真一转移到他背后。

真一立即回过头。雨伞边缘的水滴了进来。一脸惨白的樋口惠就站在咫尺之外。

退色的牛仔裤腿因雨水沾湿而加深了颜色。她穿着便利店卖的简易雨衣，似乎比最后一次见面瘦了许多。说起来，上次跟她见面，正是跟久美吵架分手的时候。

回到石井家以来，真一一直很注意，也以为作好了心理准备。去有马豆腐店时、回家时、早起打开窗户时、到附近的便利店买东西时、带着洛基出门散步时（能够和这条亲近的狗一起生活是他最大的安慰），真一总是有意识地作好准备。也许在下个转角，会遇见樋口惠；付完账走出店门时，会发现她的影子就落在自己身后；黄昏时分，看见洛基对着电线杆背后吠叫时，发现是樋口惠躲在那里……他总是不断想象。

可是到目前为止从来没有成为现实。真一听着自己坚硬如拳头般的心脏不断跳动，像个被追踪的人一样压低声音呼吸、缩短影子走路，偏偏追他的人始终没有现身。真一开始在内心某个角落产生小小的希望，她是不是放弃了？

结果却是这样。她不是好好地出来了吗？不是现身了吗？不禁令人怀疑过去那段空白时间，是她算计好让人松懈的。

但是真一并不怕她，至少不像过去那样害怕。凝视着樋口惠瘦削的下巴，内心感觉到一股过去逃跑、追踪、决斗，然后又重复逃跑时未曾有过的勇气，真一自己也很惊讶。有马义男的鼓励并不只是当天才有效。

你不要再逃避了！

是的。追逐游戏到此结束。

“有什么事？”真一问，声音听起来非常平静，让他更增添了勇气。“你一直在跟踪我吗？有事的话，请不要用这种方法。”

樋口惠像濒临冻死的动物一样，缓缓眨了一下毫无生气的眼睛。她看着真一，真一坦然接受她的视线，毫不闪躲。这种情况是第一次。

“我现在有事必须离开。”

真一将伞移到另一只手上。这样可以更清楚地看见水野久美。他偷偷瞥了一眼，水野久美还是保持跟刚才一样的姿势，只是脸上失去了笑容，两手紧握着雨伞，一直站在雨中。

“我和朋友一起。”真一用眼神示意久美的方向，“所以没时间和你慢慢谈。下次换个时间说吧。”

樋口惠没有化妆，脸颊十分惨白，嘴唇都裂了，眼睛感觉不到一点理性。真一有些心寒。

“你愿意跟我说话吗？”她低声问。

“愿意。”真一简短地回答，“只要是正常的场合，你的情况也还好时。”

“我随时都可以。”

“那要看别人怎么认定。总之别再这么偷偷摸摸，试着先联络。我就肯听你说话。我不是嘴巴上说说而已，我是认真的。”

说完这些，真一扔下她开始穿越马路。水野久美也小步跑向路口。

忽然间像是生硬地朗读什么东西似的，樋口惠大声喊道：“我们都遭遇这么悲惨的命运，你却有空跟女朋友约会！”

真一没有回头，默默地催促着水野久美一起撑伞走到屋檐下。久美看看他的脸颊，又回头看看樋口惠。真一将雨伞从久美手中拿过，握住她空出来的手，往售票机走去。

“我终于明白了，她就像是附在你身上的幽灵一样。”水野久美小声说，接着也用力回握真一。

美宝饭店一楼有一间用漂亮浮雕玻璃隔开的小咖啡厅。最令久美高兴的是，从上午十一点到下午三点，那里设有蛋糕自助餐。

两人坐在靠窗的位置。咖啡厅里几乎座无虚席，但不太嘈杂。在这里应该不会太辛苦太无聊了吧。

“有马先生刚发给我薪水，我请你吃爱吃的。”

“现在吃太多，待会儿就吃不下火锅了。”

真一边笑边环视四周。这时只见咖啡厅入口有一名矮小肥胖的中年妇女，和可能是她儿子的一个体格不错、表情认真的年轻人，很不习惯地四处张望。中年妇女紧紧抱在怀里的东西吸引了真一的视线。

是书，远远也能看得清楚。是《另一起杀人事件》。好像当作目标似的，故意将封面朝外。

是跟谁约好了吗？

有人会用网川浩一的书作为暗号跟别人约会吗？想到网川就在美宝饭店的某个房间，不禁觉得这偶然意义非比寻常。会有这种事吗？

咖啡厅最里面一个三十岁左右、穿西装的男子站了起来，快速走向两人，跟抱着书的女人说话，同时不断鞠躬。女人也拼命说话，随行的年轻男子则是茫然地看着两人。

周围很安静，竖起耳朵就能听见说话的片段。穿西装的男子说话很急促。

“辛苦了。”

“摄影师马上就来了。”

“只有两位吧？”

“他正在跟先约好的人见面。”

先来的一人和后到的两人一起走进咖啡厅，坐在穿西装的男子事先占好的位置上。

“你看见那些人了吗？”真一指着那三人问久美。久美悄悄地回头。

“听他们说有摄影师要来，会不会是杂志的采访？网川浩一可能有其他的采访安排吧。”

于是久美一脸不悦地说：“安排有马先生和高井由美子见面，跟安排媒体采访是两回事。他怎么可以将它们混为一谈呢？”

“你别那么生气，这只是我们的想象。”

但还是让人十分在意。一群可能是杂志记者或编辑的人和摄影师聚集在这里，而有马义男正在上面某个房间跟高井由美子见面，旁边还有网川浩一。

真一立刻站起来，对着抬头惊讶看着他的久美说声“等我一下”，便往饭店前台走去。

上午出门前有马义男交代过：“到前台问网川的房间号码后，直接来找我。”换言之，只要问前台就知道是哪个房间，绝对没有隐瞒。

果不其然，前台立刻告知房间号码，是一一〇一号房。真一赶紧搭电梯上十一楼，出了电梯冲向迷宫般的长廊。令人吃惊的是在一一〇一号房前面，一部大型照相机和相关器材躺在地板上，一名穿着牛仔裤和夹克的女摄影师无聊地站在门外。

“请问……”真一问女摄影师，“你是来这个房间采访的吗？”

大约三十多岁、容貌端正、看起来很健康的女摄影师露出了放心的表情。“没错，已经过了约好的时间，都没有人来，我以为是错过了。”

“房间在这里吗，网川浩一先生住的？”

“是，没错。”

“那我进去问一下。”

真一没敲门便悄悄打开门。女摄影师大概以为真一是报社、杂志社或电视台的助手之类的，毫无戒心地让他进去了。

进门处便是一道屏风，里面很安静。真一慢慢关上门，还是没有听见人声。从屏风后面探头查看时，发现了面对面坐在粉彩色漂亮沙发上的网川和由美子，有马义男则背对着他。

网川第一个注意到真一，英俊的脸上立刻浮现近乎可笑的惊讶。他立刻站了起来。“怎么是你？”

有马义男也回过头，吃惊地半直起身子。

“怎么了？”

真一来到有马义男旁边说：“不好意思打扰了，有马先生。”然后趁着有马义男还没说话，便对着网川继续说：“来采访的摄影师在走廊上等着。这是怎么回事？”

一如谜底被拆穿，当场陷入沉默。有马义男看着真一，又看看网川浩一。高井由美子也看着网川。

“这是怎么回事，网川先生？”

网川咂了咂嘴。一瞬间他脸上闪过十分懊恼的神色，看起来十分卑微。真一很惊讶。

“请等一下，这是有原因的。”网川又恢复成稳重的好青年，对有马义男说，“请留在这里。”

“可是你……”

“请等一下！”网川大声说道，高井由美子像被胁迫的小猫一样吓呆了。“我会好好解释，大概是出了什么错。你跟我来一下！”

真一不知道网川口中的“你”指的是自己，直到手被抓住才恍然大悟。

网川往房门走去，扭开门把用力拉开房门。那个女摄影师、在咖啡厅看见的两人和穿西装的男子，一脸惊讶地杵在门口。穿西装的男子似乎正要拧门把手，伸出一只手，像要跟人握手一样。

“你好，初次见面，我是足立好子。”

那名矮胖的中年妇人语调生涩地自我介绍。因为太过紧张，化过妆的脸满是汗水。跟在她身边的青年不是她儿子，而是她家印刷厂的员工。“我是增本。”他的声音比想象的要沉稳许多。

这时真一才发现这是间豪华客房。忽然人数增加也不会觉得狭窄，一起坐在沙发上也不觉得挤。

美宝饭店建筑占地不是很大，但装潢和家具用品及整体气氛营造出高级旅馆的感觉，费用一定也贵。就算网川浩一现在收入很多，为了三人见面也没必要租用豪华客房。微微环视一下，这是个几乎没有生活气息的房间，高井由美子应该不是住在这里。看来安排客房的是采访单位，现在这里的布景、发生的情况都是有计划的。

"真是对不起。"

网川浩一站起来深深一鞠躬，旁边坐着的高井由美子快哭出来了。真一心想，最早在巴士车站看见她时，她也是这副模样，但至少那时更有她个人的意志、态度和热忱。现在由美子简直是网川浩一的附属品。

"足立女士和增本先生知道高井和明生前的一些事情。他们赞同我的意见，认为那样的和明不会杀人，而来跟我见面。"

足立好子缩着肥胖的身体和僵硬的肩膀，显得很局促。

"这两位是《周刊日本》的记者，要来写跟我有关的报道。我们约好是在今天下午……"

"我们来得太早了。"穿西装的男子流利地应对，感觉很有礼貌。拿到的名片上印着"《周刊日本》记者城下胜"。

"我绝对无意介入有马先生和由美子小姐的会面。会这样碰在一起，真的是出了点错。"

真一心中却涌出疑问，刚才在咖啡厅不是说"摄影师迟到了"，怎么会是来得太早了？你们明明是为了让足立好子和网川见面安排了这间客房，如果跟有马义男的事无关，又何必带他来这里？为什么有马义男还没走，网川也没通知你们，你们就大方地走了进来呢？

"我并不希望在这里跟高井小姐见面的事被报道。"一直沉默的有马义男将城下胜的名片放在桌上，平稳地说，"如果知道我们的见面会被报道，我根本就不会来。"

城下偷偷看了网川一眼。毕竟是网川演技高明，他不予理会，而是对着有马义男再一次低头道："如果让你不高兴，我真的很抱歉。我完全没想过要公开由美子和你的谈话。这真的是个误会，只是……”他像演戏般抬起头。“这位足立女士说的话，希望有马先生也一起听。我希望你能听她亲口说。就是因为这样，我才胆敢将两个见面地点安排在一起，希望你能谅解。”

义男眉间的皱纹纠缠在一起。真一心想，他刚才和高井由美子见面时交换了什么意见吗？他生气了吗，还是很失望，或者说只是累了？

“请你一定要听听足立女士的话。”网川浩一探身说道，“当然，不会写成报道的。”

城下在一旁唯唯诺诺地点头。

“也不拍照，你不要拍。”网川指着女摄影师。那人扬起两道眉毛，表示自己会什么都不做地盘起手臂。

在真一眼中，这些都像是拙劣的电视剧。

“足立女士，麻烦你了。”不等义男答应，网川便催促足立好子。

足立好子搓着一眼就知道是体力劳动者特有的粗糙双手，开始说话。可她毕竟是外行，不习惯说话，在这种气氛下紧张、手足无措也理所当然。一开始她不知道该说什么、要说些什么，旁边的网川不时插话催促她。

忽然间发生了意外的事。“我们老板娘会紧张。”姓增本的青年出面帮忙，“我来说好了。就从老板、老板娘和我一起看电视特别节目说起吧。”

增本的词汇不多，但比足立好子灵活许多，而且在重要的地方都会征求足立好子的意见，帮她将故事说给大家听。连真一都能轻易理解他说的内容。原来这人和栗桥浩美的母亲寿美子住在同一间病房，见过来探病的高井和明，也和他说过话。

有马义男中间问了几个问题，足立好子都小心回答，增本则加以补充。网川浩一神色紧张地看着这一切，高井由美子只是低着头。城下和女摄影师在一旁坐立难安。

“凶手用了变声器。”增本说，“所以比较老板娘听到的高井和明的说话声和凶手在电话里的声音，一点意义也没有。”

“说得也是。”义男点头，“不过就算声音变了，说话方式应该没那么容易改变吧？足立女士觉得在医院见到的高井和明的说话方式，和打电话给 HBS 特别节目、但不是栗桥浩美的那人的说话方式不一样，对吧？”

足立好子用力点头，双手紧紧握拳。“我没什么学问，不会说话，但是增本说得没错。”

有马义男看着足立好子，仔细观察对方。虽然义男更年长，但两人是同一时代的人，都是出生于战前，在战争中度过贫困的童年，战后努力工作以求生存。真一心想，这是同时代的人专有的鉴别人的方法。义男现在就是用那种方法在评估足立好子。足立好子也明白这点，正视义男。

“你说的我都清楚了，足立女士。”

义男说完，足立好子深深一鞠躬，并遮住嘴巴，眼里涌出泪水。

“对不起……真的很对不起。”

“老板娘。”增本赶紧安抚她。

“你失去了可爱的外孙女，有多么难过，我很清楚。我很清楚却……要告诉你这些。”

义男沉默着摇摇头。足立好子从她的大手提袋里掏出一条棉手帕，压在脸上。

“刚才听了高井由美子说的话，我想了一下。”有马义男说，“光说是没用的。”

由美子吃惊地抬起眼睛，网川紧闭着嘴唇。

“你相信哥哥没有杀人，身为家人的情感也是当然的。觉得一个对病人那么温和的年轻人不可能为了好玩而诱拐女人并杀死她们，这也是很自然的心情。但是，足立女士，光是听这些话我不能认同。不，与其说是认同，应该说是‘安心’吧。我希望确定这家伙就是凶手，才能安心。确定杀了鞠子的就是这家伙，我才能放下心中重担。而这些需要的是证据，无法动摇的铁证。”

增本点头，并安慰地拍拍足立好子的肩膀。

“至于栗桥浩美的部分，有声纹鉴定，他涉案已毋庸置疑。但是高井和明没有，所以众说纷纭。如果有他生前的录音，那所有问题便解决了。”

这次像盖上箱盖一样，又是一阵沉默。一群人低着头，只有增本对着义男点头。

“如果有那种物证，”网川浩一歪歪嘴角说道，“我们就不必那么辛苦了。”

“没错，网川先生说得很对。”城下一边搓揉双手一边说道。有马义男根本没理他们，而是对着高井由美子说：“警方有没有积极地寻找录下你哥声音的录音带或录像带？”

直接被询问，高井由美子不禁吓了一跳。她看着网川的脸颊，网川也看着她。有马义男赶紧探身，好像要阻断他们之间无言的交流。

“像我们这代人，又不是政治家或艺人，一般老百姓都没有机会听到自己的声音被机器录下来，想都没想过。就连电话留言录音，我也不会用。顶多就是收音机，那种下午的广播节目，不是有电话猜谜吗？大概就是那一类。我无法想象你哥哥的声音会被怎么样录下并保留，只能靠你了。警方应该也问过你许多，请你再想一想有没有什么线索。”

高井由美子看起来很惶恐。看见这样的她，真一感觉好像将手伸进碎纸机一样很痛，心生厌恶。突然间他发觉自己这么讨厌由美子，或许是因为由美子害怕的样子让他想起了自己逃避樋口惠的窘状。于是他冒了一身冷汗。

“有马先生，你这样要求太过分。”网川说道，“有马先生难过我十分清楚，我们也是没有物证，才作好心理准备：为了证明高井无辜，只有不断提出各种状况证据和心证。这一点请你理解——”

有马义男打断了网川：“你作好心理准备是你的自由，我没有必要配合。他的妹妹也是一样。”

包围这里和平气氛的“箱子”完全被击坏了。一时之间，网川面露怒色。有马义男无所谓地看着他。在过去网川参加的任何电视节目中，不管接受什么采访，都不会出现这样的场面。

真一觉得很痛快。现场没有一个坏人，大家立场和意见不同，但都是为了追求正义。真一不该有这种感觉，但他就是觉得痛快。

“广播……”增本低喃道。在场众人的视线一集中在他身上，他便挠着涨红的脸说：“不，对不起。”

“没关系，你说说看。”有马义男催促道。

“是吗？那我就说了。”

增本瞄了一眼足立好子说：“老板娘还记得吗？就像刚才有马先生说的，广播公开录音的节目不是来过我们附近吗？大概是五六年前吧。”

足立好子想了想，一张圆脸有些放松。“对，你这么一说好像是有。”

“是吧？我们是印刷厂没有上，可是商店街的店几乎都上了。和记者相互交谈，之后又到处听录好的节目，真是好累。”

网川面露焦躁地说：“所以呢？你想说什么？！”

“啊，高井家不是开荞麦面店吗？而且是当地历史悠久的店吧？有没有广播节目来公开录音？如果有，荞麦面店就有可能面对话筒，我忽然想到。”

“即使有公开录音或实况转播，和明也不可能出现在节目上！”网川激烈地摇头，立即否定，“就算有人在背后推他，他也不会站到话筒前。你不认识活着的他，才会这么乱猜。”

增本整个人缩小了一圈，足立好子也觉得难堪。城下开始晃腿。这时响起一个柔弱的声音：“广播节目……我想是不行吧。”

是高井由美子。这是真一进房以来，第一次听见她主动发言。

“不行吗？”有马义男与其说是反问，不如说是帮腔，“警方有没有提到广播节目的公开录音？”

“没有，警方没说过。”高井由美子抬眼看着增本的下巴说，“这是我第一次听到。”

有马义男对增本笑道：“所以说还有很多可能是我们想得到、警方想不到的。”

“我想没用。”网川斩钉截铁地说，“光凭乱想是没用的。”

这时真一心里好像闪过什么。为了捕捉那东西，他必须集中精力思考。

“网川先生、由美子小姐……”真一边想边唤道，“你们始终强调高井和明发现栗桥浩美涉案，所以很烦恼，不是吗？”

“没错，我们不是随便主张。这种想法很明显更合理。”

这种时候多说无用。真一问由美子：“和明先生如果有独自无法解决的困难，他会跟谁商量？”

由美子一脸莫名其妙，又开始窥探网川浩一。真一不甘心地说：“我是在问你，由美子小姐。你是他的家人吧？生活在同一个屋檐下，有谁还会比你更清楚你哥哥的事情呢？”

城下继续晃腿，并插嘴道：“你想说什么？询问由美子小姐也没用，何况你有什么权利那样问？”

由美子像是找到了救兵，赶紧背过身，不发一语地消失在里面的房间。传来房门开关的声音，大概是洗手间。真一心想，不知道由美子的身影映在这房间豪华的镜子里，会是多么憔悴、多么无用？他真想看看。

网川也好像临时想起什么似的站起来，消失在由美子刚关上的门后。其他人又陷入了尴尬的沉默。还没有人破除尴尬的沉默，网川已回到座位上。他一坐下就指责真一道：“你少说两句！不过是来看热闹的，居然爱说什么就说什么。可怜的由美子因此心神不宁。如果你不安分点，就请离开这里。”

“这孩子就像是我的亲人，”有马义男反驳道，“他不是来看热闹的。我倒想知道塚田小弟心里在想什么。”

“既然这样，就请你们回去再说！”

网川咄咄逼人，在场所有人不禁面面相觑。看见大家的表情，网川才发觉说得有些过分，立即目光低垂，一手按着额头，叹气道：“对不起……”

城下终于停下晃动的腿，笑着打圆场：“网川先生这一阵子连续接受采访，晚上也没睡好，所以累了。请各位见谅。”

由美子从洗手间回来了。不知是不是察觉到现场气氛不对，她呆立在沙发后面。好像是重新化过妆，口红的颜色更鲜艳了。真一的“反感”活生生地从碎纸机的垃圾中跳了出来。

“塚田小弟，我们回去吧。”有马义男站起来，“没什么好多说的了。”

真一沉默着点头。足立好子有些惊慌失措，但增本却很沉稳，他和有马义男互视一眼，便说：“老板娘，我们也该告辞了。要告诉网川先生的话都说完了，老板娘应该可以放心了吧？”

他温柔地扶着足立好子粗壮的手臂。老板娘就像被自己的儿子催促一样，忽然觉得很安心，同意道：“你说得对。”站起来的时候不小心膝盖碰到了桌子。

城下赶紧挽留道：“足立女士，不是说好你和网川先生的交谈要让我们报道吗？我去叫摄影师过来……”

增本回答：“哦？老板娘和我没听说这件事，上杂志并不是老板娘的目的。”

“算了，城下先生，不要写了。”网川低着头严厉制止道，“别再说了。”

城下心不甘情不愿地闭上嘴巴。

“由美子。”网川一手按着额头，呼唤沙发后面的由美子。像扔标枪般尖锐的叫声，让由美子不禁双肩颤抖。“你送他们到楼下大厅吧。”

由美子这次窥探起有马义男和真一的脸色来，好像自己一点判断能力都没有。

“我们不需要人送。”有马义男平静地回答。

“不，还是去送吧。”网川抬起头笑着说，“我一直守在旁边，都没有给你和由美子单独说话的机会，我可不想被背后埋怨。你们一起下楼，对了，到咖啡厅说说话也好。这样的话，有马先生也不会有意见吧？对不起，我想在这里休息一下，可以吗，城下先生？”

“啊，当然可以，你不妨躺下休息。”

网川、城下和女摄影师留在豪华客房里，真一他们一一来到长廊上。高井由美子最后出来，关门的时候还恋恋不舍地看了房里一眼，脸上的表情好像受同伴排挤一般。

众人默默搭电梯下楼。一来到大厅，真一便冲向咖啡厅。由美子也慢慢跟在后面。真一回过头来冷冷地说：“我没有必要听网川的话。我来咖啡厅是因为我朋友在里面等。”

水野久美在真一离去后独自耐心地等着。她无聊地看着窗外的景色，见真一走过来，脸上浮现安心的表情。

“让你一个人在这里，对不起。”

真一说完，立刻介绍足立好子和增本，并说明情况：“足立女士跟我们一样和网川他们约好见面，结果果然被擅自安排了记者采访。”

水野久美的视线自然流向唯一没被介绍、退后一步站着的由美子身上。有马义男介绍道：“这是高井由美子小姐。”

水野久美睁大了眼睛，仔细盯着由美子。好像有一段时间停止了呼吸。

水野久美有些斜视，真一一直都觉得这很可爱，同时又带点神秘感。她的视线和别人的角度不同，总让真一觉得她能看见别人看不见的东西。

“你害怕吗？”久美小声问。

由美子胆怯地抬高视线，偷偷看着久美。

“怕吗？”她又更小声问，“嗯，因为这里人多。”

由美子安心地吐了一口气。“不会，没关系。因为是在饭店。”她又缩着肩膀看着真一说：“刚才塚田小弟的话说到一半，不是吗？我还想听下去。你不是问哥哥如果有烦恼会跟谁商量吗？”

一群人又再度在咖啡厅落座。水野久美很细心地挑了离窗最远、最靠里的雅间。在服务员送来大家点的东西之前，每人都一脸疲倦，沉默不语。

真一开口说道：“我只是忽然想到，就说了出来。我是想高井和明会不会打电话到电话咨询中心商量烦恼的事情呢？”

他大概是想到，在滋子的报道大获好评的时候，配音演员川野丽子曾经在杂志上的对谈专栏中提过。

“在还不清楚案件的凶手形象时，有很多人致电咨询中心。也就是说，声称自己知道凶手是谁，或是怀疑身边的人可能是凶手，不知道该怎么办。”

增本认同道：“哦，也有这种情况。”

“和明先生很内向，又没有对家人诉说。有时想不开，就会隐姓埋名跟这类媒体诉说。我是在想有没有这种可能性，你觉得呢？”

由美子手按着嘴角认真思考。这时，坐在旁边的水野久美拉了拉真一的衬衫袖子。

“照相机！”她小声地说，“有人在拍照！”

真一赶紧回头，一时头晕眼花。周围可以看的东西太多，他不知道要对准哪里。

“哪里？”他严厉地问。久美抓着他的袖子小声说：“从你那边看过去，左边的柱子后面。那边不是有塑料盆栽吗？就在那旁边。”

这时焦点对上了，的确有人。就是那个女摄影师。她也发现了真一，放下照相机露出了脸。

“怎么了？”

不理会有马义男的询问，真一踢开椅子冲向女摄影师。他以为对方会逃跑，对方却坐着不动，手上还在操作照相机。

“底片！”真一停下脚步大声说，“底片给我！”

真一对着女摄影师伸出右手。大厅里的人皱着眉以为出了什么事。女摄影师只看着自己手边，继续操作照相机。

“底片拿来！”真一大声说，“你刚才偷拍了我们。我们并没有答应让你们拍照。”

“这是具有社会价值的信息。”她抬起头斜眼看着真一说，“我们有报道的权利。”

“什么价值？你是说卖给写真周刊就能换钱吧，顺便你也可以出名？”

“不是这样。网川先生的努力有了成果，连受害者家属有马义男也愿意接受高井和明无辜的说法，我是要将这公之于世。”

真一用力摇头道：“有马先生并没有接受高井和明无辜的说法。刚才只是在听而已。”

“可他不是和高井由美子一起和谐地喝茶吗？这就是有价值的信息。”

“只要公开照片，就会进一步误导大家。这才是网川先生的目的吧。”真一再次伸出手，“底片给我！”

女摄影师歪嘴道：“我一个人不能决定给不给你。”

“为什么？不是你一个人拍摄的吗？”真一怒火难压，“你这么大的人了，怎么一点责任感都没有？”

女摄影师的眼中浮现出怒色说：“我必须征求浩一的意见。”

真一身边有人倒吸了一口气。真一吃惊地回头一看，是高井由美子。她一脸铁青如月色，双手交错在胸前。

“什么！”女摄影师对着由美子说，“怎么？你想说什么？”

由美子声音颤抖地说：“把底片给他。”

女摄影师的眉毛弯得跟镰刀一样。“你说什么？你给我闭——”

不等她说完，由美子大声阻止道：“把底片给他！”然后压低声音看着女摄影师的眼睛说：“我会跟浩一说的。”

女摄影师瞪了瞪由美子。由美子低头看着自己的脚尖。但是真一依然能感觉到两人之间碰出的火花比刚才的视线更激烈。

忽然间女摄影师从照相机里掏出底片，扔给真一。真一连忙伸手接住，女摄影师趁机跑掉，消失在电梯的方向。

看着她消失之后，由美子将视线落在真一手上的底片上，小声说：“对不起。”

这人又开始道歉了！

“浩一交代说一起坐电梯下楼时，让我留住你们好让她拍照。”

真一沉默不语。除了生气之外，脑海中浮现出此前没有的想法，因此一时之间说不出话来，心跳得很厉害。以前也有过类似的经验，不是吗？以前也有过类似的……

“我得回房间了。”由美子没有看真一，低声说，同时准备转身。

真一赶紧说：“由美子小姐，你还记得在饭田桥拱门饭店被拍到的事吗？”

由美子停下脚步，终于看着真一的眼睛说：“你是说写真周刊的事？”

“没错。你忽然去参加有马先生他们的聚会，引起了骚动。”

有美子举起瘦弱的手，按着额头说：“对不起，这么说来当时你还受了伤。”

“这事没关系。请你回想一下，当时有马先生他们在拱门饭店见面，是谁告诉你的？”

由美子放下手，惊讶地侧着头思考。

“是网川先生告诉你的。滋子姐怕你激动，没跟你说，不是吗？”

由美子闭着嘴巴，苍白的脸对着真一。不知道是生气还是惊讶，从她脸上读不出表情。

“我刚才忽然想到。刚才不也是一样的情况吗？”真一干脆直言，“网川先生告诉你拱门饭店聚会的事，让你觉得只要去就能直接跟有马先生见面，让你怀抱希望，觉得有马先生能听你说话。是他煽动了你，他期待你忍受不了想去拱门饭店的愿望，于是……”真一因心跳得厉害，不得不停下来换口气。“于是他将这个消息卖给了想要独家的写真周刊杂志。”

由美的脸色更加铁青，从正面看她的眼珠颜色变得很淡。不，她全身的颜色都变得淡薄，好像被什么东西吸去了一样。

“他知道在那种情况下，你会闹出事来，所拍的照片会很精彩，肯定会被大肆报道。他就是算准了这一点。后来我问过滋子姐，听说那天他为了帮你冲到了拱门饭店。后来你自杀未遂，也是他跑来帮你。他就是这样赢得你的信赖，接着他忙着出书，和滋子姐分道扬镳，完全掌握住你后，又开始扮演温柔的正义使者，迈向媒体宠儿的康庄大道！”

由美子不禁僵住了。

“你可能是被他利用了，也可能一开始就被他玩弄于股掌之中……”

真一的脸上发出一记清响，但不觉得痛，所以不知道是被甩了耳光。直到听见水野久美喊他“真一”，才发现她已跑到身边。

由美子低头看着自己的手，皱着眉，好像很自责，为什么手会违背意志打了真一？接着她握起拳头，低声啜泣。

“你怎么这么过分！”

水野久美抓着真一的手护着他反击道：“过分的人是你！为什么要打真一？”

“算了。”真一拍拍久美的肩膀说，“是我让由美子小姐生气的。”

有马义男站在咖啡厅门口一脸担忧地看着这一幕。真一以眼色安慰他，然后将视线移回到由美子身上。

“你还是回房去吧。偷拍失败，网川先生大概很生气。你不妨仔细观察他对你说什么及态度如何。不然也可以拿我刚才的想法直接问他，看他怎么反应，听他怎么回答。”

由美子双手掩面，裙摆翻飞地逃离现场。真一见她安然无恙地躲进电梯后，变得十分消沉。

“怎么了？”水野久美关切地问。这时真一才发觉有马义男也来到身边。“我看还是先离开这里吧。”老人安静地说。

“足立女士和增本先生已经回去了。为了便于联络，我要了他们的地址和电话号码。”

真一沉默着点头。

“增本先生说你的想法很对。打打咨询电话，问问烦恼咨询中心是个不错的主意，也可以跟警方说说。只是那些地方会留下电话录音吗？”

“说得也是。”真一说完，催促三人一起离开。

“对了，你们还有精神吃火锅吗？”

“有呀有呀。”

“怎么忽然间又变得这么有精神了！”水野久美笑了出来。

有马义男带他们去吃好吃的火锅，不是到火锅店而是家小酒馆。太阳一下山，店里人便多了起来。老板好像跟义男很熟，给他留了最里面的四人座位。三人被包围在无忧无虑的客人热闹的交谈声里。在这种气氛下，心情也变得暖和，可以好好地聊天。

真一对义男和久美说了刚才在咖啡厅外的饭店大厅对由美子说的话。义男没有出言责怪，久美则是一脸悲戚地听着。

“我觉得你说得很可能是对的。”有马义男边夹鸡肉边说，“这种情况我们说是‘乘人之危’，现在已经很少这么说了。”

“心情低落到自杀未遂，如果有人伸出援手，说不定心马上会被对方俘虏。”久美放下筷子说，“可是费那么大功夫是为什么？他的目的何在？”

真一立刻回答：“为了让自己的书卖得更好！”

“只是这样？嗯……可能吗，《另一起杀人事件》又不是围绕由美子写的，不是吗？只要是出那本书，光是内容就足以成为话题了。”

有马义男若有所思地看看真一又看看久美。真一摇头道：“我不这么认为。在网川浩一出来之前，社会对栗桥、高井两人同伙的说法毫不怀疑。警方虽然好几次声明一连串案子很难断定是这两人做的，尤其是高井涉案的证据几乎没有，可感觉还是弥漫着‘就是这两人做的’气氛。”

“嗯，你说得没错。”义男点点头。

“在这气氛下，只是忽然出版《另一起杀人事件》，你看看会怎样。也许有些读者会赞同作者说的，认为高井和明只是被牵扯进来。但效果绝对不会像今天这么热烈！”

“‘真凶 X 存在说’不是很令人震惊，很具有话题性吗？”

“就是太刺激、太耸人听闻了。而且不只是这样。虽然没有证据，一般人依常识判断，就算对高井和明有好感，也觉得他行为怪异。因为他是主动配合栗桥，用自己的车装木村庄司的尸体，和栗桥一起行动。”

“嗯……”久美咬着筷子。

“网川的主张若要打破社会原有的成见，就必须极具冲击力。他必须事先作好准备。首先让由美子在拱门饭店受害者家属准备商谈之际引发骚动，并被报道。他要让社会知道由美子被逼得走投无路，这是第一阶段。接着他要设计让由美子变成那样的借口，报道中提到了以‘栗桥和高井的黑暗友谊，带他们走向犯罪之途’为题写文章的新晋女报告文学作家前畑滋子，也让社会大吃一惊。这是第二阶段。第三阶段，他听了被逼得自杀未遂的童年好友妹妹的心声，于是跳出来面对不可理喻的社会和毫不在乎采访道德及受访人心情的记者，其中代表就是当红的前畑滋子。网川浩一大喊‘不能再沉默下去了’，挥舞着正义之剑登场了。就是这么回事。”

“嗯。”义男低吟道，“原来如此，说得很不错。”

水野久美看着沸腾的火锅好一阵之后，才隔着白色热气看着真一笑道：“你真像个名侦探。”

“真是不好意思。”真一也鞠躬致意。

“的确说得很有道理。网川真是个讨厌的家伙。老实说我一开始就很不喜欢他。”

久美拿起公筷搅了一下锅里的东西。义男加了些蔬菜进去。

“不过……不知道是不是因为吃了好吃的火锅，心胸变得宽容。塚田小弟，网川或许真如你所说为了成名利用了由美子，但是不代表就不必听他的主张吧。《另一起杀人事件》所写的内容，我倒是很赞同。我认为高井和明并没有参与诱拐杀害鞠子她们。他是被牵连的。他个性懦弱，所以被牵连以致无法自拔。”

“那么你认为动手杀害鞠子的真凶还在哪里活着？”

“应该是。”

真一和久美都看着有马义男。老人默默地舀着浮沫。等舀干净后，他才说：“如果真凶 X 存在，他会怎么看待网川浩一呢？”

22

没必要从这里引发事端。美宝饭店不愉快见面的第二天早上，网川浩一打来了电话。接电话的是石井良江，她双目圆睁地看着真一递出话筒。

“网川先生，就是写那本书的人吧？什么时候认识的呢？”

“有一些原因。”

真一简单回答后，看了一下客厅的时钟，还不到上午八点。今天不用去有马义男家打工，本来可以睡懒觉，但是被想出去散步的洛基吵醒了。他现在可没有心情对着话筒说“早安”。

“你是怎么知道这电话号码的？”开口第一句话便质问。

“吓到你了，我道歉。”网川低声说道，“我是想跟你道歉，昨天真的是很失礼。”

真一无法判断对方是故意压抑平常自然的语调，还是真的心情沉重。

“与其对我，你不是更应该对有马先生和那位足立女士道歉吗？我只是陪同的。”

“我已经给他们两位打过电话了。跟足立女士说过话，但是有马先生不在家。这么早就出门了吗？他家是做生意的吧？”

“豆腐店已经收了，从机器到工具都卖给了原来的员工。不过由于长年的习惯，有马先生起得很早。”

“是吗……原来已经收了店面。”

口吻听起来很伤感。真一对着抱着堆得满满的换洗衣物篮、一脸关切的良江点头表示没事。她无奈地走开了。

“总之你没必要跟我道歉。我怕阿姨担心，你的电话让人很苦恼。”

“等一下，不要挂。”网川赶紧制止道，“我还有话说。”沉默片刻之后，他又继续说道：“昨天……你们回去后，由美子很奇怪，既不跟我说话，又总是独自在想什么。”

真一对着墙壁皱眉道：“在我眼里，那人一直都很奇怪。被媒体包围得团团转，却整天躲在饭店里，真不知道她的家人是怎么想的。”

“她母亲早就离开东京了，在某地的温泉旅馆帮忙。她父亲也移到那里跟她妈妈住在一起。她被独自扔在这里。”

“不是她母亲把她扔在这里，是你把她留了下来。由美子小姐还是离开东京，去跟她父母住在一起比较好！”

“让她们母女住在一起舔舐伤口吗？那样她们会被逼得走投无路，最后又有人会自杀。”网川不等真一反驳便说，“打电话跟你说这些也没用，我们待会儿可不可以见面？”

真一感到意外。“跟我见面干什么？又不像有马先生和由美子小姐见面那样有卖点！”

“你不应该对大人说那种讽刺的话。”网川冷静言道，真一被自己的用词唤起了昨天遭遇的不快，感觉有些生气。“你因不幸事件失去了家人，你是受害者，也是勇敢的幸存者。”

在石井善之的建议下，真一读过几本有关 PTSD 的入门图书，其中常见“幸存者”一词。在这里故意用这种新词，显见网川欺骗人的手段。真一打心底觉得不快，所以沉默不语。我才不会那么轻易就中了你的怀柔伎俩！

网川期待真一能够说些什么，所以也沉默了一阵子，然后又继续说道：“就这个意思而言，由美子也一样。她也是受害者，你能明白吗？为了安抚她内心的伤口，你的建议对她来说很重要。因为你最能理解由美子的伤痛。”

网川说话的时候，真一正在思考为什么事到如今网川会拿由美子当借口跟自己见面。他赶紧回想昨天在咖啡厅前发生的事。那名女摄影师，第一次见面时，真一觉得她很有魅力。和她之间的争执、要求她交出底片、犹豫的她……

“你这么大的人了，怎么一点责任感都没有？”

“我必须征求浩一的意见。”

真一睁开眼睛，对了，就是这个！

浩一，女摄影师当时是这么喊的。看来他们很亲近！普通人应该称呼‘网川先生’才对，顶多也是直呼‘网川’。可她却叫他‘浩一’。被真一指责，才不假思索说了出来吧？被不知什么时候来到身边的由美子听到了，由美子不禁呆住了。女摄影师一时之间也是一副被逮个正着的神情。那种表情被由美子以女性才有的因式分解方式加以分析，或许对网川和女摄影师之间的关系产生了怀疑。所以由美子才会变得奇怪，大概就是这么一回事。

网川并不知道咖啡厅前发生的事，但是他明白由美子不对劲。他很想知道昨天发生了什么事，于是来问真一。

对现在的网川浩一而言，好好抓住高井和明的唯一亲妹妹，好好掌握这个深爱着哥哥、相信哥哥无辜、身上充满悲剧色彩的可怜女子——由美子，从任何一个角度思考都具有重要的战略意义。由美子依赖网川的事实，不知道为他的形象加了多少分。就是因为高井和明涉案的铁证几乎没有，一个印象或是感情问题都能轻易改变舆论的看法。

拜饭田桥拱门饭店骚动所赐，由美子给人自私自利、不知反省的歇斯底里女人的印象。加上网川此后巧妙的演出，她那种无法以自身力量证明哥哥无辜的孤军奋战模样，又让她变成勇敢坚强的妹妹形象。这真是漂亮的手法。如今在四面楚歌之中，为了强调由美子为哥哥奋力的姿态，为了展现网川是帮她作战的正义战士，当初拱门那场骚动反倒成了一件好事。

真一心中不禁浮现不怀好意的好奇心。搞坏了重要旗帜由美子的心情，走红的网川浩一一定很慌张。他想，看看网川的表情应该也不错。

“好，反正我闲着也没事，”真一答应得很干脆，“如果你一定要跟我见面的话。只是为了小心起见，我先声明不能有记者采访。”

“当然，我不会再犯同样的错误了。”网川也回答得干脆，“我到你家附近，你来指定地点，哪里比较好？”

有些犹豫之后，真一最后选择了大川公园。那是整个案件的爆发点，而今已不见采访的人群，也没有看热闹的人。

约好的时间是十点，真一提前三十分钟出门。他决定带着洛基过去。良江总是说这家伙的散步量不够，作为出门的借口正好，而且带上它比独自前往要安心许多。

用力拉着洛基，看着它健康有力的步伐，真一的心脱离现实，飘在各种推测和疑惑的云层中。

动物有种不可思议的力量。刚到石井家不久，心中还充满不幸的感觉时，真一每次带着洛基散步，心灵都有被疗伤的感觉。摸着洛基柔顺的长毛、脸颊摩挲洛基湿凉的鼻子、触碰到洛基的脚时，一种生物的温暖就流进真一心里，带给真一活下去的力量。而现在望着来回奔跑、不时高兴地抬头望真一的洛基，曾经激动的脑袋也能冷静下来，站在远一点的地方思考问题。

网川说得不错，真一是幸存者。但他不是普通的幸存者，而是有责任的幸存者。因他不慎多言，使得全家遇害。他不加以订正，也没有借口。

现在大家都闭口不提，只因樋口一伙刚刚被捕，事情还没有水落石出。但就是有人拿真一的多言做文章，怀疑真一也参与了作案。而且不是陌生人或警察，而是亲戚。真一的确常和父母吵架，有时觉得妹妹很烦人，拌嘴时还举起手想打她。但在有青春期小孩的家庭，这也是常见的现象。偏偏连这一点都成为真一被另眼看待的理由。

周围的目光就是这么回事。人们对于降临在自己身上的命运，除非确定无法逃避，总是不愿意面对。只会采用自己感觉舒服、能接受的最佳解释当作“真实”。对于怀疑真一的人而言，比起认同真一因说错话而引来祸事的可能性，直接采信真一也是同党的说法觉得更安心。否定多言成为出事原因的不合理现实，将心中对父母和妹妹抱着杀意的不显眼少年予以现实化，就能让人生更容易接受吗，只是为了这样的理由？

然而这“只是如此”是个问题。对网川浩一而言，现在的真一是否也在做同样的事？真一的确很讨厌那人，就是看他不顺眼，受不了他那种帅气、醒目的正义形象。可是就这样否定他，自己高高兴兴地陶醉其中，是不公平的。

网川真的是一个同情由美子，对高井和明蒙受的污名感到愤慨，才勇敢地站出来对抗的人，还是一个立志做记者，为了等待出名的机会而自私自利的人呢？

至少最初明明因义愤填膺而开始行动，忽然间成了公众人物，被捧得得意忘形，这毋庸置疑。人都是有弱点的，特别是自己的名字和长相为全国所知晓，可不是每人都会有的。网川失去了平衡，就算忘记了当初的目的和事情的轻重缓急，也不应该过于苛责他。

他一人站在由美子这边，表现出白马骑士的姿态，就算私底下跟别的女子交往，在由美子眼中是很不诚实的举动，但他一开始并不是以由美子的情人出场，所以由美子其实也无权指责他是感情的叛徒。

不过有一件事倒是可以很确定，即由美子的立足点。不管多么痛苦、现实有多么残酷，一旦决定不再逃避，她就必须面对一切。就算网川是好心人，有马义男不是心肠邪恶的坏人，她也不能依赖他们。可以接受帮助，但不能依赖他们、躲在他们身后——这是她唯一不该做的事。

如果网川真的同情由美子，真的是为童年好友、由美子的哥哥着想而行动，那么对由美子没有任何爱意也是没办法的。所以拿这件事来指责网川是不对的。的确他掌控着由美子，也很需要由美子，但是只要由美子有个人意志，不愿意被他利用，就只会赢得他的协助。重要的是，由美子才是掌舵的人。

到达大川公园，坐在约好的凉亭等待时，真一已经决定直接询问网川：你怎么对待由美子？为了不伤害由美子，你必须从“白马骑士”的宝座上下来；为了从根本上获得她的信赖，首先必须说服她拥有自立能力。这才是身为“幸存者”的真一所能给予的最诚实的建议！

坐在真一脚边的洛基忽然抬起头。顺着它视线的方向，正好看见网川从公园内的便道上走过来。

今天也穿得很帅气，皮外套看起来很高贵，戴着墨镜，下巴微微翘起，像滑行般轻快地走来。因为采访的关系，他来过好几次，所以一听就知道真一指定的凉亭在哪里。他走路的样子从容悠闲，还没发现真一已经到了。真一本想举手知会他……

可是看着网川，不知不觉手却握紧了洛基脖子上的绳索。

心脏跳动得很厉害，为什么？为什么这种感情像一群纸做的蛇，顺着喉咙爬上来呢？呼之欲出的反感，究竟来自哪里？

网川像个模特儿般走了过来。我还是无法信任这家伙！毫无来由的强烈直觉打击着真一。所有的理由、冷静的推论和反省都一扫而空。为什么？为什么他会这么讨厌对方？

忽然间洛基“汪”地叫了一声。网川停下脚步，将墨镜拿下来，眯眼看着真一，然后加快脚步。

真一安抚着洛基的脖子。洛基一向很乖，很少像刚才那样吠叫。洛基抬起乌亮的眼睛看着真一，表情好像充满了疑问。

“让你久等了，不好意思。”网川说着，动作轻巧地坐在真一对面。见真一沉默，他又对着洛基微笑道：“不错的狗嘛，你的宠物？”

真一内心的激动还未平复，不想看网川。网川伸出手来想触摸洛基。真一条件反射般拨掉他的手，动作比想象中要粗鲁许多。

网川睁大眼睛，好像在看什么稀奇的东西似的看着真一，然后又看看自己被拨开的手。

“这狗很怕生。”真一简短地说道，并拉着项圈，将洛基拉到脚边。“我是骗阿姨说带狗出来散步，才能出来的。”

心脏依然跳动得很厉害，感觉还是有些不愉快。就像飞虫粘在纱窗上一样，为什么这样的疑问会不停在真一心中出现？

网川一脸微笑，仿佛随时都在注意周边是否有摄影机待命，他总是准备好专业的标准笑容。

“我小时候也养过狗，名叫阿瑟，是条狼狗。一条很聪明，值得信赖的好狗。”语气听起来很怀念，“和阿瑟在一起，就会觉得这世上没什么好怕的。它是我最好的朋友、最棒的伙伴！”

真一很自然地问道："比栗桥浩美和高井和明还好吗？"

瞬间网川的脸上失去了表情。就像按了电脑键盘一样，出现了整页的空白。真一也吓了一跳，虽然只是一瞬间，也是他头一次看见网川如此毫无防备的脸。

"没错。狗比较特别，尤其对小孩子而言。"网川恢复了笑脸，接着又修正道，"不过栗桥和和明也是很好的朋友。"

"想来也是吧，当然。"真一故意语带讽刺，夸张地点头道。只是没有产生刚才的效果。刚才只是幸运的一击。

"谢谢你出来。"网川正式道谢，"你好像不太相信我，我知道。我们能这样见面很好。"

"我又不是你的女朋友，你说这种话对我没用。"

网川笑了出来。"我倒不是要讨好你。不过，算了。"

"由美子小姐今天在做什么？"

"做什么？她在饭店。说是头有点痛想休息。"网川耸耸肩，"从昨天起就这样了。"

"你怀疑有马先生和我蛊惑了她什么？"

"我想'蛊惑'不是适当的字眼。"

真一有些困惑，在前不久刚做过的客观的反省和几乎是本能的反感之中摇摆不定。他有很多话想说，也有很多问题要问。但是该怎么开始，他不知道。就像和比自己高强的对手下棋一样，刚放下第一颗棋子，就受到完美的反击！

他以短兵相接的方式问道："网川先生有情人吗？"

网川惊讶地不停眨眼。"为什么会问这种问题？"

"由美子小姐是你的情人吗？"

网川的嘴唇抿成一条直线，目光低垂。

"你不必演戏安慰我，我只是想知道实情。"

网川苦笑道："你还年轻，不，应该说是年龄还小。你有没有女朋友？"

"现在不是在谈论我的事！"

网川用食指摩挲鼻子，然后停在脸上思索片刻，最后说：“喜欢人有好几种形式。”接着他慢慢道来：“恋爱也有各式各样的色彩。有浓有淡，形状也各不相同。有时自以为是爱情，但其实只是友情，甚至是类似亲情。两人之间也会有几乎感觉是相同色彩的爱情产生，不是吗？”

真一脑海中浮现出网川对着一群补习学校学生高谈阔论的画面。只可惜真一已不是小孩，不会被这种说话方式所蛊惑。

“演讲到此为止。”真一阻止道，“我只是很单纯的询问。你和由美子小姐都住在饭店，在外人眼中就像是情侣，这是常识性的判断。”

“我们住在不同的房间。”

真一冷笑道：“你们到底是不是情侣？你除了由美子小姐是否还有其他亲密的女性朋友？”

“为什么问这些？”

“我认为由美子小姐躲着你发呆，或许是感觉被你背叛了。”

真一提起女摄影师。网川面无表情，但是听到女摄影师喊出“浩一”让由美子倒吸一口气，他的眉头稍稍皱了一下，但是立刻恢复笑脸，边叹息边说：“什么啊，原来是这么回事……”

“你怎么能这么说？由美子小姐十分依赖你。如果被你抛弃，她就只剩一个人。她会紧跟着你也是当然的。”

“叫我‘浩一’的其他女子也是有的啊。”

“就算如此，由美子小姐过去没遇见过这种情况。或许她本来就在怀疑你和那女摄影师之间的关系。怀疑得到证实，她可能十分震惊。”

“我和她又没有什么特别的关系。”网川恢复一向的冷静，一双长腿交错地坐在长椅上。“由美子依赖我，我也很清楚。”他微微仰望天空，轻声说，“我也想配合她。我是真的这么想，但是……”

真一抢先说道：“没有一点爱情吗？”

网川看着真一，叹道：“没错，不是恋爱。由美子却不这么认为。她对我和对她自己的感情都有所误解。事实上从不久前开始我们之间就发生了许多问题。”

“由美子小姐认为你和她是情侣吗？”

网川低着头说：“是的。”

“那也是没办法。谁叫你一直都做出让她产生那种误解的行为。”

网川慢慢地摇摇头。“这才是误会。我从来没那样做。”

“你撒谎！”真一说得斩钉截铁。热血上涌，喉咙有些干燥。

网川挠着头，有些哀伤地看着真一。带着同情的眼色让真一几乎颤抖。

“你因失去家人而受伤了。”网川幽幽说道，“由美子也是一样。换作是你，如果身边有个尽心尽力为你治疗心灵创伤的医生，而且又是个漂亮的女医生，你会怎样？就算对方认为你是受害者，向你伸出援手，难道你就有自信敢说不会误解那双手的温暖意义吗？”

真一正视网川。“你不是医生，也不是治疗心灵创伤的专家。自以为是也请适可而止。”

为了抑制声音的颤动，真一的话是从齿缝间迸出来的。否则他担心会因愤怒而动粗。现在任何一丝客观的见解都已荡然无存。明知道体内有一个真一不断挥手跟自己说“这样不行、退后”，但真一已经回不去了。本能和感情用事已经大于一切。

网川凝视着真一，然后关爱道：“真是可怜，你也需要帮助。现在的你就像是刺猬一样充满攻击性……”

真一握紧了拳头。脑海中快于光速运作的放映机，在眼底播出了他挥拳痛殴网川的画面。但现实中他没有动拳。

洛基在一旁低吼。它低着头，背部和脖子的筋骨隆起，随时准备用力扑向网川。

主人的想法能传达给狗儿，狗儿也能读懂主人的心思。洛基也能察觉对面的人是真一的敌人。

真一慢慢放开拳头，安抚洛基。网川见状，明智地一根手指也不敢动。看来洛基的恫吓产生了充分的效果。

真一目光低垂，窥探网川的表情。全部注意力集中在狗身上的网川，只让真一看到他微微低下的脸颊。虽然只有几秒，就像刚才观察网川走路一样，真一又看见了网川的“空当”。

而且他发现了惊人的事实。

网川的眼眸里跳跃着一种不该在这种情况下出现的情感，一种不搭调的东西，一如婴儿床上的水果刀或花束中的冰锥一样刺眼醒目。

网川觉得这一切很好玩。

真一几乎像是亲手触摸般真实地感觉到对方的愉悦、欢喜和快乐。

这人像玩玩具般以言语激怒我、扰乱我、刺激我，他玩得很高兴。

原来一开始这家伙就是期待这种情况而来的。

“真是不错的狗。”网川温和地安抚着洛基，“塚田小弟，至少你不孤单。有这么棒的伙伴，你可以安心了。”

真一从脚底生出一股寒意。

这家伙早就算计好这一切。

真一睁开眼睛立刻说道：“果然没错。你是故意的，不是我想得太多。”

网川一脸惊讶地问：“你说什么？”

“你是故意那么做的，饭田桥拱门饭店的骚动。你故意将那天有马先生他们的聚会告诉了由美子小姐，然后煽动她。你知道会发生那样的骚动，为了引起骚动，你故意告诉她的！”

没错。所有事情都起源于那件事，结果都是中了网川的诡计而发生的。

拱门饭店骚动之前，网川就经常陪着由美子和滋子姐联系。那也是网川为了写自己的报道所做的准备。为了搜集案件调查情况的信息、观察舆论动向，跟在正在写热门报道的滋子姐身边是最有效率的做法。滋子姐那么大方，又是第一次从事这种性质的工作，现在回想起来，连外行真一都觉得她太不严谨了。网川知道这点，利用滋子姐作为信息来源，等到时机一成熟，便以拱门事件为由将由美子从滋子姐那里拉到自己身边。

于是他成了媒体的宠儿。

由美子成了他的俘虏。

他身边有一堆书迷。

但是这还不够，网川很贪心。他连最难驯服的真一和有马义男都想打败，也想将前畑滋子拉到他旗下。他有计划地依序制定战略，总有一天要将所有人控制在手中。这就是网川的愿望，他玩得很高兴。现在的真一就像匹野马，还需要时间才能被驯服。因为野性难驯所以更有意思，所以这家伙高兴得不得了。

这就是他的真面目。

直觉的旋涡排山倒海而来，让真一说不出话来。网川向前探身好像要对真一说什么，忽然间睁大了眼睛直视真一身后。

“你的朋友吗？”视线固定在真一身后，网川问道。

真一回过头，越过凉亭后面的树丛，看见了樋口惠。他毫不惊讶。对网川如闪电一击的洞察，已经让他无暇顾及其他情感了。

樋口惠跟平时一样瞪着一双充满恨意的眼睛。真一还来不及反应，她已经快步走过来。不是靠近真一，而是走向网川。

“你就是网川浩一吗？”她问。她穿着新的蓝色上衣和没有折边的牛仔裤。脸色依然不好，头发好像刚刚修剪过。

“是的。”网川一边起身一边回答，“你是塚田小弟的朋友吗？”

樋口惠看也不看真一就回答：“我是他的敌人。”然后紧紧盯着网川说：“我想写一本那样的书。我想写我爸爸的事，你可以帮我吗？”

真一吓得说不出话来。感觉好像脸被打了，想站稳脚跟，结果又被绊倒一样。她竟然说“我爸爸”、“帮我写我爸爸的事”……

“你是塚田小弟的敌人？”

网川浩一看看真一又看看樋口惠，表情虽然很严肃，但眼睛深处又跳出那种光芒。这下子好玩了，这家伙可高兴了。

“你该不会是塚田家案件的关系人之一？”

“没错。”樋口惠毫不在意地点头，完全无视真一的存在，“我爸爸是主要嫌疑人，樋口秀幸。他那么做是有理由的，是有原因的。老实说爸爸根本不会杀人，这一点我想请你写成书解释给大家听。”

“开什么玩笑！”真一终于说出话来，“我不允许这种事。谁会答应你做这种事！”

“我不需要你的许可。”樋口惠无视真一继续说，“这是我们家的事，为什么需要你这陌生人答应呢？”

陌生人！真一眼前一片血红。胸口好像迅速涌起整团的热血，直逼头顶。热血也冲上四肢。当他发现时，已经握紧拳头想痛殴樋口惠。

“住手！”

网川以迅雷不及掩耳之势上前阻止了真一，又跳过去拉开了樋口惠。跌坐在长椅上的真一在红色的视野中摇摇晃晃地站起来，再次要扑向樋口惠，但是又被推开了。网川抓着他的肩膀。

“不可以使用暴力，那是没有意义的。”他冷静地说道。

真一几乎不能呼吸地喘着气。樋口惠的“你是陌生人”和网川的“不可以使用暴力”代替了氧气进入真一的肺部，从体内想吞食真一。

“冷静点，打她也没有用，知道吗？”网川试图说服真一，语气就像是劝架的裁判。真一像个笨蛋一样胡思乱想，这不是吵架，我又没有错，被杀的是我的家人，被杀的是我的人生啊，可是你却像阻止打架一样阻止我，你居然说我是没有关系的陌生人！

网川靠近真一，表现出不适当的亲密，像是同伙一样亲切地对真一耳语：“这一阵子我身边都有警察保护，所以最好不要闹出事来。万一警察跑过来就麻烦了。”

真一的视线终于对上了焦点，他抬头看着网川问：“有警察跟踪你吗？”

网川点头。“可能是认为真凶 X 会跟我接触吧。我先声明，他们不是在保护我，而是有所期待。我就像是诱饵。这种事又不能公开，不是吗？说出我被保护，不就等于公开调查当局承认了我的说法可信度很高吗？”

真一忽然觉得好累。为什么自己会在这里，刚才都说了些什么，他已经搞不清楚了。

“你们在偷偷说些什么？”樋口惠伸长脖子问道，“网川先生，你是打算不理我的话吗？”

网川双手拍了拍真一的肩膀，然后走近樋口惠，从外套口袋里掏出一张名片交给她。“今天晚上打电话给我。找一天我们慢慢聊。”樋口惠接下名片笑了出来，这才正眼看着真一。“我写了一封信给你。是寄到出版社，但是没有回音。”

“写给我的信堆得像山一样。”

“是吗？我今天运气真好。前天，你在电视上提到这家伙，不是吗？”她用鼻子指着真一说，“看完之后，我想只要跟着这家伙，总有一天会遇到你。没想到这么快就成功了。”

“你可以走了。”网川挥手赶走樋口惠，“你该为塚田小弟想想，被你跟踪，他会是什么心情？你有没有想过？”

樋口惠立即转身，毫不理会地离去。轻快的脚步让真一恨不得追上去痛殴她。但是真一的脚动不了，身体也很重。全身上下包裹在失败感之中，只想赶紧当场消失。

网川低头看了真一好一阵子，才压低声音说道：“刚才她说的电视节目，你看过了吗？”

没看，我根本就不知道有那个节目。真一沉默着摇头，但是又觉得不够，赶紧加了一句：“有你的电视我才不看！”

网川冷静地说：“我希望你看。”接着又安抚道：“我明白你的心情。你因不能救父母和妹妹而自责。你跟前畑滋子来往，帮助她将栗桥和和明乱写成坏人，其实也是希望通过责备其他罪犯，来减轻自己心灵的重担。你无法冷静面对事实。”

“我并不想听你说教。”

“我在电视上没有说出你的名字。因为不对的人是前畑滋子。她知道你的心理，故意利用了你。”

“滋子姐不是那种人。”真一说，声音沙哑。他用力抓头发，因为疼痛恢复了力气。他抬头看着网川说：“你绝对不能帮樋口秀幸写书！”

网川低眉顺目地摇头道：“谁都不能阻止文字记者。”

“你算什么文字记者！”

“那随便你爱怎么称呼好了。我想写什么就写什么。听到了吗，塚田小弟？”

网川再度逼近真一，真一将视线避开。耳边听见他的鼻息。

“每个人心中都有一片黑暗。不是只有犯罪的人才邪恶。就连你、我，天生都有黑暗的部分。我就要把它写出来。等我洗刷了和明的污名，下一个要写浩美。他的确做了可怕的事，但是一定有不得不为的理由。而这一点许多人想知道。为什么呢？因为他们知道自己心里隐藏着和栗桥浩美相似的部分。他们既觉得害怕，又很感兴趣。我就是要将这一部分打上光线。我大概会比前畑滋子更胜任这份工作。”

“在你冠冕堂皇的声明中，是否考虑过受害者？”真一好不容易说出话，正准备抬头寻求回应时，网川已经不见了。

想起武上的名字花了很长一段时间。真一很后悔没有跟武上要名片。他没想到会在这种情况下去找那天在墨东警局只说过一次话的刑警。

假如用心思考，就会发现找调查总部的刑警帮忙，并不能阻止网川浩一帮樋口秀幸写书，甚至连阻止他们进一步接触都不可能。但是真一一定要找个人发泄心中的愤怒和恐惧。在强烈的感情下，他已经不管什么道理和做事的顺序了。有这么愚蠢的事吗？有这么不公平的事吗？为什么大家只听杀人者的说法？警方为了跟真凶 X 接触，居然派人保护网川？难道真的赞同他的主张吗？调查总部已经决定对网川脱帽投降了吗？网川浩一真的那么值得信赖吗？

我不相信那个人。他很讨厌。我觉得他就是哪里不对劲。这种本能的厌恶，为什么其他人都没有感觉到？

真一也没有想到事先打电话去问，结果被留在墨东警局前台边的长椅上等了好久。不知道一起等待的其他人，是来缴纳交通罚款、领回被辅导的子女，还是前来自首说杀了人呢？大家都一样觉得无聊，丝毫没有紧张感。毕竟警察局也是公务机关。

“你是塚田真一吧？”

真一还来不及看对方便先站了起来，结果有些失望。来者是一个戴着眼镜、有些文弱的年轻刑警，而非武上。

“我是来找武上先生的。”真一说得很快，又赶紧摇头道，“他说我有任何事都可以找他商量。”

“嗯，我知道。”年轻刑警点点头，说，“武上先生刚好有事回警视厅。

我跟他联络过了，他叫我先替他跟你见面。”语气很委婉，带着歉意。“我是筱崎。任职于这里的调查科，目前在特调总部武上先生手下帮忙。在这里说话不方便，请跟我来。”

真一被带到狭小的会议室。桌上一角有台电脑，屏幕保护程序正在运行，旁边的档案堆积如山。大概是慌忙合上的，内页有些混乱，甚至露到外面。

“坐呀，坐。”自称是筱崎的刑警赶紧拉把椅子请真一坐，自己则坐在电脑旁。

“我先说清楚，我无意完全代表武上先生，只是将你所说的转达给他，我能回答的就直接回答。你有什么事吗？”

太过公事公办的开场白，反而让真一无法信赖。真一心想，这人拼命微笑其实是想隐藏自己的无能，这家伙根本没用，还是回家吧。

“你受的伤已经好了吧？没有留下伤痕真是太好了。”

对方忽然这么一说，真一很惊讶。“受伤？”

“就是在饭田桥饭店受的伤，不是你吗？”

“你怎么会知道？”

“我也会看周刊杂志。而且在武上先生的指示下，我们也要收看社会新闻等节目。”筱崎微笑道，“当然上面没写你的名字，是武上先生说的，他很担心你。”

“武上先生为什么把我的事告诉你们这些部下呢？”真一有一种很想攻击人的心情。

“他不是随口说说，而是出于担心。”

筱崎又变得畏畏缩缩的样子，感觉很胆小。就是因为有这种刑警，才会让网川浩一那种人为所欲为。

“听说网川浩一身边有人保护，是真的吗？”

筱崎脸上的笑容僵住了。

“真的有吗？”真一尖声问道。筱崎的嘴角抽动了一下。

“这件事是谁告诉你的？”

“那就是真的喽？”

筱崎好像求救般看着电脑画面，然后才吞吞吐吐地回答："是的。"

真一又觉得头脑发热，推开椅子，发出刺耳的声音。"我要回去了。"

"喂，你怎么……"

"太可笑了，警察根本就不可靠！"

"请……请等一下。为什么那么生气？"

"当然会生气！调查没有进展，却给那家伙提供特殊待遇。派人保护他，不就等于承认那家伙的'真凶 X 存在说'吗？"

"说得也是。"筱崎目光低垂。

"他本人可是得意扬扬，还说自己就像是诱饵。其实内心根本就没把你们放在眼里，自以为天下第一！"

"他那么说了吗？"

"还趾高气扬的。"

"不，不是这个。他说了'自己就像是诱饵'吗？"

"说了。就在刚才，我亲耳听见的。"

筱崎睁大了躲在无框眼镜后面的小眼睛问："你跟他见面了吗？"

"他把我叫了出去。"

"为什么网川要叫你出去？"刑警眨着眼睛，盯着真一问，"你们以前就认识吗？难道你是他教的补习学校的学生？"

"开什么玩笑！"真一不屑道，"那家伙只是来探口风的。由美子小姐出了点问题。"

"你说的由美子小姐，是高井由美子吗？"筱崎的声音非比寻常，"她出什么事了？"

这一次换真一盯着年轻刑警看。因为筱崎的语气中明显充满了个人感情。

筱崎慌忙拿下眼镜，故意将视线移开。他用衬衫袖子夸张地擦拭眼镜。

"警官先生，你也知道高井由美子吗？"

"当然知道。她是关系人。"

"我不是问这个，而是私人关系。"

擦拭眼镜的手停了下来，刑警抬起眼睛。没戴眼镜的筱崎，看起来就像毫无防备的孩子一样，跟真一年龄不相上下。

“你不是帮过前畑滋子写报道吗？”

“也没帮上什么忙。”真一回答，重新在椅子上坐好。感觉有点喜欢这名警察了。

“高井由美子接受过前畑小姐的采访，现在则是跟网川在一起。这些事情，我们大概知道但不是很清楚。如果你愿意，可不可以告诉我？”

真一叹了一口气。那其实是很自然的反应，并非对筱崎表示“真是麻烦”。但筱崎又开始紧张了。

“我是说真的，如果不愿意就算了。”

真一摇摇头。虽然还无法露出笑脸，但叹了气好像令紧绷的身体舒缓了许多。

“我说，只是不知道能不能说清楚。因为我很生气，可能会加入警方说的……偏见或先入为主的观念。”

“那没关系。”筱崎平静地说，“前天在电视上，网川也单方面对前畑小姐说了很多话。所以正好扯平。”

从一开始跟前畑滋子见面说起，便需花很长时间。筱崎记录着，除了确认时间日期外，很少提出疑问。

为了避免情绪激动，真一尽量注意控制。但是说到最后，尤其提到对网川的不信任和厌恶时，还是觉得头脑发热。脑海中不断想到网川对樋口惠点头致意的表情，怒气就从胸口逐渐涌出。

“发生了……很多事呀。”筱崎放下铅笔、摘下眼镜，按摩了一下鼻梁。平时这是疲劳时才有的动作，但是他做起来却不是那样。猛然一看，他的脸颊好像有些潮红。“其实我也跟网川浩一见过一次面。”他透露道。

“是调查还是侦讯？”

筱崎苦笑道：“都不是，我没有那种权利。对不起，前后顺序有些反了。我应该先说明我们的工作职责。所谓的内勤业务，负责的是文件方面的工作。武上先生是这个部门的专家，得一边教我们这些下属一边工作。”

换言之是不负责调查的。

“所以几乎都是后勤支持。我们处理所有的调查数据，大致看过可以发表个人意见，但除非是很特殊的案例，通常没有机会在调查会议上发言。当然也不会出去调查和侦讯。”

真一十分失望。“武上先生也一样吗？”

“没错。他只是身为一名警察支持调查总部公开的看法而已。”接着筱崎赶紧补充道，“但武上先生是资深人士了，具有不同于我们的影响力。派人保护网川浩一，也是他向总部建议的。”

这么一说反而糟了。明明是来讨救兵，结果武上居然是网川浩一最虔诚的信徒。

筱崎默默地观察了一会儿真一脸上浮现的失望和怒色，慢慢地说：“你的心情好像有些混乱。”

“混乱？”

“嗯。我明白你的愤怒。网川当着你的面说会答应樋口惠的要求，实在是粗枝大叶到残酷的程度。可是请你将这一点跟目前总部处理连环杀人案对他的做法严格区分来看待。”

真一安静地看着年轻警察的小脸。那人面对着电脑。

“我也很讨厌网川，觉得他不可信赖。”筱崎毫不犹豫地说道，“我认为他是个以自我为中心的人。”

“你是说他写《另一起杀人事件》、站在由美子小姐这边，都只是为了成名吗？”

筱崎停顿片刻似乎在选择合适的话语，然后摇头道：“我不认为是为了出名。说实话，像现在这样到处成为话题，所有媒体都跟他站在一边，一味地拥护他，他自己应该也没有料到吧？他也期待会成为话题，但没想到这么轰动。”

“一下子成了名人。”

“嗯。”筱崎戴上眼镜，镜片闪闪发光，“但是这个令人高兴的失算，果然还是发挥了作用。他被捧得昏了头，开始露出了马脚。”

“怎么说？”

筱崎对着真一一笑。“不是吗？他伤害你让你生气，本来不是不该做的吗？他甚至还说下一本书要写栗桥浩美。我想他应该会写，他也不得不写。《另一起杀人事件》的读者都在期待。他也是栗桥浩美的童年玩伴。可那将是案件正式结束，栗桥浩美和高井和明被贴上杀人犯的黑色标签，社会都接受这个事实，告一段落之后的事，现在还太早。网川浩一能够得到舆论支持，是因为他帮很可能是‘未知的另一个受害者’高井和明辩护，他对案件的分析也很有趣。如果他不清楚这点，那么在一夜之间，他的支持者便会消失。”

“那关于我家案件的书……”

“他马上写的话就会减分。在这起案件结束前，他做其他事情都会减分。因为他是为了高井和明和高井由美子而战的正义使者。战争还没有结束，不可以东张西望。我想这么聪明的人不可能不知道这一点。”

筱崎只在瞬间露出了可怕的眼神，真一十分吃惊。看起来不太可靠的年轻警察，让人看到了那一瞬间的变化。莫非选择当警察的人，表面上看起来很老实，其实内在都隐藏着那种眼神？

“他开始得意忘形了。”筱崎再一次说道，“他对你说了那么多，最好他也在电视节目上说出同样的话。只要遭到反击，他就会惊慌吧？现在要做的就是让他慌张。”

真一感觉内心有些骚动。莫非那是真一所不知道、社会也不知道、网川浩一也不知道，而调查总部正在考虑的什么计划？

“你刚才说网川浩一不是为了出名而行动吗？你是说他完全没有期待会这么快成为话题吗？”

“嗯。”

“那他的目的是什么？”

筱崎慢慢地对着电脑眨眼睛，好像那是一个活的交谈对象。他露出十分相信电脑会赞同他说法的亲切眼神，平静地说：“他的目的……是掌控局面。我想就只是这样吧。”

“掌控局面？”

“嗯。就像是舞台剧导演。从头到尾他都主宰着整个进程。他感觉到掌控了一切，只有他能将知道的事情告诉社会大众。就像我多次说过的那样，钱和名声都只是副产品。”

对真一而言，这答案太抽象。掌控一切是什么意思？

“我好像听不太懂。”

“听不懂是应该的，其实就连我们也不是很清楚。所以才要观察网川浩一。”筱崎说完，微微一笑，“对不起，只能跟你说得这么笼统。不过话又说回来，网川写你们家案件的计划，你应该不必担心，我们不会让他做的。因为那不可以。”

语气平静且充满热忱，但真一觉得是空无边际的安慰话语，听了反而十分不安。刑警站起来表示所有的话都说完了，他也跟着离开座位。他不得不赶紧想些话来接续，而他想到了。

“筱崎先生，你刚才说跟网川见过一次面，是在哪里呢？”

筱崎立刻显得很狼狈，眼镜滑落至鼻翼。真一也不禁有些慌张：“我问了什么奇怪的问题吗？”

“不，没有的事。”

“我只是在想你是不是认识由美子小姐。大概你也知道，她现在一直跟网川在一起。”

“他们都住在饭店吧？”

“是的。现在还会侦讯由美子小姐吗？”

“这一阵子都没有。没有发现新的事实需要跟家人确认。她父母离开东京，我们也没有阻止。”

真一犹豫了一下，终于说道：“由美子小姐现在情况不太好。”

筱崎的脸色从狼狈变成担心，显得有些消沉。“情况不太好？”

“是的。网川那么受欢迎，整天忙得到处跑，也不见得完全是为了由美子小姐。”暗示太麻烦，干脆直接挑明，“换句话说，网川身边不是聚集了许多女人吗？那家伙应该也不觉得讨厌吧。于是由美子小姐就只剩下一个人了。”

“她一个人很孤单无依？”

筱崎形容得像是少女小说的用词，但真一很能明白他的心情。

“是吗？”年轻警察叹了一口气，“只是我现在又不能马上为她做什么。可以的话，希望能借助你的力量。不过你跟她起了冲突，大概不行。”

他的语气太过悲伤，真一不禁多想。警察是不是还掌握了有关高井由美子的其他不好的事实？现在隐瞒不说，但以后还是得公布。因为知道由美子的心事，神情才会这么悲壮？

“刑警先生好像知道很多不能跟我说的事吧？”

对于真一的试探，筱崎只是无力地微笑。“武上回来了，一定还会打电话给你。”

“他大概只会跟我说跟你一样的内容吧。”

“这个，我就不知道了。”筱崎神情认真地摇摇头，“我们都很用心在处理这起案件。这种案件前所未闻，不能让它再度发生，这让我们不得不改变对人的看法。”

过去也发生过针对女性的连环凶杀案，视人命如草芥的凶手也曾经存在过。这次的案件的确很可怕，但为什么筱崎会这么卖力？这个疑问像荆棘般刺痛着真一的心。于是他头一次发觉——在大川公园发现右手时他并没有感受到，一种来自深处的严寒让他浑身颤抖。

23

前畑滋子心想，回到东京时，昭二大概还在生气吧。这次我得主动道歉才行。一是对擅自离家有所反省，而且情绪也冷静下来，又恢复了积极采访的工作态度。总之得赶紧跟昭二和好，然后跟高井由美子联络，最好能尽快跟她见面。那些电话留言实在令人担心。

可是回家一打开大门，整个计划都泡汤了。

“你还有什么脸回家？”

这是昭二说的第一句话，滋子觉得自己的脸随着声音失去了血色，她马上明白昭二已经气急败坏。

“我不是留了字条才出门吗？上面不是写了我有采访吗？”滋子装作毫不畏惧地抬高下巴，尽可能冷静而平稳地看着昭二的眼睛说道，“我知道吵架离家出走是不对。可是那样整天杵在家里，彼此也不好过。何况我忽然有个紧急的采访要做，也是事实。”

骗人的，其实是漫无目的地离家出走……内心的声音在揶揄自己。滋子将声音赶到体内最深处。

“我的工作状态，你不是最能理解的吗？为什么这次会那么生气呢？”

昭二穿着工作服，站在衣橱前。滋子心想，他是在干什么呢？毕竟现在是上班时间。

“工厂没事吗？”

昭二一句话都不说，嘟着嘴杵在衣橱前瞪着滋子。他脸色苍白，甚至看起来很憔悴。我留下字条离家出走，难道真的让他受到这么大的冲击吗？

昭二终于开口了，声音沙哑地说：“爸爸病倒了。”

“什么时候？怎么了？”

“你跑出去……一个小时后。他说头很痛，先回家休息。后来妈妈说爸爸的样子不对劲，睡着摇也摇不醒，所以就叫了救护车。”因为太激动，昭二的喉咙哽住了。“说是脑中风，意识一直都没有恢复。医生说生还的概率只有一半。”

公公有高血压，一直在常去的医生那里拿降压药。老人经常不吃药，家人一提醒就胡乱说些理由，不然就恼羞成怒，很难应付。而且不管医生怎么规劝，就是不肯戒酒。

滋子惊讶之下也没有细想，想到什么就直接说出口：“又是因为没吃降压药吧，我说得对吗？”

忽然间昭二瞪大眼睛，一时之间在滋子看来就像是妖怪的脸。

“你是说他自作自受？”昭二气愤得尾音发颤，怒吼道，“所以你是说他死了活该？”

昭二的气势让滋子退后半步。“我又不是那个意思。”

“那你是什么意思？你说，说清楚！”

“你不要大吼！你是怎么了，昭二？”昭二用力踢开衣橱的抽屉。“爸爸快要死了，你说我还能怎样？”

他的双肩因生气而颤抖，紧握拳头，呼吸急促。滋子则双臂交抱在胸前，心脏快要跳出来了。她想现在多说什么或做什么，都会被揍。

与其说是伤心，应该说是害怕。

昭二看起来完全就像是陌生人。就连看习惯的家也像是别人的。

她很想往右转逃出去。

“昭二，找到毛巾了吗？”

背后有人说话。回头一看，是婆婆站在门口往里窥探。她和滋子四目相对，立刻瞪大充血的眼睛，嘴角也歪到一边。

“哎哟！”她惊讶地说，“你也在家呀！”

一听就知道她故意不说“你回来了”，而用“在家”一词。尽管家里情况如此，婆婆还是有闲情挖苦她。形势对婆婆而言是绝对有利。

过去从来没有两人一起让滋子难堪。滋子如果被婆婆唠叨或责骂，昭二一定会帮她说话。而他们夫妻吵架，昭二也绝不会跑到母亲那里诉苦。偶尔滋子和昭二吵嘴被婆婆听见，婆婆逮到机会想介入时，昭二一定会把箭头转向出面制止的婆婆：这跟妈妈没有关系，于是吵架也不了了之。

但是今天不同。而且更令人生气的是，造成这种状况的是滋子自己。

“我刚才听说爸爸的事了。”对着婆婆，滋子尽可能温和地说，“因为工作不在家，又没有立刻联络，真是对不起。现在要去医院吗？我也一起……”

仿佛滋子的话会推人似的，婆婆将脸转向另一边说：“跟你没有关系。”

滋子闭上嘴巴看着婆婆。婆婆斜眼瞪着滋子，得理不饶人地说：“不说一句就出去，三天两头到处鬼混，回来一句招呼也没有。实在是太不要脸了吧！”

滋子竭力保持温和的语气。“妈妈会生气是当然的。我如果知道爸爸病倒了，也不会出门。实在是时间点不对。”

昭二从衣橱里拿出毛巾、衣物包成包袱。大概是要带去医院吧。滋子将一半的心思转移到他身上。“总之我也很担心爸爸，请让我跟你们一起去医院！”

始终没有停手的昭二忽然说道：“不要说得那么好听，不说也无所谓。不必勉强。”

滋子当场愣住。“你说什么？”

“我叫你不必勉强。”昭二抱着包袱站了起来，“你不是觉得工作更重要吗？跟工作伙伴在一起更愉快吗？你就以那边为先好了，不在家也没关系。”

婆婆顺势说道：“说得也对，我们家和你断绝关系。我们已经不是婆媳了！”

“妈，我们走。”

昭二抓着母亲的手打开大门。两人扔下滋子，眼看就要离开。

“慢着！这样太过分了。”

滋子一吼，昭二背对着她停下脚步，接着他将包袱交给母亲，说了声“你先走”，将母亲推出走廊，关上大门。

喉咙哽住了，滋子一时之间说不出话来。昭二也是呆立不动。

“真的要赶我出去吗？”好不容易开口问，滋子忽然很想哭，低下了头。

昭二回过头，疲惫地看着滋子。他也很辛苦吧，或许一直在医院守候没有睡觉。

“已经没用了。”他小声说，“刚才你不是说时间点不对吗？”

“是的，我说了。”

“意思是说你不在家的时候爸病倒，时机不对吗？”

“是呀，难道还有其他意思？”

昭二双肩低垂，叹道：“你只能想到这些吗？”

“怎么了？”

“在你想到这些之前，没有先想到不在家很抱歉吗？没有想到说‘你们辛苦了’吗？没有想到说‘对不起’吗？”

“所以……我才会说时间点不对，不是吗？”

滋子的确毫不知情地给家里带来了麻烦，但她不是出门去玩。只要有工作，就算不是记者之类的职业，偶尔也会有这种时机不对的情况发生。为什么一开始就要先道歉呢？又不是做了什么坏事。

“我有工作，也不能不负责任吧。”

“就算给家里带来麻烦也是一样吗？”

“不在家我真的很抱歉。我不是说会努力弥补吗？为什么不可以呢？”

昭二缓缓地摇摇头。“已经不行了。”

“什么不行？”

“我的思想也许守旧，但是滋子，我还是希望自己的妻子以家人为第一位。自己不在家时家人生病了，一点也不觉得抱歉，只是认为因为有工作所以没办法的女人，我无法忍受。”

滋子凝视着昭二良久。昭二将视线避开了。

“昭二，这不是你一开始就知道的吗？”

我从结婚前就从事这份工作，你一直都很支持，不是吗？

“我的报道受到好评时，你不是对你的朋友说‘我的老婆很厉害’吗？对吧？”滋子向前一步靠近昭二，“做这种工作，并不见得都很风光。也会发生像这次的情况。有时如果想做出让社会看好的结果，就必须有所牺牲。既要做你可以引以为傲的能干的撰稿人，又要在妻子和媳妇的角色上得满分，我做不到。”

“所以我说已经没用了。”

与其说是冷淡，应该说是平静。

“我们已经无法再一起走下去了。”他是说要分手。滋子感觉好不容易才对上焦点。昭二却在跟她提分手的事。

“你……”为了让自己平静下来，滋子用力握紧拳头，“离婚这么重大的事，你就在这么短的时间内决定吗？只是因为这点小纠纷，就要得出结论吗？”

“我不认为这次的事只是小纠纷，我觉得很严重。”

“爸爸病倒的时候，我不在家，这事有那么严重吗？严重到改变人生大事吗？”

“没错。”昭二平静地回答，“对我而言是的。”

滋子咬着唇忍着不说话，心想，又回到了原点。一开始不是说我有工作，这种事是可以办到的！

“滋子，你出去连一通电话也不打回家吗？所以当然不知道爸爸病倒的消息。”

看来要宣读我的罪状了……滋子心想，在被放逐之前。

“我觉得问题不在于你不在家，而是你一出去就完全不管家里的心态。就算再怎么忙，打个电话回家问问情况，也不过只要一分钟的事。”

“因为吵架了，才不好打电话。”

“不是这个问题！”

昭二已经得出了结论。滋子彻底明白了。

“连你都没有发现自己真实的心意。不在乎家里的事，对现在的你而言很正常。你觉得外面的社会更好玩，更适合你。”

滋子抬起眼睛问："适合？"

"嗯。"昭二像个孩子般点头道，"我不聪明，又只是高中毕业，爸妈也没什么知识，根本跟不上你所做的事，只会拖你后腿。"

"没有这种事。"

昭二笑了一下说："因为我对你的活跃感到高兴吗？"

"是呀，你不是很支持我吗？"

"我也弄不清楚了。我只是因为大家在起哄，所以觉得很厉害。爸爸、妈妈和工厂的人也是一样。觉得你上了电视、上了杂志，好厉害，已经成了名人，大概也赚了钱吧。就是这种水平。我也差不了多少，"昭二低喃，"对我而言，与其有个我跟不上的有份好工作的老婆，还不如有个不聪明、没受过什么教育、家里有人生病时能随时陪护的温柔好老婆。在这个意义上，我想我是错了。没有想清楚就对你说些好听的话，随随便便就答应说要支持你、让你加油。我错了。"他还小声补充道："所以滋子，你没有错！"

滋子什么都不能说。已经被说成这样，还能回答什么。她总不能回答说要辞掉工作回归家庭、成为温柔体贴的好妻子吧。"你一直有这种感觉吗？"终于她开口问道，"应该不是这一两天才有的吧？"

犹豫了一下，昭二点头道："嗯，是的。"

"为什么不早点跟我说？"

"我……我以为自己会改变，我以为自己应该改变。因为我答应你会支持你，我以为我必须遵守答应过的事。"

滋子感觉眼眶开始泛泪。"谢谢你。"

"不要跟我道谢。"昭二也开始有了哭声，"结果还是不行。爸爸病倒，家里一团糟时，我才深深感受到。我已经无法再欺骗自己了，我已经无法再配合你的生存方式了！"

滋子缓缓地点头。就算情感上不能接受，但道理是讲得通的。昭二并不只是一时感情用事。

"滋子，我先把话说清楚。"昭二柔声说道，"我曾经问你，为什么要写关于犯罪的报告文学？你回答是为了窥探人类内心的黑暗，帮助人们理解那样的黑暗。”

当初话说得真是好听，滋子苦笑着点点头。“嗯，我是说过那种话。”

“我听了你的话，觉得你真棒，我实在配不上你。可是我……”昭二的声音变小了，“我要的是不知道人们内心的黑暗也没关系、思维简单也没关系、只要和我一样想着家人和人生、温柔照顾家庭的老婆。这是我的真心话，我终于明白了。”

滋子沉默不语，不断地点头。昭二低声说“对不起”，打开家门便离开了。

滋子开始收拾行李。

24

“喂，足立印刷。”

“喂……喂……请问是足立先生那里吗？”

“是的。”

“你是增本吗？”

“我是增本……”

“太好了，我是网川浩一。”

“啊，你好。”

“星期天让你们亲自跑来，还让你们不高兴地回去，真是不好意思。”

“这个……我没有关系，你别这么说。”

“足立女士的心情会不会被破坏了呢？”

“放心好了，老板娘不是那种人，她不会心情不好。”

“太好了。足立女士的证词，我一定会用在下一本书上，当然电视上也会。因为那是证明和明为人的重要证词。”

“请问找我们老板娘有事吗？现在是午休时间，老板娘出去买东西了。”

“不，没关系。我不是找老板娘，而是找你。”

“啊？找我？”

“嗯，增本，你现在一个人吗？旁边有人吗？”

“没有，老板去银行了。”

“哦，那太好了。对了，增本，有件事想麻烦你，你愿意听吗？”

“什么事？”

“电话里不好说。能不能见个面，今天晚上？”

“这个嘛……不行。我们这里很忙，因为只有我和老板两人，晚上还得熬夜加班赶工。”

“这么不景气，你们印刷厂的生意还真不错。那明天呢？”

“这个……你有什么事吗？电话里不能说吗？”

“嗯，很重要。”

“什么样的事？”

“电话里不好讲。你也已经在社会上立足，应该能体谅我吧。有些事不见面是没办法说的。”

“你这样说……我有点……这种事我最不在行了。”

“真糟糕，怎么像个小孩！”

“对不起。”

“其实也不是很困难的事，我只是想请你帮个忙。”

“我想不行吧。我没有能力帮你们这种写书的人。”

“不是的，我又不是叫你写文章。只是一点小事。”

“一点小事，做什么？”

“我想请你给我打电话。明天中午我要上社会新闻节目。”

“你是说打电话到节目里吗？”

“嗯。我要你威胁我。内容我来想，你只要打电话到电视台，对着稿子念就好了。”

“要我威胁……”

“你知道吧？警察完全漠视我的说法。不管我怎么说真凶X另有其人，他们就是装作没听见。为了让他们醒过来，如果让真凶X给我打电话，应该会很有效果！”

“我不懂你在说什么。”

“我是说你只要假装成真凶X，打电话到电视台就好了。很简单吧？至于电话，找个远一点的公用电话打就可以了。尽可能是在市中心，我会帮你准备变声器。”

“这么一来就是欺骗警察和电视台的人喽？”

“没错，为了让警察能正式开始搜索真凶X，我才会这么做。所以不算是欺骗，只是演戏，为了宣传效果。”

“可那还是骗人。”

“不一样。你又不笨，应该明白才对。”

“我虽然不聪明，也知道那是骗人的！”

“什么？别让我失望。你不是也赞成老板娘的意见吗？你不帮我就等于是反对老板娘！”

“我不这么认为。我从中学毕业就在这里工作，很清楚老板和老板娘的为人。老板娘最讨厌拐弯抹角的事情，她常说骗人是最要不得的！”

“即便为了目的去做也不行吗？”

“不行的事就是不行。”

“真是遗憾，我很期待你能帮我。我很看好能跟你一起合作。”

“我要挂电话了。”

“我知道了。不过增本，这件事千万别跟老板娘说，我不想让她操心。”

“再见了。”

电话切断了。网川浩一握紧手机，骂了一声：“混账！那个笨蛋明明脑袋空空，为什么就是不听我的话呢？”

足立印刷有限公司，增本看着刚挂上的电话思考。

星期天在美宝饭店的会面，虽然问题频出，但毕竟是一件好事，至少老板娘能说出心里话。老板娘知道的高井和明绝不是那种可怕的人，能够说出心里话，感觉很好。

那个小孩很聪明，那孩子是叫塚田真一吧？他提议道：“高井和明的声音可能会被烦恼咨询中心录下来。”真是令人惊讶。以前电视、新闻都没有人想到这一点，至少就增本所知。

他的提议很棒，放着不做太可惜了。增本一直考虑是不是应该跟老板和老板娘商量后去报警。调查总部一直在向公众征求信息，他们一定会听吧。当然他不会说是自己的意见，一定会说是塚田小弟的看法。警方能够调查各地的咨询中心，说不定真的能找到高井和明的声音。

只是现在工厂真的很忙。老板一向规规矩矩做生意，所以有很多不被不景气的经济环境影响的忠实客户。这种时候实在不太敢给老板和老板娘增添麻烦。

“我回来了。”老板从银行回来了，“三家建筑承包商的汇款已经入账了。”

“哦，太好了，老板辛苦了。”

“午饭吃了吗？”

“吃了。帮您留了饭菜。”

“那我得赶快吃才行。”

增本一直盯着边笑边走进办公室的老板，说呢，还是不说？

还有刚才那人打来的电话？那个姓网川的，其实是个很讨人厌的家伙吧？居然有脸提出那种事，还以为我会答应，简直把人当作笨蛋！可是老板娘对那人称赞有加！

“怎么了？我脸上沾了什么东西吗？”

“没有，没什么。”

“奇怪的家伙。”老板笑了。

增本还在考虑，说还是不说？

25

走了。

他走了。

高井由美子独自在饭店房间里，坐在床上盯着墙壁。早餐没有吃，午餐也不想吃，只是坐着发呆。好不容易换好了衣服，却赤着脚没有穿鞋。这几天都是这样。今天是几号？那之后过了几天？

由美子不对劲，网川浩一应该早就发觉了。现在由美子已经没有力气隐瞒内心的动摇，说实话她希望网川能读出她内心的混乱，甚至直接将混乱表现在脸上。这也无可厚非。

尽管如此，他还是出门了。说是和人约好了见面，他说很忙。他说有约会。连续好几天都出去，把由美子扔着不管。

是由美子自己说要一个人静静，有事情要想。所以别人会说，只剩你一个人也是应该的。但内心却不是这样想，过去从来没有这样过。由美子所谓的“一个人静静”，是希望网川陪在她身边。只有一个人，由美子会胡思乱想，所以需要网川陪在旁边跟她说说话。他完全按由美子说的行事，这还是第一次。

那个周末的晚上，受不了夜晚的沉重，她冲动地打了好几次电话给前畑滋子。她很想问问对方：“滋子姐，我错了吗？我做的事错了吗？我打算和网川先生一起为洗刷哥哥的污名而战，可外人真的是这么看吗？我的内心，滋子姐也能看清楚吗？我喜欢网川先生，希望他永远在我身边。我希望他总是最先想到我，我希望永远被他守护。不知道从什么时候起，在我心里，这个念头比帮哥哥洗刷污名更加膨胀。我的心思，滋子姐是否也看得见？如果你能看见，表示世人也看得出来吧？我很丢脸吗？我表错情了吗？”

前畑滋子不在家，只听到电话录音。虽然想对着机器诉说心事，但最后还是因难为情而放弃了。电话留言的后半段只录下了由美子哭泣的声音。

听了那些，前畑滋子会怎么想？会生气地说这个时候还有什么脸回来找她，还是会嘲笑道“你是跟网川吵架了吧？可是我不想当他的代替品”？因为担心这些，由美子没有再打电话。

自从出书、成名之后，网川就变了。不，与其说是他变了，不如说他关心由美子的方式变了。有了名气、到处受欢迎、被公认为记者的他逐渐离由美子而去。虽然他还是一如既往地以温柔、亲切、关心来对待由美子，但两人之间已有了缝隙。

出书前两人是同志。网川是实力强的战士，由美子力量微弱帮不上忙，但立场是一致的。为了替高井和明这倒霉的无用青年申冤，他们俩是战友。

但是现在已经完全不一样了。

网川浩一成名了。走在路上总有女孩子对他欢呼，读者鼓励的信件如雪片般飞来，其中不乏几近情书的内容。也不知道是哪里出了问题，有不少女孩还会寄来照片、附上电话号码和住址，希望网川回信，要求跟他私下见面。

网川浩一成了英雄。为了不幸的童年好友，他鼓起勇气面对社会而战，说服大众，吸引人们的目光和注意。现在连警方也逐渐接纳他的主张。因为面子问题还不能公开，但这个星期已派人保护他，这就是警方承认他意见的不可动摇的铁证。

而由美子却被扔在一旁。

由美子不是英雄，不能跟网川站在同样的地位。她甚至不能踩着威风凛凛前进的英雄的影子，偷偷尾随其后。没有人想看由美子，也没有人会注意到她。

传说或神话中的英雄，如果和被他们从怪物或妖魔手中救出的公主结合，两人就可以携手接受民众的欢呼。这是一种约定，一种惯例。所以由美子误会了，以为网川被社会接受的同时，自己也能和他站在一起。

然而现实和传说是不一样的。何况由美子一开始就不是“公主”。她确实是被英雄救出来的，但只是个无名的乡下姑娘。乡下姑娘和英雄是不可能结合的。

英雄凯旋回到都市，那里自然有适合他的公主。乡下姑娘目送着英雄离去后，只能回到田间认真工作。

但是由美子又误会了。她以为英雄会思念乡下姑娘又跑来救她。解救有困难的人是英雄的职责，所以他会这么做。但不是因为喜欢乡下姑娘。

成名之后，网川身边围绕着许多适合他的“公主”，都比由美子出色，长得漂亮，也很聪明。网川和那些女人在一起其实过得很快乐。见他和年长的知名女主播毫不畏惧地聊天、谈笑、开玩笑，由美子觉得很骄傲。但是只要从误会的梦中醒来，她根本没有骄傲的权利。

“浩一……”

她知道那名女摄影师跟网川很亲密。两人常常在酒吧喝到深夜。但她以为那是工作，她想这么以为。她就是这样自欺。她欺骗自己，在许多故事中，英雄会和乡下姑娘结合，没什么好奇怪。我和网川是因为高井和明这个死者的灵魂而结合的。

但这只是空虚的幻想。周日发生的事，事先完全没有跟由美子商量，网川擅自安排采访，激怒了有马义男和塚田真一。而这次他又想利用由美子欺骗他们。从头到尾，由美子只是枚棋子，网川真正的商量对象、配合他行动的助手是那名女摄影师。听见她叫网川“浩一”那一瞬间，由美子已经无法置身于暧昧的迷雾中，她已被迫明白了。

于是他走了。

扔下由美子，他走了。

门铃响了。由美子慢慢抬起头看着房门。

门铃还在响，急躁、嘈杂地响着。由美子起身走向房门之际，门铃始终在响。

打开房门，从十厘米宽的门缝中，看见了那名女摄影师。对方俯视着由美子，直到四目交接时，她伸手推开房门。她穿着口袋很多的短背心和紧身牛仔裤，踩着尖头长靴踏进房内，一手按着门，生气般尖着嘴瞪着由美子。

“你还好吗？”猛然一问，口吻好像由美子应该不好。

由美子不发一语地走过她身边，想要去走廊。手臂却被抓住了。

“早上出门时，网川先生担心你，请我来看看你。他说你最近很消沉，不太高兴，所以我来看看。我自己可不愿意来看你。”

由美子慵懒地回过头，故意问道：“网川先生？”

“是呀，没错。是浩一托我来的。”女摄影师也故意回道。

由美子觉得心痛，这是场赢不了的战争。

女摄影师用力关上房门，挡在由美子和房门之间。两手叉腰，快速说道：“我看你有些误会，所以先说清楚。浩一要跟谁交往，跟谁谈恋爱，你没有说话的权利！”

由美子默默地看着脚下的地毯。

“你以为摆出一张悲伤的脸，大家都会同情你，那你就错了。就连浩一也说你最近一点气势都没有，看了真烦！”她的语速更快了，仿佛说出口、扔下话语就要逃跑一样。“你绝对不是什么悲剧故事的女主角，这一点你最好睁大眼睛，认清事实！”

由美子抬起眼睛看着她。对方退缩了，好像有些惊讶：“怎……怎么样？”

“刚才那些话，是网川先生请你来说的吗？”

女摄影师闭上了嘴。说的话被追究，忽然间脸色发青。

由美子重复问道：“是他请你这么做的吗？”

“他……才没有那么神经大条。我想你也很清楚吧？所以不要再缠着他不放了。”

由美子打开房门说：“你给我出去！”

“我说由美子小姐，你呀……”

“我和你没什么话好说，你给我出去！”

“是吗！”女摄影师不屑地说，然后伸手从最深的口袋里拿出一封信。“这个！”她递到由美子鼻尖前说，“送到前台的，寄给你的。好像是你妈妈写来的。”

由美子接下信。的确是托饭店转给她的。邮票贴歪了，信封背面的寄件人一栏用歪斜的小字写着“母寄”。

赶走女摄影师后，关上门上了链，回到床上后才拆开信封。信很厚，里面好像不止信纸。

将信封倒着甩了一下，两张快照掉到腿上。很奇怪的照片，整体色调很暗。被拍摄的东西扭曲着，而且好像是信。由美子拿近观察。

不是好像，根本就是信的特写。拍的是竖着写满字的信纸。由于表面反光，不易阅读，由美子皱起了眉头，这是……

读了之后，感觉脚底开始摇晃。抓紧床单才能稳住身体。

这个……究竟……

抓着信封，掏出里面的信纸。那是一张复印用纸，上面排列着文字处理机打出来的文字。

高井由美子收

认清事实吧

这照片拍的是高井和明留下的遗书的一部分　遗书中　高井对于和栗桥浩美共同犯下残酷罪行做出完全承认的告白　他们车祸身故至少对高井而言是做好心理准备的　高井只有以死才能补偿被栗桥怂恿犯罪的内疚

这封遗书是寄给网川浩一的　他一直偷偷留在身边

他一开始就知道案件是栗桥和高井一起做的　知道却故意隐瞒

我调查网川身边　终于成功拍到这两张照片

不用多说底片在我手上　就算毁灭照片事实也不会消失

要是这真相公开会发生什么事呢

网川和你都将回到原点

让网川看这封信

我要跟你们谈交易

你们已经无路可退

要想演戏欺骗世人　就必须明白将付出代价

没有写寄信人，也没有日期。

信从由美子手中滑落。她吸了一口气，跌坐在地板上。

认清事实吧！

不知过了多久，一个人跌坐在地上。文字处理机打出来的字一直在脑海中回旋，整篇文章碎成一句句又连在一起，连成圈又分散，像是嘲笑由美子般充满色彩，在脑海中翻飞。忽然她想到，也许是自己失去了意识，也许是做了噩梦。

但是低头看着手，信还在，手指还紧紧抓着信。脚边有两张照片，正面对着由美子躺在地板上。的确存在，丢也丢不掉，不可能消失。

认清事实吧！

哥哥留下了承认犯罪的遗书，浩一他知道这件事。

门铃又响了。不像刚才那么急促，而是慢慢地一次又一次按着。第二次、第三次……

由美子看了看床头的数字钟，已经是晚上了。她发愣的时候，时间已经过去了。

有人敲门。有人在叫她。她听见有人呼唤她："由美子，你在吗？可不可以开开门？"

是网川。他回来了。

由美子感觉自己一分为二，一个由美子想冲过去开门，冲进网川怀里哭泣；另一个由美子则是像这样沉默如死人般等着网川离去，然后收拾行李离开。

但是要去哪里？目的地何在？这地球上还有由美子的容身之处吗？

该去警局、报社、还是到前畑滋子的公寓？她应该会听我说话吧，而且会很高兴听我说话。因为这些照片和信就是铁证。前畑滋子是对的。

她的信息来源和信念所在的警方也是对的。高井和明真的是杀人犯。拿着证据前去投奔，前畑滋子怎么可能拒绝她呢？

可是这么一来，由美子会变成怎样？

前畑滋子终究是外人，她和案件毫无关系。她只是采访和写报道而已，她只是捞到大功而已。她不能守护由美子的人生。

“由美子，你睡了吗？”

网川在叫她。由美子抓着床站起来，靠近门边，扭动把手。为什么这扇门这么重？好像是在说不能开。门也有意志，哪有这么可笑的事？

睁开双眼，网川正注视着由美子，由美子也看着他。猛然发觉，她已经好久没有这样正视他的眼睛了。

“请进。”

由美子的话跟网川的“你还好吧”同时说出，形成没有意义的合音。

“请进，我有东西给你看。”由美子说完，背对着网川，“信……来了一封信，里面有照片。”

这时另一个想要离开这里的由美子，像灵魂般安静而悲伤地漂浮在房间的某个角落看着这一切。由美子明显可以感觉到这一点，同时将信交给了网川。

很长很长的沉默。

读完匿名威胁信后，网川浩一坐在由美子房间的沙发上，一手撑着下巴，始终保持沉默。回来的时候，虽然疲倦但还开朗的表情现在已消失无踪。由美子坐在旁边的床上，随时等待他说些什么、对她露出笑容，或是抬起因生气而潮红的脸。

网川在想什么？面对现在的情况，他在思考什么？看着固定跳动报时的时钟，由美子忽然觉得，只要这样闭着嘴等待时间经过，那封信和照片就会消失，可怕事件的记忆也会一并不见，世上的人都会忘记这一切，所有问题都能迎刃而解，迎来明亮的未来，或许事情能够顺利地过去。和案件对抗、违背潮流实在是太辛苦了。放松气力随波逐流，也许会出现更好的结果。

时钟的数字跳动了一下，时间是凌晨零点。

这时由美子听见了什么。好像是许多人的声音，从隔壁房间传过来的吧？她抬头看了看才发觉，是低着头、握紧拳头压在嘴上的网川在笑。“哈……哈……哈……”眼角堆满了笑纹。他看起来很温柔的眼角笑纹是由美子最喜欢的特征之一。

由美子放心地开口问道：“那应该是恶作剧吧？”

网川继续奇怪地大笑。信纸、照片都摊在茶几上。他看着那些东西在笑。

由美子下了床，来到他对面，拉了一把椅子坐下。网川似乎故意不让由美子看见他的脸，依然低头笑着。

“真是的！有什么那么好笑？我刚开始读那封信的时候，心脏都快要停止跳动了。”

网川叹了一口气，“啊……啊……”地叫道。就像一般人在笑过头时常做的那样。他交叉盘腿重新坐好，愉快地看着由美子。

“由美子，你看这照片上的遗书，真的是和明写的吗？”

意外的询问。由美子完全没想过这个问题。

“这个……”她拿起照片再一次端详。不太清楚，字太小了，内容也是片段式的，看不清。她如实回答：“哥哥的字很丑，真的很丑。每次拿到哥哥写的外卖订单，我和妈妈都认不出来，会忍不住埋怨他两句。”

网川对着照片皱眉道：“这字也很丑，所以你没有任何怀疑，以为就是和明写的。”

实际上是冲击太大，根本还来不及想，但由美子还是点了点头。

“那么是恶作剧？这封遗书是假的？”

网川脸上浮现淡淡的笑容，没有回答。

“哥哥才不会写什么遗书。但是谁会花这么大的工夫搞这种恶作剧呢？信是送到饭店前台的，而且寄信人还写着是我妈。大概是认为这么写，我就会打开来看。”

网川没有将脸转过来，而是移动眼珠看着由美子，就像观察很感兴趣的动物一样。然后他说：“那是真的。”

由美子也跟着笑了，但表情就此僵住。

“信的内容也是真的。从头到尾都是真的。”

由美子手上的照片掉在地板上，感觉好像照片在手上滑动。她抗议般屈身说道：“怎么可能……”

呼吸变得痛苦，脚好像踩在沙地上，逐渐往下沦陷。

“和明的遗书在他们车祸死在绿色大道的第二天，寄到了我那里。”

网川像念台词一样，平淡地诉说。他的视线从由美子身上移到窗户。然后好像很刺眼一般眯着眼睛说：“读过之后我吓了一跳。新闻已经大肆报道了，我大概知道案件的经过，心里觉得这下糟了，我手上居然握有天大的证据。”

“可是……你为什么……”

“你是说我为什么不赶紧报警吗？”网川反问，然后苦笑地摇头道，“我想就算不报警，他们也已经被认为是连环诱拐杀人案的凶手。一开始所有的新闻节目都那么认定。所以用不着报警，目的也已经达到。而且我也不希望被媒体追着跑，整天接受警方的侦讯调查。弄不好我也会被怀疑与这个案子有关，被这些没用的警察误会！”

由美子感觉身体开始倾斜。脑海里浮现的、喉咙里跳出来的，只有一个想法、一句话，即“为什么……为什么……为什么……”

“我决定忘记手上拥有遗书这件事。”网川平静地说，“可是，我通过报道发现，案件调查漏洞百出。找不到任何和明涉案的证据，也没有发现两人犯案使用的秘密基地。因为没有作为声纹鉴定的材料，那通打给HBS特别节目的电话也不能成为决定性的关键。什么都是空谈。于是我想到了。”网川加强语气。“这下可好玩了。”

由美子像鹦鹉般重复道：“好玩？好玩？”

“由美子知道什么是debate吗？就像是辩论会一样。”

由美子茫然地看着网川。“什么？你说什么？”

“我在大学的社团做过几次，很好玩。我很厉害，几乎都没有输过。”

辩论会纯粹是为了磨炼辩论的技术。辩论的主题，有时会和个人的信念相悖。例如分明反对安乐死，但是在辩论会上却必须为拥护安乐死而辩。

“我想应用这些技巧。换言之，全日本只有我一人拥有铁证，知道和明是案件的同伙。但是我硬要主张和明是被卷入案件的受害者，我要让社会大众接受和浩美联手的真凶另有其人。我想试试能否挑战成功。”

由美子脑中一片空白，跟不上网川。但是网川似乎已经忘记为什么而说话，只是独自高兴、骄傲地继续说下去。

“这是很困难的事，难度相当高。暂且不管不习惯处理连环杀人案的笨警察怎么想。舆论已经认定是他们两人犯的案，为什么会这样？因为大家想早点安心。大家想可怕的凶手死了，就没事了。所以要推翻这一切，需要很大的力气。什么时候开始行动是个问题。要将社会大众推进不安的旋涡，时机很重要。所以我观察警方缓慢的调查，等待时机到来。结果就像为我安排的一样，一个围绕在警方身边的笨女人——前畑滋子，根据警方的资料写出报道，简直是帮我击出了好球。我觉得我出场的时机到了。与其拿调查总部这种模糊的组织作为对象，不如击垮个人的意见，更容易在大众之间发挥宣传效果。”

由美子想说些什么，却只是下巴颤抖说不出话来。网川看了由美子一眼，语带安慰地说道：“当然对由美子你们，我觉得很可怜。”

接着他补充道：“做坏事的是和明，不是你也不是你的父母。可这是日本人的坏习惯——因为对家庭抱着绝对的信仰，已经死去的和明不能承担的责任，必须改由由美子你们承担。我想将你们从这种愚昧的大众攻击中救出来。”

由美子好不容易说话了：“我……可是我……我是真的相信哥哥不是杀人凶手。”

网川倾身，轻轻拍着由美子的手臂说：“由美子，人一长大，即便是家人好友，彼此之间也有不为人知的一面。和明心中有不让你看见的阴暗面。关于这一点，前畑滋子小说般的分析虽然说得大致没错，但她是浪漫主义者，女人都是这样。”

“前畑小姐……”

“没错。你读过她的报道吗？文章虽然是日文，但基本想法根本是抄袭美国犯罪报告文学的主张。模仿也要有个样子嘛！根本连事实都没有看清楚，只是将自己想的写成事实而已。”

由美子抬起头，泪水滴落在茶几上。网川看着由美子哭泣的脸，就像父亲俯视且安慰撒娇的孩子一般。

“我成功了。”他断言道，“现在整个形势都转变过来了。全日本都站在我这边。连警方暗地里也相信我的说法，期待真凶 X 跟我接触。你现在是悲剧的女主角。也许你一直待在屋子里不知道，你出去看看，那些在案件刚开始时视你如洪水猛兽、避而远之的人，都会上前拥抱你了。他们会说你的悲剧就是他们的悲剧，也一定会有男人向你求婚，要你马上嫁给他。”

由美子只能注视着网川，她已经说不出话来。她也不知道该说什么才好。

“关于那个可恶的威胁者，你不必担心。”网川说得干脆，然后抓起照片，“是谁干的，我大概能猜出来。不敢直接交给我，而找你下手，乍看之下好像很狡猾，其实正表示这家伙是胆小鬼。根本没有和我对抗的智慧和勇气，放心好了，我能制伏他。目的还不只是钱嘛！”

网川一副早就猜透由美子内心的样子。由美子也完全赞同他的意见，所以不得不从混乱中找话表白。

“你应该说出真正的事情！”

网川就像搞笑综艺节目里的艺人一样，做出夸张的吃惊表情。“什么是真正的事情？”

“就是这封遗书的事。”

“说了又能怎样？”

“又能怎样？可那就是事实。”

“你又想被满街追着跑吗？你的父母好不容易恢复平静的生活，你又要他们被放逐吗？或许你的爸爸病情会加重，甚至到不能挽回的地步。”

“我知道。你不必说我也知道。可是……”

“脑袋知道的，跟现实身体承受的，是两回事。”网川好像真的能读透她的心，“事到如今再公开遗书，将事实呈现出来，你这种正义是小学生的正义。谁能得到什么好处呢？顶多只有前畑滋子翘着鼻子出现在电视上。她又能帮你做什么呢？”

是的。前畑滋子终究是外人，并不能取代由美子的人生。这就是由美子所考虑的。

“不只是这样。你将会陷入比刚开始时更恶劣的境地。例如你反对，想将遗书公开。你觉得‘真实’必须明白地呈现，所以你泪流满面地解释。可是你的说法，世人并不接受。你说那都是网川浩一乱搞的，我什么都不知道，知道的时候也吓了一跳。谁会听你的呢？大家都会说：‘说了那么多好听的话，真是过分！明明一开始就知道却故意撒谎。明明一直都跟网川是一伙的，怎么可能什么都不知道？就算现在公开遗书，不也是因为警方发现了高井和明果然是凶手的证据。其实是想先公开遗书，好让自己的主张能够说通，比较站得住脚吧。’”

由美子混乱的脑海中传来网川的说话声，没错，他说得对。就算现在将真相公开，也没有任何人会站在她这一边。

“所以说，由美子。”网川从沙发上站起来，来到由美子身边，蹲下来说，“忘了这封信和照片的事。知道吗？就当作没这回事。不管情况怎么变化，我们是不可分离的，我们也算是同伙。所以你不要背叛我、离我而去，你要永远在我身边。我绝对不会让你吃亏的。我们是同志，我们是盟友。”

由美子双手蒙住眼睛。她不想看见网川，也不想被网川看见。

在双手制造的小小黑暗中，浮现出一个小白影，那是哥哥优哉的笑容。那是张对世人没有丝毫敌意的脸。那是张由美子深信不疑的脸。

寒冷的夜晚，冰冷的夜晚。满天星星点缀着清澈的冬季夜空，空气中似乎还能看见些微冰霜。

因为是深夜发生的事，并没有立刻造成太大的轰动。凌晨三点，就算是市中心，美宝饭店附近的路上也没有行人。或许没有人立刻发现。

但还是听见了声音吧？直到获得详细的信息之前，网川以为第一发现者应该是出租车司机。但实际上饭店员工听见了重物落地的声音，有些怀疑地跑出去看，果然发现不祥的预感是对的。

到网川房间通报的店员很年轻，大概是去年春天才录用的。显而易见很慌张，双手颤抖，脸色发白，令人担心他是不是马上要哭出来了。他没有按门铃，而是用力敲房门吵醒客人，根本就忘了这种做法违反了员工手册的规定。

网川倒是毫不惊讶。事情会往哪个方向发展，他已经大致猜到了。尽管如此，发展方向的不同还是会大大影响今后的行动和计划。他不断在心中模拟，根本无法睡着。他还是将房间的灯关了，换好睡衣，一直坐在椅子上凝视黑暗。

还好，打开房门跟店员面对面时，他能做出一副刚刚还在熟睡、被光线刺激得睁不开眼、还很想睡觉的恍惚表情。对于店员带来的消息，他无法立刻表示惊讶，反而是没睡饱的样子，更有助于他表现出“干什么？发生什么事了？该不会是做了噩梦”的态度。

“我……我知道了。我立刻就过去，等我换好衣服……算了，我还是先下去吧。”

因为一直是独自沉默不说话，舌头有些转不过来，这也很好。年轻店员含着泪，一样结结巴巴地说：“是……是的。已经联系警察了。”

“救护车呢？”

“啊！我想是叫了。”

“只是想不行，赶快去叫。”

“是的，对不起。”

年轻店员一走，网川浩一慢慢关上门，靠在门板上。

这里是几楼？最顶层的十一楼。那么叫来救护车也没用。可是形式上不叫也不行，饭店小子！

当初会选择美宝饭店落脚，除了离集中在市中心的出版社、电视台交通方便外，房间安静、设备齐全也是他中意之处。

这里不像其他现代化的高层饭店，在决定住下时他就发现客厅的窗户能开，可以通到外面。当时还没有什么特别的感觉，因为不知道会不会一直住下去。

但这一点还是奏效了。

高井由美子跳楼了，从十一楼的窗户跳下去。

网川浩一看着紧闭的窗帘，这时他应该打开窗帘往下看吧？他应该探身到自己也要掉下去的地步，确认由美子掉下去的地方吧？

可是他一动不动，那样做太麻烦了。明知该做，但就是不愿意。总之今后的行动更重要，必须更加谨慎小心才行。或许哭给别人看是必要的，但他不想做。

从小他就能自如地露出任何表情，也能完美地装出任何态度。任何场合，任何时间，只要对方希望。有时候对方还没有注意到，或只是下意识地希望什么样的表情和态度，网川浩一就能敏锐地察觉，提前表现出来。

他觉得自己有这方面的天分。

但就是哭泣这一项，他偏不行。他从来没有成功地假哭过。

高井由美子自杀，肯定需要他的泪水吧？失去守护的公主，正义骑士理应哭泣。但与其被发现是虚假的泪水，还不如不哭的好。即便冒着可能被斥责为冷漠的人的危险，也比被笑为假哭要好许多。

照片和文字处理机打的威胁信，都已经从由美子手中拿回来了。“这种东西，你拿着也是没用吧？总之今晚先休息。”说完，他便离开了由美子的房间。由美子茫然地坐着，脸上没有任何表情。看起来就像是失去了应该戴上的面具，不知道该如何是好；又像是操作的手抽出来，被扔在椅子上的手偶一样。如果是傀儡也还好，绳子断了，主体还在；但是手偶则不一样，没有操作的手，就只剩下空虚的躯壳，甚至已不够健全！

自从栗桥浩美和高井和明死后，整个十一月，网川浩一都在等待。等待调查的进展、等待被发现的物证、等待新的目击证词。如果有哪一项指向他，他就必须迅速作出应对。

然而光是等待很辛苦，所以他写了很多东西。高井和明的遗书就是其中之一。那是在山庄写的。虽然两人以那种形式死去，根本不需要遗书，他还是写了。只是为了解闷、打发时间罢了。在冰川高原一带的道路封锁解除前、在行走在附近道路被盘问的可能性消失前，他必须忍耐，必须躲藏在山庄里，所以时间实在是太多了。

运气也站在网川浩一这边。

得知车祸现场没有发现栗桥浩美的手机时，他不禁大叫一声“爽”！如果检查手机，浩美和和平一直通电话的事实便会败露。那是最危险的东西。但是没有被找到，赤井山帮他吞没了手机。

山庄不在他名下，是他母亲的房产。而且他母亲的姓名跟他的完全不一样。除非详加调查，谁也不会知道网川浩一和山庄有所牵连。虽然诱拐木村庄司的地点在附近，很可能警方会调查到山庄一带，但是这里的别墅星罗棋布，只是单纯的地毯式搜索，他自信绝对不会发现他的名字。

来往山庄的时候，他绝不走收费道路。所以他和车也不会被暗藏在某处的监视器或摄像头拍到。他一向很小心，从一开始就很小心。

只要在车祸现场和车里（那个可恶的高井和明的车），不发现任何他跟栗桥浩美有直接关联的证据，就表示他还在安全圈内。加上看这连续几天的报道，高井和明孤独的私生活及视觉障碍等，都为他难以预料的“犯罪”提供了动机。本来他跟生活比黑夜还要阴暗的栗桥浩美在一起，以及后备厢装有木村庄司的尸体，就已经够不利了！

作为网川浩一的替代品、被牺牲的羔羊，高井和明的确是再适合不过了！

进入十二月，网川更加确信自身的安全。警方固然在继续调查，那是因为从浩美的住所找到了那些照片。大约是一年前，浩美觉得有点无所谓，便从山庄带了那些资料回东京。网川很不是滋味，只好严格禁止浩美将女孩们的物品、衣服带出去，其他就没多说。照片是在山庄的暗房里洗的，底片也好好保管着，不必担心。栗桥浩美如此偏执，如果能因欣赏那些照片而获得满足，就先观察看看，说不定日后会有用处。何况他也不想说太多，免得吵起架来。栗桥自以为相当聪明，其实是个笨蛋，一生气就会立刻做出不可思议的傻事。他曾做过许多蠢事，日高千秋那件就是个好例子。因此只要不会有太大影响，偶尔让他做想做的事或许更好。一旦不好控制了，就只能割舍掉他！

所以当事态开始扩大时，网川就在考虑该尽早“解决”栗桥浩美了。

将栗桥和高井一起送往赤井山时，他想先嫁祸高井，等新闻热度一过便偷偷杀了栗桥。那时，社会应该正为高井的话题吵得火热吧？而当高井的童年好友，比高井风评更差的栗桥自杀的消息传出，肯定会跟连环女子诱拐杀人案联系在一起。整起案件就到此为止，这不是很棒吗？

可是现实生活却没这么发展。在绿色大道上，栗桥和高井出车祸身亡。两人一次解决，倒省了网川的麻烦。而且幸运接二连三，网川居然完全置身事外……

他应该就这样放着不管，一如忘记有这回事一样。他其实应该这么做。

偏偏觉得哪里不对劲，感觉好像有什么不满足。对于这起震惊社会的案件，他希望多一点关联。他有权与之关联，因为他是当事人。

这时他在电视机前看到了前畑滋子，也读了她的报道。第一回连载，那个感伤的开头好像是“与绝望约好的地点”之类的，造成了话题，前畑滋子也备受瞩目。但在网川浩一看来，那篇报道就像是小学生的作文一样。

他很生气，心浮气躁。他认为自己可以写得更好。这种半吊子女记者也能出名，自己应该能爬得更高！

毕竟这是他精心设计的故事，这是他的舞台剧。跟前畑滋子毫无关系，她没有任何参与的权利。又不是警察、律师或犯罪心理学者，只知道排列出道听途说、千篇一律的修辞，却什么都写不出来的女人，居然想抢了他的舞台剧，网川怎么可能沉默？

我要拿回来，我要拿回我的舞台剧！

只是他起步慢了，虽然不是故意的。他不能和前畑滋子走同样的路，他必须另辟新路，用不同的光线照亮这起案件。

宣称高井和明无辜、强调真凶X的存在就是最具效果的方法。热闹登场、引人注目，大家都想知道结果如何，再也没有比这更棒的脚本了！

所以网川浩一开始创作，在众人的希望下创作。因为他具有这种能力。

真凶X不是别人，就是他网川浩一。但是他从来不担心自己可能会被怀疑。本来就是，如果网川是真凶X，他为什么要故意洗刷高井的嫌疑？只要闭嘴不说，警方、媒体及整个社会都自动认定栗桥、高井是凶手，案子也就因此平息。真凶X何必跟这种潮流唱反调呢？

大家都会这么想吧，实际上也是这么想的。网川找到了盲点，这也是他从小就很得意的伎俩。就算没有半个人看见他，他也会躲在没有人看得见的地方，甚至在没有必要闪躲的时候。而且他做得很好。

高井由美子大声疾呼自己的哥哥无辜。身为同班同学的网川，只要稍稍接近栗桥家和长寿庵就很容易得知这个消息。由美子从来没有隐藏过这个意图，还跟高井初中时代的恩师柿崎老师商量过。柿崎老师来参加高井的葬礼时，听说了由美子的主张。网川则是从柿崎老师那里知道的。他觉得老师可能知道些什么，跟对方联系，老师也知无不言。这让网川再一次体会到学生时代他是多么被老师们喜欢与信赖。

柿崎老师已经荣升为另一所学校的校长。这起案件令他很难过，加上动过手术，他看起来很没力气。

“我觉得高井由美子很可怜，现在的我却什么也不能帮她。就算是她以前的同学，面对这种事，也不好帮忙，也不想帮忙吧。可是你，网川同学，如果可以，就算是很小的事，也请你帮由美子尽点心力！我无权请求你，但是打电话关心栗桥和高井家人近况的，也只有你。”

“我知道，只要我能做，我愿意帮忙。”网川答应了。柿崎老师因此告诉他由美子和母亲躲在朋友家，并说出了她们的行踪。

随后只要躲在由美子身边，等待靠近的时机，而这也发展得十分顺利。那天专程跟踪由美子到了三乡市的高速巴士车站时，根本不知道她在干什么。但竟是那样的结果，不仅取得了由美子的信赖，还获得接近前畑滋子的机会。

其实继续利用由美子也不错。至少在当初的计划中，本来决定在警方找不到真凶X，最后还是以栗桥和高井为这一连串案件的凶手，发送“凶手死亡的文件审查”来结束案情前，都要将由美子留在身边。

而且网川还要继续主张高井无辜，继续表演下去。但是那样媒体会逐渐离他而去，电视台也不再找他上节目吧。那也无所谓，他只要安静平稳地贯彻自己的主张，不受媒体的青睐，和栗桥、高井逐渐脱离关系。

接着他会开始写下一本书。内容可以是犯罪，也可以是教育问题。只要又成为话题，媒体又会一拥而上。如果他们问起栗桥和高井的事，只要回答自己主张不变就行了，只要回答为了维持主张，将继续从事报道工作。

而其间找个机会跟由美子委婉地分手就好了。让她不觉得“被甩了”，适当地保持距离。

这是他的计划。反言之，这个计划在他说结束之前，如果被由美子破坏就糟了。

但是从周日那天的失态以来，由美子看他的目光有些转变。不是怀疑或责怪，而是浮现出一种“期待落空”的神色。

这种“期待落空”跟网川所写的脚本一点关系都没有。由美子没那么聪明，她只是不明白自己的斤两，居然以为网川浩一是她的所有。然后发现这不是事实而是错觉时，她开始有种被背叛的感觉。

于是事情有了糟糕的进展。

所以他必须设下圈套，送出那封威胁信和假遗书的照片。同时对由美子说：“真正的凶手是和明，我一开始就知道这个事实。”

由美子会有怎样的反应呢？关于这一点，概率各占一半。她可能会相信网川，再也不想被社会的利爪抓伤，一心只想守候着现在的生活和今后的人生，像过去一样留在网川身边、听他的命令、当他的手偶。或是选择死。

高井由美子选择了后者。

因此今后网川浩一有一段时间必须假装背负着死者的灵魂。

终于听见了警笛声。声音还在远处，在夜晚清澈的空气中逐渐靠近。

新的一幕即将开始。网川慢慢站起身来，笑了笑。

这段时间，他暂时不能在人前表露笑脸。他必须忍耐，装出沉痛的表情。他觉得自己很可怜，只能趁现在先笑一笑。

26

高井由美子的自杀果然震惊了社会。

塚田真一一早被洛基催促出去散步的叫声吵醒。在寒冷的空气中颤抖着换衣服时，石井良江冲进房间，告诉他这个消息。他赶紧跑下楼，来到客厅，见石井善之紧盯着电视。

“什么时候？”摇晃着睡意朦胧的脑袋，真一询问。不，睡意早就消了，他是因惊吓而无法思考。

“说是昨晚，凌晨三点左右。”

“听说是从饭店的窗户跳下来的。”石井善之指着电视说，“你看，就是那扇窗户。好像是直接坠落在饭店前面的人行道上。”

灰色的水泥地上，白色粉笔画出人体的形状。上面供着花束，周边用黄色警戒线围着。饭店大门前挤满了媒体。

“究竟是为什么？”真一询问，但是良江和善之都没有回答。善之专心地看电视，良江则不安地皱着眉头注视真一。

“你还好吧，小真？”

真一转身跑进了洗手间。他用冷水泼脸，一次又一次，低着头，将水龙头拧到最大，双手撑在洗脸台边缘。

星期天时因情势所迫，他和由美子处得不愉快。当时她的表情。她和那名女摄影师对峙的表情。

他试着想起自己做的和说的。不只是星期天，离开前畑滋子家时也一样，他对由美子说了气话。但他不只是生气得口不择言，那是他内心真实的想法。

“你和樋口惠是同一种人！”

“自私鬼！”

没错，真一一直都这么认为，由美子在逃避，不够脚踏实地。真一怪罪她，虽然也觉得她很可怜，但责备的意味更加强烈。然而，这种责备其实只有少部分是针对由美子的。大部分仍是真一对自己的愤怒、对不公平的命运表达的怒气，只是刚好发泄在由美子身上罢了。

星期天之后，由美子遇到了什么事？因为女摄影师，她和网川吵架了吗，还是为自己的忍气吞声而负气自杀呢？

不，不是这样。事情没那么简单。自从高井和明过世以来，由美子都是站在悬崖边，而且她的背后有强风袭来。别说是一步，只要移动半步就会跌落山谷，而强风不停吹着想让她摇晃地踏出那致命的半步。

那股强风中应该也混合了塚田真一吹来的风。

门铃响了，良江赶紧出去应门，电视的声音调得更大了。

“早安，对不起这么早就来打扰。”是水野久美的声音。

“啊，是水野小姐。”

“我看了新闻，吓了一大跳。真一呢？”

良江叫了真一。真一没有回答，只是呆呆站着，让水从下巴滴落。快速接近的脚步声传来，洗手间的门被打开了。

“真一！”久美冲了进来，脸颊因寒冷而潮红，身穿牛仔裤和红毛衣。“你听说由美子小姐的事了吧？你还好吗？”

随后进来的良江大概是出于好意，赶紧又退回到客厅。

真一喃喃自语，不知道在说什么，连他自己也听不清楚。

“什么？”久美上前想抓住真一的手臂，真一却受惊似的甩开了。

“你说什么？”久美睁大清澈无邪的眼睛，半伸手臂，指着真一问。

“为什么？”真一挤出沙哑的声音，好不容易说出话来，“为什么大家都要问我还好吗？”

“啊？”

真一看着久美。“为什么一有人死，大家就会问我还好吗？又不是我的错！”

“真一……”久美吸了一口气后，放下手说，“我不是……不是这个意思。我只是……”

真一充耳不闻，只是喃喃自语：“真的是这样吗？难道不是我的错？其实不是我的错吧？”

“你在说什么……”

“我的身边真的死了很多人，不是吗？一直都有人死掉，不是吗？”

真一眼底浮现画面。那只右手从大川公园的垃圾箱里掉出来，涂成紫红色的指甲直指真一。

死神、死神、塚田真一，你是死神！你就是死神！你也许能欺骗活着的人，但欺骗不了死人的灵魂。你为了让自己存活下去，为了吐出心中沉重的愧疚好让自己舒服点，于是让周围的人一一死去……

“死了这么多人。”真一低喃道，“为什么我却不死？我才是该快点死掉的人，为什么我还活着？”

时间像是停止一样沉默。连流水声也消失了，空气依然显得冰冷。

水野久美赶紧吸一口气，向前一步举起手，甩了真一一巴掌。

清脆的声音响起，真一眼前冒出一阵火花，下巴歪到一边。

久美和真一四目相对后，赶紧看着自己的手，看着她打了真一脸颊的右手，手掌已经发红。久美眼神焦灼，好像手上写着什么重大信息，必须立刻读完才行。她看着自己的手。

接着她握起拳头，遮住嘴巴，泪水夺眶而出。

“为……为……为什么？”她断断续续随着泪水哭道，“为什么你要说那种话？为什么？”

真一什么都不能做，也不敢靠近久美，只是垂手站着。久美闭上眼睛，用力顿足，忽然跳到真一怀里。

“为什么你要那样乱说？为什么你不明白我的心情？为什么要说死了算了？为什么你不明白大家都很关心你？”久美挥舞着柔弱的拳头不断捶打真一，不断大喊。不久她双手抓住真一，用力摇晃并说道：“我在这里呀！你也在这里呀！为什么你不看着前方呢？你想怎样？我该怎么做？你告诉我呀。我该怎样才能帮助你？我想那么做，我希望你振作起来。你别说什么不如死了算了。你告诉我，我该怎么办？我哪里做得不够，你告诉我，请你告诉我呀！我都能为你做。只要是我能做的，我都会为你做。”

久美呜咽着抓着真一不放，但手臂渐渐放松，整个人跌坐在地。

真一的眼睛慢慢有了焦点。感觉一个沉睡很久、不可捉摸的影子般的东西因为久美的叫声而醒来，开始在真一体内伸展手脚。

真一蹲下身，双手按着久美的肩膀说：“对不起。”

听起来像是叹息。

“对不起！”这一次他说得更清楚了，“对不起！”

久美抬起头，脸早已哭花了，但看起来还是很美丽。

“笨蛋！”久美一边洒泪一边骂道，抱住了真一，真一也紧紧回抱不放。她的泪水沾湿了真一的耳朵、脸颊和下巴。她忽然想起来似的摇晃真一，好像要确定真一真的在那里，她用力摇、用力摇。

两人来到有马豆腐店时，新闻已正式开始报道这个消息。老人坐在曾是豆腐店后堂的小客厅看电视。似乎不断地吸烟，烟灰缸里已堆满了烟蒂。

“有马先生。”真一一呼唤，老人疲倦地转过头。“啊，你们早。”

“你还好吧？”

“我还好。为什么这么问？”

老人让他们进屋，但神色显得忽然苍老许多。

“还不知道详细情形。但据电视台所说，有的说有遗书，有的又说没有。”

这倒是第一次听到，真一和久美不禁互视一眼。

“如果有遗书，或许就能进一步了解情况了。”久美小声说。

“果然……”老人说到一半，将吸得很短的烟头塞进成堆的烟蒂。香烟没有立刻熄灭，冒出了一缕青烟。“我果然不该去看她，我不应该去找那个人。”

大家想的都一样。真一摇头道：“不是这样的。”

“可是……”

“去找她的并非只有有马先生，我也去了。我还对她发火了。”

义男默默看着真一，真一也勇敢地面对老人的视线，毫不闪躲。

“你要是那么说，根本就没完没了。觉得自己什么事做得不对，一想起来就会没完没了。”

“说得没错。”久美也说。

老人沉默不语，将视线从电视上移开，又叼起一支烟。

“但唯一确定能说的是，不该让由美子小姐过那种生活，不该让她跟网川在一起。”

真一提起那个星期日的第二天，他被叫到大川公园的经过。樋口惠也出现了，向网川提出帮她父亲写书的事，网川似乎很有兴趣，真一也全说了出来。他因此狼狈动摇，直接跑到墨东警局调查总部，虽然没遇到武上，却跟筱崎说了话，这事也向老人报告了。

“事到如今说这些也不能安慰由美子。但看筱崎说话的态度，虽然还没有对外公开，但调查总部似乎已经开始行动了。”

“说是已经开始行动，好像也只是这样。”

“只是一种感觉。而且网川好像也跟案子有关。”

有马义男额上的皱纹纠成一片。“怎么说？”

“筱崎没有说得很具体，只说如果能让网川慌张就好了。我觉得他是在暗示我不必担心网川。也许有希望找到重要证据推翻网川的说法，让案件定向。”

义男表情严肃地将视线移回电视画面，拿起遥控器关掉电视。“今天我本想去长寿庵一趟。”他说，“我想去问问附近的人，看看高井和明是个什么样的人。但是算了，暂时什么都不能做了。”

真一和久美也只能在一旁点头。

“希望不要再出人命了。”义男肩膀无力地垂下，“究竟要到什么时候才能结束？究竟还要多久，才能完全结束？”

27

前畑滋子在《日本时事纪录》编辑部看到了同样的新闻报道。

刚开始，她看了整天的电视，不跟编辑部的任何人说话，拿起不知谁买来的报纸从头读到尾，又打开电视收看新闻，连饭也不吃。

第二天起，她则完全不看电视。先跟好几个同事约好，如果得知发现了由美子的遗书、网川浩一是否接受侦讯或会召开记者会等消息就通知她，然后便埋首桌前。累了就趴在桌上，或是躲在桌下盖着毛毯睡觉。

自从离家以来，滋子一直都住在这里。

她在《日本时事纪录》编辑部要了一个位置，晚上则睡在休息用的沙发上。离开前畑家，决定和昭二分手，目前她无处可去。请求手岛让她在找到房子前住在编辑部时，手岛并没有太惊讶，只说了句："好歹睡袋得自己买！"其他作家或记者虽然显得有些好奇，但没有人敢问滋子出了什么事。

滋子就在《日本时事纪录》编辑部知道了由美子的死讯，观察事发后网川的行为举止。看起来网川因由美子的死而有所动摇，至少他表现出逃避记者递来的话筒、拒绝各家报社的采访。这是他成名以来从未有过的举动。他发传真给各电视台，通知将在由美子的葬礼结束后召开记者会，请各媒体等到那时再说。这份声明表示他比任何人都更受冲击，希望各界能理解他的心情。相比他一向的表现而言，语气算是难得的谨慎。

这也难怪，滋子暗讽道。他也知道他再怎么有名，失去了成功的关键——身为高井由美子的白马骑士，根基便开始动摇。至少在栗桥和高井案件正式结束之前，网川必须作为由美子的保护者而行动。他却让那么重要的由美子死了，这是个不可挽回的错误。

没错，这个重大失误不太像是网川犯的，滋子首先觉得这一点很可疑。他究竟为什么会出错呢？难道滋子对他的智慧评价过高？他毕竟也是一个涉世不深的年轻人，要想支撑像由美子这种背负太多负面因素的人生存下去，他的力量还是不够吧？

滋子想起来了。电话录音中，由美子断断续续地说："我已经不知道了……"

由美子说她不知道的是什么事？她和网川的关系吗？网川的真心，还是案件的真相？她是想说对哥哥高井和明不是真凶的信心已经动摇了吗？

当时为什么没有想到立刻前去找由美子问个明白呢？只是无聊的固执作祟。对于放弃滋子而投奔网川的由美子，滋子内心还是不肯原谅吧。

没错，我还在生气。滋子重新体会到这种心情。躲在网川高举的宣传旗帜下，由美子不时扮演悲剧女主角，看了的确让人生厌。滋子在心中不得不纠正道："你们根本不是受害者。真正被牺牲的人是古川鞠子这些被杀害的女子。请你们不要误会了！"

所以滋子不想帮助她。

听见由美子的电话留言，即便感觉她很不安，滋子还是没有跟她联络。一方面也是因为滋子面临离婚危机，根本无暇顾及这些。但这都是借口，滋子根本不想管由美子，所以放弃了她。

滋子无法逃避了，说出一大堆借口也不能脱身。在被人责怪之前，滋子首先自责。而且到了那时，她愿接受惩罚。

可是时候未到，现在滋子还有事要做：发掘网川的过去，查出他是什么人，究竟来自何方。

这项工作进度虽慢，但还是稍有成果。调查他身边的事固然费事，但并不困难。滋子甚至纳闷为什么以前始终没有人做。

这是个盲点。由于网川的主张、他本身太过鲜明，在他闪亮地站在众所瞩目的位置上之前，没有人会注意到他曾经走过怎样的路。而且他上场的时间还很短。这个案件因受害者众多也给人规模很大的错觉，其实案发以来不过才过了半年到一年时间。一切都是从大川公园事件开始的，那是去年九月十二日。而栗桥浩美和高井和明在赤井山绿色大道车祸身故，则发生在十一月五日。此后网川出场是在今年一月二十二日，参加 HBS 节目是他第一次露面。第二天他的书《另一起杀人事件》就陈列在书店出售。

而现在只不过是三月六日。从网川上电视开始计算，实际上只过了四十天。就算是临时冒出来的乡下艺人，四十天还不会消失。刚四十天，也不会被挖出过去的丑闻。

但是警方怎么想？调查总部说不定已经开始调查网川。警方的调查绵密而有组织性，以不显眼的方式进行，确定的事实也不对外公布。所以滋子做的事可能调查总部早已经做过，也许她发现再怎么挖也挖不出东西而放弃调查，结果只是白忙一场，毫无发现。

滋子也知道这一点。她有时不得不问自己：是不是为了拖延时间，故意延后面对由美子自杀的事实呢？于是她会当场全身无力，就算是坐在桌前打电话，也会想抛下一切找个地洞钻进去！

“怎么了，独自抱着头坐在那里？”

滋子抬头一看，手岛正嘲讽地看着她。

“你要找的旧电话簿，找到了。”

扔过来一本厚重的黄色电话簿，滋子不敢去接，只好苦笑着捡起掉落在地的电话簿。那是昭和五十一年（一九七六年）版的东京都二十三区电话簿。太好了，能继续调查了。

滋子调查的是一九七六年负责管理当时还是小学生的网川浩一和母亲一起租住公寓的房地产公司。那栋公寓目前仍在租赁，负责管理的公司则是八年前更换的，所以不清楚网川母子当时的情况，也没留下任何记录。上一家是城东房地产有限公司，如今怎么也找不到了。如今这家公司，也已经将当时的数据毁弃，连公司老板的姓名都不知道。“城东房地产的确停止营业了，他们将过去手上的业务分发给其他公司。当时老板已经六十好几了，大概是想退休吧。你要调查什么？”

滋子想知道网川母子住进这栋公寓时，谁是保证人。假如滋子的推测没错，应该就是天谷英雄。

网川浩一于昭和四十二年（一九六七年）四月，出生于千叶县市川市，是网川启介和网川圣美的长子。没有其他兄弟姐妹。网川夫妇结婚、入籍是在网川浩一出生前五个月，其后一年便离婚了。

离婚时，浩一由母亲抚养，迁入母亲的户籍。圣美没有恢复旧姓，还是沿用网川的姓。她原籍在东京都，新的户籍也就迁了回来。

两年后，网川浩一三岁那年，网川圣美忽然成为居住在东京都世田谷区的天谷英雄的养女，改名为天谷圣美。一般说来，亲生子浩一也应该跟从改籍的母姓，但这时浩一却迁回父亲网川启介的户籍。网川启介已经再婚，和妻子育有一女，所以浩一在户籍上有一个继母和妹妹。

但这只不过是户籍上的关系，浩一实际上还是跟亲生母亲住在一起。当时圣美和浩一的户籍资料，还是跟天谷英雄的地址一样。圣美在那里生活了几年，才搬到城东房地产中介管理的这栋公寓，户籍资料也改了过来。浩一也跟她一起搬了过来。于是转学了的网川才会遇见栗桥浩美和高井和明。

追查至此，滋子觉得这真是件奇妙的事。

天谷英雄出生于昭和二年（一九二七年）九月，年龄上作为圣美的父亲不足为奇。但他和妻子之间育有三男二女五个孩子，他的孩子跟圣美年龄相仿。他收养圣美肯定不是为了让人继承家业，或是防老。在现在这个年代，育有五个小孩算是少见的了。

天谷家颇有资产。如果在电视上介绍他们家时，恐怕得用“房地产租赁业”来称呼才合适。他们在首都圈内拥有许多房地产，实际上也靠那些租金收入过着悠闲的日子。

世田谷的住宅占地就有两百多坪[①]，宽阔的院子里错落着大小三栋房。经滋子确认，其中一栋是天谷夫妇住，一栋是长子夫妇住，最小又差的一栋则是用人们住。长子之外的孩子各自结婚独立了，住的房子都

①面积单位，1 坪约等于 3.3 平方米。

是父亲持有的房产。因为是父亲名下的不动产，没有一人能脱离父亲的手掌。

除了“养女”圣美。

他们不是表面上的养父女关系，明眼人一想就明白。百分之百错不了，圣美是天谷英雄的情妇。有钱的男人为了不受法律保护的情妇着想，希望给她留下某种形式的财产，于是突发奇想利用了这种“收养”关系。既然不能获得妻子的名分，就当作女儿处理。

而且百分之九十九的概率，滋子认为网川浩一应该是圣美和天谷英雄的孩子。网川启介和圣美之间短暂的婚姻令人觉得很不可思议。

这真是复杂的家庭环境。网川浩一是否从小就被告知亲生父亲是谁呢？是网川启介，还是天谷英雄？

不，实际上可能连圣美自己都弄不清楚。假如她同时跟网川启介和天谷英雄交往，这就很有可能了。总之圣美怀孕了，是谁的孩子呢？她该如何跟那两人表白？天谷是有太太的人，无法立即负责。那么网川呢？他不知道天谷的存在，如果他爱圣美，当他得知圣美怀孕或发现她的体形产生变化，应该会觉得很高兴吧。

于是乎两人结婚了，浩一也出生了，一家人幸福无比。但是圣美和天谷真的分手了吗？天谷是否也有心跟圣美断绝关系呢？浩一也许是天谷的小孩。

事情并非到此结束，网川启介和圣美一年后离婚了。而在离婚后到圣美成为天谷家养女这两年时间，应该是天谷家的调停时期。或者说在这期间，天谷和浩一很可能进行了亲子鉴定。

但是又该如何来解释圣美成为了天谷家的养女，而浩一的户籍还是回到了网川启介家？解释之一，虽然浩一是天谷和圣美的小孩，但因无法跟天谷太太和其他小孩对抗，圣美母子无法全部入籍，最后只能妥协让圣美成为养女。解释之二，为了让圣美成为养女，天谷和浩一做了亲子鉴定，却讽刺地发现浩一是启介的血脉。但是因为天谷痴恋圣美，所以将圣美留在身边庇护，而将不是自己孩子的浩一送回生父那里。

但是启介应该也很苦恼吧？那是他一度以为不是自己亲生的而放弃

的小孩。何况他已再婚，有了真正喜爱的妻女，正准备重建人生，却硬被塞回过去的包袱——浩一，他真的会高兴吗？他对浩一会有做父亲的感受和亲情吗？这样要求他未免太残酷了。结果浩一还是留在母亲身边，母子俩一起离开天谷家。

然而母子俩没有天谷英雄在背后支持就无法过下去吧？询问城东房地产的老板或员工，或许能知道当时的情形。公司已经不存在了，他们或许更能轻松地说出口。

滋子不是小说家，想象力太过丰富也没用。她摇摇头重新整理思绪，不管过程如何，有一个事实能够确定，那就是从幼年到青春期，网川浩一一直处于很难被发觉的境况之中。不管他是谁的孩子，总有人觉得苦恼、有人因此而生气，甚至也确实有人希望他干脆别活在世上。

拿出网川浩一的户籍誊本，他现在在户籍上还是跟父亲、继母和妹妹在一起。如果此前有记者或作家对网川浩一的私生活好奇，调查他的家庭关系，乍看网川启介的户籍誊本一定不会起疑。顶多只是认为父亲再婚，现在的母亲不是亲生的，这种事情司空见惯。只有进一步调查浩一的亲生母亲天谷圣美，才会发现这些奇怪的人际关系。

生下来没有归属、到哪里都惹人厌的小孩，那就是网川浩一。那个总是满脸微笑，外号叫“和平”的少年，其实生活在不安定的家庭环境中，唯一的亲人就是不可靠的母亲。

网川浩一那么爱出风头、爱闹事，其实是对亲情饥渴的反应。只是微笑并不能在大人的社会通行无阻。必须要有能力，必须要强调自己很特别，才能建立自己的一片天地。

不能轻易同情他，自以为已经很了解他。滋子告诫自己，并翻着电话簿。房地产从业者的篇幅实在多得惊人，广告也很多，简直令人眼花缭乱。其中开头是“城东”的公司就有八家，名为“城东房地产”的也有两家。滋子记下地址后，拨第一个号码，电话立刻接通了。该公司还在营运，但并非滋子要找的那家。挂上电话，再拨另一个号码。如果要找的“城东房地产”停业了，那么电话应该也不会通才对……

“喂……喂……”是老年人的声音。

滋子赶紧说明来意，同时心想，那家房地产公司的名称也许不是“城东房地产”，而是“城东建设”或“城东开发”。

这时，电话那头的老先生说话了。“我还记得，天谷先生。他是我结束公司业务时最后一个客人。”

“中介为天谷先生租赁公寓是在昭和五十一年，应该不是最后的业务吧？那是贵公司停止营业前八年的事。”

老人笑了。“没错。那时不是租房子，而是其他工作。”

滋子将话筒拿离耳际，看了看。“对不起，请问你是原来的老板吗？”

“我是。”

“公司已经关了，怎么电话还留着？”

“这是我家的电话，公司其实很小，等于是家庭企业。”

“原来如此。关于天谷先生……还有他的孩子天谷圣美，有些事想请教你，不知道现在去找你方便吗？”

“我没有关系，但是如果你想见天谷先生的太太，可以直接去找她。”

“她在哪里？”

“冰川高原。”

滋子一时之间怀疑自己是否听错：“你说什么？”

那一晚，九点零五分。前畑滋子抵达冰川高原车站。

从月台搭电梯下去，穿过检票口，在即将打烊的小卖部买了份冰川高原地图，然后便往出租车载客站走去。跟上了年纪的司机说出城东房地产老板江崎告知的地址，车便立即出发。

“请问……这里是别墅区吗？”

司机客气地说：“冰川高原可说是最早开发的别墅区。这位客人，你是第一次来这里吗？”

有气无力地回答“是”之后，滋子颤抖着一声长叹。这里的确是冰川高原，江崎告知的别墅区和地址也确实存在。但滋子还是无法相信，担心自己是否做了一场幸运的好梦。

从东京出发以来，她就按捺不下激动，有时甚至觉得呼吸困难。配合着车身的震动，感觉心脏即将跳出。不知道是不是因为兴奋，眼睛有些刺痛。

网川浩一的母亲天谷圣美距今八年前，从养父也就是情夫天谷英雄那里得到了一栋位于冰川高原北边别墅区的山庄。正好冰川高原就是木村庄司被诱拐杀害的地点。调查总部也认为栗桥和高井的秘密基地在该地区的可能性很高。

而网川的母亲在那儿拥有别墅。

江崎对于突如其来的电话毫不惊讶，仔细说明天谷英雄交代他办的最后一件事就是将山庄所有人变更为圣美。

“天谷先生是我常年的好客户，虽然可惜，但是我因患糖尿病，实在无法继续工作……”

语气很轻松。为什么他会这么安然自在呢？难道他不知道这个信息有多重要吗？滋子的嘴张着，根本闭不上。

“请等一下，江崎老板。你知道天谷先生和圣美女士有一个儿子吗？”

“当然。变更山庄所有人就是为了分财产给那孩子。其他还有股票债券之类，尽量以避免赠与税的方式安排，天谷先生分给那个儿子不少财产！”

“那个孩子，天谷先生的小孩现已长大成人，你知道他在做什么吗？”

“这我就不清楚了。大概是在做生意吧。我虽然每年和天谷先生互寄贺年卡，但听说他去年得了大病，几乎都卧床。”

“你知道圣美女士的近况吗？”

“我不是说她住在冰川高原的山庄吗？变更所有人的时候，她说讨厌都市，像是要定居在空气新鲜的山庄。她后来改变心意了吗？”

如果天谷圣美住在山庄，就算不是定居，而是习惯偶尔小住一下……想到这里，一股凉气从滋子脚下蹿到背后，裹住了她的身体。也许山庄就是秘密基地。天谷圣美不知道这一连串案件，还是知道却装作没看见？人会邪恶到这种程度吗？

不，事到如今有什么好惊讶的。既然网川浩一都承认“他自己就是真凶 X”这种颠覆性的可能性，还有什么是不可能的呢？就算发生任何情况也不会令人惊讶!

滋子请江崎稍等。江崎大概很希望跟别人说话，并不以等待为苦。滋子赶紧写纸条传给手岛，让他立刻调查天谷圣美的住处。见读了字条的手岛脸色大变，滋子不禁一笑。刚才我肯定也是那样的神情吧。

“江崎老板，如果你知道请告诉我，八年前分财产是怎么回事？天谷先生不是还很健康吗，为什么要那么做？”

江崎这才对滋子的身份感到怀疑。“你刚才说是杂志记者？你究竟在调查什么？”

“这一点恕我无可奉告。”

“是有关天谷先生在银座的大楼，就是松阪屋隔壁那件事吗？”

看来有钱的天谷还有其他问题。滋子随便回答，江崎老板也就信以为真了。

“那件事我不太清楚。那个大楼跟圣美女士没有关系。”

“哦？可是圣美女士跟天谷家是收养关系，万一天谷先生出了事，她应该也能和其他孩子一样继承财产吧？”

“就是因为这样，所以不一样。”江崎随口说道，“为了防止发生这种事，天谷太太及其子女便逼着天谷先生在八年前先将财产分给圣美女士。还要求圣美女士写下不要其他财产的保证书。”

“原来是这么回事！他们儿子那一份呢？”

“那倒是出了一点问题！”

据说天谷英雄本来是想同时收养圣美和网川浩一。

“对圣美女士而言，最好是能让孩子获得天谷先生认养。但是天谷太太绝对不愿意承认。无奈只好使出收养两个人的怪招。”

这时天谷和网川浩一进行了亲子鉴定，这也是在天谷太太的坚持下做的。

“没想到出现讽刺的结果……”

结果证实浩一是天谷血脉的可能性只有百分之二十。“圣美女士结过婚，孩子是她前夫的。”

“没错。所以孩子不能收养了。可是天谷先生真的很爱圣美女士，就算不是自己的血脉也无所谓，但旁边的人不答应。最后虽然圣美正式成为天谷的养女，也不好待在天谷家。分到了一些财产，得放弃遗产继承权，都是因为孩子非天谷先生所出害的。但圣美女士还是舍不得抛弃自己的小孩。”

“但在户籍上是抛弃了，孩子入了父亲那边的户口。”

“是这样吗？”

“本来圣美女士想跟孩子住在一起，孩子也毫不知情地在东京上学。只是不知道现在怎样。”

“你一直在找圣美女士的住址？”

“没错。对了，江崎老板，你还记得那个小孩的名字吗？”

江崎想了好久才回答：“好像是叫浩一。”

滋子道谢后，表示以后再联系才挂了电话。对方高兴地回答：“随时欢迎。”滋子不禁担心，万一被全国的媒体追着跑，看你还高不高兴，恐怕对糖尿病也不好吧！

手岛就站在她后面。“天谷圣美三年前的户籍资料显示她搬到了冰川高原。”

滋子站起身来。“我出去了。”

手岛让她带着手电去，并说自己会调查网川启介及其妻女的近况。

进入山路，出租车摇晃得很厉害。滋子紧抱着旅行袋，里面装了大型手电、手机、照相机、笔记本、小型录音机。现在就够重了，回程的时候还会增加更多沉重的东西。一些无法动摇的铁证。

“根据这个住址……应该是这上面的家庭吧？”凭着微弱的车前灯，行驶在寒冷阴暗的冬夜森林里，司机面有难色地说，“我们也很少来这里。”

“在很下面经过了两三户人家，其他好像没看到房子。”

“是呀，这位客人，你真的要来这里吗？”

司机担忧地回头看着滋子。滋子正好注意到森林对面露出三角屋顶的阴影，一时之间没有回答。

就是那里，那就是山庄。

“就是那栋建筑，请开到前面停下。”滋子重新抓好手电。

好暗。到处都是黑暗，而且十分寒冷。冰川高原是避暑胜地，到了冬天访客稀少，应该就是气候的关系。滋子此前太小看了这一点。虽然穿着便于行走的鞋子，但脚下湿滑，很危险。每次滋子摇摇晃晃差点跌倒时，大型手电照射出来的黄色光圈，就像顽皮的幽灵在黑暗的林间跳动一样。

山庄的确就在那里。越往前走，整体轮廓就显现出来。木屋风格的漂亮三角屋顶、宽阔的门廊、两个烟囱、遮雨板紧闭的窗户。架设在屋顶的卫星天线总算证明了这里有人居住。否则房子就像是忽然出现在山里的鬼屋一样。

没有一丝灯光。房子周围的斜坡和平整的停车场上都没有汽车。

森林沙沙作响。北风几乎要割下滋子的耳朵。即便戴着手套，手指也冻得僵硬。

慢慢接近大门时，感觉忽然从后面传来脚步声。滋子赶紧停下来，听见风声掠过耳边，听见自己的心跳。不，应该说穿着厚外套的滋子变成了一颗大心脏，全身不停地颤动。

她调整好心情再度前进。没走几步，又感觉有其他人。她用力转身，连扎起来的头发都跟着甩动，但还是没有看见什么人。

她的呼吸变得急促，连她自己也不知道是因为兴奋还是害怕。

爬上通往山庄大门的四级阶梯。橡胶鞋底踩过木头踏板发出“砰……砰……砰……”的声响。最后滋子来到大门前。那是扇高大的门扉，感觉厚重而坚固。滋子伸手握住钩子状的门把，用力摇晃。门上了锁。

门的右边有一扇宽约五十厘米的玻璃窗。造型很漂亮的取光窗，高约一米，宽五十厘米，意味着脱了上衣应该就能穿过去。这阵子还好很瘦，滋子竟吐着白气笑了起来。空气冷得都快冻僵牙齿了，滋子却觉得内心有股热血流过，不禁呛得咳嗽起来。

好，进去吧。滋子看了看脚边，一个空花盆倒在楼梯旁的门廊边。她蹲下抓住花盆，举起来要往那扇采光窗砸过去。

忽然间她的手被人抓住了。

28

“吓了我一跳！”一名高大的刑警在滋子旁边说道。

滋子听说警车每次载可疑的人时，一定会让那些人坐在后座。夹在中间两边各有一名警察的话，就会被挤在后座，副驾驶座也有人守着。因为后座的车门无法由内侧打开，令可疑人物没有退路。

滋子现在就是这种处境。那名自称秋津的刑警不仅高大，还虎背熊腰、体格强壮。坐在他身边，滋子几乎快被另一边的车门挤扁了。

警车是到处可见的白色轿车，停在网川母亲的别墅斜坡下方的森林里。此外还有一辆车，是深灰色轿车。

刑警共有五人。其中一名最矮小的白发长者是现场指挥官，还有一名跟指挥官同龄的瘦削男人。其他就是秋津及其年轻后辈，最后一名则是当地冰川警局的警官。看起来那人在当地警局的地位很高，但说话最客气，或者说态度有点卑躬屈膝。

在别墅前抓滋子手臂的人是秋津。滋子吓得心跳都要停止了，秋津的脸上却浮现微笑。站在后面的年轻刑警表现出孩子般惊讶又好笑的神情时，滋子忽然想起母亲经常用的形容词“他整张脸都笑开了”。

看来这些人比滋子早到山庄，正准备离开时，发现滋子所乘的出租车逐渐驶近，于是他们关掉车灯，屏气凝神地监视。滋子在上山庄的坡路前下车，一开始走，秋津他们便跟踪在后。就在滋子准备潜入别墅时，当场被逮个正着。

滋子一被带到这里，他们便立刻表明身份。只是不肯说他们为什么在这里、在这里干什么，反而严格质问滋子为什么来这里及干什么。警察都一样，只讯问不回答。

秋津说:“如果继续沉默，只能冻死。”滋子也没打算坚持无聊的固执。其实她对这种情形感到十分惊讶，为了想听听警方的解释，首先得解释自己为什么来这里。

秋津一行让滋子上车，年轻刑警坐在一旁看着她。其他人上另一辆车，开始侃侃而谈。秋津让长者上车，自己单脚撑着车门，快速地说话。看起来是指挥官的年长刑警，好像在打手机。他们吐出来的气息化成了白烟。见秋津吸烟，滋子也想吸烟，她问年轻刑警哪里有烟灰缸，对方却说:“车上禁烟。”

大概过了三十分钟，秋津回来了。他让年轻刑警下车，自己坐到滋子身边。不久指挥官也过来坐在副驾驶座上。被赶下车的年轻警察只好当司机。

这就是现在的情况。

“所以呢？”滋子看着后视镜问。镜子里没人，或许是故意调成这个角度的。

“什么‘所以呢’？”秋津反问。从一开始到现在，他看起来最沉稳也最顽皮，不知道是不是滋子的心理作用。

“我会怎样？被当作是擅闯民宅未遂当场被捕吗？”

秋津伸出大手摸了摸脸颊，然后从外套口袋里拿出一盒皱成一团的七星牌淡烟。里面没有香烟了，他咂了咂嘴。

“我带了烟，但是这位年轻刑警说车里禁烟。”

秋津笑了。“打开窗户不就好了，老弟，是不是？”他出言嘲笑，年轻刑警有些不悦。

“看来你和我都是不受欢迎的老烟枪。”秋津像唱歌般对滋子说，“如果你给我烟，我就帮你点火。”

“秋津！”副驾驶座上的上司简短地斥责道，“别放肆！”

“是……是。”秋津的回答也像是在唱歌。

这家伙怎么了？滋子心想。忽然间她发现，原来这些刑警跟她一样惊讶又兴奋！

滋子拿出烟，秋津帮她点火。两人沉默着吸了一口又一口。

这时坐在前排的上司面对前方说道:“前畑小姐，我们得好好谈一谈。”

滋子看着他，却只能看见他的后脑勺。而刚才什么都看不见的后视镜里却清晰地映出他的眼睛，滋子觉得就像在变魔术。警察就是用这种方式来撼动可疑人物的心情吧。

“说要谈谈，我又不清楚你们是谁。只知道你们是警察，却不知道什么级别、什么立场，也不知道你叫什么名字。你们也不告诉我为什么会在这里。”

这些人之中只有秋津透露了姓名。虽然所有人都出示了证件，但是在这种地方，她哪能一次记住五人的身份?

他们大概是怕滋子会将他们的名字、级别及在调查总部的工作写在报道里或告诉其他人，所以保持警惕吧。

“你说得没错。”秋津叼着香烟口齿不清地说，“你应该认识我才对。我曾经拒绝过你的采访。”

滋子想了想。当时的确明知没有希望，但还是期待调查总部能有人跟她见一面，就算时间很短也无所谓。当时拒绝她的男人，在电话中的，就是这个吗?

“既然这样，那请问秋津先生，”滋子重新面对高大的刑警说，“我们到底要谈什么？”

秋津弄熄香烟，将烟蒂扔进烟灰缸，惋惜地发出一声长叹，吐出最后一口烟。“你知道这里是网川浩一母亲的别墅，所以来调查，对不对？”

“是的。我不是跟你们说过吗？”

“很好，你能诚实作答非常好。希望你继续保持这种态度。是谁请你来调查的？”

滋子看着他。“没有人请我来。是我自己要来调查的。”

“为了写文章？在那本杂志上连载吗？”

“你读过吗？那真是荣幸。”

“我们没有读过，只是当作资料归档。”秋津平淡地说，“不过你上个星期起不是已经停了吗？写不下去了吗？”

滋子没有回答。

“还是说有新的发现，在找到证据前不会刊登出来？”

滋子感觉对方探索的视线，越发将嘴巴闭紧。

“我们也和你一样。”秋津继续说，一副“好吧，我们也跟你摊牌吧”的语气，“我们知道网川浩一的母亲名下有一栋别墅在这里，所以前来调查。”

滋子颤抖了一下，不是因为寒冷。车里开着空调。

一种猜中了的感觉油然而生。

“我们的上司，调查总部的最高主管有高血压。”秋津笑了一下，“刚掌握这个信息时，他的血管差点爆掉了。假如那时候量血压，应该是吉尼斯纪录吧。”

坐在前排的上司也不禁笑了出来。只有坐在驾驶座上的年轻刑警依然保持严肃。

“他让我们马上到现场，确认别墅是不是真的存在，看看是废墟还是被烧掉了。他要我们亲眼确认。于是我们来到这里，还特别请冰川警局的局长同行。”

果然是这么回事。

“而你也来了。刚才汇报之后，我们患高血压的头儿又快昏倒了，还说要冲到这里将你的头摘下来。他说：‘居然是记者，还是个女的。真是无比糟糕，不把她的头摘下来，就不能让她闭嘴不说话！’”

滋子听了大笑，秋津也哈哈大笑。

“我跟他说，请平静下来，警部，情况还好。是我们先到的，她随后才来。假如顺序相反，你再来操心这些吧。”

“结果呢？”

“他骂声‘混账东西’，就把电话挂了。”

滋子和秋津放声大笑，前排的上司却已经不笑了。

笑让滋子意外地平静下来。她亲手掌握的事实，安抚了她的心情。

她缓缓说道：“我不是记者。”

秋津盯着她眨眼。

“我不是真的记者。虽然我是在写报道，但写那种东西跟成为记者是两回事。我不是真的，只是临时客串。我犯了许多记者不会犯的错误，我的错误是不该梦想自己可能会成为记者。”

这是她打心底说出的真心话，没有丝毫虚伪。

“那你为什么要写？现在又为什么要调查？”

“这个嘛，”滋子耸耸肩道，“我也不是很清楚。可能是为了想确认自己犯了多大的错误吧。”

“你的说法很诗意嘛。”

“不，一点都不诗意。我只是说得好听一点罢了。”

滋子觉得累了，大概是因为安心，也可能是知道自己再也不能做什么了，车里的暖风使她昏昏欲睡。

“你们放心吧，我可以答应你们。这件事我对谁都不说。”她点着头，其实是在自我确认，一边说，“我绝对不会妨碍警方的调查。其实我只能查到这里，接下来什么都不能做。”

“你刚才表现得不是很英勇吗？居然想潜入别墅，不是吗？”

“那是一时冲动。”

“是为了找寻无法撼动的证据。”秋津确认道，“想找网川跟这一连串案件相关的物证，看看有没有受害者的遗物、照片之类……”

“秋津！”上司出声制止，意思是秋津说的太多了。

“对，你说得没错。我是想找那些东西。根据过去的经验，很可能会留下什么。我想找出来……”

“找出来之后呢？”

“不知道。也许会报警。但至少我不会联络电视台，弄来转播车。”

秋津大声吐气。“太好了，太好了。我们的法院比起美国的，在证据采用的规范上还落后太多。如果你比我们先进入那栋别墅到处乱摸乱碰，虽然不会因此就禁止采用别墅内的东西当证据，但也会给调查造成障碍。我们必须先从取得这房子的搜查令做起。”

思考片刻，滋子试着说：“如果我那么做，网川浩一应该会反击。他会说所有发现的遗物及可能成为证据的东西都是我为了陷害他而安排的。”

一时间秋津没有说话，其他人也都沉默。只有空调声在深夜的森林里回响。秋津低声问：“他会说整栋别墅都是你的安排吗？”

“那人很有可能说这种话，这算得了什么！”

“嗯。”有人回答。滋子以为是秋津，其实是前排的上司。

“我答应你们保持沉默。”滋子说，“但是有个条件。”

“条件？”

“请你们现在就回答我的问题。我知道警方不可能向普通人随意透露调查内容。你们可以不说，只要听我说就行了。如果我说得没错，就请你们安静。我若说错了，请告诉我错在哪里。这样就可以了。”

没有人开口，大概是默许了吧。

滋子第三次抬头看着后视镜，里面只映出车内的样子。

“网川浩一就是真凶X。”

没有人说话。

“警方开始起疑，是因为得知他母亲的别墅在这里，还是因为有其他可疑的因素呢？”

秋津咳嗽了一声。

“是其他的因素吧。”

这一次没有人做声。

“这样的话，对他的调查就不是这一两天的事，只是消息被严格地封锁了？”

没有人说话。

“我知道了，谢谢。”滋子说完，闭上眼睛，“请逮捕他吧。虽然来不及救由美子小姐。可是真相不管拖到多晚，都必须公开。请逮捕他，逮捕那个人。不管他说什么好听的借口、理由，拿什么辩解，请你们搜集可以击垮他的证据，将他逮捕！拜托！”滋子一鞠躬，低下头，身体就没再直起来。

过了一会儿，秋津拍了拍滋子的背。

“我们回去吧。”

汽车发动了。

经过长时间的沉默，秋津说道：“那栋别墅在我们秘密基地地毯式搜索的名单之列。上面还有将近二十个地点。假如没有发现，早晚我们还是会查到那里的。”声音低沉而有力。

“网川浩一的确很难对付，我们也被耍得很惨。他所做的那些事，假如他是真凶X，就绝对不可能去做，至少以我们过去的常识会这么认为。这是一个盲点。我只是打个比方，从因其他事实对他起疑之前，我们也没想过对他做声纹鉴定。就连电视台现在也没想这么做吧？因为根本没这种必要。为了找出真凶X，就算要调查全国每一个男人，唯一会被排除的人也是网川！大家都会这么想，这也难怪。大家都认为真凶会躲起来，不可能出现在最显眼的位置。

“可网川浩一是无法用过去的常识评断的人。他犯罪的动机也不是我们的感觉可以衡量的。说实话，我现在还想不通。网川在追求什么？他为什么要这么做？我的上司之一，认为他只是想导演一出大型舞台剧，但我还是听不懂。我只知道网川是个天大的骗子，他说谎的技巧高明得吓死人。可是前畑小姐，说谎的有效期是很短的。越是夸张的谎言就越短。他成名是一月二十二日，到今天已经过了多少天？刚好四十天。这还算是维持得久的。已经到了极限，该结束了。”

滋子没有反应，秋津注视着她。她睡着了，靠在车窗上，像个孩子般睡着了。

29

时间过得很慢。总是黑夜白天、白天黑夜的交替，慢得像是蜗牛爬行。

一想到新闻随时会播出，滋子夜不能寐。她很想一直开着电视，又怕同事觉得她奇怪，便在编辑部附近找了家商务旅馆，整天窝在里面。她不接电话，也不管随时可能会丢掉工作。反正报道已经没了，身为作家的前畑滋子也完蛋了，她没什么好担心的。

每天她都在跟心烦不安作战。胃因焦躁而发热疼痛，感觉就像破了个大洞，一不小心乱跑乱跳，身体里的器官就会掉落满地。可她就是吃不下、睡不着。

调查总部还没公布破案吗？要到什么时候才有动作？继续拖下去，或许会有人跟滋子想到一处，也开始调查网川浩一。万一那人没有保持沉默，跟网川说了怎么办？就算那是他决心跟网川决斗的表现，但结果还是会如秋津所说，妨碍调查行动。千万不能让网川发现自己已被怀疑。不能给他时间好丢弃什么、隐藏什么、想出花言巧语蒙骗其他人、排练脱逃借口的脚本。必须像特工一样偷偷行动、包围住网川，然后在电光石火之间逮捕他。否则网川就会像是涂了油般找到脱身之路！

滋子咬着牙整整忍耐了四天。第五天她终于按捺不住准备打电话给调查总部的秋津时，手机响了。

是手岛打来的。

“你现在在哪里？”对方短促地问道。

“我在饭店，有什么事？”

“如果你想罢工，随便你爱搞多久都无所谓。自由职业者罢工等于是让自己饿死，我可不痛不痒。”

滋子丝毫都不想回嘴。不，她其实有话想说，想把知道的全部告诉手岛。但是她答应了警方，必须保持沉默。

“电视台找你上节目，是 HBS 的特别节目。你去不去？”

滋子有些诧异。“怎么回事？”

“据对方称，好像是想把迄今为止的情况做个整理报道。”

“那跟我又有什么关系？”

“不知道。只是听说网川也会上那个节目。这是高井由美子自杀以来，他头一次出现在现场直播的节目上。”

滋子握紧了电话，从椅子上站起来，在房间里打转。“他想干什么？”

“我也不清楚。只是这个时候那人的想法和他提供给电视台的意见大概可以想象。”

“我倒想听一听你的看法。”

“自从高井由美子自杀以来，他的处境就变得很糟。”手岛说道，“这也是理所当然，他让该保护好的旗帜死了。本来我以为那家伙会先召开记者会，但他没有。我想是因为他发现周围的冷空气比他想象的更冷，他有些惊讶。”

滋子点头赞同。

“所以这次上电视，是想挽回颓势。”

“他要如何挽回？”

“表达没能守护高井由美子的遗憾，以及强调她的死不是他的责任。”

“他要表达是他的自由，问题是会被接受吗？”

“做得好的话，或许可以。其实很简单，只要弄出其他嫌疑人就可以了。”

滋子来到窗边，俯视外面。一早开始天空就很阴霾，关东北部已经下大雪了，天气预报还称傍晚开始，市中心一带也可能下雪。

“其他嫌疑人？”

谁呢？那还用说吗？就是抛弃由美子、不肯听由美子倾诉、否定她说法的人。

“没错。”

“就是我喽。”滋子说，“所以他要我上电视。”

“当然，我要是网川也会这么做。只是我不认为这是个聪明的做法。”

真是意外！

“哦？”

“是的。现在除了垂着头一心一意为高井由美子的死哀悼之外，网川别无良策。就算有充分的理由，就算别人真的有责任，只要他展开攻击，看起来就像是在逃避责任。而且绝对就是那样。如果看不清这点，是否意味着网川也变得不聪明了？老狐狸终于也要露出马脚了？”

滋子仔细玩味手岛的话。“可是他却想这么做。”

“没错，他想这么做。你是不是被他抓到了什么把柄？有没有写信骂过高井由美子或打过电话？”

“没有。至少在她自杀之前，我们一直都很疏远。”滋子说，然后忽然笑了，连自己也觉得很惊讶。“总编，那种东西其实没什么必要。他可以编，不是吗？需要的东西，有需要的话。他不是一向都这么做的吗？”

滋子的话或许有种非比寻常的魄力，令手岛沉默了片刻。“还是你握有他的把柄呢？”

滋子微笑起来，心想还好手岛看不见她现在的表情。手岛是个连听电话都很敏锐的人，要是面对面，肯定会被看出来。他以为一出招，滋子就会和盘托出。

“什么时候？”

“节目吗？今天晚上，七点开始。对方说最晚四点要进演播室。”

“只要上节目，我就如瓮中之鳖了。”

“大概吧。是 HBS 捧红了他，现在也会支持他吧。这一点网川很清楚。”

“如果我不上呢？”

“就会被认为逃避接受大家的批评。就这个意义来看，你上不上节目都吃亏。”手岛说，“节目是现场直播，却到这时才来通知，也是对方认定你会拒绝。”

“所以，即使我不上节目，结果也是一样的。”

“应该是吧。”

“如果我上电视，电视机前应该还是会有很多观众产生跟刚才总编说的一样的感想吧？”

“是不是很多，我就不知道了。但是有一点很确定，大家并非都那么笨。”

滋子咬了一下嘴唇，回答：“我愿意上，请告诉对方我答应了。”

或许是觉得意外，手岛有些退缩。通过电话只能凭感觉，这是滋子头一次感觉手岛犹豫。

“可以吗？”

“可以。我想赌一赌你的话。”

其实应该说是跟调查总部赌一赌。就算今晚滋子被打得很惨也罢，被骂得狗血淋头也好，只要能弄清真相，能够弄清楚网川欺骗由美子就表示他是比谁都冷酷的“凶手”，那么今晚的牺牲对于令世人认清网川浩一的真面目便有所帮助了。

“明白了，我会跟对方联络。”

“好，那就麻烦你了。”

“前畑。”

“什么事？”

“我不知道你在想什么。”手岛停了下来，似乎在找寻适当的话语。

滋子耐心等待。

“小心点！”

“我会的，谢谢。”

随后滋子陷入深思。她在房间里走来走去，跳上床又跳下来，看一看镜子，抓抓头发继续思考。

听见了吗？我已经准备好去挨打了。我知道你的底细而你却不知道。所以我无所谓，看你会要怎么对付我！

可滋子心中还是涌上一股难以抑制的怒气，继续隐忍会令她发疯。

到了这时候，网川居然还要利用由美子，甚至想利用由美子的残骸！这怎么可以？这绝对不能允许！

要反击其实很简单，只要随口一问就行了。“网川先生，听说令堂在冰川高原拥有别墅。你去过那里吗？你跟令堂的姓不一样，不调查就不知道，那的确是令堂名下的别墅吧？你去过那里吗？”

可这样是不行的。滋子答应过警方。她不是真正的记者，那些调查丑闻的报道对滋子而言是遥不可及的世界。她必须努力遵守跟秋津之间的约定，这才是她的义务。

可是这样下去，她一定会气愤懊悔。一旦和网川见面，她的气愤和懊悔就会夺眶而出。或许反而会让网川有所发现。

所以至少要给他迎头一击！不是通过未来将公布的事实，而是用她的手。只要一拳就好，她想痛殴网川浩一，打得他眼睛发黑！

他的确是厉害角色。所作所为前所未闻，简直是空前绝后。杀了一堆人，却将罪过推给其他人，然后装作若无其事地站在无辜的受害者家属身边。谁能想象世上竟有人会这么做？所以他才能隐藏这么久，他在无人能想象的地方排练剧本、编写剧情、照着剧本演出惨剧。他的手法相当高明。

他一定很骄傲。自己既是作家、导演，又是主演。这么具有独创性的剧本，前所未有！这是他创造出来的，不是模仿，从头到尾都是原创。

忽然间滋子脑海中闪过跟别人的对话。

“人总是会模仿的，滋子。”

滋子停止脚步，定在原地。

没错，刚才说这句话的人是谁？我是和谁说话？是写作的同行。没错，那人曾经问过我：“栗桥和高井会是卡通迷或漫画迷吗？他们可能从那方面学习作案手法吗？”

“我想不会吧。如果是，早就有人找出他们的模板，闹得满城风雨了。”

没错，就是这样。

网川浩一的犯罪没有范本，都是他的独创。是他全然崭新的独创与独演！

那他会感到多么遗憾呢？到目前为止都是他凭想象力创造出来的，却不能公之于世，他会多么不甘心呢？他其实很想说出来，他做得是多么成功。他很想公开，让所有人大吃一惊。

总有一天他会这么做，在不久的将来。只要他被捕，就会让大家吃惊。全国都会吃惊。这竟都是网川浩一独自编剧、导演和主演的戏剧。

或许他也看穿了这一点，意识到了这一点。所以在内心深处，他将这安排成最后的结局。就算被捕，网川浩一打败全国人的“成果”不会变。他做了任何人都无法想象的事。

滋子双手按着脸颊，不知何时她已全身是汗。

如果她让那“成果”有了伤痕呢？

在全国的观众面前说网川的戏剧和演出，不过是模仿了某人的作品，那会怎样？

就算是说谎也好，有什么关系。说出来的话会留下来，那是网川曾经做过的。说话的人先赢，看看能有多快、有多少说服力、将自己相信的事情广而告之。重要的是这一点。事实并非真相，网川一向秉持这个原则行事。今晚也一样，他想拿滋子开刀！

既然如此，就以其人之道还治其人之身，看看会怎样。

滋子又开始踱步。这次她决定好要考虑什么了。手段、方法和材料。她打定主意，开始拨电话。第三通电话，她找到了想要找的人。

“喂，是山田小姐呀，好久不见。对不起，忽然打电话给你。是呀，真的是好久没联络了。我刚好有些急事，不知道能不能麻烦你？你现在还在搜集外国推理小说、犯罪报道之类吧？一些没翻译成日文的书，你应该也收藏了不少吧？就是说嘛，因为你能直接阅读原文呀。你的收藏真的是很惊人！不知能否借我一本看看，内容无所谓。只要是一般人不太知道的，旧一点也没关系……”

30

HBS简直把滋子当成重要人物对待。滋子一到电视台就被带到专用化妆室，和制作人的准备会议也在那里进行。说明了节目的流程，并介绍座位顺序等无关紧要的小事之后，制作人还说："顺着话题说就行。虽然有主持人，但不会特意诱导你们说话。"

滋子温和地答应了，但声称怕对案件的细节记忆不清，所以要求带一个档案夹进入演播室。制作人答应了，也没有检查档案夹里有什么。

化妆师也来了。匆匆地来，匆匆完事就走。没有人想跟滋子说说话，或许被吩咐不能跟她说话吧。

这种做法，或许是在隔离滋子，也可能是为了让她不临阵脱逃。

求之不得。滋子想稳定情绪，静心等待那个时刻的到来。

过了五点，有人来敲化妆室的门。打开门一看，是一张见过的脸。一个容貌端正的中年男子站在门口，穿着笔挺的西装，打着领带，也上了妆。对方开口说："前畑小姐吗？今天就麻烦你了。"

听他的声音，滋子立刻就想起来了，他是主播向坂。十一月一日的特别节目是他主持的，上个月的也是吧，就是网川浩一在鬼屋实况转播的特别节目。

向坂进来后，谨慎地关上门。滋子简单地打声招呼，因不知道对方的意图，脸上也没浮现出亲切的表情。

"忽然拜托你，你却爽快地答应上节目，真是十分感谢。"向坂客气地低头致意。

"哪里，不用客气。"

滋子心想，这人好像有点紧张。难道今天晚上的节目很特别，还是有什么安排是滋子和手岛没料到的？

早知道就不来了。滋子刹那间开始后悔。

“在节目开始前，负责主持的我来跟你说话，好像有点不太应该。”

说话方式周到，果然像主播。声音很好听，但是有点紧张。视线则盯着滋子的肩膀。

“哦？”

“我……”向坂重新对着滋子说，“这是我个人的意愿，想事先跟前畑小姐说些话。”

“什么事？”

“今晚的节目除了对案件作重新整理外，也会提到高井由美子小姐自杀一事。”

“我想那才是这次的主题吧？”

向坂点点头。“你说得没错。”

“这一点我还算清楚。我也知道自己将因此事被追究责任。究竟有没有责任，身为当事者我不能说什么。但是如果问我难道不能对她亲切点、不能试着防止她的自杀，我无法回答说什么都不能做。所以我愿意接受责难，这一点请放心。”

向坂再次低头致意，然后终于看向滋子的眼睛，正对着她。“我不管节目的主旨是什么，我不打算让前畑小姐一个人被推上祭坛。”

滋子也看着对方。

“我想现在是这样做的时候。关于高井由美子小姐的事，也不是你一个人的责任。”向坂话说到这里便停了，大概是在等滋子回应。但是滋子沉默以对。“前畑小姐……”向坂的声音有些沙哑，“也许你认为我们电视台只要有收视率就什么都好，所以不管是什么样的悲剧、残酷的犯罪，只要有趣就行。你可能以为电视台里聚集的都是这种人。很遗憾，那的确是事实的一部分，而我们之中有很多那个部分，但是……”

这一次换成滋子催促：“但是……”

“但是，我们也是追求真相的人。也许看起来我们好像没有认真考虑过什么是对的、什么是错的，就播出震惊社会的新闻节目。但其实并不然，不是只有这样。我不过是一个新闻主播，但今晚我一定要告诉你这些事。”

一口气说到这里，他好像回过神来眨了眨眼睛，神情显得吃惊。然后说声“打扰了”，深深一鞠躬，准备离开。

“慢着！”滋子出声喊道，“向坂先生，难道说……”

两人四目相对，都在揣测对方和自己探索的是不是同样的东西。所以即便视线相对，却没有什么实际的交流。

“没……没什么。”滋子摇头道，“谢谢你专程过来跟我说话。”

向坂出去了。滋子坐回椅子，面对着镜子。

刚才她其实想问：“难道你也感觉网川不对劲吗？”

但是她没有问。问了就会让自己加把劲吗?

仔细想想，向坂在每次案件发生重大变化时都在场。十一月一日他在演播室和那个代替栗桥浩美重新打电话进来的未知凶手对过话。此后和网川浩一见过面，还担任他参演节目的主持人。

主播的工作是运用语言，他们是擅用人类声音的专家。如果向坂根据他专业的经验和受过千锤百炼的耳朵，从网川的声音、说话方式及遣词用句中听出了什么呢？但是在网川高明的诱导下，他无法在那种情况下说出意见呢？没有人问他，他就无法说，终于他受不了了，才会来找滋子吗?

画上电视妆，看起来好老。滋子对着镜中的自己暗想。

或许时候已经到了。或许打瞌睡的神明终于发现那个趁自己不注意时到处作怪的网川浩一了，这时已经开始起身处理了。

对于即将在全国观众面前扔出炸弹的滋子而言，这主意倒是不坏。这主意一点都没有不好！

31

表面上节目一开始并没有想象中那么不好。演播室布置简单，上场的来宾也不多。

座位分成两列。一边坐的是主播向坂、女助理和网川浩一，另一边则是前畑滋子、HBS的一名报道记者和一名负责新闻节目的制作人。那名记者采访经验丰富，滋子从前就常看他的节目。能以这种方式坐在一起，真是做梦也没想到。

向坂一开头就大致说明案件、介绍调查的最新信息，其中特别提出高井由美子的自杀、为什么她会选择死等几个疑点作为今天节目讨论的重点。

这次演播室也设置了电话和传真机。女助理在一旁提示写有电话和传真号码的告示板。

关于案件的概括解说，主要是以播放录像带的形式进行的。滋子几乎没机会说话，只能忍受着演播室内的炽热，一动不动地坐着。

还好不是公开录制的节目，可以不用直接面对观众。就算再怎么做好心理准备，还是不希望和会向自己扔石头的人四目相对。明知一旦真相水落石出，他们会很惊讶，但现在还是不愿意被毫不知情的人臭骂。

网川浩一表现出前所未有的忧郁，沉默不语。向坂问话，他也只是简短地回答。这样的他，滋子头一次见到。

但是当节目进行到介绍观众打来电话表述的意见之后，情况有了变化。

滋子努力不显现出惊讶。就像手岛预料的那样，固然有不少观众鼓励网川，在由美子过世后依然支持他，但是也有几乎相当的意见表示既然由美子已经死了，网川就不应该继续上电视。还有人认为与其上电视，不如协助警方调查，或是怪罪网川如果不多事，由美子或许会难过但至少不会去寻死。

网川假装虚心地听着。滋子明白那是他的伪装。

就像是看一幅引人错觉的图画。如果有人告诉你画中的水果篮里其实藏着蒙娜丽莎的微笑，之后你不管怎么看，总觉得会看见蒙娜丽莎。已经认识网川真面目的滋子，看网川的行为、演技及做出来的每一个表情，都觉得很可笑。

这时候她忽然感觉到那名制作人也跟她一样，对网川保持距离。从一些细节，如语调、讲话方式及如何回答等，都可以传达出隐藏其间的感情。

话题终于转到了由美子的自杀。网川大概控制不住了，话变得多了。他说由美子从窗户向下跳时，他在隔壁房间写东西。在回到各自的房间前，由美子很沮丧，他出言安慰，见由美子心情好转，便告辞回房了。

“她打开窗户跳楼时，我居然不在场！在她最需要我的时候，我竟然在墙壁的另一边！”

说着说着，网川表情扭曲、眼眶湿润、垂头丧气、握拳顿足。他责备警方对由美子的讯问太严厉、周遭人们对由美子的态度太冷酷，指责报道由美子在饭田桥拱门饭店闯入受害者聚会造成骚动的写真周刊……

进行到这里，滋子已经做好接受攻击的准备。

“关于受害者聚会的事，我的确也有责任，但是前畑小姐……”网川浩一提及滋子，“当时你比我更靠近由美子。她相信你。因为那件事你舍她而去，我其实希望你能多为她做些什么，希望你不要弃她于不顾。现在说这些并不是为了转嫁责任，只是这件事让人不得不怨恨你。”

爱说什么就让他说吧。滋子淡然回答：“当时我无法接受她的主张，这一点也跟她说得很清楚了。发生受害者聚会的骚动我的确也有错，不能事先防范实在是很遗憾。”

滋子不理会网川的挑衅，也没有人帮着网川。网川很明显地开始紧张。报道记者就报道犯罪案件的困难、社会必须重新考虑如何看待加害者或嫌疑人家人等提出一般性看法。于是网川口出恶言骂记者“只会说些好听的话，根本没用”，使得现场气氛十分尴尬。

其间的广告时间，网川红着脸，女助理在一旁不停地安慰他。

节目只剩下二十分钟，又到了接听观众意见的时间。尽管这是事前通知的节目流程，在主播向坂和观众电话联线的同时，网川还是经常插嘴。

“我得说一下，那样太过分了。”

“这种说法不是怪我而是得怪由美子，不是吗？”

“我只是做我能做的事，今后也将继续如此。”

滋子开始焦急。最后应该还会让每位来宾说话，但是照这情形看来，滋子大概只能分到十秒钟。这么短的时间，她能办到吗？

向坂开始总结，终于轮到滋子说话了。网川好像排到最后，太好了！

“前畑小姐，你还在继续写报道，关于这起案件目前的看法如何？”

滋子听了向坂的询问，抬起头来，对着摄影机说：“说实话，最近我发现一件事十分惊人！”

“你是说发现吗？”

滋子打开带来的档案夹，里面是一本书。大约三百多页，封面已经破损。简单的黑底上印着红白两色的标题和作者的姓名。

“这是十年前美国出版的报告文学。”滋子故意半掩着那本书，“作者原是纽约时报的记者，经常以实际发生的犯罪案件为题材写作。这是其中一本，是原版书。可惜没有翻译成日文，不太为人所知。”

滋子开始描述事先准备的说法：朋友打来电话告知这本书的内容和这次连环女子凶杀案的经过很像。因为看不懂原文，就请朋友帮忙翻译故事大纲。读过之后，发现两者果然十分相像。

“你是说案件的经过很像吗？”制作人问，“比方说凶手也是两人吗？”

“不，书中案件的凶手是一个人。”

“那么是选择女性为受害者，以及跟报道媒体和受害者家属联络的情形很类似吗？这是案件最显著的特征。”

“是的，没错。而且还不只是这样。”滋子完全是面对着镜头说话，面对着看不见身影的全国观众，“最显著的相同点是，书中实际发生过的案件也是在最早被认为是凶手的嫌疑人死掉之后……”

“你是说嫌疑人死了吗？”

“是的。此后有人跳出来宣称嫌疑人是无辜的，不是凶手。说话的青年自称是凶手的朋友。”

网川表情僵硬。演播室里有人发出惊讶的叫声。

滋子继续说：“实际上那名青年的主张相当具有说服力，也被媒体广为采用。于是已认定死亡之人是凶手的州警决定重新调查，联邦调查局也出动了。但是最后发现真相实在令人意外。”

滋子停了一下，演播室内一片寂静。

“原来被怀疑的青年是无辜的，那个为他申冤、成为全国话题的朋友才是真凶。因为发现的许多铁证令他无法脱罪。人们问他为什么这么做，他说这样很好玩！装成正义使者获得众人瞩目是件愉快的事。”

滋子手上的书名为*JUST CAUSE*，应该可翻成《你问我为什么》。当然内容完全不是那么回事，虽然也是犯罪小说，但情节截然不同。滋子只是因为喜欢标题而借来一用。

“胡说八道！”网川浩一的声音响起。

不只是来宾，演播室内的所有人都看着他，以过去从未有过的目光看着他。为什么会这样？因为他说话的声音是过去人们从来没有听过的。

滋子稍稍放松腿部，然后面对着网川。

“我没有胡说八道。”她平静地回答。心脏跳动得很厉害，腿也在发抖。抓着书的手指开始麻痹，手心也在冒汗。“一切都是书上写的，而且是事实。十年前，不，准确地说是十一年前的案件。发生在美国的马里兰州。所以说这次案件的凶手知道十一年前的案件，以为日本没人知道，就偷偷模仿。不过是有样学样的模仿，根本只是个模仿犯。读了这本书，连我都觉得丢脸！”

网川浩一握紧拳头，站了起来。

“你不要在那里胡说八道！”

他气急败坏地看着滋子。造成错觉的图案消失了。过去网川浩一藏在可口水果篮后面的脸，清楚地显现出来。画布上只剩那张脸，而且不像蒙娜丽莎一样微笑。一直以来谜一样的笑容不复存在。

有的只是自尊受伤害的愤怒！

看见了吗，各位？你们都看见了吗？

“慢着，请等一下。前烟小姐。”采访部的记者出来打圆场，伸手敲滋子前面的桌子说，“就算你说的是真的，也不见得这次案件是从头到尾模仿十一年前的案件吧？否则网川先生不就是……”

不就是真凶了吗？本来等对方说到这里，滋子打算笑一笑，然后说：“是呀，我无意说得那么明白。”节目到此结束。先说的人先赢。

可是阻止记者说下去的人却是网川浩一。

他立刻站起来，用力推开椅子，发出很大的噪音。他的声音也不逊于噪音，响彻了演播室，也响遍了全国。

“你说我是有样学样的模仿吗？”网川浩一指着滋子质问，“你说我……你眼前的我居然拿了别人的故事，装成是自己的提供给社会吗？我？你说我吗？”他每说一次就拍打自己的胸口。“我？你说我吗？”

他的眼睛像石头一样一动不动。这就是栗桥浩美生前害怕的、认为是和平最难以理解的谜题而敬而远之的眼睛。无法接受任何外在因素，网川浩一已经开始暴露自我了。

如今前烟滋子正亲眼目睹这现象。那是过去栗桥浩美看过的，也是高井和明看穿的现象。

网川浩一凄惨地咧嘴嘲笑，并大声说道：“开什么玩笑！我会去模仿别人？我的所作所为都是独创的，都是我的创作。我是用我的脑袋想出来，独自办到的。”

没有人说话。原来半蹲的记者也跌坐在椅子上，目瞪口呆。

“我绝对不会去模仿别人，绝对不会！”

网川浩一大吼。脖子上的血管暴凸，音量极大。任何音响效果都遮盖不了他的叫声。

“我才不会做那种无聊的模仿！前畑滋子，你才是模仿犯！模仿别人的人是你。你想独吞我做的事，我写的剧本。不就是你装出一副什么都知道的脸色描写栗桥浩美心中的黑暗和高井和明的自卑感吗？你的脑袋什么都想不出来，只会骑别人骑过的马！不是吗？我说得没错吧？你承认吧，你回答是呀！可是我不一样！”网川几乎是喊叫着逼问滋子，“我是自己想出来的。全部都是我想的。从头到尾，都是原创。栗桥不过是个棋子，那家伙不会想剧情，只知道杀女人。连累高井和明的计划，也是我想出来的。我想好剧情去实现，哪有什么范本，根本就不是有样学样的模仿！我不是模仿犯！”

播出时间大概已经结束了吧？现在应该是在播放广告。我干得还算不错吧？滋子脑中只有以眼还眼、以牙还牙的念头，她紧盯着网川，木然跌坐在椅子上一动不动，什么话也说不出来。

看见了吗，各位？

“网川先生！”

制作人的声音响起，感觉他好像是在远方呼唤，声音很小。滋子心想，说不定是我的错觉。

但是那声音跟网川的一样清晰，遥远而冷静地质问道：“刚才你的发言，听起来好像承认你就是真凶，我们可以这么认为吧。”

32

那天，塚田真一午后便一直和有马义男在一起。他们去找房地产中介，老人要找新的住处。

“既然关了店，一个人住在那里太不划算了。我想在真智子的医院附近找房子。”

听义男这么说，即便没有受委托，真一还是决定陪老人一同前去，他不忍心让义男独自找房子。虽然是他多事，但也没什么不好。实际上，这几乎是义男头一次独自过日子，很多事都不懂，还要真一多多教他。

“过去我虽然只身一人，但是一开店孝夫就来了，早饭午饭我们都一起吃。”

“是吗……那么会很寂寞喽。”

“只要真智子出院就好了。”

“木田先生在哪里开店？”

“就在附近，说是找到好的店面了。”

真一本来想问为什么不用原来的店面，但他没有说出口。那样说是不行的，应该不行。

两人跑了许多家中介公司，看过许多房子。拿了一些中意的广告单，义男的手册上也记了不少地址。老人收在背心胸前口袋的小手册，是大豆批发商送给客户的赠品。老人一边用短小的铅笔认真写一边说：“银行、合作金库送的不好用呀。”

到了傍晚，义男说要直接去医院看真智子。

“如果可以，我也一起去好吗？”

义男高兴地说："那等真智子吃过晚饭，我们一起去找地方吃饭。今天你陪我走了半天，我请客。"

"没关系，是我自己跟来的。"

"你别这么说。"

古川真智子躺在四人病房的靠窗床位，安静地看着电视。除了乍看之下脸色不好、瘦了些外，看不出来有什么问题。伤势已大致好了，只是走路还不是很稳。

真一跟她打招呼，义男温柔地跟她说话，她都没有开口。模糊的视线不知道看着哪里。有时焦点对上了，有时又变得迷蒙，也不知道是根据什么转变的，外人根本无法得知。义男不管这些，一边喂真智子吃晚饭，一边高兴地说找房子及木田下周开店等消息。

义男对真智子说了声"我明天再来"，并对病房里其他人点头致意，和真一一起离开病房时已过了六点半。下楼梯时，义男说："主治医生说真智子已经好了许多。"

"那……"

"嗯，看她那样，有点难以相信吧。可是她好了许多。事实上她听得见我们的对话，也知道我们是谁，自己身边发生了什么事。医生说她都知道，只是没有勇气跨出来而已。"

是吗，真一点点头。

"人的心一旦遇见太过悲伤的事，或是很可怕的事，就会关闭。可是并没有全部坏掉。也许有一部分是真的坏了，但是真智子还有其他没事的部分。医生说该担心的反而是脚，她那样恐怕无法自己做康复治疗，所以出院之后可能还得依靠轮椅一阵子。"

"这样的话，房子得宽敞一点才行，最好是无障碍空间。"

"是啊，问题是房租怎么算。"

"古川先生……我是说鞠子小姐的父亲，真的一点都不能指望吗？"

义男摇头道："他说要帮忙，我拒绝了。我太心急了吧。"

"他叫古川茂吧？他对真智子女士应该也有责任吧？"

"一提到责任，他就觉得麻烦。但是那人，"义男下了最后一级阶梯，往普通出口走去，“那人还是会内疚。我最近觉得我得承认这一点才行。以前因为太生气，没办法这么想。”他低声说：“毕竟阿茂也失去了心爱的女儿。”

走出医院大楼时，真一将手机开了机，刚才在医院里一直关着。他见有水野久美来电留言的信号，是十分钟前打来的。

真一回电时，久美问他现在在何处。

“在路上，跟有马先生一起。”

“两个人要去哪里呢？”

“说是要吃晚饭，你想来吗？”

义男在旁边笑道：“我请客。”

“来不来？”

“我是很想跟你们在一起。”久美快速说道，“但又想看电视。现在开始的特别节目，前畑小姐也上了节目，跟网川一起。”

一时之间真一说不出话来。“为什么？”

“不知道。既然是HBS，肯定会提到由美子小姐自杀的事情。我很担心，所以打电话给你。有马先生应该不想再看这种节目吧？”

义男说要看。“在路上买些东西，回我家看吧。随便什么都好，只要扔进锅里煮来吃。”

久美也跑来了，三人一起看电视。真一心想滋子比他想象的要有精神，久美也这么认为，但她忧郁地说：“就是瘦了。”

“网川浩一也很憔悴。”

“当然。”

看起来这节目不会有新的发现或进展，倒是由美子的死带来很大的反响，许多观众表示意见，其中不乏对网川的责备。这让真一十分意外，也觉得新鲜。

就这样看到最后时，新鲜感荡然无存！

“我不是模仿犯！”网川浩一大吼。

他苍白的脸被特写后，画面马上转换成广告。是清凉饮品的广告。

没有人说话，下一个广告开始了。这次是汽车，深蓝色的轿车正在行驶。

砰的一声，真一回过神来，赶紧转过头。原来是将碗筷收回厨房的久美打破了盘子。

“有没有受……”

久美推开上前关切询问的真一，冲向有马义男。“有马先生，有马先生！振作点！振作点！”

义男的脸就像刚才电视上网川的一样惨白，铁灰色的嘴唇抽搐般颤动，身体维持坐姿，手却紧紧握着无法打开。

“呼吸，有马先生呼吸呀。快呼吸！”

“救……救护车！”久美爬向电话。

“没……没……没事了。”义男的下巴动了，呻吟道，“我没事，你们放心。”用力眨眼睛之后，义男浑身震颤。他缓缓张开手指，盯着看是否还能活动。“没事了，我没有停止呼吸。”义男分别看了看两人说道。

广告结束后，画面又回到刚才的演播室。座位上只有主播向坂和制作人。工作人员从镜头前穿过。向坂对着画面外的人在讲话。

“又开始转播了。”真一说，“这是怎么回事？刚才那真的是现场直播……”

制作人开始对着镜头说话，看起来很镇定，但毕竟还是紧张。画面一角的工作人员还在跑来跑去。

“怎么会是这样？”义男说，“怎么会是这样！原来那人是凶手？全都是那家伙干的！”

网川浩一冲出演播室后，滋子在工作人员的引导下回到化妆室。他们要求没有人来接她时，一定要留在这里。即使没这么要求，滋子一个人哪里也不敢去。她全身不停地发抖，别说是坐下，连拉把椅子都动不了。最后她当场蹲下，抱着膝盖。

外面走廊上有人跑过去。有人说话：“在哪里？”“这边这边。”“摄影机拍过去，在四楼，四楼！”

档案夹留在演播室了，但重要的书还抱在怀里。滋子抱着书闭上了眼睛。啊，谢谢，谢天谢地。成功了，我成功了！我办到了！

电话铃声响了，响个不停。那是滋子留在化妆室的手机。站起来会头晕，她无法走近去接。手机还在响。断了，然后又开始响，不停地响。

好不容易滋子抓到手机了。放在耳边时，还是蹲着没起身。

“喂！”是男人的声音。她还以为是手岛。

“喂？喂？滋子，滋子，是你吗？滋子，你在那里吗？”

不是手岛，是前畑昭二。

“滋子，你是滋子吧？回答我，快回答我！”

“喂……”滋子觉得自己的声音听起来很奇怪，跟刚才完全不同，原来是因为没有通过话筒。真奇怪，不过是上了两个小时的节目，自己真正的声音已经听不惯了。“昭二？”

“滋子！”昭二像吠叫般大声呼唤，“太好了！你没事吧？你还好吧？现在在哪里？在安全的地方吗？啊？”

滋子发出抽搐的哭声，赶紧按住嘴巴说：“嗯……我还好。”

“你一个人吗？在哪里？”

“还在电视台，我在化妆室。”

“你不能一个人，太危险了。我马上去那里，你别走，等我，滋子！”

“昭二！”滋子边哭边笑道，“我没事了，我很好。”

“你胡说什么！网川还在那里。电视还在播，说不知道他在哪里躲着。他还在电视台。”

是这么回事吗？难怪刚才四楼吵着要摄像机。

“这我就安心了，昭二。电视上说那家伙还在电视台吗？”

“嗯，他冲出演播室，正要往下跑时被挡住了。好像是要往外逃，哪有这么好的事！电视上说他好像被关在哪里了，还不知道详细情况。”

“一团乱吧。不过那家伙不在这里，我想也不在这一层楼。因为很安静。”

“是吗？”昭二发出一声安心的长叹，“但我还是要过去。如果说是滋子的丈夫，他们会让我进去吧。”

“我不知道。”滋子又笑了，泪水溢出了眼眶，“可是我觉得警方也正赶过来，应该不会让你进来。本来警方就在监视网川浩一了。”

“是这样吗？”

“嗯。”

“这么说来，警方也在怀疑他？”

“很早以前就开始了。可这是秘密，我答应警方不说出去。”

“你和警方？”

“嗯。”

停顿了一下，昭二才兴奋地说道：“滋子，你做得太好了！”

“是吗？”

“嗯，太棒了，你真的太棒了！是你……让那家伙说出真相的！”

“说得也是。”滋子说。她真的哭了，泣不成声。

“没错。”昭二说，“是你让那家伙说出了真相。”

滋子还在哭。

“你太棒了，做得好。你很努力！”

“嗯。”

“所以够了。在网川被捕前，你要躲好。躲起来不要被他发现。因为是他，千万别大意。谁知道他会用什么肮脏的手段逃跑，你要躲好，知道吗？在我去之前，要躲好！在我叫你之前，任何人叫你都不要出来！听见了没有？”

滋子回答：“嗯。”

网川浩一躲在HBS总部四楼的器材室，没有人质。他独自躲进这里面，反锁了唯一一扇门。先是电视台的警卫，接着是调查总部监视网川的刑警，包围在外后对网川喊话，但是没得到回应。

HBS变更了预定播出的所有节目，从网川躲藏的器材室所在的四楼进行直播，和特别节目所在的演播室交错报道最新情况。其他电视台也暂停了预播的节目，开始播新闻快报。HBS新闻演播室的电视墙上，不断出现各家电视台的转播画面。除了HBS屏幕播出网川浩一所在的四楼情况外，其他电视则不断转换各式各样的画面：新闻演播室、HBS门前的转播、刚才特别节目的录像带、网川浩一的照片、过去他参加的其他台的节目录像带、和女主播对谈时说笑的网川、为高井和明申冤时的网川……

有的电视播出了古川鞠子的笑脸，也有的是日高千秋正经八百的制服照。在不断转换的画面中，有时是网川和鞠子排列在一起出现，有时则是高井和明和栗桥浩美并列。

手机响的时候，真一还跟有马义男在一起。水野久美也在身边，她坐在电视机前，紧靠着真一，抓着他的手臂。

“谁呀？”真一一接电话，久美便问。义男则看着电视。

“喂……喂？”

没有声音。真一和久美互视一眼，正要说“可能打错了”，却听见“你是塚田小弟吧”。

真一感觉胸口好像被踢了一脚。受到沉重打击的心脏，抗议般猛烈跳动。

“你是塚田吧？听得见我说话吗？”

是网川浩一。

“谁打来的？”久美又问，真一面有惧色地跳开。

“是谁打来的？”

真一俯视手中的手机，慢慢拿到耳边。

“喂……喂？”没错，他不可能弄错。

义男纳闷地看着两人，久美只觉得不应该跟真一分开，于是用力抓着真一的手臂不放。

真一轻轻推开她，后退一步，缓缓说道：“我听得见。我是塚田，你是网川先生吧？”

久美两手按住脸颊，一时之间好像真一就是网川浩一本人似的，就像变魔术般网川和真一互换了，而久美不愿意触碰那么可怕的人，于是后退。

义男站起来走到真一身边。他的视线没有离开过真一，一边摸索着遥控器将电视关掉。

“没错，是我。”网川回答，语气很冷静。他已经恢复真一不喜欢但已经听惯的豁达口吻。

“你现在在哪里？”

网川故意笑出声。“你明知故问吧？不是看了电视吗？我在HBS，被包围了，出不去。”

“电视上说你是自己把自己锁起来的。”

“看起来是这样。”

“你想出来就出来嘛，打开门，很简单。”

“我要是想，自然会那么做。但是现在我还想待在这里。”

“就算拖延时间，你也逃不出去。”

“你真的这么想吗？”

他的语气充满了自信，让真一有些退缩。

“警察不是包围你了吗？”

“就物理现象而言，是的。但也只是那样而已。”

“其他还有什么？”

“我只是说人的心是无法逮捕或关起来的。”

网川大笑。他很愉快。就算落到这步田地，他好像还是很愉快。

“我打电话给你，就是想告诉你这件事。在我被关进监狱之前，暂时不能跟外界通电话了。”

又在说理论了。他只是不服输。他在实况转播的现场节目，在全国观众面前，被滋子姐剥掉了假面具。他现在想挽回一点失去的分数。卑鄙的浑蛋！他就是不懂得收手。

可为什么自己还是很不安呢？

“我还要继续写。”网川说，“我还要创作今后的剧情，创作给大众看的剧本。我要为那些愿意听我发言的年轻人创作剧本。谁也不能阻止我。我所说的话将成为照亮人们内心黑暗的明灯，为他们指出一条道路。这次本来也做得很好。”网川有些懊悔。“只是让高井由美子自杀坏了事。我失算了。自从那之后情势就变了，我承认。我应该更谨慎行事，但是我已经受不了她了。千万不能被感情左右，这是我获得的重要教训。”

仿佛是指导重要球赛失利的教练，被记者询问失败原因一样。“是的，我们今天输了，但是明天我们一定会加油！”

“随便你怎么说！”真一有些不耐烦，“杀了这么多人，你将被判死刑。什么教训，对你来说已经没有必要了。”

“当然有。就算是死刑，到判决也要十年吧？还是十五年？不，应该是二十年。然后到行刑还要花时间。我还能做很多事。”

真一举手擦拭脸上的汗。义男将脸凑到真一身边，耳朵靠近手机。水野久美在一旁发抖。

“法院审判应该也很有趣吧？”网川继续说，“大家都会听我说话，都想知道只有我最清楚的真相。要想还原事情的原貌，就必须要我合作。记者也会争相跟我见面。犯罪心理学家都想分析我。于是我的所作所为会留下记录，书也会出好几本。当然我也会写。但是我会让想写的人写，想采访的人来问我，我会回答所有问题，但是回答每个人的内容都不一样。我只回答他们想要的答案。然后看看他们写出来的书和我的书，和我真实的告白有多大的出入，让他们成为笑柄。愚笨的社会大众不能分析理解我，只能承认我的存在！”

真一心里已经没有任何怒气了，只剩下一个单纯的疑问。他问：“你是什么人？”

究竟想干什么？

“我是网川浩一。”他回答，“谁也忘不了这个名字。”

真一闭上眼睛，想切断电话。

“还有樋口惠。”网川说。

“你说什么？”

“她在 HBS 旁边停车场我的车里等我。我本想今晚的节目一结束，要一边吃饭一边听她说话。”

“听她说话……”

“还记得在大川公园碰面的事吧？她来请求我，帮她写樋口秀幸的书。我答应了，后来也跟她联系过。这一阵子你不觉得她很少出现在你身边吗？我说帮她写书，她的心情也比较稳定了。”

真一感觉血在下降，从腰部以下向外流出。就算是呼吸也吸不到氧气，空气也到达不了心脏。

“我是想停在电视台的停车场，但是被警方监视着，我不想被人看见和她在一起，只好停在外面。她乖乖地在那里等我，大概还不知道现在的情况。她说在我到之前，她要在车里睡觉。”网川说，“她已经不会再靠近你了。这是你们见面说话的最后机会。今后就算你怎么跟她联络，她也不会理你。”

“为什么我要……”

“去跟她见面说说话吧。不然你做不好心理准备。我要写樋口秀幸的书，会充分采纳他女儿的说法。到时我不会采访你。你做的事也许是个失误，却是很大的失误。你家人的死，你要负很大的责任，我会这么写。我不想听你的说法，光是这点事实就足够了。”

水野久美碰了碰真一的手。真一空出来的手抓住她的手，紧紧握着。

“我是觉得不先说一声不公平，在我被抓之前先告诉你这件事。”网川说了停车场的位置，“我换了车，但停车场不大，一辆一辆地找也能找到樋口惠。我看你干脆跪下来求她吧。请她叫我别写这本书。反正没人看见，做任何事也不会丢脸。”

他在大笑。

“你只是想说这些吗？再见了。”

这时，有马义男从真一僵直的手中取过电话。

“你还在吧？”老人奋力呼唤道。

“咦？”

“我是有马义男，古川鞠子的外公。”

“嘿……你跟塚田交上朋友了吗？”

义男没有回答。他紧紧抓住手机，没有颤抖也毫不畏惧，一句一句像在宣告般，铿锵有力地说道：“我不想跟你说话，但是有话必须先说清楚。所以我要说了。”

网川沉默以对。

“以前你对我说了不少话，现在又说了不少话。自大轻狂、装模作样、自以为是地说了不少话。你根本不知道自己是什么东西！”

“哦？”网川冷静地回应，“那你说我是什么东西，有马先生？”

有马义男回答：“你不是人，你根本就不是人，你是个杀人犯！”

真一甚至看不出义男在愤怒。长期以来困扰义男身心的谜终于解开了。义男现在的眼睛甚至可说是明亮有神。

“人不是为了好玩、为了愉快、为了让众人喜爱追着跑，只要能出名就是对的。像你这样随心所欲胡作非为也不行。那是错的，绝对是错的！你欺骗了许多人，而谎言是会被拆穿的。一定会露出马脚。我告诉你，网川，真实这东西，不管被你扔得多远，它一定会找到路回家，回到你身边。”

真一听着，用心听着，只是听着义男的话。

“你刚才开口闭口提到‘大众’，说什么愚笨的大众、想向大众表现什么。你说的‘大众’究竟是什么？我不懂。在你尚未出生的很久以前，我们经历了几乎亡国的大战。那时候被你一概称为‘大众’的人，哪里也没有！我们虽然都是日本国民，但是在即将饿死、烧死的时候，大家都是一个个人，很辛苦、很害怕。你随便用‘大众’、‘年轻人’等字眼，把他们说成一气，那都是幻想，只是存在于你脑里的幻想。大概是谁曾经说过‘大众’的幻想，而你只是借来一用。这就是你最拿手的，你只是有样学样！”

网川提高音量说：“前畑滋子是骗子，我不是模仿犯！”

“你给我闭嘴听好！”义男大喝一声，“你那么残忍地杀害的人，并非是你所谓的‘大众’之中可以取代的零件。他们每一个都是好端端的人！他们遇害后，还有其他人为他们伤心难过。就算是你也一样。不管再怎么挣扎、说些冠冕堂皇的理由，你不过也是一个人。不过是个扭曲、坏掉、长大后却什么大事都不会做的可怜人。而且你还把这样的形象暴露在全国每一个人眼前。那些直盯着你看的人，绝对不是你脑中幻想的‘大众’那样的滥好人！”

义男重新握好手机，提高音量，好像眼前就是网川躲藏的器材室，他正对着大门喊话。他定睛继续说道：“你刚才说自己的名字将不会被遗忘吧？你说过吧？你错了。大家都会忘记。你的事大家都不会记住。一个偷偷摸摸、卑鄙无耻、爱说谎的杀人犯，大家都会忘记。我们都是这样忘记不需要的继续活下去，忘掉过去的事继续活下去。就像战争的记忆也是这样处理，忘掉之后活到现在。而你忘不掉吧？而且你会因为大家都忘了你、好像你一开始就没有活在这世上而烦恼痛苦。你会因弄不明白为什么会这样而烦恼。那就是你将受到的最大的惩罚。”

网川说了些话，但因为声音太小，真一无法听清。

“不要瞧不起社会，不要太小看了这人世。你就是没有大人教，从小就是没有人告诉你这些道理，才会变成这样。你这不是人的杀人犯，我要说的就是这些。”

说完义男将手机递出去。真一接过之后，用力按下结束键，将电话切断。

“要去吗？”

“我去去就回来。”

不知何时起，外面下起了雨夹雪。真一站在门口，将外套扣好。

“带这把伞去。”义男拿出一把塑料伞，“还有钱。”

“不用了，坐电车的钱我有。”

“这种天气，会发生什么事还不知道。还是带着吧。”义男起身找钱包，回到客厅到处翻看，然后拿来了皱成一团的一万元和五千元钞票各一张及一些零钱。

水野久美对着真一点头，真一从义男手上接过钱。

“这些钱算是我借的。”

真一看了看天空撑开伞，冰冷的雨夹雪打在脸颊上。

“你会马上回来吗？”久美问。

“嗯。”

久美笑得像个勇敢的小孩，点点头说：“那我等你。”

“嗯。”

那个停车场位于地形复杂的赤坂一带。的确是个很小的投币式停车场。

隔着不断落下的雨丝，可以看见前方耸立的HBS办公大楼。所有的窗户都亮着，探照灯的光线照亮了天空。

不用到处找，一眼就能看见网川的车。凭着停车场微弱的光线，真一发现了窝在后排座位、盖着小毯子睡觉的樋口惠。

他用力敲打车窗，不停地敲。好不容易樋口惠的头动了，看向这里。

真一撑着伞，弯下身靠近窗户。樋口惠眨了眨眼睛，然后摇摇头看了看周围。最先看的是车前的时钟，时间已近午夜。

匆忙之际不知道如何操作，樋口惠好不容易打开车窗。

“干吗？”刚睡醒的沙哑声音说，“你在这里干什么？”

“网川不会来了。”真一说。

“什么？”

“我想你还不知道情况，总之他不会来了。待会儿你可以听听收音机！”

“怎么回事？”

真一将伞从右手换到左手。天气虽然很冷，还好雨势并不激烈，也没风。声音不太大也能将话说清楚。

“我还是不能原谅你！”樋口惠严厉地仰望真一。

“我知道你也是受害者！”

“事到如今还说什么？”

“可是我不能帮你，一如我不能帮助你父亲。我做不到，你去找别人帮忙吧。”

樋口惠揉着眼睛，一副好像做了梦的样子。

“但是你要小心点。”真一继续说，“这世上有很多坏人。有些人会在像我这样有了难过的事、不知道该怎么才好而迷惘时，想压榨我们、欺骗我们、利用我们。”

雨继续下着，冻成了银色线条。

“应该也有很多人不是那样。你该去找那些人，找真正可以帮助你的人。我能说的就是这些。”

樋口惠凝视着真一，过了一会儿才问：“网川先生呢？”

“他不会来了。他不能帮助你。本来他就无意帮助你，只是为了自己想做的事打算利用你罢了。”

“可是我……”

“去找肯听你说话的人吧。去找愿意为你帮你父亲奋战的人吧。只要去找，应该就能找到。”

“那我就要说，我要对那些人说，你其实是坏人！”

“好，你就去说吧。那是你的说法。”

“说谎也可以吗？”

“可以。”真一想要微笑，却笑不出来。取而代之的是，他换手撑那把有马义男借的雨伞。“如果说谎能让你消气，那就说吧，我无所谓。我知道自己在做什么。还有……”

“还有？”

“真实不管被扔得多远，最后还是会找到路回家。所以没关系，我要好好想想自己的事了。”

樋口惠的脸上浮现出真一从未见过的表情。那是前不久，她和一名叫高井由美子的女孩见面时，那女孩似乎很担心她，紧张憔悴的脸上浮现出想要安慰她的神情。只有那一刻，她曾微微露出这种表情。

“如果你一直在这里，待会儿警察会来找网川的车。”

“警察？”

“你不想被牵扯吧？赶快离开。有地方去吗？”

“我妈那里。”

“那就去吧。带钱了吗？如果很远就得搭电车。”

樋口惠没有回答。真一伸手从口袋里掏出皱成一团的纸钞。

“这不是我的钱，是跟有马先生借的。”

樋口惠嘟着嘴问：“不会以后还要我还吧？”

“我不是这个意思，只是觉得你至少该知道是跟谁借的钱。”

“这是他借给你的，不是吗？我拿了，你没问题吗？”

“放心好了。有马先生知道我会这么做才借给我的。他就是这种人。”

樋口惠收下了钱。

“要乖乖回家。”

说完，真一转身离开，走出停车场，前往车站。他没有回头，但还是看见了樋口惠。阴暗中的樋口惠的脸深深烙在他的脑海里。过去他看过好几次，一边害怕、一边生气、一边逃跑，她逼问的脸、谄媚的脸、责备的脸。因为就像噩梦一样，真一从没有仔细看过身为一个人时的樋口惠的五官、身影和声音。每次看她都感到新的威胁，每次遇见她，都因惊吓而有了新的伤口。

但这次不一样，远离她坐上电车、走在冰雨淋漓的夜路上，很长一段时间真一的眼底依然浮现她的脸。

终于可以跟她告别了。

凌晨四点二十六分，网川浩一打开器材室的门，向等待已久的警方投降。此时距他和前畑滋子决斗，已经过了七个半小时。

33

被捕后，网川浩一几乎不说话，保持沉默。

但是山庄会说话。经过搜查，调查总部发现了许多物证，受害者的遗物、毛发、衣服纤维和指纹。

同时也开始搜索其他遗体。宽阔的山庄院子里，究竟埋葬了多少尸体？

山庄吐露了一个又一个秘密，吐出一具又一具白骨。个体鉴别需要一些时间。调查总部说道：“整起案件的规模有多大、最早犯案开始于何时、总共杀害了多少人，现阶段还无法推测。”

最早做个体鉴别的尸骨之中，有一具是网川浩一的亲生母亲天谷圣美。手脚弯曲的她被埋葬在院子东北侧。她的洞穴比其他遗体的要浅很多，才会先被发现。

杀亲生母亲是网川浩一最初犯的案。天谷圣美搬到山庄开始独自生活时，网川就杀了她，将尸体埋起来。和天谷家断绝关系的圣美只有浩一一个亲人。浩一杀了母亲，只要保持沉默，这世上是不会有人关心他母亲安危的。

为什么网川要杀母亲？是想将山庄和母亲的钱据为己有，还是有其他理由？

网川不回答。现在对他来说还不是时候。他需要准备，因为剧本没写好。

山庄依然不间断地吐露事实。在网川开始回答之前，有些疑问好像已经自然说出了真相。比起网川的回答，那些事实、既成的案件、在山庄死去的人、被杀害的人、受伤的人，都希望摊在阳光底下，能被发现。比任何语言、任何说明、任何解释都要明确，因为它是事实。

搜索还在进行，寂静的山区因警察和报道人员而拥挤，看热闹的人也来了。人们挤在禁止进入的区域边缘，有些年轻人甚至差点跟警方发生冲突。

嘈杂中，一对夫妇来到了十一月四日晚上栗桥浩美约高井和明见面的银河咖啡厅。在娇小的太太扶持下勉强走路的男子很明显生了病，下巴尖细、脸色蜡黄、脚步也很不稳。

领位的女服务员就是那天以为栗桥浩美是年轻音乐家的那位。她也被警方讯问了好几次，也接受过媒体的采访。最近终于安定下来，她不禁松了一口气。

"两杯牛奶咖啡。"

太太叫住点完餐即将离去的女服务员。

"我想问一件奇怪的事。"

"啊？"

"那个案件……就是这家店吧？十一月四日晚上，栗桥和高井来过这里吧？"

"是的，没错。"女服务员有些戒备，这些人也是媒体的吗？

"他们坐哪张桌子？"

问完之后看到女服务员，太太立刻补充道："我们不是来看热闹的。只是我先生以前认识他们。"

瘫在椅子上的男子，微微抬眼看着女服务员，点点头。

"我先生是老师。"太太说，"尤其清楚高井的事，我先生是他在游泳社的顾问。"

柿崎校长协助警方接受了讯问，但没有上电视，也不接受任何采访。女服务员并不认识他。她当然不知道眼前这个病人就是在高井和明中学时期发现他的视觉障碍，重新赋予他希望的老师。

虽然不明白是怎么回事，但还不是来看热闹的嘛，女服务员心里认定是这样，所以回答："那两人是来过，但是坐在哪里我也不清楚。就连店长也不清楚。”

“是吗，那就算了。真是不好意思。”太太心虚地微笑，“我们只是想走一遍那些孩子生前走过的地方。我先生说要这么做。虽然医生也阻止了，但他就是坚持。我们还要去绿色大道。”

这时女服务员才发觉，看起来体弱的男子好像含着眼泪。

她忽然对自己的不友善感到内疚，于是赶紧说：“高井人不坏吧？我不知道详情，但他应该是被连累的吧？”

“是的，没错。”太太说完，伸手整理丈夫的大衣领子。

“他是怎样的人呢，高井？”

这对夫妻没有立刻回答。女服务员正准备离去时，听见了沙哑而微弱的声音。

“是个好孩子。”生病的男子说话了，声音微弱到不弯下身就听不见。

“他是个好孩子。”柿崎校长重复道，安慰并且呵护般说道，“真的是好孩子，是个温柔的好孩子。他是个好孩子呀。”

武上率领的内勤业务组，忙碌的情形跟案发时几乎一样，每天不眠不休地工作。必须完成的正式文件、该整理归档的资料夹、该输入的新信息，不管怎么做，任务还是如雪片般飞来。

筱崎努力工作，因忙碌而加深了近视度数，必须重新配眼镜。秋津一如既往地取笑他，叫他“小姐”。武上没有告诫秋津，还是不停地给筱崎派工作。

“这时候你们要学的事情可多了。”武上对部下说，“现在学到的经验，或许对下个案件有用处，但也可能没有。所以今天能做的事都得在今天完成！”

筱崎十分努力地工作。故乡又捎来相亲的消息，他却因能够以工作忙而拒绝觉得安慰。

“结婚什么时候都行！”武上说。

“只要找得到对象。”筱崎回应。

“这阵子还是请你跟高井由美子的回忆凑合一下。”

“武上先生……”

“啊，对了，法子让我跟你说。”

“什么？”

“我拼命阻止了，但是她好像对你有意思。听说你们是网友？”

“武上先生，你也知道什么是网友？”

“人家都叫我IT武上，你不知道吗？”

“不知道。法子要跟我说什么？”

“有空的话，想不想去看场电影。我先说好，那家伙是刑警的女儿，喜欢看那种大家都带着枪，随随便便就你来我往的枪战片。”

“我也喜欢。”

“随便你们，我不管。不过筱崎……”

“嗯？”

“你来我家住的时候，不准你用法子的洗发水！”

“武上吗？”

“哎呀，我正想给你打电话。”

“我知道你们很忙。”

“哪里，我是想跟你说声谢谢。你的分析相当有用，谢谢。”

“建筑师”笑得很爽朗。“不行呀，武上。根本没用，因为没能找到受害者。大家都遇害了。我们就像是比赛结束后的评论家。”

“的确就如你所说。”

“不过如果你有意谢我，就求你一件事。”

武上抢先说道：“你是说搜索结束后让你参观网川的山庄吧？”

“没错。”

“可以。什么时候结束我不敢说，但是我一定会带你去参观。让你从头到尾看个清楚！”

“谢谢。”

“你骨子里还是个地地道道的警察。”

“哦，那么我是想要当警察却不得不辞职，因为我的调查方式很奇怪？事到如今跟你说也没意义了。”

“是啊。”

“看过网川的山庄，下次再遇到这种混账家伙出现，或许就会有所帮助。也许趁着还没有人被杀害就能够帮助他们，不是吗？”

“嗯。”

“可其实不是那样。我们哪里帮得上忙，不行，你知道吗？”

“我知道。”

“武上，你要睁大眼睛！”

“我已经是老花眼了。”

“那也一样。”

“你是自由人，会比身为公务员的我长寿吧？如果我猝死，我的部下就麻烦你了，下次我带他去认识你。”

“哦，听起来很好玩。我们就是这样继续做下去。虽然不知道是怎么回事，就是继续做下去。”

“是啊，没错。”武上回答，“没错，继续做下去，现在做的事。”

前畑滋子还是没有回到前畑家，而是搬家了。

但不是她一人，昭二也一起搬了家。

“妈还在唠叨。”昭二一边将滋子的电脑椅搬上卡车，一边说，“不过时间过了她就不会气了。爸也康复了，没事的。”

“是这样就好了。”滋子用脖子上的毛巾擦去脸上的汗水。今天天气暖和，阳光明媚，已是春天了。

“滋子，真的可以吗？”昭二一双大手无所事事地垂在身体两侧，看着滋子。

“什么‘可以吗’？你在说什么？”

“我说了那些难听的话……”

“那我也一样，彼此彼此。”滋子笑着走上前，抓住他脖子上的毛巾，“我要谢谢你给我重新来过的机会，我很高兴。”

“我也是。”昭二羞涩地低垂着眼睛说，“想一想，我们一直都跟爸妈在一起，新婚生活根本过得不完整。”

“不止爸爸和妈妈哟。”

“哦？”

“还有那些BCIA。”

“老太婆中央情报局！”

“是啊。”

两人推着空推车回到公寓，行李已不多了。

邻居经过时，问道：“哎呀，搬家吗？”

“是的，谢谢你的照顾。”

“不会搬得太远吧？那前畑太太可就要寂寞了。”

“我们会常来玩的。”

看着邻居走远，两人相视一笑。

“那也是情报局的一员吧。”

“说不定。”

两人将棉被、衣物搬上推车。

“滋子，你可以继续写作。”

“就算我想，也没地方会用我吧。《日本时事纪录》已经把我开除了，原来的杂志社，我又太对不起人家。”

“再找就会有的。”昭二停下手，看着滋子说，“我也喜欢写美食报道和烹饪、时尚专栏的滋子，你一直都做得很好！”

“谢谢。”滋子微笑道，“也许吧。可是我忘了一件很重要的事。比起我自己做的事，就像别人说的——邻居的草坪更翠绿，我总是想插手自己做不来的。”

“又不是说完全做不到。”昭二似乎在寻找适当的话语，“所以我觉得就算不写震惊社会的报道，你还是很棒的撰稿人。又不是由选择题材来决定作者的价值。”

“对，我真该早点发现这点才对。”

“所以说，”昭二推着推车，趋身上前说，“你在《日本时事纪录》做的事也是必要的。我不是说它更伟大或是专业，只是它很必要。”

“……”

“我想不会再有网川那种人，不然就糟糕了。”昭二握紧拳头道，“可是比他小一号的人，或许还会出现。”

“嗯……”

“到时候，你再做吧。你要指着他们大声说：‘你骗人！各位，这家伙说谎！’”

滋子心中浮现出网川的脸，网川指着滋子高声怒斥道不要胡说八道时的脸。

昭二摇摇头，用力说道：“重要的是，就算没人出面，网川还是存在。那家伙可能还会说些什么。而且几年后案件被淡忘了，可能还会有人相信那人渣说的话。曾经有一段时间我们也相信了，所以今后也可能发生这种事。尤其是年轻人，他们没有免疫力。所以需要有人在旁边大喊，说网川又在胡扯了，他的话千万不能相信。你们真的以为他说的是真的吗？对吧，滋子，你不这么认为吗？”

“我是这么认为，可就算不是我来做……”

“当然，不是你一个人做，大家必须一起做。但是你能做吧？这是必须做的事。你不是成功过一次吗？也许还会再成功。如果能做却不肯做，就会落伍，不是吗？”

滋子凝视着昭二。昭二的脸红了。

“到时候我一定不会抱怨，我会帮你的。”

滋子笑了出来。昭二一开始还有些顾虑，但是立刻也跟着放声大笑。两人无忧无虑爽朗的笑声，会让公寓其他住户惊讶地打开窗户问什么事那么高兴吧。

34

有报道指出，被捕后第十天，网川浩一终于承认涉案，开始作具体的供述。

那天深夜，真一在房间，石井家的电话响了。真一出去接，是木田孝夫打来的。

“这么晚了，真是不好意思。我忽然打电话，你大概吓了一跳吧。我是在电话簿上找到号码的，请你不要介意。”

“没关系，有什么事吗？”真一重新坐好，“有马先生出事了吗？”

“嗯。”木田有点难以启齿，“傍晚的时候，他来我店里。当时已经喝得醉醺醺的。我留他下来，他却说要喝到死为止，不知道跑到哪里去了。我关了店后，在附近到处找都找不到。心想可能会在你那里。”

“他没有来，也没有打电话。”

“是吗？”

“原来的店那边呢？”义男刚搬新家。“会不会喝醉了又回到了以前的家呢？”

“没有，我去看过了，他不在。怎么办？他肝脏不好，一直在吃药。年轻时也曾荒唐过……那样喝酒，肯定会出毛病。”

真一立刻说道：“可不可以再到附近的店和公寓去找？我也帮忙找。”

告诉木田手机号码后，真一穿上外套。他想到的地方只有一个，大概就是那里。

有马义男靠在大川公园的垃圾箱旁。夜晚无人的公园里，他坐在地上，醺醺而醉，手上还拿着酒瓶。

真一跑过去，看见老人的手和脖子还会动，才觉得放心。他放慢脚步，慢慢靠近。

在出声前，老人先发现了他。朦胧的眼睛看着他。

“是你呀，”老人大声问道，“有什么事？”

“在这种地方会感冒的。”

“感冒算什么，哼！”义男打了个嗝，口齿有些不清，“事到如今又能怎样?！”

真一蹲在老人身边。酒臭味让他忍不住叫了出来。“你喝了多少？”

“喝酒不行吗？”

“伤身体，不是吗？”

“你懂什么？”义男好像说了这些话。

那晚天晴，满天都是星星，到处闪烁。

唠叨了好一阵子，也在垃圾箱里吐了。义男说：“听说网川那家伙开口了。”

“新闻是这么说的。”

“说了，嗯，他说了。”义男又打了个嗝，然后对着天空说，“这一连串案件终于可以解决了。NHK 这么报道。”

真一沉默不语。

“说是解决。”义男举起酒瓶，抗议般对着夜空摇晃，“说是解决了，结束了。”

真一沉默不语，一动也不动。

“结束了，说是结束了。”

一开始是沙哑地低喃，忽然间义男大声说：“开什么玩笑！”

老人的声音响彻清澈的夜空。

“哪有结束！什么都没有结束。鞠子没有回来，鞠子她没有回家！不是吗？啊？不是吗？”

扔出酒瓶后，义男扑向真一，抓着他的衣袖，抓住他的肩膀，摇晃着他大声喊叫。

“不是吗？还没有结束。鞠子没有回家。还我鞠子，还我鞠子，把我的外孙女还给我！她是我唯一的外孙女，还给我呀！”

真一没有反抗，心想就让他摇晃直到气消为止吧。

义男大叫一声，推开真一，两手抱着头说：“鞠子不会回来了，她不会回来了，她已经不会回来了！”

真一好不容易站起来，伸手抱住义男。就像老人曾对他做过的那样，真一抱着义男，默默地抱着老人。

他竭尽全力去听有马义男的第一次、两人见面以来的第一次、案发后的第一次毫无顾忌的啜泣。

三月的阳光中，一个年轻母亲牵着女儿的手，走路去买菜。小女孩最喜欢跟妈妈出门买东西。

年轻母亲停在街头一角一家铁门紧闭的店门口。已经破旧的“有马豆腐店”招牌，油漆已在风吹雨打中斑驳脱落。

年轻母亲想，房子只要没人住就容易损坏，店也是一样。

“卖豆腐的店，”小女孩说，“休息了吗？”

“不是，这家卖豆腐的店已经关门了。不做生意了。”

“嗯。”

以前常带小孩来这里买豆腐。虽然有些贵，但不用付消费税，味道又很不同。凉拌或煮汤，不用这家的豆腐，丈夫就会说：“今天的豆腐不好吃，是超市买的吧？”

她心想，豆腐店的老爹是怎么了？她当然知道他外孙女遭遇不幸的消息，她不只是看过电视和报纸的报道。

是叫鞠子吧？

当遗体被发现时，年轻母亲刚好来这里买豆腐，当时孩子也来了。

那时不知道该怎么安慰有马义男。知道他外孙女失踪时，也曾安慰道：“老爹，你要打起精神。”偏偏当时就是不知道该说什么。

一向叫惯了“豆腐店的老爹”，从来也没想要知道他的名字。

“老爷爷的豆腐很好吃吧？”年轻母亲抬头看着退色的招牌，对小女孩说，“爸爸最喜欢这里的豆腐了。”

“嗯。”小女孩说。可爱的脸庞。年轻母亲忽然胸口涌起一股热流，我要好好保护这孩子，不管发生什么事，不管发生什么不幸，我都要保护好这孩子！我一定会做到，神明请赐给我力量！

“老爷爷一定会打起精神吧。”母亲对着小女孩笑道。

“会吧。”小女孩回答。

“好了，去买菜吧。”

“嗯。”

两人手牵着手离开了。

好不容易带着暖意的风像是不客气的访客，轻敲有马豆腐店关着的铁门。没有人回应，也没有人回来。只有风静静地吹过。

图书在版编目(CIP)数据

模仿犯/〔日〕宫部美雪著；张秋明译.—海口：
南海出版公司，2016.1
ISBN 978-7-5442-8137-9

Ⅰ.①模… Ⅱ.①宫…②张… Ⅲ.①长篇小说—日
本—现代 Ⅳ.①I313.45

中国版本图书馆CIP数据核字(2015)第253155号

著作权合同登记号 图字：30—2009—163

模仿犯（全三册）
〔日〕宫部美雪 著
张秋明 译

出　　版　南海出版公司　(0898)66568511
　　　　　海口市海秀中路51号星华大厦五楼　邮编 570206
发　　行　新经典发行有限公司
　　　　　电话(010)68423599　邮箱 editor@readinglife.com
经　　销　新华书店

责任编辑　张　锐
特邀编辑　崔　健
装帧设计　金　山　宋　璐
内文制作　王春雪

印　　刷　河北鹏润印刷有限公司
开　　本　890毫米×1270毫米　1/32
印　　张　35.5
字　　数　1000千
版　　次　2016年1月第1版
印　　次　2023年4月第9次印刷
书　　号　ISBN 978-7-5442-8137-9
定　　价　158.00元